JUBILÄUMSBAND
HEYNE VERLAG

HEYNE BÜCHER

In der selben Reihe erschienen
außerdem als Heyne-Taschenbücher:

Spannung · Band 50/1
Das biologische Gartenbuch · Band 50/2
Die großen Filmromane · Band 50/3
Das Heyne Jubiläumskochbuch · Band 50/4
Fantasy · Band 50/5
Thriller · Band 50/6
Heiteres · Band 50/7
Liebe · Band 50/8
Unheimliches · Band 50/9
Europäische Erzähler des 20. Jahrhunderts · Band 50/10
Keep smiling · Band 50/11
Das große Buch der alternativen Heilmethoden · Band 50/12
Action · Band 50/13
Die beste Dr. Oetker Kalte Küche · Band 50/14
Erotik · Band 50/15
Ratgeber Geld · Band 50/16
Deutsche Erzähler des 20. Jahrhunderts · Band 50/17
Agenten · Band 50/18
Klinik · Band 50/19
Witze · Band 50/20
Horror · Band 50/21
Hallo Liebling · Band 50/22
Spione · Band 50/23
Der Versicherungs-Ratgeber · Band 50/24
Crime · Band 50/25
Das endgültige Buch der Sprüche und Graffiti · Band 50/26
Amerikanische Erzähler des 20. Jahrhunderts · Band 50/27
Hochspannung · Band 50/28
Angst · Band 50/29
Schicksal · Band 50/30
Sinnlichkeit · Band 50/31
Ratgeber Recht · Band 50/32
Schocker · Band 50/33
Noch mehr Witze · Band 50/34
Ratgeber Geld · Band 50/35
Geschichten der Französischen Revolution · Band 50/36
Zukunftsabenteuer · Band 50/37
Super-Thriller · Band 50/38
Das Buch der Sprüche und Graffiti · Band 50/39
Ratgeber Gesundheit · Band 50/41

HEYNE
JUBILÄUMS
BAND

LUST

Vier ungekürzte erotische Romane

WILHELM HEYNE VERLAG
MÜNCHEN

HEYNE JUBILÄUMSBÄNDE
Nr. 50/40

QUELLENHINWEIS

2. Auflage

Printed in Germany 1990
Umschlagfoto: Bildagentur Mauritius/Bach, Mittenwald
Umschlaggestaltung: Atelier Ingrid Schütz, München
Gesamtherstellung: Presse-Druck Augsburg

ISBN 3-453-03535-6

Inhalt

Gerty Agoston
Hemmungslos

Das Köhlerweib ist trunken
Und singt im Wald;
Hört wie die Stimme gellend
Im Grünen hallt!

Eduard Mörike
vertont von Hugo Wolff

1

Der Schrei. Sein markerschütternder Aufschrei. Spitz, messerscharf. Ich werde ihn hören, solange ich lebe. Christopher Svenssons gellenden Schrei. Ich werde sein Gesicht vor mir sehen, solange ich lebe, verzerrt in panischer Angst:

»Saskia! Das kann nicht sein! Du bist doch tot, tot, tot!«

Es geschah gestern.

Das Schloß schnappte hinter Christopher Svensson ein, er ist drinnen, hinter Schloß und Riegel. Jetzt hat der Richter das Wort, und für Chris gibt es keinen Ausweg mehr.

Wir liebten uns, so oft wir konnten. Nachts. Bei hellichtem Tag. Jede Stunde. Bis zu seinem entsetzlichen Aufschrei.

Todmüde war ich immer seit meiner Ankunft in New York. Ich flog aus Wien hierher, hatte zuvor meinen Vater in Badgastein besucht. Dort bin ich geboren, in dem engen, weltberühmten Tal mit dem heilsamen, duftenden Wasser.

Papa hatte nichts gegen meine Amerika-Reise einzuwenden. Es hätte ihm auch wenig genützt. Ich bin einundzwanzig, noch selbständiger als meine Kolleginnen an der Uni, ich habe Erfolg als Journalistin und Schriftstellerin und gelte außerdem als eine der tüchtigsten jungen Juristinnen Österreichs. Meine bisherigen Examen an der Wiener Universität habe ich mit Auszeichnung bestanden. Papa ist mit Recht stolz auf seine einzige Tochter, und ich selbst halte nichts von falscher Bescheidenheit.

Papa: Professor Ernst Hollman, Koryphäe unter den Badeärzten in Gastein, Chefarzt in seinem eigenen Sanatorium, weltberühmter Balneologe. Überbeschäftigt ist er, und hat trotzdem immer Zeit für mich. Papa ist der gütigste und beste Vater unter der Sonne. Wir sind reich. Das war nicht immer so. Als junger Arzt mußte Papa schwer kämpfen. Jetzt ist unser Sanatorium, das er nach mir, seiner einzigen Tochter, Villa Verena getauft hat, so sehr von echten und Pseudo-Patienten überlaufen, daß es für die nächsten zwei Jahre völlig ausgebucht ist.

Papa, ehrgeizig, fleißig, erfolgreich, ärgert sich komischerweise über die Karrieresucht seiner Tochter, und das nehme ich ihm übel.

»Verena, du hast keinen Platz in deiner Haut!« pflegt mein Vater zu sagen. »Du bist doch erst einundzwanzig, Mädchen – genieße dein Leben, Herrgott noch mal, mach dich nicht kaputt mit deiner irrsinnigen Betriebsamkeit!«

Er vergißt, daß ich ihm den Ehrgeiz abgeguckt habe. Papa hat mir seinen Dickkopf vererbt. Ich setze durch, was ich mir vornehme.

Als ich ihm meinen neuesten Plan schilderte, runzelte Papa anfangs die Stirn. Ich wollte nach New York fliegen. Mich in den sensationellsten Kriminalfall der letzten Jahre einschalten. Mein Chefredakteur war von dem Plan begeistert. Ich schreibe seit zwei Jahren juristische Reportagen für meine Zeitschrift. Warum sollte ich mit dem großen Wurf warten, bis ich alt und grau bin?

Mein Flug nach New York sollte der große Wurf werden. Papa mußte es verstehen. Endlich erklärte er sich einverstanden. Ich wäre im übrigen auch ohne seine Einwilligung geflogen.

»Also gut, flieg nach New York, spiel wieder mal den weiblichen Maigret!« sagte Papa etwas bissig. »Du tust ja eh, was du willst, fragst mich nur pro forma. Brauchst du Geld?«

Im Grunde genommen imponiere ich Papa durch meine Arbeit, mein Studium, meine juristischen Ermittlungen und Sensations-Reportagen. Die beiden wichtigsten Männer in meinem Leben – mein Vater und mein Chefredakteur – sind mit mir zufrieden. Als die neue Zeitschrift vor einem Jahr zuerst erschien, schlug sie sofort wie eine Bombe ein. Sie hat einen revolutionären Namen. Sie heißt: ›Wahrheit‹. Heutzutage, Wahrheit? In der skandalträchtigsten aller Epochen?

Unsere sehr junge Redaktion hat sich nicht blamiert. ›Wahrheit‹ ist der Schlager im Blätterwald der europäischen Illustrierten und Zeitschriften. ›Wahrheit‹ konnte kürzlich mit Glanz und Gloria den ersten Geburtstag feiern. Und weil unsere Zeitschrift gleichzeitig in französischer, deutscher und englischer Sprache erscheint und nur absolut wahre, dokumentarisch belegte Berichte und Reportagen veröffentlicht, nennen die Kritiker unsere ›Wahrheit‹ eine journalistische Revolution.

Die Wahrheit und nichts als die Wahrheit? Im Zeitalter der Schmierfinken, Skandalblättchen und gutbezahlten, professionellen Lügner? Jener Pseudo-Journalisten, die um eines saftigen Skandals willen die eigene Mutter verkaufen würden?

Doch. Auch Wahrheit läßt sich noch immer in klingende Münze verwandeln. Und in hohe Auflagen. Wir haben es bewiesen. Lügen können wir uns auch schon darum nicht leisten, weil wir in unseren Dokumentarberichten über tatsächliche Begebenheiten schreiben. Und die richtigen Namen verwenden. Unser Magazin müßte Unsummen an Schadenersatz bezahlen, wenn unsere Angaben nicht stimmen würden.

Wir haben viel zu verlieren. Und ich, Verena Hollmann, gelte in gewissen Journalistenkreisen als beinahe pervers, weil ich mir vorgenommen habe, in meinen Reportagen nicht zu lügen. Niemals.

Im Bett. Chris, mein Geliebter, und ich. Noch vor zwei Tagen. Vor einer Woche. Immer im Bett.

Ich bin vor genau fünf Monaten in New York angekommen.

Der Kriminalprozeß soll bald beginnen.

Im Bett. Ich dränge mich hart an seinen verführerischen, unwiderstehlichen jungen Leib. Chris ist einundzwanzig. Genau wie ich. Chris sieht aber noch jünger aus als ich, wie ein Teenager liegt er neben mir, mit seinen angstvoll flackernden, furchtsamen Kleinjungenaugen. Hätte ich ein ganzes Leben, nur um ihn zu beschwichtigen, zu beruhigen – hätte ich von früh bis spät keine andere Aufgabe, als meine Zuversicht in seinen Körper fließen zu lassen und ihn mit meiner Liebe und Leidenschaft zu nähren – hätten meine Liebkosungen, mein Streicheln nur den Zweck, jede schmerzliche Erinnerung in seinem Hirn auszulöschen, so wäre dieses Leben dennoch nicht genug. Ein Leben genügt nicht, um meinem Liebsten zu helfen. Ihn zu stärken. Immer wieder neu aufzurichten.

Was uns aneinanderschweißt, ist viel mehr als nur Sex. Es ist nicht nur die Verschmelzung zweier Körper, wie ich sie gelegentlich auch schon früher erlebt hatte. Wie flüchtig und flaumfederleicht, wie gewicht- und schwerelos diese Erlebnisse waren! Ich wollte damals ganz einfach nicht hinter meinen Freundinnen im Schweizer Pensionat zurückstehen. Hatte schon mit sechzehn meinen ersten Boyfriend. Heute weiß ich kaum mehr, wie er aussah.

Erst in dem Augenblick, als ich spürte, wie Chris heiß in mich eindrang und zwischen meinen Lenden zu kreisen begann, stärker, immer stärker, erst in jener Minute wußte ich, daß ich eine Frau war. Chris hatte mich zur Frau gemacht.

Ich war Jungfrau gewesen, bevor er mich berührte – entjungfert, und dennoch Jungfrau, keusch, wie ein Burgfräulein im Mittelalter – trotz der gleichgültigen Männerhände, die mich vor Chris gestreichelt hatten. Ich empfand erst jetzt, wie wenig ich früher vom Körper eines Mannes geahnt hatte. Daß mich irgendein Kerl ohne Gesicht mit sechzehn entjungfert hatte, tat nichts zur Sache.

In Christophers Armen war ich erschüttert. Überwältigt. Unwiderruflich zum Leben erweckt.

Das war vor nur fünf Monaten, gleich nach meiner Ankunft in New York gewesen. In höchster Eile brachte ich mein Gepäck im Hotel unter und fuhr zunächst allein zum früheren Apartmenthaus der Svenssons. Ich hatte mit dem Hausverwalter bereits Briefe gewechselt. Jetzt machte ich ihm – nicht zuletzt dank der Großzügigkeit meines Vaters – ein glänzendes Angebot, und er willigte ein, mir die noch nicht weitervermietete Penthouse-Wohnung der Svennsons zu überlassen. Der Mietvertrag für die Sechszimmerwohnung in New Yorks luxuriösestem Wohnsilo, im Weichbild der ›Met‹, wurde auf meinen Mamen ausgestellt.

Ich mußte tief in die Tasche greifen. Aber mein Honorar, ein fürstliches Extrahonorar für die geplante New Yorker Artikelserie, stand ja noch aus. Mein Verleger war genauso großzügig wie Papa. Ich werde auch ein Buch über den Sensationsprozeß schreiben.

Kein Wunder, daß sich seit der Tragödie noch kein Mieter für die Wohnung der Svenssons gefunden hatte. Sie war sündhaft teuer.

Für mich waren die sechs Zimmer voll unbekannter Tragik, es war eine geheimnisvolle, aufregende Wohnung, in deren Zimmerecken Rätsel lauerten.

Ich war gekommen, um sie zu lösen.

Es war dieselbe Wohnung, in der Christopher Svensson mit seiner Frau, der größten Wagnersängerin unserer Tage gelebt hatte. Mit Saskia Stahl.

Kaum hatte ich den Mietvertrag unterschrieben, als ich auch schon an die Verwirklichung meiner übrigen Pläne ging. Ich fuhr zum Männergefängnis in Downtown Manhattan. Ließ mich beim Direktor melden. Auch er wußte Bescheid. Wir hatten Telegramme gewechselt und zweimal Transatlantikgespräche geführt. Er erwartete mich.

Die Kaution für Christopher Svensson war hoch, eine Unsumme für europäische Verhältnisse. Ich hatte nichts anderes erwartet. Schließlich ging es ja darum, einen Angeklagten – vorübergehend – aus dem Gefängnis zu befreien, der des Mordes angeklagt war. Er saß in Untersuchungshaft.

Des vorsätzlichen Mordes an seiner Frau, der Sängerin Saskia

Stahl, beschuldigt. Und Christopher Svensson, über dem das Damoklesschwert des Mordverdachts schwebte, sah aus wie ein Engel. War das angebetete Idol aller Teenager.

»Sie sind von seiner Unschuld überzeugt?« fragte mich der Gefängnisdirektor.

Ich nickte und sagte kein Wort.

Ich stellte einen Scheck für die Kaution aus. Christopher Svensson war frei, vorausgesetzt, daß er New York nicht verließ. Das Damoklesschwert allerdings würde bis zur Verhandlung, bis zum Urteilsspruch der Jury, über ihm schweben.

Als ich seine Zelle betrat, riß er die Augen weit auf. Man hatte ihn benachrichtigt, er war auf mein Kommen vorbereitet gewesen. Dennoch tat er, als traue er seinen Augen kaum.

Er öffnete die Arme weit, und in seinen Augen schimmerten Tränen. Mir war, als wolle Christopher nach den Wochen der quälenden Untersuchungshaft, nach der scheinbar ausweglosen Angst, nicht nur mich, sondern die ganze Welt umarmen.

»Ich habe Ihre frühere Wohnung gemietet«, sagte ich zu Chris. »Kommen Sie, wir fahren nach Hause.«

»Nach Hause?«

»Ja. Man wird meine Koffer aus dem Hotel in die Wohnung bringen.«

Nur zwei oder drei Reporter hatten uns aufgelauert, weil ich meinen Plan so schnell durchführte. Wie ein umsichtiger, geschickter und flinker Feldherr.

Wir fuhren nach Hause. Die Penthouse-Wohnung Christopher und Saskia Svenssons war von einem Tag auf den andern auch meine Wohnung geworden.

Eine Stunde nach unserer Ankunft wurde ich Christophers Geliebte und erfuhr die Höhen und Tiefen der Verschmelzung zweier Körper. Ich schmolz im Hochofen, ich wurde in der Glut neugeboren. Das war kein Sex. Das war Liebe. Ekstase.

Im Bett mit Christopher Svensson. Scharfer, schneidender Schmerz. Chris beißt gern. Zuerst ganz leicht, wie ein Hund, der die Hand seines Herrn spielerisch zwischen die Zähne nimmt. Dann stärker. Immer stärker, doch niemals stark genug, um Spuren in der Haut zu hinterlassen.

Sadist mit Maß. In uns allen, selbst im gesündesten von uns, steckt eine Spur Sadismus und Masochismus. Ein klein bißchen von beidem ist völlig normal. Chris beißt mich gern in die Schulter, und wenn ich dann knurre: »Nicht so fest, das hinterläßt einen Abdruck«, so beruhigt er mich.

»Na wenn schon? Ist mir völlig wurscht. Die Leute wissen, daß du meine Geliebte bist und daß wir uns im Bett nicht mit Bücherlesen die Zeit vertreiben. Ich bin verrückt nach dir, und du bist schuld dran. Schwöre, daß du mich heiraten wirst, sobald dieser Alptraum zu Ende ist und die Geschworenen mich freigesprochen haben. Nicht wahr, der Tag kommt? Nicht wahr, auch du glaubst daran?«

Ich muß immer wieder schwören. Ja. Auch ich glaube daran, auch ich warte voll Hoffnung auf den Tag. Ich schwöre, daß ich Chris heiraten werde, und bemühe mich, keine Selbstverachtung aufkommen zu lassen.

»Du bist doch nach New York gekommen, um mich zu heiraten. Du glaubst doch an mich? Noch mehr als früher – seitdem du meine Geliebte bist, Verena?«

»Ich bin nach New York gekommen, um ein gerechtes Urteil für dich zu erwirken. Als Zeugin für die Verteidigung.«

Daß ich Chris körperlich so ganz ausgeliefert bin, darf mein nüchternes Denken nicht betäuben. Ich lebe in einem Rausch, doch muß ich ihn abschütteln, wenn ich mich von Christophers Körper löse. Immer wieder beteuerte ich, daß ich ihn heiraten werde, wenn der Prozeß zu Ende ist. Er kann ja – Chris glaubt fest daran – nur mit seinem Freispruch enden. Wir sind beide jung, das ganze, herrliche und glückliche Leben liegt vor uns. Vielleicht ist es kein Zufall, daß wir beide als Kinder kein glückliches, harmonisches Familienleben kannten. Meine Eltern ließen sich scheiden, als ich nur zwei Jahre alt war, und Chris wuchs ganz bei Pflegeeltern heran. Die wechselten beständig. Er wanderte als Junge von Haus zu Haus, von Familie zu Familie, und kannte seine richtigen Eltern nicht.

Tausendundeine Nacht mit Chris, alle hunderttausend Verzükkungen der vollen physischen Verschmelzung. Impotente Sexualwissenschaftler, die alles für einen einzigen gelungenen Liebesakt geben würden, schildern das, was sie Sex nennen, in drolligen Handbüchern. Anweisungen zur Liebe, über die Chris und ich uns lustig machen.

Wir brauchen keine Anweisungen, unser Talent zum Lieben ist angeboren. Alles, was in diesen Sex-Handbüchern komisch oder widerlich wirkt, ist göttlich schön und beseligend in den Armen von Chris. Ich spüre seine Finger in meinem Schoß, er treibt mich zum Gipfel der Erregung, ich bitte ihn: »Nicht so schnell, mach's ganz langsam, dann ist es noch viel schöner.« Ich spüre, wie mein vernünftiges Denken unter seinen zärtlichen Fingern einschläft; diesen Luxus der gedankenlosen Betäubung, diesen überwältigenden Sinnesgenuß erlaube ich mir nur im Bett, in seinen Armen. Kaum verlasse ich das Bett, bin ich wieder imstande, scharf und logisch zu denken.

Ja, ich bin nach New York gekommen, um völlig überlegt zu handeln, Schritt für Schritt vorzugehen, mein juristisches Beweismaterial zu sammeln und dann einen wahrheitsgetreuen Bericht vorzulegen.

Ich bin gekommen, um der Wahrheit zu ihrem Recht zu verhelfen. Diesmal – in einem Sensationsprozeß. Vor dem New Yorker Bundesgerichtshof.

Chris war mir kein Unbekannter mehr. Ich hatte Christopher Svensson, den verwöhnten Liebling der Rock-Schwärmer, einer Welt, die mir fremd war, die ich nicht begriff, vor einigen Monaten in Salzburg kennengelernt. Unmittelbar vor dem Konzert, das Christopher Svensson mit seiner Frau, Saskia Stahl, gab. Die Idee war originell, verblüffend und blödsinnig. Ich hielt sie für hirnverbrannt. Wie konnte sich Saskia Stahl bloß auf dergleichen einlassen? Gleichzeitig aber war es eine sensationelle Idee, dazu angetan, die Kassen überquellen zu lassen. Der Impresario würde diesmal mehr Geld in Saskias und Christophers Tasche schleusen, als bei irgendeiner ihrer bisherigen, getrennten Veranstaltungen.

Es geschah im neuen, ganz aus Glas erbauten Salzburger Konzertsaal. Und die Idee war tatsächlich ungeheuerlich – die Kritiker zerrissen sich lange vor dem Tag des Konzerts den Mund. Christopher Svensson, ungekrönter König des heißen Rock, Star der neuen Gruppe, die sich ›Schlangengrube‹ oder ›Snakepit‹ nannte, bestritt die erste Hälfte des Konzertabends, bis zur Pause. ›Snakepit‹ war kein übler Name für die schreienden, kreischenden, singenden Derwische. Und dann, nach der Pause, sollte Saskia Stahl, die berühmteste Isolde unserer Zeit, das Konzertpodium betreten und klassische Musik zum besten geben. Lieder. Saskia war nicht nur die vielseitige Opernsängerin, der strahlendste dramatische Sopran der internationalen Bühnen, sondern auch eine der feinfühligsten Liedersängerinnen aller Zeiten.

Ich werde diesen Konzertabend in Salzburg nie vergessen – niemals. Genausowenig wie den gestrigen Abend, hier in New York, den Augenblick, als ich Christopher gellend aufschreien hörte. »Saskia«, schrie mein Geliebter. »Saskia!«

Das Konzert in Salzburg war das tragischste, erschütterndste Erlebnis für mich, ein Abend, der einen Entschluß in mir reifen ließ.

Wie gut, daß ich Verena Hollman heiße und die Tochter eines vermögenden Badearztes bin und daß mir Papa und mein Verleger dazu verhalfen, die unerhört hohe Kaution für Chris zu hinterlegen, um ihn aus seiner Gefängniszelle loszueisen.

Chris in einer engen Zelle – ein furchtbarer Gedanke. Menschen wie Chris leben entweder frei oder überhaupt nicht. Undenkbar, daß er ein paar Jahre im Gefängnis verbringen könnte, ohne wahnsinnig zu werden.

Alle Menschen hatten ihn plötzlich verlassen. Die Freunde. Die Groupies, die sonst wie Kletten an Chris und seiner ›Schlagengrube‹ hingen. Nur ich, ich, ein Mädchen, das ihm nur ein einziges Mal begegnet war, brachte es nicht über mich, ihm den Rücken zu kehren.

Immer, wenn ich nachts erwachte, daheim in Wien, in meiner Studentenwohnung oder im Hause meines Vaters, in Badgastein, dem geliebten Tal der duftenden Quellen und des schönsten Hallenbades der Welt, würgten mich die Gedanken an Chris Svensson. Er war in Not. Ich sah sein junges Gesicht vor mir. Diese vollen, beinahe wulstigen Lippen, einen Mund voll betörender Sinnlichkeit, breit, unregelmäßig geformt und gerade durch diese wilde Unregelmäßigkeit anziehend in einem Antlitz von makellosem Ebenmaß. Ich spürte seine zügellosen, heftigen Umarmungen, wie ich sie einmal im Leben kennengelernt hatte. In dem kleinen Berghotel bei Salzburg. Ich war außerstande, diese kurze, beinahe unwirkliche Begegnung, damals, nachts aus meinem Gedächtnis zu löschen. Chris hatte sich fest in meinen Körper gebrannt, meine Sinne gefangengenommen, mir einen heißen Stempel aufgedrückt. Er hatte mich vergiftet, und ich sah ihn nachts immer vor mir.

Das wurde noch viel schlimmer, als ich im Fernsehen die ersten Berichte von der New Yorker Tragödie und die Schlagzeilen der Blätter las. Ja, alle Freunde, alle Flittchen hatten ihn verlassen. Christopher Svensson war bis über beide Ohren verschuldet. Die österreichischen und deutschen, die französischen und amerikanischen Zeitungen schrieben, daß es keine Menschenseele gäbe, die bereit wäre, eine hohe Kaution für Chris zu hinterlegen und ihn, zumindest vor Beginn der Gerichtsverhandlung, freizubekommen.

Wie erbärmlich die sogenannten Freunde und Mitarbeiter des jungen Rock-Idols waren! Vor allem aber sagte ich mir: die halten ihn für schuldig. Die wollen nichts riskieren, am allerwenigsten ihr Geld. Und was, wenn Christopher Svensson türmt und die Kaution verfallen läßt?

Ein über das andere Mal sagte ich mir auch: Wie kann es einen Menschen auf dieser weiten Welt geben, der Christopher Svenssons wahr und wahrhaftig für schuldig hält? Diesen Apoll mit dem sinnlichen und zutiefst unschuldigen Antlitz des ewigen Teenagers? Diesen Jüngling, der niemals altern wird. Chris hat die Welt wie ein plötzlich auftauchender Komet versengt, in seinen Bann gezogen. Die Rock-Schwärmer wollen neben der ›Snakepit‹ Christopher Svenssons und seiner Band überhaupt nichts mehr gelten lassen. Christopher Svenssons war schon mit zwanzig weltberühmt. Man braucht ihn nur auf dem Bildschirm zu sehen, seine aufregenden Gesichtszüge zu studieren, um von seiner Unschuld überzeugt zu sein. Alles, was Chris Svensson an Leidenschaft hat, fließt in seine Musik. Und – das erfuhr ich in jener tollen, unvergeßlichen Stunde im Salzburger Berghotel – in die physische Leidenschaft, die Küsse und Umarmungen, wie sie nur Christopher Svensson versteht.

Und dieses glückliche, ganz in seiner Gunst aufgehende Geschöpf, dieser junge Adonis, der am liebsten die ganze Welt umarmen würde, soll seine Frau ermordet haben? Saskia Stahl, die er trotz des riesigen Altersunterschieds geheiratet hat? Saskia Stahl, seine Wohltäterin? Die ihm so viel half, die ihn ausbilden ließ? Die Frau, die seine Entdeckerin war?

Christopher Svensson soll Saskia Stahl mit einem Kissen erstickt oder sonst auf irgendeine geheimnisvolle Weise getötet haben?

Welch grauenhafte Verleumdung. Welche Lüge. Unmöglich, daß selbst der Staatsanwalt daran glaubte.

Armer, armer Chris. Er wird durchhalten müssen. Und dann, hoffentlich bald, kommt der Tag seiner endgültigen Befreiung.

Damals, vor vielen Monaten, nachts, in dem kleinen Berghotel bei Salzburg, einen Tag vor dem gemeinsamen Auftritt Saskia Stahls und Christopher Svenssons, verliebte ich mich nicht in Chris. Es war kein Blitzschlag der Liebe. Und dennoch. So hartnäckig ich mich auch bemühte – ich konnte ihn nicht mehr vergessen. Kaum schloß ich die Augen, da tauchte sein Gesicht vor mir auf.

Ich schlief schlecht.

Dann kam die Tragödie. Die Zeitungen schrieben von nichts anderem. Christopher Sevensson schwebte in höchster Gefahr. Sogar die Todesstrafe war möglich – eine hartnäckige Lobby bemühte sich, sie im Bundesstaat New York für alle Mörder wieder einzuführen.

Meine Angstträume wurden von Nacht zu Nacht grauenhafter. Plötzlich war mir sonnenklar, daß nur ich und keine andere imstande war, Chris zu einem gerechten Urteil zu verhelfen. Dem Staatsanwalt die Augen zu öffnen. Als Reporter. Als Berichterstatterin. Vor allem aber als Zeugin für die Verteidigung. Und auch als Frau, die Christopher Svenssons Umarmungen und seine Küsse erlebt hatte.

Das freilich wußte niemand. Kein Mensch, weder mein Vater noch meine Kollegen oder meine Freunde, die damals an der Party im Berghotel bei Salzburg teilgenommen hatten, wußten, was in meinem Zimmer passiert war. Daß ich seine Küsse gierig eingesogen und sie erwidert und seinen Atem in mir gespürt hatte.

Christopher Svenssons, Mörder seiner Frau, Saskia Stahl? Unmöglich. Ich würde die Wahrheit an den Tag bringen.

Dies war die Theorie des Staatsanwalts: Svensson hat seine Frau erdrosselt. Mit einem Kopfkissen. Der Kissenbezug zeigte deutlich Abdrücke von Lippenstift, als das Dienerpaar die Hilferufe Saskia Stahls hörte und die verschlossene Tür einbrach. Als man sie tot, erstickt im Bett fand.

»Abdrücke von Lippenstift!« Aber selbstverständlich. Das war doch die natürlichste Sache der Welt – Saskia hatte sich abends, vor dem Schlafengehen, das Gesicht nicht gründlich gereinigt. Vermutlich war sie todmüde ins Bett gefallen. Dergleichen kommt vor. Keine Jury der Welt würde Christopher Sevensson aufgrund so fadenscheinigen Beweismaterials schuldig sprechen. Lippenrouge – das war doch keine Beweis für seine Schuld! Welche Frau vergißt nicht hin und wieder, sich abends das Gesicht zu reinigen? Welche Frau wirft sich nicht nachts im Bett hin und her, drückt wohl auch ihr Gesicht in die Kissen? Das mit Lippenstift verschmierte Kopfkissen ist wahrhaftig kein Corpus delicti!

Für mich war die einzig logische Erklärung Saskia Stahls nervöses Herzleiden. Sie war eine schwerkranke Frau, das wußten alle Zeitungsleser. Als sie in Salzburg zusammenbrach, mitten in ihrem Konzert, machte dieser Zusammenbruch Schlagzeilen. Saskia litt an einer Herzschwäche. Und dazu kam noch etwas anderes. Ihre intimen Freunde wußten, daß sie schon Monate vor ihrem letzten öffentlichen Auftritt zu trinken begonnen hatte. Sie trank zuviel, sie war es nicht gewohnt. Der Rausch sollte ihr helfen, die häusliche Misere zu vergessen. Kein Wunder, daß der unmäßige Alkoholgenuß ihr krankes Herz noch mehr schwächte.

Ich kann die Gerichtsverhandlung kaum erwarten. Ich weiß, daß sie alles an den Tag bringen wird. Und darum beschloß ich, nach New York zu fliegen – ich dachte flüchtig schon daran, als ich die ersten New Yorker Berichte über den plötzlichen, geheimnisvollen Tod Saskia Stahl las – der größten Sopranistin unserer Tage. Dann las ich, daß sie Christopher Svensson, den jungen Ehemann der Toten, verhaftet hatten. Denn Chris war bei Saskia gewesen, als sie starb. Carmen und Juan Sanchez, Köchin und Diener der Toten, hatten zuerst die Hilferufe Saskias gehört und dann einen undeutlichen Aufschrei Christophers. Was er schrie, verstanden sie nicht genau. Sie mußten die Tür einbrechen, denn Chris war, offenbar völlig kopflos vor Entsetzen, außerstande gewesen, den Riegel zurückzuschieben, die Tür zu öffnen. Seltsam, daß die Tür verschlossen war. Saskia machte sich sonst gar nichts daraus, die Schlafzimmertür offenstehen zu lassen. Es störte sie auch dann nicht, wenn sie mit Chris im Bett lag. Mit ihrem vergötterten Mann, der um fünfundzwanzig Jahre jünger war als sie.

»Hast du Saskia geliebt? Irgendwann einmal – hast du sie je geliebt? Sag mir die Wahrheit, Liebling!«

So drang ich in meinen Geliebten, meinen Verlobten. Ich bombardierte und quälte Chris unablässig mit Fragen. Zwischen uns mußte Klarheit herrschen. Ich mußte alles wissen, sonst würde ich ihn niemals heiraten können. Wir wollten heiraten, sowie der Alpdruck von uns gewichen war. Sofort nach dem Freispruch. Immer wieder mußte ich ihm beteuern, daß die Geschworenen ihn freisprechen würden. Todsicher.

Die Jury mußte ihn freisprechen, die Logik, die nüchterne Überlegung erforderte es! Warum hätte Christopher Svensson seine Frau töten sollen? Er wußte genau, daß er Saskia Stahl später einmal beerben würde – sie hatte ihn zu ihrem Universalerben eingesetzt und keinen Hehl daraus gemacht. Warum sollte er sie ermorden? Chris war einundzwanzig Jahre alt, seine Frau sechsundvierzig. Und außerdem herzkrank. Nur ein Narr hätte sich nicht damit zufriedengegeben, daß er Geduld brauchte. Nichts als Geduld. Ein um so viele Jahre jüngerer, kerngesunder Mann würde die kranke, ältere Frau ganz gewiß überleben.

Wo war das Tatmotiv? Es gab keins. Und darum konnte kein logisch denkender Mensch Chris für den Mörder Saskia Stahls halten.

Doch seine Geheimnisse mußte ich kennen – ich mußte wissen, wie diese seltsame, beinahe unvorstellbare Ehe beschaffen gewesen war.

»Bist du eifersüchtig auf eine Tote?« fragte Chris, und ich versuchte nicht, die Frage zu verneinen. Wahrscheinlich war ich noch immer eifersüchtig auf Saskia.

Ich antwortete mit einer Gegenfrage.

»War sie leidenschaftlicher als ich? Hat sie dich besser umarmt? Stärker? Hat sie dich im Bett mehr erregt als ich?« Beinahe schämte ich mich dieser Fragen, ich flüsterte sie meinem Geliebten ins Ohr, selbst dann, wenn wir ganz allein zu Hause waren.

Und dann waren wir fast immer nackt. Wir liefen nackt herum. Einmal kam Carmen ins Zimmer, als wir uns liebten. Sie lief rot an und entschuldigte sich – sie hatte gedacht, wir seien ausgegangen. Wir schämten uns überhaupt nicht. Weder vor Carmen noch vor Juan, ihrem Mann.

Wie gut, daß sich Carmen und Juan Sanchez bereit erklärten, als Köchin- und Dienerehepaar weiter für Chris zu arbeiten. Und für mich. Saskia Stahl hatte die beiden Juwelen vor Jahren entdeckt und angestellt. Sie sprachen noch immer voll Hochachtung und Schmerz von der Toten.

Freilich hatten sich die beiden nicht sofort nach meiner Ankunft bereit erklärt, den neuen – alten – Job bei uns anzutreten. Damals, bei der Vorverhandlung, vor dem Untersuchungsrichter, hatten Carmen und Juan gegen Chris ausgesagt. Oder doch einen Verdacht ausgesprochen. Sie sagten aus, daß sie Augen- und Ohrenzeugen vieler erbitterter Streitigkeiten zwischen Saskia und Chris gewesen waren.

Das war vor meinem Eintreffen in New York, und Chris saß hinter Schloß und Riegel.

Ja, der junge, blutjunge Ehemann war ihnen schon immer verdächtig gewesen. Sie glaubten einfach nicht an seine wahre Liebe zu der um fünfundzwanzig Jahre älteren, rückhaltlos, kritiklos verliebten und verblendeten Frau. Christopher Svensson hatte keine sauberen Hände. Als sie damals, nach Saskias Hilferufen und Christophers Aufschrei, die Schlafzimmertür einbrachen, waren sie felsenfest von der Schuld des jungen Mannes überzeugt. Auch sie hätten es allerdings nicht über sich gebracht, Christopher Svensson auf den elektrischen Stuhl zu schicken, falls es in ihrer Macht gestanden hätte.

Vor dem Untersuchungsrichter sagten Carmen und Juan als Zeugen für die Anklage aus. Und jetzt, nur wenige Wochen später, lebten sie wieder in der alten Wohnung des ungleichen Paares. Es war wie in einem Drama. Die Hauptperson, Saskia Stahl, war tot. Der junge Witwer, Christopher Svensson, hatte eine neue Geliebte – und die war ich, Verena Hollman.

Ich hatte kaum damit gerechnet, Carmen und Juan als Freunde und Diener gewinnen zu können. Wie gut, daß sie New York nach Saskias Tod nicht verlassen hatten, daß sie nicht nach Puerto Rico zurückgekehrt waren. Es gelang mir, Juans und Carmens Skrupel zu beschwichtigen und ihre Haltung Chris gegenüber zu ändern. Sie war intelligent. Auch sie begriffen das Prinzip der angelsächsischen Rechtssprechung. Daß jeder Angeklagte für unschuldig galt, solange kein rechtskräftiges Urteil gegen ihn vorlag.

Und sie behandelten Chris in dieser schweren und aufregenden Zeit ganz natürlich und allmählich sogar liebevoll. Offenbar schwand ihr Verdacht immer mehr.

Immer wieder quälte ich Chris mit meinen Fragen.

»War Saskias Körper schöner als meiner?«

Er drückt mich an sich, preßt seinen Mund auf meine Lippen, antwortet lange nicht. Ich lebe nur, wenn ich in seinen Armen liege.

»Wie kannst du bloß so unsinnige Fragen stellen? Du bist ein Baby, wie kannst du dich mit der alten Schachtel vergleichen.«

»Alte Schachtel? Du bist nicht bei Trost. Saskia Stahl war eine hinreißend schöne, blühende Frau von sechsundvierzig Jahren, als sie ums Leben kam. Damals, als ich sie im Salzburger Konzerthaussaal sah – ihren Zusammenbruch auf der Bühne, damals sah sie freilich aus wie eine schwerkranke, plötzlich gealterte Frau.«

Chris stößt mich weg von sich und liegt jetzt auf dem Rücken, starrt die Decke an, keucht.

»Hör doch endlich auf, von Saskia zu reden. Du machst mich wahnsinnig. Wirklich, Verena!«

»Ich bin Reporterin. Und Schriftstellerin. Außerdem studiere ich Strafrecht. Deine Ehe mit Saskia hat meine Fantasie schon vor drei Jahren beschäftigt, als die Zeitungen zum erstenmal darüber berichteten. Wenn eine 43jährige, weltberühmte Sängerin einen völlig unbekannten, 18jährigen Teenager heiratet, so greifen sich normale Menschen an den Kopf. Überrascht es dich? Die ganze Welt machte sich damals über Saskia Stahl lustig. Sag ehrlich. Hast du sie wirklich nicht ihres Geldes wegen geheiratet?«

»Ich weiß nicht. Ich kann mich wahrhaftig nicht mehr erinnern, was mir damals durch den Kopf ging. Vielleicht wäre ich auch dir gegenüber nicht ganz ehrlich. Ich weiß heute nur, daß mich dieser Schuft, der Staatsanwalt, erledigen will. Der Kerl will natürlich beweisen, daß mich Saskia Stahls Vermögen gereizt hat. Und daß ich nicht genügend Sitzfleisch hatte, um ihren natürlichen Tod abzuwarten – daß ich sie so bald wie möglich beerben wollte. Der Bluthund wird Himmel und Hölle mobilisieren, um zu beweisen, daß ich's auf Saskias Bargeld und ihre Häuser und Wertpapiere abgesehen hatte...«

»Christ, er wird nichts beweisen können! Du wirst freigesprochen. Laß mich und deine Anwälte nur machen. Schau lieber her. Hab' ich einen schöneren Körper als Saskia?«

Er rollt sich herum, berührt mich, umschlingt mich wieder, und eine neue Welle der Leidenschaft überflutet uns. Ich bemühe mich, still liegenzubleiben und nachzudenken. Ich bringe es nicht fertig. Welche Frau wäre wohl imstande, einen einzigen klaren, vernünftigen Gedanken zu fassen, wenn ein junges, hungriges Raubtier seine Tatzen auf ihren Körper legt? Chris bedeckt meinen Körper mit tausend heißen, brennenden Küssen, er beginnt mit meinen Füßen, küßt meine Zehen, küßt und leckt sich an meinen Beinen hoch und stürzt sich dann auf das heiße, dunkelhaarige Kissen in meinem Schoß. Er hat mir hundertmal gesagt, wie sehr er diesen sanften Hügel liebt. Bevor ich nach New York kam, wußte ich nicht, daß ich eine Zauberin war. Er nennt mich eine Hexe. Ich finde es komisch, und dennoch schmeichelt es mir. In jeder intelligenten Frau steckt ein primitives Weibchen, das auf Schmeicheleien reagiert.

Dabei hängt das Damoklesschwert unabwendbar über unseren Köpfen. Ich kann es kaum begreifen, daß wir dennoch imstande sind, immer wieder in den brodelnden Strom zu tauchen. Der Wirbel erfaßt unsere gierigen Leiber, drückt und preßt uns aneinander, treibt uns in einen glühenden roten Strudel, immer wieder im Kreise, der Liebende an die Geliebte gekettet, rundherum in einer Orgie aus Begierde, die sich selbst neu aufstachelt, sobald sie gestillt ist. Wir suchen einander, wir finden einander, wir suchen und finden wieder. Eine Flamme, die brennt, verglüht und wieder brennt.

Gott ist mein Zeuge. Ich wollte nicht, daß es so kommt. Ich wollte mich nicht verlieren, sondern kühlen und klaren Kopfes handeln, denn ich bin nicht nach New York gekommen, um mit Chris ins Bett zu gehen.

Ich war viel zu schwach und auch viel zu genußfähig, um mein Vorhaben durchzuführen.

Als ich Chris zum erstenmal begegnete, vor mehreren Monaten, unmittelbar vor Saskia Stahls Nervenzusammenruch auf der Salzburger Bühne, kannte ich seine Rock-Gruppe von Schallplatten. Und auf dem Bildschirm hatte ich Chris oft gesehen.

Ich war aus Badgastein im Auto nach Salzburg gefahren. Papa hatte sich geweigert, mitzukommen. Er besuchte nicht einmal Konzerte mit klassischem Programm, geschweige denn ein Sensationskonzert, das eine Mischung von guter, wertvoller Musik und Rock darstellte. Ich hatte ja selbst Angst davor. Doch meine Freunde drangen in mich, sagten auf gut wienerisch, ich sollte doch keine fade Nocken sein, sondern schon vor dem Konzert eine Party zu Ehren der erfolgreichsten jungen amerikanischen Rock-Gruppe ›The Snakepit‹ mitmachen. Christopher Svensson würde persönlich dasein. Ich besaß sämtliche Platten der Gruppe. Im übrigen auch fast alle Schallplatten der großen Sopransängerin Saskia Stahl. Im Gegensatz zu meinem Vater liebte ich Musik leidenschaftlich. Vor allem die Oper. Und gleichzeitig bemühte ich mich, mit der Zeit zu gehen und auch dem heißen Rock Geschmack abzugewinnen. Allerdings verstehe ich Rock-Musik bis auf den heutigen Tag nicht ganz, und ich vertrage sie nur bis zu einem bestimmten, mäßigen Geräuschpegel.

Es reizte mich natürlich, den umschwärmten, von Teenagern und älteren Frauen angebeteten Christopher Svensson persönlich kennenzulernen, und ich fuhr mit meinem Sportwagen über Salzburg ins Vorgebirge zum ›Chalet Vert‹, einem hocheleganten, wunderschön im Tannenwald, auf einer Anhöhe gelegenen Berghotel und beliebten Ausflugsziel vieler Salzburger Gäste. Ich wollte dort übernachten und am nächsten Abend in Salzburg Saskia Stahls und Christopher Svenssons Sensationskonzert besuchen. Gleich nach dem Konzert wollte ich nach Badgastein zu meinem Vater fahren. Gastein war noch immer meine Heimat, obwohl ich mir in Wien eine gemütliche Studentenwohnung eingerichtet hatte.

Ich hatte Semesterferien und konnte mir einen kleinen Urlaub leisten, denn auch für unsere Zeitschrift hatte ich fleißig vorgearbeitet.

Nie werde ich den Augenblick vergessen, als mir Christopher Svensson zum erstenmal gegenüberstand. In der Wohnhalle des Berghotels. Er trug eine alberne und reißerische Fantasiekleidung, hautenge Hosen aus silbernem, gestricktem Material, dazu ein zyklamenfarbenes Seidenhemd, das er bis zum Nabel aufgeknöpft hatte, um seine Brust so sexy wie möglich freigebig zu zeigen. Um seinen Hals baumelten reichlich silberne und goldene Ketten, und er trug Socken – keine Schuhe.

Die Augen des jungen Rock-Sängers fanden mich sofort, als ich die Halle betrat, durchbohrten mich, blieben an mir hängen. Es waren die flackernden Augen einer Wildkatze, sie flößten mir aus irgendeinem Grund Angst ein. Ich versuchte, aus diesem Blickfeld zu treten, ihm den Rücken zu kehren. Es war zu spät. Ehrengast Chris Svensson ging schnurgerade durch die geräumige Halle auf mich zu und blieb vor mir stehen.

»Wer sind Sie?« fragte er unverschämt.

»Es dürfte Ihnen nicht ganz unbekannt sein, daß man sich einer Dame vorzustellen pflegt!« antwortete ich, mußte aber über seine Frechheit unwillkürlich lachen.

»Bei uns in Amerika nimmt man's nicht so genau!« erwiderte Chris. »Verzeihen Sie. Ich bin nun mal ein Bauer. Übrigens nehme ich an, daß Sie mich kennen. Ich bin Chris Svensson. Ich werde jetzt mit Ihnen ins Bett gehen.«

»Sind Sie verrückt?«

»Ich bin nicht verrückt. Ich hab' bloß wenig Zeit zu verlieren. Kann ich etwas dafür, daß Sie so sexy sind? Ich hab' Lust, zu bumsen. Sie etwa nicht?«

Mir blieb der Mund offenstehen. Er war wirklich keiner Antwort würdig, und ich lief einfach davon, weg, zu den andern. Das war nicht einfach, denn die Gesellschaft war klein. Und immer wieder zog mich dieser clownhaft aufgeputzte, lächerlich ausstaffierte junge Sänger wie ein Magnet an – genaugenommen nicht seiner Unverschämtheit wegen. Und auch nicht, weil er animalische Männlichkeit ausstrahlte. Sondern weil es ihm gelungen war, Saskia Stahl, die herrlichste Isolde unserer Zeit, an sich zu fesseln, sie zu seiner Frau zu machen. Ihn zu lieben. Darum und nur darum fand ich Chris Svensson interessant. Weil ich nicht nur ein knapp 21jähriges Mädchen namens Verena Hollman war, sondern auch Reporterin und Schriftstellerin Verena Hollman, die ein besonderes Gespür für psychologisch seltsame Konstellationen hatte.

Saskia Stahl hatte ihn kaum kennengelernt und vom Fleck weg geheiratet. Oder vielleicht war es umgekehrt gewesen, und Chris wollte die Sängerin vom Fleck weg heiraten. Gleichviel. Der Fall erregte mich, und ich konnte mich nicht beruhigen.

Wir wurden zum Buffet gebeten, ich belud meinen Teller und trug ihn dann hinaus auf die Veranda, wo auch schon andere saßen. Eine Zeitlang konnte Chris mich nicht sehen, ich aber beobachtete ihn scharf. Ja, es stimmte. Die Zeitungen hatten ausnahmsweise nicht übertrieben. Chris Svensson sah im Leben noch besser aus als auf dem Bildschirm, er glich Apoll und Siegfried, zu einem einzigen göttergleich schönen Wesen verschmolzen. Trotz der abgeschmackten, ordinären Kleider.

Plötzlich, als ich mit meinem Nachbarn in ein Filmgespräch vertieft war und Chris vorübergehend aus den Augen verloren hatte, stand das Idol der Rock-Schwärmer vor mir.

»Ich müßte eigentlich längst wieder in Salzburg sein«, sagte er unvermittelt, obwohl ich keinerlei Notiz von ihm genommen hatte. »Meine Frau und ich wohnen im Schloßhotel Klessheim. Bildschön – kennen Sie's?«

Darauf reagierte ich nicht, sondern fragte meinerseits: »Warum erzählen Sie mir das, Mr. Svensson? Es interessiert mich nämlich nicht im geringsten!«

Offenbar war Svensson sternhagelvoll betrunken.

Er sprach weiter – mein Nachbar hatte sich taktvollerweise entfernt.

»Ich werd' meiner alten Dame sagen, daß ich heute nacht nicht nach Hause komme. Ich nehme mir hier ein Zimmer. Meinethalben mag sie heulen und Szenen machen.«

»Auch das interessiert mich nicht, Mr. Svensson. Behalten Sie bitte Ihre häusliche Berichterstattung für sich. Ein allzu zärtlicher Ehegatte sind Sie offenbar nicht, Mr. Svensson!«

»Nennen Sie mich doch Chris, um Himmels willen!« Er sprach jetzt Deutsch und gar nicht so schlecht. Nun, Saskia Stahl war ja Deutsche, die hatte ihn wahrscheinlich unterrichtet. »Sag doch du zu mir! Oder bist du noch altmodischer als meine Frau? Ich bin gleich wieder da!«

Und er verschwand, ging quer durch die Tanzenden hinaus in die Diele.

Ich hatte nicht die geringste Lust, Christopher Svenssons geschmacklose Annäherungen ernst zu nehmen, und ging bald hinauf in mein Zimmer, weil ich mich tüchtig ausschlafen wollte. Dem morgigen Konzert sah ich mit Erwartung und Aufregung und Furcht entgegen. Ich ließ die andern tanzend und trinkend zurück. Von Chris Svensson, dem platinblonden Wunderknaben, hatte ich reichlich genug – ich hatte ihn nach unserer kurzen und widerwärtigen Bekanntschaft durchschaut und zum billigsten Menschenschrott geworfen. Daß er berühmt ist und sich auf sein Fach, heißen Rock, meisterhaft versteht, imponiert mir auf einmal nicht mehr.

Der Kerl ist ja unfaßlich arrogant und von sich eingenommen!

Doch Christopher Svensson wirft die Flinte nicht so leicht ins Korn.

Oben will ich meine Zimmertür mit dem Schlüssel öffnen, mein Zimmer liegt an einer Galerie im ersten Stock. Ich stehe im Zimmer, gehe zur Couch. Da fühle ich, wie mir Schritte folgen, jemand hält mir, mich mit beiden Armen von hinten umschlingend, den Mund zu und stößt mich nach vorn. Ich bringe keinen Laut über die Lippen, ersticke beinahe.

»Schrei nicht – versuch's nicht einmal, Verena!«

Das ist Svenssons Stimme.

»Du heißt doch Verena, gelt? Ich laß dich ja schon los, siehst du?«

Tatsächlich lockerte er seinen Griff, mein Mund lag frei.

»Bitte, bitte, schrei nicht! Wenn du wirklich nicht mit mir ins Bett gehen willst, so werde ich dich nicht zwingen. Erlaub mir nur, dich zu küssen. Ich will wissen, wie deine Lippen schmekken. Gib mir deinen Mund. Und zieh deinen Rock hoch, oder laß mich's tun! Schau mich nicht so entsetzt an, Verena! Ich will alles kosten – dich überall küssen. Auch da unten. Du bringst mich um den Verstand!«

Seine Unverschämtheit verblüffte mich dermaßen, daß ich keinen Versuch mache, um Hilfe zu rufen. Offenbar lauerte mir Chris vor dem Zimmer, auf der Galerie auf, versteckte sich in einer Ecke und zwängte sich nach mir durch die Tür in mein Zimmer.

»Also gut. Ich schreie nicht, ich rufe nicht um Hilfe. Aber machen Sie, daß Sie aus meinem Zimmer kommen, wenn Sie keinen Skandal wollen. Ich rufe die Zeitungen an – und Ihre Frau. Ich schwöre Ihnen, daß ich mich sofort mit Ihrer Frau verbinden lasse, wenn Sie nicht auf der Stelle verschwinden...«

Ich sitze auf dem Bett, habe mich aus der liegenden Stellung, zu der er mich zwang, aufgerichtet. Seine schräggestellten Augen sind gelblich-grün, sie flößen mir wahrhaftig Angst ein. Dieser Mensch ist gefährlich, das spüre ich. Betrunken oder nüchtern. Der Kerl ist gefährlich.

Auf einmal ändert er die Taktik.

»Also gut, ich gehe. Ehrlich. Erlauben Sie mir nur, Sie zu küssen, bevor ich gehe. Ich flehe Sie an – nur einen einzigen Kuß. Sie sind so schön! Ich habe Sie schon einmal gesehen – so ein Gesicht kann man nicht vergessen.«

»Wir sind uns noch nie begegnet, und überhaupt – dieser alte Trick verfängt bei mir nicht.«

»Nur einen einzigen Kuß. Bitte!«

Mir ist ganz schwach zumute. Also gut. Ein Kuß. Davon stürzt die Zimmerdecke bestimmt nicht ein.

Aus der ersten Verschmelzung unserer Lippenpaare wird eine Kettenreaktion. Ein sengender, brennender, hungriger Kuß folgt dem anderen. Ich bemühe mich eisern, passiv zu bleiben, das Küssen ihm zu überlassen. Noch immer fühle ich mich nicht von Christopher Svensson angezogen, sondern abgestoßen.

Doch mein Körper gehorcht mir nicht mehr, macht sich selbständig. Trotz meines inneren Widerstandes spüre ich, daß die Hitze auch mich überflutet. Ich kann mich nicht mehr beherrschen. Ich bedecke seine nackte, feuchte Brust mit hungrigen Liebkosungen und Küssen. Ich lecke mit der Zungenspitze den glitzernden Schweiß von seinen Brusthaaren, diesem weißblonden Gekräusel, das so hell ist, als habe er es mit silbernem Puder bestäubt. Bin ich plötzlich verrückt geworden?

Chris lacht glücklich auf, er strahlt, man sieht ihm seinen Stolz an, meinen Widerstand so schnell gebrochen zu haben. Er wird dreister und dreister. Seine Finger dringen in das dunkle Dreieck zwischen meinen Schenkeln.

Da gelingt es mir, ihn zurückzustoßen – in einer Sekunde der Ernüchterung, der Willensanspannung. Scham überflutet mich. Bei keinem anderen hätte ich mich vor mir selbst geschämt. Doch Christopher Svensson? Ausgeschlossen!

Mein Rock ist noch verrutscht, die Bluse liegt neben mir, zerdrückt, wahrscheinlich auch zerrissen. Ich mache sicherlich einen äußerst komischen Eindruck. Ich reiße mich noch mehr zusammen, springe aus dem Bett und öffne die Tür, ehe ich zur Besinnung kommen könnte.

»Machen Sie, daß Sie hinauskommen, und bleiben Sie draußen!« zischte ich ihn an, wie eine giftige Schlange.

Auch er macht auf einmal einen ziemlich ernüchterten Eindruck.

»Ich gehe. Also gut. Aber wann kann ich dich wiedersehen? Ich werde niemals Sie sagen, Verena. Wann kann ich dich wiedersehen? Beim Konzert?«

»Ja, ich komme zum Konzert. Ich sitze irgendwo vorn – ich glaube, in der vierten Reihe.«

Wenn ich ihn nur schon los wäre!

»Ich liebe dich, Verena. Meine Frau bedeutet mir nichts. Hat mir nie etwas bedeutet.«

»Raus!« rufe ich jetzt laut, maßlos wütend.

Die Tür fällt hinter Christopher Svensson ins Schloß. Hoffentlich für immer. Wie stelle ich es bloß an, ihm in Salzburg, beim Konzert, nicht in die Arme zu laufen? Mich vor ihm zu verstekken? Hoffentlich sucht er mich im zweiten Teil, den Saskia Stahl mit ihren Liedern und Arien ganz allein bestreitet, nicht im Zuschauerraum!

»Nie wiedersehen. Trennung für immer.« Dieses ›für immer‹ dauerte, vom Salzburger Konzertabend an gerechnet, acht Wochen. Denn acht Wochen nach dem Skandal, nach Saskias Nervenzusammenbruch auf dem Konzertpodium – acht Wochen nach ihrer Heimkehr fand man die Sängerin tot in ihrer New Yorker Wohnung. Todesursache – zunächst – unbekannt. Untersuchung im Gange.

Arme, noch immer schöne, doch in den letzten Monaten ihres Lebens rapid gealterte, weltberühmte Saskia Stahl. Die Welt war um eine große Künstlerin ärmer geworden.

Und fünf Monate nach der Salzburger Tragödie bin auch ich hier in New York gelandet. Freiwillig. Als Zeugin für die Verteidigung. Ich liege neben Chris im Bett. Wenn er meinen Körper liebkost, vergesse ich den eigentlichen Zweck meines Kommens. Ich bin ganz Frau. Er macht mich verrückt. Er macht mich glückselig. Ich sauge mich an seinem Phallus fest, trinke den herbsüßen Saft, während er über mir kniet. Er gräbt seinen Mund tief in das dunkle Dreieck, das ich erst jetzt zu schätzen weiß. Als Geliebte meines Geliebten. Chris überrascht und betäubt mich mit einer endlosen Orgasmus-Kette, einem Delirium, das mir Vernunft und Überlegung raubt. Das darf nicht sein.

Chris ist ein bestrickender Junge, dem keine Frau widerstehen könnte. Er kann sie alle haben. Die alten und die jungen Weiber, die Erfahrenen und Unerfahrenen. Wenn er winkt, so bringt er sie um den Verstand.

Vielleicht auch um ihr Leben.

Dennoch gelingt es mir immer wieder, mich zusammenzureißen, Christophers Bannkreis zu entkommen. Im Bett, in seinen Armen bin ich blind und taub. Doch immer wieder bin ich es, die unser Liebesspiel beendet. Ich muß meinen vorgeschriebenen Weg gehen.

Ich bin nach New York gekommen, um Christophers Verteidiger kennenzulernen, das lückenhafte und bislang schlechtbezahlte, das uninteressierte Team zu ergänzen. Geld vermag viel. Wir alle, die Verteidiger, der Angeklagte und ich, die Hauptzeugin meines Geliebten, haben ein einziges Ziel vor Augen. Wir müssen Beweismaterial für Saskias letzte, tödliche Krankheit sammeln. Ich brauche darüber hinaus Fachurteile der berühmtesten Herzspezalisten. Ich suche immer wieder die Ärzte auf, die Saskias Leichnam obduziert haben. Kurz, ich lebe in einem Wirbel und kenne kein anderes Ziel als dieses: den Freispruch Christopher Svenssons zu erwirken.

Stundenlang sitze ich im Büro der Verteidiger, und es ist mir sogar gelungen, das wichtigste dokumentarische Verteidigungsmaterial für die Gerichtsverhandlung zu erwirken: Saskia Stahls Tagebuch. Ihr einziger wirklich intimer Freund und Begleiter, Winfried Graf, hat es mir überlassen. Winfried, den Saskias Konzertpublikum gut kannte – er korrepetierte ja nicht nur seit 15 Jahren mit ihr, er begleitete auch ihre Lieder- und Arienkonzerte am Klavier.

Winfried Graf faßte sofort Zutrauen zu mir, als wir uns kennenlernten. Saskia hatte ihm ihr abgeschlossenes Tagebuch in Verwahrung gegeben. Nur drei Tage vor ihrem mysteriösen Tod.

Freilich mußte ich verschiedene Schliche anwenden, um in Besitz des Tagebuches zu gelangen. Ich gewann einen Verbündeten in einem der Hauptzeugen der Tragödie, Winfried Graf, und allmählich ließ meine Furcht um Chris nach.

Der Prozeß wirft seine Schatten voraus, Chris hat keinen ruhigen Tag, keine friedliche Nacht, obwohl ich mich inständig bemühe, ihm Zuversicht einzuflößen. Chris verläßt die Wohnung kaum jemals, geht nicht mit mir an die frische Luft, obwohl ich ihn immer wieder bitte. Er hat mir geschworen, nicht zu trinken und nicht zu rauchen. Jetzt tut er beides. Er nimmt auch wieder Tranquilizer. Das Zeug schadet ihm ganz gewiß. Er magert zusehends ab.

»Laß mich doch, ich muß mich ablenken! Wenn alles durchgestanden ist, wenn ich wieder ein freier Mann bin, so werde ich dir sklavisch gehorchen, Verena. Das verspreche ich dir. Wahr- und wahrhaftig. Ich liebe dich. Gott hat dich geschickt, um mich zu retten. Ich hab' nie an Gott geglaubt, aber seitdem ich dich in den Armen halte, glaube ich an Gott und alle Heiligen.«

Nur im Rausch, nur auf dem Gipfel, nur im Jagen nach Lust können wir beide das Damoklesschwert vergessen. Ich drücke ihn so fest an mich, als könnte meine Liebe ihn vor dem Urteil retten: lebenslänglich. Oder vor dem elektrischen Stuhl, den eifrige Befürworter der Todesstrafe im Staat New York wieder einführen wollen.

Saskia Stahl wurde in New York zu Grabe getragen. Lily Morley von der Met, früher einmal Saskias Vorbild, später von Saskia überflügelt und in den Schatten gestellt, sang ergreifend Schuberts ›An die Musik‹. Das erfuhr ich freilich nur aus den Zeitungen und über den Bildschirm. Ich war in Wien. Die Elite des internationalen Opernschaffens war zu Saskias Begräbnis nach New York geflogen, die Met hatte schwarz geflaggt. Saskias Sarg sollte später nach Europa überführt und dort endgültig beigesetzt werden. In Bayreuth. Darum hatte die Sängerin in ihrem Testament gebeten. Vorläufig verweigerte der Staatsanwalt seine Einwilligung zur Überführung des Sarges.

Auch die Wiener und Pariser Oper, Covent Garden, die Berliner Oper und das Münchner Staatstheater hatten schwarz geflaggt, als die größte Wagner-Sopranistin unserer Zeit beerdigt wurde. Winfried Graf, Saskias treuester Freund, hielt die Trauerrede. Ich kenne sie auswendig.

Und jetzt lese ich das Tagebuch der Saskia Stahl. Anfangs las ich es heimlich zu Hause, wenn Chris schlief oder ausgegangen war, was selten genug vorkam. Dann beschloß ich, es in Winfrieds Junggesellenwohnung fertigzulesen. Ich ziehe mich in sein Arbeitszimmer zurück. Chris vermutet mich beim Anwalt oder beim Shopping.

Morgen oder übermorgen bin ich mit der Lektüre fertig.

2

›Ich, Saskia Stahl, Isolde, Tosca und Aida, von den Kritikern und Opern-Fans Europas und Amerikas beweihräuchert und gepriesen als größte und vielseitigste aller zeitgenössischen Sopransängerinnen und vielleicht sogar aller Zeiten – ich, Saskia Stahl, die in ihrem Spiegelbild noch vor wenigen Monaten eine Fünfunddreißigjährige zu sehen glaubte, widme dieses Geständnis meinem Mann. Dem Mann, der sich mit Händen und Füßen bemüht, mein Leben zu zerstören.

Es gelingt ihm recht gut.

Und ich sehe mich heute im Spiegel auch als eine zum Tode verurteilte, mit Hunden gehetzte Frau, die eine lächerliche Figur macht. Denn es ist krankhaft, wahnwitzig und erbärmlich, einen endlosen Liebesbrief, der gleichzeitig Anklage ist, an einen Mann zu schreiben, der einen ruiniert. Vorsätzlich und zielbewußt. Ich muß es dennoch tun, weil ich mir selbst Rechenschaft ablegen will. Ehrlich. Ohne Schönfärberei. Ich fühle mich wie eine Hasardspielerin, die außerstande ist, dem Glücksspiel zu entsagen. Sie weiß, daß es ihre Kraft verzehrt, sie ganz zermürbt, einem Abgrund zutreibt. Ich sehe den Abgrund und kann mich nicht dem Sog entziehen, der mich mit sich reißt. Diese Kraft ist übermenschlich, und ich bin nur ein kranker, elender Mensch.

Ich bin felsenfest überzeugt, daß in diese Welt Männer und Frauen hineingeboren werden, Menschen, die keine andere Aufgabe haben, als vor der Zeit zugrunde zu gehen. Es gibt Durchschnittsgeschöpfe darunter. Andere wieder, vom selben Schlag, Opfer derselben Bestimmung, haben ein gottergebenes, außerordentliches Talent. Ich bin ja Gott für die Gabe meiner Stimme dankbar, und ich habe versucht, sie mit den anderen zu teilen.

Dennoch gehöre ich zur Kaste derjenigen, die sich unaufhörlich und mit selbstmörderischer Lust bemühen, immer tiefer in Ausweglosigkeit zu geraten. Ich stecke tief im Irrgarten, unentrinnbar. Weil ich außerstande bin, meine Leidenschaft zu zähmen.

Das fing an, als ich Chris, meinen Abgott, zum erstenmal zu Gesicht bekam. Meinen Mann, den ich noch heute oft meinen Siegfried nenne. Siegfried erschien mir nicht von Licht umrahmt, wie meine Partner auf der Bühne. Ich entdeckte ihn in diesem abscheulichen Rattenloch, der rauchigen, verqualmten und mit unbequemen Tischen vollgepfropften Diskothek in Greenwich Village. In einer dampfenden, ungesunden, brodelnden Hölle. Dennoch hörte ich dort, in diesem Rattenloch, plötzlich das Schicksalsmotiv. Ich wußte sonnenklar, daß ich am Wendepunkt meines Lebens stand.

Noch fünf Minuten bevor meine Augen an Chris hängenblieben, hätte ich jeden ausgelacht, der die Zumutung ausgesprochen hätte, daß ich, Saskia Stahl, Star der Met, dem animalischen Zauber eines halbnackten Clowns erliegen könnte. Fünf Sekunden bevor ich Christopher Svensson bewußt mit den Augen umfing, war ich die personifizierte Vernunft. Keine überlegte so kühl und klar wie Saskia Stahl.

Dann sah ich ihn. Einen halben Knaben von unbeschreiblicher

Schönheit, einen Erzengel mit schulterlanger, fast weißer, silberblonder Mähne. Ein Bild, dem man nicht gleich ansah, daß es ein Bild ohne Gnade war, daß nur Bosheit, gepaart mit Dummheit, hinter dieser makellosen Jünglingsstirn Platz hatte.

Ich erkannte den Januskopf nicht sogleich, ahnte nicht, daß sich der aschblonde, silberblonde, weißblonde Engel in einen Dämon verwandeln würde. Den personifizierten Teufel, den irgendeine Macht geschickt hatte, um mich langsam zu töten. Vielleicht schneller, als ich es heute vermute.

Noch ist es meinem Teufelsengel nicht ganz gelungen, mich umzubringen. Er foltert mich nur. Das Ende, ich spüre es deutlich, ist eine Frage von Wochen. Oder nur von Tagen. Christopher Svensson, göttergleich, Reinkarnation Siegfrieds, obgleich skandinavischer Abstammung, fast unwirklich schöner Knabe mit kräftigen, doch nicht bulligen, sondern edel geformten Muskeln, breiten Schultern und schmalem Becken, wartet nur auf den geeigneten Augenblick, mich zu töten. Chris, blutjung, herrisch. Chris, der sich seiner Macht wohl bewußt ist. Chris, mein Mann und Geliebter mit einer ewig liebesbereiten, steinharten Rute, um die mich alle anderen Frauen beneiden. Ich lebe nur, wenn ich diese Wünschelrute umfasse, sie mit beiden Händen oder mit den Lippen liebkose, sie in meinem Körper spüre.

Daß es nicht gut ausgehen konnte, wußte ich schon damals, vor mehr als drei Jahren, in der Diskothek in Village. Meine Freunde, die wie Kletten an mir hängen, weil sie meine Großzügigkeit und Gebefreudigkeit kennen, beobachteten scharf und lüstern die Begegnung zweier so ungleicher Menschen. Saskia Stahl lernte einen jungen Laffen, einen jener vielen Pseudo-Musiker kennen, die herumliefen, Lärm schlugen und sich avantgardistisch dünkten. Chris Svensson war ein Hippie ohne einen Cent in der Tasche. Das wäre nicht so schlimm gewesen, doch bildete ich mir schnell eine Meinung. Chris Svensson war auch ein Hippie ohne Talent. Rücksichtslos und grausam. Das Gegenstück zur ›Belle Dame sans Merci‹ aus der Ballade. ›Beau garçon sans merci‹. So taufte ich ihn.

Meine Clique kannte den jungen Sänger nur oberflächlich, nur die Kellner und der Besitzer der unerträglich lauten Diskothek wußten damals den Nachnamen des Teenagers, der sich Chris nannte. Wer hätte geglaubt, daß Christopher Svensson bald seine eigene Combo-Gruppe, die ›Snakepit‹, haben und die höchsten Gagen scheffeln würde?

Solche Begegnungen, Wendepunkte in einem Menschenleben, werden von Gott herbeigeführt. Diesen Glauben nimmt mir niemand. Und wenn eine Frau das Schicksalsmotiv hört und an einem solchen Wendepunkt angelangt ist, hilft kein gesunder Menschenverstand mehr. Man müßte ruhig überlegen. Nüchtern alles auf eine Waagschale legen. In den Spiegel schauen. O ja, vernünftig denken und handeln.

Früher einmal, vor Jahrmillionen, diktierte mir die Vernunft. Das ist so lange her. Ich versuche, mein impulsives Handeln, mein Vabanque-Spiel damit zu entschuldigen, daß ich vor allem Künstlerin bin. Eine Künstlerin folgt vor allem ihrem Impuls, ihrer Neigung. Das ist ein Luxus, gewiß. Man darf sich nicht gehen lassen. Seinen Instinkten folgen ist ein Luxus, der sich nur allzu schnell rächt. Bei mir kam die Ernüchterung noch schneller, als ich es befürchtet hatte.

Ich weiß, daß mein Körper noch heute jung und reizvoll ist. Tagtäglich versichern mir die wenigen Menschen, denen ich Glauben schenke – und die sogenannten guten Freundinnen gehören ganz gewiß nicht dazu –, daß ich um zwanzig Jahre jünger aussehe, als ich wirklich bin. Wer sind diese Schwärmer und Verehrer, denen ich vertraute? Meine Kritiker. Mein Opernpublikum. Und bis ich Chris begegnete, gehörten auch meine Geliebten zu den rückhaltlosen, enthusiastischen Schwärmern und Komplimentemachern.

Meine Ex-Geliebten. Ich weiß kaum noch, wer sie waren. Das alles geschah vor Urzeiten, in den grauen Jahren ohne Chris. Jahren ohne Leiden, doch auch Jahren ohne betäubende, rasendmachende Freuden. Ich war ja taub und blind, ich spürte nichts, kein Gefühl, keine Lust, keine Begierde im Körper vor meinem dreiundvierzigsten Lebensjahr. Damals lernte ich Christopher Svensson kennen. Ich wußte nicht, daß meine Schenkel zittern konnten und daß Feuchtigkeit das rote Kissen zwischen meinen Beinen durchtränken konnte, perlendes Naß, das himmlischem Nektar glich. Er versicherte es mir, und ich mußte es ihm glauben.

Heute hasse ich meinen Mörder Chris. Dennoch weiß ich gleichzeitig, daß ich, solange ich lebe, seine Hände küssen und seine Füße mit der Zunge benetzen und abschlecken werde, wenn er es duldet. Aus Dankbarkeit. Denn Christopher Svensson, Cherub und Siegfried mit der fast weißblonden, aschblonden, silbrigseidigen vollen Mähne, hat mich zur Frau gemacht. Es war Chris, der Isolde erweckte und die Flamme der Begierde in ihr entzündete, und nicht mein neuer Partner, Garl Grote, der als führender

Heldentenor der internationalen Opernbühnen beinahe so berühmt ist wie ich: die noch immer faszinierendste, in alle Ewigkeit junge Isolde. Und, auch das vergessen die Kritiker niemals, gleichzeitig die überzeugendste, stärkste Tosca und Aida unserer Zeit.

›Vissi d'arte...‹ O ja, bevor ich meinen Geliebten, Erwecker und Mörder traf, hatte ich nur für die Musik gelebt. Sie war mein ganzes Leben. Ich wußte aber auch den Luxus des Wohllebens zu schätzen. Jedes Jahr gönnte ich mir ein paar Wochen Ruhe – niemals mehr als acht oder zehn Wochen. Und die genoß ich in vollen Zügen.

Ja, mein Körper ist noch immer verführerisch und betörend, der Körper einer allerhöchstens Dreißigjährigen. Wer versicherte mir vor kurzem, ich hätte auch die makellose Haut einer jungen Frau? Wer war es? Ich zerbreche mir den Kopf, kann mich nicht mehr erinnern. Ich höre den Chor, den ich hören will: die Stimmen meiner Verehrer. Nur Bewunderung, nur Lob. So sehr ich mich auch anstrenge, ich bin plötzlich außerstande, die Stimme Christophers auszumachen: meiner ersten, letzten und einzigen Liebe. Ein Rauschzustand packt mich, ich gerate in Ekstase, wenn ich seinen geliebten Namen vor mich hinspreche. Warum darf ich nicht immer vor ihm knien – zu seinen Füßen, und ihn flehentlich bitten, mich nicht zu quälen?

Ich belüge mich ja schon wieder. ›Quäl' mich, soviel du willst‹, möchte ich zu Chris sagen. ›Mach mit mir, was du willst, mein Siegfried und Tristan, mein Teufelsengel, der das Bett für mich entdeckt hat.‹ Chris ist mein Abgott. Er darf alles. Er darf mich auch quälen. Ich habe meine geheimsten Träume und Wünsche entdeckt, als mich Chris zum erstenmal an sich preßte. Eine neue Frau – unbekannt, wild und wüst. Und nun verpflanze ich beständig meine Nachtträume in meine Tagträume. Ich bin neidisch auf Licht und Tag, wie Isolde, am liebsten würde ich Taglicht und Tag-Trug meiden, weil ich nicht den ganzen Tag mit Chris im Bett liegen kann.

Ich lüge ja auch, wenn ich behaupte, vor Chris andere Geliebte gehabt zu haben. Das ist unmöglich. Ich war freilich eine große Künstlerin – anerkannt, berühmt, als mich die Clique vor drei Jahren in diese schmierige Diskothek schleppte, die ›Palembang‹ hieß und plötzlich ›in‹ war. Daß ich an jenem Abend in Hochstimmung war, wunderte niemand, denn ich hatte die Tosca in einer neuen, sensationellen Inszenierung in der Met gesungen. Alles war neu, die Bühnenbilder, die Ausstattung, die Kostüme. Ich war mit meinem prachtvollen Kostüm zufrieden, das Kleid war eine Robe aus moosgrünem Velourchiffon, mit lachsrosa Schleifen verziert, dazu trug ich einen breitrandigen Hut, von dessen Rand eine Pleureuse wippte, und die Federn umrahmten mein Gesicht so vorteilhaft, daß ich den Hut selbst in der Diskothek nicht ablegte. Zumindest anfangs nicht.

Es dauerte eine Stunde, bis sich der Applaus gelegt hatte und ich alle Autogrammbitten erfüllt hatte. Meine Fans wollten mit Gewalt mein Ankleidezimmer stürmen. Und als ich endlich mit der Garderobiere allein war und mich abschminken wollte, gab mir die Clique keine Zeit zur Besinnung. Ich ließ mich überreden, behielt mein Tosca-Kostüm an, ließ mich in eine Limousine verfrachten und fuhr im Konvoi nach dem Village. Meinethalben sollte es eine verrückte Nacht werden, in Florida würde ich mich lange genug ausruhen können. Grund zum Feiern hatten wir. Ich war sicher, daß mich auch der überkandidelte Musikkritiker der ›Twelve O'Clock Times‹ in alle Himmel heben würde.

Damals, vor mehr als drei Jahren, sonnte ich mich in meinem Ruhm, ich stand auf dem Gipfel. Dennoch fragte ich mich später oft – war ich wirklich eine große Sängerin, bevor mich Chris in die Arme nahm? Ich sang mit dem vielgepriesenen Sopran der Saskia Stahl. Doch eben nur eine Stimme. Unmöglich konnte ich damals den Gefühlsreichtum besitzen, den meine Liebe zu Chris in mir auslöste. Ich sang damals für mein Publikum. Für alle. Und nicht für einen einzigen Mann, den ich mit meiner Stimme, mit meinen Leistungen, mit meiner Leidenschaft immer wieder erobern wollte.

Daß es vergebene, lächerliche Liebesmüh war, weiß ich erst heute, auf dem Tiefpunkt meiner Existenz.

Saskia Stahl wurde neu geboren in ihrer ersten Liebesnacht mit Christopher Svensson, dem silberblonden nordischen Gott. Nicht nur Siegfried. Auch Baldur, Gott des Lichts. Chris und keiner vor ihm hat meinen Körper zum Leben erweckt. Ich schlief ja tiefer als Dornröschen, ich war tot, bedauernswerte Frau ohne Empfindungen, erotisch unerweckt, lächerliche Jahrmarktfigur, Frau ohne Unterleib. Christopher Svensson schuf mit seinen Küssen ein neues Geschöpf, eine Saskia Stahl, deren ›Vissi d'arte‹ heute Lüge ist. Denn ich lebe seit drei Jahren nicht nur für die Kunst oder doch am wenigsten für die Kunst. Ich lebe für das Bett, die Verzückung in den Armen meines jungen Geliebten und Mannes, für die Erfüllung und die Jagd danach, ich bin gefangen im ewigen Teufelskreis von Begierde, Lust und Gipfel, dem Auf und Ab, dessen Unfrieden ich nie mehr missen möchte.

Und ich bin zutiefst überzeugt, daß seit meiner ersten Verschmelzung mit dem Geliebten auch meine Stimme anders klingt. Sogar die abgebrühtesten, die bissigsten Kritiker staunten. Und das Heer meiner bedingungslosen Jasager, die mich anbeteten, sprach von einem Wunder. Ich hatte, was die Kritiker betrifft, seit meinem ersten großen Durchbruch vor fünfzehn Jahren immer schwerer zu kämpfen, als eines jener kleinen Durchschnittstalente, von denen es in Europa und Amerika wimmelt. Alle, die damals von einer neuen Birgit Nilson sprachen, setzten die strengsten Maßstäbe an mich. Sie vergaben mir keinen Fehler, keinen falschen Atemzug, keine zu lange oder zu kurze Pause, keine Sekunde mangelnder Konzentration.

Damals, als ich nach meiner plötzlichen Heirat mit Chris zum erstenmal auftrat und mich in Gesellschaft und bei Interviews nur noch ›Mrs. Svensson‹ und nicht mehr, wie früher, ›Frau Stahl‹ nennen ließ, sprachen selbst meine wenigen Feinde unter den Kritikern von einem Wunder. Die Met hatte nie eine so sinnliche, im Spiel, im Ausdruck und rein stimmlich so überwältigende Isolde gehört und gesehen, wie die der neuen Saskia Stahl. – Sie nannten mich ›die neue Saskia Stahl‹ und ich wußte auch, wem ich diese Wiedergeburt zu verdanken hatte. Chris und nur ihm allein. Er hatte mich zu einer beständig hungrigen, gierigen Kannibalin gemacht. Zu einer glücklichen und unglücklichen Kannibalin. Ich wußte erst jetzt um die Höhen und Tiefen der Leidenschaft, die in mir schlummerten.

Nach den New Yorker Kritikern stimmten auch die Italiener in die Lobeshymnen ein, als ich an der Scala auftrat, und die Londoner Musikkritiker priesen überschwenglich meine Isolde, Turandot und Aida. Die Berliner, Münchner, Hamburger Kritiker sprachen vom achten Weltwunder, Saskia Stahl.

›Du bist wie neugeboren, und dabei dachte ich, du hättest den Gipfel längst erreicht!‹ sagte auch Winfried, der einzige, der mir niemals, um keinen Preis, geschmeichelt hätte.

›Bedanke dich bei Chris‹, antwortete ich.

Abends las ich meinem jungen Mann die begeisterten Kritiken vor, Chris, der die besten Kräfte und Quellen in mir erschlossen hatte. Ich las sie meinem blutjungen Ehemann vor, meinem Geliebten, meinem Sohn und Abgott. Ich liebe ihn mit einer wahnwitzigen, sengenden Glut, die mich verzehren und töten wird.

Christopher gähnt. Er hört nicht zu. Er hat keine Ahnung von der Tragweite dessen, was ich ihm vorlese, und ich lese auch nur darum laut, weil Chris noch nie im Leben eine Zeitung oder gar ein Buch in der Hand gehalten hat. Ja. Chris gähnt. Was die Kritiker schreiben, interessiert ihn überhaupt nicht. Isoldes metallische, ungeheure und weithin hallende, dann wieder samtig timbrierte und süße Sopranstimme wurde unter seinem Einfluß, durch ihn geweiht, zur Flamme. Zu einem sinnlichen Brandopfer, das ich ihm widme – dem Mann, für den einzig und allein ich seit drei Jahren singe.

Brandopfer für einen Mann, der mir niemals zuhört, ob ich nun singe oder lese.

O ja. Manchmal schläft er noch mit mir. Was aber der sehnsüchtige Gesang bedeuten soll: O sink hernieder, Nacht der Liebe... oder mein Bekenntnis auf der Bühne, als Tosca: ›Vissi d'arte‹, davon hat Christopher Svensson keine blasse Ahnung. Nicht einmal nach dreijähriger Ehe mit der größten Sopransängerin der Gegenwart. Christopher Svensson kennt kaum den Unterschied zwischen Wagner, Puccini und Verdi.

Doch meine Stimme verfeinerte sich, wurde noch geschmeidiger, ich atmete, schritt und schaute, hörte und bewegte mich anders, seitdem mich Chris erweckt hatte. Meine Stimme ist jetzt ganz Flamme. Mein Leben geht zu Ende, die Flamme erlischt wie Brangänens Leuchte. Und dennoch gibt es kein Bedauern für mich.

Immer, wenn es mir gelingt, meinen jungen Abgott ins Bett zu ziehen, bin ich genau wie damals, beim erstenmal, mit seliger Taubheit und Blindheit geschlagen. Ich weigere mich, das Ende, den vorgezeichneten Weg als Wirklichkeit hinzunehmen. Und ich bin glücklich. Solange es mir eben gelingt, in seinen Armen taub und blind zu sein.

Alles wurde mit einem Schlag anders, als Chris meine Schenkel auseinanderstemmte und seine schöne, heiße, harte Rute dazwischenstieß. Meine Schenkel sind zu üppig, das weiß ich, doch Chris lobte sie. Er bewunderte mein Fleisch. Ich verdanke Chris meinen ersten, besinnungslosen Aufschrei im ersten Orgasmus meines Lebens. Und ich war damals dreiundvierzig Jahre alt.

Saskia Stahl, von ihrem Geliebten aus dem Dornröschenschlaf geweckt, geht anders, denkt anders, atmet anders. Mein Herzschlag änderte sich und vor allem mein Gesang. Die neue Isolde, allem Irdischen entrückt, sitzt auf der steinernen Bank im zweiten Akt, es ist fast stockdunkel, und Tristan schmiegt sich an sie. Es ist begreiflich, schrieben die Kritiker, daß Isolde im ersten Akt, Opfer des Liebestranks, als Flamme der Sinnlichkeit lodert und sich in

Tristans Arme wirft. Schon früher, bevor Chris in mein Leben trat, war Sinnlichkeit – gespielt und nicht gefühlt und empfunden – Hauptmerkmal meiner Gestaltung. Doch im zweiten Akt sei keine Isolde der modernen Operngeschichte, der letzten fünfzig und wahrscheinlich sogar siebzig Jahre, so von Sinnlichkeit besessen gewesen wie Saskia Stahls Isolde im zweiten Akt, meinen die Kritiker.

Ich sehe mich selbst wie in einem Spiegel auf der Bühne, animalisch, wie ein junges Tier, sinnlich selbst in Verzückung und Entrücktheit, in erotischer Ekstase. Wenn eine Steigerung in Saskia Stahls künstlerischen Leistungen überhaupt möglich war, so erleben wir sie jetzt, schrieb die ›Times‹, als ich nach meiner plötzlichen Heirat, die wie eine Bombe einschlug, zum erstenmal wieder auf der Bühne stand. Die neue Isolde ist ein dämonisches, vom Eros besessenes Weib, behaupteten die Kritiker. Ich glaube nicht, daß meine Konzeption im Sinne des Bayreuther Meisters gewesen wäre, doch war ich außerstande, meine Triebe zu zügeln.

Vor drei Jahren: Ich versteige mich in Geschmacklosigkeiten, und weil ich Saskia Stahl bin, machen meine Mitarbeiter mit. Die Regisseure, Bühnenbildner und vor allem Kostüm-Designer. Heute kommen mir meine Vorschläge lächerlich vor. Warum, fragte Isolde, die liebestolle Verführerin, viel mehr Salome als Isolde, warum muß Isolde eigentlich ihre großen, makellosen, apfelförmigen weißen Brüste verstecken? Und ihre starken, muskulösen, vielleicht zu breiten Schenkel? Überhaupt – ihr schneeweißes Fleisch, das auch kein einziges Muttermal entstellt? Warum muß ich mich im Zeitalter der Nacktheit auf der Bühne und in den Salons in Kostüme hüllen, die vielleicht im Bayreuth des Meisters, vor hundert Jahren, begreiflich waren? Ich habe den Körper einer Dreißigjährigen, kein Mensch glaubt mir, daß ich dreiundvierzig bin. Und ich verspüre nicht die geringste Lust, mein altes, fließendes und formloses Isolde-Kostüm zu tragen, weder das Kleid aus dem ersten noch die Kleider aus dem zweiten oder dritten Akt. Weg mit den verstaubten Samt- und Seidengewändern! Als Salome war ich schon immer halbnackt. Ich will es jetzt auch als Isolde sein. Die Illusion soll nichts mehr zu wünschen übrig lassen, ich will ihnen allen und vor allem meinem Geliebten, Chris, meinem Mann, der seine Frau zum erstenmal als Isolde hören und sehen wird, zeigen, wie blendend und funkelnd schön ich bin!

Damit habe ich, das weiß ich nicht erst heute, freilich einen Skandal entfesselt. Ich könnte ein dickleibiges neues Album mit den Protesten der bekanntesten Kostümzeichner füllen, die damals empört waren. Diesseits und jenseits des Atlantik. ›Isolde ist nicht Salome!‹ schrieben die Kritiker. »Saskia Stahl ist von allen guten Geistern verlassen, wie konnte sie bloß darauf bestehen, im zweiten Akt halbnackt ihr ›Sink hernieder, Nacht der Liebe‹ zu singen?« Havisham, gefürchteter Kritiker der London ›Times‹, hatte natürlich recht. Er war mit der Concorde nach New York geflogen, um mich in der neuen Inszenierung des Tristan zu hören, und er machte mir die Hölle heiß.

Sein Kollege von der ›New York Times‹ war noch viel härter. Er lobte meine Stimme, war von ihrer neuen, rein sinnlichen Ausstrahlung entzückt, verdonnerte mich aber wegen meiner Kostüme – es war stadtbekannt, daß die Entwürfe von mir und nicht von meinen Designern stammten. Ich hatte um Nacktheit, viel Nacktheit gekämpft. Fast erkannte ich mich selbst, die neue, schamlose Saskia, die Exhibitionistin, nicht wieder.

Was hätte wohl der Meister gesagt? Der Meister dreht sich in Bayreuth im Grabe! meinte einer der bedeutendsten New Yorker Opernkenner. Ich bekam Wutanfälle beim Lesen der Verrisse, die ich ja doch im Inneren meines Herzens erwartet hatte. Ich war wütend, weil ich wußte, daß die andern recht hatten – und nicht ich.

Winfried hatte gewarnt. Winfried hatte mich beschworen, Vernunft anzunehmen. Vergebens. Und so wurde der neue Tristan ein musikalischer Triumph – und gleichzeitig fielen die Kritiker über meine geschmackliche Torheit her.

Kein Zweifel. Ich hatte mich unrettbar lächerlich gemacht. Dergleichen ist schlimm. Je berühmter man ist, um so lieber wischt einem die Presse eins aus.

Zu meiner Entschuldigung bringe ich heute, drei Jahre nach dem Triumph und Dekabel in der Met, nur eins vor: Ich war eben nicht Herr meiner Sinne. War es nicht mehr, seit dem ersten Kuß, der meine Lippen mit seinem Mund verschmelzen ließ. Ich verspürte Peitschenhiebe, Zwang, Lust-Befehl, mich ihm ganz hinzugeben, über meine Kraft hinaus. Viel mehr als meine Seele. Viel mehr als meinen Körper. Ich mußte der ganzen Welt zeigen, wie sehr ich ihn liebe – welche Wandlung und Verklärung Saskia Stahl erfahren hatte, als sie sich ihm hingab. Daß ich eine andere geworden war in seinen Armen, unter dem knabenhaft schlanken starken Körper Christopher Svenssons, meines jungen Gatten.

Es gibt Männer – fast immer sind es Männer und nicht Frauen –, die in der Liebe und Leidenschaft nur einen Wunsch haben:

den Liebespartner ganz zu umschlingen und einzuhüllen. Nicht nur in Küssen, Umarmungen, den tausend Arten der physischen Ekstase. Sondern auch in Großzügigkeit, in verschwenderischem Überfluß. Diese Männer wollen ihrer Liebsten alles schenken, was sie sich wünscht, und noch viel mehr. Sie haben für ihre Geliebte Schlösser gebaut, den Taj Mahal, Schloß San Simeon an der kalifornischen Küste, Ritterburgen und feenhafte Villen an der Riviera. Sie wollten ihrer Liebsten zeigen, daß sie eine lebendige Gottheit ist, und sie holen für die geliebte Göttin den Himmel herunter auf die Erde.

Ich bin eine Frau, doch in meinem grenzenlosen Drang, zu geben und zu schenken, gleiche ich einem großzügigen Mann. Ich war eine Zeitlang dieses Koppelwesen, von Christopher Svensson geboren. Er machte mich stark, gebieterisch in den kurzen Monaten unseres Glücks, nach der Hochzeit. Ich war Meister, Herr und General. Sklavenhalter und gleichzeitig Sklavin. Wahrscheinlich gilt diese doppelte Charakterisierung für jede echte Frau, die liebt. Die wenigsten werden es zugeben.

Heute ist kein Funken Kraft mehr in mir. Ich bin die Magd meines Geliebten, sein Dienstbote, der springt, wenn der Herr pfeift – wie es die Mägde im Mittelalter taten. Schuld an diesem jähen Wandel bin nur ich.

Damals, vor tausend Jahren, bevor mich Chris in die Arme nahm, pflegten meine längst vergessenen Zwerg-Liebhaber zu sagen: ›Du nimmst und gibst viel intensiver als jede andere Frau. Du machst einem Angst, Saskia!‹ Und dabei schlief ich vor Langeweile beim Liebesspiel meistens ein. Weiß Gott, was sie attraktiv an mir fanden – wahrscheinlich meinen Ruhm. Es imponierte ihnen, Saskia Stahl nackt in den Armen zu halten. Ich habe heute keine Ahnung, wie diese Männlein aussahen, habe auch die meisten Namen vergessen, alles schmolz dahin, zerfloß in Nichts, als ich mich zum erstenmal an den gedunsenen, sinnlichen Lippen meines einzigen Geliebten Chris festsaugte. Ich hätte diese Lippen am liebsten mit meinen scharfen Zähnen zerfetzt, damit nichts für andere Frauen übrigblieb, doch brauchte ich sie wie das liebe Brot – Chris ohne Mund, das wäre entsetzlich. Nie hatte ich den Drang, mein Männchen aufzufressen, so zwingend mächtig gespürt wie beim ersten Kuß, den ich mit Chris tauschte.

Ja, wer waren meine früheren Geliebten? Regisseure, Dirigenten, Zufallsabenteuer. Es machte mir bisweilen sogar Spaß, die Arbeitspausen mit einem meiner Mitarbeiter auf der Couch in meinem Ankleidezimmer, zu verbringen. Ein einzigesmal spürte ich etwas Erregung – ich verdankte sie dem neuen Siegmund in ›Walküre‹, einem zügellosen jungen Bengel, der sich krampfhaft bemühte, mich allerhand Perversionen zu lehren. Sie ekelten mich bald an.

Heute, mit Chris, gibt es nur Heiliges. Nichts Ekelhaftes. Und selbst der junge Siegmund war damals außerstande, mich mehr als einmal auf Hochtouren zu bringen. Liebe und Sex – wie uninteressant! Wie überflüssig! Das war meine ehrliche Meinung, so war ich eingestellt, bis ich Chris kennenlernte.

›Vissi d'arte...!‹ Ja, ich nannte mich sogar glücklich in jenen Lehr- und Arbeitsjahren, jeder Tag brachte neue, schwierige Aufgaben und neuen Erfolg. Im Mittelpunkt meines Daseins stand meine Stimme, ›die Stimme‹, wie ich mein gottgegebenes Instrument unpersönlich nannte, als wäre sie ein Lebewesen, das ich hegen und pflegen mußte. Geh heute nicht ohne Schal aus, zieh dich warm an, geh überhaupt nicht aus, die New Yorker Luft ist heute voller Smog, rauchig, gefährlich. Nach Los Angeles wagte ich mich überhaupt nie wegen der berüchtigten Luftverseuchung. Meine Sorgen waren damals: wer ist diese neue, blutjunge finnische Sängerin, die in Berlin ihr Debüt hatte? Was wird die ›Times‹ schreiben? Und wie werden mich die Londoner Zeitungen beurteilen, die Münchner, Berliner und Mailänder Blätter? ›Du gibst und nimmst viel intensiver als jede andere Frau‹, hatten meine Zufallsmännchen versichert. Das war Lüge – oder eben Zufall. Ich bemühte mich weder, stark zu geben noch stark zu nehmen, bevor mich Christopher Svensson mit Armen und Beinen umschlang. Denn früher interessierte mich nur meine Arbeit und meine Karriere.

Die neue, die nackte, von Chris erweckte Isolde. Warum darf Isolde nicht im durchsichtigen Kostüm erscheinen, um Tristan und tausend atemlosen Zuschauern ihren ebenmäßigen, fleischig-proportionierten, schönen Körper zu zeigen? Vor allem – ihrem achtzehnjährigen Ehemann? Es war skandalös und dennoch wahr. Als ich Chris heiratete, war er noch keine neunzehn Jahre alt. Ich war damals dreiundvierzig und heute bin ich sechsundvierzig Jahre alt.

Der achtzehnjährige Rock-Sänger stand in der verrauchten, widerlichen Diskothek und sang. Ich weigerte mich freilich schon immer, dieses Kreischen, dieses ohrenzerreißende, fast unerträglich laute Getöse ›Gesang‹ zu nennen. Für mich ist und bleibt Rock eine Anti-Kunst, ich werde meine Meinung niemals ändern. Das ist eine andere Welt, in die ich nicht einzudringen vermag. Ich will es auch gar nicht. Dort, auf dem Podium, stand ein Knabe von zwingender blonder Schönheit, mindestens zwanzig Jahre jünger als ich. Hätte mir damals jemand prophezeit, daß ich, Saskia Stahl, Opfer dieses Fremdlings werden würde – ein Freund, ein Astrologe, ein Witzbold – daß ich der unwiderstehlichen animalischen Anziehungskraft dieses Knaben, dieses jungen Brüllaffen, zum Opfer fallen würde, so hätte ich ihm ins Gesicht gelacht. Es war nicht nur der Altersunterschied. Ich hatte mich niemals um jüngere Männer gekümmert. Dieses kreischende und schreiende Geschöpf, dieser Teenager, war ein Geschöpf aus einer fremden Welt. Ja, ich hätte laut und herzlich aufgelacht, wenn mir jemand ein Zukunftsbild geschildert hätte: Saskia Stahl springt freiwillig in den Abgrund. Kommt in den Flammen um. Wie Brünnhilde, nach Isolde meine liebste Rolle. Sie muß sterben, weil sie nur kompromißlos leben kann. Saskia Stahl kann sich nicht mit einer halben Liebe, einer halben Umschlingung, einem halben Mann begnügen. Es wird der Tag kommen, da stößt sie ihr junger Geliebter, ihr Mann von sich, und Saskia Stahl bleibt nichts anderes übrig als der Tod in den Flammen. Sie würde nicht anders handeln, könnte sie ihr Leben nochmals leben.

Ich habe freilich immer an das Schicksal geglaubt. An Bestimmung. Damals, an dem Abend in der Diskothek, im lärmenden, rauchigen ›Palembang‹, hätte es das Schicksal nicht schwer gehabt, mich zu retten. Es sollte einfach nicht anders sein. Die Clique entführte ihre ›Tosca‹ aus der Met ins Greenwich Village, und dort begegnete sie dem Teenager, der ihr Leben auf den Kopf stellen sollte. Der Sturz der Tosca, Sturz der Isolde.

Immer wieder mußte ich hören, wie unmöglich und geschmacklos damals mein Kostüm in der Neuinszenierung des Tristan war. Ich trug ein vollkommen durchsichtiges fließendes Gewand aus weißem Seidenchiffon im zweiten Akt und bestand darauf, daß die Scheinwerfer ein paarmal direkt auf meinen Körper gerichtet wurden, der nackt unter dem hauchdünnen Stoff leuchtete. Sternennacht und Licht, Apotheose der Liebe, Schönheit der Stimme und Reiz des Körpers – das alles sollte einzig und allein meinen Mann, Chris, begeistern. Er saß ja in der ersten Parkettreihe, zwischen meinem Presse-Agenten, dem geschicktesten Halunken seines Fachs, und meinem Arzt.

Der Arzt schwärmt für Wagner. Das ist allerdings nicht der einzige Grund, warum ich ihn, seit Chris mein Mann ist, bei jeder

Premiere dabei haben will. Ich leide an Herzbeschwerden. Fürchte mich seit Jahren vor einem Herzanfall. Dazu kommt noch das Lampenfieber, unvermindert stark, selbst fünfzehn Jahre nach meinem Operndebüt. Das werde ich nie los. Nicht einmal, wenn ich hundert Jahre singe.

Ein trauriger Witz. Vielleicht habe ich noch zehn oder auch zwölf gute Jahre. Wie lange kann ich weitermachen? Ein Stimmwunder wie Birgit Nilsson wird alle hundert Jahre einmal geboren. Und wenn ich mein Leben nicht von Grund auf drastisch ändere, bin ich ein nervöses Wrack, längst vor meinem fünfzigsten Lebensjahr.

Ich werde niemals fünfzig. Ich sterbe früher. Chris wird mich töten, das weiß ich. Nachts spüre ich es, oder tagsüber. Hellwach oder im Traum. Im Angst-Schlaf und im Angst-Wachsein. Es ist mir auch gleichgültig. Wenn der letzte Funken Liebe, den Chris für mich hat, erloschen ist, so will ich nicht weiterleben. Ohne meinen Teufelsengel, den Liebesstachel, ohne die Augenblicke und Fetzen von Bewußtlosigkeit, die mir seine Umarmungen schenken, will ich nicht weiterleben. Er hat mich wahrscheinlich nie geliebt.

Und wenn sich Chris einmal endgültig weigert, mit mir zu schlafen – mein Mann, der mich nur scheinbar geliebt hat, als wir uns in einer kurzen, leidenschaftlichen Verzückung befanden, die etwa so lange währte wie unsere Flitterwochen – mein Mann, der mich damals berauscht befriedigte, die geile, von Gier besessene Frau, wenn sich Chris eindeutig von mir losmachen und mich endgültig zerückstoßen wird, wenn ich versuche, ihn wie ein Raubtier in den Fängen festzuhalten – dann will ich wahr- und wahrhaftig sterben. Ich werde Gott anflehen, mich mit einem Blitzstrahl zu töten, mich plötzlich sterben zu lassen, im Bett, wenn Christopher meinen ewig hungrigen Körper von sich stößt. Ja, ich bin noch immer Isolde, und die wahre Isolde sehnt sich nach Tod und Verklärung, wenn Tristan nicht mehr für sie da ist.

Ich bin mir vieler Vergehen bewußt. Ich war eine halbnackte, schamlose Isolde, das war Blasphemie. Ich zwang mein Publikum, an dieser Geschmacklosigkeit teilzunehmen, als ich mich für meinen Geliebten, Chris, fast nackt auszog. Ich habe meine heilige Kunst vergewaltigt, weil mir Gott den Verstand nahm, als ich Christophers Geliebte wurde. Isolde wurde damals zur billigen Hure, und dennoch blieb ich die größte Sopranistin unserer Zeit. Ich war schon damals, vor drei Jahren, krampfhaft bemüht, Chris immerzu, Tag und Nacht, auf der Bühne zu zeigen, meine Gliedmaßen, die zur Göttin Juno gepaßt hätten. Ich spürte instinktiv, daß seine Liebe, falls überhaupt vorhanden, ein schwaches Flämmchen war, das immerzu angefacht werden mußte. Ich wollte nicht nur Liebe, ich wollte heiße, sengende Leidenschaft. Nachts und auch am Tage, ohne Unterlaß.

Das waren meine Gedanken, und darum lag ich dem Kostümzeichner in den Ohren und bat ihn, ein Doppelwesen vor sich zu sehen, das gleichzeitig Isolde und Salome war, majestätisch-königliche Schönheit und bestialischer, noch kindlicher Weibsteufel. Und schließlich willigte der Designer ein, und es entstand das skandalöseste Gewand, das die Oper je erlebt hatte. Ich weiß aber auch, daß ich an dem Abend überzeugender sang als je zuvor: denn ich sang ja für Chris. Ich brauchte weder meinen schwatzhaften Presse-Agenten noch den überschwenglichen Arzt oder die vielen hundert Fans, um mir zu bestätigen – es hatte rund 25 Vorhänge gegeben –, daß ich New York wieder einmal erobert hatte. Daß die verwöhntesten Kritiker buchstäblich bereit waren, vor mir in die Knie zu fallen. Ich wurde nach dem letzten Akt mit Teerosen, meiner Lieblingsblume, überschwemmt, meine Garderobe, die Bühne, der Korridor, alles glich einem Meer duftender, blaßgelber Rosen, und später verwandelte sich meine Wohnung in ein Blumengeschäft. Chris behauptete, er könne die parfümierte Luft nicht vertragen.

Ich wußte, daß ich leidenschaftlicher, glutvoller gesungen und gespielt hatte als je zuvor. Und Chris, knapp neunzehn, merkte nichts von dem gesamten Aufwand. Hatte keine blasse Ahnung, was auf der Bühne und in mir vorging. ›Ich kriech' an die Wand, wenn ich fieses klassische Zeug höre!‹ gestand mein Mann nach der sensationellen Opernaufführung. ›Im übrigen finde ich Wagner zum Kotzen. Im zweiten Akt bin ich beinah eingeschlafen.‹

Christopher gähnte. Er gähnte, nachdem er den vollendetsten ›Tristan‹ gehört hatte, der auf einer Opernbühne überhaupt möglich war. Eine glanzvollere Besetzung war undenkbar, weder in Amerika noch in Deutschland, noch in irgendeinem anderen Land der Welt.

Und Chris Svensson spürte keinen Hauch von dieser Größe. Er gähnte, und ich brachte ihn nicht um. Er hätte wahrhaftig nichts Besseres verdient. Im übrigen war er schon mißgestimmt, bevor die Aufführung begann. Ich hatte ihn zu Hause zwingen müssen, einen dunklen Anzug anzuziehen. Gegen den Smoking sträubte er sich – das war ausgeschlossen. Mit Mühe und Not überredete ich ihn, nicht in prall sitzenden Jeans mit offenem Seidenhemd ganz vorn im Parkett zu sitzen. Mir zuliebe war er bereit, sich an dem Abend konventionell zu kleiden.

Dieser ›Tristan‹ wurde dennoch ein rauschender Triumph für mich. Wenn ich von Christophers Reaktion absah. Doch kein einziger Kritiker lobte mein Kostüm, vielmehr, meinen Mangel an Kostüm: meine Nacktheit.

›Wagner ödet mich an.‹ Auch das mußte ich von Chris hören, nachdem er sich von seinem Gähnkrampf erholt hatte. Großer Gott im Himmel, was war aus Saskia Stahl geworden, wie tief war sie gesunken, wenn sie dieses respektlose, idiotische Gewäsch mitanhörte, ohne das Ungeheuer, aus dessen Mund die Worte kamen, zu erwürgen? Erwürgen! Ja. Ehe mein irdischer Gott, mein Geliebter, mein Mann und Sohn, die Hand gegen mich hebt und mich erwürgt. Ich muß ihm zuvorkommen. Ihn erwürgen! Oder, weniger dramatisch, mich ganz einfach von Christopher Svensson, dessen Namen ich seit unserer Heirat so gern gebrauchte, scheiden lassen. Aus Saskia Stahl Svensson soll wieder Saskia Stahl werden, ohne den belastenden Namen eines jungen Niemands, einer Null, eines Bajazz, dem ich kein echtes Leben einzuflößen vermag und am allerwenigsten Respekt vor meiner größten Liebe der Kunst.

Ich heiße Saskia Stahl, nicht Frau Svensson. Ich habe das Glück, wählen zu können zwischen einem weltberühmten Namen und dem einer Frau Svensson, die – als Christophers Ehefrau und nicht mehr – sich von keiner grünen Witwe und keiner gelangweilten Hausfrau ohne Ziel und Zweck im Leben unterscheiden würde.

Hinauswerfen muß ich Chris, in weitem Bogen aus meinem Leben hinauswerfen, den Kerl, der sich so sehr an meiner Kunst versündigt. Und seinen Namen vergessen. Der Name meines Mannes ist für mich ein Hemmschuh. Ich bin noch immer Saskia Stahl, ich habe die schönste dramatische Sopranstimme der Welt. Und ich habe Christopher Svensson buchstäblich die Chance seines Lebens gegeben, ihn aus der sprichwörtlichen Gosse geholt, einer Bruchbude, die sich ›Palembang‹ nannte. Diese nach Schweiß und Zigarettenrauch riechenden, verqualmten, widerwärtigen Schmelztiegel verkrümmter Leiber mit ihrem qualvollen Höllenlärm! Nie im Leben werde ich begreifen, daß Rock auch Kunst sein kann. Ich werde diese Art von schrillem Gekreisch und Jaulen nie ertragen und mußte mir schon damals die Finger in die Ohren stopfen, um nicht taub zu werden. Rock ist für mich die Hölle.

Daß es gerade mir zustoßen mußte, ist unbegreiflich. Und dennoch war es mein vorgeschriebener Weg. Ich, Saskia Stahl, verliebte mich Hals über Kopf in einen nicht einmal mittelmäßigen Rock-Sänger. Für mich war Christophers Gesang das Kreischen eines Brüllaffen. Ich hätte glatt aufstehen und durchgehen sollen. Dann wäre Chris heute noch immer dort im Village, in der schäbigen Diskothek, und dort würde er verrotten, bis er sich etwas Schlimmes zuschulden kommen ließe. Hasch oder LSD. Ohne mich wäre er bald im Knast gelandet.

Und dennoch weiß ich, daß ich mich belüge. Dabei habe ich mir vorgenommen, in meinem Geständnis so ehrlich zu sein, als wollte ich es einem Richter zeigen. Meine Niederschrift darf keine einzige Lüge enthalten. Saskia Stahl ist nach dreijähriger Hölle, die ihre Ehe war, zu stolz, um zu lügen.

Vor drei Jahren lernte ich meinen Teufelsengel kennen, den ich noch immer abgöttisch liebe, mit einer verzweifelten, machtlosen, kraftlosen Leidenschaft. Sie zerstört mich an Leib und Seele. Meine Augen brennen. Ich kann keine Nacht friedlich durchschlafen. Ich wache alle zwei, drei Stunden auf, schweißbedeckt, ich ringe keuchend nach Luft. Und seit vielen Wochen finde ich nachts auch nicht mehr die Hand meines Geliebten an meinem Körper. Er liegt nicht mehr neben mir, schläft von mir getrennt, weigert sich, unser Doppelbett, das groß genug für drei wäre, mit mir zu teilen. Wir ließen es vor drei Jahren eigens für uns bauen, alle Illustrierten brachten Fotos davon. Es gab kein üppigeres, luxuriöseres Bett für Liebes-Sybariten.

Eigentlich dauerte unsere volle physische Leidenschaft nur etwa ein halbes Jahr. Für mich waren vor allem die kurzen Flitterwochen auf meiner Insel in der Karibik Höhepunkt meines Lebens. Ich hätte dort sterben müssen, ins Meer springen, mich von den Wellen überfluten und begraben lassen. – Mit Chris nach New York ziehen war Wahnsinn, ihm Zugang zu meinem Alltagsleben zu verschaffen: völlig hirnverbrannt. Und ich weiß: der Tiefpunkt ist noch lange nicht erreicht. Der sexuelle Wirbel, der Rausch, in den mich Christopher riß, konnte nicht von Dauer sein.

Bei mir änderte sich auch später nichts, ich blieb süchtig, ständig liebestrunken vom Liebestrank. Bei ihm änderte sich um so mehr. Ich merkte es sofort nach der ersten kälteren Umarmung. Zwang ihn dennoch, bei mir zu bleiben, statt diese ganze verrückte Wirbel-Ehe als flüchtiges Abenteuer abzutun und ihm den Laufpaß zu geben. Ich hätte uns beiden viel Schlimmes erspart.

Mehr als drei Jahre sind seither vergangen. Tage und Nächte in der Hölle. Und Chris ist noch immer mein Mann.

Unser Ehebett, in dem ich jetzt fast immer allein schlafe, sollte mein Venusberg sein. Tannhäuser durfte nie den Weg nach draußen finden. Er hat mich dennoch verlassen. Ich brauche Chris, den ich im Bett immer idealisiere und draußen, im Alltag, verachte. Ohne ihn kann ich weder wach sein noch schlafen.

Unser Doppelbett hat vier Pfosten und einen Baldachin mit kleinen, mosaikartig angeordneten Spiegeln. Anfangs erregte es uns maßlos, beim Liebesspiel unsere Glieder im Spiegel-Baldachin zu beobachten. Das war in den ersten glücklichen Wochen nach unserer Heimkehr aus der Karibik. Bald jedoch ärgerte ich mich darüber, daß Chris seinem eigenen Spiegelbild zu viel Aufmerksamkeit schenkte.

Diese Spiegel waren eine gefährliche Konkurrenz für mein Fleisch, für meine Schönheit. Sie lenkten den Geliebten ab. Er beobachtete sich beständig in den Spiegelchen und bewunderte seine eigenen, makellos geformten Gliedmaßen. Das durfte ich nicht dulden. Ein paarmal vergaß Chris sogar, mich zu befriedigen, so sehr ergötzte ihn, Narziß, der eigene Liebreiz. Ich wollte keinen Narziß, ich wollte den Stachel, der mich beständig reizte und immer befriedigte.

Wann habe ich ihn zuletzt in mir gespürt? Meine Schenkel sind trocken, sie brennen vor Sehnsucht nach meinem Mann. Kaum hatte ich das Luxusbett bezahlt, alle anderen neuen Möbel bezahlt, ihm Autos, extravagante Anzüge und Hemden mit Spitzeneinsatz und grellfarbiges Seidenzeug gekauft, das er für seine Diskotheken-Nummern brauchte, als ich zahllose Veränderungen an Chris wahrnahm. Er wurde Narziß – und dann interessierte ihn nicht einmal mehr das eigene Spiegelbild im Baldachin über unserem Bett. Den Baldachin hatte ich mit Seide verkleiden und verhängen lassen.

Ich haßte Chris, wenn er vergaß, mich zum Orgasmus zu jagen, mich ganz glücklich zu machen. Komisch, daß unsere Eltern diese Leidenschaft der Körper die ›eheliche Verpflichtung‹ nannten. Wie oft lachte ich mit Chris in den kurzen, vollkommen glücklichen Wochen über die Unwissenden, Tauben und Blinden, die den Sex nicht als Mittelpunkt des Universums betrachteten.

Damals versuchte ich auch, nicht ohne Erfolg, Chris Unterricht zu geben, ihn gute Manieren zu lehren, ein bißchen Nachhilfe-Unterricht in den Schulfächern zu erteilen, von denen er keine Ahnung hatte. Chris hatte ja seine Eltern nie gekannt. Er behauptet allerdings, in Wisconsin, von wo er nach New York getippelt war, die vier ersten Elementarschulklassen beendet zu haben. Ob es stimmt, weiß ich nicht. Achtzehn Jahre war Chris, als er vor dreieinhalb Jahren ohne einen Cent in der Tasche in New York eintraf. Damals hatte er keine Ahnung, daß die höchstbezahlte Sopranistin der Met Saskia Stahl hieß, und er wußte wahrscheinlich überhaupt nicht, wo das Metropolitan Opera House stand.

›Eheliche Pflicht‹. Was frühere Generationen so nannten, ist die einzige ewige Flamme, die nie erlöschen dürfte. Der einzige Rausch, der die Erde um die Sonne kreisen läßt. Flamme, die in den Schenkeln der Huren glüht, und mit Huren meine ich alle Frauen. Das ist ein Kompliment. Hure aus Neigung sein ist das Höchste, was eine Frau im Leben erreichen kann. Im Grunde genommen sind sie alle Huren: die farblosen Ehefrauen, die Chefsekretärinnen und Bankdirektorinnen, die weiblichen Ingenieure und Soldaten. Schauspielerinnen sind Huren, sogar Nonnen sind Huren. Freilich versuchen viele von ihnen, ihre sexuellen Begierden unter einem Mäntelchen der Wohlanständigkeit oder Frigidität zu verbergen. Komischerweise sind zumeist nur die Berufshuren keine Huren und auch nicht die bezahlten Callgirls, die schlechte Bücher über ihre halb erlogenen Affären mit Kongreßabgeordneten und Präsidenten schreiben.

Ich lobe und preise unser riesenhaftes, schönes, widerstandsfähiges Doppelbett mit seiner großartig elastischen Matraze, nicht zu weich und nicht zu hart. Chris und ich verbrachten mehrere Tage mit der Suche nach einer passenden Matratze, und weil die Zeitungsleser meine Fotografie kennen, wußten die Verkäufer sofort, wen sie vor sich hatten. Bald umstanden uns neugierige Menschen, und ich fing ziemlich viele spöttische Blicke ein. Es war ja auch ein Anblick für Götter: Saskia Stahl, attraktivster Star der Met. Da schaut her – Saskia Stahl, 43, hat sich soeben einen jungen Ehemann zugelegt. Der ist um 25 Jahre jünger als sie. Und jetzt kauft sie ihm auch noch ein Bett. Wer weiß, wieviel Taschengeld sie ihrem Kleinen gibt?

Luxuriöser als unser Bett konnte kein Lager sein. Heinrich VIII. und seine Frauen schliefen in harten Kisten, mit unserem Wunderbett verglichen. Sogar die Dubarry und die Pompadour und Ninon de Lenclos, aber auch alle zeitgenössischen Kurtisanen wären auf mein Bett neidisch.

Freilich würde ich nach meiner eigenen Erfahrung mit dem reflektierenden Baldachain keiner Frau mehr raten, Spiegel über ihrem Liebeslager anzubringen. Chris ließ sich ganz schön ablenken. Ich forderte höchste Konzentration von ihm, und bald sah ich, wie zerstreut er war. Er befriedigte mich nicht mehr richtig. Damals, auf dem Gipfel unserer physischen Verzückung, war ich es, die ihrem ungleichen, blutjungen Ehemann, dem schlanken Teenager, das Tempo befahl. Er sollte sich meinen Rhythmus angewöhnen. Damals gehorchte Chris. Er wurde freiwillig mein Sklave. Mit weit offenen Augen. Narziß suchte sein Abbild, Spiegelung der eigenen Leidenschaft, in seiner um vieles älteren Frau. Sie war fünfundzwanzig Jahre älter als er, doch noch immer blendend schön. Faszinierend in ihrer grenzenlosen Anbetung des Geliebten. Diese Frau war ihm hörig, und ihre Hörigkeit machte aus ihm, freilich nur vorübergehend, ihren Sklaven. Ihr Eigentum.

Ich, Saskia Stahl, war das Wasser, und Narziß kniete an meinen Ufern, beugte sich über sein Spiegelbild, forschte und suchte unablässig nach dem Widerschein seiner Liebe, versuchte, die Umrisse der eigenen Gestalt im Wasser zu entdecken. Aus dem kühlen Naß flackerten ihm auch die Flammen entgegen, die er angefacht hatte. Er sah nicht nur den holden Liebreiz seiner selbst, Narziß, den Schönsten der Schönen. Er sah in den Flammen auch zwei Schenkel, meine Schenkel, zwischen denen dieses göttliche Naß aus der Quelle meines Geliebten silbrig perlte.

Es gab kein Spiel der verliebten Körper, das wir in jenen seligen Nächten nicht bis ins letzte ausgekostet hätten. Oft war die Liebesnacht ein Nachmittag, ein Morgen – wir konnten unmöglich immer warten, wie die Kleinbürger, bis es dunkel wurde. Wozu auch? Wir liebten einander morgens, mittags und abends, immer wieder trieb uns die Begierde zueinander, aufeinander. Unsere Arme und Beine waren beständig hungrig und weit geöffnet.

Mein ganzes Leben war dicht in jene vier oder sechs Monate zusammengedrängt. Einmal, ihr Götter, lebte ich, und mehr bedarf es nicht. Was wußte Hölderlin vom Leben einer Frau? Ich bin unersättlich.

Ich wurde geboren, als Chris mich in seine Arme nahm. Ich sterbe langsam und qualvoll, seitdem ich weiß, daß er mich nicht mehr liebt. Er wird mich umbringen. Oft hoffe ich, daß das Ende plötzlich kommt. Ich leide wie ein geprügelter, langsam dem Hungertod preisgegebener Hund. Mein Herr hungert mich aus.

Eigentlich bin ich noch sehr jung, denn ich wurde ja erst vor drei Jahren geboren. Damals küßte er mich zum erstenmal. Ich weiß, daß ich Chris, den blonden Baldur und Siegfried, beseligendes Bild ohne Gnade, auch dann nicht vergessen hätte, wenn ich nicht noch in derselben Nacht seine Geliebte geworden wäre. Freilich nicht ganz. Wir waren nackt und doch nicht vollends miteinander verschmolzen.

Mein Mann ist ein geschickter Lügner. Ich glaube auch bis auf den heutigen Tag, daß Chris mich über seine Familienverhältnisse belogen hat. ›Meine Eltern haben mich verlassen, ich wanderte von Hand zu Hand, von Pflegeeltern zu Pflegeeltern.‹ Das ist seine Geschichte. Ich glaub' kein Wort. Das einzig Wahre an der Geschichte vom armen kleinen Waisenknaben dürfte die Schilderung seiner Mutter sein. An die kann sich Chris zwar nicht mehr gut erinnern, doch erzählten ihm seine Pflegeeltern, daß er sein silberblondes Haar, die seidige Mähne, von seiner Mutter geerbt hatte. Wie anders es im Licht der Morgensonne glänzt und wie geheimnisvoll sein Silberschimmer aufleuchtet, wenn wir uns nachts im Halbdunkel lieben. Wieder vergesse ich, alles in die Vergangenheit zu setzen. – Im übrigen glaube ich einfach nicht, daß Christophers Mutter ihr Kind verließ, als es noch ein Baby war. Welche Frau könnte wohl so ein Kind verlassen? Unmöglich. So grausam kann kein Mensch sein.

Was die Pflegeeltern, die vielen Pflegeeltern, betrifft, so hoffe ich, daß die drei oder vier Elternpaare niemals auftauchen. Die haben Wichtigeres zu tun, als nach einem Teenager zu suchen, der ihnen ausgerückt ist. Vom siebzehnten bis zum achtzehnten Lebensjahr will Chris in einer Hippie-Kommune bei Milwaukee, Wisconsin gelebt haben. Und dann tippelte er, schnell entschlossen, nach New York. Die Pflegeeltern werden wohl drei Kreuze hinter ihm geschlagen haben, als er sie verließ und in die Kommune zog.

Als ich zum erstenmal mit Chris schlief, machte ich mir allerdings einige Sorgen. War er wirklich zumindest achtzehn Jahre alt, wie er behauptete? Hoffentlich verführte ich keinen Minderjährigen. Das könnte Saskia Stahl gerade brauchen. Ich kannte die Gesetze allerdings nicht genau. Eins wußte ich sonnenklar. Ich hatte mich in einen Knaben verliebt, der jung genug war, um mein Sohn zu sein.

Alpträume quälen mich, lassen mich nicht aus ihren Fingern. Ich wache keuchend auf, ringe nach Atem. Immer die gleichen Träume in diesem dritten und ganz gewiß letzten Jahr meiner grauenvollen Ehe-Farce mit Chris, Lucifer, dem niederträchtigen Verderber einer hilflos verliebten Frau. Immer der gleiche, nie derselbe Traum, Qual und Vernichtung in peinigender Vielfalt, ein Leitmotiv und zahllose Variationen.

Ich sehe Chris vor mir, als Siegfried mit Fell bekleidet, das Schwert umgegürtet. Er steht auf einer dunklen, waldigen Talsohle, es ist ein düsterer Tannenwald, getreues Abbild einer Bühnendekoration aus dem Ring. Siegfried, mein Geliebter, winkt mir zu. Er lädt mich ein, zu ihm in das Tal hinabzusteigen, das etwa hundert Meter tiefer liegt als mein Standort. Laut ruft er meinen Namen, winkt mir immer schneller zu: So komm doch, komm! – Ich komme ja schon! Ich höre mich laut rufen und sehe, wie ich die Böschung hinabhaste, ich trage ein langes fließendes Schleppkleid, das Gewand der Isolde. Christopher, der auch Siegfried und Tristan ist, wartet auf mich. Schnell zu ihm, in seine Arme!

Kaum bin ich auf der Talsohle angelangt, ist der dunkle Nadelwald plötzlich verschwunden. Auch mein Engel, mein Geliebter, ist nicht mehr da. Statt seiner erwartet mich ein grinsender Troll mit schrägstehenden Schlitzaugen und stechend gelbem Blick. Er verzerrt den Mund, das sind nicht die vollen, sinnlichen Lippen meines Knaben. Nie habe ich ein hämischeres, häßlicheres Lachen erlebt als das, mit dem mich der junge Satan empfängt. Aus Christopher ist der personifizierte Beelzebub geworden, und er hat mich ins Tal gelockt, um mich zu vernichten. Ich bin verzweifelt, weil ich meinen Mann selbst in dieser widerwärtigen Verkleidung begehre, in der Teufelsmaske, die er zum erstenmal trägt. Mir graut vor dieser Niedertracht: Chris zeigt mir endlich sein wahres Antlitz, und noch immer liebe ich ihn. Er zieht mich an, wie der mächtigste, unheilvollste Magnet der Welt. ›So spring doch endlich!‹ ruft er wieder. ›Sei nicht feige! Spring!‹

Was meint er? Wohin soll ich springen? Da entdecke ich die Grube. Ein dunkles, bodenloses Loch. Dort hinein lockt mich mein Mann. Ich soll in die Tiefe springen, sterben.

Das Loch ist nicht mehr dunkel. Flammen schießen aus der Tiefe empor, feuerrot, wie mein Haar. Ein feuerroter Tintenfisch mit flammenden Fangarmen langt nach mir, gierig, mich zu vernichten. Und immer gelingt es mir in diesen furchtbaren Alpträumen, mich im letzten Augenblick zu retten. Ich halte mich am nassen Gehölz fest, damit ich nicht tiefer rutsche. Ich springe nicht in das bodenlose, dunkle Loch und lasse mich auch nicht in das rote Fanal fallen.

Laut schreiend schrecke ich aus diesen Angstträumen auf, rufe um Hilfe, wage es nicht, abermals einzuschlafen, weil ich Angst davor habe, weiter zu träumen. Ich rufe Chris beim Namen. Chris ist nicht bei mir – wer weiß, wo er sich heute nacht herumtreibt.

Vielleicht ist er sogar zu Hause, nur eben am anderen Ende der großen Wohnung. Dort, in einem kleinen Schlafzimmer, hat er sich häuslich eingerichtet. Ursprünglich sollte der Raum ein zweites Gästezimmer werden. ›Ich fühl mich viel wohler in einem kleinen Zimmer, unser Schlafzimmer war schon immer zu aufgedonnert für meinen Geschmack‹, erklärte mein Mann, als er mich sattbekam. Was ihn nicht daran hindert, mein Geld mit beiden Händen aus dem Fenster zu werfen. Er spielt bisweilen den bescheidenen Proletarier, bringt aber mit viel Geschick mein Vermögen durch.

Nein, ich hüte mich vor dem Wiedereinschlafen in jenen schrecklichen Traumnächten, und Schlaf war doch so wichtig für mich. Nach wie vor arbeite ich hart. Das einzige, was mir noch blieb: meine Musik, meine Arbeit. Vergessen der Misere, wenn ich studierte, übte und auftrat. Ich hatte den Boden noch nicht völlig unter den Füßen verloren, solange meine Stimme mir gehorchte.

In den letzten Wochen habe ich nicht mehr schreckhaft geträumt. Ich sehe den Abgrund, in den mich Chris locken möchte, nicht mehr im Schlaf. Um so deutlicher sehe ich das Ende, hellwach, bei ruhiger Überlegung. Es ist alles ein simples und recht alltägliches Rechenexempel, und diese Rechnung geht immer auf. Saskia Stahl, die ihr wahres Alter geschickt vor sämtlichen Biographen geheimhält, flüchtet nicht mehr in Alpträume. Ein heller, sonnendurchfluteter Morgen in der ehelichen Wohnung kann Alptraum genug sein.

Ich habe aufgehört, mir Sand in die Augen zu streuen. Ich finde mich mit meinem Dienstbotendasein ab, doch immer nur für Tage, für Stunden. Dann begehre ich auf. Es hilft alles nichts. Die Nachtgespenster lassen mich nur in Frieden, solange ich mein Spiegelbild nicht belüge.

Wann wurde mir klar, daß unsere widersinnige, abnormale Ehe nicht länger halten konnte als die Ekstase zweier Körper? Auch der Rausch war nur so herrlich, weil wir in unserem Liebesnest auf der Insel ganz fern vom Alltag waren. Weil sich kein Dritter in unsere Existenz einmischen konnte. Juan und Carmen hielten sich, wie immer, im Hintergrund, und die ersten Tage der Flitterwochen verbrachten wir überhaupt nur zu zweit.

Die Ernüchterung kam schon wenige Wochen, nachdem ich Chris zum Altar geschleppt hatte.

Oh, ich hielt mich an die Regeln, spielte die reife Braut voll Charme und beinahe würdevoller Haltung. Wenn ich sage, daß ich Chris zum Altar schleppte, meine ich das nicht ganz wörtlich. Jim, der geriebenste aller Presse-Agenten, routinierteste aller Berufslügner, erfand außerdem noch ein paar hübsche Verzierungen für unsere Skandalheirat. ›Saskia Stahl ist jünger, als es die meisten Biographien zu wissen glauben‹, versicherte Jim. ›Sie mußte sich als blutjunge Debütantin älter machen, um ohne Einwilligung ihres Vormunds auftreten zu dürfen. Saskia hat ihre Eltern ja als Kind im Krieg verloren.‹ Das stimmte, ich werde den frühen Verlust meiner Eltern nie verschmerzen. Und das mit dem Alter? Zeigt mir einen Weltstar, der sich nicht um zehn Jahre jünger macht. Hoffentlich glauben es die Operndirektoren und Fans wirklich, daß ich meine erste Sieglinde als Achtzehnjährige in Hamburg sang. In Wahrheit sang ich Sieglinde mit fünfundzwanzig. Welche Achtzehnjährige hätte die Stimme und Reife, Wagner zu singen?

In Amerika ist das Publikum viel naiver als in Europa. Hier kann ein raffinierter Fernseh-Moderator oder Spitzen-Kritiker seinem Publikum alles weismachen. Hier würde man ihm auch Glauben schenken, wenn er behauptete, ich sei die Enkelin des letzten Zaren und – in einer Person – die jüngste Tochter Stalins. Gott segne meinen Presse-Agenten! Ich weiß seine Schläue zu schätzen. Ausstehen kann ich ihn nicht.

Im Grunde genommen ist der Knabe, den ich geheiratet habe, Christopher Svensson, blonder Mädchen- und Jungmännertraum, raffinierter als ich, seine um fünfundzwanzig Jahre ältere Frau. Ich wäre alt genug, seine Mutter zu sein. Nie könnte ich so kalt und berechnend, nur auf den eigenen Vorteil bedacht, handeln wie Chris.

Ich hätte von vorneherein wissen müssen, daß unsere Liebes-Farce, von mir so tödlich ernstgenommen, in einer Tragödie enden muß. Am liebsten würde ich es vom höchsten Gebäude New Yorks in alle Windrichtungen schreien, vom World Trade Center möchte ich es hinausbrüllen, damit es alle läufigen, leichtsinnigen Weiber hören, ob sie nun berühmte Filmstars oder Callgirls, brave Mütter mit vier Kindern oder befreite Women's-Lib-Schlampen oder Huren aus Leidenschaft sind: Hört her, wenn euch irgend jemand zu überzeugen versucht, daß ›der Altersunterschied zuungunsten der Frau in einer Liebe oder Freundschaft keine Rolle spielt, daß es keine Faustregeln für Sex und Leidenschaft und tiefe Harmonie der Körper und Seelen gibt‹ – so lügt dieser Mensch.

Es hat sich nichts an den eisernen Regeln geändert, seitdem sich die Erde dreht und Männer und Frauen miteinander ins Bett gehen. Daß eine Frau mit einem um fünfundzwanzig Jahre jüngeren Mann auf die Dauer glücklich sein kann, ist Lüge. Um so mehr, wenn dieser Jüngling ein Hippie ist. Bildschön und skrupellos wie ein junges Raubtier.

Wenn eine Frau meines Formats trotz ihrer Zweifel einen Narren aus sich macht, so wartet die Ernüchterung buchstäblich an der nächsten Straßenecke. Es gibt keine einzige glückliche Minute für diese Frau in Baldurs Armen. Diese Spiegel! Sichtbar und unsichtbar. Zweifel, bohrende Selbstquälerei. Beide Altersgruppen machen sich über die Frau lustig, ihre eigene und die ihres Mannes. Taktvoll. Hinter ihrem Rücken. Doch sie hört jedes Wort. Und oft machen sich die Freunde und Freundinnen nicht einmal die Mühe, ihren Spott zu verschleiern. Wer den Schaden hat, braucht nicht für den Spott zu sorgen.

›Wie viel Geld hat Saskia Stahl eigentlich?‹ So lautet eine der häufigsten Fragen. Wenn eine über Vierzigjährige einen Teenager in ihr Bett zerrt, so hat sie vermutlich Geld. Die zweite Frage lautet: ›Was erwartet er sonst noch von ihr? Hat sie Einfluß? Wird sie etwas aus ihm machen?‹

In unserem Fall hätten alle meine Fans, Freunde und Feinde, eine vorübergehende Leidenschaft ohne weiteres verstanden. Saskia Stahl, höchstbezahlte Isolde der Welt, kann sich zweifellos eine leidenschaftliche Sex-Affäre mit einem bestrickendem jungen Niemand leisten. Was sie aber – höchst berechtigt – nicht verstanden, war mein plötzlicher Entschluß, den blutjungen Hippie zu heiraten. Ich verstand mich ja plötzlich selbst nicht mehr. Wahrscheinlich zitterte ich davor, ihn zu verlieren, wollte ihn durch die Ehe an mich ketten.

Ich war es, die zuerst den Vorschlag machte: ›Chris, warum heiraten wir eigentlich nicht?‹ Später belog ich mich und Chris und glaubte bald selbst, daß Chris zuerst von Heirat gesprochen hatte. Fasf sofort – in der ersten Woche.

Nie werde ich vergessen, wie ungläubig er mich aus seinen mandelförmigen Tieraugen, Tigerkatzenaugen anstarrte! Seine Augen liegen weit auseinander. Er schaut aggressiv und argwöhnisch in die Welt. Zärtlich blickt er mich nie an, nur herrisch und besitzgierig. Das war die wunderbarste Zeit, ich wollte mich ihm ja so gern unterordnen.

›Geld. Einfluß.‹ Gewiß, Saskia Stahl verfügte über beides, hatte Geld und Einfluß. Es war grotesk, grausam, eine Komödie. Als ich Chris Svensson, der vor wenigen Wochen per Anhalter aus Wisconsin nach New York gekommen war und nicht mehr besaß, als zwei Paar dreckige Tennisschuhe und eine Niethose mit vielen Flicken, zum erstenmal sah, pochte das Schicksal an meine Tür. Das klingt pathetisch. Es war eine Komödie, und dennoch entschied sie mein Schicksal.

Es ist ja so – das Schicksal trägt nicht immer großartige Masken. Es muß nicht immer in einer entscheidenden Schlacht auftreten, sich napoleonischer Größe bedienen. Für mich tauchte das Schicksal in Gestalt eines gertenschlanken, ungepflegten Knaben aus Wisconsin auf, der sein Silberblondhaar schulterlang trug – erst vor kurzem gab er meinen Bitten nach und ließ es kürzer schneiden – und der sein erstes Engagement im Village hatte. Schmierig, beinahe unappetitlich und dennoch anziehend, von bösartig schillerndem Reiz, stand er da. Bisweilen spielt uns das Schicksal herzlich gern solche Streiche, macht sich über seine Opfer lustig. Immer wieder wappnete ich mich durch das Bewußtsein, die große Saskia Stahl zu sein, höchstbezahlte Wagner-Sopranistin der Gegenwart und darüber hinaus eine attraktive Schönheit von sinnlicher Ausstrahlungskraft. Jung genug, um Männer aller Altersklassen zu bezaubern. Die Zeitungen loben ja nicht nur meinen Gesang. Sie schreiben im Ton der höchsten Verzückung über mein tizianfarbenes Haar, das keinen Tropfen künstlicher Farbe kennt. Über meinen unnachahmlichen, leidenschaftlichen dramatischen Stil. Als ich die Salome sang, nicht halbnackt, sondern völlig nackt mit Ausnahme des goldenen Sterns anstelle des Feigenblatts – meine Brüste mit feinem Goldstaub bedeckt und meine Brustspitzen scharlachfarben bemalt –, da stürmten sie beinahe die Bühne. Es kam zu lebensgefährlichen Tumulten, und ich war hoffärtiger, stolzer denn je. Dennoch fürchtete ich um mein Leben. Eine besonders wilde Horde von Enthusiasten kletterte sogar in den Orchestergraben, stellte Stühle auf, versuchte, die Bühne zu erklimmen – ich stand in einem wahren Sturzregen roter und gelber Rosen, ich, die begehrlichste und verruchteste aller Herodias-Töchter, wenngleich gewiß nicht die jüngste. Damals hatte ich meinen siebenunddreißigsten Geburtstag gefeiert, und es war ein ganz besonderer Triumph für mich, daß ich die Rolle des sündigen biblischen Mädchens in Richard Strauss' Meisterwerk, diesen Orgasmus in einem Akt, an meinem Geburtstag singen konnte.

Ja, ich war und bin eine große Künstlerin. Mit Ausnahme der einzigen und nicht wiedergutzumachenden Sünde, meiner Heirat mit Chris, führte ich immer das Musterleben eines richtigen Arbeitstieres. Meine Stimme forderte mir alles ab, ich gehörte ganz ihr, sie blutete mich aus, jeder Atemzug gehörte meiner Kunst. Ich griff nach den Sternen, holte sie herunter. Nichts fiel Saskia Stahl mühelos in den Schoß.

Sex? Auch den gab es kaum für mich, bevor ich meine Nägel habgierig in Christophers verführerisches junges Fleisch schlug. Freilich war ich auch schon einmal verheiratet gewesen. Vor Chris. Drüben in Europa, ich war sehr jung damals, ein halbes Kind. Heute würde ich meinen geschiedenen Mann wahrscheinlich nicht mehr erkennen, wenn ich ihm auf der Straße begegnete. Diese Jahre, bevor ich zu singen begann, waren nutzlos vergeudete Zeit. Das Glück kam, als ich dem berühmtesten Begleiter und Entdecker vieler großer Stimmen begegnete: Professor Winfried Graf. Er hörte mich in einer Gesellschaft singen. Es war irgendeine Feier, und ich wirkte als Amateurin mit, hatte nie singen gelernt. Winfried Graf nahm mich beiseite, sagte ganz ernst: ›Sie können eine neue Birgit Nilsson werden, wenn Sie genügend Energie haben, täglich acht Stunden zu korrepetieren. Könnten Sie's über sich bringen, Ihrer Stimme alles zu opfern – Ihr ganzes Privatleben? Sie haben eine Stimme, wie sie Gott nur einmal in hundert Jahren verschenkt. Sie werden die strahlendste Isolde nach Birgit Nilsson sein.‹

Ich war sprachlos. Wir trafen uns am nächsten Tag und am übernächsten. Winfried Graf hielt mir einen Spiegel vor, ich sah darin meine körperliche Schönheit, mein angeborenes schauspielerisches Talent. Winfried Graf weckte meine schlummernde Willenskraft, die mir angeboren war, von der ich aber noch nie Gebrauch gemacht hatte. Winfried Graf half mir, mich selbst zu entdecken.

Und dann folgte er mir nach New York. Er ist heute noch immer mein Korrepetitor, Begleiter, Mentor und treuester Freund. Vom ersten Tag unserer Freundschaft an, die ewig sein wird, beschützte er mich wie ein Vater. ›Du hast ja überhaupt keine Ahnung von deinem eigenen Wert, Saskia‹, versichert mir Winni, der liebste Mensch, den ich habe.

Ich begann, mich zu entdecken. Bald wußte ich auch, daß eine kluge Geschäftsfrau mit schlauen Instinkten in mir schlummerte. Zehn Jahre nach meinem Debüt an der Münchner Staatsoper, meinen ersten Gastspielen in London, Berlin und Paris und schließlich, als Krönung des Ganzen, meiner alljährlichen Gastspiel-Verpflichtung an die Met, war ich eine der reichsten Opernsängerinnen unserer Zeit. Ich war es selbst, die meinen Investment-Bankiers gute Ratschläge gab, und nicht umgekehrt. Ganz nebenbei betrieb ich mit Hilfe meines Finanzberaters auch den Kauf und Verkauf von Mietshäusern. Ja, ich habe einen guten Riecher für Geld, und dennoch ist das alles nur Zeitvertreib, Spielerei für mich. Ernst nehme ich nur die Kunst. Und ich lese viel – dabei erhole ich mich vom Rollenlernen. Die schönsten stillen Stunden der Einkehr habe ich im Metropolitan Museum of Art verbracht. Dort, vor El Grecos ›Toledo‹, steht meine Bank, dort träume ich in vollkommener Entrückung.

Nur ganz, ganz selten habe ich Zeit, mich gehenzulassen, zu träumen. Seit fünfzehn Jahren, so lange ist es her, seitdem mich Winfried zum erstenmal singen hörte, arbeitete ich bis spät in die Nacht hinein, trete auf, singe, lerne, übe, gönne mir keine Ruhe. Immer mit Winfried Graf als Begleiter. Er ist sehr streng. Schmeichelt mir nie. Das ist gut, so will ich es haben. Ihm verdanke ich mein Verständnis für Hugo Wolf und Brahms, für Richard Strauss und Mahler. Und immer wieder Wagner. Nie hätte ich die Wesendonck-Lieder singen können, ohne sie auch sinngemäß mit Winfried korrepetiert zu haben. Er öffnete mir die Augen für Jubel und Qual der Meister. Nach jedem Konzert, nach jeder neuen Opernpremiere analysiert er streng meine Leistung. Er läßt keinen Fehler durchgehen und mag er so versteckt sein, daß ich selbst ihn nie wahrgenommen hätte.

Heute schäme ich mich in den Erdboden hinein, daß ich von einem Tag auf den andern dieses strenggeregelte Leben einer disziplinierten Dienerin der Kunst verraten hatte. Im Zentrum meines Lebens standen ja, solange ich Chris noch nicht kannte, die beiden geräumigen, saalartigen Musikzimmer meiner beiden ständigen Wohnungen. Der New Yorker Penthouse-Wohnung, gegenüber der Oper, und meiner Münchner Wohnung. München ist meine Lieblingsstadt in Deutschland. Ich vermeide es, so gut es geht, in Hotels zu wohnen, ich hasse die kalte, unpersönliche Umgebung einer Hotelsuite.

Soldatin Saskia Stahl verriet mit einem Schlag alles, woran sie bislang geglaubt hatte, ihre Arbeit, ihren Ehrgeiz, ihr Lebensziel. Und noch immer hadere ich mit meinem Schicksal. Warum mußte es mir in der Gestalt eines völlig skrupellosen, grinsenden jungen Teufels begegnen, in der Maske engelsgleicher Schönheit? Hohe

Backenknochen, elfenbeinfarbene Haut mit einem Schimmer reifer Pfirsiche. Betörende, schräggestellte, flackernde Augen. Bei näherer Betrachtung ist diese Haut aus Elfenbein und Pfirsichsamt freilich nicht ganz sauber. Ich bin sicher, daß sich Chris unter der Dusche niemals gründlich wusch, bevor er mir begegnete. In einer Hippi-Kommune herrscht wahrscheinlich chronischer Seifenmangel. Saskia Stahl, Isolde und Salome – und ein Hippie aus einer Kommune. Er ist achtzehn, sie ist dreiundvierzig. So war es vor beinahe vier Jahren.

Ich habe im übrigen ein neues Spiel erfunden, ich belüge mich selbst, mache mich jünger, weiß selbst kaum mehr, wie alt ich bin. Doch es stimmt – ich war dreiundvierzig, als ich Chris kennenlernte. Kein schlechtes Alter für eine Frau. Doch kein Alter, um mit einem um 25 Jahre jüngeren Strolch ins Bett zu gehen! Mit dreiundvierzig war ich weltberühmt – als Sängerin, Schauspielerin, als bienenfleißige Frau, die sich unablässig um Vollendung und Vollkommenheit bemüht. Doch hätte jemand diese berühmte Saskia Stahl gefragt, was eine Frau empfindet, wenn sie neben oder unter einem Mann im Bett liegt, so hätte die leidenschaftlichste, begehrlichste Isolde nur die Schultern gezuckt. Hatte sie vor ihrer Begegnung mit Christopher Svensson überhaupt jemals etwas im Bett gespürt? Ich glaube, diese Frage muß ich verneinen. Doch, etwas: Langeweile. Ekel. Immerzu stellte ich früher Vergleiche zwischen meinen lauen, läppischen Abenteuern, zwischen der Wirklichkeit und den großen Liebeserlebnissen an, die ich auf der Bühne hatte. In meinen geliebten Rollen. Als Elsa, die sich an Lohengrin verlor. Als Isolde, geboren, erhöht und verdammt durch den Liebestrank.

Mit dreißig, mit vierzig Jahren und noch mehr hatte Saskia Stahl keine blasse Ahnung davon, was ein Orgasmus war. Nicht etwa ein kleiner oder ein großer Orgasmus. Ein Orgasmus überhaupt. Keine Ahnung!

Trotz allem bedaure ich die Frau, die ich damals war. Ein üppiger, reizvoller Körper. Schönes und begehrliches Fleisch. Festes Fleisch, ein Bild zum Malen. Doch es war totes Fleisch. Ich war im Grunde viel jünger als meine Altersgenossinnen, empfänglicher, lebensgieriger. Ich hatte mehr Erfolg, als alle anderen Frauen, die ich kannte, und mein Herz, das so ehrgeizig pochte, ertönte dennoch in einer leeren Hülle. Die Liebe war für mich eine Bühnenrolle, ich begriff sie sehr wohl, wenn es Tristans und Isoldes Liebe war; mit Saskia Stahl, der reichen und erfolgreichen Opernsängerin, konnte ich die Liebe niemals assoziieren.

Ein Herz ohne Liebe ist leer wie eine geheimnisvolle, schöne Muschel, von Meereswellen an den Strand gespült, hohl, längst ohne lebendige Bewohner.

Obwohl ich heute so jämmerlich elend bin, dauert mich diese Saskia Stahl aus den Jahren, als es noch keinen Chris für mich gab. Ich spüre alles doppelt und gleichzeitig. Neid auf die Frau, die ich vor meiner schicksalshaften Begegnung mit dem Geliebten war – und Mitleid mit ihr. Alles doppelt. Alles gleichzeitig. Die Saskia Stahl von damals, aus der prähistorischen Periode vor Chris, tut mir innig leid. Denn sie wußte nicht, was ein Orgasmus war. Folglich war sie tot oder überhaupt nicht geboren. Denn sie wußte nicht, was ein Orgasmus war! Das Heißwerden zweier Leiber, zusammengeschweißt, auf den Höhepunkt zujagend, nur, um nach der Befriedigung neue Gier zu finden. Jene Saskia Stahl hatte auch noch nie die Angst gespürt, den Höhepunkt wahrhaftig zu erreichen. Die Angst vor der Erfüllung, das Betteln und Bitten, an den Partner gerichtet, und auch sich selbst Befehle erteilend: noch nicht. Noch nicht. Stundenlanges Vorspiel, Aufpeitschen der Lust. Dann endlich darf die Welt im Strudel der Lust untergehen.

Als ich endlich gefunden hatte, was ich unbewußt in jedem winzigen Abenteuer, in der Zeit vor Chris, meiner prähistorischen Zeit, suchte und was ich nur in meinen Rollen, auf der Bühne, fand – in seelischer, doch keineswegs körperlicher Erfüllung –, als ich mit dreiundvierzig Jahren endlich zur Frau geworden war, da glich ich einer läufigen Hündin und hatte nur noch einen einzigen Gedanken im Kopf. Die Hündin wollte von ihrem Rüden, ihrem Mann, begattet werden. Jetzt erst ging mir die Wahrheit über mein ödes und leeres früheres Dasein auf. Mein Bühnenleben, das ich nicht in meine Wirklichkeit zu transportieren vermochte. Ja, ich war eine leere Muschel gewesen, eine Puppe, an tausend dramatischen Drähten gezogen, Tanzpuppe, Wein- und Lachpuppe ohne Seele und Gefühl. Weil ich nie zuvor Liebe und Leidenschaft im Herzen und gute, heiße Begierde in dem durstigen roten Dreieck zwischen meinen Schenkeln gespürt hatte.

Und später, als ich geboren wurde in Christophers Armen: Wenn mein Geliebter und ich den Gipfel gemeinsam erklommen, so genoß ich nicht etwa nur Erfüllung, Freude und reines Glück. Der Höhepunkt und Wellenberg war auch blinde Wut, Ohnmacht und Zorn. Kaum spürte ich, wie sich der mächtige Strom aus den Lenden meines jungen Liebsten und Mannes, des Teufels, den ich

Eros nannte, in meinen Körper ergoß und mit meinen eigenen, köstlichen Säften zusammenfloß und sich mit ihnen vermengte, da trieb es mich auch schon zum Wiederbeginn. Ich mußte von neuem beginnen. Wollte ihm und mir keine Pause gönnen. Immer wieder wollte ich ihn an mich drücken. Immer wieder. O ja, ich war in jenen Nächten der Liebe und an jenen Tagen der Liebe eine unersättliche Furie. Begehrlich bis zum Exzeß, wahnwitzig in einen Strudel tauchend, der mich blind und taub für alles andere machte.

Ich bin es heute noch immer. Bald aber vertauschten wir die Rollen. Anfangs war Saskia Stahl der General. Oberbefehlshaber und Diktator im Bett. Ich diktierte den Rhythmus und das Tempo und hielt die Zügel fest in der Hand. Mein Knabe fraß mir aus der Hand. Er gehorchte meinem Befehl wie ein folgsames Hündchen. Das machte mich glücklich.

Bald vertauschten wir die Rollen. Aus Saskia Stahl, dem weiblichen General, der die Befehle erteilte, wurde die demütige Untergebene.

Mehr noch. Die Sklavin ihres vergötterten Mannes.

Heute kann ich die Fremde von einst nicht mehr verstehen. Die Frau, die niemals Weib gewesen war, die vierzig und älter wurde, ohne sich je ganz in der stahlharten Umklammerung eines Geliebten verloren zu haben. Ohne die selige Ohnmacht der Hingabe zu kennen. Einen Schraubstock aus zwei jungen, kräftigen, gebieterischen und gleichzeitig unterwürfigen Männerarmen.

Und noch heute, drei Jahre nach meiner Heirat mit Chris, am Rande des Abgrunds, am Ende meiner Kraft, bevor ich meinem Leben ein Ende bereite oder Chris mich ermordet – noch heute verspüre ich etwas wie Dankbarkeit für Chris, meinen ersten und letzten Geliebten.

Mein Mann Chris war ja eigentlich mein allererster Geliebter. Denn mein erster Mann, drüben in Europa, hat mir nie etwas bedeutet. Er war mir nie mehr als ein Fremder, vielleicht ein netter Freund, an den ich mich eine Zeitlang anklammern konnte. Im Bett ließ er mich so kalt, daß ich gähnen mußte und stumme Stoßseufzer ausstieß: Wann ist diese widerliche Komödie zu Ende? Er war, zugegeben, ein Vater-Image, doch im Bett brauchte ich keinen Vater-Ersatz. Der einzige Unterschied zwischen mir, Saskia Stahl – der jungen Saskia in ihrer ersten Ehe –, und den anderen jungen Frauen war der, daß ich mir mein Unbefriedigtsein im Bett eingestand. Ich wußte, daß ich etwas suchte und hatte meinen

Körper noch überhaupt nicht entdeckt. Ich suchte fieberhaft, halb unbewußt, nach dem Mysterium der Hochzeitsnacht. Den Stoßstangen eines Mannes. Der nimmermüden Dampflokomotive. Ich wollte gestoßen und genommen werden, immer wieder, bis er seinen Samenerguß lange und süchtig genießen konnte und ich meinen Orgasmus. Bis ich mich an seinen Genuß und er sich an meiner alles überspülenden, jauchzenden Glückswelle erfreuen konnte.

Lust und Befriedigung überkamen mich gleichzeitig, vor mehr als drei Jahren. Als ich Chris kennenlernte. Bis dahin hatte ich keine Ahnung, was ein Orgasmus bedeutete.

Ich finde meine Feststellung beinahe komisch, während ich diese Worte zu Papier bringe. Meine erste Ehe dauerte nicht einmal drei Jahre, und als sie zu Ende war, da hatte ich weniger Ahnung von erotischer Erregung als ein fünfzehnjähriges Mädchen. Viel weniger.

Dann nahm mein Leben eine jähe Wendung. Endlich durfte ich für die Musik, für meine vergötterte Kunst, leben. Das war mein Schicksal, meine Berufung. Die Erregung in meinem Körper ließ sich durch die Kunst verdrängen, und es fehlte mir nicht, daß ich nur noch auf der Bühne, in Tristans Armen, Feuchtigkeit zwischen meinen Schenkeln spürte, obwohl ich oft nicht einmal wußte, wer mein Tristan war. Ich verlor mich ganz in meiner Kunst und begrüßte nur vor und nach Beginn der Vorstellung flüchtig meinen Partner. Meine sexuelle Erregung galt nicht ihm, sondern der Gestalt, die er spielte.

Mein überhöhtes Ich, das mit den größten Rollen der Opernliteratur zusammenfloß, Sieglinde, Isolde, Tosca, verschlang und verbrannte meine ganze Leidenschaft, ein gigantisches Reservoir. Herz und Körper hatten keinen Platz für private Gefühle.

Heute weiß ich, daß ich damals ärmer war als die armseligste Bettlerin. Ich war ein sexueller Krüppel, bevor ich Chris begegnete.

Meine Krankheit konstatiere ich heute, in der Rückblende, so: ich war sexuell zurückgeblieben. Ein unvollkommenes, lebloses Geschöpf ohne Arme und Beine, wenn ich auch die schwierigsten Sopranpartien und erdichteten Frauenfiguren der Opernbühne noch so überzeugend zu gestalten vermochte.

Ein achtzehnjähriger Knabe berührte mit seinem Zauberstab mein schlummerndes, lebloses Fleisch, und es erwachte mein Leben. Ich selbst war meine größte Entdeckung. Die unbekannte, geheimnisvolle, die glückselig antwortende Saskia Stahl. Der göttlich schöne Geschlechtsapparat meines jungen Abgotts war seine und meine Zauberflöte. Darin war alles verborgen, was berufen war, meine Begierde zu erregen und zu befriedigen. Und sogar noch heute, da unsere Ehe und Liebe (und ich zögere, das Wort Liebe in Verbindung mit Chris zu verwenden, denn ich liebte Chris mit einer alles verzehrenden Leidenschaft, doch er hatte keine Ahnung, was Liebe bedeutet) selbst heute, am Rande des Wahnsinns, in ausweglose Verzweiflung verstrickt, während ich meinen Zerstörer hasse und verfluche: selbst heute liebte ich ihn.

Noch lange nach meinem physischen Tod werde ich Chris lieben und ihn begehren. Noch immer bin ich imstande, seine Hände und seinen vorspringenden, geil und steif in einem prächtigen rechten Winkel von den Lenden abstehenden jungen Birkenstamm zu küssen.

Nein, selbst heute noch bin ich außerstande, nur voll Haß an meinen Mann zu denken. Auch dann nicht, wenn sich meine bösen Vorahnungen erfüllen und er mich tatsächlich, wahr und wahrhaftig ermordet. Erschießt, erwürgt, bei einer Autofahrt in einen Abgrund stößt. Dumm genug ist er, in einer plötzlichen Aufwallung töricht zu handeln. Selbst anfangs, als ich Oberbefehlshaber und General war, spielte ich mit dem Gedanken, daß ich in seinen Armen sterben möchte. Dieser Wunsch stieg in mir hoch, als mich mein Geliebter zum erstenmal wie ein Schraubstock umklammerte, mich an sich drückte, so daß ich zu ersticken glaubte.

Vielleicht konnte ich nicht mehr von meiner Lieblingsgestalt Isolde los. Ihr Sehnen ging danach, in die Tiefen der Liebesnacht zu tauchen. Ertrinken. Versinken. Höchste Lust. War Saskia Stahl so gänzlich unter Isoldens Einfluß geraten – war ich außerstande, die Grenzen zwischen Tag und Nacht zu ziehen? Gab es überhaupt keine Wirklichkeit mehr für mich, nur noch Bühne und Drama, die auch mein Privatleben eingesaugt hatten? Oder lebte Saskia Stahl überhaupt nur auf der Bühne, als Isolde und Tosca, Heldinnen auf der Bühne, Kinder von Richard Wagners gottgesegneter Fantasie, leidende, tobende, wütende und liebende, in ihrem Gefühl unendlich überhöhte Frauen?

Ich weiß es nicht mehr. Ich weiß nur eins. Solange ich atmen kann, werde ich meinen Zerstörer nicht nur verfluchen, sondern auch lobpreisen. Ich werde in alle Ewigkeit die Hand meines jungen Gatten küssen und nach seinem herrlichen jungen Fleisch greifen, dem kräftig sprießenden Palmschößling, der geheimnisvollen Schneckenmuschel, dem Tritonshorn, das seinen Namensvettern gleicht: den erregend geformten, tausendfältig von Sand und Wellen gefeilten, abgerundeten und zugespitzten Muscheln, von denen es im Land auf meiner karibischen Insel nach jeder Flut wimmelt. Prinzessinenhelm und Königskrone heißen ihre Schwestern, und alle diese Namen passen so gut zur fleischlichen Pracht meines geliebten Knaben. Ich erfand täglich neue Vergleiche, nannte den feuchten jungen Trieb zwischen seinen muskulösen Schenkeln meine junge Palme, meine Birke. Und auch meinen Ahornbaum – mit bittersüßer Mandelmilch gefüllt, statt mit klebrig-süßen Ahornsäften. Der liebe Gott hat jeden Mann mit einer Quelle von tausend Freuden gesegnet.

Nur wenige wissen es, und noch weniger Männer wissen, wie man sich der Quelle bedient – ihren Reichtum versprudelt, um die Frauen rasend zu machen.

Nur die wenigsten haben das gottgesandte Glück, die richtige Frau begatten zu dürfen. Aus dem Mund ihrer Frau oder Geliebten zu hören, daß der beste Schatz, die kostbarste Habe des Mannes, sein Lebensbaum, schön ist, begehrenswert, das höchste Gut für die geilen Weiber.

In den letzten drei Jahren, im Paradies meiner Ehe, spürte ich nichts als Mitleid, wenn ich an meine Freundinnen dachte. Hier in Amerika fangen sie erst an, die physische Leidenschaft zu entdekken, und nennen sie kühl ›den Sex‹. Verlogene Psychiater männlichen und weiblichen Geschlechts schreiben dickleibige Bücher über Sexfragen, veröffentlichen von A bis Z erlogene Interviews mit Frauen über ihre Sex-Gewohnheiten. Interviews, die den dürftigen Hirnen der Verfasser entspringen und in Wahrheit niemals gemacht wurden.

Die Neue Welt, so reich an wissenschaftlichem und technischem Fortschritt, muß noch ihren natürlichen, vom ungehemmten und ehrlichen Körper diktierten Weg zum Mysterium finden, das unterhalb des Gürtels, beim Mann wie bei der Frau, auf Erfüllung drängt und sich in kein Schema, keine streng numerierte Reihe von Lügen-Interviews pressen läßt.

Sexuelle Befreiung nennen sie es, wenn sie auf die Ehe und ihre Pflichten verzichten, wie Zigeuner miteinander leben, Frauen und Männer austauschen. Das alles hat nichts mit sexueller Befreiung zu tun. Ich nenne es sexuelle Befreiung, wenn zwei Menschen, die sich lieben, einander rückhaltslos und schamlos alles schenken, was sie physisch glücklich macht. Ohne zu überlegen. Ohne nachzudenken. Nur von dem einen, gigantischen, beglückend heißen Wunsch erfüllt, sich ganz zu geben. Den Partner ganz selig zu machen. Die Frau ist geboren, um unter ihrem Mann zu liegen oder neben ihm oder auf ihm, verstrickt in seine Glieder, immer gebend, immer nehmend. Der Mann ist dazu geboren, seinem Weib die geheimsten Wünsche von den Lippen und Schenkeln und dem feuchten, ewig unersättlichen Dreieck abzulesen. Und nie dürfen wir uns beim Liebesspiel, vorher oder nachher, fragen: Wäre mein Psychoanalytiker wohl mit diesem Spiel der Leiber einverstanden? Gebe ich auch nicht zuviel? Die meisten Amerikanerinnen stellen sich unablässig, geizig, besorgt, diese Frage. Bekomme ich auch etwas als Gegengabe für mein Aufgelöstsein in den Armen des Geliebten? Für meine unersättliche, grenzenlose körperliche Großzügigkeit?

Nein, ich bin anders als Millionen meiner Geschlechtsgenossinnen. Ich kann nicht lügen wie diese anderen, die sich in ihren Doppelbetten und den noch geräumigeren, luxuriösen Rundbetten mit ihren Männern räkeln.

Sie spielen oft genug eine gelungene Komödie der lüsternen Hingabe und lustvollen Befriedigung. Ihre Betten sind aber nur allzu oft, neunzig von hundert Betten, Schlachtfelder, wo man, sorgfältig inszeniert, die Komödie ›Lust‹ spielt, um das und jenes aus seinem Partner herauszuholen. Geschenke. Pelze. Häuser. Oder auch nur, um belohnt zu werden und in Zukunft die sogenannte ›sexuelle Freiheit‹ zu genießen, die es in Wahrheit überhaupt nicht gibt.

Ich belüge mich nicht wie die anderen Weiber. Es gibt keine ›sexuelle Freiheit‹. Es gibt sie nicht, was die zügellose Wahl des Partners betrifft.

Wenn unsere Begierde und unser Lusttrieb mit Liebe gekoppelt ist – wenn es der Herrgott im Himmel gut mit uns meinte und auch Gefühle in unser Herz und Fleisch gepflanzt hat – wenn wir mehr sind als läufige Hündinnen und den Rüden, der uns begattet, auch lieben – so werden wir niemals frei sein. Und niemals den Wunsch verspüren, den Mann oder Geliebten oder beides zu betrügen.

Dann bist du, wenn du zu den ganz Glücklichen gehörst, die Sklavin deines Geliebten oder deines Mannes. Und glaubt mir, ihr läufigen Hündinnen, daß es nichts Herrlicheres für eine Frau gibt, als Sklavin ihres Geliebten oder Mannes zu sein. Sklavin und Herrin zugleich. Gerade durch die Unterordnung und Anpassung, das Ablesen eines jeden Wunsches von den Augen des so sehr geliebten Herrschers, auch Herrin, der er aus der Hand frißt.

Als mir diese Wahrheit aufging, war ich zwar immer die Gebende, gebend auch im Nehmen, doch noch nicht Werkzeug, dessen sich mein Geliebter bediente.

Und selbst nach drei Jahren unsäglichen Leidens, fast zermalmt von meiner unerträglichen Leidenschaft, in einem Netz und Labyrinth gefangen, aus dem ich mich befreien möchte, und doch wieder nicht, bin ich noch imstande, die Hände meines Erweckers und Zerstörers zu küssen. Dankbar schlecke ich sie ab, wie eine Hündin. Ich werde ihm dankbar sein, auch dann, wenn er mich tötet.

Ich weiß es ja. Chris zerbricht sich den Kopf, zermartert sich das Hirn, um einen Weg zu finden, mich, die Alternde, die ermüdende Last, den Stein um seinen jungen Hals, loszuwerden. Das lese ich in seinen Augen, den mandelförmigen, hellgrün funkelnden Luchsaugen. Das Raubtier schaut in der letzten Zeit mich voll Widerwillen an. Das ist kein einmaliges Aufflackern wie bei einem gesunden Wutanfall, sondern die verzweifelte Frage: Wie werd' ich die Frau los, die mich erhält? Warum stirbt sie keines natürlichen Todes? Herrgott, warum wacht sie bloß eines Morgens nicht mehr auf? Dann wäre ich frei.

Das alles strömt mir aus den Augen meines jungen, geliebten und gehaßten Mannes entgegen, wenn er den Blick auf mich heftet.

Und dennoch – diese glühende Dankbarkeit. Sie durchflutet mich, wenn ich an mein Leben im Dornröschenschlaf denke. Dreiundvierzig durchschlafene Jahre. Ich bin ihm wahrhaftig noch immer dankbar und küsse die Hände dieses Niemands, des blutjungen Strolchs, den ich als Achtzehnjährigen irgendwo auflas. Heute ist er einundzwanzig Jahre alt, und ich bin fünfundzwanzig Jahre älter. Ich muß wahnsinnig sein, mir dergleichen eingebrockt zu haben. Diesen jungen Teufel, dieses böse Tier an meine Brust genommen zu haben. Doch es war der achtzehnjährige Teufelsengel, der meinen leblosen, schlafenden, nur auf der Opernbühne und dem Konzertpodium ein Scheindasein führenden Körper erweckte.

Jahrelang nach meiner Scheidung von meinem ersten Mann hatte ich keine blasse Ahnung, was ein Orgasmus war. Oder eine einzige Stunde der Erfüllung, guter, heißer Sex.

Ein junger Rocker, dessen Stil noch dazu unerträglich vulgär und unkünstlerisch war, mußte kommen – ein stampfendes, in die Luft springendes, groteskes Ungeheuer, um aus Saskia Stahl eine Frau zu machen. Wenn das Leben je eine Tragikkomödie schrieb, so war es diese. Christopher sprang und kreischte, brüllte und johlte auf einem faustgroßen Podium in diesem Rattenloch von Diskothek, das ›Palembang‹ heißt. In Greenwich Village, dieser trüben Imitation des Quartiers Latin. Dort ist alles falsch, unecht, Paris nachgeahmt.

Um Saskia Stahls nüchternes Denken, das immer der Vernunft gehorchte – um ihre vorbildliche Haltung als Mensch, Frau und Künstlerin ins Wanken zu bringen und ihren klaren Blick zu trüben, bedurfte es dieses jungen Tieres. Das Knabentier, seiner überirdischen Schönheit offenbar unbewußt, wiegte sich spielend und kreischend, an der Gitarre zupfend, in den Hüften. Chris trug das dümmste, albernste und geschmackloseste Kostüm der Welt, ich hätte mich übergeben können bei seinem Anblick. Sein Körper war in ein silbernes, gestricktes oder geknüpftes Seidenhemd gehüllt. Seine Beine steckten bis an die Knie in verschnürten Stiefeln aus Silberleder, und durch das weitmaschig gearbeitete Hemd konnte ich die weißblonden Härchen auf seiner Brust schimmern sehen. In solch lächerlichem Aufzug gelang es dem Milchgesicht, dem blutjungen Affen, Saskia Stahl zu erobern, ihr vernünftiges Denken zu umnebeln.

Und ich war keineswegs betrunken.

Chris war ein Taugenichts, ein Herumtreiber und Tagedieb, ein Geschöpf mit angeborenen bösen Instinkten, die ich ihm beinahe von den Lippen und Augen ablesen konnte. Der Knabe – er hatte seinen achtzehnten Geburtstag hinter sich – konnte kaum lesen und schreiben. Fünfundzwanzig Jahre jünger als ich. Die Schulbank hatte ihn zu sehr gedrückt, so war er mit zwölf einfach nicht mehr zum Unterricht gegangen.

Und diese Kreatur war von Gott dazu bestimmt, Saskia Stahl ihren ersten glühheißen Orgasmus zu geben.

Mich zu verderben. Zu sich hinabzuziehen. An Körper und Geist hat er mich ruiniert. Und der Tiefpunkt ist noch immer nicht erreicht, ich nähere mich der Talsohle in rasender Fahrt, in schwindelerregenden Alpträumen. Dennoch küsse ich noch immer seine Hände und Füße und mit meiner ewig begehrlichen Zunge ein jedes Fleckchen seines Leibes, und ich werfe mich in die Knie und danke ihm und weiß, daß ich eine lächerliche Figur mache und jetzt die dümmste Rolle meines Lebens auf der Bühne spiele, und die Bühne ist keine Bühne mehr, sie ist mein Schlafzimmer, mein Wohnzimmer, die von mir bezahlte Luxuswohnung im Penthouse, gegenüber der Met.

Er beherrscht mich, ich bin seine Sklavin, nicht mehr willige Sklavin, wie es jede Frau sein soll, im Bett, sondern im Alltag. Ich gehorche, ich versuche, ihn durch sinnloses, für ihn nur lästiges Dienen an mich zu fesseln, ich bin so tief gesunken, daß ich immer weiß: du tust genau das Gegenteil von dem, was du tun solltest.

Und ich bin außerstande, die Fesseln abzustreifen. Ich bin in der eisernen Jungfrau meiner Leidenschaft gefangen. Die Stacheln meines Eisenpanzers werden mich töten.

Bisweilen bin ich meinem Mann sogar dankbar dafür, daß er im Begriffe ist, mich zu töten. Es kann nicht schlimmer werden. Der Tod muß ja auch Befreiung von Eifersucht sein, von der täglichen Demütigung, zurückgewiesen, zurückgestoßen, betrogen, lächerlich gemacht, angespien zu werden. Der Tod muß ein Segen sein, mit meinem jetzigen Dasein verglichen.

Ich sterbe sehr langsam. Noch immer teile ich die Wohnung mit meinem Mann, Christopher Svensson. Meilen trennen uns heute, denn er gestattet mir nicht mehr, das breite Bett mit ihm zu teilen. Er hat mich aus dem Liebesbett und Ehebett verbannt.

Der junge Streuner, der 18jährige Gammler – und die weltberühmte Opernsängerin, Saskia Stahl: eine ausgesprochene Komödie und ein Zirkus-Gaukelspiel. Komödien werden aber, ins Leben verpflanzt, sehr leicht zu tiefer Tragik.

Ich danke dem Schicksal dafür, Christopher Svensson in die Klauen geraten zu sein. Wäre er nicht gekommen, so hätte ich wahrscheinlich die Zeit der letzten Reife erreicht und wäre alt geworden, ohne jemals gespürt zu haben, wie ein junger, kraftstrotzender, gesunder Birkenschößling meinen Schoß durchbohrt. Wie ein lachsfarbener Muscheltrichter in meine gierig geöffnete Körperöffnung eindringt! Laß mich noch einmal von deiner Quelle trinken, Geliebter! Wecke den Durst in ihm, noch einmal aus meinem Kelch zu trinken, Herrgott im Himmel! Er soll an mir und aus mir trinken, solange sich die Erde dreht! Du kannst mich unmöglich erweckt haben, um mich gleich darauf unbefriedigt und voll irrsinnigen Hungers von dir zu stoßen! Es gibt keine Ewigkeit außer der vollkommenen Verschmelzung zweier Körper, die für einander erschaffen wurden.

Ich habe Chris entführt, nach Coral Island, auf die Insel, die ich gekauft hatte, um einen Zufluchtsort für mich ganz allein zu bauen. (Das war ein Jahr, bevor ich Chris kennenlernte.) O nein, ich mußte keine Gewalt anwenden, um Chris nach Coral Island zu entführen. Das war eigentlich gar nicht nötig. Er tat ja den ersten Schritt. Er lief mir nach.

Dennoch sah unsere hastige, improvisierte Reise aus wie eine Entführung. Die Entführung eines noch fast Minderjährigen durch die reife Verführerin, die obendrein noch Ruhm und Geld hatte. Und ich bewegte mich weiter, Komödie spielend, unter den Menschen, als bildete ich mir diese bitteren Wahrheiten nur ein. Ich spielte die Taubstumme, bloß, um das gehässige Tuscheln, das Rätselraten meiner Umgebung nicht zu hören. Am liebsten hätte ich mir beständig beide Finger in die Ohren gestopft, um das boshafte Geflüster nicht zu hören. Am liebsten hätte ich an beiden Augen Scheuklappen getragen.

Coral Island liegt nur fünf Meilen von Key West, der Südspitze Floridas entfernt, vom Meer umspült da, ein kleines Paradies. Und es gehört mir, mir ganz allein. Drei Jahre vor dem Ankauf der Insel hatte ich Ferien in Palm Beach gemacht und Erkundigungen eingezogen. Ich hatte immer davon geträumt, mein eigenes Inselparadies zu haben. Ich wollte mir einen Zufluchtsort in der Karibik bauen, schwimmen, wenn es mir paßte, nackt. Alleinherrscherin wollte ich auf meinem Fleckchen Erde sein. Damals brauchte ich keinen Mann, denn ich war ja noch nicht geboren. Ich wollte Königin sein, und ich wurde Inselkönigin. Als sich die Gelegenheit zu einem günstigen Ankauf bot, griff ich mit beiden Händen danach.

Meine Insel ist so klein, daß man in einer Stunde, den Strand entlanggehend, um die Insel schlendern kann. Inmitten der Insel steht seit Menschengedenken ein uralter, drei Stockwerke hoher Leuchtturm, der pyramidenförmig ansteigt und im Erdgeschoß geräumige, dickwandige Zimmer hat – vier altmodische Räume mit Balkendecken waren es, bevor ich den Turm zu renovieren begann. In der Nähe, etwa zwanzig Meter vom Turm entfernt, steht das einzige andere Gebäude auf der Insel, ein Gesindehaus mit Küche und Gerätekammer. Aus der hohen, luftigen Gerätekammer sollte meine Luxus-Sauna werden, holzgetäfelt, mit drei ansteigenden Bänken.

Der Sand war schneeweiß auf jedem Handbreit Strand der Insel, er hatte eine völlig andere Farbe als das bißchen grobkörniger, gelber Sandes auf den sonstigen Stränden Floridas. Die seidenweichen, blendend weißen Körner, die so zärtlich durch die Finger rannten, wenn man die Hand voll nahm, erinnerten mich an meine Kindheit auf Rügen. Doch damit war die Ähnlichkeit auch schon zu Ende, denn auf Coral Island erhoben sich keine Kreidefelsen, wie auf meiner geliebten und für immer verlorenen Ostseeinsel. So weit das Auge reichte, sah man hier nur tiefblaue oder smaragdgrüne Wellen, nirgends einen Hügel, nirgend eine Erhebung. Doch der Himmel spielte in allen Schattierungen der göttlichen Farbpalette.

Ich verliebte mich auf den ersten Blick in die Insel und den alten Leuchtturm und führte meinen Vorsatz aus: Coral Island sollte mein Zufluchtsort nach Monaten mühsamer und befriedigender Arbeit werden, doch auch mein zweites Luxusheim. Später einmal, wenn ich nicht mehr singen würde – das war freilich ein Lebensabschnitt, den ich als beinahe irreal abtat, ich würde bis ans Lebensende singen, keine andere war berufen, nach mir meine Rollen zu singen – später, wenn ich häufiger Ruhepausen brauche, so kann ich meine New Yorker Wohnung vermieten und vielleicht einmal ein ganzes Jahr auf Coral Island verbringen. Sonne und Hitze sind mein Lebenselement, obwohl ich mich nie wie die anderen dummen Frauen unbedeckt an der Sonne rösten lasse. Das kann ich meiner schneeweißen Haut, die keine Sommersprossen kennt, nicht zumuten. Ich liebe die Sonne, will aber um keinen Preis braun werden, decke mich am Strand immer vernünftig zu.

In dieser Insel-Einsamkeit werde ich mich von nun an sammeln. Von Rolle zu Rolle, zwischen zwei Premieren, hier meine Kraft neu aufladen. Der hohe, weiße Turm war so solid gebaut, daß er seit Jahrzehnten, wohl schon seit hundert Jahren oder mehr der Korrosion trotzte. Kein noch so mächtiger Hurrikan konnte ihm etwas anhaben. Er wirkte mit seiner schlichten, weißgetünchten Fassade beinahe nordisch in dieser tropischen wollüstigen Pracht, paßte aber dennoch vorzüglich in die Postkartenschönheit seiner Umgebung. Ich hatte niemals begriffen, wie jemand, ein Badeort-Architekt oder hirnloser Luxusvillenbesitzer, diese grandiose Kulisse mit purpurnem Sonnenuntergang, hohem Riedgras in den Dünen, hell-bis dunkellila getönten Passionsblumen und rosafarbenem Hibiskus, die rotflammenden Poinciana-Sträucher in den Gärten an der Küste Floridas und die beispiellose Vielfalt der Felsriffe so beleidigen konnte, daß er italienische Pseudoschlösser in die Landschaft baute. Wozu imitieren? Sie taten es dennoch.

Ich ließ mich nicht von tropischen Stilarten beeinflussen, ich baute ein tropisches Nest, das genau hierher, in die Karibik paßte. Um den alten Leuchtturm herum, dessen Erdgeschoß ich stark erweitern ließ. Ringsherum verlief jetzt eine runde Veranda mit

Glaswand, und die Veranda war gleichzeitig ein Wintergarten voll üppiger Palmen, Agaven und Kakteen. Auch draußen, unter den freien Himmel, ließ ich neue Palmen pflanzen, Kokospalmen, Dattelpalmen, Kandelaber-Kakteen, die Wüstensand brauchten und dennoch, vom Meer umgeben, herrlich gediehen.

Ich hatte den riesigen Banyan-Baum in Fort Myers bewundert, den hatten sie im Jahre 1925 aus Indien gebracht, als winziges Baum-Baby, und heute hat er einen Durchmesser von 30 Metern an den Wurzeln, und seine Krone ist tausendfach verzweigt, die Äste greifen mit Gespensterarmen in die Luft. Ich habe keine Zeit, fünfzig Jahre zu warten, bis meine Baumschößlinge Riesen werden. Darum ließ ich große, hochaufgeschossene, sattgrüne Palmen und andere tropische Gewächse um meine Villa pflanzen.

Als ich Coral Island zum erstenmal betrat und beim Anblick des kahlen Leuchtturms zu fantasieren und Luftschlösser zu bauen begann, stolperte ich über den hohen Muschelwall, den das Meer dort im Laufe der Jahrtausende angeschwemmt und mitgebaut hat. Der Wind tat das übrige. In brauner und sandfarbener, in zartrosa und glänzend kreideweißer Pracht schimmern die natürlichen Deiche aus kleinen und großen Muscheln, Prinzessinnen-Helm und dornige Auster heißen sie, und Tulpenband und Schraubenmuschel, und Tritonshorn. Ich habe später, als ich Chris und seinen Körper entdeckte und neue Namen für jede Handbreit dieses geliebten Körpers fand, sein Füllhorn ein Tritonshorn genannt. Behäbige Kammuscheln, geheimnisvolle, schwarzgefleckte Hörner aus jahrtausendealtem Muschelkalk spülte die Flut ans Land. Beim Barfußlaufen auf den Muscheldeichen ist Vorsicht geboten, man kann sich leicht die Zehen verletzen. Einmal trat ich auf eine Austernschale und zerschnitt mir übel den linken Fuß.

Ich habe das Meer in vielen Kontinenten kennengelernt, die Schönheit der französischen Riviera genossen und, als ich ein Kind war, die Ostsee geliebt und ihre salzige, frische Brise niemals vergessen. Ich war glücklich an der Sonne Dalmatiens, und mich erfüllte lauwarmes Glück und Sommerfreude unter dem makellosen, tiefblauen Himmel Griechenlands. Doch nie und nirgends habe ich so verwirrend viele Arten von Muscheln in tausend und abertausend Formen und Gestalten gesehen, jeder Muschelmund und Muscheltrichter eine andere Legende und Botschaft ausströmend, wie auf meiner geliebten Insel Coral Island nahe der Südspitze Floridas.

Ich bin kein Snob, wenn ich von lauwarmer Glückseligkeit in

Griechenland spreche. Alles war lauwarm, alles ließ mich unbefriedigt zurück. Als ich Athen und die griechischen Inseln besuchte und ihre Schätze kennenlernte und mich genießerisch im Sand der griechischen Inseln rekelte, war ich ja meinem Erwecker und Apoll, Eros, meinem Mann, noch nicht begegnet.

Wenn Chris seine enganliegenden Hosen aus Silber- oder Goldgeflecht, sein glitzerndes, weitmaschiges Netzhemd in denselben Farben, oder in Purpur oder Giftgrün trägt – auffallend muß die Farbe sein, das ist die Hauptsache – oder wenn er nur das winzige Dreieck von Höschen trägt, das er seinen Bühnenschurz nennt – jeder Lendenschurz ist größer; wenn Chris mitten auf dem Podium oder auf der Bühne seine starken, länglichen, schöngeformten Schenkel spreizt, die zwischen dem Lendenschurz und dem Ansatz der Stiefel, unterhalb der Knie, splitternackt auseinanderklafften, so kann jede kleine Hure sehen, was nur ich, Saskia Stahl, sehen dürfte. Ich, seine Frau. Die beiden harten Äpfel aus Gottes Paradies. Den imposanten Pfahl aus feinstem und wohlschmeckendstem Fleisch, der sich nicht in das silbrig oder golden schimmernde seidene Gefängnis, den winzigen Lendenschurz, zwängen läßt.

Diese Hürchen, die jungen und alten, die Teenager und hysterischen, nymphomanischen älteren Weiber, stoßen schrille Schreie aus, fallen in Krämpfe von Massenhysterie, wenn sie Christopher Svenssons Reize sehen. Wenn er eines seiner hirnverbrannten, blöden Lieder kreischt, die da heißen: ›Komm Satan, und hilf?‹, oder ›Sex mit dir, du grausames Weib‹, oder eines seiner anderen törichten Bekenntnisse, Schlager, der großen, dummen Göttin Libido gewidmet. Ich hasse diese Weiber, wenn ihre Körper im stürmischen Rhythmus der sogenannten Rock-Musik zu den Klängen, die mein singender, kreischender Derwisch seiner Kehle und Gitarre entlockt, vor und zurückzucken. Mein weißblonder Derwisch macht sie zu Marionetten, die der Hand meines Meisters folgen.

Nein, diese Weiber haben kein Recht, meinen Mann mit ihren Blicken zu verschlingen. Sie dürften ihn nicht einmal anschauen. Sie haben noch viel weniger das Recht, ihn mit ihren Blicken zu entkleiden oder ihn heimlich zu berühren. Das versuchen sie immer, wenn sie sich an ihn heranpirschen, unter dem Vorwand der Autogrammbitten. Ich weiß es, ich sehe es ihnen an, sie alle wollen meinen Mann verführen.

Und dennoch sagt mir mein Menschenverstand, daß ich außerstande bin, Chris gänzlich an mich zu ketten. Es geht nicht mehr. Er ist mir entglitten, meine Hände sind leer. Er lebt jetzt sein eigenes Leben. Und schuld daran bin nur ich. Warum ließ ich ihn nicht in diesem Rattenloch, der Diskothek ›Palembang‹, verrotten? Ich hielt ihn ja nie für begabt. Nicht einmal an jenem ersten Abend, als ich ihn kennenlernte. Sein sogenannter Gesang, dieses wilde Gekreische, beleidigte meine verwöhnten Ohren von Anfang an, so wie mein Ohr, an höchste Kunst, an edelste Musik gewöhnt, von jeher die ›Kunst‹ des Rock abgelehnt hatte. Jazz – jawohl. Rock – niemals. Und als ich Christopher Svensson im ›Palembang‹ singen und klimpern und zurren hörte, lachte ich ungeniert aus vollem Hals. Ein neuer Stil? Sogar Elvis, zweifellos ein Künstler, wird für mich immer eine Erscheinung von einem anderen Planeten bleiben. Und mit Christopher Svenssons Rasen und Hüftkreisen verglichen wirkt Elvis beinahe antiquiert – und sehr dezent!

Überdimensionale Silbermünzen scheppern an einem Band, das mein Geliebter und Mann um seinen langen, schwanengleichen Hals gewunden hat, und das Hemd knöpft er immer bis an den Nabel auf, damit sich die Weiber noch mehr aufregen. Mir fiel sofort auf, wie ungebärdig sich das weißblonde Gewöll durch die weiten Maschen seines seidenen Netzhemdes drängte, und wie begierig der junge Sänger war, sich so nackt wie möglich zu präsentieren. Er tut es noch immer. Das alles ist Trick, billigste Mache, doch eine billige Mache, die viel Geld einträgt.

Und er drehte sich auf den Fersen und sprang unmotiviert in die Luft, und machte Lärm, und das alles nannte und nennt sich Kunst, diese Plage für kultivierte Ohren. Rock – Kunst? Mein Gelieber hat heute eine Fülle von Anzügen, eine kostbare, verrückte Garderobe, die ich bezahlen muß. Hemden in Shocking Pink mit Rüschen und Jabots. Hundehalsbänder, mit Gold und Amethyst ausgelegt. Eine Zeitlang trug er seine lange, weißblonde Mähne sogar zu einem Zopf geflochten. Das machte mich krank. Als wir heirateten, schnitt er die Mähne widerwillig ab. Er ließ sich überreden, das blonde Zauberhaar nicht einmal schulterlang, in beinahe normalen Pagenschnitt, zu tragen. Kaum hatten wir ein ernstes Zerwürfnis, als er sich aus purer Bosheit wieder eine weibische Frisur zulegte. Weil er wußte, daß ich mich vor einem weibischen Liebhaber ekelte.

Tag und Nacht sehe ich Chris als Hengst vor mir, der alle Stuten begatten muß. Und ich höre seinen kreischenden Gesang auch dann, wenn ich am anderen Ende der Wohnung, allein, unbefriedigt und halb wahnsinnig vor Eiferucht, einzuschlafen versuche. Sein Rock-Gekreische beleidigt meine Ohren viel mehr als der schrille Morgengesang der Möwen, die schon um drei Uhr, kaum dämmert der Tag, meine Insel umfliegen.

Ich will nicht, daß mein Geliebter und Mann Idol von Millionen dummen amerikanischen Frauen sei. Merken diese Idiotinnen denn nicht, daß er keinen Funken Begabung hat? Warum stopfen sie sich nicht die Finger in die Ohren, wie ich es tat, als ich ihn zum erstenmal brüllen hörte? Christopher Svenssons Ruhm ist nichts als Massenhysterie, merken die ewig Dummen das nicht? Meine Vorhaltungen würden auf taube Ohren stoßen, vorausgesetzt, daß ich sie laut und nicht leise, stumm, in mich hinein- und zurückgedrängt machte, nur für meine Kissen bestimmt. Die sexhungrigen Groupies hatten nie Geschmack. Oh, wie ich sie hasse, diese Huren, die Teenager und die noch weitaus gefährlicheren Alten. Sie wollen mir Chris wegnehmen. Ihn rauben. Hört her, Diebinnen: Solange ein Funken Leben in mir ist, werde ich ihn fest in den Armen halten. Nicht aus dem Schraubstock meiner Arme lassen. Ihn an mein Bett anketten. Und ihn nie einen Augenblick allein lassen, obwohl ich ihm hundertmal mit Scheidung drohte.

Ich lasse mich nicht von Chris scheiden. Und wenn er mich verläßt, so werde ich ihn töten.

Je entschlossener ich handeln will, um so schwächer wird mir in den Beinen. Ich bin aus Butter, die an der Sonne schmilzt. Ich glaube wahr- und wahrhaftig, jeden Befehl des Geliebten befolgen zu müssen. Und lockte er mich auf das Sonnen und Aussichtsdach unserer Villa auf Coral Island, den weißen Turm, dessen Sockel ich rundherum, unterhalb der Verandafenster, ganz mit exotischen Muscheln auslegen ließ – erteilte er mir dort den Befehl: Spring hinunter, über den steil abfallenden Felsen ins Meer, ich würde ihm gehorchen. Es ist wie ein Zwang. Chris hypnotisiert mich wie die Schlange das Kaninchen.

Vor drei Jahren war es umgekehrt. Lieber Gott, hab' Mitleid mit mir! Laß mich die Augen schließen und träumen. Es träumt sich gut auf der Couch meines Musikzimmers gegenüber der Met, mit dem großartigen Blick aufs Lincoln Center. Es ruht sich gut auf der roten, üppigen Brokatdecke. Saskia Stahl hatte immer guten Geschmack, und in den letzten Jahren auch das nötige Geld. Nach zehn, fünfzehn Jahren übermenschlicher, harter Arbeit.

Heute gehört mir die fantastisch konstruierte, erlesen eingerichtete Villa auf Coral Island und die ganze Insel. An der Stelle, wo vor vier Jahren nur ein kahler, weißgetünchter Leuchtturm von glatten Felsen in die Höhe ragte, ein längst nicht mehr benutzter Leuchtturm, ruhen Tausende Muscheln in allen Farbtönen, rosa und weiß, braun und scharz und weißer als Schnee, in den frischen Kalkbewurf eingebettet, der sich rund um das Parterre zieht. Meine Turmvilla erhebt sich im Mittelpunkt, an der höchsten Stelle des magischen Eilands, und keine Springflut, keine vom Hurrikan hochgepeitschten Wellen können die Treppen, die vom Bootssteg zum Hauseingang führen, erreichen. Coral Island hat seinen eigenen Bootshafen, und der üppige tropische Garten ist nachts in sanftes weißes Licht getaucht. Aus einem Springbrunnen sprudelt Süßwasser, die Insel hat einen tiefen, alten Brunnen, der frisches Quellwasser hergibt.

Und meine Wohnung in New York, mein Penthouse, das immer wieder in den großen Illustrierten Europas und Amerikas abgebildet wird, ist nicht weniger luxuriös. Das alles ist mein gutes Recht, ich habe länger geschuftet als alle Kolleginnen, die ich kenne.

Als sie das 22 Stock hohe Apartmenthaus gegenüber der Met noch bauten, verliebte ich mich bereits in die imaginäre Aussicht, die man vom Penthouse haben würde. Mein Entschluß stand fest. Die eleganteste Wohnung, das Penthouse im 22. Stock, mußte mir gehören. Ich wollte von meinem Schlafzimmer aus hinüber zur Met sehen und Chagalls geliebte Fresken, farbige Träume, Menschen und Fabelwesen, mit freiem Auge erblicken oder doch ahnen können. Die Nähe meines Musiktempels gab mir jeden Morgen neue Kraft, weiterzulernen, das Beste anzuspannen, was mir Gott mit auf den Weg gegeben hatte. Arbeit. Noch mehr Arbeit. Mein Heim war mein Schloß, und jetzt hatte ich zwei Schlösser – eins bei meiner Oper und das zweite auf Coral Island. Ich war glücklich und zufrieden. Das bildete ich mir ein. Bevor ich Christopher Svensson begegnete.

In den letzten Monaten glaube ich oft, die ersten Takte von Beethovens Fünfter zu hören. Das Schicksal pocht an die Tür. Es kündet sein Kommen an. Welch sündhafter Gedanke! Eine Assoziation zwischen Christopher Svensson, dem kreischenden Rokker, und dem Giganten Ludwig van Beethoven!

Sündhaft – doch nicht so abwegig, wie es mir beim ersten Gedanken dünkt. Die Götter haben uns Sterbliche, seitdem sie die Erde verließen, in mancher Gestalt besucht. Sie kamen als Komponisten, als Maler, Gelehrte und Dichter. Als Religionsgründer, Philosophen. Vor einem Augenblick, einem Atemzug in der Geschichte, nahm ein Gott Gestalt an, und er hieß Beethoven. Ich muß ihn anflehen, mir zu verzeihen, daß ich die Fünfte höre, wenn ich an meine erste Begegnung mit Christopher Svensson denke.

Ich bin eine große Künstlerin. Das hat man mir oft beteuert. Ich lese es täglich, und ich weiß es, wenn ich mich singen höre. Ich habe die Fähigkeit, die Objektivität und Ehrlichkeit, selbst den kleinsten Fehler in meiner Interpretation zu hören. Heute, fünfzehn Jahre nach meinem Debüt an der Met, weiß ich, daß Saskia Stahl als dramatischer Sopran keine Konkurrenz auf den Opernbühnen sämtlicher Kontinente hat.

Und ich weiß auch, daß dieselbe Saskia Stahl eine elende, bedauernswerte Frau ist, die den Boden unter den Füßen verloren hat. Verzeih mir, lieber Gott, wenn ich blasphemische Gedanken in meinem Kopf hatte. Die Fünfte – das Schicksalsmotiv beim Anblick eines Zerrbilds, das Chris Svensson heißt!

Betrachtet seine Schenkel nicht, schaut weg! Und forscht auch nicht nach dem Quell der Glückseligkeit zwischen den Schenkeln des jungen Rockers, der sich wie wahnsinnig gebärdet, auf dem winzigen Podium, in seinem gleißenden Clownsgewand. Die Huren verschlingen ihn mit den Augen, immer, überall, wo mein Geliebter auftaucht. Ich dulde nicht, daß sie ihn mit ihren frechen und begehrlichen Blicken durchbohren, den jungen Fremdling. So war es damals, beim erstenmal. Ich war sofort eifersüchtig, obwohl ich das Schauspiel widerwärtig und den Knaben abscheulich und untalentiert fand.

Ich schrie, ich verbiete ihnen, hinzusehen. Ich weiß, daß ich stumm bin. Halluziniere. Mir ist übel. Könnten mich die Weiber hören, sie riefen mir zu: »Halt den Mund, hast keine Macht mehr über ihn, bist auch viel zu alt für diesen jungen Knabentraum.«

Ich schließe die Augen. Wo bin ich? Liege ich auf meinem Sofa mit Brokatüberwurf, in der Penthousewohnung, daheim in New York? Morgen beginnen die Proben zum neuinszenierten Ring. Es gibt keinen zweiten Star von internationalem Ruf, dem die Menschen den Salzburger Skandal verzeihen würden. Mein erstes öffentliches Débacle. Das Rock-Konzert, in dessen zweitem Teil auch ich mitwirke – freilich mit Liedern und Arien. Nicht mit Rock-Musik. Das hätte mir noch gefehlt.

Ich will den Salzburger Skandal ja heute selbst nicht wahrhaben. Hat mir nicht nur alles geträumt?

Ich bin sechsundvierzig Jahre alt. Vielleicht sogar älter. Lüge und Wahrheit verschwimmen derart in meinem Leben, daß ich oft selbst an meine Lügen glaube. Jedenfalls bin ich bald fünfzig, und eine Birgit Nilsson, die noch mit achtundfünfzig im Vollbesitz ihrer göttlichen Stimme war, gibt es nur einmal in tausend Jahren.

Keinem zweiten dramatischen Sopran würden die Menschen und Kritiker diesen entsetzlichen, unerhörten Salzburger Skandal verzeihen. Chris war schlau. Er versuchte monatelang, mich zum Mitwirken zu überreden. Er bat. Er drohte. Er flehte. Er sprach von einer Sensation – und ich fing an, ihm zu glauben, denn seine Stimme klang so verführerisch, und er belohnte mich, die ewig Hungrige, mit neuen, süßen Zärtlichkeiten. Wieder einmal fraß ich meinem Abgott aus der Hand.

Ich weiß heute, daß er mich nur zu dem skandalösen, törichten, unerhörten Doppelkonzert Christopher und Saskia Stahls zwang, weil er mich öffentlich demütigen wollte. In den letzten Glanzjahren meiner Opernkarriere. Saskia Stahl sollte den Narren abgeben, und ich versorgte ja auch tatsächlich die Skandaljournalisten rund um die Welt mit fetten, schreienden Schlagzeilen. Die Regenbogenpresse jubelte.

Jede andere Karriere wäre an diesem Salzburger Konzertskandal endgültig gescheitert. Nicht so die Saskia Stahls. Ich bin noch immer unersetzlich. Wie lange noch? Wie lange noch? O ja, Christopher drohte damals, als er mich anbettelte, doch ›fesch‹ zu sein und mitzumachen, mich zu verlassen. Wieder einmal. Ich weiß, daß er sich niemals von mir scheiden lassen wird. Dazu ist er viel zu geldgierig.

Ich schließe die Augen, ich möchte schlafen. Drüben an der Wand des Musikzimmers, im New Yorker Penthouse, hängt ein echter Gauguin. Der Zauberer hat nicht die Südsee gemalt. Ich meine nämlich, in diesem purpurfarbenen Inselparadies meine Insel in der Karibik, Coral Island, zu entdecken. Fantasien. Selbstverständlich hat Gauguin niemals die Karibik besucht, Tahiti, Papeete mit seinen mandeläugigen Schönen nährten seine Träume. Ich vertiefe mich in Gauguins Insellandschaft und glaube, in Christophers Armen zu ruhen. An einem heißen Nachmittag, auf Coral Island, oder nachts, während die Brandung laut an die befestigte Kaimauer schlägt. Ich war damals Herrin und Sklavin zugleich, in den Armen meines jungen Gebieters.

Der Himmel ist blutrot, die Sonne versinkt im Ozean. Nur in meiner schmerzlichen Erinnerung ist die Sonne grausam. Vor drei

Jahren, in den Tagen unbeschreiblicher Seligkeit, die so stark war, daß sie schmerzte, war die Sonne liebevoll, leidenschaftlich und Sinnlichkeit verströmend. Sie tauchte den weißen Leuchtturm mit seinen vielen tausend in Gips und Mörtel eingelegten bunten Muscheln in glühendes Licht, das jede versteckte Schönheit aus dem Körper meines Liebsten holte. Die Sonnenfinger erweckten den nackten, jungen, kräftigen Leib meines Liebsten zu einem Leben, das den Beschauer überwältigen, mit Leidenschaft und Andacht erfüllen mußte. Es war die Brust Apolls, es waren die köstlich geformten Schenkel des Gottes Eros, die sich meinen hungrigen Blicken darboten. Es war der imposante Geschlechtsapparat, der Michelangelos David hätte gehören können. Ich wußte nicht mehr, welche Namen ich ihm geben könnte – neue, noch nie genannte Namen. Von jeher habe ich ihn meinen Engel und Teufel, David und Hyperion, meinen Erwecker und Mörder genannt.

Dann schaut er mich an und ist verlegen, weil er nur die Hälfte davon versteht, was ich flüstere. Das stört mich keineswegs.

»Du brauchst mich nicht zu verstehen, gib dir keine Mühe, Liebster. Drück mich nur ganz fest an dich, trink aus meiner Muschel, hab mich ganz lieb«, flehe ich meinen jungen Abgott an.

»Ich fürchte mich vor dir!«

»Fürchte dich nicht, ich werd' dich nicht verschlucken.«

»Doch, du frißt mich eines Tages auf.«

Ich trinke mich satt an seinem heißen Mund, und er dringt wieder in mich ein, schon zum vierten- oder fünftenmal. Wir haben es längst aufgegeben, zu zählen, das überlassen wir den impotenten Sexualforschern und -forscherinnen. Wir sind Adam und Eva, göttlich nackt, am liebsten zögen wir einander die Haut vom Leib, um eine neue, nie gekannte Nacktheit der Leiber zu entdecken. Wir sind Adam und Eva, zu ewigem Leben geboren. Es gibt keinen Tod. Gott hat uns das Geheimnis der Wiedergeburt in jeder seligen Verschwisterung und Verschmelzung geschenkt. Wir sind unsterblich geworden in den Armen des geliebten Wesens. Es gibt keinen anderen Mann und keine andere Frau auf Erden, und es spielt auch keine Rolle, daß Christopher Svensson jung genug ist, um der Sohn seiner gierigen Geliebten sein zu können.

Noch immer sehe ich ihn so vor mir, neben mir, unter mir, über mir, wie er damals war. Selbst heute – er ist doch beinahe nur noch Gast in meinem Haus. Kommt heim, wann es ihm paßt. Manchmal nur ein- oder zweimal in der Woche, um sich frische Wäsche und einen neuen Anzug zu holen, den ich ihm kaufe.

Nach wie vor sorge ich für seine Garderobe, ich kaufe sie beim verrücktesten aller Disco-Fashion-Designer Manhattans, der Kerl nennt sich Attila. Näht Flicken auf neues Tuch oder verwaschenes Denim-Leinen, bestickt sie mit Schmetterlingen und Fabeltieren. Für eine seiner kostspieligsten Kreationen, einen mit lauter winzigen Spiegelchen benähten Rock-Anzug, hab' ich kürzlich tausend Dollar hingeblättert. Alles für meinen Geliebten, alles für Chris.

Heute ist mein Geliebter schon ein berühmter Rock-Sänger, diesseits und jenseits des Atlantik. Ich verfluche den Tag, an dem ich ihn entdeckte – den Talentlosen. Nur, weil ich ihn im Unterbewußtsein besitzen wollte. Ich verachte meinen treulosen Mann, der mich zu Grunde richtet und mich töten will.

Er trägt mit seiner Stimme, die nichts ist als gellender Sprechgesang, seine eigenen Schlager vor. ›She was a sexy tramp‹ und dergleichen mehr. Und ›Bite my lips‹. Fast immer raucht er übermäßig Marihuana. Wahrscheinlich hascht er auch schon. Eines Abends kam er weinend, angeekelt zu mir. Ein Groupie-Mädel hatte ihn überredet, Heroin zu versuchen. Er übergab sich die ganze Nacht und wollte es nie wieder versuchen. Ich tröstete ihn. Ich wußte, daß ich Chris lieben würde, wenn er voll Hasch und nur noch ein Gerippe wäre.

Warum wurde er nicht süchtig, hat sich nicht wirklich an harte Drogen gewöhnt? Dann wäre ich ihn bald los. Schade, daß er damals, nach dem ersten Heroinversuch, nicht gestorben ist.

Ich war in der Oper, trat in Walküre auf, wußte aber, daß mein Geliebter drüben im Penthouse an den Folgen des ersten Heroinversuchs litt, immerzu erbrach, Schwindel und Kopfschmerzen hatte. Fast hätte ich die Vorstellung ruiniert. Ich sang schlecht. Chris brauchte mich, ich hätte absagen sollen. Mein Dirigent warf mir entsetzte Blicke zu. Saskia Stahl – indisponiert, ohne es vorher zu melden? Saskia Stahl nahm die Tempi falsch, war nicht bei der Sache? Der große Maestro wollte es offenbar nicht wahrhaben. Er war so schockiert, daß er mich nach dem zweiten Akt mied und sich nach dem dritten Akt weigerte, mit mir, Siegmund und Wotan vor dem Vorhang zu erscheinen.

Saskia Stahl ruiniert eine Walküre? Das kann nicht wahr sein. Auch von meinen Partnern hörte ich kein Wort des Vorwurfs. Keine Frage. Nur hinter meinem Rücken wurde reichlich getuschelt. Das merkte ich. Ganz gewiß wurde wieder mein Privatleben durchgehechelt. Meine verrückte Ehe mit Chris. Sie sollten mich in Frieden lassen! Was wußten diese Bettler von Liebe und Leidenschaft! Was hatte ich früher davon gewußt?

Doch die Kritiker würden nicht so taktvoll und rücksichtsvoll sein. Ich hatte Angst vor den Morgenzeitungen, sie würden meine Leistung hämisch zerpflücken.

Es kam noch schlimmer, als ich es erwartet hatte. Sie alle fielen über mich her.

›Schmeiß ihn doch raus, ein für allemal, zerschneide den gordischen Knoten, wach auf, Hergott noch einmal!‹ So versuchte ich mich in Selbstgesprächen zur Vernunft zu bringen. ›Bald bist du fünfzig. Die Zeit vergeht in rasendem Flug, wenn man einmal die fünfundvierzig hinter sich hat. Bald ist es zu spät zur Umkehr. Dann ist deine ganze Kunst zusammen mit deinem Leben überhaupt im Eimer, und schuld daran ist nur deine hündische, wahnwitzige Hörigkeit. Schmeiß den Kerl raus, ehe er dich ganz vernichten kann. Trenne endlich die Nabelschnur, die dich an diese Spottgeburt aus Dreck und Feuer knüpft.‹

Hergott im Himmel, so glaub mir doch, ich flehe dich an. Ich kann die Nabelschnur zwischen Chris und mir nicht durchtrennen. Ich habe keinen Funken Kraft mehr.

Es gibt Männer und Frauen mit selbstmörderischen Tendenzen. Sie sind reich, sie haben Erfolg, sie haben Geld. Scheinbar fehlt ihnen nichts. Und dann, eines Tages, auf dem Gipfel ihres Lebens, ihrer Karriere, durchschneiden sie sich die Kehle. Oder nehmen eine Überdosis Pillen. Oder springen aus dem Fenster. Weil sie von jeher latent selbstmörderische Tendenzen hatten.

Nein, ich habe keine selbstmörderischen Neigungen. Ich bin verdammt, zu warten, bis mich mein Mann und Geliebter umbringt. Bisher hatte ich zwei Nervenzusammenbrüche. Doktor Livingston, der mich seit Jahren als Hausarzt behandelt, tröstet mich. Versucht, mir weiszumachen, daß ich ein Hypochonder bin. Daß ich ein vollkommen gesundes Herz habe und mir die nervöse Herzschwäche nur einbilde. Ich glaub' ihm kein Wort. Ich bin sicher, daß er mir die Wahrheit vorenthält. Auch Johnny, mein Impresario. Ich bin noch nie einem Impresario begegnet, der seinen höchstbezahlten Star auf dem Gipfel seiner Karriere verlieren möchte.

Nein, daran kann kein Zweifel bestehen: Dr. Livingston belügt mich. Und auch Johnny. Livingston rät mir abwechselnd, viel zu ruhen, mich zu entspannen, und dann wieder, mit Maß Sport zu treiben, viel zu schwimmen, die gute Salzluft in der Karibik so oft wie möglich einzuatmen. Ich weiß nicht mehr, was ich glauben soll. Mein Herz klopft mir so oft bis in den Hals, wie ein Dampfhammer.

Ja, Impresario Johny zittert vor Angst, sein wertvollstes Juwel, die reiche und großzügige Saskia Stahl, vorzeitig zu verlieren.

Also gut. Ich gebe es ja zu, bisweilen – und in der letzten Zeit immer häufiger – habe ich Chris eine Komödie vorgespielt. Nervenzusammenbrüche und Herzanfälle vorgetäuscht, die es in Wahrheit nicht gab.

Doch waren das nicht Lügen? Ist es nicht begreiflich, daß ich auch auf diese demütigende Weise versuchte, meinen Mann an mich zu fesseln? Dadurch, daß ich meine Krankheit, meine nervösen Zustände übertrieb?

Und überhaupt! Ich bin herzkrank, das weiß ich sonnenklar, und die Ärzte wollten mir einfach nicht die Wahrheit sagen. Der gefürchtete, der ganz schlimme Herzanfall kann jeden Augenblick kommen.

Bisweilen, spät nachts, wenn ich im Bett nach dem jungen Leib meines Mannes taste und ihn nicht finde – wenn ich mich nach der Berühung seiner jungen Lippen bis zum Wahnwitz sehne, dann leide ich wie ein herrenloser Hund. Dann spüre ich wahrhaftig, wie mein Herz aufhört zu schlagen.

Ich bin mit kaltem, klebrigem Schweiß bedeckt. Ich zermartere mir das Hirn, grüble nach, wo er heute nacht stecken mag, wo er sich zum Takt seines Rock-Gegröles in den Hüften wiegt oder in wessen Bett er heute schläft. Vielleicht bei einer dieser empörend jungen, dreckigen Groupie-Hündinnen, einem läufigen, blutjungen Weib.

Sie sollen nicht jung sein, ich befehle ihnen, zu altern, Falten um die Augen und Mäuler zu kriegen.

Oder schläft er mit einem älteren Mann? Chris wäre wahrscheinlich auch dafür zu haben. Warum nicht, wenn er tüchtig Geld bekommt?

Chris und Geld sind zwei Gegenpole, die sich immer abstoßen werden. Chris hat keine blasse Ahnung, wie man mit Geld umgeht. Der internationale Rock-Star, dessen grellbunte Plakate Tausende Mädchen und Männer in den Madison Square Garden lokken, der neue König der Rock-Kunst, jener verhaßten Pseudo-Kunst, ist außerstand, mit Geld umzugehen. Hat nie einen Cent auf seinem Konto. Vor drei Jahren richtete ich ihm sein erstes Bankkonto ein. Damls, als unsere verfluchte, gesegnete Ehe noch ganz neu war. Ich zahlte sofort ein paar tausend Dollar, achttausend waren es, glaube ich, auf sein Konto ein. Ein paar Wochen später war das Geld verschwunden. Chris war der geborene

Verschwender, nur hatte er jetzt zum erstenmal im Leben Gelegenheit dazu, Geld aus dem Fenster zu werfen. Es machte ihm Spaß, dreißig Personen ins teuerste Restaurant New Yorks, in die ›Four Seasons‹ einzuladen. Oder später, als ich sein Konto, ohne zu murren oder zu kritisieren, frisch aufgefüllt hatte, einen europäischen Rennwagen zu kaufen. Und prompt damit gegen einen Baum zu fahren und den Kühler und die Kotflügel zu zertrümmern. Ein Wunder, daß er ohne schwere Verletzung davonkam.

Christopher Svensson liebt das Leben, ohne es zu würdigen. Er liebt Tempo und Rausch. Ersatz für das wirkliche Leben, den tiefen Genuß der Natur. Der echten Kunst. Vergebens bemühte ich mich, ihm die Augen für die echten Gottesgaben zu öffnen. Immer wieder begegnete ich dem verrückten Drang in Chris, sich zu vernichten. Das ist typisch für die heutige Jugend – die schlechte Jugend, die andere Jugend. Die Rocker, die Rekordsüchtigen.

Wenn Chris eine Party besucht, und das tut er Abend für Abend, so kennt er keine Grenzen. Genuß muß Exzeß sein. Im Lieben. Im Trinken. Einmal brach er sich fast das Genick, als er ohne hinreichendes Training versuchte, in Miami Beach mit einer kleinen Cessna über die Bucht zu fliegen. Sie fischten ihn aus dem Ozean, bevor ihn die Haie erwischen konnten. Das einzige Italienisch, das er beherrscht, sind Mussolinis törichte Worte vom ›Vivere pericolosamente‹. Wer das Leben achtet, wird nicht um törichter Rekordsucht willen Kopf und Kragen riskieren.

Ja, Chris kann keinen Dollar in der Tasche haben, ohne ihn sofort zu verschleudern. Und dennoch bin ich selig, ihn auch mit Geld füttern zu können, für seinen Leib, seine Umarmungen und Küsse, die grenzenlose sexuelle Leidenschaft, die mich mein Geliebter gelehrt hat, mit harter Münze bezahlen zu können. Denn so weit ist es mit mir gekommen, ich bin tief gesunken. Und ich will ihm gern geben, was er haben will. Meine ganze Habe. Ich muß ihn festhalten. Ich bin bereit, ihm mein ganzes Vermögen zu schenken, neu anzufangen, ich bin eine immens tüchtige Geschäftsfrau und singe nur für sehr, sehr hohe Summen. Saskia Stahl hat noch ein paar gute Jahre und im Investment eine glückliche Hand.

Saskia Stahl ist tief gesunken. Ein wahres Glück, daß mein eigenes Vermögen intakt ist, daß Chris nur das verschwendet hat, was ich ihm zukommen ließ. Sooft ich mit meinem klugen Manager Abrechnungen mache, mit dem Impresario und den Anwälten Verträge schließe, bin ich wieder oder noch immer die alte, nüchtern, zielbewußt handelnde Saskia. Und für diese Fähigkeit danke ich dem Herrn.

Vielleicht ist es trotz aller Qualen noch nicht zu spät zur Umkehr. Vielleicht kommt eines Tages, bald, der Augenblick, da ich imstande sein werde, die Tür zu öffnen und Chris – wenn er wieder einmal den Weg nach Hause findet – hinauszuwerfen. Endgültig. Mitsamt den Anzügen, die ich bezahlt habe, den Schallplatten, die ich für ihn kaufe, dem Labyrinth von Rundfunkgeräten und Farbfernsehern, die ich für ihn angeschafft habe. Sie füllen Christophers ›Rock‹-Zimmer. Und auch den schauderhaft geschmacklosen, kostspieligen Affenschmuck will ich ihm nachwerfen, die silbernen und goldenen Halsketten und den Talmischmuck, die echten und falschen Ringe, die er trägt. Ich werde den Mut dazu finden und den Augiasstall ausmisten. Mich von dem Abschaum befreien, dem Ungeheuer, das eklig schimmert, wie ein böser Skorpion. Meinen Mann, meinen Geliebten. Eros, meinen bösen Geist.

Noch nicht. Laß mich noch nicht völlig nüchtern werden, lieber Gott. Ich habe noch nicht genügend Kraft gesammelt. Ich bin so sehr an Selbstquälerei gewöhnt, daß ich die Qual beinahe liebe. Mein Leiden ist die einzige Freude, die mir geblieben ist. Ich genieße meine Qual, sie erhöht mich, spült mich hinweg, wie eine mächtige Meereswelle und trägt mich immer wieder zum schönsten Ruhepunkt, den ich je im Leben hatte. Zu dem schneeweißen Turm auf meiner felsigen Insel, Rundmauern mit ihren tief darin eingebetteten Tritonshörnern und Kammuscheln, den vielfarbigen Zacken, Buckeln und Labyrinth-Öffnungen, in denen einst Weichtiere hausten.

Einmal vergleicht mich Chris, den die Natur mit ihrer allgewaltigen Schönheit selten anspricht, für den es scheinbar keine Rätsel gibt, die ihrer Lösungen harren, mit einem ständig kampfbereiten Ungeheuer aus der Tiefe des Meeres. ›Du bist eine habgierige, bitterböse Seejungfrau, die ihr Opfer in die Tiefe zieht, wenn es nicht pariert‹, sagt er.

›Du bist geistreich, daran muß ich mich erst gewöhnen!‹ antwortete ich verblüfft.

›Jedenfalls werde ich mich hüten, dir einen Wunsch abzuschlagen‹, sagt Chris.

Er steht splitternackt im gleißenden Sonnenlicht, silberweiß in goldsilberner Sonnenfülle, niemand sieht uns, zumindest bilden wir es uns ein.

Das Felsplateau, unser privates Sonnenbad, ragt hinaus ins Meer, ist aber durch hohe Kokospalmen, Bougainvillea-Hecken und Agaven-Gestrüpp vom Festland abgeschirmt. Schwer und süß duftende, tropische Blüten bilden eine betörende, dicke, lebende Mauer zwischen uns und dem Festland, auf das ich am liebsten nie wieder zurückkehren würde. Ich habe mein Eiland mit Hilfe eines fantasievollen Gärtners in einen üppigen und dennoch nicht wild wuchernden, sondern gehorsam-gepflegten Dschungel verwandelt. Wildnis mit Komfort. Mit tausendundeinem Liebesbett.

Je häufiger ich den geliebten Gatten, Eros, meinen Mann, vor mir nackt stehen sah, um so öfter bedauerte ich die Grenzen der menschlichen Nacktheit. Warum darf ich ihm nicht die elfenbeinfarbene Haut vom jungen Leib reißen? Diese Frage ohne Antwort ließ mir keine Ruhe. Die vollkommene Verschmelzung unserer Körper. Ich glaube wirklich, nur Kannibalen können im Geschlechtsakt glücklich sein. Die Gottesanbeterin ist rückhaltlos glücklich, wenn sie das geliebte Männchen nach der Hochzeitsnacht mit Stumpf und Stiel verschlingt.

Gewiß, Vorspiel, Liebesakt, Orgasmus und langsames Abklingen der Erregung hat Frauen seit Adams und Evas Zeiten befriedigt. Mich, Saskia Stahl, befriedigt es nicht mehr, ich will Neues, Unerhörtes. Auch weiß ich tatsächlich nicht mehr genau zu sagen, ob ich wirklich nur kannibalische, neue, höchste Lust suche, oder die letzte Verschmelzung von Körper und Seele, die überirdische, sublimierte Lust, in der Tristan und Isolde eins wurden und sich Siegmund und Sieglinde fanden. Bilde ich mir immer und ewig ein, auf der Bühne zu stehen, gleichzeitig die Rolle der Isolde, Sieglinde und Salome, der Tosca und Marschallin zu singen, weil ich nach so vielen Bühnenjahren schon außerstande bin, aus meinen Bühnenschwestern zu schlüpfen? Mich von meinen Heldinnen zu trennen?

Ich wollte, ich könnte mir sagen: auch meine Passion für Chris ist Einbildung. Eine bloße Rolle. Ich habe versucht, mich zu diesem Glauben durchzuringen. Es ist einfach nicht wahr. Der Sex, mit dem ich meine dramatischsten Partien so überzeugend gestaltete, war falsch, klopfte und zerrte nicht im Schoß. Das alles spüre ich erst, seitdem ich Chris geküßt habe.

Ja, ich will mehr von meinem Mann als alle anderen Frauen der Erde. Ich bin anders als meine Schwestern rund um den Globus, die berühmten und unberühmten. Ich bin anders als alle, alle anderen Weiber und es macht mich glücklich.

Denn ich bin nicht nur Isolde, die den Tod des Geliebten nicht überleben konnte, ich bin auch Messalina, erfüllt von dem krankhaften Trieb, ihren Liebsten bei lebendigem Leib zu verschlingen.

Nur wenige Frauen haben den Mut, dies offen einzugestehen. Ich sag' es, wie es ist. Die nüchterne, grundehrliche Saskia, die Schwerarbeiterin, die fast jeden Tag im Jahr, mit Ausnahme der bisher so seltenen und immer kurzen Ferien, um sieben Uhr morgens aufsteht und um Punkt elf bei Winfried zum Korrepetieren erscheint, die sorgfältig jede Abrechnung ihres Managers prüft und tagsüber nie einen Drink nimmt und auch in einer Party höchstens ein oder zwei Campari – dieses verläßliche Arbeitstier, die große Künstlerin und Vestalin der Musik, Saskia Stahl, hält der anderen, neuen, im Strudel versinkenden, noch immer die Waagschale.

Und weil ich noch immer ehrlich bin, bin ich mir meiner animalischen Instinkte bewußt. Ich spiele kein Verstecken vor mir selbst.

Christopher, Apoll und Eros, Baldur, Sonnengott der deutschen Sage, Fabelwesen, das die strahlende Schönheit aller jungen Götter in sich vereint, steht splitternackt im blutroten Sonnenuntergang. Die Strahlen des Gestirns, das im Meer versinkt, brechen sich an seinem jungen Leib.

Ich habe ihn auf Coral Island gelockt. Warum ist er mir zum Flughafen nachgelaufen? Daran bin ich unschuldig. Oder doch nur Mittäterin.

Ich tröste mich damit, daß er es ja auch wollte. Ich flüchte mich, so oft ich kann, in meine Erinnerungen, die mein Leben sind. Dann vergesse ich die Schmerzen, unbefriedigten Sehnsüchte der Gegenwart. Es waren die ersten Flitterwochen für mich, die läufige Hündin, die unter den Händen eines Knaben zur Frau wurde. Meine Hitze ließ nicht nach. Das Glück schmerzte, es war unerträglich. Mir war damals, bei unserem ersten Zusammensein auf Coral Island, unablässig, schwindlig, ich stürzte in einen roten Trichter, der heftige Sog ließ nicht nach. Ich war nicht mehr Herrin meiner Sinne.

Der Strudel begann vor drei Jahren. Im September. Es ist wieder jener September, ich habe den Uhrzeiger um drei Jahre zurückgestellt. Diese drei Jahre sind mein Leben. Vorher war nichts, und mein Dasein ist wieder zu einem Nichts zusammengeschrumpft. Es schmerzt grauenhaft, dieses neue Nichts, das ich früher nicht kannte.

Heute feiert New York die ›größte Tosca aller Zeiten‹. So lautet das Urteil der New Yorker Musikkritik, und die Weltpresse hat es übernommen, noch nachts telefonierten die hiesigen Berichterstatter der französischen, deutschen und britischen Presse ihre überschwenglichen Elogen nach Europa. Tosca und Isolde in einem, im selben Repertoire! Das soll mir eine andere Sängerin der Gegenwart nachmachen!

Es gibt keine, die das zustande brächte. Ich bin konkurrenzlos, ich bin die Größte, die Beste, die Schönste, ich, ich, Saskia Stahl. Das Wunder der Opernbühne. Ich freue mich schon auf die Kritiken, die spät nachts, noch feucht vom Druck, auftauchen werden. Ich brauche keinen Spiegel mehr, um mir zu sagen, was ich vor der sensationellen Aufführung in meiner Garderobe feststellte: Daß ich strahlend schön bin in meinem mattgrünen, moosgrünen Kleid aus kostbarem Velourchiffon mit langer Schleppe. Das Oberteil ist mit lachsfarbener, echter Spitze verziert. Obwohl es eine verrückte Idee ist, erfüllte ich den Wunsch der Freunde, Mitarbeiter und Verehrer, und bleibe nach der Vorstellung im Kostüm. ›Du siehst hinreißend aus, zieh dich nicht um!‹ bittet auch Winfried. Ich behalte sogar den Riesenhut mit breitem Rand und Pleureuse auf dem Kopf, lege ihn erst später in der Diskothek ab, setze ihn wieder auf, lasse mich kokett von den wippenden Straußfedern umspielen. Ich war von jeher imstande, meine klassische und gleichzeitig pikant-aufreizende Schönheit mit einer Art von kühlem Abstand zu beurteilen, stets kritisch, als stünde ich vor dem Spiegel und sähe darin das Bild einer Fremden. Das hatte nichts mit Überheblichkeit oder falscher Einbildung zu tun.

Im Gegenteil. Ich wollte immer mehr Selbstkritik üben als alle Kolleginnen von der Oper.

Kühl, sorgfältig jeden Zug meines Gesichts abwägend, von der Pleureuse bis zu den Seidenschuhen die Gesamterscheinung dieser kostümierten Frau kritisierend, mußte ich feststellen: Saskia Stahl ist eine hinreißende Schönheit. Ich war in mich selbst verliebt, doch gleichzeitig meine allerstrengste Kritikerin. Dieses Bild hätte Rembrandts Saskia sein können, so vollendet schien es mir – und den anderen.

Es ist wirklich abscheulich heiß in dieser gottverlassenen, modischen Diskothek, im ›Palembang‹. Was laut, widerwärtig und unerträglich ordinär ist, das ist heute todsicher ›in‹. Rembrandt malte seine Saskia in dem geliebten Clair Obscur. Wenn mich heute ein Maler als Tosca zum Modell wählte, so würde er gewiß nicht auf meine prachtvoll leuchtenden Farben verzichten. Später hat man mich oft als Tosca gemalt. Die beiden berühmtesten Porträts der Saskia Stahl hängen an der Bildgalerie der Met. Auf dem einen bin ich als Isolde, auf dem anderen als Salome abgebildet.

Meine Salome war herrlich, skandalös, aufreizend nackt. Man sah sogar meine flammend roten Schamhaare durch das hauchdünne Organza-Höschen schimmern, das winzige Dreieck. Kein Schleier bedeckte nach Abwurf der siebten Hülle meinen Busen, einen BH brauchte ich nicht, voll, prall und elastisch ragten meine apfelförmigen Brüste hoch.

Andere Porträts des größten Soprans unserer internationalen Opernbühnen hingen in den Kunstgalerien und privaten Sammlungen von Berlin, Paris und London.

Warum mußte meine Clique unbedingt ins ›Palembang‹? Jede andere Diskothek hätte mich an jenem Schicksalsabend vor meinem Schicksal bewahrt, das Christopher Svensson hieß. Kein Zweifel, sie wählten die schicke, gräßliche Diskothek, weil sie die lauteste und vulgärste war. Alles beleidigte dort meine Augen und Ohren.

Ein einziges Mal im Leben hatte ich mich von der Clique, die mir folgte, wohin ich auch meine Schritte lenken mochte, zu einem Abstecher in ein Nachtlokal überreden lassen, das mir zuwider war; dessen rauchige, abscheulich dicke Luft meiner Stimme schaden würde.

Oder war es ein abgekartetes Spiel? Ahnte ein Mitglied der Clique, daß die dreiundvierzigjährige Saskia, die Frau ohne Mann, das süchtige Arbeitstier, den Reizen eines beinahe unbekannten, noch keine zwanzig Jahre alten Wilden zum Opfer fallen würde?

Der Gedanke, daß alles geplant war voll Spott und Hohn, läßt mich nicht mehr los.

Dennoch fällt es mir schwer, an soviel bodenlose Gemeinheit zu glauben. Nein. Es war wohl viel eher ein fataler Zufall. Und dabei wußte die Clique, wie schädlich der dicke Zigarettenrauch für mich war.

›Palembang‹ ist ein wohllautender, süßer, melodischer Name. So heißt eine Hafenstadt in Malaysia, habe ich mir sagen lassen. Auf meinen Wunsch ließ sich der Manager, überhöflich zu mir, stolz auf den Besuch der gefeierten Diva, überreden, ein kleines Fenster zu öffnen, der Rauch zog in Schwaden hinaus. Dafür wurde es sogleich empfindlich kühl in der Bruchbude, die so sehr ›in‹ war, Gott weiß, warum.

Die Holzkammer meiner Großeltern auf der Insel Rügen war eleganter gewesen.

Ein Wunder, daß dieser schlanke, unbekannte, blutjunge Sänger sich keine Lungenentzündung holte. Er kreischte und grölte in das Mikrofon, das er bald an die Lippen drückte, bald wie einen Blütenkelch beroch. Clownereien ohne Ende. Er dampfte unter seiner dünnen Seidenbluse, er stand ja direkt unter der Dachluke, die sich Fenster nannte und die der Manager auf meinen Wunsch geöffnet hatte. Im kalten Luftzug sang diese Spottgeburt aus Dreck und Feuer.

Von einem plötzlichen, messerscharfen Coup de foudre d'amour konnte bei mir nicht die Rede sein. Im Gegenteil. Ich schaute und schaute, dergleichen hatte Saskia Stahl höchstens in Magazinen gesehen und achtlos in den Papierkorb geworfen – solche Bilder aus der Unterwelt. Was nicht ernste Musik oder wertvolles Musical war, oder klassische Operette, das tat Saskia Stahl eigenwillig mit der Bezeichnung ›Unterwelt‹ ab.

Dort steht der junge Sänger, man erzählt mir unaufgefordert, daß dieser Teenager im Begriff ist, sich einen Namen im heißen Rock zu machen. Christopher Svensson heißt er. Seine langen, gutgeformten Beine stecken in hautengen Glitzerhosen, und zwischen den kräftigen Schenkeln ragt gebieterisch der Lebensbaum hervor.

Unmöglich, den starken Geschlechtsapparat des jungen Sängers nicht sofort zu bemerken, dazu ist er viel zu aufreizend gekleidet.

Ich würde lügen, wollte ich behaupten, damals Liebe oder auch nur eine plötzlich hochschießende Flamme der Gier gespürt zu haben. Das rote Dreieck zwischen meinen Beinen blieb trocken. Ich hatte als Frau bis zu meinem ersten Kuß mit Christopher keine Erregung gespürt, nur vergeistigte Leidenschaft auf der Bühne, Isoldes überirdische Liebe für König Markes Boten und Aidas ewige, den Tod überdauernde Hingabe an Radames, Verschmelzung jenseits des Todes.

Ich wurde zwanzig und lebte das Durchschnittsdasein einer jungen Frau, die früh geheiratet hat und ihren Mann nicht liebt. Ich wurde dreißig, war geschieden, studierte voll seliger Hingabe Musik und verehrte meinen Lehrer, Winfried Graf. Der führte mich nicht nur ins Zauberreich der Musik ein, er prägte mir auch ein, daß nur höchste Zucht und Selbstdisziplin mich zur größten Sopranistin der Welt machen würde. ›Die Stimme allein ist blutwenig, die Stimme allein genügt nicht.‹ Täglich hörte ich diese

Mahnung aus dem Munde des besten und klügsten Freundes Winfried.

Kaum hatte ich Zeit, über mein Privatleben nachzugrübeln. Von Zeit zu Zeit, nachts, kamen die Zweifel. Da begann ich, mich im Bett zu quälen. War ich frigid?

An meinem vierzigsten Geburtstag befiel mich eine Art Panik. Auf dieser Altersschwelle werden die meisten Frauen von Angst gepackt – heute freilich immer seltener, denn die Altersgrenze hat sich so sehr zugunsten der Frauen verschoben.

Immerhin, vierzig bleibt vierzig, heute wie zu Evas Zeiten, und an meinem vierzigsten Geburtstag starrte ich mein makelloses Spiegelbild an, suchte die gefürchteten Falten, die mich bislang verschont hatten, fand sie nicht. Beruhigte mich. In der Nacht zu meinem vierzigsten Geburtstag, den die Clique überschwenglich mit mir feierte, fragte ich mich dennoch: War ich frigid?

Ich mußte mich wohl endlich bequemen, diese peinliche Frage zu bejahen. Eine andere Erklärung für meine sexuelle Gefühllosigkeit war ausgeschlossen.

Auch schien es mir nun wahrhaftig unwahrscheinlich, daß ich mit vierzig plus endlich den Mann meines Lebens finden würde. Du willst ihn ja gar nicht finden, hielt ich mir selbst vor. Wirklich. Ich suchte nicht, mein Liebesleben interessierte mich viel weniger als eine neue Rolle. Es war durchaus möglich, als Frau ohne sexuelle Erfüllung zu leben. Ohne je einen Orgasmus erlebt zu haben.

Und auch das konnte erfülltes Leben sein, wenn die Interessen dieser unvollkommenen Frau durch ihr Aufgehen in dem geliebten, künstlerischen Beruf befriedigt wurden.

›Saskia Stahls Isolde ist ein einziger Orgasmus, in Musik aufgelöst.‹ So hatte der gefürchtetste amerikanische Musikkritiker meine neue Isolde beurteilt. Das war vor fünf Jahren, nach meinem Triumph an der Met.

Ich lachte, wollte mich ganz glücklich ausschütten vor Lachen, selig über das verschwenderische Lob. Und gleichzeitig bereitete es mir ein diebisches Vergnügen, die Kritiker und mein Publikum an der Nase zu führen wie dumme Jungen. ›Ein einziger Orgasmus!‹

Die arme, bedauernswerte Saskia Stahl hatte ja keine blasse Ahnung, was ein physischer Orgasmus war! Und sie entbehrte ihn auch kaum. Jagte ihm nicht nach. Damals – noch immer nicht.

Die Zugluft in dieser verfluchten Diskothek, im ›Palembang‹, geht mir aber nun wirklich auf die Nerven, und ich bitte meinen Impresario Johnny, mich nach Hause zu begleiten.

Vor dreieinhalb Jahren, im ›Palembang‹:

›Du, Johnny, ich halt's nicht mehr aus. Ich tat euch den Gefallen und hab' mir diesen jungen Affen und diese greuliche Bruchbude angesehen, und ich werde schwer dafür bezahlen müssen. Wahrscheinlich bleib ich mein Lebtag an beiden Ohren taub. Aber jetzt hab ich's satt. Los, bring mich nach Hause.‹

›Nur noch ein Lied!‹ Das ist Johnnys Frau Sylvia. Sie ist blutjung, unverschämt jung und nicht sehr intelligent, eine jener spindeldürren Frauen-Imitationen, die heutzutage glauben, daß die Männer lieber mit einem Brett ins Bett gehen, als mit Busen und festem Hinterteil.

›Saskia‹, bettelt Sylvia weiter, ›du fliegst doch morgen nach der Karibik, hast Urlaub, nicht? Du wirst dich dort unten am Meer nach Herzenslust ausruhen. Wie lang bleibst du übrigens?‹

›Bis zu meiner nächsten Tosca an der Met, und die singe ich erst in vier Wochen. Aber ich hab' keine Lust, mit einer Grippe in die Ferien zu fliegen. Mir ist übel und schwindlig.‹

›Du kannst doch den ganzen Tag schlafen, du fliegst doch erst am Spätnachmittag!‹ sagt auch Johnny, der sich offenbar in dieser widerwärtigen Atmosphäre wohl fühlt. Dabei schämt er sich nicht, ungeniert die winzigen Brüste seiner Frau zu liebkosen.

Wie jung die beiden sind. Und obendrein auch noch glücklich. Zumindest nach außen hin. Ich ertappe mich bisweilen, sogar auf meinen Diener und seine Frau, die Köchin eifersüchtig zu sein. Ein sehr nettes, fleißiges puertorikanisches Pärchen, sie pflegen mich, hängen an mir, als wären sie meine Geschwister. Und sind glücklich und küssen sich in jeder freien Minute.

Dieser junge Clown, Chris oder wie er heißt, hat sogar die Unverschämtheit, mich minutenlang anzustarren. Er beginnt schon wieder ein neues Lied, begleitet sich auf der Klampfe oder Gitarre, abrupt, ohne jede künstlerische Begabung. ›Encore!‹ ruft meine Clique, die den Hampelmann offenbar betörend findet. Und der Affe singt als pièce de résistance den Evergreen ›More‹.

Ich wollte, ich könnte grausam oder auch nur unhöflich sein und dem Laffen zeigen, wie schauderhaft ich seine Mätzchen finde. Doch ist es mir leider noch nie gelungen, einer Fliege bewußt weh zu tun. Das junge Tier, das sich Rock-Sänger nennt, weckt in mir nicht ein Quentchen Interesse, und dennoch spiele ich auch ihm eine Komödie vor. Ich sitze in der jetzt viel zu kühlen, lauten, lärmenden Diskothek, die wahrscheinlich nicht einmal feuersicher ist, und tu, als hörte ich ihm zu.

Nein. Ich höre nicht zu, ich mache nur gute, höfliche Miene zum bösen Spiel. Und plötzlich fühle ich mich grauenhaft allein. Kein Mann in meiner Clique würde es wagen, meinen Busen zu liebkosen, so wie Johnny die Brüste seiner Frau befingert. Ich sehe auch, wie der junge Regisseur am Tisch nebenan die rechte Hand unter den Rock seiner Partnerin schiebt, der liebkost wohl ihren Hintern? Frech – so mir nichts, dir nichts in meiner Gegenwart. Eigentlich erwartete ich hündischen Respekt von der Clique. Doch Respekt war nicht ›in‹.

›More‹ ist ein attraktiver Schlager, einer der besseren Evergreens, betörend in seiner Trivialität. Ich habe das Lied hundert- oder tausendmal gehört, wenn ich am Steuer meines Wagens saß. Niemals zu Hause, im Radio. Ich hörte immer nur klassische Musik, den Sender WQXR der ›Times‹; ganz selten meine Lieblingsoperetten, Lehár und Kálmán, von LP-Platten.

›More‹ zwingt mich gerade seiner Schlichtheit wegen in seinen Bann. Der Text könnte nicht einfacher sein. ›More‹. Immer mehr. Je mehr du liebst, um so mehr willst du haben. Das weiß auch die Liebestheoretikerin Saskia Stahl – damals war Liebe ja etwas rein Akademisches, Theoretisches für mich. ›More‹. Immer mehr. So ist die Liebe, so ist die Liebe – wie oft habe ich dieses herrliche Lied mit seinen ganz abrupten, unerwartet schelmischen Schlußzeilen gesungen?

Würde ich mich verlieben, das wußte ich auch damals, in der rauchigen Diskothek, in dem Rattenloch, so gäbe es für mich kein Genug. Nur ein ›Mehr‹. ›More.‹ Nie würde ich mich zufriedengeben. Wenn ein Mann jemals mein Blut zu wecken versteht, sagte ich mir damals, so werde ich Forderungen an ihn stellen, die er nicht erfüllen kann. Kein Sterblicher kann sie erfüllen. Das wird mir zum erstenmal im Leben in dieser Bruchbude mit dem romantischsten Namen der Welt, im ›Palembang‹, bewußt. Bin ich betrunken? Vielleicht. Ich habe doch kaum an meinem Glas Tokajer Aszu genippt. Ein Wunder, daß der beste, schwerste aller Dessertweine überhaupt auf der Weinkarte dieser Spelunke zu finden war. Ich liebe Tokajer Ausbruch – sein schweres, süßes, doch nicht klebrig-verzuckertes Aroma. Unmöglich – ich kann doch nicht betrunken sein von einem einzigen Glas Wein? Von ein, zwei Schluck, das Glas ist ja noch zu dreiviertel voll? Wäre ich nicht so idiotisch höflich gewesen, ich wäre längst aufgestanden und hätte dieses schmierige, überlaute Lokal verlassen. Ich kann plötzlich nicht mehr aufstehen, mir dreht sich der Kopf, mir ist entsetzlich schwindlig und übel.

Ich muß sitzenbleiben. Den sogenannten Busenfreunden zuliebe. Johnny und dem Regisseur und den Partnern zuliebe. Und vielleicht letzten Endes auch diesem stark femininen jungen Sänger zuliebe mit der flachsblonden, fast schulterlangen Silbermähne, im Silbernetzhemd, lächerlich talentlos, doch in seiner bösen, antipathischen Art anziehend, wie ein gefährlicher Magnet. Da zerrt er an seiner Klampfe, gurgelt greulich, kann wahrscheinlich nicht einmal Noten lesen. Und von Stimme hat er nicht die Spur. Er singt ›More‹ und es ist ein heiseres Geflüster, doch ein gebieterisches Geflüster, das mir durch Mark und Bein dringt. Es gibt wahrscheinlich keinen Menschen zwischen zwölf und achtzig in New York, der ›More‹ nicht kennt. Sentimental. Hübsch. Weinerlich. Die Melodie hat mir noch nie etwas gesagt. Und auf einmal springt der völlig übergeschnappte, verkorkste Teenager mit dem Silberflachshaar breitbeinig vor mich hin, bleibt einen halben Meter von mir entfernt mit gespreizten Beinen stehen, glitzert in seiner Talmipracht, und der Beleuchter stellt sich schnell auf uns beide ein. Psychedelische Lichtwürfe treffen bald den Sänger, bald mich. Er spielt jetzt meinen Sklaven – jeder soll sehen, daß er ›in mich vernarrt ist‹. Er tut, als singe er nur für mich. Da hilft nichts, Saskia Stahl muß wieder gute Miene zum bösen Spiel machen, wäre ich empört, so machte mich das zum Gespött aller Anwesenden.

Und überhaupt – ich darf den Teenager nicht beleidigen. Er weiß ja ganz gewiß, wen er vor sich hat, wußte es wohl in dem Augenblick, als ich mit meinem Hofgesinde das Nachtlokal betrat.

Bald werde ich erfahren, daß Christopher Svensson für mich sang, ohne zu wissen, wen er vor sich hatte. Freilich mußte er annehmen, daß die Frau in Schleppkleid und Federhut keine durchgedrehte New Yorker Hausfrau war – dazu war ich zu absonderlich, zu attraktiv und auch ganz offenkundig zu umschwärmt: Mittelpunkt der Clique, die das Lokal gestürmt und jeden Tisch besetzt hatte. Bald wußte ich, daß Christopher Svensson den Namen Saskia Stahl noch nie gehört oder gelesen hatte – er las vielleicht ab und zu ein Rock-Magazin, doch die Theaterseite der ›Times‹ war für ihn ein Buch mit sieben Siegeln. Christopher Svensson kennt kaum den Unterschied zwischen Oper und Musical, fragte man ihn, er wüßte keine Antwort.

Doch jetzt – das jetzt ist jener schicksalsträchtige Abend im ›Palembang‹ – singt er nur für mich, weil er mein flammendrotes, tizianrotes, prächtig-üppiges Haar unter dem breiten Hutrand faszinierend findet und das moosgrüne Kleid aus Velourchiffon und die wippenden rosa Straußfedern am Hutrand. Er ist überzeugt, auch das beichtet er mir später, daß ich irgendeine europäische Prinzessin oder Herzogin bin, die sich ins Village verirrt hat, vielleicht sogar aus einer anderen Zeit. Ein bildschönes Phantom.

Freilich wunderte es mich, daß man monatelang in New York leben kann, ohne den Namen Saskia Stahl zu hören – doch bin ich mir meiner egozentrischen Einstellung bewußt. Die Oper ist für mich Kern- und Brennpunkt des Lebens. Millionen Amerikaner werden dreißig, vierzig und siebzig Jahre alt, ohne sich für ernste Musik zu interessieren oder je ihren Fuß in ein Opernhaus gesetzt zu haben. Ich nehme dem verrückten blonden Baldur seinen Bildungsmangel nicht übel. Eigentlich schmeichelt mir seine Unwissenheit. Ich bin ihm als Frau aufgefallen. Mein natürlich gelocktes Haar, die berühmteste rote Mähne der internationalen Opernbühnen, machte Eindruck auf ihn, und nicht mein Ruhm. Er hat sich in meine blaugrünen Augen vergafft und in meine makellos weiße Haut, die keine einzige Sommersprosse verunziert.

Jetzt endlich greife ich nach dem Programm und buchstabiere seinen Namen. Christopher Svensson. Klingt ganz skandinavisch. Und er sieht auch sehr nordisch aus.

›Wer ist der junge Sänger?‹ frage ich endlich Johnny, der jeden lebenden Sänger oder Tänzer oder Taschenspieler in den fünf Bouroughs New Yorks kennt. In jedem Bezirk.

›Eine neue Errungenschaft. Ein Hinterwäldler. Singt erst seit ein paar Tagen hier, ist aus der Provinz nach New York getippelt. Vorige Woche hatten die hier ein ausgezeichnetes Combo, darum schlug ich das Lokal hier vor. Wußte nicht, daß sie ein neues Programm haben.‹

Ein Teil der Clique wußte es, das lasse ich mir nicht ausreden, die wollten mich schon immer erotisch verhökern, die haben jetzt ihren Heidenspaß.

Cristopher Svensson grölt für mich und mir dreht sich der Kopf. Er schmerzt. Die anderen haben ihre Zigaretten ausgedrückt, die Pfeifen ausgeklopft, weil ich darum bat. Langsam ziehen die Rauchschwaden durch die Dachluke ab. Jetzt liegen keine grauen Schleier mehr zwischen mir und dem jungen Sänger, ganz klar sehe ich seinen Körper und jeden Zug des jungen, seltsamen Gesichts. Er wirft die Gitarre beim Singen in die Höhe, fängt sie auf, wirbelt das arme Instrument herum, stampft mit den Fersen auf, wie es die hohe Anti-Kunst des Rock vorschreibt, und macht all die Mätzchen, mit denen diese jungen Laffen heute Millionen verdienen. Wenn's noch Elvis Presley wäre, wenn's die Beatles wären – die ließ ich mir gefallen. Ihre Epigonen werden immer schlechter, schriller, lauter, unerträglicher. Und vor diesen Götzen fallen die heutigen jungen Mädchen in Ohnmacht, vor diesen Kobolden, die keine Ahnung von Kunst haben! Da lob ich mir den guten, altmodischen Jazz!

Auch dieser schlanke, silberweißblonde Kobold vergeudet seine Zeit, er täte vernünftiger dran, Buchhaltung zu studieren oder Teller zu waschen oder in einem Gasthaus sauberzumachen. Dazu hat er unbedingt mehr Talent als zum kreischenden Singsang. »More« flüstert er mir jetzt aus nächster Nähe in die Ohren und wackelt mit den Hüften und beschreibt Kreise mit dem prallen Hintern. Dabei zwingt er seine winzige Stimme, diese impotente Grille, so laut wie möglich zu zirpen. ›More.‹ Süßlich bis scharf bis unerträglich. Das ist seine Ausdrucksskala. Er lag auf der Lauer, jetzt greift er frontal an. Seine Stimme entbehrt des nötigen Rüstzeugs zum Angriff.

Unangenehm. Jawohl. Scharf und beleidigend. Jawohl. Doch so krampfhaft ich mich bemühe, ich bin außerstande, den Blick von seinem offenen Silbernetzhemd zu lösen. Seidiges, flachsfarbenes Gelock dringt durch die weiten Maschen. Ich sehe die blassen, zarten Spitzen dieser Jungmädchenbrust, die sie krönen und zieren. Seine Brust ist knochig, mager und dennoch nicht muskellos. Auch das kann ich durch die Silbermaschen sehen.

Ganz langsam gerate ich in den Bann dieses Knabenkörpers. Er mesmerisiert mich. Mein Blick verirrt sich auf das Dreieck zwischen seinen Beinen, das die kräftige Rute des Knaben schamlos preisgibt, fast zerreißt sie den dünnen Silberstoff der Hose. Der Knabe ist schön. Warum merke ich das erst jetzt? Plötzlich spüre ich weder Ekel noch Furcht. Noch nicht. Mag der junge Sänger tatenlos und aufdringlich sein und seine Haut vielleicht sogar schmutzig und ungepflegt: Ich kann meine Augen nicht mehr von ihm trennen. Sein Gesicht, seine Brust sind jetzt schweißbedeckt, kleine, klare Tröpfchen bilden sich auf der hohen, edlen Stirn, trotz der lächerlichen Aufmachung edel.

Er stoßt mich ab, er zieht mich an, der Kobold mit dem wild kreisenden Becken, die Berührung seiner Haut ist wahrscheinlich schmierig, fettig. Unter der Schmutz- und Schweißschicht, daran ist nicht zu rütteln, leuchtet die klare, klassische Schönheit des Sonnen- und Liebesgottes. Ich bin nicht die einzige mit solchen

Visionen, Chris schlägt auch andere in den Bann. ›Er ist ein Gemälde, ein Bild ohne Gnade. Das Bildnis des Dorian Gray‹, wispere ich Sylvia zu. Die nickt. ›Eben schoß mir derselbe Gedanke durch den Kopf‹, antwortet sie. Dann schweigen wir und lauschen dem singenden Unhold, dem blendenden jungen Gott wortlos. Seltsam, daß ein Mensch aus so vielen gegensätzlichen Komponenten bestehen kann. Daß er durchaus imstande ist, einen anzuwidern, diese blasse Imitation eines jungen Künstlers, jeder echten Begabung bar und dennoch unwiderstehlich magnetisch.

Bild ohne Gnade.

Johnny findet die beste Formulierung: ›Ein attraktives junges Ungeheuer!‹ sagte er anerkennend, und dieses Urteil wird mir jahrelang in den Ohren klingen. Das ist Chris, wie er leibt und lebt. ›Ein attraktives, junges Ungeheuer.‹ Ich pflichtete Johnny bei und wir lachten.

Immer näher kommt mir der junge Sänger, mit den Hüften wakkelnd, grölend, flüsternd. Er wirft den schlanken, sehnigen Oberleib hin und zurück, wie eine Schlange, die ihr Opfer hypnotisiert. Indischer Schlangenbändiger. Und kommt mir so nahe, daß er die flachs-silberne lange Mähne fast in mein Glas Tokajer taucht.

Näher. Noch näher! Jetzt beugt er sich über mich, tief zu mir herunter, ich spüre seinen heißen Atem.

Ich habe mich gewappnet, schnell noch einmal tief Atem geholt, ich war darauf gefaßt, üblen Schweißgeruch zu spüren. Das war ein Irrtum. Dieser schwitzende, fieberhaft mit dem Körper kreisende, stampfende und keuchend atmende junge Betteldерwisch, tanzende Jünglings-Derwisch, riecht nach frischem Gras und Tau. Das ist kein Kölnischwasser. Kein Rasierwasser, kein Lotion. Christopher hat einen angeborenen, guten Körpergeruch. Sein Körper strömt Duftschwaden aus, die vom Meer kommen könnten – in der salzigen Brise geboren, die mein neues Ferienhaus auf Coral Island umbläst.

Warum darf ich nicht den Anblick dieses wilden Unbekannten genießen, seinen Körperduft atmen, mich einmal gehenlassen? Er ist noch keine zwanzig Jahre alt, dieser seltsame, gefährliche Faun. Er wäre jung genug, mein Sohn zu sein! Na wenn schon? Ist es denn ein Verbrechen, sich einzugestehen, daß man sich als Frau unwiderstehlich zu einem blutjungen, wilden Waldschrat hingezogen fühlt? Zu seinen empörend kindhaften Gliedern und seiner Brust, mit silbrigem Moos bedeckt? Noch nie habe ich so hell platinblondes, weißblondes, aschblondes Wunderhaar gesehen, wie die Mähne des fremden Knaben. Ich werde bald entdekken, daß dieses Haar auch die Goldfarbe reifen Weizens anzunehmen versteht, wenn die Sonne am Glutmittag jede Seidensträhne mit ihren Fingern verzärtelt; daß es sich köstlich von meinen feuerroten Locken abhebt, wenn die Sonne am Horizont hinter Coral Island ins dunkelnde Meer taucht.

Es gibt kein ähnliches Haar, keine volle Mähne mit mehr frohen Wundern und Überraschungen, als den Kopfschmuck meines Liebsten und Gatten, meines Mörders Chris.

Inzwischen bin ich um mein Trommelfell besorgt, der Lärm geht weiter. Meine Ohren platzen ganz gewiß, ich halte es nicht mehr aus. Jetzt werde ich sofort Mut schöpfen und aufstehen und der Clique ein Signal geben: genug ist genug!

Meine Füße sind wie Blei, ich bleibe sitzen. Verliere mich in seinen Anblick, dieses Verlieren ist bereits Anbetung, Hingabe, es gibt kein Zurück mehr.

Nein, ich stehe nicht auf. Es ist gut, dazusitzen, trotz der schmerzenden Ohren. Ich nehme einen Schluck, zwei Schluck vom schweren, fruchtigen Ungarwein.

Also das ist der neue, heiße Rock-Stil, der Millionen Menschen betört? Arme, arme junge Leute, wie tief seid ihr gesunken! Gute Country-Musik. Jawohl. Guter neuer und alter Jazz – nichts dagegen. Doch heißer Rock? Schuld bin ich. Kein Zweifel. Man müßte noch einmal Teenager sein, ein Teenager von heute, um diesen Schund würdigen zu können. Oder zumindest Komödie zu spielen, so zu tun, als würdige man den Höllenspektakel und das Höllenspektakel.

So viele Männer und Frauen über vierzig spielen sich und der Welt eine Komödie vor, behaupten, an allen Interessen ihrer Rangen teilzunehmen, auch an der Teenager-Leidenschaft für heißen Rock. Und die Mütter und Väter und alten Männer junger Frauen tun es doch nur, spielen die Komödie nur, weil sie befürchten, als ›altmodisch‹ verschrien und zum alten Eisen geworfen zu werden. Das ewige Zittern vor der Jugend. Wie unwürdig kam es mir vor!

Der alten Saskia Stahl aus der prähistorischen, Vor-Christopher-Zeit. Bevor Chris meinen Körper entdeckte.

Heute lache ich diese anderen, ewig zitternden Frauen, die der Jugend nachjagen, nicht mehr aus. Sie kommen mir plötzlich nicht mehr grotesk vor. Ich betrachte den jungen, singenden Clown, den plärrenden und kreischenden Eros, den geilen Unhold, den lieblichen jungen Gott, und bin mir heute bewußt, daß er eine andere Welt vertritt. Das ist die heutige Jugend, und eine unfaßlich geschmacklose dazu. Ich möchte nicht zu dieser kreischenden Masse gehören. Saskia Stahl hatte es niemals nötig, zu heucheln.

Die Hautnähe seines duftenden, schwitzenden Leibes schockiert mich, läßt mein Herz rasend klopfen. Diese Haut ist von zartester und makellosester Beschaffenheit, glatt, aufreizend, wie die der jungen Mädchen, die keine Creme und Lotion brauchen, um den ewigen Frühling auf der Haut zu tragen. Später können sie sich die Beine ausreißen und das teuerste Make-up der Welt probieren – nichts wird ihnen die Süße und Glätte der Jungmädchenhaut ersetzen. Auch Chris hat die Haut eines jungen Mädchens. Wie dumm die jungen Frauen sind, wenn sie zuviel sonnenbaden, trinken und rauchen! Das alles verdirbt ihren Teint. Ich habe diese Fallstricke vorsorglich gemieden. Meine Haut ist mit dreiundvierzig so schön wie es die der zwanzigjährigen Saskia Stahl war.

Christopher Svensson hat schmale, mandelförmige Augenschlitze. Das sind die Augen eines Jaguars, eines Luchses. Wildkatzenaugen, deren Farbe zwischen hellgrün und durchdringend gelb fluktuiert. Meine Gedanken irren ab, Zweifel quälen mich. Wie sehe ich neben dem jungen Herrgott aus? Warum starrt er mich so an? Christopher Svensson würde auch gut in einem Fantasiekostüm meiner Lieblingsfarbe, Türkis, aussehen. Ich habe Türkis für meine neuen, reinseidenen Bettlaken und Kissen gewählt und auch für die Gardinen meines üppigen Boudoirs of Coral Island, das, zugegeben, überhaupt nicht zum schlichten Stil, den Balkendecken und dicken Mauern der Leuchtturmvilla paßt. Aquamarin, Türkis bringt die exotische Schönheit meines Flammenhaars am vollsten zur Geltung. Alle Schattierungen von Blaugrün waren schon immer meine Lieblingsfarbe, und jede neue Saison lasse ich mir ein Abendkleid in einer solchen Farbschattierung machen.

Aquamarin ist auch meine liebste Farbe für die Nacht. Ich begeistere mich an meiner eigenen Schönheit, suche den passendsten Rahmen dafür, tagsüber und auch nachts. In hellem Sonnenlicht bevorzuge ich Weiß und viel Blau, doch die Tapeten aller Wohnungen und Villen, die ich bisher hatte, zeigten eine Schattierung von Türkis und Aquamarin. In der Penthouse-Wohnung gegenüber der Met. In der zweiten Etage des Patrizierhauses, die ich in Schwabing mietete. Heute gehört mir das ganze prachtvolle gediegene alte Haus.

Andere international berühmte Sänger, die das Geld scheffeln wie ich, investieren viel in Schmuck, Juwelen, Wertpapiere. Ich investiere in Häuser. Ich besitze fast keinen kostbaren Schmuck. Meinen ersten Nerzmantel trug ich zehn Jahre und finde ihn noch immer recht gut. Um so stolzer bin ich auf mein neuestes Besitztum, die Leuchtturmvilla, ihre dicken, weißgetünchten, muschelgeschmückten Mauern, den hochmodernen Luxus im Inneren, Teppichboden in Orange und Weiß, das riesige Wohnzimmer mit Aussicht aufs Meer und einer Plaudernische in einer Vertiefung, zu der drei Stufen hinunterführen. Ich habe jedes einzelne Möbelstück in der Leuchtturmvilla selbst mit dem Innenarchitekten geplant und entworfen, alles ist nach Maß gefertigt. Drückt man im Wohnzimmer auf einen Knopf, so öffnen sich die gläsernen Rundtüren, man sitzt plötzlich im Freien, von der salzigen Brise umweht, dann ist das Wohnzimmer ein großer, herrlicher Balkon.

Diese kostspielige Villa ist mein einziges wirklich extravagantes Luxus-Objekt, das Haus in München brauche ich, denn ich hasse Hotels, muß unbedingt in Europa einen ständigen Wohnsitz haben. Ich weiß, daß ich noch etwa fünfzehn gute Jahre als Sängerin habe. Und die muß ich ausnützen. Dafür sorgen, daß Saskia Stahl dereinst ein sorgenfreies Alter hat. Gott schütze mich davor, meinen Lebensunterhalt als alte, ausrangierte Sängerin mit Stunden verdienen zu müssen. Will ich ganz ehrlich sein, so gestehe ich ein: Ich will mir überhaupt keine Nachfolgerinnen auf der Opernbühne und dem Konzertpodium erziehen. Mit Saskia Stahl sollen meine Rollen ins Grab sinken.

Fantastereien. Träume. Egoistische Wünsche. Wie viele Frauen sind so ehrlich wie ich?

Ein Auto brauche ich nicht. Ich miete mir eins, sooft ich es nötig habe. Nur nicht zuviel Krimskrams, der mich in meiner Arbeit stört. Meine Wohnungen, meine Häuser sind kein Firlefanz. Isolde und Brünhilde und Tosca hat ein Anrecht darauf, sich zu Hause völlig entspannen zu können. Auch der Meister komponierte in Bayreuth, von Samt und Seide umgeben, er brauchte diese Atmosphäre. Mich spornt die luxuröse Umgebung, die ich in meinen Behausungen schuf, zur Arbeit an, und nichts anderes ist wichtig – ich hätte alles auf dem Altar meiner geliebten Kunst geopfert.

So lebte ich, so dachte ich und argumentierte ich vor tausend Lichtjahren. Damals, als ich die Seligkeit von Christophers jungem Körper noch nicht kannte. Mich noch nicht im Bannkreis seiner süßen Nacktheit sonnte. Keine Ahnung von Sex und Liebe hatte und nicht wußte, wie die Hörigkeit schmerzen kann.

Damals, in jenen Tagen, schlief ich nachts fest und tief. Schlief ein wie ein Stein, der plötzlich im Wasser, im göttlichen Schlaf versinkt. Erwachte pünktlich um sieben Uhr morgens, ohne einen Wecker zu brauchen.

Heute weiß ich überhaupt nicht mehr, was eine gut durchschlafene Nacht bedeutet. Ich leide wie ein geprügelter, verstoßener Hund, den der Herr gnadenlos geschlagen hat, bis er's nicht mehr aushielt und davonlief.

Ich sehne mich nach Bewußtlosigkeit und kann sie doch nicht erreichen. Am liebsten dämmerte ich in ständiger Halbohnmacht dahin, im Halbschlaf, nur um nicht alles zu sehen. Ich bin eine elende Hündin, zur ewigen Läufigkeit verflucht.

Seine Knie berührten mich. Der schwitzende, grölende Teenager hatte sich durch die Tische hindurchgezwängt, bis er unmittelbar vor mir steht, seine knochigen Knie berühren meine Kniescheiben. Plötzlich ärgert es mich, daß der Velourchiffonrock meines Tosca-Kostüms so dicht ist, mich von der mit dünnen Silberstoff bedeckten Haut des Jünglings trennt. Ja, seine mandelförmigen Raubkatzenaugen, seine Jaguar- und Gepardenaugen würden prächtig zur Farbe der neuen Bettlaken und Kissen auf Coral Island passen. Ich tauche meinen Blick tief in die grüngelben Schlitze. Sie locken, sie sind verführerisch und böse.

Ich verabscheue Nachthemden, schlafe immer nackt, obwohl ich fast jede Nacht allein schlafe. Mit Ausnahme der seltenen Abenteuer, sie sind immer ganz flüchtig. Da gestatte ich es einem Partner, einem Freund, einem Anbeter, für zwei oder drei Stunden mein Lager zu teilen. Turnübungen. Hygienisch. Gesund. Zumindest für den Partner. Ich selbst weiß ja nicht, was ein Orgasmus ist und warum die Menschen so versessen sind auf den blöden Sexfimmel. Ist doch eher unappetitlich. Oder? Doch Saskia Stahl ist es sich schuldig, ihr Bett bisweilen mit einem Mann zu teilen. Es wäre schlimm, wenn die Klatschbasen der Zeitungen der Meinung wären, daß ich wie eine Einsiedlerin lebe. Ich muß ihnen Stoff geben, spitzbübisch mit den Augen zwinkern, hie und da einen berühmten Männernamen nennen.

In den Armen dieser Zufallsgeliebten verspürte ich immer nur den einen Wunsch: Wenn er bloß endlich aufstünde, nach Hause ginge. Ich wollte keinen der Männer, die ich meinen Körper betasten und in mich eindringen ließ, wiedersehen. Es kam auch niemals vor, daß ich zwei- oder dreimal mit demselben Mann schlief. Die Namen, die Gesichter sind längst vergessen, der ganz intimen

Clique durften sie nicht angehören, das hätte mich nervös gemacht. Ich wollte nicht ständig beobachtet werden. Raus sollten sie in aller Herrgottsfüh nach der sogenannten Liebesnacht. Der Tag gehörte mir ganz allein, meiner Kunst. Nichts durfte mich in meiner Konzentration stören. Musik war alles, ist alles. Das andere: Schall und Rauch!

Flackernde, gespenstische, mandelförmige Wildkatzenaugen, der junge Mensch ist ein Raubtier, ich sehe sein flachsblondes Haupt mit den verführerischen Augen auf meinen türkisfarbenen Kopfkissen, in meinem verschwenderisch ausgestatteten Schlafzimmer auf Coral Island. Üppige Kissen, Blumen, dicke Teppiche, draußen rauscht das Meer – und der ganze Aufwand für eine jungfräuliche, dreiundvierzigjährige Frau! Es wäre zum Heulen, müßte ich nicht gleichzeitig über mein Leben lachen, das ich erfüllt nenne und das so grenzenlos liebeleer ist.

Melodrama, Oper, eine Kette von Rollen. Heute abend sehe ich mich in einer funkelnagelneuen Rolle, als Isolde, die auf Coral Island ihren jungen Geliebten erwartet. Tristan und Eros in einer Person.

Flammendrotes Frauenhaar auf weichen, türkisfarbenen Damastkissen, rote Flammen, die sich mit Apolls langer Silbermähne vermischt, rote Strähnen schlingen sich um Silberhaare, bilden ein Labyrinth von Locken, ein rot-weiß-silbernes Netz. Ich sehe uns beide im Liebesspiel, wir drehen uns in tollem Taumel. Zum erstenmal im Leben habe ich sexuelle Wachträume. Ich glaube, die Finger des Knaben zu spüren, er zupft monoton an seiner Gitarre, ich löse die langen, edelgeformten Finger von der billigen Klampfe und spüre, wie sie meinen Körper entlangfahren und auf dem rotbemoosten Hügel zwischen meinen Schenkeln haltmachen. Sie beginnen, mich sacht zu streicheln. Stärker. Immer stärker. Sie liebkosen süß die graziös geformte Kuppe, die flammende Schale, in der sich soviel Glut gestaut hat. Noch nie haben die Finger eines Mannes meinen hungrigen Schoß verzärtelt, noch nie hat mich ein Mann zwischen den Schenkeln gestreichelt und die Schönheit meiner Lenden und des Venushügels gepriesen. Ganz gewiß nicht mein treuer, kreuzbraver, tölpelhafter Ehemann drüben in Europa. Großer Gott, der muß ja heute ein uralter Herr sein – war um fast dreißig Jahre älter als ich. Noch nie hat ein Mann seine Lippen auf meinen Schoß gedrückt, mich dort unten geküßt oder mit der gierigen Zunge abgeleckt. Das wünsche ich mir jetzt. Mir wird ganz trocken im Mund, so sehr sehne ich mich nach Zunge und Lippen des flachsblonden Teufels.

Mein Mann, drüben in Europa. Als er die blutjunge Saskia um ihre Hand bat, war er gewiß nicht impotent. Mir blieb keine andere Wahl, damals, unmittelbar nach dem Krieg. Ich hatte beide Eltern bei der Flucht aus Westpreußen verloren. In einem grausamen Luftangriff. Und hin und wieder schrecke ich noch immer nachts aus dem Schlaf hoch, halte mir die Ohren zu, vermeine, das Platzen der Granaten zu hören.

Der alte Herr schien mir wie ein Retter aus der Not, ich heiratete ihn, bemühte mich, eine brave Frau zu sein. Das klappte auch, bis ich das Gold in meiner Kehle entdeckte.

Christopher soll mich betasten, liebkosen, jetzt, hier, sofort! Ich möchte seinen Mund küssen, die wulstigen Lippen, die soviel Erotik ausströmen, den breiten Mund, ich möchte auch sein Geschlechtsteil küssen. Unerhörte Gedanken. Bin ich von allen guten Geistern verlassen? Ich werde jetzt, hier im ›Palembang‹, sofort dieses törichte, heiße und schwere Tosca-Kostüm abwerfen, ihn bei der Hand packen, ihn hinauszerren, in ein Auto, zu mir ins Penthouse bringen, mit ihm ins Bett gehen. Es gibt keine zwei Körper, die mehr füreinander bestimmt wären, als unsere Leiber. Er ist genauso hungrig wie ich, das sehe ich seinen Augen an. Ich will nackt sein. Ganz nackt. Ich weiß natürlich, daß ich Tagträumen nachhänge, mich in Visionen verliere, ohne betrunken zu sein. Nein, ich schwöre es mir immer wieder, damals, nachts, im ›Palembang‹, war ich zwar süchtig, doch nicht betrunken. Ich will den Körper des hinreißenden, gefährlichen Teenagers, den schlanken Knabenleib, zerdrücken und zerpflücken.

Dann, die erste Welle der Furcht. Panische Angst folgte meinem Anfall von Leidenschaft. Es ist zu spät, der Mälstrom hat mich ergriffen, zieht mich in die Tiefe, wirbelt mich in schwärzesten Strudel.

Laß dich doch fallen, befehle ich mir. Laß dich gehen, entspanne dich, folge einmal deinen Instinkten.

Vorsicht – der Strudel zieht dich in die Tiefe, er wird dich zermalmen, antwortete ich mir gleich darauf.

Johnny, mein Impresario, bringt mich zur Besinnung. Er sagt: ›Wenn der Junge den richtigen Lehrer findet, kann er ganz große Karriere machen. Sieht ganz toll aus. Findest du nicht, Saskia?‹

›Finger weg von so was!‹ flüstere ich Johnny ins Ohr, um den Rocker nicht zu beleidigen. ›Hoffentlich hast du nicht die Absicht, dieses junge Scheusal zu entdecken? Noch ein singendes Becken? Das versteht Elvis mit vierzig viel besser als der da.‹

›Keine Angst, Saskia. Ich werde den Kerl bestimmt nicht unter meine Fittiche nehmen. Dazu bin ich viel zu anspruchsvoll. Aber einige meiner Kollegen würden sich alle zehn Finger ablecken.‹

›Besonders die Schwulen.‹

›Der Junge ist schön, Saskia, bist du blind, oder willst du's nicht wahrhaben?‹

›Schön? Geschmackssache. Ein Dutzendgesicht.‹

Ich lüge bewußt.

›Hast du nicht vorhin zu Sylvia gesagt, der Bursche gleiche dem Bildnis des Dorian Gray?‹

›Doch. Aber dem Bildnis des Dorian Grey im Verfall. Der Junge ist ein fauliger Apfel – ich finde ihn ekelhaft.‹

So lüge ich, versuche, mich selbst zu belügen, und doch ist viel Wahres in meiner Feststellung. Der allererste Eindruck beruht oft auf Wahrheit, und revidiert man später sein Urteil, so trügt es. Wenn ich heute meine dreijährige Ehe- und Leidenszeit, mein Elend mit Chris, Revue passieren lasse, so erinnere ich mich ganz genau an meinen allerersten Eindruck von Chris, als er noch auf dem Podium stand und zu singen anfing. Bevor er ›More‹ anstimmte. Er kam mir vor wie ein böses Reptil. Eine wurmstichige Frucht. Die geheimnisvolle Schönheit duftender Hibiskusblüten. Die drohende Haltung des Segelfischs, der sich am Haken des Anglers windet und sich mit letzter Kraft aufbläht, um uns Furcht einzujagen. Auf Coral Island fuhr ich mit Chris später oft hinaus aufs hohe Meer, um zu fischen und zu tauchen. Wir saßen auch angelnd stundenlang auf der steinernen Mole und zogen uns dann splitternackt aus, um zu baden und uns an der Sonne zu erhitzen. Chris vertrug prallen Sonnenschein, langsam bräunte sich seine Elfenbeinhaut, doch ich war vorsichtig und deckte meine schneeweiße, empfindliche Körper- und Gesichtshaut immer vollständig mit einem Badetuch zu. Ich schwitzte unter dem Frottierstoff, mir war glutheiß, doch das machte mir Spaß – und so gelang es mir selbst bei vierzig Grad im Schatten und mehr, mit makellos schneeweißer Haut aus den Ferien nach New York zurückzukehren.

Chris, mein Geliebter, mein Mann, sah hinreißend aus mit kaffeebrauner Haut und weißsilberner Mähne, die karibische Sonne hatte sie noch mehr ausgebleicht, ich konnte mich nicht sattsehen an diesem Engelshaar.

Uralte Männer haben oft so dichte, weiße Mähnen, doch sein Haar war blutjung, in stolzem Schwall fiel es über das gebräunte, herrische, junge Gesicht.

Ich hatte Angst. Ich habe Angst, er steht vor mir, seine Knie berühren meine Knie im ›Palembang‹. Ein Landstreicher, Gammler, Taugenichts mit einem Quentchen Talent – oder nicht einmal einem Quentchen. Schon versuche ich, ihm Begabung anzudichten, die er nicht hat.

Er singt ›More‹ und taucht tief in meine Augen, irritiert mich, macht mich zur Zielscheibe neugieriger Blicke, die zum Gespött werden – oder bilde ich mir das nur ein? Mir ist, als hörte ich über dem Singsang des Knaben plötzlich eine Frauenstimme, heiser schwebend. Sie singt das Lied vom Köhlerweib im Walde, eines der tragischsten, packendsten dramatischen Lieder Hugo Wolfs. Das Köhlerweib grölt mit heiserer Stimme und schildert uns ihr Leid, der Rauch hat ihr auch die Stimme genommen. Die verkommene Dirne singt. Früher einmal, da war sie die schönste Blume gewesen, Kleinod unter allen jungen Mädchen. Das ist alles vorüber. Sie trinkt, sie ist einsam, sie ist tief gesunken und sinkt noch tiefer. Die Schönheit ihres einst blühenden, jungen Leibes ist nicht mehr, sie hat sich verkauft, ihren Leib vergeudet. Und sie brennt die Kohle im tiefen Wald. ›Das Köhlerweib ist trunken, sie singt im Wald. Wie ihre Stimme heiser im Walde schallt!‹

Warum sehe ich auf einmal, im grellen Schein meiner Fantasie, das Köhlerweib, mich, als zottige Schlampe? Es gibt keine Zufälle. Alles hat im Leben seinen Sinn, jede Begebenheit und jeder Pfad ist vorgeschrieben. In diesem Lied hörte ich die Warnung, und es war doch schon zu spät. Die Tragik pochte, als schmuddliges Köhlerweib verkleidet, an meine Tür.

Doch Chris, der junge Tramp, der unbegabte Schreihals, der miaute wie eine Katze und heiser kläffte wie ein Hund, der krächzte wie ein Papagei und dafür wohl noch Geld scheffelte, war stärker als die Warnung der alten Hexe aus dem dichten schreckhaften Wald.

Er hat den Mund eines Sybariten. Er paßt mit seinen vollen Lippen nicht in das beinahe zu klassisch schöne, ebenmäßige Gesicht mit der geraden, kräftigen, nicht zu langen und nicht zu kurzen Nase. Sie hat einen ansprechend breiten Sattel. Auch die mandelförmigen Raubtieraugen mit ihrem asymmetrischen Schnitt würden sich besser für ein asiatisches Antlitz eignen. Gerade diese Widersprüchlichkeit in seinen Zügen macht Christopher interessant, es ist unmöglich, den Blick nicht forschend auf seinem Knabengesicht ruhen zu lassen. Und dieses zwingende, gelblichgrüne

Licht aus seinen Schlitzaugen, die er zu schmalen Spalten zusammenziehen kann, wenn er böse ist!

Dicke, gedunsene Lippen gehören zu dem breiten Mund, einem Bildhauer hat es gefallen, den unteren Teil dieses Knabengesichts zwischen Nase und Kinn aufzuschneiden und dann zu wollüstigen Lippenwülsten aufzustülpen. Hornissen haben diese Lippen gebissen, und die Schwellung geht nicht mehr zurück. Wenn mir vor etwas ekelt, so sind es schmale, kleine Männermünder mit dünnen ausdruckslosen Lippen. Ein Männermund muß breit sein.

Säkularisierter Dorian Gray. Tanzender Derwisch mit einem Mund, der nicht in sein Gesicht paßt. Ich weiß sofort, daß es dieser sinnliche Mund mit den dicken Lippen ist, der mich anzieht und würgt. Ob dieses junge Wesen wohl zu küssen versteht? So wie ich es mir oft nachts ausgemalt habe – soweit meine dürftigen sinnlichen Vorstellungen eben gingen? Küssen möchte ich ihn. Gewiß versteht er zu küssen. Viel fachmännischer als ich, die alt genug ist, um seine Mutter zu sein.

Der griechische Gott Eros wird jetzt noch unverschämter, er grölt und macht sich mit seiner Gitarre so geschickt zu schaffen, daß er meine Brüste berührt. Die anderen tun, als merkten sie es nicht.

In meinen dreiundvierzig Lebensjahren habe ich noch nie so gesunde, gute, heiße sexuelle Erregung gespürt. Es muß wunderbar sein, diese von Hornissen gebissenen Wulstlippen auf meinem Mund zu spüren. Beißen möchte ich sie, nicht nur küssen. Ich habe noch nie die Lippen eines Mannes gebissen. Nie so fest und herrisch, daß sie bluteten. Er würde es mir gestatten. Er wird es mir erlauben, daß weiß ich ganz gewiß. Ich will diese Wulstlippen mit meinen Zähnen zerfetzen.

›Wissen Sie eigentlich, wer ich bin?‹ fragte ich das attraktive junge Scheusal.

›Sie sind eine bildschöne Frau.‹

›Ich bin Saskia Stahl.‹

›Sas... tut mir leid, Ma'm. Ich kann Ihren Namen nicht aussprechen. Der ist zu verkorkst. Ein ausländischer Name, ja?‹

Ich bin gerne bereit, ihm meinen Namen zu erklären.

›Saskia hieß Rembrandts Frau.‹

Er starrt mich an, zupft aber unentwegt an der Gitarre.

›Kann noch immer nicht mit Schulbildung dienen, Ma'm. Ich kenne diese Leute nicht.‹ Wir lachen beide, ich bin aber ganz und gar nicht überrascht. Woher sollte ein kindsjunger Rocksänger wissen, wer Rembrandt war? Vermutlich hat dieser Bursche nicht einmal die vier Grundschulklassen absolviert.

Meine Vermutung war richtig. Das sollte ich bald erfahren.

Saskia Stahl, von einem Tramp beeindruck, oder sogar überwältigt? Ich, ich fühle mich von diesem breiten Mund angezogen, der greuliche Anti-Kunst ausspeit?

›Sie sind irgendwas Berühmtes, ja?‹ fragt er mich unschuldig. Sein Mund berührt jetzt fast meine Lippen, er beugt sich unverschämt nah zu mir nieder.

›Ja, ich bin berühmt. Ich bin Opernsängerin. Vom Metropolitan Opera House haben Sie doch schon gehört, oder?‹

›Ist mir völlig wurscht, was Sie sind. Ich möcht' mit Ihnen schlafen.‹

Das war vor vielen Stunden.

Gott sei Dank, die Clique ist weg. Ein Blick auf die Stutzuhr auf dem Wohnzimmerkamin belehrt mich, daß es inzwischen vier Uhr morgens geworden ist. Immerhin bin ich die gräßliche Clique los, die haben in der Wohnung das unterste zuoberst gekehrt, wie ein Schweinestall sieht es hier aus, bald geht die Sonne auf und ich hab noch keine Minute geschlafen. Um sechs Uhr nachmittags fliege ich doch nach Florida – ich bin verrückt. Hab total den Verstand verloren. Bisher ist es mir noch immer gelungen, diese gräßlichen, lauten Partys ohne Sinn und Verstand zu meiden, genügend zu schlafen, keinen Zigarettenrauch zu schlucken. Mein Gott, die Stimme! Das alles schadet ja entsetzlich meiner Stimme!

Ich war viel zu schwach, hätte der Clique gar nicht ins ›Palembang‹ folgen sollen. Und dann wollten alle aufbleiben. Die ›Times‹ mit der Kritik abwarten – ich war nicht einmal nervös, rechnete mit überschwenglichen Lobeshymnen. Meine Ahnung trog mich nicht. Die ›Times‹ schrieb verzückt und hingerissen. In den fünfzehn Jahren meiner Opernkarriere hatte ich mich an übertriebenes Lob gewöhnt, wußte genau, wo die Kritiker recht hatten und wo sie Fehler in meinem Vortrag überhört oder überschaut hatten.

Doch versagt hatte ich noch nie – es gab bisher noch kein Fiasko für mich. Mit Ausnahme der negativen Kritik an der Amateur-Kostüm-Designerin Saskia Stahl. Meine musikalischen Leistungen waren noch immer überschwenglich gelobt worden.

Ich war so selbstbewußt, meiner Sache so sicher, daß ich bisweilen Angst vor meiner künstlerischen Überheblichkeit hatte. Man darf seiner Sache nicht so sicher sein! Diese Mahnung hörte ich beständig auch aus Winfrieds Grafs Mund – und er war mein strengster Kritiker, der Meister, an dessen Meinung ich meine Leistungen maß.

Warum, frage ich mich in dem Zigeunerlager, das die Gäste aus meiner Penthouse-Wohnung gemacht haben, warum darf sich Saskia Stahl nicht auch einmal im Leben gehenlassen?

Ich bin doch noch jung genug, ausgelassen zu sein, zum Teufel noch einmal! Und darum darf ich mir auch wegen des Abstechers ins ›Palembang‹ keine Vorwürfe machen. Und auch darum nicht, weil ich einwilligte, die tolle Nacht zu Hause bei mir fortzusetzen.

›So, jetzt fahren wir alle zu dir!‹ schlägt Johnny vor.

›Kinder, ich hab nicht mal was zu essen! Doch, vielleicht etwas Käse mit Salami... und ein paar Flaschen Scotch und Wodka. Damit hat sich's!‹

Dann sage ich vorsichtshalber, daß ich entsetzlich müde bin.

›Ich habe absolut keine Lust, euch einzuladen!‹

›Dafür haben wir um so mehr Lust, die Party bei dir fortzusetzen, Saskia!‹ Johnny und Silvia und die anderen lassen nicht lokker. Wir fahren bei einem Delikatessengeschäft vorbei, Joey's hat die ganze Nacht offen. Wir kaufen ein. Okay?‹

›Okay.‹ Ich wurde überstimmt.

Mit Päckchen, mit Heringssalat, Kartoffelsalat und frischen Brötchen beladen kamen wir um zwei Uhr morgens zu Hause an.

Von dem jungen Rocker hatte ich überhaupt nicht Abschied genommen. Wozu auch? Ich werde diesen Chris Svensson, so hieß er wohl doch, nie wiedersehen. Vergebens versuche ich, die Erinnerung an ihn zu verscheuchen. Noch immer spüre ich die Erregung in meinen Brustspitzen – das Zittern, das mich befiel, als er den moosgrünen Samt berührte. Steil richteten sich meine Brustwarzen auf, am liebsten hätte sie den Stoff gesprengt, so wie die Birkenrute zwischen den Beinen des jungen Sängers am liebsten die silberseidene Hülle der Hosen gesprengt hätte.

Verrückte Gedanken, ich muß sie verscheuchen.

Ein Segen, daß der Knabe, der mich wider Willen so beeindruckt hatte, mich anekelte und magnetisch anzog, verschwunden war. Ich will ihn nie wiedersehen. Ich zitterte bei dem Gedanken, daß er sich uns anschließen könnte. Brrr. Den Kerl will ich nicht in meiner Wohnung haben, diesen heißen Atem will ich nicht mehr riechen. War ich überhaupt von allen guten Geistern verlassen gewesen, einem jungen Gammler mit einer Krampfstimme, der die Stirn hat, sich Sänger zu nennen, zu gestatten, meinen Körper zu berühren? Mir ins Gesicht zu atmen?

Und den Mund wird er keinesfalls halten. Im Gegenteil. Wird

sich überall rühmen, mit Saskia Stahl geflirtet zu haben. Ich haßte nichts so sehr wie Klatsch und Tratsch. Mir war's bisher noch immer gelungen, die kaltblütigsten Klatschtanten von der Presse und vom Fernsehen zu meiden wie die Pest. Dieses Lumpenpack würde seine eigene Mutter für eine fette Skandalgeschichte verkaufen, die fünfhundert oder tausend Dollar einträgt.

Gott sei Dank, weg sind sie und die Stätte ist im wahrsten Sinne des Wortes leergebrannt – Abfall ringsum, die Wohnung sieht aus wie ein Schlachtfeld im Dreißigjährigen Krieg. Vier Uhr morgens. Ich muß noch ein paar Stunden Schlaf kriegen, sonst fall ich um vor Müdigkeit und kann heute nicht nach Miami fliegen und von dort mit einer Cessna zu den ›Keys‹ in Südflorida hinein in die Karibik, nach Coral Island. Carmen, die Haushälterin, und Juan, ihr Mann, mein Diener, erwarten mich am Internationalen Flughafen in Miami. Die sind schon vor drei Tagen vorausgeflogen, um auf Coral Island alles im Hause vorzubereiten. Sie rechnen freilich damit, daß ich in Miami das Flugzeug allein verlasse.

›Werden Sie auch ganz gewiß während der drei Tage nichts in New York entbehren, Madame?‹ fragte mich Carmen, bevor sie sich von mir verabschiedet, besorgt. Sie spricht das Wort ›Madame‹ französisch und ganz richtig aus, sie würde mich niemals ›Miß Stahl‹ nennen, wie es in New York üblich ist.

›Die Putzfrau kommt doch zum Saubermachen, und Frühstück kann ich mir wirklich allein zubereiten‹, tröste ich Carmen und Juan.

Ich bin eine gute Köchin, mache mir allerdings nie die Mühe, für mich allein eine richtige Mahlzeit zuzubereiten. Am liebsten lebte ich von Mokka – und dazu Schwarzbrot und ungarische Salami. Komische Zusammenstellung, doch mir behagt sie.

Ich bin gern alleine in der Riesenwohnung, genieße die Zimmer mit ihren kostbaren Gemälden und Möbeln wie ein Kind, das sich endlich, mit vierzig plus, jeden denkbaren Luxus leisten kann. Ich war schon immer am liebsten allein. Sogar die ständige Beobachtung und Beaufsichtigung durch Carmen, die etwa 50 Jahre alt ist, mich aber bemuttert, als wäre sie sechzig, geht mir manchmal auf die Nerven. Juan ist nicht viel besser. Ein erstklassiger Diener mit eleganten Manieren – ein hervorragender Gärtner obendrein, der Coral Island in einen paradiesischen Dschungel verwandelt hat. Mir entgeht es aber nicht, daß ich eigentlich auch unter Juans Aufsicht stehe. Saskia Stahl ist Einzelgängerin, Eigenbrötlerin, muß viel allein sein, um sich zu sammeln und sich ganz glücklich zu fühlen.

Ich koste diese drei Tage ohne Juan und Carmen ordentlich aus, wie ein Schulkind, das die Eltern endlich einmal sich selbst überlassen haben.

Wie klug ich war, als ich das Musikzimmer absperrte! Im letzten Augenblick konnte ich es tun, bevor die Clique die Wohnung stürmte. Mehr hätte mir nicht gefehlt – diese wilde Horde in meinem geliebten Musiktempel. Ein Dutzend meiner Gäste, die Gruppe hatte sich stark vermehrt, seit wir die Diskothek verlassen hatten, kannte ich überhaupt nicht. Sylvia und Johnny hatten sämtliche hergelaufenen Zufallsbekanntschaften mitgebracht, deren sie habhaft werden konnten. Ein gräßlicher Gedanke, daß diese Mädchen und Männer und die vielen Schwulen, die natürlich auch zur Clique gehörten, in meinen Noten gewühlt und auf dem Steinway, der auf einem kleinen Podium in der Ecke des Musikzimmers stand, herumgeklimpert hätten. Grauenhaft! Bevor sie jedoch in das Eckzimmer eingedrungen wären, versperrte ich die Tür zu meinem Gral, meinem Allerheiligsten, und nahm den Schlüssel an mich. Das Schlafzimmer war nicht so heilig. Das durften sie betreten. Sie warfen die Pelze und Mäntel auf mein Doppelbett, das groß genug für drei war – ich verschwand beinahe darin, ich schlief ja fast immer allein. Laß sie doch alles im Schlafzimmer zerwühlen und meinetwegen die Möbel kaputtschlagen. Nur mein Musikzimmer mußte unangetastet bleiben. In diesem Tempel, dieser Kirche bin ich Isolde, Salome und Tosca. Von allen Freunden darf nur Winfried, der Liebste, Beste, den Tempel betreten. Und keiner jener Frauen und Männer, die ich verächtlich ›Zivilisten‹ nenne.

Endlich haben sie das Feld geräumt – die Beschwipsten oder ganz Blauen, am Ende nötige ich sie bereits zur Tür hinaus. Und alle Vorhaltungen waren vergebens, ich bat sie ziemlich energisch: Bitte, werft keine Gläser um, laßt wenigstens keine Drinks ausfließen. Carmen und Juan, die meine Wohnung immer blütensauber halten, wären entsetzt. Ein König der Schlamperei hatte sogar die Stirn gehabt, eine Rotweinflasche umzuwerfen – ich bin sicher, daß keine Reinigung die Flecken aus der Perserbrücke entfernen kann. Um vier Uhr morgens leiste ich einen feierlichen Schwur: nie wieder. So ein Pöbel wird meine gepflegte Wohnung nie wieder betreten.

Doch schuld bin nur ich. Warum hatte ich nicht den Mut, allein nach Hause zu gehen? Mich von der Bande zu trennen?

Hastig versuche ich, notdürftig Ordnung zu machen, Stühle

aufzustellen, Lachen aus Limonade, Whisky und Sodawasser von den kostbaren Ebenholz-Tischplatten aufzutrocknen, Kartoffelchip-Brösel vom Teppich zu fegen. Ich fühle mich auf einmal sterbensmatt, todmüde. Mein Blick fällt in den deckenhohen Spiegel im Wohnzimmer und ich sehe, daß ich dunkle, häßliche Ringe um die Augen habe. An meinem Hals, der sonst so makellos und faltenlos ist, sehe ich plötzlich ein paar Fältchen und zwei Runzeln in meiner Stirn. Oder bilde ich mir das im bleifarbenen Licht der Morgendämmerung nur ein? Ich habe Angstträume im Wachen. War das aber auch eine tolle Fiebernacht! Ein Alptraum. Ich muß ganz schnell ins Bett. Um zehn Uhr morgens kommt die Putzfrau. Die wird mich weiterschlafen lassen. Bis etwa zwei Uhr nachmittags darf ich mir getrost Schlaf gönnen, dann habe ich noch genügend Zeit zum Kofferpacken. Ich nehme nur zwei kleine Handkoffer mit, das große Gepäck haben Carmen und Juan aufgegeben.

Ich sehne mich schrecklich nach meinem vergötterten Inselparadies, es sollen meine ersten, langen Ferien mit viel Faulenzen werden, in der renovierten Leuchtturmvilla, meinem ›Schloß‹, meiner Festung. Und ich freue mich darauf, die Einsamkeit nur mit den beiden treuen Freunden, Carmen und Juan zu teilen. Den Einsilbigen, Rücksichtsvollen. Freilich werde ich nicht nur faulenzen und sonnenbaden, immer sorgfältig zugedeckt, sondern auch schwimmen und tauchen. Lesen. Nachdenken. In Partituren stöbern. Ich werde restlos glücklich sein.

›Sie sind noch viel zu jung, Madame, um ewig konsequent allein zu sein!‹ Das hat mir Carmen wiederholt vorgehalten. Dann errötet sie vor ihrer eigenen Dreistigkeit. Erst vorige Woche tadelte sie mich wieder sanft. Bevor sie mit Juan nach Florida vorausflog. ›Madame sollten sich unbedingt einen richtigen Freund anschaffen, ich meine, einen Boyfriend. Warum verlieben Sie sich nicht?‹

›Ich bin auch so glücklich und zufrieden, Carmen!‹

›Ich glaube Ihnen nicht, Madame!‹

Juan würde es nie wagen, in so heiklen Dingen seine Meinung zu äußern. Er war aber zufällig im Zimmer und riskierte es, ernsthaft mit dem Kopf zu nicken.

Ich belog Carmen nicht, ich war wirklich zufrieden. Angst vor der Einsamkeit kenne ich nicht, bin ja daran gewöhnt. Winfried Graf, der beste, der beliebte Lehrer, dem ich alles schulde, hat bestimmt recht. Schon vor zehn Jahren meinte er: ›Hab' ruhig auch weiter Angst vor Männern, Saskia. Das ist genau das richtige für dich. Du könntest unmöglich – ich sage dir, unmöglich! – als

Künstlerin so leben wie bisher, das letzte und höchste aus dir herausholen, und gleichzeitig Frau und Mutter sein. Deine Karriere ist dein Leben. Und damit meine ich nicht den damit verbundenen Klimbim, den Ruhm und auch nicht das Geld. Ich meine deine Kunst. Deine Berufung, dein Schicksal ist deine Stimme. Eine Sängerin wie du wird einmal in hundert Jahren geboren. Dein Leben gehört Schubert und Wagner, Beethoven, Hugo Wolf und Richard Strauss. Und den anderen Göttern, die nur ganz, ganz selten von uns Sterblichen verstanden werden. Das ist deine Welt – nicht die Ehe, nicht die Mutterschaft. Kein Mann der Welt könnte dein Denken und Fühlen so ganz durchtränken wie diese Riesen. Laß doch die Proletinnen, Zwerginnen, lauwarm-zufriedene Mütter und Ehefrauen und Geliebten in Bett und Küche und Eßzimmer ihre Pflicht erfüllen. Deine Pflicht liegt im wahrsten Sinne des Wortes über den Wolken – auf dem Olymp. Du kämpfst täglich. Du bist müde, ich weiß es. Und dennoch setzt du den Kampf gern fort, weil er dein Schicksal ist. Greif nach den Sternen – du bringst sie immer dann herunter, wenn du singst.‹

Ich nickte stumm, wenn Winfried so sprach, er kleidete alles viel besser in Worte, als ich es vermocht hätte. Ich opferte ja wirklich mein sogenanntes Privatleben der Kunst – es war nur darum kein Opfer, weil es nichts zu opfern gab. Keinen Mann, keine Liebschaft, keine Ehe. Gott hatte mich verschwenderisch beschenkt. Ich durfte singen.

Die lärmende Rasselbande, die lauten Kobolde haben das Feld geräumt, Gott sei Dank. Ich fürchtete nur eins: daß sie den Schlüssel zum Musikzimmer finden. Bisher gelang es mir noch stets, es abzusperren, wenn ich eine Party gab – was selten genug geschah. Ich verabscheue Menschenmassen, vier oder fünf Freunde sind mir schon zuviel.

Vielleicht haben diese halbnackten Mädchen versucht, am Schloß herumzufummeln? Und dieser Gedanke kommt mir erst jetzt: Ins Musikzimmer führt ja auch noch die kleine, beinahe versteckte Tapetentür aus dem zweiten Bad! Und die vergaß ich, von innen, vom Zimmer her, zu verriegeln.

Das zweite Bad liegt am Ende des Vorzimmers, ich habe nicht gesehen, daß es einer meiner Gäste betrat, alle belegten nacheinander das große Badezimmer mit Beschlag, bald roch es dort nach fünf verschiedenen Parfüms. Wohin hab ich bloß den Schlüssel zum Musikzimmer versteckt? Ich bin schon ganz dösig im Kopf.

Richtig. Hinter den Büchern, in der zweiten Reihe rechts im großen Bücherschrank, an der Hauptwand des Wohnzimmers.

Ich suche den Schlüssel, er liegt unangetastet da. Ich muß mich im Musikzimmer sammeln, dort riecht nicht alles nach Zigarren und Zigaretten und dem süßlichen Gestank von Marihuana, natürlich haben sich diese Ungeheuer nicht gescheut, das Wohnzimmer und Eßzimmer zu verqualmen.

Komisch. Ich drehe den Schlüssel um, das Schloß gibt nach, die Tür geht aber nicht auf. Merkwürdig. Ich werfe mich mit meinem ganzen Gewicht gegen die Tür. Ist doch völlig ausgeschlossen – daß jemand die Eichentür von innen verriegelt hat? Der Jemand müßte dann die Tapetentür zum zweiten Bad entdeckt haben, ins Musikzimmer eingedrungen sein und den Riegel zum Wohnzimmer vorgeschoben haben. Eine komplizierte Manipulation. Unmöglich. Das Schloß ist sicher kaputt.

Oder hat sich einer der Hippies einen albernen Scherz erlaubt? Mich aus meinem eigenen Musikzimmer ausgesperrt? Vielleicht finde ich drei oder vier von der Clique in meinem Musiktempel – am Ende haben sie mir auch die Damast- und Brokatüberwürfe und den Steinway mit Schnaps begossen? Um Himmels willen!

Ich laufe ins zweite Bad. Die Tapetentür steht offen. Und das fällt mir erst jetzt auf. Aber bisher, solange die Bande hier war, habe ich vielleicht nicht gründlich nachgesehen. Ich öffne die Tür, betrete mein geliebtes, sorgfältig behütetes Musikzimmer.

Es hat die kostbarsten, schönsten Stilmöbel, die ich in Europa auftreiben konnte, doch alle Stühle und Tische sind an die Wände gerückt, die Zimmermitte ist leer. Ein paar goldbrokatene Fauteuils, Stil Louis XV., sind um dazu passende Tischchen mit Intarsia-Platten, Rankenwerk und Blüten in Ebenholz ausgelegt, gruppiert, die schwere, dunkelrote Seidentapete ist aus echtem Damast. Die Breitwand, den nur mit dünnen, schneeweißen Gardinen bedeckten, deckenhohen Fenstern gegenüber schmücken ein echter Boucher und ein Fragonard. Die beiden mäßig großen Gemälde, bei Sotheby-Parke Bernet auf einer Auktion erstanden, sind mein kostbarster Besitz und auf das Dreifache ihres Wertes versichert. Für diese beiden Bilder habe ich jahrelang gesungen.

Und dieses Heiligtum hat ein junger Fremdling, ein Ungeheuer, ein Fan, entehrt. Er hat es geschändet.

Kaum habe ich den Tempel betreten, da entdecke ich einen Waldschrat auf der breiten Liege, die als einziges Möbelstück in der

Zimmermitte, vor dem Podium mit Flügel steht. Der Tramp, Waldschrat und Faun liegt schnarchend auf dem seidenen Überwurf. Schulterlanges, weißblondes, ährenfarbenes bis aschblondes Haar fällt in seidigen Strähnen auf den sehnigen Knabenhals.

Der Faun schnarcht, daß es mir durch Mark und Bein geht. Nachmittag eines Fauns. Illustration zu Strawinsky. Nur finde ich meinen Faun nicht am Nachmittag auf der Liege, sondern in aller Herrgottsfrüh. Es ist kurz nach vier Uhr morgens, und ich verwünsche den Kerl, in die Hölle soll er fahren.

Eigentlich schnarcht er nicht wie ein Faun. Das wäre grotesk. Er schnarcht ganz einfach widerlich, abstoßend, mir dreht sich der Magen um. Und zum Überfluß hat dieses junge Tier seine ganzen Klamotten abgestreift. Alles liegt in schönster Unordnung um ihn herum verstreut, das Hemd und die Jeans auf dem Teppich. Socken trug er offenbar überhaupt nicht, denn ich sehe nur ein Paar schmutzige, ausgelatschte Tennisschuhe. Wie hat es der schauderhafte Hippie überhaupt geschafft, die schmale Tapetentür zu finden? Feststeht, daß er nur durchs zweite Bad ins Musikzimmer eindringen konnte.

Ich entsinne mich ganz genau: Als wir das ›Palembang‹ verließen, die schmuddelige Diskothek, da folgte er uns nicht. Ausgeschlossen, daß er sich heimlich in den Haufen mischte. Ich hätte ihn bemerkt. Und ich war überhaupt zu stolz, mir was vorzulügen. Mir war sonnenklar, daß ich minutenlang nach Chris Ausschau hielt – fürchtete, er könnte uns folgen, und gleichzeitig hoffte, daß er mitkommen würde.

Dann sagte ich mir logisch und kühl: es ist besser so. Ich werde ihn nie wiedersehen und will ihn nie wiedersehen. Doch der bohrende Schmerz ließ sich nicht verscheuchen. Der silberaschblonde Eros war für immer aus meinem Leben verschwunden, denn ich würde bestimmt niemals, nie wieder das verrauchte Nepplokal besuchen, und das Village überhaupt meiden, so wie ich es bisher gemieden hatte. Die falsche, imitierte Bohemien-Atmosphäre sagte mir nicht zu.

Wie hat es dieser gefährliche Teenager fertiggebracht, sich Zutritt zu meiner Wohnung zu verschaffen? War die Wohnungstür etwa nicht zu? Welch ein Leichtsinn! Bequemer Zutritt für Einbrecher oder Mörder.

Ich bin neugierig auf die Antwort, die Lösung der vielen Fragen, doch nicht grausam genug, ihn abrupt aus dem tiefen Schlaf zu wecken. Jetzt hat er aufgehört zu schnarchen, er grunzt auch nicht mehr, die widerlichen Geräusche haben das Gesamtbild vom schlafenden Faun, vom träumenden Eros stark beeinträchtigt. Er schläft jetzt friedlich, wie ein Engel, und ich genieße das unwahrscheinliche Bild von verkommener und dennoch schuldiger Schönheit. Denn der Tramp ist vollendet schön – klassisches Ebenmaß kennzeichnet das blutjunge Gesicht, bis auf die gedunsenen Lippen des breiten, begehrlichen und sinnlichen Mundes. Und gerade dieser Mund ist das Zentrum des ganzen Seins, tierfressende Pflanze, gefährliche Öffnung, die alles einsaugt.

Heute, am Rande des Abgrunds, am Ende meiner Kraft, frage ich mich immer wieder, wie es bloß geschehen konnte, daß ich damals die drohende Gefahr nicht ahnte, oder sie nicht wahrhaben wollte? Ich hatte den richtigen Augenblick versäumt, im ›Palembang‹ plötzlich aufzustehen, den Stuhl zurückzustoßen und allein im Taxi nach Hause zu fahren. Ohne die Bande der lauten, öden Schmeichler und Ausnützer. Diesen Augenblick hatte ich, weiß Gott, versäumt. Die zweite Chance für meine Flucht ergab sich im Musikzimmer meiner Wohnung, um vier Uhr morgens. Todmüde und abgespannt, entsetzt über den Anblick des blendend schönen, nackten Unholds auf dem breiten Sofa hätte ich mich zusammenreißen und handeln müssen. Ich hätte mich über Chris beugen können, hätte ihn bei den Schultern packen und schütteln und ihm befehlen können, sich sofort anzukleiden und sich aus dem Staub zu machen. Auf Nimmerwiederkehr.

Und überhaupt – vielleicht war der junge Gammler und Sänger hauptberuflich Einbrecher? Einer von den ganz raffinierten professionellen? Verbrecher und Rocksänger. Keine ungewöhnliche Mischung. Mit einem Nachschlüssel, mit Diebswerkzeug, kann so ein Professioneller alle Wohnungstüren öffnen. So wird es gewesen sein. Der ist mit einem Nachschlüssel in die Wohnung eingedrungen, dieses verderbte Geschöpf, wahrscheinlich hascht er sogar. Ich versuchte, mich in ehrliche Empörung hineinzusteigern, doch die erste Überraschung ist zusammen mit Ekel und Abscheu verflogen.

Dieb? Einbrecher? Unmöglich. Dieses säkularisierte ›Bildnis des Dorian Gray‹ kann nicht ganz böse sein. Chris Svensson gehört zur verlorenen Generation der siebziger Jahre. Daran ist nicht zu rütteln. Er ist wahrscheinlich ein Gammler ohne Plan und Ziel, ein Bursche, der davon zehrt, daß er begabte Rocksänger imitiert.

Doch ein Verbrecher? Unmöglich. Ich versuche ja, jede Sympathie für dieses gleichzeitig abstoßende und anziehende Geschöpf in mir zu töten, indem ich mir Gefahren einbilde, wo sie nicht existieren.

Ich trage einen durchsichtigen, korallenfarbenen Kimono aus dünnstem Seidenchiffon. Meine Füße sind nackt, ich trage kaum jemals Pantoffel. Wozu? Meine Wohnung ist mit den dicksten, weichsten Teppichböden ausgelegt.

Plötzlich ist es mir vollkommen gleichgültig, wie dieser junge Prinz in die Wohnung eingedrungen ist. Strolch, Gammler, Faun und doch wieder Prinz in seiner unverschämten, hinreißenden Nacktheit. Er ist eben da. Er war gekommen, um mir seinen jungen, wollüstigen Leib zu zeigen.

Ich beuge mich über ihn, doch nicht, um ihn zu wecken, ich hocke mich neben ihn, knie auf ein Kissen nieder, das ich von einem Stuhl hole, und beobachte seinen Schlaf. Ich zähle seine tiefen Atemzüge. Gierig trinken meine Augen seinen Anblick, eine Schatzkammer hat sich aufgetan, um mir bisher unbekanntes Geschmeide zu zeigen. Ein jedes Glied dieses blutjungen Körpers ist ein kostbarer Schmuck, jedes Härchen eine Perle von einmaliger Köstlichkeit.

Gewiß, ich genieße diesen Anblick, wie ich noch nie ein Bild, ein wertvolles Gemälde genossen habe, und dabei halte ich mir unentwegt vor, daß es ein rein ästhetischer Genuß ist, was meine Adern so erhitzt. Ich spiele mir noch immer und schon wieder eine Komödie vor.

Die ersten Strahlen der Morgensonne dringen durch die weißen Batistvorhangwolken, es wird warm im Zimmer. Ich stelle die Klimaanlage nicht an, ich kann ihre künstliche Kühle nicht leiden, bevorzuge den natürlichen Luftdurchzug in meinem Penthouse, das Fenster nach allen Seiten hat, hier oben im 22. Stock.

Ich will ja nur schauen, betrachten, den gefährlichen Faun nicht berühren. Vor dieser Haut muß man sich hüten.

Doch meine Hände beginnen, gegen mich zu rebellieren. Sie fordern beharrlich ihre Selbständigkeit. Ich betaste, um meine Hände abzulenken, die eigenen Brüste, die eigenen Schenkel, weil ich mich fürchte, das schlafende, träumende, fremde junge Fleisch zu berühren. Ich vergleiche das, was seinen Unterleib ziert, im stillen mit den schöngemusterten Olivenmuscheln im Sand von Coral Island, deren Zickzack-Putz mich immer entzückt hat; mit den lavendelfarbenen und beige und weiß leuchtenden Schneckenbohrer-Muscheln, die spitz zulaufen und eine perligkörnige Oberfläche haben. Sein Körper ist ein mit Perlmutt ausgelegtes Füllhorn, eine Truhe von Schätzen, und seine Zeugungsorgane sind herrliche Kunstwerke von Gottes Hand.

Meine Augen sind jetzt so gierig und unersättlich, daß ich mich bemühe, das ganze Gemälde auf einmal mit meiner Netzhaut zu erfassen. Ich will alles sehen, den faszinierenden Schlafenden vom Scheitel bis zur Sohle als Gesamtbild in mich aufnehmen, mir für immer einprägen.

Kaum habe ich mit den Augen die Konturen des betörenden Bildes abgegrenzt und den unbekannten Vulkan als Gemälde aufgesogen, der mich umnebelt, mir die Besinnung raubt, da sind meine Glieder auch schon eifersüchtig auf meine Augen. Schau nicht so schnell, befehle ich mir. Präge dir das Bild nach und nach, allmählich ein. Um so tiefer wird die Wirkung sein. Geh Schritt für Schritt vor. Nur nichts überhasten.

Ich beginne bei den Zehen des jungen Eros. Er liegt jetzt auf dem Rücken, hat die Arme zu beiden Seiten des Kopfes nach oben ausgestreckt, er ähnelt einem schlummernden Säugling. Jetzt verändert er im Schlaf die Haltung der Arme, breitet sie rechts und links aus, wie Adlerschwingen. Die Flügel dieses Apoll, Arme und Hände, sind von etwas dunklerer Elfenbeinhaut als sein Gesicht, Hals und Bauch. Sehr sauber dürften auch die Adlerschwingen nicht sein. Überhaupt – vor Seife hat der Knabe offenbar recht große Scheu.

Feuchte, weißblonde Haarquasten füllen die Achselhöhlen des bezaubernden Hippies, wieder bin ich sicher, daß sie nach Schweiß riechen. Und ich kann mich kaum beherrschen – ich will die Schweißtröpfchen aufschlecken, überall, jedes Stück Haut dieses verführerischen Körpers mit meiner Zunge berühren. Überall. Noch nie habe ich den Drang verspürt, den Körper eines Mannes vom Scheitel bis zur Sohle durstig abzulecken. Überall.

Jetzt spüre ich diese Gier. Ich stütze mich auf beide Knie, die ich auf dem Seidenkissen begehrlich auseinanderspreize, merke kaum, daß mein Kimono über die Schultern herunterrutscht und meine üppig-festen, breiten Brüste in schamloser Nacktheit hervorspringen. Sie lassen sich nicht mehr halten, sie sprengen die Haut in unbezähmbarer Begierde, liebkost zu werden. Ich bin ganz Brust und Zunge und Schoß.

Wozu hatte ich überhaupt bisher eine Zunge? Es ist fast fünf Uhr morgens, ich kauere auf dem Kissen, von einem kindsjungen Zauberer verhext. Wozu hatte ich bisher meine Zunge? Zum Essen. Sprechen. Singen. Doch die Zunge einer Frau hat eine höhere Bestimmung. Diese Wahrheit dämmert mir erst heute. Die Zunge einer Frau ist auch Werkzeug der Lust. Vor allem Werkzeug der Lust. Sie ist bestimmt, der Frau überirdische, kaum faßliche Wollust zu bescheren. Und meine Augen! Schon sind meine Augen auf die gierige Zunge eifersüchtig, mit der ich den Körper des Waldschrats ablecken werde. Noch nicht. Noch ein süßes Ritardando. Laß beide Augen das Bildnis tief einsaugen. Da liegt der Gott Eros auf dem Rücken, mit ausgebreiteten Schwingen, atmet tief und seufzt, wohl träumend, im Schlaf von Zeit zu Zeit auf. Mir scheint, als atme er jetzt, da ich seinen Schlaf bewache, viel ruhiger und gleichmäßiger als vorher.

Seine Zehen sind wirklich schmutzig. Er hätte ein warmes Bad mit tüchtig Seifenschaum nötig. Ich würde ihn für mein Leben gern ins Badewasser tauchen, die Wanne mit gutem heißen Wasser füllen, ein paar Tropfen aromatisches Fichtennadelöl hinein, und dann möchte ich mich neben ihn legen. In die Badewanne. Heiß, nackt, und ihn im Wasser umschlingen. Seine ölige Umarmung muß gut sein. Ich möchte die glitschigen Polypenarme um mich spüren.

Mit diesem schmutzigen Tramp zusammen baden, der vielleicht krank ist? Ekelhafter Gedanke. Verführerischer Gedanke. Ich spiele mir keine Komödie mehr vor, werde aufhören, mich zu belügen, dazu bin ich mir zu gut.

Die Wahrheit ist die: Ich täte nichts lieber, als diesen schlafenden Faun abrupt aufzuwecken. Ich spräche am liebsten kein Wort.

Ich möchte ihm den Mund zuhalten, damit er nicht fragen und sich nicht wehren kann. Wehren, wieso denn? Er hat es ja selbst gewollt, er sehnt sich genauso irrsinnig nach mir, wie ich nach ihm, sonst läge er nicht nackt vor mir, wäre mir nicht heimlich gefolgt.

Ich werde ihm jeden Laut im Mund ersticken, ich werde ihm den Wulstlippenmund zuhalten und sein Gesicht, seine Lippen, seine Augen, seinen Körper von oben bis unten mit durstigen Küssen bedecken. Zum Reden wird er keine Zeit haben. Weder er noch ich dürfen sprechen, das wäre ein entsetzlicher Zeitverlust.

Wir wissen beide, was wir brauchen. Ich könnte ihn stundenlang küssen, tagelang küssen. Drei Stunden, ohne Unterbrechung, ohne Atemholen. Wozu atmen? Auch das ist ein Zeitverlust. Ich will so hart in seine geschwollenen Lippen beißen, daß sie noch mehr anschwellen. Ich will Blutstropfen aus seinem breiten Mund locken, ohne den ich nicht mehr leben kann. Ihn dann in den Hals beißen. Ein paar Venen und Arterien durchbeißen, spüren, wie das Blut aus seinem Mund und vom Halse tropft. Ich will ihm die Schlagadern durchbeißen. Nicht ganz. Noch genügend Leben in ihm lassen, daß er weiter seine Pflicht kennt – Liebesobjekt für mich zu sein. Von nun an darf er nur für mich da sein, ich kommandiere, er muß immer gehorchen.

Ich bin noch nicht ganz Gottesanbeterin an diesem Morgen, der heiß zu werden verspricht. Noch nicht ganz Heuschrecke, die ihr Männchen in der Hochzeitsnacht verspeist, nachdem es sie begattet und befriedigt hat. Das kommt noch. Die Gottesanbeterin braucht ihr Männchen viel zusehr, sie darf es noch nicht umbringen.

Ich bin bloß eine gesunde Frau von dreiundvierzig Jahren, eine halbverhungerte, von Gier besessene Frau. Ein Weib, das immer Hure sein wollte. Im Unterbewußtsein. Saskia Stahl gestand sich diese Triebe, diese Unterschicht ihres Seins, nicht ein. Heute lege ich mir selbst Rechenschaft ab.

Saskia Stahl ist endlich ein glückliches Weib, in den Anblick des ersten Mannes vertieft, der sie zur Frau machen wird. Gesegnete, von Gott geschickte Nacktheit! Mit meiner Feigheit ist es vorüber. Das ist meine Nacht, mein Morgen, mein Tag. Ich werde das überwältigende Geschenk genießen.

Ein Gedanke jagt den anderen, es gibt keine Hemmungen mehr. Ich bin ganz von seliger Sucht erfüllt, schneller, immer schneller klopft mein Herz. Ich höre das drängende, pressende Sehnen aus dem Liebestod, Isolde winkt mit dem Schleier, schneller, immer schneller, denn Tristan naht. Ich bin, auf dem Kissen kniend, Isolde, zu Füßen des schlafenden Tristan. Wie nackt ein Mann sein kann – und wieviel es in dieser Nacktheit noch zu erforschen, zu erküssen gibt!

Dann doch wieder Zweifel. Tristan? Ein junger Tramp liegt vor mir, Strolch, Hippie. Wie alt mein Eros oder Tristan wohl sein mag? Bestimmt noch nicht zwanzig.

Macht nichts. Was hatte die zurückhaltende, bienenfleißige, weltberühmte Saskia Stahl bisher von ihrem Leben? Ein Bündel Lügen war mein Leben. Selbstbetrug, Täuschung. Glück? Weil es mir, dem größten lebenden dramatischen Sopran, gelungen war, alle denkbaren künstlerischen Gipfel zu erklimmen? Gewiß. Es gab keine Sprossen auf der Karriereleiter, die ich noch hätte erklimmen können. Nun galt es lediglich, meinen überragenden Ruf noch etwa zehn Jahre zu halten. Solange wird mir die Stimme, die schönste Stimme seit Birgit Nilsson, gehorchen.

Das war mein Glück: befriedigte Eitelkeit. Ein Wust von Märchen, die ich mir selbst auftischte. Berufserfolge hatten noch lange keine befriedigte Frau aus mir gemacht.

Das war Selbstbetrug, ein Kindermärchen. Die Wirklichkeit liegt hier vor mir in heißer sinnlicher Fleischlichkeit. Wirklichkeit, das ist nicht Brangänens dunkle Mahnung ›Habet acht!‹ Das ist auch nicht der Liebestrank, auf der Bühne genossen, und nicht Liebesduett und Liebestod, Sternstunden der Musik. Und auch nicht ›Vissi d'arte‹. Es ist kein echtes Glück für eine Frau, und mag sie höchstbezahlte und verwöhnteste Sängerin ihrer Zeit sein, auf der Bühne Hand in Hand mit dem Partner zu singen, sein Gelöbnis zu hören, Liebesschwüre heiß in seinen Mund hineinzusingen.

Das ist die Wirklichkeit – eine fast nackte Frau und ein nackter, schweißfeuchter Männerkörper.

Vielleicht träume ich dennoch? Ist es möglich? Saskia Stahl, halb wahnsinnig vor Sehnsucht, mit feuchtem Schoß und unerträglich durstigen Lippen, zu Füßen eines beinahe unbekannten Knaben, den sie erst seit ein paar Stunden kennt? Eines splitternackten Knaben?

Doch dieser Knabe ist schön. Von Gott geschaffen, nach seinem eigenen Angesicht.

Verrücktes, irres Schauspiel in meiner eigenen Behausung. Affenkomödie, meiner unwürdig. Ich muß den Lumpen jetzt sofort wecken und hinauswerfen. Und gut aufqassen, daß er nicht den Wohnungsschlüssel stiehlt. Ein Glück, daß ich nie viel Bargeld im Hause habe. Bestohlen hat er mich hoffentlich nicht. Oder doch? Vielleicht ließ er Silber mitgehen – oder eine meiner wertvollen Miniaturen oder kleine Stahlstiche? Doch wo sollte er seine Beute verbergen? Hat ja nicht mal ein Jackett mit Taschen und auch keine Aktenmappe oder eine Dufflebag. Ich sehe Gespenster.

Nein. Ich will ihn nicht wecken. Wenn es erst ganz hell im Zimmer ist, werden die Gespenster verschwinden und ich werde über meine Furcht lachen.

Gut, daß es noch nicht ganz hell ist. Die Versuchung zwickt mich mit Teufelszangen. Ich muß seinen Körper mit den Augen liebkosen, jedes Geheimnis entdecken. Daß er so verkommen ist und zu einer Welt gehört, die mir bisher verborgen blieb, reizt mich noch mehr. Staub und Schmutz entdecke ich nicht nur an seinen Zehen, sondern überhaupt an den schmalen, langen Füßen, diese Nägel kennen keine Pflege, einige sind abgebrochen. Würde er sich auch nur etwas pflegen, so hätte er die Beine und Füße eines jungen Prinzen. Jedes Glied dieses jungen Leibes ist aristokratisch geformt, auch seine Fesseln sind schmal und die langen Beine meines nächtlichen Gastes gleichen kostbaren phönizischen Blumenvasen.

Fast alle Männer, mit denen ich ins Bett ging – und es waren bestimmt kein Dutzend – hatten breite Schultern, sie waren untersetzt, denn dieser Typ hatte mich bisher angezogen, wenn ich überhaupt einen sexuellen Typ hatte. Ausnahmslos waren alle viel älter als ich gewesen. Ich folgte meinem Vaterkomplex und brauchte wahrhaftig keinen Psychoanalytiker, um mir auseinanderzusetzen, daß ich in jedem Mann instinktiv den Vater suchte – den geliebten Vater, der in den letzten Kriegsmonaten einem Luftangriff zum Opfer gefallen war. An die zärtlichen Umarmungen und Küsse meines bildschönen, kräftig gebauten und breitschultrigen Vaters werde ich voll Sehnsucht denken, solange ich lebe. Er drückte dem Kind Bücher in die Hand, lehrte mich die ersten Lieder. Weil ich meinen Vater so jung verlor, entschloß ich mich schnell, meinen ersten Mann zu heiraten – er war alt genug, mein Ersatzvater zu sein.

Und jetzt entdecke ich auf einmal die betörende Schönheit eines kinderjungen Knabenkörpers. Der Junge könnte mein Sohn sein. Was soll ich tun? Wenn ich mich an ihn schmiege, ihn küsse und ihn aufwecke, so werde ich seine Geliebte und komme nie wieder von ihm los. Ich werde außer Rand und Band geraten, Vernunft und Urteilskraft verlieren, mein Leben verlieren.

Ich muß Schluß machen, ehe diese Bindung und Hörigkeit begonnen hat. Voll Angst versuche ich, mich zu beherrschen. Ich bin todmüde und flüsterte mit zusammengebissenen Zähnen wie eine Verrückte vor mich hin: Nimm dich zusammen, Herrgott noch einmal! Weiche der Gefahr aus, ehe es zu spät ist! Ich richte mich aus meiner unbequemen knieenden Stellung auf, mache einen Schritt, beuge mich noch einmal über den schlummernden Dornröschenprinzen. Und jetzt werde ich ihn wecken und hinauswerfen! Wenn bloß Winfried in New York wäre, ich würde ihn trotz der nachtschlafenden Zeit anrufen, ihn bitten, herzukommen, mir beizustehen. Doch Winfried ist auf Konzerttournee. Wenn wenigstens Carmen und Juan hier wären, statt in Florida. Ich würde mich Carmen anvertrauen, die sieht ohnehin durch Wände und würde merken, in welcher Gefahr ich schwebe. Außerdem ist sie zehn Jahre älter als ich, sie kennt ihre Chefin Saskia Stahl in- und auswendig. Carmen und Juan würden Chris Svensson ohne viel Aufhebens wecken und hinausbefördern – für immer.

So quäle ich mich, unfähig, mich zu einem Entschluß aufzuraffen. Mir fehlt die Kraft, den Fremden im Schlaf zu stören. Dieb? Einbrecher? Unsinn. Nichts anderes als ein lächerlicher junger Dutzendsänger, der keine Bleibe hat. Keinen Cent in der Tasche. Der wollte sich einfach in meine Party schmuggeln, um sich den Magen zu füllen und ein bißchen Spaß zu haben. Irgend jemand ließ wahrscheinlich die Wohnungstür offenstehen, als die Bande hereinstürmte. Und Stunden vergingen, bevor ich Chris entdeckte. Kein Wunder, die stellten ja das ganze Haus auf den Kopf und ich hatte in der Küche alle Hände voll zu tun, machte mit Hilfe von zwei oder drei Freundinnen belegte Brote zurecht, mixte Drinks. Und zwischendurch stahl sich Chris irgendwie in die Wohnung. Führte nichts Böses im Schilde. Wahrscheinlich war er schon sternhagelvoll betrunken, als er kam, und überall standen Flaschen mit Scotch und Whisky und Wodka herum – ekelhafter Gedanke, vermutlich mußte sich Chris übergeben, fand das zweite Bad, entdeckte die Tapetentür und steuerte geradewegs auf die Couch im Musikzimmer zu, um seinen Rausch auszuschlafen. Vielleicht fürchtet er sich, nach Hause zu fahren – falls er überhaupt eine Wohnung hat. Aller Wahrscheinlichkeit nach schuldet er seiner Wirtin die Miete. Das Engagement im ›Palembang‹ macht das Kraut auch nicht fett – vielleicht hat er überhaupt kein Engagement, sondern durfte nur auf Probe singen, und ein Hotelzimmer? Woher nehmen und nicht stehlen?

Diese Mutmaßungen entsprachen so ziemlich der Wahrheit. Bald sollte ich erfahren, daß Chris der Clique tatsächlich folgte, seine letzten Dollar für ein Taxi ausgab, dem Konvoi folgte und sich so lange im Korridor versteckte, bis jemand die Eingangstür offenstehen ließ. Was durfte ich auch von der schlampigen Clique erwarten? Als ob es nicht genügend Einbrüche in New York gäbe, und schlimmeres! Doch nicht einmal Chris konnte mir erklären, wie es ihm gelungen war, sich an drei Portiers vorbeizustehlen – die – angeblich – alle Fremden auf Herz und Nieren prüfen sollten, bevor diese den Fahrstuhl besteigen durften. Wahrscheinlich hatten die drei gutbezahlten Pförtner geschlafen.

Wenn ich den herrlich schönen, den widerwärtigen und attraktiven schlafenden Faun wecke und hinauswerfe – womit füttere ich dann meine unbezähmbare Gier? Was fange ich mit meinem brennenden Schoß an? Ich halte es nicht länger aus. Ich verbrenne auf meinem Scheiterhaufen.

Jedes Härchen in meinem Schoß, dem brennend roten Kissen

aus Seidensamt, dem gepflegten und immer nach feinster Seife duftendem Dreieck zwischen meinen Lenden, scheint zu brennen. Noch nie hat ein heißer Männermund meinen Schoß geküßt. Haare haben keine Nerven. Meine Schamhaare brennen schmerzhaft bis in die zarten Spitzen, weil sie noch nie der wollüstige Mund eines Mannes geküßt, liebkost, zwischen begehrliche Lippen genommen hat. Soll ich masturbieren? Alle tun es, haben es mir oft erzählt. Die Ehefrauen der impotenten Männer und die alten Jungfern, die sich fürchteten, in einer Bar für ›Singles‹ noch einmal ihr Glück zu versuchen und sich einen Mann zu angeln. Und auch die vielen tausend frigiden Weiber, die lieber masturbieren, statt mit einem Mann ins Bett zu gehen. Einmal hab ich's versucht, ich war zehn Jahre alt und meine Mutter ertappte mich dabei und zankte mich aus und schrie, daß ich solche Praktiken nie wieder versuchen dürfe. Ich weiß überhaupt nicht mehr, was mir die Idee gab – gewiß nicht mein Sextrieb, der war nie entwickelt. Ich weiß schon: Die Tochter unserer Nachbarin hatte mir erzählt, wie gut dergleichen sei. Komisch. Ich spürte überhaupt nichts, wußte nur, daß es verboten war. Vielleicht beherrschte ich die Technik der Sache nicht – jedenfalls hatte es sich nicht gelohnt, von der Mutter gescholten und bestraft zu werden.

Sollte ich vielleicht jetzt, mit dreiundvierzig Jahren, nochmals versuchen, ob ich meinen Schoß selbst befriedigen kann? Das rote Dreieck streicheln, liebkosen, verborgene und nie gekannte Lust aus dem Seidensamtkissen holen? Vielleicht würde es mir endlich, endlich den nie gekannten Orgasmus bringen. Oder war es nicht doch besser, sich endlich gehenzulassen? Meiner Sucht nachzugeben und mich auf den jungen Eindringling zu werfen?

Ich muß es tun, ich muß, ich muß.

Jetzt bin ich vollkommen nackt, herrlich nackt von den Hüften aufwärts. Meine Brüste quellen aus dem korallenfarbenen Schleierstoff, meine Augen liebkosen den eigenen Körper. O ja, meine Brüste sind prachtvoll, König Salomo hätte sie gepriesen und Rubens hätte mich, wäre ich seine Zeitgenossin gewesen, in seiner Aktmalerei verewigt.

Kein Renaissancegemälde zeigt verführerische Früchte als meine voll ausgereiften Apfelbrüste, es gibt keine schneeweißere Haut und keinen zarteren, lachsfarben getönten Krönchen.

In narzistischer Freude habe ich mich von jeher selbst gepriesen, schlief nachts voll Freude über die eigene Schönheit stolz ein. Das genügt mir nicht mehr. Ich will für ihn schön sein, den jungen

Bettelprinzen, Dorian Gray und Eros. Er hat seine Lage wieder verändert, sich auf die rechte Seite gelegt. Mein schon geliebter Knabe hat in dieser Lage einen kleinen Fettwulst zwischen Bauch und Magen, das bißchen Knabenspeck macht ihn nicht häßlicher, im Gegenteil. Ich mag keine Knochengerippe.

Wie unwiderstehlich es mich jetzt treibt, ihn zu küssen und nie mehr aufzuhören! Ich will ihn küssen, tausend Lichtjahre lang, ihn unablässig küssen. Warum bin ich ein solcher Feigling? Ist er mir nicht gefolgt, mir ganz allein, hat er sich nicht in meinen privatesten und liebsten Raum eingeperrt? Er schlief seinen Rausch aus – doch vorher wußte er ganz genau, was er tat. Er will mich haben, genau wie ich ihn haben will. Hätte er sich sonst zu köstlicher Nacktheit entkleidet?

Chris – wie war der Familienname? Ich weiß schon. Chris Svensson. Eine Null, ein Niemand. Doch eine Null mit dem magischen Leib eines jungen Zauberers. Wozu braucht ein Zauberer ein Hirn? Der folgt seinen Instinkten. Chris Svensson warf die Kleider ab, um mich zu erregen, um mich zu verführen, mich, Saskia Stahl!

Worauf warte ich also noch? Warum stürze ich mich nicht auf ihn, grabe die Zähne nicht in sein Fleisch, beiße ihn nicht blutig, spüren will ich sein Blut, sein Blut trinken, meinen Hunger und Durst stillen, ein einziges Mal im Leben!

Gleich danach könnte ich ihn ja aus meiner Wohnung weisen, hinauswerfen. Dann hatte der Fremdling seine Pflicht getan. Und niemand wird ihn sehen. Ich werde ihm ein Jackett Juans geben und den Portier anrufen und sagen, daß der Fremde ein Bote ist. Mag sich der Portier, einer der drei Portiers, den Kopf zerbrechen, wieso es dem Boten gelang, das Haus ungehindert zu betreten. Falls der Portier eine Bemerkung wagt, so werde ich ihn fragen: ›Schlafen Sie eigentlich immer, wenn ein Fremder den Fahrstuhl betritt?‹

Ich halte es nicht mehr aus. Chris sieht entsetzlich jung aus. Er ist ein Kind. Doch diese heutigen Kinder wissen viel mehr als wir Erwachsenen. Schliche im Bett, alle Sex-Finessen, die ich erst lernen muß.

Kein Zweifel, das ist der geborene Lehrer, den mir der liebe Gott gesandt hat. In zwölfter Stunde, bevor ich alt bin. Zügellosigkeit soll er mich lehren, hartes Liebesspiel, Vorspiel und Erfüllung.

Karussell der Liebe – unbekannte, heimlich immer ersehnte Lust. Ich will Lust und Laster in einem einzigen Wirbel lernen, in der Nabe des Rades sitzen, das aus Genuß besteht und sich dreht, solange die Erde um die Sonne kreist.

Chris Svensson ist Adam. Er ist herrlich, verführerisch, verrucht und unberührt in einer Person. Der unberührte Knabenkörper meines Geliebten liegt unter seinem Lebensbaum, der sich im Schlafe sachte aufrichtet, und ich brauche nichts anderes zu tun, als die Hand nach ihm auszustrecken. Die Hand ausstrecken, mit den Lippen und den fiebernden Lenden nach ihm tasten, den Geliebten mit meinen heißglühenden Schenkeln und Hinterbacken suchen. Jetzt muß ich ihn anspringen wie ein Tier. Mich auf ihn stürzen, ihn mit meinem Meer unbezähmbarer Leidenschaft überfluten und sein Becken an meine Schenkel pressen. Fester. Immer fester. Ich werde in seiner Umarmung vergehen und will, daß auch er vergehe – er soll ersticken, mit mir, in meiner Umarmung sterben. Ich will mit seiner Zauberflöte spielen, auf ihr spielen, sie zwischen meine Lippen nehmen und einsaugen, bis uns beiden die Besinnung vergeht.

Isolde träumt. Tosca versinkt in Leidenschaft. Doch diesmal ist die Opernbühne fern. Isolde und Tosca und all die anderen, zärtlich geliebten Rollen schwinden in weite Ferne. Ich bin Frau, ich spiele keine Rolle, ich lasse mich nackt wieder auf das Seidenkissen nieder und greife noch immer mit beiden Armen hilflos in die Luft. Ich fürchte mich entsetzlich vor der Berührung dieser fremden Knabenhaut.

Ein wildes, sinnverwirrendes, kaum tragbares Abenteuer, die Rolle meines Lebens? Nichts weiter! Doch warum das Ganze dramatisieren? Wir spielen keine Shakespearische Tragödie, ich singe keine Opernrolle. Vor mir liegt nicht der sterbende Tristan, das Haupt auf ein Kissen gebettet. Vor mir schläft ein junger Tramp, den ich beißen und mit Haut und Haaren verschlingen will, ich werde seine dreckigen, elegant geformten Gliedmaßen an meinen Körper pressen.

Und ich habe Angst. Ich kann fast hören, wie mir die Zähne klappern – buchstäblich. Wenn ich mich jetzt gehenlasse, meinen Körper auf seinen fallen lasse, so werde ich an dieses Meisterstück wurmstichiger Schönheit gefesselt bleiben. Vor vierundzwanzig Stunden hätte sich Saskia Stahl geschworen: Mir kann dergleichen nie passieren.

Es konnte mir passieren. Es ist mir passiert.

Noch immer beherrsche ich mich, habe den letzten Schritt noch nicht getan. Nur in Gedanken. Ich habe mich stärker in der Hand als meine Geschlechtsgenossinnen, die hätten sich längst neben Chris, auf ihn, unter ihn gelegt, ihn vergewaltigt. Saskia Stahl hat noch immer Selbstbeherrschung. Oder sind es nur Hemmungen? Die der Künstlerin, die beständig zittert, der ›holden Kunst‹ etwas zu rauben, wenn sie sich der Liebe schenkt?

Bevor ich die Initiative ergreifen, den Sprung in den Mahlstrom wagen kann, öffnet Chris den Mund. Blinzelt mit den Augen. Lächelt wie ein Unschuldsengel. Bewegt sich nicht, flüstert nur:

›Du bist schön.‹

›Und du bist nackt. Frierst du nicht, Chris? Komm, ich hol dir eine Decke.‹

›Deck mich mit deinen Brüsten zu. Groß genug sind sie.‹

›Sag – wie hast du's angestellt, dich in die Wohnung zu schmuggeln? Hast du geklingelt? Hat dir jemand die Tür geöffnet?‹

›Keine Spur. Die Schlampsäcke haben die Tür offengelassen. Bist du sehr bös?‹

›Unsinn.‹

Er bewegt sich noch immer nicht und auch ich sitze still.

Dann sage ich – und imponiere mir mit meinem Mut:

›Mach, daß du in deine Kleider kommst. Du mußt gehen, hörst du?‹

›Aber warum?‹

›Das kann ich dir nicht erklären. Du weißt im übrigen selbst, warum. So doof bist du nicht. Chris... heißt du nicht Chris? Mach, daß du in deine Klamotten kommst. Und wage es nicht, wiederzukommen. Los. Tschau.‹

›Du bist schön – und du bist gemein.‹

›Ich bin alt genug, um deine Mutter zu sein.‹

›Auch so was ist schon mal vorgekommen.‹

›Aber nicht mit mir. Nicht mit Saskia Stahl.‹

›Und ich bin Chris Svensson. Mag sein, daß ich in deinen Augen ein Gammler bin. Ein Rocker mit der Gitarre. Und ich bin trotzdem ein Mensch wie du, Saskia!‹

›Wie alt bist du, Chris?‹

›Achtzehn. Beinahe neunzehn.‹

›Weißt du, wie alt ich bin?‹

›Ist mir schnuppe. Und es wäre mir auch wurscht, wenn du fünfzig wärst.‹

›Ich bin nicht fünfzig. Noch lange nicht. Ich bin aber dreiundvierzig. Und ich werde keinen Narren aus mir machen.‹

›Niemand wird's erfahren. Verstehst du? Bloß, weil ich ein Niemand bin ... eine Null ... ein fast unbekannter Rocker ... bedeutet das noch lange nicht, daß ich den Mund laufen lasse. Ich schwöre dir – kein Mensch wird es erfahren!‹

›Was willst du von mir?‹

›Bumsen. Ich will mit dir bumsen.‹

›Ich kann diese gräßlichen Ausdrücke nicht hören.‹

›Ich habe noch viel ordinärere auf Lager, Saskia. Soll ich's mal so sagen, wie wir's im Village ausdrücken?‹

›Schweig, Chris!‹

Ich bin ihm ganz, ganz nahe gerückt und berühre seine Füße. Ich knie vor ihm und beginne, seine Füße abzulecken. Mögen seine Zehen dreckig sein. Ein bißchen Schmutz wird mir nicht schaden. Ich berühre mit Zunge und Lippen die zarten, weißblonden Härchen auf den Beinen, unterhalb der Knie, ich beiße sacht und genießerisch in die Waden des Jünglings, der ganz gewiß noch heute mein Liebster wird. Ich lecke und beiße, beiße und lecke, der Rhythmus macht mich noch viel hungriger.

Noch immer liegt Chris auf dem Rücken. Er spreizt die Beine. Er stöhnt voll Wollust, er seufzt und ächzt, jetzt stößt er kleine, selige Schreie aus. Er grunzt auch wie ein Schwein. Chris ist ganz Faun. Wir spielen den Vormittag eines Fauns.

Er weint beinahe, der Hochgenuß, den er meinen Lippen, dem Mund der gestern noch frigiden Saskia Stahl verdankt, treibt ihm Tränen in die grünlich blitzenden Pantheraugen.

›Ich werde dir meine Kraftausdrücke beibringen, und wenn du noch so sehr die feine Dame spielst!‹ grunzt das prachtvolle junge Tier auf seinem Kissen. ›Paß auf, du wirst noch deinen diebischen Spaß dran haben, es so unverblümt auszusprechen, wie's meine Clique im Village tut, Saskia!‹

›Du redest zuviel.‹ Ich bearbeite ihn besinnungslos mit Küssen. Endlich habe ich die Maske abgeworfen, die ich über vierzig Jahre trug. Jetzt bin ich Weib. Es ist noch nicht zu spät, dem Himmel sei Dank.

Ich wurde in dieser Stunde geboren.

Er wirft sich hin und her, kann nicht an sich halten. ›Du, das ist herrlich‹, stöhnt er, beinahe jammert er, wie ein geprügeltes Hündchen. ›Wie gut du das kannst! Du bist eine Hexe. Drück mich ganz fest an dich, komm doch endlich ganz zu mir. Ich will dich unter mir spüren. Hab mich ganz lieb. Zerdrücke mich in deinen Armen!‹ Er winselt, bettelt, raunt.

Es ist sündhaft, zu reden, wenn man statt dessen lecken, beißen und den Geliebten umschlingen kann. Sich in die Untiefen des anderen Körpers fallen lassen kann, in rasendem Sturzflug. Sich am Fleisch des andern festkrallen.

Mich hat ein Fluch getroffen, ein Blitz ist in mich gefahren, und nun ist mein Schicksal besiegelt. Ich habe mich, Blitz und Donnerkeil folgend, unrettbar und bis ans Ende aller Zeiten in diesen unverschämt jungen Eindringling verliebt. Der Kobold hat mich betört.

Ich drücke heiße Küsse, Kußlawinen, auf den Körper des jungen Apoll und Eros. Ich arbeite mich von seinen sehnigen Fesseln bis zu den harten, knochigen und dennoch fein ziselierten, geschmeidigen Knien hoch. Ich fürchte mich vor der unbekannten Landschaft zwischen den Knien und den Hüften meines Beinahe-Geliebten. Nur Augenblicke trennen uns vom vollen Genuß, von der Vollendung. Mein Mund gehorcht mir nicht mehr. Er ist ein selbständiges, wildes, ungebärdiges Raubtier. Die Raubkatze schnüffelt sich ihre Beute entlang.

Es gibt keinen Weg zurück mehr.

Warum versuchte ich mir bloß einzureden, das alles sei ein schales Abenteuer? Es ist viel mehr. Ich war in einem tiefen Irrtum befangen. Aber jetzt bin ich Isolde, die sich ganz in ihre Liebe zu Tristan verstrickt, sie hat das Schicksalsgift getrunken, der Liebestrunk hat sie für immer zu Besessenen, Berauschten und Verzückten gemacht.

Mein Mund gehorcht mir nicht mehr. Er nähert sich der Quelle alles Seins, ich überschütte die Haut meines Geliebten mit Millionen zarten Küssen, sie sind leichter als die Blätter einer Rose. Immer näher rücke ich dem Baum.

Und auf einmal, ganz unvermittelt, erlebe ich meinen ersten Orgasmus. Er überflutet mich mit einer Lust, die zu stark ist, um mir nicht die Sinne zu rauben. Saskia Stahl hatte den ersten Orgasmus ihres Lebens. Nicht im Bett oder auf dem Bett liegend, in den Armen ihres ersten wirklichen Geliebten. Nicht beim mechanischen Auf und Ab mit dem Männchen, das mich als junges Mädchen entjungferte – ich glaube, es war mein Skilehrer. Und auch nicht in der legitimen Hochzeitsnacht mit meinem ersten Mann, diesem kultivierten, feinfühligen Ersatzvater, dem perfekten Gentleman, dem gräßlich langweiligen Gentleman, dessen vorwurfsvolle und hündisch verliebte Blicke ich kaum ertragen konnte.

Nein. Nicht im Bett hatte ich den ersten guten, heißen und starken Orgasmus meines Lebens, denn allerersten in dreiundvierzig Jahren. Es war so grotesk, daß es keiner meiner Verehrer je erfahren darf. Die würden mich auslachen. Alle Kritiker dachten, ich hätte eine ganze Galerie von feurigen Liebhabern. Über solches Gewäsch amüsierte ich mich köstlich und lachte mir dabei ins Fäustchen.

Wenn die Schwätzer die Wahrheit geahnt hätten! Daß ich vollkommen frigid war! Nur einer wußte sie, denn ich teilte alle Geheimnisse mit ihm: Winfried Graf war mein Vertrauter, der beste Korrepetitor, Lehrer, Begleiter und der treueste, selbstloseste Freund.

Bis auf den heutigen Tag weiß ich im übrigen nicht genau, ob Winfried homosexuell ist oder nur in Liebesdingen überhaupt kalt – so kalt, wie ich's bisher war.

Er hat niemals versucht, mit mir ins Bett zu gehen. Küßt mich oft, streicht mir übers Haar, nennt mich ›unwiderstehlich als Sängerin und Frau‹, nennt mich ein Genie, verbringt Tage und Abende mit mir, wir arbeiten und sprechen stundenlang über alle Probleme der Welt. Sehr oft hat Winfried in meinem Gästezimmer geschlafen. Und nie versucht, mich zu sich ins Bett zu ziehen.

Fürchtete er sich vielleicht auch vor der Wucht, dem Gewicht der Sängerin, der Weltstar Saskia Stahl? Oder daß er mich nicht mehr loswürde, wenn er nicht nur mein engster Mitarbeiter, sondern auch mein Geliebter wäre? Ich habe so manche vielleicht reizvolle Gelegenheit mit Männern verpaßt, weil sich diese Männer auf keine Abenteuer einlassen wollten und Angst vor einer ständigen Bindung hatten.

Ich glaube aber viel eher, daß Winnie ein echter oder verkappter Schwuler ist. Und das ist mir in seinem Fall völlig egal.

›Ich habe Angst vor dir, weil du dich unschwer in eine Gottesanbeterin verwandeln könntest‹, sagte einmal einer meiner intelligenteren Zufallsgeliebten. Ich hatte ihm ein oder zwei Nächte in meinem Schlafzimmer gewährt. Oder war es ein heißer Sommernachmittag gewesen? Ich streckte mich in der Sommerhitze gern für ein, zwei Stunden nackt auf dem Bett aus.

›Sie verbringt die Hochzeitsnacht mit ihrem Männchen und frißt es gleich danach mit Haut und Haaren auf.‹

Die Sache gefiel mir.

›Ein intelligentes Biest! Es gibt keine bessere Methode, den Geliebten festzuhalten, für immer sein eigen Fleisch und Blut zu nennen, als ihn aufzufressen‹, versicherte ich dem Herrn, der mein Bett an jenem Nachmittag teilte. Doch das war Geschwätz – ich meinte es nicht ernst. Die Idee machte mir Spaß. Und seither dachte ich oft daran. Tadellose, saubere Erledigung: Man frißt den Geliebten oder Gatten nach der Hochzeitsnacht aus Liebe und Gier auf. Und auch aus Eifersucht. Damit er keine andere Heuschrecke zwischen die Fänge nimmt. Nur: Man muß verzweifelt lieben, um diese Begierde zu spüren – den heißen Wunsch, zu töten, um zu besitzen. Auf der Bühne war ich eine Besessene dieser Besessenheit, immer wieder. Hundertmal, tausendmal. Vor allem als Salome.

Im wirklichen Leben hatte ich den Wunsch noch nie gespürt. Bis zum heutigen Tag.

Die Sonne brennt durch die Gardinen, ist es etwa schon neun oder zehn Uhr morgens? Mein Blick sucht wieder die Uhr. Erst sieben? Unmöglich! Doch.

Die Morgensonne hat bereits jetzt die Kraft von Mittagsglut. Ich denke jetzt nüchtern, küsse ihn auf die Stirn, richte mich auf, hake den Kimono unter der Brust zu, verhülle meine Brüste.

›Sieben Uhr, los mach', daß du davonkommst, Chris!‹ sage ich wieder und bemühe mich, meiner Stimme einen festen Klang zu geben. ›Ich fliege doch heut' abend nach Florida. Packen muß ich auch noch. Vor allem aber muß ich noch etwas schlafen.‹

›Wann kommst du wieder?‹

›Ich weiß nicht. Ich muß endlich mal längere Ferien machen, richtig ausspannen. Fünf, sechs Wochen bleib' ich sicher in der Karibik. Ich habe vor einem halben Jahr ein Sommerhaus auf einer Insel gekauft, sie ist Key West vorgelagert. Eine wundervolle, kleine Insel.‹

›Nimm micht mit!‹

›Du bist von allen guten Geistern verlassen! Und überhaupt – hast du keinen Vertrag mit dieser Bruchbude?‹

›Einen Wisch hab' ich unterschrieben, für eine wahre Hungergage. Aber der Besitzer wäre wohl ganz froh, wenn ich kontraktbrüchig würde. Sehr begabt bin ich nämlich nicht.‹

›Ist mir aufgefallen, mein Herr!‹

Wir lachen.

›Nimm' mich mit, Saskia!‹ bettelt der Junge wieder. ›Du hast mein Wort – ich werde dich nicht viel Geld kosten. Ich brauche beinahe nichts. Alles, was ich will, sind deine Brüste, dein Mund, deine Schenkel. Ich möchte mit dir schlafen, Tag und Nacht. Ich will dich liebhaben. Immerzu, immerzu.‹

Jetzt spricht er nicht mehr von ›bumsen‹. Er ist ganz manierlich geworden.

Sein Mund steht gierig offen. Wir haben uns lange nicht geküßt, mindestens drei Minuten.

Ich schaue ihm fest in die Augen. Zu überlegen gibt es nichts, ich will meinen Vorsatz ausführen und den Kerl so schnell aus meinem Leben entfernen, wie er darin aufgetaucht ist. Dieser Wahnsinn darf nicht weiter dauern.

Jetzt bin ich, ganz nüchtern und kalt, wieder Saskia, eine vernünftige Frau, nicht mehr Sklavin der neuen, rasendmachenden Leidenschaft. Nur zehn Minuten, nachdem er mich mit dem Schlüssel des Lebens gesäugt hat und ich den Knaben, den Säugling, den Liebsten an meinen Brüsten saugen ließ, stehe ich völlig ausgekühlt und klar berechnend da und halte alles für einen bösen Traum. Es war ein Alptraum, es kann nicht wirklich geschehen sein – in meinem heiligen Musiktempel!

Und ich bleibe unbeugsam. Ich habe den Riegel zwischen Musikzimmer und Salon schon zurückgeschoben und die Tür geöffnet. Chris folgt mir. Er hat Jeans und Hemd vom Boden aufgehoben, ist schnell hineingeschlüpft und fährt sich, statt um einen Kamm zu bitten, mit den Fingern durch das wirre Haar. Wie sehr ich diesen weißblonden Seidenbast liebe! Ich kann ihn unmöglich vergessen, die zarte Glätte nicht vergessen.

Gequält habe ich die Kraft, barfuß durch die Wohnung zu laufen, schon habe ich die Küche erreicht, der kalte Linoleumfußboden tut mir wohl. Chris folgt mir. Ich brühe Kaffee.

›Magst du starken Mokka, Chris?‹

›Leidenschaftlich gern. Ich trinke morgens immer zwei, drei Tassen.‹

›Bist sicher auch hungrig. Nimm dir von den Brötchen. Ein bißchen trocken sind sie freilich, noch von gestern. Mach dir lieber ein paar Scheiben Toast. Butter und Marmelade findest du im Kühlschrank. Sogar erstklassige ungarische Salami!‹

›Danke, Ma'm.‹

Schon wieder das gräßlich Ma'm. Wie ein Diener zur Gnädigen. Wahrscheinlich war er irgendwo Liftboy. Und meinen Namen spricht er noch immer nicht richtig aus, falls er ihn überhaupt nicht schon wieder vergessen hat.

Der unintelligente Tramp. Der faszinierend schöne junge Gott.

Und essen kann er! Tramp oder Gott in Menschengestalt – der stopft das Essen in sich hinein wie ein ausgehungerter Werwolf. Ein, zwei Scheiben Toast. Noch eine, dick mit Marmelade bestrichen. Dann verschlingt er zwei rohe Eier.

›Pfui – rohe Eier! Nimm dir doch Zeit, sie zu kochen!‹

›Rohe Eier sind gesund!‹ Er schneidet sich noch zwei dicke Scheiben von der Salami ab.

›Schmeckt köstlich. Du, ich esse die ganze Riesensalami auf einen Sitz auf!‹

Diese Teenager sind ewig hungrig.

›Wenn du mich noch einmal Ma'm nennst, bin ich wirklich böse, Chris! Du bist doch nicht mein Angesteller.‹

›Ich kann deinen komischen Namen so schlecht aussprechen. Warum hast du bloß einen so ungewöhnlichen, komischen Namen!‹

›Ich will ihn noch einmal für dich buchstabieren. Also: S-a-s-k-i-a! Eines Tages werde ich dir von ihr erzählen, sie war eine Schönheit und sehr klug und *die* Frau.‹

›Ich weiß schon, diese Saskia war mit so'nem komischen Maler verheiratet, hast es mir schon einmal verraten. Aber du bist ganz gewiß attraktiver und aufregender als diese alte Schachtel!‹

›Saskia war keine alte Schachtel, und Rembrandt war kein komischer Maler!‹

Komisch bin ich, lächerlich mache ich mich, wenn ich versuche, Chris Svensson die Bedeutung Rembrandts zwischen Tür und Angel, ein Salamibrot in der Hand, zu erklären. Wir müssen beide lachen und essen weiter.

Ich war noch nie so vernünftig und nüchtern wie jetzt. Was passiert ist – soll einfach ungeschehen sein. Ich werde es aus meinem Leben ausradieren. Eine Affenkomödie war diese Nacht, ich spielte die Hauptrolle, und noch dazu ziemlich schlecht.

Und was dort drüben, im Musikzimmer, auf der Couch geschah – war einfach ein unappetitlicher und widerwärtiger Traum. Doch meine Glieder zittern. Ich verabscheue mich und schäme mich vor meinem Ebenbild im Spiegel.

Ein déjà vu! Gewiß doch! Daß es mir nicht sofort auffiel! Ich war die Marschallin drüben auf der Couch, wir haben den ersten Akt aus dem ›Rosenkavalier‹ aufgeführt, Chris und ich. ›Mein Bub. Mein Schatz.‹ Nur – die Marschallin war zweiunddreißig Jahre alt, als sie ihren Buben, ihren Schatz, an ihren Brüsten nährte. Das war sehr, sehr alt fürs Rokoko. Und Oktavian? Nun, der war siebzehn. Kaum jünger als mein Bub. Mein Schatz. Der silberblonde, betörende Tramp.

Déjà vu und Rosenkavalier. Vielleicht dramatisiere ich die Lage allzusehr. Mein Gott, was ist denn schon passiert? Ich habe mich in ein kleines Abenteuer gestürzt. Eine Liaison, die kaum zwei Stunden dauerte, wenn wir vom Vorspiel in dem Rattenloch, der Diskothek, absehen. Meine unbegreifliche Geschmacksverirrung wird keine schlimmen Folgen haben. Bacchus wird schweigen, denn ich werde ihn beschenken. Bisher habe ich noch nie einen Mann beschenkt. Noch keinem Mann Geld gegeben. Ich will es auch niemals tun.

Aber mit irgendeinem Geschenk muß ich mir das Schweigen dieses Fremden, in dessen Nähe ich meinen ersten Orgasmus erlebte, erkaufen.

Was er wohl gern hätte? Ich werde ihn fragen.

›Du, Chris, ich möchte dir gern etwas schenken. Damit du deinen Mund hältst.‹

Er ißt weiter, kaut wieder einen großen Brocken Wurst und betrachtet mich mit grünen, gefährlichen Katzenschlitzaugen.

›Damit ich den Mund halte? Was soll das heißen?‹

›Ich meine... Also, wenn ich ganz ehrlich sein soll – ohne Umschweife: Ich bin eine berühmte Opernsängerin, Mitglied des Metropolitan Opera House. Und ich bin mit dir ins Bett gegangen.‹

›Nicht ganz, Ma'm!‹

›Halt den Mund, oder nenne mich Saskia, oder Miß Stahl! Ich muß immer an Lady Chatterleys Geliebten denken, wenn du mich Ma'm nennst.‹

›Lady – *wer?*‹

›Schwamm drüber. Ich werde dir keinen Schulunterricht und Bildungsunterricht geben. Ich möchte nur – paß auf, Chris! Wir müssen beide vergessen, was drüben im Musikzimmer passiert ist. Und wenn du artig bist und gehorchst und nicht herumquasselst, darfst du dir auch ein hübsches Geburtstagsgeschenk aussuchen!‹

›Ich hab noch lange keinen Geburtstag. War vor einem Vierteljahr achtzehn. Ich bin nicht einmal sicher, ob mein Geburtstag wirklich im Februar ist. Am zehnten Februar. Meine ersten Pflegeeltern wußten es auch nicht genau. Aber mach' dir bloß keine Sorgen, Sas...kia. Ich werd' den Mund halten. Ich mag ein Niemand sein, ein Gammler, aber ich weiß, daß man den Mund halten muß, um einer feinen Dame nicht zu schaden. Keine Menschenseele soll von mir erfahren, daß ich drüben auf deiner Couch geschlafen habe und daß wir uns küßten und daß du mir's fast abgebissen hast. Weißt schon, was!‹

Ich drücke ihm die Hände auf den Mund, sie werden ganz fett von der vielen Butter, die er sich aufs Brot gestrichen hat. Jetzt verspüre ich wirklich nicht die geringste Lust, diesen schmierigen jungen Mund nochmals zu küssen. Raus mit ihm. Raus soll er – nichts als raus!

›Wo wohnst du, Chris?‹

›Ich hab' mit zwei Freunden von meiner Combo ein Zimmer im Village. Dort pennen wir zu dritt, der Klavierspieler, der Schlagzeuger und ich. Meine Partner werden übrigens auch nicht von mir erfahren, wo ich die Nacht verbracht habe. Ich bin kein Gentleman. Aber ich habe einen Heidenrespekt vor dir, Saskia. Und ich liebe dich.‹

›Quatsch. Du liebst mich nicht. Du kennst mich ja kaum! Hast bis gestern abend nie meinen Namen gehört. Die Menschen respektieren mich im allgemeinen, weil sie wissen, daß ich Saskia Stahl bin. Und sie bewundern meine Stimme. Warum solltest *du* mich respektieren? Du kennst ja meine Stimme nicht!‹

›Ich respektiere dich, weil du eine Königin bist. Auch dann, wenn du genau das machst, was die Huren für fünfzig Dollar machen. Du bist schon als Königin zur Welt gekommen. Ich bete dich an und ich werde dich anbeten. Ich will immer zu deinen Füßen knien!‹

Ich muß wirklich lachen – diese untertänigen Worte passen gar nicht in seinen Strolchmund. Die ganze Situation ist lächerlich. Endlich finde ich ein befreiendes Lachen.

›Okay, Chris. Ich werde dir also nichts schenken. Wenn du mich aber wahrhaftig liebst und respektierst, so erfüllst du meinen einzigen Wunsch. Vergiß, daß wir uns kennen und daß wir – du weißt schon, was ich meine. Hat einer meiner Nachbarn gesehen, daß du heimlich bei mir eingedrungen bist? Oder einer von meiner Clique?‹

›Keine Menschenseele, ich hab doch die Tür gleich hinter mir verriegelt, und das kleine Badezimmer hat wohl niemand benutzt.‹

›Hat auch Johnny keinen Wind von der Sache bekommen? Johnny ist mein Impresario.‹

›Ich kenne den Fatzke. Der hat keine Ahnung.‹

Endlich hört er auf, zu essen. Mein Gott, in zwei Tagen könnte ich keine solchen Mengen verschlingen wie mein Gast. Wahrscheinlich hat mich Chris belogen, hat keinen Cent, kann kaum seinen Hunger stillen. Und vielleicht ist er obendrein noch süchtig? Ich weiß wenig Bescheid über Drogen, nur, daß so was viel Geld kostet und die Menschen kaputtmacht.

Vielleicht hat ihm der Manager im ›Palembang‹ nicht mal seine magere Gage ausbezahlt.

Halb acht.

›Los, raus mit dir! Laß mich noch ein paar Stunden schlafen, bevor ich mich reisefertig mache!‹

›Wann kommst du aus der Karibik zurück?‹

›Weiß nicht. In vier, fünf Wochen. Mal sehen. Ich muß dir aber schon jetzt sagen, Chris, daß ich nach meiner Rückkehr bis über beide Ohren in Arbeit stecken werde. Ich muß eine neue Rolle einstudieren. Und in den nächsten sechs Monaten gastiere ich dreimal in Europa, Südamerika und Japan. Es ist ausgeschlossen, hörst du, ausgeschlossen, daß wir uns wiedersehen!‹

›Wer ist dein Geliebter! Du bist nicht verheiratet. Oder?‹

›Nein. Ich bin unverheiratet.‹

›Warst du nie verheiratet?‹

›Doch, vor vielen Jahren. Ich heiratete, als ich blutjung war. Etwa so alt wie du.‹

›Wie hat's ein Mann fertiggebracht, dich zu verlassen?‹

›Die Sache war umgekehrt. *Ich* habe ihn verlassen.‹

›Armer Kerl. Mich würdest du nicht verlassen, wenn wir heirateten. Ich ließe es nicht zu. Würd' dir eher den Kragen umdrehen.‹

›Wenn wir heiraten? Du und ich?‹

Also das ist die Höhe! Der Kerl ist durchgedreht. Die Idee ist so komisch, daß ich zu lachen beginne, und vor Lachen fast ersticke. Chris springt wütend auf. Beleidigt. Seine Wangen sind vor Wut feuerot, er greift mir mit beiden Händen an den Hals, als wolle er mich erwürgen. Seine Augen schleudern Blitze und er schreit:

›Lach mich nicht aus, hörst du? Mich lacht kein Mensch aus! Lach mich nie aus, wage es nicht, sonst erwürge ich dich, du...!‹

Er verschluckt das letzte Wort, vielleicht wollte er sagen: du alte Schachtel.

Mich überläuft es eiskalt. Ich habe plötzlich Angst, ich zittere. Bisher war ich doch mehr als naiv. Habe ich nicht stundenlang mit einem völlig Fremden gefährliche Spiele getrieben – einem Tramp aus dem Village, der vielleicht schon ein ganzes Verbrechensregister auf dem Buckel hat? Ich bin allein mit ihm, in luftiger Höhe, im zweiundzwanzigsten Stock eines Hauses, meine Nachbarn sind vielleicht verreist, sie würden meine Hilferufe nicht hören! Und weil es ein Luxusbau ist, sind die Wände auch viel zu gut abgedichtet, um Hilferufe durchzulassen!

Ich bin wirklich total verrückt, ich hätte in dem Augenblick, als ich ihn auf der Couch entdeckte, hinauslaufen, Hilfe holen, den Portier holen sollen. Ihn hinauswerfen lassen – den mutmaßlichen Sittenstrolch oder Mörder. Liest man nicht tagtäglich ähnliche Horrorgeschichten in den Zeitungen? Der Kerl könnte mich glatt erwürgen und dann ausrauben. Selbst wenn er kein Berufsverbrecher ist. Gelegenheit macht Diebe und Mörder.

Ich beherrsche mich mühsam. Nur ruhig bleiben. Lebend aus der Situation steigen.

›Verzeih, Chris, ich wollte dich nicht beleidigen. Aber du hast doch gewiß auch eine tüchtige Portion Humor. Der Gedanke, daß wir zwei heiraten könnten, ist mehr als komisch. Das wirst du zugeben. Mein Haupteinwand ist nicht etwa dein Beruf oder deine Jugend. Ich habe einfach keine Zeit zum Heiraten. Ich lebe ganz für meine Arbeit, gehe ganz darin auf.‹

Er nimmt die Hände von meinem Hals, tritt zurück, schaut durchs Fenster, hinunter auf die Straße. Ich liebe diese Aussicht, darum bin ich hierhergezogen, ich wollte immer das Gefühl haben, daß der Zauber von Chagalls Fresken, drüben am Eingang zur Met, bis hierherströmt, daß mich seine Märchenpflanzen, lächelnden Tiere, liebenden Menschen, das blaue Rankengewebe um seine zarten Träume grüßen, mich trösten, sooft ich Trost brauche.

Chris hat scharfe, junge, gute Augen, doch wäre es ein müßiges Unterfangen, ihm von Chagall zu erzählen. Dieser Name ist Schall und Rauch für ihn – wie alles, was mit Bildung und Kunst zu tun hat.

Mir geht der Gedanke durch den Kopf, daß ich mit meiner Liebe zur Kunst, Musik und Malerei ein ganzes Leben damit verbringen könnte, dem jungen Tramp zu erklären, wer Chagall ist, wer Rembrandt und Einstein waren; was Größen der Wissenschaft wie Wernher von Braun, John von Neumann und Edward Teller für den Fortschritt der Welt geleistet haben.

Ich bin ja auch darum so glücklich in der Gesellschaft meines geliebten Freundes Winfried Graf, weil wir dieselbe Erziehung genossen haben, dieselben kulturellen Interessen haben, denselben Wissensdurst. Eigentlich jammerschade, daß wir nicht zusammen ins Bett gehen. Aber ist das Bett wirklich Kern aller Dinge? Mir kommen sogar jetzt, nach meinen ersten Augenblicken der physischen Erfüllung, Zweifel. Eben war Leidenschaft noch alles – Taumel, Glück und Gipfel. Kaum ist das Feuer ausgeglüht, glaube ich schon, es nie wieder zu brauchen. Sex ist doch wirklich nicht alles, nicht Höhepunkt eines Menschenlebens.

Sehr schnell vergesse ich, wie das Fleisch eines Mannes schmeckt, an dessen zarter, herber Süße ich mich zum erstenmal im Leben sattgeleckt habe.

›Hol deine Schuhe, oder hast du sie schon an? Wenn du unten im Vestibül ein Problem hast – ich meine, wenn dich einer der Portiers fragt, wo du herkommst, sage ihm, er soll ruhig bei mir anrufen. Ich werde sagen, daß du ein Bote bist. Unsinn. Ich werde einfach sagen, daß du bei mir warst, mag er denken, was er will. Quatschen wird keiner der drei Portiers, dafür verwöhne ich sie mit zu viel Trinkgeld. Nochmals – du hast versprochen, zu schweigen, Chris.‹

Seine Wangen laufen wieder hochrot an.

›Hör schon auf, dich zu fürchten, Saskia. Ich bin kein Schuft, wie oft soll ich dir das noch sagen! Und ich werde garantiert den Mund halten. Komm her – gib mir noch einen Abschiedskuß.‹

›Wisch dir erst den Mund ab, er ist ganz fettig.‹

›Wenn du befiehlst, gurgle ich sogar mit Odol, bevor ich dich küsse.‹

Er geht ins Bad, ich höre ihn gurgeln, er taucht wieder in der Küche auf.

›So. Jetzt gib mir einen Kuß. Bitte, bitte. Und wenn du mich nie wiedersehen willst, du rothaarige Bestie, so siehst du mich garantiert nie wieder. Sogar ein Gammler hat seinen Stolz. Und überhaupt. Mein Vertrag im ›Palembang‹ wird vielleicht erneuert, und ein Agent will uns sehen – mich und mein Combo. Vielleicht kriegen wir sogar ein Engagement für eine längere Tournee, er hat was von Puerto Rico und Mexico gefaselt.‹

Mir wird auf einmal bange. Ich will Chris freilich nie wiedersehen. Ich darf es nicht. Doch daran habe ich nicht gedacht – daß ich ihn nicht wiedersehen könnte, wenn ich wollte. Daß er New York verläßt und nicht immer irgendwo auf mich wartet. Falls ich mich entschließe, ihn allen guten Vorsätzen und jeder vernünftigen Überlegung zum Trotz nochmals an mich zu drücken. Jetzt habe ich Angst. Und das darf der Junge nicht merken. Sonst werde ich ihn nie mehr los.

›Weiß Gott, ich wünsche dir alles erdenkliche Glück zu deiner Karriere‹, sage ich und meine es auch recht ehrlich.

›Küß mich, Saskia!‹ Endlich spricht er meinen Namen richtig aus. Ich habe mich wirklich oft geärgert, daß mich meine Eltern nicht auf einen schlichten Namen tauften, zum Beispiel Margit oder Marianne. Die dachten freilich nicht daran, welche Schwierigkeiten mein Name einem beinahe schreib- und leseunkundigen Teenager bereiten würde.

›Küß mich, küß mich!‹ bettelte Chris. Wir stehen mitten in der Küche. Ich könnte ihn zurückstoßen, ganz fest, hinaus ins Vorzimmer stoßen, die Türe öffnen und ihn mit Schwung aus der Wohnung befördern. Die Tür hinter ihm zuschlagen.

Ich trage noch immer mein korallenfarbenes Negligé aus dünnstem Seidenchiffon und mein Gesicht muß einer Wüste gleichen, ich hatte gestern keine Zeit, mir die Augentusche, den Lippenstift und Puder vom Gesicht zu entfernen. Wahrscheinlich sehe ich aus, wie ein altes Morgengespenst, das vergessen hat, rechtzeitig im Gemäuer zu verschwinden.

Meinem Geliebten ist das offenbar völlig gleichgültig. Sein Atem duftet jetzt nach Zahnpasta und Mundwasser. Mein Atem riecht wahrscheinlich nach Kaffee.

›Ich habe noch nicht gegurgelt!‹ sage ich.

›Das ist mir wurscht! Küß mich, Süße! Du weißt ja nicht, wie schön du bist – mit der verschmierten Augentusche und dem Lippenstift überall im Gesicht!‹ – ›Einen komischen Geschmack hast du, Chris! Laß mich! So geh' doch endlich!‹

›Nicht, bevor du mich noch einmal geküßt hast. Küß mich, hörst du? Das ist ein Befehl. Weißt du, was du bist? Du bist keine Königin. Du bist ein Ungeheuer. Du quälst mich, du gräßliche Sadistin. Du bist ein gnadenloses Frauenzimmer!‹

›La belle dame sans merci!‹

›La... *was?*‹

›Nichts. Ich bin wirklich keine Sadistin. Ich möcht' endlich meine Ruh' haben, ich bin nicht mehr achtzehn oder neunzehn Jahre alt, wie du, ich bin über vierzig! Verstehst du denn das nicht? Ich bin todmüde!‹

›Hab' doch Mitleid mit mir, Saskia! Du kannst mich nicht so wegschicken? Mit leeren Händen? Ich weiß jetzt auch, warum du nicht mit deinem Mann leben konntest. Oder mit einem anderen Mann. Warum du allein in dieser Luxusbude haust. Weil du eine niederträchtige Hündin bist. Ein grausames Biest. Du fängst deine Opfer – dann tötest du sie in deiner Umarmung!‹

›Plötzlich entwickelst du Fantasie, Chris. Weißt du was? Es macht mir Spaß, wenn du mich Hündin nennst!‹

›Schweig. Küß mich!‹

Wir stehen in der Küche, er hat die Schuhe wieder ausgezogen, wahrscheinlich drücken sie ihn. Ich bin barfuß. Chris überragt mich um ein gutes Stück, obwohl ich groß bin – die ideale Bühnenerscheinung. Chris wirkt auf den ersten Blick kleiner, als er ist, weil er so schlank gebaut ist. Seine Schultern sind nicht allzu breit, die Knabenhüften etwas zu schmal für meinen Geschmack. Ich habe breite, ausladende Hüften und schöne geradlinige Schultern, die von Kritikern immer wieder gerühmt werden. Fast alle meine großen Bühnentoiletten lassen die Schulter frei, wenn es die betreffende Epoche gestattet. Als Tosca habe ich nicht weniger als zehn kostbare Toiletten; und immer sorge ich dafür, daß mein fester, kräftiger und schneeweißer Busen zur Geltung kommt.

Weil aber Tosca und Sieglinde lange Kleider tragen, wird mein entzückendes Publikum nie erfahren, daß Saskia Stahl etwas plumpe und nicht sehr lange Beine hat. Meine Waden sind zu stark, da hilft kein Weinen. Glücklicherweise hält sich die Mode der Hosenanzüge noch immer – und ich kann meine leicht mißlungenen Beine tagsüber unter langen Hosen verstekken.

Chris umarmt mich noch nicht, starrte mich bloß an und bettelt. Ich schmiege mich an ihn. Wider Willen. Unsere Körper berühren sich wieder. Ich spüre, wie der junge Birkenschößling zwischen seinen Schenkeln hart wird, ich glaube, seinen heißen Blutstrom zu spüren wie Brandungswellen. Er preßt sich hart an meinen Bauch. Gut, daß ich zeitlebens Sport getrieben habe, täglich schwimme und turne. Meine Muskulatur ist so fest wie die eines jungen Mädchens. Es ist ganz so, als hätte Saskia Stahl geahnt, daß ihr Erwecker und Erlöser kommen wird, wenn sie bloß Geduld hat, zu warten. Bis zu ihrem dreiundvierzigsten Geburtstag.

Jetzt ist er da.

Er steht an mich gepreßt und ich weigere mich innerlich noch immer, das Urteil demütig anzunehmen. Daß ich, die große Diva, den Befehlen des jungen Siegfrieds aus der Gosse gehorchen muß. Wenn er mir befiehlt, ihn zu küssen, werde ich ihn küssen, und wenn er mich küssen will, so muß ich stillhalten. Eine Flucht ist nicht mehr möglich.

Aber nicht wieder die Couch. Oder das Bett. Ich werde nicht mit ihm ins Bett gehen. Also gut. Mag er mich küssen, was ist denn schon daran? Ich schmeiße ihn sofort danach hinaus.

›Also gut, küß mich, gib mir einen Abschiedskuß. Und dann mach, daß du rauskommst. So wahr mir Gott helfe, ich schmeiße dich raus!‹

Er beugte sich zu mir nieder, ich lege den Kopf wollüstig und aufnahmebereit zurück und halte ihm meinen durstigen Mund entgegen und weiß, daß er ganz vom zerküßten Lippenstift verschmiert ist. Er wird einen Kaffeekuß bekommen, so was kann doch nicht gut schmecken, er läßt mir keine Zeit, mit Odol zu gurgeln. Ich bin Fanatikerin der Mundhygiene, laufe nach jedem Stück Brot, das ich gegessen habe, ins Badezimmer, um mir die

Zähne zu putzen und da stehe ich und küsse, ohne heute morgen den Mund gespült zu haben!

Was für zwergenhafte Gedanken! Hemmungen einer alten Jungfer. Die bin ich doch gar nicht! Saskia Stahl aus der Zeit vor ihrer Entdeckung durch Chris Svensson – die gibt es doch nicht mehr, die ist im Nachtstrom ertrunken, wird nie wieder zum Leben erwachen.

Es gibt nur noch eine neue Saskia, eine Fremde, vor der ich mich fürchte, die stärker ist, als ich. Diese neue Saskia ist eine schreckhaft gierige, urkräftige und herrschsüchtige Hündin. Sie drückt ihren Leib vom Scheitel bis zur Sohle an die Gliedmaßen ihres Entdeckers. Noch immer schlingt er die Arme nicht um mich. Er hat sie auf dem Rücken gefaltet, der raffinierte Verführer. Er will nicht, daß die Arme mitspielen, er will ganz armloser Körper sein, um mich noch mehr toll zu machen, mich zu reizen, bis ich die Besinnung verliere. So drückt er sich an mich, in mich hinein, gräbt fast ein Loch in meinen Unterleib und reißt mit den Zähnen buchstäblich Fasern aus meinen Lippen. Oder beißt er nur? Ich spüre den Geschmack meines eigenen, bitteren Blutes. Seine Beißküsse tun mir gräßlich weh – und gleichzeitig pumpen sie mich voll mit Lust, die mir bislang unbekannt war. Ich war zeitlebens tot. Jetzt bin ich zum Leben erwacht.

Oh, wie dieses junge, verfluchte gottgesegnete Tier küssen kann! Nie wurde ich so geküßt wie jetzt. Nie hat mich ein Lippenpaar so stark genommen, wie dieser wollüstige, gefährliche Raubtiermund. Es schmerzt. Es soll noch mehr schmerzen.

Der Schmerz beseligt und beglückt mich. Waren das wirklich Küsse, die ich von meinem Mann bekam – vor Jahren, Jahrmillionen? Zweiminuten-Ouvertüren vor dem faden Sex, dem Ehebettsex, diesem auf und ab und auf und ab, fünf- oder sechsmal, bis es dem Herrn zu kommen beliebt? Bis er einmal, zweimal pflichtschuldig laut aufschreit und sich dann neben dich fallen läßt? Nur um drei Minuten später aus dem Bett zu springen, und im Bad zu verschwinden?

Wir stehen zwar, wir liegen nicht im Bett, umarmen uns stehend, was nicht sehr bequem ist, und dennoch ist unsere Umarmung sinnverwirrender und lustvoller als jede Art von horizontaler Umarmung.

Ich kann mich nicht von seinem guten, bösen Maul trennen.

Er bohrt seine Zähne langsam, wie ein bedächtiger, erfahrener Hexenmeister, in meine Lippen. Er kennt sein Fach. Jetzt endlich rückt er auch mit Armen und Händen vor und betastet ringsum meinen Körper. Jede Faser seines Lebens hat es darauf abgesehen, mich wahnsinnig zu machen. Plötzlich schießen seine beiden Hände, zwei hungrige Geier, auf meine Hinterbacken nieder, packen sie fest an und graben die Finger in mein Fleisch. Gleichzeitig baggert der lustspendende Turm zwischen Christophers Beinen seinen Weg in meinen Schoß, in den Spalt, der unter einer Wildnis feuerroter Haare verborgen auf den Erlöser harrt.

Kein Geliebter hat ihn je berührt – oder habe ich es nur vergessen?

Ich weiß nicht, was mir die übernatürliche Kraft verleiht, den Geliebten zurückzustoßen. So stark bin ich, daß Chris ins Wanken gerät, zurückspringen muß und erst an der Tür zum Stillstand kommt.

Er atmet schwer. Ich wende ihm den Rücken, will nicht sehen, wie er leidet, weil ich ihm die ganze heiße Erfüllung versage. Und ich bin stolz auf mich. Endlich.

›Wir haben uns noch einmal geküßt, ich habe deinen Wunsch erfüllt. Geh jetzt bitte endlich!‹ fordere ich.

›Willst du wirklich, daß ich gehe?‹

›Ja.‹

›Noch einmal, Saskia – bitte, nimm mich mit nach Florida. Ich habe genügend Geld, um meinen Flugschein zu bezahlen.‹

›Darum geht es doch gar nicht, du Dummer! Ich will mal richtig ausspannen – ich brauche Ferien, kannst du das nicht begreifen? Außerdem bin ich nicht allein auf meiner Insel. Nicht ganz allein. Meine Haushälterin und ihr Mann, mein Diener – Carmen und Juan – erwarten mich auf Coral Island. Wahrscheinlich schon am Flughafen in Miami.‹

›Coral Island – Koralleninsel. Herrlicher Name. Dein Haar ist korallenfarben.‹

›Fang nicht schon wieder an, ich falle nicht auf den Zauber rein. Los, geh, Chris!‹

Und endlich ist er Vernunftgründen zugänglich, schlüpft wieder in die Schuhe, reicht mir ganz manierlich die Hand, beugt sich nochmals zu mir nieder, küßt mich zärtlich, aber nicht leidenschaftlich auf beide Wangen. Jetzt ist er schüchtern und lieb, wie ein Baby.

›Schönen Dank auch für alles, Saskia. Im übrigen will ich dir sagen, daß dein Name der schönste Name ist, den ich je gehört hab. Verkorkst, jawohl. Aber schön. Leb wohl, Darling. Wenn du mich wirklich nicht liebst, so ist es klüger, wenn wir einander nie wiedersehen. Sag' daß du mich nicht liebst!‹

›Ich sag' überhaupt nichts!‹

›Dann sag wenigstens, daß es gut war! Daß es dich genauso glücklich gemacht hat, wie mich... Daß du mein... du weißt doch. Daß du's gern in den Mund genommen hast!‹

›Sei nicht ordinär, Chris!‹

›Es hat dir nicht wenig Spaß gemacht, meine Liebe. Tun kannst du's, dann ist es nicht ordinär? Nur aussprechen darfst du's nicht?‹

›Das ist nicht dasselbe, du Rindvieh!‹ – Jetzt werde ich ordinär.

›Sag, daß du mein... Fleisch gern küßt.‹

›Also gut, Chris.‹

›Schwöre, daß du's nie vergessen wirst!‹

›Ich schwöre, daß ich's nie vergessen werde!‹

›Ich liebe dich, Saskia. Ich werde dich immer lieben. Du wirst sehen. Und auch du wirst mich immer lieben. Ich weiß sonnenklar, daß du mich liebst. Deine Augen können nicht lügen.‹

›Du bist ein völlig durchgedrehter Lausbub, Chris!‹

›Ich bin nicht durchgedreht. Und ein Lausbub bin ich schon gar nicht. Weißt du, daß ich sogar kreuz und quer durch die Staaten getippelt bin? Da sieht man mehr als auf deinen Luxusreisen. Du bist vielleicht älter als ich...‹

›Vielleicht? Daß ich nicht lache.‹

›Also gut, du bist älter, sogar viel älter als ich, aber ich verstehe mehr von Sex und Liebe als du!‹

›Gebe ich gern zu!‹

Er steht in der Vorzimmertür, ich halte sie geöffnet.

›Und denk an mich auf deiner romantischen Insel Coral Island, ja?‹ fordert er wieder. ›Willst du was wissen, Sweetheart? (jetzt nennt er mich sogar Sweetheart, wie schauderhaft kitschig!) Ich garantier' dir, daß dir elend auf deiner Insel zumute sein wird. Hat sich was, Inselparadies. Für eine Frau allein ist das kein Paradies. Zum Brüllen einsam wird dir zumute sein, Saskia. Ich kapier' überhaupt nicht, wie eine Frau wie du Ferien ohne Liebe verbringen kann? Was glaubst du denn – wozu hat der Herrgott dieses feuerrote Samtkissen zwischen deinen Schenkeln erfunden? Für mich! Für einen Mann wie mich, damit er's lecken und aussaufen kann!‹

Ich darf nicht wieder schwach werden. Ich bleibe fest.

›Schweig endlich, Chris! Leb wohl.‹

Und ich versuche, ihm die Tür vor der Nase zuzuhauen. Er steht schon mit einem Bein draußen.

›Leb wohl, Saskia! Und ich danke dir. Für alles. Und in alle Ewigkeit.‹

Er bückt sich, küßt meine Rechte. Noch einmal rieche ich Jugend und angenehm duftenden Schweiß. Warum ist es so gut, die schwitzende Haut eines Mannes zu riechen? Seinen Atem einzusaugen? Diese Jungmännerhaut riecht nicht nach meinem Lieblings-Cologne für Männer. Er benutzt gewiß nicht einmal After Shave Lotion. Der Duft seiner Haut beglückt mich noch einmal. Ich bin nüchterner als zuvor, und jetzt verspüre ich den Schweißgeruch stärker, als bei unserer ersten Umarmung. Nach der Liebe riecht kein Mensch gut, weder Mann noch Frau.

Endlich, endlich kann ich aufatmen. Die Tür ist hinter Christopher Svensson ins Schloß gefallen. Hinter einem unbegreiflichen, doch glücklicherweise kurzen Kapitel meines Lebens.

Und auch das ist übertrieben. Es war nicht einmal ein Kapitel. Vielleicht eine Zeile in einem Lebensabschnitt der Saskia Stahl. Ein fieberhafter Tanz der Trolle. Eine kurzlebige Walpurgisnacht.

Draußen ist der Kerl. Exit Chris Svensson, Tramp, Rocker, noch keine neunzehn. Das erste männliche Wesen, dem Saskia Stahl, größte Operndiva der Welt, dreiundvierzig Jahre alt, einen Orgasmus verdankt.

Schon wieder muß ich lachen, die Situation ist wirklich zum Brüllen komisch. Werde ich wohl den Mut finden, meinem guten Winfried alles zu beichten?

Ich gehe ins Schlafzimmer, todmüde betrachte ich mein Gesicht im Spiegel. ›Mein Bub, mein Schatz.‹ Was für ein Fluch ist es doch für eine Frau, ihr wirkliches Leben und seine Abenteuer beständig mit Oper und Drama vergleichen zu müssen! Nur – hatte Saskia Stahl eben bisher keine wirklichen Abenteuer. Kein echtes Lieberlebnis. ›Mein Bub, mein Schatz.‹ Bin ich jetzt tatsächlich auch außerhalb der Bühne die Marschallin? Ist Chris mein Rosenkavalier?

Mein Gesicht im Spiegel ist nicht das der Marschallin, die ihren Oktavian eben zum Abschied geküßt hat. Chris hat wirklich nicht die geringste Ähnlichkeit mit einem vornehmen, zärtlichen Knaben. Dieser halbzerlumpte, ungepflegte Gammler! Und ich – liebe ich ihn etwa mit jener Leidenschaft, die im Herzen der Marschallin brennt? Blühender Unsinn. Ein kleines Abenteuer war's, nicht mehr! Ich duldete nicht, daß es zum gefährlichen Gewitter wurde. Jetzt sind die schwarzen Wolken vorübergezogen.

Dennoch muß ich mein rotes Samtkissen berühren, weil es der

Knabe berührt hat. Ich starre in den Spiegel. Ich sehe schrecklich aus – doch schuld ist nur die durchwachte Nacht, schuld sind die Flecken von Rouge und Lippenstift. Ich muß jung bleiben. Ich muß schön bleiben, die Allerschönste der Sängerinnen rund um die Welt. Mit dreiundvierzig hat Saskia Stahl noch acht oder vielleicht sogar zehn oder fünfzehn glanzvolle Jahre. Ich hatte den Vorzug, Birgit Nilsson zu kennen, die sang noch mit fast Sechzig, und alle jubelten ihr zu – ihre Stimme war riesengroß, war herrlich geblieben. Und mich nennt man die neue Birgit Nilsson!

Nur hatte ich das Glück, den Gipfel meiner Karriere in jüngeren Jahren zu erklimmen als sie.

Den Teenager bin ich los. In drei, vier Tagen werde ich mich nicht mehr an seinen Namen erinnern, und auch seine Küsse vergessen haben.

Hoffentlich!

Doch die Entdeckung der Marschallin im zweiten Akt sucht auch mich heim. Angst zehrt an mir.

›Heut' hat er eine alte Frau aus mir gemacht.‹ Oktavian hat mich verraten und Sophie ist bloß fünfzehn Jahre alt. Ich stehe noch immer vor dem Spiegel und entdecke die ersten Falten.

Was für ein Oktavian? Was für eine Sophie? Hirngespinste, an denen nur meine Müdigkeit schuld ist. Hör' auf, dich zu martern, Saskia! Geh schlafen! Wache erfrischt auf. Heut' abend fliegst du nach deinem Inselparadies, und du wirst wie neugeboren von dort zurückkehren! Mach dir keine unnützen Sorgen, Kopf hoch, Saskia! Ich, eine alte, enttäuschte Frau? Mit dreiundvierzig ist man noch jung, sogar mit fünfzig! Ich habe Freundinnen, die mit fünfundfünfzig neue Geliebte hatten oder neue Ehemänner.

Schluß mit dem Flagellantentum! Und vor allem weg mit dem Make-up, das schadet meiner Haut.

Ich gehe unter die Brause, wasche mir das Gesicht mit gutem, eiskaltem Wasser und feiner Seife, massiere meinen Körper mit duftender Körper-Lotion und knete mein Gesicht dann fest mit Nachtcreme durch. Ich fange an, mich auf die Ferien zu freuen. Auf Coral Island strahlt immer glühende Sonne, doch zwischen den dicken alten Leuchtturmmauern ist es immer herrlich kühl. Ich brauche dort keine Klimaanlage. Fünf Zimmer und zwei Schlafzimmer. Alles praktisch und gemütlich und zauberhaft elegant.

Und jetzt kann ich endlich allein ins Bett, ich habe noch genügend Zeit, um zwei, drei Stunden zu schlafen. Im Geiste höre ich die Brandung auf Coral Island, das Brausen der schweren, gischtgekrönten Brecher, den geheimnisvollen Sturm, der nur selten zum Hurrikan wird. Coral Island liegt in einem Winkel der Karibik, der merkwürdigerweise fast jeden Sommer vom Tropensturm verschont bleibt.

Bis drei Uhr nachmittags will ich schlafen. Auf Coral Island wird es nach salziger Brise duften, ich sehe die Palmkronen und die leuchtenden Hibiskusblüten, die faserigen Stämme der Dattelpalmen, die starren, gepflegten, sattgrünen Agaven, und ich freue mich auf die tausend Arten von Muscheln am Strand.

Ich werde wieder mitansehen, wie das dunkle Purpur des Sonnenballs abends im Meer versinkt, und sich der Himmel zuerst mattorange und dann pflaumenblau färbt, während die letzten sichtbaren feurigen Finger der Sonne nach den Wolken greifen. Wie liebe ich die schlanken, majestätischen Kokospalmen mit ihren stachligen Kronen, ihre gespenstische Silhouette, die sich vom nächtlichen Sternenhimmel abhebt! Wenn die Sonne endgültig im Meer versunken ist, bevor die Nacht alles in Schwärze, vom Mondlicht durchbrochen, taucht, nehmen auch die lärmenden Möwen Abschied. Wo verbringen sie die Nacht? Kaum wird es dunkel, da hört auch schon ihr heiseres, durchdringendes Krächzen und scharfes Kreischen auf. Sie fliegen plötzlich auf und davon. Doch um drei Uhr morgens, beim ersten Schein der Morgendämmerung sind sie wieder da. Ihr heftiges Gezank um die besten Fische, ihre laute Unterhaltung leitet den Tag ein. Sie sehen nicht aus wie Freunde der Menschen, sie haben bösartige Krummschnäbel und kalte, herzlose Augen. Doch ich habe sie immer bewundert, weil sie haargenau wissen, wo sie ins Wasser schießen müssen, um ihre Fischnahrung herauszuholen. – Als die Arbeiter noch im alten Leuchtturm beschäftigt waren, um den weißgetünchten Bau in ein modernes Traumschlößchen zu verwandeln, gewöhnte ich mich bereits an die Möwen, und heute warte ich jeden Morgen auf ihr dissonantes Konzert, wenn ich auf Coral Island Ferien mache.

Ganz so faul, wie ich es Chris schilderte, werde ich allerdings nicht auf meiner Insel sein. Auf mich wartet eine neue Produktion des ›Rosenkavaliers‹, und dann die schwierigste aller Aufgaben – ein neuer ›Ring‹ nach der vielumstrittenen Bayreuther Inszenierung. Beide Premieren sind noch Monate entfernt, doch ist die Aufgabe so ungeheuer, daß ein paar Monate zur Vorbereitung kaum genügen. Ich werde mich auf die Marschallin, die Brünhilde konzentrieren und über meine Gestaltung nachdenken, während ich am Strand liege oder weit hinausschwimme. Mit dem Regisseur, der ein bißchen überkandidelt ist, wird es wohl schwere Kämpfe geben. Macht nichts. Ich bin's gewohnt. Und ich weiß genau, was die Kritiker schreiben werden. Sie werden mich wieder einmal in alle Himmel hochheben und erklären, ich sei der größte, beseelteste dramatische Sopran der letzten hundert Jahre – sie werden auch schreiben, ich habe die göttliche Nilsson überflügelt. Und wieder wird sich ein Musik- und Theaterkritiker finden, der meint, ich sei zu jung für die Rolle der Marschallin – ich sähe zu jung aus. Obwohl sie zweiunddreißig war, und ich dreiundvierzig bin.

Man will mir nicht glauben, daß mich der Knabe Oktavian um eines kleinen Mädchens wegen verläßt!

Unsinn. Ich bin nicht zu jung und nicht zu alt für die Rolle, ich kann alle Rollen spielen, mir nimmt man auch die Sophie ab, wenn ich's drauf ankommen lasse. Als Marschallin verstehe ich es, auf der Bühne beinahe sichtbar zu altern – nur durch mein Mienenspiel, durch ein paar sparsame Gesten, einen schmerzlichen Seufzer. Ich bin nicht nur eine große Sängerin, sondern auch eine erstklassige Schauspielerin. Lebe mich in jede Rolle ein.

Christopher Svensson? Nie gehört. Hat es wirklich je so einen jungen Mann gegeben? Kann mich nicht entsinnen, wie er aussah. Und wir haben uns eigentlich gar nicht richtig geliebt – nicht ganz. Daß ich mich so gehen ließ wie eine billige Hure, ist abscheulich, am liebsten würde ich mich übergeben. Ich spüle mir den Mund immer wieder, gurgle mit starkem Mundwasser, putze mir eine Viertelstunde lang die Zähne. Noch immer habe ich Ekel vor mir selbst. Noch immer spüre ich den schalen Geschmack der Mandelmilch im Mund. Habe ich das Zeug wirklich geschluckt, den Saft aus –. Nicht zu Ende denken, es ist zu demütigend. Die Knabenmilch schmeckte schal und dennoch bittersüß. Ich werde diesen Geschmack nie wieder im Mund spüren.

Und ich will versuchen, mich der wahnwitzigen Küsse nicht zu schämen, die wir miteinander tauschten. Wahrscheinlich träumte ich ein Leben lang, ganz unbewußt, von solchen Kußlawinen. Ich bin als Kannibalin zur Welt gekommen, ahnte immer, daß ganz heiße Leidenschaft in mir steckt, hoffte aber nie, sie austoben zu können. Gestern nacht hatte ich endlich den Mut, als Kannibalin ein paar Stunden hemmungslos zu genießen.

Jetzt endlich werfe ich meinen Kimono ab und schlüpfe ins Bett, nachdem ich die Vorhänge weit auseinandergezogen habe, um möglichst viel Licht hereinzulassen. Ich will die Sonne genießen. Nie schlafe ich im Dunkeln, vielleicht fürchte ich mich vor der Dunkelheit. Glatte Satinkissen und neue Bettlaken aus feinstem Satin umschmeicheln meine Glieder. Beinahe genieße ich ihre zärtliche Umarmung so wie nachts die Liebkosungen meines Geliebten, dieser zauberhaft schönen Spottgeburt aus Dreck und Feuer.

Wahrscheinlich bin ich, Saskia Stahl, Diva Saskia Stahl, dazu verurteilt, bis an mein Lebensende einsam zu bleiben. Den Rest meines Frauenlebens, so lange mich die Männer noch begehren, jungfräulich zu verbringen. Kurzabenteuer zählen nicht. Heirat kommt nicht in Frage – nie wieder. Und ich will auch keine ständige, lästige Bindung. Ganz ohne Mann werde ich freilich nicht leben, ein paar Männer ohne Gesicht werden den Weg in mein Schlafzimmer finden, oder ich werde ein paar Stunden mit ihnen in einem Hotel- oder Motelbett verbringen. Eigentlich nur der Form halber. Um meiner eigenen Eitelkeit zu schmeicheln. Damit ich mir sagen kann: findest noch immer einen, Saskia.

Geliebt habe ich noch nie. Ich fand meine Bettpartner nicht einmal besonders attraktiv, stand ihnen auch nicht menschlich nahe mit jener echten, ehrlichen Freundschaft und geistigen Gemeinschaft, die mich mit Winfried verbindet. Ohne Winfried, seine ständigen liebevollen Belehrungen, seine strenge Kritik, seine selbstlosen Ratschläge wäre ich verloren.

Doch um Saskia Stahl, die Frau, die nicht lieben kann, steht es schlimm. Ich bin nun einmal nicht zur leidenschaftlich Liebenden geboren, sage ich mir nach jeder mißglückten neuen Hingabe. Ich bin keine große Mätresse, keine Gebende und keine Nehmende im Bett. Ich bin – gar nichts bin ich in den Armen eines Mannes. Habe keine Beziehung zur Liebe. Oft nennt man mich die jungfräuliche Königin der Oper. Man kann auch mit durchlöchertem Jungfernhäutchen Jungfrau bleiben. Offenbar merken es mir die Zeitungsklatschbasen an der Nasenspitze an, daß ich mir blutwenig aus der Liebe mache.

Auf der Bühne, ja. Ein paar Meter von meinen Rollen entfernt – nicht mehr. Da werde ich starr und teilnahmslos. Und damit habe ich mich abgefunden. Die holde Kunst, meine einzige Quelle ständiger Kraft, tröstet mich über meine physischen und psychischen Unzulänglichkeiten, mein verkümmertes Dasein als Frau hinweg. Diese Quelle wird nie versiegen, solange sich die Erde dreht.

So tröstete sich Saskia Stahl vor einer Million Lichtjahren. Noch gestern. Bevor ich Christophers Bild zum erstenmal bewußt in mich aufnahm.

»Wußtest du, daß Ludwig XIV., der Sonnenkönig, ein Bett-Fetischist war? Er hatte fast fünfhundert Betten in seinen Schlössern und Schlößchen, und ein Bett war immer lasziver, wollüstiger ausgestattet als das andere. Das lever du roi, die Morgenzeremonie, wenn sich Louis XIV. im Kreise seiner Lakaien, Mätressen und Minister erhob, kam einem solennen Staatsakt gleich! Wir müssen einmal zusammen nach Versailles!«

Ich vergesse wieder, daß ich Perlen vor die Säue werfe. Was weiß Chris, dem ich vom lever du roi erzähle, vom Hofe des Sonnenkönigs und von Versailles?

Er schaut mich fragend an, nur matt interessiert, und ich gebe ihm kurz die nötigen Erläuterungen. Schon nach einer Minute hört er nicht mehr zu. Dafür gräbt er zärtlich alle zehn Finger in den roten Zauberberg zwischen meinen Schenkeln, aus dem er nur durch die Berührung seiner Fingerkuppen Trautropfen lockt. Er kitzelt mich, bevor er mich mit den Fingerrechen aufpflügt. Er liebkost den kurzen, roten und seidigen Wald aus Härchen, den er als erster Mann entdeckt hat. Ich wußte, daß ich schön war, doch lag diese Schönheit brach, solange sie keine Männerhand und kein Männermund liebkosten.

Hat mich überhaupt je ein Mann dort unten berührt? Niemals, ich würde es beschwören. Die anderen zählen ja nicht mehr und keiner nahm sich die Mühe, meine Sinne im süßen, beglückenden Vorspiel zu betören, wie dieser junge Magier. Wieder facht er die Flammen an. Ich brenne wieder. Wie oft hat er mich heute nacht besessen? Und bei Tag? Wir haben längst aufgehört, zu zählen, taten es anfangs nur spaßhalber, wie zwei verliebte Kinder.

Wie dumm von mir, ihm von Ludwig XIV. und seinen Betten und Mätressen zu erzählen, das lenkt ihn ja nur ab, ich fordere seine ganze, konzentrierte Aufmerksamkeit, brauche seine volle Manneskraft, damit er mich jede Minute nehmen kann!

Dort draußen schlägt der Wind um. Er heult rund um meine Leuchtturmvilla, mein Hexenschloß, Paradies einer Frau, die bis zu ihrem dreiundvierzigsten Jahr von einem ungesunden Dornröschenschlaf befangen war und als Nachtwandlerin ihren künstlerischen Pflichten nachging. Ein Leben war es nicht.

In meinem verzauberten Schloß lasse ich mich von meinem jungen Hexenmeister, einem halben Knaben, nehmen, befriedigen, aufstacheln, wieder nehmen, wieder befriedigen. Der Knabe und die noch junge, verzweifelt ausgehungerte Hexe. Ich nenne ihn Hexer, weil er mich in den letzten Stunden Dinge gelehrt hat, deren Existenz ich nicht einmal ahnte. Er nennt mich Hexe, weil er schwört und immer wieder schwört, daß er noch nie so tief, so schmerzhaft, so stark geliebt hat, wie in meiner Umarmung, in den Zangen meiner Arme. Zwischendurch lauschen wir dem Heulen von Hurrikan ›Elsa‹. Eigentlich rüstet der Sturm erst dazu, vollends zum Orkan anzuschwellen. Die Wetterstation in Miami spricht aber im Radio schon von einem gefährlichen Hurrikan, der alle Inselbewohner völlig vom Festland abschneiden wird – denn kein Schiff oder Boot kommt mehr durch.

Und das ist uns beiden recht. Wir danken sogar Gott dafür, daß wir mutterseelenallein auf Coral Island sind. Nur wir beide im Leuchtturm. Das Telefon funktioniert längst nicht mehr, irgendwo muß der Sturm die Leitungsmasten umgelegt und die Drähte heruntergerissen haben.

Solche Ferien, völlig weltabgeschieden, ganz allein, waren immer mein geheimster Traum. Ohne Telefonanrufe. Ohne Postzustellung. Und jetzt ist der Traum Wahrheit geworden. Nur bin ich eben nicht allein – ich habe genau das, was ich mir wahrscheinlich im Unterbewußtsein immer sehnlichst gewünscht habe. Und ich war zu feige, mir's ehrlich einzugestehen. Ich liege auf Coral Island in den Armen meines ersten und letzten Geliebten und die Erde steht still. Kein Motorboot, keine Fähre und nicht einmal ein geschickt manövrierendes Segelboot könnte es von der Festlandküste, von der Südspitze der Halbinsel Florida herüber nach Coral Island schaffen, fünf Meilen trennen uns bloß von der Südspitze Floridas, doch diesen fünf Meilen und dem Tropensturm verdanken wir unsere göttlichsten Stunden.

Jedes Boot würde kentern.

Chris hat die Finger eines Brandstifters, er hat gierige, hungrige Handflächen, scharfe Fingernägel, einen festen, fleischigen, prall mit Blut und Lust gefüllten Keil, eine geile, heiße, kitzlige Zunge, die einer glitschig nassen Paradiesschlange gleicht. Der Brandstifter zündet mich, sein williges Opfer, aufs neue an, entzündet sich an meinem Feuer, wir brennen und verbrennen beide lichterloh.

Ich sterbe und vergehe in meiner eigenen Flamme, dem Feuer, das mein lächerlich junger Geliebter anfacht und immer wieder schürt. Ich schwöre – und das ist keine Lüge, ich habe aufgehört, mir Komödie vorzuspielen – ich schwöre, daß ich den innigen Wunsch verspüre, in diesem Fanal umzukommen. Ich möchte aufhören zu denken, nur noch Kuß sein, nur noch Schoß sein, nur noch Mund, der immerfort saugt und beißt und den Geliebten leider noch immer nicht mit Haut und Haar verschlungen hat.

›Soll ich sterben, untertauchen, süß in Düften mich verhauchen...?‹ Tristan, und Isolde, Isolde und Tristan. Nicht mehr Tristan, nicht mehr Isolde, ein Wesen, dem Alltag entrückt, aneinander geschweißt, miteinander verschwistert, ein unsterbliches Paar, das sich vor Liebe auslöschen möchte. Unser Bestimmungsort ist die Ewigkeit.

Und gleich merke ich, in welche Höhen ich mich versteige. Tod und Verklärung? Tristan und Isolde? Aber ich muß mich ja hüten, meinem Knaben von diesem seltsamen Liebespaar zu erzählen. Muß den Mund halten, meine Weisheit, mein Wissen und auch meine Sehnsucht in mir verkapseln. Dieses junge Knabenhirn darf ich nicht mit völlig überflüssigem, bleiern schwerem Wissen belasten. Warum muß ich überhaupt meine Gedanken, mein Wissen, meine Kultur auf ihn übertragen? Das ist ja völlig überflüssig. Chris ist kein Künstler wie ich! Er hat es viel leichter ohne den Ballast, den ich ein Leben lang mit mir herumschleppen muß. Er ist kein Künstler, wahrhaftig nicht, und nicht einmal in dieser ewig fremden, ekligen Welt des Rock, die ich hassen werde, solange ich lebe. Saskia Stahl hat ein feines Ohr und Gespür – hätte Chris als Rocker Talent, ich merkte es.

Nein. Er ist kein Künstler. Im übrigen wird er sich in Zukunft auch nicht mehr um Broterwerb bemühen müssen. Laß nur deine Geliebte planen, Chris. Als mein Liebster wirst du keine Sorgen haben. Laß mich planen. Das sage ich stumm, flüstere es in mich hinein, während wir einander mit Küssen überschütten, überraschen, verwöhnen.

Solange sich die Erde dreht und noch viel länger, wird dieser junge Gott mein Liebster sein. Wohin ich meine Schritte wende, wird er mir folgen müssen. Er wird es freiwillig, gern tun. Die ganze Ewigkeit gehört uns. Ein langes, wunderbar reiches Leben. Ich werde eine herrische Geliebte sein. Immer mehr fordern. Doch immer nur im Bett. Da habe ich das Gefühl, in den Armen meines süßen Knaben ein Doppelwesen zu sein. Ich bin Mann und Frau zugleich, ein lüsterner Zwitter. Oder nur ein Doppelwesen? Ich trage einen Januskopf. Der eine Kopf zeigt das Antlitz der energischen, bienenfleißigen Saskia Stahl, die sich immer bemüht, das Beste und Größte aus ihrer Musik herauszuholen. Dieser Kopf hat ein männlich-zielbewußtes Hirn. In den vielen Rollen, die ich sang, war ich immer ganz Frau. Doch höre ich auf zu singen, bin ich die Privatfrau Saskia Stahl. Überlege und prüfe mit männlicher Entschluß- und Schöpferkraft.

Ich bin glücklich, daß ich auch verstehe, mit Geld umzugehen – doppelt glücklich, seitdem ich die Geliebte dieses betörenden Jünglings bin. Er braucht eine Frau, die mit Geld umzugehen versteht. Ihm alle Sorgen abnimmt. Wir werden mehr als genug haben. Ich bin eine reiche Frau und werde noch viele Jahre lang Geld verdienen. Ich muß dieses Kind mit Geschenken überschütten. Niemals, niemals wird er arbeiten müssen – an Talent mangelt es ihm ohnehin.

Und mögen sich die Leute die Mäuler zerreißen. Sie dürfen es ruhig wissen, daß ich meinen Knaben erhalte. Verheimlichen können wir unsere Liebe unmöglich. Es ist zu spät. Die Skandalpresse weiß ja, daß wir im selben Flugzeug aus New York abgeflogen sind, wenn auch nicht direkt zusammen. Die haben eine Menge Aufnahmen von Saskia Stahls Abreise gemacht, und Chris wahrscheinlich gleich mit aufgenommen – und die Fotos vielleicht nebeneinander kopiert.

Eine hübsche, fette, neue Skandalgeschichte. Die Operndiva – und der kaum flügge Hippie.

Das war vor einer Woche. Im selben Flugzeug stiegen wir vom LaGuardia-Flughafen in New York auf.

Daß es so kommen würde, hatte ich nicht geahnt – trotz der aufregenden und, zugegeben, peinlichen Nacht in meiner Wohnung.

Wie gleichgültig mir die Meinung der Presse und der Fernsehtanten und sogar der ernsten Kritiker plötzlich ist! Chris, dem Geliebten, ist alles noch gleichgültiger, der hat ja nichts zu verlieren. Lebt lustig in den Tag hinein, ein unbekümmerter Habenichts. Stopft sich den Wanst voll, wenn er etwas zu essen hat. Befriedigt Mund und Unterleib, labt sich an meiner ungezügelten Leidenschaft.

Auch ich lasse mich hemmungslos gehen, ich genieße, greife, stopfe in mich hinein, besinnungslos vor endlich vollerwachter Begierde und erwache dennoch hin und wieder zu vernünftigem Nachdenken. Ich, Saskia Stahl, habe, weiß Gott, mehr zu verlieren als dieser blutjunge Taugenichts. Gleichzeitig tröste ich mich mit der Überlegung, daß ich eben darum nichts befürchten muß, weil mein Ruf und Ruhm auf so festen Füßen steht. Mein Privatleben ist meine Sache, geht niemand etwas an. Keine Schauspielerin ist heutzutage ein Tugendbold. Keine noch so brave Hausfrau oder Gattin eines Regierungschefs. Ich muß meine Ängste über Bord werfen. Ich bin unersetzlich auf der Opernbühne – mögen sich die Reporter ruhig die Mäuler wetzen. Also gut. Sie werden sagen und schreiben, daß Saskia Stahl, dreiundvierzig, einen achtzehnjährigen oder nicht ganz neunzehnjährigen Geliebten hat. Laß sie klatschen. Mich mit Schmutz bewerfen. Ich darf es mir erlauben, jeden beliebigen Tramp in mein Bett zu zerren, vorausgesetzt, daß dieses Abenteuer oder diese Liebe meine künstlerische Karriere unbehelligt läßt.

Und das gelobe ich mir. Nicht einmal Chris darf mich von meinem vorgezeichneten Pfad abbringen. Ich werde nicht schlechter singen nach diesen Umarmungen und Küssen. Ich werde viel besser singen und spielen, denn erst jetzt habe ich den Pulsschlag des Lebens gespürt. Den sehnsüchtigen Sog im Schoß. Den überwältigenden Schwall der vollen erotischen Befriedigung.

Immer wieder erwache ich aus meinem Taumel. Dann kommen die Zweifel. Qualen. Es ist der sechste Tag unseres beinahe endlosen, uferlosen Orgasmus, morgen ist der siebente, so lange brauchte auch mein neuer Gott Eros, Chris, für seine Schöpfung. Unter seinen Händen ist eine neue Saskia Stahl hervorgegangen.

Uferloser Orgasmus. Immer wieder gräbt er sein lachsrosa Tritonshorn in meine Lippen dort unten. Es gibt kein zweites deutsches Wort, das ich so lächerlich finde wie die Bezeichnung ›Scham‹ für das stolzeste und wichtigste Attribut einer Frau. Ein Sprachforscher freilich könnte mir Vorträge über den Ursprung des Substantivs halten. Ich höre nur den Klang: ›Scham‹. Ich assoziiere das Wort mit ›Schande‹.

Und ich bin auf keinen Teil meines Körpers stolzer als auf das prächtige, rotsamtene Kissen zwischen meinen schneeglöckchenweißen Schenkeln.

Chris, mein erster Geliebter, hat einen Vulkan entdeckt, ihn schnell zum Ausbruch gebracht und schürt das Feuer jetzt immer wieder.

Dann das nüchterne Erwachen. Die Gewissensbisse. Sie melden sich in jeder Atempause zwischen verzückten Verschlingungen.

Dieses ewig nagende Gewissen. Als sechsjähriges Schulmädchen hatte ich es mir auf Drängen meines Vaters angewöhnt, vor dem Schlafengehen einen sorgfältigen Arbeitsplan für den nächsten Tag aufzustellen. Auch die dreiundvierzigjährige Saskia hält an dieser Gewohnheit fest. Nach jeder Premiere, und wenn der rauschende Erfolg noch so gut imstande wäre, meine Selbstkritik zu umnebeln, frage ich mich vor dem Schlafengehen: ›War wirklich alles tadellos? Übertreiben die Zeitungen nicht?‹ – Nur Winfrieds Kritik ist für mich objektiv und maßgebend.

Diese ewig ehrgeizige und selbstkritische Saskia verfolgt mich bis auf Coral Island, quält mich noch, während Hurrikanstürme den Leuchtturm umbrausen, zwickt mich mit Teufelszangen. Doch dauern die Anfälle nur fünf oder zehn Sekunden. Zum erstenmal versteht es eine glückliche Frau, das von Ehrgeiz zerfressene Arbeitstier Saskia Stahl zu beschwichtigen. Dann lasse ich mich wieder in den Mahlstrom stürzen, der uns von Umschlingung zu Umschlingung treibt, von einem Orgasmus und Samenerguß zum anderen. Von jedem Höhepunkt führt eine Brücke zum anderen, wir jagen, wild galoppierenden Pferden gleich, von Genuß zu Genuß. Ich sehe im Geist tatsächlich eine Koppel wilder Pferde dahinjagen, mit schäumenden Mäulern, die Rosse galoppieren bergauf und bergab, Menschen gleich, die keinen Ruhepunkt finden können.

Befriedigung ist ein schales, unzulängliches Wort. Wir suchen eine Art von Befriedigung, die erst erfunden werden muß. Unsere Körper sind mit unersättlicher Begierde geschlagen, hungrig und satt zugleich, und kaum satt geworden, aufs neue ausgehungert.

Ich müßte lügen, wollte ich sagen, daß ich tatsächlich volle Befriedigung suche. Dann hätte ich ja genug von meinem Geliebten, und dieser Zustand der Sättigung darf nie eintreten. Kralle dich ins Fleisch deines Mannes, umschlinge seinen Leib mit deinen Gliedern und lasse ihn niemals los. Gewähre ihm keine Atempause. Keine Sekunde lasse ihn aus deinen Fängen. Er darf nicht einmal tief Atem holen. Sauge ihm das Mark aus den Knochen. Auch sein Knochenmark ist dein Eigentum.

Heute sehe ich das alles auf eine tiefe und breite, gewaltige Bühne projiziert. Ich drehe das Rad der Zeit zurück. Wir liegen nun schon seit einer Woche fast ohne Unterbrechung im Bett, wälzen uns auf dem Teppich, wie Tiere, lassen keinen Winkel im Haus und nicht einmal die bizarre, mit weichen Gartenmöbeln eingerichtete indonesische Laube im Tropengarten unberührt.

Wir werden uns in jedem Land der Erde küssen, in jedem Wald, auf jeder Wiese, in allen Hotelbetten der Erde.

Ich bin wieder auf Coral Island, und seit unserer Ankunft ist genau eine Woche vergangen. Wahrscheinlich sind alle Magazine und Zeitungen mit unserer skandalösen Story voll. Saskia Stahl, die Privatfrau, war den Klatschbasen schon immer ein Buch mit sieben Siegeln.

Vor einer Woche hat er mich zum erstenmal in dieser Weltabgeschiedenheit geküßt und in seine Arme genommen. Ich kostete zum erstenmal in völliger Nacktheit und Hingabe die bittere, verkommene und faszinierende Süße seines schwitzenden Fleisches.

Dann schlief ich fest und tief in seinen Armen, wie ein unschuldiges Kind. Es gelang mir, die Gewissensbisse zu verscheuchen. Die schweren Träume.

Und noch früher – das erste Beisammensein im Musikzimmer meiner New Yorker Wohnung. Chris auf der Couch. Ich neben ihm, auf ihm. Auch damals, nachdem ich ihn endlich hinausgeworfen hatte, schlief ich ein paar Stunden tief und selig, wie ein Kind. Um drei Uhr nachmittags wachte ich auf, hatte noch Zeit, genüßlich zu baden, meinen Handkoffer zu packen. Wo ist mein Scheckbuch? Ich muß lachen bei dem Gedanken, daß ich Chris für einen möglichen Dieb hielt. Das Scheckbuch hatte die ganze Zeit auf dem Tisch im Wohnzimmer gelegen.

Ich packe keinen Schmuck ein, dergleichen brauche ich nicht auf meiner karibischen Insel. Und überhaupt. Ich besitze nicht viel echten Schmuck, am wertvollsten ist meine Perlenkette, dann habe ich drei schöne Ringe, Smaragd, Rubin und einen sehr weißen, makellosen Brillantring – damit hat sich's. Mir wird in alle Ewigkeit der Sinn für protzigen Schmuck fehlen. Und mögen sich meine minder begabten und minder berühmten Kolleginnen mit Zobel und Hermelin ausstaffieren, mir genügt mein zehn Jahre alter Nerz.

Dafür habe ich ein Luxus-Sommerhaus auf Coral Island und eine ganze Insel. Und die aparteste Penthousewohnung in New York! Und viel Geld auf der Bank.

LaGuardia. Schon wieder dieselbe Clique, die ich gestern mit Ach und Krach, vor diesem unappetitlichen Zwischenspiel mit Christopher Svensson, aus der Wohnung komplimentieren konnte. Dergleichen läßt sich eben nicht vermeiden. Großer Bahnhof zum Abschied der Diva Saskia Stahl. Schade, daß es Johnny, der tüchtige und schwatzhafte Impresario, nicht fertigbrachte, diese Menschen abzuwimmeln.

Ich möchte endlich mit Juan und Carmen allein sein. Nachdenken. Schwimmen. Frische Luft atmen.

Am LaGuardia-Flughafen.

Komplimente prasseln auf mich nieder, ich glaube kein Wort. Oder doch? Meinen sie's ehrlich, wenn sie behaupten, so frisch und jung hätte ich lange nicht ausgesehen? Habe ich's vielleicht diesem Tramp zu verdanken? Meinem ganz großen Erlebnis? Dem ersten Orgasmus?

Wenn die wüßten, was nachts in meinem Musikzimmer passiert ist. Gott sei Dank wissen sie's nicht.

›Ich freß 'nen Besen, wenn das nicht der junge Rocker ist!‹ ruft Johnny aus, nachdem ich ihn und die Clique begrüßt habe. Sogar Autogramme muß ich geben, die Fluggäste erkennen mich sofort.

Sylvia bietet mir einen Gin mit Tonic an, ich schüttle den Kopf, tagsüber trinke ich nie.

Ich drehe mich um und sehe, daß Johnny die Wahrheit spricht. Dort lungert tatsächlich der Kerl herum, von dem ich nachts, oder im Morgengrauen, ›für immer‹ Abschied genommen habe.

Christopher Svensson in Lebensgröße. Offenbar hat er sich gründlich gewaschen oder sogar ein Bad genommen, denn er macht einen auffallend sauberen und gepflegten Eindruck, trägt ein weißes, frischgebügeltes Hemd und beigefarbene Hosen mit tadelloser Bügelfalte; in der Rechten hält er eine Dufflebag. Sogar seine Tennisschuhe, die gestern von Schmutz und Staub starrten, sind tadellos weiß.

Meine sogenannten intimen Freunde bilden einen Kreis um uns, und schon sehe ich, wie uns zwei oder drei Zeitungsfotografen aufs Korn nehmen, auch eine TV-Kamera surrt. Saskia Stahl. Und der mysteriöse junge Fremde – freilich nicht nebeneinander stehend.

Jetzt tritt dieses junge Ungeheuer sogar ganz frech auf mich zu.

›Erinnern Sie sich nicht?‹ fragt er frech. Das geht wirklich zu weit.

›Bedaure – nein. Ich glaube nicht, daß wir uns kennen.‹

Frankie, einer der Reporter, der auch gestern im ›Palembang‹ war und fleißig Aufnahmen machte, eilt dem jungen Mann zu Hilfe.

›Dafür weiß ich, wer Sie sind. Sie sind der junge Rocker aus der Village-Bar, Sie heißen Christopher... mehr weiß ich nicht.‹

›Stimmt‹, sagt Chris dankbar. ›Miß Stahl kann sich offenbar nicht erinnern.‹

Das klingt sehr zweideutig, sehr frech. Ich lasse Chris stehen, wende ihm den Rücken. Mag er sich kränken. Unverschämter Hippie. Wohl oder übel muß ich feststellen, daß der Kerl ein paar Menschen kennt. Tim, ein pfiffiger Presseagent, klopft ihm auf die Schulter und vertieft sich in ein Gespräch mit Chris. Und dann pirscht sich ein berüchtigtes Groupie-Mädchen namens Sally an Chris heran. Sally behauptet, seit Elvis Presley in alle Rock-Stars verliebt und noch immer sechzehn Jahre alt zu sein. Von Presley bis Elton hat sie alle Rock-Idole durch sämtliche Staaten unseres Kontinents und hinüber nach Europa verfolgt. Sally hatte das Glück, ihren reichen Vater, einen Industriellen, zu beerben, und verschwendete ihr ganzes Erbe und hat jetzt kein Geld mehr, sich gut zu kleiden, reist aber noch immer mit Rock-Gruppen durch die Welt.

›Fliegen Sie etwa auch nach Florida?‹ fragt Johnny den seltsamen und unverschämten Partner meiner ersten Liebesnacht, Chris Svensson.

›Ja. Ich fliege nach Miami. Und von dort – ich weiß noch nicht genau.‹

›Aha.‹ Dieses ›Aha‹ Johnnys klingt sehr vielsagend. ›Ich dachte, Sie hätten ein Engagement?‹

›Stimmt, ich hatte einen Vertrag. Hab' ihn einfach gebrochen. Vielleicht verpflichten die mich später wieder. Es ist eben was dazwischengekommen – etwas ganz Wichtiges. In der Zwischenzeit spielen meine beiden Kumpel mit einem anderen Sänger, es wimmelt von Rockern, die Arbeit suchen. Vielleicht schau ich mich aber in Florida nach Arbeit um.‹

Ich habe natürlich, obwohl ich in einiger Entfernung stand, jedes Wort der Unterhaltung gehört. Jetzt bittet mich der Vertreter von Eastern Airlines in die VIP-Lounge, und er nötigt auch meine Gäste, mitzukommen. Chris stellt sich breit vor die Tür zur Lounge, möchte mitgenommen werden.

Ich habe nicht die geringste Lust, den Kerl ebenfalls einzuladen.

Und ich höre im selben Augenblick, wie ich ihn einlade.

›War Ihr Taufname Chris?‹ frage ich und spiele eine blödsinnige Komödie.

›Ma'am?‹ fragt der Junge.

›Tun Sie bloß nicht so, als hätten Sie plötzlich meinen Namen vergessen‹, zische ich den Jungen an. ›Ich will gern Gnade vor Recht walten lassen. Halten Sie bitte mit, wir nehmen einen Drink in der Lounge, bevor ich nach Florida fliege.‹

›Ich fliege auch nach Miami.‹

›Wahnsinnig interessant. Also kommen Sie!‹

›Danke, Miß Stahl.‹

Ich trinke Orangensaft und beobachte den jungen Menschen, der sich in ein Gespräch mit Sally, dem Groupie-Mädchen, vertieft. Bin ich etwa eifersüchtig? Was ist mit mir los? Plötzlich werde ich auf unerklärliche Weise nervös. Hätte nicht übel Lust, das Geschwätz der beiden zu stören. Hat dieses noch junge Mädchen, sie ist höchstens dreißig, Christopher Svensson zu ihrem nächsten Opfer gewählt? Er ist ja bildschön. Fällt mir das erst jetzt auf? Ich belüge mich ja. Hätte diesen breiten Mund mit den sinnlichen Wulstlippen im Schlaf nachzeichnen können.

Na wenn schon! Mag sie ruhig mit Chris ins Bett gehen. Die ist doch auch viel älter als er. Halt: Wenn sie wirklich für Elvis schwärmte – seit seiner Entdeckung –, so muß sie mindestens vierzig sein. Ausgeschlossen. Die ist jünger. Folglich hat sie gelogen, als sie behauptete, Elvis von Stunde Null an zu kennen, seit seinem ersten großen Auftritt.

Mag sie ruhig mit Chris ins Bett gehen, meinethalben sogar mit ihm nach Miami fliegen.

Chris hat mit keinem Wort behauptet, nach Florida zu fliegen, weil ich New York verlasse. Vielleicht sucht er wirklich im Sonnenstaat Arbeit. Hat ja recht. Dort ist es herrlich. Und außerdem – auch das ist mir völlig gleichgültig.

Ich weiß, daß mich mein kostbarer hellblauer Hosenanzug aus feinster indischer Rohseide vorzüglich kleidet, ich bin darin ganz schlank. Allen guten Vorsätzen zum Trotz, nähere ich mich den beiden jungen Menschen, Chris und Sally. (Die ist keinen Tag über fünfundzwanzig, das sieht man ihrer Haut an, ich hasse Sally, ich möchte ihr das glatte, junge Gesicht zerkratzen, sie entstellen, möchte sie mit Salzsäure übergießen.)

›Ich möchte Sie etwas fragen, Chris!‹ sage ich zu dem bastblonden Rocker.

›Bitte sehr, Miß Stahl!‹

›Nicht hier, Chris. Kommen Sie…‹

Ich trete an das breite Rundfenster, auf dessen Sims Azaleen und Magnolien in großen Töpfen blühen. Chris folgt mir sofort, läßt Sally stehen.

›Fliegen Sie wirklich nach Miami, Chris?‹

›Ja, Saskia.‹

›Wer hat deinen Flugschein bezahlt, Chris?‹

›Ich hatte noch Geld. Es war mein letztes, wenn du's unbedingt wissen mußt, Saskia.‹

›Du bist total durchgedreht, mein Junge.‹

›Schönen Dank, daß du nicht sagst, *mein Sohn*, Saskia!‹ spottet Chris. Er spricht leise. ›Ich weiß, daß ich verrückt bin, aber schuld bist nur du allein. Warum hast du mich nicht mit Brachialgewalt hinausgeschmissen, als du mich auf deiner Liege entdecktest?‹

Das ist denn doch die Höhe.

›Chris, du bist der unverschämteste Bengel, der je meinen Weg gekreuzt hat! Tust so, als hätte *ich* dich zu mir eingeladen! Kamst du nicht wie ein Dieb? Und jetzt hast du die Stirn, mir Vorwürfe zu machen? Du machst *mir* Vorwürfe!?‹

›Das sind keine Vorwürfe. Nur nüchterne Feststellungen von Tatsachen. Schuld bist du, ganz allein. Warum bist du bloß so verdammt sexy? Ich muß dich wieder küssen. Einen einzigen Tag mit dir verbringen. Im Bett. Und die Nacht dazu! Hör mich an, Saskia! Nur einen einzigen Tag! Wir beide ganz allein – du, wir stehen überhaupt nicht auf! Ich will ins Bett mit dir, du rothaariges Biest, du Hexe! Und du willst genau dasselbe!‹

›Psst... schrei doch nicht, Chris!‹

Er spricht jetzt wirklich laut.

›Die drüben hören jedes Wort!‹ füge ich noch hinzu. Und wirklich – alle Köpfe sind uns zugewandt. Die Clique tuschelt schon. Kein Mensch wird mir glauben, daß ich nicht auf Anhieb wußte, wer der ›fremde‹ junge Adonis an der Sperre war.

Die Daily News wird große Fotos veröffentlichen, und die New York Post und die Magazine – der National Enquirer ganz gewiß auf Seite eins. Drüben in Deutschland, wo sie jeden meiner Schritte verfolgen, ist die Geschichte ein Fressen für die Regenbogenpresse.

›Wenn du mir nachstellst, Chris, so mach ich dir die Hölle heiß!‹

›Ist das etwa dein Privatflugzeug? Oder dürfen auch andere, weniger berühmte Passagiere mitfliegen? Ich hab' mein Ticket bezahlt, Ma'am!‹

Schon wieder dieses gräßliche Wort! Fräulein Julie und ihr Diener Jean.

›Hast du überhaupt noch Taschengeld, Chris?‹ bequeme ich mich schließlich nach einer Pause zu fragen.

›Genug, um mir während des Flugs einen Drink zu kaufen.‹

›Also – des Menschen Wille ist sein Himmelreich. Ich habe dich gewarnt. Gute Unterhaltung, mein Junge! Und adieu! Hörst du? Adieu heißt Lebewohl – nicht auf Wiedersehen!‹

›Ich möchte bloß wissen, Saskia, wie oft wir uns in den letzten vierundzwanzig Stunden für immer voneinander verabschiedet haben?‹

Er bringt mich zum Lachen, und ich lache noch immer, als unser Abflug ausgerufen wird. Ich passiere die Fluggastbrücke, schaue nicht zurück. Es ist mir im Grunde sterbensgleichgültig, ob dieser Chris auch nach Miami fliegt oder nicht. Außerdem fliege ich erster Klasse. Chris folgt mit dem Hauptkontingent – den Passagieren der Touristenklasse. Wenn er sich's nicht im letzten Augenblick überlegt hat.

Nochmals Abschied von der Clique. Johnny lächelt geheimnisvoll und frech, als ich ihm und den anderen die Hand schüttle, und flüstert seiner Frau zu: ›Ich finde es wirklich schäbig, daß Saskia ihrem Gigolo kein Ticket erster Klasse gekauft hat! Wird sie auf ihre alten Tage etwa geizig?‹

Ich höre jedes Wort und würde Johnny am liebsten ohrfeigen. Irgend jemand verteidigt mich mit den Worten:

›Geizig ist Saskia gewiß nicht. Aber dieser Kerl... Schauderhaft. Ist Saskia von allen guten Geistern verlassen?‹

So muß es wohl sein. Zumindest hat es den Anschein. Selbst wenn ich Chris wahr und wahrhaftig nicht zum Mitfliegen überredet habe.

Carmen macht ein Gesicht, als seien ihr alle Felle davongeschwommen. Ich stammle die blödeste aller Erklärungen, etwas von einem ›Neffen‹, den ich mitgebracht habe.

›Ein Neffe? Ich wußte nicht, daß Madame einen Neffen hat!‹

Ich wußte es ja auch nicht! Und ich bin sicher, daß ich bei der Lüge rot anlaufe.

Juan, Carmens Mann ist viel zu lieb und zu gut erzogen, um auch nur zu lächeln oder die Miene zu verziehen. Er schüttelt Chris am Flughafen von Miami freundlich, doch deutlich zurückhaltend, die Hand. Wir stehen in einem wogenden Touristenmeer.

Mein Neffe! Blühender Unsinn. Ich bin zu stolz, um weiter zu lügen. Ganz gewiß nicht Carmen und Juan, zu denen ich solches Vertrauen habe, zu belügen. Beide sind hochanständig. Sie arbeiten seit Jahren für mich.

Also keine Lüge. Schluß damit.

›Carmen, Juan, ich wußte auch bis heute nicht, daß ich einen Neffen habe. Der junge Mann ist nicht mein Neffe. Genügt euch das?‹

Carmen, Juan und ich lachen herzlich und befreit, das Eis ist gebrochen. Die Zeiten haben sich ja wirklich geändert, und selbst junge Mädchen der oberen Zehntausend leben, wenn's ihnen paßt, mit ihrem Boyfriend unter demselben Dach. Saskia Stahl darf sich viel mehr erlauben als diese Mädchen. Ich tu' wirklich, als hätte ich nie etwas von sexueller Freiheit gehört. Ich spiele noch immer die Heroine aus einem sentimentalen Drama des 19. Jahrhunderts. ›Komm, laß dich vorstellen, Chris!‹ – sage ich, und an meinen puertoricanischen Diener und seine Frau gewandt: ›Das ist Christopher Svensson, ein lieber junger Freund. Und ein hochbegabter Sänger. Nein, nein, kein Opernsänger. So blutjunge Tenöre gibt es nicht. Mr. Svensson ist Rocker, hat eine Combo, sang zuletzt im Village.‹

Carmens und Juans Liebenswürdigkeit ebbt zusehends ab. Wir haben uns oft über die Antikunst des Hot Rock lustig gemacht. Carmen und Juan sind meine besten Zuhörer, wenn ich korrepetiere – ob es nun Lieder, Arien oder einfache Tonleitern sind. Mäuschenstill sitzen sie oft im Musikzimmer, wenn ich mit Winfried arbeite. Sie lieben, genau wie ich, nur wertvolle Musik – auch klassische Operetten lassen sie noch gelten. Und gute Musicals. Aber Rock? Dieser schrille Lärm macht uns alle drei krank, wir lehnen ihn ab.

Das alles, was Wiedersehen mit Carmen und Juan am Flughafen, liegt viele Lichtjahre zurück. Mein Scheindasein von ehemals mit all seinen Erfolgen versank im Meer, verschwand, als es der Wirklichkeit wich. Aus hundert Rollen, die Saskia Stahl bisher mit Leib und Seele spielte, wurde die einzig wahre und wahrhaftige Rolle, zu der mich Gott berufen hat. Die der Liebenden.

Ich suche keuchend Befriedigung und finde grenzenloses Glück im Bett.

›Wußtest du auch, Liebling, daß die alten Ägypter dem achtzehnjährigen Pharao Tutenchamun ein Bett mit ins Grab gaben? Es wurde in die Pyramide eingebaut, damit er es auf der langen Reise von der Erde ins Jenseits benutzen konnte. Die Pharaos waren die Herrscher im alten Ägypten, weißt du, mein süßer Schatz?‹

›Ich hab's nicht gewußt, und es ist mir völlig piepe. Ich brauche kein lausiges Bett nach meinem Tod. Wozu auch? Mir reicht's, wenn ich, solange ich lebe, mit dir im Bett liegen und dich zerknutschen und zerwalken kann. Ich bin den alten ägyptischen Mumien, oder was sie sonst sind, nicht neidisch auf ihre luxuriöse Himmelfahrt! Faß mich an, Saskia, und drück mich, bis es schrecklich weh tut. Du hast das herrlichste Kissen der Welt, du Biest, du Hexe. Ich hasse dich, weil ich dich so liebe!‹

Ich trinke jedes Wort, jede Liebeserklärung und Beleidigung von seinen jungen Lippen. Die albernste und trivialste Bemerkung aus diesem schwellenden Mund ist eine Offenbarung für mich. Zwischendurch lauschen wir dem heillosen Sturm dort draußen, dieser unschätzbaren Gottesgabe. Gott liebt uns, weil kein Boot vom Festland den Weg zu uns findet und weil auch Carmen und Juan, die vor Ausbruch der Himmelswut im Motorboot zum Festland fuhren, drüben festsitzen und abwarten müssen, bis sich der Hurrikan legt. Er peitscht fünf Meter hohe Wellen auf, und im Radio hörten wir, daß eine gigantische Springflut droht.

Mein Architekt und ich, wir haben mit allen Möglichkeiten, mit jedem Unbill der Witterung, mit jeder Tropenlaune gerechnet, als wir einen hohen Schutzdeich am Inselufer aufschichten ließen. Die Leuchtturmvilla steht auf einem flutsicheren, hohen Sockel inmitten der Insel, keine Springflut reicht so hoch.

Daß Carmen und Juan drei Stunden vor Ausbruch des Unwetters zum Festland fuhren, um Einkäufe zu machen, war sicherlich ein Geschenk von Gott, ein unerwartetes. Wer hätte freilich ahnen können, daß sich der Tropensturm ›Elsa‹ so schnell zu einem vollen, gefährlichen Hurrikan entwickeln würde! Ohne Telefon war ich noch nie auf der Insel. Ich finde es großartig, nicht durch ewige Telefonanrufe aus New York nervös gemacht zu werden. Ist es denkbar, daß ich diesen Zufluchtsort bauen ließ, daß ich ihn so raffiniert zu einem Luxusnest ausstatten ließ, ohne zu ahnen, daß mein Refugium ein echtes Liebesnest, und mein erstes dazu, werden sollte? Alles ist Bestimmung im Leben. Ich wollte mich ausruhen, neue Kräfte schöpfen. Jetzt verausgabe ich jedes Quentchen Kraft, meine gesamte Liebesfähigkeit, um dadurch stärker zu werden. Ich werde Coral Island als Riesin, mit gigantischen Kräften und überschäumender Lebens- und Schaffensfreude verlassen.

Ich habe nicht nur ein köstlich breites Bett, groß genug, um vier menschliche Körper aufzunehmen. Ich habe auch einen köstlichen Knaben, einen Prinzen und Gott, mich zu beglücken. Ich habe einen Sklaven, der meine Befehle befolgt.

Zögernd, bewundernd, voll Anerkennung schließt Saskia Stahl Bekanntschaft mit ihrem neuen Selbst. Sie lernt es in endlosen Stunden im Bett kennen. Wir unterbrechen unsere Küsse und Umarmungen nur mit heißen und kalten Duschen, streifen oft nicht einmal einen Bademantel über, um schnell belegte Brote und Früchte in der alten, geräumigen Prachtküche mit ihrem renovierten Kachelherd zu verzehren, den ich intakt ließ – der Gasherd steht daneben. Ich habe für alles gesorgt, ein Holz- und Kohlevorrat ist immer vorhanden, und auch einige alte Petroleumlampen stehen herum, denn ein Stromausfall ist im Hurrikangebiet keine Seltenheit.

Daß uns ›Elsa‹ so bald ein Blackout, totale Finsternis, bescheren würde, hatten wir nicht geahnt.

Die wahre Saskia Stahl tritt mir gegenüber, ich betrachte die Küssende, Liebende, und ihr Bild flößt mir nach einigen Tagen keinen Schrecken ein, wie bei ihrer ersten Entdeckung.

Zuerst war mir bange. Das war nicht Saskia Stahl, das konnte sie unmöglich sein – die kultivierte, immer reservierte, vornehme Sängerin, Einzelgängerin, Hohepriesterin der klassischen Musik, substilste Interpretin der schwierigsten Melodien. Eine Sängerin, deren Hände Richard Strauss, hätte er's noch erlebt, mit dankbaren Küssen bedeckt hätte.

Das war auch nicht Saskia Stahl, die raffinierte Geschäftsfrau, die nie einen Cent verschwendete, sorgfältig ihre Bücher prüfte, Eingaben und Ausgaben addierte, gemeinsam mit ihrem Steuerberater die alljährliche Steuererklärung anfertigte. Saskia Stahl, klug und durch und durch ehrlich.

Dennoch befreunde ich mich schnell mit meinem neuen Ich, meiner Doppelgängerin. Ich werde nicht nur so gut singen wie bisher. Ich werde noch viel besser singen. Mich selbst überbieten. Diese neue, erste und letzte Leidenschaft wird meiner Stimme nützen. Diese Stimme, dramatischster Sopran der zeitgenössischen Opernbühne – so lautet das einmütige Urteil der Kritiker Europas und Amerikas –, wird noch größer, reicher und voller klingen, weil in ihr von nun an auch meine sexuelle Befriedigung zum Ausdruck kommen wird.

Meine Liebe wird sich mit den Körpersäften meines Liebsten vermischen, mit meinem eigenen Naß. Meine Leidenschaft wird meine Kunst durchtränken. Schrieben die größten Wagner-Kenner nicht schon immer, Isoldes Liebestod, Saskia Stahls Liebestod, sei Orgasmus ohne Anfang und Ende?

Wartet nur, bis ihr die neue Isolde hört, nach Christophers, unter Christophers Küssen geboren! Sie kam erst zu voller Entfaltung, als sie die Samenzellen ihres jungen, verführerischen Liebsten in ihrer Vagina spürte. Wartet nur. Ihr werdet alle vor Bewunderung in Ohnmacht fallen. Eure Begeisterung wird keine Grenzen kennen. Das gilt für mein Publikum wie für meine Kritiker.

›Du, Chris, ich bin sicher, daß Carmen und Juan furchtbar besorgt sind!‹

›Warum sollen die sich Sorgen machen? Sie wissen ja, daß genügend Vorräte im Haus sind. Und daß selbst die ärgsten Flutwellen nie bis zum Eingang steigen können. Außerdem wissen sie genau, daß wir im Bett liegen und uns lieben und glücklich sind!‹

›Darum machen sie sich Sorgen!‹

›Saskia, Honey, du bist wohl nicht bei Trost!‹

Dieses Baby nennt mich jetzt ›Honey‹!

›... ich sage dir, die wissen ganz genau, wie sauwohl uns zumute ist! Du bist wahrhaftig kein Baby mehr, das die Flasche braucht! Bist garantiert über dreißig Jahre alt!‹

›Anfangs hieltest du mich für fünfzig.‹

›Niemals, Schatz. Ich hab' nur mal gesagt, mir wär's schnurzegal, und wenn du fünfzig Jahre alt wärst! Du bist verflucht sexy, wie oft soll ich das noch bestätigen! Ein stärkeres Lob fällt mir nicht ein. Gleichzeitig bist du aber alt genug, um dir endlich einen Geliebten auszusuchen. Und wenn dein Vater und deine Mutter noch am Leben wären, so ginge auch sie dein Privatleben einen feuchten Kehricht an. Warum zitterst du also vor Carmen und Juan?‹

›Ich zittere überhaupt nicht. Aber Winfried hat inzwischen im Radio gehört, daß in der Karibik ein Hurrikan wütet, und todsicher versucht er, mich telefonisch zu erreichen, und das Telefon ist doch tot wie ein Türnagel! Der macht sich schwere Sorgen. Ich würd mich nicht wundern, wenn er nach Miami flöge und von dort...‹

›In Florida steigt heute kein Flugzeug auf. Kein Linienflugzeug und auch keine Chartermaschine. Außerdem: Wer ist Winfried?‹

›Hab dir doch schon von ihm erzählt, du hast es bloß wieder verschwitzt. Mein Lehrer. Mein Begleiter. Der herrlichste Mensch auf Gottes weiter Welt. Der beste Freund. Ich meine, Kamerad.‹

›Ist er schwul?‹

›Nicht daß ich wüßte. Warum?‹

›Weil du ihn nicht so schilderst wie einen ehemaligen Geliebten. Und jeder Mann, der intim mit dir zusammenarbeitet und dich oft sieht und dich nicht ausziehen will, muß schwul sein.‹

Wieder bringt er mich zum Lachen, und ich nehme ihn fest in die Arme, schlinge die Arme um ihn, kralle mich an ihm fest, wie ich es täglich zwanzig-, dreißig-, vierzigmal getan habe, seit diese gesegnete Liebeswoche begann.

Andere Männer und Frauen, Geliebte, Eheleute haben eine einzige Hochzeitsnacht. Nicht wir beide. Uns gehört eine gesegnete Hochzeitsnacht ohne Ende, eine Kette von Tagen und Nächten der Leidenschaft.

Was für ein armseliges, törichtes Wort: Hochzeitsnacht. Unsere Hochzeit kennt keine Tage und Nächte. Alle Stunden verschmelzen zu einem Glück, das jenseits von Sinn und Verstand, von Gut und Böse ist. Wir beglücken einander, tun einander weh. Köstliche Stunden, die kein Gebot und Verbot kennen. Unmöglich, die Kette der Lust abzubrechen.

Jahre werden vergehen, bevor ich jeden Zoll seines betörenden Leibes kenne. Das ganze, unübertreffliche Knaben-Hohelied der Schöpfung. Immer wieder muß ich sein Fleisch betasten, beschnuppern, belecken, jeden versteckten Spalt dieser Knabenglieder mit Hand und Zunge erforschen.

Es muß mir endlich gelingen, den Geliebten festzuhalten und mit Haut und Haaren zu verschlucken. Ich bin verflucht in alle Ewigkeit. Mich wird von nun an bis an mein Lebensende nach seinen Gliedmaßen dürsten. Sein Schoß ist die Quelle meiner unersättlichen Lust. Meine Hände brennen in Eifersucht, sie wären imstande, meine Lippen zu töten, wenn sie sich am lasziven Mund meines Geliebten festsaugen. Meine Hände sind auf meine Lippen eifersüchtig. Ich will, daß sich der Ausdruck seines Mundes nie verändert. Daß dieser breite Mund, daß die gedunsenen Lippen immer so sinnlich geschwollen bleiben, als habe sie ein Hornissenschwarm gestochen.

Und meine Schenkel brennen in Eifersucht, wenn ich meinen Armen den Vorrang gewähre, wenn ich den Armen gestatte, seine festen, schöngewölbten Hinterbacken zu streicheln, und den Händen, statt diese zwei runden Hügel seiner Knabenschönheit mit meinen Schenkeln oder mit den Lippen zu liebkosen. Meine Eifersucht, meine Begierde kennen keine Grenzen.

Was ich auch tu, wie ich es auch anstelle, welchem Teil meines Leibes ich das Lieben überlasse, während wir uns in einem endlosen Wirbel von Küssen, Umarmungen und wahnwitzigem Schwindel verlieren, nie mündet der wilde Tanz in vollkommene, gute Erfüllung.

Ich hätte Chris Svensson vor Jahrmillionen begegnen müssen. Ein Leben genügt nicht, ihn zu erleben. Was habe ich jetzt zu erwarten? Ein Faß ohne Boden, einen endlosen, glühenden Lavastrom von Begierde und Liebe, Liebe und Begierde. Bin ich nicht wieder bei einem meiner Lieblingslieder angelangt? Einem der größten musikalischen Bekenntnisse: ›So ist die Lieb, so ist die Lieb, mit Küssen nicht zu stillen!‹

Ja. So ist die Liebe. Unersättlich. Sehnsucht, Wahnwitz der Seele, Qual der halbverhungerten Körper. Die Gier, die zwei Menschen immer wieder zueinander treibt, ist nicht zu stillen. Nicht mit Küssen. Nicht mit Umarmungen.

›Wie ist es nur möglich, daß du nur ein paar Geliebte hattest? Du benimmst dich ja im Bett wie ein richtiger General auf dem Schlachtfeld, Saskia, Süße. Befiehlst mir, was ich tun soll. Wie ist es denkbar, daß du all diese verdammt guten Tricks kennst und nur ein paar Liebhaber hattest! Oder lügst du wieder, du Biest?‹

Es macht mir Spaß, von meinem ersten wahren Geliebten ein Biest genannt zu werden. Denn er spricht meinen Namen, Saskia, noch immer so komisch aus – wenn auch endlich richtig. Der Name bricht ihm fast die Zunge. Ich glaube wirklich, meine Eltern hätten mich in meinem Geburtsort Binz auf Rügen, dem unvergeßlichen Ostseeparadies, auf einen ganz simplen Namen taufen sollen. Oder verdanke ich dem Namen ›Saskia‹ einen Teil meiner Senkrechtstarterkarriere? Es gibt keine zweite Saskia auf der internationalen Opernbühne.

›Ich belüge dich nicht, Chris. Wahrscheinlich ist mir das Talent zum Lieben angeboren. Obwohl ich es bisher, weiß Gott, wenig ausnutzte. Bin ich wirklich ein General im Bett? Es macht mir Spaß, Befehle zu erteilen. Oder soll ich ganz zahm und artig werden und nur deine Wünsche erfüllen?‹

›Nein.‹

›Im übrigen fürchte ich mich, Chris. Ganz tief drin im Herzen spüre ich kalte, eklige Furcht. Dieses verrückte Glück ist zuviel für mich. Es kann nicht von Dauer sein.‹

›Warum nicht, du Dummerchen? Wir sind verheiratet. Du bist meine Frau! Hast du's vergessen?‹

›Ich kann's noch immer nicht glauben.‹

›Sei kein Frosch, Süße. Natürlich ist es wahr. Schau mich an. Küß mich. Du bist meine Frau, Honey. Meine Frau!!! Du heißt Saskia Stahl-Svensson! In alle Ewigkeit! Saskia Stahl-S-v-e-n-s-s-o-n!!!‹

Er posaunt meinen neuen Namen im Triumph heraus.

Und ich kann es immer noch nicht glauben und nehme Gift drauf, daß es meine treuesten Freunde auch nicht glauben können.

Chris und ich. Ankunft in Miami. Vor zehn Tagen. Wir flogen mit Carmen und Juan in einem kleinen Sportflugzeug von Miami nach den Keys, der Südspitze Floridas. Von dort in einem meiner beiden Motorboote, die Kabinen mit je zwei Pritschen haben, hinüber nach Coral Island. Diese Boote, die auch mit Takelage ausgestattet und für Hochseefischerei geeignet sind, habe ich mir als Luxusobjekte zugelegt. Ich kann gut segeln, bin leidenschaftliche

Schwimmerin, habe von meinen Eltern Lust und Liebe zum Wassersport geerbt. Schon als ganz kleines Kind nahmen mich die Eltern mit hinaus zum Fischfang auf die Ostsee.

Chris und ich, in Miami. Bald erfuhr ich, daß er mich nicht belog. Er hatte wirklich sein letztes Geld in den Flugschein investiert. Ganz unvernünftig handelte der Knabe allerdings nicht. Er hoffte wahrscheinlich, Saskia Stahl mit diesem Flugschein zu erwerben. Die reiche Diva. Man würde sie eines Tages beerben, vorausgesetzt, daß man's geschickt anstellte.

Wenn man achtzehn ist, hat man keinen Begriff davon, wie lange man unter Umständen auf so eine zweifelhafte Erbschaft warten muß. Vielleicht hat Chris Svensson den größten Fehler seines Lebens gemacht, als er seine letzten Ersparnisse oder die Reste seiner letzten Gage für den Flugschein New York–Miami auf den Tisch blätterte. Schon möglich, sogar wahrscheinlich, daß er mich bald verfluchen wird, weil er sich in scheinbar ewige Hörigkeit verstrickt hat.

Ich tat es ja auch. Nur war meine Hörigkeit anderer Art.

Diese Gedanken quälen mich heute, mehr als drei Jahre, nachdem ich Chris in einem kleinen Tropendorf auf den Keys, schräg gegenüber Coral Island, durch das tiefblaue Meer von meiner Insel getrennt, heiratete. Nur die beiden Trauzeugen waren zugegen. Juan und Carmen.

Es tobte ein Orkan – in meinem Kopf wütete ein gefährlicher Tropensturm, der mir jede gesunde, vernünftige Überlegung geraubt hatte. Heller Wahnsinn war's.

Und außerdem machte ich mich lächerlich. Das war unverzeihlich. Ich erschrak über meinen eigenen plötzlichen Entschluß, die Affenkomödie durchzuführen. Vielleicht war es gar keine Komödie, sondern eine Tragödie ersten Ranges, die mich zugrunde richten würde.

Immer wieder versuchte ich mir klarzumachen, daß ich mir den Sturz in einen gefahrvollen Abgrund, den Sog des Strudels, der mich vernichten würde, nur einbildete. Was geschah eigentlich? Saskia Stahl, vor vielen Jahren von ihrem ersten Mann geschieden, verheiratete sich wieder. Eine Frau meines Kalibers hatte doch wahrhaftig das Recht, eine etwas extravagante Ehe zu schließen? Wer sagte denn, daß meine zweite Ehe nach Schema F sein mußte?

So was gab es doch täglich hundertmal – Frauen aus den besten

Gesellschaftskreisen, Film- und Bühnenschauspielerinnen, sogar biedere geschiedene oder verwitwete Hausfrauen heirateten um mehrere Jahre jüngere Männer. War das ein Verbrechen?

Kaum hatte ich mein Gewissen beschwichtigt, da frage ich mich auch schon – bevor ich mit Chris und Juan und Carmen das Standesamt in dem kleinen Markflecken betrat – wie sind diese Ehen geendet? Dezember und Mai. So nennt man's hierzulande. Mai, das war sein Monat. Dezember, das stand für mich, Saskia Stahl. Wie waren neunzig Prozent all dieser törichten Ehen zu Ende gegangen, die Schlagzeilen in der Skandalpresse machten?

Sie endeten – mit Skandalen. Scheidungen. Tragödien.

Dennoch gelang es mir, die schreckhaften Schatten einer Zukunft zu verscheuchen, die doch noch so weit entfernt war und uns beide überhaupt vielleicht verschönen würde.

Nein. Diese Alpträume werden uns, Chris und mich, verschonen. Ich sehe so jung aus, habe den Körper einer um zwanzig Jahre jüngeren Frau. Ich halte sorgfältig meine gesunde Diät ein. Für mich gibt es keinen Zucker. Kein Fett. Und dabei esse ich leidenschaftlich gern, verstehe es aber, mich zu beherrschen. Meine beste Diät, mein ergiebigster Jungbrunnen ist die harte Arbeit.

Und ich werde Chris immer helfen. Ihn materiell unterstützen. Ich will ihn erhalten. Ich werde ihm ein luxuriöses Dasein zeigen mit Freuden, die er nie genossen hat. Eine Hand wird die andere waschen in dieser, zugegeben, absonderlichen Ehe. Wir müssen es schaffen. Diese Ehe wird von Dauer sein. Ich werde es der Welt beweisen.

Und außerdem – es war ja ursprünglich Christophers Idee, nicht meine, hartnäckig hielt er daran fest, zerrte mich beinahe zum Standesamt.

Ich höre auch noch immer die entsetzen Vorhaltungen Winfrieds. Er rief jeden Morgen an, seit die New Yorker Zeitungen über die Trauung Saskia Stahls mit dem unbekannten jungen Sänger berichtet hatten.

Wir lasen diese Berichte nicht, auf meinen ausdrücklichen Wunsch brachten Carmen und Juan niemals Zeitungen von ihren Einkaufsfahrten zum Festland mit. Es gab auch keinen Fernsehapparat auf der Insel, nur ein Radio. Durch den Rundfunk hörten wir, daß sich Saskia Stahl mit Chris Svensson hatte trauen lassen. Und jetzt wußten sie's natürlich längst in Europa, in Südamerika, überall. Selbst in Rußland und Afrika. Welch pikante Sensation!

›Saskia, bist du gesund? Ist auch alles in Ordnung? Es kann

nicht wahr sein, daß du...‹ Winfried beendete den Satz nicht, als er zwei Tage nach der Trauung mit Coral Island telefonierte.

Ich wußte natürlich, woher der Wind wehte.

Ohne seine Frage zu beantworten, fragte ich meinerseits: ›Möchtest du meinem Mann guten Tag sagen?‹

Ich winke Chris. Wir liegen im Bett, wie gewöhnlich. Selbst sieben Tage nach der Hochzeit standen wir nur auf, um zu duschen, zu essen, zu schwimmen, in der Sauna zu schwitzen und uns auch dort, auf den heißen, knarrenden Holzbänken zu lieben. Ich hatte eine finnische Sauna neben dem Dienerhaus bauen lassen, ihre Außenmauern waren aus blitzend roten Ziegeln, mit viel Weiß verputzt.

Chris nimmt den Hörer an sich.

›Hi, Mr. Graf!‹ sagt er freundschaftlich. Wahrscheinlich hat Winfried ihn kurz und bündig gefragt, ob er wirklich mein Mann ist, denn Chris spricht weiter: ›Doch, doch, es stimmt, Mr. Graf. Warum wollen Sie's nicht glauben? Es haben doch schon andere geheiratet. *Vor* uns. Wir sind saumäßig glücklich.‹

Er sagt ›saumäßig‹. Na ja.

Doch seine Stimme zittert ganz glücklich, wie die eines kleinen Kindes, und er strahlt übers ganze Gesicht. Chris liebt mich. Chris liebt mich. Er wird mich immer lieben.

Ich reiße ihm jetzt den Hörer aus der Hand und bemühe mich, den besten Freund zu trösten. Winfried ist wirklich fassungslos, außer Rand und Band. Er spielte eigentlich immer meinen älteren Bruder – einen Bruder, den ich niemals hatte –, krampfhaft bemüht, mich vor bösen Einflüssen zu schützen.

›Bist du sicher, daß du mich nicht brauchst?‹ fragt Winfried flehend. Ich lache hysterisch.

›Ich habe dich nie weniger gebraucht als jetzt, geliebter Winfried! Ich genieße nämlich meine Flitterwochen, verstehst du das nicht? Oder bist du eifersüchtig auf Chris? Nach so vielen Jahren der besten Kameradschaft – bist du plötzlich eifersüchtig?‹

›Ich bin nicht eifersüchtig, Engel. Ich bin sprachlos!‹

›Dann schweig doch, cher ami! Kleiner bourgeois! Laß dir bloß nicht noch mehr graue Haare wachsen. Ich melde mich bald bei dir. Ich rufe an. Ehrenwort, Winnie, Liebling!‹

Und ich hänge ein. Ich werfe mich wieder in die Arme des Geliebten, meines blutjungen Mannes. Zum tausendstenmal lassen wir uns von den Wogen der Lust überspülen und mitreißen in den Mahlstrom. Ich habe Hungerschmerzen, ich leide physisch, wenn mein Mund nicht mit seinem verschmolzen ist. Wellenberge und Wellentäler der Leidenschaft.

Wie oft muß ich mir versichern, daß nicht ich es war, die nach unserer ersten vollen körperlichen Verschmelzung, nach der Durststrecke, die der ersten Erfüllung folgte, den Vorschlag machte: Wir wollen heiraten? – Ich hatte es freilich einmal scherzhaft vorgeschlagen, doch war das wirklich nur ein Spaß. Selbst heute, als alte, vom Gram gezeichnete und verfallene Frau, als düsteres Schattenbild meines früheren Ich, Abbild der Köhlerin, die heiser im Walde singt – der Köhlerin aus Hugo Wolfs erschütterndem Lied – empfinde ich eine gewisse Befriedigung. Ich schöpfe Trost aus der unleugbaren Tatsache, daß nicht ich den Knaben zum Altar schleppte.

›Das Köhlerweib ist trunken, sie singt im Wald...‹

Ja, es war Chris, der am Morgen nach unserer ersten hemmungslosen Liebesnacht auf Coral Island plötzlich, wie aus heiterem Himmel, den Vorschlag machte: Heirate mich, Saskia!

Ich höre die heisere Stimme des trunkenen, verkommenen Köhlerweibes. Sie singt im Wald. Ich bin das Köhlerweib. Es geht zu Ende mit mir.

›Warum heiraten wir nicht?‹ fragt Chris. Ich liege nackt, müde und glühend heiß in seinen kräftigen Armen. Seine Hände sind die eines Hexenmeisters und Zauberlehrlings, er beherrscht instinktiv die Künste der raffiniertesten Liebenden.

Winfried wird es mir niemals glauben. Auch die anderen, die Freunde, mein Publikum, werden zweifelnd die Stirn runzeln. Kein Fremder wird mir glauben, daß nicht ich den Knaben an mich fesseln wollte – auch durch die Bande der Ehe. Und noch lange nach der Trauung begriff ich nicht recht, was Chris zu seinem Vorschlag bewogen hatte.

Heute weiß ich's besser. Mir macht der Strolch, der Betrüger, nichts mehr vor.

Die Ehe ist immer noch eine äußerst praktische Lösung, wenn es der eine Partner auf den Reichtum des anderen abgesehen hat. Außerdem brauchte mich Chris als Mutter, Amme, Gastgeberin. Und um seine magere Karriere zu fördern. Einen Menschen aus ihm zu machen. O ja, Christopher Svensson wußte ganz genau, was er tat, als er mit seinem verblüffenden Vorschlag herausrückte, damals, vor mehr als drei Jahren.

Ich habe noch immer ein letztes Restchen von Stolz, und darum erfüllt es mich heute mit Genugtuung, daß er mich heiraten wollte und nicht ich ihn. Das Bewußtsein tut mir noch heute wohl; und ich bin doch am Ende. Pfeife aus dem letzten Loch. Bin bereit, einzuschlafen und nie wieder zu erwachen. Ich wage nur darum nicht den letzten Schritt, weil mir graut, den noch immer geliebten und verhaßten jungen Ehemann allein zurückzulassen. Ich kann es noch immer nicht über mich bringen, ihn einer anderen Frau zu überlassen.

Damals: Sein Vorschlag überrumpelt mich vollkommen. Ich, Saskia Stahl, die Ehefrau eines jungen Tramps namens Chris Svensson? Eltern – unbekannt. Beruf: Rocker dritten Ranges. Dabei ein junger Eros und Apoll. Drei T-Shirts und zwei Paar Blue Jeans und ein Paar Schuhe. Eine kleine Dufflebag, in der er seine Habe nach Coral Island mitschleppte. In der Hosentasche brachte er 4,50 Dollar mit. Das war alles. Sonst blieb ihm nichts übrig, nachdem er seinen Flugschein New York-Miami gekauft hatte.

›Heirate mich!‹ fleht mich diese faszinierende Mischung aus flachsblondem Siegfried, Eros und Apoll an. ›Wenn du mich heiratest, werden wir uns jede Nacht lieben. Und jeden Tag. Überhaupt, immerzu.‹

›Jeder Tag und jede Nacht genügt mir nicht‹, antworte ich, ohne seine Frage zu beantworten. Ein Heiratsantrag – von diesem Knaben? Das kann doch nicht sein. Es ist ein schlechter Witz. Ich will gar nicht darauf eingehen. Ich bin glückselig entspannt, nackt wie nie zuvor und liege neben Chris ausgestreckt, vor zehn Minuten hatte ich meinen letzten Orgasmus und brenne wieder vor Hunger und Begierde. Dabei bin ich außerstande, ästhetische Überlegungen abzutöten. Chris ist schlank neben meinem üppigen, wohlgeformten, ausladenden Körper. Ich kann den Gedanken nicht loswerden, daß sich eine Mutter von ihrem Sohn lieben läßt. Ein schauderhafter Gedanke. Warum sind wir nicht gleichaltrig? Warum ist er nicht älter als ich?

Er läßt nicht locker, bohrt jetzt mit Worten und ich hätte doch viel lieber wieder seine Rute zwischen den Beinen, im Schoß. Unsere Trennung dauert zehn Minuten. Unerträglich lange.

›Hör zu, Chris, du bist wahnsinnig. Heiraten willst du mich, Baby? Und überhaupt – wo, wenn ich fragen darf? Auf Coral Island gibt's kein Standesamt. Wir haben keine Zeit, zum Festland hinüberzufahren. Wir müssen uns lieben. Hast du etwa Zeit für so eine alberne Trauungszeremonie?‹

Ich biege alles ins Komische ab, das ist die beste Lösung.

›Das stimmt, Saskia. Wir haben wirklich keine Zeit.‹

Während der ersten drei Tage im Paradies gelingt es mir immer wieder, ihn vom Thema Heirat abzubringen. Wir haben wirklich keine Zeit. Unsere Körper glühen in einer Lust, die uns beide verzehrt. Ich kann nicht von ihm lassen. Seine Hände kleben an mir, als habe er Angst, ich könne ihm entgleiten.

Juan und Carmen zeigen erst jetzt ihre tiefe Verbundenheit mit mir. Ihr Fingerspitzengefühl für heikle Situationen. Ihren Takt. Sie verschanzen sich geradezu im Gartenhaus, in ihrer Wohnung neben der Sauna, und bringen uns nur die Mahlzeiten. Carmen ist eine vorzügliche Köchin, ihre Spezialität ist die südamerikanische Küche mit ihren Gewürzfinessen. Der Tisch in einer Eßnische des großen, sonnigen Wohnzimmers ist immer geschmackvoll gedeckt, mit frischen Blumen geschmückt. Carmen und Juan bitten durch diskrete Gongschläge zu den Hauptmahlzeiten – und verschwinden, sobald sie uns bedient haben. Auch das ist uns zuviel, ich bitte Carmen schon am ersten Tag, nur ein warmes Gericht zu kochen, Vorspeise und Nachspeise auf die Anrichte zu stellen, ich möchte nicht, daß Chris von anderen bedient wird.

Carmens scharfgewürzte Fleisch- und Fischgerichte finden enthusiastischen Anklang bei Chris, der wohl noch nie im Leben so gut gegessen hat wie hier bei mir, auf Coral Island.

Wir verzichten bald darauf, Wein zu trinken. Harte Getränke habe ich immer abgelehnt, und Chris läßt sich von mir überzeugen, daß die Liebe ohne Alkohol im Blut viel besser schmeckt. Wir wollen uns nicht von Schnaps oder Wein ankurbeln lassen. Unser Schwindelgefühl, das berauschende Karussell der Liebe, braucht keine künstliche Nahrung.

Plötzlich schießt mir ein grausiger Gedanke durch den Kopf, während wir Rücken an Bauch daliegen – mein Rücken schmiegt sich an den harten Bauch meines Geliebten und er dringt langsam in mich ein, faltet die Arme, auf der Seite liegend, über meinem roten Hügel, fingert an den Härchen, der geborene raffinierte Liebhaber. Casanova und Don Juan wären Bettler, vergliche man ihre Leistungen mit denen Chris Svenssons.

Die Sorge überfällt mich wie ein Tier mit Pranken, ich kann mich plötzlich nicht auf unser Liebesspiel konzentrieren. Werde ich imstande sein, mit dieser Gier und Lust in meinem Blut, von Lust zu Lust getrieben, tagsüber nüchtern und ehrgeizig weiterzuarbeiten? Bei den Proben meinen Mann zu stehen? Das Opernpublikum in Stockholm und New York und Berlin, in München und Wien und Sydney nicht zu enttäuschen? Ich bin ja aus der Bahn geworfen, im Mittelpunkt dieser Bahn steht nicht mehr die Arbeit. Oder doch nicht mehr allein die Arbeit.

Wieder, noch einmal, gelingt es mir, mein Gewissen einzulullen. Ich werde ein neues Leben beginnen müssen. Voll Arbeit – und Liebe. Mein Bett wird nie mehr leer sein. Der junge und gierige Hexenmeister liebkost meine Brüste, meinen Bauch, meine Hinterbacken mit einer Kunstfertigkeit, die angeboren ist. Einen Meister wie Chris Svensson hat es nie gegeben.

›So hab' ich's am liebsten‹, flüstere ich. ›Spiel mit mir, spiel ganz lange und komm noch lange nicht!‹ flehe ich, und dabei kommen mir Tränen in die Augen. Ich bin verrückt. Liebeswahn ist eine kräftigende Krankheit, aus der man gestärkt hervorgeht.

Und die Gewissensbisse? Ich verscheuche sie wieder. Zahllose Schauspielerinnen und Sängerinnen haben es vor mir fertiggebracht, ein glückliches, erfülltes Privatleben mit ihrer künstlerischen Karriere zu verbinden. Warum sollte es Saskia Stahl nicht fertigbringen? Mein Doppelleben wird herrlich sein.

Und dann ließ ich mich doch überreden, nach ein paar Tagen und Nächten voll verrückter, trunkener Umarmungen auf Coral Island. Wir fuhren im Motorboot mit Juan und Carmen zum Festland, ließen uns von einem Standesbeamten trauen, der reichlich verlegen schien. Chris machte sich älter, ich zog zehn Jahre von meinem Alter ab. In Amerika kann man das, Gott sei Dank. Natürlich wußte Chris, daß ich schwindelte. Es amüsierte ihn, und auch Juan und Carmen machten gute Miene zum bösen Spiel.

Das war vor zwei Wochen, oder ist es schon länger her? Und jetzt sind wir allein auf Coral Island, Chris und ich, und Juan und Carmen sitzen drüben auf den Keys fest und können nicht an eine Heimkehr im Segel- oder Motorboot denken, und auch nicht mit einem Charter-Hubschrauber. Wir sind völlig vom Festland isoliert. Die beiden wollten Proviant und verschiedenes für den Haushalt holen, uns mit wochenlangem Vorrat versorgen, denn auf Carmens Frage, wie lange ich diesmal Ferien zu machen gedenke, antwortete ich ausweichend. Mir graute vor der Heimkehr nach New York.

Carmen und Juan zittern im übrigen immer davor, daß wir auf der Insel verhungern könnten. Vor allem Carmen. Die würde mich am liebsten füttern wie ein Spanferkel. Beständig muß ich sie warnen, nicht zu fett zu kochen – das schadet meiner Figur. Die

Zeit der überdimensionalen Wagner-Heroinen ist endgültig vorbei, beim ›Hojotoho!‹ soll möglichst wenig Fett wogen...

Ich habe breite Schultern, die Figur einer Venus von Milo, besonders schön geformte, runde und volle Apfelbrüste, doch meine Hüften sind nicht allzu breit und meine Hinterbacken voll fester Muskeln. Fett trage ich nur so viel am Körper, wie es den strengsten ästhetischen Forderungen eines Malers entspräche. Mein Geliebter versichert mir immerzu, denn ich frage oft, daß ich als Dreiundvierzigjährige den Körper einer Fünfundzwanzigjährigen habe.

›Schwöre mir, Chris, daß ich schön bin!‹

›Ich schwöre, Saskia. Wärst du nicht so gemein, so unwiderstehlich, so aufreizend schön, so läge ich nicht mit dir im Bett!‹

›Du wußtest, daß ich die berühmte Saskia Stahl war!‹

›Wie oft muß ich dir beschwören, daß ich keine Ahnung hatte, wer du warst! Hättest ebenso gut eine reiche Bordellbesitzerin sein können!‹

Ich schlage ihn fest auf die Hinterbacken, denn das Spiel des Hineinschmiegens in seinen Bauch, ich auf der rechten Seite liegend, in den Geliebten hineingedrückt, ist beendet, wir werden es bald wieder spielen, ich werde leidenschaftlich gern von hinten genommen.

›Ich erschlage dich, wenn du so respektlos mit mir sprichst!‹

›Erschlag' mich nicht, aber schlagen darfst du mich. Ein bißchen. Das ist gut. Dann kommt es mir gleich wieder!‹ lacht mein unverschämter Geliebter. Ich schlage ihn mit der Rechten, habe aber nicht das Herz, ihm weh zu tun. Zur echten Sadistin muß man geboren sein.

Inzwischen haben wir aus dem Radio erfahren, daß der Hurrikan ›Elsa‹ an Kraft abnimmt. Leider bedeutet das auch, daß Juan und Carmen wahrscheinlich vor Einbruch der Dunkelheit im Motorboot übersetzen oder eine Chartermaschine mieten können. Unsere Zweisamkeit wird nicht mehr lange dauern.

Wieder einmal hat sich der Wettermann geeirrt. Großartig! Hurrikan ›Elsa‹ heult am Nachmittag wilder denn je, peitscht die Wellen auf, und plötzlich überschwemmt das Meer den Kai und den kleinen Bootshafen. Die Wogen schäumen, der Gischt einer heftigen Springflut dringt bis einen Meter unterhalb der Haustür. Gut, daß ich die steile, vom Bootshafen zum Hause führende Freitreppe erhöhen und befestigen ließ und daß mein Leuchtturmhaus selbstsicher auf seinem Sockel steht, zehn Meter über dem Meeresspiegel und selbst im jetzigen wilden Gewoge noch gute fünf Meter. Um drei Uhr nachmittags ist der Tropenhimmel pechschwarz. Es donnert ohrenbetäubend, ich fürchte mich von jeher vor Donner und Blitz. Grelle, schwefelgelbe Blitzgarben schießen aus den dunklen Wolken mitten ins Meer, das Getöse ist so laut, daß wir kein Wort miteinander wechseln können. Längst gibt es keine Telefonverbindung mit dem Festland, ein Blick durchs Fenster belehrt uns, daß die Leitungsmasten auf der Insel umgestürzt sind. Mein zweites Motorboot hat sich von der Mole losgemacht und schaukelt draußen auf den Wellen. Ob wir's, wenn sich der Sturm gelegt hat, wieder einfangen können?

Carmen und Juan werden sich jetzt wirklich furchtbare Sorgen um uns machen, befürchten, daß der Blitz hier einschlägt, dabei habe ich zwei absolut sichere Blitzableiter auf dem Turm anbringen lassen, das war bei der Renovierung meine Hauptsorge. Die Gewitterangst hat mich mein Leben lang verfolgt.

Mit einem Hurrikan muß man hier in der Karibik immerzu rechnen.

›Du, ich hab mal einen Film gesehen, da kam eine gigantische Flutwelle und riß alles mit und begrub...‹

›Danke für den hübschen Trost‹, erwidere ich und spiele mit Christophers leuchtendem Blondhaar, wenn es blitzt, hat es eine neue, gelblichgrüne Farbe, wie seine Raubtieraugen. ›Danke für den Trost! Ich garantiere dir, daß keine Flutwelle meine Insel begraben wird, und das Haus selbst steht noch immer fünf oder sechs Meter über dem Meer – trotz der Springflut. Fürchte dich nicht.‹

›Ich fürchte mich nicht! Aber du zuckst bei jedem Blitz zusammen!‹

›Ich war nie glücklicher als jetzt. Adam und Eva waren nicht so glücklich im Paradies, wie wir. Und ich danke dem lieben Gott, daß wir vom Festland abgeschnitten sind.‹

›Red nicht so viel, Saskia. Ich habe in der letzten Minute keinen Kuß von dir bekommen. Laß mich zu dir, Liebste!‹

Ich flehe ihn an, mir immer zu sagen, was er von mir erwartet. Ich winsle wie ein Hündchen, fresse Liebe aus seiner Hand. Ich ordne mich ihm völlig unter, obwohl auch ich Wünsche habe und sie schamlos ausspreche. Ich bin General in der Liebe, und Soldat, der Befehle entgegennimmt. Immer geben und nehmen. Befehle erteilen. Befehle befolgen.

›Du bist mein Geliebter. Mein Mann. Mein Sohn‹, sage ich. ›Sauge an meinen Brüsten. Dann bist du mein Sohn.‹

Er gehorcht. Er saugt an meinen Brüsten. Ich kann nicht mehr klar denken, mein Kopf ist ganz wirr, meine Gedanken verfangen sich im Gestrüpp, doch die Wirrnis ängstigt mich nicht mehr. Alles ist gut, was in den Armen des Geliebten geschieht. Wie kann ich diese köstlichen Minuten eines kaum tragbaren Glücks zur Ewigkeit ausdehnen? Wie machst du einen Sklaven aus deinem Geliebten, der auch dein Mann ist? Ich muß ihn länger besitzen, als ein Menschenleben dauert. Ich muß einen Sklaven aus ihm machen. Seine Haut soll ganz mir gehören, mit den Zähnen will ich ihn festhalten, damit er mir nie entkommen kann. Mit den Nägeln und Krallen will ich ihn festhalten, mich in sein Fleisch graben, ganze Brocken Fleisch aus ihm herausreißen. Warum spüre ich Rachelust in mir, während ich ihn küsse, mich ihm unterwerfe, seine Unterwerfung fordere? Ich will mich rächen, ihn dafür bestrafen, daß er mich bis zur Weißglut reizt. Man muß den Mann bestrafen, der einen so unrettbar zur ewigen Lust aufstachelt.

Ich muß gleichzeitig seine Hände in Dankbarkeit lecken, weil er mich so tief befriedigt. Ich muß vor ihm knien. Ich knie über ihm, bilde ein Dach aus meinen Schenkeln, lasse ihn von mir trinken. Strafen. Danken. Bestrafen. Ihm danken dafür, daß er mich so hungrig macht und mich so unendlich stark befriedigt. Ich knie über dem Körper des Liebsten, der sich selig auf dem Rücken ausgestreckt hat, und wende ihm den Rücken zu, reite auf ihm, seinen Pfahl in meinem Fleisch, versteige mich zu hitzigem Galopp, während er ruhig und innerlich, das weiß ich, nur mühsam beherrscht liegenbleibt, und bewege mich auf und nieder, auf und nieder.

›Du Hexe, du Scheusal, du gemeine Bestie!‹ schimpft Chris, während ich auf ihm reite, und er bemüht sich ganz gewiß, noch stärkere Kraftausdrücke hinunterzuschlucken. Nähert er sich dem Samenerguß, das hat er mir verraten, so muß er nun einmal Kraftausdrücke in den Mund nehmen. ›Das befriedigt mich, das macht mich noch geiler‹, versichert er, und ich lache. Vorläufig verspüre ich keine Lust, den Geliebten beim Liebesspiel zu beschimpfen.

›Saug dich noch einmal an meinen Brüsten fest, Liebster, du bist ein Zauberkünstler. Kein Mann hat je meine Brust geküßt. Du bist mein Sohn. Du bist mein Bruder.‹

›Was noch? Bin ich etwa auch dein Vater?‹

›Ja. Du bist jung genug, um mein Sohn zu sein und dennoch bist du auch mein Vater. Ich war in meinen Vater verliebt. Folglich bist du auch mein Vater. Du bist der erste Mann, der mich geküßt hat.‹

Vater? Sohn? Blasphemie. Ich sitze einen Augenblick ruhig im Bett, halte still, ziehe die Beine an, stütze mich an die Wand. Ich weiß, daß ich jetzt hinreißend schön bin. Rot auf weißem Grund. Mein volles Rothaar reicht bis an die Schultern, lockt sich natürlich, vermischt sich aufs lieblichste mit dem weißsilbernen Blondhaar meines Mannes. Ich öffne die hochgestemmten Beine etwas und drücke den Kopf meines Geliebten an meine Schenkel. Wir haben beide eine weiße Haut, meine hat die Farbe schimmernder Milch, seine ist etwas dunkler getönt, wie zartes Elfenbein. Weiß und beige bilden einen lieblichen Kontrast.

Und stolz bin ich auf die Farbe meiner Locken und seines Haares. Ein reizvollerer Zusammenklang wäre unvorstellbar. Mein Tizianrot paßt herrlich zu seinem weißblonden, silberblonden, flachsblonden Kopfschmuck, der Mähne, die so oft in neuer Beleuchtung ihre Farbe wechselt.

Meine Haarfarbe bleibt immer gleich, leuchtet aber im Sonnenschein gelblichrot auf. Mein Tizian braucht nie ein Touch-up, keine künstliche Färbung könnte es mit dem kräftigen Glanz meiner Flammenkrone aufnehmen. Christophers Haarfarbe ändert sich ständig, immer nur um ein paar Schattierungen. Ich würde beschwören, daß sein Haar golden im hellen Sonnenschein aufglüht; silbern bei künstlicher Beleuchtung schimmert, Flachsfarbe annimmt, gleichsam erblaßt, wenn Chris wütend ist, zusammen mit den Wangen blasser wird.

Chris sieht ganz weiß aus, wenn er sich ärgert.

›Sei nicht so faul, saug an meinen Brüsten!‹

General Saskia befiehlt wieder. Er gehorcht. Ich kann seinen Kopf überhaupt nicht mehr von meinem Busen trennen. Ich halte Chris in den Armen, er hat sich quer über meine Schenkel geworfen, ich verkralle die Finger in seine Schenkel und drücke ihn an mich, während er an meinen Brustwarzen saugt. Hätte ich Milch in meinen Brüsten, so tränke er mich ganz aus. Er wäre imstande, meine ganze Kraft in seine Adern fließen zu lassen, die Liebste und Gattin zu absorbieren.

Er läßt meine Brustspitze, an der er sich mit Zähnen, Zunge und Lippen festgesaugt hat, fahren und fragt: ›Warum bin ich dein Sohn?‹

›Weil du so unverschämt jung bist. Und das ist gut so. Ich will mit meinem Geliebten, Mann und Sohn gleichzeitig im Bett liegen.‹

›Du hattest nie einen Sohn, Süße?‹

›Niemals.‹

›Vielleicht bist du darum so gut zu mir. Gibst mir darum alles? Hör' zu – ich will nicht dein Sohn sein. Du sollst mich lieben, wie eine Frau ihren ersten und letzten Geliebten liebt.‹

›Mach dir keine Sorgen, Engel. Ich liebe dich so, als wärst du die einzige männliche Kreatur auf Gottes weiter Welt. Als habe die Schöpfung mit dir begonnen, als sei sie mit dir zu Ende. Wenn ich dich küsse, so küsse ich meinen Sohn und meinen Bruder, meinen Geliebten und meinen Mann.‹

›Die einzige männliche Kreatur?‹ – Das schmeichelt ihm und er lacht. Wir verschwenden viel zuviel Zeit mit unnützem Geschwätz.

›Hör auf zu reden, Saskia! Schad' um die Zeit. Küß mich lieber.‹

›Wer stellt so dumme Fragen, du oder ich? Hör auf, zu fragen. Küß mich. Komm zu mir. Saug noch ein wenig an meinen Brüsten, bitte, bitte!‹

Er antwortet nicht, er stößt grunzende, glückselige Laute aus, wie ein Ferkel, das sich zufrieden sättigt.

›Du grunzt wie ein Ferkel, Chris!‹

›Kusch!‹ sagt mein Geliebter. Dabei regnen seine Küsse auf mich herab, so daß ich keine Zeit zum Lachen habe. Er saugt nicht mehr an meinen Brüsten. Ich werfe mich blitzschnell auf den Rükken. Er ist sofort einverstanden, spielt mit. Er beißt selig in meine linke Schulter, während er beide Hände unter meine Hinterbakken schiebt und sich so hart in mich hineindrückt, daß es schmerzt. Er stöhnt. Jetzt wirkt er gar nicht komisch.

Als mich Chris zum erstenmal in die Arme schloß, sah ich plötzlich mit durchdringender Klarheit, wie armselig und schal mein Leben gewesen war. Dreiundvierzig verlorene Jahre. Immer nur auf der Bühne in tausend Masken. Niemals glückliches Weib.

Ich bin eine fleischfressende Wölfin, Kannibalin, die sich am Leib ihres Liebespartners labt. Endlich kann ich mich für die verlorenen Jahre schadlos halten. Ich klammere mich selig und verzweifelt an meinen Jünglings-Geliebten, lasse den Rettungsanker, diesen strahlend schönen jungen Leib, nicht mehr los.

›Du, wir enden noch im Irrenhaus, Chris!‹

›Mach dir bloß keine Sorgen‹, tröstet er mich in einer winzigen Atempause. ›Ich halte dich fest.‹

Wahrscheinlich spielte Chris nur den irrsinnig Verliebten, den Wahnwitzigen. Dabei plante er nüchtern. Wußte genau, was er wollte, ein Künstler am Steuer.

Meine Dankbarkeit für den Taumel kannte keine Grenzen. Mein Kopf war ganz benebelt. Ich fürchtete tatsächlich, in Schwärze und Wahnsinn zu stürzen.

Diese anderen – Männer und Frauen, Bettler und Bettlerinnen! Sie kennen nur Brosamen der Liebe. Diese ewigsuchenden Dummköpfe, die glauben, man müsse den Partner häufig wechseln, um Befriedigung in der Liebe zu finden! Von jedem neuen Orgasmus erwarten sie mehr als von seinem Vorgänger. Von jeder neuen Frau. Jedem neuen Mann. Sie wissen nicht, daß ständiger Wechsel der Liebesintensität schadet. Undenkbar, daß ich Chris je betrügen werde. Körperliche Liebe ist etwas Einmaliges, an ein einziges Lebewesen geknüpft. Die Kunst besteht darin, sämtliche Schleusen im Partner und in sich selbst zu öffnen, alle Hemmungen abzustreifen.

Ich, Saskia Stahl, habe dreiundvierzig Jahre lang keinen Sex gekannt. Nichts zählt jetzt. Kein Vorgänger des Geliebten – kein Männchen, das ich vor ihm, dem Mann, umarmte. Es gibt keinen anderen Mann in meinem Leben als diesen schlanken, muskelharten Jüngling, meinen jungen Joseph mit den appetitlichen kleinen Wülsten am Magen, die man nur entdeckt, wenn er sich im Bett nackt aufsetzt. Sein Rücken läuft elegant zu, wie ein V. Seine beiden Hinterbacken haben in meinen lustvollen Händen Platz, und der Spalt dazwischen reizt mich so, daß ich ihn immerzu küssen und mit den Fingern aufreißen möchte. Schon wieder kann ich es nicht verschmerzen, kein zweites, männliches Geschlechtsorgan zu haben, das zwischen die beiden Backen dringen und sich im Spalt bewegen könnte.

Ich beneide in Gedanken sogar die Schwulen mit ihren unappetitlichen Praktiken. Sie dringen von rückwärts in den Geliebten ein und stoßen sich satt. Ich bin sicher, daß auch andere Frauen von ähnlichen Gedanken gequält werden, wenn sie lieben, daß auch andere unersättlich sind und alles ausprobieren möchten. Doch diese Frauen heißen nicht Saskia Stahl. Sie sind viel zu feige, sich Rechenschaft über die eigenen, ausschweifenden, wunderbar lasziven Gedanken abzulegen.

Ich habe Mut. Ich schreibe alles nieder, gestehe dem Geliebten alles unverblümt ein. Als ich in seinen Armen beschloß, die Schleusen zu öffnen, die kleinbürgerlichen Hemmungen abzuwerfen, den Partner aufzufressen und zu verschlingen, da hörte ich auch auf, mich zu belügen.

Und verspürte ich Lust, meinen Teenager-Geliebten die Kehle

durchzubeißen, ich hätte keine Scheu, es ihm offen zu gestehen.

So steht es ja wirklich um mich. Ich leide auch unter diesem Drang, ihm die Kehle zu durchbeißen. Ich bin die Gottesanbeterin, die gefährliche Heuschrecke, von der Natur mit allen Raffinessen ausgestattet, mit jeder Freiheit beschenkt. Ich bin die Gottesanbeterin. Nur in der Hochzeitsnacht darf mich das männliche Tier begatten. Dann ist es aus mit ihm. Ich, ich mache dem Männchen den Garaus, bestrafe es dafür, daß es mir so viel Lust gespendet hat.

Es wäre herrlich, auch den Liebsten so zu bestrafen. Es wäre süß befriedigend, ihm die Kehle zu durchbeißen, ihn bei lebendigem Leib zu verschlingen. Denn stirbt er, so kann er niemals wieder lieben. Keine andere Frau beglücken.

Indessen: Ich bin keine Mörderin. Ich spiele nur gern mit diesen schreckhaften, abstoßenden und gleichzeitig seltsam magnetischen Gedanken. Ich wäre im Grunde nie imstande, einer Menschenseele etwas zuleide zu tun. Irgend jemand ein Haar zu krümmen. Am allerwenigsten meinem Geliebten. Meinem Sohn.

Der Wind schlug wieder um, der Wolkenbruch ist zu einem feinen, dünnen Dauerregen geworden. Wahrscheinlich können sich die ersten Boote bald auf die Meerenge zwischen Coral Island und den Florida Keys wagen, und auch Charterflugzeuge werden wohl bald wieder aufsteigen.

Ich zittere bei dem Gedanken, daß Juan und Carmen auf dem Festland wahrscheinlich Himmel und Hölle in Bewegung setzen, um die zerrissenen Telefonkabel sobald wie möglich reparieren zu lassen. Die kreuzen todsicher mit einer Reparaturbelegschaft auf, sie haben ja wohl ununterbrochen versucht, mit der Villa zu telefonieren.

Ich kann Juan und Carmen förmlich sehen – ihre Angst spüren, ob die Springflut auch wirklich nicht die Grundmauern der Villa überschwemmt hat. Sie werden wahrscheinlich in unserem Motorboot die Rückfahrt antreten und eine Menge Vorräte mitbringen. Carmen wird halbtot vor Sorge um mich sein. Und beide, das ahne ich, werden den jungen Eindringling, der so unmotiviert plötzlich mein Mann geworden ist, zur Hölle wünschen. Noch nicht, lieber Gott! Ich sende ein Stoßgebet nach dem andern zum Himmel. Bitte, lieber, guter Herrgott, beschere uns noch einen zweiten Sturm, diesmal einen viel stärkeren, böswilligeren. Nur noch eine Woche mit Chris auf der Insel – ganz allein. Sind zwei oder drei Wochen seit unserer Ankunft vergangen? – Zum Schluß werden es nicht ganz vier selige Ferien-und Flitterwochen sein.

Mein Liebesglück soll nicht ganz vier Wochen dauern. Dann könnten sie mich ebenso gut begraben, denn was danach kommt, ist die Hölle.

Noch einen Hurrikan, bitte, bitte, lieber Gott! Ich will keine Zeugen, keinen Störenfried, ich will mit dem geliebten, schönen Wunderknaben allein auf der Insel bleiben, sein wirres, ungekämmtes Haar streicheln, mit meinen roten Feuerlocken vermischen, ich will meine Glieder nicht von seinen lösen! Ich habe mich allen Wünschen des Liebsten angepaßt.

Nicht ganz drei Wochen als Ehefrau eines habgierigen Tramps, der mich mit Haut und Haaren verschlingen will, haben genügt, aus Saskia Stahl eine lächerliche Magd zu machen. Und wir haben Eile. Wir müssen jede kostbare Minute mit unserer Liebe vollpumpen, denn unser Idyll kann nicht von Dauer sein. Bald wird die Telefonleitung repariert sein und die zudringlichen Freunde, die zur Clique auf dem Festland gehören, werden alle fünf Minuten anklingeln.

Eigentlich brauche ich auf meiner Insel überhaupt kein Telefon. Sind wir nicht glückselig, ohne jede Störung von außen? Wir klammern uns aneinander, in das Fleisch des Liebespartners verkrallt. Wir vergessen, Nahrung zu uns zu nehmen. Etwas Obst, Brot, Käse. Und dann wieder ins Bett. Tag und Nacht verschmelzen zu einem einzigen Glutrad, das sich dreht, und unsere Köpfe drehen sich in rotrasendem Wirbel. Wir brennen ohne Unterlaß lichterloh. Er küßt meinen roten Schoß. Ich nehme die Zauberflöte, das Meisterwerk aus Gottes Schöpfung, süchtig in den Mund.

Er reitet auf mir, ich reite auf ihm. Ich reite den ersten Walkürenritt meines Lebens. Ich bilde mit meinen kräftigen Schenkeln ein Dach über dem Leib des Liebsten, ich rutsche höher, bin über dem geliebten Haupt angelangt, nehme sein Gesicht, seinen Mund zwischen meine Schenkel.

So möchte ich mich schamlos allen Opernfans zeigen. Dem Publikum, das Saskia Stahl vergöttert. In meinem vorteilhaftesten Prunkkostüm möchte ich mich ihnen zeigen – der nackten Haut. Sie würden die Vision von sich weisen, ihren Augen nicht trauen. Saskia Stahl, die unübertroffene Diva. Tosca und Isolde. Schamlose, läufige Hündin. Entfesselte Megäre, zügellos tobend, ihren Liebsten verfluchend, weil er sie mit so viel Unersättlichkeit geschlagen hat.

Ich will ihn so glücklich machen, daß ihm Feuerzauber und Walkürenritt in alle Ewigkeit in die Haut gebrannt bleiben.

Chris ist jetzt mein Säugling, ich nähre ihn mit Muttermilch.

Ich bearbeite den Liebsten mit meinen Fäusten und höre ihn wohlig stöhnen. Seine Lippen dürfen sich nie wieder von meinem Schoß trennen, er soll diese tolle Jagd, Sucht und Erfüllung niemals vergessen.

Der wohlgenährte Säugling raunt zufrieden:

›Sag, daß es gut ist, wenn ich dein Dreieck küsse.‹

›Es ist herrlich! Wunderbar! Du bist ein Zauberer!‹

Und erst jetzt kommt mir der Gedanke: was geschieht, wenn ich bei einer normalen Verschmelzung – er hat ja den festen Keil hundertmal, tausendmal in meinen Schoß hineingetrieben – schwanger werde? Daß mir die Idee erst jetzt kam! Es wäre über die Maßen gut, ein Kind von meinem Kind zu empfangen, einen Sohn von meinem Sohn.

Ich dachte nicht daran, mich zu schützen. Ich bin dreiundvierzig – beinahe schon zu alt, ein Kind zu bekommen. Unsinn. Ich kann noch sehr gut schwanger werden. Allerdings wäre ich vierundvierzig, wenn das Kind zur Welt käme.

Ausgeschlossen. So leicht wird man in meinem Alter nicht mehr schwanger. Ich werde mich nicht schützen. Wahrscheinlich sind das alles Hirngespinste. Ich weiß aber, daß ich gern Gesundheit und Leben riskierte, um sein Kind auszutragen. Wäre das nicht ein neues, ganz starkes Band zwischen meinem Mann und mir? Ein Grund mehr für ihn, mich nie wieder zu verlassen!

Ritt über die Steppe, rasende Wellenrösser, die einander jagen, wie die Wellen draußen in der Brandung. Alles schwimmt vor meinen Augen, ich sehe auch die Konturen von Christophers edlem Gesicht mit dem unedlen Mund nicht mehr deutlich, sehe nur, daß seine elfenbeinfarbigen Wangen jetzt hitzig und rot angelaufen sind, ich liege auf seinem Mund, beiße seine Lippen zu Fetzen und genieße, daß die Flutwelle uns wieder einmal hochhebt, überrollt und abwirft, damit wir Atem holen können. Die galoppierenden Rösser haben ihr Ziel erreicht. Mein Geliebter wispert fast unverständlich Worte der Dankbarkeit und küßt mir zärtlich raunend die Hand. Ich flehe:

›Sag, daß du mich liebst! Schwöre, daß du mich liebst!‹ Mein Betteln muß meinem Wohltäter lästig sein.

›Ich liebe dich, du Zauberweib. Ich werde dich ewig lieben, Saskia! Du bist eine Hexe und eine Wucht und das schönste Biest, mit dem ich je gebumst habe!‹

›Schwöre, daß du mich nie verlassen wirst, Chris!‹

›Bist du vollkommen übergeschnappt? Warum sollte ich dich je verlassen? Ich war doch bloß ein Gammler, ein Vagabund. Du hast mich zu dir genommen. Mir ein Dach überm Kopf geboten. Und ein Dauerheim. In deinem fantastischen Körper, tief drinnen.‹

›Das klingt schön, Chris. Ich danke dir, Geliebter!‹

Wir gönnen uns eine kurze Stunde Schlaf. Bevor wir fest einschlafen, eng aneinandergeschmiegt, sage ich noch:

›Es hat sich ganz aufgeklart! Carmen und Juan werden ganz gewiß bald aufkreuzen. Unsere ›splendid isolation‹ wird nicht mehr lange dauern.‹

Chris tröstet mich.

›Carmen und Juan lassen uns ungeschoren. Nämlich im Schlafzimmer. Und überhaupt – wir können doch nicht unser ganzes Leben zu zweit verbringen! Du mußt dich auf die Heimkehr nach New York vorbereiten. Keine Flitterwochen dauern ewig!‹

›Doch, Chris, geliebtes Herz, unsere Flitterwochen müssen ewig dauern! Ich werde nicht dulden, daß du arbeitest. Ich hab' genug Geld auf der Bank, und meine Dividenden werden pünktlich ausbezahlt. Ich lasse dich nicht in irgendeiner Diskothek auftreten. Dort kriegst du am Ende noch Lungentuberkulose, in dem abscheulichen Rauch! Oder irre ich mich – hast du am Ende den Ehrgeiz, ein berühmter Rocker zu werden, Sweetheart?‹

Chris lacht herrlich. ›Nicht die Bohne. Von wegen Karriere! Ich hab nicht die Spur Begabung! Hast du vergessen, wie falsch ich gröle?‹

›Du willst also dulden, daß ich dich erhalte und pflege und füttere? Bis ans Lebensende?‹

Er grinst und kneift die Augen zusammen.

›Solange du willst, Schönste im Land! Bisher hatte ich reichlich wenig Angebote von der Art. Kein Aas wollte mich mit Geld und Leckerbissen verwöhnen... du bist garantiert die erste, Saskia!‹

›Paß auf, geliebter Engel... unser Leben wird das Paradies auf Erden sein. Du hast keine Ahnung, wie reich ich bin. Und das habe ich dir zu verdanken – nicht nur meiner Stimme und meinem Fleiß, sondern auch meiner Vorsicht. Meiner Sparsamkeit. Kein Sopran kann ewig auf der Höhe bleiben. In fünf oder sechs Jahren ist es soweit – von da an geht's bergab, wenn ich überhaupt weitersinge. Aber... entschließe ich mich, von der Bühne zu verschwinden, solange ich noch relativ jung bin, so fängt unser Leben zu zweit erst an! Du, wir werden Weltreisen machen! Ich kann von meinen Einkünften leben, selbst wenn ich morgen aufhöre, zu singen. Und ich werde dir jeden Wunsch an den Augen ablesen, Süßer, ich werde dich mehr verwöhnen, als jemals ein blutjunger Ehemann von seiner Frau verwöhnt wurde! Alle Männer werden dich beneiden, Chris! Ach, du, es wird ein Paradies, ein Paradies... schwöre mir nur bei allem, was dir heilig ist, daß du mich niemals, niemals verlassen wirst! Für keinen Augenblick!‹

›Doch, Saskia. Wenn du ein Bad nimmst, eine Dusche, und...«

›Nicht einmal unter der Dusche will ich ohne dich sein, Chris. Ich will nackt mit dir unter der Dusche stehen und mich an deiner nackten Haut festklammern. Und ich will mit dir in die Badewanne klettern und mich im heißen Wasser in deinen Schoß schmiegen, ich will, daß es dir auch im Wasser kommt, und ich will in der Wanne deine glitschige, nasse Haut spüren. Ich werde wahrscheinlich an Schlaflosigkeit sterben, weil ich mir nachts keinen Schlaf gönne und dich nie aus den Augen verlieren will, Chris. Du gehörst mir, immer und ewig! Gib mir dein Ehrenwort, daß du nur mir gehörst!‹

Ich entdecke zum erstenmal flackernde Angst in seinen Augen. ›Ich schwöre, Saskia, Liebste. Aber ich gebe dir nicht mein Ehrenwort. Woher Ehre nehmen, und nicht stehlen? Ich glaube, Schatz, ich hab' gar keine Ehre. Auf den Feldern hab' ich als Junge mit meinen Kumpeln Kartoffeln und Maiskolben gestohlen, und mit den Schulkameraden zogen wir los, um beim Schreibwarenhändler Ansichtskarten zu klauen und Kugelschreiber. Hat sich was, Ehre. Nein, mein Ehrenwort kannst du nicht haben!‹

›Ich werde dir schon Ehrgefühl einpflanzen, Chris! Als Saskia Stahls Mann wirst du aufleben – ein anderer Mensch werden!‹

Daran glaube ich selber nicht. Doch ich rede weiter.

›Du mußt deine scheußliche Kindheit vergessen, deine Kämpfe vergessen. Das gehört jetzt der Vergangenheit an. Laß deine Mutter für dich sorgen, Bübchen!‹

›Okay, Frau Mama!‹

Er macht eine Grimasse, und ich versetze ihm einen leichten Backenstreich, und er rollt auf die linke Seite, wendet mir den Rücken zu, ich liege ebenfalls auf meiner linken Seite, umarme ihn, wir wechseln auf die rechte Seite über, jetzt schmiege ich mich in seinen Bauch, und er faltet die Hände über meinen Brüsten. Er läßt die Hände hinunter zu meinem Schoß wandern. ›Du bist mein Paket, mein heißes, aufreizendes Paket, ich halte dich für immer fest‹, brummt mein satter Säugling. Unmöglich, daß er mich je verläßt.

Erst jetzt schlafen wir todmüde ein.

Vor dem Einschlafen kam mir noch flüchtig der Gedanke, daß uns Juan und Carmen schlafend, nackt im Bett, ohne Decke, vorfinden könnten. Die Schlafzimmertür hat freilich ein Schloß, doch fällt es mir nicht ein, mich in meinem eigenen Haus einzusperren.

Na wenn schon – dann finden sie uns eben nackt! Juan kommt nie ungebeten ins Wohn- oder Schlafzimmer, und Carmen hat mich schon hundertmal splitternackt gesehen. Sie analysierte sogar wiederholt sorgfältig meine Figur und riet mir, Süßigkeiten aufzugeben, sonst ›werden Ihre Schenkel wie Gänsekeulen aussehen, Madame‹!

Ich habe nicht die geringste Lust, unsere physische Liebe zu verstecken. Meine Dienerschaft und alle Freunde werden sich eben an den Gedanken gewöhnen müssen, daß Saskia Stahl mit dreiundvierzig neu geboren wurde. Sie geht vollkommen in dem jungen Sybariten, ihrem Geliebten und Mann, auf. Sie ist unersättlich, ein Vielfraß, unersättlich in der Sucht nach noch mehr Sex.

Ich bin eine unersättliche Ehefrau, Geliebte, die personifizierte Buhlschaft. Und wenn einer der intimsten Freunde – vielleicht sogar der allerbeste, dem früher meine geheimsten Gedanken gehörten, Winfried – sich der neuen Situation nicht anpassen kann, so mag er gehen. Wenn einer der Freunde ungläubig die Augen aufreißt und die neue Saskia nicht akzeptiert, so gebe ich ihm den Laufpaß.

›Noch einen Kuß, Sweetheart, Chris!‹

Er schläft, ich liege an seinen Bauch gedrückt, er hat die Hände wieder über meiner Brust gefaltet, und sie sind schlaff. Das blutjunge Tier pfeift und brummt im Schlaf. Chris ist mein Troll, mein Faun, mein Glücksspender. Auch ich schlafe wieder ein.

Kein Wunder, daß wir das Tuckern des Motorbootes nicht hören und auch nicht die Menschenstimmen und Schritte, nachdem Carmen und Juan und zwei Mechaniker von der Telefongesellschaft den kleinen Kabinenkreuzer festgemacht hatten. Als wir erwachten, hatte jemand die offenstehende Tür zwischen Schlaf- und Wohnzimmer geschlossen, und mir war sofort klar, daß Carmen und Juan wieder auf der Insel waren.

Durch die Tür hörten wir Männerstimmen. Die Mechaniker beratschlagten über die zerrissene Leitung. Wir schauten später aus dem Fenster, und drüben, am Kai, kletterte ein Mann auf den Leitungsmast, den ein zweiter ins Erdreich rammte und befestigte.

›Du, wir müssen uns ankleiden‹, seufze ich und drücke dem Geliebten noch ein paar Küsse auf die Wangen.

›Da hilft kein Weinen‹, seufzt auch er. ›Aber heut' nacht ist wieder eine Nacht und morgen wieder eine und auch in New York... und überall, wo du auftrittst. Du nimmst mich doch auf alle Reisen mit, nicht wahr, Süße?‹

›Ohne dich im Zuschauerraum bring' ich nie wieder einen Ton heraus, Chris. Ich liebe dich, Engelsjunge. Ich brauche dich!‹

Wir ziehen uns an.

Meine Kopfschmerzen waren völlig überflüssig gewesen. Carmens und Juans Rückkehr bereitete unseren Flitterwochen noch kein Ende, unterbrach unsere Glückseligkeit nicht. Nie hat es zwei diskretere und rücksichtsvollere Bediente gegeben, als mein puertorikanisches Ehepaar.

Ich habe das Gefühl, daß sich die beiden allmählich auch für Chris, den Fremdling, erwärmen. Ich frage Carmen ungeniert:

›Mögen Sie jetzt endlich meinen Mann?‹ – Daß Carmen und Juan über unsere plötzliche Heirat entsetzt waren, gestanden sie offen ein.

Carmen denkt kurz nach und versucht, meinen Augen auszuweichen.

›Ich muß ihn wohl mögen – mich an ihn gewöhnen, weil Madame so verliebt in Mr. Svensson sind!‹

Wir machen uns zu viert an die Arbeit, räumen im Steingarten und auf der Terrasse auf. Der Sturm hat fast alle Magnolienbäume und Azaleensträucher entblättert. Auch um die Kokospalmen steht es schlimm. Der Springbrunnen ist mit welken, zerzausten Blättern gefüllt, die Leitung verstopft, sie muß repariert werden. Treibholz und Algen haben den weißen Sandstrand überschwemmt, tote Fische starren uns aus blinden Augen an. Ein Glück, daß selbst Hurrikan Elsa meiner solid gebauten Leuchtturm-Festung nichts anhaben konnte, die Schiebetüren aus verdicktem Verbundglas sind intakt, der Hurrikan hat keinen einzigen roten Ziegel aus dem rot- und weißgemusterten Mauerwerk gerissen.

Ein paar Tage vergehen, die vierte Ferienwoche ist vorüber, und wir haben die ganze Insel wiederhergestellt, alle Wege sauber gerecht, die Mole von angeschwemmten Fremdkörpern befreit, glitzernden, schneeweißen Kies auf die Gartenwege gestreut.

Ich bin sogar froh über die Rückkehr Carmens und Juans. Endlich essen wir wieder etwas Richtiges. Man kann doch selbst mit dem geliebtesten aller männlichen Wesen nicht Tag und Nacht im Bett liegen. Im Mittelalter nannte man's ›verliegen‹, wenn ein Ritter oder Minnesänger zu lange im Bannkreis seiner ›Fraue‹ blieb, und sein Kriegs- und Sangeshandwerk vernachlässigte. Auch für mich, Saskia Stahl, besteht die Gefahr des ›Verliegens‹.

Dennoch war die Versuchung groß, nie wieder nach New York zu fliegen – für immer mit Chris im Inselparadies der Karibik zu bleiben. Umarmungen ohne Ende. Eine radikale Änderung meines Lebensstils. Chris wäre genau so selig, wie ich, wenn er als säkularisierter Tarzan immerzu halbnackt mit mir auf der Insel herumlaufen könnte.

Ich bin wirklich verrückt.

Und überhaupt – nicht nur ich muß unbedingt zurück ins Arbeitsleben. Ein Teenager wie Chris braucht erst recht Abwechslung. Er würde sich nach drei, vier weiteren Wochen mit mir ganz allein zu Tode öden. So ein Junge braucht immer neue Reizmittel. Veränderung. Ich darf ihn nie langweilen.

Fünf Wochen sind vergangen, seitdem uns das Paradies aufnahm. Erst fünf Wochen. Und schon verspüre ich quälende, nagende Furcht.

Werde ich wirklich imstande sein, Chris eisern an mich zu fesseln? Wird er nur für mich dasein – mein Eigentum? Werde ich ihn verstecken können, vor allen anderen Männern und Frauen abschirmen? Vor allem von den Frauen. Die Weiber werden ihn früh genug entdecken. Sie werden sich geil und gierig auf ihn werfen. Versuchen, ihn mir zu rauben – all diese sogenannten guten Freundinnen in New York!

Die Huren mit ewig hungrigem Schoß! Und dann – die Männer. Die Schwulen. Er kann ja ganz mädchenhaft aussehen, wenn er ordentlich frisiert ist. Spitzenhemden trug er auch – wenigstens früher. Als ich ihn im ›Palembang‹ kennenlernte, machte er auf mich einen ziemlich schwulen Eindruck.

Ich werde alle Hände voll zu tun haben, Chris Svensson zu verstecken, jeden seiner Schritte zu überwachen. Denn wenn eine Frau versucht, ihn mir zu rauben, oder ein Mann, so kratze ich den Räubern die Augen aus.

Gespenster. Ich sehe überall Gespenster. Warum bin ich außerstande, unsere restlichen Ferien zu genießen? In den Armen meines Mannes? Ich muß mich zur Ruhe zwingen.

Die ersten Anrufe aus New York seit dem Wüten des Hurrikans. Zum Teufel mit dem reparierten Telefon, warum blieb es nicht stumm?

Und man bombardiert mich mit besorgten Fragen. Aus New York und Berlin und London. Verspätete Glückwünsche zur Hochzeit treffen auch noch ein. Und Blumenarrangements – im Charterflugzeug, vom Festland.

Winfrieds Stimme klingt furchtbar sorgenvoll. Damit habe ich gerechnet.

›Saskia, Liebling, wie geht es dir, wie habt ihr den Sturm überstanden?‹ fragt Winnie. Er ist in New York, die Zeitungen haben ausführlich über die Verwüstung berichtet, die Hurrikan Elsa angestellt hat.

›Hier ist alles intakt‹, sagte ich. ›Das Haus steht – und wir sind glücklicher als am ersten Tag. Winnie, ich hatte keine Ahnung, daß es soviel Glück gibt.‹

›Nach deiner Stimme zu schließen, bist du glücklich, Saskia.‹

Eine Pause: ›Und der neue Ring‹? Hast du die Kostümzeichnungen studiert? Hast du geübt?‹

›Nicht die Bohne, Winnie. Doch, die Zeichnungen habe ich angesehen. Und ich fange heute an, ein bißchen zu üben, obwohl mein Pianino hier nicht gerade ideal gestimmt ist. Ich werde in den zwei oder drei restlichen Ferienwochen üben...‹

›Zwei oder drei Wochen?‹ – Winfrieds Stimme klingt entsetzt. ›Das ist doch unmöglich! Du mußt mit den ersten richtigen Proben beginnen, hier in New York! Mit mir! Deine Ferien sind doch schon abgelaufen! Spätestens nächsten Dienstag erwarte ich dich in New York!‹

Es war Mittwoch.

›Ausgeschlossen, Winnie! Ich war noch nie so glücklich im Leben wie jetzt!‹

›Und das ist mir völlig wurscht, hörst du, Saskia! Die Met rief heute bei mir an. Und du kannst jeden Augenblick einen Anruf von Ron Clayworth erhalten, er inszeniert doch den neuen ›Ring‹! Ohne dich können die Proben nicht beginnen. Und überhaupt – bist du von allen guten Geistern verlassen? Willst du kontraktbrüchig werden, du, die verläßlichste Sängerin diesseits und jenseits des Atlantik? Ich möchte mit deinem Mann sprechen. Gib mir Chris!‹

›Du wirst nicht mit Chris sprechen, Winnie. Tschüs. Ich bin in etwa einer Woche in New York. Aber nicht früher. Sag den Leuten von der Met, daß ich alles nachholen werde...‹

Winfried Graf hat schon abgehängt. Ich sehe ein Gesicht – wahrscheinlich ist es hochrot. Ich kenne ihn, wenn er wütend ist.

Kaum eine halbe Stunde später klingelt der Bühnenbildner an. Dann der Regisseur. Der Dirigent. Für alle habe ich diesselbe Antwort. Unterdessen lümmelt Chris auf dem Sofa oder im Bett herum und gähnt.

›Was machen die für einen Klamauk?‹ fragt mein Mann. Er trägt seine neuen, noch blütenweißen Shorts, die hat Juan auf meinen Wunsch für ihn am Festland gekauft. Auch ein paar marineblaue Shorts habe ich ihm geschenkt.

›Ich habe dir doch von meinem guten Winfried erzählt. Winfried Graf. Er ist mein Begleiter und Korrepetitor. Weißt du, die Met bereitet eine neue Produktion des ›Ring‹ vor, mit neuen Kostümen, einer Neuinszenierung und der Dirigent ist...‹

Ich bleibe im halben Satz stecken. Christopher Svensson interessiert sich wohl kaum für Operndirigenten. Macht keinen Unterschied zwischen Karl Böhm und Guy Lombardo.

›Wenn dir die Met die Hölle heiß macht und du deinen Job riskierst (er sagt wirklich: Job!) so würd' ich an deiner Stelle die Koffer packen und nach New York fliegen. Mit mir. Oder ohne mich, Darling‹, meint mein Mann zögernd.

›Ich werde meinen Job nicht verlieren, Junge. Es gibt keine zweite Saskia Stahl rund um die Welt. Ich bin unersetzlich. Sogar für die Met. Mach dir also keine Sorgen.‹

Chris ist noch immer nicht beruhigt.

›Wir können uns ja in New York genausogut liebhaben wie hier! Ich kenne dein Schlafzimmer. Das himmlisch breite Bett mit den Spiegeln unter dem Badachin. Ich glaube, du tätest ganz gut dran, dich zur Arbeit zu melden, Saskia!‹«

»›Ich kann noch nicht, Liebster. Ich kann mich noch nicht von dir trennen – ich meine, von Hänsel im Inselkäfig.‹«

Er zuckte die Schultern. Bleibt stumm.

Am selben Tag fällt mir ein, daß wir uns lange nicht in der Sauna geliebt haben. Das müssen wir schleunigst nachholen.

Carmen meinte vor ein paar Monaten, ich hätte den Verstand verloren: bei hundert Grad Fahrenheit unter tropisch blauem Himmel auch noch eine Sauna zum Schwitzen bauen. Carmen und Juan wissen eben nicht, was echte Körperhygiene bedeutet. Wie Dampf und trockene heiße Luft die Poren öffnen, wie angenehm es ist, in der Sauna und im Dampfbad zu schwitzen. Selbst in den Tropen.

Meine finnische Sauna ist eigentlich nur eine kleine Hütte mit amphitheatralisch ansteigenden knarrenden, wohlriechenden Bänken aus Birkenholz. In der Mitte der Hütte liegen große Steine, die mehrere Stunden, bevor wir die Sauna benutzen, bis zur Rotglut erhitzt werden. Sind sie glutheiß, gießen wir aus Eimern kaltes Wasser auf die Steine.

Dichter Dampf steigt auf und erfüllt die Hütte. Wir klettern die drei Stufen zur obersten Pritschenbank hoch. Carmen und Juan arbeiten im Garten, es ist noch hell, die etwaigen Zuschauer stören uns überhaupt nicht, wir haben das bißchen Kleidung, Hemd und Shorts, draußen abgeworfen und die Sauna vorschriftsmäßig, splitternackt, betreten. Chris setzt sich, sein Gesicht von Dampfwolken verhüllt, wie ein schwitzendes Pferd, mit wohlig strahlendem Gesicht, auf die oberste Bank und zieht mich auf seine Knie. Ich lasse mich rittlings auf den Knabenschenkeln nieder, reite auf dem Geliebten, presse die Beine fest um den Knabenleib und versuche, ihn so hart an mich zu drücken, daß er kaum atmen kann. Ich spüre selig, wie mein Geliebter tief zwischen meine Schenkel dringt.

Und auch das ist über die Maßen gut – den Körper des Liebsten in der Sauna auf eine Bank zu drücken, sodaß er auf dem Rücken liegt. Über ihm knien, ihn zu nehmen, wie ein Mann ein Weib nimmt. Mit einem Bein auf der Bank zu knien, mit dem anderen auf dem Fußboden der Sauna zu stehen. Fester. Immer fester. Tiefer. Immer tiefer.

Wieder reite ich auf ihm. ›Sitz still!‹ bittet mein Geliebter, und ich verspüre denselben Wunsch des Zurückhaltens. Wartens. Süße Minuten ins Unendliche zerdehnen. Vorspiel. Das längste und seligste Vorspiel der Welt.

Zehn, fünfzehn Minuten vergehen, bis er mir erlaubt, mich zu bewegen. Bis ich ihm dieselbe Erlaubnis erteile. Dann jagen wir der Erfüllung zu, und die Säfte unserer liebestollen Körper vermischen sich miteinander, mit dem heißen Dampf und dem kalten Wasser, das wir auf unsere Gesichter spritzen.

Das Birkenholz der Pritschen-Bänke ist glatt gehobelt, es knarrt. Ich ziehe noch einmal meinen Mann auf mich nieder, und jetzt lieben wir uns mit geschlossenen, aneinandergepreßten Beinen und Schenkeln. Ein schneeweißes Weib und ihr elfenbeinfarbener Geliebter. Hexe und Faun. Ich weiß, daß wir schön sind.

Das alles liegt nun Tausende Lichtjahre zurück. Vielleicht ist es nie geschehen. Dennoch glaube ich, daß es wirklich so geschah, wie ich es, von großer Hast getrieben, geschildert habe. Sonst hätte ich die Seiten meines Tagebuches, des ersten und letzten, das ich je führte, nicht füllen können.

Ich schreibe stundenlang nachts auf meiner alten Maschine, und ich tippe auch untertags, wenn Chris nicht bei mir ist. Das füllt die Stunden des Wartens aus.

Chris sitzt fast niemals mehr bei mir zu Hause. In den letzten Wochen habe ich ihn kaum gesehen. Er ruft alle paar Stunden an. Verlangt Geld. Und selbst wenn er sich das Geld persönlich abholt, erfülle ich immer seine Wünsche.

»Wieviel brauchst du heute, mein Süßer?« frage ich demütig. »Und wann kann ich dich erwarten?«

Er reist kreuz und quer durch die Staaten, telefoniert aus San Francisco, Chicago, Florida, und einmal kam der Anruf sogar aus Paris. Ja, Chris und seine Combo hatten auch einmal ein Engagement nach Paris. Ein Ozean trennt uns, und ich leide unter kaum tragbarer Eifersucht.

Bin ich eines Tages alt, aber wirklich und unwiderruflich alt und einsam, so werde ich dieses Tagebuch durchblättern und Hölle und Himmel nochmals erleben. Tausende Male. Auch das wird Glück sein – zu lesen, wie unglücklich ich wurde, viel früher, als erwartet. Und wie rasend glücklich ich damals war, in meiner endlosen Hochzeitsnacht auf Coral Island. Ich habe gelitten. Ich werde das Leiden überleben, und als Siegerin aus dem Kampf hervorgehen.

Das rede ich mir ein – das hoffe ich. Und immer wieder überkommen mich Zweifel. Ich gehe an meiner Leidenschaft zugrunde, und nur eine Närrin würde den Kopf länger in den Sand stecken.

Wenn mich die Menschen auf der Straße erkennen, oder in einem fashionablen Restaurant, wo ich einen schnellen Imbiß zu mir nehme, bevor die Proben im Philharmonischen Konzertsaal oder in der Oper beginnen, so höre ich förmlich ihr boshaftes Flüstern. Sie stekken immer die Köpfe zusammen, wenn sie mich sehen.

Ich brauche keinen Blick in den Spiegel, um zu wissen, was sie einander zuflüstern. Kein noch so perfektes Make-up könnte mir die gefürchteten neuen Falten um den Mund, am Hals, um die Augen verbergen. In der letzten Zeit zucken und flattern meine Lider nervös, ich kann ihnen keinen Einhalt gebieten. Und ich habe mir auch angewöhnt, wie ein Zappelfritze immer mit den Fingern auf dem Tisch herumzutrommeln – beim Essen, beim Reden, überhaupt immer.

Während des Übens mit Winfried sagt mein Lehrer immer wieder: »Um Himmels willen, Saskia, halt die Hände still, zumindest beim Üben! Du bist ja der reinste Nervenschippel geworden! Geh zum Arzt. Was ist eigentlich mit dir los?«

Ich weiß sehr wohl, was mit mir los ist. Und ich weiß auch, daß keine Gesichtsliftung meine Falten glätten könnte, denn nicht Alter, sondern Kummer hat sie verursacht. Ich leide wie ein geprügelter Hund.

Außerdem bin ich mit sechsundvierzig Jahren viel zu jung für eine Gesichtsliftung. Keine Frau sollte sich das Gesicht liften lassen, bevor sie Mitte Fünfzig ist.

Zu jung? Daß ich nicht lache. Ich bin freilich erst sechsundvierzig, doch fühle ich mich wie eine Sechzigjährige. Ich bin am Ende.

Und nicht nur das spöttische Lachen und Wispern um mich herum. Auch das falsche Mitleid. Kein Mensch versteht mich, kein Mensch hat mich wirklich lieb. Mit drei Ausnahmen. Carmen und Juan hängen mit echter Liebe an mir und Winfried Graf läßt mich auch jetzt nicht im Stich, behandelt mich trotz seiner Vorhaltungen und bewußten Strenge so rücksichtsvoll, so liebevoll wie ein Bruder. Er ist der edelste, liebste, beste Mensch.

Doch die andern? Diese lauten Kannibalen! Gangster, die nur nach fetten Skandalhistörchen jagen. Und ich bin unvorsichtig, ich serviere ihnen alles auf dem silbernen Tablett, gebe geringfügig Auskunft über die Schlangengrube, in der ich lebe. Ich müßte mir angewöhnen, zu schweigen. Laß sie doch mutmaßen!

Saskia Stahl ist zu groß und zu begabt, um Lachobjekt zu werden. Sie dürfen sich nicht über mich lustig machen – ich darf dieses gewissenlose Geschmeiß, diese Skandalnudeln, nicht mit meinem Elend nähren, ihnen nicht freiwillig alles beichten!

In den wertvollen Stunden, die mir mein wahres Selbst zeigen, Stunden der Einkehr und Rechenschaft, fülle ich meine losen Tagebuchblätter, hefte, wenn ich fertig bin, mein Tagespensum erledigt habe, die Schreibmaschinenblätter in mein Buch. Schreiben heißt Leid sublimieren. Ich brauche keinen Psychiater, keinen Analytiker. Tagebücher sind die verläßlichsten Psychiater von gestern – nur etwas aus der Mode gekommen.

Die Schlangengrube. Vielleicht ist es kein Zufall, daß Chris und seine Rocker den Namen ›Schlangengrube‹ gewählt haben.

Chris ist freilich viel zu einfältig – es war bestimmt nicht seine Idee, sondern die eines Kumpels.

Ein Schlagzeuger, ein Pianist, ein Gitarist gehören zu seinem

Combo. Auch Chris hat ein bißchen Gitarrespielen gelernt. Ein begabter Schimpanse spielt gewiß besser. Doch das Publikum ist entzückt. Chris gleicht einer Bauchtänzerin, wenn er mit dem Bekken kreist. Das Publikum kreischt, wenn Chris zu brüllen anfängt und Lieder ohne Melodie kreischt, sich in künstliche Erregung peitscht, unmotiviert in die Luft springt, was er den Beatles und ihren Epigonen abgeschaut hat. Der Bettelderwisch. Noch immer ist sein Antlitz makellos schön, von knabenhafter Reinheit. Für mich hat sich dieses geliebte Gesicht verändert, wie das Bildnis des Dorian Gray. Und wie ich selbst.

Die Teenager im Publikum kümmern sich wenig darum, wem ihr Idol gehört, ob Chris mit seiner alten Frau lebt, ob er sie verlassen hat. Noch immer fallen junge Mädchen, halbe Kinder, in Ohnmacht, wenn Chris in seine Klampfe haut. Neulich mußten sie drei Mädchen aus dem Saal tragen.

Schweiß strömt über Christophers Wangen, wenn er grölt, spielt, in die Höhe springt, sich um seine eigene Achse dreht. Ich bin überzeugt, daß alles gekünstelt und falsch ist an Christopher Svenssons mühsam eingelernter Produktion, daß ihm der Gesang keinen Spaß macht, das Spiel keinen Spaß macht, daß ihn Rockmusik im Grunde ebenso wenig interessiert wie klassische Melodien. Falsche Leidenschaften. Billige Komödie.

Ich bin dem Erfolgs-Combo ›Snakepit‹, der albernen Schlangengruppe, wahrhaftig nicht neidisch auf ihren Erfolg. Schund. Billigste Imitation. Chris könnte auf dem Konzertpodium vor künstlicher Erregung einen Herzanfall bekommen und sterben – dieser Bettelderwisch würde mich auch dann nicht davon überzeugen, daß der Auftritt keine Mache ist. Jedes Lied und jeder Augenaufschlag.

Wenn aber das Publikum solche Mache fordert? Außerdem: Schuld bin nur ich an Christopher Svenssons plötzlichem Aufstieg. Ich hatte ihm nicht einmal soviel Erfolg zugetraut, weil ich von seiner Talentlosigkeit überzeugt war. Ich bin es noch immer. Die kurze Übungsperiode, sein erstes Engagement im ›Palembang‹, hatte ihm nichts genützt. Seine Leistungen waren und sind kitschig, übelster Schund, selbst für Kenner des Rock.

Und hätte die seltsame Heirat Chris Svenssons mit Sascha Stahl nicht Schlagzeilen in der Weltpresse gemacht, so wäre er ein unbekannter kleiner Dutzend-Rocker geblieben. Diesen Glauben lasse ich mir nicht nehmen.

Ja, ich bin schuld und keine andere. Und wenn ich auf der Straße oder auf der Bühne zusammenbreche, einem Herzanfall erliege, so kann ich auch dafür nicht Chris die Schuld zuschieben. Sondern ausschließlich mir selbst.

Ein Herzanfall. Dazu kommt es. Und bald. Die Tage der kerngesunden Saskia Stahl, die so gern als Kind in der Ostsee schwamm, die in Florida segelte, bevor es einen Chris Svensson gab, sind gezählt.

Meine Ärzte belügen mich freilich. Das weiß ich. Kein Arzt sagt seinem Patienten die Wahrheit. Mein langjähriger Arzt und Freund, Dr. Livingston, tröstet mich, so oft ich mich zu einer gründlichen Untersuchung bei ihm melde. Mich foppt auch Dr. Livingston nicht – ich durchschaue ihn.

»Saskia, wie oft soll ich Ihnen noch beteuern, daß Sie organisch völlig gesund sind?« bekräftigt Livingston.

Ich durchschaue ihn. Wenn ich auch niemals erfahren werde, was mein Arzt hinter meinem Rücken mit Carmen und Juan und Winnie tuschelt. Die sind ständig in Kontakt mit ihm, die bevatern und bemuttern mich. Es ist die reinste Verschwörung. Das sieht ein Blinder ohne Brille. Sie wollen mich allesamt nicht beunruhigen – sie schonen mich, vor allem die Operndiva Saskia Stahl. Kein Wunder. Saskia Stahl verdient viel Geld, an der hängt ein ganzer Schwarm Schmarotzer.

Welch häßliche, garstige Gedanken! Juan und Winnie und Carmen sind, weiß Gott, keine Schmarotzer. Doch Chris gehört nicht in die Gruppe der Selbstlosen.

Eine Verschwörung. Warum sagen mir meine Freunde nicht die Wahrheit? Ich bin krank. Ich habe ein Herzleiden, ich schwebe in Lebensgefahr! Chris weiß es.

In diesen leeren, armen Nächten, wenn Chris auf Tournee ist, oder sich hier in New York irgendwo herumtreibt, bei Freunden oder im Hotel übernachtet und wenn ich allein im Doppelbett liege, das ein Alptraum geworden ist – in diesen Nächten kann ich nicht schlafen.

Mein Bett ist ein Alptraum, weil es nicht mehr oder doch fast nie mehr unser Bett ist. Damals, als wir Coral Island nach der göttlichsten Liebes-Tollwut verließen, brachten wir auch die Liebe der Körper mit nach New York, füllten das Bett mit gutem, heißem Sex und Leidenschaft und machten es zu unserem Paradies.

Wir beobachteten unser Liebesspiel im Spiegelbadalchin, und ich entdeckte wieder alle versteckten Schönheiten meines üppigen

Körpers, erquickte mich an meinem Liebreiz, bewunderte das Spiegelbild der königlichen Geschlechtsorgane meines Mannes.

Wir sahen wie zwei glückselige Tiere miteinander Fangen spielte, einander überrollten, wie eins das Fleisch des anderen verschlang, wie der eine nicht vom andern lassen wollte.

Doch auch dies geschah im Lande Nimmermehr. Was auf Coral Island war, kommt niemals wieder. Bald begann ich, den Spiegel unter dem Baldachin zu hassen. Chris wurde Narziß. Immer mehr Aufmerksamkeit widmete er dem eigenen Spiegelbild, immer weniger interessierte ihn die geliebte Frau. Er fing an, meinen Körper achtlos beiseite zu schieben. Und darum sorgte ich dafür, daß Carmen und Juan den Spiegelbaldachin sorgfältig mit Tuch verkleideten.

»Chris, ich bin eifersüchtig auf das Zeug, ich meine die Spiegel! Schau doch nicht ewig hinauf«, bat ich. Es war am Nachmittag, ich hatte Chris ins Bett gezerrt, wir hatten noch zwei Stunden, bevor eine wichtige Probe mit Winfried, drüben im Musikzimmer, beginnen sollte.

Eine Probe – gestern – hatte ich bereits aufgeschoben, und Winfried tobte, weil ich das Telefon ausschaltete. Das war gestern gewesen. Heute mußte ich wohl oder übel mit Winfried arbeiten.

Die Spiegel über dem Bett sind verschwunden. Chris hat nicht mehr die Möglichkeit, Narziß zu spielen. Rotes Tuch bedeckt den Baldachin jetzt auch von innen.

»Jetzt bist du sogar auf einen Spiegel eifersüchtig«, klagt Chris und gräbt sich in mein Fleisch.

»Das stimmt. Ich bin sogar auf dein Hemd eifersüchtig, weil es sich an deinen Körper schmiegt. Und auf die Luft, die du einatmest.«

Noch immer schwöre ich mir, ihn meine Eifersucht nie spüren zu lassen – ich meine, die brennende Eifersucht auf fremde Frauen.

Nächte ohne Schlaf. Ich liege mit weitoffenen Augen allein im Bett und denke an diesen Nachmittag mit Chris – auch er hat sich nicht wiederholt, gehört schon der unwiederbringlichen Vergangenheit an. Ich habe Krämpfe, mein Herz zieht sich zusammen.

Dr. Livingston versteht nichts von seinem Fach, ich kenne mich besser, mich foppt kein Arzt. Ich habe Herzkrämpfe – bin schwerkrank. Mit nur sechsundvierzig Jahren bin ich eine schwerkranke Frau.

Ich habe in Houston und München und Berlin andere Herzspezialisten zu Rat gezogen, und auch von ihnen nicht die Wahrheit erfahren. Alle Ärzte lügen. Mein Herz ist ganz schwach. Ich weiß, daß ich aufhören sollte, zu singen. Doch die Musik ist mein einziger Halt im Leben. Sonst habe ich nichts mehr – jetzt, da ich auch meinen Mann verloren habe.

Szenen machen? Das gibt es nicht für Saskia Stahl. Nur keinen Lärm. Lieber stillhalten. Leiden wie ein Hund, den sein Herr verprügelt hat und der dennoch immer zu seinem Herrn zurückkehrt, um ihm die Hand zu lecken.

Ich will alle Leiden der Welt auf mich nehmen, bloß, um in seiner Nähe zu bleiben. Mag es kein Karussell der Liebe mehr geben – mag ich nicht mehr unter ihm liegen, auf ihm liegen, auf ihm reiten in heißer Ekstase, nicht mehr jeden versteckten Spalt seines Körpers mit meiner Zunge auskosten. Es war einmal eine Zeit, ein ganz kurzes Glück, da gab es keine Handbreit unserer Körperhaut, die der Geliebte nicht betastete.

Er beißt mich nicht mehr, er küßt mich nicht mehr, er berührt mich nur noch ganz selten.

Es ist alles aus. Es gibt keinen Oberbefehlshaber und General Saskia mehr, keine Gebende und keine Nehmende. Nur noch die winselnde Saskia, die sich mit Brosamen zufriedengeben würde. Mein Bett war mein Schloß. Es ist ein Lager geworden, das einem mittelalterlichen Marterpfuhl gleicht.

»Und jetzt sei ganz artig und tu, was ich verlange«, sagt Chris Svensson. Er befiehlt es. Ich schaue ihn an und meine, zu träumen. Was passiert, ist ein übles Happening, und ich bin die Hauptdarstellerin dieser Affenkomödie.

Vor einer Woche. Chris ist wieder mal in New York, mit der Bande, die nicht viel besser ist als Landstreicher-Gesindel. Chris ist ausnahmsweise nett zu mir. Drei Tage lang wohnt er sogar bei mir. Als er dies ankündigte, wußte ich: der hat wieder mal keinen roten Cent. Mit der Combo war er auf Tournee, die Burschen werden gut bezahlt, doch Chris und seine Kumpel sind die geborenen Verschwender. Extravagant. Schmeißen das Geld für hirnverbrannte Dinge aus dem Fenster. Mein Mann findet es ganz natürlich, ein Charterflugzeug zu mieten und zwanzig junge Leute, die er irgendwo aufgegabelt hat, Groupies und Strichjungen, einzuladen. Fliegt mit ihnen nach Nashville, bezahlt die Hotelrechnungen, das Essen für alle. Und dann wird gesoffen. Das geht ins Geld.

Schon bevor er mit seiner Combo das erste Auslands-Engagement hatte und zu völlig unverdientem Ruhm gelangte – er gilt heute als unumstrittener und heißester junger Rock-Star –, belohnte er meine beispiellose Großzügigkeit schlecht. Ich hatte für Chris sofort nach unserer Heimkehr von Coral Island ein Bankkonto eröffnet, damit sollte er nach Belieben schalten und walten. Ich zahlte eine stattliche Summe für ihn ein. Kaum hatte er das Verfügungsrecht, da verschwand das Geld auch schon, schmolz wie Neuschnee an der Sonne.

Chris hob fast die ganze Summe ab, weil er unbedingt einen Rennwagen haben mußte. Er fuhr schlecht, unvorsichtig, ich hätte ihm nicht einmal eine verbeulte Seifenkiste anvertraut. Dennoch ließ ich ihm sein Vergnügen. Kaum war er zum erstenmal allein in seinem neuen Wagen weggerast – ich trat im Opernhaus von San Francisco auf und hatte Chris nach Kalifornien mitgenommen –, da schlug er sich beinahe den Schädel ein. Fuhr auf dem berühmten ›17-Mile-Drive‹ zwischen Carmel und Monterey gegen eine Fichte, brach sich drei Rippen, war wochenlang blau und grün im Gesicht und hatte einen Eisbeutel auf dem geprellten Nasenbein. Ich verbrachte meine ganze freie Zeit an seinem Krankenbett im San Francisco Hospital und mußte jede Woche in der Oper singen.

Bald merkte ich, daß Chris außerstande war, zehn Dollar richtig einzuteilen, von größeren Summen ganz abzusehen. Ich schlug ihm vor, sein Geld zu verwalten, ihn reichlich mit Taschengeld zu versorgen, alle Rechnungen für ihn zu bezahlen, doch wollte ich sein Bankkonto auflösen. Die Strolche und Groupies würden es immer verstehen, ihm Geld zu entlocken.

»Das mußt du einsehen, Liebling«, sagte ich und war liebevoll und zärtlich, ich machte ihm nicht einmal Vorwürfe, nur sanfte Vorhaltungen.

Chris hätte mich beinahe erwürgt, knirschte vor Wut mit den Zähnen.

»Du geizige alte Hexe!« schrie er.

Seit unserem Glücksüberschwang auf Coral Island war noch kein ganzes Jahr verflossen.

»Geizig? Ich? Hab' ich nicht jeden deiner Wünsche erfüllt? Biete ich dir nicht jeden erdenklichen Luxus? Allerdings – einen Rennwagen kaufst du dir nie wieder, solange ich lebe. Dazu liebe ich dich zu sehr. Ein derartiges Erlebnis war schlimm genug.«

»Also gut – du bist nicht geizig. Ich nehm' alles zurück.«

Und er küßt mich flüchtig. Abends schläft er bei mir, drückt sich eng an mich. Er nimmt mich, legt sich auf mich, stößt mich und macht mich glücklich. Doch nach kaum einem Jahr spüre ich deutlich, daß seine Gedanken woanders sind.

Er ist nicht mehr bei der Sache, wenn er mich unter sein Becken drückt. Seine Fantasie arbeitet nicht mehr, aus dem tollen Liebeskarussell ist eine Tretmühle geworden.

Christopher Svensson hat mich erweckt, mich zur Frau, zur Geliebten gemacht, und jetzt läßt er mich unbefriedigt liegen. Ein Mann, der beim Liebesspiel in Gedanken nicht bei mir ist, kann mich nur unglücklich machen.

Dann – die entsetzliche Demütigung.

»Zeig den andern, daß du mich liebst!« sagte Chris und schaut sich stolz um, ob die andern auch zuschauen. »Küß mir die Hand!«

Ja, die andern schauen zu.

Das war vor einigen Tagen. Ich wollte, ich könnte die Erinnerung aus meinem Hirn ausbrennen. Chris versucht, mich zu demütigen, mich lächerlich zu machen. Unmöglich. Es kann nicht wirklich so geschehen sein. War er es wirklich, der pfiff – war ich es, Saskia Stahl, die gehorchte und tanzte? Wie ein Tanzbär in der Manege?

Konnte mir das zustoßen? Saskia Stahl?

Es konnte jeder Frau passieren, die aufhört, nachzudenken und ihrer Sekretion gehorcht, statt vernünftigen Überlegungen.

Dort steht Chris mit gespreizten Beinen, hat offenbar einen LSD-Trip hinter sich, seine Augen sind blutunterlaufen. Oder ist er nur betrunken? Im Trinken kenne ich mich besser als aus als in Ups und Downs, Hasch und Kokain. Rauschgift ist mir ein Buch mit sieben Siegeln.

War vor kurzem selbst, zum erstenmal im Leben, richtig besoffen. Was für eine Schande! Ich schämte mich so, daß ich mich ins Schlafzimmer einsperrte und betete, daß niemand meine Schande entdecken möge.

Ich bin sicher, daß Chris jetzt auch noch fixt. Tödliches, gefährliches Zeug. Aber was er nimmt, kann ich nicht ermitteln, vielleicht würd' ich's nicht merken, wenn er sich mit Heroin vollspritzte.

Er hat die Combo mit nach Hause gebracht, und ein paar Groupies, die zu seinem zweifelhaften Freundeskreis gehören, und das ganze Gelumpe soll hier, bei mir, in unserer Wohnung schlafen! Warum auch nicht? Kostet die Tagediebe keinen Cent. Und wenn Chris es befiehlt, wird Carmen und Juan meinen ›Gästen‹ das Frühstück ans Bett servieren.

»Dürfen wir im Gästezimmer schlafen, Mrs. Svensson?« fragt Anita, ein Groupie-Mädchen. Ich erinnere mich an ihr vulgäres, verdammt sinnliches Gesicht, sie hat einen breiten Schädel und eine Fülle von kastanienbraunen Locken.

Es hat sich schnell herumgesprochen, daß ich lieber ›Mrs. Svensson‹ genannt werde, als, wie früher, ›Miß Stahl‹. Die große Diva ist verschwunden. Was übrigblieb, ist die bedauernswerte, verhärmte Ehefrau eines verkommenen Knaben. Sie ist sechsundvierzig Jahre alt – und er hat eben seinen einundzwanzigsten Geburtstag gefeiert.

»Aber gewiß doch – Sie sind alle herzlich willkommen«, lüge ich. Die Clique meines Mannes schläft nicht zum erstenmal hier. Was nützte es mir, wenn ich Chris diese Bitte abschlüge? Zwei Pärchen werden im selben breiten Bett schlafen, das Raum genug für vier hat. Und ein Pärchen wird sich auf der Couch herumwälzen. Die anderen – meinethalben auf dem Teppich, oder sogar auf der Liege im Musikzimmer. Und lautes Singen und Jaulen und Kreischen wird meinen Musiktempel und die ganze Penthouse-Wohnung erfüllen, die Strolche und Gammler werden sich auf dem Teppich lieben, wenn ihnen der Sinn danach steht.

Meinetwegen. Mir ist es wirklich gleichgültig. Vorausgesetzt, daß mein Geliebter bei mir schläft. Mein Junge, mein Mann, ist wieder einmal zu mir zurückgekehrt. Laß doch die andern ihre Schweinereien in den übrigen Zimmern treiben, solange Chris heute nacht mein Bett teilt!

Chris stammelt, berauscht oder besoffen oder beides:

»Die Kinder wollten mir nicht glauben, als ich sagte, daß du praktisch aus meiner Hand frißt! Zeig ihnen, daß du mir aus der Hand frißt, Süße!«

Ich muß ihn lächerlich machen.

»Warum nicht! Ich bin großzügig. Dafür beißt du die Hand, die dich füttert, Liebling!«

Hat er LSD genommen? Heroin gespritzt? Hoffentlich ist er heute nacht nüchtern. Mit einem Besoffenen möchte ich nicht ins Bett, ich mag keinen mechanischen Dampfhammer, der das Beisammensein nicht in vollen Zügen genießt.

Wo steckte Chris in den letzten zwei Wochen? In einer dreckigen Wohnung im Village, bei einer der Groupies? Bloß, um meinen Bitten zu entkommen? Um nicht in einem fort mein Flehen und Betteln zu hören: »Küß mich, Engel, bitte, bitte, küß mich! Ich werde dir alles geben, was du willst. Brauchst du Geld? Einen neuen Anzug? Schmuck? Vielleicht eine neue Uhr? Wenn du darauf bestehst und es dich so glücklich macht, so schenke ich dir meinethalben einen neuen Rennwagen. Nur – nimm mich zu dir, komm ins Bett, süßer, geliebter Liebling! Ich liebe dich so sehr!«

Denn so weit ist es mit mir gekommen, so liege ich bettelnd auf den Knien vor meinem Mann, ich, Saskia Stahl!

Gott sei Dank. Die dreckige Bande ist im Gästezimmer verschwunden, die Schlagzeuger und Groupies haben sich verkrümelt.

Ob er bald kommt? Ob er mich lange im Schlafzimmer warten läßt? Oder sollte ich ihn noch füttern, bevor wir unser süßes Liebesspiel beginnen?

Chris pflegt sich nicht richtig in den letzten Wochen, er ißt wahrscheinlich auch ganz falsch. Nur Carmen und ich wissen, was ihm bekommt. Hänsel im Käfig. Ich habe es für immer verpaßt, den Geliebten in einen Käfig zu sperren, ihn dickzufüttern.

Er ist magerer geworden, er sieht mitgenommen aus, bleich. Warum schmeißt er die Bande nicht einfach hinaus? Warum trennt er sich nicht von dem Geschmeiß ein für alle Male? Er hätte es so gut bei mir, als Mann, Geliebter, vergötterter Sohn!

Da steht er in der Schlafzimmertür. Chris ist jetzt nüchtern, er trägt nur Hosen, seine Brust schimmert sauber und elfenbeinfarben unter dem viel helleren bastblonden Haarpelz. Gut, daß er aus seinem Hemd geschlüpft ist. Ich bin auch schon halbnackt, werfe das azurblaue Seidennachthemd aufs Bett, ich brauche es nicht. Ich stürze mich auf ihn, bedecke das Sonnenmeer auf seiner Brust mit hungrigen Küssen, ich bin Fleischfresserin und brauche meine Beute, um nicht zu verhungern.

»Laß mich, Saskia!« brummte Chris und stößt mich von sich.

»Kommst du nicht zu mir? Ich meine, kommst du nicht endlich ins Bett?«

»Laß mich in Ruh, Muttchen!«

»Aber ich ließ dich doch in Ruh – wochenlang! Hab' ich dir nachgestellt? Hab' ich dich telefonisch belästigt? Dich gebeten, nach Hause zu kommen? Hab' ich dir nicht alles geschickt, was du haben wolltest? Schecks für dich eingezahlt? Dir Geld überwiesen? War ich nicht gehorsam und verhielt ich mich nicht still – hab' ich nicht auf deine Heimkehr gewartet? Ganz brav?«

»Doch, doch!« und er streichelt zerstreut mein Haar, genau wie man ein Schoßhündchen streichelt.

Ich habe heute überhaupt nicht getrunken. Keinen Tropfen Alkohol. Ich komme mir dennoch vor, wie eine schwer Betrunkene, denn ich beginne langsam, seine Schenkel zu liebkosen. Ich beuge das Knie. Ich knie vor meinem grausamen jungen Eros, küsse seine schmutzigen Dungarees, mache einen kompletten Narren aus mir. Jetzt überkommt mich der Wunsch, meinen Knaben zu entkleiden, ihm die schmutzige Hose auszuziehen, sonst hat er ja nichts an. Ich will mich an seinem jungen Fleisch festklammern und ihn aussaugen, wie früher – in unserem Inselparadies. Ich will mich an den süßen Säften satttrinken, die im Baum der Erkenntnis hochsteigen.

Doch Saskia Stahl ist eine andere, sie ist nicht mehr die kühne, schamlose Saskia Stahl, die ihrer Sache so sicher war. Sklavin und General in einer Gestalt war.

Ich bin nur eine arme Dienerin, Bediente eines bösartigen, boshaften Knaben, die vor ihrem Herrn kniet und um Brosamen der Liebe fleht.

»Chris, wo bleibst du so lange?« – höre ich eine Frauenstimme aus dem großen Gästezimmer, oder vom Korridor. Wahrscheinlich gehört die Stimme zu dem dunkelhaarigen Groupie-Mädchen, und sie ruft nach meinem Besitztum. Meinem Mann.

»Ich komme schon!« antwortete Chris, langgezogen, und hilft mir, mich von meinen Knien zu erheben. Ich hole ein karmesinfarbenes Négligé aus dem Schrank, es paßt mir von allen am besten. Trug ich diesen Schleierstoff, als ich Chris im Musikzimmer überraschte? Damals – in der Nacht vor unserem Abflug nach Coral Island – als meine Hölle und mein Paradies begann?

Chris schiebt mich vor sich hin, hinein ins Gästezimmer, fast macht es den Eindruck, als sei er noch immer stolz auf mich.

»Hab' ich nicht eine schöne Frau? Saskia ist doch 'ne Wucht!« erklärt er und zeigt mit beiden Händen auf mich, und ich ziehe das Négligé unter der Brust zusammen. Alle jungen Ungeheuer stecken schon im Bett, mit Ausnahme Anitas. Und alle sind nackt. Ich kann die Arme kaum von den Beinen unterscheiden, die sich durch unser Eindringen nicht in ihren Handlungen stören lassen. Ich sehe nichts als einen dreckigen, unappetitlichen Haufen menschlicher Leiber, durch tierischen Sex ohne Gefühl aneinandergekettet – ohne Liebe. Sex ohne Liebe ist gräßlich.

»Doch, Mrs. Svensson ist eine Wucht – sie ist bildschön und außerdem eine sehr große Sängerin!« bekräftigt eine Groupie-Hure. Jetzt weiß ich's also. Aus dem Mund eines Weibstücks hab ich's gehört, eines Luders, das vermutlich Bach nicht von den Beatles und ihren Kompositionen unterscheiden kann.

Wie tief bin ich gesunken! Ich gebe ihnen den Narren ab. Wo ist mein Stolz?

Das alles ist unwichtig, ich verscheuche Scham und Selbstvorwürfe. Wenn Chris nur ins Schlafzimmer zurückkommt, wenn er bloß heut nacht mit mir schläft! Lieber Gott im Himmel, gib, daß mich Chris heute nacht glücklich macht, wie auf Coral Island, und daß ich mich so stark in sein Fleisch einbrenne, daß er die andern hinauswirft und für immer bei mir bleibt! Mich hungert und dürstet entsetzlich, ich halte es nicht mehr aus!

Chris stellt sich breitbeinig mitten ins Zimmer.

»Wollt ihr sehen, wie großzügig meine kleine Frau ist?« fragt er die Trolle rundum.

»Ja!«

»Also schaut her. Und auch du, Saskia, schau her. Ich werde jetzt meine kleine Freundin und Kollegin Anita küssen, sie vor meiner Frau küssen. Du mußt wissen, Saskia, altes Mädchen, ich hab' schon ziemlich oft mit Anita gebumst!«

Er drückt einen langen Kuß auf Anitas Lippen.

Jetzt ist der Augenblick für mich gekommen, ich müßte ihm eine Ohrfeige geben, das Zimmer verlassen, schnell einen Koffer packen und ins Hotel ziehen. Und morgen, ganz früh, mit meinem New Yorker Anwalt ins Penthouse zurückkehren. Und Chris Svensson, das personifizierte Böse in meinem Leben, für immer hinauswerfen – ihn aus dem Paradies weisen, wo er sich gemästet hat. Aus der Luxuswohnung, deren Miete *ich* bezahle. Aus meinem Leben werfen. Raus.

Doch das würde eine Trennung für immer bedeuten.

Die Trennung von seinem Leib.

Dazu kann ich mich nicht überwinden.

Vernünftig denken, Saskia. Sammle dich.

Schau – eigentlich handelt es sich um einen harmlosen Scherz. Chris ist eben übermütig. Hat sich einen Spaß erlaubt. Was ist denn schon ein Kuß! Man muß als intelligente, überlegene Frau auch einen Spaß verstehen und nicht gleich albern einschnappen! Was ist eigentlich los mit mir?

»Holla-hopp!« ruft Christopher, mein Mann. »Holla-hopp! Und jetzt gib du mir einen Kuß, altes Mädchen! Zeig, daß du eine fügsame, artige kleine Frau bist, Saskia! Naaaa?«

Der verstorbene belgische Bühnenautor Michel de Ghelderode, ein dramatisches Genie, hat ein Stück geschrieben, das heißt HOP SIGNOR. Seine Hauptfigur ist ein abstoßender und alter mari cocu, Gatte einer jungen und leichtfertigen Frau, die ihn betrügt. Ich habe das ergreifende, kurze Stück in einem Pariser avantgardistischen Theater gesehen. Die junge Betrügerin in HOP SIGNOR war für mich von jeher Inbegriff des gemeinen Weibsteufels, das personifizierte Böse.

»Hop Signor!« rufen die Mitleidlosen in dem Stück und legen den Gehörnten auf ein Leintuch. »Hop Signor!« Und sie werfen den zwergenhaft kleinen Ehemann, den armen, den alten, hoch in die Luft und spielen solange ohne Erbarmen, bis er seine Seele aushaucht. Diese Szene fällt mir jetzt ein, sie ähnelt der Begebenheit im Gästezimmer, spät nachts. Nur spielen wir nicht HOP SIGNOR, sondern HOP SIGNORA, HOP MADAME. Hoppla, friß mir aus der Hand, Saskia Stahl!

Ich dramatisiere die komische Situation wieder viel zu stark.

»Also gut, Chris«, sage ich. »Du hast deinen Freunden bewiesen, daß du ein hervorragender Zirkusdirektor bist, daß du einen dummen Spaß ausgezeichnet inszenieren kannst und daß ich jeden Spaß verstehe. Jetzt aber Schluß damit. Komm schlafen!« Chris rührt sich nicht.

»Kommst du nicht endlich, Liebling?«

»Was fällt dir eigentlich ein? Ich schlaf' heut nacht mit Anita.«

Eine Pause. Keiner atmet. Sogar diese jungen Sadisten und Idioten scheinen vor den Kopf gestoßen.

»Was hast du eben gesagt, Chris?« Ich glaube noch immer, falsch gehört zu haben.

»Ich habe gesagt, daß ich heut nacht mit der kleinen Anita schlafen werde. Vorausgesetzt, daß sie mich haben will. Haste Lust, zu bumsen, Sweetiepie?«

Und mein Mann schlingt die Arme um Anita, die als einzige noch ein Kleid anhat. Plötzlich versteckt sich das Mädchen hinter der Tür zum Bad. Schämt sich offenbar. Will nicht mitmachen.

Ja, und jetzt müßte ich ihn hinauswerfen, oder hinauslaufen, Koffer packen, auf und davon, ins Hotel oder zu Winfried. Das geht zu weit. Das kann ich nicht mehr schlucken. Raus soll der Kerl – raus, raus!

Ich stehe da, wie eine Salzsäule, und kein Laut kommt aus meiner Kehle.

Dann drehe ich mich um, verlasse das Zimmer und lege mich schlafen. Ganz allein. Ich weiß, daß mein Mann seinen Plan durchführen will, daß er heut nacht im Bett der jungen Hure Anita schläft, denn das Mädchen wird sich's überlegen. Sich überreden lassen.

Nur das Musikzimmer trennt mich vom Korridor, und jenseits

des Korridors liegt das Gästezimmer, und dort wird sich mein Mann mit seiner Hure herumwälzen.

Ich werde eine Schlaftablette nehmen. Wie gewöhnlich in der letzten Zeit zwei Tabletten statt einer. Früher kannte ich keine Schlaftabletten. Ich weiß auch, daß ich mitten in der Nacht aufwachen, mit weitoffenen Augen liegen und außerstande sein werde, wieder einzuschlafen. Diese Pillen nützen nichts mehr.

Mag er doch mit dieser jungen Schlampe bumsen. Wenn er mich nicht mehr liebt, mit dem Herzen, mit jeder Faser des Seins, so will ich auch seinen Körper nicht mehr in den Armen halten. Ich brauche seine Ekstase nicht, wenn er mich nicht mehr liebt. Ohne Liebe pfeife ich auf seinen herrlichen jungen Leib.

Es gibt keine Lösung. Ich bin hilflos, sehe keinen Ausweg.

Und schuld an allem bin ich. Denn gleich nach unserer Heimkehr von Coral Island machte ich Chris zu meinem ständigen Begleiter. So war es gut, so hätte es bleiben sollen. Immerfort hätte er mein treuer Diener sein müssen, der die Gnädige auf Schritt und Tritt begleitet. Ich verwöhnte meinen jungen Gatten über alle Maßen, machte ihn zu meinem Schoßhund. Er kam mit, wenn ich zur Opernprobe fuhr, saß im Zuschauerraum, im Dunkeln, wenn ich probierte und in der ersten Reihe des Parketts, wenn ich auftrat.

Chris konnte die Augen nur mit Mühe offenhalten, während ich die schönsten Rollen meines Lebens sang. Opernmusik war und blieb für ihn ein Buch mit sieben Siegeln. Während eines Liederabends, mein Programm bestand aus lauter Werken Schuberts, Richard Strauß' und Hugo Wolfs, fielen ihm tatsächlich die müden Augen zu. Lieder sagen ihm noch weniger als Opern – die hatten zumindest prächtige Kostüme, eine glitzernde Ausstattung.

In diesen ersten Wochen als Mann und Frau in New York überwachte ich ihn ständig, er mußte von Zeit zu Zeit immer anrufen, wenn ich allein Einkäufe machen fuhr oder mit einem Kumpel in einem Restaurant zu Mittag aß, freilich auf meine Kosten. Solange ich diese vollkommene Hörigkeit aufrechterhalten konnte, Schoßhund und Herrin, waren wir glücklich.

Gewiß, schuld bin ich. Denn als Chris den Einfall hatte, seine magere Karriere als Sänger auszubauen, um ›auch selbständig ein bißchen was zu leisten‹, hätte ich ihm die Bitte glatt abschlagen sollen. »Leisten« – das klang recht komisch aus seinem Mund. Mit Ausnahme des kurzen Gastspiels im ›Palembang‹ hatte er keine Spur von Erfahrung. Keine Stimme. Kein schauspielerisches Talent.

Ich gab nach, weil es Chris offenbar darauf abgesehen hatte, die Nabelschnur zu trennen, die ihn mit der Geliebten verband.

Er bettelte:

»Ich halt es faktisch nicht aus, dir immer und ewig nachzuzotteln, Liebes!« jammerte er. »Laß mich versuchen, eine neue Combo zusammenzustellen!«

»Okay. Ich will dir die Flügel nicht stutzen«, sagte ich nach reiflicher Überlegung. Ich war stolz auf mich. Je mehr Freiheit man einem Geliebten läßt, um so inniger wird er sich nach dir sehnen. So lautete meine Theorie. Sie war, zumindest im Falle Christopher Svenssons, völlig abwegig.

Und ich handelte wie eine großzügige und nachgiebige Frau. Verschaffte ihm einen Gesangslehrer, dessen Spezialität Country Music und Rock waren. Kaum konnte ich bis drei zählen, als Chris seine eigene Combo-Gruppe gebildet hatte. Ein Kumpel taufte sie ›The Snake Pit‹.

»Huh, was für ein gräßlicher Name!« rief ich aus, als ich die Bezeichnung ›Schlangengrube‹ zum erstenmal hörte. Immerhin war es ein zugkräftiger Name, andere Gruppen nennen sich ›The Animals‹ und es gibt noch Schlimmeres. Die ›Schlangengrube‹ paßte nicht übel zu meinem eigenen, neuen, selbstverschuldeten Dasein.

Ich war in eine Schlangengrube gefallen, mein junger Mann war die Viper, die mich vergiftete. Ob sich Christophers Kumpel von unserem Schicksal, von unserer gescheiterten Ehe, beeinflussen ließ, als er den seltsamen Namen für das Combo wählte?

Christophers Karriere schoß kometenhaft in die Höhe, es war einer von jenen völlig unverdienten Erfolgen, die in unserer nur auf Sensation und billigen Rummel ausgerichteten Zeit so häufig sind. Chris und die Gruppe verdienten Tausende, und je mehr Chris verdiente, um so leichtsinniger brachte er sein Geld durch.

Schulden. Um Chris türmen sich Schulden, von Tag zu Tag mehr. Ich stopfe ein Loch zu. Er schafft ein neues. Verstrickt sich immer tiefer in einem Spinnwebennetz von Schulden, und kein Geld genügt ihm.

»Geld macht mich nervös. Ich kann's nicht festhalten«, seufzt Chris.

»Aber du bist ein erwachsener Mensch! Ein verheirateter Mann! Du mußt endlich Verantwortung lernen!« tadle ich ihn, furchtsam genug.

»Bitte, erinnere mich nicht daran, daß ich als Baby geheiratet habe! Ich Narr! Heut bin ich einundzwanzig Jahre alt – und verheiratet!«

Drei Jahre nach unserer Hochzeit taucht mein Mann nur als ganz seltener Gast in meiner Penthousewohnung, schräg gegenüber der Met, auf.

»Du hast heute abend sehr apathisch gesungen, Saskia«, tadelt mich Winfried, der nur selten Fragen stellt. Er weiß dennoch genau, woher der Wind weht.

Er tadelt mich nach der ›Walküre‹ in der Met. Ich weiß selbst, daß ich elend schlecht gesungen habe – skandalös.

Winfried tritt vor mich hin, wir sind allein in meiner Garderobe.

»Saskia, Liebling – warum bringst du's nicht fertig, den gordischen Knoten zu durchhauen?«

Er meint meine Ehe mit Chris, jede Frage erübrigt sich.

»Weil ich außerstande bin, Liebster. Ohne Chris sterbe ich.«

»Und mit Chris bist du ein Wrack, bevor du das fünfzigste Lebensjahr erreichst.«

Winfried sagt die Wahrheit. Ich weiß es besser als er.

Oft bittet mich Chris, ihm mein Testament zu zeigen. Irgendeine merkwürdige Hemmung hielt mich davon ab. Ich hätte ihm ohnehin nur ein Zweitexemplar zeigen können. Das Original lag seit zwei Jahren im Büro meines Hauptrechtsanwalts in München verwahrt.

Für eine Frau, die um fünfundzwanzig Jahre älter ist als ihr Mann, um so vieles reicher als er, ist es eigentlich ganz natürlich, den Ehemann in den Inhalt ihres Testaments einzuweihen. Unser Fall lag anders. Ich wurde nervös, wenn Chris von meinem letzten Willen sprach. Ich schöpfte Verdacht.

»Ich habe dir doch schon oft reinen Wein eingeschenkt, mein Schatz«, versichere ich immer wieder. »Fast alles, was ich habe, wird dir gehören, wenn ich sterbe. Mein ganzes Bankguthaben. Hier und in Deutschland. Meine Aktien. Mit wenigen Ausnahmen – meine Bilder. Und die sind eine ganze Menge wert. Glaubst du mir nicht, Chris?«

»Natürlich glaube ich dir, Sweetheart! Übrigens – du wirst mich überleben und nicht ich dich, Saskia. Du bist älter als ich. Na wenn schon. Dafür gehörst du auch zu einer zähen, widerstandsfähigen Generation. Wir Jungen sind nicht so gesund wie ihr. Du bist kräftig wie ein junges Pferd!«

Ich protestiere. Das Gespräch liegt einige Zeit zurück.

»Ich bin kräftig? Wie kannst du sowas behaupten! Mein nervöses Herz...«

»Alles Einbildung, Goldkind! Dein Herz ist vollkommen gesund!«

Es fiel mir nicht leicht, meinen Mann von meinem nervösen Herzleiden zu überzeugen. Nein, ich war wohl nicht in unmittelbarer Gefahr. Dr. Livingston versicherte auch Chris, der mich zum Arzt begleitet hatte – mehrmals, er spielte damals noch den sehr besorgten Gatten –, daß ich mich nur etwas schonen müsse. Das sei alles.

»Sie darf singen, sie darf weiter auftreten – aber sorgen Sie dafür, daß sich Ihre Frau ein bißchen schont«, erklärte Livingston in Christophers Gegenwart, und mein Mann nickte. Er hörte auf, mich mit meinen ›eingebildeten‹ Herzkrankheiten aufzuziehen.

Schonung, ja. Ich konnte vor Livington freilich nicht ehrlich auspacken und ihm die Hölle zu Hause schildern. Unsere Ehe zehrte an meiner Widerstandskraft. Und zum Überfluß hatte ich den Antrieb zur selbstständigen Karriere meines Mannes gegeben – ja und amen gesagt, gestattet, daß er mich fast immer alleinließ und sogar in Europa auftrat mit seiner Rock-Gruppe. Ich war zuviel allein. Die Eifersucht zehrte an meiner Kraft. Ich war einsam.

O ja, er telefoniert von überall. Einmal hatte er 10 000 Dollar in Las Vegas verspielt, und ich mußte einspringen. Und ein andermal will er mir beweisen, daß er etwas von Geschäften versteht und kauft für 5000 Dollar Aktien einer nicht vorhandenen Uran-Grube im Bundesstaat Utah. Eine Anzeige gegen den betrügerischen ›Bergwerksbesitzer‹ nützt wenig, der ist längst verduftet.

So oft sich Chris telefonisch meldet, wenn er unterwegs ist, steckt er bis über die Ohren in einem neuen Schlamassel.

»Saskia, Süße, ich hab' wieder Mist gemacht!« flötet er. Und ich schlucke meinen Zorn herunter und frage:

»Wieviel brauchst du diesmal?«

Ich gebe an allen Fronten nach. Eines Tages – auch. Das liegt ein paar Monate zurück – bin ich es, die das Thema ›Testament‹ wieder zur Sprache bringt.

»Du sollst deinen Willen haben, Liebster«, sagte ich zu Chris, der wieder einmal in New York aufgekreuzt ist. »Ich werde dir einen Durchschlag meines Testaments zeigen. Und dann legen wir das Thema zu den Akten. Dann kannst du ruhig schlafen. Aber bitte, laß mir meine Illusionen!«

»Ich kapier nicht, was du meinst, Saskia!«

»Bitte, laß mir die Illusion, daß du mich noch liebst – die Frau Saskia Stahl. Nicht nur die reiche Saskia Stahl. Lach mich nicht aus, Chris. Ich bin nämlich noch immer überzeugt, daß ein Restchen von der alten Leidenschaft in dir steckt. Sag kein Wort. Ich glaube, du liebst mich noch immer. Diese kurzlebigen Affären, deine Bettgeschichten mit den Groupies... ich will sie gern in Kauf nehmen. Du bist ein halbes Kind, ein temperamentvoller Junge. So ein Feuervogel kann unmöglich allein in seinem Hotelbett schlafen. Ich meine, wenn du auf Tournee bist. Und ich schwöre dir, Chris, hörst du... ich schwöre dir hoch und heilig, daß ich mich damit abfinden werde. Du brauchst eine ältere Geliebte wie mich, eine ältere Frau, die auf dich achtgibt, eine Mutter. Und ich brauche nicht nur den Geliebten, sondern auch den Sohn, den ich niemals hatte. Schwöre mir, daß du mich lieben würdest, selbst wenn ich dir nicht zwei Drittel meines Vermögens vermacht hätte?«

Er zieht mich an sich, bedeckt mein Gesicht mit heißen Küssen.

»Wozu schwören, Liebste? Du glaubst es mir auch ohne Schwüre!«

Das war unser letztes Gespräch über Betrug und Liebe und unsere Beziehungen, bevor Chris seine Schlampen und jungen Säufer und Süchtigen mit nach Hause brachte, und die Stirn hatte, in meinen eigenen vier Wänden mit seinem Flittchen zu schlafen.

Ich werde das Bild nie vergessen: Chris liest die Abschrift meines Testaments, er liest langsam und aufmerksam und strengt seine Hirnfalten sichtlich an, er hat Schwierigkeiten, die juristischen Wendungen zu verstehen. Immerhin begreift er den Inhalt: ich, Saskia Stahl, vermache ihm zwei Drittel meines gewaltigen Vermögens, das ungefähr zwei Millionen Dollar ausmacht. Meine Schallplatten sind seit zehn Jahren internationale Hits. Und ich habe sehr vernünftig, sehr vorsichtig in die besten internationalen Aktien investiert.

Im Falle meines Ablebens erbt Christopher Svensson zwei Drittel meines Gesamtvermögens.

»Und das restliche Drittel?« fragt Chris.

»Das bekommen meine Verwandten in Europa, vielmehr, es wird zwischen meinen Angehörigen und einigen karitativen Organisationen aufgeteilt. Winfried bekommt einen Teil meiner Bilder. Und ich möchte auch eine größere Summe für die Gründung einer Saskia-Stahl-Musikschule stiften.«

In der darauffolgenden Nacht überschüttet mich Chris mit Küssen, verzärtelt mich, umarmt mich, nimmt mich so stark wie ein junger Hengst. Und ich sorge dafür, daß ich den Geliebten ganz glücklich mache. Sein Keuchen, seine Befriedigung ist mein höchstes Glück. Noch einmal bin ich im siebenten Himmel, noch einmal erfüllt mich die Tollwut der Liebe.

Ich habe ihm alles verziehen. Sogar das grauenhafteste Erlebnis. Ein Jahr nach unserer Hochzeit bin ich schwanger. Ich habe nie versucht, mich zu schützen, und Chris dachte mit seinen neunzehn Jahren überhaupt nicht an die Möglichkeit. Er ist unvorsichtig – ich bin darin sein Vorbild. Wir sind beide unvorsichtig.

Der Frauenarzt reißt die Augen auf.

»Mrs. Svensson, wissen Sie, worauf Sie sich eingelassen haben? Sie riskieren Ihr Leben. Sie sind 44 Jahre alt. Sie müssen sich das Kind nehmen lassen!«

»Um keinen Preis, Herr Doktor. Sie wissen, daß mein Mann neunzehn Jahre alt ist. Er könnte mein Sohn sein. Ich zittere beständig um meine Ehe. Warum soll ich Ihnen eine Kommödie vorspielen? Wenn mich mein Mann verläßt – so habe ich wenigstens seinen Sohn.«

»Mrs. Svensson – Sie spielen nicht nur mit Ihrem Leben, sondern auch mit Ihrer Stimme. Sie können Ihre Stimme verlieren!«

»Ich verliere gern meine Stimme, wenn ich sein Kind behalte.«

Der Arzt entläßt mich besorgt, kopfschüttelnd. Und ich zittere davor, meinem Mann die Wahrheit zu sagen. Dann tue ich mir Gewalt an, beichte ihm alles. Er gerät in beispiellose Aufregung, in Wut:

»Bist du verrückt, Saskia? Ich bin viel zu jung, um Vater zu werden, ich hab nicht die geringste Lust! Du wirst dich zur Abtreibung melden, wie Tausende andere New Yorkerinnen!«

»Mich zwingt keiner. Auch du kannst mich nicht zwingen. Im übrigen ist eine Abtreibung in meinem Alter genauso gefährlich wie eine Geburt!«

»Blühender Unsinn! Du wirst gehorchen, Saskia!«

»Ich gehorche nicht! Diesmal lasse ich mir nicht befehlen!«

Chris ändert seine Taktik. Zwei Monate vergehen. Er bleibt bei mir in New York und spielt wieder den zärtlichen Gatten. Ich durchschaue die Komödie nicht sofort. Dann wird mir klar, was er bezweckt. Er reitet im Central Park mit mir aus und schlägt einen wilden Galopp vor. Ich bleibe fest im Sattel sitzen, ich bin eine erstklassige Reiterin. Dann wird mir klar, was er bezweckt. Er will, daß ich stürze – das Kind verliere. Chris zittert davor, durch ein Kind noch stärker an mich gefesselt zu sein. Vielleicht sogar nach meinem Tod. Er will frei sein. Frei werden. Erst jetzt wird mir klar, daß dieses hinreißend schöne, bastblonde Geschöpf der personifizierte Teufel ist. Und dieser Teufel will Saskia Stahl, die Frau mit dem starken Willen, zerstören. Doch ich habe längst keinen starken Willen mehr. Nur das Kind lasse ich mir nicht nehmen.

Ich bin seit fünf Monaten schwanger und gehe noch immer ins Bett mit meinem Mann – sooft er mich haben will. Er liegt schwer auf mir. Zum erstenmal in unserer Ehe wage ich es, um Vorsicht zu bitten.

»Du verletzt das Kind, wenn du zu tief in mich hineindringst«, ermahne ich Chris.

»Fürchte dich nicht, ich werde das Baby nicht verletzen«, verspricht er und beginnt, sich in heftigen Stößen auf und ab zu bewegen. Plötzlich läßt er sich, schwer wie ein Stein, auf meinen Bauch fallen, in dem sich unser Kind bereits bewegt. Ich kann die Schmerzen nicht länger ertragen und schreie laut:

»Es tut weh! Du tötest das Kind. Hör auf, ich blute! Hör auf!«

Der Teufel läßt sich nicht in seinem Werk beirren, er ist noch nicht fertig. Endlich kommt Chris zur Besinnung, springt aus dem Bett, dreht das Licht an und zeigt mir seine widerliche Fratze. Jetzt erst kommt die abscheulichste Komödie. Er mimt den Entsetzten, Überraschten, der endlich aus seinem Liebesrausch erwacht ist und bettelt:

»Nicht böse sein, Saskia, Süßes, du hast mich so schrecklich gereizt, ich wußte nicht, was ich tat!«

Die Hoffnung in seinen Augen. Ich sehe ihr grünliches Flakkern. Er hofft, und er hofft zu Recht, daß ich mein Kind verloren habe.

Ich weiß, daß ich das Kind meines Geliebten verloren habe und daß ich nie mehr Mutter werden kann, weil ich zu alt bin, ein Kind auszutragen – nach dieser schweren inneren Verletzung. Ich muß ins Krankenhaus.

Von diesem Tag an wechseln weder Winfried noch Carmen oder Juan ein Wort mit meinem Mann. Sie wissen ganz genau, wie ich mein Kind verloren habe, obwohl ich nur zögernd Auskunft gab und alles zu beschönigen versuchte.

Nach meiner Entlassung aus dem Hospital studiere ich mein Gesicht im Spiegel. Ich entdecke eine fremde, alte Frau.

»Wenn Sie sich nicht von Mr. Svensson scheiden lassen, wird er Sie töten, Madame!« warnt mich Carmen. »Sie müssen sich scheiden lassen, Miß Saskia!«

Ich schwieg. Carmen sprach die Wahrheit.

Doch war ich noch immer nicht entschlossen. Und überhaupt – wollte Chris wirklich, daß ich unser Kind verliere? Stürzte er sich damals nachts nicht voll echter Leidenschaft auf mich? War seine Liebe nicht so stürmisch aufgeflammt, daß er sich nicht beherrschen konnte?

Mir ist elend zumute, ich bin unglücklich, werde das erschütternde Erlebnis mit dem Kind nie vergessen. Und schon wieder versuche ich, Tragisches zu beschönigen. Unmöglich, daß Chris so bodenlos schlecht war, das Kind bewußt zu töten. Er ließ sich von der Leidenschaft überrollen, vergaß, daß ich schwanger war.

Ich weiß auch, daß dieses ewige Warten auf meinen Mann noch immer besser ist, als unwiderrufliche Einsamkeit. Ich habe nur einen Gedanken: Wann kommt er wieder? Wann darf ich ihn an mich ziehen und seinen geliebten Mund küssen?

Es gibt Tiefpunkte, die sich nicht mehr überbieten lassen. Das glaubte ich damals, als ich unser Kind verlor.

In Salzburg war es noch schlimmer. Das Konzert, unser gemeinsames, skandalöses Konzert, versorgte die Presse für Monate mit Stoff. Sollte ich hundert Jahre alt werden, wird die Erinnerung an den öfffentlichen Skandal nie verblassen.

Ich war verrückt. Ein ebenso verrückter, doch sehr berechnender, raffinierter und reicher Impresario machte uns ein sensationelles Angebot: Chris und ich sollten gemeinsam in einem Konzert in Salzburg auftreten, dessen Programm sowohl klassische Musik als auch Rock bot.

Unerhört? Und geschmacklos dazu? Gewiß. Doch gleichzeitig unüberbietbar sensationell. Chris war natürlich Feuer und Flamme.

»Ein völlig neues Konzept!« jubelte der Impresario, als er seine Idee in New York vortrug. »Chris Svensson, ungekrönter Liebling der Rock-Szene, singt und spielt mit seinem Ensemble im ersten Teil des Abends. Und nach der Pause kommt der Höhepunkt: Mrs. Svensson, Saskia Stahl, trägt Arien aus Opern und die schönsten Lieder vor von Schubert, Hugo Wolf, Richard Strauss.

Auf diese Weise wird es uns gelingen, sowohl die jungen Zuhörer als auch die reiferen Jahrgänge in den Konzertsaal zu locken. Es wird garantiert ausverkauft sein – die größte Sensation der letzten Jahrzehnte. Dergleichen war noch nie da. Und Ihre Gage, Mrs. Svensson und die Gage Ihres Mannes wird höher sein als alles, was man Ihnen beiden bisher bot!«

Winfried würdigte mich keiner Antwort, als ich ihm die seltsame Idee des rührigen Impresarios schilderte, doch Chris war ganz entzückt. Sein Combo stand Kopf vor Enthusiasmus.

Mich reizte an der ganzen Sache nur der Gedanke, daß wir ein paar Tage in Salzburg und in Schloß Kleßheim verbringen. Chris und ich sollten im Gästehaus des weltberühmten Schloßes einquartiert werden. Klang das nicht beinahe nach neuen Flitterwochen – allein mit meinem süßen Jungen? Vielleicht würde es mir dort drüben, in der romantischen Umgebung, gelingen, unsere Ehe nochmals zu leimen.

Ich stellte mich taub, wenn Winfried, der schließlich doch lautstark Stellung nahm und Front gegen den ›Unsinn‹ machte, vor derartigen gefährlichen Eskapaden warnte. Sie waren gefährlich für meinen Künstlerruf, meinte Winfried, und ich wußte natürlich, daß er sich sehr, sehr beherrscht ausdrückte. Ich setzte wahrhaftig meine Karriere aufs Spiel – die acht oder zehn guten Jahre, die mir noch verblieben.

Ja, ich stellte mich taub. Man muß mit der Zeit gehen. Man darf sich keinem revolutionären neuen Konzept verschließen. Meine Zweifel waren reichlich altmodisch. Das redete mir Chris ein, der plötzlich wieder sehr lieb zu mir war. Neue Zeiten! Saskia Stahl wird wieder jung, wenn sie mit der Zeit geht!

Salzburg.

Der letzte Akt. So scheint es mir heute. Das Konzert ist seit Monaten ausverkauft, kaum erschienen die ersten Ankündigungen in den europäischen Zeitungen, da waren auch schon die Karten vergriffen. Viele meiner Verehrer flogen aus Paris, London und New York nach Salzburg, um mich im Kristallsaal zu hören.

Am Abend vor dem großen Galakonzert warte ich in meinem Zimmer in Schloß Kleßheim auf Chris. Mein Mann hat sein eigenes Zimmer, aber heute nacht – ausgeschlossen, daß er heute nicht bei mir schläft. Morgen ist unser großer Tag.

Das Telefon läutet, ich hebe ab, ich bin allein.

»Hallo?«

»Saskia, Darling«, sagt Chris am anderen Ende der Leitung,

»ich rufe von außerhalb an. Ich kann's einfach nicht schaffen, rechtzeitig zum Abendessen im Schloß zu sein. Weißt du was, vielleicht schlafe ich hier in den Bergen, ich hab mit den Jungs einen kleinen Ausflug gemacht. Du hast doch den Wagen, fahr ein bißchen aus, fahr' doch zur Stadt, amüsier' dich. Gesellschaft findest du. Nimm doch Winnie mit, ja?«

Winfried Graf hat uns nach Europa begleitet, ich könnte mein anspruchsvolles Liederprogramm mit keinem anderen Pianisten vortragen. Winfried ist der ideale Begleiter für meine Lieblingslieder von Wolf und Strauss.

Mit ganz tonloser Stimme frage ich: »Wo steckst du, Chris?«

»Neugier schadet deiner Schönheit, Süße. Ich bin morgen früh zum Frühstück da – allerspätestens!«

Und er hatte schon eingehängt.

Jetzt ist das Maß voll. Ich halte es nicht mehr aus.

»Keine Frau hätte alles so lang mitangeschaut, alles heruntergeschluckt, wie du, Saskia«, versichert Winfried und versucht, mich zu trösten.

Wir essen zu zweit zu Abend, Winnie und ich, in einer gemütlichen, schummerigen Ecke des pompösen Speisesaals von Schloß Kleßheim. Durch die halb zugezogenen Brokatvorhänge sieht man die Silhouette der Alpen. Keiner von uns beiden spricht ein Wort. Ich küsse ihn auf die Stirn, sage gute Nacht und gehe allein schlafen.

Ja, das ist das Ende. Auf einmal verspüre ich eine bleierne Ruhe und fast ein Gefühl der Erleichterung. Jetzt kann ich sogar schlafen. Ich fürchte mich nicht mehr vor dem Konzert morgen abend. All die Menschen sind gekommen, Saskia Stahl zu hören und nicht das Wimmern und Kreischen dieser Spottgeburt aus Dreck und Feuer, Christopher Svensson, und das Gegröl seiner kleinen Unterteufel.

Ich darf mein Publikum nicht enttäuschen.

Rächen werde ich mich allerdings. Noch vor dem Konzert. Laß ihn nervös sein – laß Chris Svensson zittern. Ich bin ruhig. Laß meinen Mann durchdrehen. Ich drehe nicht durch.

Am nächsten Morgen sitze ich schon wohlausgeruht beim Frühstück, da taucht Chris auf. Seine Augen sind blutunterlaufen, sein Gesicht macht einen schmutzigen Eindruck. Er setzte sich neben mich, und ich frage überhaupt nicht, wo er die Nacht verbracht hat. Ich bin sehr ruhig und freundlich und sage ganz nebenbei:

»Übrigens, Darling, hab' ich beschlossen, mein Testament zu ändern. Du bist doch im Begriff, deine eigene Riesenkarriere zu machen. Du wirst reich, ich muß mir keine Sorgen mehr um dich machen. Ich rate dir nur, geh etwas vorsichtiger mit deinen Moneten um. Spare. Auf mich kannst du dich nicht mehr verlassen.«

Er starrt mir ins Gesicht.

»Das ist doch nicht dein Ernst, altes Mädchen?«

»Doch, das ist mein voller Ernst. Ich lasse mich von dir scheiden!«

»Und ich willige nicht ein. Ich geb' dir keine Scheidung, Saskia!«

»Ich werde dich verlassen.«

»Ich dulde es nicht, ich halte dich fest. Ich kann ohne dich nicht leben, Süße. Du weißt es genau – du willst mich bloß auf die Probe stellen, gelt?«

»Chris, hör mich an: ich werde mein Testament ändern. Es nützt dir absolut nichts mehr, den liebenden Ehegatten zu spielen. Selbst wenn du Abend für Abend zu Hause bleibst und Komödie spielst…«

»Du, ich bring dich eher um, als daß ich…«

«Als daß du duldest, daß ich mein Testament ändere? Bist du wirklich so maßlos habgierig?«

Er lacht. Versucht, dem Gespräch eine Wendung zu geben. Spielt den netten, kleinen Jungen.

»Darling, ich weiß schon, woher der Wind weht. Du willst mich dafür strafen, daß ich heut nacht ein bißchen gelumpt habe. Aber ich schwöre dir, daß ich nicht mit irgendeiner Mieze gebumst hab. Ehrenwort! Wir waren mit den Jungs im Kasino… hab allerdings ein paar Schilling verloren. Baccarat haben wir gespielt. Und ich hatte Angst, daß du mich auszankst!«

Schon wieder wird mir übel in der Magengegend, denn Chris lügt so ungeschickt und ich verspüre wieder den Drang, ihm zu glauben.

»Um wieviel Uhr müssen wir im Konzertsaal sein, Liebes?« fragt er süß.

»Spätestens um sechs. Das Konzert beginnt um acht, ich muß mir die Bühne noch ein bißchen ansehen, und dir könnte es auch nicht schaden!«

»Okay«, antwortet Chris und schlingt die Arme um mich. »Wir haben neun Uhr morgens. Komm rüber zu mir. In mein Zimmer. Komm ins Bett, Saskia! Wir holen das heute nacht Versäumte nach. Ich will dich an mich drücken, du Einzige, Süße! Du bist so schön – noch nie warst du so schön und so jung wie heute! Ich brauche dich, mir ist ganz schlecht vor Sehnsucht nach dir! Und dann essen wir gemütlich zu Mittag auf der Terrasse, und dann fahren wir ein bißchen in den Wald – ich hab' ein Aussichtsplateau entdeckt, sowas Romantisches findest du nicht in Amerika! Komm, sei lieb!«

Zehn Minuten später sind wir im Bett. Ich habe mein letztes bißchen Stolz verloren. Ich bin ganz hungriges, ausgehungertes Fleisch, mein Körper brennt, ich sehne mich nach dem einzigen Mann, der die Flamme anfachen und löschen kann, der mich erregt und befriedigt.

Es gibt keine andere körperliche Befriedigung als die von Chris gespendete – von seiner Brust, seinen Armen, seinen Beinen. Er ist ein böser, allmächtiger junger Magier. Chris Svensson, mein Zerstörer. Chris Svensson, mein Mann.

Ich keuche, ich bettle zwischen zwei Höhepunkten, einer Orgasmus-Kette, die heute nicht enden will:

»Du darfst mich nie verlassen, Chris! Niemals, hörst du, Geliebter? Ich liebe dich. Ich liebe dich so sehr, daß ich keinen andern Gedanken im Kopf habe. Gib mir deinen Körper! Schwöre mir, Engel, daß dir diese andern Frauen – diese Teenager – nichts bedeuten. Meine Liebe wird länger dauern als mein Leben, sie wird wachsen, übers Grab hinaus! Uun du wirst mein ganzes Vermögen erben, hörst du? Zwei Drittel meines Vermögens – die sind für dich bestimmt. Vorhin, beim Frühstück, machte ich bloß Spaß. Ich wollte dich ein bißchen ärgern!«

»Schweig, Saskia! Dein Geld interessiert mich nicht!«

Wie gut es ihm gelingt, mich zu belügen. Und im Bett ist er noch gieriger als früher. Jetzt versucht er sogar, mich seine gemeinen Kraftausdrücke zu lehren.

»Kapierst du denn nicht, Saskia, daß mich die Kraftausdrücke aufpeitschen? Sag' doch, was wir machen. Sprich's aus, schäm dich nicht!«

Ich spreche die vulgären, abscheulichen Worte aus, bin schamlos wie er.

Chris reitet sich und mich immer tiefer in einen erotischen Hexentanz hinein. Wir schweigen, lieben uns, schlummern. Lieben uns wieder. Das Stubenmädchen klopft um elf an die Tür, wir antworten nicht. Wir bleiben den ganzen Tag im Bett, vergessen, daß wir in den Wald fahren wollten, vergessen zu essen. Knapp zwei Stunden vor Konzertbeginn reißen wir uns los, bestellen schnell einen Imbiß, trinken Kaffee und fahren zum Konzertsaal. Ich bin glücklich und stolz, denn wieder ist es mir gelungen, die Leidenschaft meines Geliebten zu entzünden.

Unmöglich. Es kann nicht sein. Halluziniere ich? Habe ich Visionen? Sitzen Männer und Frauen aus Fleisch und Blut im Zuschauersaal, Teenager in auffallender ›Mod‹-Kleidung, juwelengeschmückte österreichische Aristokraten, weißhaarige Damen der Gesellschaft – oder sind es grinsende Teufel, die sich als Menschen kostümiert haben?

Kein Zweifel. Sie stecken die Köpfe zusammen. Sie wispern. Sie verspotten mich, Saskia Stahl.

Einen einzigen Drink gönnte ich mir mit Chris, vor Konzertbeginn. Er zwang mich geradezu, starken Gin on the Rocks zu nehmen und weiß doch sehr gut, daß ich keinen Alkohol vertrage. Mir ist schwindlig, mir dreht sich der Kopf. Doch ich bin schön heute abend. Das hat mir die lange, sorgfältige Musterung im Spiegel meines Ankleidezimmers bewiesen. Mein hellblaues Abendkleid aus Satin mit langer Schleppe bildet einen vorteilhaften Rahmen zu meiner noch immer aufreizenden Schönheit.

Ich stehe auf der Bühne, muß mich immer wieder verneigen, bevor ein Ton aus meiner Kehle dringt, denn eine gewaltige Welle von Applaus hat mich begrüßt. Das Publikum erhebt sich bei meinem Auftritt spontan von seinen Plätzen und ruft laut »bravo« und »bravissimo«. Vorschuß auf die Lorbeeren, die ich mir heute abend wieder verdienen muß.

Dann legt sich der Beifall, es wird still im Saal. Ich höre, wie ein junges Mädchen in der ersten Parkettreihe seinem Partner zuflüstert: »*Das* ist Saskia Stahl? Ausgeschlossen. Die kann doch nicht so alt geworden sein!«

Vielleicht habe ich die Flüsternde falsch verstanden? Ich habe ganz gewiß Halluzinationen. Unmöglich, daß man eine Stimme aus dem Zuschauerraum hier oben so deutlich hören kann.

Mein erstes Lied ist das göttliche ›Ach du weißt es, teure Seele...‹ von Richard Strauss. Es folgt Schuberts ›An die Musik‹. Beifall.

Müßte er nicht lebhafter sein – nach all dem Enthusiasmus, den meine bloße Erscheinung auslöste?

Der Beifall legt sich viel zu schnell.

Ich schaue Winfried an, ich weiß immer ganz genau, was er denkt. Vom Gesicht lese ich ihm ab, daß auch er besorgt ist. Wir haben viel mehr Applaus erwartet, lauten Jubel. Vor einer Stunde, als der erste Teil des Konzerts mit seinen Rock-Nummern beendet war, setzte stürmischer, jubelnder Beifall ein. Sogar die ältere Generation feierte das junge Rock-Idol, Christopher Svensson.

Sind die Menschen taub? Haben sie den letzten Rest Verstand verloren? Wie können sie bloß dem schrillen Rock-Klamauk Beifall spenden, und nach meinem gekonnten Liedervortrag so mit Beifall geizen? Hören sie denn nicht, daß meine Stimme ihren süßen Schmelz, ihre siegreiche Kraft nicht verloren hat? Daß ich noch heute so überzeugend singe, wie vor zehn Jahren?

Doch keine Sängerin kann sich selbst ganz objektiv beurteilen. Wie konnte ich nur glauben, daß drei Jahre voll Schmerz und Qual, das hektische Leben, die schlaflosen Nächte, sang- und klanglos an mir vorübergingen, ohne ihre Spuren zu hinterlassen? Nicht nur auf meinem Gesicht. Auch in meiner Stimme!

In New York hatte ich es mir angewöhnt, schlechte Kritiken nur halb gelesen in den Papierkorb zu werfen. Ich wollte die Wahrheit nicht wahrhaben.

Und jetzt greift mir die grausame Wahrheit wieder an die Kehle. Ich kann nicht zum Rückzug blasen, ich muß weitersingen, im ausverkauften, von Schaulustigen und Skandalwitternden besetzten Salzburger Konzerthaussaal.

»Sie hat ihre Stimme verloren!« urteilt ein Mann im Publikum mitten in ein Pianissimo hinein. Er bemüht sich nicht einmal, seine Stimme zu dämpfen, ich höre mein Todesurteil scharf, deutlich und klar.

Er zischt sogar!

Winfried hat den Auftakt zu einem neuen Lied gespielt. Es ist ein Werk der Leidenschaft, geballtes Drama in einem der schönsten Lieder, die ein Komponist je der Welt schenkte. Ich fühle, daß ich unter dem starken Make-Up jetzt ganz blaß bin. Meine Hände zittern, auch meine Beine haben zu zittern begonnen. Chris sitzt in der zweiten Parkettreihe, neben einem Groupie-Mädchen, und ihre Augen heften sich erbarmungslos auf mich. Ich singe Hugo Wolfs Lied vom Köhlerweib, nach der ergreifenden Dichtung Eduard Mörikes:

»Das Köhlerweib ist trunken
Und singt im Wald;
Hört wie die Stimme gellend
Im Grünen hallt!«

Ich singe, versuche, die Umwelt auszuschalten, ich glaube, gut zu singen. Und die Leute stecken wieder die Köpfe zusammen. Sie flüstern nicht mehr. Sie zischen ja. Zischen sie mich aus? Mich, Saskia Stahl?

Ich halluziniere, habe Fieber. Hat mich das eine Glas Gin, zugegeben, mit viel zuwenig Tonic, betrunken gemacht? War das Christophers Absicht – eine Riesenblamage sollte das Konzert für mich werden?

Winnie, der jeden Ausdruck meines Gesichts, jede Schattierung meiner Stimme kennt, beobachtet mich unablässig, wirft mir entsetzte Blicke zu. Er spielt mechanisch, lange nicht so gelöst und gefühlvoll wie sonst.

»Sie war die schönste Blume
Berühmt im Land;
Es warben Reich' und Arme
Um ihre Hand...«

Ja, das Köhlerweib singt gellend tief drinnen im dunklen, gespenstischen Wald, ihre Stimme hat Glanz und Jugend verloren. Einst war sie die schönste Blume und arm und reich, jung und alt warb um ihre Hand. Wie stolz schritt sie dahin, wie hoch trug sie das Haupt! Sie schmückte sich mit juwelenverzierten Gürteln. Armes Köhlerweib. Sie konnte sich nicht entschließen, einen rechtschaffenen Mann zu wählen. So gingen die Jahre ins Land. Und sie begann, zu trinken. Der rote Wein machte ihr den Garaus. Ist es nicht traurig, fragt Mörike, daß alle Dinge im Leben so vergänglich sind? Daß jede Schönheit vergehen, entflattern muß?

Ich singe die letzte Strophe von Hugo Wolfs erschütterndem Lied.

»Das Köhlerweib ist trunken
Und singt im Wald;
Wie durch die Dämm'rung gellend
Ihr Lied erschallt!«

Ja, gellend. Mit einem gellenden Aufschrei endet diese Tragödie, in Versen erzählt, und die Melodie erstarrt unter den Fingern des Begleiters so dramatisch abrupt, wie sie begonnen hat. Winfried hat die letzten Takte gespielt.

Was jetzt geschehen ist, hat sich noch nie auf der Bühne des Salzburger Konzerthaussaales zugetragen. Die letzte Zeile, die letzten Takte – »Ihr Lied erschallt!« – das Lied des Köhlerweibes, der gealterten, elenden Trinkerin – bleiben mir im Halse stecken. Ich bin stumm, während Winfried die letzten Takte spielt. Ich stehe hilflos da, wie eine Marionette, deren Fäden plötzlich gerissen sind.

Tödliche Stille im Zuschauerraum, die Luft ist so dick, daß man sie mit einem Messer schneiden könnte. Ein brodelnder Skandal.

Und das alles von einem einzigen Drink? Jetzt fällt mir ein, daß Chris mein Glas noch einmal füllte. Habe ich zwei Gin and Tonic heruntergegossen? Ich kann mich nicht entsinnen. Mein armer

Kopf dreht sich. Mir ist, als schwinge mich eine unsichtbare Hand rundherum im Kreis, als ließe sie mich los, als stürze ich in schwarze Untiefen. Mir ist sterbensübel.

Bevor ich das Bewußtsein verliere, sehe ich noch, wie ein junges Mädchen in einem gleißend weißen, perlenbestickten Hosenanzug mit Palazzo-Pants oben rechts in einer Loge aufspringt und laut ruft: »Schnell, einen Arzt!« Ich sehe auch noch, wie der Bühnenbildner aus der Kulisse gelaufen kommt, und meine Augen finden auch Chris, der im Parkett schnell seinen Platz verläßt.

Dann nichts mehr. Alles wird schwarz vor meinen Augen. Ich falle in Ohnmacht.

Ich erwache erst im Salzburger Allgemeinen Krankenhaus, in einem Privatzimmer mit hellen, freundlich bunt gemusterten Tapeten.

Meine ersten Worte, als ich die Augen öffne:

»Ich will keinen Menschen sehen. Niemand!«

»Ihr Mann wartet draußen, Mrs. Svensson!«

»Ich will ihn nicht sehen. Nicht einmal meinen Mann. Verstehen Sie?«

Chris geht. Das meldet die Privatpflegerin. Eine Stunde später schickt er mir den größten Blumenkorb, den ich je bekommen habe. Warum auch nicht? Die Rechnung werde sowieso ich bezahlen. Winfried schickt mir ein paar ganz liebe, zärtliche Zeilen, tröstet mich, schickt mir duftende Hyazinthen, versucht, mit mir zu telefonieren.

Ich lasse das Telefon hinaustragen. Ich brauche kein Telefon, ich will meine Ruhe haben. Ich will mich ausruhen, nachdenken, Bilanz ziehen. Unter mein ganzes bisheriges Leben einen dicken Strich ziehen. Neu beginnen, falls es noch nicht zu spät ist.

»Sagen Sie mir die Wahrheit, Herr Doktor, bin ich schwerkrank?« frage ich den Chefarzt ein über das andere Mal.

»Sie sind nicht schwerkrank, Mrs. Svensson. Wenn Sie's mir nicht übelnehmen: Sie hatten überhaupt keinen Herzanfall auf der Bühne. Das bilden Sie sich nur ein. Es war ein Schwächeanfall, und außerdem... Sie haben zuviel getrunken. Das heißt – Sie vertragen zu wenig. Trinken Sie überhaupt keinen Alkohol mehr und passen Sie besser auf sich auf!«

»Dann muß ich also das Singen nicht aufgeben?«

»Aber gewiß nicht!«

Es fällt mir schwer, den fremden Arzt ins Vertrauen zu ziehen. Immerhin – ein Arzt muß ein Geheimnis zu bewahren verstehen.

Ärzte sind doch keine alten Klatschweiber. Oder? Leisten sie keinen Berufseid, der sie auch zum Schweigen verpflichtet?

»Bitte, Professor Geiser, verraten Sie meinem Mann nicht, daß das auf der Bühne – kein Herzanfall war. Ich möchte nicht, daß er mich für eine Hypochonderin hält!«

»Sie können mich nicht zwingen, Ihren Mann zu belügen, Mrs. Svensson!«

»Nein, belügen Sie ihn nicht. Sagen Sie ihm nur, daß ich mich schonen soll.«

»Also gut. Ich werde ihm die halbe Wahrheit sagen. Und über Ihre Hysterie schweigen.«

»Hysterie?«

»Jawohl, Mrs. Svensson. Hysterie. Und ich versichere Ihnen, daß jede Art von Hysterie einem schweren Herzleiden vorzuziehen ist! Daran stirbt man nämlich nicht!«

Professor Geiser verstand ganz gewiß, woher der Wind blies, und drüben in New York war sich mein ständiger Arzt, Dr. Livingston, über die Situation im klaren. Livingston durchschaute mich. Er wußte, daß ich nur um eines bangte: um den Verlust meines Mannes.

Noch hatte Chris Mitleid mit mir, wenn er mich für herzkrank hielt. Dieses Mitleid war das letzte noch vorhandene Band zwischen mir und Chris.

Mitleid. Ja. Ich war tief gesunken, ich, die bejammernswerte Schwester des trunkenen Köhlerweibes, das tief im Wald gellend sang.

Einen viel zu jungen Ehemann an sich fesseln – durch Mitleid? Das auf einer vorgeschützten Krankheit beruhte? Entsetzlich. Und dennoch – wenn Chris mich umarmte, was selbst vor dem Salzburger Skandal immer seltener geschah, so war er stark und herrisch, wie früher. Der alte, sinnlich erregte junge Hengst, der mich begehrte.

Will ich mich von Chris scheiden lassen? Spiele ich ihm und mir eine Komödie vor? Ich denke an Scheidung und verscheuche gleichzeitig den Gedanken. Wenn mich dieser gräßliche Salzburger Skandal nicht von der Notwendigkeit einer Trennung überzeugte – so bin ich wirklich verloren. Ich verliere ja vollends den Boden unter den Füßen!

Nach einer Woche in Hospitalspflege fühle ich mich erfrischt und gestärkt. Ich werde auch über die Schlagzeilen der Zeitungen hinwegkommen, die den Skandal fett ausschlachten.

Winfried bringt mich im Flugzeug nach New York. Chris ist schon dort. Ich wollte nicht zusammen mit Chris nach Hause fliegen.

Noch ein letzter Versuch.

Ich sage in New York zu Winfried:

»Du, Winnie – meine Krankheit, der Zwischenfall auf der Bühne, der Unfall, denn es war ja beinahe ein Unfall, muß ein furchtbarer Schock für Chris gewesen sein. Ich will ihm noch eine letzte Chance geben. Ich meine, unserer Ehe.«

»Du bist wahnsinnig. Eure Ehe ist seit drei Jahren eine Farce. Beinahe seit eurem Hochzeitstag. Saskia, wach endlich auf. Du bist sechsundvierzig Jahre alt.«

»Denk doch an Birgit Nilsson! Mit fast sechzig war sie noch immer die hinreißendste Isolde!«

»Birgit Nilsson war ein Genie und im Privatleben eine unerhört kluge und vernünftige Frau. Eine glückliche Frau, die ein normales Leben führte. Das könntest du auch, Saskia. Laß dich endlich von Chris scheiden. Gib ihm etwas Geld und schmeiß ihn raus, bevor er dich vollkommen ruiniert!«

»Ich will's versuchen, Winnie. Ehrenwort. Ich werde es versuchen!«

Ja, wenn es keine Betten gäbe. Wenn ich von den Hüften abwärts gelähmt wäre, ohne Gefühl in den Lenden. Dann würde ich Christopher Svensson mit seinem Bündel die Treppen hinunterwerfen. Doch ein Rest meiner alten Liebe für Chris steht in ständigem Widerstreit mit meiner Vernunft.

Ich belüge ihn. Es bleibt die einzige Lüge, die ich meinem Mann je aufgetischt habe.

»Chris, ich weiß nicht, ob dir der Arzt in Salzburg reinen Wein eingeschenkt hat – und was dir Dr. Livingston gesagt hat. Wahrscheinlich ist Livingston viel zu rücksichtsvoll, um dich zu beunruhigen. Chris – ich bin schwerkrank.«

Bilde ich es mir ein, oder entdecke ich einen Schimmer von schlecht verschleierter Freude in seinen grünlichgelben Augenschlitzen? Das Raubtier freut sich.

»Ich hoffe, daß du wieder mal übertreibst, altes Mädchen, Saskia!«

»Der Professor sprach von einem schweren Herzanfall.«

»Selbst ein Professor kann sich irren. Ich glaube nicht, daß du wirklich schwerkrank bist, Liebste!«

»Chris. Darling. Wir wollen's noch einmal versuchen. Bitte, bitte, streiten wir nicht mehr!«

Als ich mit Winfried in New York ankam, hatte Chris zusammen mit Carmen und Juan die Penthouse-Wohnung in ein Blumengeschäft verwandelt, in jeder Ecke standen Töpfe und prachtvolle Blumenkörbe. Chris erwartete mich am Flughafen und die Zeitungen schrieben: ›Die beiden Turteltauben versuchen es noch einmal, sie haben sich versöhnt. Wie lange der Himmel im Hause Svensson voller Geigen hängen wird, gehört auf ein anderes Blatt!‹

Chris macht wirklich den Eindruck eines Menschen, der heftig unter Gewissensbissen leidet. Vielleicht habe ich ihn zu streng behandelt? Wenn eine reife Frau einen um fünfundzwanzig Jahre jüngeren Knaben heiratet, muß sie zahllose Kompromisse schließen.

»Chris, ich will ja auch versuchen, mich zu bessern. Bloß: mach mich nie wieder lächerlich. Auch nicht mit deinen Groupies. Ich erlaube dir ja, auf Tournee zu gehen. Du darfst schlafen, mit wem du willst, bloß – ich will nichts davon wissen. Schau, Chris. Eines Tages werde ich der einzige Mensch sein, auf den du dich wirklich verlassen kannst. Selbst wenn du mich nicht mehr liebst und begehrst. Freundschaft ist sehr, sehr viel wert. Auf mich kannst du dich immer blind verlassen. Und wenn ich einmal nicht mehr singe und alt bin, so werde ich noch mehr Zeit für dich haben – deine Stütze sein. Ich werde dich immer mit Geld versorgen. Über meinen Tod hinaus.«

Die letzte Ohrfeige läßt nicht lange auf sich warten. Vier Wochen nach unserer Heimkehr aus Salzburg bringt Chris seine Rockfreunde nach Hause, schläft mit dieser jungen Hure Anita in unserer Wohnung, ein paar Meter von meinem Schlafzimmer entfernt, stempelt mich endgültig zu einer verlotterten, betrogenen, bejammernswerten alten Frau.

»Das Köhlerweib ist trunken,
Sie singt im Wald!«

Ein paarmal schlage ich auch den ärztlichen Rat in den Wind und trinke Gin und Whisky. Man merkt es meiner Stimme sofort an. Winfried ist der erste. Er quält mich nicht mehr in der letzten Zeit. Läßt den Dingen ihren Lauf.

Während unserer Probe sagt er:

»Die Kritiker werden dich verreißen, Saskia! Und schuld bist nur du allein!«

Seit dem Salzburger Skandal ist ein Monat vergangen. Nächste

Woche soll das Publikum eine neue Produktion des ›Rosenkavalier‹ kennenlernen.

»Man wird dich eine müde, matte Marschallin nennen«, warnt Winfried. »Saskia, sag deinen Auftritt ab. Verschwinde freiwillig von der Bühne, bevor dich die Kritiker in Stücke zerreißen.«

Ich finde keine Antwort.

Endlich habe ich beschlossen, Chris, meinen Mann, das gefühllose junge Tier, zu bestrafen. Nicht, weil er meiner als Frau überdrüssig wurde. Mit dieser Möglichkeit habe ich immer gerechnet. Flüchtig dachte ich sogar während unseres fast unerträglich glückseligen Aufenthalts in der Karibik daran, daß keine Flitterwochen ewig dauern können.

Es war schön. Die vier Wochen waren mein ganzes Leben. Es war gut, als ich meinen stolzen Birkenschößling unablässig melken, ihm seine besten Säfte entlocken konnte.

Nein. Ich nehme ihm nicht die Ebbe seiner sexuellen Leidenschaft übel, sondern den völliger Mangel an menschlicher Verbundenheit. Seine Undankbarkeit und Grausamkeit. Seine Gefühlskälte. Ich fordere ja nur ein bißchen Dankbarkeit und Respekt. Mag er mich als Mutter-Ersatz betrachten, wenn ich nicht mehr seine Geliebte sein darf. Ich möchte, daß er als Mann an meiner Seite bleibt, selbst wenn wir nie mehr ins Bett gehen. Ich habe irrsinnigen Hunger nach seinem Fleisch, ich liebe ihn aber auch mit meinem Herzen, meiner ganzen Seele, diese Liebe übersteigt meine Kräfte.

Weiß er denn nicht, daß er ohne unsere Begegnung heute noch immer in irgendeiner dreckigen Diskothek auf seiner Gitarre klimpern würde? Vielleicht wäre er schon Hungers gestorben.

Ich habe ihn entdeckt, einen Menschen aus ihm gemacht. Das klingt wie Spott und Hohn. Ein feiner Mensch ist Chris Svensson! Ein Lump ersten Ranges.

Ich glaube wahrhaftig, daß Chris nur bei mir bleibt, weil er mich zu beerben hofft. Ließe ich mich von ihm scheiden, so würde ich selbstverständlich mein Testament neu aufsetzen. Und davor zittert mein Geliebter.

Ich muß mir endgültige Klarheit über seine Habgier verschaffen. In Salzburg haben wir zuletzt von der Möglichkeit einer Scheidung gesprochen – und ich warnte Chris. Meine europäischen Angehörigen würden als Haupterben eingesetzt, falls wir auseinandergingen.

Es war ein Scherz, damals meinte ich es nicht ernst. Jetzt will ich die Drohung wiederholen. Mal sehen, wie er reagiert.

Ich bin allein mit Chris. Im Schlafzimmer. Wir haben uns noch nicht geliebt. Er ist nervös, nicht bei der Sache. Hat viel telefoniert, und ich stellte keine Frage. Wahrscheinlich hat er wieder eine neue Freundin.

Ich werfe mich nackt aufs Bett. Er würdigt mich keines Blicks. Das versetzt mich in Wut.

»Chris – kannst du mir wirklich beschwören, daß du nicht nur wegen der Erbschaft Angst vor einer Scheidung hast?«

»Ich schwöre, soviel du willst.«

Er schaut mich noch immer nicht an, Begierde und Lust sind längst ausgebrannt. Er hebt sie für die anderen Frauen auf.

»Chris, ich hab mir die Sache durch den Kopf gehen lassen. Du verdienst ausgezeichnet. Du bist einer der höchstbezahlten Rokker überhaupt. Du mußt endlich anfangen, an deine Zukunft zu denken. Spare. Ich berate dich gern, wie man klug investiert. Nimm dir einen guten Manager.«

»Was soll das Gequassel bedeuten, Saskia?«

»Es bedeutet – Chris, ich habe heute morgen mein Testament geändert. Ein neues Testament aufgesetzt. Und es meinem Anwalt nach München geschickt. Als Eilbrief.«

Ich wollte, ich hätte geschwiegen. Chris brüllt auf:

»Das ist nicht wahr! Das ist nicht wahr!«

»Doch, Chris, es ist wahr.«

Ich fürchte mich vor ihm, aus seinen Augen schießen böse Blitze. Ich rolle mich im Bett zusammen, lege die Hände schützend über mein Gesicht. Wird er mich schlagen?

»Sag, daß du gelogen hast, Saskia!«

»Ich habe nicht gelogen.«

»Ich erwürge dich, ich erwürge dich, du Biest! Ich bin nicht all die Jahre bei dir geblieben und hab deinen Schoßhund abgegeben und ließ mich von den Kumpeln auslachen, um jetzt von dir übers Ohr gehauen zu werden. Mich kürzt du nicht, ich will dich beerben, wenn du stirbst! Hörst du? Hast du dein neues Testament wirklich schon weggeschickt?«

Ich fürchte um mein Leben. Chris hebt eine schwere Tischlampe hoch. Ich kenne seine Wutausbrüche. Er wird mich schlagen. Mein Gesicht entstellen. Oder will er mich wirklich in einem Wutanfall töten?

Ich schreie laut: »Zu Hilfe! Juan! Carmen!«

Einen Augenblick darauf hat Chris die Lampe abgestellt. Juan und Carmen stehen in der Tür.

»Sie haben uns gerufen, Miß Saskia?« fragt Carmen atemlos. Ihre Augen sind vor Entsetzen weit geöffnet. »Was ist passiert?«

»Gar nichts. Ich hab' mir einen Spaß erlaubt.«

Die beiden gehen. Chris beruhigt sich.

»Es war ein übler Scherz, gelt, Saskia? Die Sache mit dem neuen Testament.«

»Es war kein Scherz. Ich habe mein Testament wirklich geändert – ein neues aufgesetzt. Nur... wenn du dein Verhalten änderst, Liebster, wenn du von nun an etwas Rücksicht auf mich nimmst, lasse ich dich eines Tages als reichen Mann zurück. Ich habe dir in meinem neuen Testament noch immer einiges Geld vermacht und auch Aktien und Wertsachen. Aber nicht mehr zwei Drittel meines ganzen Vermögens.«

Chris schweigt, denkt offenbar angestrengt nach. Entschuldigt sich nicht für sein skandalöses Verhalten. Seine Augen wandern im Schlafzimmer hin und her.

»Ich glaube dir nicht, Saskia. Du hast kein neues Testament aufgesetzt. Und es noch weniger abgeschickt. Du kannst nicht so gemein sein.«

Ich gebe das nutzlose Wortgefecht auf.

»Komm schlafen, Chris. Heute wollen wir schlafen und uns nicht lieben.«

Ich habe noch nie, seitdem ich Christophers Frau bin, einen solchen Vorschlag gemacht.

»Wie du willst, Honey, Saskia!«

Keiner von uns beiden kann schlafen. Wir wechseln nachts kein Wort.

Ich kann die laute, häßliche Szene nicht vergessen. Ich lebe in einer Schlangengrube. Und Chris wartet auf meinen Tod, um mich zu beerben.

Zwei Tage nach der wüsten Szene trinke ich vor dem Schlafengehen zwei Gin on the rocks. Mein Herz schlägt wie ein Hammer. Chris sitzt bei mir, liest die Zeitung. Mitternacht ist vorüber. Ich habe wieder Lust, ihn zu quälen.

»Du weißt natürlich, daß ich dich belogen habe, Chris?« sage ich. »Mit dem Testament – dem neuen Testament. Ich habe ein neues Testament abgefaßt und einen Brief an meinen Anwalt in München geschrieben. Nur – Brief und Testament sind noch hier in der Wohnung. Niemand hat die neuen Verfügungen gelesen. Du bist noch immer mein Haupterbe, Chris, und bleibst es... wenn du dich tadellos benimmst!«

Chris springt auf. Diesmal bin ich sternhagelvoll betrunken und pfeife darauf, was geschieht. Ich werde gellend um Hilfe rufen, wenn er mir etwas antun will. Ich lasse ihn verhaften. Außerdem bin ich stark und kann mich verteidigen.

Der Hampelmann springt, ich pfeife die Begleitmusik.

»Wo... wo steckt das neue Testament? Wo ist der Brief an deinen Anwalt?« kreischt mein Mann.

»Such ihn... such beides... Los, heiß, heißer, heißer, Mr. Svensson! Such. Spring. Hop, Signor!«

Er ist mein Hampelmann, ich halte die Fäden in der Hand.

Ich bin wirklich eine Gifthexe. Bitterböse. Doch schuld ist Chris. Er hat eine Giftmischerin aus mir gemacht. Früher war ich seine Wohltäterin. Jetzt muß ich ihn strafen.

»Such, Liebling. Such!« Und ich lache, will mich ausschütten vor Lachen und zeige mit den Fingern auf die Kommode, den eingebauten Schrank: »Los, Hop, Signor, suche das neue Testament, das dich zu einem Bettler macht, mit meinem ersten Testament verglichen! Suche, bis dir die Augen aus dem Kopf treten... Ich habe den Brief noch nicht zur Post getragen. Noch bist du mein Haupterbe!«

Chris rast wie toll durchs Zimmer, stößt zwei kleine Tische um, zieht jede Schublade aus der Kommode in der Suche nach dem versteckten Dokument.

Jetzt zeigt er mir ungeniert sein wahres Gesicht voll namenloser Gier.

»Such, such weiter!« kreischt das Köhlerweib. Er stellt das ganze Zimmer auf den Kopf.

Das war gestern. Ich schreibe diese Zeilen, nachdem ich meinen Mann aus dem Schlafzimmer hinausgeworfen habe und Carmen, Juan und Winfried die Szene schilderte.

»Ich geh zur Polizei. Ich lasse ihn verhaften!« droht Winfried.

»Verhaften? Weshalb?« sage ich. »Wir haben doch nur ein Spielchen gespielt. Der liebende Gatte demaskiert sich. So hieß unser Spielchen, Winnie!«

»Ich habe Angst um dein Leben, Saskia! Weißt du was? Ich ziehe zu euch. Ins Gästezimmer!« fleht mich Winfried an.

»Vollkommen überflüssig. Ich leite die Scheidung ein. Ich lasse mich von Chris scheiden«, verspreche ich.

»Ehrenwort, Saskia?«

»Ehrenwort, Winnie. Im übrigen – habe ich noch eine Ehre?«

»Sperr' wenigstens die Schlafzimmertür hinter dir ab, Saskia, versprich mir wenigstens das eine! Vielleicht geruhen seine Majestät, heut nacht wieder daheim zu schlafen! Laß ihn nicht mehr in dein Schlafzimmer! Hol' die Polizei, wenn er dich wieder bedroht! Du spielst mit deinem Lebn!«

Ich beruhige den Freund.

»Winnie, der Kerl droht nur, der Kerl hat sich ganz gut in der Hand. Und ich werde vorsichtig sein. Ich werde ihn nie wieder reizen. Ich will nur noch meine Freiheit. Von ihm loskommen. Schluß mit der Komödie. Ich lasse mich scheiden. Ich habe Christopher Svensson endlich den Laufpaß gegeben und werde dich bitten, bei mir zu sein, wenn ich ihn mit seinen Siebensachen an die Luft setze. Exit Christopher Svensson.«

Das waren die letzten Eintragungen in Saskia Stahls Tagebuch.

3

Ich, Verena Hollmann, habe das Tagebuch gelesen, Winfried Graf überließ es mir, und ich werde Auszüge aus diesem Tagebuch für meine Serie über Leben und Sterben der Saskia Stahl verwenden. Ich werde viele Kapitel, die Saskia Stahls zügellose Leidenschaft, ihren sexuellen Wahn, widerspiegeln, weglassen. Ihren Totentanz. Ihre verzückte Ekstase im Bett des blutjungen Gatten.

Soviel schulde ich der überzeugendsten Liebenden der Opernbühne, Saskia Stahl: das Publikum darf sie nicht als bejammernswerteste Liebende kennenlernen. Als Süchtige, deren Liebesobjekt ihrer Liebe unwürdig war.

Wenn sie schenkte, kannte ihre Großzügigkeit keine Grenzen. Nicht auf der Bühne, nicht im Bett und nicht als Mensch, als Frau, die in den Fallstricken ihrer Sinnlichkeit gefangen war. Wie leicht hätte es der junge Ehemann gehabt! Er hätte als guter Kamerad, als echter Freund an Saskia Stahls Seite leben können. Ihr Alter miterlebt. Er hätte gut zu ihr sein können. Menschliche Güte kennt kein Alter.

Dann hätte er sie überlebt. Als wohlhabender, ja sogar reicher Mann. Doch er war zu kleinmütig, um seine ungeheure Chance wahrzunehmen.

O ja, ich bin nach New York gekommen – als Zeugin für die Verteidigung, weil ich nicht glauben konnte, daß Christopher Svenssons Engelsgesicht nichts anderes war als die Maske eines Mörders. Eines berechnenden, kaltblütigen Erbschleichers.

Ich war fest entschlossen, für die Wahrheit zu kämpfen, sie an den Tag zu bringen. Und ich kämpfe noch immer um die Wahrheit. Saskia Stahls New Yorker Anwalt, Mitarbeiter des Münchner Rechtsanwalts-Büro, zu dem die juristischen Hauptberater der Verstorbenen gehören, versichert mir immer wieder, daß ›ein gerechtes Urteil gefällt wird‹.

Meine Hauptaufgabe ist jetzt die: Ich muß meinen Geliebten, Chris Svensson, dessen Wohnung ich teile, für die Hauptverhandlung vorbereiten. Der Sensationsprozeß wird bald beginnen; und in meiner knapp bemessenen freien Zeit arbeite ich fieberhaft an meiner Serie für das Magazin, das einen Teil meiner Amerikareise finanziert hat.

Ich muß über jeden Zweifel erhaben ermitteln, was sich in jener letzten Nacht Saskia Stahls zugetragen hat. Vor beinahe fünf Monaten. In der Nacht, als Saskia Stahl einer natürlichen Todesursache erlag – einem Herzanfall, einer akuten Alkoholvergiftung, oder – ?

Alle Versuche des Untersuchungsrichters, Chris Svensson zu einem Geständnis zu überreden, verliefen fruchtlos. Was sollte Chris auch gestehen? Millionen Fans würden beschwören, daß Chris Svensson außerstande wäre, einem Menschen ein Haar zu krümmen. Geschweige denn, seine Wohltäterin zu ermorden.

»Warum, um Gottes willen, sollte ich meine Frau töten? Ich wußte, daß ich zwei Drittel ihres Vermögens erben würde. Sie hat mir die Abschrift ihres Testaments gezeigt. Welchen Beweggrund hätte ich wohl gehabt, sie zu töten? Als Mörder Saskia Stahls würde ich todsicher keinen Cent bekommen! Es war ein Herzanfall! In den letzten Monaten ihres Lebens trank Saskia wie ein Bürstenbinder! Der Skandal in Salzburg – auch damals hatte sie über den Durst getrunken!«

Das stimmte. Alle New Yorker Zeitungen hatten darüber geschrieben, und auch der Untersuchungsrichter und der Staatsanwalt, diese Bluthunde, kannten die Geschichte.

Beim Vorverhör sagten drei Kronzeugen aus: Winfried Graf. Carmen und Juan Sanchez. Alle drei sagten aus, daß sich Saskia Stahl mit der Absicht trug, ihr Testament neu aufzusetzen. Sie hatte ihnen mitgeteilt, daß sie einen Teil ihres großen Vermögens – im neuen Testament – ihren Angehörigen in Europa vermachen, auch mehrere karitative Organisationen beschenken und den Grundstein zur Saskia Stahl-Musikhochschule legen wolle.

»Lügen! Lauter Lügen!« tobte Chris vor dem Untersuchungsrichter und auch, wenn er allein mit mir war, in diesen nerventötenden Wochen vor dem Monster-Prozeß. Wir lebten in einem ständigen Alptraum. Es gab keinen Weg aus dem Irrgarten. »Verena, ich glaube, du wirst es nicht schaffen. Du willst Zeuge für die Verteidigung sein? Wie kannst du mir helfen? Die haben überhaupt keine Beweise. Sie wollen mich aufgrund von Indizienbeweisen verurteilen. Für Totschlag können sie mir dreißig Jahre aufbrummen.«

Ich zittere. Er tut mir so leid. Ich umarme meinen jungen Geliebten.

»Nein, nein!« protestiere ich. »Sie können dich nicht verurteilen!«

Dieses schöne junge Geschöpf. Mein Engel Chris. In einer Gefängniszelle verrotten? Unmöglich.

»Du kannst schlimmstenfalls gegen das Urteil der ersten Instanz Berufung einlegen, Liebling! Bis zum Obersten Bundesgericht!« tröste ich meinen Freund. »Und überhaupt – ich glaube an keinen Schuldspruch.«

»Alles ist möglich! Hilf mir, Verena! Verlaß' mich nicht, mein süßer Schatz!«

Drei Verteidiger arbeiten Tag und Nacht für uns. Mein Vater schickt wieder Geld aus Österreich. Mein Verleger telefoniert, daß er mich nicht im Stich läßt. Die Magazin-Serie und mein Buch, das ich schreiben will, sind Inhalt meines Lebens geworden. Mit ihnen falle und stehe ich.

Nur eine Woche trennt uns noch von der Hauptverhandlung. Eine armselige Woche. Sieben Tage und Nächte. Wir klammern uns aneinander, wie zwei Ertrinkende, in tiefster Verzweiflung. Es hilft nicht viel, daß die Verteidiger recht optimistisch reden.

Schlagzeilen in allen Zeitungen. Chris gibt Interviews. »Ich könnte keiner Fliege was zuleide tun. Freilich kocht manchmal mein Blut über. Passiert doch jedem irgendwann einmal. Ich hätte eben die um vieles ältere Diva nicht heiraten dürfen. Doch niemals, niemals hätte ich ihr etwas zuleide getan. Saskia war doch so gut zu mir!«

Noch vor Beginn der Hauptverhandlung senden die Fernsehprogramme halbdokumentarische Dramen, deren Inhalt die Frage behandelt: Was ist wirklich passiert in jener Nacht?

Tagein, tagaus wachen Carmen und Juan über uns, sie haben offenbar ihren alten Groll gegen Chris begraben. Ich erkläre ihnen vor Chris immer wieder, daß in den Vereinigten Staaten jeder

Mensch als unschuldig betrachtet wird, solange seine Schuld nicht einwandfrei nachgewiesen ist. Selbst lauter Zank, heftige Szenen zwischen Mann und Frau sind noch kein eindeutiger Indizienbeweis! Und überhaupt – sogar Carmen und Juan müssen ehrlich zugeben, daß Saskia Stahl in den letzten Monaten ihres Lebens eine Schwerkranke war. Sie trank sich zu Tode. Ihre Gesundheit war total zerrüttet.

Sogar mit Carmen und Juan haben wir nur ein einziges Gesprächsthema: die bevorstehende Verhandlung. Oft besucht uns auch ein älterer Bruder Carmens, ein pensionierter Feuerwehrmann. Dann sitzen wir alle in der gemütlichen Wohnküche und trinken miteinander Kaffee. Weder Chris noch ich wollen früh ins Bett, wir schlafen schlecht.

Zwei Tage vor der Verhandlung.

Ich dulde nicht, daß Chris Tranquillizer nimmt, das Zeug ist gefährlich, macht alles nur schlimmer.

»Erinnerst du dich an die Nacht in Salzburg?« fragte ich Chris. »Deine Frau war im Hospital und weigerte sich, Besuche zu empfangen. Sie wollte nicht einmal dich sehen.«

»Freilich erinnere ich mich daran, wie könnte ich diese schauderhafte Nacht je vergessen! Hab' ihr die schönsten Blumen geschickt, war bereit, mich vor ihr auf die Knie zu werfen! Und trotzdem war die schreckliche Nacht auch eine schöne Nacht, denn vor dem Konzert hielt ich *dich* in den Armen, Verena! In diesem entzückenden Berghotel!«

»Ich schäme mich noch heute.«

Eine Pause.

»Warum?«

»Weil ich überzeugt war, daß deine Frau, daß Saskia im Sterben liegt. Was mich nicht abhielt, dich zu küssen.«

Chris stürzt sich auf mich und küßt mich so leidenschaftlich, daß es mir den Atem verschlägt. »Hör doch endlich auf, von Saskia zu reden! Denk lieber an mich! Ich will nicht auf Lebzeiten ins Gefängnis, ich bin zu jung!«

»Das Gericht hat keine Beweise, Chris! Und du hast nichts gestanden! Und ich werde die beste Zeugin für die Verteidigung sein, das habe ich dir geschworen, ich werde das Konzert in Salzburg schildern und den Skandal und...«

Wir küssen uns, umarmen uns, er nimmt mich und ich halte still.

»Verena, Liebling, du willst doch nicht etwa verraten, daß wir in Salzburg vor dem Konzert beinah im Bett lagen? Ich, der treue Ehemann und du – eine völlig Fremde?«

»Gewiß verrate ich's nicht, Liebling. Hältst du mich für übergeschnappt? Ich werde nur aussagen, daß du mir vor dem Konzert ein Interview gabst. Das stimmt ja. Und daß ich dann beim Konzert im Zuschauersaal saß und die ganze Katastrophe mitansah. Du tatest mir leid – du tust heute Millionen von Fans leid!«

Chris ist voll überströmender Dankbarkeit.

»Verena, Liebste, Gott segne dich! Hab' Dank dafür, daß du mir zu Hilfe eilst! Sag, daß du mich nie verlassen wirst! Niemals!« Ich lege ihm die Hand auf den Mund. Wir sind unbeschreiblich müde und schlafen ein.

Nach Mitternacht erwache ich plötzlich und finde auch den Geliebten hellwach.

»Chris, ich habe furchtbare Kopfschmerzen«, klage ich. »Bitte, bring mir ein Glas Wasser und zwei Tabletten. Du findest sie im Arzneischrank, im Bad!«

»Bleib still liegen, Süßes. Ich bin gleich wieder da.«

Er geht barfuß hinaus, und ich höre, wie er das Arzneischränkchen öffnet.

»Verena, ich finde die Tabletten nicht!«

»Doch, die müssen da sein. Vielleicht ließ ich sie im zweiten Bad liegen!«

Er läuft hinaus, über den Korridor. Kommt bald wieder, ein Glas Wasser und die Tabletten in der Hand. Er hat die Pillen gefunden.

Ein entsetzlicher Aufschrei. Christopher schreit so laut, daß Carmen, Juan und Carmens Bruder, der Feuerwehrmann – er verbrachte die Nacht wieder einmal im Gästezimmer – mit einem Satz im Schlafzimmer stehen.

Wir schließen die Tür nie ab.

»Da ist sie wieder! Saskia! Saskia!« schreit Chris. »Das ist meine Frau! Saskia! Du bist doch tot! Du bist tooooot, sage ich!« brüllt Chris und greift nach einem Kissen und preßt es auf mein Gesicht. Fester. Immer fester. Beinahe ersticke ich. »Saskia, du bist tot! Es war immer Saskia! Ich wußte es die ganze Zeit!«

Die beiden Männer packen den Tobenden bei den Schultern und legen ihm Handschellen an. Denn Carmens Bruder hat Handschellen bei sich. Er scheint Fachmann zu sein auf diesem Gebiet.

Carmens Bruder ist nämlich nicht ihr Bruder. Er ist ein bekannter Privatdetektiv, und ich habe ihn mit Einverständnis des Untersuchungsrichters und Staatsanwalts verpflichtet. Ich hatte einen weiteren, wichtigen Zeugen nötig.

Ich, Verena Hollmann, liege noch immer im Bett und ringe keuchend nach Luft. Mein Kopf ruht auf dem Kissen.

Ich trage eine feuerrote Perücke mit schulterlangen Locken. Meine Haut ist sehr weiß. Ich trage ein türkisfarbenes Nachthemd. Es war Saskia Stahls Lieblingsfarbe. In höchster Eile habe ich das vorbereitete Nachthemd übergestreift und auch die Perükke, als Chris – auf mein Geheiß – im Bad verschwunden war, um Kopfweh-Tabletten und Wasser zu holen.

Jetzt trägt er Handschellen und keucht nur noch leise. Sein Hirn ist ein so winziges, dummes Spatzenhirn, daß er sich immer tiefer in sein Schuldbekenntnis verstrickt.

»Ja, ich habe sie getötet!« keucht er. »Ich habe Saskia mit dem Kissen erstickt, weil sie drohte, mich zu enterben und mich bis zur Weißglut reizte mit der Aufforderung: ›Such es doch – suche das neue Testament, es steckt hier irgendwo in der Wohnung! Vielleicht findest du's, bevor ich die Möglichkeit habe, es nach München an meinen Anwalt zu schicken!‹

Ich suchte mir die Augen aus dem Kopf und fand keinen Brief. Kein Testament. Nichts.«

Da sage ich, Verena Hollmann:

»Du konntest das neue Testament unmöglich finden, Chris.« Ich reiße mir die Perücke vom Kopf und springe aus dem Bett und suche Schutz hinter Carmen, Juan und Detektivinspektor Calloway, der früher zur New Yorker Polizei gehörte.

»Du konntest das neue Testament unmöglich finden, Chris! Bei der Verhandlung wird man dir's zeigen. Dort wird es vorgelesen. Der Richter und die Geschworenen werden sonnenklar wissen, warum du Saskia Stahl ermordet hast: weil du sie hindern wolltest, ihr neues Testament an den Münchner Rechtsanwalt zu schicken. Und dann versuchtest du erfolglos, den Anschein zu erwecken, als sei Saskia einem Herzanfall erlegen. Du wolltest sie beerben, du Lump! Wir brauchten freilich ein offenes, klares Geständnis. Indizienbeweise genügten uns nicht. Und dieses Geständnis haben wir – noch dazu auf Tonband.«

Im Schlafzimmer hatte ich ein Mikrofon angebracht und das Tonband lief und lief. Seit Monaten schon. Seit dem Tage, an dem ich in Christophers und Saskias Penthousewohnung zog. »Meine Damen und Herren von der Jury«, werde ich, Verena Hollmann, als Zeugin für die Verteidigung sagen, »meine Geschworenen!

Sprechen Sie den Angeklagten schuldig. Er hat den Mord an Saskia Stahl gestanden. Sein Tatmotiv war Gier. Er hat die Frau getötet, die so gut zu ihm war. So großzügig. So nachsichtig.«

Und dann werde ich mich an den Richter wenden und ihn bitten:

»Wenn die Jury den Angeklagten Christopher Svensson der Ermordung seiner Frau schuldig spricht, so verurteilen Sie ihn, bitte, zu lebenslänglichem Gefängnis. Einem Leben hinter Gittern – ohne Möglichkeit der Begnadigung. Er ist ja jetzt eines Doppelverbrechens schuldig. Er hat seine Frau getötet und versuchte, auch mich, seine Geliebte, zu erwürgen.«

Jawohl. Ich bin nach New York geflogen als Zeugin für die Verteidigung. Doch für die Verteidigung der *Saskia Stahl*. Ich war schlau wie eine Schlange in der Schlangengrube.

Christopher Svensson hat eine herrliche Künstlerin getötet, die größte Sängerin der Welt. Mich hat das Leben der Saskia Stahl immer brennend interessiert. Als ich erfuhr, daß sie vor vielen Jahren ihren ersten Mann verließ und ein zweijähriges Kind im Stich ließ, haßte ich sie. Wie konnte eine Frau, eine Mutter, so grausam sein?

Dann stellte ich Nachforschungen an, drang tiefer in ihre Lebensgeschichte ein. Ich stellte fest, daß sie lange und erbittert um ihr Kind gekämpft hatte. Sie mußte es aufgeben. Der Vater des Kindes, Saskias erster Mann, war geschickter. Der Vater wollte nicht erlauben, daß seine Frau Musik studierte.

Saskia Stahl verließ ihren Mann und ihr Kind. Sie wurde die größte Sopransängerin der Welt. Ihre Laufbahn hat alle Fehler gerechtfertigt, die sie sich je zuschulden kommen ließ. Sie war ein Genie.

Ich lauschte allen ihren Schallplatten und sah sie auf dem Bildschirm und hörte sie in den Opernhäusern von München, Berlin und Paris. Ich bemühte mich, ihr Leben zu begreifen. Ich wollte auch verstehen, warum sie den jungen Gigolo Chris Svensson geheiratet hatte.

In Salzburg, nach dem Skandalkonzert, wollten mir die Ärzte nicht erlauben, Saskia Stahl zu besuchen. In den letzten Wochen ihres Lebens wechselte ich viele Briefe mit ihr.

Ja, ich, Verena Hollmann, kam nach New York als Zeugin für die Verteidung. Ich habe mich niemals selbst belogen. Als ich mit Chris Svensson hier in New York im Bett lag, war ich hin und her gerissen zwischen Faszination und Widerwillen.

Später schloß ich in seinen Armen die Augen und versuchte, mich in die Lage der Toten zu versetzen. War es wirklich dieser Jüngling, der Saskias Denken und Fühlen betäubt hatte? Waren es seine Küsse – seine Stöße? Seine ewigen Liebkosungen? So muß es wohl gewesen sein. Sie wäre noch am Leben, auf dem Gipfel ihrer Schaffenskraft, wäre sie Chris Svensson nicht begegnet.

Oft starrte er mich an, als plagten ihn Zweifel. Ich dachte, er würde mein Geheimnis entdecken. Er tat es nie. Es bedurfte einer roten Perücke und eines Nachthemds, das Saskia gehörte und der gleichen Situation, um ihm die Augen zu öffnen und ihm das bitter nötige Geständnis zu entlocken.

Ja, Christopher Svensson hat eine große Künstlerin ermordet, einen Stern getötet, der nur einmal in einer Million Lichtjahren strahlt. Sie füllte die Herzen von Tausenden Musikschwärmern mit reiner Freude.

Winfried Graf und ich, wir werden in Manhatton die Saskia-Stahl-Musikhochschule bauen, wir haben Geld – aus dem Nachlaß für Saskias rechtmäßige Erben.

Christopher Svensson hat ein schöpferisches Genie ermordet. Ein ewig ehrgeiziges menschliches Wesen.

Und er hat ein erbarmungswürdiges Menschenwrack ermordet.

Ich habe die herrlichste Isolde verehrt. – Und die entartete, verkommene Köhlerin.

Ich flog aus Österreich nach New York als Zeugin für die Verteidigung.

Für die Verteidigung von Saskia Stahl, der Toten. Um der Gerechtigkeit zu ihrem Recht zu verhelfen.

Ich kam nach New York als Zeugin für die Anklage.

Ich habe Saskia Stahl, die Künstlerin, vergöttert.

Und ich habe Saskia Stahl, meine *Mutter*, unendlich geliebt.

Miriam Gardner
Gefährtinnen der Liebe

1

Gail Smith blickte müde zur Uhr, ohne sich zu regen, dann streckte sie sich und seufzte. Kurz vor sieben. Bald würde Marja nach Haus kommen, und dann wäre wieder ein Freitagabend in Greenwich Village fällig, genauso wie der letzte und der vorletzte und der davor – und alle anderen, seit sie zusammenlebten. Wie lange war das her? Fast zwei Jahre. Jedes Wochenende. Der Freitag war für Partys reserviert; am Samstagabend machten sie die Runde durch die einschlägigen Lokale.

Zuerst hatte es Spaß gemacht; in der kleinen Provinzstadt, wo Gail aufgewachsen war, hatte es nichts dergleichen gegeben. Und zunächst war es eine Möglichkeit gewesen, sich auf ihre Veranlagung einzustellen und in dieser neuen, verwirrenden Welt zurechtzufinden. ›Zwielichtwelt‹ wurde sie in einem Buch genannt; eine Welt, in der es pikierte und spöttische Blicke gab, wenn ein junger Mann mit einem Mädchen tanzte, weil alle wußten, daß die beiden sich versehentlich in ein Milieu verirrt hatten, wo es normal war, daß Frauen miteinander tanzten und sich unter dem Tisch bei den Händen hielten.

Das war die Welt, in der Gail nun lebte, und sie hatte sich daran gewöhnt. Sie erschien ihr jetzt natürlich. Als Dan, ein Arbeitskollege, vor einiger Zeit mit ihr hatte ausgehen wollen, war Gail nahe daran gewesen, in Panik zu stammeln: Ach nein, das – das könnte ich wirklich nicht: »Was ist los, habe ich zwei Köpfe oder was?« hatte Dan gefragt. Er war ein gutaussehender junger Mann aus der Rechnungsabteilung, und Gail wußte, daß ihre sofortige, hastige Absage ihn gekränkt haben mußte. Sie hätte es taktvoller anfangen sollen; sie hätte wenigstens vorgeben sollen, seine Einladung zu überdenken. Sie wünschte, sie könnte aufrichtig sein – aufrichtig genug, um zu antworten: »Bedaure, Dan, aber ich gehe mit Männern nicht aus, weil ich lesbisch bin. Ich lebe mit einer anderen Frau zusammen, die ich liebe.«

Aber so aufrichtig konnte man in einer nur scheinbar toleranten Gesellschaft nicht sein, und so hatte sie den Blick niedergeschlagen und eine höfliche, aber akzeptable Lüge gebraucht, die ihren Ruf gerettet und sein Selbstgefühl nicht allzu sehr verletzt hatte:

»Danke, das ist nett, Dan. Aber ehrlich gesagt, es gibt jemand, und da bleibt mir keine Zeit für andere Verabredungen.«

»Also ein anderer, wieder mal mein Pech«, hatte er mit einem schiefen Lächeln gesagt. »Die Hübschesten sind immer schon in festen Händen. Na gut, ich habe nicht den Ehrgeiz, jemanden auszustechen.«

Er hatte halb verdrießlich, halb ergeben genickt und sie danach nicht mehr behelligt. Aber die kleine Episode hatte in Gail eine merkwürdige Beunruhigung hinterlassen. Es war gut zu wissen, daß ihrem Aussehen und Benehmen nichts anzumerken war – daß Männer sich noch immer für sie interessierten. Aber störend daran war, daß es ihr das seltsame Leben, das sie führte, zu Bewußtsein gebracht hatte. Und am Abend hatte sie sich mit verdoppelter Inbrunst ins Milieu gestürzt, erleichtert, daß es wenigstens ein paar Orte gab, wo sie sich nicht zu verstellen brauchte. Beim Tanzen hatte sie Marja fest an sich gedrückt und während der Heimfahrt im Taxi leidenschaftlich geküßt.

Sie seufzte. Das war das Dumme an der Geschichte: Irgendwann wurde man der ewig gleichen Lesbenpartys und der Tanzbar überdrüssig, aber es gab nichts sonst, wo man hingehen konnte, und wer mochte schon die ganze Zeit zu Hause sitzen und die vier Wände anstarren?

Es wurde Zeit, daß sie sich anzog. Es empfahl sich, fertig zu sein, wenn Marja nach Hause käme, denn in ihrem Bemühen, sich schön zu machen, pflegte Marja die Dusche, die Frisierkommode, ja, die ganze Wohnung für sich allein in Anspruch zu nehmen. Das war Marjas Aufgabe im Leben: schön zu sein. Tatsächlich ergriff sie Besitz von der ganzen Wohnung.

Wie sie von mir Besitz ergriffen hat, sagte sich Gail.

Gleich darauf tadelte sie sich. Marja hatte ihr lediglich gezeigt, wie sie leben und sich selbst verwirklichen konnte.

Selbstverwirklichung? fragte sie sich. Wo ist das Klavier? Was ist aus diesem Traum geworden? Musikunterricht zu geben und weiter an sich zu arbeiten, bis sie eine Stellung an einer Kirche finden und eine Karriere als Organistin beginnen könnte...

Sie stand unruhig auf. Sie konnte nicht Organistin sein, ohne eine Kirche und das Gemeindeleben in den Mittelpunkt ihrer Existenz zu stellen, und nachdem sie sich der Religion ihrer Kindheit entfremdet hatte, wäre es pure Heuchelei, wenn sie versuchen wollte, sich den Lebensunterhalt mit Kirchenmusik zu verdienen – selbst wenn ihr dieser Berufsweg durch die Ausbildung vorgegeben war. Sie krümmte und streckte ihre kräftigen, wohlgeformten Finger – Finger, die mühelos eine Oktave überspannten; Finger, die jetzt nur die Tasten von Schreibmaschinen und Registrierkassen berührten. Wie schmerzlich sehnten sie sich nach den Tasten einer Klaviatur, auch wenn es nicht die einer Orgel sein konnte! Oft, wenn sie allein war, summte sie Läufe und machte dazu Fingerübungen, oder sie stellte sich vor, am Orgelpult zu sitzen und die einleitenden Figuren einer Bachschen Fuge zu spielen...

Aber welche Eltern würden ihre Kinder zum Musikunterricht zu ihr schicken, wenn bekannt wäre, daß sie eine...

Nur zu! Sag es schon. Wie kommt es, daß du nach zwei Jahren Greenwich Village noch Hemmungen hast, das Wort auszusprechen?

Gail schaute in den Spiegel der Frisierkommode und musterte sich mit dem Blick, der schon zum Ritual geworden war. Sich der Realität stellen, nannte sie es. Schau in diesen Spiegel, jeden Morgen, jeden Abend, und sag dir, daß du eine Lesbierin bist.

Sag nicht ›anders herum‹ oder ›pervers‹ und schon gar nicht die vulgären Worte wie schwul oder warm. Sag auch nicht homosexuell; überlaß das den Männern. Und verzichte auf alle verhüllenden Umschreibungen; die sind für Mädchen, die glauben, etwas beschönigen zu müssen.

Eine Lesbe. Und sei stolz darauf. Es bezeichnet, was du bist, Gail Smith, und es gibt Millionen andere wie dich. Also stell dich darauf ein, und nimm dir zu Herzen, was Marja gesagt hat: »Es ist besser, eine gut angepaßte Lesbierin zu sein, als eine schlecht angepaßte Normale, die irgendeinem armen Kerl und ein paar hilflosen Kindern das Leben zur Hölle macht oder zu einer vertrockneten alten Jungfer wird. Du hast dich deinem Leben gestellt, du hast erkannt, was du bist. Nun handle danach und sei stolz darauf.«

Das Gesicht, das ihr entgegenblickte, war das Gesicht einer Lesbierin, dachte sie, und es war ihm anzusehen. Es war ein starkes, waches, intelligentes Gesicht, umgeben von kurzgeschnittenen dunklen Locken. Weit auseinanderstehende Augen, enzianblau, umsäumt von dunklen Wimpern unter geraden, dichten, ungezupften Brauen. Ein breiter Mund ohne Lippenstift; glatte, hohe Backenknochen, etwas hohle Wangen. Das Gesicht eines femininen Jünglings.

Das Porträt einer Lesbierin.

Sie zog ihre zerknautschte Jacke aus. Als sie vom Büro nach Haus gekommen war, hatte sie sich einfach auf die Couch geworfen, um ein wenig auszuruhen. Marja konnte das nicht verstehen und regte sich darüber auf. Die pflegliche Behandlung ihrer Kleider war für sie eine Religion.

Die Bluse – streng und mit feinen Streifen – folgte der Jacke. Gail trug keinen Büstenhalter; ihr Körper war schlank und hart, mit kompakten, beinahe unsichtbaren Brüsten, kräftigen Schultern und muskulösen Armen. Wenn sie die Seitenflügel des dreiteiligen Frisierspiegels so verstellte, daß sie sich von hinten sehen konnte, wirkte sie mit ihren relativ schmalen Hüften wie ein großer, lockenköpfiger Junge. Ihre Hände waren groß, eckig, ungeschmückt, die Nägel kurzgeschnitten und lackiert, aber ohne Farbe. Es waren kräftige, feste Hände, deren Zugriff eine beinahe maskuline Stärke hatte.

Gretchen hatte gesagt: »Du spielst fast wie ein Mann, Gail. Ob Klavier oder Orgel, du hast die Kraftreserven, aus einem Instrument alles herausholen zu können. Dynamik. Und doch auch etwas Weibliches.«

Vergiß Gretchen, sagte sie sich. Das ist alles vorbei. Aus und vorbei wie die Idee, du könntest eines Tages Orgelkonzerte geben. Dies hier ist dein Leben. Entschlossen lächelte sie ihrem Spiegelbild zu, und die jungenhafte Illusion verschwand. Es war das Lächeln einer Frau, weich, sanft und mädchenhaft; aber sie sah es nicht. Mit entschlossener Bewegung wandte sie sich ab, griff sich ein Handtuch und ging ins Bad.

Sie drehte die Dusche auf, bis das Wasser in einem kalten, erfrischenden Sturzbach auf sie niederprasselte und ihr kurzes Lokkenhaar durchnäßte. Sie erschauerte, nicht vor Kälte, sondern unter der angenehmen Empfindung des rauschenden Wassers und seiner intimen Berührung. Während das Wasser sich allmählich erwärmte, überließ sie sich kurze Zeit dem sinnlichen Behagen, bevor sie sich einseifte und unter der warmen Brause abspülte; darauf schüttelte sie sich wie eine Katze, trat unter dem Duschvorhang heraus und hüllte sich in ein Badetuch.

Nackt vor dem Kleiderschrank stieß sie stirnrunzelnd Marjas wogende Kleider zur Seite, um an die eigenen heranzukommen. Marjas schwerer, süßlicher Blütenduft erfüllte den Kleiderschrank und überdeckte den frischen Zederduft, den Gail bevorzugte. Sorgfältig wählte sie ihre Kleider aus.

Wenigstens hatte Marja ihr beigebracht, wie man sich anzuziehen hatte. »Du mußt aussehen, wie du bist. Durch deine Kleider kannst du das Erscheinungsbild schaffen, das deiner Persönlichkeit am nächsten kommt.« Der Gedanke, wie sie früher einmal herumgelaufen war, war peinlich und erheiternd zugleich; erheiternd vor allem im Rückblick. ›Ein Riesentrampel‹ hatte die Mutter sie genannt und in ihrer Verzweiflung versucht, Gails große, knochige Gestalt in Ginganröcke und rüschenbesetzte Bauernblusen zu stecken und ihr Haar in lange Ringellocken zu glätten. Sie hatte es mit der Begründung getan, daß es weiblicher sei, und war tatsächlich in Tränen ausgebrochen, als Gail sich das Haar schließlich hatte kurz schneiden lassen.

Marja hatte Gails Typ entdeckt und ihr geholfen, ihn zu betonen. Marja – nun, auch Gretchen hatte geholfen. Sie war es gewesen, die Gail ermutigt hatte, sich so zu kleiden, wie sie es wollte. Und sie hatte ihr klargemacht, was Gail selbst längst gefühlt hatte: daß sie nicht der Typ für Spitzen und Rüschen und dergleichen Spielereien war. Unterstützt von Gretchens freundlichen Hinweisen und Andeutungen, hatte sie sich der Rüschenblusen und langen Locken entledigt und einfach geschnittene Röcke und Blusen und Pullover angezogen; darin sah sie ordentlich und ein wenig nüchtern aus wie eine Frau, die im Berufsleben steht. Der Typ, der Schneiderkostüme trägt.

Marja hatte die Entwicklung weiter vorangetrieben. Gretchen hatte ihr geholfen, sich ihrem Typ gemäß zu kleiden und in das Milieu einzufügen, statt wie ein Junge in Röcken auszusehen; aber Marja war bis zum anderen Extrem gegangen und hatte dazu beigetragen, Gail das spröde, dramatisch polierte Aussehen zu verleihen, das sie jetzt zeigte.

Sie schlüpfte in makellos geschnittene Hosen, enganliegend um die schmalen Hüften und die eleganten Linien ihrer Schenkel und Waden; sie fuhr in eine gestreifte Bluse, die von Stärke knisterte, knöpfte sie bis zum Umlegekragen zu und steckte die viereckigen, mattsilbernen Manschettenknöpfe in die steifen Manschetten. Dazu kam eine schmale Samtschleife, die zwischen einem Schlips und einer Fliege ungefähr die Mitte hielt. Und die beinahe, aber nicht ganz jungenhaft wirkte. Dann setzte sie sich vor die Frisierkommode.

Die Tür wurde geöffnet, und zwischen Haarbürste und Haar sah sie im Spiegel hinter sich das Gesicht Marjas, die in der Öffnung stand. »Du siehst großartig aus«, sagte Marja. »Ich werde bei der Party heute abend ein Auge auf dich haben müssen, Schatz. Alle Mädchen werden hinter dir her sein.« Mit einem Schmunzeln fügte sie hinzu: »Ich wette, auch von den schwulen Jungs würde manch einer auf dich stehen.«

Gail errötete. Gar so jungenhaft wollte sie nun auch nicht aussehen. »Ich sehe nicht – übertrieben maskulin aus, oder?« fragte sie unsicher, und Marjas leises, sprödes Lachen knisterte wie steifes Papier. »Nein – dafür ist es zu subtil, Gail. So vollkommen kann ein Mann gar nicht sein«, fügte sie hinzu, nahm die Haarbürste und strich über Gails lockige Wellen. Dann berührte sie Gails Stirn mit den Lippen. Gail legte die Arme um sie, und ihr Herz zerschmolz beim Anblick dieser schönen Frau, die sie liebte, doch blieb zu ihrer eigenen Überraschung ein kleiner harter Kern, der nicht schmelzen wollte. Sie will etwas, dachte sie. Marja ist nie so zärtlich, es sei denn, sie will etwas, und es liegt ihr sehr daran.

Sie bewegte ungeduldig den Kopf. »Du bringst mir das Haar durcheinander«, sagte sie und wunderte sich über sich selbst; das war gewöhnlich Marjas Stichwort.

Marjas Lippen wanderten an Gails Haaransatz abwärts und näherten sich der empfindlichen Stelle im Nacken, wo ihre Berührung einen angenehmen Schauer auslöste. Sie murmelte, und ihr Atem hauchte warm an Gails Ohr: »Ist es dir so wichtig?«

»Es ist mir ganz gleich, du weißt es«, sagte Gail, »aber du weißt auch, daß wir nicht aus dieser Tür gehen werden, wenn nicht jede Augenwimper so ist, wie sie sein soll, und wenn ich alles noch einmal machen muß. Was möchtest du, Marja?«

Die andere lachte und richtete sich auf. Sie räumte die Hutschachtel weg, die das Kennzeichen ihres Berufes war, das Markenzeichen des Fotomodells, zupfte sich die kleinen weißen Baumwollhandschuhe von den Fingern, stieg aus ihren hochhakkigen Pumps, zog sich mit jeweils einer geübten Bewegung die Strümpfe von den Beinen und ließ Wasser ins Badezimmerbecken laufen, um die Strümpfe zu waschen. Sie runzelte die Stirn, als sie Gails Nylonstrümpfe am Boden liegen sah, hob sie auf und tat sie mit den eigenen ins Waschbecken.

»Ich habe es dir schon tausendmal gesagt...«, fing sie mit erhobener Stimme an, dann besann sie sich eines Besseren und fuhr in verändertem Ton fort: »Ich möchte wirklich nicht nörgeln, Gail. Hör zu, Schatz, ich möchte dich um eine besondere Gefälligkeit bitten.« Ihre Stimme nahm einen zärtlichen, bittenden Ton an. »Können wir diese Party bei Meg und Sammie heute abend nicht sausen lassen?«

Gail setzte sich auf das Bett und lachte vor Überraschung. »Das erbittest du als Gefälligkeit? Marja, Liebling, Meg und Sammie sind deine Freundinnen! Ich würde sowieso lieber mit dir zu Hause bleiben.« Sie sprang auf, kam zu Marja und legte von rückwärts die Arme um sie, aber Marja entzog sich ihr und wandte sich um.

»Sieh mal, Gail«, sagte sie beschwörend, »ich bin vielmehr, wir sind – zu einer ganz besonderen Party eingeladen. Anna Lee Wray hat mich heute gefragt, ob...«

Aha, das also war es. Nichts, was Marja tun konnte, war jemals imstande gewesen, Gail zu bewegen, daß sie Anna Lee Wray mochte oder auch nur tolerierte. Anna hatte mit Marja gelebt, ehe Gail sie kennengelernt hatte; und kurz nachdem sie zusammen nach Greenwich Village gekommen waren, hatte sie Gail entschlossene Avancen gemacht.

Marja schlang die Arme um Gails Nacken und versuchte sie zu beschwatzen. »Gail, es ist doch nichts dabei! Wann wirst du je zur Vernunft kommen und lernen, die Dinge nicht so ernst zu nehmen?«

Gail wußte, daß sie zu der laxen Moral und dem lockeren Lebensstil der Lesbierinnengesellschaft von Greenwich Village nicht die leidenschaftslose gelassene Haltung aufbringen konnte, die von vielen propagiert wurde. Sie betrachtete sich in jeder Weise, auf die es ankam, als mit Marja verheiratet.

»Ich mag Anna Lee nicht«, sagte sie. »Du kannst allein hingehen, wenn du willst. Ich hätte nichts dagegen, die Party bei Meg und Sammie abzusagen, um mit dir etwas Besonderes zu unternehmen, und sie würden das verstehen. Aber die beiden zu enttäuschen, bloß um zu einer Party zu gehen, die vielleicht schicker ist...«

»Ach, warum mußt du so provinziell sein?« erwiderte Marja ärgerlich. »Sieh mal, diese Party könnte wichtig für mich sein. Es kommen Leute, die zu sehen sich lohnen würde.«

»Jede Party, zu der du gehen willst und ich nicht, ist für dich eine ganz besondere Party«, sagte Gail wahrheitsgemäß. »Nun, wenigstens sind Meg und Sammie deine Freundinnen, und nicht meine. Darf ich dich übrigens daran erinnern, daß du Anna Lee seit einem Jahr jedesmal, wenn du von ihr sprachst, falsch und durchtrieben nanntest?«

Marja beherrschte sich und unterdrückte eine heftige Entgegnung. Statt dessen schlüpfte sie aus ihrem dunklen Plaidkostüm. Sie zog die Nadeln aus ihrer Frisur und ließ das lange glatte und feine Haar über die Schultern bis zur Mitte herabfallen. Sie war ein zierliches, elfenhaftes Mädchen, mit einem kleinen Dreiecksgesicht, das von großen Augen beherrscht wurde, fotogen, wie nur wenige Gesichter es waren, und vervollkommnet durch ausgezogene Augenbrauen, die das Dunkelblau der riesigen Augen hervorhoben, und einem roten, vollen Mund. Ihr Körper war vollkommen, ohne ein Gramm überflüssiges Fett; sie hatte lange, anmutige Arme, weich gerundete Beine, zierliche Knöchel und Handgelenke, lange schmale Hände und kleine weiße Füße. In ihrem hauchzarten Spitzenbüstenhalter – der ihre Brüste formte, ohne sie zu beengen – und dem transparenten Slip schien sie unmittelbar einem der Werbespots für die teuren Marken entstiegen, die sie auch trug.

Endlich sagte sie in ruhigem Ton: »Anna Lee und ich haben diese Woche zusammengearbeitet – Wally machte Aufnahmen für die Modeleute. Sie war sehr nett.«

»Nicht zu nett«, murrte Gail.

»Gail, sie hat Werbespots für das Fernsehen gemacht und mir gesagt, daß die Lesters Models für eine neue Verpackungsserie suchten. Sie hätte sich beworben, und die Lesters hätten ihr gesagt, sie sei leider zu groß, wenn sie aber jemand vom gleichen Typ kenne, würden sie die gern sehen. Ruth und Jonathan Lester, Gail – stell dir das vor!«

»Ich weiß nicht...« Gail versuchte sich zu erinnern, und Marja kam ihr ungeduldig zuvor: »Die größten unabhängigen Produzenten, die es heutzutage in New York gibt! Und hör zu, Gail: Anna Lee kennt Ruth Lester ziemlich gut und sagte mir, daß sie lesbisch sei.«

»Hört sich nach einem durchsichtigen Schwindel an«, bemerkte Gail bitter. »Sag bloß, du fällst auf diesen alten Trick herein.«

Marjas liebliche Augen blitzten. »Du willst nicht verstehen. Damit meine ich nur, daß Ruth Lester manchmal zu Partys kommt, wo viele der Unsrigen sind, und heute abend kommt sie zu Anna Lee. Anna Lee hat uns beide eingeladen.«

Die Sache wollte Gail noch immer nicht gefallen; Anna Lee war einfach nicht so uneigennützig. Warum sollte sie Marja einen solchen Gefallen tun? Sie stellte die Frage, und Marja war aufrichtig genug zu zögern. »Vielleicht glaubt sie«, meinte sie schließlich, »daß, wenn sie ihr hilft, das richtige neue Gesicht für diese Serie zu suchen, Ruth Lester nächstesmal an sie denken wird.«

Das war wenigstens eine Theorie, obwohl Gail noch nicht überzeugt war. »Du könntest allein hingehen, und ich gehe zu Meg und Sammie und entschuldige dich. Auf diese Weise könntest du Ruth Lester ganz nach Belieben beeindrucken, ohne daß meine Gegenwart verkrampfend auf dich wirken würde.«

»Das würde zu offensichtlich sein«, erwiderte Marja ärgerlich. »Nein, ich will mit dir hingehen, und ich möchte, daß du famos aussiehst!« Ihr Zorn wich wieder dem einschmeichelnden Lächeln, und sie trat zu Gail. »Bitte!« sagte sie sanft. »Bitte, Gail!«

Gail blickte seufzend zu der wunderschönen Frau vor ihr auf. Sie konnte Marjas Taille fast mit den Händen umspannen. »Nur sechsundvierzig Zentimeter«, prahlte Marja gelegentlich, und nur Gail wußte von der strengen Hungerdiät, dem Benzedrin und den ständigen Übungen, die nötig waren, diese Taillenweite zu erhalten. Sie stand auf und umfaßte Marja von rückwärts mit ihren großen, weichen Händen; dann ließ sie sie langsam und sinnlich zu Marjas Brüsten aufwärts gleiten.

»Marja, warum bedeutet es dir soviel – über ein paar Werbespots ins Fernsehen zu kommen?«

»Warum will überhaupt jemand etwas? Warum willst du mir nicht helfen?«

»Ich will es ja«, seufzte Gail.

»Außerdem ist damit eine Menge Geld zu verdienen.«

»Marja, du verdienst schon jetzt eine Menge Geld – vielleicht mehr, als du beim Fernsehen verdienen könntest. Dein Gesicht ist international bekannt. Warum brauchst du soviel mehr?«

»Warum wolltest du Klavier spielen?« fragte Marja und wand sich unter ihren Händen.

»Ich spiele nicht Klavier, wie du weißt«, sagte Gail grausam.

»Wenn ich genug verdiene, werden wir hier einen Konzertflügel aufstellen.«

Das hatte Marja schon des öfteren versprochen. Gail schürzte ironisch die Lippen. »Wir könnten schon jetzt ein Klavier haben, bloß wird jeder Cent unserer Ersparnisse für Kleider ausgegeben, und dafür, daß du dich überall in Szene setzen kannst, wo du dir etwas davon versprichst.«

»Dann habe ich recht, und du mißgönnst mir dies«, sagte Marja in schrillem Ton. »Ich wußte es!«

»Oh, still, still«, bat Gail hilflos und zog Marja wieder näher. »Nicht doch, Marja! Liebling, du weißt, ich möchte, daß du alles hast, was du willst.«

Marjas weiche Arme umfingen sie, und sie hob das Gesicht; Gail beugte sich über sie , und ihre Lippen begegneten einander. »Gail, Liebste, ich tue dies auch für dich«, murmelte Marja. »Damit du haben kannst, was du wirklich willst: aus der Büroarbeit herauskommen und zurück zu deiner Musik.«

Einen Augenblick lang leistete Gail sich den Luxus, es zu glauben. Ihre Lippen schlossen sich um Marjas, und sie spürte die weiche Süßigkeit von Marjas Mund, das leichte Schmetterlings-Pulsieren der Zunge, die ihre eigene kaum berührte und einen pochenden Schmerz drängender Spannung und Lust in ihr erzeugte. Ihre Hände glitten über Marjas Rücken, rauh und sanft zugleich, strichen über die weiche Haut der anderen Frau. Ihre kräftigen

Finger lösten die Haken an Marjas Büstenhalter, machten ihn los und warfen ihn weg. Marja ließ einen kleinen Protestschrei hören, als er am Boden landete, dann überließ sie sich seufzend Gails Umarmung, und ihre bloßen Brüste spannten sich, als Gail sie umfaßte – noch immer waren ihre Brüste fest und ohne im mindesten zu hängen, obwohl Marja über dreißig war. Als ihre Lippen sich voneinander lösten, murmelte Marja: »Dann gehen wir zu Anna Lees Party?« Sie deutete ein zögerndes Loslösen an.

Gail wußte, daß sie manipuliert wurde, aber Marjas Lieblichkeit in ihren Armen war berauschend, und im Augenblick konnte sie ihr nichts verweigern. Ihre Lippen wanderten über Marjas Kehle zu den Brüsten. Dann stieß sie Marja mit sanftem Druck rücklings auf das Bett und begann behutsam den Unterrock abzustreifen.

»Wir gehen«, versprach sie, »aber noch nicht gleich.«

Marja umhalste Gail in überschwenglicher Freude. »Ich wußte, daß du es tun würdest«, flüsterte sie, »aber Liebling, wir haben jetzt keine Zeit...«

Gail hielt sie nieder, jählings von Zorn und zynischer Erbitterung überwältigt. Also wollte Marja nicht einmal ihr Versprechen halten, nachdem sie von ihr bekommen hatte, was sie wollte. Ohne auf Marjas Protestgewinsel und ihren Ausruf »Oh, Gail, mein Haar!« zu achten, drückte sie sie mit beiden Händen auf das Bett, so heftig, daß ihre Finger rote Flecken auf Marjas weißen Schultern hinterließen. Sie ließ ihr ganzes Gewicht auf Marja lasten, küßte die abgewandte Wange, stieß Marjas Kopf mit der eigenen Stirn zurück; verschloß ihr die Lippen mit dem Mund, bis sie Marja nach Luft schnappen hörte. Sie wußte, daß ihr Gewicht Marja zu erdrücken drohte, aber in diesen Augenblicken war es ihr gleich. Das rasende Aufbranden von Verlangen ließ den Puls dumpf in ihren Ohren pochen und nahm ihr den Atem, so daß sie stoßweise und keuchend Luft holen mußte, und in der Heftigkeit ihres Begehrens steckte eine Portion Zorn, die sie achtlos für die Kraft ihrer Hände und ihres Körpers machte.

Dann wand sich auch Marja in entflammter Begierde und bewegte sich sinnlich zum Rhythmus von Gails Körper. Ihre Lippen saugten sich an ihr fest, während ihre Hände Gail liebkosten. Keuchend und mit kleinen Schreien der Zärtlichkeit und Liebe bewegten sie sich in selbstvergessener Umarmung, bis Gail den Atem anhielt und Marja an sich drückte, um endlich seufzend zu erschlaffen und bewegungslos liegen zu bleiben, während ihr Atmen zur Ruhe kam.

Sie hätte so schlafen können, Marja in den Armen, aber schon wenige Sekunden später regte sich Marja und sagte: »Liebling, wir müssen uns wirklich beeilen. Du wirst dich wieder anziehen müssen, weißt du.«

Gail setzte sich auf und unterdrückte aufsteigende Bitterkeit. Also hatte Marja wieder simuliert, das Verlangen und die Reaktion, die Gail so überwältigend viel bedeuteten. Nun ja, dachte sie und preßte die Lippen zusammen, sie hat mir gegeben, was ich nach ihrer Meinung wollte. Fairer Austausch ist kein Raub. Sie fuhr sich mit beiden Händen durchs Haar. Marja sah selbst in den Zuckungen der Leidenschaft niemals derangiert aus, und Gail konnte sich nicht enthalten, die Hand auszustrecken und Marjas langes Haar vorsätzlich zu zerwühlen und ihr übers Gesicht zu ziehen.

»Da. So ist es überzeugender!«

Marja warf den Kopf achtlos zurück, und schon fielen die langen, lockeren Strähnen wieder in ihre richtige Lage. Du kannst nicht gewinnen, dachte Gail. Sie sah Marja ins Bad gehen und sich unter die Dusche stellen, dann stand sie auf und versuchte ihre im Bett achtlos abgestreiften und zerdrückten Kleider in Ordnung zu bringen. Sie setzte sich vor den Frisierspiegel und bürstete von neuem ihr Haar, und mit dem Gedanken an Marja, wie sie ihr das Haar glättete, kam unversehens die Erinnerung an ihre erste Begegnung, in Gretchens Hütte am See...

Gretchen...

Gretchen hatte an ihr Talent geglaubt, hatte sie so geliebt, wie sie war, ohne Hintergedanken...

Dummes Zeug, sagte sie sich ärgerlich, Gretchen hat dich überhaupt nicht so geliebt. Wäre es nach Gretchen gegangen, so würdest du dein Leben in Repression mühsam hinbringen, anständig und respektabel sein, zur Kirche gehen, den Erwartungen der Gemeinde gerecht werden; und auf keinen Fall ein Leben wie dieses führen.

Sie erinnerte sich, wie Gretchen und Marja einander an jenem Tag gegenübergestanden hatten, als sie Gretchen gesagt hatte, daß sie in die Stadt ziehen und mit Marja leben wollte. Gretchen hatte sie angestarrt, weiß wie ein Tuch, und ihr ausdrucksvoller Mund hatte Worte geformt, die unausgesprochen geblieben waren. Zuletzt hatte sie mit erkennbar schmerzlicher Überwindung gesagt: »Gail, ich liebe dich auch, du weißt das. Aber ich möche, daß du ein Leben führst, wie es ein Mädchen wie du verdient hat. Eine Karriere, ein Leben, das dich nicht zwingt, alles – alles zu verbergen. Ich liebe dich genug, um zu tun, was das Beste für dich ist, und nicht bloß zu nehmen, was ich will.«

Dennoch, wäre Gretchen nicht gewesen, hätte sie Marja überhaupt nicht kennengelernt. Der Himmel allein wußte, wo sie jetzt sein würde, wäre es damals im College nicht zu der Namensverwechslung gekommen; jedenfalls nicht hier...

2

Es hatte mit einem Brief angefangen – adressiert an G. S. Smith, und der studentische Postdienst hatte ihn in Gail Smiths Fach gelegt. Gail hatte den Umschlag unbekümmert aufgerissen und weder die Handschrift noch den Namenszug erkannt. Stirnrunzelnd wendete sie Brief und Umschlag in den Händen, betrachtete das blaßrosa Papier, die schrägliegende Handschrift, den Namenszug: »Marja.« Sie kannte keine Marja. Dann erst begann sie neugierig zu lesen.

> Liebes Gretchen,
> ich nehme an, daß nichts Dich aus Deinem puritanischen Schlupfwinkel dort unten aufscheuchen kann, dachte aber, ich sollte Dich wissen lassen, was Du verpaßt...

Also war der Brief nicht für sie. Es war eine Verwechslung! Wieder betrachtete sie den Umschlag. Ja, er war an G. S. Smith adressiert. Selbst an der Carteret-Universität mußte es eine Anzahl Smiths geben; aber es schien doch eher unwahrscheinlich, daß es dort zwei G. S. Smiths geben sollte.

Sie steckte den Brief wieder in den Umschlag und ging grübelnd weiter. Am einfachsten wäre es, den Brief zum studentischen Verteilerdienst zurückzubringen, doch würde er wahrscheinlich wieder in ihrem Fach landen. Manchmal dachte sie, die Studenten, die im Postdienst arbeiteten, seien von einem Heim für Schwachsinnige ausgeliehen.

Bei einer Telefonzelle blieb sie stehen und sah das Teilnehmerverzeichnis der Universität neben dem Telefonbuch hängen. Sie nahm es zur Hand und durchblätterte die Seiten bis zu den Smiths.

Es gab eine Alice Smith, eine Barbara Smith, eine Dorothy D. Smith, eine Helen Smith und eine Helen B. Smith, aber die einzige G. S. Smith war Gail selbst, und dahinter stand die Nummer ihres Zimmers im Studentenheim und ihre Heimatanschrift in Syracuse. Sie klappte das Verzeichnis zu. Es fiel herunter, blieb aufgeschlagen liegen, und als sie es aufhob, sah sie, daß es die Seiten waren, auf denen das Lehrpersonal aufgeführt war. Der Atem stockte ihr, als sie fast auf Anhieb den gesuchten Eintrag fand:

> Smith, Gretchen Sabina; außerordentlicher Professor für Klavier, Apartment 305, Cliffside Bldg.

Gail legte das Telefonverzeichnis aus der Hand. Ein Frösteln überlief sie, als sie wieder auf den Brief sah. Sie hatte unter anderem Klavier für Fortgeschrittene belegt; dies war eine feine Art, sich beim Professor einzuführen. Ausgerechnet jemand in ihrem Fach mußte es sein! Warum konnte die unbekannte Gretchen S. Smith nicht Professor für Geschichte oder Mathematik oder etwas anderes sein, was Gail nicht berührte?

Nun, da gab es nur eins.

Zögernd und widerwillig stieg sie die Stufen zum Eingang des Musikgebäudes hinauf und schritt durch den Korridor, an dem die Übungsräume lagen, die schalldicht sein sollten, es aber nicht waren. Aus jedem Raum, dessen Tür sie passierte, drangen Musikfetzen durch das Oberlicht. Hier versuchte sich ein unerfahrener Klarinettist mit einer Tonleiter in b-Moll, dort sang eine ungewöhnlich reine Sopranstimme eine hohe Legato-Phrasierung aus einer Mozart-Arie, spielte sie auf dem Klavier und wiederholte sie; und ein Stück weiter hämmerten unpräzise Finger eine Geschwindigkeitsübung von Czerny herunter und machten dabei Fehler, daß Gail die Zähne zusammenbiß.

Gretchen S. Smith hatte ihr Arbeitszimmer in dem Bürotrakt, der sich an das Ende des Korridors schloß. Wieder zögerte Gail und überlegte, ob Dr. Smith wohl die grauhaarige Kämpin sei, die sie vor ein paar Tagen bei einer internen Aufführung gesehen hatte...

»Herein«, ertönte eine klangvolle, angenehme Stimme auf ihr Klopfen hin. »Die Tür ist nicht verschlossen.«

Das Arbeitszimmer war geräumig und luftig, mit einem großen Fenster; in einer Ecke stand ein Flügel, und an einem Tisch beim Fenster saß eine Frau, den glatten blonden Kopf über ein Notenblatt gebeugt. Gail wartete an der Tür, während die Frau Vermerke auf das Papier machte und dann den Kopf hob.

»Einen Augenblick, bitte. Ich bin gleich fertig.«

Dr. Smith war ganz gewiß nicht die ›grauhaarige Kämpin‹, die sie unten gesehen hatte. Sie war klein und blond, mit einer Ponyfrisur und glatten, honigfarbenen Wellen, die um ihre kleinen Ohren herum kurzgeschnitten waren. Sie trug ein schlichtes, sportliches Kleid von stumpfer Himbeerfarbe, weiblich und spröde zugleich. Ihre Hände waren wie alles an ihr klein, ordentlich und mit kurzgeschnittenen, unlackierten Nägeln. Sie machte noch mehrere Vermerke mit kräftigen energischen Strichen, dann hob sie das Gesicht.

Auch ihr Antlitz war klein, diszipliniert und von einer inneren Würde: ein energisches, doch angenehm gerundetes Kinn, braune Augen, in denen goldene Lichter tanzten; einen Mund vom gleichen gedämpften Himbeerton wie ihr Kleid. Sie sah jung aus, obwohl Gail sich sagte, daß sie mindestens Mitte Dreißig sein müsse; jung und hübsch und spröde.

»Nun, was gibt es?«

Gail errötete. »Ich – ah – Dr. Smith?«

»Die bin ich«, sagte sie mit einem ermutigenden Lächeln.

»Ich...« Sie schluckte. Vor der ruhigen Selbstsicherheit dieser Frau kam Gail sich groß, unbeholfen und plump vor. Sie nahm einen neuen Anlauf. »Ich glaube, ich habe einen Brief, der Ihnen gehört. Das heißt, ich habe ihn versehentlich geöffnet.«

Sie streckte der anderen den Brief hin und kam sich albern vor.

Dr. Smith machte ein erschrockenes Gesicht, was nur zu verständlich war, und Gail stammelte: »Ich – ich wollte es nicht. Ich meine, er war an mich adressiert...«

Die Frau nahm den Brief aus ihrer Hand und las Anschrift und Absender. »An Sie adressiert?«

»Ja«, sagte Gail nervös. »Es tut mir schrecklich leid.«

Dr. Smith blickte wieder auf, sah Gails unglücklichen Ausdruck und lächelte. »Warum sollte Ihnen leid tun, daß wir den gleichen Namen haben? Denken Sie sich nichts dabei, jeder hätte so gehandelt. Ihr Name ist also derselbe wie meiner? Wie unangenehm!«

»Ich bin Gail S. Smith, die Initialen sind die gleichen.«

»Und ich bin Gretchen Smith. Da werden wir in Zukunft aufpassen müssen, nicht wahr?« Wieder lächelte sie. »Miß Smith, es war sehr nett von Ihnen, mir diesen Brief zu bringen und die Verwechslung zu erklären. Ich werde all meinen Korrespondenten sagen, daß sie in Zukunft meinen Vornamen ausschreiben sollten.«

»Es tut mir wirklich furchtbar leid...«

»Ich bitte Sie, machen Sie sich deswegen keine Gedanken! Das gehört eben dazu, wenn man einen so häufigen Namen hat. Ich hoffe nur, Sie werden mit meinen Initialen nicht mehr behelligt werden, aber ich kann nichts garantieren.« Die tiefe, etwas förmliche Stimme hatte tatsächlich einen sehr angenehmen Klang. Als Gail das Gebäude verließ, dachte sie bei sich: Sie ist wirklich nett. Unauffällig und nicht außergewöhnlich, aber nett.

Der erste Eindruck – daß Gretchen unauffällig, spröde und in keiner Weise außergewöhnlich, wenn auch sehr angenehm und freundlich sei – hielt sich nur bis zur ersten Übungsstunde am Klavier. Unter dem bescheidenen Auftreten und der unauffälligen Erscheinung – wovon nichts mehr zu spüren war, sobald Gretchen Smith ihren Platz am Katheder einnahm oder zum Klavier ging, um ihre Erläuterungen zu illustrieren – lag eine innere Spannung, ein präzises und forderndes Musikertum, das den Studierenden ein Äußerstes abverlangte. Nach der ersten Lektion war Gail ganz entflammt von freudiger Erregung und entschlossen, die Herausforderung anzunehmen.

Ein Lächeln und ein freundliches Kopfnicken verriet ihr, daß Dr. Smith sie wiedererkannt hatte, aber in den allgemeinen Unterrichtsstunden sprach sie Gail weder an, noch schenkte sie ihr besondere Aufmerksamkeit. Eines Tages jedoch, als sie aus einem Übungszimmer kam und die Tür hinter sich schloß, begegnete sie Gretchen Smith, die sie aufmerksam und wie verwundert ansah.

»Hatten Sie gerade eben gespielt, Miß Smith?«

»Ja. Dr. Smith.«

Die ältere Frau lachte plötzlich. »Wissen Sie, es ist lächerlich, wenn wir uns gegenseitig beim gleichen Namen nennen«, sagte sie. »Wenn es Ihnen nichts ausmacht, werde ich Sie Gail nennen.«

»Es macht mir nicht das mindeste aus.«

Sie wurde wieder nachdenklich. »Man hat mir bereits erzählt, daß Sie sehr sicher spielen, aber ich wußte nicht...« Sie lächelte Gail zu. »Kommen Sie und trinken Sie eine Tasse Kaffee mit mir, ja? Ich möchte mit Ihnen reden.«

Sie ließen sich ihre Pappbecher mit Kaffee geben und trugen sie zu einem der vielen Tische in der Studentenmensa. Gretchen Smith musterte Gail über den Rand ihres Pappbechers, und Gail bemerkte, daß ihre Hände sich im Umgang mit dem Becher genauso präzise bewegten wie auf der Klaviatur in ihrem Vortragsraum, ohne eine überflüssige Geste, und sie sah, daß der Becherrand keine Spur von Lippenstift zeigte. »Gail, denken Sie ernstlich an eine solistische Laufbahn? Oder möchten Sie lehren?«

»Ich – ich weiß es noch nicht«, sagte Gail zögernd. Stockend erzählte sie ein wenig von sich und ihrem Hintergrund, merkte aber rasch, daß es ihr leicht wurde, unter dem teilnehmenden und interessierten Blick dieser braunen Augen zu sprechen, der anderen

Frau von ihren Eltern zu erzählen, die alle beide Organisten waren, ihr Vater an der größten Kirche in Syracuse, ihre Mutter als bekannte Lehrerin. Sie hatten es beide selbstverständlich gefunden, daß Gail ihnen nacheifern und ihre Sache gut machen würde.

»Aber ich weiß nicht«, sagte Gail, »manchmal fällt es mir schwer, mich selbst und meinen Ehrgeiz ernst zu nehmen, weil ich fühle, daß ich nie so gut sein werde.«

»Ich verstehe«, sagte Gretchen Smith. »Sie haben sich Ihr Leben lang an professionellen Maßstäben gemessen, selbst als Anfängerin. Sie befürchten, daß Sie Ihrem eigenen Anspruch nicht gerecht werden können. Beurteilen Sie sich nicht allzu streng, Gail?«

Gail bewegte hilflos die Hände. »Wenn ich nicht so gut bin wie die Besten... außerdem habe ich nicht den inneren Antrieb; ich habe überhaupt keine Persönlichkeit...«

»Kein Selbstvertrauen, meinen Sie«, erwiderte Dr. Smith. »Oder was verstehen Sie darunter, keine Persönlichkeit? Wollen Sie damit sagen, daß Sie nicht die Art von Persönlichkeit haben, die andere von Ihnen erwarten, daß Ihnen fehlt, was jemand anders ›Persönlichkeit‹ nennt? Sie haben eine Persönlichkeit, nämlich Ihre eigene, Gail. Machen Sie sich nicht selbst schlecht.«

Sie trank und stellte den Pappbecher auf den Tisch zurück. »Wir haben im Kollegium darüber gesprochen«, sagte sie. »Joanne Dare verläßt die Hochschule Mitte des Semesters, und natürlich möchten wir, daß ein Student bei den Gottesdiensten in der Universitätskirche die Orgel spielt. Dr. Hellinger schlug Sie vor. Ihre Arbeit ist gut. Nun, was werden Sie tun, wenn man Ihnen das Angebot macht? Werden Sie stammeln und sagen, Sie hätten nicht den Mut, es zu versuchen?«

Gail war völlig verblüfft. »Ich hätte nie gedacht...«

Gretchen Smith faßte sie scharf ins Auge. »Werden Sie es versuchen? Ich sagte im Kollegium, daß Sie meiner Meinung nach das Zeug dazu haben, obwohl Sie bei mir in der Musiktheorie wie die Maus im Loch sitzen, bis man Sie anstößt. Wie denken Sie darüber?«

Unter dem strengen, prüfenden Blick versteifte sich Gails Haltung, und sie sagte entschlossen: »Wenn Sie glauben, daß ich es kann, Dr. Smith. Sie müssen wissen, wovon Sie reden. Ich werde versuchen, Ihr Vertrauen in mich zu rechtfertigen.« Es war eine verkrampfte kleine Ansprache, aber sie meinte es ernst damit.

»So ist es recht«, antwortete Dr. Smith beifällig. »Ich dachte mir, daß Sie so darüber denken würden.«

Von diesen Worten ermutigt und mit gestärktem Selbstvertrauen, gelang es Gail, nicht zu stammeln und zu erröten, als Dr. Hellinger ihr die kirchenmusikalische Ausgestaltung der Studentengottesdienste anbot. Sie nahm den Auftrag ruhig und mit Fassung an. »Danke, Sir, ich werde es gern versuchen, und ich werde mich bemühen, mein Bestes zu tun.«

Er sah sie ein wenig erstaunt und erfreut an und sagte: »Davon bin ich überzeugt, Gail.«

Mit jeder Aufführung wuchs ihr Selbstvertrauen. Die Kirchenorgel war nicht allzu groß, aber ein hervorragendes Instrument, zu dem die Universität durch eine großzügige Schenkung gekommen war, und die Aufgabe gab ihr das Vorrecht, an der Kirchenorgel selbst zu üben, statt auf einer der Hammondorgeln in den Übungsräumen mitten im Getöse des dritten Stocks. Bei einer dieser Gelegenheiten sah sie, nachdem sie die Übung beendet, die Orgel sorgfältig mit dem ihr vertrauten Schlüssel zugesperrt hatte und die Treppe von der Orgelempore hinabgestiegen war, Gretchen Smith in einer der hinteren Bankreihen sitzen und ihr zuwinken.

»Ich habe Ihnen zugehört«, sagte Dr. Smith, als Gail zu ihr gekommen war. »Dr. Hellinger hat zweifellos recht, wenn er sagt, daß Sie sich enorm verbessert haben.« Dann machte sie eine Bemerkung, die Gail niemals vergessen sollte: »Sie spielen beinahe wie ein Mann, Gail. Sie haben eine bestimmte dynamische Qualität, die Frauen gewöhnlich nicht haben. Sie sind nicht bloß eine Organistin. Und doch hat Ihr Spiel eine feminine Note bewahrt. Es wäre schade, wenn Sie aus dieser Begabung nichts machen würden.« Sie stand auf, berührte Gails Schulter mit leichtem Druck und ging hinaus, und Gail blieb angenehm überrascht und ein wenig beklommen im Halbdunkel der Kirche zurück. Sie hatte noch immer das Gefühl, daß sie Dr. Smiths Interesse an ihr nicht verdiente: Sie wußte inzwischen, daß Gretchen Smith mehrere akademische Grade in Musik hatte; daß sie in Universitätskreisen wohlbekannt war, sowohl durch ihre zahlreichen Kompositionen für Chor als auch durch ihre Schriften über Musiktheorie und Harmonielehre und daß man ihr eine Professur an einem der größten Konservatorien der Vereinigten Staaten angeboten hatte, die sie nur abgelehnt hatte, weil sie nicht im Großstadtbereich von New York leben wollte.

Im Laufe der Zeit entwickelte sich eine der erfreulichsten Beziehungen, die Gail jemals zu einem Professor oder Dozenten gehabt hatte. Dr. Smith, obschon freundlich und ungezwungen, wahrte stets die angemessene Distanz und ermunterte sie nie zu Vertraulichkeiten, und Gail behielt immer ein wenig von ihrer anfänglichen Furcht vor ihr bei. Gleichwohl wußte sie, daß ihr Interesse persönlich war. Oft gab sie Gail im Seminar besondere Anregungen; hin und wieder lud sie sie zum Kaffee in die Mensa ein; und Gail gehörte zu der ausgewählten Gruppe, die von Dr. Smith eingeladen wurde, mit ihr nach Philadelphia zu fahren und dort das Gastspiel eines weltbekannten Pianisten zu hören.

Sie machten die Reise in Dr. Smiths Wagen, und nach der Vorstellung führte sie ihre Schützlinge hinter die Bühne und machte sie einzeln mit dem jungen Mann bekannt, dessen magische Finger und brennende dunkle Augen ihm bereits in jungen Jahren zu internationalem Ruf verholfen hatten. Als sie zu Gail kam, sagte sie: »Und dies ist eines unserer hoffnungsvollsten Nachwuchstalente, eine junge Dame, von der man noch hören wird«, und David Ronacek beugte sich über ihre Hand und sagte höflich: »Dr. Smiths Ruf macht das zu einer sehr wahrscheinlichen Prognose, Miß. Viel Glück.«

Am Ende des Semsters, nach dem Schlußexamen, als Gail ihre Übungskarte abgeben wollte, hielt Dr. Smith sie im Korridor an und bat sie auf eine Minute in ihr Arbeitszimmer. Und in dem mittlerweile vertrauten, luftig-hellen Raum sagte sie: »Welche Pläne haben Sie für diesen Sommer, Gail?«

»Also – ich weiß nicht. Üben werde ich, nehme ich an. Vielleicht kann ich irgendwo eine Aushilfsstelle als Organistin in einer Kirche bekommen.«

»Wenn Sie ein paar Wochen frei haben«, schlug Dr. Smith fast beiläufig vor, »könnten Sie mich besuchen. Ich habe ein Ferienhaus am Ufer des St.-Lorenz-Stromes – oben bei den Tausend Inseln. Sie wären mir als Feriengast willkommen, und wenn Sie wollen, können Sie bei der Gelegenheit ein paar Privatstunden haben. Vorausgesetzt, es würde Ihnen nicht zu langweilig sein.« Sie wehrte Gails aufgeregten Dank ab. »Sprechen Sie zu Hause darüber. Ich kann Ihren Eltern auch ein paar Zeilen dazu schreiben.«

Es gelang Gail, ihren Eltern eine widerstrebende Einwilligung zu dem Besuch abzuringen. Eines Abends hörte sie die beiden darüber reden, als sie glaubten, sie habe sich schon schlafen gelegt.

»Warum in aller Welt will sie diesen Sommer fort? Bei allem, was wir ihr hier zu Hause geben können.« Die Stimme von Gails Mutter klang verdrießlich und reizbar. »Ich werde dieses Mädchen nie verstehen!«

»Nun ja, sie möchte an ihrer Musik arbeiten, Belle.«

»Kann sie das nicht hier tun?« fragte ihre Mutter ungeduldig. »Dieser alberne Unsinn, vielleicht eine Kirche zu finden, wo sie spielen kann – sie ist noch nicht annähernd so weit, daß sie öffentlich auftreten kann!«

Gail fühlte die vertrauten Zweifel. Selbst nach einem halben Jahr regelmäßigen Orgelspiels in der Universitätskirche, selbst nach allem, was Gretchen gesagt hatte, genügte ein Wort von ihrer gescheiten, nervösen, eleganten Mutter, dies alles wegzufegen und die alte Unsicherheit wieder aufleben zu lassen. Aber die Stimme ihres Vaters klang freundlicher. »Ach, sie ist wirklich recht gut, Belle«, sagte er, »und es ist ein Glück, daß Dr. Smith sich so für unser kleines Mädchen interessiert.«

»Aber warum will die Frau ihren Urlaub mit einem Mädchen wie Gail vergeuden? Es ist doch nicht so, daß Gail für eine intelligente Frau von Welt irgendeine Art von Gesellschaft sein könnte.«

Gail drückte das Gesicht ins Kissen und wünschte, sie wäre nicht durch Spott und verächtliche Behandlung um alle Tränen gebracht worden; seit ihrem sechsten Jahr hatte sie nicht mehr weinen können. Sie verpaßte die nächsten Worte ihres Vaters und hörte ihn nur noch sagen: »... sollte sie wirklich ein wenig in diese Frau vernarrt sein, so ist das in ihrem Alter nur natürlich.«

»Schwärmereien! Die meisten Mädchen sind mit achtzehn darüber hinweg.«

»Nun, Gail ist ein ernsthaftes Mädchen. Überhaupt würde es dir am allerwenigsten gefallen, wenn sie mit jungen Männern herumliefe, nicht wahr? Sei dankbar, daß sie sich so ernsthaft auf ihre Musik konzentriert und keine Zeit hat, wie die meisten anderen Mädchen Vergnügungen nachzujagen. Sollte sie wirklich für diese Dozentin schwärmen, laß sie; sie wird da schon herauswachsen. Meine Güte, Belle, sie ist doch kein kleines Kind mehr! Wenn du versuchst, so etwas zu verhindern, wird sie bloß auf andere Ideen kommen, die dir dann noch weniger gefallen werden.«

Gail blieb zusammengekauert in der Hollywoodschaukel auf der überdachten Veranda liegen, und sie verließ ihren Platz erst lange nachdem ihre Eltern das Licht im Schlafzimmer gelöscht hatten. Sie spürte ein hilfloses Verlangen, sich auszuweinen. Schwärmte sie bloß für Gretchen, war es eine alberne, schulmädchenhafte Begeisterung für die Lehrerin? Traf es zu, daß sie keine passende Gesellschaft für eine intelligente, weltgewandte Frau sein konnte? Machte sie sich etwas vor, wenn sie dachte, daß die Freundlichkeit der älteren Frau persönliches Interesse sei?

Der einzige Zug des Tages, der sie nach Watertown brachte,

traf dort zur Abenddämmerung ein. Während der Fahrt waren ihr die Worte der Mutter nicht aus dem Kopf gegangen. Wie das nervenzermürbende Tropfen eines undichten Wasserhahnes wirkten sie im Hintergrund ihres Bewußtseins fort und unterhöhlten ihr Selbstvertrauen und ihre Haltung. Sie verließ den Zug mit dem unbestimmten Wunsch, gleich wieder einzusteigen und zurückzufahren. Wie hatte sie sich zu der Vorstellung versteigen können, daß jemand wie Dr. Smith sie würde um sich haben wollen?

»Hallo, Gail, hier bin ich!« rief eine vertraute Altstimme. »Träumen Sie?«

Sie blickte erschrocken auf und erkannte kaum die mädchenhafte Gestalt in Hosen und einem blauweißgestrickten Pullover. Dr. Smith kam lächelnd auf sie zu und nahm ohne Umschweife ihren Koffer in die Hand. Sie sah sehr sonnengebräunt aus, und ihr blondes Haar war vom Wind zerzaust.

»Ich hoffe, Sie haben genug Hosen und Shorts und sportliche Sachen mitgebracht, Gail. Hier oben am Fluß ziehe ich kaum je ein Kleid an.« Sie ging voraus zu ihrem Wagen und warf Gails Koffer auf den Rücksitz. »Das Sommerhaus ist ungefähr fünf Meilen außerhalb der Stadt, aber es ist eine schöne Fahrt am Flußufer entlang.«

Das Ufer des breiten Stromes war gesäumt mit Fichten und Kiefern, die von kleinen Riffelwellen aufgerauhte Wasserfläche leuchtete orangerot im Sonnenuntergang. Die Schönheit ließ Gail verstummen. Allmählich vertiefte sich das Orange zu einem rauchigen Rot, dessen Reste sich noch lange am Westhimmel hielten, als Strom und Land schon in stumpfem Grau versanken. Der Wagen bog in eine Zufahrt; das Sommerhäuschen war nur ein dunkles Viereck im perspektivlosen Grau der anbrechenden Nacht.

»Wir sind da.«

Mehr als die Hälfte des Häuschens bestand aus einer überdachten Veranda, die durch Fliegengaze zu einer Art Wohnraum gemacht war. Zwei Türen führten in Schlafkammern, und Dr. Smith öffnete eine und stellte Gails Koffer hinein. Auch hier war das offene Fenster durch Fliegengaze geschützt.

»Dort finden Sie Waschbecken und Toilette – nur das absolute Minimum. Wenn Sie baden wollen, werden Sie es machen müssen wie ich, nämlich im Fluß; ich schwimme zweimal täglich. Meine Kammer ist gleich neben dieser. Haben Sie zu Mittag gegessen?«

»Ja, danke. Vor Abfahrt des Zuges.«

»Gut, dann kommen Sie und trinken Sie ein Glas Milch, oder möchten Sie lieber Fruchtsaft?«

Sie standen auf der Holzveranda, tranken Milch und blickten auf das Wasser, das jetzt schwarz unter dem mondlosen Himmel lag. Die Schattenrisse von Bäumen markierten das Ufer; Flecken tieferer Schwärze waren wohl die Inseln. »Schade, daß Sie nichts mehr erkennen können«, sagte die Gastgeberin. »Aber morgen früh, wenn Sie aus dem Fenster schauen, können Sie direkt auf den Fluß hinaussehen. Und in mondhellen Nächten ist es wunderbar.«

»Sind es wirklich tausend Inseln?«

»Noch mehr, glaube ich.« Eine kühle Brise strich vom Wasser herüber; die Luft war feucht und kühl und Dr. Smith fröstelte. »Sagen Sie mir, wenn Ihnen kalt ist. Ich habe Ihnen eine Decke ins Zimmer gelegt, aber es sind noch mehr da. Nachts kann es hier empfindlich kühl werden – schließlich sind wir beinahe in Kanada.«

»Ich finde es nur angenehm kühl.« Gail mußte gähnen, und Dr. Smith lachte leise in der Dunkelheit neben ihr. »Sie haben eine lange Fahrt hinter sich, gehen Sie ruhig zu Bett; wir können morgen früh sprechen.«

Sie begleitete Gail zur Tür. »Gute Nacht, meine Liebe. Es ist schön, Sie hier zu haben. Glauben Sie nicht, Sie müßten zu einer bestimmten Zeit aufstehen.«

»Es – es ist sehr nett von Ihnen, daß Sie mich hierher eingeladen haben, Dr. Smith.«

Die Frau, schon im Begriff zu gehen, wandte den Kopf und sagte nach kurzem Zögern: »Meinen Sie, ich sei zu alt, daß Sie mich Gretchen nennen könnten?«

»Wieso – nein«, sagte Gail, ein wenig erschrocken. Es war das erste Mal, daß Dr. Smiths Tonfall eine gewisse Unsicherheit verriet, und Gail dachte erleichtert: Sieh an, sie ist auch schüchtern. »Nein, es kommt mir ein wenig komisch vor, aber wenn Sie möchten, daß ich es tue, würde es mir gefallen.«

»Dann gute Nacht, Gail.«

»Gute Nacht – Gretchen.«

Sie wachte früh auf, denn der blitzende Sonnenschein auf dem hellen Wasser drang durch die dünnen Vorhänge. Gretchen hörte sie aufstehen und zum Fenster gehen. »Kommen Sie heraus, wir schwimmen!« rief sie.

Unweit von der Hütte führte ein schmaler Steg in den Fluß hinaus. Gretchen sprang von seinem Ende ins aufklatschende Wasser, und Gail lief hinter ihr her und sprang ihr nach. Sie kamen nahe beisammen an die Oberfläche und lachten einander in die nassen Gesichter mit dem angeklebten Haar.

»Ui, ist das kalt!«

»Ja, der St. Lorenz kommt direkt vom Nordpol. Nichts macht einen gründlicher munter als ein Sprung ins Gletscherwasser, nicht?« Gretchen kletterte die Holzleiter zum Steg hinauf, um zum zweitenmal zu springen, und Gail wunderte sich, daß sie Gretchen Smith jemals für eine unscheinbare Frau hatte halten können. Im Badeanzug zeigte sich ihr Körper fest und makellos, mit glatten, blondbehaarten Beinen, hohen, festen Brüsten und einer schlanken, mädchenhaften Taille.

Wie von selbst entwickelte sich ein Tagesrhythmus. Auf ein frühes Bad folgte ein herzhaftes Frühstück. »Ich bin nicht für Kaffee und Toast«, erklärte Gretchen. »Sie brauchen nicht mehr zu essen als Sie wollen, aber ich mag ein großes Frühstück, statt mich mittags und abends vollzustopfen.«

Zum Frühstück gehörten Eier, Schinken, Toast, Obst und ein Müsli aus Getreideflocken. Zuerst fiel es Gail schwer, mehr zu essen als ihr übliches Frühstück, das meist nur aus Fruchtsaft und Kaffee bestand, doch allmählich fand sie Spaß daran. Nach dem Frühstück übte sie, während Gretchen die wenigen häuslichen Arbeiten verrichtete, die in der Hütte notwendig waren – sie beharrte darauf, daß die Küche zu klein sei, um auch nur ›zwei mittlere Zwerge‹ aufzunehmen, und daß Gail nur im Weg wäre, wenn sie unbedingt helfen wollte.

Später nahm Gretchen sich mitgebrachte Arbeit vor, während Gail ins Dorf ging, um Besorgungen zu machen und die Post zu holen. Nach einem weiteren Bad am frühen Nachmittag spielten sie Duette oder beschäftigten sich mit Musiktheorie und Harmonielehre; dies war eine zwanglose Privatlektion. Abends angelten sie vom Landesteg aus oder ruderte mit Gretchens kleinem Boot um die benachbarten Inseln, bis es Zeit wurde, schlafen zu gehen.

Es war ein ruhiges, erfreuliches Leben. Gretchen war liebenswürdig und eine angenehme Gesellschafterin, blieb jedoch reserviert; und diese Reserve wurde erst durchbrochen, als Gail schon eine Woche in der kleinen Hütte am Strom lebte und ihre zweite Begegnung mit Rob McCarran hatte.

Eines Morgens saß sie nach dem Baden am Ufer in der Sonne, als ihr ein großer, roter Ball in den Schoß plumpste. Sie schrak zusammen, blickte auf und sah einen großen, schlaksigen Jungen mit einer Hornbrille, der mit übertrieben rudernden Armen versuchte, nicht über sie zu fallen. Er bot in diesem Augenblick einen derart komischen Anblick, daß sie lachen mußte. Der Junge fand sein Gleichgewicht wieder, ließ sich neben ihr auf die Knie fallen und schnitt eine Grimasse.

»Das also ist der Dank dafür, daß ich mir beinahe den Hals breche, um nicht auf dich zu treten!«

»Oh, wieso das?« sagte Gail, noch lachend. »Oder muß ich mich entschuldigen, weil ich hier sitze?«

Er war ungefähr neunzehn, kräftig gebaut trotz seiner dünnen langen Beine, breitbrüstig und lockenhaarig, und die Augen hinter den Gläsern der Hornbrille waren blau und übermütig.

»Neu hier? Ich habe dich noch nie gesehen.«

»Ich bin bei Dr. Smith auf Besuch.«

Er stand auf, streckte die Hand aus, Gail aufzuhelfen, aber sie stand auf, ohne seine Hilfe in Anspruch zu nehmen. Sie sah ihn große Augen machen, als er sie betrachtete und errötete; sie hatte nicht bemerkt, daß ihr neuer Badeanzug so eng war.

»Ich dachte mir schon, daß Gretchen Besuch hat. Ich bin Rob McCarran – wir haben die gelbe Hütte dort unten. Wollen wir ein Stück hinausschwimmen?«

Sie sah Gretchen in der Türöffnung stehen. »Ich glaube nicht, das Frühstück muß fertig sein«, sagte sie.

Er zögerte. »Schon alle Inseln gesehen? Mit dem Motorboot?«

»Nein, nur die nächsten. Gretchen hat nur ein Ruderboot.«

»Ich biete dir eine persönlich organisierte Rundfahrt«, sagte er. »Eine besondere McCarran-Dienstleistung für alle umwerfenden Brünetten. Ich habe ein Chris-Craft mit einem 10-PS-Außenborder, und ich garantiere, daß es mehr Spaß machen wird als eine der kommerziellen Rundfahrten auf einem mit Touristen vollgestopften Postboot.«

Gail schwankte – was würde ihre Gastgeberin denken? Rob, der ihre mißliche Lage augenscheinlich begriff, dehnte die Einladung auf Gretchen aus, doch als Gail sie ihr überbrachte, lachte sie nur.

»Unsinn, mein Liebes. Gehen Sie nur mit Rob, und machen Sie sich einen schönen Vormittag. Es ist sehr nett und höflich von ihm, mich auch einzuladen, aber denken Sie bitte nicht, ich würde mich einsam fühlen, wenn Sie mit den jungen Leuten hier ausgehen möchten. Ich erwarte ganz gewiß nicht, daß Sie all Ihre freie Zeit mit mir verbringen, Gail.«

Gail wollte widersprechen. Sie verbrachte ihre Zeit gern mit Gretchen, und obwohl sie sich auf die Rundfahrt durch die Inselwelt freute, mißfiel ihr die Vorstellung, daß sie mit den anderen jungen Leuten allein sein sollte.

»Draußen auf dem Wasser ist es kalt«, warnte Gretchen sie. »Und bei dem Fahrtwind sollten Sie sich etwas Warmes anziehen. Haben Sie nichts Wärmeres als diesen Baumwollpullover? Hier, ich gebe Ihnen meinen Anorak.« Sie brachte eine verblaßte rote Windjacke mit Kapuze zum Vorschein; Gail wehrte ab, aber Gretchen zog ihr das Ding mit einer beinahe mütterlichen Beharrlichkeit über und ließ es sich nicht nehmen, eigenhändig den Reißverschluß hochzuziehen. »Sie werden noch froh darüber sein, glauben Sie mir.«

Sie stand einen Augenblick da, die Hände auf Gails Schultern, und blickte zu ihr auf. »In dem sportlichen Zeug und mit den kurzen Haaren haben Sie etwas beinahe Jungenhaftes«, sagte sie, dann blickte sie an ihr vorbei. »Da kommt er schon.«

Rob half ihr vom Steg in sein hellrotes Boot und wies ihr einen Platz im Bug an. »Du paßt zum Boot«, sagte er lachend.

»Wie heißt es?« fragte sie und beugte sich hinaus, um die aufgemalten Buchstaben am Rumpf zu sehen.

»*Der Angsthase.* Kannst mir glauben, es saust ab wie ein Hase, wenn ich aufdrehe.« Rob wickelte das Starterseil um den Anlasser, riß es heraus, und der Motor sprang stotternd an. Das Boot entfernte sich vom Steg, und er setzte sich ins Heck, eine Hand am Steuerarm des Außenbordmotors, und lenkte das Boot hinaus.

Sie war nie zuvor in einem Motorboot gefahren. Der Motorenlärm, das Sausen des Fahrtwindes, das Rauschen des Wassers und die frischen, kalten Gischtspritzer, die rechts und links vom Bug aufstoben – dies alles war so neu und erregend, daß sie die ersten Minuten wie benommen saß, berauscht vom Wind und dem vorbeischießenden Wasser. Der Strom war an dieser Stelle eineinhalb Kilometer breit; sie konnte das jenseitige Ufer nicht sehen, nur die dunklen Flecken der baumbestandenen Inseln, die den silbrigen Schimmer der Wasserfläche sprenkelten. Sie rasten brüllend an kleinen, einsamen und dichtbewaldeten Inseln vorüber, dann an größeren Inseln mit Häusern und sogar kleinen Dörfern; sie passierten Inseln voll einsamer Verwunschenheit und solche, auf denen sich die Sommerhäuser und Bootsstege drängten; auf einer Insel sah Gail ein seltsames, hochgemauertes Gebäude wie eine Burg mit Turmzinnen und vergitterten Fenstern; dann eine lange, schmale Insel, auf der Vieh nahe am Ufer weidete, und sie fragte sich, wie die Tiere wohl hierhingekommen sein mochten.

»Manche Leute wohnen das ganze Jahr auf den Inseln«, rief Rob ihr zu. »Sie kriegen ihre Post, die Kinder gehen zur Schule – alles per Boot!«

»Das muß ein herrliches Leben sein!«

Aber der Motorenlärm war auf die Dauer entnervend und unterband jedes Gespräch, und so saß Gail stumm im Bug und nahm die wechselnden Ausblicke in sich auf. Als Rob sie Stunden später zum Anlegesteg zurückbrachte, sagte er lachend: »Du warst das beste Publikum, das ich je hatte! Hättest du Lust, nächsten Samstag die Motorbootrennen zu sehen?«

Am Abend schrieb sie ihren Eltern von ihren Erlebnissen und der Bootsfahrt mit Rob, weil sie das unbestimmte Gefühl hatte, es werde ihnen zusagen, und war gleichzeitig erfreut und irritiert, als ihre Mutter zurückschrieb, sie sei froh, daß Gail solch einen netten Jungen kennengelernt habe:

> Du solltest mehr Zeit mit jungen Leuten Deines Alters verbringen, Gail. Als ich in Deinem Alter war, ging ich jede Woche mit einem anderen Jungen aus. Es ist geradezu demütigend, eine Tochter zu haben, der an Verabredungen so wenig liegt!

Sie verstand nicht, daß ihre Mutter, eine intelligente und gebildete Frau, so stark den abgeschmackten Verhaltensnormen eines klischeehaften Konformismus verhaftet war. Es spielte keine Rolle, wer der Junge war oder ob sie ihn überhaupt mochte. Der Beliebtheitsgrad wurde allein an der Zahl der verschiedenen Verabredungen gemessen, und wenn die Tochter diese Art von Beliebtheit unter den Gleichaltrigen genoß, konnte die Mutter sich in dem Glauben wiegen, sie habe ihre Pflicht getan.

Als auch Gretchen sie am Abend desselben Tages drängte, Robs Einladung zu einem Kinobesuch anzunehmen, wurde sie verdrießlich. Nur weil sie jung war, glaubten sie wohl, derlei Oberflächlichkeiten seien alles, was sie interessieren sollte: Verabredungen und Zusammensein mit anderen Jugendlichen! Sie saß auf der geschlossenen Veranda, Gretchen bei offener Tür in ihrem Zimmer an dem kleinen Klavier, wo sie sich an einer Klaviersonate von Brahms versuchte. Einem plötzlichen Impuls folgend sagte sie: »Ich würde wirklich lieber hierbleiben und Ihrem Klavierspiel zuhören, Gretchen.«

Gretchen blickte vom Notenblatt auf, und ihr Gesicht nahm einen seltsam unsicheren Ausdruck an. Sie wartete eine Minute, und der Ausdruck ging in ein sanftes Lächeln über. »Das ist sehr lieb von Ihnen, Gail«, sagte sie. »Aber Sie haben es Rob versprochen; nun sollten Sie ihn nicht enttäuschen.«

Der Film war eine langweilige und alberne Komödie mit den üblichen Mißverständnissen und schrecklichen Gesangseinlagen eines Schreihalses, der angeblich das neueste Jugendidol war, und Gail dachte mißmutig, daß sie Rob trotz alledem würde sagen müssen, daß es ihr großartig gefallen habe, und dann würde sie wieder mit ihm ausgehen müssen. Statt diesen Schwachsinn zu ertragen, hätte sie mit Gretchen an der Brahmssonate arbeiten oder Platten hören oder einfach über ein vernünftiges Thema sprechen können.

Stimmte vielleicht etwas mit ihr nicht? Erwartete nicht alle Welt von jungen Mädchen, daß sie an solchen Oberflächlichkeiten Gefallen fanden? Daß Ausgehen mit irgendwelchen Jungen als Selbstzweck empfunden wurde?

Auf dem Weg zur Hütte hielt er sie zurück. »Geh noch nicht hinein. Laß uns noch ein wenig am Ufer sitzen und auf das Wasser hinausschauen. Der Mond wird bald aufgehen.«

Gail sah keinen guten Grund zur Ablehnung. Der Arm um ihre Taille war warm und freundschaftlich, und selbst das Gras war warm und trocken, statt kalt und taunaß wie gewöhnlich zu sein. Ein sicheres Anzeichen für Regen, dachte Gail bei sich; morgen werden wir nicht schwimmen können. Ihr war bewußt, daß sie ihre Aufmerksamkeit nicht auf den Jungen an ihrer Seite konzentrierte. Er griff nach ihrer Hand, und sie überließ sie ihm.

Als nächstes würde er sehen wollen, wie weit er mit Zudringlichkeiten kommen konnte. Sie stand der Aussicht darauf ohne Empörung, aber auch ohne Interesse gegenüber; es war eher Gleichgültigkeit. Er rückte näher, küßte ihre Wangen, drehte ihr Gesicht zu sich und streifte ihre Lippen mit den seinen. Sein Atem war rein und roch nach Pfefferminz, aber Gail nahm den Kopf zurück, als er ihr die Lippen mit der Zunge zu öffnen suchte. Er drängte nicht weiter, fing aber an, ihre Brüste zu befühlen. In einer Art schläfriger Willfährigkeit ließ Gail es geschehen, doch als er ihr die Hand unter den Rock schieben wollte, legte sie ihre darüber und hielt sie fest.

»Nein, Rob, bitte. Es war ein netter Abend. Laß uns nicht gleich einen Ringkampf daraus machen.«

Sie brachte sich schnell auf die Beine, und auch er stand widerwillig auf. Für diesmal, dachte sie. Aber das nächste und das übernächste Mal wird er es wieder versuchen, und bei jeder Gelegenheit wird er trachten, ein wenig weiterzukommen, und früher oder später werde ich entweder nachgeben müssen, oder er wird das Interesse verlieren. So läuft das Spiel. Jungen verlieren immer das Interesse, wenn man ihnen nicht nachgibt. Sie ließ sich zum Abschied in eine enge Umarmung ziehen und auf Wange und Auge küssen und ins Ohr murmeln, dabei aber stellte sich plötzlich eine überraschende Erkenntnis ein:

Es war ihr gleich, ob er das Interesse verlor oder nicht. Es war ihr vollkommen gleichgültig! Das Zusammensein mit Rob konnte in einer anspruchslosen Art und Weise lustig sein, aber warum sollte sie dafür bezahlen? Warum konnnte man nicht ein paar Stunden zusammen verbringen, ohne sich anschließend allen möglichen Zudringlichkeiten aussetzen zu müssen?

In Gottes Namen, sagte sie sich, was hatte sie mit Rob gemeinsam? Vielleicht den Umstand, daß er ein Junge und sie ein Mädchen war und daß es so etwas wie eine sexuelle Anziehungskraft gab? Aber bedeutete dies, daß sie einander nicht widerstehen konnten? Kein Gedanke daran, daß sie jemals den Wunsch haben sollte, ihn zu heiraten oder einen Teil ihres Lebens mit ihm zu verbringen... Wäre das der Fall, so hätte sie den Wunsch nach sexueller Erfahrung miteinander verstanden. Oder wenn sie Verlangen nach ihm gehabt hätte. Aber diese ganze blödsinnige Verabredungsgeschichte war so zwanghaft, daß sie geradezu einem Ritual glich. Ein Mädchen geht mit einem Jungen aus, und alle Welt glaubt es als normal ansehen zu müssen, daß es sich dafür abknutschen und begrapschen lassen soll!

Nachdem Rob gegangen war, stand sie noch eine Weile an den Stufen vor der Hütte und dachte an ihre Zimmergenossin Barbara aus dem Studentenwohnheim. Barbara, eine derbe, sinnliche Blondine, hatte freizügig mit Sex experimentiert und Gail ihre Abenteuer stets anvertraut.

Auf dem Bett hingeräkelt, den weißen Körper vom dünnen und ziemlich kurzen Nachthemd nur unvollkommen verhüllt, mit dem gleichen Appetit, den sie auf Männer hatte, Biskuits mit Erdnußbutter mampfend, stellte sie jedes neue flüchtige und immer gleiche Abenteuer als einen persönlichen Triumph hin. »Ich ließ ihn die Bluse aufknöpfen und die Hände hineinstecken – so«, sagte sie dann, und Gail, die den Blick verlegen von dem Vorstellungsbild eines Händepaares verfolgt, das, abgelöst von jeglicher Person oder Gestalt, die großen, runden, weißlich-bleichen Brüste knetete.

Barbara schien es nie zu kümmern, wer der Betreffende war oder wie er war – er war bloß ein Paar Hände, die ihrem derben, gesunden Körper angenehme Empfindungen verschaffen konnten. Barbara war im technischen Sinne noch immer Jungfrau, aber sie hatte von allen geschlechtlichen Genüssen außer dem letzten reichlich gekostet und schien nie danach zu fragen, wer sie ihr verschaffte.

»So ist es eben, wenn du ein Mädchen bist, Gail. Wie kannst du es aushalten – niemals etwas zu fühlen?«

Gail konnte nicht umhin zu denken, daß diese Art von Gefühl sich nicht sehr vom Spiel mit dem eigenen Körper unterschied – ihm fehlte das wesentliche Element einer anderen Persönlichkeit. Barbaras viele ›Freunde‹ schienen nicht viel mehr als austauschbare Ersatzteile zu sein, Mechanismen zur Erregung flüchtigen Sinnenkitzels. Und Barbara, die sich im Mittelpunkt dieses Stimulationsspiels mit wechselnden Instrumenten wähnte, war ihrerseits nichts anderes für ihre wechselnden Partner.

»Ich ziehe es vor zu warten, bis mir jemand wirklich gefällt«, sagte Gail, aber Barbara stopfte sich den letzten Biskuit in den Mund und lachte nur.

»Liebe! Aber das ist es ja – es ist die Art, wie du für einen Jungen empfindest, wenn er dir Vergnügen bereitet! Ich liebe immer den Jungen, der das für mich tun kann!« Ihre hellen Augen musterten Gail herausfordernd. »Versuch es, und du wirst Liebe zu ihm empfinden. Wenn du einen Jungen nicht liebst, der dich so umfaßt und liebkost, daß du zitterst und bebst, dann – ja, dann mußt du gefühlskalt sein, oder was.«

»Ich glaube, wir verstehen unter Liebe nicht das gleiche«, hatte Gail erwidert, aber eine ärgerliche Unsicherheit war zurückgeblieben, und nun fragte sie sich erneut, ob sie gefühlskalt sei und ob die Fähigkeit zu reagieren wirklich alles sein sollte, was an der Liebe war.

Langsam stieg sie die Stufen zur Veranda hinauf. Das Licht war aus, aber sie sah Gretchens dunklen Umriß im Fenster und erkannte mit heißer Scham, daß Gretchen zugesehen hatte, wie sie sich von einem jungen Burschen, der ihr völlig gleichgültig war, hatte küssen und liebkosen lassen. Es wäre anders gewesen, wenn sie Rob wirklich gemocht hätte, doch wie die Dinge lagen, schämte sie sich. Hatte Gretchen alles gesehen? Wie Rob sie betastet und versucht hatte, mit der Hand unter ihren Rock zu fahren?

»War's schön?« fragte Gretchen.

»So lala.«

Gretchen schaltete das Licht ein, und Gail, die sich ihres verschmierten Lippenstiftes bewußt wurde, wandte sich errötend ab.

Auf dem Tisch stand eine angebrochene Whiskyflasche, und Gretchen hatte ein Glas in der Hand. Sie winkte Gail damit. »Jetzt kennen Sie also mein tödliches Geheimnis. Ich bin keine Trinkerin, aber dann und wann trinke ich mir gern einen hübschen kleinen Rausch an. Und jetzt ist dann oder vielleicht wann.«

»Kann ich auch ein Glas haben?« fragte Gail obenhin. Daß Gretchen trank – das Wort Trunkenheit kam ihr keinen Augenblick in den Sinn –, war beunruhigend, und irgendwie erleichterte die Vorstellung, daß sie jetzt ein Glas zusammen tranken, das Verständnis für die Situation.

»Selbstverständlich, wenn Sie wollen. Sie sind alt genug – oder kränkt es Sie, wenn ich mir darüber Gedanken mache? Ziehen Sie sich schon um, dann bringe ich Ihnen eins.«

Gail ging und putzte sich die Zähne, zog sich aus und schlüpfte in ihren rosagestreiften Schlafanzug. Als sie sich das Oberteil über den Kopf zog, kam Gretchen in den Raum, ein Glas in der Hand.

»Sie hätten sich nicht die Mühe machen sollen...«

»Keine Mühe.« Gretchen reichte ihr das Glas. »Also gefiel es Ihnen nicht so gut mit dem McCarran-Jungen?«

»Nein, absolut nicht«, sgte Gail wahrheitsgemäß. »Ich finde, er ist das größte Nichts, das ich kenne.«

Gretchen lächelte und setzte sich auf die Bettkante. Im schwachen Licht aus dem anderen Zimmer sah sie jung aus und hübscher, als sie war. Das Zwielicht ließ ihr Gesicht weicher und weniger streng erscheinen. »Bitte denken Sie nicht, ich spionierte Ihnen nach, Gail, aber nach allem, was ich durch das Fenster sah, hatte ich nicht den Eindruck, daß Sie so über ihn dachten.«

Gail trank, fühlte die Wärme im Magen und genoß das Gefühl, wie sie sich in ihr ausbreitete.

»Ach, das hat nichts zu sagen. Anscheinend wird von einem Mädchen erwartet, daß es ein wenig auf solche Dinge eingeht, wenn es mit einem Jungen zusammen ist; ob sie es mag oder nicht.« Wieder schämte sie sich. War sie wirklich so konformistisch, so gedankenlos konventionell, daß sie sich willenlos wie irgendeine beliebige dumme Gans verhalten mußte, wenn so ein hergelaufener Kerl glaubte, sich etwas herausnehmen zu dürfen? Was bedeuteten Begriffe wie Integrität und persönliche Würde, wenn nicht den Mut, das zu tun, was man für richtig hielt, und alles abzulehnen, was man als falsch, unecht oder entwürdigend betrachtete?

»Vielleicht täusche ich mich selbst. Bin ich eine Außenseiterin? Ich lasse mich darauf ein, weil andere Mädchen es auch tun, aber die scheinen es zu tun, weil es ihnen gefällt. Warum gefällt es mir nicht?«

Gretchen saß still und aufrecht neben ihr. Nach einem Augenblick legte sie ihre Hand auf die Gails und sagte: »Ich bin in derartigen Fragen nicht die beste Ratgeberin, Gail. Ich habe an solchen Schmusereien und Handgreiflichkeiten auch nie Gefallen finden können. Vielleicht ist es noch nicht Zeit für Sie. Oder vielleicht hat es damit zu tun, daß Sie all Ihr Interesse, Ihre kreativen Energien auf etwas anderes lenken. Auf die Musik.«

Gails Blick hing an ihren Lippen. Vielleicht hatte Gretchen die Antwort, die sie suchte. Sie hatte bisher niemals mit jemand so offen darüber sprechen, ihre Zweifel und inneren Konflikte ausdrücken können. »Ich weiß nicht, Gail«, fuhr Gretchen nachdenklich fort. »Ein Psychologe sagte mir einmal, daß die Unterdrükkung des Geschlechtstriebs bei Heranwachsenden Energie für schöpferische Anstrengungen freimache. Vielleicht erklärt das Ihr Können als Pianistin und Organistin. Sie wenden Ihre Energie auf die Vervollkommnung Ihrer Fähigkeiten, statt sie im Umgang mit jungen Männern zu vertändeln.«

Gail zögerte. »Ich dachte, neuerdings behaupteten die Psychologen, daß sexuelle Frustration die Menschen hemme und gerade daran hindere, schöpferisch zu sein.«

Gretchens Hand lag auf Gails, als habe sie sie vergessen. »Ja, solche Behauptungen gibt es«, sagte sie. »Sie sind modern geworden, seit überall von sexueller Befreiung die Rede ist. Aber ich glaube, daß sich dahinter weniger eine wissenschaftliche Erkenntnis als vielmehr der Wunsch verbirgt, überkommene und als repressiv empfundene gesellschaftliche Strukturen zu zerstören. Tatsache ist jedenfalls, daß Kulturen wie diejenigen der Südseeinseln, wo die jungen Leute nahezu unbeschränkte sexuelle Freiheit genießen, niemals bedeutende Kunst hervorbringen. Und in allen Zeitaltern und Kulturen, in denen es üblich war, daß Frauen sehr jung heirateten und Kinder bekamen, sind Frauen niemals kreativ gewesen. Aber im viktorianischen Zeitalter, das sich aus heutiger Sicht durch die Unterdrückung alles Sexuellen auszeichnete, gab es plötzlich einen wirklich erstaunlichen Ausbruch weiblicher Kreativität: Dichterinnen, Schriftstellerinnen, Malerinnen und Musikerinnen – denken Sie nur an die vielen großen Primadonnen –, selbst die Frauenrechtsbewegung und die Öffnung der Universitäten für Frauen und was noch an wirklicher Befreiung der Frau daraus entstand. Aber heute kehren wir unter dem Deckmantel der sexuellen Befreiung zurück zu frühzeitigen sexuellen

Erfahrungen, Frühehen mit und ohne Trauschein, und man propagiert geradezu, daß ein Mädchen sich schon mit zwölf oder dreizehn für Jungen interessieren sollte. Vielleicht wird die weibliche Kreativität wieder verschwinden. Mädchen, die sich nur für Jungen interessieren, bringen nichts als Kinder hervor.« Sie seufzte. »Vielleicht sollte das genug sein, aber es wäre letztlich die Verleugnung dessen, wofür die Emanzipationsbewegung seit hundert Jahren gekämpft hat.«

In der Intimität des Halbdunkels und des im Mondschein schimmernden Flusses jenseits des Fensters fand Gail den Mut zu der Frage: »Ist das der Grund, warum Sie nie geheiratet haben, Gretchen?«

»Bis voriges Jahr«, antwortete die Frau, »hatte ich mich um meine alte Mutter zu kümmern. Aber vielleicht wäre es anders gekommen, wenn ich die richtige Person getroffen hätte: jemand, der mir Kameradschaft und Zärtlichkeit hätte geben können, der meine Interessen teilte...«

»Und Kinder?«

Gretchen schwieg, und Gail überlegte schon, ob die Frage, an eine Frau in Gretchens Alter gerichtet, nicht peinlich ist, aber dann sagte Gretchen: »Ich habe irgendwie niemals daran gedacht, Kinder zu haben. Mein Beruf füllt mich aus. Ich glaube, wenn man solch eine Aufgabe im Leben hat, wird einem Kinderlosigkeit nicht als Mangel bewußt.«

»Sicher würde es schwierig sein, einen Mann dieser Art zu finden.«

»Nun, wenn die Vereinbarkeit der Interessen und des geistigen Niveaus besteht, spielt es keine so große Rolle, wer die Person ist, die man liebt«, sagte Gretchen leise. »Es brauchte nicht einmal ein Mann zu sein.«

Doch ehe Gail das verdauen konnte, stand Gretchen auf und nahm ihre Hand weg. In verändertem Ton, trocken und ironisch, sagte sie: »Lassen Sie sich nie dazu hinreißen, um Mitternacht mit einer alten Jungfer sentimentalen Unsinn zu schwatzen, Gail. Ich bin weiß Gott nicht die geeignete Person, um einem jungen Mädchen Ratschläge zu geben.« Sie ging hinaus und schloß die Tür, und Gail blieb mit einem Gefühl von Benommenheit und irgendwie verletzt zurück.

Nach einer kleinen Weile stand sie auf und folgte Gretchen. Die stand in der winzigen Küche am Tisch und schenkte sich ein weiteres Glas ein. Gail stand in der Tür und wußte nicht, was sie sagen sollte. Gretchen war so warm und verständnisvoll gewesen, ihr so nahe – und dann hatte sie sich plötzlich zurückgezogen.

»Gretchen«, brachte sie endlich hervor, »habe ich – etwas Falsches gesagt oder getan?«

Gretchen stellte das Glas zurück. »O Gott, nein, Kind«, entgegnete sie erschrokcen. »Nein, Gail, glauben Sie das nicht.« Sie schüttelte den Kopf. Das blonde Haar fiel ihr in losen Strähnen in die Stirn; der am Hals offene dunkle Morgenmantel zeigte ihre weiße Haut; und ohne die Brille war ihr Gesicht ein liebliches Oval, jünger und irgendwie hilflos erscheinend, wie es bei Kurzsichtigen oft der Fall ist. Aber ihr Gesicht war gerötet, und sie hob die Hände und legte sie an die Wangen, als versuchte sie sie abzukühlen.

»Ich sollte mich schämen«, sagte sie mit ihrem seltsamen Lchen. »Ich bin von meinem Postament gefallen.«

Gail fand das nicht komisch oder lächerlich; sie verspürte Mitleid, ohne eigentlich zu wissen warum, und obwohl diese Frau durchaus jenseits ihres Mitgefühls war.

»Gibt es etwas – was ich tun kann?«

Gretchen schüttelte den Kopf, daß ihr die blonden Haarsträhnen gegen die Wangen schlugen. Sie stützte sich mit der Faust auf den Tisch, und ihr seltsames kleines Lächeln kam und ging. »Sie haben genug getan, Gail, einfach – einfach, indem Sie hier sind. Ich bin egoistisch, ich wollte Sie hier haben... Es klingt unsinnig, weil überall hier herum Leute leben, dennoch fühle ich mich einsam, das ist alles. Verschiedene Interessen, wenig innere Berührungspunkte, da fällt es oft schwer, Freundschaft zu schließen... Aber verzeihen Sie, wenn ich so daherrede, das macht der Whisky. Eine einsame alte Jungfer, die sich lächerlich macht.«

Gail konnte es nicht ertragen. »Sie sind keine alte Jungfer, und Sie sollten sich selbst nicht heruntersetzen. Bitte reden Sie nicht so«, bat sie. »Ich weiß...«

Sie brach ab, denn den Rest traute sie sich nicht zu sagen: Ich weiß, was es heißt, sich einsam zu fühlen, einsam zu sein, aber Sie – Sie, Gretchen, so stark, so selbstsicher? Sie dürfen sich nicht gehenlassen... Ich brauche Sie stark und vollkommen.

Sie sagte nichts davon, es war ihr nicht möglich. Statt dessen trat sie zu Gretchen, streckte die Arme in einer impulsiven Gebärde aus und schloß Gretchen in eine feste, schmerzlich-schwesterliche Umarmung. Gretchen versteifte sich erschrocken; dann wich die Starre von ihr, und sie legte ihrerseits die Arme um Gail und hielt sie an sich gedrückt. Gretchens Wärme, die schmiegsame

Weichheit und Kleinheit ihres Körpers, benahmen Gail den Atem. Dann nahm Gretchen ihr Gesicht zwischen die Hände und küßte sie.

Sie hatte oft andere Mädchen geküßt, die übliche Freundschaftsgeste. Dies war anders. Eine lange Minute hindurch hingen ihre Lippen sinnlich aneinander, und fast unbemerkt öffneten sich Gails Lippen unter Gretchens suchendem Mund, und ein eigentümlich angenehmes Empfinden – beinahe wie Schmerz – durchlief prickelnd ihren Körper. Sie holte mit einem bebenden Seufzer Atem und drückte Gretchen enger an sich.

Auf einmal machte Gretchen sich abrupt von ihr los und trat zurück. Gail sah, daß ihr Gesicht kalkweiß war, der Mund eine dünne Linie und daß die Augen unter dem ungeordneten Haar flammten. Zu allem Überfluß hatte sie die Fäuste geballt. Einen Augenblick lang stand sie starr wie eine Wachsfigur.

»Ich habe geschworen – geschworen, daß ich dies niemals tun würde«, sagte sie im Flüsterton. »Laß, Gail. Geh zu Bett, Gail – geh zu Bett und laß mich allein!«

Und ehe Gail sie daran hindern konnte, ging sie rasch an ihr vorbei, lief in ihr Zimmer und schloß die Tür mit einem festen, endgültigen Geräusch.

Gail löschte das Licht in der Küche und kehrte mit zitternden Knien zurück in ihre Schlafkammer. Was hatte sie getan? Hatte sie Gretchen gekränkt? Hatte sie mit ihrer impulsiven Zärtlichkeit die Grenze überschritten, die zwischen Lehrerin und Schülerin bestehen mußte? Die Gedanken und Überlegungen gingen ihr wie ein Mühlrad im Kopf herum, als sie die Augen schloß. Sie hörte, daß auch Gretchen nicht zur Ruhe kam. Wenn sie nur den Mut hätte, zu ihr zu gehen und sie zu fragen, warum, warum dieser plötzliche Umschwung?

Aber sie wußte, daß sie sich niemals trauen würde; und wenn sie es täte, würde Gretchen sie nur fortschicken. Und Gail konnte sich noch immer nicht denken, warum.

3

Gail erwachte unausgeschlafen und mit einem dumpfen Druck im Kopf, und was das Schlimmste war, mit dem Schreck der wiederkehrenden Erinnerung. Würde Gretchen heute früh erst recht zornig sein, oder würde sie akzeptieren, daß sie beide ein wenig getrunken hatten und emotional gewesen waren? Gail zog sich das Laken über den Kopf und wünschte, sie brauche überhaupt nicht aufzustehen und könnte alles wie einen schlechten Traum abschütteln. Gretchen war so freundlich gewesen, so warm, und plötzlich war sie abgekühlt und hatte sie verlassen. Und Gail, statt klug zu sein und sie in Ruhe zu lassen, war ihr nachgegangen.

Und dann hatte Gretchen sie geküßt, und für Augenblicke hatte es wieder Frieden und Intimität und Wärme gegeben... und plötzlich hatte Gretchen sich losgerissen, blind vor Zorn.

Aber warum? Warum?

Endlich schlug sie das Laken zurück. Der Himmel vor dem Fenster war regenverhangen, ein dünnes, feines Stäuben winziger Tröpfchen drang durch die Fliegengaze und netzte den Boden neben ihrem Bett. Sie lauschte den Geräuschen: dem leisen Rauschen des Regens auf dem Dach und im Laub der Bäume und Sträucher, dem Plätschern der Dachtraufe, und weit draußen auf dem Strom, jenseits des undurchsichtigen Regenvorhangs, heulte ein Nebelhorn – wahrscheinlich ein Schiff in der Fahrrinne.

Sie zog fröstelnd einen Baumwollpullover über, fuhr in eine lange Hose und steckte die Füße in Bastschuhe. Sie fragte sich, ob Gretchen schon aufgestanden sei, öffnete die Tür und sah Gretchen in Bluejeans und einem verblaßten grauen Hemd am Küchentisch sitzen. Ihr Haar war noch ungekämmt, und sie hatte den Kopf in die Hände gestützt und sah schlapp und müde aus.

»Kaffeewasser steht auf dem Herd«, sagte sie, ohne den Kopf zu heben. »Mach dir, was du willst. Ich bin nicht hungrig.«

Gail bereitete sich eine Tasse Kaffee. Es war eine erstaunliche Veränderung gegenüber Gretchens gewohnter morgendlicher Geschäftigkeit, und Gail spürte, daß es mehr war als eine Katerstimmung. Sie füllte die leere Tasse vor Gretchen mit Kaffee und setzte sich ihr gegenüber.

Plötzlich traf es sie wie ein schmerzhafter Schlag: Gretchen schämte sich, ihr nach der Intimität des Vorabends gegenüberzutreten. Aber warum sollte sie sich schämen? Gail war zum Heulen zumute. Alles war so schön gewesen, so vollkomen, und nun...

»Kopfschmerzen?« fragte sie.

»Ein wenig. Ich trinke wirklich nicht oft, Gail.«

Ach du lieber Gott, das war noch schlimmer, wenn Gretchen glaubte, sie müsse sich entschuldigen.

Sie faßte sich ein Herz, streckte die Hand aus und sagte bittend: »Was immer es sein mag – können wir nicht darüber sprechen?

Ich – ich halte es nicht aus, Gretchen, wenn du dich zurückziehst und so verschließt!«

Es schnürte ihr die Kehle zusammen, und sie fühlte ihren Mund beben. Gretchen hob den Kopf. Ihre Augen waren rotgerändert, und sie sah zehn Jahre älter aus als sonst.

»Gail, wenn ich gedacht hätte...«

Aber was sie gedacht oder nicht gedacht hatte, sollte Gail nie erfahren. Noch Jahre später fragte sie sich oft, welchen Einfluß es auf drei Menschenleben gehabt hätte, wenn Gretchen ihren Satz hätte vollenden können; aber das Schicksal wollte, daß sie es nie erfuhr. Sie brach ab, denn draußen näherte sich rasch Motorenlärm. Gretchen sagte verwirrt: »Was ist das?« und stand auf. Im gleichen Augenblick kam draußen vor der Hütte ein kleiner Sportwagen mit einem letzten Aufbrüllen des starken Motors zum Stillstand.

Die Frau, die ausstieg, war glänzend wie der Wagen, selbst in ihrem Regenmantel und der transparenten Regenhaube, die ihr dunkles Haar schützte. Gretchen blickte hinaus und schnippte ungeduldig mit den Fingern. »Ach du lieber Gott«, sagte sie halblaut, »das hat noch gefehlt.«

Sie machte keine Anstalten, zur Tür zu gehen. Gail stand still und sah in gespannter Überraschung, wie die Frau zur Veranda heraufkam, auf die Klinke der Hüttentür drückte und, ohne zu klopfen, hereinkam.

»Na, Gretchen«, sagte sie mit einer hellen, etwas rauhen Stimme, »ich hätte mir denken können, daß du hier steckst. Störe ich vielleicht? Freust du dich nicht, mich zu sehen?« Sie stellte einen kleinen, sehr teuren Koffer auf den Boden, kam mit leichten Schritten näher, beugte sich ein wenig vor und küßte Gretchen auf den Mund – eine Begrüßung, die Gretchen zwar gestattete, aber nicht erwiderte. Gleich darauf sagte sie: »Ich hatte dich nicht erwartet, Marja. Was führt dich hierher?«

»Also, das ist vielleicht ein Willkommen!« rief das Mädchen verdrießlich. »New York ist wie ein Ofen, und der Gedanke an den Strom war himmlisch, obwohl es im Moment nicht sehr danach aussieht.« Sie legte den Regenmantel ab, und Gretchen nahm ihn aus ihrer Hand. »Ich bin die ganze Nacht gefahren«, sagte das Mädchen. »Total erschöpft.«

Gretchen schien wie benommen, kaum imtande, sich in der Situation zurechtzufinden. Endlich sagte sie: »Trink etwas Kaffee, und unterdessen mache ich dir ein Frühstück. Gail, könntest du Toast rösten? Hier, gib mir auch die Haube, Marja.« Sie schob

Marja zu einem der beiden Stühle am Tisch und nötigte sie, sich zu setzen. »Gail, das ist meine Cousine, Marja Dalton. Marja, eine Studentin von mir, Gail Smith.«

Unter ihrem Regenmantel trug Marja eine enge, leuchtendrote Hose und eine Bluse von der gleichen Farbe. Sie blickte zu Gail auf und sagte: »Da bin ich ja gerade recht gekommen, um die dritte Person abzugeben, Gretchen, wie? Gerade wenn du jemand gefunden hast...«

»Gail ist eine meiner Studentinnen«, wiederholte Gretchen mit fester Ruhe. »Sie ist hier, um Unterricht zu nehmen.«

»Und ich bin nicht willkommen. Dritte Personen stören nur die künstlerische Einsamkeit, die romantische...«

Gretchen sah weiß und verkniffen aus. »Laß das, Marja, ich bin nicht in der Stimmung«, sagte sie. »Natürlich kannst du bleiben; das Haus ist genauso deins, wie es meins ist. Ich hoffe, es wird dir nichts ausmachen, einstweilen mein Zimmer mit mir zu teilen?«

Marja warf den Kopf zurück und lachte. »Liebling, mir wird es nicht halb soviel ausmachen wie dir!«

Gail setzte Marja Toast und Butter vor, hatte aber selbst den Appetit verloren. Sie ließ Gretchen mit ihrer Cousine allein und ging hinaus und hinter die Hütte, wo sie im feinen Regen stand und in das von Regentropfen gesprenktelte Grau des Wassers blickte. Ich sollte nach Syracuse zurückfahren, dachte sie. Gretchen hat das Gefühl, mir etwas verpfuscht zu haben, und nun, seit diese Marja hier ist, wird sich kaum noch eine Gelegenheit finden, sich auszusprechen und die Sache zu bereinigen.

Der Gedanke verursachte ihr ein merkwürdiges Gefühl von Verlassenheit. Sie dachte daran, wie sie und Gretchen am letzten Abend in der Dunkelheit auf dem Bett gesessen und gesprochen hatten; sie schluckte, denn auf einmal brannte es ihr in den Augen, und eine Träne rann warm über die Wange. Sie hatte seit Jahren nicht geweint.

Nach einiger Zeit kehrte sie zurück in die Hütte. Gretchen räumte das Frühstücksgeschirr weg. Sie war allein.

»Marja hat sich hingelegt. Sie ist die Nacht durchgefahren.«

Gail faßte sich ein Herz und sagte: »Gretchen, ich – ich glaube wirklich, daß ich heimfahren sollte. Nun, da deine Cousine hier ist...«

Gretchens Gesicht nahm einen geradezu verhärmten Ausdruck an.

»Gail – nein. Bitte nicht.«

»Aber werde ich nicht im Weg sein?«

Gretchens Haar – weich, ungekämmt und wirr – fiel ihr in die Augen, als sie den Kopf schüttelte. Sie strich es zurück und sagte: »Gail, du würdest mir einen Gefallen tun, wenn du bliebest. Wirklich, es ist mein Ernst. Marja und ich – ihre Mutter und mein Vater waren Zwillinge, und in unserer Familie ist immer ein Aufhebes davon gemacht worden... Ich meine, ich kann ihr nicht einfach sagen, sie solle verschwinden und mich in Ruhe lassen. Aber wenn es etwas gibt, was ich nicht will, dann ist es eine Woche hier allein mit Marja. Wir waren in der Jugendzeit eng befreundet, aber heute findet sie es lustig, mich zu quälen... Ach, wozu soll ich dir meine ganze verdrehte Familiengeschichte erzählen? Aber – Gail, bitte bleib!«

Gail antwortete nicht gleich, und Gretchen hob eine Hand an die Stirn und schien zu resignieren. »Aber natürlich ist es eine Zumutung, dich zu bitten, daß du dich – mit einer Situation wie dieser abfindest. Und ich nehme an«, fügte sie beinahe unhörbar hinzu, »daß du mir mein Verhalten von gestern abend auch übelnehmen wirst.«

»Ich habe keinen Augenblick daran gedacht!« protestierte Gail erschrocken. Und um diesen gequälten Ausdruck aus Gretchens Zügen zu vertreiben, fügte sie eilig hinzu: »Natürlich werde ich bleiben, wenn – wenn du es willst; ich fürchte nur, daß ich im Weg sein würde.«

Sie waren einander wieder nahegekommen, fast – der Gedanke traf Gail wie ein Blitzschlag – als ob sie im Begriff wären, sich abermals in die Arme zu sinken und zu küssen. Dann trat Gretchen mit einer munteren Bewegung zurück, sagte mit einer etwas forcierten Fröhlichkeit: »Nun, das wäre geregelt«, und sie fing an, das Frühstücksgeschirr in die Spüle zu stellen.

Trotz des Regens beschloß Gail ins Dorf zu gehen und die Milch zu holen; das war einfacher als bei diesem neuen, allzu munteren Gretchen zu bleiben, das ihrem Blick auswich und seine Zuflucht in Betriebsamkeit suchte. Gail ließ sich Zeit, und als sie zurückkam, hatte der Regen aufgehört, und die Hütte war leer. Sie stellte die Milch weg und dachte, Gretchen und Marja seien schwimmen gegangen. Sie ging in ihre Kammer, um den Badeanzug überzuziehen, als in Gretchens Zimmer plötzlich erregte Stimmen laut wurden:

»Aber Gretchen, sie ist reizend; ich bin nicht überrascht, daß du mich aus dem Weg haben möchtest. Ich wußte bloß nicht, daß du dich vom maskulinen Typ angezogen fühlst!«

»Marja, bitte...«

»Soll ich vielleicht glauben, daß es keine romantische Sache ist?«

»Nur du könntest auf den Gedanken kommen...«

»Ach ja, ich glaube dir«, sagte Marja in verändertem Ton. »Du bist gerade so dumm und gehemmt, daß ich es dir glaube. Das Offensichtliche ist für dich sehr kompliziert, nicht wahr? Woraus, in Gottes Namen, bist du gemacht, Gretchen? Steinsalz? Fels? Eis?«

»Aus Anstand, den du nicht einmal dem Namen nach kennst.«

Gail begriff, daß sie irgendein Geräusch machen und ihre Anwesenheit kundtun sollte, aber die Bitterkeit in Gretchens Worten lähmte sie.

»Müssen wir eigentlich streiten, Gretel?« fragte Marja einlenkend. »Mußt du Streit anfangen, weil du mein Leben mißbilligst?«

»Dann hör auf, diese schmutzigen Unterstellungen zu machen!«

»Du bist es, die sie so nennt«, versetzte Marja. »Ich schäme mich dessen nicht, was ich bin. Und es gab eine Zeit, als du es auch nicht tatest. Gretchen, es gab eine Zeit, da wußte meine große Cousine ganz genau, was es mit allem auf sich hatte und was sie wollte.« Ein zärtlicher Klang kam in Marjas Stimme. »Hast du alles das wirklich vergessen, Gretchen?«

»Oh, du Biest! Ich war erst siebzehn, Marja. Ich – ich schwöre, daß ich nicht wußte, was ich tat! Wirst du nie aufhören, mir das zum Vorwurf zu machen?«

»Aber Gretchen, ich mache dir nichts zum Vorwurf; ich bin dankbar. Denn von da konnte ich weitergehen und erfahren, was ich wirklich war. Und ich wünschte nur, du hättest das gleiche tun und es wie ich akzeptieren können, statt dir etwas vorzumachen.«

Gail fand, daß die Worte sich ihr zu einem eigentümlichen Bild einprägten, obwohl sie es erst Jahre später verstehen sollte. Beunruhigt schlich sie auf Zehenspitzen hinaus und ging dann wieder in ihre Kammer, wobei sie die Tür geräuschvoll schloß. Sie war erleichtert, als Gretchen rief: »Gail, bist du es? Gehst du mit uns schwimmen?«

Marja trug einen Bikini und sah verblüffend gut aus. Zum erstenmal dachte Gail mit einem Gefühl von Treulosigkeit, daß Gretchens Badeanzug übermäßig zimperlich sei und ihr eigener eine Katastrophe. Die Spannung schien sich jedoch verflüchtigt zu haben; Gretchen und Marja gingen freundlich miteinander um, und Marja bemühte sich, nett zu Gail zu sein.

Gretchen kletterte als erste aus dem Wasser auf den Steg. »Es wird Zeit, daß ich mich hinsetze und übe. Ich habe schon den Morgen verloren.«

»Natürlich – laß dich nicht von deinen Pflichten abbringen. Ich werde Gail schon unterhalten.«

Draußen und im Wasser zu bleiben war wie ein Akt der Untreue, doch als sie sagen wollte, sie sei genug geschwommen und wolle auch hineingehen, sah Gail, daß Gretchen einen erschöpften Eindruck machte. Vielleicht wollte sie in Ruhe gelassen werden.

Sie setzte sich auf den Steg und plauderte mit Marja über oberflächliche Dinge. Marja arbeitete als Fotomodell in New York. »Es mag sich wundervoll anhören«, fügte sie hinzu, als sie Gail große Augen machen sah, »aber glaub mir, der größte Teil ist anstrengende Arbeit. Die Leute denken ja auch, das Klavierspiel sei romantisch, aber ich weiß von Gretchen, daß es hauptsächlich aus täglichem stundenlangem Üben besteht.«

»Vielleicht ist es immer so, daß einem wundervoll scheint, was andere Leute tun, solange man es nur von außen sieht. Aber ich denke mir, daß es Spaß machen und interessant sein muß – schöne Kleider zu tragen und die ganze Zeit schön und gepflegt auszusehen. Ich meine – wie heute morgen, im Regen. Jede andere wäre unordentlich und derangiert gewesen, noch dazu nach einer Nachtfahrt.«

Marja nickte. »Das sind berufliche Kniffe. Du kannst dir in der Branche nicht leisten, jemals unordentlich und unattraktiv auszusehen, mag kommen, was da will – Regen, Hagel, Schlamm, eine Geburt oder das Ende der Welt. Disziplin, das ist alles. Ich kann eine Note nicht von einer anderen unterscheiden, aber könntest du eine C-Dur-Tonleiter mit den falschen Fingern spielen?«

Gail krümmte und streckte langsam die Finger – Daumen und Zeigefinger, Mittelfinger, der automatische Untergriff des Daumens. »Nein, ich glaube nicht; das ist ein konditionierter Reflex.«

»Nun, in meinem Beruf ist es ganz ähnlich. Man gewöhnt sich an, das Haar immer so in Form zu halten, daß man genau weiß, wie jede Strähne liegen muß; wenn eine Hautunreinheit erschienen oder ein Nagel abgebrochen ist, macht man sich sofort daran, nicht erst, wenn man glaubt, Zeit zu haben. Man stellt sich selbst und sein Aussehen an die erste Stelle, das ist alles; nichts ist wichtiger als dein Aussehen.«

Eine ungehörige Frage drängte sich in den Vordergrund. Wäre es Gretchen gewesen, so hätte Gail nicht gewagt, sie zu stellen – Gretchens Reserviertheit machte es für gewöhnlich unmöglich, über persönliche Dinge zu sprechen –, sie hatte am vergangenen Abend sogar Gails unschuldige Geste der Zärtlichkeit abgewiesen. Aber Marja machte es ihr irgendwie leicht, sich ungezwungen wie mit einer gleichaltrigen Freundin zu unterhalten; bei ihr konnte sie sich unbefangen wie bei ihren Kommilitoninnen geben.

»Es hört sich sehr wie Eitelkeit an – wie Selbstverliebtheit«, sagte sie.

»Ich weiß, was du meinst«, entgegnete Marja. »Das stört viele, wenn sie jung in den Beruf hineingehen. Aber für mich ist es Brot und Butter, Gail. Und selbst wenn es das nicht wäre – nun, dieser Einwand nimmt sich für mich so aus, als wärst du ein Opfer puritanischer Gehirnwäsche; als ob das Bemühen, immer hübsch auszusehen, etwas Unmoralisches an sich hätte. Mir scheint, es ist ehrlicher, wenn man immer versucht, die bestmögliche äußere Erscheinung zu zeigen – nicht nur, wenn man sich aufputzt und zurechtmacht, um andere zu beeindrucken. Willst du dich nicht von deiner besten Seite zeigen, wenn du dich um eine Stelle bewirbst oder in einem öffentlichen Konzert mitwirkst?«

Gail erinnerte sich der Aufregung vor dem großen Frühjahrskonzert der Musikhochschüler und an das Kleid, bei dessen Auswahl ihr Gretchen geholfen hatte; einfach und schlicht, ohne Rüschen, aber mit einem weiten Rock, einem breiten, niedrigen Kragen und von einem Tiefrosa, das ihre gesunde Gesichtsfarbe hervorgehoben hatte. »Ja, das schon«, sagte sie.

Marja musterte sie von der Seite. »Warum also nicht die ganze Zeit das Gefühl haben, etwas für dich und deine Erscheinung getan zu haben? Du könntest eine wirklich auffallende Schönheit sein«, sagte sie. »Du hast einen guten Körperbau. Ich kann verstehen, daß Gretchen dich an sich zieht. Ich kenne Orte, wo man dich als eine Sensation betrachten würde, weißt du? Also solltest du möglichst viel daraus machen. Die Modezeitschriften sind alle wie verrückt auf den knabenhaften Typ, und du hast dafür das vollkommene Gesicht und die richtige Figur. Dein Haar ist natürlich falsch, und dein Make-up ist eine Katastrophe, obwohl es noch schlimmer sein könnte...«

Gail errötete. »Es war schlimmer. Früher trug ich lange Locken und Faltenröcke. Gretchen half mir, davon loszukommen.«

»Na, gut für sie! Sie lernt. Aber es geht nicht weit genug. Komm mit, ich will dir zeigen, was ich meine.«

Gretchen war in Bartók vertieft und spielte ein und dasselbe Thema mit nachdenklichem Anschlag immer wieder aufs neue. Marja zog Gail in den Schlafraum, den sie mit Gretchen teilte, und setzte sie vor die Frisierkommode. Sie nahm eine Haarbürste und formte Gails Haar zu einer weichen Welle, die sie aus der Stirn zurückbürstete.

»Siehst du? Das zeigt, daß du einen gutgeformten Kopf hast. Natürlich muß noch etwas herausgeschnitten werden.« Sie kramte in ihrem Koffer und packte Kosmetika aus.

»Es ist sehr nett...«, fing Gail an, hatte aber nicht den Mut zu sagen, daß sie diese Überarbeitung lieber nicht hätte.

»Es gibt keine bessere Beschäftigung an einem eintönigen Nachmittag.« Marja nahm eine Tube flüssiges Rouge aus dem Sortiment. »Nun vergiß alles, was Mama dir über das Auftragen auf die Wangen erzählt hat; dies dient nur zur Hervorhebung der Glanzlichter auf deinem Gesicht...«

Gail verfolgte die Verwandlung im Spiegel, und je weiter diese fortschritt, desto größer wurde ihre Verblüffung. Sie sah tatsächlich wie eine andere Person aus! Nein – sie sah so aus, wie sie sich selbst in ihrem Inneren immer gedacht hatte; aber Marja hatte es irgendwie an die Oberfläche gebracht, als ob sie eine Zauberlaterne hätte und Gail die Person sehen ließe, die in ihrem unbeholfenen, falsch herausgeputzten Äußeren eingesperrt war. Sie stand auf und hatte sogar das Gefühl, daß sie sich anders bewegte.

Diese Gail hätte keine nervösen Bedenken wegen der Annahme der Organistenstelle gehabt; sie hätte gestern abend nicht einmal gezögert, Gretchen offen zu fragen, was sie beunruhigte.

»Wahrhaftig, ich sehe gut aus!«

»Du bist schön!« sagte Marja, und ihre Stimme hatte einen rauhen und angestrengten Klang. Plötzlich beugte sie sich über Gails Schulter und küßte sie. Zuerst war Gail sich nur der Überraschung bewußt, der Berührung an Arm und Schultern, dann erschrak sie über die heftige, plötzliche Aufwallung von Empfindungen. Wie konnte sie so reagieren?

Marja legte ihre Hand unter Gails Kinn und küßte sie wieder; halb gelähmt fühlte Gail, wie ihre Lippen sich unter Marjas warmem Mund öffneten.

Dann, mit zitternden Händen und glänzenden Augen, trat Marja zurück. »Später«, flüsterte sie und öffnete die Tür.

»Gretchen, sieh mal, was ich aus dem Aschenputtel gemacht habe!«

Gretchen nahm die Hände von den Tasten und lächelte.

»Viel zu auffallend. Zu – zu zauberhaft für eine Universitätsstadt in der Provinz, Marja. Zu raffiniert. Vergiß nicht, sie lebt nicht in Greenwich Village!«

Marja lachte. »Das wird auch noch kommen. Nun, Gail, wir können uns nützlich machen. Gretchen, du verwöhnst dich zur

Abwechslung, und Gail und ich richten das Essen. Ich bin eine tolle Omeletteköchin.«

Wie sich zeigte, war sie tüchtig und zupackend bei der Arbeit. Sie ließ Gail Salatblätter zupfen und mit dem Gurkenhobel papierdünne Scheiben für den Salat schneiden und Gail, die halb benommen ihren Anweisungen folgte, merkte kaum, wie überwältigt sie von alledem war.

Die ganze Woche hindurch zeigte sich Marja liebenswürdig und selbstlos; sie ging mit Gail zum Einkaufen ins Dorf, stopfte für Gretchen, faßte überall mit an, wo es Arbeit zu tun gab, und hielt sich sorgfältig im Hintergrund, wenn Gail und Gretchen ihre Übungsstunden hatten. Aber diese Lektionen hatten irgendwie ihren Reiz verloren. Gretchen schien bei aller Freundlichkeit übermäßig reserviert, und Gail konnte die Abweisung und das Schweigen nicht vergessen, das wie eine Glasscheibe zwischen ihnen stand, unsichtbar, aber gefährlich nahe einem Bersten und Zersplittern.

Gail hatte sich ein wenig mit Psychologie beschäftigt und in der Theorie einiges über Homosexualität gelernt. Daher wußte sie durchaus zwischen der schwärmerischen Entwicklungshomosexualität Jugendlicher und der latenten oder auch manifesten Veranlagung erwachsener Homosexueller zu unterscheiden. Dennoch war sie kaum vorbereitet auf die formlosen Emotionen, die nun in ihr aufwallten, sie in innerer Unruhe hielten und bewirkten, daß sie nachts in unbestimmter Sehnsucht und schmerzlicher Isolation wachlag.

Wenn sie nur mit jemand darüber sprechen könnte – aber Gretchen hatte sich wieder hinter professioneller Liebenswürdigkeit verbarrikadiert, und wenn sie mit Marja allein war, war Gail zu verwirrt, zu bezaubert, um zu fragen, was es war, was mit ihr geschah.

Es war weder schwarz noch weiß, weder eindeutig das eine noch das andere; es war keine schwärmerische Verliebtheit, aber ihr konventionell erzogenes Ich konnte diese geheimnisvolle Aufwallung von Gefühlen nicht als unnormal akzeptieren; es war eine seltsame, undeutlich wahrgenommene Erscheinung, zwielichtig, rosa und grau in einem. Aber dann kam der Tag, als sich das änderte...

Gretchen hatte über Kopfschmerzen geklagt, eine Schlaftablette genommen und war zu Bett gegangen. Als Gail und Marja zusammen das Geschirr spülten, merkte Gail, daß Marja sie immer wieder seltsam eindringlich ansah; und auf einmal schloß Marja sie wortlos in die Arme. Dann, noch immer ohne ein Wort, führte sie Gail hinaus und zum Ufer.

Sie saßen eng beisammen, und Marja legte Gail den Arm um die Taille. »Ich schwöre, daß es nicht meine Absicht war«, sagte sie schließlich. »Gretchen wird nie verstehen, daß ich es nicht tat, um sie zu kränken oder zu ärgern.«

»Was tatest, Marja?«

»O Gott, verstehst du nicht, daß ich mich in dich verliebt habe?«

Wie ein Blitz, der das nächtliche Dunkel erhellt und eine nur geahnte Landschaft sekundenlang in allen Einzelheiten hervortreten läßt, verstand Gail plötzlich, was es bedeutete – ihre innere Spannung, ihre Unfähigkeit, mit ihren Gefühlen zurechtzukommen. Marja hatte es in Worte gefaßt.

»Ich – ich glaube, ich liebe dich auch. Aber ich verstehe es nicht. Sollte es so sein? Ich meine, du bist – du bist ein Mädchen.«

»Liebling«, sagte Marja und zog sie an sich. »Verstehst du immer noch nicht? Du bist kein Mädchen – nicht emotional, meine ich.« Sie nahm Gails Hände und streichelte sie sanft, bemüht, ihre Verkrampfung zu lösen. »Warum zitterst du so, Gail? Es ist für Leute wie uns normal. Nur diejenigen, die nicht verstehen, würden sagen, daß es falsch sei. Für jemand wie dich würde es abnorm sein, einen Mann zu lieben. Ich dachte es mir gleich. Sei ehrlich, Gail – hast du jemals einen Jungen wirklich gern gehabt? Haben dir Mädchen – Frauen – nicht immer mehr bedeutet?«

»J-ja...«

Marja beugte sich zu ihr und küßte sie. Es war ein langer, zärtlicher Kuß, und Gail war außer Atem und zitterte, als Marjas Lippen sich von den ihren lösten, und sie sehr behutsam anfing, Gails Bluse aufzuknöpfen.

Lange Zeit tat sie nichts als Gail zu küssen und ihre Brüste zu liebkosen, während Gail Empfindungen entdeckte, die sie nie zuvor gekannt, deren Vorhandensein sie nie für möglich gehalten hatte. Keine andere Berührung hatte sie je zuvor so erregt. Bislang waren leidenschaftliche Küsse nur irgendwie unsauber und widerlich gewesen, doch mit Marja war es eine warme, lebensspendende und von Glücksgefühl durchströmte Erfahrung. Marjas weicher, schmiegsamer Körper pulsierte wie unter einer elektrischen Aufladung, deren Energie vibrierend auf Gail überging; plötzlich legte sie den Arm um Marja und zog sie nieder, so daß sie nebeneinander im Gras lagen. Marjas weiche Finger lösten ihre

Kleider; eine leidenschaftliche Intuition sagte Gail, was sie zu tun, wo sie Marja zu berühren hatte...

»Warte, warte«, flüsterte Marja. »Laß dir zeigen...«

In keuchender Anspannung ließ Gail die andere gewähren. Sie schien in ihren eigenen Gefühlen unterzugehen; das entfernte Geräusch eines Motorbootes auf dem Fluß verschmolz mit dem Rauschen des eigenen Blutes in den Ohren. Augenblicke lang waren die Empfindungen so stark, daß sie das Bewußtsein zu verlieren glaubte; dann, als sie in nachlassenden Wellen verebbten, hörte sie Marjas sinnliches Seufzen.

»Jetzt zweifelst du nicht mehr, Gail?«

»Ich liebe dich«, hauchte Gail. »Das ist alles, was ich weiß.«

Marja umfing sie mit beiden Armen. »Und ich liebe dich.«

Lange lagen sie eng umschlungen im Gras, murmelten, stammelten unvernünftige, unzusammenhängende Sätze, den Unsinn von Liebenden. Zuletzt regte sich Marja, streckte sich und seufzte.

»Ich glaube, wir können hier nicht die ganze Nacht bleiben. Ach, Gail, ich ertrage es nicht, dich auch nur einen Augenblick zu verlassen! Kann ich zu dir in dein Zimmer kommen?«

Eine jähe Erleuchtung kam über Gail. Dies war es, was Gretchen argwöhnte und fürchtete.

Sie hatte ihre Wahl getroffen. Sie konnte sie vor allen anderen verbergen, aber Gretchen schuldete sie Aufrichtigkeit. Sie liebte Marja, daran war nicht zu deuteln; und sie wollte es nicht verheimlichen. »Ich möchte, daß du zu mir kommst«, sagte sie fest.

In der dunklen Kammer zogen sie sich aus, und Gail bewunderte das Geheimnis des lieblichen weißen Körpers, das lange, aufgelöste dunkle Haar. Das erste Mal war magisch, wie in Zauber gewesen, aber diesmal kannten sie einander; sie waren nicht halb bekleidet und fummelten im Gras auf dem kalten Boden. Sie fanden nackt, wissend, leidenschaftlich zueinander. Gail streckte die Arme aus und zog Marja in ihr Bett...

Sie schliefen lange. Als Gail erwachte, berührte Marja zärtlich ihr Gesicht. »Wach auf, Schlafmütze. Gretchen ist schon auf«, sagte sie. Sie beugte sich über Gail und küßte sie. »Es tut dir nicht leid?«

»Niemals«, sagte Gail mit Entschiedenheit. Aber als sie Hand in Hand hinausgingen und Gretchen sich zu ihnen umwandte, erbebte Gail unter der kalten Wut in ihren blauen Augen. »Ich hätte es mir denken sollen, Marja! Ich hatte nichts anderes von dir erwartet. Aber von dir hatte ich besser gedacht, Gail.«

Marjas Händedruck gab Gail die Kraft, dem emotionalen Zusammenbruch zu widerstehen. Sie schluckte und sagte ganz leise: »Es tut mir leid, daß du zornig bist, Gretchen. Nicht um das, was geschehen ist, nur darum, daß ich dich gekränkt habe.«

Gretchen wandte sich mit steinern verhärtetem Ausdruck zu Marja: »Ich nehme an, dir ist klar, daß sie absolut unerfahren ist? Daß ich ihren Eltern gegenüber für den bösartigen kleinen Streich, den du mir damit gespielt hast, verantwortlich bin?«

Sie stellte den Wasserkessel mit metallischem Aufschlag auf die Herdplatte. »Ich kann dich nicht hinauswerfen, Marja, aber ich tue, was ich schon am ersten Tag hätte tun sollen. Ich habe schon gepackt. Gail, geh und pack deine Sachen. Wir fahren jetzt gleich.«

»Einen Augenblick«, sagte Marja ruhig. Sie goß Kaffee ein und gab Gail eine Tasse davon. »Trink das, Liebling. Du siehst aus, als könntest du es brauchen. Und laß dich nicht von ihr einschüchtern; du bist *kein* Kind. Wer sollte das besser wissen als ich?« Sie legte Gail den Arm um die Taille und sagte: »Gretchen, ich weiß, was du denkst, aber es ist nicht so. Ich habe mich in Gail verliebt, das ist alles – und sie sich in mich.«

»Wie rührend«, sagte Gretchen kalt. »Gail, geh und pack deine Sachen.«

Marja faßte Gail bei der Hand. »Gail, du bist kein Kind mehr. Willst du dir gefallen lassen, daß Gretchen dich wie ein ungezogenes kleines Mädchen zur Stadt zurückschleift? Gehört deine Seele dir selbst, oder mußt du Gretchen fragen, bevor du atmen kannst? Hat sie das Recht, dir vorzuschreiben, mit wem du schlafen darfst und mit wem nicht, in Gottes Namen?«

Gail sagte mit bebenden Lippen: »Gretchen, ich – ich würde es nicht so ausdrücken, aber – aber Marja hat recht. Ich liebe sie, und es tut mir leid, aber es geht dich wirklich nichts an...« Sie brach ab, und da ihr plötzlich die Knie zitterten, ließ sie sich auf einen Stuhl sinken. Marja beugte sich zu ihr nieder und legte den Arm um sie. »Gail, nicht weinen!«

Gretchen sagte: »Gail, überleg dir, was du tust! Ich bitte dich...«

Marja richtete sich auf und stand hinter Gails Stuhl, die Hände auf ihren Schultern, Gretchen gegenüber. Sie funkelte ihre Cousine an.

»Sieh mich an, Gretchen! Du vertrocknete alte Jungfer, was weißt du von Liebe? Du bist ein Feigling – fürchtest dich vor dir selbst, fürchtest dich zu leben! Wenn ich eine Lesbierin bin, was bist du? Du hast nicht mal den Mut, eine zu sein! Du bist keine

Lesbierin, du bist überhaupt nichts! Ja, du warst voll von heiligem Schrecken und Empörung, als ich vorschlug, daß du und Gail ...« Sie brach zornig ab. »Frag sie, Gail! Frag sie, ob sie dir ins Gesicht sehen und schwören kann, daß sie nicht einfach eifersüchtig ist!«

Gail hätte nicht sprechen können, selbst wenn es um ihr Leben gegangen wäre. Aber Gretchen kam um den Tisch und nahm sie bei der Hand.

»Gail, es ist wahr, Liebes«, sagte sie ganz leise. »Ich liebe dich sehr, weißt du. Aber ich liebe dich in einer Weise, die Marja niemals verstehen könnte. Sie will dich um des Genusses und der Befriedigung willen, die sie selbst aus dem Verhältnis mit dir ziehen kann. Aber ich liebe dich genug, daß ich wirklich das Beste für dich will, Gail; daß ich nicht dein Leben um eines Genusses willen zerstören würde. Ich möchte, daß du alles hast – ein glückliches Leben, eine Karriere, deine Selbstachtung –, alles, was Marja in dir zu zerstören bemüht sein wird. Kannst du nicht sehen, was es aus dir machen wird?«

»Und was würde Gail von dir bekommen?« erwiderte Marja heftig. »Getrennte Betten und Vergeistigungen? Du würdest sie zu einer verklemmten alten Jungfer machen, wie du selbst eine bist, die sich betrinkt, weil sie nicht den Mut hat, nach ihren eigenen Bedürfnissen und Wünschen zu leben.«

Die Wahrheit dieser Worte traf Gail schmerzlich. Gretchens Liebe hatte nichts als Kälte, Verleugnung und Leiden bedeutet. Sie hatte nicht einmal so aufrichtig sein und ihr sagen können, wie sie empfand. Sie hatte ihr nicht vertrauen können, an irgendeiner Entscheidung teilzuhaben. Sie hatte sich verhalten, als ob Gail ein Kind wäre, das vor der bloßen Idee geschützt werden müsse.

»Das ist alles, was du von ihr bekommen wirst«, sagte Marja und bedeckte Gails Brüste mit ihren Händen. »Kannst du so leben?«

Gretchen schloß die Augen und wandte sich ab. »Zeig wenigstens den Anstand, deine – Bekundungen nicht vor mir zur Schau zu stellen!«

Gail ertrug es nicht, dazusitzen und die beiden um sich streiten zu lassen wie zwei Hunde um einen Knochen. Sie umfaßte Marjas Hand über ihrer Brust und sagte mit dem Mut ihrer Leidenschaft: »Wage nicht, es unanständig zu nennen! Wage es nicht!«

»Gail, komm jetzt wenigstens mit mir«, bat Gretchen. »Entscheide dich nicht sofort!«

»Laß nicht zu, daß sie dir einredet, du müßtest dich deiner Veranlagung schämen, Gail!« sagte Marja.

Gail fühlte sich buchstäblich entzweigerissen, als ob sie von beiden Seiten an ihr zerrten. Gretchens Wärme und treue Freundlichkeit übten eine schmerzliche Anziehungskraft auf sie aus, doch dieser stand die neuere, leidenschaftlichere Neigung ihrer Liebe gegenüber. »Geh nicht, wenn du nicht wirklich willst«, sagte Marja eindringlich. »Entscheide selbst.«

Gretchen sagte in einem letzten verzweifelten Versuch: »Was soll ich deinen Eltern sagen, Gail?«

Gail umklammerte Marjas Hand, als wäre sie der einzige feste Halt in einer zusammenbrechenden Welt. »Ich weiß es nicht«, sagte sie wie betäubt. »Ich weiß nur – ich kann Marja jetzt nicht verlassen. Ich kann es nicht, Gretchen. Versuch es zu verstehen! Kannst du es nicht verstehen! Ich kann nicht!«

Gretchen schüttelte den Kopf in einer qualvollen Geste der Niederlage. »Gott sei euch beiden gnädig«, sagte sie mit einem unterdrückten Schluchzen und stürzte blindlings hinaus. Gail warf sich in Marjas Arme. So, dachte sie, mußte es sich anfühlen, wenn man starb – dieses schreckliche Gefühl der Auflösung, des Absinkens, der Abschnürung. Marja umschloß sie mit beiden Armen und murmelte tröstliche Worte. In diesen Augenblicken verzweifelter Ratlosigkeit hörte Gail, wie Gretchens Wagen startete und davonfuhr, und sie schluchzte hilflos an Marjas Schulter, das erste unbeherrschte Schluchzen ihres Erwachsenenlebens.

»Was soll ich tun? Was kann ich tun?«

Marja beugte sich über sie und küßte ihren Haaransatz. »Nicht weinen, Gail. Es ist schon gut. Ich bin hier. Darauf allein kommte es an – daß wir zusammen sind.«

Sie hatte Marja. Irgendwie würde sich alles zum Guten wenden. Sie hatte Marja und ihre Liebe, und das würde genug sein.

Und jahrelang war es genug gewesen...

4

Gretchens Worte gingen Gail beinahe zwanghaft wieder durch den Kopf, als sie zusah, wie Marja sich in das hautenge schwarze Strickkleid wand, das sie zu Anna Lees Party tragen wollte: *Sie will dich um des Genusses und der Befriedigung willen, die sie selbst aus dem Verhältnis mit dir ziehen kann. Ich möchte, daß du alles hast – ein glückliches Leben, eine Karriere, deine Selbstachtung –, alles, was Marja in dir zu zerstören bemüht sein wird.*

Wie war es dazu gekommen? Die ersten paar Monate waren so vollkommen gewesen; das erregende Leben in einer neuen Umgebung, die Erfahrungen eines ganz neuen Lebensstils. Es war unwichtig, daß sie die Musik hinter sich gelassen hatte, daß sie ihr Studium und ihre beruflichen Pläne über den Haufen geworfen hatte. Es war unwichtig, daß sie in einem langweiligen Büro an einer langweiligen Schreibmaschine saß, weil ihr eigentliches Leben am Abend begann – mit Marja und ihrer Welt.

Zuerst schockierte es sie. Aber sie nahm das alles hin, weil sie Marja liebte und weil sie, was für seltsame Geschichten sie auch in der fremden Welt der Greenwich-Village-Lesbierinnen sah und hörte, immer nach Hause in die Sicherheit von Marjas Armen und die Freude ihrer Liebe heimkehren konnte. Selbst als ihr allmählich klar wurde, daß die Liebe an sich Marja nicht so viel bedeutete wie die Runde der neuen Gesichter und neuen Orte und daß es Marja mehr bedeutete, mit ihr gesehen zu werden als mit ihr allein zu sein.

Marja drehte sich kritisch vor dem langen Spiegel an der Badezimmertür und betrachtete die Strumpfnähte und den Sitz des Kleidersaumes mit dem scharfen Blick langer Berufserfahrung, dann wischte sie ein winziges Puderstäubchen von der Schulter, blickte zu Gail auf und lächelte. »Bist du fertig, Liebling? Du siehst fantastisch aus.« Sie nahm ihre kleine wildlederne Handtasche an sich. »Wir werden uns verspäten; komm mit.«

Als sie im Korridor des großen Wohnhauses standen und auf den Aufzug warteten, fühlte Gail die unerklärliche Verärgerung wieder in sich aufkommen. Mein Gott, dachte sie, was ist heute abend mit mir los? Marja ist nicht anders als sonst. Es war nur natürlich, daß sie Freundschaften kultivieren mußte, die ihr im Berufsleben nützlich sein konten.

Hatte sie sich so sehr an die Runde der Lesbierinnenlokale und Bars gewöhnt, daß sie sich anderswo nicht mehr wohlfühlen konnte?

Der Aufzug kam, und sie stiegen ein. In der Kabine, Schulter an Schulter mit Marja, schalt Gail sich wegen ihrer Zweifel. Alles würde gutgehen.

Anna Lee öffnete ihnen selbst, ein großes schlankes Mädchen, schmal und von einer beinahe eckigen Magerkeit, wie es der gegenwärtige Modetrend verlangte. Das blasse feinknochige Gesicht, das Gail von einem Dutzend Zeitschriftentiteln her kannte, lächelte ihnen entgegen. Sie hatte das dunkle Haar aufgesteckt, und ihre langen, elegant geformten Gliedmaßen steckten in Samthosen und einer türkisfarbenen Abendbluse.

»Wie schön, daß du kommen konntest, Marja! Ich glaube, du kennst fast alle, die heute abend da sind«, sagte sie in der affektierten, langgezogenen Sprechweise, die in der Branche als schick galt. »Gail, Sie sehen entzückend aus!«

Gail murmelte etwas Höfliches und blickte in der Wohnung umher. Sie war noch nie hier gewesen, aber die Zeitschrift *Glamour* hatte vor Monaten Bilder der Einrichtung veröffentlicht – die elegante Wohnung des Fotomodells, das zur Zeit seinen kurzlebigen Ruhm genoß. Die Wände waren weiß getüncht, die Polstermöbel niedrig und ultramodern, mit Bezügen in Chartreuse und Pflaumenblau, mit ein paar ›verrückten, lustigen‹ Akzenten; an einer Wand stand ein scheußliches japanisches Lackschränkchen mit Bemalung, und über dem breiten Bücherschrank hing eine Sammlung von Säbeln und Pistolen. Ungefähr ein Dutzend Männer und Frauen drängten sich im Wohnzimmer, dessen Luft bereits dick von bläulichem Zigarettenrauch war. Gail, das schöne Mädchen in der Samthose, blickte über die Köpfe der Gäste zu den an der Wand hängenden Säbeln und fragte sich, wie viele der Anwesenden wohl die Freudsche Symbolik dieser Säbel an Anna Lees Wand verstanden: Anna Lees Protest dagegen, daß sie als Frau in einer Welt lebte, wo sie ein fast allgemein akzeptiertes Symbol von Weiblichkeit geworden war.

Anna Lee führte sie herum und machte sie murmelnd mit den anderen Gästen bekannt. Gail sah, daß sie selbst und Anna Lee die einzigen Frauen in Hosen waren und machte ein paar unruhige und verdrießliche Augenblicke durch. Sie hatte sich für eine gewöhnliche Greenwich-Village-Party angezogen und fühlte sich hier fehl am Platz – und Marja, die in solchen Dingen gewöhnlich Bescheid wußte, hatte ihre Wahl gutgeheißen. Sie spürte, daß ihre anliegende Hose und die zugeknöpfte Bluse sie zum Typ der schicken Lesbierin stempelten.

Nun, das war sie auch! Sie bot alle Haltung und Selbstsicherheit auf, befahl sich, ihren provinziellen Konformismus zu vergessen und lächelte Marja zu.

Am hinteren Ende des Raumes war eine kleine Bar mit offenen Flaschen, Gläsern und verschiedenen Mixbechern aufgebaut. Anna Lee forderte sie auf, sich nach Belieben zu bedienen. Gail tat ein paar Eiswürfel in ihr Glas und goß ein wenig Scotch darüber. Marja nippte schon von dem einen Glas, das sie sich diesen Abend erlaubte. Ihre Augen glitzerten, und Gail erkannte daran, daß Marja eine Benzedrin-Pille genommen hatte, bevor sie losgegangen waren; einen ›Muntermacher‹, der den

Appetit vertrieb und ihr den falschen Glanz gab, den sie brauchte.

Aber es war unrecht, Marja ihre Überspanntheit vorzuhalten. Sie hetzte sich ab; sie verzichtete auf so vieles, um dies zu haben. Gail kannte die Härten strenger Diät, immer am Rande des Hungers und der Unterernährung, die erbarmungslosen Rituale der Schönheit. Marja hatte so hart gearbeitet; Gail schuldete ihr Unterstützung.

Anna Lee berührte Marjas Schulter. »Da sind ein paar besondere Leute, mit denen ich euch bekanntmachen möchte«, sagte sie beiläufig und führte sie zu einem niedrigen, chartreusefarbenen Sofa, wo ein Mann neben einer kleinen Frau in Gelb saß. »Jon, Ruth, hier sind zwei meiner liebsten Gäste – Gail Smith und Marja Dalton.«

Jon Lester war groß, nahezu kahlköpfig, nervös, mit tiefeingeschnittenen Runzeln um die Augen und raschen, direkten Handbewegungen, die seine Worte begleiteten. Er stand auf und musterte Gail mit einem schnellen, alles erfassenden Blick, der sie auf Anhieb dem geeigneten Taubenschlag zuordnete, ließ seinen Blick auf Marja ruhen und machte ein paar höfliche Bemerkungen. Marja ließ sich zwischen ihm und Ruth auf die Couch nieder, schlug die Beine übereinander und wandte sich mit schmeichelnder Intensität Ruth Lester zu.

Ruth Lester war klein und üppig, mit einem schmalen, intelligenten jüdischen Gesicht, lebhaft, aber nicht hübsch. Gail schätzte sie auf Anfang Vierzig. Sie trug einen hellgelben Anzug und eine gelbe Seidenbluse, lose sitzend und nicht allzu auffällig. Wenn sie, wie Marja sagte, eine Lesbierin war, so war es ihr äußerlich nicht anzumerken, mit Ausnahme vielleicht der gefühlvollen und eher traurigen dunklen Augen; und in dem Moment, als sie Gail mit einem Ausdruck wie Erkennen ansah, hatte Gail das seltsame Gefühl, daß Ruth Lester mit ihrem langen Blick etwas ausdrücken wollte, aber dann lächelte Ruth und richtete ihren Blick auf Marja.

»Ich hätte Sie schon so lange gerne kennengelernt«, murmelte Marja in der hübschen Verwirrung, auf die sie sich so gut verstand und in der genau die richtige Dosis von mädchenhafter Begeisterung enthalten war, die, ein wenig stärker aufgetragen, naiv gewirkt hätte, doch dafür war Marja zu klug. »Alle Welt kennt die Namen Jon und Ruth Lester, seit es die Fernsehserie *Augenblicke der Krise* gibt.«

Gail wandte sich überrascht und erfreut zu Ruth Lester. »Ach, sind Sie das? Ich finde die Sendereihe *Augenblicke der Kriese*...

Nun, die meisten Sendungen sind mir gleichgültig, aber diese lasse ich mir nie entgehen!«

Ruth Lester schien erfreut. »Ich schreibe nur das Drehbuch. In diesem Geschäft erinnert sich niemand an einen Drehbuchautor«, sagte sie mit ihrem trüben Lächeln.

»Besonders im Gedächtnis geblieben ist mir die Sendung über begabte Kinder, und wie schwierig es ist, in Kleinstädten eine angemessene Ausbildung zu erhalten...«

»Es freut mich, daß jemand Gefallen daran gefunden hat«, sagte Ruth mit etwas mehr Wärme. »Die meisten Leute scheinen den intellektuellen Anspruch des Programms abzulehnen.«

»Die Sendung hat Ruth eine Menge Prestige eingebracht«, sagte Jon Lester, »aber ein Thema wie dieses hat nur eine begrenzte Resonanz. Die Hinterwäldler und die Provinzler aus Syracuse und Peoria wollen Unterhaltung, und dazu ist das Fernsehen da – daß es ihnen Unterhaltung gibt und Seife verkauft.«

Marja ergriff die Gelegenheit beim Schopf und sagte: »Anna Lee sagte mir, daß Sie für diesen Herbst eine neue Serie planen.«

Ruth Lesters dunkle, ernste Augen musterten Marja, und Gail hatte das unbehagliche Gefühl, daß sie direkt durch das Mädchen hindurchsahen. Sie lächelte ein wenig und nickte. »Ja, und ich glaube, daß Sie der richtige Typ wären, Miß Dalton. Aber in Fragen der Produktion und Regie ist mein Mann zuständig. Keine Frau kann die Anziehungskraft beurteilen, die eine andere Frau auf ein großes Publikum ausüben wird.«

Also war es doch ein taktischer Fehler, mich mitzubringen, dachte Gail grimmig. Jon Lester warf seiner Frau einen kurzen Blick zu und sagte: »Richtig. Die Art von Mädchen, die ladylike wirken – nun, die sind gut für Modezeitschriften, aber ich glaube, ein Mann muß entscheiden, welcher Typ im Fernsehen groß herauskommen wird.«

Marja war zu klug, um etwas allzu auffällig zu machen, aber Gail bemerkte die subtile Verlagerung ihres Schwerpunkts, als sie die schmeichelnde Intensität ihrer Augen an Jon Lester ausprobierte. »Glauben Sie wirklich, daß es so verschiedene Typen sind? Es gibt Fotomodelle aus der Modebranche, die es auf der Bühne weit gebracht haben – und auch in Film und Fernsehen.«

Jon Lester schien in dem klaren Blick zu zerschmelzen. »In diesem Fall«, sagte er wohlwollend, »vermute ich, daß das fragliche Fotomodell wirklich ein extrem feminines Geschöpf war – aber um in der Modewelt Erfolg zu haben, muß sie gezwungen gewesen sein, sich dem Standardtyp der Haute Couture anzupassen.

Wir alle wissen, daß die Modezeitschriften fest in den Händen von Schwulen und Greenwich-Village-Lesbierinnen sind. Und jedes Mädchen, das auf diesem Gebiet vorankommen möchte, muß natürlich mitspielen.«

Gail zuckte kaum merklich zusammen, sah einen seltsamen Blick in Ruth Lesters Augen und fragte sich, ob Lester dies vorsätzlich gesagt hatte, um seine Frau zu verletzen oder um Marja zu verstehen zu geben, daß er Bescheid wußte. Marja aber hing nach wie vor an seinen Lippen. Kurz darauf steuerte er sie, die Hand auf ihrer Schulter, zur Bar, wo sie sich, Gläser in den Händen, einer Gruppe zugesellten, die dem Stereogerät lauschte, aus dem exotisch pulsierende Urwaldmusik drang.

Gail bewunderte die Art und Weise, wie Marja es fertigbrachte, sich an wichtige Leute heranzumachen.

»Ach, da bist du ja, Gail!« sagte Anna Lee freundschaftlich, und während sie ein oberflächliches Geplauder mit der Gastgeberin anfing, behielt Gail Marja und Jon Lester im Gesichtsfeld. Lesters Kopf neigte sich fürsorglich über Marja, Marjas schmelzender Blick hob sich zu ihm. Sie hatte eine Eroberung gemacht!

Die Gruppen und die Geräusche verlagerten sich und flossen in wechselnden Mustern. Zwei Gläser danach bemerkte Gail, daß Marja immer noch bei Jon Lester stand, und inzwischen legte sie den seidig-dunklen Kopf an seine Schulter, während sie verträumt der Musik lauschte und von ihrem Glas nippte. Wie konnte sie nur!

Jon Lesters Hand ruhte einen Augenblick auf Marjas Schulter, sein Gesicht wandte sich mit einem Geh-nicht-weg-Ausdruck zu ihr zurück, als er zur Bar ging. Im vollen Bewußtsein, daß sie sich lächerlich machte, aber unfähig, ihr Unbehagen und ihre Bestürzung zurückzuhalten (wie konnte sie, wie konnte sie nur?), entschuldigte sich Gail bei einigen jungen Männer, die sich in eine ziellose Unterhaltung über Stereoverstärker verrannt hatten, und ging zu Marja. Sie setzte sich an den Platz, den Jon Lester verlassen hatte, und Marja sah sie zornig an – in die Enge getrieben.

»Na, Gail, weshalb machst du ein Gesicht wie eine Gewitterwolke?«

»Weshalb wohl?« versetzte Gail in einem leisen, zornigen Ton. »Die Schau, die du hier abziehst, ist wirklich unmöglich.«

»Und was fällt dir ein, in Gottes heiligem Namen – stürmst hierher, um dein verlorenes Eigentum zu reklamieren?« sagte Marja in schneidendem Flüsterton. »Sei nicht so augenfällig, Gail, es steht dir nicht!«

Gail fühlte, wie ihr die Röte heiß in die Wangen schoß. »Wenn du schon von Augenfälligkeiten reden mußt – was ist mit der Art und Weise, wie du dich an ihn ranschmeißt?«

»Mein Gott, sei nicht vulgär«, sagte Marja in müdem, resigniertem Ton. »Was sollen die Leute denken, wenn du mich hier so offensichtlich zur Rede stellst? Hast du diese Bemerkung nicht gehört, die er über Lesbierinnen machte? Wenn du also weißt, wie er denkt, wirst du hoffentlich nicht versuchen, mir meine Chancen kaputtzumachen. Was glaubst du, kostet es mich, ihn zu beeindrucken?«

»Eine Menge, würde ich sagen.« Gail fragte sich, ob es so bitter klang, wie ihr zumute war. »Also schön, ich werde dir nicht im Weg sein, damit du nicht aus der Rolle fällst und ihn abschreckst.«

Marjas Mund bebte. »Ach, Gail, dies könnte wirklich meine große Chance sein! Bitte, bitte faß es nicht falsch auf!«

Aber wie sollte man es sonst auffassen? Als sie Jon Lester mit zwei Gläsern zurückkehren sah, nickte Gail ihr zu und ließ sie wieder mit ihm allein. Sie wanderte ziellos zur Bar, obwohl sie wirklich nichts mehr trinken wollte.

Die verschiedenen Gruppen und Gespräche hatten eine Ebene erreicht, wie sie für elf Uhr normal war. Ein junger Mann in einem Pullover und ein Mädchen mit einer hochtoupierten Frisur küßten sich hingebungsvoll in einer Ecke. Zwei geschäftstüchtig aussehende junge Männer und eine gutgekleidete Frau waren in eine ernsthafte, laute Konversation vertieft, und als sie an ihnen vorbeischlüpfte, fing Gail Bruchstücke des Gesprächs auf:

»... für die Taschenbuchrechte wird normalerweise eine Tantieme von soundso viel Prozent pro Exemplar bezahlt, aber dieser miese Agent, der ihn vertritt, ist einfach nicht zu bewegen, unser Angebot anzunehmen...«

Eine weitere kleine Gruppe hörte der Musik aus der Stereoanlage zu, und Gail ließ sich in einen freien Sessel sinken, ertrug den Lärm aus den Lautsprecherboxen und wünschte, sie könnte fortgehen. Niemals hatte sie sich so sehr als Außenseiterin gefühlt. Die meisten Frauen waren in Begleitung von Männern gekommen – obwohl es auch ein paar männliche Einzelgänger in der Menge gab –, und sogar Anna Lee steckte mit einem feingliedrigen blonden Mann zusammen, den Gail schon irgendwo in Greenwich Village gesehen hatte.

Sie waren hier im Norden von Manhattan und hätten sich den Spielregeln anpassen sollen. Es wäre nicht schwierig gewesen, ein paar homosexuelle junge Männer als Begleiter aufzutreiben, nur um den Anschein zu wahren, statt als weibliches Paar zu kommen.

Ruth Lester blieb bei ihr stehen und fragte sie, was sie trinken wolle. Verdutzt ließ Gail sich ein Glas geben und machte der älteren Frau Platz. Ruth Lester ließ sich mit einem unterdrückten Gähnen in den Sessel fallen, und Gail setzte sich zu ihr auf die Lehne.

»Ich bemerkte, daß Sie hier allein saßen, und da ich Larry und Edna offensichtlich in ihrem Gespräch störte« – sie wies mit einer Kopfbewegung zu einem jungen Paar, das die Köpfe zusammengesteckt hatte – »dachte ich, daß ich gut daran täte, den beiden nicht lästig zu fallen und zu Ihnen zu kommen. Sie heißen Gail...«

»Smith«, murmelte Gail verlegen.

»Ja, natürlich. Man sieht in Anna Lees Bekanntenkreis nicht oft neue Gesichter. Lassen Sie mich raten – Sie sehen zu gesund aus, um ein Fotomodell in der Modebranche zu sein, und für jemand aus der Werbung sehen Sie ein bißchen zu vernünftig aus. Schreiben Sie vielleicht?«

Lachend schüttelte Gail den Kopf.

»Sie arbeiten in einem Verlagslektorat? Sie sind Journalistin?«

»Nichts so Kreatives«, murmelte Gail. »Ich arbeite in der Buchhaltung eines Herrenbekleidungsgeschäftes.«

Ruth Lester schaute etwas erschrocken drein. »Ehrlich gesagt hatte ich Sie zuerst für eine Studentin gehalten«, sagte sie.

»Ich nehme an, die meisten Leute hier haben einen interessanten Beruf«, sagt Gail. »Da komme ich mir langweilig vor. Früher spielte ich Klavier und Orgel – das ist die einzige kreative oder künstlerische Beschäftigung, mit der ich mich je befaßte.«

»Das erklärt es«, sagte Ruth und nickte entschieden, und auf Gails fragenden Blick sagte sie: »Ihre Hände. Man erkennt Pianisten immer an den Händen.«

Gail blickte unwillkürlich auf ihre muskulösen, kräftigen Finger. »Ich spiele nicht mehr oft.«

»Das sind die traurigsten Worte, die man sich denken kann«, sagte Ruth Lester. »Warum nicht? Haben Sie einmal beruflich gespielt?«

»Ich war wohl ein Grenzfall«, sagte Gail. »Tatsächlich hatte ich mich mehr auf die Orgel als auf das Klavierspiel spezialisiert. Ich wollte Kirchenorganistin werden.« Es war seltsam, in dieser Umgebung solch einen Beruf zu erwähnen.

Ruth nickte wieder. »Ein schöner Beruf. Aber schwierig hineinzukommen, in solch einer großen Stadt. In einer kleineren Stadt würden Sie bessere Möglichkeiten finden, und dann steht immer noch das Lehrfach offen.« Sie zögerte. »Warum haben Sie es aufgegeben?«

Gail zuckte mit der Schulter. »Ich habe das Studium abgebrochen.«

Ruth Lester machte ein bekümmertes Gesicht. »Aber das ist ja schrecklich, Gail. Ich kann mir nichts Deprimierenderes vorstellen als eine Pianistin, die in einer Buchhaltung arbeitet.«

Gail war bestürzt. Diese Wendung war ihr so wenig willkommen wie das Mitgefühl der älteren Frau. Ohne sich Gedanken darüber zu machen, daß sie Ruth Lester kränken könnte, erwiderte sie: »Warum sollte es Ihnen etwas ausmachen?«

Aber Ruth war ernst und eindringlich. »Weil es so wenig schöpferische Menschen gibt, und nun, durch die Überflutung mit Fernsehprogrammen und vorgefertigter Unterhaltung, gibt es immer weniger Menschen, die selbst etwas tun möchten. Das Lernen ist so oberflächlich und schmerzlos gemacht worden, daß die jungen Leute die strenge Disziplin einer Kunstausübung nicht mehr auf sich nehmen mögen. Sie sitzen lieber im Publikum und sehen zu, wie andere Leute etwas tun. Ich finde es schmerzlich, Sie den gleichen Weg gehen zu sehen: zu konsumieren statt zu produzieren.«

Sie schwieg, und ihr Blick war auf einen Punkt hinter Gail fixiert, und ihr sensibles Gesicht nahm plötzlich einen schmerzlichen und bitteren Ausdruck an. Gail sah sich um und erriet sofort, wohin sie blickte: Jon Lester an der Wohnungstür, im Gehen begriffen, den Arm um eine schmale, schwarzgekleidete Taille gelegt, einen seidig-dunklen Kopf an seiner Schulter. Die Haltung des Mannes verriet eifrige Fürsorglichkeit, und das Mädchen hing an ihm wie geblendet. Gail merkte, daß sie zitterte, als sie Marja an Jon Lesters Seite hinausgehen sah. Sie starrte zu Boden, bemüht, die Haltung wiederzufinden, und sie konnte schmerzlich mitfühlen, wie Ruth Lester zumute sein mußte.

Doch als sie den Blick hob, war Ruths Gesicht wieder beherrscht; sie trank ihr Glas leer und sprach angelegentlich über die Schwierigkeiten, ein Drehbuch für eine Serie wie *Augenblicke der Krise* zu schreiben, dann über die neue geplante Serie.

Anna Lee kam zu ihnen herüber. Hinter dem Lächeln, das sie Gail schenkte, verbarg sich ein leiser, sadistischer Triumph. Sie beugte sich über Ruth und sagte mit gedämpfter Stimme: »Ach, liebe Ruth, Jon bat mich, dir zu sagen, daß er zu einer anderen Party gegangen sei, derjenigen, die dich nicht interessierte. Er hat dir den Wagen dagelassen.«

Ruth stand auf. Als Anna Lee sich wieder abgewandt hatte, sagte sie: »Ich wollte ohnedies vorschlagen... Diese Party beginnt ein wenig zu gerinnen. Kann ich Sie irgendwohin mitnehmen, Gail?«

Marja hatte deutlich gemacht, daß sie auf sich angewiesen sei. Auf einmal spürte Gail, daß es ihr gleich war. Sie bedankte sich für das Angebot und verabschiedete sich mit einem kurzen Winken und einem beiläufigen Lebewohl von Anna Lee. Nach dem Zigarettenrauch und der Hitze roch die Luft im Treppenhaus frisch und rein, und Ruth holte tief Atem. »Jon hat unseren Wagen ungefähr einen Block entfernt abgestellt. Es macht Ihnen nichts aus, so weit zu gehen?«

Selbst auf hohen Absätzen reichte Ruth ihr kaum über die Schulter. Sie ging schnell und warf den Kopf zurück. Ein kühler Wind strich durch die dunklen Straßen. Sie blieb bei einem langen weißen Wagen stehen, sperrte auf und öffnete den Schlag für Gail; aber sie schwieg, bis sie den Wagen aus der Parklücke auf die Straße gesteuert hatte.

»Es macht mir nichts aus, ausgenutzt zu werden – in Grenzen«, sagte sie. »Aber es war ziemlich grausam von Anna Lee, Ihrer Freundin – Margie, nicht wahr? Nein, Marja – zu sagen, daß ich diejenige sei, um die sie sich bemühen müßte. Es muß sie hart angekommen sein, ihre Aufmerksamkeit und Perspektive so zu verlagern.«

Ihre Stimme hörte sich kühl und distanziert an, und Gail merkte, daß sie errötete. Sie sagte leise: »Es tut mir leid«, und sie wußte dabei nicht, wofür sie sich entschuldigte. Sie war eben hoffnungslos provinziell. Jon Lesters und Marjas dreiste Ungeniertheit hatte sie schockiert.

Als sie vor einer Ampel hielten, blickte Ruth sie von der Seite an und sagte leise: »Ich bin diejenige, die sich entschuldigen sollte, Gail: für meinen zur Schau gestellten Zynismus. Ich sollte nicht so darüber hinweggehen. Aber ich glaube nicht, daß ich ein Recht habe, Jon zurückzuhalten – da ich bin, was ich bin. Sie wissen natürlich...« Sie ließ den Rest ungesagt, und Gail verstand: Sie wissen, daß ich lesbisch bin.

Als sie weiterfuhr, sagte Ruth: »Wir haben eine gute Partnerschaft als Autorin und Produzent; wir verdienen eine Menge Geld, und der Rest der Firma würde ein gewaltiges Gezeter anstimmen, wenn wir anfingen, von Scheidung zu reden. Und da ich in niemand sonst verliebt bin, schadet es nicht, wenn ich bei Jon bleibe. Es ist eine geschäftliche Partnerschaft – und ein Mann mit einer Frau wie mir hat wahrscheinlich Anspruch darauf, seine Rationen nebenbei zu ergänzen.«

Der hinnehmende Realismus dieses Gesichtspunktes schockierte und beunruhigte Gail. Ruth hielt vor einem großen Wohnhaus, stieg aus, und in Gail kristallisierte sich ein unbestimmter Eindruck. So verschieden sie waren, fanden sich in Ruth doch bestimmte Eigenheiten der Sprache und Gestik, die sie an Gretchen gemahnten. Als sie so leidenschaftlich über schöpferisches Arbeiten gesprochen hatte, hatte sie sich wie Gretchen angehört.

Aber Gretchen hätte niemals solch einen Kompromiß geschlossen. Bedeutete dies, daß sie eine zur Selbsttäuschung neigende Romantikerin war? Oder daß Ruth die leichtfertige Zynikerin war, die zu sein sie sich selbst beschuldigte?

»Noch einen Schluck vor dem Schlafengehen?« fragte Ruth. »Wenn es Ihnen lieber ist, fahre ich Sie nach Haus, aber...«

»Danke. Es würde mir gefallen.«

»Seien Sie unbesorgt, wir werden nicht in etwas hineinplatzen. So rücksichtslos ist Jon nicht«, ssagte Ruth mit einem schlauen Lächeln, und Gail errötete wieder. Man konnte auch zu offen sein!

Die Lesters hatten eine geräumige und weitläufige Wohnung, beinahe luxuriös, mit einem Panoramafenster, hinter dem sich die Türme von Manhattan wie schwarze, von Juwelen blitzende Schatten erhoben und die große Brücke wie eine leuchtende Perlenkette das dunkle Wasser überspannte. Ruth legte Platten auf das Stereogerät – moderne Klaviermusik –, und fragte, was Gail trinken wolle. Gails Blick hing an dem großartigen Flügel in einer Ecke des Zimmers; sie ging hinüber und blätterte in den Notenheften, die darauf verstreut lagen: Opernauszüge, ein Heft mit Klavierstücken von Grieg, etwas Chopin.

Ruth brachte ihr ein Glas. Gail setzte sich auf die kleine Klavierbank und wandte sich Ruth zu, das Glas zwischen den Fingern, doch ohne es zu sehen. Sie fühlte sich halb betäubt und war froh über den Vorwand, von der Musik hingerissen zu sein.

Eine seltene Kombination von Akkorden ließ sie aufschrecken. Unvermittelt stand eine Szene vor ihrem inneren Auge: Gretchen, wie sie am Klavier saß und diese Folge wieder und wieder spielte, das Stück von Bartók, an dem sie gearbeitet hatte, als Marja sie, Gail, hinter der geschlossenen Schlafkammertür des Sommerhäuschens geküßt hatte. Sie glaubte den trommelnden Regen durch die schwebenden Akkorde zu vernehmen, und unwillkürlich schossen ihr Tränen in die Augen.

Ruth nahm ihr das Glas aus der Hand, stellte es auf den Flügel und nahm Gails Kopf zwischen beide Hände. »Ganz gleich, wie dies aussehen mag, Gail«, sagte sie, »kommen Sie nicht auf falsche Gedanken. Ich mache Ihnen keine Avancen.« Sie strich Gail über die Wange. »Sie lieben Marja?«

Gail schluckte, versuchte sich eine Aufrichtigkeit aufzuzwingen, die Ruths Offenheit gleichkam. Hatte sie Marja je geliebt? Oder war Marja einfach im rechten Augenblick des Weges gekommen, um ihren halb unbewußten Ärger über Gretchen – die zuerst ihre Sinne aufgewühlt und sie dann zurückgestoßen hatte – zu besänftigen? In ihrer aufdämmernden Selbsterkenntnis hatte Gail Liebe gesucht, und Marja hatte die Hand ausgestreckt und gesagt: Ich bin bereit, dich zu lieben. Marja hatte das neue sexuelle Bewußtsein in ihr befriedigt, und sie hatte das für Liebe genommen. Aber liebte sie sie?

»Ich weiß es nicht«, sagte sie. »Ich bin mir nicht sicher.«

Ruth beugte den Kopf über Gail und erwiderte sanft: »Ich bin nicht raubgierig und habe für flüchtige Verhältnisse nichts übrig. Tatsächlich lasse ich mich überhaupt nur selten auf ein Verhältnis ein. Ich nehme an, daß ich sexuell unterernährt bin, weil mir Partnerschaft mehr bedeutet als Liebe. Aber – dies vorausgesetzt – darf ich dennoch etwas sagen, Gail?«

»Gewiß.« Gail blickte in das ernste Gesicht auf.

»Dann denken Sie sehr ernsthaft über Ihre Beziehung zu diesem Mädchen Marja nach, Gail. Ich sehe Ihnen an, daß Sie von der Art sind, die bis zur Selbstzerstörung darunter leidet, wenn sie versucht, Kompromisse mit dem zu schließen, was sie für richtig hält. Und Sie haben sich bereits einen Teil von Ihrem Leben wegnehmen lassen, der Ihnen einmal viel bedeutete – ist es nicht so?«

Gail nickte.

»Dann zerstören Sie sich nicht ihr zuliebe, Gail – denn Marja wird Ihnen zuliebe nichts in sich zerstören. Sie wird sich Ihnen zuliebe nicht einmal in irgendeiner Weise Zurückhaltung auferlegen.« Ruth seufzte. »Nun werde ich Ihnen ein Taxi rufen und Sie nach Hause schicken.«

Gail hob ihr Gesicht; Ruth beugte sich über sie, und ihre Lippen berührten einander. Gails Arme umschlangen die Frau und drückten sie fest an sich, und sie fühlte, wie es sie in der Kehle würgte. Marja ist irgendwo... und warum nicht...?

Ruth machte sich sehr behutsam los und trat zurück. »Nein, liebes Kind«, sagte sie freundlich, »du solltest nicht versuchen, dich auf diese Weise an Marja zu rächen. Wie ich sagte, macht es mir nichts aus, mich in Maßen ausnutzen zu lassen. Aber es würde mir zuviel bedeuten, wenn ich mich *darauf* einließe.«

Sie tätschelte Gail die Wange und Gail, die sich verwundet fühlte, gab sich zufrieden. Kein Wunder, daß diese Frau so wirklichkeitsnahe Drehbücher schreiben konnte! Sie besaß Einfühlung und eine auf Erfahrung beruhende Kenntnis menschlicher Natur – und die Ehrlichkeit, zu akzeptieren, was sie sah, gleichgültig was es war und wie wenig schmeichelhaft es sein mochte.

Ruth bestand darauf, sie hinunterzubegleiten. Weil sie es wolle, sagte sie im Aufzug, und drückte Gails Arm. Vor dem Haus blickte sie die Straße hinauf und machte das Signallicht eines Taxis aus. »Wenn es kommt, winke ich ihm«, meinte sie und nahm Gail bei der Hand. »Denk daran, was ich sagte, Kind. Gib dich nicht damit zufrieden, Publikum zu sein.«

Einer Regung folgend, neigte Gail den Kopf und küßte Ruth mit einem tiefen Gefühl von Wärme, Dankbarkeit und Liebe auf die Stirn. Zum Teil war es Gretchens Schatten, den sie küßte – sie fühlte sich jung, beschützt, gut beraten –, und teils war es Ruth um ihrer selbst willen, der zärtliche Umriß einer neuen und liebenswerten Persönlichkeit. Sie vermieden es, von einem Widersehen zu sprechen. Es war zu tief gegangen. Gail wußte, daß, wenn sie einander noch einmal begegneten, es durch Zufall sein würde und eher beiläufig; aber sie wußte auch, daß sie eine Freundin fürs Leben gewonnen hatte.

Ihre Wohnung lag verlassen. Die zwei Paare Nylonstrümpfe hingen frisch gewaschen und in rührender Gemeinsamkeit über der Trennwand der Duschkabine. Wo steckte Marja? Gail saß einsam im Zimmer, wartete und machte sich ihre Gedanken.

Waren sie und Marja zum Ende ihrer Beziehung gekommen? Irgendwie wußte sie nach der Begegnung mit Ruth Lester, daß sie mit Marja Schluß gemacht hatte. Nicht Jon Lesters wegen. Nicht einmal wegen Ruth Lester. Aber weil Gail im Gespräch mit Ruth Lester sich selbst wiederentdeckt hatte – das Selbst, das kein Schatten von Marja Daltons Karriere und ihrer Schönheit war und sein konnte.

Weil Ruth Lester existierte, würde sie Marja verlassen.

5

Es war überraschend, wie leicht sich die Umstände und Gewohnheiten eines Lebens verändern konnten. Vier Monate später wanderte Gail langsam über den Campus der Carteret-Universität, über sich das flammende Herbstlaub, noch immer überrascht, wie schnell zwei Jahre von ihr gefallen waren. Rascher als sie gedacht hatte, war sie in das altvertraute Fahrwasser zurückgeglitten. Ihre Eltern hatten wenig zu sagen gewußt, als sie beschlossen hatte, die Universität zu verlassen und nach New York zu ziehen; zwar hatten sie ihr abgeraten, doch hatte Gail das Empfinden gehabt, daß es ihnen im Grunde gleichgültig sei. Als sie zurückgekehrt war und ihre Entschlossenheit bekundet hatte, das Studium zu beenden, hatten sie den Entschluß ohne Fragen, aber auch ohne sonderliches Interesse gebilligt.

Sie hatte ihren Entschluß an jenem Abend nach der Party bei Anna Lee und Marjas Eskapade mit Jon Lester gefaßt; und als Marja um drei Uhr früh nach Haus gekommen war, hatte Gail bereits angefangen, die Koffer zu packen. Als sie Marja auf der Treppe hörte, hatte sie ihre Arbeit nur momentan unterbrochen und dann fortgesetzt.

Marjas Schlüssel drehte sich leise und wie verstohlen im Schloß. Anscheinend hatte sie erwartet, daß Gail schlafen würde. Sie kam herein und blieb in der Tür stehen, als sie die geöffneten Koffer und Kartons sah.

»Was in aller Welt...?«

»Es ist so, wie es aussieht«, sagte Gail ruhig. »Ich verlasse dich, Marja.«

Marjas Gesicht, selbst zu dieser Stunde so glatt und vollkommen, schien sich plötzlich aufzulösen. Sie mußte schlucken, ehe sie sagen konnte: »Weil ich dich einmal bei einer Party versetzte, ziehst du von mir fort?«

»Nicht deswegen«, sagte Geil und spürte das Vorgefühl zitternder Knie und die Schwäche in der Magengrube. Um sich dagegen zu behaupten, ballte sie die Fäuste und biß sich auf die Zunge. Sie war entschlossen, sich auf keine Szene einzulassen – felsenfest!

»Warum dann?« Marja schaute sie hilflos an, und Gail sagte: »Du verstehst wirklich nicht, nicht wahr, Marja?«

»Nein. Ich verstehe es überhaupt nicht«, sagte Marja. »Ich sehe nur, daß du wegen eines Nichts die Nerven verlierst. Wegen einer Lappalie.« Sie stieg aus ihren hochhackigen Pumps und stand klein und verletzlich vor Gail, die Augen groß und verwundert. »Wenn das ein Scherz sein soll, gut, haha, wir können darüber lachen. Aber wirst du mir jetzt, in Gottes Namen, sagen, warum du mich mit der Androhung des Auszugs strafen mußt? Bist du etwa eifersüchtig auf Jon? Auf einen Mann?«

Gail schüttelte den Kopf. »Ich strafe dich nicht, Marja«, sagte sie, »und es ist keine Drohung. Ich bin einfach...« Sie ließ einen langen Seufzer hören, der ihre Unfähigkeit zu erklären ausdrückte. »Ich bin einfach fertig damit, das ist alles. Ich kann es nicht mehr aushalten. Das ist nicht das Leben, das ich möchte.«

Marja kam mit ausgestreckten Armen auf sie zu, und Gail wich zurück. »Nein«, sagte sie, »nein, bitte, Marja, du hast mich damit schon einmal herumgekriegt. Aber das wird nichts lösen.«

Gleichwohl legte Marja die Arme um Gails Taille und drückte sie fest an sich. Mit leiser, fast schüchterner Stimme sagte sie: »Liebst du mich nicht mehr?«

Gail spürte das alte Aufbranden von Verlangen, aber jetzt war sie dagegen gewappnet. Sie erwiderte Marjas Umarmung, dann machte sie sich los. »Das hat nichts damit zu tun, Marja.«

»Aber Gail, wie kannst du dies tun, wenn du mich liebst? Ohne mir eine Chance zu geben, zu erklären, ohne...«

Gail seufzte. Sie nahm sich eine Zigarette und zündete sie an, bot Marja die Packung an. »Ich nehme an, daß ich dir eine Erklärung schuldig bin«, sagte sie zögernd. »Du denkst, der Umstand, daß ich dich liebe und du mich, könnte für alles andere entschädigen?«

»Wenn es richtige Liebe ist«, sagte Marja und rang die kleinen Hände. »Zu deiner Information, ich habe nicht mit Jon Lester geschlafen...«

»Es ist mir gleich, ob du es getan hast oder nicht«, sagte Gail. »Das hat auch nichts damit zu tun.«

Marja verlor die Geduld. »Ach du lieber Gott, Gail! Steh nicht da wie ein Standbild edler Empörung! Ich ging fort und verbrachte einen Abend mit einem Mann, und du kriegst einen Anfall und willst mich deswegen verlassen!«

Gail biß sich auf die Lippe und prüfte sich und ihre Motive. War es nur Eifersucht? Überließ sie sich, wie Marja sagte, einem Anfall? Marja stieß mit einem schmeichelnden ›Wenn du mich liebtest, würdest du mir vertrauen‹ nach, und ihre Arme schlangen sich wieder um Gails Nacken. Sie ließ den Kopf an Gails Schulter sinken, und ihr Atem berührte warm und lebendig Gails Haut.

Gail hielt sie stumm in den Armen und starrte über ihren Kopf hinweg ins Leere. Sie hatte andere lesbische Paare wegen der einen oder anderen kleinen Untreue auseinandergehen sehen und sich wieder und wieder gesagt, daß das, was sie und Marja miteinander hätten, zu gut und zu kostbar sei, um es auf diese Art und Weise zu verspielen.

Wenn die sexuelle Anziehung verlorenging – und die meisten Leute stimmten darin überein, daß dies in einer Ehe, einem Verhältnis, einer lesbischen *ménage* der Regelfall war –, ging das Paar auseinander, wenn es nicht durch Kameradschaft und Wärme verbunden war. Gab es zwischen ihr und Marja eine echte Partnerschaft, eine Gemeinschaft, irgendeine gemeinsame Basis? Nein. Wollte sie eine gemeinsame Basis mit Marja finden? Wenn sie plötzlich entdeckte, daß es sie nicht mehr nach Marja verlangte, würde sie dann noch mit ihr leben wollen? Gail befragte ihr Gewissen und fand, daß die Antwort noch immer ›nein‹ lautete. Marja und sie hatten außer dem Umstand, daß sie beide lesbisch waren und sich körperlich zueinander hingezogen fühlten, nichts gemein.

»Marja, Liebling«, sagte sie sanft, »kannst du es nicht verstehen? Wir passen nicht zusammen. Was mir viel bedeutet, ist dir weniger als nichts, und deine Wünsche – nun, ich kann sie nicht einmal begreifen.«

Marja wand sich in ihren Armen und blickte zu Gail auf. »Du hast nicht einmal gefragt...«

»Ich hoffe, du bekommst den Fernsehvertrag«, sagte Gail gleichgültig. »Aber es macht keinen Unterschied.«

»Es läuft alles auf deine Eifersucht hinaus!« rief Marja.

»Nein. Nein, Marja. Es läuft darauf hinaus, daß es dir ganz gleich war, ob es Ruth oder Jon war – du warst bereit, mit der einen wie mit dem anderen alles zu tun, je nachdem, wer dich am weitesten voranbringen könnte.«

»Ich verstehe nicht, warum du dich so aufregst«, sagte Marja. Tränen lösten die Wimperntusche von ihren Augen und zogen schwärzliche Streifen auf ihren Wangen. Gail sah sie an, hypnotisiert von Kummer und Mitleid; sie hatte Marja nie weinen sehen, doch nun weinte sie, und ihr liebliches Gesicht zuckte. »Wenn ich wirklich mit Jon ins Bett gegangen wäre – selbst wenn ich gewollt hätte, mit ihm zu schlafen...«

Gail holte ein Papiertaschentuch und gab es Marja. Sie hatte sich wieder gefaßt. »Wenn du mit Jon hättest schlafen wollen, würde ich dir geraten haben, es zu tun und dein Vergnügen daran zu haben! Was mich krank macht, ist die Vorstellung, daß Sex dir so wenig bedeutet, daß du es zum Gegenstand eines Handels machst. Mit Jon – mit Ruth – zum Teufel, deine Partnerin bin ich!«

Es waren keine tieferen Gefühle gewesen, die Marja in jenem Sommer am Strom bewogen hatten, sich mit ihr einzulassen; es war eine Laune gewesen. Teils aus Groll gegen Gretchen, wie Gail jetzt wußte, und teils wegen der lockeren Moralvorstellung der lesbischen Welt, in der Marja lebte und die besagten, daß wenn zwei Personen sich voneinander angezogen fühlten, es Heuchelei sei, dieses Verlangen nicht zu befriedigen. Und Gail hatte sich der gleichen Sittenlosigkeit schuldig gemacht, die sie bei denjenigen ihrer studentischen Bekannten, die um des bloßen Geschlechtsgenusses, der Aufmerksamkeit und der Bewunderung willen mit ihnen fremden oder sogar unsympathischen Männern schliefen, stets verabscheut und verurteilt hatte.

Heute abend jedoch, im Gespräch mit Ruth Lester, war sie daran erinnert worden, daß das Leben mehr sein sollte als ein Verhältnis mit einer Geliebten, mit der sie Bett und Wohnung gemeinsam hatte und deren Leben sie unter Aufgabe ihres eigenen teilte – und um eines solchen Daseins willen hatte sie sich sogar mit einer verhaßten Arbeit abgefunden. Ruth Lester hatte sie daran erinnert, daß sie selbst jemand war, Gail Smith, Musikerin, und daß sie auf Gedeih und Verderb Gail Smiths Leben führen mußte, nicht das Leben von Marja Daltons Liebhaberin.

Sie faßt Marja bei den Schultern, beugte den Kopf und küßte sie auf die nassen, schwarzgeränderten Augen. »Ich liebe dich so sehr wie sonst, Marja«, sagte sie leise, »aber ich kann nicht dein Leben führen.«

Das war das Ende der Affäre gewesen. Es hatte noch Bitten gegeben, einen längeren Streit, in dessen Verlauf sie beide wütend geworden waren und einander eine halbe Stunde lang angeschrien hatten, eine stürmische Versöhnung, bei der sie einander in die Arme gefallen waren – aber Gail hatte nicht nachgegeben, denn sie hatte gespürt, daß selbst der peinigendste Abschiedsschmerz niemals auch nur halb so schwer sein konnte wie die Qual eines weiteren Zusammenlebens mit Marja.

Es war die richtige Entscheidung gewesen, das hatte Gail schon kurz nach ihrer Rückkehr erfahren. Schon nach wenigen Tagen – sie wohnte jetzt wieder zu Hause und besuchte täglich die Musikhochschule der Universität – entdeckte sie zu ihrer eigenen Überraschung, daß sie Marja nicht sonderlich vermißte. Nur manchmal, wenn sie nachts angespannt und unruhig wach lag und sich nach gewohnten Liebkosungen sehnte, dachte sie noch mit Verlangen an Marjas weichen Körper. Insgesamt aber überwog die Erleichterung, nicht ins Büro zu gehen zu müssen, die Abende zur freien Verfügung zu haben, zu tragen, was ihr gefiel, ohne sich in jedem Kleidungsstück kritischer Begutachtung unterziehen zu müssen. Mitte Oktober war ihr beinahe so, als sei sie niemals fortgewesen, und wenn sie über den vom bunten Herbstlaub leuchtenden Campus der Universität ging, war sie immer wieder erstaunt, wie rasch sie sich umgestellt und angepaßt hatte.

Manche Autoren, dachte sie, schrieben Bücher über Leute, die nach dem Elend, der Beengtheit und dem Lärm in einer Großstadt voll Freude in romantische Kleinstädte oder aufs Land zurückkehren; und manche Autoren schrieben Bücher über Leute, die nach den Freuden der kulturellen Vielfalt und der Freiheit des Großstadtlebens in den spießigen Provinzialismus langweiliger Kleinstädte zurückkehrten. Sie vermißte die Großstadtgeschäfte und die Anonymität des Großstadtlebens; doch andererseits war sie frei vom Gedränge in den U-Bahnen zur Zeit des Berufsverkehrs, und sie hatte wieder ein Klavier.

Sie ging in die Mensa, schlängelte sich durch die dichtbesetzten Tische zur Selbstbedienungs-Kaffeebar, ließ sich für ein Fünfcentstück Kaffee in einen Pappbecher füllen und ging damit zu einem Tisch. An den anderen Tischen saßen die Studenten zu siebt oder zu acht; der Tisch, wo Gail saß, hatte nur einen Stuhl; die anderen waren zu anderen Tischen getragen worden, um den Gruppen zu Sitzgelegenheiten zu verhelfen. Ja, sie vermißte die Gesellschaft. Sie war jetzt älter als die meisten anderen Studenten, und irgendwie gelang es ihr nicht, Anschluß zu finden.

Es zeigte sich, daß die zwei Jahre nicht spurlos an ihr vorbeigegangen waren. Vorher war sie einsam gewesen, weil sie schüchtern gewesen war, ungünstig angezogen, ohne Selbstvertrauen, übermäßig fleißig und ganz auf ihre Musik konzentriert. Nun fragte sie sich bisweilen, ob diese Erklärung zutreffen konnte; denn jetzt war sie nicht schüchtern, sie wußte, daß sie sich in einer Art und Weise, die ihr knabenhaft gutes Aussehen betonte, geschickt kleidete, und sie hatte genug Selbstvertrauen. Dennoch war sie allein. Vielleicht lag es daran, daß sie anders war. Sie stand außerhalb der Lebensströme dieser jungen Leute. Das Gros der Studenten betrachtete die Ausbildung als eine langweilige, wenn auch notwendige Pflichtübung; selbst die gewissenhaften Studenten, die mit guten Examen abschlossen, empfanden ihre Arbeit lediglich als nicht vermeidbare Vorstufe zu ihrer beruflichen Laufbahn. Ihr eigentliches Leben bewegte sich, sofern sie sich nicht zur Examensvorbereitung in Büchern vergraben mußten, um die mehr oder weniger zufällig entstandene Gruppe von Kommilitonen, der sie sich zugehörig fühlten, kreiste um Liebesaffären, Freizeitunternehmungen und die Geborgenheit in der sozialen Nische einer

Gemeinschaft mit gleichen Interessen und Pflichten. Für ein normales Mädchen standen Jungen im Mittelpunkt des Interesses, für einen normalen Jungen Mädchen.

Und sie stand außerhalb dieses Verhaltensmusters. Sie spielte das Spiel der Mehrheit nicht mit, also durfte sie sich nicht beklagen, wenn sie abseits stand.

Solche Gedankengänge brachten ihr unweigerlich Gretchen in Erinnerung. Seit sie das Studium wieder aufgenommen hatte, war sie sich Gretchens Anwesenheit ständig bewußt, obwohl sie ihr noch nicht begegnet war. Sie schlug Gretchens Namen im Verzeichnis der Lehrkräfte nach und vergewisserte sich, daß ihr Büro das gleiche geblieben war, und manchmal stellte sie sich vor, wie es sein würde, wenn sie hinginge, an die Tür klopfte und hallo sagte. Aber der Gedanke machte ihre Knie zittern, und sie wagte ihn nicht in die Tat umzusetzen.

An dem Tag, als sie einer Prüfungskommission vorspielen mußte, um sich den Wiedereinstieg in das vor zwei Jahren abgebrochene Semester in Orgel- und Klavierspiel zu sichern, erwartete sie Gretchen in der Kommission zu sehen und malte sich aus, wie sie zu ihr hinschauen und wieder wegsehen und sich ans Instrument setzen würde, ohne einen zweiten Blick zu wagen; aber die Kommission bestand aus drei Lehrkräften, die Gail kaum kannte, lauter Männern. Wochenlang erwartete sie jedesmal, wenn sie um eine Ecke kam, daß plötzlich Gretchen vor ihr stehen würde; und sie hatte sich diesen Schock so oft vorgestellt, daß er, als die Begegnung tatsächlich stattfand, völlig ausblieb. Sie hatte gegessen und brachte das Tablett zu dem für die Rückgabe benutzten Geschirrs bestimmten Teil der langen Theke, als ein kleines blondes Mädchen, das über einem Buch gesessen hatte, plötzlich den Stuhl zurückstieß und aufstand; Gail machte halt, um einen Zusammenprall zu vermeiden, und das blonde Mädchen wandte den Kopf und war Gretchen Smith.

Sie sahen einander lange wortlos an. Gretchen trug ein graues Kostüm, und ihr Haar war ein wenig kürzer, und sie trug eine Hornbrille, und im ersten Augenblick sah sie zehn Jahre älter aus; dann verlor sich der Eindruck, sie nahm die Brille ab, lächelte und war wieder Gretchen.

»Hallo, Gail«, sagte sie ungezwungen. »Wie schön, dich zu sehen! Bist du auf Besuch hier?«

»Nein. Ich habe mich wieder eingeschrieben. Ich will das Studium beenden und mein Diplom machen.«

Sie sah die Frage, die Gretchen nicht stellte, in ihren Augen.

»Nein, ich bin allein. Marja und ich sind übereingekommen, verschiedener Meinung zu sein.«

Gretchen machte ein trauriges Gesicht, was sie wieder älter scheinen ließ. »Das tut mir wirklich leid, Gail. Ich hatte mir vorgestellt, daß es zwischen zwei Mädchen endlich einmal geklappt haben könnte.« Sie machte eine Kopfbewegung, und Gail trug gehorsam ihr Geschirr zur Annahme, kam zurück und ging mit Gretchen hinaus zum Eingang. Gretchen sagte: »Ich stehe mit Marja nicht mehr in Briefwechsel, weißt du. Wann ist es geschehen?«

»Vor einiger Zeit schon«, sagte Gail. »Ich – bedauerte schon damals, daß ich zwischen euch getreten war.«

»Keine Ursache«, meinte Gretchen. »Wäre es damals nicht passiert, dann ein andermal.« Sie schien unruhig. »Marja hat auch ihre guten Seiten.«

Darauf mochte Gail jetzt nicht eingehen, und Gretchen sah ihr die Verweigerung offenbar an. Sie sagte: »Spielst du noch, Gail? Nimmst du Unterricht?«

Gail nickte. »Ich habe dort wieder angefangen, wo ich vor zwei Jahren aufhörte. Eines Tages werde ich mir mit dem Orgelspiel meinen Lebensunterhalt verdienen können, nehme ich an. Aber die Idee, Pianistin zu werden, habe ich aufgegeben. Dafür ist es zu spät.«

»Das ist die eigentliche Tragödie«, sagte Gretchen mit jäher Heftigkeit. »Dafür muß Marja sich verantworten!«

Ohne sich zu verabschieden, wandte sie sich unvermittelt ab und sagte nur über die Schulter: »Tut mir leid, ich habe Unterricht.« Gail sah sie davoneilen, und in ihrer Kehle entstand ein seltsam beengtes Gfühl. Gretchen hatte nichts von einem Wiedersehen gesagt. Mit einer Wiederherstellung der alten Freundschaft und Nähe konnte sie nicht rechnen.

Zum erstenmal wurde ihr bewußt, daß sie Gretchen sehr verletzt haben mußte, als sie zu Marja gegangen war. Sie hatte damals mehr als bloß einen Studiengang aufgegeben; sie hatte Gretchens Vertrauen verspielt, ihren Glauben, daß es ihr bestimmt sei, etwas Außergewöhnliches zu leisten. Sie hatte ihre Musik und damit alles abgewiesen, wofür Gretchen einstand, und so brauchte sie sich jetzt nicht zu wundern, wenn Gretchen ihr die kalte Schulter zeigte.

Nichtsdestoweniger hatte die Begegnung einen Zweck erfüllt. Ohne daß es ihr im einzelnen bewußt gewesen wäre, hatte Gail sich abgesondert und auf etwas – sie wußte kaum, was – gewartet, ehe sie anfing, sich wieder als Teil des studentischen Lebens zu fühlen. Nun, da sie Gretchen gesprochen hatte, spürte sie, ohne sich Rechenschaft darüber zu geben, daß sie hatte abwarten wollen, ob Gretchen und sie die alte Beziehung wiederaufnehmen könnten. Sie hatte weder tatsächlich damit gerechnet, noch auch nur darauf gehofft, aber nun, da sie wußte, daß es wirklich unmöglich war, fühlte sie sich irgendwie im Stich gelassen und zugleich erleichtert. Jetzt wußte sie, wo sie stand.

Sie begann sich umzusehen und Unterströmungen zu erkennen, die ihr in ihrem früheren Status als Studentin nicht aufgefallen waren. In und um das Freizeitleben der Studenten und ihre Beschäftigung mit dem anderen Geschlecht liefen dünne Fäden, die ihr nun, durch Jahre im Milieu von Greenwich Village aufmerksam geworden, offensichtlich erschienen. Bald sah sie zwei Studenten über den Campus gehen, deren Hände einander wie zufällig immer wieder berührten, deren Blicke einander suchten und in deren Stimmen Untertöne von Zärtlichkeit waren, die nur Gail im Vorbeigehen heraushören konnte; bald fiel ihr die stämmige, männlich wirkende Miß Decker auf, deren Aufgabe die sportliche Ertüchtigung der Anfangssemester war, wie sie auf dem Tennisplatz eine liebliche, dunkeläugige Nymphe in weißen Shorts beobachtete. Am Mittwochabend unterhielt sie sich nach einer Chorübung in der nahen St.-Andrews-Kirche – sie hatte sich freiwillig als Aushilfsorganistin gemeldet – mit dem leise sprechenden jungen Kaplan, der ihr gefiel und in dessen Nähe sie sich ungezwungen fühlte. In ihm gab es keinen Druck gegen ihre Weiblichkeit; sie fühlte, daß er niemals jene Spannung zwischen Mann und Frau in ihre zwanglose Kameradschaftlichkeit einführen würde, selbst wenn sie beisammen saßen, die Köpfe über ein Notenblatt gebeugt, daß sie einander fast berührten, während sein gepflegter Finger die Notenlinien einer Kantate entlangfuhr.

Später sah sie ihn zwei zwölfjährige Ministranten trennen, die auf den Steinfliesen des Korridors vor der Sakristei einen Ringkampf veranstalteten. Er schalt sie mit freundlich-weicher Stimme, ermahnte sie, daß dies ein Gotteshaus und keine Turnhalle sei, aber Gail sah sein verstecktes Lächeln, die Freundlichkeit, mit der er die beiden hielt, einen Jungen auf jeder Seite, die Arme um ihre Schultern gelegt; und auf einmal tat ihr das Herz weh, weil sie wußte, daß er selbst sich der Ursache seines traurigen Kopfschüttelns nicht bewußt war; daß ihm nicht bewußt war, warum er die Hände auf den knochigen Schultern der Jungen ruhen ließ und sie hin und wieder ein wenig drückte und schüttelte, als er seinen Tadel stirnrunzelnd wiederholte. Eine Unterströmung. Und nicht immer nur das. Unweit vom Campus gab es ein Buchgeschäft, wo Gail gelegentlich Zeitungen oder eine Zeitschrift kaufte oder die Reihen der Taschenbücher überflog. Normalerweise las sie keine Romane über Lesbierinnen, aber in ihrem gegenwärtigen emotionalen Vakuum kaufte sie ein paar und las sie durch, um zu sehen, was sie über das wirkliche Leben zu sagen wußten. Die Verfasserinnen schilderten ein unmögliches Leben in unmöglichen Städten, die sich Greenwich Village oder Los Angeles nannten, tatsächlich aber in einem Land lagen, das es nicht gab: Es waren Orte, wo Sirenen in tief ausgeschnittenen Kleidern lächerlich unschuldige Schulmädchen oder junge Ehefrauen zu Tändeleien unter der Decke verführten, die stets in stereotypen Ekstasen endeten. Die jungen Opfer brachen unausweichlich entweder aus ihrer bisherigen behüteten Existenz aus, um in Greenwich Village ein glückliches Leben mit stämmigen Mädchen in Hosen zu führen, oder um ›richtige Männer‹ zu treffen, die ihnen Herzklopfen verursachten, worauf sie die Welt unnatürlicher Leidenschaften zurückwiesen.

Gail fragte sich, wer die Bücher schrieb und wozu. Die geschilderten Lesbierinnen brauchten ihren Lebensunterhalt nie zu verdienen, brauchten keine reinen Laken für die Betten zu suchen, die sie in leidenschaftlichem Liebesgenuß zerwühlten, brauchten ihre Kleider nicht zu bügeln und nicht achtzugeben, daß sie rechtzeitig zur Arbeit oder in die Schule kamen. Es wurde viel über Selbstverwirklichung und das eigenständige Leben geredet, auch darüber, daß man aufrichtig zu sich selbst sein müsse, und manchmal dachte Gail, daß Marja diese Bücher für realistisch gehalten hätte. Marja lebte ihr Leben zwischen den Seiten von Modezeitschriften, und nie lag eine Haarsträhne dort, wo sie nicht liegen sollte, und vor allem brachte Marja es fertig, Realitäten zu umgehen, indem sie sie ignorierte.

Eines Nachmittags blätterte sie in einem dieser Bücher, blickte mit dem Gefühl auf, daß sie beobachtet wurde, und sah in die Augen eines jungen Mädchens mit einem dunklen Pferdeschwanz, das Jeans und ein Männerhemd trug. Sie glaubte das Mädchen ein- oder zweimal auf dem Campus gesehen zu haben, jedesmal in Gesellschaft eines anderen Mädchens.

Das Mädchen fragte: »Haben Sie ihre anderen Bücher gelesen?«

Die Frage schien bedeutungsvoll, und Gail spürte, daß ihre Antwort mehr als ein Ja oder Nein würde sein müssen; also nickte sie, obwohl sie sich nicht erinnern konnte, den Namen der Autorin früher irgendwo gelesen zu haben. »Ja, ein paar.« Der wachsame Blick des Mädchens entspannte sich. Sie sagte: »Ich bin Jess Ormond. Sind Sie nicht in Dr. Egertons Literaturseminar?«

Gail gab zu, daß sie als Gast an einigen Vorlesungen und Seminaren über Literatur teilgenommen hatte, und sie unterhielten sich eine Weile darüber. Gail kaufte das Buch, das sie aus dem Regal genommen hatte, obwohl sie es nicht wollte. Jess war im Begriff, sich zu verabschieden, als sie sich plötzlich wieder umwandte und sagte: »Wie wäre es, wenn wir morgen in der Mittagspause zusammen Kaffee trinken würden?«

Gail stimmte zu, und als sie Jess am nächsten Tag in der Mensa traf, war Jess in der Begleitung eines anderen Mädchens. Beide waren in der sportlichen Art gekleidet, die von vielen Studentinnen bevorzugt wurde: Socken, Bermudashorts, Turnschuhe, karierte Herrenoberhemden mit heruntergeknöpftem Kragen, das Haar glatt und zurückgekämmt. Sie kamen Gail sehr jung vor, und eine Weile erging sie sich mit ihnen in höflicher Konversation und ignorierte all ihre Bemühungen, das Gespräch auf das Thema zu bringen, das sie im Sinn hatten; aber sie wußte, und die beiden wußten es auch, daß es kein Spiel für sie war.

Jess und ihre Freundin Phyllis Stoner waren schon das ganze Jahr zusammen, und sie fühlten sich ihrer emotionalen Naturen sehr sicher. Unter ihren Freundinnen machten sie kein Geheimnis daraus, so daß ihre Veranlagung im studentischen Bekanntenkreis als gegeben hingenommen wurde. Gail dachte bei sich, daß dies möglicherweise eine gesunde Einstellung sei – kein Geheimnis daraus zu machen. Jess erzählte, wie sie einen Kommilitonen mit der kühlen Bemerkung »Ich verabrede mich nicht mit Männern – ich stehe auf Mädchen« hatte abblitzen lassen.

Gail lachte unbehaglich. »Dazu hätte ich nie den Mut.«

Die beiden waren fasziniert, als sie hörten, daß Gail zwei Jahre lang tatsächlich in Greenwich Village gelebt hatte, und ohne es bewußt wahrzunehmen, begann Gail allmählich eine Rolle für sie zu spielen. Sie betonte den knabenhaften Schick ihrer Kleidung, brachte ihre Altstimme zur Wirkung und lauschte mitfühlend ihren stundenlangen Selbstrechtfertigungen. Wenn Jess und Phyll zerstritten waren, beeilte sich jede, als erste bei Gail zu sein und ihren Standpunkt darzulegen...

Eines Nachmittags im Frühling beendete sie gerade eine Übungsstunde an der Orgel im Übungsraum im dritten Stock. Sie hatte ihre frühere technische Fertigkeit größtenteils wiedererlangt, allerdings war ihr der Ton der billigen elektrischen Übungsorgel verhaßt. Sie schloß den Manualdeckel und sperrte ihn ab, füllte ihre Übungskarte aus und nahm ihre Cordjacke vom Haken, wobei sie das Notenbuch mit Geschwindigkeitsstudien unter den Arm klemmte. Als sie die Tür zum Korridor öffnete, sah sie sich zu ihrer Verblüffung Gretchen gegenüber.

»Hallo, Gail. Ich habe auf dem Belegungsplan gesehen, daß du die letzte Übungsstunde hier hattest. Kannst du ein paar Minuten für mich erübrigen?«

Ihr Gesicht war ruhig und eher unpersönlich, und Gail fragte sich, was es zu bedeuten habe. Jess und Phyllis würden schon in dem Café neben dem Buchladen auf sie warten, und sie war ungeduldig. »Ich wollte gerade gehen. Ich habe eine Verabredung.«

»Die kann warten«, sagte Gretchen. »Es ist nicht persönlich, Gail; ich ersuche dich als Mitglied des Lehrkörpers, in mein Büro zu kommen.«

Gail zwinkerte verdutzt, dann sagte sie steif: »Gewiß, Dr. Smith, wenn Sie es auf dieser Basis haben wollen.«

Gretchen korrigierte sie nicht. Sie ging voraus, öffnete die Tür zu ihrem Zimmer und wartete höflich, daß Gail hineinginge. Der Arbeitstisch war wie immer übersät mit Notenblättern, der Flügel bedeckt mit Klavierauszügen und den Arbeiten von Studenten. Sie bedeutete Gail, sich auf den Besucherstuhl zu setzen, nahm selbst auf der Klavierbank Platz, drehte sich zur Seite und umfaßte die Knie mit den Händen. Schließlich sagte sie: »Gail, du wirst dich darüber, was ich dir zu sagen habe, ärgern. Es wurde vorgeschlagen, dir dieses Jahr wieder die Stelle einer Organistin in der Universitätskirche anzubieten, aber mehrere Mitglieder der Fakultät stimmten gegen dich. Sie vergaben die Stelle an Emily Carr.«

Gail war enttäuscht und ärgerlich, wie Gretchen vorausgesehen hatte. »Was soll ich sagen? Wenn sie meinen sie spiele besser als ich, ist das ihr gutes Recht.«

»Sie spielt nicht besser als du«, erwiderte Gretchen. »Du weißt es.« Aber sie sagte nicht mehr dazu, und als die Stille unangenehm wurde, fühlte Gail, daß sie nervös wurde. »Und?«

»Der Grund, daß man dir die Stelle verweigert hat«, sagte Gretchen ruhig, »ist, daß du dich so zur Schau stellst.«

»Ich weiß nicht, was ich darunter verstehen soll«, sagte Gail. Aber sie konnte sich sehr wohl denken, was Gretchen meinte.

»Wie du dich kleidest und benimmst«, sagte Gretchen, »würde

man in Greenwich Village sicherlich durchaus akzeptabel finden, Gail. Ich mische mich nicht in anderer Leute Privatsphäre ein, und es geht mich auch nichts an, aber was in Greenwich Village akzeptabel ist, ist auf dem Campus einer Provinzuniversität nicht gern gesehen. Habe ich mich klar genug ausgedrückt?«

»Sehr klar«, sagte Gail und errötete. Sie sah sich in der Fensterspiegelung, wie Gretchen sie sah: die graue lange Hose, das weiße Hemd mit der Bandschleife, das Gesicht ohne Make-up und jungenhaft, das Haar in einer Entenschwanzfrisur zurückgebürstet. »Die Einwände kommen von den alten Schreckschrauben der Fakultät, die alle Studentinnen wie aus einer – sehr konventionellen – Gußform haben möchten.«

Gretchen blickte auf ihre Hände. Die Nägel waren sehr gepflegt, rosa und farblos lackiert. Sie sagte: »Gail, nimm es nicht so auf. Du strebst eine bestimmte Laufbahn an; dazu gehört ein gewisses Maß an, nun, Konformität...«

»Heuchelei!«

»Konformität«, wiederholte Gretchen unruhig. »Innerhalb gewisser und recht großzügiger Grenzen steht es den Studenten hier frei, sich zu kleiden und zu benehmen, wie es ihnen gefällt. Aber Studenten und Studentinnen, die gewählt werden, die Universität in irgendeiner Form zu repräsentieren, und sei es an der Kirchenorgel – nun, von denen erwartet man eine bestimmte Einstellung, eine bestimmte – ach, ich weiß nicht...« Sie breitete hilflos die Hände aus. »Eine gewisse – Respektabilität.«

»Ich verlange nichts«, sagte Gail, »keine Bevorzugung oder Ehre, wenn es bedeutet, daß ich verleugnen müßte, was ich bin. Ich werde mich nicht verstellen.«

Gretchens blaue Augen blitzten sie plötzlich an. »Aber mußt du es zur Schau tragen? Ja, wahrscheinlich mußt du es! Verdammt, Gail, du solltest dich zusammenreißen!« Gail hatte das ruhige und besonnene Gretchen nie zuvor in diesem Ton auffahren gehört, aber nun stand Gretchen auf und schritt im Zimmer auf und ab, vor Zorn buchstäblich bebend, und als sie weitersprach, klang ihre Stimme heiser und gepreßt.

»Würdest du nicht in drei Monaten graduieren, hätte man dich gebeten, die Universität zu verlassen. Aber deine Zwischenexamen sind gut, und du wohnst nicht in einem der Studentenheime, also sah die Fakultät keine Notwendigkeit, etwas zu unternehmen.« Sie blieb stehen, sah Gail an und schleuderte ihr zornig ins Gesicht: »Wenn ich daran denke, was du sein könntest, wie weit du es bringen könntest...! Als du hierher zurückkamst, setzte ich große Hoffnungen in dich.«

»Sie haben sich nichts davon anmerken lassen«, erwiderte Gail aufgebracht.

»Was sollte ich sagen? Aber ich dachte, du hättest eingesehen, wie leer und wie albern alles war. Wenn ich an all das denke, was du mit deinem Talent hättest erreichen können, und wenn ich dich dann ansehe – wie du dich zur Karikatur machst, zu einer – einer...«

»Das Wort heißt Lesbierin«, sagte Gail. Aber Gretchens Vorwurf hatte sie tief getroffen, und sie schlug den Blick nieder. Gretchen stand vor ihr und sagte: »Gail, ich möchte nicht, daß du Schwierigkeiten bekommst.«

Beinahe unhörbar, mit einem Brennen in den Augen, murmelte Gail: »Was würde es Sie kümmern?«

»Was es mich kümmern würde?« wiederholte Gretchen, beinahe flüsternd. Sie starrten einander lange an, und keine rührte sich vom Fleck oder sagte etwas. Schließlich nahm Gretchen ihre Brille von den Notenblättern auf dem Tisch, wollte sie aufsetzen und hielt dann inne, um sie an einer Rockfalte zu putzen. »Nun, ich bin nicht im Disziplinarausschuß, Gail. Du wirst bald graduieren, und ich – nun, ich werde nicht hiersein, also spielt es keine Rolle.«

Sie wandte sich ab und stand ohne Bewegung, und nach einem Augenblick erkannte Gail, daß Gretchen nichts mehr zu sagen hatte. Das Gespräch war beendet. Sie blieb einen Moment und überlegte, ob sie Gretchen noch etwas sagen sollte, dann verließ sie das Zimmer, brennend vor Zorn und Verdruß.

Das Ganze roch nach einer unerledigten Geschichte. Sie sagte sich rebellisch, daß sie kein Kind sei und daß die Universität nicht das Recht habe, in ihre Privatsphäre einzugreifen; doch unwillkürlich fing sie an, die Gewohnheiten der Kleidung und Sprache zu überprüfen, die sie angenommen hatte, und Gretchens Wort von der Karikatur wollte ihr nicht aus dem Sinn. Sie hatte die maskulinen Typen von Greenwich Village verabscheut, die sich wie Imitationsmänner zurechtmachten und in ihren Männerhosen und Lederjacken daherkamen. War sie auf dem gleichen Weg? Und war ihr Nonkonformismus nicht kindisch und aufgesetzt?

Jedes Jahr veranstaltete die Musikhochschule der Carteret-Universität im Frühsommer eine Reihe von Musikabenden, bei denen die zur Graduierung anstehenden Absolventen Konzerte und Solovorträge gaben. Gails Orgelkonzert war ziemlich spät angesetzt, eine Woche vor dem offiziellen Semesterschluß. Sie hatte ein Programm von Bach bis Druneau zusammengestellt, und je näher der Tag rückte, desto mehr Zeit verbrachte sie mit Übungen. Sie hatte die Idee einer Solistenlaufbahn aufgegeben und sagte sich, daß dieses Konzert eine letzte mühselige Pflicht sei, daß es ihr nichts bedeute, doch vermochte sie sich selbst nicht zu überzeugen. Sie übte zu Hause am Klavier und ihre täglich im Plan festgelegte Stunde an der Kirchenorgel; und eines Tages hob sie etwas von dem Geld ab, das sie in New York erspart hatte, und ging in die Stadt. Sie wünschte, Marja wäre bei ihr – es war das erste Mal seit Monaten, daß sie an Marja dachte –, als sie sich nicht zwischen einem tiefrosa Kleid, das die Farbe ihres Gesichts hervorhob, und einem blaßgrünen entscheiden konnte, das ihre Größe und Schlankheit wie ein Lilienstengel umhüllte.

Die Abschlußkonzerte waren öffentlich, und Gail hatte nie daran gezweifelt, daß ihre Eltern kommen würden. Ihr ganzes Leben lang hatte sie es für selbstverständlich gehalten, daß ihr Interesse am Orgelspiel ein angeborenes Talent sei, etwas von den Eltern Ererbtes, was ihr eines Tages die Möglichkeit eröffnen würde, sich den Lebensunterhalt als Musiklehrerin zu verdienen. Und diesmal, hatte sie sich gelobt, wollte sie ihnen zeigen, daß sie eine eigenständige Interpretin war! Im Hintergrund ihres Denkens war auch ein Bild von Gretchen; sie hatte den Ehrgeiz, dem gerecht zu werden, was Gretchen einmal gesagt hatte: daß sie wie ein Mann spielte, mit derselben Dynamik...

Als der Abend des Konzerts heranrückte, konnte sie nichts essen; sie saß mit den Eltern am Tisch und rührte nervös in der Suppe, bis ihre Mutter mit einiger Schärfe sagte: »Um Himmels willen, Gail, iß oder trag den Teller hinaus!«

»Entschuldige«, murmelte Gail, die kaum hinhörte. In Gedanken fingerte sie am Orgelmanual die so täuschend einfache Eröffnungspassage von Bachs Präludium und Fuge, das sie an den Anfang ihrer Darbietung gesetzt hatte.

Als sie fertig waren, stand Gails Mutter auf. »Ich gehe hinauf und ziehe mich um«, sagte sie. »Gail, wie kommst du hinterher nach Haus?«

Gail starrte sie verdutzt an. »Fahren wir nicht zusammen?«

Belle Smith blickte ihre große Tochter mit einem leisen Stirnrunzeln an. Sie war eine kleine, dickliche Frau, mit den weißen, kräftigen Händen, die Gail geerbt hatte, und einer mit zunehmendem Alter immer stärker hervortretenden Härte. »Kind, sicherlich weißt du, daß dein Vater und ich nach Syracuse zur Oper fahren.«

Gail schüttelte betäubt den Kopf. »Ich dachte, das wäre morgen. Ich dachte... Es wäre mir nie in den Sinn gekommen, daß ihr nicht zu meinem Abschlußkonzert kommen würdet, Mutter. Vater«, sagte sie mit schwacher Stimme und wandte sich zu ihm, »Vater, willst du nicht...?«

»Nun, ja«, sagte er freundlich, »du weißt, wie ich zu diesen Schulveranstaltungen stehe, Gail. Lauter eifrige Anfänger und Amateure, die immer wieder dieselben alten Lieblingsstücke spielen.«

»Und außerdem«, sagte ihre Mutter, kam zu ihr und tätschelte ihr die Wange, »können wir dich jederzeit spielen hören, Kind.«

Gails Vater schmunzelte. »Ja – in den letzten drei Wochen haben wir jede Note dieses Konzerts hundertmal gehört«, sagte er munter und stand vom Tisch auf. »Wir setzen dich unterwegs bei der Universität ab.«

Gail war zumute, als hätte sie einen betäubenden Schlag in die Magengrube bekommen. Sie sah ihre Eltern beisammenstehen und wie immer eine geschlossene Front bilden, die sie ausschloß. Sie hatte das schreckliche Gefühl, daß sie gleich in Tränen ausbrechen müsse.

Gails Mutter sah sie an, und ein Hauch von Verwunderung legte sich auf das Gesicht mit den gepuderten Pfirsichwangen.

»Gail, Kindchen, es macht dir doch nichts aus, oder?« fragte sie verwirrt. »Wolltest du wirklich, daß wir kommen?«

Und Gail begriff, daß sie ihr nichts vorspielten. Sie dachten es wirklich. Es war ihnen tatsächlich nicht in den Sinn gekommen, daß sie grausam, hart und gleichgültig waren. Sie wußten es einfach nicht, und es kümmerte sie auch nicht. Sie biß sich auf die Unterlippe und hob den Kopf und sagte mit ruhiger Würde: »Nein, selbstverständlich nicht, Mutter. Ich dachte nur, ihr würdet vielleicht gern kommen. Aber wahrscheinlich werde ich viel besser spielen, wenn ich weiß, daß ihr nicht da seid.«

Ihre Mutter lächelte. »Das ist richtig, du warst immer nervös, wenn du mir vorspieltest. Nun, mach's gut, Kind. Viel Spaß.«

Gail ging hinauf in ihr Zimmer und machte sich daran, das blaßgrüne Kleid überzustreifen. Sie war betäubt und leer. Nie hatte sie sich so allein gefühlt.

Sie nahm ein Taxi zur Universität und setzte sich still in den Raum hinter der Bühne. Der andere Absolvent, der an diesem Abend auftreten sollte, ein nervöser, pausbackiger Bariton, wurde von seiner Mutter und einem Freund aus der Studentenverbindung umsorgt, während er die Notenblätter wendete und die

Eröffnungstakte von *Di Provenza il Mar* summte. Gail ordnete ihr Notenmaterial, dann legte sie die gefalteten Hände in den Schoß. Es war nicht wichtig, sagte sie sich; es kam überhaupt nicht darauf an. Der Bariton trippelte auf Zehenspitzen zur Bühne hinaus und spähte durch den Vorhang, als er zurückkam, sah er nervös und blaß aus. »Gott, wie viele Leute da draußen sitzen!«

Plötzlich ging die Tür auf, und Gretchen Smith kam herein.

»Gail«, sagte sie, »ich möcht nicht stören, aber ich dachte, ich sollte einmal hereinschauen und sehen, ob du bereit bist.«

Sie trug ein weißes Abendkleid mit roter Schärpe und hatte das Haar aufwärts gekämmt; so sah sie größer und jünger aus. Außerdem hatte sie sich mit angesteckten weißen Nelken geschmückt, die einen süß-würzigen Duft um sie verbreiteten. Sie lächelte der zitternden Gail zu.

»Sehr vernünftig von dir, dich nicht von einem Schwarm mitgebrachter Verwandter und ihrem Aufhebens verrückt machen zu lassen«, sagte sie. »Aber ich habe deine Eltern auch im Zuschauerraum nicht gesehen.«

Gail sagte mit steifen Lippen: »Sie kommen nicht. Sie sind nach Syracuse gefahren.«

Gretchen sperrte den Mund auf und sah Gail an, unfähig, ein Wort zu sagen.

»Sie hatten die Opernkarten schon seit langem«, hörte Gail sich sagen, »und meine Mutter dachte, es könnte mich nervös machen, vor ihr zu spielen.«

Gretchen flüsterte etwas, was Gail nicht verstand, dann nahm sie Gail bei der Hand. »Steh auf«, sagte sie. »Dreh dich um, so daß ich dich anschauen kann. Das ist das hübscheste Kleid, das ich je an dir gesehen habe, Gail; du siehst darin aus wie eine junge Pappel, oder eine Elfenkönigin oder etwas von der Art.« Sie berührte die federähnlichen Enden von Gails Locken und drückte eine mit leichtem Finger an ihre Stelle. Gail holte tief Luft, ballte die Fäuste und streckte die Finger wieder. Gehorsam drehte sie sich auf der Stelle und ließ sich von Gretchen begutachten. Die zitternde Erstarrung war gewichen, und sie fühlte, daß sie wieder frei atmen konnte.

Eine Studentin in einem rosa Tüllkleid, eine der Platzanweiserinnen, steckte den Kopf zur Tür herein und sagte: »Noch fünf Minuten.« Dann nickte sie Gail und Gretchen zu.

»Danke, Paulette«, sagte Gretchen und faßte Gails Hand. »Hör auf zu zittern, Gail, es wird schon gutgehen. Kein Grund, Lampenfieber zu haben.« Sie trat zurück. »Du hast keine Blumen«, sagte sie ein wenig erschrocken.

Gail zuckte mit der Schulter. »Ich... es kam mir albern vor, für mich selbst welche zu kaufen.«

Gretchen betrachtete den jungen Bariton in seinem weißen Frack und der rosa Nelke im Knopfloch, dann, ohne lange zu überlegen, löste sie ihre eigenen weißen Nelken vom Kleid und steckte sie trotz Gails verwirrtem Protest vorne an das Blaßgrüne. Der frische, würzige Duft erinnerte Gail an etwas, aber sie konnte sich nicht darauf besinnen.

»Nun geh hinaus und zeig es ihnen«, sagte Gretchen, stellte sich auf die Zehenspitzen und küßte sie auf die Wange. »So ist es richtig.«

Gail, die Notenblätter an sich gedrückt, sah die Bühne und das Publikum durch Tränenschleier, hörte den aufrauschenden Beifall, als käme er aus einer anderen Welt. Sie verneigte sich, nahm ihren Platz am Orgelpult ein und sah über das Manual hinweg Gretchen hinter den Kulissen stehen. Sie krümmte und streckte die Finger, alle Nervosität war auf einmal wie weggeblasen, und sie wußte, daß sie heute abend spielen würde, wie sie noch nie gespielt hatte – für Gretchen...

Sie verließ die Bühne, während ihr der Applaus noch in den Ohren dröhnte, schwindlig und erfüllt von einem Hochgefühl, Fakultätsmitglieder und andere Musikstudenten umringten und beglückwünschten sie, und obwohl Gail wußte, daß dies nach jeder Darbietung eines Absolventen so gemacht wurde – oft genug hatte sie selbst mit unter den Gratulanten gestanden –, fühlte sie eine tiefe Zufriedenheit in sich. Sie wußte, daß sie ihre Sache gut gemacht hatte.

Nach und nach verliefen sich die Gratulanten, und Gail blieb allein mit einem bitteren Nachgeschmack von Enttäuschung zurück. Es war vorbei, und was hatte sie bei alledem gewonnen? Was sie leistete, was sie tat oder ließ, war selbst ihren Eltern so gleichgültig, daß sie nicht einmal zu ihrem Abschlußkonzert gekommen waren. Sie nahm Gretchens Nelken ab, legte die kühlen Blüten einen Augenblick gegen die Wange und strich mit bebenden Fingern über das silberne Band, das sie zusammenhielt. Norman, der Bariton, würde jetzt mit seiner Familie ausgehen und das Ereignis feiern. Gail nahm überdrüssig ihren Mantel und schlüpfte hinein. Mitternacht, und Aschenputtel nahm wieder seine unscheinbare Gestalt an. Es gab nichts zu tun als ein Taxi zu nehmen, nach Haus zu fahren und sich schlafenzulegen. Sie ließ den Blick durch den leeren Raum mit den harten Stühlen schweifen, dessen Boden bestreut war mit weggeworfenen Programmblättern, nahm ihre Noten an sich und wandte sich seufzend zum Gehen.

Draußen im Korridor erwartete sie eine Überraschung: Gretchen war gekommen, sie abzuholen.

»Wolltest du nach Hause fahren, Gail?«

Gail merkte, wie ihr das Lächeln zur Grimasse geriet. »Es gibt sonst nichts zu tun.«

Gretchen zog die Stirn in Falten. »Dann fahre ich dich heim. Komm mit.«

Als sie im Wagen saßen, hielt sie inne, die Hand am Zündschlüssel. »Wie wär's, wenn wir vorher auf ein Gläschen zu mir fahren würden?«

»Danke. Ich – glaube, ich bin zu aufgeregt und angespannt, um gleich nach Hause zu gehen und zu schlafen.«

Gretchen startete den Wagen. »Wenn ich es geahnt hätte, hätten wir eine Party arrangieren können. Ich kann mir denken, daß es dir nach dem Leben in New York hier langweilig erscheint.«

In ihrer Wohnung angekommen, machte Gretchen Licht und zündete die mit Gas beheizten Imitationsscheite im Kamin an. Die blaue Gasflamme schnurrte leise. Gail setzte sich auf ein Polster und nahm ein Glas aus Gretchens Hand; sie sprachen über das Konzert und erörterten technische Probleme der Konzertorgel, auf der Gail statt der vertrauten Kirchenorgel hatte spielen müssen, und die Zusammenstellung des Programms. Gretchen saß auf dem Sofa, einen Fuß angezogen unter dem anderen Bein, und machte einen jungen und begeisterungsfähigen Eindruck. Sie war sehr zufrieden mit Gails Leistung.

»Und du sahst ganz reizend aus, Gail. Dieses Kleid steht dir. Du hast viel darüber gelernt, wie man sich vorteilhaft anzieht.«

Gail errötete. »Ich dachte, meine Art, mich zu kleiden, würde vom Kollegium mißbilligt.«

»Ach...« Gretchen wischte das mit einer Handbewegung weg. »Solange du nicht übertreibst, steht es dir gut. Noch ein Gläschen?«

»Nein, danke.« Gail fühlte, wie eine angenehme, schläfrige Entspannung sich in ihr ausbreitete. Gretchen beugte sich zu ihr und legte ihr die Hand auf den Unterarm; Gail schloß ihre Finger um Gretchens Handgelenk, blickte auf und sagte unbeholfen: »Gretchen, ich weiß nicht, wie ich dir danken soll, daß – nun, daß ich heute abend hiersein kann.«

»Ich kann mir nicht denken, was deine Eltern bewogen haben könnte, dem Abschlußkonzert fernzubleiben«, sagte Gretchen.

»Wärst du meine Tochter...« Sie brach ab, schlug den Blick nieder, entzog Gail aber nicht ihre Hand. So saßen sie eine Weile, dann holte Gretchen tief Luft.

»Ich wollte es dir schon früher sagen: Ich verlasse Carteret, Gail. Mit dem Ende dieses Semesters.«

Gail schaute sie verdutzt an. »Warum?«

»Ich hatte niemals die Absicht, so lang hierzubleiben«, sagte Gretchen. »So habe ich seit einiger Zeit die Fühler ausgestreckt und versucht, ein interessantes Angebot zu bekommen. Nun hat mir das Meridian-College die Leitung seines Fachbereichs Musik angeboten, und das ist etwas, was ich mir die ganze Zeit über vorgestellt hatte.«

Gail war erstaunt. Das Meridian-College hatte keine angeschlossene Musikhochschule und kein sehr umfangreiches musikalisches Programm im Lehrangebot, und infolgedessen war das Prestige gering. »Gretchen, das würde ich mir zweimal überlegen. Mit deiner Qualifikation könntest du überall etwas finden!«

»Vielleicht ist es Temperamentssache«, sagte Gretchen und verknotete ihre Finger ineinander. »Oder vielleicht bin ich einfach faul. Die Sache ist die, daß mir die Vorstellung, allein zu arbeiten, gefällt – sozusagen der ganze Fachbereich in einer Person zu sein. Ich hätte niemanden über mir, der mir Anweisungen gibt, und niemanden unter mir, auf den oder die ich die Probleme abwälzen könnte. Mir gefällt die Vorstellung, ein kleines College zu übernehmen, dessen musikalisches Lehrangebot bescheiden ist – beinahe eine Art Freizeitbeschäftigung, könnte man sagen –, und daraus etwas mit hohem Anspruch zu machen. Hinzu kommt der Umstand, daß ich Kleinstädte und kleine Institute mag. Ich möchte meine Studentinnen und Studenten und den Rest des Lehrkörpers kennen.« Sie lachte ein wenig. »Vielleicht möchte ich einfach ein großer Frosch in einer kleinen Pfütze sein.«

»Nun, wenn es dein Wunsch ist...«, sagte Gail. Sie fühlte sich plötzlich deprimiert. »Es tut mir leid, daß du gerade nun gehen mußt, wo wir einander wieder nähergekommen sind.«

Gretchen blickte weg. Ganz leise sagte sie: »Wären die Verhältnisse anders, Gail, hätte ich dich vielleicht gebeten, mit mir zu kommen.«

Gail verspürte ein seltsames Herzklopfen. Sie stand auf, setzte sich neben Gretchen auf das Sofa und nahm ihre Hände. Gretchens Finger waren kalt, und Gail drückte sie zwischen ihren warmen Händen. Sie flüsterte: »Möchtest du, daß ich mit dir komme, Gretchen?«

Gretchen hob den Blick nicht. »Ich habe dich immer geliebt, Gail. Ich liebe dich, als ob du meine eigene Tochter wärst. Warum sonst hätte ich mir... soviel Sorgen um dich gemacht? Und als du zurückkamst...« Die Stimme versagte ihr, und sie mußte einen neuen Anlauf nehmen: »... als du zurückkamst, sagte ich mir immer wieder, ich sollte mir nicht die Hoffnung machen, daß du – daß du zu mir zurückgekehrt seist...« Sie entzog Gail die Hände, schlug sie vors Gesicht, und ihre Schultern zuckten.

Gail legte die Arme um Gretchen und zog den widerstrebenden blonden Kopf an ihre Schulter. Sie küßte das weiche, feine blonde Haar. Den ersten Augenblick blieb Gretchen steif und bewegungslos in ihren Armen, dann gab sie auf einmal nach, hob das Gesicht zu Gail, und Gail beugte sich ganz langsam über sie und küßte sie auf den Mund.

»Ich liebe dich«, murmelte Gail. »Ich habe dich immer geliebt.« Sie hielt Gretchen sanft in den Armen, war sich bewußt, daß die Frau am ganzen Körper zitterte. Gretchens Mund war warm und weich und schmeckte irgendwie nach Tränen. Gail küßte sie auf den Mund, hob die schmalen, aber kräftigen blaugeäderten Handgelenke zu sich auf und küßte sie. Gretchen barg ihr Gesicht an Gails Brust, stumm und noch immer ein wenig zitternd. So saßen sie lange und hielten einander umfaßt, und keine der beiden bewegte sich oder sprach; allmählich beruhigte sich Gretchens Zittern, und sie ruhte still in Gails Armen.

Gail fragte sich, ob es damit sein Bewenden haben sollte, aber der Friede und die angenehme Empfindung, Gretchen in den Armen zu halten, die Zärtlichkeit der Geste, war so überwältigend, daß sie einstweilen nicht mehr begehrte. Sie saß, den Kopf über Gretchens Haar gebeugt, und schloß die Augen.

In dieser Haltung war sie beinahe eingeschlafen, als ein tiefer Glockenton zweimal erklang und Gretchen sich regte und seufzte. »Zwei Uhr? Lieber Himmel«, murmelte sie. »Du mußt ganz erschöpft sein, armes Kind.«

Widerwillig änderte Gail ihre Haltung. Ihr Arm war eingeschlafen, dennoch vermißte sie Gretchens Gewicht an der Schulter. »Ich sollte wohl gehen«, sagte sie zögernd, und Gretchen sagte, ohne sie anzusehen: »Du kannst bleiben, wenn du willst.«

Sie ging und schaltete die Gaszufuhr am Kamin aus; Gail streckte sich und gähnte, betrachtete zweifelnd ihr Abendkleid. »Aber was sollte ich morgen früh anziehen?«

»Ich kann dir einen Rock und einen Pullover leihen«, sagte

Gretchen, dann setzte sie zögernd hinzu: »Aber natürlich – wenn du nicht bleiben möchtest...«

»Ich möchte ja«, sagte Gail rasch, doch fragte sich ein nüchterner Teil ihres Bewußtseins nach den Folgen, die sich aus der halb zurückgezogenen Einladung ergeben mochten. Gretchen ging ins Schlafzimmer, stand vor dem breiten, weißlackierten Kleiderschrank und band die karmesinrote Schärpe von ihrem Kleid. Gail trat von rückwärts zu ihr, beugte sich und küßte die bloßen Schultern, und Gretchen wandte sich um, warf die Arme um Gail und hielt sie an sich gedrückt.

»Ich hätte nie gedacht...« murmelte sie zitternd. »Ich hätte nie gedacht...«

Rasch trat sie zurück und stieg aus ihrem Kleid. Sie beugte sich über eine Schublade ihrer Kommode und warf ein rosa Nachthemd aufs Bett. »Ich denke, du kannst das tragen, Gail«, sagte sie. »Es könnte dir allerdings zu kurz sein...«

Als Gail aus dem Badezimmer kam, lag Gretchen schon im Bett und hatte das Licht bis auf eine schwache Nachtbleuchtung ausgeschaltet. Gail legte sich neben ihr nieder und fühlte Gretchens Hand in der Dunkelheit in ihre schlüpfen.

Gretchen war so viele verschiedene Personen in einer. Selbstsicher und tüchtig und zuversichtlich – und zugleich schüchtern und mädchenhaft scheu. Ohne zu wissen warum, fühlte Gail, daß Gretchen sich fürchtete. Und obwohl sie immer kindlich und unterwürfig gewesen war, soweit es ihr Verhältnis zu Gretchen betraf, in der sie immer die Lehrerin und Vorgesetzte gesehen hatte, begriff Gail auf einmal, daß es nun an ihr war, die Initiative zu ergreifen und zu behalten.

Sie wandte sich in plötzlich überströmender Zärtlichkeit und Teilnahme um und zog Gretchen zu sich. Sanft, aber mit wachsender Leidenschaft küßte sie die weichen Lippen, die warme weiße Kehle, die kleinen, weichen, blassen Brüste. Dann warf Gretchen die Arme um sie und zog sie mit beinahe schmerzhafter Heftigkeit an sich, mitgerissen von Gails wachsender Erregung, ihrem stoßweisen, halbschluchzenden Atmen.

Sie sprach nicht, nur das Crescendo ihres Atems verriet Gail die Reaktion in ihr und machte ihr die stürmisch anschwellende Erregung bewußt, die sich höher und höher steigerte, bis sie sich in einem halb stimmhaften Keuchen und einem bebenden Schrei löste. Gail ließ den Kopf an Gretchens Brust ruhen, verausgabt und schwindlig, legte ihr den Arm um den Hals und fühlte Gretchens Kuß auf ihrem Haar.

Sie fühlte sich, als sei sie nach langer Wanderschaft heimgekehrt. Und als Gretchen, schon am Rande des Schlafes, murmelte: »Wirst du mit mir kommen, Gail?« da brauchte Gail nicht zu überlegen, was sie sagen sollte. Das stand bereits fest.

6

Die Woche zwischen Gails Abschlußkonzert und ihrer Graduierung schien in Verschwommenheit vorbeizufliegen. Obgleich sie wußte, daß es eine bedeutsame Woche war, da sie den Beginn eines neuen Lebensabschnitts markierte, blieb sie ihr als ein wirres Durcheinander von Ereignissen in Erinnerung, und nur wenige Szenen hoben sich scharf und klar ab.

Sie erinnerte sich, wie sie am Morgen nach dem Abschlußkonzert in Gretchens Bett aufgewacht war. Gretchen hatte noch geschlafen, die Hand an der Wange, zusammengerollt wie ein Kind, das blonde Haar im Gesicht, und sie hatte unglaublich jung und verletzlich ausgesehen. Gail war still liegengeblieben, hatte sie betrachtet und sich den angenehmen Empfindungen von Frieden und Eintracht überlassen, die sie erfüllten.

Dies also war, was ich wollte, dachte sie; dies war, was ich immer gewußt hatte. Marja war nicht mehr als ein Umweg zum Ziel gewesen. Sie hatte das Gefühl, daß sie eine lange und ermüdende Reise unternommen und nun endlich am Ort des Friedens angekommen war.

Aber das Gefühl war von kurzer Dauer. Es erklang ein leises, tickendes Klingen, Gretchen regte sich, richtete sich auf und schaltete den Wecker aus, bevor er schrillen konnte. Sie blinzelte, schüttelte sich das Haar aus den Augen und blickte mit einem leisen Stirnrunzeln auf Gail – beinahe, dachte diese, als ob sie sich nicht erinnern könnte, wie sie hierhergekommen war.

»Ich bin es nur«, sagte Gail schüchtern, und Gretchen lachte.

»Mach dir nichts daraus. Meine Auffassungsgabe ist immer verlangsamt, wenn ich gerade aufgewacht bin. Guten Morgen, Liebling.« Gail breitete die Arme aus, aber Gretchen beugte sich rasch über sie, küßte sie auf die Nasenspitze und sprang aus dem Bett, um zum Fenster zu gehen und die Vorhänge zurückzuziehen. »Muß mich beeilen«, sagte sie. »Frühseminar.«

Sie verschwand im Bad, und Gail hörte das Rauschen der Dusche.

Sie stand auf. In Gretchens Spiegel sah sie sich selbst: groß und dünn, Strähnen dunklen Haares im Gesicht; ihre langen Beine ragten beinahe lächerlich aus Gretchens kurzem, weitem Nachthemd. Sie mußte lächeln. Komisch, dachte sie, wir haben beide die Nachthemden anbehalten.

Sie ging zur Badezimmertür und öffnete sie. Durch den durchscheinenden Plastikvorhang konnte sie Gretchens Gestalt sehen, elfenbeinfarben unter den silbrigen, dünnen Wasserstrahlen der Brause. Das Wasser wurde abgedreht, Gretchen zog den Plastikvorhang zurück, erschrak beim Anblick Gails und nahm sich rasch ein Badetuch, aber Gail hatte es zuerst in den Händen. Behutsam legte sie es Gretchen um die Schultern, zog die darin eingehüllte Frau in ihre Arme, drückte das nasse Gesicht zurück und küßte es. Gretchen lachte unbehaglich, wich dem Kuß ein wenig aus, aber dann erhob sie sich auf die Zehenspitzen, küßte Gail, faßte die Zipfel des Badetuchs und begann sich energisch abzureiben.

»Wenn du dich wirklich nützlich machen möchtest, kannst du Kaffee kochen, Schatz.«

Gail ging in die Küche und suchte zusammen, was sie brauchte. Zehn Minuten später kam Gretchen herein, in einem blauweiß gestreiften Leinenkostüm, das Haar frisch gebürstet und locker. Sie lächelte Gail liebevoll zu und nahm die angebotene Tasse Kaffee.

»Danke, Schatz. Mmm, in diesem Nachthemd siehst du wie vierzehn aus – wie ein kleines Mädchen, das aus seinen Sachen herausgewachsen ist.«

Gail legte einen Arm um sie, und Gretchen rieb sich an ihr, das Gesicht an ihrer Schulter. Der Kaffee war vergessen. »Es ist schön, dich hierzuhaben.«

»Ich bin froh, hierzusein«, flüsterte Gail.

Gretchen löste sich von ihr und blickte ernst in Gails Augen auf. »Vielleicht kann es immer so sein«, sagte sie mit leiser Stimme. »Du – es war dein Ernst, was du gestern abend sagtest, nicht wahr, Gail? Daß du – daß du mit mir kommen würdest? Das sagtest du nicht einfach, weil – weil...« Sie brach ab, nagte an ihrer Lippe, und Gail sah bestürzt, wie ihr die Röte in die Wangen stieg.

Sie nahm Gretchen die Tasse aus der Hand, stellte sie ohne hinzusehen auf den Tisch und umfing die Frau mit beiden Armen. »Gretchen, wie kannst du das denken? Du weißt, daß ich mir im Leben nichts mehr wünsche, als bei dir zu bleiben. Immer.«

Gretchen holte tief Luft, als hätte sie einen Tadel eingesteckt, und begrub ihr Gesicht an Gails Hals. »Ich bin sehr eigennützig«, sagte sie beinahe unhörbar, »daß ich dich...« Sie biß sich wieder auf die Unterlippe, blinzelte verräterische Nässe aus den Augen, richtete sich auf und griff zur Kaffeetasse. »Aber ich habe es wirklich eilig«, sagte sie zwischen zwei Schlucken, »und kann es mir nicht leisten, verspätet zum Seminar zu kommen. Wir sprechen wieder darüber – bald!«

Mit entschlossener Sachlichkeit eilte sie in der Wohnung umher, suchte Handtasche und Schlüssel, zog sich die Strümpfe an, legte für Gail einen Rock und einen Pullover heraus. Dazwischen trank sie ihren Kaffee. »Du bist groß, aber du trägst deine Röcke kürzer als ich, also wird er einigermaßen passen.« Sie suchte noch eine Schachtel, in der Gail ihr Abendkleid nach Hause tragen konnte, und ehe Gail wußte, wie ihr geschah, küßte Gretchen sie eilig zum Abschied und schärfte ihr ein, die Tür zuzusperren, wenn sie ginge; dann fiel die Tür hinter ihr zu, und Gail stand allein in der Diele der kleinen Wohnung, trotz ihres vorherrschenden Glücksgefühls vage beunruhigt.

Es gab nichts, worauf sie hätte mit dem Finger weisen können. Gretchen war herzlich gewesen, sogar liebevoll. Und Gretchen war es gewesen, die Gewißheit gesucht hatte, daß Gail es mit ihren Worten ernst gemeint hatte. Warum also hatte Gail dieses komische Gefühl, daß sie selbst Gretchens ermutigende Zusicherung nötig habe?

Sie ging ins Schlafzimmer und setzte sich an Gretchens Frisierkommode. Ein schwacher Duft hing in der Luft, nicht von Parfüm, sondern von etwas Leichterem, Zarterem. Ein langes, feines Blondhaar hatte sich in der Haarbürste mit dem Elfenbeingriff verfangen, und Gail berührte es mit einem Finger und fühlte, wie es ihr die Kehle zuschnürte. Gretchen, Gretchen. O Gott, ich liebe sie!

Sie berührte die Flaschen und Töpfe mit vorsichtigen, liebevollen Fingern, in einem Winkel ihres Bewußtseins von sich selbst überrascht. Wie albern! Vorhin hatte Gretchen gesagt, sie sehe wie eine Vierzehnjährige aus, und nun benahm sie sich wie eine, die mit den Toilettenartikeln ihrer Mutter spielte. Ihre Mutter hätte ihr freilich niemals erlaubt, eine der hübschen kleinen Flaschen zu berühren. Manchmal war sie während der Abwesenheit ihrer Mutter ins elterliche Schlafzimmer geschlüpft und hatte an den Fläschchen gerochen und auch einmal einen Tropfen Duftwasser genommen.

Gail benetzte ihre Finger mit dem Kölnisch Wasser, dessen Duft für Gretchen charakteristisch war, und betupfte ihre Ohrläppchen damit. Auch der graue Pullover und der Rock, die Gretchen für sie bereitgelegt hatte, dufteten schwach und flüchtig nach diesem feinen Kölnisch Wasser.

Es hieß, daß Parfüm die weibliche Psychologie widerspiegelte. Marja hatte die Gewohnheit, sich mit *Tabu* zu durchtränken. Gail selbst hatte nie Parfüm gebraucht, aber dieser herbe Duft von Kölnisch Wasser gefiel ihr.

Es war, als hätte sie ein wenig von Gretchen bei sich.

Als sie um zehn Uhr nach Hause kam, merkte sie, daß ihre Eltern sich Sorgen gemacht hatten; Belle Smith kam nervös aus dem Wohnzimmer in die Diele gestürzt, das Staubtuch vom Konzertflügel in der Hand, als Gail die Tür aufsperrte.

»Da bist du ja! Das war wirklich nicht fair, Gail – uns dafür, daß wir nicht zu deinem Abschlußkonzert gekommen sind, zu bestrafen, indem du die ganze Nacht ausbleibst! Als du um drei noch nicht hier warst, war ich überzeugt, du hättest beschlossen, bei einer Freundin zu übernachten, aber du hättest es uns wenigstens sagen können! Eine Notiz dalassen! Dein Vater war drauf und dran, die Polizei und die Krankenhäuser anzurufen!«

Gail seufzte. Das war alles, was ihre Mutter kümmerte: daß sie ihrem Vater Sorge gemacht hatte.

»Wo in aller Welt warst du? Ich wußte nicht, daß du hier noch Freundinnen hattest! Die Mädchen deines Jahrgangs sind alle irgendwo im Berufsleben oder verheiratet!

»Ich habe ein paar Freundinnen, Mutter.«

»Ja«, sagte ihre Mutter, legte den Staublappen aus der Hand und musterte Gail von oben bis unten mit dem kritischen Blick, der Gail seit ihrer Kindheit zur Demütigung gereicht hatte. »Und einen feinen Geschmack haben sie, was Kleider angeht, muß ich sagen, denn ich nehme an, daß diese Sachen deiner ›Freundin‹ gehören.« Dieser Blick hatte von jeher die unausweichlichen mütterlichen Vorwürfe begleitet: »Gail, wie siehst du wieder aus! Gail, du hast schmutzige Knie! Gail, dein Haar ist völlig durcheinander! Gail, man muß sich schämen, wie unordentlich du wieder bist.«

Mit der alten hilflosen Resignation (ganz gleich, was sie tat oder ließ, ihre Mutter brachte es fertig, sie zu tadeln oder etwas an ihr zu mißbilligen) sagte Gail: »Wäre es dir lieber gewesen, wenn ich in meinem grünen Abendkleid durch die Stadt nach Hause gegangen wäre? Um neun Uhr früh?«

Nicht ein Wort über mein Abschlußkonzert, dachte Gail. Es ist ihr gleichgülitg. Gail ging zur Treppe und sagte: »Ich muß mich umziehen, weil ich um elf eine Vorlesung habe.«

Nun, da es zu spät war, eilte Belle Smith ihr nach. »Wie war das Abschlußkonzert, Kind? In der Morgenzeitung steht eine hübsche kleine Kritik über dich. Dein Vater hat sie für dich ausgeschnitten;

sie liegt auf deinem Nachttisch. Ich bin so froh, daß es gut gegangen ist.« Aber Gail konnte und wollte nicht antworten. Sie fühlte sich distanziert, wie gefroren. Sie gehörte nicht mehr hierher. Nichts schien ihr real, bis sie am Nachmittag Gretchen treffen, bei einem Glas Ingwerbier neben ihr in der Mensa sitzen und hinter der Deckung des Tisches ihre Hand halten könnte.

Die Woche war vollgestopft mit Ereignissen, die einander jagten. Sie mußte die Einladungen und Ankündigungen der Graduierungsfeier verschicken, die obligatorische akademische Kopfbedeckung und den Talar besorgen, für die Feier in der Universitätskirche ein Orgelprogramm zusammenstellen, dafür üben, ein weißes Kleid für den Gottesdienst am Sonntagabend aussuchen... Ihre Mutter bestand darauf, daß sie zum Friseur gehen sollte, und ihr Vater fuhr mit ihr in die Stadt zu einem Juwelier und beschenkte sie anläßlich ihrer Graduierung mit einer juwelenbesetzten Uhr an einem goldenen Armband. Aber nichts von alledem hatte für Gail wirklich Realität, außer den wenigen Minuten am Tag, wenn sie Gretchen sah, ihre Hand hielt und manchmal Gelegenheit zu einem flüchtigen Kuß fand. Die Kürze ihrer Begegnungen hatte sie schon unzufrieden und rebellisch gemacht, aber Gretchen hatte sie bei der Hand genommen und zu beruhigen versucht.

»Liebling, hör mich an. Stell dich nicht gegen deine Familie. Deine Graduierung ist auch für sie eine große Sache, zumindest äußerlich. Du kannst ihnen diese eine Woche ruhig geben.« Dann, nachdem sie sich schnell umgesehen hatte, drückte sie ihre Wange an die Gails und murmelte: »Vergiß nicht, wir haben viel Zeit vor uns.«

Tatsächlich hatte es diese Woche den Anschein, als wollten ihre Eltern die Vernachlässigung, derer sie sich beim Abschlußkonzert schuldig gemacht hatten, durch verdoppelte Aufmerksamkeit zu ihrer Graduierung gutmachen. Ihr Vater hatte davon gesprochen, Gails eigenes Kleinklavier aus hellem Holz – ein Geschenk zu ihrem Oberschulabschluß – durch ein normal großes zu ersetzen. Ihre Mutter kaufte ihr nicht nur das weiße Kleid, sondern obendrein ein sommerliches rosarotes Organzakleid, das sie unter Barett und Talar tragen sollte. Ja, ihre Mutter schien über die Geschenke, die Gail von verschiedenen Tanten und Onkeln erhielt, noch aufgeregter als Gail selbst, reckte den Hals über jedem Paket und seufzte kleine ›Ahs‹ und ›Ohs‹ beim Anblick der spitzenbesetzten Wäsche und Taschentücher und Negligés von den weiblichen Verwandten und der Bücher und silbernen Armbänder von den Onkeln.

Gretchens Geschenk kam am Samstagvormittag mit der Post. Gail öffnete das Paket am Frühstückstisch, die faszinierten Spekulationen im Ohr. »Was für eine hübsche Schachtel! Wie nett von Dr. Smith. Nun, natürlich warst du immer eine Art Schützling von ihr, Gail. Ich weiß, daß sie unglücklich war, als du das Studium abbrachst und nach New York gingst, und nun ist sie wahrscheinlich froh, daß du dein Studium doch noch beendet hast. Was ist es, Kind?« Gail hielt es hoch, daß ihre Mutter es sehen konnte. Sie hatte vorher schon gewußt, daß Gretchen niemals ein Geschenk schicken würde, das als übermäßig intim und persönlich angesehen werden könnte, und dachte bei sich, daß die Eltern es früher oder später doch würden erfahren müssen. In einer feinen, mit Goldpapier kaschierten Schachtel lag, eingebettet in schützende Watte, ein elegantes Etui. Es enthielt eine silberne Anstecknadel in der Form eines Violinschlüssels, der so geschickt mit einem Diskant- und einem Baßschlüssel verschlungen war, daß sie gemeinsam Gails Initialen bildeten.

»Wie schön! Und wie klug, nicht wahr? Und so geeignet für eine Musikerin!« Sie wollte nach der beigelegten Karte greifen, aber Gail kam ihr zuvor. »Da steht nur: ›Glückwünsche und alles Gute für die Zukunft‹«, sagte sie und stand vom Tisch auf. Das Telefon stand in der Diele; sie wählte Gretchens Nummer.

»Gail, bist du es?«

»Ja. Ich habe eben dein Geschenk erhalten. Gretchen – kann ich dich heute nicht sehen?«

Nach nur kurzem Zögern sagte Gretchen: »Wir könnten heute abend in der Stadt zusammen essen, wenn du magst. Es gibt vieles, was wir besprechen müssen. Ich muß zu Beginn des Sommersemestes in Meridian sein, und ich denke mir, du wirst Pläne machen müssen.«

Gail hatte bisher nur beschlossen, daß sie mit Gretchen gehen wollte, wohin es sie auch führen mochte. Aber in dem stillen Restaurant, das Gretchen ausgewählt hatte und wo sie ihr an einem kleinen Tisch gegenübersaß, erkannte sie, daß Gretchen sorgfältig und praktisch geplant hatte, während sie selbst in einer romantischen Unwirklichkeit geschwebt hatte.

»Ich werde in ein paar Tagen nach Meridian fahren und eine Wohnung suchen, die für uns beide groß genug ist«, sagte Gretchen. »Möglichst nicht zu weit entfernt vom Campus, aber auch nicht zu nahe. Was dich betrifft, Gail – du hast mit deinem Abschluß die Lehrberechtigung, das weißt du. Hat man dir schon das Zertifikat gegeben?«

»Ja, aber ich möchte nicht so gern an einer Schule lehren, wenn es sich vermeiden läßt«, sagte Gail. »Leute stören mich, in größeren Gruppen. Ich gehe lieber einzeln mit ihnen um.« Sie nagte an ihrer Unterlippe. »Ich glaube, im Grunde hoffe ich noch immer, an einer Kirche unterzukommen. Ich weiß, es ist töricht...«

»Warum sollte es töricht sein, Gail? Du hast dich seit langem auf Orgel und Kirchenmusik spezialisiert; es ist dein Fachgebiet.«

Gail blickte auf ihren Teller. »Ich möchte nicht heuchlerisch sein, Gretchen. Jede Kirche verurteilt, was ich bin und wie ich lebe...«

»Ich möchte nicht, daß du das sagst«, erwiderte Gretchen scharf.

»Sie sagen, es sei Sünde...«

»Wenn es nach der Kirche geht, gibt es nur Sünder«, sagte Gretchen ungeduldig. »Sei nicht einfältig, Gail. Schließlich willst du kein geistliches Amt; du suchst eine Stellung als Organistin für Kirchenmusik. Deine persönlichen Zweifel an der Theologie sind völlig irrelevant. Es besteht ein großer Unterschied zwischen einem geistlichen Amt als Berufung und der musikalischen Arbeit als Kirchenmusiker.«

Wieder waren sie der Benennung der Tatsache, den Worten ausgewichen. Gretchen sagte: »Freilich sind die meisten Kirchen klein und arbeiten mit ehrenamtlichen Organisten; bestenfalls würdest du für das Orgelspiel am Sonntag ein paar Dollar bekommen. Wenn ich von Unterricht sprach, dachte ich dabei an folgendes: Es gibt nur einen Klavierlehrer in der Stadt, und der ist ein alter Mann, der vom Rheumatismus geplagt ist und bald in den Ruhestand gehen wird; du würdest also niemandem unfairen Wettbewerb machen, wenn du Stunden geben wolltest.«

Irgendwie hatte Gail nie an diese Facette des Lehrens gedacht, aber wenn Gretchen davon sprach, schien es beinahe so, als hätte sie in Gails Gedanken gegriffen und die besten davon hervorgezogen. Die Alternative würde ein Kompromiß sein, wie sie ihn mit Marja gefunden hatte: Arbeit in irgendeinem Büro, um den Lebensunterhalt zu bestreiten, ohne Entwicklungsmöglichkeit für ihr eigentliches Talent, für ihre Persönlichkeit. Aber Gretchen verstand, wie sie fühlte. Gretchen verstand immer.

Obwohl das Bedürfnis und der Hunger wie ein quälender Schmerz in ihr waren, nahm sie es nicht übel, als Gretchen den Wagen vor Gails Haus anhielt und sagte: »Gute Nacht, Liebling. Morgen ist der Schlußgottesdienst; du brauchst deinen Schlaf.«

Sie hielt Gretchens Hände fest, denn der Wagen stand im

Schein der Straßenbeleuchtung, und sie wagte Gretchen nicht zu küssen. Es brachte sie wieder auf die Frage, ob und wie sie ihren Eltern die Neuigkeit beibringen sollte.

Sie hatten nur der Form halber protestiert, als Gail sich entschlossen hatte, das Studium abzubrechen und mit Marja in New York zu leben; und als sie zurückgekehrt war, hatten sie beinahe gleichgültig reagiert. So erwartete sie, daß ihre neuen Pläne zur Übersiedlung nach Meridian kein Interesse, geschweige denn Opposition erregen würden. Sie war ganz und gar nicht auf den Sturm gefaßt, der sich einen Tag nach der Graduierung über ihrem Haupt entlud, als sie am Eßtisch von ihren Plänen für das kommende Jahr sprach.

»Nun, da ich das Studium abgeschlossen habe, wäre es nicht sinnvoll, untätig hier herumzusitzen«, hatte sie ziemlich beiläufig gesagt. »In Meridian wird die Stelle eines guten Musiklehrers frei, und ich habe vor, dort hinzuziehen.«

Ihr Vater hatte vor Überraschung beinahe sein Glas fallen lassen. »Du willst ganz allein dorthin, wenn du hierbleiben kannst?«

»Ich werde nicht allein sein«, sagte Gail. Das war der schwierige Teil. Sie wünschte, sie könnte es offen heraussagen: Ich gehe mit der Frau, die ich liebe. Statt dessen sagte sie im gleichen beiläufigen Ton, verkrampfte aber die feuchten Hände im Schoß, bis ihre Serviette ganz zerdrückt war: »Dr. Smith – Gretchen – zieht nach Meridian und hat vorgeschlagen, daß wir zusammen eine Wohnung oder ein Haus nehmen.«

»Das hätte ich mir denken können«, sagte ihre Mutter und preßte ihre dicken Lippen zu einer feindseligen Linie zusammen. »Diese Frau hat immer...«

»Belle!« sagte Gails Vater kurz. Er legte das Messer aus der Hand und wandte sich in freundlichem und ruhigem Ton zu Gail. »Es besteht keine Notwendigkeit, daß du dich selbst unterhältst, liebes Kind. Ich dachte, du hättest genug von dem Leben als lediges Mädchen in New York. Jedes junge Mädchen macht eine Zeit durch, da es den Wunsch hat, sein eigenes Leben zu leben.« Er lächelte ein freundliches, verständnisvolles Lächeln. »Deshalb erhob ich keine Einwände. Ich dachte, du würdest über diesen Unsinn hinwegkommen. Als du nach Hause kamst – nun, deine Mutter und ich nahmen es einfach als selbstverständlich, daß du wieder heimkommen und die Haustochter sein würdest.« Das Lächeln erschien abermals. »Freilich, wenn du den Wunsch hast zu heiraten, das wird etwas anderes sein. Aber kein dummes Zeug mehr über das Verdienen des Lebensunterhalts. Ich bin, Gott sei's gedankt, durchaus imstande, eine Tochter in dem Stil zu erhalten, den sie gewohnt ist.«

»Aber Vater, siehst du nicht...?«

»Ich sehe nur eins«, unterbrach ihre Mutter sie mit zornigem Gesicht, »und das ist, daß du bei uns geblieben, solange du etwas herausholen konntest. Du hast dir von uns die Universitätsausbildung mit allen Nebenkosten bezahlen lassen, aber jetzt wo du alt genug bist, uns eine Hilfe statt eine Last zu sein, willst du davonlaufen und auf eigene Faust leben!«

»Mutter, bitte...«

»Ich habe gute Lust, deiner Dr. Smith die Meinung zu sagen«, erklärte Gails Mutter ärgerlich, und Gail zuckte zusammen. Hilflos schlug sie den Blick nieder.

Und so würde es weitergehen, wenn sie bliebe. Das Schreckliche war, daß ihre Eltern voll freudiger Erregung wären, wenn sie das Elternhaus eines Mannes wegen verlassen wollte – irgendeines fast beliebigen Mannes! Sie würden ihr eine große Hochzeit ausrichten und nicht sparen, so wie sie es bei der Graduierung getan hatten. Sie war eine Tochter – nicht Gail, nicht sie selbst, nur ein Ding, das man eine Tochter nannte, das man behandelte, wie Töchter behandelt werden sollten.

Der Sturm tobte den ganzen Abend und einen guten Teil des nächsten Tages; Gail, weiß wie ein Laken, zitternd, aber entschlossen, hielt still an ihrem Beschluß fest. Schließlich mußten ihre Eltern sich eingestehen, daß sie nichts dagegen tun konnten. Gail war volljährig. Sie hatte ihr Studium abgeschlossen. Der Wunsch, sich selbst den Lebensunterhalt zu verdienen, war lobenswert, und sie hatte einen Beruf als Voraussetzung einer eigenständigen Existenz; es war weder unerhört noch eine absolute Ausnahme, daß zwei Frauen von ähnlichem Geschmack und verwandten Interessen, die noch dazu auf demselben Gebiet arbeiteten, zusammen eine Wohnung nahmen.

Jedes Argument, das ihre Eltern vorbrachten, bezwang sie mit einer dieser ruhigen, unangreifbaren Feststellungen. Doch während sie argumentierte, fühlte sie den Druck der Täuschung auf sich lasten. Die Wahrheit, ja – aber nicht die ganze Wahrheit. Die ganze Wahrheit wäre ihnen unglaublich vorgekommen, geheimnisvoll, widerwärtig. Um Gretchens Ruf und ihre Laufbahn nicht in Gefahr zu bringen, durfte sie diese Wahrheit nicht einmal andeuten.

Sie sah den Argwohn im Blick ihrer Mutter, spürte, daß sie eine unbestimmte Ahnung hatte, daß es etwas geben mochte, was Gail ihnen nicht gesagt hatte. Sie vermutete warhscheinlich, daß Gretchen etwas damit zu tun hatte – doch, was es war, würde sie in hundert Jahren nicht erraten können. Die heftigste Form, die ihr Argwohn annehmen könnte, würde das Gefühl sein, daß Gretchen, selbst eine Karrierefrau, entschlossen sei, Gail zu der gleichen Art von unabhängigem, unweiblichem Geschöpf zu machen – und als sie begann, diesem Argwohn Ausdruck zu verleihen, mußte sie innehalten, denn schließlich war sie selbst, wie ihr in diesem Augenblick verspätet einfiel, eine Karrierefrau, und sie hatte trotzdem einen Mann und eine erwachsene Tochter.

Am Ende gab es also nichts, was gegen Gails Vorhaben ins Feld geführt werden konnte. Gleichwohl fühlte Gail sich verletzt und zerrissen und sehnte sich nach dem Tag, an dem sie ausziehen konnte, um wieder bei Gretchen zu sein. Das schien ihr jetzt die einzige Zuflucht, die ihr geblieben war.

7

Das neue Haus in Meridian war ein richtiges Haus, keine Wohnung. Es war klein und braun gestrichen, mit gelben Fensterläden, und Gail war auf Anhieb begeistert.

»Ich hatte eigentlich kein Haus gesucht«, sagte Gretchen, als sie den Wagen vor dem Haus anhielt und Gail zulächelte, »aber alle Wohnungen, die ich besichtigte, waren klein, eng und in der falschen Gegend. Dann hörte ich, daß dieses Haus zu vermieten sei – die Familie ist in Europa – und entschied mich, es zu nehmen.«

Die kleine gelbe Tür war von zwei Fichten beschattet; selbst der kupferne Briefkasten sah warm und einladend aus. Gretchen nahm Gails Koffer und führte sie durch den kleinen Vorgarten zur Tür, sperrte auf und ließ ihr den Vortritt.

»Willkommen daheim, Liebes.«

Gail stieß die Tür hinter ihnen ins Schloß und umarmte Gretchen, drückte sie mit aller Kraft an sich. »Endlich«, flüsterte sie, »endlich sind wir hier.«

»Ich hoffe, du wirst es nie bereuen, Gail.« Gretchen küßte sie. »Laß dir das Haus zeigen.«

Zuerst betraten sie das große leere Wohnzimmer. Eine Wand wurde von Bücherregalen eingenommen. »Viel Raum für beide Klaviere«, bemerkte Gretchen. »Und groß genug, daß du es tagsüber als Arbeitszimmer für den Unterricht verwenden kannst.«

Die Sonne tropfte Gold durch die Jalousien, und Gail stellte sich vor, wie das Licht von der polierten Oberfläche des Klaviers reflektiert würde. Gretchen führte sie weiter: eine kleine Küche, ein winziges Arbeitszimmer für Gretchen, eine steile, weißlackierte Treppe, die zu zwei Schlafzimmern mit Dachfenstern ins Obergeschoß führte.

»Es muß manches gestrichen und repariert werden«, sagte Gretchen, »aber ich arbeite gern in einem Haus. Ich glaube, in meinem Herzen bin ich ein häusliches Wesen; nur scheint es kaum der Mühe wert, wenn man allein ist.« Sie legte den Arm um Gails Taille und sagte leise: »Aber nun bin ich nicht mehr allein.«

Wieder im großen Wohnzimmer, sah sich Gail um: »Es erinnert mich an dein Sommerhaus am Strom.«

»Also hast du es auch gemerkt!« rief Gretchen erfreut. »Das war das erste, was mir auffiel, als ich hierher kam!« Sie stand da, den Arm um Gail gelegt, und lächelte versonnen. »Vielleicht fahren wir später im Sommer für ein Wochenende hinauf.«

Gail, die ihr die Freude nicht nehmen wollte, lächelte dazu, hoffte aber insgeheim, daß sie zu beschäftigt sein würden, um den Ausflug zu machen. Der Gedanke an die Hütte am Strom war für sie unerklärlich mit Marja verbunden und noch immer schmerzlich. Doch vielleicht ließe sich dieser Aspekt der Erinnerung austilgen, wenn sie zusammen fahren würden.

Am Nachmittag desselben Tages hatten sie ihre ersten Besucher. Gretchen, in einer Arbeitshose, ein blaues Kopftuch umgebunden, stand auf einer Trittleiter und brachte Vorhangstangen an, als es läutete, und Gail ließ ihren Arm voll Vorhänge fallen und ging zur Tür. Eine stämmige, rundliche kleine Dame in schwarzem Seidenkrepp, komplett mit Hut und Handschuhen, stand vor der Tür, ein junger Mann einen Schritt hinter ihr.

»Dr. Smith?«

»Ach nein«, sagte Gail etwas verlegen, weil sie staubig und verschwitzt war und zerknitterte Shorts anhatte, aber Gretchen stieg von der Leiter und streckte der Besucherin mit vollkommener Haltung die Hand hin.

»Fein, daß Sie den Weg zu uns gefunden haben! Wie Sie sehen, sind wir noch im Umzugskampf. Möchten Sie nicht hereinkommen? Gail, schaff die Trittleiter aus dem Weg, sei so gut.«

»Bitte lassen Sie es mich machen«, sagte der junge Mann und hob die Trittleiter aus dem Weg. Gail bemerkte, daß er groß und schlaksig war, mit dichtem dunklem Haar und einer dicken Hornbrille. In seinem grauen Pullover und der Cordhose sah er aus wie ein Student, aber sie schätzte ihn auf wenigstens dreißig. Die kleine Frau quiekte, daß es ihr so leid tue, sie habe keine Ahnung gehabt, daß sie noch nicht für Besuche bereit seien, aber Dekan Carmichael habe sie gebeten, Dr. Smith zu besuchen und sie zur Fakultätsversammlung am übernächsten Tag einzuladen...

»O ja, ich bin Emily Burdett; mir untersteht die Collegebibliothek, und dies ist mein Neffe, Warren. Ich weiß, daß Sie Dr. Smith sind, und diese junge Dame, ich hörte, daß Sie sie Gail nannten...«

»Auch Smith«, sagte Gretchen lächelnd, und Emily Burdetts fleischiges Gesicht ging vor Entdeckerfreude in die Breite. »Wie schön, Sie sind Schwestern!« sagte sie. »Wie angenehm für Sie, Dr. Smith. Ich weiß nicht, was ich ohne Warren täte, der mir dann und wann Gesellschaft leistet. Werden Sie am Meridian-College studieren, Gail?«

»Gail ist im vergangenen Monat in Carteret graduiert«, sagte Gretchen. »Sie ist mit mir hierhergezogen und möchte Klavierunterricht geben.«

»Ach ja, wie hübsch, daß Sie beide musikalisch sind! Es muß in der Familie liegen, nicht wahr?« Miß Burdett plapperte weiter, und Gail merkte, daß Gretchen nicht beabsichtigte, das Mißverständnis aufzuklären und zu leugnen, daß sie Schwestern seien. Auf alle Fälle bedeutete es eine Erleichterung, denn es schirmte sie gegen neugierige Fragen und Spekulationen ab.

»Bitte setzen Sie sich«, sagte Gretchen. »Darf ich Ihnen Tee kochen?«

»Ach du meine Güte, nein! Bitte, Sie dürfen sich nicht stören lassen. Ich möchte Sie beide einmal zum Abendessen einladen, und am Sonntag müssen Sie beide mit mir zur Kirche kommen. Und sagen Sie nicht nein, damit finde ich mich nicht ab.«

Gail blickte zu Warren Burdett. Er stand da, hatte die Hände auf dem Rücken und lächelte ein wenig in sich hinein. Sein Blick begegnete ihrem, und auch sie konnte nicht umhin zu lächeln, als amüsierten sie sich gemeinsam über die geschwätzige alte Dame. Der Höflichkeit halber fragte sie den linkischen jungen Mann: »Sind Sie Mitglied der Fakultät, Mr. Burdett?«

»Bitte sagen Sie ruhig Warren«, antwortete er. »Wir sind wirklich ganz zwanglos. Genaugenommen nicht, obwohl ich einen Lehrauftrag für Anglistik habe. Ich arbeite noch an meinem Abschluß – hoffe nächstes Jahr zu promovieren.«

»Bestimmt werden Sie gut Freund mit meinem Warren«, plapperte

Emily Burdett weiter. »Dr. Smith – ach nein, ich werde Sie einfach Gretchen nennen –, Sie werden die einzige junge, hübsche und unverheiratete Frau der gesamten Fakultät sein, wissen Sie.«

Sie strahlte, und Gail ermahnte sich, jede Geste oder Äußerung zu unterlassen, die als besitzanzeigend gedeutet werden könnte. Wahrscheinlich war es nur natürlich für die Mitglieder der Fakultät und alle anderen, die mit dem College in Verbindung standen, eine junge, attraktive, unverheiratete Lehrkraft unter die Lupe zu nehmen und sich Spekulationen hinzugeben, ob sie vielleicht zu einem der Junggesellen im Lehrkörper passen würde. Es war nur natürlich.

Gretchen schien weder erheitert noch ungeduldig, als sie das Geschwätz der Frau weiter über sich ergehen ließ; Emily Burdett redete, Gail stand abseits und hörte, wie Gretchen freundlich die Einladungen zum Abendessen, zur Fakultärsversammlung und zum Kirchgang annahm.

»Nun, wir werden uns noch oft sehen, Dr. Smith...«

»Ach, bitte, nennen Sie mich ruhig Gretchen, Miß Burdett.«

»Also Gretchen. Wie schön, Sie bei uns zu haben. Nun, Warren, wollen wir gehen und diese netten jungen Damen nicht weiter stören. Sie wollen noch ihr Haus in Ordnung bringen. Bis bald also.« Emily Burdett zog sich zur Tür zurück. Warren zögerte, wandte sich linkisch an Gail:

»Könnte ich vielleicht behilflich sein? Trittleitern für Sie herumtragen oder Nägel einschlagen?« fragte er, und sein langes, humorvoll-ironisches Gesicht verzog sich zu einem fragenden Lächeln. Gretchen schüttelte fröhlich den Kopf. »Herzlichen Dank, aber alles ist gut unter Kontrolle«, sagte sie und gab ihm die Hand.

Als die beiden gegangen waren, stieß sie einen langen Seufzer aus und wandte sich mit einem kleinen Lächeln zu Gail, und Gail dachte: Nun können wir uns über diese alberne Frau und ihr Geschwätz amüsieren. Aber Gretchen sagte nur: »Waren sie nicht nett und freundlich? Wir haben einen guten Anfang gemacht, Gail.«

Gail war erstaunt. »Du magst so etwas?«

Gretchen nahm sie bei der Hand und führte sie zum Sofa, setzte sich und zog Gail neben sich nieder. Ihr Gesicht war sehr ernst, als sie sagte: »Hör zu, Gail. Wir haben uns entschlossen, in einer Kleinstadt zu leben. Wie wir mit den Leuten um uns zurechtkommen, ist furchtbar wichtig. Wenn wir hier leben, müssen wir am Leben der Gemeinde teilnehmen. Ich höre dich nicht gern so sprechen – als ob du diese gutherzige, freundliche Frau verhöhntest.«

Gail war verblüfft. Sie wußte, daß es nicht so war; sie hatte nicht eigentlich Hohn empfunden, eher etwas anderers. Ihr mißfiel die Vorstellung, daß Gretchen sich selbst zum Teil dieses kleinen, selbstgerechten, konventionellen Lebens machte. Sie begriff zwar, daß Gretchen konventionell leben und mit den Leuten auskommen mußte; das war unter diesen Umständen eine Notwendigkeit. Undeutlich aber spürte sie, daß Gretchen es übertrieb. Es sollte, so formulierte sie es bei sich selbst, wie eine Maske sein, die sie in der Öffentlichkeit trugen und ablegten, sobald sie allein waren. Aber Gretchen schien den Wunsch zu haben, diese Rolle zu leben, wirklich daran zu glauben!

Hatte Gretchen recht? War Anpassung wichtiger als Selbstverwirklichung? War gesellschaftliche Mimikry, die notfalls bis zur Selbstverleugnung ging, wichtiger als die Behauptung der eigenen Persönlichkeit, selbst wenn es zu Differenzen mit den Nachbarn kam? Sie wußte es nicht, aber sie wollte tun, was Gretchen wünschte.

»Gail, es ist wichtig für uns, Teil des Ganzen zu sein – nicht abseits zu stehen«, wiederholte Gretchen sehr ernst. »Ich bin Mitglied der College-Fakultät; du wirst Kinder und Jugendliche unterrichten. Es ist wesentlich, daß wir in keiner Weise als verschieden oder fremd angesehen werden.«

Sie legte ihr Gesicht an Gails Wange. »Ich weiß, du bist konditioniert, dieses Überlegenheitsgefühl zu haben«, sagte sie ganz sanft. »Es war eine der Eigenschaften, die mir an Marja immer am meisten mißfallen hat.« Es war das erste Mal seit ihrer Begegnung auf dem Campus, daß sie Marja erwähnte. Sie ergriff Gails Hand, drückte sie fest und fuhr fort: »Ich möchte nur dies sagen, und dann nichts mehr. Ich glaube, daß war es, was dein Zusammenleben mit Marja ruinierte: Ihr hattet nur eure Empfindungen füreinander als Grundlage des gemeinsamen Lebens. Ich – könnte das nicht ertragen, Gail. Wir müssen uns gemeinsam einen Platz in der Welt schaffen; nicht bloß innerhalb dieser vier Wände, sondern auch in der Gemeinde.«

Gail neigte den Kopf. Das stimmte; vielleicht war das der Preis, den sie dafür bezahlen mußten, daß sie diese vier Wände füreinander hatten. Gretchen, deren ernste Stimmung von einem Augenblick zum anderen verflogen schien, sprang lachend auf.

»Komm, Liebling, wir müssen das Haus in Ordnung bringen, bevor uns der Rest der Gründermütter auf die Bude rückt.«

Die Nacht war kühl von einer Sommerbrise, die Regen verhieß. Müde vom langen Tag des Auspackens und Möbelrückens verzehrten Gail und Gretchen ein unkompliziertes Abendessen aus Dosen, dann setzten sie sich ins Wohnzimmer und besahen mit Befriedigung, was sie geleistet hatten. Auf dem Stereogerät, dessen Lautstärke heruntergedreht war, flocht eine Mendelssohn-Symphonie ihr zartes Gewebe aus Melancholie. Draußen war es ganz still; nur gelegentlich hörten sie das Flüstern eines Wagens, der zwei oder drei Straßen entfernt vorbeifuhr, und das ferne Bellen eines Hundes, so gedämpft durch die Distanz, daß es ein fast angenehmes Geräusch war. Gretchen stand auf, die Platte umzuwenden. Als sie zurückkam, streckte Gail die Arme aus und zog sie auf ihren Schoß.

»Ich liebe dich so«, flüsterte sie. »Wie sehr habe ich mir dies gewünscht – einfach hier mit dir zu sein, wie jetzt.«

Gretchen schmiegte den Kopf an Gails Schulter, hatte die Augen geschlossen, und die dunklen Wimpern zitterten ein wenig.

»Wird es dir genug sein, Gail – einfach hierzusein?« murmelte sie.

Gail beugte sich zärtlich über sie, als eine Träne zwischen den geschlossenen Lidern hervorquoll und über die Wange rann.

»Gretchen – du weinst?«

Gretchen zwinkerte heftig. »Nur weil ich glücklich bin.« Sie legte die Hände an Gails Wangen und zog sie zu sich herab, küßte sie lange und leidenschaftlich; und das vage Unbehagen, das Gail gespürt hatte, verschwand. Sie war hier mit Gretchen; sie waren zusammen. Darauf allein kam es an.

Sie gewöhnten sich an das Leben der Kleinstadt, als hätten sie nie etwas anderes gekannt. Gail hatte sich bislang nicht als häuslich eingeschätzt, entdeckte jedoch, daß die Arbeit für ein Haus, das sie ihr eigen nennen konnte, sehr verschieden von der Hilfe war, die sie daheim ihrer Mutter geleistet hatte. Sie hatte Freude am Kochen, an der Gartenarbeit, sogar an den routinemäßigen Beschäftigungen wie Staubwischen und Geschirrspülen, obgleich sie das Nähen der Vorhänge und Kissenbezüge Gretchen überließ. Gretchens Collegestudenten kamen des öfteren ins Haus, und Gail befreundete sich zwanglos mit einigen von ihnen, ging auch Tennis spielen oder Kegeln im Gemeindezentrum. Gretchen betätigte sich in der Gemeindearbeit der Kirche, von der Gail, die ihre Aktivität auf den Besuch der Sonntagsgottesdienste beschränkte, nichts wissen wollte; dennoch schienen die Kirchenbesuche mit Gretchen, bei denen man die Grüße der Gemeindemitglieder erwiderte, ihrem gemeinsamen Leben Ehrbarkeit und Struktur zu verleihen. Gail definierte es als eine Art Familiengefühl.

Innerhalb von drei Monaten hatte sie genug Klavierschüler, um vollauf beschäftigt zu sein, größtenteils Kinder und Heranwachsende. Besonders gut kam sie mit den ungebärdigen, rebellischen kleinen Jungen aus, die nur gezwungenermaßen Klavierunterricht nahmen, weil der Ehrgeiz ihrer Eltern es verlangte, und die der Meinung waren, das Ganze sei eher etwas für Mädchen. Sie strahlte förmlich, als sie eines Tages den zehnjährigen Ronald Lewis sagen hörte: »Junge, ein Klavier ist nichts Weibisches. Wußtest du nicht, daß die meisten großen Pianisten Männer sind? Und diese Miß Gail ist auch in Ordnung!« Sie nahm das Kompliment als ein Zeichen des Erfolgs.

Einmal oder zweimal im Monat fuhren sie und Gretchen nach New York, um ein Konzert oder ein Theater zu besuchen. Abgesehen davon hatten sie wenig Kontakt mit der Welt außerhalb Meridians. Gretchen war von ihrer Arbeit am College stark in Anspruch genommen; sie hatte Kurse in Musiktheorie eingerichtet und mußte daneben den gesamten praktischen Unterricht leiten, dennoch hatte sie bereits einen Frauenchor und eine kleinere, ausgewählte Gruppe von Madrigalsängern organisiert, und schon nach den ersten Aufführungen begann man am College drüber zu reden.

Schon wenige Tage nach ihrem Einzug in Meridian war Gretchen von Warren Burdett zum Essen eingeladen worden. Sie hatte lächelnd angenommen. Gail, die auf ihre Rückkehr wartete, sah vom Fenster, wie Gretchen ihm in offener, freundschaftlicher Art die Hand gab und dann rasch durch den Vorgarten zum Haus ging, ohne sich noch einmal umzusehen. Angetrieben von irgendeinem obskuren Eifersuchtsdämon, verlangte Gail zu wissen: »Wie hast du es geschafft – wegzukommen, ohne daß ein Ringkampf daraus wurde?«

Gretchen lachte. »Ich hatte es ganz vergessen«, sagte sie. »Du bist so viel jünger als ich, daß man beinahe sagen könnte, du gehörst einer anderen Generation an. Weißt du, Gail, nur sehr junge Leute sehen Verabredungen als Gelegenheiten an, beim anderen Geschlecht handgreiflich zu werden. Ich gehe nicht oft aus, das ist wahr; und wenn ich mich einmal von einem Kollegen oder Bekannten einladen lasse, dann geschieht es immer auf einer unverbindlich-freundschaftlichen Grundlage. Du magst es glauben oder nicht, Gail, es gibt Männer – sogar junge Männer –, die mit einem Mädchen oder einer Frau ausgehen, weil sie Freude an ihrer Gesellschaft haben, nichts weiter.«

In der Folgezeit ging sie gelegentlich mit Warren aus, stets auf der zwanglosesten und unverbindlichsten Basis, und weil es exzentrisch ausgesehen hätte, wenn sie sich verweigert hätte, nahm auch Gail hin und wieder Verabredungen mit jungen Männern aus dem Umkreis des Colleges an. Einige, besonders die jüngeren, fühlten sich betrogen, wenn sie den Abend nicht wenigstens mit einem Kuß beenden konnten, und manchmal versuchten sie mehr zu verlangen; und ließen es damit bewenden. Wenn einer von ihnen auch nur andeutungsweise zu erkennen gab, daß er es ernst meinte, ließ sie ihn sofort fallen; und in einer Kleinstadt, wo die meisten jungen Männer früh einheimische Mädchen heirateten, die sie meist von der Schule her kannten, lenkte dieses Verhalten keine unwillkommene Aufmerksamkeit auf sie. Gail war es im Grunde gleich; sie wollte nur unauffällig sein.

Der einzige Schatten, der auf ihr gemeinsames Leben fiel, war das Stillschweigen, mit dem Gretchen den intimsten und gefühlsstärksten Aspekt ihrer Liebe umgab. Nicht einmal sprach sie das Wort Lesbierin aus; sie weigerte sich, das Thema im allgemeinen oder im besonderen zu diskutieren, und einmal, als Gail eine beiläufige Bemerkung machte, quittierte Gretchen dies mit einem Blick von so unverhüllter Bestürzung und verletzter Feinfühligkeit, daß Gail die Sache rasch fallen ließ, als sei sie beim Erzählen eines schmutzigen Witzes ertappt worden.

Dabei war es nicht so, daß sie kalt oder teilnahmslos gewesen wäre. Sie war warm und zärtlich, behandelte Gail mit liebevoller Fürsorge, küßte und liebkoste sie, umgab sie mit Liebe und Zuneigung. Aber ihr gemeinsames Leben hatte scheinbar keine Beziehung dazu, was nachts zwischen ihnen geschah. Davon sprach sie nie, als wollte sie die Existenz dieser Dinge leugnen, und mit Ausnahme dieser leidenschaftlichen Ausbrüche gab es wenig Hinweise, daß sie tatsächlich nicht die Schwestern waren, für die ihre einheimischen Bekannten sie hielten.

Anfangs war Gail über Gretchens Gegenwart und ihr Zusammensein so glücklich, daß sie dieser Punkt nicht kümmerte; sie machte sich bewußt, daß Gretchen schon immer einen inneren Widerstand gegen die Vorstellung einer lesbischen Beziehung gehabt hatte, und verstand, daß Gretchen, indem sie sich auf solch eine Liebesaffäre einließ, viele Skrupel und Prinzipien zu überwinden hatte, die tief in ihre Persönlichkeit eingebettet waren. Später wurde dieses Stillschweigen zu einer Gewohnheit, die keine der beiden leicht durchbrechen konnte. Und wenn Gail dieses Verhalten Marjas offener und gelassener Einstellung zu ihrer eigenen Veranlagung gegenüberstellte, fiel der Vergleich gewöhnlich zu Gretchens Gunsten aus. Sie und Marja hatten aus ihrem Zusammenleben keinen so überzeugenden Erfolg gemacht, daß sie glauben konnte, Marjas Einstellung sei richtig und Gretchens falsch.

Also blieb Gail still und gab sich damit zufrieden, die Tage an Gretchens Seite zu verleben, in dem Haus, wo sie sich wohl fühlte, und der Stadt, die sie zu lieben begann; und wenn sie Gretchen nachts in den Armen hielt und das Aufwallen von Leidenschaft und Erregung fühlte, so wurde es durch die Dunkelheit und die Stille nur verstärkt. Was hätten Worte alledem hinzufügen können?

Sie hoffte nur, es würde immer so bleiben.

Sie lebten seit sechs oder sieben Monaten in Meridian, als Jan Lawrence und Peggy Paige Annäherungsversuche machten.

Jan war Mathematikdozentin am College, eine steife, etwas brüske ältere Frau mit kurzgeschnittenem grauen Haar und Spuren eines englischen Akzents. Gail, die sie bei einem Fakultätsempfang kennenlernte, den sie mit Gretchen besuchte, spürte augenblicklich mit jener beinahe telepathischen Bewußtheit, die Lesbierinnen oft füreinander haben, daß Jan sich für sie interessierte und sie durchschaute.

Peggy war jünger als Gretchen, aber älter als Gail, eine angenehme, jung aussehende Frau mit glatten braunen, sorgfältig toupierten Haaren und einer Nickelbrille. Gail war einigermaßen überrascht, als ihre Vermutungen durch die Information, daß Peggy Mrs. Paige war und zwei Kinder aus einer früheren Ehe hatte, entwertet wurden; das Mädchen, Suzanne, war neun und nahm Klavierstunden bei Gail. Manchmal kam Peggy nach der Klavierstunde mit ihrem Kombiwagen, die Tochter abzuholen, vorstädtisch-hausfraulich in ihren Hosen und weiten Pullovern, und blieb eine Weile, um mit Gail zu schwatzen, einen Blick in die Bücherregale zu tun und dann und wann eine beunruhigend direkte Frage zu stellen.

Gail merkte, daß sie ausgehorcht wurde, aber in gewisser Weise war es eine Erleichterung, das Thema unauffällig zu streifen oder sich ihm auf Umwegen zu nähern. Einmal, als Suzanne zum Wagen hinausgelaufen war und dann, als sie fortgerannt war, um mit einem Nachbarskind Seil zu springen, sprach Peggy unter dem Vorwand, ein eues Buch über Frauenberufe zu diskutieren, offen über Homosexualität.

»Man könnte meinen, sie wären eine besondere Rasse oder

was«, sagte sie und klopfte auf den Buchumschlag. »Die Autorin sieht alles so überspitzt; sie scheint zu glauben, alle Karrierefrauen und Feministinnen seien lesbisch, und alle Lesbierinnen müßten im Berufsleben stehen.«

»Nun ja«, sagte Gail, »die meisten sicherlich. Sie müssen ihren Lebensunterhalt verdienen, und ihre Energien werden nicht durch Haushalt und Familienleben beansprucht.«

»Sie haben ja in New York gelebt. Ist Greenwich Village wirklich so, wie gesagt wird – bis zum Rand voll von Lesbierinnen?«

Gail zuckte die Schultern. »Ich nehme an, daß diejenigen, die dort leben, es leichter als anderswo finden, sich zu ihrer Veranlagung zu bekennen. Da gibt es Typen, denen man es sofort ansieht.«

»Das stelle ich mir furchtbar schwierig vor«, sagte Peggy, und Gail hatte den Eindruck, daß ihre Stimme ein wenig sehnsüchtig klang. »Ich meine, alle Verstellung fahrenzulassen und sich – nun, wie ein Mann anzuziehen. Oder etwas in der Art.«

»Ich könnte mir denken, daß es Frauen sind, die es satt haben, sich zu verstellen«, sagte Gail und dachte an ihre Jahre mit Marja in den Kreisen, wo es für selbstverständlich gehalten wurde, daß Frauen zusammen lebten.

Peggy zögerte eine Weile, dann sagte sie: »Jan ist sehr daran interessiert, Sie und Gretchen besser kennenzulernen. Hätten Sie nicht Lust, an einem Abend dieser Woche zum Essen zu kommen? Ich kann die Kinder frühzeitig ins Bett stecken, und wir könnten einander kennenlernen. In einer Kleinstadt wie dieser« – ein unverhüllt abschätzender Blick traf Gail – »gibt es nicht allzu viele Leute, die, nun, gleiche Interessen haben.«

Gail hatte angenommen, ohne es notwendig zu finden, sich vorher mit Gretchen abzusprechen; schließlich war Jan Mitglied der Fakultät, und Gretchen kannte sie bereits. Gretchen hob die Brauen, als sie von der Einladung erfuhr, und betrachtete Gail mit leisem Stirnrunzeln.

»Möchtest du wirklich hingehen?«

»Wieso, nicht«, sagte Gail. »Warum? Gibt es einen Grund, daß wir es nicht tun sollten?«

»Nein, ich denke nicht«, murmelte Gretchen, und mehr wurde nicht gesagt.

Jan Lawrence hatte ein Haus unweit vom Campus, ein riesiges altes Ziegelgebäude, das, wie es im Ort hieß, seit Generationen im Besitz ihrer Familie war. Im Inneren war es abgewetzt und bequem, mit einigen guten Gemälden an den Wänden und genug feinen Antiquitäten, um damit ein Geschäft auszustatten; gleichwohl sah es sehr bewohnt aus und machte nicht den Eindruck, daß dort ein penibler Kunstsammler wohnte.

Gail hatte lange genug in Greenviche Village gelebt, um sich von allen Illusionen über Homosexuelle freizumachen – vor allem von dem Märchen, daß sie ausnahmslos Leute von überlegener Intelligenz seien –, aber es war sofort offensichtlich, daß Jan Lawrence eine Frau von Geschmack und Kultur war. Sie verwickelte Gretchen alsbald in ein Gespräch über ihre Madrigal-Gesangsgruppe, und Gail sah sich mehr oder weniger auf Peggy und ihre Konversation angewiesen. Nach dem Essen lud die Gastgeberin Gretchen ein, das alte Spinett auszuprobieren, das sie restaurieren und in Ordnung hatte bringen lassen, und Gail erklärte sich bereit, Peggy beim Geschirrspülen zu helfen.

In der geräumigen Küche, getäfelt mit altersdunklem Kiefernholz, steckte Peggy das kalte Hühnchen in die Gefriertruhe, ließ Wasser einlaufen und räumte auf, während Gail das schön glänzende Porzellangeschirr zur Spüle trug und darin aufstapelte. Nach einer Weile sagte Peggy, die Hände im Seifenschaum, mit einem schnellen Seitenblick zu Gail: »Wie lange sind Sie und Gretchen schon zusammen?«

»Erst ein paar Monate.«

»Sie spricht, als sei es schon länger.«

Gail nickte. »Wir kennen uns seit Jahren. Aber wir verloren uns zwischendurch aus den Augen, als ich in New York lebte.«

»Mit einem anderen Mädchen?« fragte Peggy. »Bitte, Gail, ich will nicht neugierig sein. Es ist bloß – ich beneide Sie, so jung schon zu wissen, was Sie wollen, nie im Leben auf Irrwege zu geraten. Sie wissen, daß Jan und ich...« Sie brach ab, und Gail sagte: »Ja, ich dachte es mir.«

Peggy stand mit einem seifigen Porzellanteller in der Hand und fuhr geistesabwesend immer wieder mit dem Spüllappen darüber. »Es ist nicht so, daß ich auf die Kinder ärgerlich wäre. Suzanne und Mark haben schließlich nicht darum gebeten, auf die Welt zu kommen. Nur muß alles, was ich tue, mit dem Gedanken geschehen, wie es sich auf sie auswirken wird. Sie lieben Jan und nennen sie ihre Tante; und Jan scheint sie zu mögen und findet Gefallen an der Vorstellung, eine Familie zu haben, nur – wie werden sie es aufnehmen, wenn sie Bescheid wissen?« Sie machte ein schiefmäuliges Gesicht. »Sie werden vielleicht sagen, daß die Kinder es nie zu wissen brauchen. Aber in einer Kleinstadt... Müßten wir nicht auf die Kinder Rücksicht nehmen, könnten Jan und ich... viel offener sein.«

»Peggy, darf ich Sie etwas fragen, wenn es nicht zu persönlich ist? Wie konnte es geschehen, daß Sie geheiratet haben?«

Peggy konterte mit einer Gegenfrage. »Sie sind auch in einer Kleinstadt aufgewachsen, nicht wahr? Wie ist es Ihnen gelungen, nicht zu heiraten?«

»Sie meinen, Sie gehen mit Jungen aus, weil sie es von Ihnen erwarten, und irgendwann heiraten Sie, weil sie es auch von Ihnen erwarten?«

»Nicht genau«, sgte Peggy. »Meine Mutter gehört einer sehr strengen Glaubensgemeinschaft an und wollte nicht, daß ihre Tochter sich wie so viele andere Jugendliche in Diskotheken oder auf Partys herumtrieb. Mein Vater war noch schlimmer – wenn er mich mit Lippenstift oder Ohrringen erwischte, wurde ich versohlt. Und natürlich wurde mir die ganze Zeit erzählt, wie furchtbar Jungen seien, immer nur auf das eine aus, und welche Gefahr ich laufen würde, wenn ich mich mit ihnen einließe. Also hatte ich keine Verabredungen und keine Freunde – nur Freundinnen. Dann lernte ich Bart kennen – das war mein Mann. Er war kein Junge – er war zwanzig Jahre älter als ich. Ich hatte keine Ahnung, wie ich mich im Umgang mit Jungen und jungen Männern verhalten sollte, aber Bart war ein reifer Mann, und er schien so nett und rücksichtsvoll, und als er mich fragte, ob ich ihn heiraten wolle – nun...«

Peggy zuckte mit den Schultern. »Alle sagten mir, er sei zu alt für mich, ich suche bloß einen Vaterersatz. Ich lachte ihnen in die Gesichter. Bei dem Vater, den ich hatte, dachte ich, weiß Gott, nicht daran, einen Ersatz zu suchen! Ich wollte fort von meinen Eltern. Aber sieben Jahre und zwei Kinder später erkannte ich, daß es wahr war; tatsächlich tat ich mein möglichstes, eine Vater-Tochter-Beziehung zu ihm aufzubauen.«

»Und wo trat Jan in Erscheinung?« fragte Gail.

Peggy wischte sich mit dem Handgelenk eine Strähne aus dem Gesicht. »Ich hatte ein paar Abendkurse belegt, die von College-Lehrkräften geleitet wurden, und lernte sie dort kennen. Ich weiß nicht, aber wie konnten auf Anhieb gut miteinander. Ich wußte nicht, was mir widerfahren war – ich fürchte, ich benahm mich wie eine verliebte Halbwüchsige. Liebe ist wie Masern: Solange man jung ist, hält man es leicht aus, aber wenn man in die Jahre kommt, fühlt man sich schrecklich einfältig. Ich ging an ihrem Haus vorbei, wann immer ich konnte, und wartete, daß sie mich anrief, und machte Umwege mit dem Kinderwagen – Mark war damals erst zwei –, die mich bis zum College führten, bloß um der Gelegenheit willen, daß ich sie vielleicht treffen und daß sie mich zum Kaffee einladen würde.«

Peggy seufzte. »Bart merkte nichts davon, fragte mich bloß, warum in aller Welt ich soviel mit dieser gräßlichen alten Schachtel zusammenstecke, und dachte, ich sei versessen darauf, mich bei den Leuten von der Eltern-Lehrer-Vereinigung beliebt zu machen. Als Einzelkind war es mir nie leichtgefallen, Anschluß zu finden, und auch später wußte ich nie recht, wie ich mit anderen Frauen reden sollte, selbst mit solchen meines Alters. Ich hatte irgendwie nicht genug Berührungspunkte. Na gut. Eines Abends, als ich zu Jan gegangen war, rief Bart an und fragte, wann ich nach Hause käme, und gerade als ich angefangen hatte, meinen Mantel anzuziehen, warf ich mich Jan an den Hals und fing an zu heulen wie ein kleines Kind.«

Peggy starrte aus dem dunklen Küchenfenster, den Spüllappen vergessen in der Hand. »Da erst merkte ich, was mich getroffen hatte. Ich wurde fast verrückt, aber schließlich kam ich zu der Entscheidung, daß ich Bart verlassen müsse. Ich hatte eigentlich nie wirklich heiraten wollen, und es einfach zu spät gemerkt, das war alles. Und nun lebe ich mit Jan.« Sie steckte die Hände wieder ins heiße Spülwasser und machte sich erneut an die Arbeit. »Ich bin nicht sonderlich glücklich, aber wenigstens habe ich das Gefühl, ehrlich zu sein.«

Später saßen sie im Wohnzimmer beisammen, bewunderten den reinen, metallisch tönenden Klang des restaurierten Spinetts unter Gretchens Fingern, und auch Gail gab ein paar Proben ihrer Kunstfertigkeit, aber in ihren Gedanken konnte sie sich noch immer nicht von Peggys Geschichte lösen. Hatte sie eine ungeliebte Vaterfigur gegen eine Mutterfigur eingetauscht? Jan, sonst brüsk und unsentimental, bemutterte Peggy mit der Fürsorglichkeit einer Glucke. Irgendwie verursachte der Anblick Gail ein vages Unbehagen und rief Gedanken wach, die sie lieber nicht artikulierte. Sie lächelte über das Spinett hinweg Gretchen zu, dann wandte sie sich zu Jan und spielte das Menuett aus *Don Giovanni*. Es war fast Mitternacht, als sie gingen. Gail war heiter und lebhaft, summte Bruchstücke des Menuetts und bemerkte nicht, daß Gretchen fast nichts sagte. Gretchen hielt in der Zufahrt und ließ sie aussteigen; Gail lief zur Haustür, noch immer summend, und schaltete das Außenlicht ein, während Gretchen den Wagen in die Garage fuhr. Sie ging in die Diele und legte den Mantel ab; Gretchen kam nicht herein, und nach einer Weile machte Gail sich auf die Suche nach ihr.

Gretchen war von der Garage um das Haus gegangen und zur Küchentür hereingekommen. Nun saß sie am Küchentisch, hatte die Ellbogen aufgestützt und das Gesicht in den Händen vergraben. Vor ihr stand ein zu zwei Dritteln geleertes Glas, und Gail witterte den herben Whiskygeruch. Als Gail erschrocken vor ihr stand, blickte Gretchen auf. Ihre Augen sahen geschwollen aus.

»Gretchen, was ist los?«

»Natürlich, du weißt es nicht.« Gretchen hob das Glas und trank. »Völlig unschuldig natürlich, arme kleine Gail.« Sie stellte das Glas zurück und fixierte Gail mit einem feindseligen Blick. »Warum hast du es getan?«

»Gretchen, ich schwöre, ich verstehe kein Wort.« Gail trat näher. »Ich fand, es war ein netter Abend; er schien uns allen gefallen zu haben. Jan ist eine freundliche und aufmerksame Gastgeberin, und Peggy gefällt mir sehr gut.«

»Ach, ja? Nun, mir nicht.« Gretchen ballte die Fäuste. »Wie oft muß ich dir noch klarmachen, daß ich einfach keinen Wert auf die Bekanntschaft mit solchen Leuten lege?«

Plötzlich wußte Gail, was Gretchen meinte. Sie sperrte vor Verblüffung den Mund auf, bevor sie sich zu einer Antwort aufraffen konnte. »Was kannst du gegen sie haben? Sie machen beide einen sehr netten Eindruck, und alle Welt...«

»Alle Welt kann Jan Lawrence anschauen, mit ihren Tweedsachen und ihrem kurzgeschnittenen Haar und ihrem Schritt, und ihr auf hundert Meter ansehen, was sie ist«, sagte Gretchen mit vor Erregung bebender Stimme. »Und sobald du es erkannt hast, mußt du uns natürlich sofort hineinziehen. Nun, eins sage ich dir mit aller Deutlichkeit, Gail: Davon will ich nichts wissen! Diese Art von Personen interessiert mich nicht, zieht mich nicht an, und ich weigere mich, irgend etwas mit ihnen zu tun zu haben!«

Gail ging zu ihr, beugte sich über sie und versuchte ihr das Glas wegzunehmen. Gretchen wandte den Kopf von ihr weg. »Geh schlafen, Gail«, sagte sie mit leiser Stimme. »Geh schlafen und laß mich allein.«

»Nein. Ich werde nicht zulassen, daß du dir dies antust, Gretchen – uns antust«, stammelte Gail und drückte Gretchen an sich. Gretchen widerstrebte nur einen Augenblick, dann erschlaffte sie und umfing Gail.

»Gail, tu es nicht«, bat sie. »Versuch nicht, uns – uns in solche Geschichten hineinzuzerren, uns auf diese Ebene hinabzuziehen.

Ist das alles, was uns verbindet? Gibt es da nicht mehr und Besseres?«

»Ich weiß nicht. Komm, laß uns schlafen gehen, Gretchen.« Sie legte ihr den Arm um die Taille, und Gretchen ließ sich zur Treppe führen. Aber im Inneren war Gail verletzt und verwirrt. Welche Vorstellung hatte Gretchen von ihrem Verhältnis? Hatte sie sich niemals der Tatsache gestellt, daß sie und Gail ebensosehr Lesbierinnen waren wie Marja, wie Jan und Peggy? Wo lag der Unterschied? Und wie, um alles in der Welt, nannte sie diese Beziehung?

Aber sie wußte – und nicht nur, weil sie den scharfen Whiskyatem in der Nase hatte –, daß sie nicht fragen konnte. Und Gretchen würde nicht antworten können.

Vergiß es, sagte sie sich. Kehr es unter den Teppich. Diesmal hatte sie den Frieden wiederhergestellt und verhindert, daß Gretchen sich betrank, und sie gab sich damit zufrieden, daß Gretchen sie umhalste und an ihr hing. Sie hob Gretchen mit beiden Armen hoch und trug sie die Treppe hinauf.

8

An einem Morgen im nächsten Frühjahr saßen Gail und Gretchen bei ihrem Kaffee in der hellen Küche des Hauses in Meridian. Es war einer jener kühlen, feuchten, grauen und bedeckten Tage, wo die niedrig ziehenden Wolkenbänke die Baumwipfel fast zu streifen scheinen und alle Geräusche übertrieben laut wirken; Regen tropfte von den Dachrinnen, das rauhe Geschilpe von Spatzen vermischte sich mit dem klaren Gesang einer Drossel, aus der Ferne drang das melancholische Heulen eines durchfahrenden Zuges. Der metallische Klang der Briefkastenklappe draußen vor der Tür tönte wie eine gedämpfte Glocke. Gail, die gerade aufgestanden war, Kaffee nachzuschenken, stellte die Kanne weg und ging hinaus zum Briefkasten. Zwei oder drei Rechnungen, ein versiegeltes Päckchen mit der Absenderangabe eines Musikverlages – Gail wußte, daß es ein paar Kassetten sein würden, die sie für ihren Unterricht bestellt hatte – und ein rechteckiger grauer Umschlag mit Büttenrand, der in einer zierlichen, spitzigen Handschrift, die Gail so vertraut wie ihre eigene war, an Gretchen adressiert war. Sie legte ihn ohne Kommentar auf Gretchens Teller und wandte sich ab, das Päckchen zu öffnen, konnte aber nicht umhin, sich zu fragen, was Marja zu diesem Brief veranlaßt haben mochte. Gretchen hatte ihr gesagt, daß sie nicht mehr im Briefwechsel miteinander stünden. Konnte es sich um einen Notfall handeln? War Marja krank, verletzt...?

Gretchen fragte: »Ist die Telefonrechnung gekommen?«

»Ich habe sie mit der Stromrechnung auf den Schreibtisch gelegt.« Gail zog die Kassetten aus dem Päckchen und beugte sich über die gleichfalls bestellten Notenblätter, um zu sehen, ob das Stück für Schüler wie den kleinen Jimmy Carr spielbar war. Während sie ein paar Blätter mit Czerny-Studien durchsah, spähte sie über den weißen Rand hinweg zu Gretchen, die ruhig den Umschlag öffnete und die engbeschriebenen Zeilen überflog. Dann legte Gretchen den Brief beiseite.

»Hast du heute nachmittag um vier Unterricht, Gail?«

Gail überprüfte im Geist ihren Terminkalender. »Nein. Heute vormittag habe ich eine Orgelstunde – Mrs. Kennedy – in der Episkopalkirche, aber meine letzte Stunde heute ist Bettina Matthews um halb drei. Warum?«

»Der Dekan hat die Mitglieder der Fakultät und ihre Gäste zum Tee gebeten«, sagte Gretchen. »Natürlich erwartet man von mir eine musikalische Einlage, und auf allgemeinen Wunsch soll der Madrigal-Singkreis eine kleine Vorstellung geben. Wir bringen das Stück ›Christi Auferstehung‹ von William Byrd – du erinnerst dich, dasselbe, das wir Ostern aufführten, mit den zwei Sopranstimmen. Ich dachte, du würdest gern mitkommen, wenn du frei bist. Da wäre es praktisch, wenn du mich mittags mit dem Wagen abholen könntest, damit ich mich rechtzeitig umziehen kann.«

Gails Blick ging wieder zu dem grauen Büttenbrief, der unschuldig neben Gretchens Teller lag. »Wie soll ich mich anziehen?«

»Nicht zu festlich, aber auch nicht zu leger – hohe Absätze«, sagte Gretchen. »Das preiselbeerfarbene Kostüm, das du letzten Sonntag trugst, würde recht sein, wenn es dir paßt. Oder auch dein schwarzes.«

Gail lächelte und fuhr sich über das kurzgelockte Haar. »Dann werde ich mir noch das Haar waschen müssen. Gut; ich kann es schaffen, wenn du möchtest.«

»Du weißt, daß mir daran liegt«, sagte Gretchen. Sie stand auf, den Brief in der Hand. Sie hatte Schuhe und Strümpfe noch nicht angezogen, und das blonde Haar, hell und glänzend, war im Nacken mit einer goldenen Spange zusammengefaßt. Sie beugte sich rasch und küßte Gail auf die Wange; Gail, überrascht von dieser zärtlichen Schaustellung, denn morgens war Gretchen im allgemeinen munter, energisch und sachlich, faßte sie um die Taille, hielt sie zurück und fragte: »Wofür ist das?«

»Ach«, erwiderte Gretchen, »vielleicht, weil ich nicht eine Pistole holen mußte, um dich zu bewegen, daß du zusagst. Vielleicht, weil ich gerade dachte, wieviel besser du mir gefällst als alle anderen, die mir einfallen.« Sie richtete sich auf, zog Gails Hand herauf und küßte die langen, kräftigen Finger. Einen Augenblick verharrte sie noch, dann seufzte sie. »Ich muß mich kämmen und mir die Schuhe anziehen, Liebling. Da und dort liegt noch Schnee, und ich möchte frühzeitig gehen.«

Sie ging in die Diele; aber auf der untersten Treppenstufe drehte sie sich um und sagte: »Freitag in einer Woche sollen wir die ›Theaterstunde‹ anschauen. Marja spielt die Hauptrolle in einem neuen Stück von Ascham.« Rasch stieg sie die Treppe hinauf.

Später markierte Gail diesen Morgen und die Ankunft des Briefes immer als den Beginn der neuen, seltsamen und unwillkommenen Entwicklung in ihrem Leben: Wäre Marjas Brief nicht gekommen, hätte Gretchen mich wahrscheinlich nicht gebeten, am Nachmittagsempfang teilzunehmen; sie hätte nicht das Bedürfnis gehabt, eine ihre Beziehung bekräftigende Geste zu machen. Und wenn ich nicht hingegangen wäre...

Im Augenblick hatte sie keinerlei Andeutung, nur ein unbestimmtes Vorgefühl von Schwierigkeiten. Im allgemeinen machte Gretchen aus dem Inhalt ihrer Briefe kein Geheimnis; Gail fragte sich, ob ein Gefühl von Rücksichtnahme dahinter stehen mochte, oder vielleicht ein nachwirkender Groll, eine Eifersucht auf Marja, die sie bewogen hatte, ihr den Brief vorzuenthalten, statt ihn über den Tisch zu schieben. Gegen ihren Willen dachte sie, daß Gretchen bald wieder für einen Trunksuchtsanfall fällig sei. Sie würde gut daran tun, an diesem und dem nächsten Tag sehr vorsichtig zu sein. Wenn dieser Brief sie in irgendeiner Weise aufgeregt hatte...

Aber sie schüttelte den Gedanken ab, als sie das Frühstücksgeschirr abräumte und im Wohnzimmer die Vorbereitungen für den Klavierunterricht dieses Tages traf. Normalerweise hätte sie Gretchen gebeten, von einem Fakultätsempfang oder ähnlichen Veranstaltungen fernbleiben zu dürfen. Sie fand sie langweilig und ermüdend, angefüllt mit bedeutungslosem Geplauder und irgendwelchen Geschichten aus dem Collegebereich, die ihr nichts bedeuteten; andererseits gehörten der Fakultät ungefähr ein halbes Dutzend Männer und Frauen an, deren Gesellschaft sie bei den meisten Anlässen zu schätzen wußte.

Am Nachmittag um Viertel nach vier balancierte sie einen Pappteller und eine Tasse Tee auf den Knien, während sie einer widerwilligen Zitrone ein paar Tropfen auszuquetschen versuchte. Man hatte den Aufenthaltsraum des Studentinnenwohnheims zum Versammlungsort auserkoren; der lange Tisch an einem Ende war beladen mit Stapeln von Tassen, verschiedenen Sorten Kuchen und Gebäck, kristallenen Punschbowlen und großen, silbernen Sektkühlern. Bewacht wurde dies alles von Miß Emily Burdett, die ein wenig schnaufend und mit rotem Gesicht allen Wünschen gerecht zu werden versuchte. Gail hielt Ausschau nach Gretchen und sah den blaßgoldenen Kopf gerade am anderen Ende des Raumes außer Sicht kommen; offenbar war sie gegangen, die Madrigalsänger auf ihren bevorstehenden Auftritt vorzubereiten.

Jan Lawrence, imponierend in einem schwarzen Kleid, das sie mit superber Nachlässigkeit zu tragen verstand, ragte mit ihrem grauen Haar und dem zerklüfteten, goldbebrillten Gesicht wie ein Monument aus der Menge; als sie Gail sah, schenkte sie ihr ein gemessenes, mißtrauisches Lächeln. Gail erwiderte es verlegen. Gretchen hatte sich so entschieden gegen jede weitere Entwicklung freundschaftlicher Beziehungen zwischen ihnen gewehrt, daß Gail sich beinahe schuldig fühlte, wenn Peggy nach dem Klavierunterricht kam, Suzanne abzuholen, und sich ein kurzes Gespräch in der Diele nicht vermeiden ließ.

»Wie geht es Ihnen, Gail?«

»Sehr gut, danke, Dr. Lawrence.«

Jan Lawrence war im Gespräch mit einem hochgewachsenen, silberhaarigen alten Mann; sie resümierte, was sie gerade über die Anfangssemester und ihre heutzutage besonders kraß hervortretende Unfähigkeit zu disziplinierter Arbeit und Betrachtungsweisen, die nichts mit der unmittelbaren Situation ihrer jugendlichen Bedürfnisse zu tun hatten, gesagt hatte. »Haben Sie dieses Problem auch schon bei Ihren Schülern, Gail? Ich weiß, daß die meisten um einiges jünger sind, aber die Fähigkeit zu abstraktem Denken, die beim Studium der Musik ebenso wichtig ist wie bei dem der Mathematik, ist in Ihrem Unterricht sicherlich in ähnlicher Weise gefordert.«

»Es ist schwer, eine verallgemeinernde Aussage zu machen«, sagte Gail nachdenklich. »Ich habe ein paar Schüler, die bereit sind, sich wirklich anzustrengen. Es ist tatsächlich ein Fach, das Anforderungen an Fleiß und Lernfähigkeit stellt, und die trägen Schüler halten nie lange durch. Aber die anderen, die interessiert sind, arbeiten genauso hart, wie wir es in meiner Jugend gewohnt waren. Allerdings ist die Lernbereitschaft oft einseitig. Sie strengen sich sehr an, wenn es um Jazz oder Pop geht, aber wenn ich von ihnen verlangen würde, daß sie das gleiche Maß an Übungsarbeit darauf verwenden sollten, Bach und Czerny zu meistern, würden sie toben und schreien.«

Während sie sprach, hatte sich ein junger Mann der Gruppe zugesellt; sie erkannte den unfrisierten Kopf und die lange, schlaksige Gestalt Warren Burdetts. Er unterbrach sie mit einer kurzen Entschuldigung, um Jan Lawrence eine Tasse Tee zu geben, dann knüpfte er an Gails Bemerkungen an. »Das beweist mehr oder weniger, was Sie sagten, Professor Taillefer«, wandte er sich an den alten Herrn. »Die Jugendlichen haben noch immer Energie und Ehrgeiz, aber sie neigen dazu, beides ausschließlich für das zu verwenden, was sie für wichtig halten, während sie den Werten, mit denen wir sie vertraut zu machen haben, gleichgültig bis ablehnend gegenüberstehen. Zum Beispiel kann ich die Studienanfänger kaum dazu bringen, James Joyce oder Emily Dickinson zu lesen, von den alten Autoren wie Charles Dickens und Laurence Sterne ganz zu schweigen; sie klagen, wie schwierig und obskur und umständlich es sei. Dagegen beschäftigen sie sich gern mit Jack Kerouac, vielleicht, weil er der Dichter der Beat-Generation ist, und sie haben eine positive Einsellung zu J. D. Salingers *Fänger im Roggen*. Ich will nicht sagen, daß die Jugend heutzutage faul sei; sie zieht es einfach vor, ihrem eigenen Geschmack zu folgen, was freilich eine allgemeine Tendenz zur Oberflächlichkeit und zur Vermeidung von Anstrengung fördert.«

»Ich kann die Begeisterung für Salinger nicht verstehen«, sagte Jan Lawrence. »Ich weiß, die jungen Leute sagen, er spreche für ihre Generation; sie können sich mit seinem Helden identifizieren. Warum aber können sie den Wunsch haben, sich mit einem jungen Burschen zu identifizieren, der so offensichtlich geistig verwirrt ist?«

Warrren Burdett lächelte. »Fragen Sie Gail. Sie ist der Salinger-Generation am nächsten.«

Gail schüttelte den Kopf. »Ich kann nicht für sie sprechen. Von allem, was unter der Flagge moderner Belletristik auf den Markt kommt, sagt mir kaum etwas zu«, sagte sie. »Aber vielleicht hat es mit der allgemeinen Zerrissenheit und dem Wertverlust dieser Gesellschaft zu tun. Sie hören die Politiker und Zeitungsschreiber von idealistisch begründeten Wertvorstellungen sprechen und sehen zugleich, daß im Leben ganz andere Maßstäbe gelten; sie hören die Liberalen davon reden, daß ein Krieg uns und die Welt zerstören werde und daß es darum besser sei, Verständigung auch für einen hohen Preis zu suchen, während die Konservativen sagen, Friede um jeden oder beinahe jeden Preis sei Beschwichtigungspolitik, die ins Unheil führen müsse; sie wissen, daß ein Knopfdruck uns alle töten kann, und hören die Politiker von Katastrophenschutz und atomsicheren Unterständen reden, obgleich es tatsächlich kein Entkommen und keine Rettung gibt, und sie wissen nicht, was sie denken sollen. Sie können an die alten Werte nicht glauben, weil sie denken, die Generation der Väter und Großväter habe die Welt in diese verfahrene Lage gebracht. Und da sie den Eindruck haben, daß fast alles schon versucht worden und fehlgeschlagen ist, fangen sie vielleicht an, sich zu fragen, ob es denn so etwas wie Vernunft überhaupt gibt. Und die Generation der Eltern versucht nicht, Lösungen vorzuschlagen – sie spiegelt lediglich die Verwirrung, in die sie sich selbst gestürzt sieht. Es fehlt an überzeugenden Vorbildern und an überzeugenden Lösungsvorschlägen für die Probleme unserer Welt.«

»Bravo«, sagte Jan Lawrence.

Er ältere Professor meinte: »Aber, meine Liebe, liegt die Lösung nicht wirklich in einer Rückkehr zu grundlegenden Wahrheiten und Werten?«

Am anderen Ende des Raumes war Gretchen wieder erschienen, umgeben von einem knappen Dutzend junger Damen in anliegenden schwarzen Kleidern und jungen Männern in dunklen Anzügen. Zwei von ihnen hatten Blockflöten bei sich. Sie bildeten einen Halbkreis, Gretchen bat um Ruhe, und in der plötzlich eintretenden Stille erklang die klagende alte Weise der Flöten und brachte alles Geflüster und Getuschel vollends zum Verstummen; dann erhoben sich zwei Sopranstimmen rein und klar wie Kristall über die Melodieführung der Flöten:

»Christ ist erstanden...
Auferstanden von den Toten,
Nun sterbet nicht, sterbet nicht...«

Die ineinander übergehenden Stimmen des Chores verschmolzen hinter den Solisten in sorgfältig abgestimmten Harmonien, und die Flöten und die Sopranstimmen woben vor diesem Hintergrund einen zarten frühbarocken Klangteppich – eine zuerst von den Flöten, dann vom ersten und anschließend vom zweiten Sopran wiederholte Melodie, die im Chor verschmolz und wieder hervorkam:

»Der Tod hat von nun an,
Der Tod hat von nun an keine Macht über uns...«

Die Stimmen erstarben, und für die Dauer einiger Augenblicke herrschte vollkommene Stille. Dann begann der Applaus und brach die lähmende Spannung. Alle waren des Lobes voll, wie bewunderungswürdig Gretchens Arbeitsleistung sei, welch schöne Stimmen einige der Sänger hätten und daß ihre geplante Frühjahrstournee das Meridian-College auf die musikalische Landkarte der Vereinigten Staaten bringen würde, daß selbst ein bekannter texanischer A-Capella-Chor Gretchens Madrigalisten nicht das Wasser reichen könne, daß sie für ein so kleines College die beste Musikabteilung westlich von New York hätten...

In Anknüpfung an ihr vorausgegangenes Gespräch sagte Gail leise zu Warren und Jan Lawrence: »Ich glaube, da könnte die Antwort liegen. Hier haben wir ein Dutzend junge Mädchen und junge Männer, deren modische Frisuren schon verraten, daß sie Kinder ihrer Zeit sind, aber sie begeistern sich nicht ausschließlich für irgendeinen albernen Modetanz oder wertlose kommerzielle Popmusik oder dergleichen. Solange ein Dutzend Schüler und eine Lehrkraft diese Art von musikalischer Erfahrung wiedererlangen können, dürfen wir nicht sagen, daß die alten Werte verlorengegangen seien und daß es keine Disziplin mehr gebe.«

Die schwarzgekleideten Madrigalisten umdrängten Gretchen lachend, ließen sich Kuchen geben und die Komplimente der Fakultätsmitglieder über sich ergehen. Warren wandte sich wieder an Gail.

»Wie geht es Ihnen denn?«, fragte er. »Ich habe Sie in den vergangenen Monaten dann und wann gesehen, aber die ganze Zeit über stecke ich bis zu den Ohren in Arbeit.«

»Arbeiten Sie noch an Ihrer Dissertation? Oder haben Sie schon promoviert?« fragte Gail.

Er schmunzelte ein wenig kläglich. »Sie überschätzen meine Fähigkeiten, Gail. Ich fürchte, es wird wenigstens noch ein Jahr dauern. Nächste Woche, zum Beispiel, wird eine Lawine von Facharbeiten über mich hereinbrechen, die ich lesen, bewerten und mit den Studienanfängern besprechen muß – wobei eingeräumt sei, daß das Niveau der literarischen Analyse, um die es dabei geht, diese Bezeichnung bei den Anfangssemestern kaum rechtfertigt.« Er legte seinen leergegessenen Papierteller auf einen leicht erreichbaren Tisch. »Gail, würden Sie in Erwägung ziehen, mir meine Lasten mit Ihrer unschätzbaren Gesellschaft und Konversation ein wenig zu erleichtern? Mit anderen Worten, ich bitte um ein Rendezvous.«

»Wieso...?« platzte Gail heraus, aber er kam ihr schnell zuvor und sagte: »Wann sind Sie frei? Und ich meine nicht, was man gemeinhin als eine Verabredung bezeichnet – ich bin zu alt, um Spaß an einer Kinovorstellung zu haben und die üblichen Hollywoodmärchen zu sehen, oder mir in einem der örtlichen Tanzschuppen die Ohren zu ruinieren. Aber Sie sind mir immer wie ein Typ vorgekommen, der gern draußen ist. Was würden Sie zu einem langen Waldspaziergang sagen?« Er legte seinen zottigen Kopf auf die Seite und fügte hinzu: »Ich glaube, ich kann Ihnen einen Kriechenden *Arbutus* versprechen – nicht zum Ausgraben, wohlgemerkt, weil er unter Naturschutz steht, aber zur Bewunderung an Ort und Stelle.«

Gail überlegte rasch. Sie hatte es sich zur Gewohnheit gemacht, eine gelegentliche Verabredung anzunehmen, und Warren, der ein Bekannter und Kollege von Gretchen war, versprach zumindest ein intelligenter Gesprächspartner zu sein. »Gern«, sagte sie »und ich glaube, ich habe Samstag frei, obwohl ich erst noch sehen muß, was Gretchen geplant hat.«

Gretchen hatte nichts geplant, und tat es mit einem Lachen ab, als Gail ihre Verabredung mit Warren erwähnte. »Gut! Ich werde den größten Teil dieses Wochenendes mit Einstudierungen für die Tournee verbringen müssen. Du weißt, daß wir in drei Wochen fahren. Bis diese Sache vorüber ist, werden deine Wochenenden darunter zu leiden haben.«

Warren erschien am Samstag, einem Tag matten Sonnenscheins, eines wäßrigen blauen Himmels und hoher Schäfchenwolken, kurz nach dem Mittagessen. Er trug eine Cordhose, Wanderstiefel und einen grauen Pullover und betrachtete beifällig Gails Jeans und das Flanellhemd, die sie beinahe trotzig angezogen hatte, damit Warren ja nicht glaubte, sie habe sich für den Anlaß zurechtgemacht. »Sie sehen wunderbar praktisch aus. Als ich das letzte Mal ein Mädchen zu einer Wanderung einlud, kam es mit einem Musselinkleid und weißen Sandalen.«

Gail mußte bei der Vorstellung lächeln. »Vom Typ der Kletterpflanzen, nehme ich an?«

Er lachte. »Giftesche«, sagte er kurz. »Gehen wir, ja?«

Sie wanderten weit durch das Hügelland und einen schmalen Bach entlang, der vom Frühlingsregen noch angeschwollen war. Bei einem Schneefleck, der sich im Wald unter einer Föhre gehalten hatte, kniete Warren nieder und zeigte ihr einen dunkelgrünen Zweig mit roten Beeren. Er biß in eines der kleinen Blätter und gab Gail ein anderes.

»Wintergrün«, murmelte er, und sie fühlte den scharfsüßen Pfefferminzgeschmack auf der Zunge. An dem Blatt haftete noch etwas Schnee, kalt und frisch. Am Bachufer zeigte er ihr die spitzen haarfeinen Halme und die schmalen Blüten des blutroten Storchschnabels, aus dem roter Saft sickerte, wenn der Stengel gebrochen wurde, und tief im Wald endlich die zarten, kriechenden Triebe der blaßrosa Blütenblätter des *Arbutus* im Schatten der dikken Buchen und Ahornbäume.

»Früher kannte ich all diese Blumen und Pflanzen bei ihren Namen«, sagte Warren, als er sich auf einen gefallenen Stamm setzte und totes Laub vom vergangenen Herbst wegwischte, um Gail Platz zu machen. »Ich bin in den Wäldern aufgewachsen – mein Vater hatte eine Farm bei Albany, draußen an einer kleinen Landstraße, und die Gegend war so wild, als ob die Indianer noch da wären. In meiner Kindheit konnten wir beim Bach hin und wieder noch Pfeilspitzen finden. Inzwischen ist die Straße verbreitert und alles bebaut, und über das Farmgelände verläuft ein Stück Schnellstraße. Und ich habe zu lange in der Großstadt gelebt.«

Gail, eine der Blüten des blutroten Storchschnabels noch behutsam in der Hand haltend, sagte: »Ich fürchte, die meisten Blumen, die ich gesehen habe, standen in Blumenläden. Ich bin in einer Großstadt aufgewachsen, und danach lebte ich in New York. Als ich nach Meridian kam, wußte ich gar nicht, wie nahe das Land an die Stadt heranreicht.«

»Ich habe auch in New York gelebt«, sagte Warren. »Ich studierte an der Columbia-Universität.«

»Und nun sind Sie hier und arbeiten an Ihrer Dissertation. Warum? Ist es so, wie die Leute sagen, daß New York interessant ist, wenn man es besucht, daß man aber nicht dort leben möchte?«

Warren schüttelte den Kopf. Er zog eine Pfeife aus der Tasche, fing an, sie zu stopfen, lachte und steckte sie wieder ein. »Lieber rieche ich das nasse Laub. Nein, in New York kann man auch leben, wenn man eine bestimmte Art von Leben will«, sagte er nachdenklich. »Mir gefiel es, aber es gibt eben vieles, was man dort nicht tun kann. So etwas wie heute, zum Beispiel. Das Problem ist, daß es auf der anderen Seite vieles gibt, was man nirgendwo sonst außer in New York tun kann. Ich sehe mich eigentlich nicht als einen halbgaren Intellektuellen...« Er lachte ein wenig selbstironisch. »Aber ich könnte nicht auf eine Farm oder in eine gewöhnliche Kleinstadt zurückgehen. Ich würde – austrocknen, wenn ich niemand hätte, mit dem ich ein intelligentes Gespräch führen könnte. Andererseits«, sagte er und nickte in den Wald hinein, »muß das Leben wohl ein Kompromiß zwischen den Dingen sein, die man braucht, und denen, die man will. Ich will das New Yorker Leben – aber die Dinge, die ich brauche, sind alle hier. Das akademische Leben hier ist ein Kompromiß, es ist zweitklassig. Aber es gibt mir die Möglichkeit, auch etwas vom Land zu haben.« Er schwieg eine Weile, dann fügte er mit leiser Stimme hinzu: »In einer großen Stadt bekomme ich Heimweh – Heimweh nach Natur und Bäumen und Blumen und Grün, glaube ich. Von den Hungerrationen, die der Central Park bietet, könnte ich nicht überleben.«

Er streifte sie mit einem schnellen Seitenblick, als erwarte er, daß sie lachen würde; aber Gail, die von seinen Worten bewegt worden war, nickte nur. »Ich weiß, was Sie meinen«, sagte sie. Auch sie hatte einen Kompromiß zwischen dem, was sie wollte, und dem, was sie brauchte, schließen müssen und ihn gefunden. Sie dachte an Peggys Worte: »Ich bin nicht sonderlich glücklich, aber wenigstens habe ich das Gefühl, ehrlich zu sein.«

Warren ließ die Stille zurückkehren, dann stand er auf, reichte Gail die Hand. »Es wird Zeit, daß wir umkehren. Ich habe Tante Emily versprochen, daß ich vorbeikommen und die Spülmaschine in ihrer Küche richten würde«, sagte er, »außerdem wird es bald recht kühl sein.«

Auf dem Rückweg sprachen sie nicht viel, doch als sie auf dem Gehsteig vor dem braun und gelb gestrichenen Holzhaus haltmachten, legte Warren ihr die Hand zögernd auf den Arm.

»Wie wäre es mit einer richtigen Verabredung? Das Pro-Arte-Theater in Bayswater zeigt den Film, der über das Leben Puccinis gedreht worden ist. Würden Sie ihn gern sehen? Oder haben Sie für die italienische Oper nichts übrig?«

»Doch, freilich«, sagte Gail. »Gretchen ist für die Oper weniger zu haben; sie meint, die Oper sei in den allermeisten Fällen eine geistig anspruchslose Form der Musik. Ich hatte mich schon damit abgefunden, daß ich diesen Film würde versäumen müssen. Danke, Warren, gern.«

Sie einigten sich auf Mittwochabend, und Gail merkte, daß sie sich darauf freute. Nach einigem Zögern fragte sie Gretchen, ob sie den Film gern sehen würde – wäre Gretchen interessiert, könnten sie die Fahrt vielleicht als eine kleine Gruppe unternehmen –, aber Gretchen zog die Brauen in gespieltem Entsetzen hoch.

»Um Himmels willen, nein, Liebling! Puccini? Offen gestanden, das ist nicht mein Geschmack. Ich kann gut ohne einen Haufen von sentimentalen Sizilianern auskommen, die auf der Bühne toben und schluchzen.« Sie schüttelte lachend den Kopf. »Danke, Gail, aber – nein danke. Geh nur mit Warren – ich schenke dir sogar ein Päckchen Papiertaschentücher, damit du über den Tod der *Madame Butterfly* oder der *Manon Lescaut* weinen kannst, oder welche Helden sonst sie in dem Film jämmerlich sterben lassen. Und Warren leihe ich meinen Regenmantel, den er sich über die Schulter legen kann.«

Errötend dachte Gail an den Abend, als Gretchen sie am Ende einer Übertragung aus der Metropolitan-Oper von *Madame Butterfly* in Tränen aufgelöst angetroffen hatte. »Es ist komisch«, sagte sie, »denn in den meisten Fällen bist du die Sentimentale von uns beiden, Gretchen. Und doch bist du für gefühlvolle Musik völlig unempfindlich.«

Gretchen lächelte. »Wirklich? Hast du mich jemals dem Choral in der Matthäuspassion lauschen sehen? Aber Oper – meistens möchte ich den Heroinen am liebsten zurufen, sie sollten sich zusammenreißen und aufhören, solche verdammten Närrinnen zu sein.« Sie wandte sich ab und fügte in leisem, plötzlich ernstem Ton hinzu: »Vielleicht finde ich es einfach schwierig, mich mit ihnen zu identifizieren, weil es für mich keinen Mann gibt, für den zu leben, geschweige denn zu sterben sich lohnte.«

Gail stand da und schaute sie erstaunt an. Es war das erste Mal seit Jahren, daß Gretchen auch nur andeutungsweise von ihrer eigenen Homosexualität gesprochen hatte – sonst war das Thema im beiderseitigen Einvernehmen mit Stillschweigen übergangen worden. Gail streckte die Hand nach ihr aus, aber Gretchen lachte nur.

»Also geh und weine dich über Mimi oder Tosca aus.«

Der Film war gut, und die musikalischen Auszüge aus Originalopern Puccinis noch besser. Als sie nach Hause fuhren, summte Gail noch immer Passagen aus *La Bohème*. Warren blieb einsilbig, bis sie das Haus mit den gelben Fensterläden erreicht hatten. Dann, als Gail aussteigen wollte, sagte er: »Augenblick, Gail«, und ergriff ihre Hand.

Sie entgegnete argwöhnisch: »Nein, ich...« aber er machte keine weiteren Versuche, sie zu berühren. Seine Hand, die die ihre hielt, war warm und fest.

»Gail, Sie sind nicht wie andere Mädchen; ich mag nicht mit Ihnen um einen Kuß ringen, nicht zu solchen Bedingungen. Aber ich möchte Ihnen eines sagen: Es kommt nicht so ohne weiteres vor, daß ich es bei einem Mädchen ernst meine, aber ich glaube, bei Ihnen meine ich es sehr ernst. Denken Sie darüber nach, Gail.«

Er ließ ihre Hand los, aber sie blieb neben dem Wagen stehen und blickte ihn mit einem schmerzlichen Ausdruck an, den er nicht zu deuten wußte. Nach einer Weile sagte sie halblaut: »Tun Sie es nicht, Warren. Meinen Sie es nicht zu ernst mit mir. Bitte – verderben Sie es nicht.« Sie wunderte sich, daß etwas plötzlich ihre Kehle beengte. Warum mußte er es verderben? Er war so – so anders.

»Gail«, murmelte er. Er nahm sie wieder bei der Hand und zog sie näher. Er fühlte sich warm und kräftig an, und einen Augenblick überließ Gail sich den ungewohnten Empfindungen und fühlte seinen Atem an ihrer Wange; und dann, tief im Inneren, unverkennbar, die Regung...

»Nein, Warren«, sagte sie mit schwacher Stimme, entzog ihre Wange der leichten Berührung seiner Lippen und floh in einer Art Panik zu dem dunklen Haus, sperrte auf und warf die Tür hinter sich zu, als ob der Teufel hinter ihr her wäre. Dann stand sie mit klopfendem Herzen in der Diele und zitterte.

Warum, warum hatte Warren das getan?

Endlich faßte sie sich und stieg die Treppe hinauf. Sie kam ihr wie ein Berg vor. Mimis verzweifelter Satz ging ihr in sinnloser Wiederholung durch den Kopf: »Von dem Heim, das sie auf den Ruf der Liebe floh, kehrt Mimi allein zurück zu ihrem einsamen Nest...«

Aber sie war nicht allein! Gails Kehle schmerzte, und ihr Herz pochte wild.

Noch immer zitternd stand sie vor Gretchens Tür, die Hand auf der Klinke. Getrieben von einem Hunger nach Selbstbestätigung und Ermutigung, wollte sie zu Gretchen ins Bett schlüpfen, sie mit Liebkosungen wecken und die wachsende Leidenschaft ihrer Liebe fühlen...

Einer Liebe, der Gretchen keinen Namen geben mochte. Der Gedanke an diese stille, bei Tageslicht niemals erwähnte Leidenschaft konnte ihr an diesem Abend keine Bestätigung bieten. Still ging sie in ihr Zimmer, kleidete sich aus, ohne das Licht einzuschalten, und kroch unter die Decke, wo sie eine Weile fröstelnd lag und endlich in einen totenähnlichen, erschöpften Schlaf sank, in dessen wirre Träume die schluchzenden Kadenzen der Puccini-

Melodien verwoben waren, in denen sie sich durch leere Räume mühte, die ausgebrannt schienen, mit faulenden Dielenbrettern und gähnenden Löchern im Boden, immer auf der Suche nach Gretchen; das Klavier war halb im verrotteten Fußboden versunken, und Marja saß nackt und mit übereinandergeschlagenen Beinen darauf, halb verborgen unter ihrem langen, feinen Haar, und sagte höhnisch: ›Was kann sie dir geben? Getrennte Betten und edle Worte?‹

Sie schlief länger als sonst, erwachte mit dem Tageslicht in den Augen und hörte Gretchen in der Küche rumoren. Sie versuchte den schalen Nachgeschmack ihrer Träume mit einer kalten Dusche zu vertreiben, und der Spiegel zeigte ihr ein heiteres, halbwegs ausgeruhtes Antlitz; nur in den Augen war noch ein Rest Müdigkeit auszumachen. Ermutigt ging sie die Treppe hinunter.

»Wie war der Film?«

»Gut«, sagte Gail kurz. Sie wollt sagen: Gretchen, ich werde Warren nicht wiedersehen. Ich fürchte, er nimmt die Sache allmählich zu ernst. Aber sie ließ die Worte, die ihr schon auf der Zunge lagen, nicht über die Lippen. Sie konnten nur eine weitere konfuse Aufwallung unterdrückter Eifersucht oder Schuldgefühle auslösen, die Gretchen von Zeit zu Zeit bewogen, die halbe Nacht zu trinken und sich hinterher eine Woche lang mit nervösen Selbstvorwürfen zu quälen. Es war ihr eigenes Problem. Sie selbst mußte es lösen. Aber manches wäre weiß Gott leichter, wenn Gretchen sich den Tatsachen stellen würde...

Am Vormittag hatte sie zwei Klavierstunden. Sie war gerade mit dem kleinen Donnie Howard fertig, als sie draußen ein Geräusch hörte und Warrens Wagen vor dem Haus halten sah.

Sie wandte sich wieder den Fingerübungen des Jungen zu, korrigierte sie und ließ ihn wiederholen. »So ist es besser, Donnie. Diese Woche kannst du die nächste Seite üben. Aber gib acht auf die linke Hand, und vergiß nicht, laut mitzuzählen, so...«

»Eins und zwei und drei und«, sagte er gehorsam auf, und sie tätschelte ihm den Lockenkopf und gab ihm das Notenbuch für Anfänger. »Gut jetzt, Donnie. Bis nächste Woche. Und vergiß nicht, fleißig zu üben.«

Er sprang fröhlich zur Tür; sie folgte ihm langsam, fürchtete den Anblick von Warrens Gesicht. Donnie hüpfte die Stufen hinunter, und sie hörte einen durchdringenden Schrei, gefolgt von lautem Geheul. Sie rannte hinaus. Donnie war die Stufen hinuntergefallen und lag schreiend am Boden.

Sie war mit zwei Schritte bei ihm, hob ihn auf und stellte ihn auf die Beine. »Scht, scht«, murmelte sie. Sie klopfte ihm Erde von den Kleidern, wischte ihm die Knie und das Gesicht ab. Er war nicht verletzt. »Siehst du, es ist gar nichts.«

Er lehnte den Kopf an ihre Schulter und schnupfte; sie wischte ihm die Nase mit ihrem Taschentuch und bemerkte zu ihrem Verdruß, daß ihr selbst die Augen brannten. Ihre Nerven waren offenbar nicht mehr die besten. »Na also, Donnie«, sagte sie munter. »Nun sieh dir das Loch an, das du in Gretchens Blumenbeet gemacht hast! Nächstes Mal läute die Glocke, bevor du dich hineinfallen läßt, vielleicht machen die Blumen dir dann Platz.« Er lächelte, und sie gab ihm einen Klaps. »Nun lauf zu, du Herumtreiber«, sagte sie in gespielter Strenge, und er hob sein Musikbuch auf und ging. Gail, noch am Boden kauernd, blickte auf und sah Warren auf dem Weg stehen; er gab ihr die Hand und half ihr auf.

»Er hatte sich nicht verletzt? Ich hörte ihn wie am Spieß schreien.«

Sie schüttelte den Kopf. »Mehr Schreck und gekränktes Selbstgefühl als sonst etwas.«

»Ich habe Sie eben mit dem Jungen beobachtet und auch früher schon einmal – bei der Kirche. Sie sollten ein Dutzend haben, Gail.«

Sie schüttelte abweisend den Kopf. »Gute Lehrerinnen sind nicht immer gute Mütter«, sagte sie, und Gretchens Worte kamen ihr in den Sinn: »Kinder? Daran hatte ich nie gedacht.« Der Gedanke ließ das Gefühl wieder aufleben, das sie überkommen hatte, als Donnies Wuschelkopf an ihrer Schulter gelegen hatte.

»Gail – kommen Sie mit zu einer kleinen Ausfahrt.«

»Ausgeschlossen. Ich habe eine Unterrichtsstunde.«

»Sagen Sie sie ab. Es ist wichtig«, sagte Warren. Das Haar fiel ihm unordentlich in die Stirn, und sein blasses Gesicht sah hager und streng aus. Sie zögerte. Vielleicht war sie es ihm schuldig. Seufzend ging sie zum Telefon...

Er fuhr eine Weile, dann parkte er den Wagen und wandte sich zu ihr. »Gail...«

»Moment«, sagte sie, ehe er sprechen konnte. »Warren, ich habe mich entschlossen, Sie nicht wiederzusehen. Sie fangen an, die Sache ernst zu nehmen, und es wäre Ihnen gegenüber nicht fair, wenn ich Ihnen durch mein Verhalten falsche Hoffnungen machte.«

»Aber warum?« fragte er. »Gail, ich liebe Sie – sicherlich werden Sie das schon bemerkt haben!«

Die Worte lagen ihr auf der Zunge, aber sie durfte sie nicht aussprechen, ohne Gretchens Ruf und ihre Sicherheit zu zerstören.

»Haben Sie nie jemanden geliebt, Gail?«

Sie dachte an Marja, die frühe Verliebtheit – aber das kam ihr jetzt kindisch vor. Die feste, starke Bindung zwischen Gretchen und ihr – das war etwas anderes.

»Ja.«

»Und Sie glauben nicht, Sie könnten mich lieben, Gail? Gail...«

Er streckte die Hände nach ihr aus, zwanghaft und hungrig wie ein Verschmachtender, und küßte sie. »Gail – ach, Gail«, seufzte er und näherte sich wieder ihren Lippen. Zuerst versuchte sie zu widerstehen; dann fühlte sie mit Entsetzen, wie allmählich die Reaktion erwachte, und sie geriet vollends aus der Fassung – etwas völlig Neues, Unbekanntes, nicht Geahntes wuchs in ihr, bis es den Himmel und die Welt auslöschte – sie ging darin unter und ertrank, aber dann kam sie zitternd und verängstigt wieder an die Oberfläche. Sie riß sich von Warren los. Ihre Hände bebten.

»Siehst du?« sagte er triumphierend.

»Nicht, nein...«

»Aber Gail – mein Liebes, warum fürchtest du dich so?« versuchte er sie zu beschwichtigen. Er nahm ihr Hände, und sie entzog sie ihm. »Fahr mich nach Hause! Warren, bitte, fahr mich jetzt nach Hause.«

Er gab nach, doch nicht ohne ihre Hand zu nehmen und sie zu küssen. »Nun gut«, sagte er beinahe flüsternd. »Nun, da ich es weiß, kann ich warten.« Schweigend startete er den Motor; schweigend fuhr er sie heim. Gail drückte sich in die Ecke des Beifahrersitzes, weiß wie ein Laken, zitternd. O Gott, o Gott...!

Wie in Trance stieg sie aus und ging blindlings durch den Vorgarten, ohne zu merken, daß Warren ihr erstaunt und enttäuscht nachsah. Im Wohnzimmer warf sie sich auf das Sofa und bedeckte das Gesicht mit den Händen. Was war mit ihr geschehen?

Noch nie – nie in ihrem ganzen Leben – hatte sie auf einen Mann reagiert. Nicht einmal andeutungsweise. Und diese – diese überwältigende, unglaublich körperliche Empfindung?

Großer Gott, was für eine Sex-Furie war sie, daß sie auf Männer und Frauen reagierte?

Aber hatte sie früher jemals eine Chance gehabt, auf einen Mann zu reagieren? In ihrem Leben hatte es ein halbes Dutzend Jungen und junge Männer gegeben. Keiner von ihnen hatte ihr etwas bedeutet.

Vielleicht war es das. Sie hatte es nie mit einem Jungen versucht, an dem ihr etwas gelegen hatte. Es waren bloß Zufallsbekanntschaften gewesen, und nicht einmal solche, die sie wirklich interessiert hätten. Und dann, als Marja gekommen war, hatte sie alle Versuche aufgegeben.

Vielleicht fühlte sie jetzt, was andere Mädchen schon als Heranwachsende fühlten. Sie hatte bei den Eltern relativ zurückgezogen gelebt, hatte nie viele Bekanntschaften gehabt, war selten ausgegangen, und wenn sie es getan hatte, waren ihr die Jungen schrecklich primitiv und oberflächlich vorgekommen, und so hatte sich in ihr eine Gleichgültigkeit entwickelt. Die Vorstellung, Jungen zu küssen, die ihr nichts bedeuteten, war ihr verhaßt. Nie hatte sie einen Mann gekannt, den sie wirklich respektieren und schätzen konnte. Vielleicht hatte sie ein vorsichtiger Instinkt daran gehindert, Bekanntschaften mit älteren und reiferen Jungen zu schließen, die ihr Achtung oder vielleicht sogar Bewunderung eingeflößt hätten? Und sie war ein zurückhaltender Typ, der jemand schätzen und bewundern mußte, bevor sie sich auf Intimitäten einlassen konnte. Wie rasch hatte sie damals auf Gretchen reagiert – weil sie die erste Person war, die sie hatte bewundern können und die wiederum sie verstanden hatte. Auch bei Marja war es so gewesen; sie war die weltläufige elegante junge Frau, die es in der Großstadt zu etwas gebracht hatte. Warren war tatsächlich – und sie erschrak über die unglaubliche Erkenntnis – der erste Mann, den sie je wirklich gemocht hatte. Und wie stark reagierte sie auf ihn!

Sie fuhr hoch, und der Atem stockte ihr, als ihr ein furchterregender Gedanke – furchterregend in seinen Auswirkungen – durch den Kopf schoß:

Vielleicht bin ich überhaupt nicht lesbisch! Vielleicht habe ich mir nur nie eine Gelegenheit gegeben, etwas anderes zu sein!

9

Bis Gretchen nach Hause kam, war es ihr gelungen, ihre widerstreitenden Empfindungen einigermaßen zu bewältigen, und der Anblick des vertrauten, lieben, etwas verhärmten Gesichts beruhigte sie. Was für unsinniges Zeug hatte sie sich da ausgedacht? Sie liebte Gretchen, und das war genug. Sie lief ihr entgegen und küßte sie, intensiv und schuldbewußt, suchte die vertraute Regung von Leidenschaft, um sich ihrer wahren Empfindungen zu vergewissern. Gretchen lächelte sie dankbar an.

»Hallo, Liebling. Essen wir heute früher? Wollen wir uns die Sendung mit Marjas Programm ansehn?«

In der Konfusion anderer Gedanken hatte Gail das Programm und Marjas Rolle darin vergessen – ein großer Erfolg für eine junge Schauspielerin, gleich eine tragende Rolle in einem Stück von Ascham zu bekommen. Unwillkürlich fragte sie sich, wie es wäre, Marja wiederzusehen. Marja... sie schien ihr jetzt wie ein vergangener Traum, der sich allmählich zu verflüchtigen begann. Sie konnte Marja nun mit der gleichen inneren Distanz sehen, die sie jeder anderen Schauspielerin entgegenbrachte...

Sie schmeckte kaum etwas vom Abendessen und bestand darauf, das Geschirr ohne Gretchens Hilfe zu spülen. Gretchen suchte den Fernsehkanal, stellte das Gerät ein, und als die Sendung beginnen sollte, kam Gail herein und setzte sich zu ihr. Gretchen faßte sie bei der Hand. Musik erfüllte den Raum, und der Vorspanntext begann über den Bildschirm zu flimmern.

›FLY AWAY HOME von David Ascham, mit Marja Dalton in der Hauptrolle...‹

Als Marja im Bild erschien, hielt Gail unwillkürlich die Luft an. Der vertraute schlanke Körper war halb abgewandt, sie stellte Blumen auf einen niedrigen Tisch. Darauf wandte sie sich zur Kamera, und ihr Gesicht kam ins Bild: ein friedliches, sanftes Gesicht, mit sanfter Stimme. Trügerisch, dachte Gail, eine vollendete Schauspielerin – denn noch ehe Marja den Mund auftat, war die sanfte Anmut der Frau, die sie spielte, offenbar. Die Handlung entwickelte sich im typischen sentimentalen Stil der Familienschnulze. Zu Gails Verblüffung spielte Marja keine Sirene, sondern die unmerklich alternde Mutter einer großen Familie, Frau eines aristokratischen, stolzen Franzosen auf einer Pazifikinsel. Während des Zweiten Weltkriegs, als die älteren Kinder aus Sicherheitsgründen evakuiert worden waren, hatte Valerie – Marja – daheim ausgeharrt und miterlebt, wie ihr Haus in ein Lazarett verwandelt worden war. Zu dieser Zeit hatte sie einen totgeborenen Sohn zur Welt gebracht. Ungefähr gleichzeitig war eine Flüchtlingsfrau ins Lazarett gekommen und dort von einer Tochter entbunden worden. Die Frau hatte das Kind verlassen; Valerie, deren eigenes Kind tot war, hatte das Mädchen angenommen und Paul, ihrem Mann, verschwiegen, daß Lisette nicht ihre eigene Tochter war.

Zehn Jahre später kam die Flüchtlingsfrau, eine amerikanische Krankenschwester, auf die Insel zurück und drohte Valeries Familie mit einem Skandal, wenn sie ihr Lisette nicht herausgäben. Die ziemlich klischeehafte Situation gewann an Dramatik durch die überzeugende Darstellung des stattlichen französischen Schauspielers, der den Ehemann Paul spielte; durch die liebliche Schlichtheit des Mädchens, das Valeries älteste Tochter spielte, deren Heirat durch den Skandal bedroht wurde; durch den hageren, verbitterten Charaktertyp der Darstellerin, die die Erpresserin spielte; und das lausbubenhafte Kind, das Lisette spielte – vor allem aber durch die Gestalt der Valerie, die von Marja überzeugend verkörpert wurde, leidenschaftlich aufrichtig, mit wahrer Mutterliebe an ihrem angenommenen Kind hängend, die Erpresserin bemitleidend und verachtend, zitternd vor der Notwendigkeit, dem stolzen, strengen Gemahl ihre Täuschung beichten zu müssen.

Gail und Gretchen saßen buchstäblich auf den Stuhlkanten, als die Handlung sich entfaltete; und beim dramatischen Höhepunkt, als Paul das zurückgewiesene Kind wieder in die Arme schloß, bewirkte Marjas in Freudentränen schwimmendes Gesicht, daß Gail laut aufschluchzte. Das musikalische Thema rauschte noch einmal auf und verklang; Gail, halb in Trance, erhob sich und schaltete den Fernseher aus.

»Mein Gott«, murmelte Gretchen.

»Ich hätte nie geglaubt, daß Marja das Zeug dazu hat«, sagte Gail aufrichtig. Diese kreative Begabung, dachte sie. In der sinnlichen egoistischen Marja!

»Ich traute es ihr schon zu«, sagte Gretchen düster. »Aber Marja verdient es nicht. Sie – sie hat sich vergeudet.« Plötzlich brach die Verärgerung in ihr durch, und sie wütete. »Sie hätte sich – engagieren sollen! Mit dieser Begabung hätte sie schon viel früher Großes erreichen können! Statt dessen ließ sie sich gehen, verplemperte sich in Nichtigkeiten, in bedeutungslosen Affären, in Promiskuität! Sie hatte eine Verantwortung!«

»Aber sie ist trotzdem großartig, Gretchen«, sagte Gail. »Und trotz der Tatsache, daß sie zu Promiskuität neigt, daß sie eine Lesbierin ist, daß du ihre Morallosigkeit nicht billigst, muß man anerkennen, daß das Talent in ihr zum Durchbruch gekommen ist und sie jetzt an einen Punkt gebracht hat, wo sie an wirkliche Größe herankommt. Vielleicht haben Moral und Darstellungskunst wirklich nichts miteinander zu tun.«

Gretchens Gesicht war totenblaß. »Wenn ich das glaubte...«, sagte sie leise.

Gail ging zu ihr und faßte sie bei den Schultern. »Was dann, Gretchen? Glaubst du, daß du vielleicht anders gewesen wärst? Gretchen, es ist doch nicht schlecht, homosexuell zu sein, nicht wahr? Du leidest noch immer unter dem Gefühl, daß es falsch und schlecht sei, so zu sein, wie wir sind, habe ich recht? Kannst du aufrichtig glauben, daß meine Liebe zu dir schlecht ist, Gretchen?« Sie beugte sich herunter, und ihre Lippen suchten die Gretchens, aber die Frau nahm den Kopf mit einer heftigen Bewegung beiseite. »Rede nicht so«, sagte sie, weiß bis zu den Lippen. »Es hat keinen Sinn. Ich – ich werde nicht darüber sprechen.«

Sie kehrte Gail den Rücken und ging zur Küche. Gail folgte ihr, da sie wußte, was als nächstes geschehen würde, und entwand Gretchen die Whiskyflasche. »Ich werde dich das nicht tun lassen«, sagte sie heftig. »Wenn etwas sinnlos ist, dann diese Art, wie du mit dir selbst in Zwietracht lebst.« Bevor Gretchen etwas erwidern konnte, zog sie sie in die Arme, führte sie zurück zum Sofa und überhäufte sie dort mit Zärtlichkeiten, jedes Widerstreben mit ihren Küssen erstickend, liebkoste ihren Körper in hungrigem Verlangen, bemüht, Erfüllung der Sehnsucht in ihrem Herzen zu finden. Sehnsucht wonach? Nach Gewißheit, nach Anerkennung? Gretchen, die anfangs still war, nur benommen widerstrebte, öffnete schließlich ihre Lippen den harten, schmerzhaften Küssen, wurde gefügig und erwärmte sich unter Gails Berührung. Kleider wurden achtlos zu Boden geworfen; fortgerissen von einem wahnsinnigen Zwang packte Gail fordernd und gewaltsam zu, ergriff halb schluchzend und mit hungriger Leidenschaft von Gretchen Besitz.

»Ich liebe dich – ich liebe dich so sehr – ich liebe dich so sehr...«

Gretchen stieß einen Schrei aus, einen schluchzenden Schrei der Verausgabung und Beschwichtigung, aber Gail ließ unwillig von ihr ab, frustriert und in der Spannung unbefriedigten Verlangens. Was hatte sie? Gretchen murmelte, schmiegte sich an sie, küßte sie, aber Gail lag mit offenen Augen und starrte zur Decke auf. »Was ist los mit mir?« murmelte sie halblaut, aber im Inneren wußte sie es.

Früh am nächsten Morgen erwachte sie mit einem dumpfen Druck im Hinterkopf, steifen, schmerzenden Gliedern und merkte, daß sie noch mit Gretchen auf dem Sofa lag. Gretchen war in ihren Armen eingeschlafen, aber Gail hatte noch lange grübelnd wachgelegen, bis die erlösende Ruhe endlich auch zu ihr gefunden hatte. Nun sah sie sich der Erkenntnis gegenüber, wenn sie mit sich selbst so aufrichtig sein wollte wie sie es mit Gretchen war.

Was waren die Alternativen? Gretchen zu verlassen oder bei ihr zu bleiben. Wenn sie blieb, würde sie Warren aufgeben müssen. Wie es jetzt war, konnte es nicht weitergehen.

Warren aufgeben? Der Gedanke schien unerträglich. Und doch mußte sie es tun. Wenn sie hingegen Gretchen verließ – aber wie könnte sie Gretchen verlassen? Sie hatten so viel gemeinsam, sie teilten viel miteinander. Und eine Trennung würde bedeuten, daß Gretchen in ihr einsames, schuldbewußtes Elend zurückfiele. Sie hatte Gretchen gegenüber eine Verpflichtung; ebensosehr, als ob sie mit ihr verheiratet wäre. Würde sie eine verheiratete Frau, die sich erlaubte, auf ein Liebesverhältnis mit einem anderen Mann zu spekulieren, achten oder ihr Verhalten gar gutheißen können?

Wie gern hätte sie mit Gretchen darüber gesprochen! Doch wenn sie es zur Sprache brächte, würde sie Gretchen nur in eine selbstquälerische, selbstaufopfernde Depression treiben. Wenn Gretchen sie der Untreue beschuldigen oder auch nur sagen würde, daß sie Gail nicht freigeben könne... Aber Gail wußte, daß Gretchen sie gehen lassen würde, aus ihrem eigenen Schuldgefühl heraus und weil sie sich nicht eingestehen wollte, daß sie Gail brauchte. Gestern abend hatte sie nicht einmal zugeben können, daß sie eine Lesbierin war.

Sie war in Gretchens Leben getreten, als die ihre Lebensbahn bereits abgesteckt hatte: Einsamkeit, Sublimierung. Sie hatte Gretchen gezwungen, dies zu ändern, sie zu lieben. Und nun konnte sie daran denken, Gretchen zu verlassen?

Sie wollte Warren nicht wiedersehen...

Aber ihr treuloser Körper überflutete sie mit der Erinnerung an seine Lippen, seine Hände; an die strömende, sich übertragende Wärme seines Körpers...

Gretchen erwachte, schaute erstaunt umher und lächelte sie an. »Guten Morgen, Liebling«, murmelte sie; dann, als sie Gail schärfer ins Auge gefaßt hatte, fragte sie schnell: »Gail, fehlt dir was?«

Wenn ich es dir nur sagen könnte, dachte Gail. »Ich habe unruhig geschlafen«, sagte sie. »Ich glaube, das Wetter bekommt mir nicht.«

Gretchen richtete sich auf. »Hör zu, nächste Woche fängt meine Tournee mit dem Chor an, aber vorher – hättest du Lust, ein Wochenende am Strom zu verbringen? In meinem Sommerhäuschen?«

Gail ging freudig darauf ein. Eine Rückkehr zu dem Ort, wo sie ihre Liebe entdeckt hatten, eine Chance, wegzukommen – sie stand unter Druck, mußte jeden Augenblick gefaßt sein, daß das

Telefon läutete, wußte, daß es läuten würde. »Aber gern, Gretchen! Komm, wir wollen gleich packen!«

Sie hatten kaum die Hälfte ihrer Sachen gepackt, als das Telefon schrillte. Gretchen nahm ab, drehte sich um und sagte, die Hand über dem Hörer: »Gail? Warren.«

Gail nahm ihr den Hörer aus der Hand. Sie hatte Herzklopfen wie ein Backfisch. Gretchen ging zum Schrank, legte Hosen zusammen, wählte ein paar Segeltuchschuhe aus, und Gail versuchte ihre Stimme zu dämpfen. »Warren, wir haben alles ausdiskutiert.«

»Ich weigere mich, das als Antwort zu akzeptieren. Ich werde kommen und mich vor deine Haustür legen.«

»Ich werde nicht hiersein«, sagte Gail leise und deutlich. »Ich fahre über Sonntag weg.« Sie unterbrach seinen Protest, indem sie auflegte, dann irrte ihr Blick hilflos über das Mattblau und Weiß des Zimmers, als ob es dort Sicherheit gäbe. Gretchen, rosig und lächelnd, zog eine flaschengrüne Hose und einen gelben Pullover an. »Wenn wir nicht allzu langsam fahren, können wir nachmittags um vier dort sein.«

Gail setzte sich ans Steuer, froh über die Gelegenheit, nicht reden zu müssen. Als sie im dichten Ausflugsverkehr auf der Schnellstraße dahinsausten, gestattete sie sich, vorsichtig wieder an Warren zu denken. Mit ihm zu leben... würde es so sehr anders sein? Der Gedanke erzeugte in ihr ein Gefühl von Beengung.

Peggy Paige hatte einen Mann geliebt und geheiratet, hatte Kinder zur Welt gebracht, bevor sie darauf gekommen war, daß sie im Kern ihres Wesens Lesbierin war.

Hatte sie, Gail, eine Frau geliebt, bevor sie entdeckte, daß sie im Grunde veranlagt war, Männer zu lieben? Peggy hatte gesagt, sie sei nicht glücklich, aber dafür aufrichtig. Peggy hatte getan, was sie in ihrer Lage für recht gehalten hatte, trotz Ehegelöbnis und der Bedürfnisse ihrer Kinder.

Sie war durch kein Gelöbnis an Gretchen gebunden...

Hatte sie einen Muttersatz gesucht, weil ihre eigene Mutter so abnorm kalt war? Gail erschauerte, und Gretchen schrak aus einem kurzen Nickerchen auf. »Liebes, du hättest deinen Anorak anziehen sollen«, tadelte sie sanft. »Komm, laß mich eine Weile fahren.«

Sie fühlte sich erleichtert, als sie endlich auf der schmalen, von knospenden Bäumen gesäumten Straße das Ufer des Stromes entlangfuhren. Mit einem Anflug von Wehmut sah sie voraus die

Hütte in Sicht kommen. Gretchen bremste, bog in die schmale Zufahrt und hielt ruckartig.

Ein roter Sportwagen stand vor dem Haus; ein vertrauter Wagen.

»Marja!« murmelte Gretchen. »Ich hätte es mir denken sollen.«

Plötzlich schaltete sie die Zündung wieder ein; aber ehe sie den Wagen in Bewegung setzen konte, kam Marja in einer roten langen Hose, das Haar zu einem dicken Zopf geflochten, die Stufen herab. Gail wurde eine seltsame, zitternde Erkenntnis zuteil: Es würde immer ein Band zwischen ihnen geben. Marja näherte sich ihnen.

»Hallo, Gretel«, sagte sie leise. »Hallo, Gail.«

Gretchen lächelte etwas ungewiß. »Wir sahen dich gestern abend im Fernsehen.«

Marja holte tief Atem. Sie sah dünner aus, angestrengter und älter, aber viel schöner als früher. Sie sagte: »Ich bin hierhergefahren, um dem Trubel zu entgehen – wollt ihr nicht hereinkommen?«

»Ich glaube nicht...«

Marja streckte die Hand aus. »Gretel, können wir uns in dieser Sache nicht wie Erwachsene benehmen? Freundinnen sein?« Sie blickte zu Gail, einen stummen Appell in den Augen, und Gretchen, die zögernd von einer zur anderen blickte, trat auf Marja zu und küßte sie auf die Wange. »Danke, Margie. Gail und ich sind – müde.«

Der Anblick der Hütte, des alten Klaviers in Gretchens Zimmer, der vertrauten kleinen Küche, alles peinlich sauber und ordentlich, bewirkte in Gail ein Gefühl, als sei sie jünger und sich selbst fremd. Sie beobachtete Gretchen und Marja, froh über ihre Versöhnung, und begriff, daß Marja Gretchen mehr bedeuten mußte, als sie je in Worte fassen würde.

Sie verbrachten den Abend mit Geschichten und Erzählungen aus den vergangenen Jahren, wobei Marja nicht weiter darauf einging, daß Gail und Gretchen zusammen lebten, und sich mit der ruhigen Bemerkung begnügte, sie habe immer geglaubt, daß es dazu kommen werde. In dieser Nacht schliefen Gail und Gretchen zusammen in Gretchens Zimmer, und einmal wachte Gail auf und fand sich in Gretchens Armen, machte sich aber vorsichtig daraus frei und dachte daran, wie es damals gewesen war, an die Offenbarung von Marjas Liebe. Es schien ihr jetzt wie ein Traum. Wie jung sie gewesen war – so unerfahren, daß sie Marjas Liebestechnik für Leidenschaft hatte halten können!

Gretchen schlief lange, und Gail, die schon bei Tagesanbruch erwacht war, schlüpfte aus dem Bett und ging Kaffee kochen. Sie füllte sich gerade eine Tasse, als Marja auf Zehenspitzen in die Küche kam, frisch und hübsch aussehend, das Gesicht frei von Make-up, das Haar lose im Nacken zusammengefaßt. »Ich habe deinen Kaffee gerochen; kann ich eine Tasse haben?«

Gail schenkte ihr ein. »Keine Milch?«

»Ich trinke ihn immer noch schwarz, erinnerst du dich nicht?«

Marjas Taille war noch immer so, daß man sie mit zwei Händen umfassen zu können glaubte. Sie setzte sich an den kleinen Tisch, und Gail sagte: »Bist du allein, Marja?«

Marja zuckte die Schultern. »Wer ist es nicht, im Grunde? Nun ja, ein paar Mädchen sind gekommen und gegangen. Warum hat unsere Art von Liebe keinen Bestand?« Sie lächelte. »Aber den Ergebnissen nach zu urteilen, haben auch die meisten Ehen keinen Bestand, und berücksichtigt man, daß viele Ehepaare nur zusammenbleiben, weil sie einen Horror vor der Scheidung haben, wären es noch viel mehr. In Kreisen, wo Scheidung möglich und einfach ist, ist sie an der Tagesordnung. Das menschliche Tier ist nicht monogam – und es bedarf sehr strenger Gesetze und Tabus, es dahin zu bringen, daß es sich so verhält.«

Sie stand auf, steckte ihre Füße in Espadrillas. »Gretel wird zum Frühstück Milch wollen. Wir könnten ins Dorf gehen und welche holen.«

Die Uferstraße unter den vom Tau tropfenden Bäumen war naß, der Strom blaßgrau mit silbrigen Glanzlichtern. In den knospenden Zweigen sangen Vögel. Sie gingen schweigend eine halbe Meile, bevor Marja fragte: »Wie ist es mit dir und Gretchen? Sie wollte nicht darüber reden – sie kann nicht zugeben, was sie ist.«

Marjas Mitleid ärgerte Gail. »Und du wirst erst zufrieden sein, wenn sie sich ein Etikett mit der Aufschrift *lesbisch* anheftet, wie?«

Marja sagte, überraschend friedlich: »Das hatte ich verdient. Aber bist du glücklich, Gail? Du siehst – traurig aus, irgendwie jämmerlich.«

»Wenn es so ist, kann Gretchen nichts dafür«, sagte Gail schnell.

Marja musterte sie von der Seite. »Gail, was ist los? Wenn es etwas ist, worüber du mit Gretchen nicht reden kannst – nun, du magst mich verabscheuen, aber erinnere dich, daß wir immer offen miteinander reden konnten. Ich habe dir nie etwas vorgemacht.«

Gail lächelte schwach. »Vielleicht wollte ich belogen sein«, sagte sie. Sie zögerte, dann platzte sie heraus: »Marja, ich – ich glaube, ich bin verliebt. In einen Mann.«

»Wie lächerlich!« schalt Marja, dann sah sie Gails Blick und sagte: »Mein Gott, es ist dir ernst damit, nicht? Paß auf, bist du sicher, daß du dich nicht von Gretchens romantischen Idealen überwältigen läßt? Romantischen Vorstellungen von dem, was recht und normal und geziemend ist? Von einem konventionellen Leben mit einem konventionellen Ehemann?«

Gail schüttelte den Kopf. »Ich... das glaube ich nicht.«

»Versuche es nicht«, sagte Marja. »Ich habe mit Männern geschlafen, aber – die Vorstellung, mit einem zu leben, Kinder zu haben... Ich kann nicht daran denken, ohne daß mir ein wenig übel wird. Wie stehst du zum Kinderkriegen?«

Gail dachte an Donnies Wuschelhaar, seine runden schmutzigen Arme an ihrem Hals. Plötzlich sah sie verschwommen. »Ich weiß nicht. Ich habe nie darüber nachgedacht.«

Marja biß sich auf die Lippe. »Du weißt, daß ich – ziemlich frigide bin, was der Grund ist, warum ich Sex mit Männern ertragen kann. Ja, mach ruhig ein Gesicht, wenn du willst, ich bin nur offen. Aber die Vorstellung vom Kinderkriegen hat mich mit ein paar recht netten Männern auseinandergebracht. Sie fangen an, von Heirat und glücklicher Ehe zu reden, na ja, warum nicht? Und dann, wenn man weiter mit ihnen redet, finden sie es selbstverständlich, daß man ein paar Kinder haben, den Beruf aufgeben und eine konventionelle Hausfrau sein soll. Und wenn ich mir das alles vorstelle, die Abhängigkeit, das Absinken in Stumpfsinn: Nein. Mein Gott, Gail, ich könnte die Idee, daß du von schmutzigen Windeln, schreienden Säuglingen und angewärmten Saugflaschen umgeben bist, nicht ertragen!«

Ihr Gesicht war sehr ernst; sie war so aufrichtig, wie sie nur sein konnte, als sie sagte: »Gail – hör zu, Kind. Hast du mit dem Kerl geschlafen?«

»Nein«, sagte Gail, dann fügte sie mit einem Impuls von Aufrichtigkeit hinzu: »Aber ich wollte es.«

Marja blickte ihr gerade in die Augen. »Schlaf mit ihm. Ich sage es dir im Ernst – tu es.«

»Gretchen...«

»Ich weiß, wie du über die Treue denkst, Gail, aber ehrlich gesagt, es könnte dich und Gretchen retten. Bei Gretchen weißt du wenigstens... Ach nein, ich sage kein Wort gegen sie, aber ich könnte mir denken, daß du deprimiert bist, weil alles beginnt, allmählich zur Ruhe zu kommen. Aber, Gail – einmal Lesbierin, immer Lesbierin. Selbst ein Psychologe kann uns nicht neu machen, verstehst du? Es heißt, homosexuelle Tendenzen seien nicht heilbar.« Sie gluckste plötzlich. »Vielleicht brauchst du einen Psychiater, der dir hilft, dich mit deinem Dasein als Lesbierin abzufinden und der dich von deinem Verlangen nach dem grüneren Gras auf der anderen Seite des Zaunes heilt.«

»Das ist es nicht, Marja«, sagte Gail leise.

»Nun, um Himmels willen, tu nichts Überstürztes, wie etwa ihn zu heiraten. Schlaf mit ihm, wenn du ein Verlangen danach zu haben glaubst, aber binde dich auf keinen Fall in einer Ehe, denn du wirst es mit Sicherheit bereuen.«

Marja brachte es so überzeugend vor, daß Gail geneigt war, ihr zuzustimmen. Aber nach kurzem Zögern sagte sie: »Vielleicht war ich nie eine Lesbierin. Es könnte doch sein, daß du – zuerst zu mir gekommen bist und mich aufgeweckt hast und daß ich darum nie den Rest des Weges gegangen bin...«

Marja bleib unvermittelt stehen, umfing sie mit den Armen und küßte sie energisch auf den Mund. »Ach du lieber Himmel, Kindchen, mach dir nicht selbst etwas vor! Keine Lesbierin? Ich weiß es – erinnerst du dich?« Sie ließ Gail los und schaute sie an und sagte im Brustton der Überzeugung: »Gail, Kindchen, muß es denn wirklich so sein, daß alle immer wieder die gleichen Fehler selbst machen müssen, ehe sie daraus lernen können? Ist wirklich niemand imstande, aus den Fehlern anderer zu lernen? Sieh mal, ich habe das alles schon einmal ausprobiert – und dir davon erzählt. Ich dachte, ich müßte auch einen Mann haben. Das mit dem Sex konnte ich ertragen, aber mit ihm leben? Nein. Gail, ich sage dir: Schlaf mit dem Kerl, vergewissere dich, mach deine Erfahrung. Und sei ehrlich mit ihm; sieh zu, daß er weiß, was mit dir ist. Vielleicht war ich hart mit dir, Gail, aber ich habe nie vorgegeben, besser zu sein als ich bin, und ich habe dir immer reinen Wein eingeschenkt. Ich sage dir, heirate keinen Mann, der sich irgendwelchen Illusionen hingibt, denn er wird früher oder später ernüchtert werden, und vergewissere dich... mein Gott, Kind, laß dich nicht von irgendeinem momentanen Gefühlsüberschwang verleiten, die Seiten zu wechseln. Denn was du jetzt durchmachst, ist nichts, verglichen damit, was du durchmachen wirst, wenn du den Kerl heiratest und dich in vier oder fünf Jahren als Hausfrau mit Kindern wiederfindest und erkennst, daß es dich zu einer Frau zieht.«

Gail nickte. Unter der scheinbar kaltschnäuzigen Unmoral von Marjas Ratschlag steckte ein Kern vernünftiger Wahrheit. Vielleicht machte sie sich nur etwas vor, verblendet von flüchtigen Gefühlen? Sie mußte sich vergewissern – so oder so. »Danke, Marja«, sagte sie, ein wenig beschämt. »Du bist – eine Freundin.«

Marja drückte ihr die Hand und sagte barsch: »Ich finde, das ist allemal besser als ein Liebhaber oder eine Liebhaberin – jemand, mit dem du offen reden kannst. Wenn ich das zu Gretel sagen und sie bewegen könnte, es anzunehmen, würde ich mir denken, daß ich mein Ziel im Leben erreicht hätte.«

10

Gretchen hatte mit ihrem Madrigalchor die Tournee angetreten, und Gail war allein im Haus, als Warren anrief. Sobald er ihre Stimme hörte, machte er seiner Erleichterung explosionsartig Luft.

»Gail, tu mir das nicht wieder an! Ich dachte, du wärst endgültig fort; ich wußte nicht, wo ich dich suchen sollte – ich konnte es nicht ertragen!« Seine Stimme bebte.

»Ich möchte dich treffen, Warren«, sagte sie ruhig. Ihr Entschluß stand fest, doch im Inneren zitterte sie wie Espenlaub. »Irgendwo, wo wir ungestört sprechen können. Nicht hier.«

Sie konnte Gretchen nicht in ihrem eigenen Haus betrügen.

Er zögerte, sagte endlich: »Könntest du – zu mir kommen? Ich würde dich abholen. Oder wir könnten nach Bayswater fahren.«

»Deine Wohnung ist recht«, sagte sie. Ihr Blick irrte zu den hellbraun und gelb gestreiften Küchenvorhängen, als enthielten die vertrauten Dinge eine Sicherheit, die ihr Halt geben könnten.

Warrens Wohnung war groß und bequem, ordentlich und ohne Pedanterie, abgenutzt, ohne jedoch verwahrlost zu sein. Gail sah sich um und überprüfte sich, um zu sehen, ob sie irgendein Verlangen habe, irgendeine frauliche Note hinzuzufügen, aber ihre Nervosität war so groß, daß sie sich nur eines Verlangens bewußt war: wegzulaufen. Sie ließ ihn ihren Mantel weghängen, saß ihm gegenüber, die Hände im Schoß. Doch als sie sich endlich überwunden hatte und sprechen wollte, sagte er unvermittelt: »Warte. Vor allem anderen, Gail, laß mich dies sagen: Ich möchte dich heiraten.«

Sie hatte Mühe, ihren trockenen Mund zu befeuchten. »Ich habe nie an Heirat gedacht.«

»Gail«, sagte er, »heutzutage ist das eine fast merkwürdig anmutende Frage; du bist – wie alt? Fünfundzwanzig? Aber – du bist noch Jungfrau?«

Nun, dachte sie, mußte sie die Wahrheit sagen – aber was war die Wahrheit? Eine technische oder eine emotionale Wahrheit? Körperlich war sie eine Jungfrau, aber das bedeutete nichts... Sie schluckte und überwand sich.

»J-ja.«

»Ich zweifle nicht daran. Ich frage mich bloß – warum?«

Hier konnte sie die Wahrheit sagen. »Ich habe noch nie einen Mann kennengelernt, mit dem – zu schlafen mich gereizt hätte.«

Sein blasses, strenges Gesicht löste sich in einem Lächeln. »Nie einen gekannt? Aber Gail, du warst entgegenkommend, empfänglich für mich...«

Sie nickte, die Hände im Schoß verkrampft, als er sie zu nehmen versuchte, ließ sie es nicht zu. »Ja. Als Halbwüchsige hatte ich Umgang mit Jungen, aber als es mir nichts bedeutete, ließ ich es sein. Vor dir hatte ich in fünf Jahren keinen Mann geküßt.«

»Aber du bist nicht gefühlskalt, Gail. Mein Gott, nein! Gail, ich würde es auf mich nehmen, selbst wenn es mir nicht gelingen sollte, deine Gefühle für mich wachzurufen! Ich möchte nur eine Chance, Liebling...«

»Ich kann nicht«, sagte sie. »Ich kann Gretchen nicht verlassen.«

Da es ihr selbst so viel bedeutete, erwartete sie einen dramatischen Umschwung der Gefühle bei ihm, ein Umschlagen von Liebe in Abscheu, aber er schaute nur verwirrt drein. »Eine Schwester kann dich nicht ewig festhalten, Gail. Selbst wenn sie eine neurotische alte Jungfer ist, diese Art von Bindung...«

»Du verstehst nicht«, sagte Gail verzweifelt. »Gretchen ist nicht meine Schwester. Warren, du wirst anders über mich denken, wenn du es weißt, aber du sollst es erfahren: Gretchen und ich, wir sind ein Paar. Wir lieben uns. Wir leben seit zwei Jahren zusammen.«

Aller Ausdruck verlor sich aus seinen Zügen, die wie versteinert wirkten. Er murmelte: »Ich habe davon gehört. Aber man glaubt nie, daß es so was unter Leuten gibt, die man kennt.«

»Siehst du? Du bist schockiert abgestoßen...«

»Geschockt, ja«, widersprach er, »nicht abgestoßen, nein. Ungläubig, vielleicht, weil du so weiblich bist –«

»Weil ich gelernt habe, mich wie eine normale Frau zu kleiden und zu benehmen«, sagte Gail.

Er schloß die Augen und rieb sie mit den Fingerspitzen. »Gail, heißt das, daß du mich nicht liebst? Schau mir in die Augen und sag, du liebst mich nicht.«

»Ich kann nicht.«

Er nahm ihre Hände, und diesmal ließ sie ihn gewähren. »Liebling, hör mich an. Es ist mir gleich, was du warst. Ich rede davon, was du bist. Warum sollte es wichtig sein?«

Gail brach in Schluchzen aus. »Laß sein«, weinte sie. »O Gott, laß sein, Warren! Ich liebe dich, ich liebe dich! Aber ich kann Gretchen nicht verlassen! Ich kann nicht!«

Er zog sie in die Arme, und sie lag, den Kopf an seiner Brust, und schluchzte hemmungslos. Nach einiger Zeit fragte er: »Würde sie dich festhalten, wenn sie wüßte, daß du mich liebst?«

»Ich – wollte mich nicht in dich verlieben«, schluchzte Gail.

Er drückte sie an sich und küßte ihre nassen Augen. Die Hand, mit der er ihr Haar zurückstrich, zitterte. »Gail, Liebling, hör mich an. Wenn diese – diese Sache mit Gretchen dir alles bedeutet hätte – siehst du nicht, daß du dich dann nicht in mich hättest verlieben können?«

»Du willst mich trotzdem?« fuhr sie auf. »Ja, vielleicht schmeichelte es der Eitelkeit eines Mannes – zu wissen, daß er an eine Lesbierin herankommt, an eine Frau, die kein anderer Mann haben kann...«

Er machte ein gequältes Gesicht. »Das ist nicht dein Ernst. Du willst mich nur verletzen.« Er beugte sich über sie und küßte sie auf den Mund, öffnete langsam ihre Lippen, und Gail spürte durch die Spannung ihrer Tränen und Nervosität die rasche Aufwallung ihrer Reaktion. Als er sich von ihr löste, war sie atemlos.

»Ich liebe dich, und ich glaube, du liebst mich«, flüsterte er. »Ich werde dich heiraten und das Risiko auf mich nehmen.«

»Ich weiß nicht«, sagte sie verwirrt. »Ich weiß nicht!«

»Sieh mal, ich sage dies, ohne dich anzurühren.« Er nahm die Hände von ihr. »Ich glaube, du schuldest es dir selbst, daß du dir Gewißheit verschaffst. Wenn du nämlich keine Lesbierin bist, wirst du dich von Gretchen mehr und mehr abwenden, nicht wahr? Aber ich will dich zu allen Bedingungen, Gail.« Das schmale Gesicht zuckte, die dunklen Augen glänzten. »Ich liebe dich, und ich will dich.«

»Ich – will dich auch, Warren«, stammelte sie. »Und ich möchte sichergehen.« Aber sie konnte ihn nicht ansehen.

Er schloß sie in die Arme. »Ich habe nicht das Gefühl, als Versuchskaninchen in einem Experiment zu dienen.«

»Verstehst du nicht?« fragte sie verzweifelt. »Ich muß es wissen!« Sie drängte ihren Körper plötzlich in einer wilden Aufwallung an ihn. »Warren, liebe mich!«

Er zog sie mit sanfter Kraft an sich. Gail entspannte sich unter seinen zärtlichen Küssen und gab sich zum erstenmal ganz den Emotionen hin, die sie durchpulsten. Nie, nie hatte sie dergleichen erlebt...

Seine Hände, sanft und fest, öffneten die Knöpfe an ihrem Kleid. Er legte das Gesicht an ihre Brust und kniete neben ihr, hielt sie umarmt.

»Gail, du zitterst. Fürchtest du dich?«

Sie schüttelte den Kopf. »Nicht – vor dir«, flüsterte sie. Wie konnte sie sagen, daß ihre Furcht diesem Unbekannten in ihr galt, dieser aufwühlenden Neuheit?

Er stand auf. Scheu beobachtete sie aus den Augenwinkeln, wie er sich seiner Kleider entledigte, wandte sich ab, kehrte sich, gezogen von unwiderstehlicher Kraft, wieder ihm zu und sah seinen Körper an. Groß, sehnig, muskulöser als sie geglaubt hatte – er sah kräftig und gerade aus, wo er doch in seinen Kleidern eher mager und gebeugt wirkte. Seine Schultern waren breit und gerade, seine Brust fest und überhaucht von feinem, dunklem Haar – und darunter die seltsame und unerwartete Form seines Geschlechts. Sie streckte die Hand aus, fast ohne zu wissen was sie tat, und zog ihn zu sich herab.

»Du bist sehr schön, Gail«, sagte er. »Wußtest du das?«

Sie schüttelte den Kopf, berührte ihn neugierig. Er lachte und zog sie an sich. Plötzlich fühlte sie einen Strom von Wärme, eine Richtigkeit, eine Selbstverständlichkeit, die alles einbezog. Was sie mit soviel Abscheu und Ekel erfüllt hatte, wenn sie mit unreifen Burschen, die ihr nichts bedeutet hatten, Zärtlichkeiten ausgetauscht hatte, war jetzt weder seltsam noch beängstigend. Dies war Warren – der Liebe, der Vertraute, der Geliebte.

Mit einer unbeholfenen, aber entschlossenen und zuversichtlichen Bewegung zog sie ihn über ihren Körper und hob die Lippen zu ihm. Nichts davon schien ihr merkwürdig: das Anschwellen seiner Leidenschaft, die Art und Weise, wie ihr Körper sich unwillkürlich anzupassen schien. Sie hörte ihr eigenes langes, halb furchtsames Einatmen bei der ersten Berührung, die halb Schmerz, halb Überraschung war – dann verging beides in aufbrandendem Verlangen. Beinahe lachend dachte sie, wie komisch es sei, daß sie wußte, was zu tun war.

Dann verlor sich der Gedanke an sie selbst völlig aus dem Bewußtsein, und es gab nur die wachsende Spannung der Lust, eine Zunahme von Zärtlichkeit und Bewußtsein – und Warren, Warren in ihren Armen, wie er sich bewegte, mühte, seine Lippen die ihren suchten, sein Körper Teil von ihr, Teil ihrer Liebe, Teil der Welt...

Er kehrte ihr das erschöpfte Gesicht zu und küßte sie auf die Lippen. Nur seine Augen fragten; und in rascher Beantwortung schlang sie die Arme um seinen Hlas.

»Ich liebe dich«, wisperte sie. »Ich liebe dich.«

Es war nicht die Antwort, die sie gewollt, erwartet, gesucht hatte. Aber es war die Wahrheit, und sie mußte sich damit einrichten. Sie liebte Warren, und was immer daraus folgen mochte, sie würde sich diesen Folgen stellen müssen. Sie erwiderte seinen Kuß, still, und es war ein Versprechen, das sie sich selbst gab. Was immer kommen mochte, sie kannte jetzt die Wahrheit.

Es war nicht so, daß sie Gretchen jetzt weniger liebte. Es war einfach so, daß sie ihre Liebe plötzlich in einem neuen Licht sah. Liebe, ja; aber nicht diese Art Liebe. Sie liebte Gretchen wie eine Schwester, eine Mutter, eine Freundin. Auf ihre eigene Weise hatte Gretchen recht gehabt, daß sie dieser Beziehung zwischen ihnen nie einen Namen gegeben hatte, denn zumindest in Gails Fall war es nur Unwissenheit gewesen, die sie bewogen hatte, es Liebe zu nennen. Unwissenheit oder ein Mangel an Worten. Sie empfand große Liebe und Zärtlichkeit für Gretchen; aber sie wußte jetzt, wieviel sie niemals hatten teilen können, und das Wissen schmerzte.

Nun war sie verpflichtet, sich der Wahrheit zu stellen.

11

Zehn Tage später wartete Gail, zerrissen von Unschlüssigkeit und Schmerz, in dem kleinen Haus mit den gelben Fensterläden. Gretchens Stimme heute morgen am Telefon, freudig erregt und übersprudelnd von Neuigkeiten, froh, sie nach beendeter Tournee wiederzusehen, hatte sie aus dem Dämmerzustand gerissen, in dem sie die letzten Tage verbracht hatte.

Gretchen hatte keine Ahnung – und sie, Gail, mußte sie mit einem bösen Schock in eine neue, für Gretchen grausame Realität stoßen.

Warren hatte sofort heiraten wollen. »Ich möchte das Recht haben, neben dir zu stehen und Gretchen mit dir gegenüberzutreten«, hatte er gedrängt, aber Gail hatte sich entschieden und hartnäckig geweigert.

»Ich bin es Gretchen schuldig, daß ich es ihr zuerst sage. Ich kann nicht davor weglaufen. Sie ist nach ihren eigenen Maßstäben aufrichtig mit mir gewesen, und sie hat mir nur Gutes getan. Ich liebe sie, Warren, und ich werde nicht feige vor ihr davonlaufen oder mich hinter dir verkriechen und sie in dem Glauben lassen, ich hätte sie betrogen. Ich muß es ihr mit Aufrichtigkeit beibringen.«

»Wäre es nicht leichter, rasch und sauber mit ihr zu brechen?« hatte Warren argumentiert, doch ohne Erfolg und schließlich widerwillig zugestimmt: »Ich sage nicht, daß ich einverstanden bin oder es gutheiße, aber es ist deine Sache, Gail, und du mußt es so handhaben, wie du es für richtig hältst. Tu das, was du tun mußt, um vor dir selbst bestehen zu können.«

Die Geräusche von Gretchens Wagen in der Zufahrt rissen sie aus ihren Gedanken; sie schrak zusammen, dann ging sie rasch hinaus und wartete an der Tür. Gretchen warf den Wagenschlag zu und eilte ihr entgegen; kaum über der Schwelle, schloß sie Gail in die Arme und küßte sie, stieß die Haustür mit dem Fuß zu.

»Ach, Gail, wie schön, dich wiederzusehen! Ich hatte nie geahnt, wie sehr ich dich vermissen würde!« Ihr Gesicht war frisch und leuchtete vor Glück und Erregung. »Die Tournee war ein wunderbarer Erfolg. Meridian hat sich einen Namen gemacht, und bald wird man überall anerkennen, daß es hier eine Musikabteilung gibt, mit der zu rechnen ist! Und meine Chormitglieder – ich schwöre dir, ich hätte sie alle küssen können! Ich habe es auch getan, Tatsache!« Sie schwenkte Gail übermütig herum, und Gail, erschrocken, weil Gretchen noch nie so gewesen war, schaute sie verblüfft an.

Und sie mußte Gretchen von diesem Gipfel des Glücks, des Erfolgs und der freudigen Erregung stoßen! Gretchen hielt ein, küßte Gail wieder und hielt sie auf Armeslänge von sich. »Was ist mit dir, Liebling? Hast du mich vermißt? Nun, jetzt bin ich wieder da.«

»Laß mich dein Gepäck holen, Gretchen.« Gail, ihrer selbst nicht sicher, ging zum Wagen hinaus. Wie konnte sie Gretchen verletzen? Sie fühlte sich innerlich zerrissen, bekümmert, war sich selbst verhaßt; sie sah, wie Gretchens Miene sich verändern würde, wie Erschrecken und Schmerz die Wiedersehensfreude auslöschen würden. Nie wieder könnte sie glücklich sein, wenn sie Gretchen so verletzen müßte. Aber was sonst war zu tun? Es brannte in ihr wie ein körperlicher Schmerz.

Sie schleppte Gretchens Gepäck die Treppe hinauf und kam

herunter, das Essen zu machen, versuchte Gretchens Blick auszuweichen; Gretchen merkte es nicht. Sie sprudelte noch immer über vor Wiedersehensfreude und der Fülle ihrer Erlebnisse.

»In New York habe ich Marja getroffen«, erzählte sie. »Im Herbst dreht sie ihren nächsten Film.«

»Wie schön«, sagte Gail aufrichtig.

»Erinnerst du dich, wie wir letztes Jahr manchmal nach New York gefahren sind, um ein Theater oder Konzert zu besuchen? Das sollten wir in Zukunft öfter tun.« Gretchen nahm Gail bei der Hand und sagte in plötzlich verändertem Ton: »Gail, ich habe darüber nachgedacht, was du sagtest – an dem Abend, als wir Marjas Film sahen. Ich bin nicht fair zu dir gewesen. Ich habe versucht, uns beide von dem abzutrennen, was wir sind. Ich kann nichts dafür, daß ich noch immer ein komisches Gefühl habe, wenn ich das Wort« – sie schluckte – »Lesbierin ausspreche. Aber ich versuche von nun an, mich der Wirklichkeit zu stellen. Kannst du mir etwas Zeit geben, Gail?«

Gail wußte nicht aus noch ein. Jetzt, da es zu spät war, unternahm Gretchen diese heroische Anstrengung, sich selbst und ihrem Problem offen gegenüberzutreten. Gretchen fuhr stockend fort: »Ich habe mit – mit Jan Lawrence vom College gesprochen. Es ist wahr, ich hatte dieser ganzen Sache den Rücken gekehrt. Nun, ich will versuchen, es in Zukunft anders zu machen, das Leben mit realistischerem Blick zu sehen. Ich habe mich selbst getäuscht, wenn ich mir einrede, ich sei lediglich diskret. Also habe ich mir gedacht, daß wir zur Feier des Wiedersehens zu einer Party gehen sollten, Gail. Du und ich – als Paar. In Bayswater gibt es eine Bar...«

Sie brach ab, Gails Hand zwischen ihren Händen. »Du hast überhaupt noch nichts gesagt«, sagte sie unsicher. »Ich dachte, du würdest froh sein.«

Und ich bin froh, dachte Gail gequält, um Gretchens willen. Für sie ist dies ein Riesenschritt voran zur Selbsterkenntnis und Aufrichtigkeit. Warum konnte sie ihn nicht schon vor einem Jahr getan haben?

»Möchtest du?«

Gail nickte entschlossen. »Gern.«

Sie war es Gretchen schuldig. Sie hatte die Probe gemacht, um sich zu vergewissern, ob Warren das war, was sie wollte; sie schuldete Gretchen die andere Probe, um sich zu vergewissern, daß dies nicht das Leben war, das sie wollte. Auch das mußte sie im Licht ihrer neuen Erkenntnis prüfen.

Sie zog sich um und machte sich zurecht, wie sie es in Greenwich Village für Marja und ihre Bekannten getan hatte. Das Gesicht im Spiegel erinnerte sie plötzlich an die Nacht, in der sie den Entschluß gefaßt hatte, Marja zu verlassen: das Porträt einer Lesbierin. Aber war es das wirklich? Konnte sie es beurteilen?

Gretchen war unten, als das Telefon läutete. Gail ließ es zweimal schrillen und dachte, Gretchen würde abnehmen; doch als es das dritte Mal läutete, nahm sie den Hörer vom Zweitapparat im Schlafzimmer ab. »Bitte?«

»Gail«, sagte Warren, »Hast du es Gretchen gesagt?«

»Noch nicht.«

»Willst du den Hundeschwanz stückweise abschneiden?«

»Hör zu, Warren. Sie kam so glücklich nach Hause, so selbstsicher und froh. Laß mich einen Zeitpunkt wählen, wo ich sie nicht so verletzen muß! Sie möchte heute abend mit mir ausgehen. Ich habe nicht die Kraft...«

Eine gespannte, seltsame Stille trat ein, dann sagte Warren: »In Ordnung, Gail. Du weißt, was du zu tun hast. Aber vergiß nicht, ich liebe dich.«

Ehe sie antworten konnte, hatte er aufgelegt; sie stand und lauschte in die tote Leitung, bevor sie ebenfalls auflegte. Dann nahm sie entschlossen ihren Mantel und ging zur Treppe. Gretchen stand unten am Fuß der Stufen am Telefontisch, und mit einem jähen Gefühl von Schuldbewußtsein überlegte Gail, ob Gretchen das Gespräch mitgehört haben konnte.

Aber Gretchen blickte nur fragend zu ihr auf. »Was...?«

»Es war Warren«, sagte Gail rasch. »Für mich. Ich sagte ihm, daß wir gerade gehen wollten.«

Gretchen hängte sich bei Gail ein, und sie gingen hinaus zum Wagen. Gail fragte sich, ob ihr schuldbeladenes Gewissen die eingebildeten Linien von Anspannung in Gretchens Gesicht erzeugt habe, ein seltsam intensives Stirnrunzeln, mit dem sie sich zu Gail wandte, um dann aber von einem lustigen Erlebnis aus einem der Hotels zu erzählen, wo der Chor auf seiner Tournee gewohnt hatte.

»Natürlich gab es einen Aufzug, der nicht funktionierte, wie es immer der Fall ist, und eine Tagung von irgendeiner heiligmäßigen Sekte, deren Mitglieder jedesmal, wenn sie meine Mädchen mit hohen Absätzen und Lippenstift erblickten, finstere Mienen machten, und die uns ständig Traktate zusteckten. Und in Buffalo war ein Treffen von Angehörigen der Küstenwache, die unsere Mädchen in ihre Tagungsräume einluden und mit alkoholischen

Getränken traktierten – ach, ich kam mir vor wie eine Gouvernante, kann ich dir sagen.«

Nach einer Weile unterbrach sie ihre Anekdoten und fragte: »Habe ich dir gesagt, daß Jan und Peggy auch dort sein werden?«

»Nein, hast du nicht«, sagte Gail. Gretchen fuhr bereits durch die Vororte von Bayswater, den Blick auf Verkehrsampeln und Straßenschildern. Ich sollte es ihr jetzt sagen, dachte Gail; ich sollte sie nicht in dem Glauben lassen...

»Hier muß es sein«, sagte Gretchen und verlangsamte die Fahrt. »Ja, dort steht Jans Wagen.« Und sie suchte eine Parklücke hinter dem anderen Fahrzeug.

Das Lokal war ein großer Schuppen am Stadtrand, mit einem bescheidenen Neonschriftzug PRIVATKLUB. Jan und Peggy begrüßten sie, ehe sie noch die Tür erreicht hatten; Jan sagte ein paar Worte zum Türsteher, und sie gingen hinein.

»Dies ist ein ganz ruhiges, seriöses Lokal, Gretchen«, sagte sie aufmunternd. »Ich bin nicht allzu oft hiergewesen, aber oft genug, um zu wissen, daß es in Ordnung ist.«

»Ich bin seit meinem Wegzug von Los Angeles nicht mehr in einer Frauenbar gewesen«, sagte Peggy.

»Und ich bin überhaupt noch nie in einer gewesen«, meinte Gretchen. »Gail hingegen ist die Expertin für Greenwich Village. Sie kann Ihnen alles über die Lokale dort erzählen.« Sie hielt Gails Arm fest umklammert, und ihre Heiterkeit klang forciert. Jan führte sie durch eine Pendeltür mit Milchglasscheiben.

Ein Musikautomat spielte leise Schlagermusik, und im trüben Lichtschein machte Gail eine Anzahl Tische um eine Tanzfläche und Nischen entlang den Wänden aus. Wenige Paare drehten sich auf der Tanzfläche. Gretchen strauchelte und blieb stehen, und Gail stützte sie. Sie hatte sich in Greenwich Village an den Anblick gewöhnt, aber für Gretchen, die ein Leben in selbstgewählter Isolation gelebt hatte, mußte dies alles neu sein.

Aber was gab es gegen ihre Isolation zu sagen? War dies hier so begehrenswert?

Eine stämmig gebaute junge Frau in schwarzen Hosen und einem schwarzen Rollkragenpullover kam auf sie zu und geleitete sie zu einem Tisch. Jan und Peggy bestellten Getränke und blickten erwartungsvoll zu Gretchen. Sie zögerte, dann bestellte auch sie mit fester Stimme und fragte Gail, was sie wolle.

Als die Getränke serviert wurden, trank Gretchen ihr Glas rasch aus; Gail erkannte die Zeichen und ahnte, daß Gretchen sich schon vor dem Aufbruch Mut angetrunken haben mußte. Jan sprach mit Peggy und Gretchen über Begebenheiten am College und Gail, die sich ein wenig isoliert fühlte, sah sich im schummrig beleuchteten Raum um. Obwohl es hier nichts gab, was ihr hätte fremd sein können, verspürte sie eine innere Distanz, die sie schmerzlich empfand. Am Nachbartisch unterhielt sich ein knabenhaftes Geschöpf, schlank wie ein Faun und mit riesigen, schönen dunklen Augen leise und intensiv mit einer dicklichen, fast matronenhaften jungen Frau. Gail sah, daß sie unter dem Tisch die Knie gegeneinander drückten. Etwas später sah Gail die beiden gehen; die dunkle, knabenhafte Schöne stolperte auf dem Weg zur Tür und suchte Halt an der Schulter ihrer Freundin.

Nicht lange, und Gretchen hatte das vierte Glas geleert und bestellte ein weiteres. Gail begann nervös zu werden. Wenn Gretchen jetzt über die Stränge schlug, würde sie sich noch Monate deswegen quälen; dies war nicht die richtige Art, Einstand zu feiern, wenn sie es hinterher bedauern mußte.

Sie legte die Hand auf Gretchens Arm und sagte mit halblauter Stimme: »Gretchen, bitte sei vorsichtig.«

Doch der Alkohol begann bereits seine Wirkung zu tun, und Gretchen reagierte ärgerlich. »Komisch. Du und Marja, ihr habt mir immer gesagt, ich solle nicht so verdammt konventionell sein, und nun, da ich euren Rat befolge, fängst du an, besorgt zu tun!« Sie hob das Glas und trank es leer.

Gail sah hilflos zu. Ein Mädchen, das Gretchen von Carteret kannte, kam herüber und sprach sie an; Gretchen lud das Mädchen und seine Begleiterin ein, mit an ihren Tisch zu kommen. Gail saß wie eine Außenseiterin dabei, fand keinen rechten Anschluß an das Gespräch und wußte, daß Gretchen dabei war, sich zielstrebig zu betrinken. Und sie fragte sich schuldbewußt, ob ihr Verhalten daran schuld sein könnte.

Auf einmal hieß es, man wollte ›zu Terry‹ gehen, wo eine große Party im Gang sei. Gail, die nicht wußte, was sie sagen oder denken sollte, schloß sich den anderen an. Sie kam sich vor wie ein fünftes Rad, als alles sich schwatzend und lachend in Jans Wagen zwängte.

Nach kurzer Fahrt langten sie an; sie stiegen zwei Treppen zu einem weitläufigen, ausgebauten Dachboden hinauf, aus dem ihnen bereits lärmende Stimmen und Musik entgegendrangen. Gail brachte nie in Erfahrung, wer ›Terry‹ war, denn als sie hineinkamen, war die Party bereits in vollem Gange, und die Räume waren so voll von Menschen und Zigarettenrauch, daß nicht zu erkennen war, wer die Gastgeberin war und ob sie allein oder mit anderen hier lebte. Viele Mädchen und vereinzelt auch junge Männer bevölkerten die Räume, die Sitzgelegenheiten und Betten. Ein bärtiger junger Mann spielte Gitarre und sang eine winselnde Melodie, die sich nach Hillbilly-Musik anhörte. Eine Gruppe von Partygästen kauerte um ihn am Boden und fiel in den Refrain ein. In einem Winkel saßen drei Mädchen beisammen, die Arme umeinander gelegt, und als Gail hinübersah, begannen sie einander mehr oder weniger willkürlich zu küssen. Das knabenhafte Mädchen und seine Begleiterin, die vor ihnen die Bar verlassen hatte, waren auch hier, und die matronenhafte Partnerin hatte der anderen den dicken Kopf an die schmale, flache Brust gelegt. Die feingliedrigen Hände kraulten sie im Nacken.

Jemand drücke Gail ein Glas in die Hand und zog sie bei der Gruppe um den Sänger zu Boden. Ein Mädchen mit Brillengläsern und einer Entenschwanzfrisur, das prall ausgefüllte Jeans trug, musterte sie mit dem trägen, faszinierten Blick, der in Greenwich Village als ›der Fluch‹ bekannt war, und murmelte in künstlich tiefer Tonlage: »Bist du allein gekommen? Wenn das so ist und du dich einsam fühlst, kann ich dem gleich abhelfen.«

»Nein, ich bin mit einer Gruppe hier«, sagte Gail und hielt nach Gretchen Ausschau. Gretchen und Peggy standen mit ein paar anderen beim Durchgang zum Nebenzimmer und schienen in ein Gespräch vertieft. Eine Flasche machte die Runde, und als sie zu Gretchen kam, legte diese den Kopf in den Nacken und schluckte einmal, zweimal, dreimal. Jan hatte sich die Schuhe ausgezogen; Gretchen reckte die Arme, kicherte angetrunken und zog sich den Pullover aus, so daß sie bis auf den blauen Spitzenbüstenhalter mit bloßem Oberkörper dastand.

Mein Gott, dachte Gail, die nahe daran war, ein Stoßgebet zum Himmel emporzusenden. Gewiß war die verbrauchte, rauchgeschwängerte Luft unangenehm warm, aber Gretchen würde sich dies nie verzeihen. Gail hatte Erfahrungen mit Partys dieser Art und wußte, wie sie gewöhnlich endeten: damit, daß alle, die nicht genug Verstand hatten, rechtzeitig nach Haus zu gehen, versoffen und ziemlich unterschiedslos schmusend in den Winkeln auf den Betten lagen.

Glaubte Gretchen, sie müsse bis zu diesem Extrem gehen, nachdem sie sich endlich als lesbisch bekannt hatte?

Gail entschuldigte sich mit kurzen Worten bei dem drallen Mädchen, stand auf und ging zu Gretchen. Sie kniete neben ihr nieder; Gretchen schenkte ihr ein trunkenes Lächeln.

»Hallo, Gail. Diese Sache hier... du wußtest nicht, daß ich das auch kann, was, Kindchen?«

»Gretchen, du darfst nicht. Laß das und komm mit. Du wirst dir morgen Vorwürfe machen. Bitte, Gretchen, Liebes, laß dich heimbringen.«

»Spielverderberin«, sagte jemand, und eine andere in der Gruppe quiekte in einer Nachahmung von Gails angestrengter Stimme: »O Vater, lieber Vater, komm heim jetzt mit mir...«

Gretchens Gesicht nahm einen trotzigen und zornigen Ausdruck an. »Wer fürchtet sich jetzt, zuzugeben...« Sie lachte plötzlich auf. »Ich versuche bloß zu sehen, was du all diese Jahre sahst. Bringt mich zum Lachen...«

»Gretchen, bitte. Ich will nicht mit dir streiten, wenn du so bist. Ich kann dich nicht mit Gewalt wegbringen...«

Der zornige Ausdruck in Gretchens Zügen verstärkte sich, und in ihren Augen lag eine harte Bitterkeit. Sie packte Gails Handgelenke mit stählerner Kraft, den Muskeln einer Pianistin. »Nun hör mich an«, – sagte sie mit überraschend fester Stimme, Gretchen konnte immer viel Alkohol vertragen, ohne es sich anmerken zu lassen – »Spiel du dich hier nicht als Heilige auf und halte mir Predigten, du kleine Schnalle. Glaubst du, ich hätte nicht gehört, wie du mit Warren am Telefon gesäuselt hast, weil du nicht wußtest, wie du es mir beibringen sollst? Gewiß, du hast ein Recht, es auf beide Arten zu haben«, sagte sie heftig. »Alles nehmen, was ich zu geben habe, dann jammern, daß es nicht genug sei und daß ich mich zu meiner Veranlagung bekennen müsse. Und nachdem du alles zerstört hast, nachdem du mich zu tun verleitet hast, was ich von mir aus nie getan hätte, läufst du hinter meinem Rücken mit irgendeinem Kerl davon. Und da soll ich mich nicht betrinken!«

Gail war entsetzt. Bestürzung und Schuldgefühl verwirrten sie so, daß sie keine Worte fand. Endlich stammelte sie: »Gretchen – Gretchen, bitte... Nicht hier. Du – du weißt nicht, was du sagst...«

Aber die Runde unterbrach sie mit Pfiffen und höhnischen Zwischenrufen.

»Recht so! Sag ihr die Meinung, Gretchen! Laß dir nicht den Spaß verderben!«

Gail stand zitternd auf; ihre Knie wankten. »Gretchen, morgen, wenn du nüchtern bist, kann ich alles...«

»Hör endlich auf, ihr zu predigen!«

Gretchen kümmerte sich nicht mehr um sie und streckte die Hand wieder nach der Flasche aus. Gail bückte sich und kam ihr mit schnellem Zugriff zuvor. Gretchen erhob sich zornig auf die Knie, holte aus und schlug Gail mit der flachen Hand hart ins Gesicht. Gail fuhr keuchend zurück und tastete nach ihrer Nase; als sie die Finger wegnahm, waren sie naß von Blut. Höhnisches Gelächter folgte ihr, als sie zur Küche stürzte. Ihre Nase vertropfte Blut, und die drei Mädchen, die sich in ihrem Winkel umschlungen hielten, machten große Augen. In der Küche standen zwei, halbnackt und schmusten miteinander, und Gail schaute schnell weg. Sollte sie noch eine Anstrengung machen, Gretchen aus der Party herauszuholen? Sollte sie Jan Lawrence um Hilfe bitten? Sie wusch sich das Gesicht über dem Ausguß, trocknete es mit Papier von der Küchenrolle, knüllte etwas Papier zusammen und hielt es an ihre noch blutende Nase. Als sie in den äußeren Räumen Umschau hielt, zeigte sich, daß Jan Lawrence verschwunden war, und auch Peggy war nirgendwo zu sehen. Die beiden mußten gemerkt haben, daß die Party ausartete, und sie waren rechtzeitig gegangen. Die Glückspilze.

Sie konnte Gretchen nicht gewaltsam hinauszerren. Konnte sie sie aber hier zurücklassen? Sie stand mit schmerzender Nase da, und Tränen schossen ihr in die Augen. Gretchen hatte den Kopf im Schoß eines fremden Mädchens, und die beiden tauschten betrunkene Zärtlichkeiten aus. Gail wurde auf einmal so übel, daß sie hinaus mußte. In blinder Panik machte sie kehrt und floh zur Tür, stolperte über kreuz und quer ausgestreckte Füße und entschuldigte sich, stürzte die Treppe hinunter und erreichte aufatmend die reine Luft der Straße draußen.

Ihr Schädel dröhnte und schmerzte, und sie zitterte an allen Gliedern. Oh, Warren, dachte sie, während ihr Tränen über die Wangen liefen, was habe ich getan?

Die Insassen eines vorbeifahrenden Streifenwagens schauten neugierig zu ihr her, und sie begann rasch und scheinbar zielbewußt die Straße entlangzugehen. Sie konnte dort nicht stehenbleiben, aber sie konnte auch nicht wieder hineingehen! Ein gutes Stück die Straße abwärts war hellerer Lichtschein zu sehen. Vielleicht ein durchgehend geöffnetes Café? Sie ging darauf zu und sah, daß es die Busstation von Bayswater war. Sie setzte sich auf eine harte Holzbank und suchte in ihrer Handtasche nach Papiertaschentüchern, denn ihr Nasenbluten dauerte an, und das Stück von der Küchenrolle war durchnäßt. Als sie an Gretchen dachte, schüttelte sie lautloses Schluchzen.

Ein mechanisches Kratzen drang aus dem Wandlautsprecher, und eine rauhe Stimme verkündete: »Zum Mitternachtsbus nach Meridian, Keysburg, Schoonerville und Carteret bitte einsteigen.«

Benommen, als ginge sie in einem Traum, bewegte sie sich zur Tür und suchte in ihren Taschen nach Kleingeld. Sie kletterte die Stufen hinauf, gab dem Fahrer einen halben Dollar; er blickte zu dem blutbefleckten Papiertaschentuch, das sie an die Nase hielt, und sagte: »Fehlt Ihnen was, Fräulein?«

»Bloß Nasenbluten«, sagte sie durch das Papiertaschentuch und nahm einen Sitz beim Fenster. Sie fröstelte, und jeder Atemzug, den sie durch die Nase tat, verursachte einen schneidenden Schmerz. Der Bus setzte sich in Bewegung, und das Bewußtsein, allein aus Bayswater wegzufahren, bereitete ihr Gewissensqualen. Sie trug die Verantwortung dafür, daß Gretchen versucht hatte, ihren Schmerz mit Alkohol zu betäuben; sie hatte Gretchen dort zurückgelassen...

Aber nun war es zu spät. Was hätte sie jetzt noch tun können?

Sie fröstelte noch immer in ihrem dünnen Pullover, als der Bus in Meridian anlangte. Die Uhr am Gerichtsgebäude, ein trübe leuchtendes Gesicht in der Dunkelheit, stand auf fünf Minuten vor eins, und die Zeiger schienen Gail wie zwei hochgezogene Augenbrauen forschend anzusehen. Wohin jetzt?

Zurück zu dem Haus mit den gelben Fensterläden, das sie so geliebt und schließlich verraten hatte? Nein, das war ihr unmöglich. Zitternd vor Kälte und halbbetäubt ging sie die Straße weiter, zu dem einzigen Ort, der ihr jetzt Obdach geben konnte.

Eine Viertelstunde später stand sie mit wankenden Knien auf dem Treppenabsatz in Warrens Mietshaus. Unter der Wohnungstür war kein Lichtschein zu erkennen, und sie stand volle fünf Minuten, bevor sie den Mut hatte, den Klingelknopf zu drücken. Einmal, und noch einmal. Sie hörte das Läuten drinnen. Dann gab es ein dumpfes Geräusch, und Licht ging an. Nach langer Zeit wurde die Tür einen Spaltbreit geöffnet, und Warrens verschlafenes Gesicht spähte heraus. Dann stand er vor ihr, blaß und scheinbar größer als sonst, in einem braunen Bademantel; er starrte sie ein paar Augenblicke in sprachloser Verblüffung an.

»Gail! Großer Gott, Liebling«, stieß er hervor, trat schnell zu ihr und umfing sie mit beiden Händen. »Du hast geblutet! Was ist passiert!«

»Darf ich – darf ich hinein?« fragte sie schwach.

Warren zog sie mit einer raschen, zärtlichen Armbewegung

herein, stieß die Tür hinter ihr zu, und sie fühlte sich von der Wärme des Raumes umgeben. Warrens Arme hielten sie fest und ihr Zittern hörte auf.

»Gail – Gail, Liebste! Sag mir, was mit dir geschehen ist!«

»Es ist vorbei«, sagte sie mit bebender Stimme, »es ist alles vorbei.« Sie fiel in seine Arme.

12

Graues, regnerisches Licht fiel über den Tisch, hinter dem Gail, eingehüllt in Warrens Bademantel, in seinem großen Ledersessel saß. Warren, blaß, aber lächelnd, nickte ihr aufmunternd zu. Es war zehn Uhr vormittags, aber der dichte, neblige Regentag tauchte alles in ein trübes Zwielicht. Aus der Ferne drang der gedämpfte Ton von Kirchenglocken.

»Morgen werden wir die amtliche Erlaubnis zur Eheschließung beantragen«, sagte Warren. »Es gibt eine dreitägige Wartezeit, aber...« Er nahm ihre Hand und drückte sie, und Gail erwiderte den Druck mit einem Seufzer.

Noch in der Nacht hatte sie Warren nach einem kräftigenden Trunk, einer warmen Dusche und einer Ruhepause berichtet, was vorgefallen war – alles bis auf das eine, daß Gretchen sie geschlagen hatte. Die blutige Nase erklärte sie mit ihrer überstürzten Flucht die Treppe hinunter. Wenigstens soviel Schutz und Loyalität glaubte sie Gretchen schuldig zu sein. Warren hatte sich die Geschichte ruhig und aufmerksam angehört; dann hatte er sie sanft aufgehoben und zu seinem Bett getragen, hatte die Decke über sie gezogen und das Licht gelöscht.

»Ich schlafe auf der Couch«, hatte er gesagt. »Du kannst nicht allein dorthin zurück.«

Sie hatte seine Hand nicht losgelassen, weil sie das Alleinsein gefürchtet hatte, und er hatte verstanden und sich zu ihr gelegt hatte, sie in die Arme genommen, und ihren Kopf an seine Schulter gebettet, so daß sie seine Stärke nahe und schützend fühlen konnte. So war sie eingeschlafen und, noch immer in seinen Armen, wieder aufgewacht.

Er hörte ein Geräusch im Treppenhaus und ließ ihre Hand los. »Das wird die Zeitung sein«, sagte er und ging zur Tür. Sie wartete, hörte die Tür gehen, und dann, nach einer Weile, sein leises, erstauntes Pfeifen. Als er wieder hereinkam, war sein Gesicht bleich und angespannt. Wortlos reichte er ihr die Zeitung und wies auf die Überschrift einer einspaltigen Meldung:

UNIVERSITÄTSPROFESSORIN BEI RAZZIA FESTGENOMMEN

Gail überflog die Meldung. Dr. Gretchen Sabina Smith und andere waren in Bayswater in Polizeigewahrsam genommen worden und sahen einer Anklage wegen liederlichen Benehmens, Beamtenbeleidigung und Widerstands gegen die Staatsgewalt entgegen. Die Polizei war, einer Beschwerde von Nachbarn wegen unzumutbaren Lärms folgend, in die Wohnung der Partyveranstalter gegangen und hatte entdeckt, was die Zeitung ›eine skandalöse Szene‹ nannte. Auf die Aufforderung der Streifenbeamten hin, die Party abzubrechen und nach Hause zu gehen, hatten die betrunkenen Gäste die Beamten mit Flaschen und Gläsern beworfen, worauf Verstärkung herbeigeholt und eine Massenverhaftung vorgenommen worden war.

Gail war totenbleich. Sie ließ die Zeitung aus zitternden Fingern gleiten und flüsterte: »Ich habe das zu verantworten, Warren. Ich bin schuld. Sie betrank sich aus Enttäuschung über mich, und ich ließ sie dort...«

»Du hättest sie nicht gewaltsam fortschleppen können, Gail!« widersprach Warren, aber sie hörte kaum hin. »Sie war überhaupt nur um meinetwillen hingegangen. Sie dachte, ich würde glücklicher sein, wenn sie mir zuliebe Umgang mit anderen Lesbierinnen suchte... und sie hat auch unser Telefongespräch mitangehört und betrank sich aus Enttäuschung und Kummer...«

Warren stand auf, öffnete und schloß den Mund, konnte aber keine Worte finden. Zuerst brachte er hervor: »Du meinst – dies ist das Ende für uns, nicht wahr, Gail?«

Sie ließ den Kopf hängen. »Ich – ich weiß nicht. Ich weiß nur, daß Gretchen durch meine Schuld in Schwierigkeiten gekommen ist und mich braucht. Ich kann sie jetzt nicht verlassen.«

Warren nickte, legte ihr die Hand auf die Schulter, hob ihr Gesicht zu sich auf. »Wirst du jemals imstande sein, sie zu verlassen? Gail – liebst du mich?«

»Ich werde dich immer lieben«, flüsterte Gail mit zugeschnürter Kehle, »aber ich weiß jetzt nur, was ich zu tun habe. Bitte, Warren...«

Er trat zurück. »Du wirst dich anziehen wollen, Gail«, sagte er und ging hinaus in die Küche.

Von Schluchzen geschüttelt fuhr sie in die Hose und den Pullover, die sie zur Party getragen hatte. Sie wusch ihr Gesicht, versuchte sich in die Hand zu bekommen. Sie brauchte jetzt alle Selbstbeherrschung.

»Was hast du vor?« fragte Warren von der Tür her.

»Ich werde sehen, was Gretchen braucht. Zuerst muß ich sie aus dem Polizeigewahrsam freibekommen. Ich fürchte, diese Geschichte wird sie die Stellung am College kosten.« Der Gedanke verstärkte Gails Verzweiflung so, daß sie einen neuen Tränenausbruch nur mit größter Anstrengung unterdrücken konnte. Gretchen war hier in Meridian so glücklich gewesen – bis sie, Gail, sie in eine Welt gezwungen hatte, die sie nicht wollte.

Warren sagte: »Ich finde nicht, daß du in dem Maß verantwortlich bist, wie du zu fühlen scheinst, Gail. Jedenfalls gefällt mir nicht, daß du dir alle Schuld gibst. Aber du mußt tun, was du für richtig hältst – und wenn du meinst, dies tun zu müssen, dann möchte ich es jetzt wissen. Nicht später.« Seine Augen waren voller Schmerz, aber Gail konnte es ihm nicht ersparen.

Es war das Ende. Sie liebte Warren – aber Gretchen war es, die sie enttäuscht und verraten hatte, die sie brauchte, der sie Treue gelobt hatte... Langsam ging sie zur Tür, halb in der Hoffnung und halb in der Furcht, daß Warren sie in die Arme ziehen und sich weigern würde, sie gehen zu lassen; aber sie ging zur Tür hinaus und die Treppe hinunter, und ihr war dabei, als ginge sie zum Richtplatz. Das Zuschnappen des Türschlosses bedeutete das Ende all ihrer Hoffnungen und Pläne, vorbei die Wärme und Geborgenheit der gerade vergangenen Nacht. Sie versuchte sich Haltung zu geben – nun gab es nur die Pflicht, ihre Verantwortung für Gretchen.

Sie ging nach Hause, zog sich um und nahm den nächsten Bus nach Bayswater; aber dort erfuhr sie beim Polizeigericht, daß Miß Smith vor einer Stunde auf freien Fuß gesetzt worden und nach Hause gefahren sei. Gail wartete zwei Stunden in der Busstation, dann fuhr sie zurück.

Als sie zu dem kleinen braunen Haus mit den gelben Fensterläden kam, stand Gretchens Wagen in der Zufahrt. Wir waren so glücklich hier, dachte sie bei sich. Habe ich wirklich alles zerstört? War es allein meine Schuld und nicht auch die Gretchens?

Gretchen stand in der Diele und bürstete ihren Mantel, als Gail die Stufen heraufkam. Sie sahen einander an, und Gretchens Augen füllten sich mit Tränen. »Gail...«, sagte sie leise und senkte schnell den Kopf. Gail war mit zwei Schritten bei ihr und umarmte sie.

»Gretchen...«

»Liebling, kannst du mir vergeben?« fragte Gretchen mit halberstickter Stimme. »Wie du wahrscheinlich weißt, habe ich mich schrecklich blamiert... Du hattest recht, als du mich mitnehmen wolltest.«

»Still, Gretchen. Ich komme gerade aus Bayswater, wo ich erfuhr, daß man dich freigelassen hat.«

»Du warst dort?« Gretchen wischte sich die Tränen aus den Augen. »Ja, das glaube ich dir, Gail! Ich habe dir nie den Mut zugetraut, den du hast – den Mut, das Notwendige zu tun.« Sie schluckte. »Ich sollte eine Lehre daraus ziehen, denke ich.« Mit zögernden Fingern berührte sie Gails Gesicht, die angeschwollene Nase. »Hab' ich dich verletzt?«

»Denk jetzt nicht darüber nach«, sagte Gail sanft. »Ich sollte dich um Vergebung bitten, Gretchen. Was du letzte Nacht tatest, war mein Verschulden, nicht deins. Ich trieb dich dazu.«

Gretchen machte eine verneinende Kopfbewegung, antwortete aber nicht und drückte Gail an sich. Nach einer Weile trat sie zurück und blickte in stummer Hoffnung das Mädchen an.

Gail sagte, obwohl es sie in der Kehle schmerzte: »Ich bin hier, Gretchen, und ich werde bleiben. Ich habe gelernt – wie sehr du mich brauchst...« Rasch fügte sie hinzu: »Wie sehr wir einander brauchen.«

Gretchen schlug wieder den Blick nieder. Ihre Schultern bebten. »Und Warren?«

»Du kommst zuerst«, sagte Gail entschlossen. »Wenn ich dich an die erste Stelle setzen kann, dann heißt das – daß Warren nicht so wichtig ist, wie ich es mir einbildete.« Aber warum schmerzten die Worte sie so? Sie wandte sich ab, um sich nicht durch ihren Gesichtsausdruck zu verraten. »Du wirst erschöpft und müde sein, Gretchen. Hast du seit gestern abend irgend etwas gegessen? Ich kann uns schnell etwas machen. Wir wollen nicht mehr davon reden.«

Sie ging in die Küche und unterdrückte resolut den Schmerz in ihrer Brust. Warren würde schon vergessen. Was sie zu Gretchen gesagt hatte, war die Wahrheit; sie mußte das glauben. Während sie den Kühlschrank inspizierte und hin und her ging, die nötigen Vorbereitungen für das Abendessen zu treffen – die Fahrt nach Bayswater hatte fast den ganzen Tag in Anspruch genommen, Gott sei Dank war es fast fünf und dieser schreckliche Tag beinahe um! –, begrub sie die Erinnerung an Warren in ihrem Gedächtnis und befahl ihr, dort zu bleiben und sie nicht weiter zu quälen.

Sie mußte die Sehnsucht nach ihm überwinden. Sie gehörte zu Gretchen, und Gretchen brauchte sie.

Sie aß nur wenig, trank aber mehrere Tassen Tee, ohne viel zu schmecken, und mußte schließlich zwei mehr als halbvolle Teller in den Mülleimer kratzen. Im großen Wohnzimmer standen ihre Instrumente Seite an Seite, Gails hellackiertes Spinett und Gretchens schlanker Flügel, und Gail dachte, daß die Spiegelungen ihrer Köpfe in den lackierten Oberflächen das Negativ dieser zwei Instrumente seien, die in stummer Übereinstimmung nebeneinander standen, so ungleich sie waren; Gretchens blonder Kopf mit den weichen Wellen, Gails dunkler, glatter, gespiegelt auch im Fenster, hinter dem der frühe Abend dunkelte.

Gretchen blieb am Plattenschrank stehen. »Möchtest du etwas Musik hören?« Gail wollte schon verneinen, doch fiel ihr noch rechtzeitig ein, daß sie zwangsläufig sprechen und wieder von den letzten Ereignissen würden anfangen müssen, wenn sie nein sagte. »Ja, bitte.«

»Was soll ich auflegen?«

»Das kannst du auswählen.«

Gretchen legte eine Platte instrumental begleiteter Kantaten von Monteverdi auf; die einander durchwirkenden, von Melodienbögen der Streicher begleiteten Stimmen erfüllten den Raum mit düsterer Melancholie. Orpheus, der seine verlorene Liebe betrauerte: *Ich suche in allen Schatten, Dunkelheit umfängt mich...*

Gretchen kam und setzte sich zu Gail aufs Sofa. »Kannst du Italienisch?«

»Ein wenig.« (Genug, um den Text zu verstehen, Gretchen): *Ich weine bei Nacht, bei Tag flehe ich zu den Göttern, daß sie mir die Geliebte wiedergeben...*

Gail sah Gretchen an, die mit gesenktem Kopf dasaß und der Musik lauschte. In einer Aufwallung von Mitgefühl und Verbundenheit streckte sie die Arme aus und zog den blonden Kopf an ihre Schulter. Gretchen schmiegte sich dankbar an sie, und keine von ihnen sprach. Die Brücke, die sie zueinander geschlagen hatten, war zu zerbrechlich, als daß die Sprache sie hätte tragen können; die Tränen waren noch immer zu nahe an der Oberfläche.

Gail dachte an den ersten Abend in diesem Haus, als sie stundenlang beisammengesessen und der Musik gelauscht hatten, die ihre erste und stärkste Bindung gewesen war, ohne das Bedürfnis nach Worten, geborgen in ihrer Liebe.

Sie liebte Gretchen; würde sie immer lieben. Aber diese Liebe war von einer Art, die sie der Schwester hätte entgegenbringen können, die sie nie gehabt hatte, der liebenden Mutter ihrer Tagträume. Konnte sie daraus etwas für ein gemeinsames Leben bauen?

Doch Warren! Wie schön wäre es mit Warren gewesen.

Die Platte hörte auf. Gretchen stand auf, Gail folgte ihr und schaltete das Licht aus. Schweigend gingen sie hinauf; traten wortlos in Gretchens Zimmer. Als sie Gretchens Arme um sich fühlte, schien Gail wieder die mythische Klage des Orpheus zu hören.

Kehre zurück aus den Schatten, kehre wieder aus dem Zwielicht... und die seltsame, wie verzauberte Sopranstimme, die aus der Dunkelheit kam: *Ich muß hier bleiben, ein einsamer Schatten; ich werde zurückkehren, nur um zu weinen*...

Warren hatte sie aus den Schatten gerufen, und sie hatte ihre Wahl getroffen: bei der geliebten Gefangenen in der Dunkelheit zu bleiben. Sie schloß Gretchen in die Arme, lag an sie geschmiegt, beschützend. Wie Warren sie im Arm gehalten hatte, als sie zu ihm gelaufen war...

Sie merkte Gretchens Atmen an, daß auch sie nicht schlief. Aber nach langer Zeit kamen Gail die Tränen; sie schluchzte nicht, sondern lag hellwach in der Dunkelheit und fühlte sie heiß über ihre Wangen rinnen, ihr Gesicht und das Kissen benetzen. Gretchen regte sich ein wenig, fühlte mit zarten Fingern nach ihrem Gesicht, hielt erschrocken den Atem an.

»Gail – Liebste...«

»Scht, Gretchen. Still! Bitte nicht sprechen.« Gail preßte die Augen zu, den Fluß der Tränen zu hemmen, und sank endlich in erschöpften Schlaf.

Als sie erwachte, trommelte der Regen aufs Dach, und sie fand sich allein. Sie blinzelte in das trübe Grau jenseits des Fensters, schloß wieder die Augen und erinnerte sich des vergangenen Morgens, als sie in Warrens Armen erwacht war. Nie wieder, nie wieder? Sie richtete sich auf, sah ihr verweintes, übernächtigtes Gesicht und das wirre Haar im Spiegel. Im Haus war es ganz still. Sie vermutete, daß Gretchen unten sei, stand auf, fuhr sich mit den Fingern durchs Haar und tappte barfuß die Stiege hinunter.

Gretchen war nicht in der Küche. Gail runzelte die Stirn, blickte hinaus zur Zufahrt und sah, daß der Wagen fort war. Dann fiel ihr Blick auf ein weißes Blatt Papier, das auf ihrem Spinett lag; sie nahm es mit einem seltsamen, herzklopfenden Vorgefühl auf.

Gretchens klar gerundete Handschrift mit den steilen Anstrichen bedeckte das Blatt:

Meine liebste Gail,
als ich gestern abend Deine Tränen fühlte, wurde mir klar, daß ich Deine Liebe niemals annehmen könnte, wenn sie zu einer Pflicht oder einem Opfer würde. Ja, ich weiß, daß Du mich liebst; aber ich beginne zu erraten, wie sehr Du mich liebst, und zu erkennen, wie sehr ich diese Liebe ausgenutzt habe.
Ich bedauere unsere gemeinsamen Jahre nicht, mein Liebling. Wir hätten es sogar schaffen können, Du und ich, wenn ich aufrichtig mit mir selbst gewesen wäre; aber wenn Deine Liebe zu mir Dich am Weiterwachsen hindern würde, hätte ich am Ende sehr viel mehr zu verantworten. Früher einmal beschuldigte ich Marja des Versuchs, Dich zu zerstören. Ich möchte mich nicht des gleichen Vorwurfs schuldig machen.
Nein, glaub nicht, daß ich mich noch mit Schuldgefühlen geißle. Es war falsch, daß ich mich nicht zu meiner Veranlagung bekennen wollte. Ich suchte Vorwände und nahm Deine kindliche Liebe an. Nun hat es sich gegen mich gewendet, und ich werde aufrichtiger sein als zuvor. Ich kann Dich zu den alten Bedingungen nicht an mich binden, Gail, und wir haben keine Möglichkeit, neue aufzubauen. Ich weiß jetzt, daß ich eine Lesbierin bin, und weiß auch, daß Du im Grunde keine bist.
Sei glücklich, Gail. Was immer geschehen mag, ich liebte Dich. Versuche, mich nicht zu sehr zu hassen. Ich habe dem College geschrieben und um Urlaub gebeten; bitte versuche nicht in Erfahrung zu bringen, wohin ich gegangen bin. Mache Dir nichts vor, Gail. Ich bin ehrlich mit mir und möchte, daß Du es auch mit Dir bist.

In Liebe, immer
Gretchen

Gail zerknüllte den Brief in der Hand, geblendet von Tränen. Es war die Wahrheit; Gretchen hatte sich endlich selbst entdeckt und hatte Gail im klaren Licht der Wahrheit gesehen.

Die Türglocke läutete, durchdringend, fordernd, rief sie zurück in die Gegenwart. Sie wischte sich die Tränen, bemühte sich um Selbstbeherrschung. Ein Schüler? Jemand vom College? Sie war in diesem Augenblick nicht einmal sicher, welcher Tag es war. Aber es half nichts – sie mußte sich zusammenreißen, Vorkehrungen treffen. Das Leben ging weiter, ohne der emotionalen Unwetter zu achten, die über ein schwaches Menschwesen hereinbrechen konnten. Es läutete wieder. Wahrscheinlich ein Einschreibebrief, der Postbote...

Sie holte tief Luft, hob das Kinn und ging gefaßt zur Tür. Dann wich sie mit einem keuchenden Laut zurück; denn draußen auf den Stufen stand die lange, sehnige Gestalt Warren Burdetts.

»Darf ich hereinkommen, Gail?« fragte er mit leiser Stimme. Ohne ihre Antwort abzuwarten, trat er über die Schwelle und schloß die Tür.

»Gretchen rief mich an«, sagte er. »Sie wisse, sagte sie, daß du nur aus Pflichtgefühl zu ihr zurückgekommen seist. Sie schien es zu verstehen. Ich bin nicht überrascht, daß du sie liebst, Gail.«

»Sie – sie hat dich geschickt?«

Er nickte feierlich. »Wenn du mich noch willst.«

»Oh!« Auf einmal waren seine Arme ausgebreitet, und sie flog hinein, schluchzend, aber mit dem Wissen, daß ihre Tränen jetzt Tränen der Erleichterung waren. Es waren auch Tränen der Dankbarkeit und Liebe zu Gretchen, die sie besser gekannt hatte als sie sich selbst.

Gretchen hatte recht; sie hatten einander nichts mehr zu geben.

»Aber wohin ist sie gefahren?«

Warren sagte: »Sie bittet dich durch mich, ihre Kleider nach New York zu schicken; sie wohnt dort bei einer Cousine, einer Miß Dalton; du weißt die Adresse. Die Fakultät hier wird ihr diesen Ausrutscher nicht übelnehmen, Gail; jeder kann mal einen nervösen Zusammenbruch erleiden, und Gretchen hat neben ihren besonderen Verdiensten lange Jahre einer makellosen beruflichen Laufbahn hinter sich. Niemand wird ihr den Fehltritt verübeln.« Er schloß sie enger in die Arme. »Aber nun möchte ich an uns denken. Wir können noch heute die amtliche Erlaubnis zur Eheschließung beantragen und in drei Tagen verheiratet sein. Die Universität von Indiana hat mir eine Dozentenstelle angeboten, und ich denke, ich werde sie annehmen. Ein Ortswechsel wird dir guttun...«

Doch während er sprach, gingen Gails Gedanken mit einer seltsamen Endgültigkeit zurück zu Gretchen. Gretchen und Marja. Ja, es war immer dagewesen: die Liebe zwischen den beiden, die Gretchen geleugnet hatte, die Leugnung, die Gretchen in kalte Sublimierung und Marja in Promiskuität getrieben hatte. Aber wenn sie zusammen...

So klar, als wäre es lebendige Gegenwart, erstand ein Bild in ihrem Bewußtsein: Gretchen, stolz aufgerichtet mit all der sanften

Würde, die sie hatte, in ihrem frischen, flaschengrünen Kostüm, das blonde Haar in der Sonne schimmernd, wie sie aus einem menschenwimmelnden Bahnhof in eine lärmende Großstadtstraße hinaustrat, übervoll von Leben und Gelegenheiten – und ein niedriger roter Sportwagen am Straßenrand, und Marjas dunkles, schönes Gesicht, strahlend vor Wiedersehensfreude und Liebe...

Sie hob das Gesicht zu Warren, und wieder mußte sie sich Tränen aus den Augen wischen. »Ich liebte sie«, sagte sie leise, »aber das ist die Vergangenheit.«

»Und die Zukunft gehört uns«, flüsterte Warren. Er neigte den Kopf, und ihre Lippen fanden sich in einem langen Kuß, der ein Versprechen und ein Gelöbnis war.

Molly Parkin

Ich liebe sie alle

Lieb sie alle –
vor allem Patrick

Danach war alles in Ordnung.

»Eine Tasse Tee?«

»Und ob!« erwiderte ich. »Hab mir am Bahnhof fast den Tod geholt. Der Zug hatte zwanzig Minuten Verspätung.«

»Dachte schon, du kämst überhaupt nicht. Toast? Wie ich sehe, hast du ein Glas frischer Marmelade mitgebracht.«

Ich klopfte mir auf die Hüften. »Nicht für mich, danke. Muß auf meine Figur achten.«

Er nahm sein Gebiß vom Kaminsims, schob es sich in den Mund und fing an, alleine vor sich hinzukauen.

Beim Überqueren der Straße wandte ich mich um und winkte zum Abschied. Er teilte mit den Händen die Netzvorhänge, gab ansonsten kein Zeichen. Kaum war ich um die Ecke, schnappte ich mir das erstbeste Taxi und ließ mich zum Bahnhof von Brighton fahren. Ich hatte Glück – ein Zug nach London stand zur Abfahrt bereit. Den besteigen und den Speisewagen ansteuern, war eins. Ganz ehrlich, ich hatte vorgehabt, Tee zu bestellen.

»Einen Brandy, wenn's recht ist?« fragte der Mann hinter der Bar.

»Sehe ich aus, als wenn ich's nötig hätte?«

Er reichte mir die Miniflasche und einen Pappbecher dazu. »Das ist die reinste Medizin.«

Recht hatte er gehabt, wie sich alsbald herausstellte. Ich saß an einem leeren Ecktisch des leeren Waggons, schwenkte den Brandy im Becher, nahm kleine Schlucke davon und starrte aus dem Fenster. Die Landschaft, die vorüberflog, kannte ich auswendig. Ich vermochte zu sagen, wann Telegrafenstangen von Bäumen abgelöst wurden und Straßen die Felder kreuzten. Während sämtlicher Jahreszeiten hatte ich mir das angeschaut – jeden Montag.

»Sie ist tot«, hatte er zur Einleitung gesagt. Tränenlos. Hilflos.

»Na, da komme ich.«

»Sie ist tot.«

»Ja.« Wer hätte ihm daraufhin irgend etwas abschlagen können? Man hätte alles getan, nur um diesen erstarrten Gesichtsausdruck bei ihm zu lösen, in diesem Antlitz einen Funken Leben zu entfachen. Damit er nun wieder so würde, wie er früher gewesen war.

Der Zug fuhr in die Victoria Station ein. Ich holte meine Klamotten aus dem Schließfach, zog mich in der Damentoilette um und ging zu meinem Wagen. Die Läden hatten noch auf; also hielt ich auf dem Heimweg an, um einen neuen Lippenstift zu erstehen. Da nirgends eine Parklücke zu erspähen war, parkte ich einfach im Halteverbot.

In dem Laden war es sehr heiß, die Luft war parfümgeschwängert; die Verkäuferin, die mich bediente, war sexy, jung, und ihre Augen waren von jeder Menge falscher Wimpern umgeben. »Heute habe ich die meinen nicht an, doch für gewöhnlich trage ich auch welche.«

Sie gab darauf keine Antwort. Weshalb ich drei Lippenstifte statt einem kaufte, was absolut unnötig war. Ich ließ mich weiter in die Damenwäscheabteilung treiben. Hart, einem neuen Büstenhalter zu widerstehen. Hoch die Tassen ist immer gut. Sämtliche Auslagen waren mit Brüsten bestückt. Die ›Cups A‹ bis ›D‹ waren in Schwarz, Weiß und Fleischfarben zu haben.

»Haben Sie etwas in Scharlachrot?« wollte ich wissen.

Die Verkäuferin, die mittleren Alters war, schüttelte den Kopf. »Die Farbe ist nicht gefragt.«

»Violett?«

»Wohin denken Sie! Fleischfarbene... fleischfarbene, die werden derzeit verlangt. Die hier, die nahtlosen – für Durchsichtiges. Viele ältere Damen kaufen sie sich fürs Bett. Die schwören drauf, daß nicht einmal der eigene Mann was merkt, wenn sie so einen unter einem Nylonnachthemd tragen.«

»Ich glaube, ich versuch's mit Schwarz. Im übrigen würde ich keinen BH im Bett tragen.«

»Wie Sie meinen. Wenn man es sich leisten kann.«

»Trotzdem, die Fleischfarbenen machen sich sehr gut. Ich möchte einen anprobieren. Schließlich kann man nie attraktiv genug aussehen.«

Sie folgte mir zu den Anprobekabinen.

»Danke«, sagte ich hastig und suchte die Tür zu schließen.

»Nichts geht über eine ausgebildete Corsetière. Hab mein erstes Zertifikat 1932 erhalten. Bin die bestqualifizierteste in der ganzen Abteilung.«

Ich schickte ein Stoßgebet gen Himmel, mein Deodorant möge nicht verflogen sein. Dann streifte ich mir den Pullover über den Kopf. Sie hakte mir meinen Büstenhalter auf.

»Der sieht aber noch gut aus.«

»Ein Lieblingsstück von mir.«

»Nun denn.« Sie trat zurück, um mich so richtig in Augenschein zu nehmen.

»Haben Sie Kinder?«

»Ja.«

»Sie Glückliche. Sie stehen bei Ihnen wie eine Eins!«

Ihre Hände überzeugten sich davon. »Beugen Sie sich vor. Am besten, man läßt sie hineinfallen. Genau so. Perfekt. Momentchen mal.« Zärtlich schob sie eine verirrte Brustwarze an ihren Platz. »Hat sich selbständig gemacht – ts, ts, ts. Sie sollten immer absolut im Zentrum plaziert sein.«

»Ich danke Ihnen sehr«, erwiderte ich. »Hätte gern noch die anderen anprobiert. Der hier gefällt mir besonders.«

Als ich schließlich ins Freie trat, war mein Wagen weg. Ein Schaufensterdekorateur klopfte von innen an die Scheibe. »A-b-g-e-s-c-h-l-e-p-p-t«, lautmalte er.

»D-a-n-k-e«, gab ich zurück. Und lächelte dazu, als sei das überhaupt nicht von Belang.

Zwei Stunden später als beabsichtigt trudelte ich zu Hause ein. Was nicht weiter schlimm war, denn niemand hatte angerufen. Die Kinder waren bereits im Bett und schliefen. Ihr Vater war dagewesen und hatte sich wieder verkrümelt. Françoise, das Aupair-Mädchen, schien sich auf ihrem Zimmer amüsieren zu wollen. Im Augenblick belud sie gerade ein Tablett mit einem Kübel voll Eis, mit Tonicflaschen und dem letzten Gin.

»Würden Sie mich vorbeilassen?«

Mir brach es fast das Herz. Ein Riesen-Gin-Tonic, das wäre jetzt genau das gewesen, was ich gebrauchen konnte. »Gewiß doch, viel Spaß.«

Sie plinkerte mir zu und begab sich nach oben. Im Vorübergehen streifte mich der Duft meines Lieblingsparfüms. In der nächsten halben Stunde schellte die Türglocke in regelmäßigen Abständen. Schrilles, exaltiertes Französisch war in der Diele zu vernehmen. Ausschließlich Mädchen trafen ein. Dann absolute Stille. Gott allein wußte, was sie da oben trieben. Am nächsten Morgen würde ich wieder einer von ihnen auf der Treppe begegnen und verlegen weggucken.

Der Eisschrank war fast leer. Die Kinder mußten sich zum Abendessen wohl wieder mit Cornflakes begnügt haben, da sämtliche Milchflaschen geöffnet waren und die Sahneschicht fehlte. Doch da fiel mein Blick auf die Champagnerflasche. Sollte ich, oder sollte ich nicht? Auf dem Getränkebord stand nichts weiter als eine Flasche mit Wincarnis, die mir jemand zu der Zeit verehrt hatte, als ich eine Fehlgeburt erlitt, eine Buddel mit den Überresten eines außerordentlich sauren algerischen Weins und eine Miniflasche mit Kaffeelikör. Morgen würde ich wieder mal die Vorräte auffrischen. Der Korken sprang knallend an die Decke und fügte den bereits vorhandenen Spuren eine weitere hinzu. Es war wirklich an der Zeit, alles neu streichen zu lassen. Wenn schon, denn schon. Ich zog den Stecker des tragbaren Fernsehers aus der Steckdose, und trug das Gerät samt der Champagnerflasche ins Badezimmer. Ich drehte den Heißwasserhahn auf, entkleidete mich und stieg in das dampfende Naß, um mir einen anzududeln.

Während ich noch in der Wanne saß, bimmelte das Telefon, doch hörte ich es nicht, da ich eingeschlafen war. Ich wachte erst auf, als Françoise an die Tür hämmerte.

»Ich komme schon«, gab ich zurück. Das Wasser war mittlerweile kalt geworden, die Champagnerflasche leer. Auf der Mattscheibe sabbelte ein Geistlicher vor sich hin. Ich war bar jeglichen Zeitgefühls.

Die Stimme am anderen Ende der Leitung hörte sich schwerzüngig und schleppend an. Zunächst erkannte ich sie nicht, dann klickte es bei mir.

»Wie geht's nach dieser langen Zeit? Komme gerade durch London, war bei einem gespenstischen Arbeitsessen. Hab versucht, dich früher zu erreichen. Hat man dir ausgerichtet, was ich hinterlassen habe?«

»Nein«, gab ich, noch immer benommen, zur Antwort.

»Na so was. Trotzdem: Wie wär's wenn ich vorbeischauen würde, um guten Abend zu sagen? Auf einen kleinen Nachttrunk, mehr nicht.«

»Es ist mir scheußlich peinlich, aber ich hab nichts Trinkbares da.«

»Überlaß das mir, kleine Frau. Und nun hilf mal rasch meinem Gedächtnis nach: Wie war doch gleich die Adresse?«

Während ich den Telefonhörer auf die Gabel sinken ließ, warf ich einen Blick auf die Nachttischuhr. Sie zeigte halb eins.

Ich beschloß, bei seiner Ankunft kein Nachthemd zu tragen, statt dessen zog ich ein Paar frischer schwarzer Strumpfhosen, meine schwarzen, hochhackigen Wildlederstiefel und meinen neuen schwarzen Büstenhalter an. Während ich in den mannshohen Spiegel blickte, schoß es mir durch den Sinn, daß es eigentlich schade sei, irgend etwas darüber anzuziehen. Der Champagner, den ich gepichelt hatte, verlieh mir das Gefühl, unerhört sexy zu wirken. Ich schnupperte an meiner Schulter und strich mit der Hand über beide Brüste, wobei ich die Brustwarzen so zurechtrückte, wie dies die Verkäuferin getan hatte. Ich koste meine bloße Nabelgegend und beobachtete im Spiegel, wie meine Hand sich zwischen die Beine stahl. »Jetzt noch nicht«, entschied ich und wandte mich wieder der Frage zu, was ich anziehen sollte.

Ich entschied mich für ein Paar Seidenhosen mit weitem Schlag, aber knalleng über den Hüften, dazu eine hautenge, langärmelige Hemdbluse mit nur drei Knöpfen, die ich sämtlich offen ließ. Sorgfältig richtete ich mein Gesicht her, tat eine Menge Gloss auf die Lippen, sprühte mich mit Parfüm ein. Danach blieb nichts mehr, als die Beleuchtung zu dämpfen und eine Schallplatte aufzulegen. Woraufhin ich mich niederließ, um zu warten.

Gegen eins fiel mir ein, daß wir Gläser brauchen würden. Also raffte ich mich auf, zwei aus der Küche zu holen. Ich füllte zudem einen Behälter mit Eiswürfeln, für den Fall, daß er Whisky mitbrachte, und trug alles auf mein Zimmer. Ursprünglich waren das mal zwei Räume gewesen, doch nachdem wir das Haus gekauft hatten, hatte mein Eheliebster die Trennwand niederreißen lassen. Auf der einen Seite des Raumes stand mein Doppelbett – vormals unser Doppelbett –, auf der anderen ein Couchtisch mit einer Sesselgruppe. Im Stil eines Salons. Der Farbfernseher war in der Mitte des Zimmers plaziert und konnte nach beiden Seiten hin geschwenkt werden, war aber zumeist in Richtung Bett gedreht. Als mein Besuch um zwei Uhr noch immer nicht da war, holte ich die Miniflasche mit dem Kaffeelikör und kippte sie in einem Zug. Dann zog ich mich aus und kletterte ins Bett. Das Make-up ließ ich drauf und ein Licht an, für den Fall eines Falles.

Als ich die Augen aufschlug spürte ich, wie mir etwas auf die Wange fiel. Die falschen Wimpern meines linken Auges. Ihn sah ich an der gegenüberliegenden Bettseite. Er war dabei, sich zu entkleiden. Auf dem Nachttisch stand eine dunkle, undurchsichtige Brandyflasche – ›Napoleon‹, wie ich vermutete – sowie zwei vollgeschenkte Gläser. Er wirkte ziemlich betrunken. Mit Bedacht legte ich die Wimpern in den Aschenbecher und richtete mich auf, um ihn zu begrüßen.

»Wie bist du hereingekommen?« flüsterte ich überrascht.

»Ein paar Franzmädchen verließen das Haus, als ich ankam – und wie geht's der kleinen Frau, die ich versetzt habe? Tut mir leid, tut mir ja so leid.«

Immer noch in Hemd und Schlips, wenngleich nichts sonst,

plumpste er aufs Bett und fiel sofort in Schlummer. Ich stieg aus den Federn und ging zur Toilette. Als ich zurückkehrte, befreite ich mein rechtes Auge von den falschen Wimpern und legte sie zu den anderen in den Aschenbecher. Ich kletterte auf meiner Seite ins Bett, langte über ihn hinweg nach einem Glas mit Brandy und fing an daran zu nippen.

Er war völlig hinüber, schnarchte und merkte nichts, als ich sein Hemd lüpfte, um einen Blick auf seinen Unterbau zu tun. Eine absolut müßige Angelegenheit. Traurig klipperte sein Penis nach der einen Seite. Wie ein gestrandeter Fisch. Na, mach dir nichts draus. Zumindest besaß er schöne Beine. Weshalb ich mich auf diese konzentrierte. Danach bedeckte ich sie mit einer zusätzlichen Dekke und zog den Wecker auf. Ich stellte ihn auf eine extra frühe Zeit, um ihn wach und aus dem Haus zu kriegen, bevor die Kinder herunterkamen. So machte ich das immer. Die Morgen waren samt meiner Person für sie da, für zärtliche Schmusereien und fürs Frühstück zu dritt im Bett.

Doch in der Früh war er weg. Von der Brandyflasche und zwei leeren Gläsern abgesehen – er mußte das seine ausgetrunken haben, nachdem er erwacht war –, wies nichts darauf hin, daß er dagewesen war. Später traf ein Dutzend roter Rosen ein. Das beigefügte Billett lautete: ›Entschuldige, kleine Frau. Das nächste Mal führe ich mich besser auf. Ich verspreche es dir. J.‹

Ich weiß nicht warum, aber ich fühlte mich absolut großartig. Nicht, daß ich in jenen Tagen so richtig etwas empfunden hätte. Die Scheidung war durchgezogen und ausgestanden. Das Geld wurde fein säuberlich per Bankauftrag überwiesen. Monatlich. Zuerst, bevor die Dinge endgültig waren, hatten wir eine andere Regelung. Paul übergab mir jeden Sonnabend das Haushaltsgeld, so, als lebten wir noch immer zusammen. Er pflegte am Morgen anzurufen: »Triff mich zum Mittagessen. Ich werde dir dein Geld geben.« – »Danke dir, Paul«, pflegte ich daraufhin erfreut zu erwidern, als ob ich der schuldige Teil sei. Im Restaurant dann jedesmal die gleiche Szene unter den Augen der Kinder und der Leute von den Nebentischen: Er blätterte die Einpfundnoten hin, wobei er zunächst jede einzelne gegen das Licht hielt, um sicherzustellen, daß es sich nicht um eine ›Blüte‹ handelte. Und immer war er ein wenig zu knapp bei Kasse. »Bin nicht zur Bank gekommen.«

Mein Rechtsanwalt hatte seine eigene Sicht der Dinge. »Vorsätzliche Demütigung«, so nannte er das und kanzelte mich ab, weil ich mich zu solcher Würdelosigkeit hergab. Ich für meine Person war glücklich, überhaupt etwas zu bekommen, wie immer die

Modalitäten auch sein mochten. Doch ich mußte dem Advokaten zustimmen, daß ich den Eindruck einer schwachen Person vermittelte. Jetzt war es viel besser, einfach zivilisierter.

Die Kinder kuschelten sich an mich, jedes an einer Seite. Zwei kleine Mädchen, deren Körper glatt und kindlich waren. Frei von Komplikationen durch Bürste oder Haare, die an anderen Stellen als auf ihrem Kopfe sprossen. Unmöglich, mich zu erinnern, als ich so gewesen war. Ich hielt sie eng an mich gedrückt und kitzelte sie, und wir lachten noch immer, als Françoise mit dem Frühstückstablett eintrat. Sie warf einen schlauen Blick auf den Brandy und die zwei Gläser, doch ich kam ihr zuvor.

»War die Party gestern abend nett?«

Sie zuckte mit den Achseln. »Meine beste Freundin ist nicht gekommen.«

Herrjeh. Da würde sie wieder tagelang schlecht gelaunt herumhängen.

»Du liebe Zeit, wie schade.«

»'ab sie angerufen, und sie 'at gesagt, sie käme morgen.«

»Da müssen wir daran denken, etwas Trinkbares einzukaufen.«

An diesem Punkte hellte sich ihr Gesicht auf. »Schottischer Whisky ist sehr gut.«

»Ja, ein liebenswertes Getränk«, entgegnete ich und nahm mir im Geiste vor, Wein zu erstehen. Doch sie schien Gedanken lesen zu können.

»Schottischer Whisky und Gin-Tonic und Bloody Mary. Wein ist 'ierzulande nicht so gut, meine ich.«

»Ich werde heute eine Aufstellung machen«, gab ich mich geschlagen.

Sie hatte sich für das Thema erwärmt. »Mehr noch liebe ich Champagner.«

Ich schaltete mich brüsk dazwischen. »Das tun wir alle. Sehen Sie zu, daß Sie nicht zu spät zum Unterricht kommen.« Doch ich lächelte, um meine Worte nicht so hart klingen zu lassen.

»Bin schon weg.« Sie warf den Kindern Kußhändchen zu, die diese zurückgaben, wobei sie ihr Frühstück ins Bett krümelten.

Sie mochten sie. Sie war auch wirklich reizend. Ich hatte mir einen gewaltigen Ruck geben müssen, bevor ich mich entschloß, das Haus mit einer Fremden zu teilen. Wir hatten nie jemanden, als Paul noch mit uns zusammenlebte. Ich weiß eigentlich nicht, warum nicht. Jene Klatschereien, die besagten, daß Ehemänner unweigerlich im Bett des Au-pair-Mädchens landeten, hätten mich nicht davon abgehalten. Solche Gedanken wären mir überhaupt nie gekommen. Hätte niemals auf Untreue von seiner Seite getippt. Zurückblickend muß ich sagen, daß ich reichlich naiv war. Später wußte ich es dann besser.

Auf seine Töchter blickend sah ich, wie sehr sie Paul ähnelten. Kräftiges, glattes, nahezu weißblondes Haar, grüne Augen – hell wie Stachelbeeren. Lange Wimpern. Später einmal würde ich sie lehren, diese dunkel zu färben oder mit viel Wimperntusche zu bürsten. Das sah viel besser aus. Wie Paul, so waren auch die Mädchen schön zu nennen.

Nachdem das Frühstück vorüber war, fuhr ich sie zur Schule. Auf dem Weg dorthin piepste Fanny, die jüngere: »Daddy sagte, er würde uns am Samstag mit in den Zoo nehmen.«

»Es wird dir gefallen, da kannst du auf einem Elefanten reiten.«

Sie jauchzten entzückt. Harriet war nach Pauls Mutter benannt, die stets eine gallige Person gewesen war. Was meine Mutter betraf, die war tot, als wir die in Frage kommenden Familienmitglieder ihrer Namen wegen Revue passieren ließen. Aber warum denn nicht den ihren nehmen? »Was, Violet?!« – »Na und, warum denn nicht?« – »Zu gewöhnlich!« Und dabei war es geblieben.

Harriet sagte: »Du hast uns nicht gute Nacht gesagt. Daddy aber.«

Sie zog einen Flunsch und blickte anklagend drein. Das wirkte unglaublich feindselig. Fanny kopierte sie umgehend. Mir schwante, daß sie, wenn sie erst einmal erwachsen wären, mich vielleicht nicht ausstehen könnten und umgekehrt war es vielleicht nicht besser. Würden wir einander später immer mit dieser Feindseligkeit belauern?

Wir waren an der Schule angekommen, ich stellte den Motor ab. »Wie ihr wißt, kann ich an Montagen häufig nicht beizeiten da sein«, begann ich. Aber sie hörten mir gar nicht mehr zu. Sie hatten Freunde entdeckt, machten sich lautstark bemerkbar und kletterten aus dem Fahrzeug. »Ich wünsch euch einen schönen Tag!« rief ich hinter ihnen her. Sie wandten mir beide ihre Gesichter zu, die vor Liebe strahlten. Und ich strahlte zurück. Da waren noch Jahre hin bis zu irgendwelchen Schwierigkeiten.

Ich fuhr nach Hause zurück, an anderen Müttern vorüber, die, wie ich, ihre Kinder vor ähnlich teuren sogenannten progressiven Privatschulen absetzten. Es gab jede Menge davon in diesem Stadtviertel. Alle bedeuteten mehr oder weniger eine Geldverschwendung. Das war meine Ansicht, nicht die von Paul. Später wollte ich sie auf eine staatliche Schule geben, sofern ich mich würde durchsetzen können. Ich bog in unsere Straße ein. Ein herrlicher Morgen. Frühling lag in der Luft, auch wenn sich noch eine kalte Sonne in den blankgeputzten Fensterscheiben und modischen Messingtürklopfern spiegelte. Die knospenden Narzissen in den Blumenkästen auf den Fensterbänken trugen die Farbe der Eingangstüren. Bei uns war es nicht anders.

»Morgen, Miß! Schöner Tag. Soll ich vorne kehren?« Jede Woche die gleiche Frage. Derselbe Straßenkehrer seit über fünf Jahren. Er war bereits mit seinem Besen in den winzigen gepflasterten Vorgarten getreten und machte sich über ein zerfleddertes Zeitungspapier her, das der Wind hereingeweht hatte.

»Wenn's Ihnen möglich ist, vielen Dank.« Ich lächelte, während ich eine Münze in seine erwartungsvoll geöffnete Hand gleiten ließ. Mir wurde ganz heiß. Die gnädige Frau spielen. Paul wäre stolz gewesen.

Es war Montag, die Woche begann, die Stunden erstreckten sich vor mir gleich einem leeren Hafen. So mochte ich es, niemand zu Hause bis in den späten Nachmittag hinein, wenn Mrs. Bowen eintraf, um sauberzumachen und Françoise auf ihrem Heimweg vom Unterricht die Kinder von der Schule abholte. Gut organisiert war das jetzt, im Vergleich zu den chaotischen Haushaltsarrangements, die früher geherrscht hatten.

Das Telefon klingelte. »Mein Liebling.« Charles. Eine gesenkte, hastige Stimme. Rief er von zu Hause aus an, während seine Frau gerade nicht im Zimmer war? Oder vom Büro aus und die Sekretärin war gerade im Vorzimmer? »Könnten wir unter Umständen das Morgen auf heute verlegen?«

»Selbstverständlich.«

»Um ein Uhr dann. Ah, hier sind die Schriftstücke, Miß Dean.«

Ich lächelte, als ich den Hörer auflegte. Er war also im Büro!

Ich öffnete die Fenster und sah nach, ob die Kopfkissenbezüge zu wechseln waren. Er war sehr etepetete. Meiner schien in Ordnung. Während ich noch dabei war, das andere Kissen neu zu überziehen, ging bereits wieder das Telefon.

»Guten Morgen, Prachtstück.«

»Sam«, machte ich.

»Hab für heute abend Karten erwischt. Fabelhaftes Stück. Glaube, du wirst es mögen.«

»Wie reizend.«

»Schön. Ich hol dich um sieben ab, wir nehmen einen Drink und essen danach. Was wirst du anziehen, Schätzchen?«

»Kann sein, ich komme in lang, oder vielleicht auch in Hosen.«

»Naja, also ich meine...«

Ich lachte. »Nichts außer Strumpfhosen.«

»Nutte!« sagte er. »Bin verrückt nach dir. Wie verlief der gestrige Tag?«

»Gut«, erwiderte ich. »Viel zu tun, wie immer.«

»Du und deine Fürsorgetätigkeiten. Bis heute abend dann. Halt dich bereit, Flittchen.«

Fünf vor eins war ich in meinen Morgenmantel gehüllt, das Schlafzimmer wirkte vortrefflich mit den geschlossenen Vorhängen. Der Telefonapparat war mit abgenommenem Hörer im Schrank verborgen. Alles war dezent, lauschig, einladend. Im letzten Augenblick entsann ich mich der Vase mit den Rosen. Doch es war zu spät. Charles stand bereits unter der Haustür. Er trat eilends über die Schwelle, warf dabei einen nervösen Blick hinter sich auf die Straße. Er sperrte die Tür gleich zweimal ab, oben und unten.

Ich schlang meine Arme um seinen Hals. »Wir sind absolut sicher«, beruhigte ich ihn. »Nach allem menschlichen Ermessen wird niemand aufkreuzen.«

Wir begaben uns in mein abgedunkeltes Zimmer. Ein Sonnenstrahl fiel durch die nicht ganz zugezogenen Vorhänge. Er legte seine Brille ab. »Laß mich dich ansehen.« Wir lachten. Das war ein alter Scherz von uns, bei dem wir uns sicher fühlten.

»Reizender Tag für ein Picknick«, gab ich zurück, und wieder lachten wir. Noch so einer aus der Mottenkiste.

Er setzte seine Tragtüte ab. Von Fortnum's. »Ein besonders köstlicher Rotspon samt einer Entenleberpastete mit Knoblauch. Ich hoffe, das konveniert, Madame?«

Ich tat einen Schritt auf ihn zu, um ihn auf den Mund zu küssen, doch er sah sich bereits nach einem Kleiderbügel um. Mit dem Küssen hatte er es nie so gehabt. Daran konnte ich mich noch immer nicht gewöhnen. Und scheu, was das Auskleiden betraf, war er auch. Dies allerdings konnte ich besser verstehen, und so blickte ich zur Seite, während ich meinen Morgenmantel abstreifte, um im Bett auf ihn zu warten.

Die erste Nummer lief immer viel zu schnell ab. Kaum war er drin, war es auch schon vorüber, und die zweite, die unverzüglich darauf folgte, dauerte nur unwesentlich länger.

Er legte sich zurück. »Wie war das für den Anfang, Madame?«

»Perfekt«, antwortete ich, obschon ich mich, wie stets, wie auf den Strand gespült fühlte. Der Wein harmonisierte jedoch alsbald die Dinge wieder, und die Pâté, obschon dies bereits zum drittenmal, war so gut, wie eine Pâté nur sein konnte.

Danach verlangte mich nach einer Zigarette. Das hatte ich mir schon fast gedacht. Es war meist nach einem Liebesspiel der Fall.

»Ich wünschte, du würdest nicht rauchen.« Er sah mir zu, wie ich die Zigarette anzündete.

»Tut mir leid, Charles, ich hab mich mit dem Rauchen ziemlich eingeschränkt. Bald gebe ich es ganz auf.«

»Eine scheußliche Angewohnheit. Zudem mache ich mir Sorgen um deine Gesundheit. Du nicht? Kannst du nicht einsehen, daß es unverantwortlich ist? Was ist mit deinen Kindern? Du scheinst ganz zu vergessen, daß du Mutter bist.«

Ich wechselte das Thema. »Wie geht's Deirdre?«

Er seufzte und fing damit an, die Überreste des Imbisses in die Fortnum-Tragetüte zu verstauen.

»Eine Serviette? Hier, gib sie mir. Ist das ein Korken dort? Macht es dir etwas aus, wenn ich die Gläser auswasche? Reich mir die Flasche rüber. Der haben wir aber vielleicht den Garaus gemacht, was? Schön, ich werde das alles auf dem Rückweg loswerden. Möchte keine Spuren hinterlassen.«

»Wie geht es ihr?«

Er seufzte erneut. Das war sein Lieblingsthema, aber es bedurfte dazu einiger Anstöße. »Oh, mein Liebling. Warum erwähnen wir auch nur ihren Namen? Wo doch das Zusammensein mit dir so absolut vollkommen ist. Warum diese Himmlischkeit beeinträchtigen? Wie es ihr geht? Sie ist unerträglich. Sie verkörpert all das, was du nicht verkörperst. Sie ist ohne jedes Feingefühl, selbstsüchtig, extravagant, dumm, hohl. Keiner von uns beiden ist glücklich. Wir hassen unser Zusammenleben. Doch wird sie es jemals zugeben? Nein! Und es sind Kinder da. Sie weiß, daß ich sie nicht verlassen kann, solange es Rücksicht auf die Kinder zu nehmen gilt. Weißt du, was sie am Wochenende zu mir sagte?«

»Nein, was?«

»Sie sagte..., sagte doch tatsächlich zu mir: ›Charles, wenn du mich jemals verläßt, werde ich dafür sorgen, daß du die Kinder, so lange du lebst, nie wieder zu Gesicht bekommst.‹ Dabei – wie sollte ein Mann in meiner Position überhaupt das Weite suchen?«

»Sie hat kein Recht, so zu sprechen.«

»Kein Recht! Das hat sie gesagt, meine Liebe. O ja, das hat sie gesagt.«

»Juristisch gesehen, meine ich. Das könnte sie niemals durchkriegen.«

»Aber es zeigt, wie sie denkt. Verstehst du? Es illustriert so glasklar den bösartigen Charakter dieser Person. Oder etwa nicht? Sie weiß sehr wohl, daß es nichts gibt, was ich für die Kinder nicht tun würde. Nun, was meinen Jungen betrifft, der ist gescheit für zwei. Der kann schon einigermaßen alleine laufen, mußt du wissen. Nicht schlecht für achtzehn Monate, was? Der ist gewitzt wie eine Fuhre Affen. Wird auf einem Pferderücken sitzen, bevor wir uns umgucken. Du solltest seine Schwestern sehen, Repräsentationsklasse. Deirdre nimmt sie jeden Tag vor dem Frühstück zum Morgenritt mit. O ja! Das muß man ihr lassen, eine großartige Frau im Sattel. Schade, daß sie das nicht ist, wenn sie die Füße auf dem Boden hat oder sich im Bett befindet, um es mal so zu formulieren. Du kennst das neueste vom Neuen, nicht wahr?«

»Nein, was ist es?«

»Dieser Getrennt-schlafen-Quatsch. Wir haben jetzt separate Schlafzimmer. Das ist schon allein ein Grund, hm?«

»Verweigerung der ehelichen Pflichten, schätze ich.«

»So etwas Ähnliches. Ich sag dir, wenn es nicht wegen der Kinder wäre und meiner Wähler...«

»Was tätest du dann, Charles?«

Sein Name ließ ihn aufhorchen, die Konversation sprang abermals um. »Guter Gott«, sagte er, einen Blick auf seine Uhr werfend. »Das wird knapp. *Tempus fugit*. Muß heute abend eine Ansprache halten. Muß die Rede noch schreiben. Außerdem harren hundert andere dringliche Verabredungen meiner. Unter anderem ein Cocktail im Parlament.«

Noch immer redend, stieg er aus dem Bett und fing an, sich anzuziehen. In der dunkelsten Ecke des Raumes. Mit dem Rücken zu mir. Nachdem er geendet hatte, setzte er seine Augengläser auf und kämmte sich sorgfältig die Haare. Dabei geschah es, daß sein Blick auf die Vase mit den Rosen fiel. »Ausgesprochen exquisite Sorte.« Er runzelte die Stirn. »Doch nicht etwa von einem anderen Bewunderer, hoffe ich?« Bei der Vorstellung mußte er lachen.

»Hab an eine Knopflochblume für dich gedacht und gleich einen ganzen Strauß erstanden, um dir die Auswahl zu überlassen«, bemerkte ich.

Er setzte sich auf das Bett und umschloß mein Gesicht mit seinen Händen. »Das ist das Wundervollste, was ich je gehört habe, mein Liebling, mein Mädchen.« Er küßte mich sogar.

Nachdem er gegangen war, nahm ich das Telefon aus dem Schrank und legte den Hörer wieder auf. Ich rief die Gassenschänke, den Kolonialwaren- und den Gemüsehändler an, um Nachschub zu ordern. Überall erinnerte man mich liebenswürdig daran, daß meine Rechnungen überfällig seien.

»Nennen Sie mir den Betrag, ich werde dem Botenjungen einen Scheck geben«, versprach ich und entschuldigte mich überschwenglich. Es war nicht etwa so, daß ich das Geld nicht gehabt hätte. Alles, was fehlte, war die entsprechende Organisation. Rechnungen erschreckten mich – jegliche finanzielle Angelegenheit tat das. Rechnungen trafen wie Briefe ein und lagen wie diese unbeantwortet herum, bis sie auf irgendeine Weise verlorengingen. Ich mochte das Telefon sehr viel lieber. Man konnte mit den Leuten reden, wie einem der Schnabel gewachsen war. Alles in allem war es kommunikativer.

Die drei Lieferungen langten nacheinander im Abstand von zehn Minuten an. Die erste nahm ich im Morgenmantel entgegen, und während ich den Scheck ausschrieb, bemerkte ich, wie der Junge vom Kolonialwarenhändler nach meinen Brüsten schielte. Er war noch sehr jung. Und wenn er auch nicht viel gesehen haben konnte, weiß ich nicht, wer von uns beiden verlegener war. Ich hatte vor, ein Bad zu nehmen, wollte mich also nicht vollständig anziehen. Immerhin aber zog ich, nachdem der Junge sich widerstrebend getrollt hatte, BH und Slip unter den Morgenmantel, bevor die beiden anderen Boten kamen. Seltsam, diese Scheu in meinem Alter.

Während ich Wasser für ein Bad einlaufen ließ, trug ich mir eine Gesichtsmaske auf. Eine Honigmaske, die wundervoll duftete und fünfzehn Minuten draufbleiben mußte. »Folgen Sie den Anweisungen sorgfältig, damit Ihre Erwartungen optimal zufriedengestellt werden.« Es ist immer gut, Anweisungen Folge zu leisten.

Ich war erst seit kurzem dabei, mich für Hautpflege und all das zu interessieren, doch ich fand, es zahlte sich bereits aus. Während meiner Ehe hatte ich mich um solche Dinge nie groß gekümmert. Paul hatte da seine eigenen Ansichten gehabt. Obschon ihm, wenn wir ausgingen, Frauen gefielen, die nach meiner Meinung abscheulich aufgedonnert waren, beharrte er darauf, daß es mit mir etwas anderes sei. »Das ist nicht dein Stil«, pflegte er zu sagen. Daran war nicht zu rütteln gewesen. Jetzt aber konnte ich tun, was mir gefiel, und mittlerweile liebte ich das Mich-Verwöhnen mit Ölen, Cremes und Parfüms, das Schwelgen in meinen geheimsten Düften.

Ich goß Mengen eines teuren Schaumbades in die Badewanne, stieg sodann behutsam hinein, um meine erstarrende Maske nicht zu bespritzen. Seitlich von mir standen auf einem Bord Pauls kostspieliger Dachshaarpinsel und dahinter der altmodische Rasierapparat, die er zurückgelassen hatte, weil er ohnehin zur elektrischen Rasur übergegangen war. Ich jedoch rasierte mir gern Beine und Achselhöhlen damit. Die Seife, die ich dazu benutzte, war Haushaltsseife und roch leicht nach Karbol, aber sie gibt den besten Schaum her, abgesehen selbstverständlich von ausgesprochener Rasierseife. Es erinnerte mich an meinen Vater und an den ersten Jungen, dem ich erlaubt hatte, mich unten zu berühren. Der hatte sich danach die Hände mit solch einer Seife gewaschen. Im übrigen hatte ich nicht viel wegzurasieren, doch ich wollte die Haare erwischen, bevor sie stoppelig wurden. Ich kannte einmal einen Mann, der gab an, im Zug nach Edinburgh einen Orgasmus gehabt zu haben, nur weil ihm gegenüber eine Dame mit behaarten Beinen saß. Diese Geschichte hatte mich derart beeindruckt, daß ich mich einen ganzen Sommer lang nicht rasierte. Bei dem Mann handelte es sich im übrigen um einen Vegetarier.

Die Schaumbläschen in der Badewanne waren fast alle verschwunden, das Wasser indes fühlte sich seidenweich an. Ich konnte förmlich spüren, wie es meiner Haut wohltat. Die Wasseroberfläche war, wenn ich mich nicht bewegte, ein einziger schimmernder Film – sommerlichen Meeren an fremden Gestaden gleich.

Ich fing wie immer in der Stößelgegend an – links-rechts, bisweilen geschah es auch andersherum, daß ich mit meinen Augen die Wasseroberfläche nach jenen winzigen dunkelbraunen Punkten absuchte, ohne einen Muskel zu bewegen. Eine Angewohnheit aus Kindertagen. Meine Mutter erwischte mich dabei, wie ich mich kratzte. »Sie hat wieder Flöhe. Das heißt, daß wir das letzte heiße Wasser opfern müssen.« Die einzige Möglichkeit, sie zu erwischen, war, sie zu ertränken. Man stelle sich das Bild vor: Ich in der Zinkbadewanne vor dem Feuer hockend, die anderen um mich herum. Wer immer gerade da war – für gewöhnlich ein Nachbar, stets mein Vater, eine klatschsüchtige Tante, meine Schwester –, alle nahmen sie daran teil. »Hier ist einer!« »Nein, das ist Dreck!« »Ein Teeblatt!« »Schau, ob es zwischen den Nägeln knackt!« »Halt still!« »Hab ihn!« Diese Befriedigung, ihn zerquetscht zu sehen, diesen Blutsauger, der sich an meinem Blut gemästet hatte, wohlgemerkt. Das jetzt den Fingernagel befleckte. Wie sein praller Bauch sich leerte, die leblosen Beinchen nach allen Seiten hin wegstanden!

Dreißig Jahre waren vergangen, und ich lauerte immer noch. Keine Tötungsmöglichkeiten mehr heutzutage. Das Leben war einfach zu hygienisch geworden. Die fünfzehn Minuten waren um. Zeit, die Maske abzuspülen. Das Ergebnis straffporig, makellos. Aus einem schieren Impuls heraus fing ich an, mir die Haare zu waschen, völlig verkehrt, natürlich, denn das herabtröpfelnde Shampoo und das dampfendheiße Wasser aus der Handdusche öffneten erneut sämtliche Poren, die sich gerade mit soviel Mühe geschlossen hatten. Sei's drum. Während ich mich abtrocknete, glaubte ich die Eingangstür ins Schloß fallen zu hören. Viel zu früh für Mrs. Bowen. Ich rief, erhielt jedoch keine Antwort. Nichts. Es war widersinnig, das war mir klar, sich über unerwartete Eindringlinge zu ärgern, wenn man den größten Teil seines Lebens im Elternhause bei offenen Türen verbracht hatte. Vielleicht aber auch darum – vielleicht gerade deshalb empfand ich mittlerweile ein so kindliches Vergnügen an meinen voneinander getrennten Existenzen. Kein Bereich überlappte den anderen. Nur ich wußte genau, was mit wem vor sich ging, wo und zu welcher Zeit. Zufälle waren ausgeschlossen.

Sobald Paul und ich uns getrennt hatten, fing ich an, über mein künftiges Leben nachzudenken. An jenem Tag, an dem die Scheidung ausgesprochen wurde, gab ich eine Party für alle Leute, die mir nur eingefallen waren. Eine Art Abschied, in der Tat, denn am nächsten Abend, als mein Kater soweit abgeklungen war, daß ich mir meiner Denkfähigkeit sicher sein konnte, setzte ich mich alleine mit der Gästeliste und einem Bleistift nieder. Dann fing ich an, all jene Leute auszustreichen, von denen ich wußte, daß ich sie nie mehr zu sehen wünschte. Viele von ihnen waren verheiratete Freunde, die zu der Party mehr aus Höflichkeit erschienen waren, deren Loyalität indes zwischen Paul und mir schwankte. Damit sie sich in meiner Gegenwart wohlfühlten, hatte ich ebenfalls verheiratet zu sein. Es waren Leute, mit denen Paul und ich ins Theater gegangen waren oder mit denen wir die Wochenenden verbracht hatten, mit unseren Kindern zusammen, versteht sich. Andere waren alleinstehende Frauen in einem Alter, in dem sie sich als sitzengebliebene Jungfern betrachten mußten. Es gab Zeiten, da hatte ich sie eine nach der anderen an den Mann zu bringen versucht. Sie strich ich ebenfalls von der Liste. Der Gedanke deprimierte mich, sie könnten annehmen, ich sei jetzt eine der ihren. Das letzte, was ich vorhatte, war, mich als Verliererin zu fühlen. Ich hatte zu viele Frauen grüppchenweise in Restaurants hocken sehen, die Haare speziell für dieses Ereignis gerichtet. Während sie Erdbeeren der Saison wählten und dezent mit dem Kellner flirteten, waren sie innerlich verrückt nach einem Mann. Blieben noch die Junggesellen, und das waren gar nicht wenige. Einige von ihnen, das wußte ich, würde ich nicht mehr wiedersehen, ob ich sie nun wegstrich oder nicht. Für sie war Paul die Kontaktperson gewesen.

Schließlich war ich sie alle durchgegangen und stellte überrascht fest, wie wenige übrigblieben. Ein schmaler Kreis von Freunden, engen Freunden, die man indes nicht als Vertraute in Betracht ziehen konnte. So, das war's. Zeit, neu zu beginnen. Es war um vieles leichter, als ich erwartet hatte.

Wen lernte ich zuerst kennen? Charles, meine ich. Oder doch nicht? Mir war sein Gesicht nämlich zu jener Zeit, als ich ihn traf, bereits vom Bildschirm her vertraut. Schildpattbrille, sorgfältig gekämmte Haare, tadellos geschnittener Anzug – eine Schneiderpuppe, wie aus dem Ei gepellt ›dieser vitale junge Mann‹. Späterhin denkbar als Nachfolger von Gottweißwem. Dem Parteiführer? Tory – klar. Nicht mein Typ, aber auch nicht im mindesten. Er hatte zuviel von einem Schullehrer. Von Tories hatte ich außerdem mehr als genug.

Offenbar doch nicht.

Ausgerechnet beim Zahnarzt mußten wir uns kennenlernen. In meiner Jugend war wenig für meine Zähne ausgegeben worden; sie fingen an schlecht zu werden, als ich ungefähr dreizehn war. Bei all den Näschereien kein Wunder. Paul hatte mich dann in die Harley Street beordert. Als ich zum erstenmal den Mund weit auftat, hatte der Zahnarzt seinen Assistenten herbeigerufen. »Himmel«, war alles, was dieser sagte. Seit dieser Zeit waren meine Zahnarztbesuche zu einer regelmäßigen Institution geworden.

Ich war bestens in Schale an jenem Tag, als ich Charles begegnete. Die Empfangsdame führte mich ins Wartezimmer, und da saß er. Ich war vorher einkaufen gewesen, hatte mir – nur so – ein hübsches Kleid gekauft, das ich im Schaufenster eines teuren kleinen Ladens erspäht hatte. Normalerweise meide ich derlei Geschäfte. Ich mag den darin ausgeübten Kaufzwang nicht – aber ich hatte mich in das Kleid verliebt. Sie hätten es gerade ins Fenster getan, wie man mir erklärte, und man versuchte, mich mit anderen Fummeln abzuwimmeln. Doch ich blieb fest. Komischerweise. Sie nahmen es heraus, damit ich es anprobieren konnte. Es paßte tadellos, schmiegte sich, ohne zu eng zu sein, diskret an den Körper und ließ mich außerordentlich kurvenreich und verführerisch erscheinen. Die langen, weit fallenden Ärmel waren an den Handgelenken enggeknöpft. Und zwar mit winzigen Knöpfen – es waren vier oder fünf, von grauer Farbe, so eine Art pistolengrau, das auch das Kleid aufwies. Das Material war im übrigen Seidenjersey, der im Licht die Farbe wechselte, bald fahl wie eine

Taubenbrust wirkte, bei anderem Lichteinfall hingegen silbrig-hart schimmerte. Der Saum endete kurz unter dem Knie; das Kleid war das teuerste Fähnchen, das ich mir je geleistet hatte. Doch zu jenem Zeitpunkt war ich für eine Veränderung reif. »Perfekt zum Cocktail, für das Theater, zum Dinner«, bemerkten sie in dem Geschäft und schnurrten vor Wohlgefallen, als sie das Preisschild entfernten. Es war zehn Uhr morgens. »Ich behalte es an, danke«, sagte ich und schritt stolz von dannen – ich fühlte mich irre. Anschließend ging ich stracks zu Harrods. Als ich eineinhalb Stunden später wieder ins Freie trat, war ich grau von Kopf bis Fuß. In Ergänzung der Kleider trug ich einen riesigen Silberfuchshut, eine Handtasche aus weichem, pistolenfarbenem Wildleber, Handschuhe sowie Strümpfe und hochhackige Wildlederstiefel in der nämlichen Farbe. Überdies war ich beladen mit Einkaufstaschen, die das enthielten, was ich ursprünglich angehabt hatte. Ich mochte gar nicht daran denken, was das alles gekostet hatte. Aber zu jener Zeit lag mir noch nicht daran, etwas auf dem Konto zu haben. »Wollen Sie etwa sagen, daß Sie tatsächlich keine Ahnung vom Einkommen Ihres Mannes haben?« hatte der Rechtsanwalt leicht gereizt gefragt. »Mir schien das irgendwie nie wichtig.« Mittlerweile allerdings schon. Als er mir erklärte, auf was ich Anspruch hätte, war ich platt. Ich konnte sehen, wie ihm meine Dämlichkeit langsam auf die Nerven ging.

Der Taxichauffeur tat einen Sprung nach vorn. »Harley Street«, flötete ich. Ich hätte auch ›Buckingham Palace‹ sagen können, und er hätte nicht mit der Wimper gezuckt. Kleider machen eben doch Leute. Mich nicht ausgenommen. Die Zahnarzthelferin schnappte nach Luft, als sie meiner ansichtig wurde. Für gewöhnlich hockte sie da wie eine sauertöpfische Nebelkrähe, bös von der Arthritis geschlagen und wedelte mit ihrem Stock bloß in Richtung des Wartezimmers. Aber heute raffte sie sich tatsächlich auf, straffte die Schultern, als ob zwischen uns eine Art Rivalität bestünde, und geleitete mich zu der Tür. »Bei Mr. Bruce dauert es noch ein wenig«, informierte sie mich, »der Patient vor Ihnen traf ein wenig später ein, tut mir leid.«

Charles blickte von *Country Life* auf, als ich eintrat. Ich erkannte ihn sofort. »Guten Morgen«, zwitscherte ich und lächelte charmant voller Entzücken und feinsinniger Verheißung. Darin war ich gut, wenn ich's erst einmal anging. So, wie ich aussah, hätte ich mir alles leisten können. »Liebe auf den ersten Blick« – wie er es später formulierte. O ja, er besaß eine romantische Ader. Meine eigenen Empfindungen hingegen waren weitaus komplizierter. In jenem Bruchteil einer Sekunde, da meine Augen seinen Anblick einfingen, wurde er für mich zur Herausforderung. Mit so jemandem in der Öffentlichkeit gesehen zu werden – was für ein Anfang! Doch niemals war es dazu gekommen. »Viel zu riskant, Liebling.« Seit jener Zeit hatte er mich nie anders als im Morgenmantel gesehen – zweimal die Woche, wann immer er es einrichten konnte. Doch niemals am Abend und keinesfalls an den Wochenenden. Es geschah mir recht, wirklich.

Der zweite war Sam gewesen. Na ja, nicht richtig der zweite. Da waren andere dazwischen, aber niemand von Bedeutung.

Ich hatte mit den Kindern gespielt, es war eigentlich Bettzeit, aber wir taten so, als gingen wir alle zu einer Party. Sie trugen meine Schuhe und alten Minikleider, die bei ihnen bis auf den Boden fielen. Fanny hatte sich ein Paar ellbogenlange Abendhandschuhe übergezogen, die bei ihr bis zu den Schultern reichten, und hielt eine lange Zigarettenspitze mit einer Schokoladenzigarette darin zwischen den Fingern. Harriet hatte irgendwo eine Perücke von mir aufgetrieben. Unsere Gesichter waren geschminkt. Auf unsere Nägel hatte ich karmesinroten Nagellack aufgetragen. Außerdem hatte ich Mengen von schwarzem Augenbrauenstift und violettem Lidschatten verschwendet. Wir hatten uns Parfüm hinters Ohr gesprüht und waren gerade dabei, unsere Dekolletés freizügig zu drapieren, als Paul anrief. »Was machst du?« fragte er in seiner abrupten Art.

»Ich bring' die Kinder ins Bett.«

»Ziemlich spät, nicht wahr?«

»Erst halb acht.«

»Es ist zehn nach acht. Sie sollten beide längst schlafen.«

»Du liebe Güte«, bemerkte ich. »Na ja, es fallen ihnen ohnehin schon die Augen zu.«

»Hab' heute noch einen Termin. Dinnerdancing im Club der leitenden Werbeangestellten. Möchtest du mitgehen? Das bedeutet aber, daß du in einer halben Stunde fertig sein müßtest.«

Ich wußte sehr wohl, was das bedeutete. Wer auch immer es war, sie hatte ihn im letzten Augenblick versetzt, und es war zu spät, jetzt noch einen passenden Ersatz zu finden.

Ich betrachtete mich im Spiegel. Gewiß doch, für eine Party war ich ausreichend zurechtgemacht. Was war die Alternative für diesen Abend? Haare waschen, früh zu Bett gehen, um am Vormittag für Charles frisch zu sein. Ich haßte diese Werbecliquen – diese glattzüngigen, korpulenten Aufsichtsratsvorsitzenden mit sich lichtendem Haupthaar und ihren Diät lebenden, gehässigen Weibern.

»Warum nicht«, gab ich zur Antwort. Ich war gerade in der richtigen Stimmung, mich zu betrinken.

Ich lotste Françoise vom Fernseher weg, damit sie die Kinder ins Bett brächte. Ich gestand ihnen zu, daß sie mit Nagellack in die Schule gehen dürften, wenn sie so täten, als schliefen sie bereits, wenn ihr Vater eintraf. Danach umarmte ich sie und gab ihnen ihren Gutenachtkuß.

Ich sah ganz schön rasant aus. Sogar ich vermochte das zu erkennen. »Zum Teufel, warum auch nicht?« ging es mir durch den Sinn. Zu oft hatte ich früher, wenn ich mit Paul ausgewesen war, die zurückhaltende Hausfrau gemimt, grau wie eine Maus. Die Augen laß ich, wie sie sind. Sie wirkten bereits übergroß, mit dem violetten Lidschatten und der Mascara. Doch, um noch ein übriges zu tun, klebte ich schwere, schwarze Augenwimpern an, und zwar oben und unten. Ich puderte mir das Gesicht nahezu weiß, einschließlich der Lippen. Diesen verlieh ich sodann einen Glossüberzug, um sie besonders schimmern zu lassen. Um den Kopf wand ich mir einen langen, schwarzen Seidenschal, der wie ein Turban wirkte und im übrigen mein ungewaschenes Haar völlig bedeckte. Den Kopfputz zog ich mir weit in die Stirn, was aussah, als hielte ich mich an irgendeine religiöse Vorschrift. Ich besaß zwei lange schwarze Kleider. Eines davon war großzügig ausgeschnitten, besaß Spaghettiträger. Das andere hatte Hemdblusenärmel sowie einen schmalgeschnittenen Rock und einen hochgeschlossenen Kragen. Es war auf Taille gearbeitet und am Rücken vom Halswirbel bis auf Hüfthöhe geschlitzt. Was bedeutete, daß man keinen Büstenhalter tragen konnte. Aus reiner Neugier zog ich es andersherum an. Das wirkte sagenhaft – man konnte einen reizenden Streifen sahnefarbiger Haut sehen und den Busen – selbsttragend und am richtigen Platz. Doch würde ich mich trauen? Das konnte Ärger geben. Aber was sollte es, danach lechzte ich ja schließlich. Ich konnte hören, wie Pauls Wagen vorfuhr.

In der Panik des letzten Augenblicks warf ich mir eine bodenlange schwarze Federboa um den Hals, deren Enden meinen Busen verdeckten. Dann ging ich, die Tür zu öffnen.

Im Dämmerlicht der Diele musterte er mich kritischen Blickes. »Kenne ich den Betreffenden? Wenn dem so ist, möchte ich bitten, daß mein Name auf die Kranzschleife gesetzt wird.«

»Alles andere ist in der Reinigung«, rechtfertigte ich mich. »Die Mädchen schlafen, ich hole meine Handtasche!«

»Könnten es die Leute nicht komisch finden, daß du mit mir zusammen aufkreuzst?« fragte ich, als wir im Wagen saßen.

Er drehte das Autoradio an und fing an, die Programmskala abzusuchen. Ohrenbetäubend laut, so daß es einem fast das Trommelfell zerriß, trafen Fetzen heiserer Schnulzen, amerikanischer Country Music, liturgischer Gesänge und hochdramatischer Dialoge mein Ohr. Ich wußte, daß er sich darüber ärgern würde, wenn ich meine Frage wiederholte, weswegen ich mit lauter Stimme rief: »Na, was meinst du, könnten sie?« Das hatte ich ihm hingerieben. Nicht umsonst sollte er sich darauf verstehen, so unnachahmlich empfindsam zurückzuzucken.

»Kaum, wenn sie zivilisiert sind«, erwiderte er rasch in die momentane Stille hinein. Dann fand er Wagnermusik, und den Rest des Weges steuerte er mit nur einer Hand, indes er mit der anderen ein unsichtbares Orchester bei dessen lautstärkster Darbietung seit seiner Gründung dirigierte. Ich war froh, als wir angelangt waren – es war so gewesen, als seien wir noch immer verheiratet.

Unser Tisch stellte sich als schlimmer heraus, als ich befürchtet hatte. Meine Tischkarte gab mir vollends den Rest: ›Miß G. E. M. Shottie-Green‹. Der Herr zu meiner Linken mußte zuerst dagewesen sein, um sich sämtliche Namen einzuprägen. »Sind Sie etwa die Tochter von General Shottie-Green?«

»Ich bin Pauls Ex-Ehefrau!«

Den übrigen Abend lang stellte er mich mit den Worten vor: »Kennen Sie sich schon? General Shottie-Greens erste Frau.« Der Herr an meiner rechten Seite drehte mir nach den ersten fünf Minuten den Rücken zu. »In welchem Zweig der Branche arbeiten Sie?« hatte er zu wissen begehrt. »Ich, für meinen Teil, bin Mediendirektor.«

»Oh, ich bin eigentlich Hausfrau.«

Augenblicklich erlosch der leuchtende Funke in seinen Augen.

»Was mich automatisch unter den Konsumenten rangieren läßt.« *Den* Jargon kannte ich auswendig.

»So ist es.«

Ich hatte es fertiggebracht, beim Eintreten in kürzester Zeit drei Gin-Tonics wegzuputzen. Ich war bereits dabei, mir Hoffnungen auf einen vierten zu machen, aber ich war zu langsam gewesen. Pauls Auge wachte über mir.

»Sachte.«

»Das war mein erster«, protestierte ich.

»Stimmt nicht.«

Am Tisch war es leichter. Ich glaube, der Weinkeller hatte meinen Rhythmus erfaßt. Pauls Stirnrunzeln wirkte auf die Distanz heuchlerisch. Beim Fruchtsalat fing ich nachgerade zu glühen an. Aber niemand sprach mit mir. Ich ließ meinen Blick über das Tanzparkett durch den Bankettsaal schweifen. Die Bandmitglieder waren dabei, sich einzustimmen. Es wurde gezupft, geklimpert, gestimmt. Alle saßen sie noch. Wenn ich jetzt aufstand und durch den Saal zur Toilette ging, konnte ich sicher sein, gesehen zu werden. Kaum trat eine jähe Stille ein, gefolgt von einem Hammerschlag. Eine dröhnende Stimme verkündete: »Meine Damen und Herren – der Präsident.« Zum Teufel, da verpaßte ich doch den Präsidenten! Als ich zurückkehrte, sprach dieser immer noch. Zwischen den verzierten Säulen hindurch, die den Bankettsaal von der langgestreckten Bar trennten, konnte ich sehen, wie verzückt alle lauschten, an seinen Lippen hingen, um ja kein Wort zu verpassen.

»Himmel! Was für eine Pfeife! Ich sag dir was, Kleines, deine Blase ist in Ordnung. Sie hat dich im richtigen Moment dazu gebracht, dich in Bewegung zu setzen. Ich sag dir noch etwas: Du bist kein Küken mehr, aber das bestaussehendste Weib, das mir heute abend untergekommen ist.«

Er griff nach meiner Hand, zog mich zu der verlassenen Bar, nahm zwei Brandys von einem der beladenen Tabletts und hob sie empor. »Auf uns beide.«

»Auf uns beide. Und meine Blase«, ergänzte ich.

Das war Sam.

Von diesem Augenblick an blieben wir zusammen. Wir tranken und tanzten und tanzten und tranken, bis wir zum Schluß kaum mehr aufrecht stehen konnten. Alle starrten uns an. Nicht nur meiner skandalös hervorquellenden Brüste wegen, sondern auch wegen Sams prachtvoller Erscheinung. Er war ein Hüne von einem Mann, so in den Umrissen von Orson Welles, und mit seinem weißen Dinnerjackett zu den schwarzweißkarierten Hosen stach er von den anderen Männern in ihren förmlichen Anzügen deutlich ab. Paul kam irgendwann auf uns zu, wie zu erwarten gekränkt und wütend, weil ich mich so exhibitionierte. Zu Sam indes war er glatt wie ein Aal.

»Zeit, nach Hause zu fahren, würde ich meinen.«

Ich kicherte nur. Sam schlang seinen massigen Arm um meine Taille und küßte mich aufs Ohr.

»Das bleibt mir überlassen, was?«

»In Ordnung«, erwiderte ich.

Paul drehte sich auf dem Absatz um, was ihn nicht davor bewahrte, Sam hinter seinem Rücken poltern zu hören: »Wer, zum Teufel, war denn dieser Pinkel?«

»Bloß mein erster Mann.«

»Und wer ist als zweiter vorgemerkt, Kindchen?«

»Wer weiß?« entgegnete ich und küßte ihn mitten auf dem überfüllten Parkett.

Zum Schluß gingen wir, weil wir darum ersucht wurden. Das wurde zum Muster unseres Ausgehens – spektakuläre Abgänge. Stets bildeten wir den Mittelpunkt der allgemeinen Aufmerksamkeit. Es gab darüber keinen Zweifel, er war ein Trinker und ein gewaltiger Esser dazu. Die Mahlzeiten mit ihm dauerten dreimal so lange wie mit irgend jemandem sonst. Und mit anderen Dingen verhielt es sich kaum anders.

»Klettere an Bord«, hatte er mir befohlen, »und zieh mich durch.« Dabei lag er ausgestreckt auf meinem Doppelbett, das er nahezu ganz einnahm. Er oben, das wäre nicht in Frage gekommen. »Erstickungsgefahr.« Er bekam kaum, wenn überhaupt je, eine Erektion, aber wir verbrachten eine Menge amüsanter Zeit damit, es zu versuchen. Sollte er jemals über sein Versagen betrübt gewesen sein, er zeigte es nicht. Wir trugen eine ganze Bibliothek an lasziven Bildwerken zusammen, um zu sehen, ob diese ihn nicht anzuregen vermochten. Er stopfte sich ein Kissen in den Rücken und betrachtete eingehend die Darstellungen, während ich seinen Körper streichelte, küßte und liebkoste. Doch der Erfolg bestand bestenfalls in einem kurzen Aufflackern. Ich schlief jedesmal zuerst ein – nach zwei oder drei Stunden empfand ich die Sache als ziemlich ermüdende Fron. Das hätte ich nicht jede Nacht gebracht, wie es ihm vorschwebte. Ob es mit anderen besser klappte, das fragte ich nie. Ich wußte von irgendwelchen Ex-Ehefrauen, in Amerika, wie ich annahm. Kinder hatte er von keiner. Und ich wußte, daß er allein lebte, obschon ich noch nicht bei ihm zu Hause gewesen war.

»Wieso, zum Teufel, geht ein Mann wie ich mit einer alten Frau wie dir aus? Das wissen die Götter«, konnte er murren. »Himmel, die Leute werden denken, ich krieg ihn nicht mehr hoch. Heiratsfähige Neunzehnjährige – daran bin ich gewöhnt, nicht aber an alte Scharteken mit zwei Bälgern im Schlepptau. Komm schon, öffne mir die Hose und wirf einen Blick hinein, in deinem Alter muß man Gutes tun.«

Da konnte er dann in ein bellendes Gelächter ausbrechen und mich herzhaft an sich drücken. Wir verstanden einander.

Als Mr. Bowen zum Saubermachen eintraf, war ich unten in der Küche, um das Essen für die Mädchen vorzubereiten. Mit Käse überbackenen Blumenkohl. Das war eine ihrer Lieblingsspeisen.

Sie kam hereinspaziert und rümpfte die Nase.

»Widerlicher Geruch – nach diesem schäbigen Blumenkohl. Zieht durchs ganze Haus. Koch ich nie.«

Mir krampfte es den Magen zusammen. Mit Mrs. Bowens düsteren wallisischen Stimmungen lebte ich nun seit fünf Jahren. Heute, dies spürte ich, bedurfte es mehr als der üblichen Liebedienereien. »Ich werde hier die Fenster öffnen, damit bessere Luft hereinkommt.«

Sie zog ihren Mantel aus und erschauerte. »Sehr kalt, heute. Hätte meine Strickweste tragen sollen.«

»Trinken Sie eine Tasse Tee, die wärmt Sie auf«, sagte ich und steckte den Stecker des Teekochers ein. »Ich trinke eine mit.«

»O nein, nicht für mich. Heute gibt's eine Menge Staub zu saugen. Da kann ich nicht mit einer Teetasse herumsitzen.«

Dann verzieh dich. »Später vielleicht.«

Sie antwortete nicht, machte lediglich »puh«, schielte anklagend auf den Blumenkohl und wedelte sich mit der Hand vor der Nase herum. Wenig später hörte ich das Dröhnen des Staubsaugers im Stockwerk über mir. Ein Geräusch, das mich mehr deprimierte als jedes andere. Das und Ballettmusik. Ich biß die Zähne zusammen und schabte einen bröckligen Klacks orangefarbenen Cheddar auf eine gelbe Platte. Hübsch sah das farblich zusammen aus. Das Geräusch kam näher, da Mrs. Bowen mit den Treppen anfing. Ich rührte den geschabten Käse langsam in die sähmige Sahnesauce und sah zu, wie dieser schmolz.

Meine Mutter war Putzen gegangen. Als ich noch sehr klein war, hatte sie mich mitgenommen. »Setz dich auf diesen Stuhl und rühr dich nicht vom Fleck.« Stunden brachte ich damit zu, auf Kaminsimse zu starren, die mit Familienfotos, Porzellanhunden und Kerzenleuchtern aus Messing überladen waren. Letztere pflegte meine Mutter zu putzen, indem sie darauf spuckte und sie dann mit Sorgfalt polierte. Ich fühlte mich auf einer Insel gefangen, auf der gescheuert, abgestaubt, gefegt wurde. Dann zurück nach Hause, wo rein gar nichts von alledem geschah. Zu meinem Vater, der mit einer Tasse Tee vor dem Kaminfeuer hockte und seine kranke Lunge pflegte. Mit dreiunddreißig Jahren war er pensioniert worden.

Ich schüttete das kochende Wasser des Blumenkohls ab, darauf achtend, daß er ganz blieb, und gab ihn in eine orangefarbene, feuerfeste Form. Dann goß ich die dicke Sauce darüber, setzte Butterflöckchen auf die Oberfläche und eine feine Schicht mit Käsekrümeln. Sekunden nachdem ich das Ganze in den Grill geschoben hatte, trafen die Mädchen ein. Das Haus erwachte zum Leben. Nachdem ich sie mit Tee versorgt hatte, sahen wir uns zusammen eine Fernsehsendung an. Françoise nahm einen Drink. Sie war bereits angeregt, bevor ihre Lippen den Glasrand berührten. Allein vom Anblick dessen, was auf dem Regal stand.

»Das muß für einen Monat reichen«, warnte ich.

»*Un mois.*« Sie schürzte die Lippen und hob die Augenbrauen. Ich hätte schwören können, daß sie versuchte, in Gedanken umzusetzen, wieviel fröhliche Stunden davon auf ihrem Zimmer möglich waren – und dies in Englisch. Mrs. Bowen kam herein, um sich bis morgen zu verabschieden, und erblickte Françoise mit dem Glas in der Hand.

»Hätten Sie gern einen?« fragte ich rasch.

»Ich? Was mich betrifft, ich rühr das Zeug nicht an. Sie wissen das ganz genau. Von dem Sherry, den Sie mir letztes Weihnachten angeboten haben, wurde mir in der Nacht schlecht. Stundenlang war ich auf. Nein. Ich muß mich beeilen, um meinen Bus zu erwischen. Hoffen wir, daß die Warteschlange nicht wieder so lang ist wie gestern abend.«

»Sagt Gute Nacht zu Mrs. Bowen, Mädchen«, forderte ich meine Töchter auf.

»Gute Nacht«, riefen sie im Chor, ohne die Augen vom Bildschirm zu wenden. Um das ein wenig wiedergutzumachen, begleitete ich Mrs. Bowen zur Haustür. Auf halber Höhe des Gartenweges drehte sie sich um, die Stirn in Falten gelegt.

»Diese Kinder werden zu richtigen Gnädigen.« Wußte ich's doch, daß sie es nicht durchlassen würde.

Als ich die Tür schließen wollte, bemerkte ich, wie Pauls Wagen vorfuhr. Neben ihm saß ein Mädchen. Ich konnte sehen, wie er den Zündschlüssel abzog und sich ihr im Gespräch zuneigte. Bevor sie mich entdeckten, schloß ich die Tür und eilte auf mein Zimmer. Als die Glocke schellte, rannten die Kinder, die ihn stets um diese Zeit erwarteten, ihn zu begrüßen.

»Meine Püppchen«, hörte ich ihn sagen. Ich spähte durch die Vorhänge nach dem Mädchen im Wagen. Die junge Dame war so um die siebzehn, höchstens achtzehn. Blond, sehr hübsch, mit Pudelfrisur. Und Geld.

»Ist eure Mutter zu Hause?« vernahm ich Pauls Stimme.

Fanny schnallte an der Türklinke. »Mami, Mami.«

Die Tür sprang sperrangelweit auf. Ohne anzuklopfen, trat Paul ein und knipste das Licht an. »Was, um alles in der Welt, treibst du da im Dunkeln?«

Ich fühlte mich ertappt.

»Erzähl mir nicht, daß du zur Abwechslung mal Strom sparen willst.«

Es hatte Zeiten gegeben, da wäre ich in Tränen ausgebrochen. Der kritische Blick, die barsche Stimme – jetzt mußte ich mir das Lachen verkneifen, was ihn nur noch mehr aufbrachte. Er runzelte die Stirn.

»Gestern«, erklärte er mir kalt, »hab' ich den Kindern ein Versprechen gegeben. Ich hab' ihnen angekündigt, daß wir zusammen in den Regent's Park Zoo gehen. Aber es ist etwas dazwischengekommen. An diesem Wochenende werde ich nicht hier sein, ich muß geschäftlich nach München fliegen.«

Mit der Bondine?

»Das ist schon in Ordnung«, sagte ich, »ich werde mit ihnen statt dessen ins Kino gehen.«

»Das Kino ist nicht die einzige Alternative.«

»Nein, aber die unterhaltsamste.«

»Ja, ja, ja«, jubelten die Mädchen.

»Ich werde sie in einen nicht jugendfreien Film schmuggeln.«

»Könnte ich einen Schnurrbart kriegen?« kreischte Fanny.

»Und ich einen Buckel?« sagte Harriet.

»Vielleicht«, meinte Paul, in dessen Augen Kampfeslust aufglomm, »könnte Mami mit euch ins Ballett gehen. Das würde euch doch gefallen oder nicht? Harriet? Na, Fanny? Ich werde das mit den Karten morgen regeln.«

»Ooch«, seufzten beide, schwiegen.

Dieser Bastard.

»Wie schön«, sagte ich zuckersüß. »Drei Karten fürs Ballett. Bedankt euch bei Daddy.«

»O Daddy, Daddy, danke. Du bist ein lieber Daddy.«

»Das ist damit gebongt«, sagte ich heiter. »Samstag gibt's Ballett.«

Ich tat einen Schritt an diesem zufriedenen Lächeln vorbei und rief: »Françoise, Ballettkarten für Samstag für Sie und die Kinder, ist das nicht aufregend? Danke dir, Paul, gute Nacht.«

Eine Stunde noch, bis Sam kam. Zeit genug, ein Dutzend Sachen anzuprobieren. Was immer ich auch trug, er nahm davon Notiz. »Schockiere sie, Süße«, lautete seine Devise. Einmal traf ich ihn in einem Restaurant. Ich kam mit schwarzen Strümpfen, einem schwarzen Kleid mit winzigen Manschetten und einem ebensolchen weißen Kragen. »Himmel«, donnerte er, als ich aus meinem Mantel schlüpfte. »Die Leute werden denken, ich äße mit der Kellnerin.« Und er schickte mich heim, um mich umzuziehen. Als ich zurückkam, hatte ich noch immer dasselbe an, nur hatte ich mir zusätzlich eine gefältete weiße Halbschürze vorgebunden. Das trug mir die Mißbilligung der übrigen Anwesenden ein, von Sam hingegen erntete ich höchstes Lob. »Du bist meine Kragenweite. Na, und wie du lernst!«

Zehn vor sieben war ich startbereit und ging, um den Mädchen ihren Abschiedskuß zu geben. Françoise stieß einen anerkennenden Pfiff aus und ließ mir einen ihrer Plinkerer zukommen.

»Du siehst wie ein Mann aus«, äußerte Fanny und wälzte sich in einem Kicheranfall auf dem Boden.

»Gehst du so?« fragte Harriet unsicher.

»Warum nicht?« entgegnete ich und blickte in den Spiegel.

»Werden die Leute dich nicht anstarren?«

Ich trug einen karmesinroten Satinhosenanzug, streng geschnitten, darunter ein leuchtendrotes Satinhemd mit einer rotweißgepunkteten Krawatte. An einen der Rockaufschläge hatte ich eine scharlachrote Künstlerpuppe gepinnt. Die Haarfransen hatte ich mir bis über die Augen herabgekämmt und den Rest der Haare zu einem festen, kleinen Knoten hochgesteckt. »Mich anstarren? Das hoffe ich«, erwiderte ich. »Worin liegt der Witz, wenn man sich hübsch macht und die Leute starren nicht?«

»Eure Mami«, fiel Françoise ein, »sie 'at einen sehr guten Geschmack. Sie weiß, was paßt. Ich gehe auf Nummer Sicher.«

»Das hab' ich in Ihrem Alter auch getan – nun, ihr Mädchen, Badezeit. Können Sie mit ihnen bitte hinaufgehen, Françoise?« Alle drei zogen ein Gesicht. »Ihr könnt mein bestes Schaumbad benutzen, wenn ihr sofort geht.« Sie trollten sich augenblicklich, wobei Fanny hinter Harriet dreinjagte.

Francoise hingegen zögerte noch. »Und ich für mein Bad auch, ja? Ich 'abe eine neue Freundin, sie kommt später.«

Ich seufzte innerlich auf. »Brauchen Sie nicht alles auf. Es bedarf nur eines Tropfens, das ist der Dreh dabei.«

Sie lächelte, nickte und schlug die Arme um ihren Körper. »Ich fühle mich so sexy, wie Seide, wenn es gut riecht im Bad. Die ganze Zeit denke ich schlimme Sachen dabei. Ich...«

»Ich würde nachsehen, wie die Mädchen zurechtkommen – womöglich ertrinken sie gerade.«

Sie umarmte sich noch einmal reflexartig, grinste und begab sich nach oben.

Sam kam mit dem Taxi an. Er drückte den Klingelknopf so lange, bis ich die Tür öffnete. »Wo, zum Teufel, treibst du dich herum? Auf dem Scheißhaus? Stunden steh' ich schon da...« Mitten in seinem Donnerwetter brach er ab. »Himmel, du siehst großartig aus – was hast du vor, du geiles Stück, mich an die Wand zu spielen?«

Im Fond des Taxis legte er den Arm um meine Schultern. »Hast du mich vermißt? Zwei Tage ist es mittlerweile her.«

»Nicht im mindesten.«

»Miststück. Erwarte von mir heute nacht nicht das geringste. Den ganzen Tag über habe ich mit einer bayerischen Sexbombe gebumst. Die hatte Schenkel wie eine Giraffe, Titten, fest und klein wie Golfbälle. Keine Nippel drauf, aber, was soll's? *Culdesacs*. Zwei blinde Marmeln.« Seine Hand stahl sich unter mein Jakkett, kniff mich. »Im Gegensatz zu denen hier.« Mein Blick traf sich mit dem des Taxifahrers. Sams ebenfalls. Er beugte sich nach vorn. »Sie ist das schärfste Weib der Welt, sind Sie nicht stolz darauf, sie fahren zu dürfen?« Damit knallte er die Glastrennwand hoch, legte sich zurück und wieherte vor Lachen.

Als wir ausgestiegen waren, nahm ich einen Anlauf, dem Fahrer gute Nacht zu sagen, während Sam bezahlte. Er sah indes nicht auf.

»Wo sind wir?« wollte ich wissen.

»Hinter dem Hilton, Park Lane, London, meine kleine Rosenblüte. Wir werden unsere Seele mit etlichen Martinis erquicken sowie Geist und Charakter der Unbilden kulturellen Austausches mit einigen meiner unseligen Landsleute aussetzen«, sprach er in dem für ihn typischen Tonfall.

Wir traten durch Rauchglastüren in ein diskret beleuchtetes, von einem Portier bewachtes Vestibül. Während der winzige Lift sanft nach oben glitt, umfaßte Sam mein Kinn mit seiner Hand.

»Halt dich an meiner Seite, Treulose. Bei den Männern handelt es sich um Filmmogule. Sollte dir eines der Altarlichter einen Kontrakt anbieten, möchte ich dabeisein, der Prozente wegen. Sie suchen überall nach jemandem, der Rin Tin Tin ersetzen könnte.« Er klopfte sich dorthin, wo seine Brieftasche stak. »Da befinden sich die Theaterkarten...«

»Gehen wir noch hin?«

»Ta-ta-ta. Bin ich der Liebe Herrgott? Je nach Lust und Laune – mal sehen, wie es uns gefällt, Kindchen.«

Wir befanden uns mittlerweile vor einer Stahltür, deren mikroskopisch kleines Guckloch uns anblitze. Sam drückte den dicken, schwarzen Klingelknopf, der in die Wand eingelassen war. Eine Sekunde verging, während der offenbar jemand auf der anderen Seite der Tür uns musterte. Sodann öffneten sich geräuschlos die beiden Türflügel, und wir traten ein.

Alles war in Schwarz und Weiß gehalten – Keramikfliesen, die schachbrettartig den Fußboden des Entrees bedeckten, schimmernde, mit schwarzem Qualitätsleder bezogene Wände, auf denen in regelmäßigen Abständen weiße Gouachen prunkten, ein weißer marmorner Grabesengel mit ausgebreiteten Schwingen, in den zum Gebet gefalteten Händen einen schwarzen Regenschirm, der über seinen Kopf aufgespannt war.

»Das bringt Unglück«, bemerkte ich, »eine Musspritze im Haus zu öffnen.«

»Unglück, Design, Geschmack, Einfall, Kulisse für einen Schundfilm – egal«, brummte Sam.

Er betrat einen langgestreckten Raum mit niedriger Decke, der ebenfalls in Schwarz und Weiß prangte – eine weitere Filmkulisse, in der die vollständige Besetzung versammelt zu sein schien. Ein Schwarzer in weißem Anzug saß am weißen Flügel und intonierte Cole Porter, während ein Weißer im schwarzen Anzug mit weißem Hemd und schwarzer Fliege auf uns zuschoß und ausrief: »Sam ist eingetroffen.«

Wir fanden uns jählings eingekreist. Irgend jemand drückte mir einen Martini in die Hand. Ich nahm einen Schluck und verspürte innerhalb weniger Sekunden den ersten *Kick* in der Magengrube, sodann in meinen Kniekehlen. Mir fiel ein, daß ich, Charles' Pâté ausgenommen, den ganzen Tag nichts gegessen hatte, und ich beschloß, es langsam anzugehen. Andernfalls würde ich noch vor Ablauf einer Stunde der Länge lang hinschlagen. Das war schon passiert. Ich schaute zu Sam hinüber, der sich bereits seinen zweiten genehmigte. Wir würden von Glück sagen können, wenn wir das Theater erreichten, das war so gut wie sicher.

Die Gesichter der meisten Anwesenden erschienen mir vertraut, obschon ich keine Seele kannte. Sam war zu sehr ins Gespräch vertieft, um mich vorzustellen. Wie bei allen Partys, so waren auch hier die ersten zehn Minuten die schlimmsten. War ich zunächst der Mittelpunkt der Gruppe gewesen, fand ich mich nach und nach an den Rand gedrängt. Zeit genug, die Schallplatten durchzustöbern, die Titel der Bücher in den Regalen abzugehen, sämtliche der asortierten Kleinobjekte aufzuheben, als ob ich daran interessiert wäre, woher diese stammten. Elfenbeinschnitzereien, glänzend schwarze, geometrische Puzzles, durchsichtige Plexiglasbehältnisse, mit Zigaretten vollgestopft. Ich nahm mir eine davon und sah mich suchend nach Feuer um.

»Erlauben Sie«, sagte eine Frauenstimme, während eine juwelengeschmückte Hand mir Feuer reichte.

»Vielen Dank.« Es war das erstemal, daß ich meine Stimme vernahm, seit wir den Raum betreten hatten. Sie hörte sich künstlich, geziert an.

»Gefällt Ihnen die Party?«

»Noch nicht«, erwiderte ich. »Aber das kann ja noch kommen.«

Sie lachte. »Sie beneidenswerte Optimistin, Sie.« Damit driftete sie hinweg. Ich sah ihr nach. Sie mußte so um die Fünfundfünfzig sein, das konnte ich an ihrem Hals ablesen. Doch ihr Gesicht war glatt und faltenlos wie das einer jungen Frau und ihr Körper rank und schlank, die Brüste außergewöhnlich hoch angesetzt. Ich fragte mich, wieviel Nähte und Abnäher zum Vorschein kämen, wenn sie sich aus ihren Sachen schälte. Keine, sofern sie geschickt mit der Beleuchtung umging. Blieb dem Betreffenden nur noch sein Fingerspitzengefühl.

Mein Spiegelbild kam mir von einer der Wände entgegen. Verblüfft registrierte ich, wie ich auf mich wirkte. *Sophisticated,* leicht gelangweilt, angemessen hübsch. Das erfreute mich keineswegs, nicht im geringsten. *Zu unfreundlich.* Mein Glas war leer, Zeit für ein weiteres und dazu – zur Attacke überzugehen. Das Glas trank ich in einem Zuge aus. Ein schmucker junger Mann an meiner Seite beobachtete den Vorgang voller Erstaunen.

»Darling, war das klug?«

»Im Gegenteil, schrecklich unklug«, entgegnete ich, und, weil er noch immer hersah, langte ich nach einem weiteren Drink.

»Na, wenn das jene Art von Nacht ist, dann schließe ich mich Ihnen an«, bemerkte er und tat es mir nach.

Ich ließ mein Glas an dem seinen klingen. »Warum nicht?«

Von da an verlief die Seereise glatt.

»Sie sind göttlich«, stellte er fest. »Wo haben Sie diesen Anzug her?«

»Von St. Laurent.«

»Von wo sonst?«

»Und Sie den Ihrigen?«

»Von ebenda.«

»Na klar.«

»Wer richtet Ihnen die Haare, Darling?«

»Ich mach' das.«

»Warum es nicht mit Vidal versuchen?«

»Ich hab' sie mir dort schneiden lassen, aber jetzt möchte ich, daß sie wachsen. Deswegen wasche ich sie mir selbst.«

»Aber das ist verrückt. Warum sie wachsen lassen? Gehen Sie zu Roger, der soll sie Ihnen stutzen, bis auf die Fransen. Und lassen Sie sie sich rot, noch besser: grün färben. Das wird göttlich aussehen!«

»Meinen Sie?«

»Gewiß doch! Alle tragen es so. Ich gehe morgen hin.«

»Das werden Sie nicht tun!«

»Kommen Sie mit. Sie können uns zusammen abfertigen. Das wird fabelhaft, Darling.«

»Na, ich könnte sie mir ja schneiden lassen, aber mit der Farbe bin ich mir nicht sicher.« Ich dachte an Charles. »Meine Kinder könnten dagegen sein.«

»Sie haben Kinder? Sie sind so jung.«

»War eine Kindsbraut«, gab ich zurück.

»Wie chic.«

»Mittlerweile geschieden – versteht sich.«

»Wer ist das nicht? Wo wohnen Sie?«

»Chelsea. Wo hatten Sie sonst gedacht?« Ich nannte ihm die Straße.

»Grandios. Wohnung oder Haus?«

»Ein ganzes Haus. Aber es ist sehr klein.«

»*Bijou*«, korrigierte er mich.

»Ein ganzes Haus, aber es ist überaus *bijou*.«

»Oh, Sie sind drollig, Darling. Kennen Sie alle hier?«

»Nein, Sie?«

»Persönlich. Leider. Wie das Leben so spielt.«

»Und wo wohnen Sie?«

»Das kommt darauf an, mit wem ich zusammen bin. Gegenwärtig sitze ich zwischen den Stühlen. Letzten Sommer war ich in Rom. Weihnachten verbrachte ich in Tunesien. Meine Hoffnungen gingen dahin, im Frühjahr auf den Seychellen zu weilen. Statt dessen hause ich bei meiner Mutter.«

»Oh, und wo ist das?«

Er blickte sich um und senkte seine Stimme, als er jetzt äußerte: »Können Sie ein Geheimnis bewahren?«

»Sicher.«

»In Streatham Hill!« Er hob die Hand. »Ich weiß, was Sie jetzt sagen werden – ›teilweise ist es doch recht hübsch dort. Lassen

Sie es sich nicht verdrießen‹. Wir beide wissen, daß es schauderhaft ist.« Er erschauerte in reizender Weise.

Er war erstaunlich gutaussehend, um nicht zu sagen: zu gutaussehend, schlank, wie er war, und mit Zähnen gesegnet, wie sie in Romanen beschrieben werden – sehr weiß und ebenmäßig. Außerdem besaß er sehr dichtes, braunes Haar, in das von der Sonne ausgeblichene Strähnen eingewoben waren. Sein Mund allerdings war zu voll und somit ein wenig babyhaft; es wirkte, als weine er leicht. Ich mochte ihn bereits. Ich wollte, daß er den Eindruck bekam, alles sei bestens und er müsse sich nicht so verdammt anstrengen. Etwas von diesen Gedanken mußte auf meinem Gesicht zu lesen gewesen sein. Er neigte sich mir zu.

»Ich bin glücklich, daß wir einander gefunden haben. Um der Wahrheit die Ehre zu geben, ich fühlte mich ein bißchen gedrückt, als ich hier anrückte. Ich heiße Rupert.«

»Rupert Bear«, sagte ich.

»Den bewundere ich gleichfalls. Wie ist Ihr Name? Lassen Sie mich raten. Rowena? Rebecca?«

Ich schüttelte den Kopf. »Wie wär's mit Myopia?«

Er stieß einen Schrei des Entzückens aus. »Was für ein herrlicher Name. So, Darling, werde ich Sie nennen. Myopia. Sehen Sie schlecht? Ich meine, tragen Sie Kontaktlinsen oder so was?«

»Ich sehe ausgezeichnet. Meilenweit.«

»Hervorragend, Myopia. Kommen Sie, lassen Sie uns jemanden ins Visier nehmen.«

Er blickte sich angeregt um, hielt sodann inne und legte seine Hand auf meinen Arm. »Bevor wir einander verlieren, was machen Sie morgen? Es ist nämlich so, daß ich mir zwar meine Haare richten lasse, aber außerdem versprochen habe, Joe Garibaldis Modenschau zu besuchen. Er macht adorable Sachen – würde es Ihnen Spaß machen, mitzugehen? Sagen Sie schon ›ja‹.«

»Um welche Zeit?«

»Zum Mittagessen im ›Animals‹. Göttlich. Waren Sie noch nie dort? O – das darf nicht wahr sein. Alles in Leopardenfell gehalten. Sogar die Teller.«

»Wie scheußlich. Kriegt man da keine Haare in den Mund?«

»Die Teller sind aus bedrucktem Kunststoff, Sie Dummchen. Joe hat das ganze Lokal gemietet. Es gibt Champagner und geräucherten Lachs.«

»Wie wundervoll. Ich glaube, ich würde gern kommen. Ich hab' seine Kleider schon gesehen, aber nur in Zeitschriften.«

»Sie sind schrecklich teuer, meine Liebe, doch überaus dekorativ. Sie würden wie ein Traum darin wirken!«

»Ich meine, ich würde mich unwohl darin fühlen, wenn ich dafür soviel Geld ausgegeben hätte.«

Er lachte und lüpfte mir die Fransen. »Was sind Sie für ein süßes Kind. Lachen Sie sich einen Freund an, der die Rechnungen bezahlt. Dazu sind die Männer da, Darling.« Er zupfte leicht an seinen superb geschnittenen Rockaufschlägen. »Meine Liebe, glauben Sie vielleicht, daß ich dafür bezahlt hätte?«

Ich starrte ihn sekundenlang an, ließ meinen Blick sodann durch den überfüllten Raum zu Sam gehen. »Ich bin darin nicht sehr gut«, stellte ich fest. Seine Augen waren den meinigen gefolgt. Als sie an Sam haften blieben seufzte er.

»Da sitzt jenes Geld, dessen wir bedürftig sind.«

»Bei Sam? Mit ihm bin ich hier. Aber da bin ich überzeugt, daß Sie falsch liegen. Er ist nicht sehr reich.«

Sein Unterkiefer fiel herab. »Sie scherzen!«

»Nein, das tue ich nicht. Ich kenne ihn seit Ewigkeiten.«

Er neigte sich mir begierig zu. »Er hat Ihnen das Haus gekauft.«

»Werden Sie nicht töricht. Er hat mir nie etwas gekauft, außer, daß er mich zum Abendessen ausführt und derlei. Ehrlich.«

Er trank sein Glas leer und ächzte. »Sie Unschuldslamm. Sie befinden sich auf einer Goldmine und pflücken Gänseblümchen. Das hält man ja im Kopf nicht aus!«

»Wie meinen Sie das?«

»Ich meine, daß Samuel Gregory junior für Contemporary Films Incorporated steht. Ihm gehört mittlerweile der ganze Laden. Sein Vater verstarb letztes Jahr.«

»Oh, daß sein Vater tot ist und seine Mutter auch, das hat er mir gesagt. Meine Männer sind für gewöhnlich Waisen.«

Er ächzte erneut. »Erzählen Sie mir nicht, daß es sich dabei ebenfalls um Millionäre handelt. Sie wissen es ja doch nicht. Darling, wie ich sehe, bedürfen Sie der lenkenden Hand. Mein Gott, Myopia, wir sind dem Ziele näher, als wir dachten.«

»Mir wird ganz schwindlig«, sagte ich. Überdies mußte ich mal.

»Durchaus verständlich, Darling. Würde mir genauso gehen.«

»Ich glaube, das kommt vom Trinken. Sie sind sehr stark, diese Martinis. Mit Gintonic wäre ich sicherer gefahren.«

Er nahm mir das Glas aus der Hand ung geleitete mich zur Tür. »Hocken Sie sich ein bißchen aufs Klo, Darling. Das ist ohnehin der schickste Ort, um zu kollabieren! Ich treffe Sie wieder, wenn Sie herauskommen. Die Party wird weitergehen.«

Ich saß auf der ovalen Kloschüssel, bis es mir vorkam, als hätte ich bereits einen Monat da gesessen. Von Zeit zu Zeit rüttelten Leute diskret an der Türklinke. Aber ich war unfähig, mich zu rühren. Ich versuchte, meinen Blick auf meine Füße zu fixieren. Davon waren vier vorhanden. Meine Satinhose lag in Ziehharmonikafalten um meine Knöchel drapiert. Nachdem ich mich schließlich hochrappelte, bemerkte ich, als ich mich umdrehte, im Spiegel, daß der Sitz in meinem Po einen possierlichen roten Ring eingekerbt hatte. Es fehlte nur noch die Signatur des Künstlers. Ich zog meine Strumpf- und die Satinhose hoch und fischte in meiner Tasche nach meinem Lippenstift, dann nach meiner kleinen, flachen Puderdose. Ein Tupfer Puder, und ich fühlte mich gewappnet, es mit der Welt aufzunehmen. Ich hatte kein Geld bei mir. Wenn Sam sich verdrückt hatte, würde Gott allein wissen, wie ich nach Hause kam.

Er hatte sich nicht verdrückt, auch sonst niemand, wie es schien. Im Gegenteil, es war noch voller geworden. Womöglich war ich nur drei Minuten da drin gewesen. Das macht die Trinkerei. Raubt einem völlig das Zeitgefühl. Pot im übrigen auch, klar, noch mehr. Damit dunstet man für Jahrhunderte ab, während es sich in Wirklichkeit nur um eine halbe Stunde handelt. Beides zusammengenommen, müßte man eigentlich das Leben rascher durcheilen können, so konnte man denken, doch statt dessen verlangsamen sie alles.

Leicht schwankend sah ich mich um. Rupert konnte ich nirgends entdecken. Mir gefiel der Gedanke an die Modenschau. Ich hoffte, ich hatte ihn nicht für alle Zeiten verloren. Sam war noch immer umlagert, erwies sich als erstaunlich beliebt. Bedachte man, was Rupert gesagt hatte, war das nicht weiter verwunderlich. In diesem Augenblick sah Sam auf; da er alle überragte, trafen sich unsere Augen. Sein Gesicht verzog sich zu einem gewaltigen Grinsen, er winkte. Ich unternahm nicht den Versuch, auf ihn zuzugehen, grinste lediglich zurück und winkte. Sein Lächeln erstarrte, eine Zornesfalte erschien auf seiner Stirn. Er winkte abermals, diesmal jedoch gebieterisch. Er war betrunken.

»Sie gehen besser zu ihm ihn, Darling«, sagte eine Stimme hinter mir. Es war Rupert. Ich wandte mich mit einem verzückten Lächeln um.

»Warum?« Ich war ebenfalls betrunken. »Küß mich«, sagte ich.

Ruperts entsetzte Augen und der besorgte Zug um seinen Mund waren das letzte, was ich sah. Ich vernahm das Zerspringen dünnen Glases, das Ratschen reißenden Satins und das animalische Gebrüll von Sam, als mein Kopf gegen die Wand stieß. Es bedurfte der vollen Stärke von fünf Männern, ihn zurückzuhalten. In meinen Ohren klingelten Glöckchen, und vor meinen Augen tanzten Lichter, die bemerkenswerterweise Sternenform annahmen. Benommen, wie ich war, trachtete ich ausschließlich danach, Sam den Schlag zurückzugeben. Doch gewaltsam wurde ich von irgendwelchen Händen dort festgehalten, wo ich war: am Boden nämlich. Langsam reckte ich einen Finger und berührte die Beule, die auf meinem Kopf zu sprießen begann. Eine meiner Schultern war vollständig nackt. Ich blickte verdutzt an mir hinab, auf die zerfetzten Enden des einst wunderschönen Jacketts, den Lappen von einer Bluse. Dann schlug ich die Augen zu Sam auf. Sein Nacken war dunkelrot, seine Augen brannten wild und blutunterlaufen auf mich herab. Schweiß rann ihm übers Gesicht. Er befand sich in einem schrecklichen Zustand!

»Sam«, sagte ich schwach. »Das war sehr dumm von dir. Geschieht dir recht, wenn du verhaftet wirst.«

Im ganzen Raum war kein Laut zu vernehmen, bis auf das Spiel des Pianisten, der von Cole Porter auf Noël Cowards *Mad About the Boy* übergegangen war.

Irgendwelche Leute halfen mir auf die Füße. Ich schüttelte die hilfreichen Hände ab und tat einige unsichere Schritte auf Sam zu. Die fünf Männer verstärkten ihren Griff, und Sam, der heftig zwinkerte, zuckte zurück, als meine Hand sich hob. Doch alles, was ich unternahm, war, daß ich zärtlich seinen Mund berührte. Sehr langsam lockerte ich seinen Schlips, knöpfte seinen Kragen auf und zog mit beiden Händen und aller Kraft so lange, bis nichts mehr von seinem Hemd übrig war. Dann küßte ich ihn. Das Gelächter kam in seiner Magengrube auf, bei mir war es nicht anders. Er ließ seinen Blick von oben nach unten über mich gleiten, sah, daß die eine Hälfte meines Jacketts noch intakt war, was ihn dazu veranlaßte, sich den Ärmel zu greifen und ihn aus seinen Nähten zu reißen. Wir krümmten uns vor Lachen. Der übrige Teil der Gäste fing verblüfft und nervös zu kichern an. Sam begann, seinen Hosenladen aufzunesteln. »Trau dich bloß, Hürchen.« Ich packte mir eine Handvoll Stoff an jeder Seite und zog, so heftig ich konnte, nach beiden Seiten. Die Nähte gaben sämtlich nach. Was übrig blieb, rutschte ihm über die Beine auf den Fußboden. Tränen der Bewunderung rannen ihm über die Wangen. Mit einem Ruck – er trug nur noch Jackett, Schlips, Unterhosen, Socken und Schuhe – hob er mich hoch und legte mich um seine Schultern.

»Großartige Party«, stieß er unter Gelächter hervor. »Tut mir leid, Leute, aber wir müssen uns verabschieden.«

Als der Lift sich schloß, erhaschte ich einen Blick auf Ruperts weißes, erregtes Gesicht. »›Animals‹ um eins. Bring Sam mit, der kann dir einen neuen Anzug kaufen!«

Als ich am Morgen erwachte, schmerzte mir höllisch der Kopf. Die Beule war noch immer da, zudem war mittlerweile die ganze linke Gesichtshälfte geschwollen und tat weh. Mehr als alles andere war ich schrecklich hungrig – zum Essen waren wir gestern abend nicht mehr gekommen. Beim Verlassen der Party hatte es zu regnen begonnen. Sam hatte darauf bestanden, daß wir, so wie wir waren, ins Hilton zum Essen gingen. Der Empfangschef wollte nichts davon hören, daß wir auch nur irgendwo hingingen. Er erklärte uns, wir könnten sichergehen, daß wir wegen Erregung öffentlichen Ärgernisses sistiert würden. Er bestand darauf, ein Taxi zu rufen und ließ uns solange in seinem kleinen Büro warten. Wie's der Teufel wollte, passierten just in dem Augenblick, da das Taxi eingetroffen war, einige Hotelgäste die Eingangshalle. Alle ließen es sich angelegen sein, nach der anderen Seite zu gucken, so daß Sam ihnen zurief: »Kinder, aufgepaßt, hier wird sich amüsiert!« Und dies in einem ziemlich affektierten Englisch. Sam klammerte sich fest an mich, um auf den Beinen zu bleiben. Und sonst aus keinem anderen Grund, wie ich ihn einschätzte.

»Du kommst heute nicht mit herein«, sagte ich. »Du wirst dich stracks nach Hause verfügen, sobald du mich abgesetzt hast.«

»Du bist verrückt nach mir, du Schlampe.«

»Überhaupt nicht.«

»Du bist verrückt nach mir, weil ich dich vertobakt habe! Und das hab' ich nur getan, weil du mit einem Knaben die halbe Party lang geflirtet hast.«

»Fehlanzeige. Ich war auf der To.«

»Mit einem Kerl. Hab' dich gesehen, Süße, als ihr abgezwitschert seid. Willst du mir vielleicht weismachen, ich sei blind, zum Donner?«

»Was mit Rupert? Nun werd' nicht albern. Der ist keiner von denen.«

»Du meinst, er sei schwul? Das täuscht mich nicht, keine Sekunde. Lehr du mich die Schwulen kennen! Ich weiß einen, der ist Großvater, zum Teufel! Was also soll das? Der hat mehr in seiner Hose als ein Schokoladen-Eclair.«

»Pst, pst, beruhige dich, Sam. Du bist wunderbar. Du weißt

ganz genau, daß das meine Überzeugung ist. Ich bin nicht verrückt, kein bißchen, aber ich würde gern nach Hause und gleich ins Bett gehen. Mir schmerzt der Kopf, das ist alles. Bitte.« Ich nahm seine Hand und drückte sie auf meinen Mund.

Er streichelte mein Haar. »Werde ich dich morgen sehen, Herzblatt?«

»Ruf mich am Morgen an.«

Er blickte mir angstvoll in die Augen. Ich fing zu lachen an. Er stimmte schließlich darin ein.

»He, was meinst du, was die sich wohl gedacht haben, diese Nachtwächter?«

»Daß es ein schändlich schlechtes Betragen war?«

»Hat trotzdem den Abend belebt. Was, meinst du, tun sie jetzt – über uns herziehen?«

»Vielleicht zerren sie einander die Kleider vom Leibe?«

Er hörte zu glucksen auf und berührte meine Fetzen. »Du hast heute abend so fabelhaft ausgesehen, mußt du wissen, Morgen werde ich dir etwas Neues kaufen. Nicht nur ein Stück – zehn, zwanzig. Alles, was du dir wünschst. Du bist zwar keine Offenbarung im Bett, aber ein dreistes kleines Kerlchen.«

Ich erhob mich vor den Mädchen und Françoise. Ich kochte mir einen Tee und nahm zwei Aspirin gegen die Schmerzen. Danach besprengte ich die Schwellung mit Eiswasser und einem Hauttonikum, was diese, so schien es, etwas zurückgehen ließ. Das Bürsten der Haare indes war eine Qual; bei jedem Bürstenstrich war es, als trenne es mir den Skalp vom Schädel. Also gab ich es auf und setzte statt dessen eine kleine purpurrote Seidenkappe auf, die das Ganze abdeckte. Das Haar vom Friseur schneiden und färben zu lassen, war für heute ausgeschlossen. Ich kramte eine purpurfarbene Sonnenbrille und meinen alten Lieblingsmorgenmantel, der pink- und purpurfarben gestreift war, hervor. Solchermaßen ausgestattet machte ich mich in der Küche daran, das Frühstück vorzubereiten.

Als Françoise herunterkam, stand alles bereit. Frisch ausgepreßter Orangensaft sowie Gläser, die mit Eiswürfeln gefüllt waren. Gekochte braunschalige Eier, auf denen der Name eines jeden mit rotem Filzstift vermerkt war. Außerdem eine Platte voll goldbraunem, gebuttertem Toast, den ich in schmale Streifen geschnitten hatte – zum Eintunken. Ich hörte die Rufe der Mädchen, als sie mein Bett leerfanden. »Mami, Mami.« »Sie ist nicht da.« »Sie ist fort.« »Wo ist sie?« »Ich stellte das Radio extra laut, um ihnen einen Hinweis zu geben, und sie kamen herbeigerannt und versuchten, an mir hochzuklettern, jedes auf einer Seite. Françoise zeigte sich entzückt davon, daß alles schon getan war.

»Ausnahmeservice«, erklärte ich, damit sie nicht denken sollte, das leite neue Gewohnheiten ein.

»Warum, Mami, warum?«

»Nur so.«

»Nur so mag ich«, sagte Fanny und schlug ihr Ei mit einem Löffel auf.

»Ich mag nur so auch«, sagte Harriet, die das ihre sorgsam mit dem Messer köpfte. »Ich mag es, weil das Frühstück besser ist.«

»Das ist nicht wahr«, protestierte ich. »Françoise bereitet köstliche Frühstücke zu.« Ich konnte sehen, daß Françoise ihr Gesicht verzog.

»Ich versuche, es gut für dich zu machen, Harriet.«

»Schon, aber du verbrennst den Toast, und dann kratzt du ihn ab, ich merk's aber doch am Geschmack. Der von Mami ist viel besser.«

»Ah«, machte ich, »aber ich kann keinen Kaffee kochen, während Françoise darin sehr gut ist.«

»Du trinkst immer Tee, Mami.«

»Aus dem Grund, weil ich keinen so guten Kaffee machen kann wie Françoise. Eßt, bevor alles kalt wird.« In meinem Kopf ging es abermals zu pochen an. »Ich gehe heute zu einer Modenschau«, bemerkte ich frühlich. »Dabei werden schöne Kleider von schönen Mädchen vorgeführt.«

»Kleinen? Gibt's da was für uns?«

»Von Models. Erwachsenen.«

»Mannequins«, korrigierte mich Françoise. »Meine Pariser Freundin ist Mannequin bei Dior. Kenne sie von klein auf. Sie 'at sehr böse Akne. Viele Mitesser und Pickel. Offene 'ände. Scheußlich! Ph!«

»Wie bekam sie den Job bei Dior?«

»Sie bekam ihn, weil sie sehr dünne Ellbogen A'at und vorne nichts und 'inten auch nichts und einen langen 'als wie ein Schornstein.«

»Raucht sie?« wollte Harriet wissen und kleckerte Eigelb über ihren Orangensaft.

»Sei nicht albern, Harriet«, sagte ich. »Françoise war noch dabei, uns von ihrer Freundin zu erzählen. Erzählen Sie bitte weiter, ich hör' das gern.«

Fanny war ganz Ohr. Sie hatte ihren Löffel beiseite gelegt und examinierte ihre Ellbogen, um sodann mit beiden Händen ihre Vorderfront abzutasten. »Ich hab' einen, nicht wahr, Mami? Und auch einen Popo«, fügte sie traurig hinzu.

Françoise fuhr fort, als ob es überhaupt keine Unterbrechung gegeben hätte. »Sie zeigte mir viele Fotografien von sich. Wegen ihres schlanken 'alses nimmt man sie mit den schönen 'üten von Dior auf, aber immer von 'inten.«

»Oh, du liebe Zeit. Aber vielleicht ist das die beste Perspektive für Hüte. Viele haben an diese Stelle Schleifen und dergleichen mehr.«

»Das ist es nicht,« erklärte Françoise triumphierend. »Wenn sie in die Kamera guckt, würde es diese zerreißen. Ich 'abe einmal ihre Mitesser gezählt, die sie 'atte, und ich brauchte dazu...«

»Armes Ding.« Ich erhob mich. »Das sollte euch eine Lehre sein, Mädchen, wie wichtig es ist, sich das Gesicht zu waschen, nicht wahr? Hinauf mit euch. Sie ebenfalls, Françoise! Ich räum' das weg.«

Ich stellte alles auf ein Tablett. Von der Treppe, rief Harriet herunter: »Danke dir, Mami, fürs Frühstück!« um sodann Françoise zu fragen: »Wie lange hast du dazu gebraucht?«

Die Antwort schwebte alsogleich hernieder: »Eine ganze Woche 'abe ich dazu gebraucht...«

Ich hatte die Mädchen in die Schule gefahren.

»Was gibt's zum Abendessen?«

»Ihr habt gerade erst gefrühstückt.«

»Ich bin hungrig.«

»Das kann nicht sein.«

»Kann wohl sein. Ich bin's auch.«

»Vielleicht solltet ihr am besten gar nichts essen, wenn essen hungrig macht.«

»Wir haben kein bißchen Hunger, wir haben nur Spaß gemacht.«

»Sehr lustig.«

»Könnten wir Kuchen und Rosinenbrötchen und Schokoladenbiskuits bekommen wie andere Leute?«

»Was, plötzlich? Welche Leute kriegen das?«

»Chubby. Sie bringt Rosinenbrötchen für die Pause mit.«

»Podgy Olive auch, sie ißt sie auf der To.«

»Wenn euch daran liegt, Chubby und Podgy zu heißen, werde ich jetzt sofort anhalten und euch Rosinenbrötchen kaufen.«

»Podgy Olive hat viele Grübchen«, erklärte Fanny sehnsuchtsvoll. »Ich hab nicht eines.«

»Später werdet ihr mir mal dankbar sein.« Ich küßte sie zum Abschied. »Ich weiß, es ist schwer, das zum gegenwärtigen Zeitpunkt einzusehen. Als ich jung war, wurde ich ›Dicke‹ und ›Jumbo‹ und ›Schweinchen‹ genannt, man sah mein Gesicht vor lauter Grübchen nicht. Aber es war gar nicht so schön, wie ihr euch das vorstellt.«

Als ich zurückkam, klingelte das Telefon. Bis ich es erreichte, schwieg es. Zum Teufel! Ich ging nach oben, um mir ein Bad einlaufen zu lassen, doch als ich den ersten Fuß in die Wanne setzte, klingelte es abermals. Ich hinterließ einen nassen Fußabdruck auf der teppichbelegten Treppe. Wie ›Freitag‹ aus Robinson.

»Hallo.«

»Liebling, ich bin's!«

»Charles. Wie reizend.«

»Muß mich kurz fassen. Freitag, Freitagabend. Paris. Sind am Samstag zurück. Was meinst du dazu?«

»Über Nacht? Aber, Charles, geht das denn? Du kannst doch nie an den Abenden, geschweige denn für eine ganze Nacht.«

»Das erkläre ich dir später. Im Augenblick gilt nur: ja oder nein, na, Liebling?«

»Laß mich nachdenken. Ja, ich glaube schon. Françoise wird hier sein. Samstag ist zwar ihr freier Tag.«

»Wir sind vor dem Frühstück zurück, Liebling. Ich muß es sein.«

»Dann geht es in Ordnung – oh, wie reizend. Ich liebe Paris. Was für eine wunderbare Überraschung, Charles.«

»Abgemacht dann. Ich rufe dich im Laufe des Vormittags an, um weitere Details durchzugeben. Wenn es meine Zeit erlaubt, werde ich später noch vorbeischauen. Ich wünsche einen angenehmen Morgen.« Das letzte jählings in seiner Bürostimme. Rasch wurde der Hörer aufgelegt. Klick.

»Ich wünsche einen angenehmen Morgen, Sir«, machte ich und hängte ein.

Ich rannte die Stufen empor, zwei auf einmal, und ließ davon jedoch rasch ab. Das bekam meinem Kopf merklich nicht. Freitag. Bis dahin mußte ich in Form sein. Naja, ich fühlte mich jetzt schon besser. Ich liebe das Reisen. Das war es, was ich an den Montagen so mochte: den Zug zu besteigen. Auf Achse zu sein.

»Laß uns Geld sparen und abhauen, es wird toll werden. Diese ganzen sexy Franzosen. Sie mögen Engländerinnen. Sie werden verrückt nach uns sein!«

»Jetzt halt mal die Luft an, Jean. Ich kann nie soviel zusammenkratzen.«

»Das könntest du wohl. Du könntest die ganzen Osterferien über am Palace Pier arbeiten, dann hätten wir noch eine Woche, bis das Semester wieder angeht, und in der könnten wir fahren. Dein Stipendium hast du ja in der Tasche.«

Ich lachte darüber. Sie, Jean, hatte keine Vorstellung davon, welcherart ein Stipendium war. Sie stellte sich darunter so etwas ähnliches vor wie das Taschengeld, das sie von ihrem Vater bezog. Sie war bei weitem das reichste Mädchen in meiner Collegeclique, was man ihr indes nicht ansah. »Das macht die Brille. Wenn man mit einer Brille geschlagen ist, ist jeder Versuch nutzlos. Stell dir vor, ich war noch nie mit einem Jungen aus! Keiner hat mich je dazu aufgefordert.« Von diesem Augenblick an waren wir Freundinnen. Ich für meinen Teil dachte mir, daß es schade um sie sei, als Mauerblümchen behandelt zu werden. Sie war nämlich ungeheuer amüsant, und ihre Figur war keineswegs schlecht. Außerdem war es keineswegs so, daß sie nicht scharf gewesen wäre. Sie war scharf wie eine Rasierklinge. Viel mehr als ich, die sich zu jener Zeit gerade von einem gebrochenen Herzen erholte. Eben wegen dieses Umstandes ließ sich meine Mutter wohl herbei, zu erklären: »Fahre. Paris ist genau das, was du brauchst, Liebes, vorausgesetzt, daß du das Geld zusammenbringst.« Ich glaube, sie hatte es satt, daß ich zu Hause herumhing. Später hörte ich die Nachbarin sagen: »Aber Vi, diese Franzmänner! Da kann man ja nur hoffen, daß sie nicht mit einem dikken Bauch zurückkommt.« »Sie ist ein sensibles Mädchen«, lautete die Antwort meiner Mutter.

Ich bekam am Palace Pier einen Job. Wenn man es ganz genau nimmt: unter dem Palace Pier – in den Arkaden, da, wo ganz in der Nähe die Promenadenkonzerte stattfinden. So ungefähr zehn Schritte von den Gents entfernt. Am ersten Tag war es nicht gerade angenehm, da der Wind in unsere Richtung blies. Doch unter dem Strich erwies sich alles als bestens. Finanziell wurde es ein wunderschönes Osterwochenende. Da es von morgens bis abends regnete, trieb es jedermann, sprich die ganzen Ausflügler, unter die schützenden Arkaden. Die meisten von ihnen waren so betrunken, daß sie nicht wußten, was sie ausgaben. Mr. Pilsky, dem die Bar gehörte, in der ich arbeitete, erklärte, er habe nie zuvor solche Rekordeinnahmen zu verzeichnen gehabt. Seine Frau Ruthie war es gewesen, die mich eingestellt hatte.

»Sind Sie eine erfahrene Kellnerin?«

»Nein, aber ich lerne schnell.«

»Nicht auf meine Kosten, meine Liebe. Außerhalb der Saison ist das was anderes. Bei dem Osterandrang kommt's auf Schnelligkeit an. Wie wär's mit Tellerwäscherin?«

»Ich danke Ihnen«, sagte ich. Ich befand mich kaum fünf Minuten in jener windgeschützten Passage, die sie als Küche bezeichneten, als ich auch schon auf dem schlüpfrigen Küchenboden ausrutschte. Der ›Chef‹, wie er sich selber nannte, hatte eine ganze Pfanne mit siedendem Fett fallen lassen, weil er vergessen hatte, einen Topflappen zu benutzen. Das Fett hatte bereits einen feinen weißen Film auf dem Fußboden gebildet. Der ›Chef‹ war ein Mann, der grauenerregend wirkte, denn seine Arme und sein Gesicht waren über und über mit Schorf bedeckt. Da, wo sein Hals den Kragen berührte, war dieser mit getrocknetem Eiter und frischem Blut beschmiert.

»Würde nicht zu nahe an ihn rangehen, wenn ich du wäre. Er ist der beste Fischbrater in der Branche, aber von der Syph' zerfressen. Wir rühren hier nichts zum Essen an, Kindchen. Ich bring mir meine eigenen Sandwiches mit. Wenn du gescheit bist, hältst du es ebenso«, raunte mir die freundliche Annonceuse zu.

Nach Ablauf der besagten fünf Minuten war Mr. Pilsky erschienen. Er musterte mich von oben bis unten, drehte mich um und zwickte mich in den Po.

»Wer bist du?«

»Die neue Tellerwäscherin.«

»Quatsch! Ruthie, wer hat das Kind in die Küche gesteckt?«

»Ich, David. War das nicht richtig?«

»Nicht richtig? Wo hast du deinen Geschäftssinn gelassen, Mädchen? Dieses Kind? Mit diesen Bomberchen, diesem Gesicht? Die gehört nach vorn, wo sie von den Gästen gesehen wird. Soll die Kerls anlocken, du Närrin!«

»Sie hat keine Erfahrung, David. Sie kann nicht...«

»Erfahrung! Erfahrung! Mehr Schaustellersinn, Ruthie! Wir schlagen draußen auf der Seite ein Büfett auf – mit süßen Getränken, Eiskrem, Schokolade, sowas alles! Kapiert?« Er legte mir den Arm um die Schultern, so weit, daß er meinen Busen hart pressen konnte. »Was haben wir für das Herzchen anzuziehen?«

»Die Overalls sind im Schrank, David. Such einen aus«, sagte Ruthie, aber wie sie mich dabei ansah!

»Ich kümmere mich darum. Hab alles im Griff. Sieh zu, daß die Dinge draußen aufgestellt werden. Wir werden Geld scheffeln, Mädchen.« Zu mir gewandt, fügte er hinzu: »Du bist Studentin, nicht wahr?«

»Ja.«

»Hab ich mir gleich gedacht. Kann sofort erkennen, ob eine Studentin ist. Flache Schuhe, kein Make-up! Jawohl. Aber du bist ein gutaussehendes Kind. Solltest mehr aus dir machen. Trägst du keinen Schmuck – Ohrringe, ich meine, so was alles?«

»Nein, aber ich könnte mir am Ende der Woche, wenn ich meinen Lohn bekomme, welche kaufen.«

Er zückte seine Brieftasche und blätterte eine Banknote hin. »Kauf dir morgen welche auf dem Weg hierher, und, wenn wir gerade dabei sind, gleich auch einen Lippenstift.«

Ich blickte auf die Note und sagte unschuldig: »Wird das denn reichen?«

Ein seltsamer Ausdruck huschte über sein Gesicht. Er kam näher und umfaßte mit einer Hand eine meiner Brüste, die andere steckte er zwischen meine Beine. »Komm mir bloß nicht auf diese Tour, bis du etwas dafür getan hast, Kindchen. Eine Hand wäscht die andere.«

Damit wandte er sich um und fing an, die sauberen Overalls im Schrank durchzuwühlen.

»Ahja, dieser hier, der wird die Wucht. Wir haben ihn letztes Jahr extra für ein Mädchen anfertigen lassen. Die war ziemlich klein, wie ein Kind konnte man sagen. Zieh ihn an.«

Ich hielt den Ärmel meines Jumpers fest und suchte meinen Arm durch den schmalen Ärmel des gestärkten weißen Overalls zu stoßen. Ebenso probierte ich das mit dem anderen Arm. »Der ist zu klein«, stellte ich fest.

»Unsinn.«

»Ist er aber. Den krieg ich nie an.«

»Dann zieh deinen Jumper aus. Los schon.«

»Gibt es hier irgendwo Umkleidemöglichkeiten?«

»Hier, das geht schon. Und zieh auch den Rock aus. Ein Overall muß richtig hauteng sitzen.«

Mir war zum Heulen zumute, was albern war. Ich dachte an Paris, den einzigen Grund, daß ich mich in der Gesellschaft dieses gräßlichen Mannes befand. Was würden wir dort für eine Zeit verleben, Jean und ich! Ich dachte an die gutaussehenden französischen Jungs mit schwarzem Haar und angenehm gebräunten Händen. Ich dachte daran, daß wir tanzen gehen würden, und danach zum Küssen an die Seine. Ich ließ nicht ab davon, an all das zu denken, während ich der abstoßenden Visage meinen Rücken zukehrte und mit langsamen Bewegungen meinen Jumper auszog.

Seine raspelnde Stimme durchdrang meine Gedanken.

»Du läufst halbnackt herum – wo ist dein Büstenhalter?«

Er schwang mich herum, so daß ich mit dem Gesicht zu ihm stand. Ich hob unwillkürlich die Arme, um mich zu bedecken. Er aber zog sie zur Seite und trat einen Schritt zurück. »Verdammt noch mal, das sind die besten Titten, die ich je gesehen habe. Warum einen BH tragen, wenn man sowas in der Bluse hat? Du hast den richtigen Nerv, Mädchen. Ruthie, komm her, Ruthie! Was sagst du zu diesem Paar? Lange her, seit du sowas gesehen hast, was?«

Ruthie trat näher und stand sprachlos, ebenso kam die Annonceuse herein, die beiden Kellnerinnen folgten, und als letzter erschien auf fettigen Sohlen der ›Chef‹. »Huh.« »Verdammt und zugenäht.« »Mit denen könnte ich mehr als meine Miete bestreiten.« »Damit könnte die ein Vermögen verdienen.« »Das lohnt sich, in die zu investieren.« Die Annonceuse versuchte meinen Blick zu treffen, aber ich sah durch sie hindurch. Jean und ich, wir waren dabei, den Boulevard St. Germain hinabzubummeln. Wir näherten uns ›Les Deux Magots‹. Wir ließen uns an einem der winzigen Straßentische nieder und bestellten etwas zu trinken. »Auf diesem Stuhl saß womöglich Scott Fitzgerald.« »Oder Hemingway.« Aber es mußte geregnet haben, da alles verschwommen und feuchtglänzend wirkte. Mein Gesicht war naß, und in meinem Mund verspürte ich einen salzigen Geschmack.

»Das habt ihr nun davon, ihr Dreckfinken. Ihr habt die arme Kleine zum Weinen gebracht.« Die Annonceuse trat auf mich zu. »Mach dir nichts draus, Herzchen. Das ist nur Spaß. Du bist bloß noch nicht dran gewöhnt.«

»Na, nun laß die Kirche aber im Dorf, Nelly.«

»Das kann man wohl sagen. Wenn du auf die hörst – die wär dir gleich an der Unterwäsche, Kindchen. Du hast was übrig für ein hübsches Mädchen, was, Nell?«

Gelächter und Pfiffe folgten.

»Haltet das Maul, ihr Bande«, beschied Nelly sie heftig.

Ruthie trat vor und stemmte die Hände in ihre breiten Hüften. »David, ich mag mich irren, trotzdem. Ist das nun eine Bar, die in fünf windigen Minuten öffnen sollte oder ein verdammtes Striptease-Lokal?« Und zu mir gewandt fügte sie hinzu: »Anständige

Leute laufen nicht ohne Unterzeug herum, oder bringen sie euch das auf der Universität bei?« Das spie sie nur so heraus. Mr. Pilsky gab meine Arme frei. Ich schnappte mir meinen Jumper und bedeckte mich damit. Ich hörte zu weinen auf, doch mein Gesicht und meine Brust waren noch immer von meinen unlängst geweinten Tränen genetzt.

Jetzt kam ich an die Reihe, es hinzufetzen: »Und anständige Leute laufen nicht herum und ziehen andere Leute aus, nur, um zu sehen, wie die gebaut sind. Nicht, bevor sie nicht zu sabberigen, alten Männern geworden sind. Wenn Sie's genau wissen wollen: Mein BH ist in der Wäsche!« Dann wurde ich kindisch. »Da haben Sie's!« Ich streckte die Zunge heraus. Keiner sagte etwas. Die Kellnerinnen sahen einander verlegen an. Der ›Chef‹ interessierte sich angelegentlich dafür, inwieweit seine fettigen Sohlen bereits mit dem schmutzigen Linoleum verwachsen waren. Nelly murmelte: »Richtig, Kindchen, gib's ihnen.« Ruthie blickte ihren Ehemann an. Ich hatte Boden gutgemacht. Sie empfanden Sympathie für mich.

»Nun«, bemerkte ich fröhlich, »hättet ihr gern eine weitere Kostprobe, bevor ich mich für die Arbeit zurechtmache?« Ich ließ meinen Jumper sinken, öffnete rasch den Reißverschluß meines Rockes, stieg heraus und wirbelte einmal um meine Achse. Meine elastischen Schlüpfer ließ ich in Richtung Ruthie blitzen. »Unterzeug, wie Sie sehen.« Dann zwängte ich mich in den lächerlich kleinen Overall, knöpfte diesen zu und schnürte den Gürtel so eng wie eben möglich. »Sollten wir nicht ein wenig was tun, Mr. Pilsky?«

Meine Mutter erfuhr nichts davon. Sie hätte mich da in Nullkommanichts rausgenommen. Paris oder nicht. Aber Tage danach erzählte ich es Jean.

»Ich wäre gegangen.«

»Wohin?«

»Es muß doch noch andere Jobs geben.«

»Nicht um diese späte Zeit herum, auf dem Palace Pier und dem West Pier ist alles weg. Ich hab's versucht.«

»Aber gibt es denn in den Hotels keine Jobs oder an der Seepromenade? Wie steht es mit dem ›Metropol‹ oder dem ›Grand‹?«

»Doch nicht für drei Wochen, hast du 'ne Ahnung. Die wollen einen für die ganze Saison. Immerhin, Zimmermädchen hätte ich werden können. Aber meine Mutter hat ›nein‹ gesagt.«

»Warum?«

»Weil, wie sie sagt, mein Vater nicht dafür ist. Er hat ihr erzählt, daß diese Hotels voll sind von zotigen, alten Männern, die sich die Zimmermädchen morgens, wenn diese den Tee bringen, ins Bett nehmen. Und dann geben sie nicht mal Trinkgeld!«

»Er würde abschnallen, wenn er das von Pilsky wüßte.«

»Pilsky macht keinen Ärger mehr. Den hält Ruthie unter der Knute. Die läßt ihn nicht aus den Augen. Um dir die Wahrheit zu sagen, ich dreh mittlerweile ein bißchen auf, beug mich vornüber, wenn ich einen Knopf aufgelassen habe. Der läuft immer mehr heiß, ist völlig neben der Spur. Was sie richtig aufbringt.«

»Du bist vielleicht ein Stück«, sagte Jean, aber ich konnte erkennen, daß sie beeindruckt war.

»Ja, ich könnte mir einen miesen Flirt zulegen, nur so.«

Daran war etwas. Die Arkaden hatten ihre eigene Atmosphäre. Alle, die dorthin kamen, machten Ferien, man trug Papierhüte, tat sich an Sekt, Candyriegeln und Bier gütlich. Was mich betraf, ich hatte mich an die enthüllende Knappheit meines Overalls gewöhnt. Nach dem ersten Tag war er durch den Umgang mit Limonade und durch das ständige Beugen über die staubige Theke, um Eiskrem herauszuholen, bereits schmutzig. Doch die grauen Flekken auf dem weißgestärkten Baumwollstoff trugen nur noch mehr dazu bei, die Kurven darunter zu betonen. »Das Stundenglas«, so nannten sie mich.

»Du solltest dich für den Wettbewerb der Badeschönheiten melden. Ausscheidungskämpfe finden diese Woche am Ende des Piers statt«, sagte mir Lottie, eine der Kellnerinnen. »Das sollte sie doch, Mave, oder nicht?« wandte sie sich an die andere.

»Ja. Die gewinnt aus dem Stand.«

»O nein, das würde ich nicht. Ich weiß, daß ich das nicht würde. Meine Beine sind nicht lang genug. Dafür muß man sehr lange Beine haben.«

»Naja, Herzchen, du solltest mal fürs erste diese Ballettreter ablegen, diese flachen Dinger. Die bringen dir rein gar nichts ein. Oder, Mave?«

»Hoffnungslos. Geh zu ›Tip Toes‹, oben an der Straße. Die haben tolle Hochhackige reingekriegt. Und billig. Kauf dir ein Paar hübsche in Weiß. So richtig was Fesches. Die kosten nicht mehr als zehn Schillinge, darin sehen deine Beine aus wie die von Rita Hayworth.«

»Mehr braucht's nicht, Herzchen«, meinte Lottie, die meine Beine musterte.

»Und eine kesse Dauerwelle«, fügte Mavis hinzu.

Ich zog die Schuhe ernsthaft in Betracht, aber nicht den übrigen

Rest. Ich wäre eher gestorben, als in einem Badeanzug herumzuparadieren. Zudem hätte mein Vater den Daumen drauf gehabt. Er hielt nicht mehr von Schönheitsköniginnen, als er von Zimmermädchen hielt. Und überdies, wie sollte ich das zeitlich bewerkstelligen? Nur zehn Schillinge. Ich hatte zehn Schillinge. Das Wechselgeld vom Pfund des alten Pilsky. Ich hatte die Ohrringe in einem Laden beim Bahnhof gekauft. Sie hatten fünf Schillinge gekostet. Weitere fünf Schillinge waren für einen Lippenstift draufgegangen. *Sun Kissed Orange* (Nachfüllung: der halbe Preis). Sowie einen dicken, weichen Augenbrauenstift, dessen schwarze Farbe ich auf meinen Augenlidern verrieb, zusammen mit Vaseline, um sie dunkel und schimmernd wirken zu lassen. Das wusch ich jedesmal ab, bevor ich nach Hause ging, und die Ohrringe ließ ich sie auch nicht sehen. »Nuttig«, hätten meine Eltern konstatiert. Ich hatte jeden Tag eine halbe Stunde Mittagspause, während der Ruthie mich an meinem kleinen Kiosk ablöste. Mich freute es immer zu sehen, daß die Ladenkasse in dieser Zeit kaum einen Zugang aufwies. »Oh«, pflegte ich zu machen, indem ich einen Blick auf den Bestand warf, »da liegt ein Fluch darüber.« Sie würdigte mich nie einer Antwort.

An dem betreffenden Tag verschlang ich mein Sandwich und eilte so rasch ich konnte zu ›Tip Toes‹. Eine halbe Stunde später kehrte ich in meinen Hochhackigen zurück. Ich stolzierte dann die ganze Promenade ab – die Schultern gestrafft, den Kopf stolz empor gereckt, dabei vorsichtig Fuß vor Fuß setzend –, die einzige Möglichkeit, die Balance zu halten. Zweimal knickte ich um und stürzte beinahe. Einige dumme Jungs fingen an, neben mir herzulaufen. »Neue Schuhe?« Gekicher. Aber ich nahm keine Notiz von ihnen. Seither hat nie wieder etwas, sei es nun ein Pelz oder ein Schmuckstück, mir ein solches Gefühl vermittelt, hinreißend auszusehen. Ich trug die Schuhe auch, nachdem ich mit der Arbeit fertig war und mich nach Hause begab.

»Jetzt hast du's erfaßt«, hatte Lottie anerkennend bemerkt.

»So stimmt die Sache mehr, Kindchen«, hatte Mavis geäußert. »Was habe ich dir gesagt – wie Rita Hayworth.«

Sogar Ruthie schniefte: »Nett, zu sehen, wie du dich herausmachst. War aber auch an der Zeit.«

»Haben wir nicht einen hohen Stuhl, auf dem sie sitzen kann, Ruthie? Damit man ein bißchen ihre Beine sieht?«

»Nein, den haben wir nicht, David.«

Meine Mutter hingegen zeigte sich wenig beeindruckt. »Schund. Sie sind aus Pappendeckel. Du wirst dich glücklich preisen können, wenn sie eine Woche halten. Was meinst du, Dad?«

»Ihre Beine sehen darin so komisch aus, zu lang oder sowas. Alles ist aus den Proportionen gerutscht. Zieh sie aus.«

Ich zog sie aus, aber in meinem Zimmer übte ich mich stundenlang darin, in ihnen zu gehen, bis ich zum Schluß eine wundervolle hüftschwingende Kreuzung zwischen graziösem und schwankendem Gang beherrschte. Jean reagierte schrecklich neidisch. Sie begab sich stracks zu ›Tip Toes‹ und kaufte sich exakt das gleiche Paar, wie ich es hatte – weiß, mit Fersenriemchen, zehenfrei, hohem Stilettabsatz. Mir machte das überhaupt nichts aus, doch ich sagte zu ihr: »Jean, ich find das dumm. Du hast doch Geld. Du hättest dir echt lederne kaufen können. Die wären viel hübscher gewesen.«

»Aber nicht so sexy. Los, zeig mir, wie man darin geht.«

Sie hütete sich, ihre Schuhe zu Hause zu zeigen, ihr Vater hätte sie umgehend verbrannt.

Die Zeit verging. Ich arbeitete nun bereits zehn Tage. Zehn weitere waren noch abzureißen. Die erste Woche war verrückt gewesen. Manchmal hatten wir nicht vor zwölf Uhr nachts geschlossen, aber so war das eben in der Osterwoche. Das hieß, daß ich einen langen Fußmarsch vor mir hatte, denn bis wir alles aufgeräumt hatten, war mein letzter Bus weg. Doch es lohnte sich, der Nebeneinnahmen wegen, die ich mir verschaffte. Dann ging alles zurück. Das Wetter hatte sich für uns böse entwickelt. Strahlender Sonnenschein, der Strand vollgepackt mit Menschen, die sich ihr Picknick mitbrachten. Wir schafften zwar einen ganz netten Umsatz mit unseren Tee-Tabletts, die wir am Strand servierten, meinen lauwarmen Eiskalt-Drinks, den Lollies und Eiskrems, aber die Bar war halbleer. Die Leute verlangte in dieser Hitze nicht nach Schwergebratenem. Die Einnahmen verringerten sich um ein Drittel. Mr. Pilsky versank in Düsternis, er brachte nicht einmal mehr den Schwung auf, mich anzustieren. Um acht Uhr abends gab es keinen Grund mehr, aufzulassen – bisweilen schlossen wir bereits um sechs.

»Wenn das so weitergeht, krieg ich nie genug zusammen«, jammerte ich Jean vor.

»Vielleicht schlägt das Wetter um.«

»Bete darum.«

Das muß sie wohl getan haben, denn zwei Tage später, als Paris so unerreichbar wurde wie das Paradies, goß es den ganzen Tag über. Ich kürzte mir die BH-Träger, um meinen Ausschnitt voller wirken zu lassen, und trat so oft wie möglich aus meinem Kiosk, indem ich vorgab, davor zu fegen, in Wahrheit aber, um meine Beine zu zeigen. Und gegen Mittag hatte ich das Eis restlos verkauft. Irgendwann kam Nelly heraus, um eine zu qualmen.

»Ich hoffe, du kommst auf deine Kosten, Herzchen.«

»O ja, das ging heute nonstop. Eis ist ausverkauft.«

»Damit läßt sich kein Blumentopf gewinnen. Eis, das läßt sich genau überblicken.« Sie warf einen kurzen Blick über ihre Schulter und stach mit dem Daumen nach Pilsky, der im Siebten Himmel schwebte. »Hier spielt die Musik, Herzchen.« Sie nickte nach dem Glasbehälter hin, in dem die eisgekühlte, künstlich wirkende Orangeade zirkulierte, an deren Oberfläche eine Kunststofforange trieb. »Du behältst die Farbe bei, verdünnst aber mit Wasser. Fünfzig Prozent rechnest du an der Kasse nicht ab.« Sie zwinkerte. »Nutze deine Chance, Herzchen. Glaube mir, wir tun es alle.«

Zwei Stunden später hatte ich zehn Schillinge gemacht, und ein höllisch schlechtes Gewissen. Meine Tasche bauschte sich vor Kupfermünzen und Sixpencestücken. Nelly, die mich so erspähte, platzte heraus: »Hau es in die Kasse und nimm's in Banknoten, du kleines Dummchen.« Dann plinkerte sie abermals. »Bravo, Mädchen.«

Von nun an war ich jeden Tag dahinter her.

»Vier Limonadensprudel, Miß.«

»Warum versuchen Sie nicht die eisgekühlte Orangeade? Wirklich kräftig und aromatisch.«

»Man soll die Dinge nur einmal probieren...«

Viele spuckten sie auf der Stelle aus und ließen die Überreste in den gewachsten Papierbechern zurück, die sie auf den Büfettresen stellten. Sollte ich diese zurückschütten? Das ging schneller als der Blitz. Jeden Abend hatte ich zumindest zwei Pfund extra verdient. »Das nennt man Privatunternehmung«, konstatierte Nelly. Doch an dem Tag, da sie das geäußert hatte, erwischte sie der alte Pilsky quasi in flagranti. Sie wurde vom Fleck weg entlassen.

»Gib nicht auf«, raunte sie auf dem Weg nach draußen. »Bloß, sei vorsichtig. Kapiert?« Ein letztes Blinzeln, und sie war gegangen.

Ich hätte es auch so nicht aufgeben können. Es war wie eine Droge. Ich begann zu verstehen, welche Erregung ein richtiger Einbrecher verspüren mußte. Fünf Tage, bevor ich aufhörte, verkaufte ich mein erstes Paar Ohrringe. Einfach so, vom Ohrläppchen weg.

»Rassige Ohrringe sind das, Süße. Wieviel?«

»Oh, die würde ich nie verkaufen.«

»Wieviel?«

(Rasches Überschlagen des hundertprozentigen Profits.) »Nun, ich habe zehn Schillinge dafür bezahlt.«

»Ich werd dir fünfzehn geben. Sind für Frauchen genau richtig.«

»Aber ich möchte sie nicht verkaufen.«

»Ein Pfund?«

»Schön!«

Auf dem Weg zur Arbeit erstand ich am nächsten Morgen vier weitere Paare. Das zahlte sich eben aus, daß wir so nahe den Gents lagen. Die Leute strömten dorthin frisch aus den Autobussen, gingen weiter und – sahen mich. Und meine Ohrringe. Fünfundzwanzig Paar verkaufte ich noch in den letzten Tagen, wobei ich weniger als fünf Schillinge für jedes Paar bezahlte. Da ich en gros kaufte, bekam ich nämlich eine Preisreduktion. Dennoch forderte ich für ein Paar ein rundes Pfund.

Sie waren an meinem letzten Tag süß zu mir. Lottie traten die Tränen in die Augen.

»Ach – wir werden dich vermissen. Nicht wahr, Mave?«

»Sei nicht so rührselig, das Kind geht nach Paris. Du solltest sagen: *Bon voyage*. Sehr romantisch – *Paris in the Spring*...«

»*Toujours l'amour*«, trällerte Lottie.

Mavis war mit einem Male ganz ernst. »Hast du's schon hinter dir?«

»Was?«

»Dich jemandem geschenkt, meine ich. Du bist noch Jungfrau, oder?«

»Gewissermaßen.«

»Verdammt und zugenäht, was heißt gewissermaßen?«

»Nun, ich hatte einen Freund, aber der konnte den Eingang nicht finden. Ich treffe mich nicht mehr mit ihm und komme erst allmählich darüber hinweg.«

»Meine Schwester hatte es einmal mit einem französischen Seemann«, seufzte Lottie. »Im Hinterzimmer einer Kneipe in Portsmouth. Sie sagt, daß sie nie etwas Ähnliches erlebt habe. All die Sachen, die der wußte.«

»Das stimmt, Kindchen. Ein Kerl, der sein Geschäft versteht, glaube mir, bringt es fertig, daß du an den Fußsohlen die Gänsehaut kriegst!«

Ruthie vertrat gerade ›Chef‹, als ich mich verabschiedete. Darüber war ich sehr froh, daß er nicht anwesend war. Ich hatte Angst davor gehabt, er würde mir die Hand schütteln, noch schlimmer, mich sogar küssen. Unausdenklich, mit der Syph nach Paris zu reisen! Ruthie stand am Fischbratautomaten und schwitzte in einer Wolke blauen Qualms. Die Hälfte von den Bratstücken war wieder mal verbrannt. »Mach's gut!« Sie wedelte mit der Fischschaufel, und ich wandte mich zum Gehen. Die war mich glücklich los!

Der alte Pilsky dehnte die Auszahung aus, so lange er konnte. Schließlich überreichte er mir die volle Summe, die er mir fest in meine Handfläche drückte, wobei er sagte: »Du bist ein sehr dummes kleines Mädchen. Du hättest zehnmal soviel verdienen können, wenn du das hier benutzt hättest«, damit stieß er mir sein Knubbelknie zwischen die Beine. Nachher fielen mir all die witzigen Sachen ein, die ich ihm an den Kopf hätte werfen können. Einige davon waren mir wohl in diesem Augenblick gekommen, doch ich ließ den günstigsten Moment verstreichen, und – weiß der Himmel warum – ich zog mich nicht einmal zurück. Er kam mir widerlich nahe, wirkte sehr erregt, wobei er sich gegen mich drückte. Ich konnte seine körperliche Erregung spüren. Wir befanden uns in seinem Büro, wie er es nannte – einem abgeteilten Raum, nicht größer als ein Schrank. Es war Abend, ich würde eine Stunde früher weggehen, um zu packen, damit ich für den nächsten Tag bereit war. Ein Behältnis, das auf dem kleinen Tisch stand, enthielt die Tageseinnahmen. Mit meinen hohen Absätzen war ich größer als er. Sein kahler Schädel war ungefähr auf der Höhe meiner Brüste. Der ranzige Geruch seines fettglänzenden Skalps stieg mir in die Nase. Er hatte sein Jackett abgelegt, sein Hemd ließ die Schweißflecken der Woche erkennen. Auch jetzt schwitzte er, sein Gesicht war feucht vor Schweiß. Ich hatte Gott sei Dank noch immer meinen Overall an. Mittlerweile hatte er beide Arme um mich geschlungen und suchte mit seinem Knie wie wild meine Beine zu teilen. Er flüsterte heiser: »Komm schon, Mädchen. Wofür willst du dich aufsparen? Es ist an der Zeit. Los, mach schnell. Ich bin verrückt nach dir.«

Ich schwieg. Plötzlich ließ er ab von mir, langte nach der Zinnkassette und entnahm dieser eine Fünfpfundnote. Ich stand noch immer reglos, doch mein Herz klopfte zum Zerspringen. Er stopfte mir die Note in meinen Büstenhalter, beließ seine Hand dort und fingerte an meiner Brustwarze. Mit der anderen Hand zwang er meine Hand zwischen seine Beine. Halbherzig versuchte ich, sie zurückzuziehen. Warum halbherzig?

Des Geldes wegen? Ich brauchte es nicht. Denn mit meinen ganzen Schmuckgeschäften, meinem Verdienst, von den Überstundenzuschlägen abgesehen, hatte ich inzwischen mehr als genug beisammen. Ich war indessen habgierig geworden. Den Fünfer wollte ich noch dazu. Ich fühlte die Banknote steif und kratzig auf meiner Haut. Die würde ich für Geschenke verwenden. Jean und ich würden am letzten Nachmittag in die Galerie Lafayette pilgern. Für meine Mutter würde ich ein Parfüm, oder eine Perlenkette oder ein seidenes Tuch mit Ansichten von Paris erstehen. Ferner rote Socken für meinen Vater oder gelbe Hosenträger, damit er damit angeben konnte, sowie Mengen von diesen kleinen Likörflaschen – die würde er mögen. Taschentücher mit Initialen drin, französische Zigaretten. Gürtel und glänzende Handtaschen. Ein winziges weißes Babykleid mit Lochstickerei für meine Schwester, die nächsten Monat niederkommen sollte.

Er knöpfte seinen Hosenladen auf, führte meine sich nicht wehrenden, leblosen Finger hinein, zwang sie um sein geschwollenes, klebriges Etwas, pumpte und rieb es auf und nieder. Gleich am allerersten Tag würde ich mir ein Paar neue Schuhe kaufen, sehr hochhackige, aus Wildleder vielleicht, in Karamel. Eine Schachtel Pflaster sollte ich mit einpacken, für den Fall, daß ich mir Blasen laufen würde. Der Geruch von ihm schlug mir voll auf den Magen. Es würgte mich schrecklich in der Kehle, und ich suchte, durch den offenen Mund zu atmen. Warum ließ ich ihn gewähren? Warum, um alles in der Welt? Weil Gefahr bestand, daß Ruthie oder wer anderer jeden Augenblick hereinkommen konnte; weil er Mitleid in mir erregte, da ich alles mit ihm anstellen konnte? Ja, darin tat er mir leid, daß er mir das Geld gegeben hatte, aber am meisten deswegen, weil seine Erregung mittlerweile für ihn unerträglich geworden zu sein schien, er so restlos aufgeladen war und jibberte, daß es mich ebenfalls packte. Es konnte keinen Zweifel daran geben, ich mochte es, wie seine Finger mit meinen Brüsten spielten. Zwischen meinen Beinen spürte ich Feuchtigkeit und ein gewisses Kribbeln. Ein Pulsen.

»Mein Gott, mein Gott«, stöhnte der alte Pilsky, ließ meine Hand gehen, zog hastig ein schmutziges Taschentuch aus seiner Tasche und nestelte es in seinen Hosenschlitz. »Schau, was du angerichtet hast, du Hürchen! Raus mit dir! Los! Hau ab.« Er schloß die Augen und ließ sich schwer auf den schmalen Tisch sinken, noch immer das Taschentuch vor sich haltend, indes er leise ächzte. War er verletzt, oder was? Mir kam es vor, als ob er Schmerzen hätte.

»Meinst du wirklich, daß dies der Fall war?« Wir saßen im Fährenzug. Der Wagen war leer.

»Ich hab mich nicht damit aufgehalten, ihn zu fragen, Jean! Was, um alles in der Welt, hast du mit deinen Haaren gemacht?«

»Nicht wahr, sie sind scheußlich! Meine Mutter hat mich gestern zum Friseur geschleppt, damit sie mir in die Spitzen eine Dauerwelle machen. Ich sehe aus, ich weiß.«

»Ich hab eine Nagelschere dabei. Soll ich sie dir abschneiden?«

»Was, jetzt?«

»Wenn wir dort sind. Im Zug rüttelt es so.«

»Deine Haare sehen hübsch aus. Hübsch und glänzend.«

»Ich hab sie mit dem Fön glattgezogen, deswegen. Ich mag's nicht, wenn sich mein Haar lockt. Stell dir vor, ich war bereits um fünf Uhr auf. Ich mußte gestern abend meine ganzen Sachen waschen, um den Gestank von der Bar rauszukriegen. Ich schwör's dir, der saß sogar in meinen Schuhen. Hab ein bißchen Deckweiß draufgegeben, damit man die abgewetzten Stellen nicht so sieht. Meine Mutter hatte recht, sie haben nicht lang gehalten.«

»Hast du meine dabei?«

»Willst du sie?«

So weit weg von den Arkaden wirkten sie scheußlich – maßlos billig, gräßlich nuttig, aber das brachte uns in Stimmung.

»Hast du getan, was ich dir gesagt habe, Jean? Das mit der Brille?«

»Schließ die Augen, ich werd sie aufsetzen.« Sie wühlte in ihrer Handtasche. »In Ordnung, öffne sie! Was meinst du?« wollte sie gespannt wissen. Sie saß auf der Kante ihres Sitzes, kraushaarig, mit einwärts gekehrten Füßen wie ein Kind, auf ihrer Nase eine riesige Intellektuellenbrille mit dunklen Gläsern. Ich fing zu lachen an, ich konnte einfach nicht anders. Sie wirkte so fehl am Platze. Jeans Mundwinkel fielen herab. »Also du hast gesagt, ich soll sie mir kaufen.« In ihrer Stimme war ein kleiner Schluchzer. Ich lachte noch immer.

»O Jeannie. Sie ist wunderhübsch. Wirklich. Deswegen lache ich. Du siehst aus wie ein Filmstar.«

Sie hob sich auf die Zehenspitzen, wobei ihr die Riemchen von den Fersen rutschten, und blickte in den Spiegel über ihrem Platz. »Wirklich? Sehe ich wirklich so aus? Du machst keinen Spaß?«

»Naja«, sagte ich. »Stell dich hierher. Die Brille ist die eines Filmstars, aber wir müssen dich noch entsprechend herrichten. Vielleicht schneide ich dir die Haare doch besser gleich jetzt. Wir wär's mit richtig kurz? Wird deine Mutter was dagegen haben?«

»Die wird einen Anfall kriegen. Aber in einer Woche wachsen sie ja ein bißchen nach. Los, mach, was du willst.«

Ich verpaßte ihr nahezu eine Meckifrisur.

»Du wirst einen Schock kriegen, wenn du dich siehst«, warnte ich. »Doch bevor du guckst, laß mich deine Lippen ein wenig schminken.« Es war ein Vergnügen, ihren Mund anzumalen. Er war sehr groß, voll und breit, die Mundwinkel wiesen nach oben. Als meine Verschönerung beendet war, hätte ich sie küssen mögen. Bevor ich Jean einen Blick in den Spiegel werfen ließ, setzte ich ihr wieder die dunklen Gläser auf. Ohne die dämliche Putzwolle um ihre Schultern hatte ihr Kopf eine schöne Form. Darunter saß ein verletzlich wirkender, kindlich-süßer, schmaler Hals; ihre Ohren wirkten winzig und lagen eng am Kopf an. Die Kinnpartie, die nun klar zur Geltung kam, verlief scharf gezeichnet und makellos. »Jetzt schau.« Ich hatte sie schön gemacht!

Wir standen zusammen vor dem Spiegel. Sie war zunächst außerstande, den Mund aufzutun. »Bin ich das?«

»Kannst du mit der Brille nicht sehen? Die hat doch die richtige Stärke, oder?«

»Ich kann sehr gut sehen, es ist nur ein wenig dunkler als mit der anderen, das ist alles.«

»Dann ist es gut.«

»Was meinst du?«

»Toll!« sagte ich. »Du siehst wie ein Vögelchen aus, wie eines dieser großäugigen Buschbabies oder wie eine Eule. Eine sexy Eule – ich kann's nicht wirklich beschreiben.«

»Aber sexy?«

»Aber ja, mit diesem Lippenstift. Der zieht die Aufmerksamkeit auf deinen Mund. Ich sehe schon, ganz Paris wird versuchen, dich zu küssen.«

Sie blickte noch immer in den Spiegel, wobei sie ihren Kopf geringfügig nach dieser oder jener Seite drehte und ihre Zunge leicht über ihre Oberlippe spielen ließ.

»Mach das nicht, du leckst alles weg.«

»Der schmeckt ulkig. Wie Birnendrops.«

»Er ist nur ein billiger. Wir kaufen gute, sobald wir in Paris sind, solche, in denen mehr Öl enthalten ist. Das läßt sie intensiver schimmern. Die sind natürlich auch teurer.«

»Was würde dein Vater sagen, wenn er wüßte, daß du Lippenstift trägst?«

»Der würde mich umbringen, und deiner?«

»Gleichfalls.«

»Es ist ein Wunder, daß sie uns haben fahren lassen, das sage ich dir.«

»Dann können sie auch nicht ahnen, auf was wir aus sind, oder?«

Ich antwortete nicht, sah einfach aus dem Fenster und hing meinen Gedanken nach. Sodann äußerte ich: »Jean, auf was sind wir aus?«

»Abwarten«, sagte sie. In vielerlei Hinsicht war sie um vieles älter als ich.

Wir kamen um fünf vor vier am Gare du Nord an. Alle quasselten Französisch. »Die sprechen alle Französisch.«

»Ich weiß, ist das nicht komisch?« Wir standen auf dem pflastergrauen Bahnsteig, in unsere englische Existenz eingesponnen. Völlig verloren. Um diese Zeit setzte meine Mutter den Teekessel auf. »Marmelade oder Sirup?« würde sie meinen Vater fragen.

Jean räusperte sich und übernahm das Kommando. »Am besten wechseln wir zuerst dein Geld.« Ihre Francs hatte sie bereits. Ihr Vater hatte das durch seine Bank regeln lassen. »Geh und frage auf dem Postamt, ob die das machen!« hatte mich der meinige beschieden.

Ein junger Gepäckträger, der uns herumstehen sah, eilte herbei und griff sich unsere Gepäckstücke. »*Non, non,*« machte Jean und fügte hinzu: »*Merci beaucoup.*« Er zuckte mit den Achseln. »Okay, ihr Hübschen. Wenn ihr keine Hilfe wollt«, damit legte er die Finger auf seine gespitzten Lippen und deutete einen Kuß an. Wir fingen an, uns auf ein Schild zuzubewegen, das besagte ›Bureau de Change‹. Doch wir mußten ganz langsam gehen, wegen unserer Schuhe.

»Wir hätten das üben sollen, mit den Koffern zu gehen«, meinte Jean.

»Geh einfach vorsichtig und versuch, dich zu entspannen. Halt die Schultern gerade, schau, wie ich es mache.« Ich schwang meine Hüften locker von einer Seite zur anderen.

»Ich versuch's.« Dann, nach einer Minute, fügte sie hinzu: »Warum starren die alle bloß so?«

Ich mußte zugeben, die Leute starrten, oder es schien zumindest so. *Männer*. Männer kamen da auf uns zu, die ihre Blicke zunächst direkt auf unsere Füße hefteten, dann rasch über unsere Beine schweifen ließen, um auf Strumpfgürtelhöhe zu verweilen, die Taille abzuschätzen und sodann das Weiteroben, bis sie am Mund haften blieben und schließlich an den Augen. Dreiste Blicke waren das, die einen erröten machten.

»Wir werden taxiert«, bemerkte ich.

»Ausgezogen käme der Sache näher.« Ich konnte die Erregung in Jeans Stimme spüren.

»Halt dich zurück, Jean. Wir sind noch nicht einmal aus dem Bahnhof raus.«

»Nein, aber es gibt einem einen Vorgeschmack auf das, was kommen wird. Überall Schlafzimmeraugen!«

Wir hatten keine Vorstellung davon, in welcher Richtung unser Hotel lag. Es sollte in der Nähe des Bahnhofs sein, aber unsere Koffer waren zu schwer, als daß wir hätten zu Fuß gehen können. Mit der Métro zu fahren, erschien uns zu kompliziert, also nahmen wir ein Taxi.

»Das wird nicht oft vorkommen«, meinte Jean, sobald wir saßen. »Wir werden Männer finden, die ein Auto besitzen und uns herumfahren, und«, fügte sie hinzu, »wir werden auch fürs Essen nichts ausgeben, weil man uns ausführen wird.«

Ich schaute sie an, sie war schon ganz zappelig. Zu Hause, da war sie zwar auch aufgedreht, aber immer eine Spur zu kindlich wild, zu sehr albernes Schulmädchen, um faszinierend zu sein. Hier hatte sich ihre gehobene Stimmung merkwürdigerweise grundlegend gewandelt. Sie wirkte noch immer mutwillig; aber reif. Das war es. Reif zum Pflücken. Neben ihr fühle ich mich schlapp. Die letzten drei Wochen waren wohl doch eine größere Schufterei gewesen, als ich hatte wahrhaben wollen. »Wir werden früh zu Bett gehen, ich hab's gerade nachgerechnet, ich bin seit zwölf Stunden auf!«

Sie lüpfte ihre dunkle Brille und starrte mich in kurzsichtigem Entsetzen an. »An unserem ersten Abend?«

»Naja, wenn wir heute nacht gut schlafen, können wir's morgen angehen lassen.« Es war meine Mutter, die da aus mir sprach!

»Sei nicht albern. Heute abend machen wir die Stadt unsicher.« Sie blickte durch ihre Brillengläser hindurch auf mich, und für den Bruchteil einer Sekunde kräuselte sich ihre Stirn. »Du siehst ein bißchen müde aus, das muß ich zugeben.« Dann hellte sich ihr Gesicht auf. »Doch nach einem Bad wirst du dich viel besser fühlen.«

»Aber...«, setzte ich an, um zu sagen, daß ich gestern abend erst ein Bad genommen hätte. Bei Jean zu Hause badeten sie jeden Tag. Ihr Vater hatte das Hotel ausgesucht und die Buchungen arrangiert, oder vielmehr seine Sekretärin. »Wie wird das Hotel sein?«

»Da Daddy die Dinge in die Hand genommen hat – sicher und

respektabel. Geziemend für zwei reizende junge Damen. Ich habe gedacht, daß wir vielleicht morgen umziehen.«

Ich lehnte mich zurück und lachte – aus schierer Schwäche.

»Das erste, was ich tun werde, ist, dich auf einen Pernod einzuladen. Wie wär's?« Ihr Grinsen erstreckte sich von einem Ohr zum anderen. Wie bei einer Katze, die ansetzt, sich über die Sahne herzumachen.

»Was immer auch ein Pernod sein mag, ich werde ihn mögen. Um's gleich zu sagen: Für heute abend werde ich mich vollständig in deine Hände begeben.« Ich lehnte mich nach vorn, um besser aus dem Fenster sehen zu können. Es nieselte leicht, und die Feuchtigkeit hatte auf den abblätternden Hauswänden feuchte Flecken hinterlassen. Grau schien alles, unterbrochen von stumpfen Rosatönen, melancholischen dunklerer Schattierung, gedrängt voller Menschen, die da irgendwie hineinzupassen schienen. Darüber lag ein merkwürdiges Licht – taubenfarben, ging mir durch den Sinn. Doch irgend etwas an dem Ganzen übte eine starke Wirkung auf mich aus. Die Atmosphäre, die mit Rolläden verschlossenen Fenster, die verschwiegenen Gäßchen, kleinen Straßen, Balkone, Aushängeschilder und verblassenden Plakate, die Cafés, Bars und funkelnden Lichter. Dies alles ließ mich an Händchenhalten, verbotene Früchte, dunkle Toreinfahrten, an sturmfreie Buden denken. Romantisch. Das war's.

In meinem Bauch drehte sich eine zarte Spirale der Erregung, nahm an Geschwindigkeit zu und wurde zu einem festen, unerträglichen Knoten. Ich setzte mich zurück und sah Jean an: »Ich hoffe, wir sind gleich da«, sagte ich, »ich glaube, ich kriege Durchfall!«

Da ich nicht wußte, wo ›Animals‹ war, bestellte ich mir ein Taxi »›Animals‹? Ein neues Lokal, wenn mich nicht alles täuscht? Liegt hinter Covent Garden. Da treiben sich eine Menge mit'm Stich rum.« Die Blicke des Taxifahrers züngelten über mein bleiches Gesicht und die veilchenblauen Lippen bis zu meinen überlangen, falschen Fingernägeln hin. »Ja. Das ist es wohl.«

»Ich nehme an«, sagte ich und stieg ein. Wir setzten uns in Richtung Hyde Park in Bewegung.

»Darf ich Sie darauf aufmerksam machen, daß die, soviel ich weiß, erst abends öffnen.«

»Da könnten Sie recht haben«, rief ich nach vorn, »aber heute ist dort eine Modenschau.« Der Wagen verlangsamte seine Fahrt, da die Ampel auf ›Rot‹ stand. Der Fahrer wandte sich nach mir um.

»Dann sind Sie ein Mannequin?«

»O nein, nichts dergleichen.«

»Beim Film?«

Ich lachte. »Nein.«

»Doch, doch. Ich könnte schwören, daß ich Sie schon auf der Mattscheibe gesehen habe.«

›Das ist mein Tag‹, dachte ich. Sam hatte angerufen.

»Wie geht's dir?«

»Ich hab einen Kopf so groß wie eine Scheune, die eine Gesichtshälfte ist völlig paralysiert.«

»Hypochonderin! Hast du den Anzug schon zusammengeflickt?«

»Der liegt im Mülleimer.«

»Was! Was, zur Hölle, bist du für eine Frau? Ein kleiner Riß, und schon wirfst du einen guten Anzug weg. Heb gefälligst deinen sexy Hintern und schnapp dir Nadel und Faden, sonst kreuze ich mit der Pferdepeitsche bei dir auf. Wenn ich gerade davon spreche, das haben wir noch nicht...«

»Ich bin gerade dabei, wegzugehen.«

»So ist's recht, du gehst aus«, machte er mich aus. »Mit mir«, fügte er hinzu.

»Naja, um der Wahrheit die Ehre zu geben, ich möchte zu einer Modenschau gehen, und zwar in ein Lokal, das den Namen ›Animals‹ trägt. Aber ich...«

»Ich treff dich dort. Um welche Zeit?«

»Um eins, aber Sam...«

»Was denn nun noch, um Himmels willen? Ich bin ein vielbeschäftigter Mann, geh aus dieser verdammten Leitung raus, kapiert?«

Ich konnte nur hoffen, daß er sich Rupert gegenüber nicht zu rüde verhielt.

Deswegen hätte ich mir keine Gedanken zu machen brauchen. Letztendlich erschien Sam nämlich nicht. Wir hielten einen Stuhl für ihn frei, Rupert und ich. Doch kurz, bevor es mit der Show losging, rief er an. Mir wurde der Hörer mit einer gewissen Ehrfurcht gereicht.

»Schätzchen, ich schaff es nicht.«

»Wie schade. Ich hab dir einen Platz freigehalten.«

»Noch schlimmer: Ich fliege gleich nach Rom. Bin morgen abend wieder da. Bewahr dich für mich, hm? Sei ein gutes Kind.«

»Klar. Sehe dich morgen.«

»Wessen Kleider begaffst du dir? Magst du sie?«

»Die von Joe Garibaldi. O ja, sie sind wundervoll.«

»Schön. Gib ihn mir.«

»Aber...«

»Herzchen, ich bezahl dem Pinsel gerade ein Vermögen dafür, daß er mir für einen Film fünf Hängerschürzchen entwirft. Ist es da zuviel verlangt, ihn darum zu bitten, ans Telefon zu kommen?«

Ich reichte das Telefon weiter und entfloh auf meinen Platz.

Rupert war ganz aufgeregt. »Darling, was hat er gesagt?«

»Er kann nicht kommen, er fliegt nach Rom. Er wollte mit Joe Garibaldi sprechen«, wisperte ich.

»Da kommt er«, wisperte Rupert zurück.

»Wer?«

»Joe.«

»O, das ist er?«

Ein winziger, lächelnder Knabe schritt gemessen auf uns zu. Viele Leute fingen an zu klatschen, und er nahm davon Kenntnis, indem er seine schmalen Hände hob und die Finger spreizte, genau wie Königliche Hoheit. Er glitt auf den leeren Stuhl, den wir für Sam freigehalten hatten. Aus der Nähe konnte ich sehen, daß er so jung nicht war, wie ich gedacht hatte. In den Vierzigern, hätte ich geschätzt. Er trug enge, schwarze Jeans und ein schwarzes Polohemd, dazu Leinenschuhe. Wie bei einem Tänzer war kein Gramm überflüssiges Fett an ihm. Er sah Rupert unter seinen schwarzen Wimpern hervor an. »Rupert!« und Rupert blickte unbewegt zurück. »Joe!« Sie kannten einander offensichtlich gut, oder hatten einander einmal gut gekannt.

»Nun«, sagte Joe und wandte sich an mich, »und wer ist heute die Glückliche? Mr. Gregory, Schutzheiliger des Hauses, Gott beschütze seine bügelfreie Seele, hat *á la carte* für Sie geordert, meine Liebe. Die ganze Kollektion, sollte Madame dies wünschen. Das waren seine ureigensten Worte.«

»Sams? Ich? Ich soll damit gemeint sein?« stieß ich mühsam hervor.

»Tja, also, nicht ganz seine allerureigensten Worte. Sie sind ohne Zweifel nicht weniger vertraut mit dem Vokabular des Gentleman als wir alle. Aber so jedenfalls haben wir ihn zu verstehen geruht.«

Rupert wirkte völlig aus dem Häuschen. Na, und mir erging es nicht anders. Aber in mir drinnen vernahm ich die Stimme meiner Mutter: »Nichts gibt es umsonst, merke dir das!«

»Meinst du, ich sollte...?« platzte ich laut heraus.

Rupert ließ einen gequälten Laut vernehmen und wieder mal den Unterkiefer fallen. Joe zuckte nicht mit dem Augenlid.

»Sehen Sie es als Bezahlung für bereits geleistete Dienste an, Gnädigste.«

Ich erlaubte mir ein weltläufiges Lächeln. »Naja, wenn man es so sieht... da kann ich nur noch entzückt akzeptieren.«

»Nicht die Masche, Myopia. Für einen Moment hast du mich ganz krank gemacht.«

Ich tätschelte Ruperts Hand, die Show hatte begonnen.

Ich konnte überhaupt nichts sehen. Es war rabenfinster. Ein komisches Geräusch war zu vernehmen. So ein schwaches Zischen, als entwiche Gas. Ich schnupperte. Wir konnten alle innerhalb weniger Minuten tot sein. Wer kümmerte sich dann um die Kinder? Das Geräusch schwoll an, als ob eine Menschenmenge zart auf Blechpfeifen bliese. Das steigerte sich langsam zu einer unerträglich schrillen Kadenz, die, als sei die Hölle losgelassen, überging in markerschütternde Schreie, das Dröhnen von Bongotrommeln, grelle Trompetenstöße und wasweißichnochalles. Dutzende von Spotlights zuckten aus dem Nirgendwo auf, umspielten eine durch Menschenleiber gebildete Artischocke, deren exquisites Blattwerk sich auf dem Fußboden entfaltete. Ich hoffte nur, daß sie gefegt hatten. Jedes Blatt war in einer anderen schimmernden Farbe gehalten. Bei jedem Trompetenstoß sank eines hinweg – ein Mädchen, von Kopf bis Fuß smaragdfarben gekleidet, oder purpurrot oder in tiefes Türkis, in ein zartglänzendes Pink gehüllt, das sodann ein Solo um das Ganze tanzte. Das Publikum war hingerissen. Ich sah auf Joe, erwartete, ihn zufrieden zu sehen, doch statt dessen saß er auf der Kante seines Stuhles und starrte ins Herz der Artischoke. Dabei lag ein Ausdruck des Entsetzens auf seinem Gesicht. Als das letzte Mädchen sich entblätterte, schlug er die Hände vors Gesicht. »Mein Gott, das ist ja nicht zum Aushalten. Der ganze Effekt ist im Eimer. Sie trägt die falschen Strumpfhosen. Petunie! Petunienfarben hätten sie sein sollen. *Petunienfarben*! Und nicht, unter keinen Umständen, rostbraun!« Außerstande, dies länger zu ertragen, sprang er auf und schoß hinweg.

»Na, Darling, das wird einen tüchtigen Anschnauzer geben«, wisperte mir Rupert zu.

»Er erscheint reichlich übernervös, das muß ich schon sagen.«

»Ohne ihn ist es besser, da kannst du wählen, was du willst. Ansonsten hätte er daran Anstoß nehmen können, wenn du etwas nicht anstreichst. Du hast dein Programm, Darling. Hier ist ein Bleistift. Oh, ist es nicht aufregend!«

»Du mußt mir bei der Auswahl helfen, Rupert.«

»Dachte schon, du würdest mich nie mehr darum bitten.«

Wir waren am Ende beide völlig überdreht vom vielen Hindeuten, einander Püffe geben, dem Sichentscheiden und Anstreichen. Ungefähr fünfundfünfzig Modelle gingen über den Laufsteg, doch jedes davon wurde in mindestens drei Farbkombinationen gezeigt.

»Oh, das ist ganz für dich gemacht«, sagte Rupert andauernd. Oder: »Nein, das noch mehr.« Oder: »Wenn du das nicht nimmst, wird es dich umbringen.« Wir stimmten bei allen überein, nur bei zwei völlig weißen Sachen nicht.

»Weiß ist nichts für mich. Das schmuddelt so leicht.«

»Darling, du mußt wenigstens etwas Weißes haben. Mach dich nicht lächerlich.«

»Aber man könnte es nur im Sommer tragen.«

»Warum?«

»Naja, ich müßte braun sein, damit es nach etwas aussieht.«

»Ich streich sie für dich an. Gib mir dein Programm. Wo sind sie? ›Schneesirene‹ – Abendanzug aus elfenbeinfarbenem Crêpe de Chine mit Fledermausärmeln, versteiftem, das Gesicht umrahmenden Kragen, einem mit Kristallperlen bestickten, losen Gürtel und dazu passender Abendkappe. Perfekt! Wo ist die andere Kombination? ›Eismädchen‹ – weißer Glacéleder-Trenchcoat, knöchellang, mit dazu passendem Glacéleder-Hosenanzug, Stulpenhandschuhen und flachkrempigem Tropenhelm. Göttlich, Darling!«

»Du liebe Zeit, ich habe keine Ahnung, wie man weißes Leder reinigt. Das ist schrecklich unpraktisch, Rupert.«

»Wozu willst du die Dinge denn tragen – etwa zum Wagenwaschen? Gebärde dich nicht so hausbacken. Das paßt überhaupt nicht zu dir.«

»Da kommt meine Mutter durch.«

»Sie«, seufzte er, »hat so manches auf dem Gewissen.«

»Laß uns mal nachzählen. Wieviel haben wir angestrichen? Zwei, vier, sechs – Hilfe! Vierzehn. Ganz flott von mir.«

»Fünfzehn, du hast das Cocktailkleid aus Wildleder vergessen. ›Reife Kirsche‹. Das mußt du einfach haben, es ist das einzige mit ausgeschnittenem Rückenteil.«

»Rupert, es ist viel zuviel. Das wirkt so habsüchtig.«

»Ich verliere meine Geduld! Also wirklich! ›Die ganze Kollektion, sollte Madame es wünschen‹, das hat Sam gesagt.«

»Ja, schon, aber von der Hälfte der Fummel weiß ich nicht, wo ich sie anziehen soll.«

»Die erste Lebensregel lautet: Man erscheine niemals *underdressed,* sonst sitzt man bald zu Hause hinter der Gardine. Zweitens: Man sollte stets so wirken, als sei man für eine große Kulisse bestimmt, und alsbald wird man sich in einer solchen befinden.«

»Für meine Ohren klingt das reichlich abgedroschen.«

»Abgedroschen oder nicht, es ist wahr.«

»Trotzdem...«

»Trotzdem. Schmiede das Eisen, solange es heiß ist. Das ist es nicht auf Dauer. Bitte, sieh meine bedauernswerte Person an – gestrandet auf Streatham Hill. Und das in meinem Alter!«

»Rupert.«

Er wandte mir ein tragisches Antlitz zu. »Myopia?«

»Hier kommt der Champagner. Laß uns auf einen baldigen Entsatz trinken.«

»Und danach werden wir uns Joe schnappen, um ihn mit deiner Auswahl zu konfrontieren.« Er war bereits wieder der Alte.

»Wann, meinst du, kann ich die Sachen kriegen?«

»Das hängt davon ab.«

»Wovon?«

»Naja, ob die Zeitschriften sie bereits abgelichtet haben oder nicht. Ob es eine weitere Show für Kunden gibt oder eine für Käufer aus Übersee, von einer Menge von Dingen. Man kann sie den Mannequins nicht einfach vom Leib reißen, Darling.«

»Wie enttäuschend. Ich fliege am Freitag nach Paris. Ich hatte gehofft, dafür etwas Neues zu haben.«

»Nach Paris? Wie göttlich! Für wie lange? Oh, ich werde dich vermissen.«

»Nur für eine Nacht.«

»O, wie unartig! Mit Sam, oder bin ich indiskret?«

»Ja.«

»Was nun?«

»Du bist indiskret.«

»Mit einem anderen also! Aber, meine Liebe. Du mußt mir erzählen, mit wem.«

»Womöglich tu ich das aber nicht.«

»Spielverderberin! Ist er ebenfalls reich? Oh, was für eine dummdämliche Frage! Du weißt es ja ohnehin nicht.«

»Tatsächlich, ich weiß es nicht. Doch, soweit ich informiert bin, nicht.«

»Dann schwimmt er in Geld. Oder ist er berühmt?«

»Nein, ehrlich nicht, Rupert.«

»Aber bestimmt doch!« Er hob die Hände, um mich zum Schweigen zu bringen. »Laß uns Joe suchen.«

Wir fanden ihn, aber er war von Menschen umlagert.

»Sind sie nicht gespenstisch, diese Speichellecker?« murmelte Rupert.

»Naja, wir wenigstens sind geschäftlich da«, erwiderte ich.

Joe wurde unser ansichtig. »Ah, hier kommt sie.«

Er winkte uns zu sich, Leute wandten sich nach uns um, gaben uns den Weg frei.

»Nun, meine Liebe, hat alles Ihrer Imagination entsprochen? Sagen Sie mir, welchen Fetzen würden Sie gern über Ihre wohlgestalteten Schultern werfen?«

Es war ein heikler Augenblick. Rupert kam mir zu Hilfe.

»Es war keines darunter, das sie nicht sehnlichst gern tragen würde. Wir haben es fertiggebracht, uns mit fünfzehn Modellen zu bescheiden – aber ist es möglich, glaubst du, Joe, daß du noch einen Schritt weitergehen und das alles in Schwarz kopieren könntest?«

Kein Moment des Zögerns.

»Schwarz, Schwarze Artischockenblätter, schwarzer Satin, schwarze Federn, Seide, schwarzer Chiffon, schwarze Baumwolle, schwarzes Leder, schwarze Spitzen – zauberhaft, mein Engel.« Er wand einen sehnigen Arm um meine Taille. »Wie scheußlich, mir so ins Handwerk zu pfuschen. Sie wirft einen Blick auf meine Kollektion und prophezeit mir bereits, wie meine nächste aussehen wird.« Er zuckte mit den Achseln und lachte. »Keine Geheimniskrämerei mehr. Lassen Sie mich sehen, was Sie ausgewählt haben.«

Er warf ein erfahrenes Auge auf die Liste und gluckste vor Vergnügen. »Alles meine Favoriten. Oh, ich könnte kaum erfreuter sein. Jede der Entscheidungen stellt eine Aussage dar, wirklich spannend, was Sie da vollbracht haben – hätte mir nicht mehr erhoffen können.«

Er wandte sich dem gepflegten Knochengestell an seiner Seite zu, dessen Gesicht mich, trotz der schimmernden hennaroten Haare und des leuchtendroten Mundes an ein Tier auf der Weide gemahnte. Irgendwie hing das mit den unruhig rollenden, feuchten Augen und der langen Oberlippe zusammen.

»Moo, Geliebte, hier hast du das Ergebnis. Ein Streich der Superlative. Was stünde meiner Kollektion besser an, als daß sie auf diesem fabelhaften Geschöpf fotografiert wird. Danach gehören die Kleider ihr. Meine neueste Klientin. ›Die persönliche Wahl‹ – wie findest du das als Titel?«

Rupert stieß mich leicht an. »Myopia, das ist Moo Moffat-Paw, die Chefredakteurin von *Chic.*«

Diese streckte ihre eisige, mit funkelnden Ringen bedeckte Klaue nach mir aus und näselte: »Myopia! Was für ein charmanter Name! Eine Geistesschöpfung?«

»Naja, also, eigentlich heiße ich...«

»Ich bin sicher, ich ziehe Myopia vor! Das ist eine wahnsinnig gescheite Idee, Joe. Die weitere Suche erübrigt sich. Heutzutage ist es unmöglich, eine Dietrich zu finden, und Elizabeth Taylor ist viel zu fett. Was mich betrifft, ich fühle mich bis zum Aberwitz von schwarzen Mädchen angeödet, wie schön sie auch sein mögen. Es ist an der Zeit, daß wir einen neuen Look lancieren. Gilbert soll sich des Gesichts annehmen. Sie haben wundervolle Wangenknochen, meine Liebe. Sind Sie Russin?«

»Walliserin aus Willesden«, erwiderte ich rasch. »Aber ich kenne mich mit dem Fotografiertwerden aus.« Ich spürte, wie mir nervöser Schweiß aus jeder Pore brach. »Ich sehe auf Fotos immer schrecklich aus. Alle sagen das.«

Sie musterten mich sämtlich abschätzend. Ich zog den Bauch ein, soweit es ging.

»Ideal«, stellte die schreckliche Moo fest. »Nicht zu jung, nicht zu alt. In einem Alter, mit dem sich die Leserinnen identifizieren können.«

»Schön, Moo, und welchen Fotografen nehmen wir?« ließ sich Joe wieder vernehmen.

Rupert zwickte mich. »Myopia wird für einen oder zwei Tage nach Paris fliegen, danach solltet ihr euch richten.«

War der vielleicht penetrant! Als ob ich meine ganze Zeit damit verbrächte, um die Welt zu gondeln.

»Lopasto ist in London. Er hat gestern für *Vogue* fotografiert. Wir könnten es mit ihm versuchen.«

»Oder Pustansky?«

»Oh, mit Deutschen komme ich nicht klar, überhaupt nicht«, sagte ich. »Die sind nie...«

Joe schnippte mit den Fingern. »Was wir brauchen, ist weibliche Wärme, die Aura des Flüchtigen, Sinnlichen.«

Moos feuchte Augen fingen zu tränen an. »Die geheimnisvolle Erdmutter und ihre Garderobe... Moment, *Erdmutter*, nein, das geht nicht. *Die Laune des Augenblicks*, das ist es. *Garibaldi – Kleider für die Mußegöttin*. Oh, das schreibt sich ganz von alleine, Joe.«

»Eine Fotografin, das brauchen wir. Jemanden mit sympathischer Ausstrahlung und Vitalität. Moo! Wie wär's mit Jan Crump?«

»Fürchterliche Person. Viel zu *butch*. Die läßt alle wie Fernlastfahrer aussehen. O nein! Aber du hast recht. Es sollte eine Frau sein.« Sie pochte sich mit ihrer blutroten Kralle gegen die Zähne. »Tammy Sprigg. Ein neues Mädchen, aber zu poppig. Lawn Adone – zu schludrig, viel zu sehr.«

Joe warf die Arme in die Luft, und zwar genau im selben Moment wie Rupert. Sie sahen einander an und stießen hervor: »Damson!« Moo besah sich mich zweifelnd. »Meint ihr?«

»Genau richtig«, riefen sie beide im Chor. »Ganz genau richtig!«

»Warum sagte diese schreckliche Frau ›Meint ihr?‹

»Darling?«

»Rupert, du hast mich sehr gut verstanden.«

»Wer, Moo?«

»Warum hat sie das gesagt? Wie ist diese Damson?«

»Göttlich. Eine fantastische Fotografin. Benutzt viel Tiere. Dieses Mythen- und Legendenzeugs. Vielleicht läßt sie dich posieren, wie du von einem Schwein angegangen wirst oder wie Bienen über deine bloßen Brüste schwärmen.«

»Was – in meinen neuen Kleidern? Ich will nicht, daß die beschädigt werden.«

»Oder, wahrscheinlich ist sie über Tiere bereits hinweg.«

»Um wo anzulangen?«

»Na, am Freitag wirst du mehr wissen. Wenn sie sie überhaupt kriege, haben sie verdammtes Glück. Sie arbeitet mittlerweile auf der ganzen Welt. Wenn sie es einrichten kann, in Paris zu sein, wenn du es bist, ist das geradezu ein Wink des Schicksals.«

»Ja, aber ich sollte erst am Abend fliegen. Ich bin mir nicht sicher, was derjenige, mit dem ich verreise, dazu sagen wird, daß ich separat fliege. Ich meine, es macht halb soviel Spaß, allein zu reisen als zusammen, nicht wahr?«

»Jetzt werd nicht albern, Darling, du kannst ihn dort treffen. Du mußt jetzt nicht damit anfangen, dir unnötige Gedanken zu machen. Du wirst berühmt werden, nachdem Damson dich fotografiert hat. Alle werden das. Erinnerst du dich nicht an die Bilder, die sie von Prinzessin Margaret gemacht hat?«

»Warum hat Moo gesagt ›Meint ihr?‹. Wegen der Tiere?«

»Eine Lesbe mißtraut der anderen, Darling. Darüber solltest du dir deinen hübschen Kopf nicht zerbrechen.«

Als ich nach Hause zurückkehrte, wartete ein Telegramm auf mich. Es war nicht unterzeichnet, aber ich wußte, von wem es stammte. »Paris fällt aus. Deirdre tot.« Die Abendblätter berichteten darüber. ›Tod im Sattel.‹ ›Politikergattin stirbt auf der Jagd.‹ ›Die Tochter des Earls bricht sich das Genick.‹ Die Fotos zeigten, wie Charles mit kummervollem Antlitz aus dem House of Commons eilte, wo er doch, wenn es nach seinen Erzählungen ging, überglücklich hätte sein sollen. Du liebe Güte, warum das alles! Ich dachte daran, mit einer Tasse Tee ins Bett zu steigen und über die Weltenläufe nachzusinnen. Aber mir schien das doch alles zuviel, um es in einem zu bewältigen. Aus diesem Grund hinterließ ich für Françoise eine kurze Mitteilung und machte mich zum Kino auf, wo ich mich in meine Gedanken würde einspinnen können. Der Film war dabei Nebensache. Was ich liebte, war der schäbige Glanz, die parfümgeschwängerte Wärme, die bequemen Sessel, das Sitzen inmitten einer Menge, dieses Gefühl des Sichdarinverlierens. Nie hatte es mir etwas ausgemacht, ein Kino aufzusuchen, wenn der Film bereits lief. Und stets hatte ich mir einen Streifen zu Ende angesehen. Das ist der Punkt, wo es – in Begleitung – bei mir kritisch wird. »Komm, gehen wir, das haben wir doch schon gesehen«, sind Sätze, die mich um meinen Genuß bringen.

Ich erstand eine Karte und begab mich zu den billigsten Plätzen in der vordersten Reihe. Ich setzte mich neben zwei Teenager auf der einen und einen betagten Pensionär auf der anderen Seite. Die Teenager waren von den Vorgängen auf der Leinwand gebannt. Aus einem hellblauen Auge floß eine Träne, breit wie ein Strom. Die Musik erwies sich als herzerweichend – ungezählte Geigen schluchzten. Die Teenager küßten sich jetzt wie verrückt, der betagte Pensionär schnarchte. Also handelte es sich wohl um eine Liebesgeschichte. Genau das richtige fürs Herz, vor allem dann, wenn alles schiefging. Das war so ganz nach meinem Geschmack – wenn einer der Helden ins Gras biß. Wie Deirdre. Nur, wenn ich jetzt daran dachte – was ich versuchte, nicht zu tun –, dann war ich überhaupt nicht froh darüber. Das hatte so etwas von Krisis. Die Dinge mußten entschieden gelöst werden. Oh – naja.

In der Pause pfiff ich auf Kalorien und genehmigte mir ein Eis. Doch als ich gerade einen Mund voll davon genommen hatte, fielen mir der Freitag und der Fototermin ein. Ob ich überhaupt in die Kleider passen würde? Ich hörte zu naschen auf und verstaute den noch nahezu vollen Becher sorgfältig unter meinem Sitz. Der betagte Pensionär war aufgewacht und beobachtete mich dabei. Ich erhob mich und ging Richtung ›Damen‹. Als ich zurückkam, leckte er sich die Finger, der leere Becher rollte zu seinen Füßen. Ich nickte und lächelte.

»Gute Sache, so ein Eis, was?«

»Was?«

»Ich sagte: Eis ist gut, nicht wahr?«

Er plierte mich an, als sei er nicht ganz da.

»Eis, der Geschmack von Eiskrem. Nur macht es leider dick.«

Er war schrecklich mager. Ich war noch verlegen, als die Lichter verlöschten.

Gemächlich ging ich nach Hause, blieb da und dort stehen, um ein Schaufenster zu betrachten. Beim Delikatessenhändler hatte sich eine Fliege unter der Käseglocke gefangen, wo sie wohl die ganze Nacht würde zubringen müssen. Der Laden des Polsterers war verstellt mit nackten, kalikofarbenen Sofas, die eines neuen Bezugs harrten. Der Elektrohändler hatte sämtliche Fernseher angestellt und den Ton weggeschaltet. Mehrere Leute standen auf dem Gehsteig vor den flimmernden Mattscheiben, lasen den Darstellern die Worte von den Lippen und lachten über die Späße.

Ich überquerte die Straße. Bei der reizenden altmodischen Drogerie war ein Face-Lifting vorgenommen worden: man hatte die ganze Vorderfront herausgerissen und durch Tafelglas, das bis zum Boden reichte, ersetzt. Drinnen war ein passender Teppichboden verlegt worden. Ein Teil des Schaufensters war den Kosmetika geweiht, angepriesen von verführerischen Fotos blasierter Mädchen mit verschlagenen Augen. Der andere Teil repräsentierte die Alternative: Wärmflaschen, Abführmittel, Waagen und Diäthilfen.

In der Münzwäscherei war das Leben in vollem Gange. Was hätte ich in meinen Junggesellinnen-Tagen für einen solchen Ort der Begegnung gegeben! Man stelle sich vor – jemanden kennenzulernen, während man seine Unterhöschen in die Maschine packt. Dann konnte man es während des zweiten Waschgangs so allmählich angehen lassen, um am Trockenautomaten ein scheues Lächeln zu wechseln. Daraufhin ein beschwingter Nachhauseweg und in der Kneipe am Wege ein gemeinsamer Drink. Nicht, daß ich so ganz überzeugt davon war, daß ich das damals wirklich einmal gut gefunden hätte. Schließlich hatte ich nach höheren Dingen gestrebt – Nachtclubs, Sportwagen, Männer mit kultiviertem Geschmack, in dieser Preisklasse etwa.

Der Laden des Lampenhändlers erstrahlte in funkelndem Lichterglanz. An dem Geschäft ging ich seit Jahren vorbei, stets war das Arrangement dasselbe, nichts änderte sich je daran. Wie, zum

Teufel, hielten sie sich über Wasser, wo sie doch nichts zu verkaufen schienen? Bildete der Laden womöglich nur die Fassade für anrüchtige Geschäfte? Ich besaß eine Schwäche für Lüster, solche von der ganz großen Sorte, vom Umfang eines kleinen Zimmers. Nichts als ein Lüster in einem Raum – man stelle sich diesen Luxus vor! Diskret installierte Ventilatoren würden dafür sorgen, daß die Prismen stets leise klirrten. Und mit einem Federbusch, der an einem Besenstiel angebracht war, würde man staubwedeln.

Meine Zehen begannen zu schmerzen. Außerdem war es Äonen her, seit ich etwas zu mir genommen hatte. Ich würde mit einem Drink vorliebnehmen, dachte ich, als ich unsere Straße erreichte. Und mit einem Steak sowie zwei Tomatenschnitzen, eiskalt aus dem Kühlschrank. Danach würde ich mich mit einer Flasche Wein und einem Buch ins Bett packen. Drei Zigaretten, so überschlug ich, waren von meiner Zehn-pro-Tag-Ration noch übrig. Ich machte mich. In Gedanken an die gemütlichen Stunden, die vor mir lagen, lächelte ich. Ein Nachbar, der an mir vorüberging und mit dem ich noch nie ein Wort gewechselt hatte, lächelte zurück. Ich sah auf meine Uhr – acht. Da konnte ich die Mädchen noch erwischen, bevor sie einschliefen.

Pauls präzises Parken stellte ein Wunder dar. Sein Wagen stand parallel zur Bordkante. Meiner, der dringend einer Wäsche bedurfte, machte sich – mit einem Rad auf dem Bürgersteig – dahinter in geradezu liederlicher Weise breit.

Françoise kam zur Tür geeilt, als ich den Schlüssel im Schloß drehte.

»Ihr Mann wartet seit Stunden.« Sie rollte mit den Augen und deutete auf mein Zimmer. Mir sank das Herz, doch ruhig sagte ich: »Ich werde zuerst den Kindern gute Nacht sagen.«

In meinem Zimmer war der Fernsehapparat angestellt und mit der Mattscheibe in Richtung Bett geschwenkt.

»Sie können ausgehen, wenn Sie mögen, Françoise, ich bin heute abend zu Hause.«

»Oh, 'urra, ich bin schon weg.«

Pauls Augenlider flatterten, als sie die Haustür hinter sich zuschlug. Er lag in tiefem Schlummer über mein Bett gebreitet, die Hände fein säuberlich – wie Messer und Gabel – über seinem flachen Bauch gekreuzt. Unsere Töchter, die eine Treppe höher gleichfalls schliefen, waren das genaue Abbild davon. Ich hatte sie beide geküßt, aber sie hatten sich nicht gerührt. Das wollte ich bei ihm nicht riskieren. Es war Jahre her, daß ich ihn zuletzt geküßt hatte. Und zwar ohne Herzlichkeit, mehr voller Haß. Soviel, was das Küssen betraf, was jeweils danach kam, war ziemlich gut. Aber es hatte das Bett zu einer Spielwiese gieriger Leidenschaften degradiert, worauf er mit Schuldgefühlen, ich hingegen mit wachsendem Argwohn reagiert hatte. Mittlerweile, da sexuelle Indifferenz wie eine Zementmauer zwischen uns aufgerichtet war, fiel es schwer, sich daran zu erinnern. Worin mein Gedächtnis jedoch tadellos funktionierte, war seine wohlausgestaltete Männlichkeit. Ein mächtiges Schwert, das selbst König Artus beschämt hätte. Vielleicht reichte ich ihm deshalb allein nicht aus.

Ich mußte laut auflachen. Er erwachte sofort.

»Was gibt es da zu grinsen? Ich bin eingenickt. Du warst nicht da«, fügte er anklagend hinzu.

»Ja.« Ich war drauf und dran, zu einer Erklärung anzusetzen. »Aber warum eigentlich, zum Kuckuck?« Ja, ich war aus. Das stimmt.

Er zündete sich eine Zigarette an, hustete und fuhr sich mit den Fingern durchs Haar.

»Oho«, machte ich. »Deine Stirn wird höher.«

»Werd' nicht herzlos.«

»Das passiert allen. Ich bin sicher, mir ergeht es nicht anders.«

Er rieb sich die Augen und gähnte. »Gott, fühl ich mich mies.«

»Geh und häng dich unter den Kaltwasserhahn, das wird dich munter machen.«

»Ich werd' statt dessen einen Drink nehmen. Was hast du da?«

»Alles.«

»Einen Jack Daniels?«

»Den nicht.«

»Einen Glenfiddich?«

»Auch nicht.«

»Irgendein Whisky tut's schon«, entschied er matt. »Mit viel Eis. Ich hoffe, ich erwarte nichts Unmögliches.«

»Es ist töricht, sich irgend etwas zu erhoffen, wenn Kinder im Hause sind«, erwiderte ich ärgerlich, indem ich mich hinausbegab. »Himmel«, ging es mir durch den Sinn, »ich könnte doch ein wenig freundlicher zu ihm sein.«

Ich überreichte ihm, als ich zurückkam, das bis zum Rande gefüllte Glas – das Eis klirrte einladend darin –, wobei ich fertigbrachte, ihm etwas aufs Hosenbein zu schütten.

»Da. Sauf.« *Ausgesprochen freundlich.*

Er rieb sein nasses Hosenbein mit einem frischen Taschentuch.

»Dein Jargon ist bemerkenswert, läßt einen an Matrosenkneipen denken.«

In Ordnung, mein Lieber. In Ordnung. »Ich glaube, ich steck mir eine an«, sagte ich. »Nur, wo sind meine Zigaretten?«

»Darf ich dir meine anbieten?« Er lehnte sich überhöflich nach vorn und ließ sein goldenes Etui aufschnappen.

»Was? Gauloises?« sagte ich grob. »Die verursachen einen scheußlichen Mundgeruch. Letzte Woche habe ich erlebt, wie ein Mann die ganze Bar mit seinem Atem leerte. Er rauchte Gauloises. Nein, ich halt mich an die meinigen. Die sind weniger anti-sozial.«

Beide starrten wir über den Kopf des anderen hinweg. Er räusperte sich und hustete abermals.

Ich sah ihn an. Er schluckte heftig.

»Ist etwas nicht in Ordnung? Du bist ganz offensichtlich nervös.«

Er seufzte schwer und meinte sarkastisch: »Wie wär's, wenn ich eine indizierte Neuritis auszuhusten hätte?«

»Oh! Na, du kannst in den Aschenbecher spucken, wenn's beliebt.«

Wieder trat Stille ein. Dann sagte er: »Das machst du vorsätzlich, um zu irritieren?«

»Was, Paul?«

»Diese Vulgarität – zielt die auf mich?«

Einen Moment lang dachte ich nach. »Du hast es erfaßt. Ja, ich glaube, so ist es. Und, was ist mit deiner verletzenden Anmaßung, zielt die auf mich?«

»Kann sein. Ich entschuldige mich.«

»In Ordnung. Entschuldige dich nicht, sage lediglich: ›Es tut mir leid.‹ Dein Glas ist leer. Soll ich dir noch eins einschenken?« *Wann, zum Teufel, verduftet er?*

»Tut mir leid. Bitte – nur eine Sekunde.«

Wir sprachen beide auf einmal, als ich einschenkte.

»Was...«

»Was...«

»Tut mir leid, sprich du.«

»Nein, das, was ich zu sagen habe, ist nicht wichtig.«

»Na, wenn dem so ist, ich wollte dich fragen, was du hinsichtlich Abendessen vorhast?«

»Wer, ich?«

»Soweit ich sehen kann, ist heute abend keine andere Person mehr vorgesehen?«

»Du fängst schon wieder an.«

»In der Tat.«

»Das ist eine schlechte Angewohnheit. Verkehrst du jetzt mit allen so?«

»Ich brauche dich und deine Sticheleien. Die hab ich immer gebraucht.«

Auf was, zum Teufel, wollte er hinaus?

»Hab keine Pläne, wirklich. Außer, daß ich früh ins Bett gehen wollte. Du regst dich besser wieder ab.«

»Ich hatte auch nicht daran gedacht, es spät werden zu lassen. Ich habe nur einiges zu besprechen. Das tut man am besten beim Essen. Wo möchtest du hingehen?«

»Irgendwo hier in der Nähe. Ich hab Françoise gerade den Abend freigegeben.«

»In der Nähe oder weiter weg, welchen Unterschied macht das? Du wirst schwerlich in der Lage sein, das Haus über deinen Teller hinweg im Auge zu behalten oder das Wehgeschrei deiner Kinder über das Mahlen der uns umgebenden Chelsea-Kiefer hinweg zu hören.«

»Gefällst du dir so?«

»Bescheidenheit ist eine Zier.« Er erlaubte sich immerhin ein Lächeln.

Ich lachte. »Na los, laß uns zwitschern. Aber ich ziehe trotzdem etwas in der Nähe vor. Sollte das Haus abbrennen, wirkt es einfach besser, wenn ich sagen kann, ich hätte nur einen Brief zum Postkasten gebracht.«

Als Françoise zurückkehrte, waren wir bereits im Bett. Ich hörte, wie sie das Licht ausknipste, bevor sie die Treppen hinaufstieg, vernahm das Rauschen des Wassers in der Toilette. In der Stille, die folgte, blickte ich auf die Leuchtzeiger meines Weckers. Paul lag fest schlafend in meinen Armen. Halb eins. Wir waren genau seit einer Stunde zurück. Er war noch immer in mir, glatt und warm, so weich wie die Zunge in meinem Mund. Ja, er war noch immer da. Seine Wange war gegen meine linke Brust gelegt, deren Spitze zwischen seinen offenen Lippen ruhte. Wie ein Baby, das mitten im Stillen eingeschlafen war. Ich lächelte in die Dunkelheit. Es war jene Art von Lächeln, mit dem Modellmütter im Fernsehen Waschpulver anzupreisen pflegten – voller Nachsicht, Verstehen, nie versagender Liebe und Liebenswürdigkeit. Und genau diese Empfindung beherrschte mich auch. Oh, das war nicht immer so gewesen, bis vor einem Jahr nicht. Doch mittlerweile hatte ich mehr als ein Eisen im Feuer. Das machte den Unterschied. Ich regte mich vorsichtig, streichelte sein Haar. Er schürzte die Lippen und fing zu nuckeln, seine linke Hand auf meiner rechten Brust verstärkte ihren Griff, ließ los, verstärkte ihn abermals. Nein. Ich wäre zu jener Zeit kalt und abwesend gewesen, auch nur beim leisesten Anzeichen einer Annäherung von seiner Seite. Naja, er hatte es manchmal probiert, und ich hatte mich exakt in der Weise verhalten, beherrscht von dem Gedanken: »Er hat mich benutzt, und, trotz allem, was gewesen ist, sucht er mich noch immer zu benutzen.« Doch heute nacht war alles ganz natürlich geschehen. Ohne Fisimatenten. Die Wahrheit war, daß wir einander benutzt hatten. Darin waren wir quitt. Er hatte meinen Blick über dem Lammcarré gesucht, nachdem er mir bereits während der Avocados mit vollem Vorsatz den Hof gemacht hatte. Als er meinen Blick fand, ließ er ihn nicht mehr los.

»Er besagt alles, dieser Blick«, hatte ich schließlich geäußert.

»Was besagt er?«

»Er verrät tierische Lust.«

»Dazu besteht keine Veranlassung. Ich kann in Gesichtern lesen.«

Ich hatte mich zu diesem Zeitpunkt noch nicht entschlossen. »Du versuchst mich zu verführen.«

»Weil du so verführerisch bist.«

»Tatsächlich?« entgegnete ich. »Ich tu nicht ein bißchen dazu.«

Doch gegen Ende der *crême brulée* war ich soweit, und er spürte es sehr wohl. Ich sah mich in dem Restaurant um, sämtliche Paare hielten Händchen, steckten die Köpfe zusammen, flüsterten. Die Liebesleiern wurden geschlagen. Ergreifend. Unsere Beine näherten sich einander unter dem Tischtuch. Paul schlang die seinen um meine ausgestreckten Beine und preßte sie heftig.

»Machst du es noch immer wie gehabt?« wollte ich wissen. »Oder hast du eine Menge neuer Tricks drauf?«

»Brandy, Liebling?«

»Ich hab ein paar gelernt. Hinterher mußt du mir sagen, ob du einen Unterschied gemerkt hast.«

»Das wäre wenig romantisch.«

»Oh, darauf bin ich nicht mehr scharf. Auf Seufzer und solchen Unsinn. Die Leute tun das doch nur, weil ihnen nichts anderes einfällt. Das ist eine Frage des Alters. Es ist normal, zurückhaltend zu sein, wenn man jung ist. In unserem Alter hingegen sollte man die Dinge ruhig offen beim Namen nennen.«

»Obschon nicht unbedingt die Vergleiche.« Er nahm meine Hand und drückte einen Kuß darauf. »Die fühlt sich noch immer gleich an.«

»Da haben wir's, das ist ein Vergleich.« Mir war heiß, in mir stieg Erregung auf, während ich meinen Brandy nippte. Ich saß da auf meinem Stuhl, und mein Inneres tobte. Um ein Haar hätte ich mich auf der Stelle freigemacht, wäre aufgestanden, hätte mich ihm dargeboten und auch ihn mir genommen...

»Du liebe Zeit«, stieß ich schließlich hervor.

Er quetschte meine Finger. »Was ist los?«

»Mir ist, als liefe ich aus. Präliminare Lubrikation, völlig außer meiner Kontrolle. Meine Physis ist mir einen Schritt voraus.«

»Wie merkwürdig. Mir ergeht es nicht anders. Du kannst dich davon überzeugen...«

Paul. Ich lag im Bett, hielt ihn liebevoll im Arm und dachte zärtlich an Sam und Charles. Wie leicht ist es, die Männer zu lieben – alle –, wenn man einen von ihnen schlafend im Arm hält. Wenn man keinen hat, haßt man sie. So ist das. ›Ich bin gleichsam wie ein Weiher‹, dachte ich, ›auf den die Sonne scheint oder der Regen herniederfällt, auf den die grauen Nebel herabsinken oder die Schwärze der Nacht. Allesamt verändern sie seine Oberfläche, doch auf dem Grunde, da ist alles beständig, solide Erde. Ein Fischweiher bin ich. All meine Männer und meine Kinder sind Fische, die mich durchschwimmen. Eines Tages wird es leer in mir sein, aber nicht, bevor ich nicht gänzlich verdorrt bin.‹

Er erwachte jäh, in feinen Schweiß gebadet. Ich knipste das Licht an meiner Bettseite an, er barg sein Gesicht an meiner Schulter.

»Paul.«

»Ich ersticke. Luft!«

Ich warf die Bettdecke zurück, und mit dieser abrupten Bewegung verlor ich ihn. Er glitt aus mir heraus.

»Du bist schweißgebadet. Es rinnt nur so.«

Ich ließ einen Finger in seine Achselhöhle gleiten, roch daran. »Es riecht angenehm. Sehr frisch. Wie junge Katzen.«

Er kniff mich. »Wie fühlst du dich?«

»Ziemlich abgeklärt. Und unwirklich. Ich glaube, ich werde so ein klein bißchen wunderlich.«

»Möchtest du eine Tasse Kaffee?«

»Die würde mir guttun.«

»Ich mache ihn, soll ich?«

»Alles ist da, wo es immer war. Erinnerst du dich?«

Ich setzte mich auf und zündete mir eine Zigarette an. Wie liebenswürdig er war! Liebenswürdiger als über Jahre hinweg. Nur, weil ich das Feld geräumt hatte – mit Anmut, versteht sich. Oder besser gesagt: Ich hatte mir voller Gier das genommen, wonach mich verlangte. Indes, als er zurückkam, sagte er: »Wir haben noch nicht geredet.«

»Ach so.«

Er sah mich nicht an. »Ich beabsichtige, wieder zu heiraten.«

Der Kaffee ging mir angenehm die Kehle hinunter, es war genau die richtige Menge Milch drin. »Wann?«

»Am kommenden Montag, morgens. Kannst du dich freimachen? Ich dachte, es wäre nett, wenn du mit den Mädchen dazukämst.«

Jetzt blickte er auf mich, angstvoll, wie ein Kind, das nicht ganz sicher ist, wie der Erwachsene reagieren wird.

»Ist sie in anderen Umständen?«

»Du lieber Himmel, nein. Nichts dergleichen. Ich hab das ganz klargestellt, daß ich keine Kinder mehr will.«

»Kennst du sie schon lange?« Während ich Fragen stellte, versuchte ich, mir darüber klarzuwerden, welcherart meine Empfindungen waren.

Verständnisvoll wie Mutter Oberin, die darum gebeten wird, ihren Segen zu spenden. Sehr eigenwillig, reichlich ego-betont. Sie trugen ihren Kopf schon hoch, diese Nonnen.

»Lange genug.«

»Wie lange?« Ich befürchtete, daß ich überziehen könne. Zuviel der Anteilnahme und Einsicht.

»Ungefähr drei Wochen.«

»Ah«, machte ich, ganz die Verstehende. »Liebe auf den ersten Blick.«

Er küßte meine Lippen, nahm mir die Kaffeetasse aus der Hand, stellte diese auf den Fußboden und drückte mich an sich. »Wirst du kommen?«

»Nun also«, erwiderte ich in geschäftsmäßigem Ton. »Montags, da kann ich nicht, wegen Brighton.«

»Wie geht's dem alten Knacker?«

»Er wird älter«, entgegnete ich kurzangebunden. »Aber die Mädchen könnten. Ich kann sie soweit herrichten, bevor ich gehe. Montag sind schon Osterferien.«

»Das ist die zweite Sache. Ich hatte daran gedacht, irgendwohin zu fliegen und sie mitzunehmen.«

»Was? In die Flitterwochen!«

»Damit schlage ich zwei Fliegen mit einer Klappe. Ich habe ihnen seit Ewigkeiten einen gemeinsamen Urlaub versprochen. Ich hatte an Griechenland gedacht.«

»Was sagt sie dazu?«

»Das wird sie freuen. Sie hat sie bereits aus der Entfernung gesehen und sich gleich in sie verliebt. Sie ist ebenfalls verrückt nach dem Haus«, fügte er hinzu.

»Tatsächlich? Hast du vor, einzuziehen?«

»Warum? Ist dir nach einem Wechsel zumute?«

»Nicht unbedingt. Aber man kann nie wissen. Es kann viel geschehen, nicht wahr?«

Er küßte mich abermals. »Das ist es, was ich an dir bewundere. Deine Einstellung dem Leben gegenüber.«

Am nächsten Morgen, als die Sonne durch die Fenster strömte und das Haus vor heiterer Betriebsamkeit förmlich schwirrte, fragte ich mich, wie denn nun genau meine Einstellung dem Leben gegenüber sei. Das war die Schwierigkeit. Ich besaß gar keine. Lediglich eine abscheuliche Beflissenheit, zu gefallen.

Françoise war am Telefon, Gespräch mit Frankreich. Ich würde ihr das Ticket bezahlen, damit sie für vierzehn Tage nach Hause fliegen konnte. Am Montag. Alles würde sich am Montag ereignen.

»Werden wir Brautjungfern sein? Bekommen wir extra Kleider dafür? Werden wir Blumen streuen? Ist Daddys Frau hübsch? Ich werd' sie Mami nennen.«

Wir kamen bei der Schule just in dem Augenblick an, als Harriets Lehrerin heranschritt.

»Guten Morgen, Harriet«, hörte ich sie steif sagen.

»Mein Daddy heiratet am Montag. Ich werde seine Brautjungfer sein.«

»Was du nicht sagst! Und wo bleibt dein Gutenmorgen?«

Alte Gewitterziege.

Ich kaufte auf dem Rückweg sämtliche Zeitungen, um mehr über Charles zu erfahren. Er war jetzt zum begehrten Witwer geworden, das war klar. Ich hatte mich gerade niedergelassen, um mich so richtig in die Berichte zu vertiefen, als das Telefon klingelte. Ich wußte nicht, was ich sagen sollte.

»Hab gerade deinen Namen gelesen. Ist das nicht merkwürdig?«

»Hast du mein Telegramm bekommen?«

»Hab ich. Wie fühlst du dich?«

»Ich muß dich sehen.«

»Gewiß doch. Ich bin hier.«

»Wäre heute abend recht?«

Sam würde bis dahin zurück sein. »Nein, es tut mir leid, heute abend wird es nicht gehen.«

»Aber sicher wird es gehen.« Er war verärgert.

»Nein, ich sehe nicht, wie. Das kommt ein bißchen plötzlich. Tut mir leid.«

»Morgen dann.«

»Du meine Güte. Morgen, da bin ich, wie die Dinge liegen, voraussichtlich in Paris. Zu Modeaufnahmen, weißt du.«

»Modeaufnahmen?«

»Ja, für die Zeitschrift *Chic.*«

»Also wirklich, Liebling, das würde ich nicht tun. Die ganze Situation ist jetzt eine andere, ist dir das nicht klar? Du solltest damit beginnen, das, was du tust, ein wenig mehr zu bedenken. Du darfst nicht vergessen: Ich stehe im Licht der Öffentlichkeit.«

Alles lief wie auf Rollschuhen, flitzte vorüber – viel zu schnell.

»Sie werden völlig respektabel ausfallen, wirklich. Keine Aktfotos oder dergleichen. Sie ist eine großartige Fotografin.« Ich dachte an die Tiere und was derlei Dinge mehr waren. »Sie hat Prinzessin Margaret abgelichtet.«

»Wann wirst du zurück sein?«

»Das hängt davon ab, wie lange Zeit das alles in Anspruch nimmt.«

»Ich geb dir eine Nummer, die du anrufen kannst. Ich erwarte, von dir morgen gegen fünf Uhr zu hören, damit du mir sagen kannst, welches Flugzeug du nimmst.«

»Schön. Aber Charles, wie fühlst du dich?«

»Darüber morgen mehr. Bloß...«

»Ja?«

»Ich muß dir etwas sagen. Ich brauche dich.«

Himmel. Konnte ich ihn hängen lassen? Ich wanderte im Haus umher und öffnete die Fenster. Mir war, als müsse ich ersticken. Im Kinderzimmer fing ich damit an, die Kleider der Mädchen durchzugehen. »Geh zu Harrods, wenn sie etwas brauchen sollten«, hatte Paul gesagt. »Laß es mir auf die Rechnung setzen.« Auf dem Boden kniend, fing ich damit an, eine Liste aufzustellen. Sandalen, Badeanzüge, Unterhosen, Unterhemden. Nein, keine Unterhemden. Nicht für Griechenland. Ich strich die Unterhemden wieder. Sommernachthemden, ärmellos, Strandkleider aus Frotteestoff. Die konnten nach ihrer Rückkehr als Hauskleider Verwendung finden. Neue Zahnbürsten. Wer würde darauf achten, daß sie sich die Zähne putzten? Würde alles gutgehen? Wie wird es dir ergehen, was meinst du? Zwei Wochen Alleinsein. Ich lag flach auf dem Rücken und blickte an die Decke. Frisch gepinselt hatte sie großartig gewirkt. Leuchtendes Rot. ›Fiestarot‹, so hieß es auf der Farbtafel. Mir hätte es gefallen, wenn alle Decken im Haus in diesem Rot gewesen wären. Jetzt hingegen wirkte die Farbe matt und verbraucht. So, als sei ihr jeglicher Lebenssaft entzogen worden. Die Fiesta hatte sich als Fiasko erwiesen. Das Haus bedurfte der Renoierung, des sanften Bürstenstrichs, der Liebkosung durch leidenschaftliche Farbgebung. Das konnte ich tun: den Maler bestellen. Ich rappelte mich hoch, ließ mich jedoch wieder zurücksinken. Aber nicht, wenn wir nicht drinblieben. Mir war ein Umzug egal, ja, je mehr ich darüber nachdachte, um so mehr wurde mir klar, daß ich absolut nichts dagegen hätte. Aber da, wo ich hinging, würde ich all jene Farben wählen, die mein Herz begehrte – Schwarz oder Gold oder Silber. Smaragdgrün vom Boden bis zur Decke. Wie mein Schuppenkleid von Garibaldi. Himmel, ich hatte versprochen, Moo Moffat-Paw anzurufen.

Ich brühte mir eine Tasse Tee und nahm diese zum Telefon mit. »Ist dort *Chic*? Miß Moffat-Paw, bitte. Oh, es tut mir leid, Mrs.« Wie konnte sie Mrs. sein, wenn sie, wie Rupert behauptet hatte, Lesbierin war?

»Myopia? Nun, ist alles für morgen bereit, meine Liebe?«

»Es gibt eine kleine Umdisponierung. Um es freiweg zu sagen: Ich kann nicht nach Paris fliegen.«

Sie schrie so laut auf, daß ich den Hörer vom Ohr nahm. Als ich ihn wieder anlegte, gurgelte sie noch immer. Es klang wie ein Todesröcheln. Was war sie doch für eine hysterische Person!

»Einen Augenblick, ich bin noch nicht zu Ende.« Ich sprach mit ruhiger Stimme, als hätte ich es mit einem meiner Kinder zu tun. »Ich meine damit, daß ich noch immer frei bin, zu gehen, doch ich hätte gern abgeklärt, wer die ganzen Arrangements trifft und die Spesen bestreitet.« Ich genoß es förmlich, so zu sprechen. Sehr hart und geschäftsmäßig.

Sie schrillte abermals. Ein leichenschänderischer Versuch, jugendlich zu wirken. Was war sie doch für eine schwierige Zeitgenossin!

»Meine Liebe, dies sind Angelegenheiten minderer Bedeutung. Meine Heloten werden dies erledigen. Wichtig ist selbstverständlich, daß Sie frei sind, nach Paris zu gehen, so meine ich. Sechs gloriose Farbseiten harren Ihrer. Nun, um welche Zeit können Sie heute bei mir vorbeisehen? Ich hätte gern, daß Sie alles anprobieren, damit ich die Dinge auswählen kann, die wir mitnehmen wollen.«

Daran hatte ich nicht gedacht: Sie würde mit von der Partie sein!

»Heute nachmittag?«

»Gegen drei. Sie wissen, wo Sie uns finden – beim Berkeley Square. Wenn wir gerade dabei sind, welche Schuhgröße haben Sie? Nicht, daß wir unbedingt Ganzfotos machen, Damson bevorzugt Nahaufnahmen, aber besser ist besser.«

»Ich habe Größe sechsunddreißig.«

»Was für ein winziges Füßchen! Bis auf heute nachmittag denn. Vergessen Sie Ihren Paß nicht. Wir müssen das mit den Francs regeln. Nebenbei: Wollen Sie das normale Modell-Honorar, oder sollen wir Ihren Namen erwähnen und es als Personality-Reportage aufmachen, wie wir dies besprochen haben? Dann würden Sie keinen Pfennig bekommen.«

»Ich möchte mir das noch überlegen, wäre das möglich?«

»Selbstredend. Wenn Sie klug sind, entscheiden Sie sich für letztere Möglichkeit. ›Myopia‹ wird sich gedruckt wunderhübsch machen.«

Wir saßen im Garten und sprachen darüber, Rupert und ich. Er hatte just in dem Moment an der Tür geklingelt, da ich den Hörer auflegte.

»Wie nett. Genau dich hatte ich zu sehen gehofft.«

»Macht es dir nichts aus, wenn ich so hereinschneie? Es ist ja eine ziemliche Zumutung, einfach aufzukreuzen, ohne vorher anzurufen. Aber, wie es der Zufall will, bin ich gerade im Taxi hier vorbeigefahren!«

Wir wußten beide, daß er die U-Bahn von Streatham genommen hatte, in der Hoffnung, ich könne zu Hause sein. Aber das war nicht weiter von Belang.

»Ich bin beschäftigungslos, Myopia. Es ist schrecklich.«

»Du liebe Zeit! Setzen wir uns nach draußen, dann kannst du mir alles erzählen.«

Er ließ sich in einen blau-weiß gestreiften Liegestuhl fallen. Er trug weiße Hosen und ein weißes Hemd mit offenem Kragen. Die Ärmel seines vergißmeinnichtfarbenen Sweaters hatte er sich um den Hals geschlungen; ich lächelte, er wirkte so makellos, wie eine Illustration in einem Frauenmagazin. Der attraktive Held. Oder einer von jenen Männern, wie sie in Strickmusterheften zu sehen sind.

»Lächle, Rupert.«

Er versuchte es. Er öffnete seinen feingeschnittenen Mund und verzog die Lippen, um seine prächtigen Zähne zu zeigen.

»Du solltest Dressman sein, darin wärst du sehr gut.«

Sein Mund erschlaffte, nahm wieder den schmollenden Ausdruck an. Er schüttelte den Kopf, so daß ihm eine helle Strähne in die Stirn fiel.

»Ich hab's versucht. War nahezu zwei Jahre in der Kartei von Boy's Agency, aber sie hatten nie etwas für mich. Jetzt werde ich langsam zu alt, das ist die Misere; als sie mich aufnahmen, sah ich aus wie ungefähr siebzehn.«

»Wie alt bist du jetzt?«

»Sechsundzwanzig. Ist es nicht entsetzlich? Es scheint, als käme nichts mehr nach. Nichts, worauf man sich freuen könnte.«

»Was? Mit sechsundzwanzig? Sei nicht albern. So, wie du aussiehst?«

»Das ist aber auch alles, was ich besitze. Hab nie etwas anderes besessen. Ich wollte Schauspieler werden, hab ein Jahr an der Schauspielschule absolviert, doch schlußendlich beschieden sie mich, das sei Zeitvergeudung.«

»Aber es gibt Spätentwickler. Na, wie dem auch sei, es gibt eine Menge Jobs, für die du geeignet bist. Wo es auf gutes Aussehen ankommt, Rupert.«

»Und die wären?«

»Also ich denke immer, wenn es zum Schlimmsten kommt, würde ich Klofrau werden. Dafür nehmen sie jeden. Man braucht dazu keinerlei Qualifikationen. Nur, daß man wahrscheinlich über achtzehn sein muß. Vielleicht auch einundzwanzig. Das wäre unter Umständen recht nett, man hätte seinen eigenen Raum, um sich Tee zu brühen, und eine Stammkundschaft, und alles, was man zu lernen hätte, wäre, durch den Mund zu atmen, um den Geruch nicht mitzukriegen. Ich bin darin schon geübt durch das Wechseln von Babywindeln. Das ist das erste, was alle Mütter lernen. Man könnte ja sagen, man wäre Zivildienstleistender, wenn sie einen danach fragen.«

»Oh, du bist so komisch, Myopia. Es ist belebend, mit dir zusammen zu sein.«

»Du meinst, ich mache Spaß, aber nichts liegt mir ferner.«

Er streckte die Beine von sich, legte sich zurück und schloß die Augen.

»Diese Sonne! Wie sehne ich mich danach, am Strand zu liegen. Du nicht?«

Ich blickte in das Baumgeäst über uns. Junge Frühlingsblätter hoben sich gegen den Himmel ab wie das Muster einer papierenen Filigrandecke. »Es wäre hübsch.« Ich stellte mir ein glattes Meer vor, an den Rändern gekräuselt wie ein Lattichblatt, das am feingebleichten Sande leckt. Schimmernd wie eine Silberfolie Blechstahl und an einem weiten Horizont sich verlierend. In der Luft lag der Duft von Sonnenöl und dahinschmelzender Eiskrem. Aus Transistorradios tönten Schmachtfetzen. Wobei alles durcheinanderwurlte – Ballspieler, Babies, schwerbrüstige Frauen und Knaben in Badehosen, die kaum das Gesäß bedeckten. »Ich mag die Strände, an denen Leben ist, am liebsten«, bemerkte ich, »da, wo sie so eng liegen wie die Sardinen.«

»Ach, mir ergeht es nicht anders.«

»Wirklich? Irgendwie hatte ich mir vorgestellt, du zögest einsame Fleckchen vor. Privatstrände mit Motorjachten und einem Bediensteten, der in weißer Jacke eisgekühlten Champagner serviert.«

»Das hab ich alles hinter mir. Aber wenn man da mit jemandem zusammen ist, den man nicht mag, macht es nicht den geringsten Spaß.«

»Nein«, hatte ich Jean immer wieder beschieden, aber sie wollte sich nicht damit abfinden. »Ich möchte das mit Paris nicht wiederholen, Jean«, hatte ich ihr gesagt.

»Wie meinst du das? Wir haben eine tolle Zeit dort verbracht.«

»Ich mit den Sugar-Daddies zusammengespannt, und du hast dich mit gutaussehenden Gigolos amüsiert.«

Sie seufzte. »Sie verstanden die Liebe.«

»Klar verstanden sie sie. Schließlich waren es gewerbsmäßige.«

»Wir sind immerhin im ›Georges Cinq‹ gelandet.«

»Mit mir als Köder. Ich hab die Rechnung beglichen. Dieser alte Mann war abscheulich.«

»Du hast es erzählt.«

»So hatte ich mir den Verlust meiner Jungfräulichkeit nicht vorgestellt. Unter Neonlicht.«

»Bei mir passierte es bei Mondschein. Wir haben das Fenster weit offen gelassen. Ich konnte die Sterne über seine Schulter hinweg sehen.«

»Ja, auf meinem neuen roten Badetuch, warum hast du nicht dein eigenes benutzt?«

»Was, das weiße? Das hätte ich mir nicht getraut. Meine Mutter hätte das Schlimmste vermutet, wenn ich das blutbefleckt mit nach Hause gebracht hätte.«

»Wie dem auch sei, jetzt sind wir erfahrene Frauen, wir müssen fortan lernen, unsere Bekanntschaften sorgfältig auszuwählen, um unsere Ferien zu genießen.«

Wir befanden uns im Flugzeug nach Italien. Ich hatte mir den Studententrip zusammengespart, indem ich den Sommer über im ›Odeon‹ arbeitete. Als Platzanweiserin und Eisverkäuferin. In jeder Pause von einem Scheinwerfer angestrahlt. Ich verkaufte 420 Schokoladenriegel, 310 Vanilleeisbecher, schmuggelte meine Eltern zweimal ohne Eintrittskarte hinein und sah achtzehnmal Walt Disneys *Die Wüste lebt* von Anfang bis Schluß. Mir tat noch immer der Nacken vom Tragen des Kastens weh. Währenddessen war Jean mit ihrem Vater in Schottland zum Fischen gewesen.

Wir lutschten Malzbonbons, die wir zum Abschied geschenkt bekommen hatten. »War es nett in Schottland?« Ich dachte an stämmige junge Gutsbesitzer im Unterholz, die abgewetzte Jacken und karierte Hemden trugen. Stark wie Heathcliff schritten sie über die Heide, gewandet in steingrauen Kavallerieköper, ergänzt durch gelbe Socken.

»Nicht die Bohne. Nichts tat sich. Ich hätte es mit einem Paar Kilts treiben können oder einem heftigen Windstoß, das kann ich dir sagen.«

»Was, überhaupt keine Männer?«

»Nur Daddys unsagbar trübselige Freunde, vereidigte Buchprüfer und Bausachverständige. Von der Sorte. Mit ihren Ehefrauen. Sie haben mich nach dem Abendessen ins Bett geschickt, kannst du dir das vorstellen? Ich wäre vor Langeweile gestorben, hätte ich nicht dieses Buch entdeckt. Ich hab's dabei. Das ist vielleicht unanständig. *Leben und Lieben des Frank Harris*. Genau das Richtige für uns.«

Wir verbrachten den Rest des Fluges damit, die anderen zu mustern, und kamen zum gleichen Schluß: Von den Mädchen stand nichts zu befürchten, und, was die Jungens betraf, nichts, worüber es sich zu berichten lohnte. Wirklich nicht. Aber wir ließen sie unsere Koffer tragen. Zwei japanische Studenten, die in Oxford studierten, waren die aufmerksamsten. Sie trugen beide graue Flanellhosen, gestärkte, weiße Hemden und Blazer mit Abzeichen auf den Brusttaschen.

Jeans Japaner war klein und dick mit zurückgestriegeltem, glänzend schwarzem Haar, das nach Maiglöckchen roch. Der meinige war ebenfalls kleingewachsen, aber zum Erbarmen dürr – seine Handgelenke hatten den Umfang meines Daumens. »Ich wollte, sie würden damit aufhören, zu lächeln. Wir haben ihre Augen noch nicht gesehen. Nicht ein einziges Mal.« Aber Jean hörte nicht auf damit, sie zu ermutigen.

»Unsere Koffer sind doch gar nicht so schwer.« Wir befanden uns im Hotel beim Auspacken.

»Wirklich, du siehst nicht über deine Nasenspitze hinaus.«

Sie öffnete den Reißverschluß ihres Rockes und zog ein Paar kühn kurze, pinkfarbene Shorts an.

»Jean!« rief ich entsetzt. »Die kannst du unmöglich tragen.«

»Warum nicht?«

»Die sind kürzer als deine Unterhosen! Sie gucken hinten vor.«

»Tatsächlich? Dann ziehe ich meine Schlüpfer aus. Na, wie ist es jetzt?«

»In Ordnung, wenn du dich nicht vornüberbückst.« Ich hatte indes noch immer Bedenken. »Gut, daß deine Schamhaare nicht länger sind. Die hättest du sonst mit Elastofix hochkleben müssen, auf den Bauch oder so.«

»Ich hätte mir sie auch einfach wegrasieren können.«

»Damit muß man vorsichtig sein. Mit einem Rasierapparat kann man sich einen häßlichen Ausschlag holen. Ist mir passiert.«

»Und wie sieht der aus?«

»Wie der Windelausschlag bei einem Baby.«

»Der springende Punkt ist der, daß sie uns ganz nützlich sein könnten, wenn wir irgendwohin gehen möchten, wo es *ritzy* ist. Daran denke ich.«

»Diese Shorts?«

»Die Japaner. In Lokale, wo Mädchen ohne Herrenbegleitung nicht bedient werden. Die wir uns im übrigen nicht leisten können. Die haben es, die zwei.«

»Aber ich hätte diesmal gern jemanden zum Verlieben.«

»Schön, aber nicht, indem wir die ganze Zeit in der Masse am Strand liegen. Du würdest doch auch gern in einem Rennboot fahren, oder etwa nicht? Dich auf einer Yacht räkeln? Auf der Terrasse eines Grandhotels sitzen? In dessen Pool schwimmen und dich für einen Nightclub schön machen?«

»Naja...«

»Na also, das bedeutet: Männer mit Geld. Überlaß das alles mir. Ich weiß, wie man das dreht.«

»Es scheint so«, sagte ich. »Man merkt, daß dein Vater Buchprüfer ist, das muß ich schon sagen.«

Sie trat auf mich zu und kniff mich.

»Schau, es sind unsere Ferien. Laß uns nicht streiten. Wir haben zehn Tage vor uns. Lange genug, alles durchzuprobieren. Uns auszutoben und uns zu verlieben. Beides, das versprech ich dir.«

»Wie wär's, wenn wir beide zusammen verreisten, Rupert? Sagen wir, in der nächsten Woche?«

Er lag in seinem Liegestuhl und hielt die Augen geschlossen, mit überlangen, seidigen Wimpern. Wie eine schöne Leiche. »Bist du tot?« fragte ich nach einer Weile. »Hast du mich gehört?«

Die Tränen entquollen seinen Augen Kaulquappen gleich, jede einzeln ausgeformt und dennoch zusammenhängend. Sie hinterließen einen durchscheinenden Pfad, wie sie da seine Wangen hinunterliefen und in seinen Mund schmolzen. Ich beugte mich vor und starrte. Ich war fasziniert von der Möglichkeit, daß seine Nase ebenfalls zu rinnen anfangen könnte und alles verderben würde. Erst, als ich seiner Hände gewahr wurde, die ineinander verkrampft waren, während sich seine Fingernägel in sein Fleisch gruben, begriff ich, daß er große Anstrengungen unternahm, sich unter Kontrolle zu bekommen. Ich ging nach drinnen und holte ihm einen Brandy.

»Ein hübscher, großer Brandy«, bemerkte ich. »Außerdem ein Geschirrhandtuch, um dich abzuwischen. Du kannst auch die Nase damit putzen, mir macht das nichts aus. Ich hab keine Taschentücher.«

Das wirkte. Er fing zu lachen an, um innerhalb von Sekunden zu schluchzen, am ganzen Körper zu zittern, zu erschauern und nach Luft zu ringen. Am besten ist es, sich gehenzulassen, wenn einem die Dinge über den Kopf wachsen. So gewinnt man am ehesten die Balance zurück. Ich zündete mir eine Zigarette an und ging ein paar Schritte, um nach meinen Narzissen zu schauen. Als das Schlimmste vorüber war, kehrte ich zurück. Er räusperte sich, ein gepreßtes Geräusch, das klang wie das Getriebe eines Wagens, der überholt werden muß.

»Ich fühle mich so jämmerlich...«

»Das tust du nicht. Du fühlst dich bereits sehr viel besser.«

»Aber vor dir...«

»Also, was mich betrifft – ich hab schon Pferde kotzen sehen. Los, nimm einen Schluck Brandy.«

Er putzte sich die Nase in das Küchenhandtuch, eines, das ich mit den Kindern zusammen in der Carnaby Street erstanden hatte. Darauf war eine Karte der Londoner Untergrundbahn gedruckt. »Überschlägig meine ich, daß du dich gerade in die Leicester Square Station geschneuzt hast.«

Er sah nicht nach, hielt indes Zeigefinger und Daumen an der Stelle zusammengeklemmt.

»Ich hätte mehr auf Baker Street getippt.« Er breitete das Tuch auseinander. »Zu spät, sich noch eines anderen zu besinnen. Wir liegen beide nicht richtig. Chancery Lane war's!«

»Na und? Ich hoffe, du bläst nicht gleich wieder Trübsal.«

»Was würde es kosten? Ich kann nicht...«

»Kosten? Was soll's. Ich hab ein bißchen Geld auf der Bank. Daran kann ich gehen. Es muß ja nicht in großem Stil sein. Alles, was wir nötig haben, ist ein wenig Sonnenbräune, oder? Das wird dich wieder unheimlich auf die Beine bringen.«

»Aber es ist nicht richtig, daß du bezahlst.«

»Warum nicht? Purer Zufall, daß ich gerade etwas auf dem Konto habe. Nächstes Jahr oder bereits im nächsten Monat könnte es genau andersherum sein, nicht wahr? Dann könnte ich kommen und deiner Hilfe bedürfen, wenn du gestattest. Geld hat mir noch nie viel bedeutet – es gibt immer einen Ausweg.«

»Mir auch nicht, doch mittlerweile habe ich angefangen, mir wegen allem Gedanken zu machen. Ich habe mich geradezu in einen Manisch-Depressiven verwandelt.«

»Hat der Doktor dir Pillen verschrieben?«

»Ja, aber ich hab keine mehr davon. Ich sollte mir wieder ein Rezept geben lassen.«

»Das solltest du nicht. Warte ab, wie du dich nach dem Urlaub fühlen wirst.«

»Gut denn. Du hast mir das aufgeschwatzt. Wir können am Strand liegen und meine Zukunft bereden.«

»So ist es! Und, wenn wir schon dabei sind, die meine gleich dazu.«

Ich überzeugte Rupert davon, da er sich nun schon einmal in einer nachgiebigen Stimmung befand, daß es wichtig sei, wenn er mich zum *Chic*-Haus begleitete. Er sagte, er sähe es mir an der Nasenspitze an, daß ich mir Gedanken mache. Was überhaupt nicht der Fall war. Ich freute mich darauf, nichtsdestotrotz war es nett, seine moralische Unterstützung zu genießen. An mir nagte nämlich nur *ein* Kummer, den Rupert schwerlich hätte begreifen können; die Schwangerschaftsstreifen auf meinem Bauch. Sie hatten sich eingestellt, als ich Harriet erwartete, und hatten sich, während ich mit Fanny schwanger war, verstärkt. Wir pflegten Vergleiche zu ziehen, die anderen Mütter in der Entbindungsklinik und ich. Die meinigen waren immer die schlimmsten. »Dagegen ist kein Kraut gewachsen«, beschied mich die Schwester brüsk. »Preisen Sie sich glücklich, daß sie sich nicht auch noch auf die Brüste ausgedehnt haben.« Doch ich hatte von da an Zwangsvorstellungen, was diesen Punkt betraf. Bis Sam in mein Leben trat. »Allmächtiger im Himmel«, hatte er gedonnert, »was, zur Hölle, ist denn das? Spitzenvorhänge, oder handelt es sich dabei um einen Fischschwarm?« Dann hatte er mein Gesicht gesehen. »Was soll's, Mädchen. Damit kommen wir klar. Morgen kaufst du dir ein Korsett und trägst es im Bett.« Das verschaffte mir Erleichterung.

Nicht, daß die Sache in Joes Kleidern auffallen würde, aber allein der Gedanke, *Chic*, diesen Tempel der Perfektion, mit solchen Striemen am Bauch zu betreten, vermittelte mir das Gefühl, dort in betrügerischer Absicht zu erscheinen. Im Foyer hingen überall riesige Vergrößerungen aus früheren Ausgaben. Hübsche Bikinimädchen, die inmitten verlegen dreinblickender Hirten posierten, Nachtaufnahmen von hauchdünnen Negligés, die durch mondbeschienene Wälder gaukelten, die Detailstudie einer feinporigen Haut, auf der sich gerade ein Schmetterling niederließ. Die Großaufnahme von hochhackigen Satinschuhen, die sorgfältig zwischen Krücken arrangiert waren.

»Das zeugt nicht eben von bestem Geschmack, wie?« Ich deutete mit dem Finger nach der Aufnahme hin.

Rupert schenkte dieser nur einen flüchtigen Blick. »Die ist von Herman Bosch. Der macht immer solche Sachen. Goldfischgläser voller Glasaugen, um falsche Augenwimpern zur Geltung zu bringen. Kräuselstrumpfhalter, auf Skeletten dekoriert. Jetzt will er aber nicht mehr für *Chic* arbeiten.«

»Warum das?«

»Sie haben sich geweigert, seine letzte Fotoserie zu drucken. Die zeigte die neueste Diorhandtasche. Er hatte sie halboffen fotografiert, voller Gebisse!«

Der Portier blickte frostig drein, als ich in Lachen ausbrach. Rupert rief per Knopfdruck den Fahrstuhl, welcher umgehend eintraf, und wir fuhren zum vierten Stock empor. Wir waren ganz pünktlich.

Das erste, was mir entgegenschlug, war der Geruch. Man konnte darin ertrinken, wie am Ladentisch einer sehr teuren Parfümerie. Es war, als befinde man sich in einem Raum voller reicher Damen oder bei einem hochkarätigen Friseur. Verführerisch. Was einem sofort ins Auge fiel, wenn man den Lift verließ, war eine abscheuliche Blumenbank. Ich kniff im Vorübergehen rasch in die Blätter, um zu sehen, ob diese echt waren. Der Teppichboden war so dick wie doppeltes Schlagobers und pfirsichfarben. Die Wände waren in einem sanften, warmen Apricot gehalten. Riesige Stehlampen warfen ein bernsteinfarbenes Licht. An der Wand saßen sechs oder sieben hinreißende Models aufgereiht, die ihre Fotoalben neben sich liegen hatten. Jede der Damen stellte die perfekte Verkörperung ihres Typs dar. Eine war in abgeschnittenen Jeans und verblichenem T-Shirt erschienen, das sonnengebräunte Gesicht sorgfältig mit Sommersprossen bemalt. Eine andere wies Distinktion und eine olivfarbene Haut auf. Zwei unterhielten sich, sie trugen kleine Hütchen und Trotteurs. Neben ihnen saß eine Blondine mit milchweißer Haut, ellenlangen Beinen und taillenlangem Haar. Alle warteten sie und drückten sich die Daumen, Arbeit zu bekommen. Wie schrecklich, von den Launen der Moo Moffat-Paws dieser Erde abhängig zu sein. Eine Empfangsdame, die die bestgebügelte Bluse trug, die ich jemals erblickt habe, sah auf und lächelte. Als sie den Mund auftat, klang es, als ob sie soeben einen Teller voll mit in Butter geschwenkten Pilzen verzehrt und diese sehr genossen habe.

»Kann ich Ihnen behilflich sein?«

Ich kratzte meinen ganzen Charme zusammen und lächelte zurück. Rupert ergriff das Wort, und wir wurden unseres Weges gewiesen. »Da wären wir also, Darling.« Er klopfte an eine Tür. »Das Sanktuarium.«

»Herein«, rief drinnen eine Stimme.

»Sagte die Spinne zur Fliege«, wisperte mir Rupert zu.

Es war, als trete man in eine Schafherde. An allen Ecken und Enden des Raumes waren Spiegel angebracht, die allesamt Moo widerspiegelten. Sie trug ein besonders unglückseliges gekräuseltes Woll-Etwas, eine Kreuzung zwischen Crème und fleckigem Grau. Aus dem Stehkragen ragte ihr Leidenshaupt, das einem Gang zum Schafott entsprochen hätte. Die Oberlippe sprang noch mehr vor, als ich dies in Erinnerung hatte. Als sie zum Reden ansetzte, erwartete ich halb und halb ein Blöken.

»Mein Gott«, stöhnte sie, »das war ein absolut abscheulicher Vormittag. Myopia, meine Liebe, Sie sehen exquisit aus, setzen Sie sich. Rupert! Noch immer knabenhaft! Ich habe solche Schwierigkeiten mit Damson. Sag mir, wie gut kennst du sie?«

Ich nahm eine von den angebotenen Zigaretten, erlaubte ihr, mir Feuer zu reichen, und sah mich in dem Raum um. Ein Teil davon war abgeteilt und bildete eine geräumige Garderobe. Durch deren offene Tür vermochte ich aufgestapelte Schuhe zu sehen, aufgehäufte Handtaschen und Hüte. Auf einem Regal befanden sich zauberhafte Accessoires wie Armbänder, Perlenschnüre, Weltraumsonnenbrillen, Parfümflakons und eine Unmenge von Kosmetika. Unter vielen anderen hingen da auch meine Kleider von Garibaldi. Es war, als blicke man in das Schaufenster einer Confiserie, wo man bereits wußte, was man wollte. Ich konnte auf meiner Haut die apricotfarbene Sanftheit des weichen Wildleders spüren, den leichten Abdruck der handgeklöppelten Spitzen. Gierig saß ich da, die verkörperte Hemmungslosigkeit, wie sie der verschwendungssüchtigen Hure eines morgenländischen Potentaten wohl angestanden hätte. Man hätte auch an einen sabberigen Kleiderfetischisten denken können. Diese Vorstellung war mal was anderes.

»Sehr gut. Ich hab sie kennengelernt, als ich mit Joe zusammenlebte.«

Also hatte er mit Joe zusammengelebt!

»Ah ja. Und ihr kommt gut miteinander aus?«

»Bestens, würde ich sagen. Versteht man sie zu nehmen, gibt es keine Probleme bei ihr.«

»Heute morgen war ich versucht, die ganze Aktion abzublasen. Ich sprach mit ihr am Telefon, war damit einverstanden, ihr das Vermögen hinzulegen, das sie verlangt, erhielt die Zusage, daß sich ihre Fotos in vernünftigem Rahmen halten würden. Ich meine, ich kann nicht dieses ganze Tier-Geraffe bringen. Sie sagte mir, sie hätte mich sehr gut verstanden, zöge es jedoch vor, daß ich bei den Aufnahmen nicht dabei sei! Ich könnte eine von den Assistentinnen mitschicken, aber, wenn sie diejenige nicht kennt, ist es klar, daß sie ihr den Zutritt ins Atelier ebenfalls verweigert. Es ist zu albern. Aber jemand muß auf die Kleider achtgeben, auf die Accessoires, die Dinge organisieren.«

»Wie steht's mit Gilbert? Sollte der sich nicht Myopias Gesicht annehmen?«

»Das ist auch so eine Sache. Damson meinte, er arbeite zu hart. Sie habe einen superben Maskenbildner aufgetan, der jahrelang fürs Ballett tätig war, und sie verlangt, daß wir ihn nehmen. Wie mir scheint, Rupert, könntest du die ideale Person sein. Wärst du frei, um Myopia morgen zu begleiten?«

»Zu Spesen und Stylisten-Honorar?«

»Selbstverständlich.«

»Nichts wäre mir angenehmer.«

»Mir auch nicht«, fiel ich ein.

Zum erstenmal seit unserer Ankunft lächelte Moo, ein schrecklicher Vorgang, bei dem Meter von feuchtschimmerndem fahlrotem Zahnfleisch freigelegt wurden. Es wäre mir nie eingefallen, jemanden als häßlich zu bezeichnen, aber auf sie traf das Adjektiv zu, zumal ihre Häßlichkeit gepaart war mit einer fürchterlichen Intensität. Mir trieb es die Tränen in die Augen, sie zu beobachten. Sie stieß ihren Zeigefinger in meine Richtung.

»Nun, Myopia, Liebe, wollen wir beginnen? Ich muß euch sagen, meine Lieben, jetzt, da alles unter Dach und Fach ist, fühle ich mich ganz knieschwach vor Erleichterung.«

Wir blieben über zwei Stunden. Rupert erwies sich als erstaunlich.

»Unbezahlbar«, schrillte Moo. »Absolut begnadet.«

Joe Garibaldi hätte die Motten gekriegt, wenn er gesehen hätte, wie Weiß mit Ingwer aufgepeppt wurde, Taubengrau mit Petrolblau, ein helles Zitrone mit einem leuchtenden Pink. All dies geschah, indem winzige Handtaschen, übergroße Ohrringe, Perlenschnüre, Broschen und verschiedene Hüte dazugegeben, umgewechselt und verworfen wurden.

»Wird Joe keinen Anstoß daran nehmen?« fragte ich.

»Anstoß an was, Darling?«

»Naja, daß seine Garderobe nicht strikt so fotografiert wird, wie er sie präsentiert hat?«

»Du liebe Zeit, nein. Modefotografien, vor allem in Farbe, sollen nicht lebensecht wirken. Sie sollen das Leben übertreffen. Das ist es. Fantasiegebilde sollen sie sein. Deswegen haben wir ja auch Damson darum gebeten, sie zu schießen. Um ein gewisses Flair zu kriegen.«

»Du meine Güte«, machte ich. »Ausgerechnet mit mir? Ich vermag sehr ordinär auszusehen.«

»Du? Niemals, und schon ganz gewiß nicht mit ihrem Visagisten. So wie ich Damson kenne, wird's das genaue Gegenteil von ordinär.«

»Trotzdem, Rupert, behalte das im Auge«, sagte Moo beunruhigt.

»Wir werden sie auf vielerlei Weise aufnehmen«, versicherte er ihr.

»Wie steht's mit meinem Haar? Soll ich es heute abend waschen oder morgen früh? Es kann sehr kraus werden.«

Beide lachten sie und sahen einander an.

»Es wird ein Haarstylist dasein«, beruhigte mich Rupert. »Zumindest ein Dutzend göttlicher Perücken in allen Farben. Andernfalls würde ich mich sehr wundern.«

»Ich werd' mich am Ende nicht wiedererkennen.«

»Myopia«, Moo nahm meine Hand, was mir eine Gänsehaut verursachte. »Ihr neues Selbst wird erstehen. Damson wird sich zerreißen, damit dies geschieht.«

Zu dem Zeitpunkt, da ich zu Hause eintraf, hatte meine Periode eingesetzt. Zum Teufel! Es hätte erst in zwei Tagen so weit sein sollen. Das bewirkte die Aufregung, da war ich mir sicher.

Sam wollte es erst gar nicht glauben. Er hatte mich auf sein Knie gezogen und eine liebevolle Hand zwischen meine Schenkel gesteckt.

»Erbarmen! Was schleppst du denn da mit dir herum? Einen Brotlaib oder eine Lammkeule?«

»Meine Damenbinde«, erwiderte ich so würdevoll, wie ich nur konnte. Und schob mit Nachdruck seine Hand weg. Ich kannte ihn zu jener Zeit erst ein paar Wochen.

»Aber die ist ja so dick wie eine Schlummerrolle! Du willst mir doch nicht erzählen, daß du jeden Monat damit herumläufst! Himmel!«

»Ich mag sie groß. Ich fühl mich so am sichersten.«

»Aber Herzchen, die haben sie auf der Arche Noah getragen. Hast du noch nie etwas von Tampons gehört?«

»Ich hab welche probiert, bin aber überhaupt nicht damit zurechtgekommen. Das ist, als stecke man sich eine weiße Maus hinein, deren Schwanz raushängen bleibt. Ich weiß von einem Mädchen, das vergaß, daß sie einen Tampon drinhatte. Sie ging mit einem Knaben ins Bett, der Tampon verschwand auf Nimmerwiedersehen. Zum Schluß mußte die junge Dame ins Krankenhaus, um ihn sich chirurgisch entfernen zu lassen. Eine Woche mußte sie dortbleiben, da es Komplikationen gab.«

»Vielleicht war die sogar zu dämlich, ihre Nase zu schnauben.«

»Wie dem auch sei«, fuhr ich fort, »seit ich die Spirale drinhabe, erscheinen mir Tampons vollends als zuviel.«

»Uff, Baby! Ich liebe dich und deine Stoßdämpferchen! Trag sie, wenn sie dir Spaß machen. Komm zu Daddy. Ich werd meiner Süßen eine Extra-Umarmung verpassen, weil es bei ihr durchs Dach pladdert.«

Was Sam betraf, der nahm speziellen Anteil an meinen Perioden. Mehr als sonst ein Mann, dem ich je begegnet war. Und bestimmt mehr als ich. Davor ekelte es ihn überhaupt nicht.

»Komm, schnell«, rief ich meiner Mutter zu.

Sie nahm zwei Treppen auf einmal.

»Ich blute«, sagte ich und fing zu weinen an. Zehn war ich damals. Die erste in meiner Klasse.

»Du hast deine Periode«, beschied mich meine Mutter nüchtern. »Zwei Dinge mußt du vermeiden. Dir den Kopf zu verkühlen und heiße Bäder. Erinnere dich immer daran, und du bleibst gesund. Und jetzt: pscht...! Du willst doch nicht etwa, daß dein Vater davon erfährt, oder?«

»Davor hat mich meine Mutter stets gewarnt. Sie beschwor mich, das nie zu tun.«

Sam lag in der Badewanne zurückgelehnt und trank roséfarbenen Champagner. Er hörte mir gar nicht zu. »Laß noch mehr Heißwasser rein, Herzchen.«

»Das geht nicht mehr, sonst schwappt es über.«

»Umarme mich, mir wird kalt. Aber verlier, um Himmels willen, nicht meinen Pint.«

Darauf saß ich, ihm zugewandt, meine Knie auf jeder Seite an seine Schenkel gedrückt.

»Hier drinnen herrscht ein fürchterliches Gedränge. Sam.«

»Genieße es.«

»Für Übergrößen wie dich könnten sie Spezialbadewannen anfertigen.«

»Hör schon auf zu sabbeln. Ich fange an zu schrumpfen.«

Er ließ sein Glas ins Wasser gleiten und plazierte zwei riesige Handflächen unter meinem Allerwertesten, hob diesen leicht an, um ihn mit voller Kraft wieder nach unten zu drücken. Obschon das unter Wasser geschah, fühlte ich mich innen völlig trocken.

»Es geht doch nichts über natürliche Feuchtigkeit in natürlicher Umgebung«, stellte ich fest, legte sodann meinen Kopf an seine nasse Schulter und machte einfach weiter.

Als wir damit aufhörten, war ich völlig unterkühlt.

»Sam, ich muß dir sagen, ich bin völlig ausgekühlt.«

»Ooch, Kindchen, hab ein Herz.«

»Das hab ich, aber es ist erkaltet.«

»Noch ein bißchen, mehr brauche ich nicht.«

»Es wird nichts nützen, Sam.«

»Fünf Minuten«, bat er.

»Von mir aus, zwei.« Ich warf einen Blick auf die Uhr, die über seinem Kopf an der Wand angebracht war. »Ich werd die Zeit nehmen.«

»Du frigide kleine Schlampe – wem soll er bei dir schon stehen?«

Er zog mich heftig an sich, drückte mir seine Zunge in den Mund und stieß darin auf und nieder. Das abgekühlte Wasser schmatzte an den Seitenwänden der Badewanne.

»Das macht ein Geräusch, als wälze sich ein Wal in einem Waschzuber«, lachte ich. »Die zwei Minuten sind um, ich ziehe den Stößel heraus.« Damit fing ich zu niesen an.

Er brüllte vor Wonne.

»Das geschieht dir recht, du schlimmes Mädchen. Du hättest auf deine Mutter hören sollen. Ich hoffe, daß du dir einen bösen Schnupfen geholt hast.«

Wir rubbelten einander mit Handtüchern trocken.

»Liebst du mich?«

»Sehr, Sam.«

»Was – eine impotente alte Bettflasche wie mich?«

»Ich muß bekloppt sein.«

»Hier, laß mich deine kleine Windel an die richtige Stelle rükken.«

»Nein, heute abend werde ich es mal mit Tampons versuchen. Möchte mich bis morgen dran gewöhnen.«

»Was soll das alles mit diesem Gerede von morgen?«

»Ich hab's dir doch erzählt, Sam. Ich werde für eine Zeitschrift abgelichtet.«

»Welche Zeitschrift war das noch gleich?«

»*Chic.*«

»Scheiße!«

»Warum?«

»Eine gotteslästerliche Zeitvergeudung, Herzchen.«

»Du meine Güte. Ich hab zugesagt, nun tu ich es auch.«

»Warum, in Dreiteufelsnamen?«

»Na, ich nehme an, weil sie so gebettelt haben.«

Er seufzte. »Du bist ein reizendes Mädchen, aber es wird Zeit, daß du erwachsen wirst und ›nein‹ zu sagen lernst bei Dingen, die unnötig sind.«

Ich nieste abermals. Zweimal hintereinander. »Das Bad war zum Beispiel überflüssig.«

Als ich am Morgen erwachte, schwamm ich. Gerade noch rechtzeitig, daß nichts auf die Matratze durchdrang. Ich verbuchte ein weiteres Minus für Tampons.

Ich bündelte die Laken und stopfte sie in den Wäschepuff, überzog das Bett frisch und begab mich nach unten, den Teekessel aufzusetzen. Dann stieg ich mit einer Tasse Tee ins Bett zurück und dachte darüber nach, was Sam gesagt hatte.

»Es ist an der Zeit, Kindchen, weiterzudenken.«

»Ja, wohin soll's heute abend gehen?«

»In die Zukunft.«

»Ich nehme kein LSD.«
»Ich bin zu alt für all den Unsinn.«
»Für welchen Unsinn?«
»Daß ich mich zu unchristlicher Zeit aus deinem Hause schleiche um des Seelenheils deiner Bälger willen. Wie ein Collegeknabe, der sich in der Morgendämmerung dünne macht. Jesus, und das mit Fünfzig, wo bleibt da die Würde?«
»Jesus erreichte nie die Fünfzig.«
»Jesus wurde auch nie soigniert, zum Teufel.«
»Fünfzig! In fünfzehn Jahren bist du ein hornalter Pensionär, Sam.« Ich fing zu lachen an.
»Jawohl, und du wirst aussehen wie meine Urgroßmutter. Die Leute werden fragen, ›wie kommt's, daß ein solch attraktiver Bursche es mit einer solch widerlichen alten Vettel als Ehefrau aushält?«
Mein Lachen erstarb.
Im Film hätte die Heroine weitergelacht. Auch der junge Liebhaber pflegt zielstrebig in seinem Text fortzufahren. Und erst sechs Sätze später kommt die Erleuchtung. Dann heißt es ›Liebling‹ und ›Meinst du wirklich?‹, und in ihren Augen dämmert Erkennen, bevor sie dahinschmelzen.
Aber ›Ehefrau‹, das traf mich denn doch vor den Bug, und hallte mir in den Ohren wider.
»Ich hab's vernommen«, sagte ich.

»Und was hast du dann gesagt?« Rupert rutschte begierig auf seinem Sitz nach vorn. Wir befanden uns auf dem Weg nach Heathrow, und zwar im Fond eines Wagens, der von *Chic* angemietet worden war. Praktischer wäre gewesen, Rupert zuerst in Streatham abzuholen, aber er hatte nicht gewollt, daß Moo erführe, wo er wohnte. Weswegen er in einem Taxi zu mir gekommen war. Als wir abfuhren, schliefen die Mädchen noch. Ich hatte es jedoch abgesprochen, daß das Taxi zurückkommen und sie zur Schule bringen würde. Rupert war mir auf Zehenspitzen in das Kinderzimmer gefolgt, als ich sie zum Abschied küßte. Es war das erste Mal, daß er sie sah.
»Was ich dann gesagt habe? Nicht viel.«
»Ausgenommen ›ja‹, wie ich hoffe.«
Ich blickte aus dem Fenster. »Nicht einmal ›ja‹.«
Ich konnte spüren, wie er mich anstarrte, seine ungläubige Verwirrung fühlen. Genau, wie das bei Sam gewesen war. Wenn ich an Sams Gesicht dachte, saß mir ein dicker Knoten in der Kehle. Sie

haben eine hinterhältige Art, um Gnade zu bitten, diese Männer. Sogar, wenn sie nichts sagen. Das bringt einen dazu, Dinge zu tun, die man nicht im Traum vorhatte, zu tun, Versicherungen abzugeben, Koseworte auszusprechen, die man später bereut. Da man sie ja nicht wirklich so gemeint hat. Diesmal gelang es mir, den Mund zu halten. Jene Worte unter Verschluß zu lassen, die ihn beschwingt hätten. Statt dessen hatte ich ihn mit unerwarteten Zweifeln in Ketten geschlagen. Bei Charles würde es nicht anders sein. Warum blieben die Dinge nicht einfach so, wie sie waren?

»Myopia! An was denkst du?« Rupert sah mir ängstlich ins Gesicht.

Ich schluckte schwer und räusperte mich. »Ich dachte gerade daran, was für ein großartiger Freund du bist. Wie unkompliziert die Dinge zwischen uns liegen. Ist es deshalb, weil kein Sex im Spiel ist?«

»Es könnte Sex im Spiel sein.«

»Könnte das?«

»Es wäre durchaus möglich.«

»Oh. Warst du jemals mit einem Mädchen im Bett?«

»Mit einem. Mit einem einzigen Mädchen.«

»Wie war es?«

Er hob die Augen zur Decke und ließ sie schweifen. Ich stieß ihn mit meiner Handtasche in die Rippen.

»Wie war es? Rupert?«

»Ich suche nach dem passenden Ausdruck. Hab ihn schon. Ähem. Obszön! Es war obszön.«

Beide lachten wir.

»Oh, Darling«, sagte er erschaudernd. »Allein die Erinnerung daran verursacht mir eine Gänsehaut.«

»Na, da sind wir ja wieder beim Thema. Das meine ich doch – so etwas könnte niemals zwischen uns passieren. Es besteht keine Notwendigkeit dazu.«

»Mit dir könnte es anders sein. Du bist zum einen sehr viel mütterlicher.«

»Mütterlicher? Bin ich das?«

»Nicht im Aussehen, aber innen drinnen. So, wie du aussiehst, bist du genau das Gegenteil. Das ist so reizvoll – die Kombination. Du bist mir auf der Party, lange, bevor wir ins Gespräch kamen, aufgefallen.«

»Sag bloß! Bei dieser ganzen Menschenmenge?«

»Aber Myopia, du bist einfach hinreißend, das müssen dir doch schon viele Menschen gesagt haben.«

Ich zündete mir eine Zigarette an und ließ meine Gedanken zurückgehen. War dem so gewesen? »Schau, wir fahren durch Chiswick«, sagte ich rasch. »Darüber fliege ich gern hinweg. Da kann man den Leuten so schön in den Hintergarten gucken. Rupert, schau doch. Hier, diese Seite.«

»Ugh«, machte er und schloß die Augen.

»Magst du es nicht?«

»Ich verabscheue es. Es ist deprimierend. Erinnert mich an Streatham. An Wagenwaschen, Rasenmähen, und jeder schaut dem anderen in die Töpfe. Die Welt der Vororte, Darling.«

»Ach, ich schau's mir gern an. Das wirkt so solide und sicher. Jedes Teilchen paßt, wie bei einem Puzzlespiel.«

»Anschauen heißt nicht drin leben, Darling.«

»Ich hab nichts von drin leben gesagt, oder?« Nichtsdestotrotz, so dachte ich bei mir, findet meine mütterliche Seite das tatsächlich sehr hübsch. Ich lächelte und räkelte mich, um sodann zu gähnen. »Bitte, weck mich, wenn wir dort sind, ja? Will mir noch ein Auge voll Schlaf gönnen.«

Die Kleider waren in zwei großen Koffern verpackt. Mich beunruhigte es, zu sehen, daß diese, nachdem sie gewogen worden waren, hinwegbefördert wurden. Hinter dem Schalter standen zwei junge Angestellte der Luftlinie. Der eine guckte beständig mich an, der andere Rupert. Schön, für jeden etwas – es war wie mit Jean. »Meinen Sie nicht«, sprach ich den meinigen an, »wir könnten die Koffer als Handgepäck unter den Sitzen verstauen oder so etwas? Mir wäre es lieber, ich könnte ein Auge auf sie haben.«

Sie lachten, Rupert eingeschlossen.

»Naja«, sagte ich zu ihm, »das hätte uns gerade noch gefehlt, daß sie verlorengehen. Dann würdest du nicht mehr lachen.«

Er nahm meinen Arm. »Du bekommst Reisefieber. Wir haben noch eine Menge Zeit, aber laß uns gleich durch die Kontrolle gehen. Hast du deinen Paß dabei? Wir nehmen dann noch einen Drink.«

»Ich habe kein Reisefieber. Warum sollte ich Reisefieber haben?« Ich schüttelte seine Hand ab.

Wir sprachen nicht miteinander, bis wir in die Abfluglounge kamen, wo er mich zur Bar dirigierte.

»Was, um halb neun Uhr am Morgen?«

»Dekadent. Hinreißend dekadent. Was nimmst du?«

»Einen Pernod – zu Ehren von Paris, würde ich meinen. Hoffentlich übergebe ich mich nicht im Flugzeug.«

»Solltest du, halte ich dir die Papiertüte. Du hast nichts davon gesagt, daß du Angst vorm Fliegen hast.«

»Hab ich auch nicht«, erwiderte ich, indem ich einen Schluck nahm. »Überhaupt nicht. Wenn es sein soll, daß man abstürzt, stürzt man eben ab. Das sag ich mir immer vor.«

»Was, während der ganzen Zeit, die du in der Luft bist?«

»Von der Sekunde an, da ich meinen Fuß an Bord setze. Ich denke an alles, was ich unterlassen habe, zum Beispiel mein Testament abzufassen oder Angaben darüber zu machen, wie ich mir meine Beerdigung wünsche, und was dergleichen Dinge mehr sind. Kurze Flüge sind schlimmer als lange. Bei letzteren kann man die ganze Route über schlafen. Ist das nicht albern? Ich hab's bis jetzt niemandem erzählt.«

»Arme Myopia. Wir fahren mit dem Zug zurück, wenn du willst.«

»Es wird schon gehen«, bemerkte ich. »Komm, ich schmeiß noch eine Runde.«

»Gern, wenn du meinst, daß es dir bekommt.«

Wir bestiegen das Flugzeug, von einem sanften Gefühl wohliger Wärme durchflutet, total unbekümmert. Ich befestigte meinen Sitzgurt und beobachtete, wie die Stewardeß sich im Gang affektiert wichtig tat, indes eine andere laut die Lebensrettungsanweisungen verlas. Mir hätte nichts gleichgültiger sein können.

»Ob die Leute sich daran erinnern, wenn's darauf ankommt?« Rupert wandte sich mir zu.

»Ich bestimmt nicht«, entgegnete ich, »für mich sind das alles böhmische Dörfer. Bereits jetzt weiß ich nichts mehr davon.«

Der graumelierte Krauskopf vor mir drehte sich um. Die dazugehörige Dame legte ihren Finger auf die Lippen und warf mir einen mißbilligenden Blick zu. Ich stieß Rupert in die Seite und fing zu kichern an.

»Wichtigtuerin. Sollte mich nicht wundern, wenn sie das erste Mal fliegt«, sagte er laut.

Schließlich hoben wir ab. Ich hatte während des ganzen Startmanövers innerlich zweimal *You're the Tops* abgesungen. Man konnte nie wissen. Vorsicht war die Mutter der Weisheit!

»Ich frag mich, welches Flugzeug wir zurück nehmen, Rupert?«

»Wann?«

»Na heute, selbstverständlich«, erwiderte ich überrascht.

»Darauf würde ich mich nicht verlassen, Darling.«

»Ich hab aber versprochen...«

»Naja, also, bei Damson weiß man nie genau, wieviel Zeit sie braucht. Das kann womöglich bis morgen dauern. Wir haben genug Geld dabei, um zu übernachten. Du kannst Sam unschwer anrufen.«

»Du liebe Güte, ich hab meine Zahnbürste nicht dabei. Ich muß mir eine kaufen. An Sam habe ich dabei nicht gedacht.«

»An die Kinder demnach.«

»An wen sonst. Morgen muß ich sie für Vaters Flitterwochen einkleiden. Ebenso brauchen sie was zum Anziehen fürs Standesamt.«

Er zog die Augenbrauen hoch.

»Er wird am Montag heiraten. Er hat mich dazugebeten, aber ich kann nicht.«

»Ihn zu heiraten?«

»Nein, komm. Ich muß montags nach Brighton.«

»Bis dahin sind wir zurück. Kann er mit Ihnen nicht selber zum Einkaufen gehen?«

Darüber dachte ich nach. »Sehe eigentlich nicht ein, warum nicht. Er kann Françoise mitnehmen. Du bist ein gescheites Kerlchen. Das war meine Hauptsorge.« Charles' Nummer trug ich in meiner Geldbörse bei mir. »Die andere Sache, die kann ich leicht regeln – hoffe ich wenigstens.«

Unzuverlässig würde er mich nennen. Verantwortungslos, so würde Paul die Sachlage fassen. In letzter Minute Vereinbarungen brechen! Typisch. Ich ließ einen ziehen, was ein lauteres Geräusch verursachte als beabsichtigt. Der Herr zu meiner Rechten blickte erstaunt auf. Ich lächelte ihn verführerisch an, was ihn errötend machte. Rasch wandte er sich wieder der Lektüre seiner Zeitung zu. Scheu. Ein scheuer Geschäftsmann. Vater von zwei Söhnen, die auf eine Privatschule gingen. Ehemann einer Frau, die Golf spielte. Ich hätte ein bißchen mit ihm herumalbern können, bis er nicht mehr wußte, wo ihm der Kopf stand – aber er interessierte mich nicht. Ich kuschelte mich in meinen Sitz und drückte den Knopf, so daß der Sessel nach hinten schnellte und den Passagier hinter mir, der sich just in jenem Augenblick vornübergebeugt hatte, am Kopf traf.

»Alles, was recht ist!«

Rupert lachte. »Noch ein Nickerchen?«

Ich schloß die Augen. »Gute Nacht, Rupert. Seh dich in Paris wieder.«

Ich träumte, ich flöge. Ich rannte, schneller und schneller, hob ab, wobei meine Arme und Beine jene Bewegungen vollführten, die man beim Brustschwimmen macht. Ich flog die ganze Oxford

Street ab. Hoch über Selfridge's und C & A, überquerte John Lewis, direkt in Richtung Oxford Circus, wo ich eine anmutige Schleife zog, um mich genau über der Regent Street einzufädeln. Als ich Piccadilly erreichte, warf ich einen Blick hinab. Eine Menschenmenge hatte sich angesammelt, und man starrte zum Himmel empor. Auf mich. Ich war nabelabwärts splitternackt.

Auf dem Kopf trug ich einen Hut, um den Tante Doreens türkisfarbener Tüllschleier drapiert war. Außerdem hatte ich einen selbstgestrickten Jumper an, der dazu überhaupt nicht paßte. Ich zog die Knie eng an meinen Bauch, um die Schwangerschaftsstreifen zu verdecken. Außerdem spreizte ich die Zehen, damit man meine Spalte nicht sähe. Aber das war wohl nutzlos. Das Ganze bewirkte, daß ich nur noch mit den Armen wedeln konnte. Was mich außer Atem geraten ließ, und ich fing zu weinen an, weil ich das Gefühl hatte, zu fallen.

»Schnalle deinen Sitzgurt an, Myopia. Wir sind bald da.« Rupert schüttelte mich sanft.

»Mein Gott«, ächzte ich, »ich hab' geträumt, ich flöge.«

Er hob eine Augenbraue. »Kaum sehr einfallsreich.« Das kam ziemlich trocken.

»Du warst schließlich nicht dabei. Ich hatte keine Höschen an. Und eine Menschenmenge sah mich!«

Er hob die zweite Augenbraue. »Das dürfte wohl nicht das erste Mal gewesen sein.«

»Nun halte aber die Luft an«, sagte ich und begann, mir die Nase zu pudern.

Unsere Gepäckstücke kamen zuallerletzt auf das Band. Wir standen Ewigkeiten herum und sahen zu, wie die anderen Koffer rotierten.

»Das wird aber auch Zeit«, bemerkte Rupert.

»Das haben die extra getan, glaube ich«, sagte ich. Flughäfen machen einen so – feindselig nämlich.

Wir nahmen ein Taxi von Orly in die Stadt. Den ganzen Weg über rief ich aus: »Himmel, hat sich das verändert!«

Schlußendlich sah sich Rupert veranlaßt, zu fragen: »Warst du schon einmal hier und wann?«

»Als ich achtzehn war«, beschied ich ihn prompt. »Du kannst dir selbst ausrechnen, wie viele Jahre das her ist. Hab' hier meine Jungfräulichkeit verloren, wie das so geht.«

»War's angenehm?«

»Scheußlich. Überaus scheußlich. Obszöner, so würde ich meinen, als zwischen dir und dem Mädchen. Echt fies.«

»Na, dieses Mal steht der Verlust nicht zu befürchten.«
»Werden wir irgendwelche Abenteuer haben, was meinst du?«
»Sexueller Art?«
»Mir erscheint es als eine Zeitvergeudung, wenn in Paris nichts passiert.«
»Wenn Damson um den Weg ist, passiert immer etwas. Du wirst sehen.«
»Ich versuche, nicht an Damson zu denken. Ich kann mir vorstellen, wie sie ist – sehr rechthaberisch und *tough*, gebaut wie das Southend Pier. Deutscher Abstammung oder so was. Etwa im Alter von Moo. An die fünfzig.«
»Moo ist keine fünfzig. Sie würde in Ohnmacht fallen, wenn sie das hörte.«
»Wie alt ist sie dann?«
»Fünfundvierzig.«
»So sieht sie nicht aus.«
»Nein, das tut sie nicht. Das macht ihre Krankheit. Ich kann mich an sie erinnern, da sah sie wundervoll aus. So fünf Jahre zurück. Man sagt, sie sei todkrank.«
»Sie sah wundervoll aus? Wirklich? Todkrank ist sie? Wie schrecklich.«
»Damals lebte sie noch mit ihrem Mann zusammen. Er war göttlich.«
»Wie kann sie verheiratet gewesen sein, wenn sie Lesbierin ist, hm? Das erklär mir doch bitte mal.«
Rupert lachte. »Sie hat Kinder. Zwei an der Zahl, bereits erwachsen. Warum nicht?«
»Na ja, mir erscheint das irgendwie nicht schicklich.«
Er lachte abermals. »Du bist ulkig, Myopia. Du scheinst mit geschlossenen Augen durch die Welt zu gehen. Die Menschen sind nicht halb so brav, wie du dir das vorstellst. Man kann gleichzeitig so manches sein. Hast du das noch nicht herausgefunden?«

Wir lagen auf dem Bett – Jean und ich, nackt, über uns Jungens. Es müssen sieben gewesen sein, drei hatten sich über sie hergemacht, drei über mich, und Sergio, so hieß er, daran erinnere ich mich noch ganz genau, fungierte als Libero. Er fahndete wie irr nach einer Stelle nackten Fleisches, erwischte mal meine linke Brust, dann Jeans Hinterteil und hie und da einen Mund. Es war Siesta, das ganze Hotel hielt Mittagsschlaf. Was hatten wir für Ferien! Besser als in Paris, viel besser, um Längen besser. Die Japaner hatten wir am zweiten Tag abgehängt. Ich hatte Jean mit Mühe dazu gebracht.

»Sehr schade«, seufzte sie, »da gehen molto Lire hin.«

»Oh, vergiß es. Wenn dir darum zu tun ist, wir kommen alleine besser zurecht.«

Und tatsächlich! Was hatten wir dagegen eingetauscht! Damit hatten wir nicht gerechnet. Die Jungs waren am fünften Tag unseres Aufenthaltes in unserem Hotel eingetroffen. Ebenfalls Studenten. Sämtliche Italiener. In einem klasse Alter – so um die einundzwanzig herum. Medizinstudenten. Sie sprachen kaum Englisch, was aber nicht weiter wichtig war.

»Die sind an den Umgang mit Körpern gewöhnt. Das wird richtig«, versicherte mir Jean. »Die werden wissen, wie's geht, ohne viele Worte machen zu müssen.«

Wir sahen sie an, sie sahen uns an.

»Der eine da, der mit den grünen Augen und den schwarzen Haaren, der im gelben Hemd – der wär was für mich«, bemerkte ich.

»Wohl bekomm's. Der sieht aus wie ein Friseur. Ich hab' den meinigen entdeckt.«

»Und, der wäre?« Ich fühlte mich leicht gekränkt.

»Der neben dem deinen, der Blonde.«

»Na gut. Den will ich dann auch noch.«

So kam's denn. Wir hatten sie alle.

Morgen würden wir nach Hause zurückkehren. Ich drehte meinen Kopf auf dem Kissen Jean zu. Wir machten das immer wieder, daß wir mittendrin ein kleines Schwätzchen hielten; sie verstanden ja nicht, was wir sprachen. Einer von ihnen, ich kann mich nicht mehr genau erinnern, welcher, nahm meine Kopfbewegung als Aufforderung, meinen Nacken mit Knutschflecken zu bedekken. Wo ich doch bereits eine reizende Sammlung dieser Male der Leidenschaft um den Hals herum aufzuweisen hatte. Ich würde mir für die Ankunft zu Hause einen Schal umlegen müssen.

»Dracula ist wieder am Werke«, sagte ich.

»Das sehe ich.«

»Werde einen Monat lang Stehkrägen tragen müssen.«

»Wir werden das alles vermissen, wenn wir erst wieder zurück sind.«

Irgendeiner kam in mir. »Mmm.«

Unsere Köpfe lagen dicht beisammen. So dicht, daß ich ihren Atem riechen konnte.

»Ich kann deinen Atem riechen«, lachte ich.

»Ooh. Riecht er schlecht?«

»Im Gegenteil, wundervoll. Ein Hauch von Knoblauch schwingt darin mit, überlagert vom Duft des Weines.«

Unter Mühen bekam sie einen Arm frei, umfing mein Kinn mit ihrer Hand und stupste ihre Nase gegen meinen Mund.

»Öffne ihn.«

Ich werde diesen ersten Kuß nie vergessen. Ich schwöre, daß ihre Zunge meine Mandeln erreichte. Ihr auszukommen, wäre unmöglich gewesen. Ihre Hand hielt mich fest an meinem Platze.

Keiner von uns beiden bemerkte, wie die Jungens uns verließen, das sagten wir zumindest später. Dennoch sah ich ihre Gesichter. Die zeigten Entsetzen, so würde ich das beschreiben. Sie erschienen am Abend nicht zum Essen, und am Morgen hatten wir nicht die Möglichkeit, uns von ihnen zu verabschieden, da der Omnibus uns vor dem Frühstück abholte. Schade, ich hätte mit ihnen gern Adressen ausgetauscht.

»Wir müssen sie wirklich verstimmt haben, Jean.«

»Ihr Selbstwertgefühl ist verletzt«, Jean warf den Kopf zurück, »ihr inferiorer männlicher Stolz. Wir haben ihnen das Gefühl vermittelt, überflüssig zu sein, das ist alles.«

»Ich mochte sie trotzdem. Ich fand sie reizend.«

»Nun«, sagte sie triumphierend, »alles hat sich erfüllt, oder nicht?«

»Was?«

»Was ich gesagt habe. Meine Voraussage hat sich erfüllt. Wir würden uns beide austoben.«

»Und uns verlieben, hast du gesagt.«

Sie sah mich lange an, ihre Augen strahlten plötzlich, waren ganz glänzend, wie bei jemandem, der ein zärtliches Geheimnis bewahrt. »Na und«, entgegnete sie schließlich, »das haben wir doch, oder etwa nicht?«

»Schau, Rupert. Die Galerie Lafayette. Da würde ich gern einfallen.«

Er warf einen Blick auf seine Uhr. »Es ist keine Zeit, irgendwo einzufallen. Dieser Taxifahrer fährt eine absonderliche Route, das muß ich schon sagen.«

»Kennst du Paris?«

»Ich habe zwei Jahre hier gelebt.«

»Oh, Rupert. Ich vergeß' immer wieder, daß du dem internationalen Set angehörst.«

»Mach dich selber an.«

»Wie rüde.«

»Pscht! Ich muß mich konzentrieren.« Er tippte dem Fahrer auf die Schulter. »Monsieur!« Und sie begannen eine lange Diskussion darüber, wie unser Fahrziel am besten zu erreichen sei.

Ich verstand kaum ein Wort davon. ›Mein Französisch muß sich mittlerweile vollkommen verflüchtigt haben‹, dachte ich. Rupert hingegen schlug sich meisterlich.

»Was du für einen fabelhaften Akzent hast«, sagte ich, als wir schließlich angelangt waren.

»Ganz gut, um es in aller Bescheidenheit zu sagen.«

»Sehr gut? Sehr gut, vor allem was die R's betrifft, die kommen bei dir so ganz hinten im Rachen. Das hab' ich nie fertiggebracht. Mit Sprachen hapert es bei mir.«

»Man erlernt sie leichter, wenn man in dem Land lebt.«

»Wie viele sprichst du denn?«

Er zählte sie an den Fingern auf. »Französisch, Deutsch, Italienisch, Spanisch, vom Arabischen habe ich eine leise Ahnung.«

Er ließ seinen Blick schweifen. »Wir sind da. Ich werde bezahlen, hab' meine Francs zur Hand.«

»Ich mach' das.« Ich öffnete meine Handtasche. »Na schön, es ist ohnehin egal, wir teilen sowieso alles.« Ich sah ihm dabei zu, wie er das Fahrgeld hinblätterte. »Ist es nicht komisch, aber, während ich dir so zuschaue, habe ich zum erstenmal das Gefühl, im Ausland zu sein. Das macht die fremde Währung. Es wäre nur der halbe Spaß, wenn alle Länder das gleiche Geld hätten. Es ist, als spiele man Monopoly.«

Ich stieg aus dem Taxi, stand da und nahm einen der Koffer. Rupert hob den anderen an, indes der Fahrer Gas gab und mit seinem Taxi wegfuhr. »War das ein altes Ekel. Hast du je Glück?«

»Bei Taxifahrern?«

»Beim Monopoly. Ich nie.«

»Ich immer, schlußendlich. Mir gehört am Ende immer alles. Nach schwächenden finanziellen Einbußen gelingt mir stets ein überraschendes Comeback, wie man dies in Börsenmaklerkreisen ausdrückt.«

»In der City wärst du mithin eine Bombe. Komm, wir müssen hier lang.«

Er stieß eine Tür auf, von der die braune Farbe abblätterte. Diese ging auf einen kleinen Innenhof, um den sich ein hohes Gebäude schloß, dessen Fensterläden zumeist reparaturbedürftig waren. Kein Laut war zu vernehmen.

»Ooh, Rupert, das wirkt aber ziemlich düster. Mir gefällt es hier nicht. Laß uns umkehren!«

Er entnahm seiner Tasche einen Zettel und las davon laut ab: »Hof überqueren, Ecktüre rechts, Treppenaufgang, oberstes Stockwerk, Apartment 20.«

»Oberstes Stockwerk«, echote ich. Wir sahen einander an und brachen in Lachen aus. »Du solltest dein Gesicht sehen!«

»Und du deins erst!«

»Kein Lift.«

»Ich hab's. Es gibt einen Lift, aber der ist...«

»... kaputt!«

Wir passierten den kaputten Lift und machten uns ans Treppensteigen.

»Normalerweise gibt es in diesen Häusern zierliche, alte Damen, die aus ihren Parterrewohnungen getrippelt kommen, um nachzusehen, was man will.«

»Concierges«, keuchte Rupert. »Hör, um Himmels willen, auf zu reden.«

Auf dem Absatz des vierten Stockwerkes ließ ich mich zum Ausruhen nieder. »In solchen Situationen scheiden sich die Raucher von den Nichtrauchern. Es gab Zeiten, da wäre ich hier hinaufgerannt«, stellte ich fest und zündete mir eine Zigarette an. Rupert indes kämpfte sich weiter empor.

»Diese verdammten Koffer«, tönte seine Stimme von oben.

›Ich muß bescheuert sein, das mitzumachen‹, ging es mir durch den Sinn. Nur um irgend so einer Fotografin willen, die es sich angelegen sein ließ, ihre Fantasien auszutoben. Und Rupert dazu, dieses zarte Pflänzchen, der da einen Koffer voller ausgefallener Kleidungsstücke hinaufschleppte, welcher dem stärksten Mann das Kreuz gebrochen hätte.

»Paß auf, daß du dir keinen Hexenschuß zuziehst!« rief ich hinauf.

»Schuß-Schuß-Schuß!« hallte es im Treppenhaus wider. Was, wenn sie mich nicht gebrauchen konnte, mein Gesicht nicht mochte, meine Schwangerschaftsstreifen entdeckte? Dann würde ich mich zu Moo Moffat-Paw zurückschleichen und bekennen müssen: »Tut mir leid, aber ich hab's einfach nicht geschafft.« Meine Dose mit dem Kompaktpuder besaß einen Spiegel. Ich zog sie hervor, um einen Blick hineinzuwerfen.

Was ich sah, war ein Gesicht, in dem sich alles am richtigen Fleck befand. Exquisit geformt, perfekt in den Proportionen – eine gefällige Nase, ein schmales Kinn, breite Wangenknochen. Ein makelloses Gesichtsoval – wie es wahrer Schönheit wohl anstand. Das lese ich zumindest immer wieder. Gelegentlich werden Diagramme und exakte Maße angegeben, welche es erforderlich machen, daß man mit einem Lineal an sein Gesicht herangeht, um herauszufinden, in welche Kategorie man fällt. Ob man ein rundes, eckiges, langgezogenes oder herzförmiges Antlitz sein eigen nennt. Oder ein ovales wie ich. Vogelgesichter bringen sie nie. Obschon man von Vogelgesichtern umgeben ist. Oder hohlwangige. Schönheitsexperten scheinen ihren Lesern keine hohlen Wangen zumuten zu wollen. Auch Kinnbacken und Schweinsäuglein nicht oder schmale Lippen und Specknacken. Mithin mußte mit mir alles in Ordnung sein, denn ich hatte nichts von alledem aufzuweisen.

Tatsächlich war es so, daß mir die, die glaubten, was sie da lasen, eine verheerende Wirkung zuschreiben mußten. Wie Rupert es ausgedrückt hatte, war ich ›einfach hinreißend‹. Jean pflegte darüber zu Beginn zu maulen. »Ich muß bescheuert sein, mit dir herumzuziehen. Welche Chancen habe ich dabei – die Brosamen abzukriegen?« Doch wie sich herausstellen sollte, landeten wir gleichauf.

»Was du in die Waagschale werfen kannst, Jean, ist dein begnadetes Mundwerk. Sie sind es bald müde, mich anzustarren. Und mir erging's an ihrer Stelle nicht anders.« Seltsamerweise gab es jetzt, da ich älter war, noch mehr an mir zu bestaunen. Zunächst einmal waren dazu ein paar Tricks vonnöten. Geschickt gesetzte Highlights modellierten die Wangenknochen besser heraus, ließen sie noch dramatischer wirken. Dazu köstlich geschminkte Augenlider, die die Eigenheit des Alterns – deren Schlaffwerden nämlich – leicht korrigierten. Der Mund hatte seine angstvolle Angespanntheit verloren, war zu einem ungezwungenen Lippenpaar erblüht. Indem ich meine Lippen öffnete und Zigarettenrauch gegen das Glas des Spiegels pustete, gab ich meinem Mund einen anderen Ausdruck. Ich beobachtete, wie mein Ebenbild langsam zerschwamm.

»Was treibst du denn nun schon wieder, um alles in der Welt?« Ruperts gerötetes Gesicht spähte über das Treppengeländer hinweg aus luftiger Höhe zu mir herab.

»Bist du oben?« Ich stippte meine Zigarette aus. »Ich komme schon.«

»Ich hab' bereits geklingelt«, rief er.

Er war eingetreten, als ich schließlich angelangt war. Mich erwartete die offenstehende Tür. Ich hörte drinnen seine Stimme. Er lachte erregt, schwatzte dem Teufel ein Ohr weg, wie ein Kind. Von Zeit zu Zeit vernahm ich ihren Namen – Damson dies, Damson das. Sie selbst konnte wohl nicht zu Wort kommen. Als es ihr dann gelang, war jeder Zweifel ausgeschlossen. Der Akzent war ein anderer, ihre Stimme hingegen war nicht zu verkennen. Ich wußte sofort, wer Damson war.

»*Jean!*«

»Heilige Mutter Gottes!«

»Ihr kennt euch?« Rupert blickte verblüfft drein. Er sah zu, wie wir einander umarmten. »Ihr kennt euch also!«

»Sehr gut sogar.« Jean trat zurück um mich in Augenschein zu nehmen. Sie gluckste anerkennend. »Verloren und wiedergefunden – ich hatte ganz vergessen, was mir abging.«

Ich hätte Mühe gehabt, sie wiederzuerkennen. Ich rechnete nach. Zwölf Jahre war es her. Sie wirbelte herum und schwenkte ihren Po. »Was siehst du, meine Liebe?«

»Eine Veränderung«, sagte ich unsicher.

Sie lachte ein volles Lachen, in dem der Duft frischgebackenen Brotes, die Wonnen dampfender Spaghetti, von Schokoladenkuchen, Schlagsahne, Kaffee mit einem Schuß Branntwein, süßen Likören mitschwangen.

»Du hast ein wenig angesetzt, Jean.«

Sie ließ entzückende Grübchen spielen. »Einige Pfunde. Bin jetzt auf 180. Magst du mich so?«

»Du siehst erstaunlich aus. Das muß ich schon sagen.«

Wie ein Lampenschirm, in dem eine Birne mit hoher Wattzahl brannte. Jene Art von Lampenschirm, wie man sie aus orientalischen Bordellen kennt – rundherum mit Perlenschnüren und Troddeln behangen. So breit wie hoch. Vom Scheitel bis zur Sohle war sie im übrigen in knalligen Farben gekleidet. Ihr Haar war ziemlich lang, reichte ihr ungefähr bis zur Hüfte. Es war von der Farbe eines tiefen, vollen Heliotroprotes und geriffelt wie Wellpappe.

Sie bemerkte, daß ich meinen Blick darauf geheftet hielt, und nahm eine leuchtende Strähne in die Hand.

»Ich versuche, es so knittrig wie möglich aussehen zu lassen. Es soll keinesfalls gelockt sein. Ich hatte Dauerwellen, aber da kamen sie zu kraus heraus. Jetzt habe ich jemanden, der sie mir bügelt. Die Frau, die meine Wäsche besorgt. Nach den Bettüchern komme ich mit meinen Haaren dran, sie kriegen dann ihre Bügelfalten.«

Sie hob die Strähne an ihre Augen und schielte darauf. »Mhm. Es braucht mehr Karmesinrot. Diese Pariser Luft ist schlimm. Alles verschießt. Ist aber trotzdem eine gute Farbe, oder? Ihretwegen habe ich den Namen Damson erhalten.«

»Der erinnert nur ganz von Ferne an Jean.« Rupert schnitt eine Grimasse. »Meine Schwester heißt Jean. Ich bin froh, daß ich dich damals nicht gekannt habe.«

»Wie dem auch sei«, bemerkte ich, »sie war damals ganz anders. Womöglich hättest du sie auch so gemocht.«

»Oh, ich weiß nicht.« Jean warf ihre Haare zurück, weiches Fleisch wabbelte in ihrem Gesicht, bibberte halsabwärts. Faszinierend. »Er hätte meinen Hintern gemocht. Der war damals kleiner als ein Heckenfurz und enger als ein Nadelöhr. Das hätte dir gefallen, was, Rupe?«

»Unmöglich, sich das vorzustellen, bei allem schuldigen Respekt, Damson, Liebling. Ich bete dich an, wie du heute bist. Was ist mit Myopia, hat sie sich verändert?«

Sie blickten mich beide an. Damson nachdenklich, wie es mir vorkommen wollte.

»Nein«, sagte ich statt ihrer. »Ich fühle mich schrecklich im Hintertreffen. Statisch komme ich mir vor. Ich hab' mich nicht ein bißchen verändert, nicht wahr, Jean? Na los schon, sage es.«

Ihre braunen Augen, die in so viel Extrafett kleiner wirkten und dennoch leuchteten wie die eines schlimmen Vogels, tanzten mutwillig über meinen Körper hin. Kehrten alsdann zu meinem Gesicht zurück. Sie lächelte mit demselben breiten, glücklichen Mund, den sie seit jeher besessen, und ihre Augen nahmen einen warmen, andersartigen Glanz an. »Nein.«

Mehr sagte sie nicht, als dieses ›Nein‹, dies jedoch geschah in einer so sanften, einschmeichelnden, verführerischen Weise, daß ich vor Befangenheit errötete und mich so eingeschüchtert fühlte, als sei ich mit einer Fremden zusammen. Ein Umstand, der mich zornig und defensiv machte: »Aber besser angezogen, gewiß doch?«

Sie legte den Kopf zur Seite und überlegte, doch ihr Gesichtsausdruck änderte sich dabei nicht. »Kultiviert übertüncht, doch im Grunde unverändert, würde ich sagen.« Sie ließ ihre kleine mollige Hand über meine Brüste gehen, zeichnete meine Taille nach und ließ diese schwerelos auf meinem Hüftknochen verweilen. »Von der Struktur her vorzüglich, in der Tat. Hast du Kinder?«

»Zwei.«

»Hat sich günstig ausgewirkt. Hat dich gestrafft. Das ist bei vielen Frauen der Fall.«

Sie nahm ihre Hand weg und berührte mit der anderen mein

Kinn, das sie herumdrehte, so daß sie mein Gesicht im Profil gegen das Licht sehen konnte.

»Das Gesicht ist schmaler geworden, die Augen sind größer, der Mund entspannter, die Haut ist wundervoll. Du bist von der Zeit gut behandelt worden.« Sie sprach jetzt schnell, professionell, was sie eingestandenermaßen ja auch war, was ich indes vergessen hatte. »Ich bin jedoch in Bezug auf meine Fotografien mehr an der Seele interessiert.« Sie tippte mit ihrem Zeigefinger gegen meine Stirn. »Was hat sich da oben geändert?«

Rupert sah schweigend zu, als ob er vor Bewunderung erstarrt sei. Sie drehte sich ihm zu und lachte. »Ob du mir's glaubst oder nicht, Rupe, dieses schöne Biest, diese *femme fatale* war meine beste Freundin. Wir waren Studentinnen an diesem widerlichen College, bis meine Familie in die Vereinigten Staaten ging, da verloren wir die Verbindung. Ein ganzes Semester lang hab' ich sie nur angehimmelt. Alle taten das. Sämtliche Männer waren verrückt nach ihr, der Lehrkörper eingeschlossen. Und, was meinst du wohl, mit wem sie ausging?«

»Sei nicht gemein«, sagte ich.

»Mit diesem Homo. Diesem Musikstudenten, der gar nicht schätzen konnte, was er sich da eingefangen hatte. Und am Ende ließ er sie sitzen und ging mit einem Organisten auf und davon.«

»Klingt lieb«, murmelte Rupert.

»Als wir schließlich miteinander befreundet waren, mußte ich feststellen, daß sie in ihrem Innern wie ein Kind war. So unbedarft wie frisch aus dem Mutterleib. Keine Vorstellung davon, wie sie aussah, besessen von der Idee, sozial minderwertig zu sein. In einer Familie aufgewachsen, die wegen Geisteskrankheit entmündigt gehörte.«

»Jean!«

»So war's doch, Herzchen. Sie waren plemplem. Allesamt. Dein Vater war schwachsinnig. Ich schwör's. Der saß da, Rupert...«

Ich öffnete meine Handtasche. »Wo ist hier das Plumpsklo?«

»Der saß und popelte sich in der Nase...«

»Ich habe gefragt, gibt es hier eine Toilette?« Ich schritt auf die Tür zu.

»Bleib doch hier. Ist es nicht wahr? Erzähl es Rupert.« Sie wandte sich mir abermals zu. »Sie wohnten in einer Behausung ohne Bad, wirklich, und ihre Mutter ging...«

»Jean!«

»Nein. Laß mich das noch erzählen. Ihre Mutter, die ging...«

Ich schlug ihr so hart auf die rechte Wange, daß mir die Hand weh tat, um ihr sodann mit dem Handrücken die linke zu semmeln. Dies geschah mit solcher Geschwindigkeit, daß ich selbst nicht wußte, was ich tat. Innerlich fühlte ich mich kühl und vollkommen gleichgültig, als ob meine Gliedmaßen von sich aus agierten. »Sie denkt, sie hat mich drangekriegt«, ging es mir durch den Sinn, »mich so in Zorn versetzt, daß ich um mich schlage. In Wahrheit verhält es sich nicht so. Sie ist ein fettes, unglückliches Mädchen, woran sie mitnichten unschuldig ist, und sie liebt es, ein kindisch boshaftes Spiel zu spielen. Aus lauter Liebenswürdigkeit habe ich es mitgespielt. Jetzt will sie, daß wir beide in Tränen ausbrechen, gefühlsselig werden und uns versöhnen.« Ich spürte, wie mir die Tränen in die Augen traten, und im nächsten Augenblick schlug sie die Arme um mich.

»Mädchen, ihr Mädchen«, sagte Rupert besorgt.

Jean umarmte mich fest und hob mir ihr tränenbenetztes, leuchtendes Gesicht entgegen. Beide Wangen waren scharlachrot angelaufen von meinen Streichen. »Daran lag mir, das herauszufinden«, würgte sie zwischen Schluchzern hervor, »was in deinem Kopf passiert ist. Ob du gelernt hast, dich weniger passiv zu verhalten, weniger darauf bedacht, immer zu gefallen...«

Ich fischte ein Taschentuch aus meiner Tasche. »Was ist mit deiner Brille, trägst du sie nicht mehr?« Und putzte ihr die Nase, so zartfühlend, wie mir dies nur möglich war.

»Hab' die Brille aufgegeben, die Mädchen, hab' mir die Haare wachsen lassen und mich im selben Jahr dem Feinschmeckerleben verschrieben!« Jean spießte eine dampfende Schnecke mit einer zweizackigen Silbergabel auf und zuzelte sie zwischen den Zähnen. Sodann riß sie ein Stück von ihrem Brot ab, tunkte dieses in die Knoblauchbutter und spülte das Ganze mit Rotwein hinunter. Rupert und ich, wir saßen in dem gedrängt vollen Restaurant an ihrem Tisch und sahen ihr dabei zu. Zwei Dutzend Schnecken hatte sie wie nichts weggeputzt!

»Ah so«, machte ich höflich. »Und in welchem Jahr war das?« Als sei ich ein Geschichtsforscher, der seine Daten zu verifizieren trachtet. Sie blickte auf unsere beiden leeren Gläser, goß indes den Rest des Weines aus der Karaffe in das ihrige. »Danke dir, Darling«, sagte Rupert spitz.

»Sehr witzig.« Sie nahm einen Schluck und schmatzte mit den Lippen, rülpste sodann so laut, daß ein vorbeiflitzender Kellner sämtliche Gläser auf seinem Tablett verschüttete. Zwei Pernods, drei Perriers und einen kleinen Cognac. Er fluchte und warf einen finsteren Blick in ihre Richtung. Wie zur Antwort hob sie unsere leere Karaffe hoch. »*Un autre, s'il vous plaît.*« Woraufhin sie sich uns zuwandte und lachte. »Die einzige Möglichkeit, sich hier bemerkbar zu machen! Und nun, wo waren wir stehengeblieben? Ah ja. Schön, laß mich nachrechnen, wann. Eins, zwei, drei, es muß fünf Jahre her sein, weil Freddie zwei Jahre tot ist. Es ist schrecklich, mußt du wissen, ich vermiß ihn noch immer. Ich wache nachts auf und könnte schwören, daß er auf meinem Bett sitzt. Ich kann noch immer nicht auf einer Speisekarte lesen ›Steak Mignon‹, ohne an Freddie zu denken. Er war verrückt nach gutem Essen. Je mehr er aß, um so mehr schmeckte es ihm. Nach einem besonders guten Mahl pflegte er mich nach dem Heimkommen in voller Gänze abzulecken. Ich konnte ihn gerade noch davor zurückhalten, mich zu beißen! Er hätte mich aufgefressen, wenn ich ihn gelassen hätte.« Ihre Stimme brach. »Merkwürdigerweise war das hier eines seiner Lieblingslokale. Wir kamen immer hierher. Er war dick mit dem Besitzer befreundet...« Sie schwieg abrupt, um in den Raum zu blicken, sodann winkte sie und erhob sich. »Ihr entschuldigt mich, ich hab' da gerade Babette gesehen. Ich muß ein Wort mit ihr reden.«

Sie bewegte sich behende, was ein Kunststück war, zwischen den dicht besetzten Tischen hindurch. Als sie weg war, schien es mir, als verließen mich sämtliche Energien, so, als sei mir ohne ihre Gegenwart der Lebensnerv abgeklemmt. Es war eigenartig.

»Puh.« Ich holte tief Luft, wandte mich Rupert zu und stellte die Frage: »Wer, um alles in der Welt, war Freddie?«

»Freddie«, beschied er mich schlicht, »Freddie war ihr Hund.«

Ich hatte auf die Uhr gesehen. Sie war nun schon zwanzig Minuten weg, bildete auf der anderen Seite des Raumes den Mittelpunkt der allgemeinen Aufmerksamkeit, indem sie laut lachte, Neuankömmlinge begrüßte, jeden abküßte. Ich beobachtete sie dabei. Rupert sah mich an.

»Du hast die Vermutung, sie sei auf irgend etwas, nicht wahr?«

»Was meinst du damit?«

»Du fragst dich, ob sie Pillen nimmt oder etwas Stärkeres. Das ist nicht der Fall, mußt du wissen...«

»Nein, daran habe ich nicht gedacht...«

»Sie ist einfach auf dem Leben drauf.«

»Ja«, sagte ich, »das war sie schon immer.«

Was mich in Wirklichkeit bewegte, war die Frage, wann wir mit der Arbeit beginnen würden. Ich warf erneut einen Blick auf meine Uhr. Es war halb drei. In etwas über zwei Stunden würde es Zeit sein, Charles anzurufen. »Es tut mir leid, Charles, aber wir sind noch nicht ganz fertig. Es sieht fast so aus, als ob ich erst morgen zurückkomme. Im übrigen, habt ihr Deirdre schon beerdigt?« Ich war nicht so unbedingt aus dem Holz geschnitzt, aus dem Mätressen sind.

Rupert erhob sich. »Sie winkt. Komm, es ist besser, wir gehn hinüber zu ihr. Nimm einen Ratschlag von mir an: Vergiß die Zeit. Damson fängt mit der Arbeit an, wenn ihr danach ist. Das kann sein, wenn alle anderen halbtot herumhängen. Deshalb solltest du deine Kräfte nicht unnötig verschleißen, nicht zu diesem frühen Zeitpunkt.«

Ich stand ebenfalls auf. »Du meinst, ich solle grinsen und leiden?«

Er schüttelte den Kopf und blickte vage beunruhigt drein. Ich lachte und streichelte ihn beruhigend. »Es ist schon in Ordnung. Ich kapiere langsam. ›Nimm's locker!‹ Besser so?«

Er warf mir einen raschen Blick zu und lächelte nichtssagend zurück. Als wir uns Jean, oder besser: Damson, wie ich mich entschlossen hatte, sie ab jetzt zu nennen, zugesellt hatten, ließ ich es lockerer angehen als je zuvor. So locker, daß ich, als es fünf Uhr war, keinen Muskel rührte, um Charles anzurufen, und es mir völlig gleichgültig erschien, ob Deirdre bereits sechs Fuß tief unter der Erde lag oder noch immer Besucher an ihrem Sarg empfing. Über die Stunden hinweg vergrößerte sich unsere Gruppe, bisweilen waren wir über zwanzig Personen, wenn nicht mehr, doch ein harter Kern blieb stehen, mit Damson als Mittelpunkt, die Hof hielt, während ich an ihrer Seite saß.

»Ich werde dich nicht mehr Jean nennen«, hatte ich ihr zu einem früheren Zeitpunkt gesagt. »Von heute an heißt du bei mir Damson.« In ihren Augen sprang für den Bruchteil einer Sekunde ein Funke auf. »Und mich kannst du ebenso gut Myopia nennen, um gleich reinen Tisch zu machen.«

»Erbarmen«, blinzelte sie. »Wir haben einander gerade gemeuchelt.«

Das Mädchen, das Babette hieß, saß an Damsons anderer Seite und starrte uns an. Auf ihrem Gesicht lag ein eigenartiger Ausdruck. Lauernd, so hätte man ihren Blick bezeichnen können. Sie sprach kaum ein Wort. Ihr Hals war überlang, wie der eines Modigliani-Geschöpfes. Oder, was der Sache näher kam, wie der einer Giraffe. Einer jungen Giraffe, denn, wenn sie sich erhob, was sie aus nicht ersichtlichen Gründen des öfteren tat, schienen ihre Arme und Beine kein Ende nehmen zu wollen. Von Kopf bis Fuß war sie in leicht glänzendes Gelb gehüllt, was mich an einen Fliegenfänger erinnerte, jene schmalen, langen, klebrigen Streifen, die früher von der Decke hingen. Meine Mutter hatte stets einen in der Küche, der von toten Fliegen wimmelte und wie die Todesflagge über unserem Essen wehte. Gelb war der gewesen.

»Babette ist Modell«, so hatte Damson uns miteinander bekannt gemacht. »Sie arbeitet für Dior.«

Irgend etwas bei mir klickte. Ich musterte ihre Haut.

»Was für eine wundervolle Haut Sie haben. Makellos.«

»Himmel, ja!« kreischte Damson. »Aber du hättest sie zuvor sehen sollen. Mondkrater. Alles voll davon! Akne virulus. Pickel, Pusteln, Furunkel, Narben...«

»Oh, ich glaube, wir haben eine gemeinsame Bekannte...«

»Sieben Lagen haben sie davon runtergenommen. Sie hat die Operation im letzten Sommer ausführen lassen. Für einen Artikel über Schönheit. Ich hab' die Fotos dazu gemacht. Ein großartiger Erfolg. Ein perfektes Peeling.«

»Ja, sie lebt in London. Ihr Name ist Françoise.«

Babette tat zum erstenmal den Mund auf. »Ah oui«, ihre Augen leuchteten auf. »Françoise.«

»Um es ganz genau zu sagen: Sie lebt bei mir.«

Babettes Stirn kräuselte sich jäh. »Françoise? Sie lebt mit Ihnen zusammen?« Indem sie einen raschen Blick auf Damson warf, begann eine leise, in einem anklagenden Ton geführte Argumentation. Von Zeit zu Zeit schnob Damson, zeigte Babette die kalte Schulter. Ich saß und beobachtete sie. Sie hatten ganz offensichtlich Streit miteinander.

Rupert hatte mir gegenüber Platz genommen. Ich beugte mich über den Tisch. »Ich glaube, sie streiten.« Er hielt seine Augen geradeaus gerichtet. »Babette streitet«, raunte er, »Sie ist unglaublich eifersüchtig. Wenn ich du wäre, würde ich mich vorsehen.«

Ich? Was hatte ich getan? Zu meiner Linken gab es einen plötzlichen Aufruhr. Babette stand, das Glas in der Hand, während Damson in Wein getränkt dasaß. Er lief langsam ihr Grübchengesicht hinab, funkelte in ihrem gloriosen Haar. Sie blickte auf, lachte und leckte an ihrer Oberlippe. Babette schluchzte erstickt auf, zwängte sich durch die Sitzenden Hindurch und verschwand hinter einer Tür, die die Aufschrift ›Dames‹ trug. Alle fuhren in ihren Gesprächen fort, als sei nichts gewesen.

Ich nahm eine Serviette vom Tisch auf und fing an, Damson abzuwischen. »Das ist heute bereits das zweite Mal«, sagte ich ärgerlich, als ob ich mit einem Kinde spräche. »Was ist über dich gekommen? Brauchst du diese Gefühlsdemonstrationen? Machst du das immer so?«

Ihre Augen funkelten schalkhaft. »Aufregung feuert mich an. Ich liebe es, die Oberfläche anzukratzen...«

»Wie eine Ratte...«

»Was darunter ist, ist um so vieles einladender...«

»Wie ein Taschenspieler mit einem Kartenpacken.«

»Eines Tages werden dir die Karten aus der Hand fallen.«

»Wenn ich tot bin.«

Sie mußte stets das letzte Wort haben. »Du bist noch immer dieselbe, Damson. Eine Luftmine.«

Sie patschte auf ihre Hüften und faltete zehn aufgedunsene Fingerchen über ihren schwellenden Leib. »Was sagst du zu meinem Bauch?«

Der Gedanke traf mich wie ein Blitzschlag. »Bist du schwanger?«

Sie lachte und lachte, bis ihr die Tränen kamen.

»Sieht so aus«, sagte ich garstigerweise zu ihr, um ihr Einhalt zu gebieten.

Was einen weiteren Ausbruch bei ihr bewirkte. »Du meine Güte! Du meine Güte!« Zum Schluß rang sie nach Atem und rieb sich erschöpft die Augen. Ich blickte kalt drein, in der Hoffnung, offene Abneigung zum Ausdruck zu bringen. »Was ist daran so lustig?«

Ein letztes glückliches Kichern entrang sich ihr. »*Du*, meine Liebe!« Sie beugte sich vor und kitzelte mich unter dem Kinn. »Ich muß dir sagen, ich habe zuviel Zeit mit anmaßenden Dummköpfen vergeudet.« Sie drohte mir mit ihrem Zeigefinger. »Du mußt vorsichtig sein, bestimmte Eigenschaften können sehr anziehend wirken.«

Ich holte tief Luft, sie war abermals dabei, mich vorsätzlich zu provozieren.

»Du bist ein Monster«, sagte ich, »dabei sollten wir es bewenden lassen.«

Zum erstenmal war bei ihr so etwas wie leichte Verwirrung zu erkennen. »Aber wir haben doch noch gar nicht angefangen...«

»Das merke ich«, schnitt ich ihr das Wort ab, »weitere Aktionen stellen wir jedoch im Augenblick zurück.«

»Warum?« hakte sie nach.

»Warum?« Ich setzte mich zurück und musterte sie offenen Blikkes. Sie wirkte so üppig wie eine reife Frucht, hartnäckig, beunruhigend, selbstbewußt, erregend. »Warum? Weil du anfängst, langweilig zu werden, darum.«

Mich streifte eine flüchtige Erinnerung an Jean; für den Bruchteil einer Sekunde sah ich das Bild vor mir – Jean mit einwärts gekehrten Füßen in nuttigen Schuhen und mit einer Filmstarbrille auf der Nase, indes ihr der Mund bebte. Rupert beugte sich vor.

»Sprecht ihr von früheren Zeiten, ihr zwei?«

Damson gab keine Antwort. Ich hob mein Glas und stieß an das, das vor ihr stand.

»Auf das, was kommt und uns gemäßer ist.« Danach fing ich wieder an, alles locker zu betrachten.

»Wie werde ich dich vermissen, wenn ich weg bin.« Das hatte wie eine Bombe eingeschlagen. Amerika.

»Ich werd' dich ebenfalls vermissen, Jeannie.«

Am Abend, bevor sie abreisten, kauften wir zwei Flaschen starken Apfelwein und schlossen uns in ihrem Zimmer ein. Ihre Mutter hatte noch kurz vor dem Weggehen hereingeschaut. »Wir kommen sehr spät zurück, Liebling. Sieh zu, daß du alles gepackt hast.« Zu mir gewandt, sagte sie: »Auf Wiedersehen, meine Liebe. Ich hoffe, du schreibst Jean. Ihr wart so gute Freundinnen. Sie kann sich glücklich preisen, wenn sie jemanden wie dich da drüben findet.« Dann fügte sie ein wenig gedankenverloren hinzu: »Ein so hübsches Mädchen.«

Jean blinzelte mir heimlich hinter ihrem Rücken zu. »Gute Nacht, Mami, habt eine schöne Party. Ich werde schlafen, wenn ihr zurückkommt, nehme ich an. Du brauchst nicht hereinzuschauen.«

Ich sah ihnen zu, wie sie sich kurz umarmten. Wie reizend sie miteinander umgingen. Draußen wurde ungeduldig gehupt, ein kräftiges, herrscherliches Signal.

»Du liebe Zeit«, die Mutter geriet in ziemliche Panik. »Daddy möchte wegfahren. Er wird bereits ärgerlich. Wirf ihm eine Kußhand zu, Liebling.« Sie verließ hastig den Raum, während Jean ans Fenster eilte.

»Huhu, Daddy, Küßchen, Küßchen.« Sie spreizte die Finger und legte diese einzeln an die Lippen, um Waggonladungen töchterlicher Liebe über den Rasen des Vorgartens, die Ausfahrt und den gestutzten Liguster hinweg ihrem im Wagen wartenden Vater zukommen zu lassen.

Wir hörten, wie sie abfuhren.

»Das wäre geregelt.« Jean setzte ein träges Grinsen auf und öffnete die erste Apfelweinflasche. »Wie wär's damit?«

Jede von uns trank ein volles Glas leer, langsam, ohne abzusetzen, wobei wir einander über die Glasränder hinweg anblickten. Wir saßen auf dem Fußboden, und ich wischte sorgfältig den Boden meines Glases ab, bevor ich es niedersetzte, damit es keinen Rand auf dem Teppich hinterließ.

»Deine Mutter und dein Vater sind vernarrt in dich, was?«

Sie sah verblüfft drein. »Das ist komisch, was du da sagst.«

»Nein, ich meine nur, daß sie es so überschwenglich zeigen.«

»Das ist doch ganz normal. Alle Eltern sind so.«

»Meine nicht.«

»Nein, also deine...«, sie brach ab und wirkte verlegen. »Ich meine, die meisten normalen Mittelklassefamilien verhalten sich so wie die meinigen. Langweilig, nicht wahr?«

»Ich bin der Meinung, daß es angenehm ist.«

»Was, auf Daddys Knie zu hocken und ihm die Locken zu zwirbeln?«

»Das würde ich mir bei meinem nicht getrauen.«

»Hab' ich immer gemacht. Das mag er.«

»Schön, aber meinst du nicht, daß das ein wenig ulkig ist? Mittlerweile? In deinem Alter?«

»Was meinst du damit? Denkst du, das könnte ihn anspitzen? Wenn dem so wäre, würde er das bestimmt nicht zulassen. Er lebt strikt nach Gesangbuch.«

Sie ahmte ihres Vaters Scotch-on-the-rocks-nur-einen-Schuß-Wasser-Stimme nach. »Oh, du meine Güte – ja!«

Ich ließ jeweils einen Tropfen Apfelwein aus meinem Glas über meine Arme auf meine Handgelenke rinnen, hob beide Arme empor und ließ meine Hände baumeln. Sodann ließ ich meinen Kopf schwer auf meine Brust fallen und dachte darüber nach, wie es wäre, wenn ich auf meines Vaters Schoß säße und meine Finger sanft in seinen Haaren spielten.

»O nein, das würde ich mir bei dem meinigen nicht wagen. Ich schwöre dir, das ist das letzte, was ich mich trauen würde.«

Jean goß das Glas für jeden von uns wieder voll, und wir tranken es ex wie das erste. Ich spürte den Druck auf meiner Blase stärker werden.

»Ich zerspringe fast, so nötig muß ich mal«, erklärte Jean, »aber ich gehe nicht.«

Ich starrte sie an, wobei mein eigener Drang verebbte. »Warum nicht?«

»Hast du das noch nie versucht? Auszuhalten bis zur letzten Sekunde? Das geilt einen richtig auf. Hab' das vor Jahren schon entdeckt.« Sie lachte und fing an, mit ihren Fersen zu wippen. »Eine köstliche Qual. Ooh. Ich hatte bereits einige Unfälle, weil ich bis zuletzt wartete.«

»Wie meinst du das?« Ich war insgeheim entsetzt und zugleich erregt.

»Hab' mir in die Hosen gemacht. Das vermittelt dir ein herrliches Gefühl des Ungezogenseins.«

»Jean!«

»Versuch's. Halt es zurück. Laß es uns beide tun.«

Ich erhob mich, ich mußte jetzt dringend. »Ich muß mich dabei bewegen.« Ich schlug ein Bein über das andere. »Und die Daumen halten.«

Sie rappelte sich ebenfalls hoch, hüpfte von einem Bein aufs andere. »Ich leg eine Platte auf, dann können wir tanzen. Das hilft.«

Die Musik war sehr laut. Es ließ sich gut darauf tanzen, aber der gleichmäßige, eindringliche Beat erhöhte nur meine Beschwerden. Wir hampelten durch das Zimmer und wurden immer röter im Gesicht. Die Platte war zu Ende, ich legte eine neue auf. Als ich mich wieder umdrehte, wand sich Jean wie wild hinter mir, eine Hand zwischen ihren Beinen. Ihr Rock war vorne hochgeschlagen, so daß ich sehen konnte, wie sie ihre Finger gegen den Zwikkel ihrer Unterhose preßte. Mir fingen die Augen zu tränen an, was sie gesagt hatte, war wahr. Ich verspürte, trotz der Qual, eine schier unerträgliche Erregung.

»Ich kann's nicht länger aushalten, Jean.« Ich biß mir auf die Unterlippe und schlang die Beine fest umeinander.

»Ich weiß.« Sie kam auf mich zu, ihr Gesicht war scharlachfarben angelaufen. »Du kannst die *meine* halten, ich halt die *deine*.« Sie griff sich meine Hand und zog sie dorthin, wo die *ihrige* war.

»Nein.«

»Härter. Drück härter drauf, oder ich tu's selbst.«

»Jean!«

Ich spürte die Wärme durch das dünne Material dringen, fühlte gleichzeitig ihre Finger bei mir. Beide standen wir nahe zusammen, jede hielt Hand an die andere gelegt, so ließen wir unser Innerstes nach außen strömen.

»Und alles auf den Teppich«, erinnere ich mich besorgt gedacht zu haben, doch dann gab ich mich der unglaublichen Wonne des Augenblicks hin, entließ die Spannung, die wie Luft aus einem Kinderballon entwich. Warme Feuchtigkeit rann unsere Beine hinab und über unsere Zehen, bis nichts mehr blieb als das Hämmern ihres Herzens gegen das meine, indes sie ihren Arm locker um meine Taille geschlungen hielt und ihr Mund sich emsig in meinem betätigte.

»Also«, sagte ich, sobald sie mich freigegeben hatte, »das ist das Unanständigste, was ich je gemacht habe.«

Sie lachte verschmitzt. »Es gibt Unanständigeres als das, sonst könnte man sich ja auf nichts mehr freuen, oder? Darum wollen die Menschen so lange wie möglich leben, um alles mitzukriegen.«

Die angenehme Wärme war dabei, zu schwinden, wurde durch ein ungemütliches Gefühl des Durchnäßtseins ersetzt. Ich blickte an uns hinab: Unsere beiden getrennten Pfützen waren dabei, zu einer Lache zusammenzulaufen. Beunruhigung und Schuldgefühle begannen die gehobene Stimmung, die ich noch immer empfand, zu durchdringen.

»Ooh«, machte ich, »ich fühle mich schrecklich. Soeben hat es mich überkommen.«

Sie fing sofort an, mich herumzukommandieren. »Runter mit deinen Unterhosen. Ich will sie zusammen mit meinen auswaschen. Ich leg sie auf die Heizung. Da sind sie in Nullkommanichts trocken. Hier, gib mir mal den Haartrockner, den werden wir nachher für den Teppich benutzen. Und nun ziehst du dir den Rock aus, wäschst dich, legst dich ins Bett und wartest auf mich.«

Ich stand wie betäubt. Sie flatterte ungeduldig umher, stieg sodann aus ihren Sachen, um mir einen leichten Rippenstoß zu versetzen und zärtlich hinzuzufügen: »Na los schon, du Schlafmütze. Tu, was ich dir sage. Weiß ich's nicht immer am besten?«

Ein ganzes Jahr hatte ich gebraucht, über ihren Weggang hinwegzukommen. Sechs oder sieben Briefe hatte ich ihr geschrieben, aber nie eine Antwort darauf erhalten. »Irgendwelche Neuigkeiten von Jean?« fragten mich die Leute immer wieder. Ich konnte nur mit dem Kopf schütteln. »Eine reizende Freundin«, pflegte meine Mutter bisweilen bedeutungsvoll zu sagen. Sie hatte sie nie sehr gemocht. Ich aber fühlte mich, als ob ein Teil von mir erstorben wäre. Der untere.

Halb acht. Wir hatten uns nicht vom Fleck gerührt. Sogar Rupert blickte unterdessen besorgt drein. Ich erhob mich. Damson legte mir aufgeräumt ihre Hand auf den Arm.

»Wohin willst du?«

Zurück nach London, du rechthaberischer Fleischkloß! Du überkandidelter, rücksichtsloser, mittelalterlicher... Hippie, du!

»Ich gehe zum Telefon«, sagte ich.

Sie lächelte in einer jähen Anwandlung von enthusiastischer Energie. »Bleib nicht zu lange weg. Hier hast du einige Jetons, die brauchst du zum Telefonieren. Danach können wir über unsere Arbeit reden.«

Ich schäumte auf dem ganzen Weg zum Telefon, blickte böse in ein hübsches, unfreundliches Gesicht, das mir entgegenkam, bis ich den Spiegel erreicht hatte und merkte, daß es mein eigenes war. Warum diese schlechte Laune?

Ein untersetzter Franzose mit dunklem Teint belegte den einzigen Apparat, schrie in die Muschel, zuckte mit den Achseln und verlieh den einzelnen Sätzen dadurch Nachdruck, daß er mit seiner Faust gegen die Wand schlug. Eine leere Gauloises-Packung lag zu seinen Füßen. Ich mußte an Paul denken. Makellose Sprache, schneller Wagen. Das war mir schon genug gewesen. Und die Art und Weise, wie es mit ihm im Bett lief, die mich an Jean erinnerte und anmaßend war, bestimmt. Beide, Paul wie Jean, waren sie Produkte der Mittelklasse. Der Mann stieß mit dem Fuß die Packung weg, gab einen gutturalen Laut von sich und bemerkte plötzlich, daß jemand hinter ihm wartete. Er wandte mir sein Gesicht zu, lächelte überrascht, wobei zwei goldüberkronte Vorderzähne sichtbar wurden. *Hübsch, solche Goldbeißerchen. Lustig, so etwas zu besitzen.* Ich lächelte zurück, ziemlich matt im übrigen, und sank erschöpft in mich zusammen, als seine Augen anfingen, mich abzutasten. Demonstrativ kehrte ich ihm den Rücken zu, zündete mir eine Zigarette an und lehnte mich an den Rahmen der offenen Tür, von wo aus ich das Restaurant in seiner ganzen Tiefe überblicken konnte. Wir waren jetzt acht Stunden da. Unglaublich. In London undenkbar. Überall auf der Welt konnte man das tun – sich stundenlang unterhalten, trinken, endlos essen. Nur nicht in London. Es sei denn, in einem Club. Aber da bedurfte es der Referenzen, um Mitglied werden zu können. Und das ist witzlos, denn man trifft immer die Leute, die man zu treffen erwartet. Da gibt es kein Element der Überraschung!

Ich tat einen Luftsprung ob des Kneifers und drehte mich rasch um. Der Mann hatte aufgehört zu sprechen und hielt seine Hand auf meinen Po gelegt. Ich stieß ihn weg, gedachte der Phrase ›Merci beaucoup‹ und fing an, London zu wählen.

Françoise war am Apparat. Ich konnte die Kinder im Hintergrund toben hören.

»Zunächst einmal«, sagte ich, »ist ihr Vater da? Oh, Paul, guten Abend.« Nach dieser Eröffnung fing ich mit meiner Erklärung an. Doch erst, nachdem ich den Mädchen gute Nacht gesagt hatte, war Paul schließlich damit einverstanden, daß ich voraussichtlich erst am Sonntagabend zurückkehrte. Woraufhin er auflegte. Danach fiel mir ein, daß ich ganz vergessen hatte, Françoise zu berichten, daß ich gerade ihre Freundin Babette kennengelernt hatte.

Als ich meine Tasche schloß, fiel mir der Zettel mit der Nummer von Charles ein, der in meinem Portemonnaie stak. Er würde um diese Zeit bestimmt nicht dasein, ich konnte jedoch dann, ohne zu lügen, sagen, daß ich es versucht hatte. Mit zweieinhalbstündiger Verspätung.

Er war umgehend am Apparat, zweimal nur hatte das Klingelzeichen angeschlagen. Seine Stimme klang gräßlich, kein Zeichen von Ärger darin, lediglich Anspannung und eine große Traurigkeit. »Ich warte die ganze Zeit. Ich wußte, daß du anrufen würdest, sobald es dir möglich wäre.«

»Das ist das erste Mal, daß ich wegkonnte, Charles.« Ich schlug Zeige- und Mittelfinger übereinander, um die Lüge zu entkräften. Einer meiner Fingernägel war abgebrochen, wie ich dabei feststellte.

»Mein Liebling, wann kann ich dich zurückerwarten?«

Diese flehentliche Frage rührte für den Bruchteil einer Sekunde eine Ader des Zorns und der Grausamkeit bei mir an. Bevor ich an mich halten konnte, hatte ich es ausgesprochen: »Habt ihr Deirdre schon beerdigt?«

Diese Rohheit schien mich indes mehr zu entsetzen als ihn. »Was?« kam es zurück. »Ach so! Morgen findet die Beisetzung statt. Aber, sag mir eins, welches Flugzeug wirst du heute abend nehmen? Ich hol dich ab.«

»Charles.« Mir war, als spräche da jemand anderer, nicht ich selbst. »Was hast du eigentlich im Sinn?«

»Im Sinn – ich?« Er hörte sich überrascht an. »Nun, ich dachte mir, ich könnte dich treffen, wir würden in einem kleinen Restaurant essen, das ich kenne. Wo wir nicht die Befürchtung zu hegen brauchen, jemandem in die Arme zu laufen...«

»Nein, ich meine nicht, was heute abend anlangt, sondern die Zukunft betrifft.« Warum, in Dreiteufelsnamen, fragte ich ihn das?

Am anderen Ende trat eine Stille ein. Als er erneut sprach, klang dies sehr zurückhaltend, nichtsdestoweniger sicher. »Ah ja. Nun. Das ist etwas, das wir unter vier Augen besprechen müssen. Am Telefon wäre das nicht angebracht...«

»Was, Charles?«

»Naja... jemanden zu fragen...«

»Was? Was zu fragen?« Ich war selber eine Ratte! Eine gefräßige Ratte!«

»Na schön«, seine Stimme hob sich erregt, er hustete, räusperte sich – ich wußte, daß er die rechte Hand an die Brille gelegt hielt. »Eine Dame um ihre Hand zu bitten«, welche Worte er noch einmal wiederholte, indes mit besserer Betonung. Der Umstand, daß er öffentliche Reden zu halten hatte, kam ihm dabei sehr zustatten.

»Um meine Hand?« fragte ich in den Hörer. »Charles.«

»Du bist mit Vorsatz grausam«, rief er plötzlich laut. »Liebling, hast du mich gehört?« Seine Stimme überschlug sich. »Verdammt noch mal, Mädchen, ich bitte dich, mich zu heiraten. War das nicht immer unser Vorsatz, wenn das Hemmnis erst einmal beseitigt sein würde...«

»Deine Frau«, sagte ich weich, um ihn zu leiten.

»Das verfluchte Weib ist tot«, er kreischte noch immer. »Unverschämtes Glück, sie so loszuwerden. Ein Narrenstreich, dieser Sprung. Und sie wußte das. Sie ist immer wieder davor gewarnt worden! Sie starb triumphierend, wirklich, sie lachte dabei! Ihr Gesichtsausdruck – der war geradezu herausfordernd! Der arme Bestatter hatte alle Mühe, diesem einen Anstrich von Würde zu verleihen...«

Ich hielt den Hörer von meinem Ohr weg, seine Stimme haspelte weiter und weiter, Deirdre war selbst im Tode noch übermächtig...

»Charles«, unterbrach ich ihn. »Was mein Flugzeug betrifft...«

Er schien noch immer erregt. »Ja, Liebling?«

»Ich werde vor Sonntag nicht zurückkommen, tut mir leid.«

Als ich mich umwandte, fand ich Damson ins Gespräch mit dem Goldzahn vertieft. Sie hielt ihren Arm um seinen Nacken geschlungen, und sie lachten zusammen, als seien sie alte Freunde.

»Komm her«, sagte sie, »André möchte dich kennenlernen.«

Er verbeugte sich aus der Hüfte heraus, streckte dabei seine Hand vor, auf deren Ringfinger ein Goldreif saß. Darauf deutete ich und bemerkte töricht: »Der paßt zu Ihren Zähnen.«

Er lachte.

Ich sah auf meine Hände hinab – um eine davon hatte Charles soeben gebeten. Ein Faktum, das erst jetzt in mein Bewußtsein einzudringen begann.

Damson nahm mich bei der Hand und geleitete mich sanft zu unserem Tisch zurück. »André gehört dieses Lokal. Er ist der Eigentümer.« Als ob dieser schlichte Sachverhalt alles erklärte.

Der Abend entglitt mir. Er nahm mich auf gleich einem Ozean, jede Stunde schlug mir wie eine riesige, mächtige Welle über dem Kopf zusammen und trug mich weit hinaus auf See. Mehrere Male wurde mir schlecht, doch zwischenzeitlich trieb ich dahin und starrte zum Himmel empor. Bisweilen war dieser völlig schwarz, dann wieder voller blendender Lichter und – Gesichter, die ich kannte. Das von Rupert, das mir ermutigend zulächelte. Das von Damson. Ein Mann, den ich schon kannte, der mir leicht einen Kuß auf meine Lippen drückte, und dies mit einem Mund voller Goldzähne. Und ein anderer, den ich mitnichten kannte, kam von Zeit zu Zeit auf mich zu und trug farbige Kreidestifte in seiner Hand. Es geschah des öfteren, daß man mich aufrichtete, drehte und wendete, während ich auf meiner Haut die sanfte Berührung herrlicher, vielfältig wechselnder Empfindungen verspürte, einige spielerisch wie Wasser, andere schwerelos wie Rauch...

Als Kind hatte mich einmal eine langwährende, gefährliche Krankheit erwischt. Auf der Schwelle des Todes hatte ich mich befunden, wie man mir später sagte. Doch ich erinnerte mich nur an das Krankenhaus. Wo ich nachts draußen schlief, in einer Veranda des oberen Stockwerkes, ganz nahe den Sternen. Gegen Morgen nahmen die Wolken Gestalt an, wurden wie Schafe in einer Herde herbeigeleitet von einer wogenden, größeren Erscheinung, die ich für einen die Oberaufsicht führenden Engel nahm. Selbst in dieser Situation wußte ich, daß Engel geschlechtslose Wesen sind, wie die Katzen, die vom Tierarzt kommen. Und so einer schwebte jeden Tag in diesem Sommer des Bandagiertseins direkt über meinem Bett. Während die Wolken langsam umhertrieben und ihre Tätigkeit verrichteten, rührte sich dieser Engel nicht von der Stelle. Seine Schwingen waren so breit wie das Krankenhausareal, schön und verlockend zugleich, doch er selbst besaß ein groteskes, abscheuliches Doppelkinn. Das hing ihm wie eine wohlgefüllte Einkaufstasche von den Ohren herab und baumelte auf seiner Brust herum. Eine seltsame Frau erschien jeden Tag und saß still an meinem Bett. Wir starrten einander sprachlos an, bis ihr schließlich die Tränen in die Augen traten, woraufhin ich die meinen schloß in der Hoffnung, daß, wenn ich sie öffnen würde, die Frau gegangen wäre. Eines Tages, als mir der Engel näher war als je zuvor, hob ich meinen Zeigefinger und deutete auf ihn. »Siehst du ihn?« wisperte ich der Frau zu. »Den da oben, den Engel mit dem Doppelkinn?« Zwei der Pflegerinnen führten die Schluchzende hinweg. Und mir steckte eine andere ein Thermometer in den Mund.

Ich wurde an diesen Engel erinnert, nun, da mir verzerrte Umrisse wie zufällig vor den Augen trieben und für einen Augenblick zu einem schimmernden Schwingenpaar wurden. Ich lächelte, lachte sodann. Kinn hoch! Den Hals gereckt! Ich schlug meine Augen auf.

»Endlich erwacht Dornröschen!« Ruperts Stimme.

»Willkommen im Reich der Lebenden. Wie fühlst du dich?« Die von Damson.

Ich richtete mich auf. »Leicht unwohl. Seekrank.«

Sie kamen herbei und umstanden mich, lächelten auf mich hernieder. »Übergeben wirst du dich nicht. Das haben wir dich vorher abmachen lassen, bevor wir dir die Kleider angezogen haben. Konnten ja schließlich nicht zulassen, daß du das Beutegut verkotzt.«

»Und die Bilder verdirbst«, fügte Damson hinzu.

Ein merkwürdig stechender Schmerz prickelte mir über die Kopfhaut. Der Mund war trocken, als hätte ich Sägespäne verzehrt. Ich ließ eine geschwollene Zunge über meine Oberlippe gleiten, wobei ich überraschenderweise den Duftgeschmack von Lippenstift verspürte. Rupert lachte. Zwei Goldzähne funkelten an seiner Seite. André natürlich. Es war André. Er reichte mir eine Tasse voll schwarzen Kaffees. »Trink das aus, Kindchen.« Er besaß eine angenehme Stimme.

»Und dann laß sehen, ob du dich magst«, bemerkte Damson.

Abermals stach mir schmerzend der Kopf. Ich hob die Hand und erfühlte eine Menge kleiner Lockenwickler, die von Hunderten kleiner Haarnadeln gehalten wurden. Eine besorgte Stimme mit stark französischem Akzent sagt: »Tun sie dir weh, eh? Die Haarnadeln, meine ich? Ich entferne sie sofort.«

Ein Knabe trat auf mich zu, der Rupert sehr ähnlich war, um nicht zu sagen: erstaunlich ähnlich.

»Jean-Paul.« Damson hielt diesem meine Hand entgegen. »Das ist Jean-Paul. Der hat dich so hübsch gemacht! Du mußt ihm dafür danken, Myopia.«

Ich saß dämlich da und glotzte sie alle an. »Danke dir, Jean-Paul.« Damit trank ich meine Tasse leer.

»Noch eine?« Ich nickte.

»Ach, nun komm schon«, Rupert legte seinen Arm um meine Schultern. »Sie sieht so fantastisch aus, laßt es uns ihr vorführen.«

Ich hatte auf einer veilchenfarbenen Plüschchaiselongue gelegen.

»Wir sollten sie eigentlich für sie hinschieben. Ehrlich, Darling, du hättest dich sehen müssen! Die Farbgebung...« Er küßte seine Fingerspitzen und schloß die Augen. »Mhmm, *gööttlich.*«

Ich ließ zu, daß man mich zum Spiegel führte – war ich betrunken oder gedrugged, oder was? »Ich halluziniere«, sagte ich und grinste gespenstisch. Der Filmstar in Technicolor starrte mich gravitätisch an. Ich sah, wie die schimmernden Lippen sich bewegten. »Das bin ich, oder? Himmel, nicht einmal meine eigene Mutter würde mich erkennen!«

»Na, die bestimmt nicht...«, gab Damson von sich, um zu einer ihrer Tiraden anzusetzen. Doch ich hörte nicht hin.

»Perfekt«, seufzte ich und erlaubte einem vergnügt-sanften Magenwind, unter meinem langen weißen Gewand zu entfleuchen.

»Sie hat gefurzt«, stellte Damson fest. »Mich laust der Affe. Wir haben uns die Seele aus dem Leib geschuftet.« Sie schwang mich herum. »In zehn Modelle haben wir dich gesteckt, dich darin fotografiert, während du wie ein Warzenschwein geschnarcht hast, und deine erste Reaktion darauf ist, einen fahren zu lassen.«

Ich starrte sie mit weitaufgerissenen Augen an, plötzlich wachgeworden. »Das habt ihr alles gemacht?«

Rupert antwortete statt ihrer: »Erinnerst du dich? Es war deine Idee! Kurz, bevor du hinüberwarst, hast du uns von deinem Traum erzählt, so hat Damson den ersten Teil unter dem Arbeitstitel ›Die Schöne träumt‹ gleich in den Kasten genommen...«

Damson unterbrach ihn voller Ungeduld: »Diese Fotos werden jeweils längs gebracht, sie zeigen alles komplett – das Haar, die Schuhe, die Garderobe samt den Accessoires, das Ganze eben. Groß aufgemacht werden sodann deine Träume, Nahaufnahmen von dir in verschiedenen Situationen. Ähnlich deinen Träumen – nur mit Variationen.«

»Ich kann mich an nichts entsinnen. War ich sehr betrunken?«

»Das machte das Hasch. Unklugerweise hast du Haschpralinen gekostet. Hussein hat sie dir angeboten. Das macht er immer so. Das ist seine Vorstellung von einem Scherz. Und zwar verabreicht er echt starken Stoff. Eines Tages wird er jemanden damit umbringen. Wenn man viel getrunken hat, haut einen das glatt um. Doch du bist jetzt in Ordnung, vollends, wenn du dich ein paar Stunden richtig ausschläfst. Wir wollen alle schon seit geraumer Zeit ins Bett, haben aber gewartet, um zu sehen, wie es dir geht.«

»Wie schrecklich. Wieviel Uhr ist es?«

Rupert gähnte und blickte auf seine Uhr. »Sechs Uhr früh!« Er und Jean-Paul sahen einander an. »Fühlst du dich ganz bestimmt besser, Myopia, wenn dem nämlich so ist, werden wir uns verdrücken.«

»Wir? Wer wir?« fragte ich, als hätte ich erneut ein Brett vor dem Kopf.

Er küßte mich auf die Wange. »Ich werde bei Jean-Paul kampieren. Damson hat hier nur Platz für dich. Wir werden uns am späten Vormittag wegen der weiteren Aufnahmen absprechen. Gute Nacht, Darling! Du warst wundervoll!«

»Wundervoll«, echote André und umarmte mich. »Ich werde dich ebenfalls wiedersehen, ja? Heute«, flüsterte er mir ins Ohr, »Mein süßer Liebling.«

Bevor ich das alles so richtig begriffen hatte, waren sie verschwunden. Damson begleitete sie zur Korridortür. Als sie zurückkam, stand ich noch immer vor dem Spiegel. Wieviel hatte ich mitgekriegt? An eine Sache erinnerte ich mich plötzlich, ein physisches Faktum, das ihnen über die Stunden hinweg offensichtlich gewesen sein mußte. Allein der Gedanke daran ließ mich dunkelrot anlaufen. Ich hörte, wie sie den Raum durchquerte, sodann stand sie hinter mir. Sie blickte in den Spiegel, der unser beider Bilder wiedergab. Ohne daß ich mich umwandte, sagte ich langsam, jedoch mit merklicher Verlegenheit: »Was, um alles in der Welt, hast du hinsichtlich meiner Periode unternommen? Wenn ich bedenke, all die Kleider!«

Sie schob ihren rundlichen Arm unter den meinen, drückte diesen und lachte. »Ich hab' deine alte Binde fortgeworfen und dir ein Tampon eingelegt!« Sodann hob sie mein Kinn an. »War das in Ordnung, Madame?«

Ich nickte beschämt.

Sie lachte abermals. »Schön. Tu jetzt, was ich dir sage, und geh ins Bett.«

Aber ich konnte nicht einschlafen. Ich lag auf der einen Seite des breiten Bettes und sie auf der anderen, unsere Körper berührten sich dabei nicht. Durch die Rouleaus stahl sich vorwitziges Morgenlicht, genug, um undeutlich ihr Gesicht erkennen zu können. Sie war nahezu auf der Stelle eingeschlafen. Ohne mir auch nur einen Gutenachtkuß zu geben. War ich darob nun erleichtert oder verärgert? Ich vermochte es selbst nicht zu sagen. Ich ließ mein Feuerzeug aufschnappen; indem ich die Flamme emporhielt, blickte ich mich in dem Raum um.

Er diente anscheinend nahezu jeglichem Bedürfnis. Ich sah in der Ecke einen Ausguß und einen Kocher, ferner die Chaiselongue, auf der ich gelegen hatte, einen riesenlangen Arbeitstisch, der in der Mitte des Raumes und an einer Wand entlang verlief, eine Batterie von Leuchten, Ausrüstungsgenstände, Kameras. Überall waren Fotografien. Sie bedeckten den Tisch, den Fußboden, die Wände. Hunderte davon zeigten ihren Hund. Freddie, so hatte er geheißen – ja. Ein Windhund mit feinem, aristokratischem Schädel, von anmutigem, windschlüpfrigem Körperbau und schmuddeligem Fell. Nicht unbedingt das, was ich mir als Schoßtier ausgesucht hätte. Was mich betraf, ich liebte nun einmal Kuscheltiere – Meerschweinchen oder Pekinesen, oder flaumige Geschöpfe wie einen Tag alte Küken oder Angorakatzen. Oder sogar so rosige, quiekende Wesen wie Schweine.

Ich betrachtete Damson in ihrem Schlaf. Sie war einem Schwein nicht unähnlich, ging es mir durch den Kopf, einem hübschen Schwein mit kleiner Nase, tiefliegenden Augen und lächelndem Schlabberschnäuzchen. Doch am meisten erinnerte ihre Haut daran, die so rosig und weich und gemästet war. Ich verspürte den schier unwiderstehlichen Drang, da hineinzustupfen. Einen Finger hineinzustoßen, um zu sehen, wie tief der ging. Bis annähernd zum Knöchel, hätte ich gesagt. An so richtig fleischigen Stellen – wie den Schenkeln, ihren Brüsten, ihrem Po – wohl bis zu den Handgelenken, stand zu vermuten! Ich löschte das Licht, schloß die Augen und drehte mich zur Seite. Das werde ich ihr am Morgen erzählen, dachte ich. Das werde ich ihr erzählen und – es ausprobieren.

Aber am Morgen war sie nirgendwo zu sehen. Auf ihrem Kissen lag ein Zettel, auf dem zu lesen stand: »Schlaf ruhig weiter, sehen uns bald.« Ich erhob mich, stellte den Wasserkessel auf und sah mich nach einem Wischlappen um. Alles war schmutzig und verkommen. Mrs. Bowen hätte eindeutig einen Anfall bekommen, entweder das, oder sie hätte nach ihren Pillen verlangt. Ein halbes Schinkenbrötchen stak leblos in einer Zuckerdose. In sämtlichen Tassen stand der eingetrocknete Kaffeesatz, in einem Falle war dieser bereits mit Schimmel überzogen. Ein zerschlagenes Ei lag auf dem Fußboden, darin schwamm eine tote Fliege. Ich erkannte die Tasse, aus der ich in der vergangenen Nacht getrunken hatte, an meinen Lippenstiftspuren. Diese wusch ich aus und trank meinen Kaffee daraus schwarz. Milch schien es nämlich nicht zu geben. Nahezu umgehend schlug mir das Herz wie rasend. Ich spuckte den Rest aus, fing sodann mit dem Saubermachen an. Ich wußte bereits, wie sie mich nennen würde, wenn sie hereintrat ›Frau Saubermann‹. Na und? Warum nicht? Doch zehn vor zehn, als ich das Ganze in einen präsentablen Palast verwandelt hatte, war immer noch keine Spur von ihr zu sehen. Weswegen ich mir ein Bad einließ und in die Wanne stieg. Ich wusch mir die Haare. Während ich diese gerade spülte – ein mühseliges Geschäft, da man jedesmal ein Gefäß an beiden Hähnen abfüllen mußte, um die richtige Temperatur zu erhalten – kam sie zurück. Ich hielt im Spülen inne und schielte durch die tropfenden Haarsträhnen, die mir auf die Knie fielen. Dabei stach mein Po hoch in die Luft, indes meine Brustwarzen steif nach unten wiesen.

»Guten Morgen, meine Liebe«, hörte ich sie zwitschern. »Myopia?«

»Hier bin ich«, rief ich zurück. Die Badezimmertür wurde aufgerissen.

»Macht es dir etwas aus? Ich muß diese Kacke loswerden! Mehr als eine Lastwagenfuhre voll!«

Sie hockte sich auf die Toilette und grinste fröhlich. »Kann nur hoffen, daß es nicht die Kloschüssel zerreißt. Hab' die Chose durch ganz Paris getragen.«

Ich hörte es platschen.

»Ah, so ist es schon viel besser.« Sie starrte konzentriert zur Decke empor. »Noch einige Kackeierchen, dann haben wir's.« Danach wischte sie sich mit Toilettenpapier ab, der halben Rolle, wie es schien, zog die Kette und schnupperte. »Nicht so schlimm! Na, wie geht es dir heute?«

Alles hatte sich so rasch ereignet, daß ich es gar nicht richtig erfaßt hatte. Ich registrierte, daß sie sich nicht die Hände wusch.

»Kann ich dir etwas zum Essen machen? Ich habe frisches Brot eingekauft, Milch, Eier...«

»Ich wasch' mir gerade die Haare«, sagte ich hastig. »Ich mach' mir selber was zurecht, wenn ich fertig bin«, und ich fing wieder an, an den Hähnen zu drehen.

»He«, machte sie langsam. »Schau mich an.«

Ich hob ein nasses, schaumbedecktes Gesicht.

»Rühr dich nicht«, gebot sie. »Bleib genauso, ich hole meine Kamera«, und schoß hinweg.

Als sie zurückkehrte, befand ich mich noch immer in derselben Stellung, wobei mir Seifenschaum über die Haut rann, über beide Brüste lief.

»Braves Mädchen.« Sie klappte den Toilettendeckel herunter und stellte sich darauf. »Jetzt richte dein Kinn auf mich. So ist es gut.«

Mir lief Seifenlauge in die Augen.

»Laß das!« rief sie, als ich diese schloß.

»Die Seife brennt.«

»Halt den Mund! Lach jetzt! Nicht so, du sollst nicht richtig lachen. Die Zähne zeigen, die Zähne! Ja!«

Sie verknipste einen ganzen Film, legte sodann einen weiteren ein und kniete sich auf den Fußboden neben der Badewanne. »Jetzt setz dich auf die Füße zurück, los, laß dich einfach auf deine Fersen zurücksinken. Rückgrat gerade. Titten raus. Zeige sie! Zeigen sollst du sie, nicht hängen lassen! Und jetzt füll den Becher mit kaltem Wasser und gieß es dir über den Kopf.«

»Kalt? Ich übergieß mich nicht kalt!« Ich drehte den Warmwasserhahn auf. Sie stellte diesen ungeduldig ab, füllte den Becher bis zum Rande mit kaltem Wasser und kippte den ganzen Inhalt über mich. Ich hätte schwören können, daß mein Herzschlag einen Moment lang aussetzte. Ich hatte unwillkürlich die Arme gehoben, um meine Brüste zu schützen.

Sie knipste erbarmungslos weiter. »Senk die Arme«, forderte sie so heftig, daß ich dem augenblicklich nachkam.

Nasses Haar hing mir wie ein dichter, strähniger Vorhang vor dem Gesicht. Ich stieß diesen zur Seite und funkelte sie wütend an. »Du Kuh. Du Scheißkuh.«

»Großartig«, girrte sie, »behalt den Ausdruck bei.«

»Hat sich was«, fauchte ich und erhob mich, während eine Gänsehaut meinen Körper überlief. Ich fing, ohne daß ich dagegen ankonnte, mit den Zähnen zu klappern an und langte nach einem Handtuch.

Sie ließ nicht ab, lud ihre Kamera flink wieder und schoß Bild um Bild. Zum Schluß nahm ich keine Notiz mehr davon, trocknete mich ganz ab, schlug das Badelaken um mich und fing mit einem Handtuch an, mein Haar zu rubbeln.

»Das reicht. Ich glaube, wir haben's. Okay. Da wird einiges Gute dabeisein, es sei denn, du bist unrettbar unfotogen.«

»Das bin ich«, sagte ich sauer.

Sie lachte. »Nun, später werden wir es wissen. Sie beeilen sich mit dem Material, das ich letzte Nacht geschossen habe. War in meiner Kopieranstalt. Wir werden die Aufnahmen gegen sechs Uhr da haben. Ist das nicht aufregend?« Sie schlug leicht gegen die Kamera. »Aber diese hier, die entwickle ich selber. Ich denke doch.«

Neugier überkam mich. »Du? Wo denn?«

Sie deutete auf eine Tür in dem großen Wohnstudio. »Meine

Dunkelkammer. Meine Schwarzweißaufnahmen entwickle ich zumeist selber. Man kann beim Kopieren soviel experimentieren. Das ist der beste Teil vom Ganzen.«

»Warum tust du es dann nicht mit denen von letzter Nacht?«

Die Frage ging ihr sichtlich auf die Nerven, indes, sie antwortete geduldig. »Die waren doch in Farbe. Das ist ein anderer Prozeß. Das muß ein Farblabor machen. Was wir heute nachmittag zurückbekommen, sind Diapositive. Mit denen kann man in verschiedener Art und Weise experimentieren, indem man zwei oder gar drei übereinanderlegt. Aber all das wird von *Chic* im eigenen Haus gemacht. Ich werde mit hinüberfliegen, um ein Wörtchen beim Layout mitzureden. Es gibt keinen Art-Director auf der ganzen Welt, dem ich meine Arbeit unbesehen anvertrauen würde.«

Ich starrte sie an. Heute, das war eine ganz andere Damson.

»Kann ich bei dir wohnen?«

»Was? Ich war gerade in Gedanken.«

»Kann ich bei dir in London wohnen?«

»Ja! Ja, klar doch. Ich hab' genug Platz.«

Sie lachte. »Dachte ich mir fast. Ich kann mir dein Haus förmlich vorstellen. Es ist doch ein Haus, oder?«

»Ja.« Ich fühlte mich geradezu in die Defensive gedrängt. »Es ist ein hübsches Haus, obschon es den Maler bräuchte«, fügte ich hinzu.

»Und das treibt dich um?« Sie blickte mich sehr ernst an.

Ich überlegte genau. »Nun«, – nun, tat es das? »Nun«, sagte ich abermals. »Nun, wenn dem wirklich so wäre, hätte ich es kaum in dem Zustand verlassen, oder meinst du?« Schon fühlte ich mich besser.

Sie nickte aufmunternd.

»Um ehrlich zu sein, ich weiß nicht, warum ich dringeblieben bin. Es ist ein Einfamilienhaus, für einen Mann mit Frau und Kindern gedacht. Als lebe man in der Vergangenheit.«

»Ja, du hast Kinder...«

»Und keinen Ehemann...«

Ihre Augen weiteten sich.

»Ich meine, ich hatte einen, aber wir sind geschieden«, bemerkte ich rasch.

Sie lachte leichthin. »Ja, ich bin ebenfalls geschieden.«

Der Schock traf mich so heftig wie ein Kaltwasserguß. Ich weiß nicht, warum. Ich starrte sie ungläubig an. Sie lachte abermals.

»Wir haben eine Menge zu besprechen«, meinte sie, nahm mir das Handtuch aus der Hand und begann mir die feuchten Haare zu frottieren. »Keine Bange, wir werden es tun. Es liegt viel Zeit vor uns.« Sie hielt für einen Augenblick im Rubbeln inne und sagte nachdenklich: »Es wird mir seltsam vorkommen, wieder in London zu sein. Komisch, Moo zu sehen.« Es schien darauf keine Antwort nötig. Ich schwieg. »Fünf Jahre sind es her«, fuhr sie fort, »da habe ich sie zum letztenmal gesehen – so lange war ich nicht dort.« Ihre Hände frottierten lebhaft meinen Kopf. Ich entspannte mich, der feste und dennoch sanfte Druck beruhigte mich. Sie besaß ein feines, geübtes Fingerspitzengefühl. Ich fragte mich, wie oft sie Freddie shampooniert hatte.

»Sie hat sich verändert, wie Rupert sagt. Soll jetzt völlig anders aussehen. Sie soll todkrank sein.«

Ihre Hände rubbelten heftiger, wie ich einen Moment lang feststellen mußte. »Todkrank? Ja, das habe ich gehört. Aber sterben müssen wir schließlich alle einmal.«

»Nun«, erwiderte ich, »sie scheint sich damit zu beeilen.«

»Zieh ab, altes Mädchen.« Sie klang wie ihre Mutter. »Du bist trocken, würde ich sagen.«

»Danke.« Ich nahm das Handtuch. »Soll ich es auswaschen?«

»Sei nicht fad. Wirf es auf den Boden. Laß uns ein wenig was futtern. Die Jungs werden dasein, bevor wir uns versehen.«

Ich folgte ihr, das Badetuch um mich gerafft, meine Haare umstanden meinen Kopf gleich einer sich kräuselnden Rußwolke. Sie blickte zurück und auf mich. Ihr Gesichtsausdruck änderte sich. Klick. Klick.

»Oh, mach keine Aufnahmen mehr!« bat ich.

Sie hörte nicht darauf. »Ich möchte nur die Rolle aufbrauchen. Hab' eine gute Idee, wenn die aufgeht, können wir beide eine Menge Geld verdienen.«

Ich gab es auf, gehorchte jedem ihrer kurzen Kommandos, warf meinen Kopf in den Nacken, wenn sie es verlangte, schmolz förmlich in die Kamera hinein, starrte steinern durch meine Haarfransen hindurch. Es kam so weit, daß ich allmählich die Sache zu genießen begann. Es war, als flirte man mit den Kameralinsen, als hätte man eine geheime Liebesaffäre mit ihnen. Ich lachte indes nicht ein einziges Mal. Da wäre ich mir zu falsch vorgekommen. Endlich ließ sie es sein.

»Das war wirklich großartig. Du kriegst mittlerweile den Bogen raus. Viel besser als die vorigen.«

»Ich hab's gespürt.« Mein Adrenalinspiegel mußte einen hohen Stand erreicht haben. Ich hätte es noch einmal abziehen können – um nichts.

»Du könntest echt professionell werden. Dazu müßtest du deine Mimik vor einem Spiegel einstudieren und mit deinem Körper arbeiten. Die dir gemäßen Positionen für ihn finden.«

»Mir ist dabei nie nach Lachen zumute.«

»Dann lache nicht. Das ist es, was ich meine. Sieh zu, daß du dir deinen eigenen, unverwechselbaren Look zulegst, ob nun ungezähmt oder schmollend, wie immer dir zumute ist.«

»Ich würde am liebsten sanft und liebenswürdig wirken, so empfinde ich tief drinnen, aber mein Gesicht spielt nicht mit. Ist das nicht drollig, was meinst du?«

Sie wandte sich ab. »Krampf!« äußerte sie kurzangebunden. Ich war gerade dabei gewesen, mich weiter auszulassen, ungeschickt, dies zugegeben, aber eben doch drauf aus, weiterzumachen.

»Was?«

»Krampf!«

Ich stand starr und ließ es in mich einsinken. »Schön«, sagte ich schließlich, »den Krampf kannst du dir sonstwohin stecken.«

»So ist es schon besser«, bemerkte sie. »Deck jetzt den Tisch.«

Sie kochte wie ein Maler, jene Art von Pseudokünstlern, wie sie in Filmen gezeigt werden, die Ölfarbe auf die Leinwand klatschen und taxierend einen Schritt zurücktreten. Klacks – patsch. Und weiter so. Eierschalen stoben in alle Himmelsrichtungen zu Boden. Die Butter verbrannte. Käse flockte wie wild umher. Ich mußte zusehen, wie meine unlängst erfolgten hausfraulichen Bemühungen in kürzester Frist zunichte gemacht wurden.

»Omelette«, bemerkte sie und knallte den Teller auf den Tisch. Ich nahm zögernd einen Bissen davon. Er zerging mir auf der Zunge. »Köstlich«, sagte ich.

Sie schmatzte mit feuchten Lippen, Fett glänzte an ihrem Kinn. »Du solltest erst mal mein Soufflé probieren – edelst, obschon man sich nicht selber loben sollte. Nicht, daß ich noch so viel koche wie früher. Für gewöhnlich esse ich auswärts. Bei ›André's‹ oder in anderen Lokalen. Das Kochen vergrößert nur das Chaos hier.« Sie wedelte mit ihrer Gabel herum. »Wie du ja unschwer feststellen kannst.«

Ich blickte mich um. »Was würde deine Mutter dazu sagen?«

»Meine Mutter? Wer ist das? Ich bin mittlerweile erwachsen, ich habe keine Mutter.« Sie lehnte sich über den Tisch. »Und du solltest auch keine haben. In unserem Alter sollte man so weit sein, daß man Familienbindungen gekappt hat, bestimmt. Diese Abhängigkeit, man wagt dies nicht und das nicht...«

»Aber du hattest doch ein sehr enges Verhältnis zu deinen Eltern?«

»Sie mochten mich.« Sie lachte kurz auf. »Wahrscheinlich tun sie das noch immer – wenn sie noch leben.«

»Du willst damit sagen, daß du nicht mehr mit ihnen in Verbindung stehst?«

»Hör mal, ich habe mit Zwanzig geheiratet. Sechs Monate später war ich selbst Mutter, wurde geschieden und bei meinen Eltern zu Hause rausgeworfen.«

»Ich wußte nicht, daß du ein Kind hast.«

»Ich hab's nicht mehr.«

»O Gott, starb es? Es tut mir leid.« Ich berührte scheu ihre Hand und setzte eine teilnehmende, mitfühlende Miene auf.

Sie lachte herzhaft. »Es könnte tatsächlich ebensogut gestorben sein. Ich hab's weggeben.«

Ich gefror. »Du hast dein Kind weggeben?«

»Ja.« Sie lachte abermals. »Dein Gesicht ist vielleicht ein Anblick. Ja, ich mochte es nicht, deshalb gab ich es weg. Was ist daran nicht in Ordnung?«

»Es ist zumindest ehrlich«, erwiderte ich steif. »Aber ich brächte es nicht fertig.« Ich neigte den Kopf, um mir eine Zigarette anzuzünden, und hatte im Flackern der Flamme die Vision von Harriet und Fanny. Wie sie an Pauls Seite gingen, zusammen den Lift bei Harrod's nach oben nahmen. Sich nach links zur Abteilung für Kinderbekleidung wandten, mit einer mürrischen Françoise im Schlepptau. Paul, der sich mit einem Verkäufer anlegte – überaus subtil, versteht sich –, wem das hochnäsigere Auftreten zustand. Harriet, die das raffiniert erfaßte und über ihres Vaters Sieg innerlich frohlockte. Fanny, die mich vermißte. Und plötzlich war ich dabei, da, wo ich hingehörte, zu ihnen nämlich, anstatt in einem Pariser Studio zu rauchen und Damson zu lauschen, die mir erzählte, wie sie sich kühlen Blutes ihres Kindes entledigt hatte.

»Nun schön«, sagte sie jetzt, »ich liege wohl nicht falsch, wenn ich annehme, daß für dich deine Kinder dein Leben sind.«

»Nicht ganz«, sagte ich, auf der Hut, wie ich war.

»Sie und eine Auswahl von Liebhabern«, äußerte sie scharfsinnig. »Hab ich recht?«

»Du hast den Nagel auf den Kopf getroffen!« Was hätte ich sonst sagen sollen? Ich fühlte mich ziemlich flau. Mein Leben lag da zwischen schmutzigen Tellern. Das paßte. Wie die Überreste von gestern. Zu meinem Entsetzen wurden mir die Augen feucht.

Ich schluckte heftig. »Das ist nicht genug, nicht wahr?« äußerte ich bedrückt.

Sie erhob sich, lächelte wie eine zufriedene Sphinx. »Oh, das würde ich nicht sagen, überhaupt nicht. Ich würde nämlich meinen, daß du eine Menge an Liebe um dich verbreitest, und das ist schon eine ganze Menge, oder etwa nicht? Und jetzt«, fügte sie brüsk hinzu, »jetzt ertrinke um Gottes willen nicht in Selbstmitleid. Sei ein gutes Mädchen. Ich muß mit der Arbeit beginnen.« Sie durchquerte den Raum und ließ mich an den Wassern Babylons sitzen. »Wenn die Jungs kommen, bummere an die Tür. Ich bin in der Dunkelkammer, okay?« Ich nickte unglücklich. Sie lachte boshaft. »Reiß dich zusammen! Es tut uns allen gut, in die richtige Perspektive gerückt zu werden.«

Sie schlug die Tür hinter sich zu. Ich erhob mich abrupt, ging ihr nach und rief: »Also sprach der verdammte Prophet!«

Doch alles, was ich vernahm, war ihr Gelächter auf der anderen Seite der Tür.

Zwischen ihnen war etwas gewesen. Ich hätte dies in dem Augenblick sagen können, da sie eintraten – Rupert und Jean-Paul. Doch jetzt hatten sich die Dinge zum Schlechten gewandelt. Schlimm, wenn es so endet. Verzauberte Abende, eingesponnen in beglückende Erwartung – man zieht sich ein wenig verlegen aus, putzt sich die Zähne, schließt die Toilettentür, uriniert mit Bedacht, damit das Geräusch nicht trägt, duscht. Danach: Lichter aus, liebt einander. Aber dann stimmt der Rhythmus nicht, oder mit dem Geruch ist etwas nicht in Ordnung oder irgend etwas mit der Haut. Mein Ideal ist eine glatte Haut wie meine eigene, die die meisten Leute bei Männern für knabenhaft – weibisch halten. Nicht ich. Ich mag sie feinporig, sehr sanft, haarlos, dazu eine Körpertemperatur, die meiner eigenen entspricht. Eine Haut, wie sie – ich mußte schon scharf nachdenken, um sagen zu können, wer diese Eigenschaften anpries. Nun, keiner von denen, die ich kannte. Zumindest zum gegenwärtigen Zeitpunkt nicht. Charles besaß einen behaarten Körper, behaart von Kopf bis Fuß, auf der Brust wuchs ihm die reinste Roßhaarmatratze. Schwitzte er, klebten die Haare zusammen wie die feuchtschimmernden Haarbüschel einer Wasserratte. Sam? Der schwitzte nie, was mir bei einem so großen und schweren Mann seltsam erscheinen wollte. Nun, er schwitzte kaum, so stimmte es wohl eher. Und fühlte sich trotzdem heiß an, heiß und trocken wie Wüstensand, wobei seine Haut die Beschaffenheit von Schmirgelpapier aufzuweisen schien. Das alles waren physische Gegebenheiten, die keinesfalls schwerwiegender Natur waren, und dennoch, wurden sie überraschend erfahren und fügte sich eines zum anderen, dann reichten sie aus, einen abzustoßen. Wie Pobacken, die von Pickeln übersät sind, oder zerkaute Fingernägel. Oder ein Kinn, das der Rasur bedarf. Und ein Atem, der mit dem Heraufdämmern des Morgens schlecht wird. Wenn ich den armen Jean-Paul und Rupert jetzt so betrachtete, die sich beide der Gegenwart des anderen übermäßig bewußt waren, indes die Kommunikation zwischen ihnen, zumindest zeitweilig, darniederlag, fragte ich mich unwillkürlich nach dem Grund solcher Mißstimmung. Sie begrüßten mich jeder für sich, beide mit einem Kuß. Jean-Paul als Franzose gab mir zwei. Einen auf jede Wange – so war es zumindest gedacht. Doch ich vollführte eine jähe Drehung, weswegen der zweite auf meinem Ohr landete. Wir lachten beide.

»Wo ist Damson?« fragte Rupert brüsk, als ob er jetzt auch mit mir über Kreuz sei.

»Da drinnen.« Ich deutete auf die Tür. »In der Dunkelkammer. Sie sagte mir, ich solle an die Tür bummern, wenn ihr aufkreuzt.« Ich sah mich in dem Raum nach meinen Sachen um. »Besser, ich ziehe etwas an, glaube ich. Oh, keine Umstände deswegen, ich kann das im Badezimmer tun. Das heißt, wenn ich meine Klamotten finde. Siehst du sie, Rupert?«

Dieser zuckte gereizt die Schultern und schüttelte den Kopf. Jean-Paul hob begütigend die Hand.

»Also für mich, Myopia, wäre es das beste, du bliebest für das Make-up, wie du bist. Für die erste Aufnahme trägst du, soviel ich weiß, nur Hut und Rock, weshalb ich auch deine obere Hälfte schminken muß.«

Ich starrte ihn an, dann Rupert. »Was?«

Was. Das konnte ich sie förmlich sagen hören. Drüben, in London, wo sie *Chic* an Smiths Theke erstanden. Charles mit gefurchter Stirn: »*Was*, zum Teufel!« Sam, lächelnd: »*Was*, zur Hölle!« Paul, perplex: »*Was*, um alles in der Welt?« Und das Kichern der Kinder: »Was hast du dir denn dabei gedacht, Mami?«

»Ja, was?« äußerte ich.

»Oh, wir werden den Busen so ein bißchen anmalen. So, wie man das mit den Wangen macht...«

»Den Wangen?« Ich setzte mich rasch darauf.

Jean-Paul beührte zart sein Gesicht. »Ich vervollkommne deine ach so hübschen Brüste, indem ich sie schimmern mache, und die charmanten Spitzen betupfe ich mit ein wenig Rouge.«

Wann hatte er die überhaupt zu Gesicht bekommen? Letzte Nacht? »Nun«, machte ich unentschlossen.

Jean-Paul zwinkerte mir kokett zu. »Für mich wird dies eine Liebesmühe sein, Myopia.«

Rupert schnob und fing an, an die Tür zu hämmern. »Damson!«

Eine kurze Stille trat ein, dann öffnete sich langsam die Tür, und heraus trat Damson.

»Kontaktabzüge«, verkündete sie triumpierend und wedelte mit zwei langen, schimmernden Papierstreifen, die sich als eine Aneinanderreihung winzig kleiner, grauer Fotografien erwiesen – etwa in Briefmarkengröße. »Paß auf, sie sind noch feucht, du bekommst jedoch durch sie eine Vorstellung von dir selbst«, sagte sie zu mir. »Hier, schau sie dir damit an«, sie drückte mir ein schweres, viereckiges Vergrößerungsglas in die Hand. Ich weiß nicht, was ich erwartete, auf jeden Fall sah ich es nicht.

Wir kamen per Zufall dort vorbei, und zwar an einem Samstag. Das Puppenmuseum lag in einer engen Straße, irgendwo hinter der Tottenham Court Road. »Sollen wir reingehen?« fragte ich die Mädchen. »O ja«, erwiderte Harriet wie aus der Pistole geschossen. Fanny hingegen zögerte. Woraufhin ich sie sanft bei der Hand nahm. Ein winziges Glöckchen bimmelte, als wir eintraten. Eine alte Frau mit zerknittertem Gesicht nahm das Eintrittsgeld entgegen und wies uns die Treppe hinauf. Es handelte sich um ein verwinkeltes, düsteres Gebäude mit drei Stockwerken, vormals wohl ein Wohnhaus, etwa achtzehntes Jahrhundert. Puppen, wohin man sah – über die Wände des Treppenaufgangs verteilt, eine jegliche fein säuberlich mit einem Schildchen versehen, auf dem Entstehungszeit und Herkunft angegeben waren. Harriet war ganz aus dem Häuschen. Ich beobachtete die beiden voll Interesse, während wir uns langsam höher schraubten. Fanny sagte nichts, hielt vielmehr fest meine Hand umklammert. Doch bis wir oben angekommen waren, hatte sich ihr Unbehagen nicht nur auf mich, sondern auch auf Harriet übertragen. »Schaut«, meine Stimme klang unnatürlich laut. »Schaut«, wiederholte ich im Flüsterton. »Hier sind die Wachspuppen.« Alle drei sahen wir uns schweigend um. So an die fünfzig Augenpaare starrten in dem kleinen Raum auf uns. Blinzelten nicht, blickten blind aus delikat modellierten Gesichtern. Gesichtern von Puppenwesen, die in der Vergangenheit ihren kindlichen Besitzern unsägliche Freude bereitet und selbst keine empfangen hatten.

So wirkte ich, wie eine von jenen Puppen. Damson wartete, über mich geneigt, auf meine Reaktion. »Nun, was hälst du von ihnen, Heulsuse?«

Ich erschauerte, die jähe Frage und der Anblick des kalten, bleichen Gesichts hatten mir ein seltsames Kribbeln auf der Haut verursacht. Sie und die kaum verhohlene Erregung, die in ihrer Stimme mitschwang. Ich räusperte mich, fuhr jedoch darin fort, auf die Fotos zu sehen, indes ich mit dem Vergrößerungsglas langsam den Bildstreifen abging. Es war die letzte Serie Fotos, die sie geknipst hatte. So ungefähr zehn der Bilder erschienen meinen Augen, so unerfahren sie auch waren, den übrigen überlegen. Da war ich auch, so erinnerte ich mich, mehr in Schwung gekommen. Damson vollführte eine jähe ungeduldige Bewegung, als ich noch immer nichts sagte.

»Hier, laß die Jungs einen Blick drauf werfen. Los, Rupert, du zuerst.«

Ich erhob mich, mit einem Male befangen. »Hat jemand meine Zigaretten gesehen?«

Niemand antwortete mir. Was ich auch nicht erwartet hatte. Das Päckchen lag auf dem Tisch. Überrascht bemerkte ich, daß mir die Hände leicht zitterten, als ich mir eine Zigarette ansteckte. Ich wünschte mir, sie würden sich beeilen mit dem Angucken, damit wir mit einem weiteren Versuch beginnen konnten.

Jean-Paul sprach als erster. Er blickte mich an und meinte sehr mit Bedacht: »Letzte Nacht habe ich einen großen Fehler begangen. Ich habe Myopia wie eine Schönheitskönigin zurechtgemacht. Ich habe viel zu grobe, viel zusehr ins Auge springende Farben angewandt. Damson, laß uns heute einen neuen Start unternehmen!« Er stand auf.

»Setz dich«, sagte sie. »Alles ist perfekt, siehst du denn das nicht? Diese Bilder hier, wenn die rauskommen, wie ich mir das erwarte, werden die alltäglich-hübsche, nein, die konventionell-hübsche Linie vertreten. Motto: Wie-jede-Frau-gern-aussehen-möchte und so fort. Was bedeutet, daß die Träume ruhig stärker betont werden können, mehr wie – Nachtmahre.« Die tippte gegen den Streifen in ihrer Hand. »Zugegeben, dieses Gesicht hat, wenn man es ungeschminkt, roh bringt, sehr viel mehr Wucht, aber laß es uns jetzt erst recht noch bleicher, entleerter, entfremdeter machen...«

»In Ordnung«, sagte Jean-Paul eifrig. »Ich werde Grautöne und Amethyst benutzen, so daß sie wie ein Geist aussieht. Wie eine schlafwandelnde Tote.«

»Nun ja«, Damson sah mich nachdenklich an, »ich bin mir nicht so sicher, ob ich es wagen soll. Der erste Einfall scheint mir doch ein wenig kraß. Was meinst du, Myopia?«

»Wer ich? Zu was?« Ich hatte die Spur verloren.

»Ts, ts, ts.« Sie hob die Augen zur Decke. »Wach auf!«

»Ja also«, sagte ich trotzig, »niemand hat mir bis jetzt erklärt, was das mit dem ersten Einfall soll, oder?«

Rupert schien sich beruhigt zu haben, seine schlechte Laune wich sichtlich. »Sie hat recht. Wir haben sie nicht eingehend genug informiert«, sagte er zu den beiden. Und zu mir gewandt setzte er hinzu: »Nun, Damson hat sich dazu entschlossen, dich in deinen Träumen abzulichten. Was heißt, daß sie dich zwar nicht über London fliegend, aber in bestimmten Pariser Vierteln fotografieren möchte, also, wie gesagt, nicht notwendigerweise im Fluge, wohl aber, wie du an menschenüberfüllten Plätzen auftauchst, und stets fehlt dir dabei ein Kleidungsstück. Beispielsweise sollst du in der ersten Aufnahme, die Jean-Paul erwähnte, taillenaufwärts nackt sein, während du im übrigen tipptopp in Schale bist, mit Handschuhen, Rock, Schuhen, aber eben – barbusig; bei weiteren Schüssen sollst du...«

»Ah, da hast du's«, ich hatte bemerkt, wie er ins Stocken geriet. »Die Erogenzonen dürften knapp werden. Für sechs Seiten reichen sie niemals aus.«

Damson schaltete sich ein. »Sei nicht albern. Das hängt davon überhaupt nicht ab. Ich werde dich im Profil, von vorn, von hinten, von oben und unten schießen. Nicht der Inhalt macht's, wohl aber, was die Kamera mit diesem anstellt.«

»Danke«, sagte ich fröhlich.

Alle lachten. »Nun«, Damson hob die Hand, »da du diese Bilder gesehen hast, was meinst du? Führen sie nicht ein neues Element ein?«

»Das würde ich unterstreichen«, erwiderte ich. »Mich.«

»Geh und sag Adieu zu deiner Oma«, gluckten meine Tanten. Späte Mädchen, allesamt, was besagte, daß sie keine Ringe tragen oder nicht ohne Kittelschürzen umhergehen durften. Oder Lokkenwickler benutzen. Oder sich was in ihre Pfannkuchengesichter schmieren. Damit da ja nicht die Möglichkeit eintrat, daß sie einer unversehens ihrer Mädchenblüte oder sonstwas beraubte. »Los schon«, sie stießen mich auf die Wohnzimmertür zu. »Geh und sag Oma Adieu.«

Ich wich zurück. »Nein.«

Unzarte, tüchtige Hände packten mich an der Schulter. Ich wehrte mich, doch es war kein gleichwertiger Kampf. Die Tür wurde geöffnet, schloß sich hinter mir, der Schlüssel drehte sich im Schloß, und ich befand mich allein in dem Raum.

Mit Oma, die in dem langen Holzsarg lag, dessen oberer Teil gegen das Pianoforte gekantet war. Die Rouleaus waren heruntergelassen, und es war ziemlich dunkel, so dunkel wie das Trauerband, das man mir auf meinen Jackenärmel genäht hatte. In der Schule war ich damit in den Mittelpunkt der allgemeinen Aufmerksamkeit gerückt. Man zog mich zu sämtlichen Spielen auf dem Spielplatz hinzu, begegnete mir mit einer ganz neuen Achtung. Nächste Woche, so hatten sie mir gesagt, würden sie es abtrennen.

Zwei Kerzen brannten zu Omas Haupt – auf jeder Seite des Kaminaufsatzes eine. Ich näherte mich dem Sarg, um einen besseren Blick darauf tun zu können. Oma trug ihr neues Nachthemd, das, um welches sie mich in den Laden geschickt hatte, an jenem Tag, da es ihr sehr schlecht ging. Es war noch nicht bezahlt. Das wußte ich, weil sie mich darum gebeten hatte, es auf Pump zu erstehen. Es auszuwählen hatte einiger Zeit bedurft, ich hatte die alte Miß Tidy dazu gebracht, mir alles zu zeigen, was sie vorrätig hatte. Als ich zurückkehrte, war Oma bereits tot. Aber ich hatte ihr ein hübsches Nachthemd mitgebracht. Ich hob es an, um zu sehen, ob sie ihre langen Unterhosen trug. Aber da war nichts außer einem verfilzten Vlies, das mir vorkommen wollte, als bedürfe es eines Kammes. Ihre Hände, knotig und für gewöhnlich mit Schrunden und zahllosen Frostbeulen bedeckt, waren gefaltet und wirkten so glatt wie ein Paar Glacéhandschuhe. Sehr glatt war auch ihr Gesicht, als ob jemand es mit einem heißen Eisen gebügelt hätte. Es sah aus wie ihr Sonntagsgesicht. Ihre Augen waren geschlossen, nicht so verkniffen wie sie das waren, wenn sie weinte, sondern leicht, genau richtig. Die Lider saßen auf den Augäpfeln wie Schalen auf einem halben rohen Ei. Ich stach nach ihnen mit meinem Finger, tat jedoch einen Sprung zurück, weil mich die Kälte erschrak. Sie fühlten sich kälter an als die Kröte, die mein Lehrer in der Schule hatte. Und sie wirkten so bleich. Krankhaft bleich. Wie die Maden und Läuse, die man unter Steinen findet. Es war so ein durchsichtiges Weiß.

Jean-Paul trat zurück, um stolz das Ergebnis eineinhalbstündiger fortgesetzter Arbeit an meinem Gesicht zu beäugen. Ich erhob mich langsam und sah mich ebenfalls an.

»Ich möchte nicht, daß du vor dem Spiegel sitzt, während ich die Sache angehe...«

»O bitte«, bettelte ich, »ich hätte so gern gesehen, wie du damit beginnst und es durchziehst.«

»Nein«, hatte er mich streng beschieden, »du mußt warten, bis alles komplett ist.«

»Mein Gott«, stieß ich nun hervor, »ich sehe aus wie meine Oma.«

Sein Gesicht nahm einen verzwungenen, enttäuschten Ausdruck an.

»Aber nein«, sagte ich rasch, »ich möchte nicht unhöflich sein. Wirklich nicht! Aber die Farbe... das ist eine Leichenfarbe...«

Er lächelte strahlend und verbeugte sich leicht, was fast schon einen Knicks ergab. »Dann habe ich exakt den Effekt getroffen, an dem mir lag.«

Damson war in der Dunkelkammer, um Vergrößerungen der Aufnahmen zu machen, von denen sie uns die Kontaktabzüge gezeigt hatte. Rupert war bei ihr, um ihr zu helfen. Jean-Paul umarmte mich, wobei er es sorgfältig vermied, mit meinem Gesicht in Berührung zu kommen.

»Ich ruf sie jetzt, ja?«

Ich nickte und lachte. »Ich dreh mich nicht um, bis sie im Raum sind. Warte eine Sekunde. Zieh diesen weißen Überwurf vom Bett. Prima. Drapier ihn mir um die Schultern. Ich werde am Fenster stehen und hinausblicken.«

Wir kicherten wie Schulkinder. Jäh hielt er darin inne und runzelte die Stirn. »Lach nicht soviel, sonst bekommt die Maquillage Krakel.«

Ich nickte feierlich und starrte ihn kalten, abweisenden Auges an. Momentan erschien er wie hypnotisiert, schüttelte sich sodann kurz, wie ein junger Hund, der sich erschreckt hat. »Du bist, Myopia, viel zu lebensecht«, sagte er in einem komischen Ton.

Ich fuhr darin fort, ihn anzustarren, und murmelte sanft: »Viel zu leblos.« Da er ziemlich töricht dreinsah, zwinkerte ich ihm mit einem Auge zu, mich daran mahnend, die übrigen Gesichtspartien so wenig wie möglich zu beanspruchen.

Sie kamen aufgeregt hereingestürmt. »Schaut euch diese Vergrößerung an. Ist sie nicht sensationell?« Doch ich wandte mich nicht um, nicht sofort. Ich wollte den Augenblick auskosten.

»Na, laßt uns sehen«, äußerte Damson.

Ich drehte mich in meinem Überwurf um, langsam, wie in einer Zeitlupenaufnahme. Die Arme hielt ich von mir gestreckt. Da ich mir vorgenommen hatte, mit weitgeöffneten Augen auf einen fernen Punkt über ihren Köpfen zu starren, sah ich mich um den überwältigten Anblick ihrer Gesichter gebracht. Als ich sie schließlich voll ins Visier nahm, hatten sie wohl Zeit genug gehabt, ihre fünf Sinne wieder zusammen zu nehmen und ihre Gesichtszüge zu sammeln.

»Heiliger Himmel!« wisperte Rupert, was Jean-Paul sichtlich entzückte. Er wandte sich Damson bestätigungsheischend zu.

Diese schluckte, krächzte sodann: »Irre, Junge, fantastisch.«

Ich setzte mich auf sie zu in Bewegung. Unwillkürlich taten sie alle einen Schritt rückwärts. »Jetzt komm schon, hör auf damit«, sagte Damson, doch ich fing an, die Sache echt zu genießen. »Widerlicher Totenkopf«, ließ sie sich abermals vernehmen. Ich trat auf sie zu und legte leicht meine Finger an ihre Wange. Sie wich zurück. »Faßt mal ihre Hände an, die sind eiskalt«, das klang richtig aufgebracht.

Ich ließ von ihr ab. »Hat es euch nervös gemacht?« äußerte ich mit normaler Stimme und blickte sie mit freundlichem Gesicht an. Rupert tat einen tiefen Atemzug.

»Ganz schön hart. Wie fühlst du dich in dir drinnen? Du siehst so – ich weiß nicht –, du siehst so aus, als seist du vampirisiert worden.« Er blickte mir tief in die Augen. »Da ist kein Blut mehr drinnen, keine Blutgefäße, keine Adern – nichts.«

»Das machen die Augentropfen.« Jean-Paul war es, der sprach. Das erste Mal an diesem Tag direkt an Rupert gewandt, wie ich bei mir vermerkte. »Die lassen das Weiße des Auges sehr weiß erscheinen, ganz klar, so daß Pupille und Iris hervorgehoben werden.« Er zuckte die Achseln. »Ein althergebrachter Trick. Gewiß, aber die Italiener haben die Mixtur neu herausgebracht. Exzellent, die Wirkung, was?«

Ich blickte in den Spiegel und verharrte. »Ich hab, seit ich in Paris bin, so oft in den Spiegel geguckt wie mein halbes Leben lang nicht.«

Jean-Paul sah überrascht drein. »Warum auch nicht? Du übst eine Profession aus. Wie sonst solltest du dir deines Gesichtes bewußt werden?«

»Du bringst das mit Eitelkeit durcheinander, Myopia«, stimmte Damson zu. »Das ist etwas ganz anderes.«

Ich ließ meinen Blick über ihre Gesichter gleiten, die voller Leben waren und gesund wirkten, um zu meinem zurückzukehren. Meine grauen Augen, die stets grau wirkten, grau wie Zigarettenasche, wurden heller, während ich starrte. Indem ich mich konzentrierte und, so lange es ging, nicht blinzelte, vermochte ich, wie ich herausfand, sogar deren Farbe zu beeinflussen. Etwa dadurch, daß ich meinen Kopf drehte und wendete, während meine Augen auf denselben Fleck gerichtet blieben und dabei die wächserne Durchsichtigkeit meiner Haut reflektierten. »Vielleicht tut Übung not.« Ich sprach mehr zu mir selber. »Wäre es nicht eigenartig, sein früheres Aussehen im Kopf zu haben und an einem Spiegel vorbeizukommen, hineinzublicken, so wie ich jetzt, und dabei tot zu sein?«

Ich hielt inne. Damson hatte aufmerksam gelauscht.

»Und selbstverständlich umgekehrt«, fuhr ich fort. »Ein Geist oder jemand, der so totenfahl aussieht wie ich im Augenblick, sieht sich im Spiegel – aber als Lebenden.«

»Ja-a«, Damson dehnte das Wort. »Ja, das Bildnis im Spiegel...«

Ich nahm ihr die Vergrößerung aus der Hand, mit der sie hereingekommen war und die offensichtlich vergessen war. Eine Schwarzweißaufnahme meines natürlichen Gesichts.

»Ist sie nicht wunderschön?« Rupert und Jean-Paul drängten sich um mich. »Was meinst du?«

»Was hältst du mittlerweile von dir, Myopia?« wollte Rupert in einem nickenden Ton wissen.

Ich dachte ernsthaft nach. »Nun, ich meine, daß da eine Menge auf dem Tisch ist, womit sich etwas anfangen läßt.«

Er lachte. »Nein, ich meine, ich denke darüber nach...«

Damson schnippte mit den Fingern. »Das laß mal schön sein. Die Idee von ihr ist womöglich große Klasse. Die ließe sich machen, wißt ihr, diese Spiegelsache.«

Wir starrten sie an, sie war vor Erregung rot wie eine Tomate.

»Ich hatte an etwas anderes gedacht«, fiel ich ein.

»Ich meine«, unterbrach sie mich, »diese halbnackte Traumkiste... Titten und Arsch sieht man inzwischen überall, das ist nichts Neues...«

»Ohnehin«, ließ Rupert sich vernehmen, »kann man nicht wissen, ob Moo sie für *Chic* als ›passend‹ empfindet und nicht nur die normalen Schlafbilder, die wir gemacht haben, ins Blatt nimmt. Sie ist immer die große Unbekannte. Viele Fotos werden im letzten Augenblick wieder rausgeworfen, weil sie sie nicht ganz ›sieht‹...«

»Ich hab' an etwas anderes gedacht«, setzte ich abermals an.

Damson drückte meine Hand so kräftig, daß ich zusammenzuckte. »Du hast genug gedacht, meine Schöne.«

»Nein, hör zu. Wie wäre es, die Totenbilder im Spiegel in Schwarzweiß zu machen...«

Sie riß die Augen auf.

»Naja«, sagte ich unsicher und hielt die Großaufnahme hoch. »Ohne Farbe ist der Ausdruck einfach nachhaltiger...«

»... und«, sie nickte, »die restlichen Fotos, dein reales Ich, die machen wir in Farbe, was heißt, mit den Kleidern...' Juhu! Allmächtiger, das wird Spitze! Laßt uns schon anfangen. Zuerst schießen wir die Porträtaufnahmen. Werden die etwas, sehe ich eine davon schon auf dem Cover.«

Wir strahlten allesamt, wurden von ihrer Begeisterung fortgetragen.

»Erregend!« rief Rupert aus.

Ich lachte laut auf und fing den Blick von Jean-Paul auf. Der schüttelte traurig den Kopf. Ich tippte rasch mit der Fingerkuppe an mein Gesicht.

»Nein!«

»Aber ja doch«, gab er traurig zurück. »Du hast die schöne Maquillage beschädigt. Jetzt kann ich damit anfangen, diese zu reparieren.«

Gegen sechs Uhr schickte Damson Rupert weg, damit er die Farbdiapositive der Bilder der vergangenen Nacht hole. Eine halbe Stunde später war er mit ihnen zurück. Damson entnahm sie vorsichtig den Kunststoffkästen und knipste einen kleinen Lichttisch an, der in der Ecke auf einem Tischchen stand. Sie legte die Dias auf den Apparat, wo sie wie funkelnde Geschmeide auf dem Samttuch eines Juweliers wirkten.

»Nun«, sie sog den Atem ein, »kommt der Moment der Wahrheit.« Sie hatten mich wunderschön arrangiert. Der Kopf ruhte auf einem der schlaffen Arme, die Hand hing graziös herab, von Ringen überladen. Jede Aufnahmeserie enthielt ein anderes Farbthema, wobei die violette Chaiselongue als durchgehendes Motiv fungierte. Bei jeder von ihnen war mein Haar anders frisiert, und indem ich mir die Bilder näher betrachtete, konnte ich feststellen, daß nicht nur jedesmal das Gesicht neu geschminkt, sondern auch jeweils neuer Nagellack aufgetragen worden war, passend zu dem, was ich trug. Wie ein Paradiesvogel wirkte ich, wie ein Pfau, der Stoff, aus dem die Träume sind...

Rupert seufzte. »Himmel, da wartet Arbeit auf mich.« Ich blickte ihn an. »Das muß ich alles durchackern und all die verdammten Einzelheiten auflisten – Lippenstift, Farbe ›Thunder Pink‹ von Elizabeth Arden, ›Rose Soufflé‹ –, Nagellack von Helena Rubinstein, ›Azure Haze‹, Lidschatten von...«

»Oh«, versetzte ich, »hast du diese ganzen verschiedenen Make-ups benutzt, Jean-Paul?«

Sie lachten allesamt. Jean-Paul zuckte mit den Achseln. »Natürlich nicht. Ich benutze die Dinge, die ich über die Jahre hinweg gesammelt habe. Zumeist Materialien, die man für die Theatermaske braucht. Doch ich habe auch viel für Zeitschriftenaufnahmen geschminkt, wie jetzt im Augenblick. Ich weiß, daß die Angaben nie stimmen.«

»Sie dienen dazu, die Anzeigen zu unterstreichen«, bemerkte Damson heiter. »Diejenige Kosmetikfirma, die den meisten Anzeigenraum gekauft hat, die wird im redaktionellen Teil am meisten erwähnt. Praktisch, eh?«

»Also«, sagte ich, »angenommen, ich bin von einem Lippenstift angetan, mir gefällt die Farbe auf einem Modefoto, zudem habe ich in dem beigefügten Artikel darüber gelesen, ich habe mir den betreffenden Stift gekauft und muß herausfinden, daß der nichts mit dem im Modejournal zu tun hat.«

»Genau das könnte passieren. Du solltest eben nicht alles glauben, was geschrieben steht, na, Heulsuse?«

»Nenn mich nicht Heulsuse, Damson.«

»Wie würde dir denn Dopy gefallen – besser? Nun, laßt uns hiervon die besten aussuchen, damit wir vorankommen.«

»Oh«, machte ich, »kannst du die überhaupt gebrauchen? Wenn kein Spiegel dabei ist?«

»Das überlaß mal mir. Da kennt das Gewerbe so seine Tricks. So, wie es aussieht, scheint alles perfekt zu werden – besser, als wir es uns hätten träumen lassen. Bei diesen Fotos sind deine Augen geschlossen, damit zeigen wir ausgiebig Lidschatten. Das wird die alte Moo freuen. Sie hält es gern mit den Kosmetikzarinnen. Und dann, als Geist oder Tod, da hast du deine Augen offen. Das kommt stärker, muß du wissen. Du guckst also nicht in den Spiegel, schläfst vielmehr davor, indes der Tod deiner lauert und daraus auf dich blickt.« Sie sah uns triumphierend an. »Was meint ihr dazu?«

»Müßte sie exakt dieselben Sachen tragen, Damson?« warf Rupert ein. »Ich meine, wir haben Joes Kleider in diesen Farbaufnahmen so zur Geltung gebracht, daß ich befürchte, in den Schwarzweiß-Spiegel-Fotos könnten sie nicht so herauskommen. Ich hab' schließlich alles auf Farbe abgestellt und nicht auf Kontrastwirkung.«

»Tja«, Damson kniff die Augen zusammen. Ich sah aufmerksam die leuchtenden Vierecke durch. Johannisbeerrot, gellendes Pink, Pflaumenblau, Blutrot, Nachtblau, köstlich kräftiges Blattgrün, Zitrone, Kanarien- und Melonengelb, die Brauntöne: das Braun des

Rohrzuckers, das von bitterer Schokolade, der volle, dunkle Ton von Melasse. Etwas fehlte.

»Da fehlt etwas«, ich kräuselte die Stirn. »Weiß! Rupert, wie hieß es gleich, das Modell – ›Schneesirene‹? Haben wir das nicht mitgebracht? Ich meine doch.«

»Ja, wir haben es mitgebracht. Aber ich habe mich dann entschlossen, es fallenzulassen. Es paßte irgendwie nicht mit herein.«

»Aber es würde für die Spiegelszenen passen.«

»Die in Schwarzweiß.«

»Perfekt! Hol es!«

Damson setzte sich. »Himmel! Was für ein Team. Nun, Kinderchen, wir kommen voran. Laßt uns die ›Schneesirene‹ begutachten.«

Rupert brachte das Kleidungsstück aus der Garderobe herbei. Es hatte die Reise gut überstanden. Crêpe de Chine, kein Fältchen war zu sehen. Er hielt es vor mich. Ich trat an den Spiegel und breitete die Fledermausärmel in ihrer vollen Weite aus. Die seidigen Pyjamahosenbeine rieselten mir auf die bloßen Füße. Jean-Paul stülpte mir das Abendkäppchen mit den Kristallprismen leicht auf den Kopf. Weiß vom Kopf bis zu den Zehenspitzen. Unbefleckt. Ein Mondscheinwesen. Jemand aus dem Jenseits.

Damson trat zurück und beschattete mit den Fingern die Augen, ein kleines Rechteck formend, durch das hindurch sie wie durch den Sucher einer Kamera schaute.

»Sensationell«, stieß Jean-Paul hervor.

Damson erglühte vor Freude und nickte. »So wird's gehen«, gab sie widerstrebend zu. Doch in ihren Augen stand wieder dieser ganz bestimmte Glanz.

»Da haben wir's, Darling. Hab ich dir nicht gesagt, du solltest dieses Stück auswählen?« Meinte Rupert selbstzufrieden. »Jetzt siehst du, als wie wichtig es sich erweist.«

Ich sah mich an und erblickte im Geist zwei Wachskerzen, die auf dem Sims eines schäbigen Kamins flackerten, ihre Schatten über schlaffes, wächsernes Fleisch warfen. Über ärmliche Kunstseidenspitze hinspielten, mehr dafür geeignet, hochgeschlagen zu werden, als Leichenhemd zu dienen. Das beste Stück der alten Miß Tidy.

»Ja«, erwiderte ich langsam. »Es hat sich als nützlich erwiesen. Und es ist beinahe so hübsch wie das Nachthemd meiner Großmutter.«

Jean-Paul malte mir die Nägel weiß an; als er damit fertig war, wirkten sie wie Perlen. Über meine Hände stäubte er den gleichen

Puder, mit dem er mein Gesicht präpariert hatte. Mein Haar indes störte ihn.

»Es ist meiner Meinung nach zu dunkel«, stellte er fest und sah sich dabei nach Damson um.

Diese nickte zustimmend. »Mach, was du für richtig hältst.«

Er versuchte, es flachzudrücken, um es unter die Kappe zu schieben. »Du bist doch auch der Meinung«, sagte er, »daß die Haare weggehören?«

Ich nickte ebenfalls. Ich wußte sehr genau, was er meinte. So hatte das keinen Sinn. Strähnen fielen heraus, ich besaß zuviel Haar.

»Also schön«, äußerte ich schließlich, »schneid sie in Gottes Namen ab. Los schon, alle, mir macht es nichts aus.«

Sie sahen mich bewundernd an.

»Sie müssen richtig kurz sein«, fuhr ich, ihn ermutigend, fort. »Und wenn du schon dabei bist, was hältst du davon, wenn wir die Augenbrauen zupfen? Sie sind gewiß ebenfalls zu dunkel, was meinst du?«

Damson nickte. »Besser wäre es ohne alles.«

»Ja«, sagte ich unbekümmert. »Ich kann sie mir aufmalen, bis sie wieder nachgewachsen sind.«

»Was, zum Teufel, hast du mit dir angestellt?«

»Ich hab' mir die Haare abgeschnitten und mir die Augenbrauen abrasiert, Charles. Macht es dir etwas aus? Sieht ein wenig kahl aus, ich weiß, aber sie werden bald nachwachsen.«

»Wenn ich recht verstehe, ist diese Alopezie der allerneueste Schrei?«

»So ist es, ja.«

»Vielleicht«, sagte ich ein wenig angstvoll zu Jean-Paul, »könntest du mir wenigstens meine Fransen lassen.«

Wir arbeiteten bis nach Mitternacht. Damson trank die ganze Zeit über Rotwein.

»Wäre mir jetzt auch willkommen«, bemerkte ich an einem gewissen Punkt.

Jean-Paul blickte streng drein. »O nein, damit verdirbst du die weißen Lippen.«

»Sie kann ihn durch einen Strohhalm trinken.« Rupert steckte mir vorsichtig einen in den Mund, zog ihn jedoch zu rasch wieder heraus, während ich noch immer sog. Ich spürte, wie mir ein dünnes Rinnsal aus dem Mundwinkel rann, und hörte Jean-Paul fluchen.

»Nein, laß! Es sieht gut aus, wie bei einem Vampir«, rief Damson hinter ihrer Kamera hervor. »Laß mich einige Aufnahmen davon schießen, bevor du es wegwischt.«

Ich hatte es mittlerweile perfekt raus, die Augen ganz ruhig zu halten. Tatsächlich schlüpfte ich nach und nach völlig in dieses andere Selbst. Ich ließ meinen Geist zu einem leeren Raum werden, in dem die Wände vor imaginierten Schrecken erbebten. Harmlose Staubpartikelchen, die zusammentrieben, wurden zu Nestern aus Insekteneiern, die einander wärmten, um hinter meinen Augäpfeln ihre Metamorphose zu erfahren. Bis die Flächen des Raumes zu einer wabernden, wogenden Masse winziger, schlagender Flügel und fadendünner strampelnder Beinchen zerschwammen. Zunächst betrat ich diese Räumlichkeiten voller Selbstsicherheit, hochgereckt, kerzengerade, doch dann überkam mich Atemnot. Mein geschrumpeltes Fleisch umhing mich sackartig, als sei ich ein alter Ballon, dem die Luft entwichen war. Die Gebeine waren mir geschrumpft und weich geworden, hatten die Beschaffenheit zahnloser Gaumen angenommen. Meine gespaltene Zunge flatterte in meinem Munde, züngelte hilflos dem pulsenden Leben um mich herum entgegen. Während sie, die Insekten, größer und größer wurden und dabei, giftige Dämpfe speiend, ihr Aussehen veränderten. Mit einem Male flogen sie. Aufgedunsen, unförmig und mittlerweile schwingenlos, wie sie waren, trieben sie auf geheimnisvollen Strömungen dahin, ließen sich auf dem Fußboden und auf mir nieder. In meine noch immer feuchten Augen gerieten sie. Als ich diese in einer gigantischen Anstrengung, meine letzten Kraftreserven einsetzend, schloß, wurde ich mir in wachsender Panik gewahr, daß ich sie dahinter ahnungslos gefangengesetzt hatte. Und daß sie nun genau das auszuführen trachteten, was sie vorgehabt hatten: mich innerlich aufzufressen. Ich blieb dennoch am Leben, wenn auch mitnichten in meiner physischen Existenz, denn mein Körper war von jenen, die mich umgaben, längst ausgesogen worden.

»Schön, das wär's! Fertig!« Damsons Stimme erreichte mich wie aus einer anderen Welt. Jener Welt, in der man den Morgentee zubereitet, das Radio anstellt, sich die Nase putzt und den Toast mit Butter beschmiert. Alles Aktionen, die dir die Gewißheit vermitteln, daß es außerhalb der Welt, in der sie existieren, keine andere mehr geben kann. Und, solltest du dennoch annehmen, daß es eine solche gibt, dann bist du eine ziemlich alberne Person. Und es geschieht dir recht, wenn du dich so alleine wer weiß wohin begibst.

»Hör mit dem Schreien im Schlaf auf. Dein armer Vater und ich haben in der vergangenen Nacht kein Auge zugetan. Wenn du das noch mal tust, hol ich den Doktor. Ich sag es dir nicht noch einmal. Jetzt beeil dich

mit dem Frühstück und verhalt dich gefälligst etwas rücksichtsvoller. Du siehst fürchterlich aus. Die Leute werden sich fragen, was ich dir zu essen gebe.«

Damson schnippte mit den Fingern. »Bist du in Trance oder was? Los, mach schon, ich sterbe vor Hunger. Wir werden bei André einge große Fresserei veranstalten, ja? Sein Laden hat noch auf.«

Ich blinzelte, wie mir vorkam, zum erstenmal an diesem Tag. »Mir war so komisch. Es war ganz gräßlich. Hat es geklappt? War ich gut?«

»Superb! Du solltest dennoch vorsichtig sein, Myopia, dich nicht zu sehr in deinen Fantasien zu verlieren. Es vererbt sich, sagt man.«

»Werd nicht albern. Jean-Paul, können wir das Gesicht jetzt abschminken? Irgendwie habe ich das Gefühl, als ob es mich aufzehrt.«

Er lachte. »Ja, es wäre unklug, die Schminke zu lange draufzulassen. Die Poren können darunter nicht atmen, mußt du wissen. Es ist eine bestimmte Substanz darin, so etwas wie Bleiweiß. Hätte ich dich am ganzen Körper damit geschminkt, wärst du in der Tat innerhalb von zwei Stunden tot.«

»Guter Gott«, entfuhr es mir. »Das wird aber auch Zeit, daß du mich davon in Kenntnis setzt.«

»Trotzdem, das hätte gute Bilder gegeben«, versetzte Damson fröhlich. »Nun, Myopia, wonach steht dir der Sinn?«

Ruperts müde Stimme ächzte: »Wir werden nach Champagner rufen. Ich weiß nicht, wie es euch geht, aber, was mich betrifft, ich bin völlig geschafft.«

Damson lachte. »Schlag die Beine auseinander, Rupe, heute nacht könntest du glücklich werden.«

Ich warf einen Blick auf Jean-Paul, doch dieser war über eine Dose mit Reinigungscreme gebeugt, der er einen Spachtel voll entnahm. Den Klacks gab er sich auf den Finger wie köstlich kalte Eiskrem. Ich fragte mich, was heute nacht passieren sollte. Rupert ging ins Badezimmer.

»Das hättest du nicht sagen sollen, Damson«, bemerkte ich tadelnd und leise zugleich, damit Jean-Paul es nicht hörte. »Du trampelst irgendwo rein, ohne zu wissen, ob du nicht etwas Schönes zertrittst.«

Sie zog eine Grimasse und erwiderte höhnisch: »Du liebes bißchen. Ich muß auf Sprache und Benehmen achten, was, Madame?«

Das kam wie der Blitz aus heiterem Himmel: »Warum hast du mir eigentlich nie zurückgeschrieben?«

»Was?« Es schien gesessen zu haben.

»Du hast richtig gehört! Ich hab' dir geschrieben und geschrieben und nie mehr ein Wort von dir gehört. Ich fühlte mich schrecklich unglücklich, du Sau.«

Sie warf einen Blick zu Jean-Paul hinüber. »Ich war selber nicht so ganz unbewegt.« Rupert kam in den Raum zurück, wirkte mißgestimmt und geistesabwesend. »Wir sprechen später darüber.« Hastig sagte sie: »Nun, beeil dich schon, Jean-Paul. Ich sag euch was, Rupert und ich gehen voraus, um unser aller Ankunft anzukündigen. Was haltet ihr davon?«

Ich nickte, ich fühlte mich wie auf einer Wolke des Friedens und der Seelenruhe geborgen. Als ob es einiger Zeit bedürfe, bevor meine Füße wieder Grund kriegten. Jean-Paul nahm mir meine Abendkappe ab und half mir behutsam dabei, aus ›Schneesiren‹ zu steigen. Ich wand mir das Badelaken um den Körper, das ich am Morgen getragen hatte, als alles begann. Sodann setzte ich mich und schloß die Augen, indes seine harten Finger die tröstliche Creme über mein Gesicht verteilten. Sie roch wie die, die ich für Harriet und Fanny hatte, als diese noch klein waren. Gesund und angenehm. Nach Grübchen, Badezimmerdampf und Alltag. Morgen würde ich zurück sein und Paris der Vergangenheit angehören. Nur diese Nacht galt es noch zu überstehen.

Für ein Weilchen würde ich genügend schöne Kleider besitzen. »Niemand kann es mir verübeln, wenn ich keine große Lust mehr habe, mich groß herauszuputzen, Jean-Paul. So geht es doch, oder? Ich fühle mich nicht in der Stimmung dazu, angeguckt zu werden.« Ich stand in schwarzen Hosen und Polosweater da, die Haare gestutzt wie ein Junge, wobei mir die duftigen langen Fransen nahezu bis in die Augen hingen.

»Als Lausejunge. Und, warum nicht?« sagte er.

Wir lächelten einander an. »Das Ende eines langen Tages.« Ich spürte, wie ich am ganzen Körper erglühte vor lauter Zufriedenheit, als hätte ich eine anstrengende Schwimmstrecke im Ozean zurückgelegt oder die Wochenwäsche besorgt und wäre dabei, diese sauber und gebügelt in den Schrank zu schichten.

»Du bist ein sehr, sehr begabter Junge, Jean-Paul.« Ich schlang die Arme um ihn. »Und ich mag dich sehr.«

Ich dachte ans Essen, daran, daß wir zu viert um den Tisch saßen und reinhauten. Und André stand dabei und gab seine Anweisungen und achtete darauf, daß alles seine Richtigkeit hatte.

Und ich hoffte in überfließender Zärtlichkeit, daß die Dinge für Rupert und den Jungen in meinen Armen sich zum besseren wenden würden. Ich ließ sie sanft sinken.

»Zeit, zu gehen«, sagte ich heiter.

Er jedoch bewegte sich nicht, stand wie angewurzelt vor mir, seine Wange fest an die meine gelegt. Ich spürte wie er leicht zitterte. Sein suchender Mund wandte sich dem meinen zu.

›Da hast du's‹, dachte ich. Ich machte mich so starr und geschlechtslos, wie dies nur eben ging, indem ich die Wirbelsäule versteifte und versuchte, meine Brüste so weit wie möglich einzuziehen. Ich weiß nicht, warum ich mir diese Mühe gab, da es nie zuvor gewirkt hatte. Und, so wie es aussah, würde es auch diesmal nicht funktionieren. Man kann, wenn ein Mann in Fahrt ist, nicht gegen ihn an. Ich setzte noch einen Seufzer der Langmut ein sowie eine Dosis solider britischer Vernunft.

»Schau«, sagte ich. »Jean-Paul. Das führt doch zu nichts, weißt du. Reiß dich jetzt zusammen, man wartet schließlich auf uns.«

Blitzschnell hatte er mich gepackt und auf das Bett zugeschoben. Er riß mir die Hosen bis auf die Knie herunter und streifte seine eigenen ab. Ein zartes Etwas erschien. Lange zuvor während des Tages war meine lästige Periode verschwunden. So geht das in manchem Monat, daß die Tage einem ihre rasche und schmerzensreiche Aufwartung machen, um sodann eine fleckenlose Binde als Visitenkarte zu hinterlassen. ›Um so besser‹, ging es mir durch den Sinn.

Zwölf Stöße und zum Schluß eine scharfe, abgefeimte Drehung, dann raus aus der drückenden Ofenhitze in die frische Luft. Er zog seine Hosen mit Mühe hoch, um achselzuckend auf mich niederzublicken und zu lachen.

»Noch keine Schlafenszeit, meine Freundin.« Er langte nach meiner Hand und legte sie sich auf die Ausbuchtung. »Du übererregst, Myopia! Ich bereite mich jetzt auf einen weiteren Gang mit dir vor.«

Ich lag da und japste nach Luft wie ein Fisch auf dem Trockenen, die Unterhosen schlotterten mir um die Knie, der BH war verrutscht, weil hastige Hände sich daran zu schaffen gemacht hatten. Ich sah an ihm vorbei und erstarrte. Die Tür stand offen, einige Zentimeter. Das Treppenhaus war dunkel, im Zimmer jedoch war es hell genug, einen Farbschimmer zu erhaschen. Von der Breite eines Fliegenfängers. Leuchtendes Gelb. Jean-Paul bemerkte die Veränderung meines Gesichtsausdruckes und drehte sich rasch um. Nicht rasch genug. In jenem Bruchteil einer Sekunde war die Erscheinung verschwunden. Ich erhob mich, suchte mich in jeder Hinsicht zu berappeln und stakste durch den Raum. Die Tür schwang ohne weiteres auf. Ich trat nach draußen.

Niemand war zu sehen. Aber es war jemand dagewesen, dessen Parfüm noch in der Luft hing. Der üppige Moschusgeruch war unverkennbar. »Babette!« rief ich. »Babette!«

Jean-Paul trat zu mir. »Du siehst doch, Myopia, es ist niemand da.«

»Na, dann schnuppere mal«, bemerkte ich. »Und...?«

Er lachte leichthin. »Das ist Damsons Parfüm. Ich kenne es, es ist eine Spezialmischung, das trägt nur sie. Als Grundstoff enthält es Moschus.«

»Babette hat das gleiche«, entgegnete ich, »ich hab's gestern an ihr gerochen.«

»Ach so«, gab er zurück. »Babette. Ja, mag sein, daß sie sich etwas davon geklaut hat, um stets an ihre geliebte Damson erinnert zu werden. Oder Damson hat sie törichterweise daran schnüffeln lassen, um ihre Verzweiflung zu erhöhen. Aber jetzt komm schon, wir müssen gehen. Du brauchst dir wegen nichts Gedanken zu machen.«

Späte Nacht in der Ecke eines französischen Restaurants. Die Luft geschwängert von sich überlagernden, heftigen emotionalen Strömungen. Jeder hielt gleichsam das Messer in der Hand. »Zum Schneiden dick, diese Atmosphäre«, ging es mir durch den Sinn. »Man könnte sie mit einem Löffel ausstechen und verzehren, bestünde nicht die Gefahr, sich daran den Magen zu verderben.« Damson war dabei, zum zweitenmal zuzulangen. Sie würde sich den Magen verderben, es sei denn, die Götter und ihr Magen waren ihr hold. *Enchaud de Porc á la Perigordine* war es, über das sie sich hergemacht hatte – Schweinerippchen mit Trüffelbeilage. Das wußte ich, weil André es mir übersetzt hatte. »Du führst ein sehr gutes Restaurant.« Das war das einzige, was mir darauf zu antworten einfiel. Doch das freute ihn. Wie überhaupt alles, was ich tat, ihn zu erfreuen schien, selbst, als mir plötzlich das Essen wieder hochkam, mir in der Kehle stecken blieb. »Ugh, ugh«, keuchte ich. »Ugh.« Alle lachten. Doch dann fühlte ich Andrés Hand, die mir den Rücken streichelte, die Dinge ins Lot brachte. Und zwar unter meinem Jumper! »Ugh.« Es war vorüber. »Ich danke dir.« Indes, er beließ seine Hand da, wo sie war, und mir blieb in gewisser Weise nichts anderes übrig, als ihm dies zu gestatten. Es wäre einfach zu zickig gewesen, das zu solch fortgeschrittener Stunde anders zu regeln.

Wir sprachen viel über das, was wir hinter uns gebracht hatten. Damson mutmaßte, daß es die besten Fotos seien, die sie je gemacht habe. Außer jenen einer sehr sekreten Sitzung mit Freddie. So drückte sie sich aus – »einer sehr sekreten Sitzung« –, wobei ich mich über meinen Teller beugte und bei dem Gedanken daran, was sie vollführt haben mochte, errötete.

Wann immer ich aufsah, beobachtete mich einer aus der Runde. Als ob ich irgendwie bestimmend dafür sei, was die Ereignisse der Nacht betraf. Die anderen Tische leerten sich. Gegen halb zwei Uhr waren wir die einzigen Gäste. André beorderte einen der Kellner, die Tür abzuschließen. Danach schickte er das Personal nach Hause. Eine Flasche Cognac wurde herumgereicht und kam – ganz natürlicherweise – vor Damson zum Stehen. Mich durchzuckte der Gedanke, wer das alles bezahlen würde. Rupert und ich, wir besaßen haufenweise Francs, wir hatten außer den Kosten für das Taxi noch nichts ausgegeben. Er saß neben mir.

»Rupert«, flüsterte ich ihm zu, »wir sollten das Essen bezahlen.«

Er wandte mir ein derart schmerzvolles Gesicht zu, daß ich rasch ergänzte: »Ich meine, *ich* sollte bezahlen, was hältst du davon?«

Er nickte bedrückt. Jean-Paul plauderte angeregt mit Damson und hatte Rupert während des ganzen Essens nicht eines Blickes gewürdigt. »Vielleicht sollte ich mein Geld für die Übernachtung in einem Hotel aufsparen.«

Ich war entsetzt. Du liebe Güte. Du liebes bißchen. Ich nahm seine schlaffe Hand.

»Ist es wirklich aus?« Bei dieser Frage warf ich einen Blick auf Jean-Paul, um kundzutun, was ich meinte. »Nun«, dachte ich, »da habe ich ja jetzt einen gewissen Einfluß.«

»Möchtest du, daß ich mit ihm spreche, Rupert? Ich kann es nicht ertragen, dich wieder in diesem Zustand zu sehen.«

Das gab ihm den Rest. Er erhob sich hastig, schob seinen Stuhl zurück und begab sich auf ›Messieurs‹.

Ich sah André an. Dieser hob die Schultern und lachte, obschon er nicht gehört haben konnte, um was es ging. Ich beugte mich zu Jean-Paul hinüber, so daß Andrés Hand aus meinem Jumper auf meinen Po herabsank.

»Jean-Paul«, sagte ich mit drängender Stimme, um es hinter

mich zu bringen, bevor Rupert zurückkam. »Jean-Paul, wird Rupert heute bei dir übernachten?«

Jean-Pauls Lächeln verschwand. »Rupert?«

»Ja. Ihr habt euch nicht gestritten, oder so was, hm? Es ist doch nicht etwa ernst, was?«

Er hob die Schultern, wie dies zuvor André getan, lachte indes nicht. »Ich weiß nicht, was ich Rupert getan haben soll. Er spricht den ganzen Tag schon nicht mehr mit mir; logischerweise spreche ich deshalb auch nicht mit ihm. Das ist alles.«

»Nun«, ich konnte sehen, daß Rupert auf unseren Tisch zukam. »Bitte, unternimm doch noch einen Versuch, Jean-Paul, er ist so unglücklich. Es wäre schade, eine nette Freundschaft kaputtgehen zu lassen, nicht wahr?« Ich blickte ihm fest in die Augen und senkte meine Stimme, so daß die anderen nicht mithören konnten. »Schließlich hätte ich auch ekelhaft werden und ›nein‹ sagen können, was meinst du?«

Er sah verblüfft drein, doch ich ließ ihn mit meinem Blick nicht los, bis letztendlich ein kleines Lächeln bei ihm sichtbar wurde. Wir zwinkerten uns genau im selben Augenblick zu. Rupert setzte sich schmollend an den Tisch. Mir ging durch den Sinn, daß er die Situation nun von sich aus bereinigen mußte. Man kann nicht erwarten, die Dinge in den Griff zu kriegen, wenn man sich kindisch benimmt. »Ein verzogener Junge«, hätte meine Mutter konstatiert.

»Hättet ihr gern eine Zigarre, ihr beiden?« Sie sahen einander an und nickten mir zu. André ging, Zigarren zu holen. »Mir auch eine«, rief Damson ihm hinterher.

»Du nimmst alles, was in deinen Mund paßt, was?« äußerte ich.

Babette stierte mich wütend an. Sie ging mir echt auf die Nerven, dieses Mädchen. Ich wünschte, sie würde aufstehen und sich trollen. Damson nahm keinerlei Notiz von ihr. Ich jedoch schien für Rupert etwas bei Jean-Paul angeleiert zu haben. Sie zündeten einander ihre Zigarren an und waren von da an ganz voneinander in Anspruch genommen. Was immer man auch dagegen sagen mag, diese Nummer mit dem Zigarrenanzünden ist ein todsicherer Eisbrecher. Mit Zigarren deshalb ganz besonders, weil diese so lange brauchen, bis sie brennen. Und, als mit einem Male Rupert sagte: »André, könnte ich die Rechnung bekommen? Ich übernehme das Essen«, da wußte ich, daß der Haussegen wieder richtig hing.

André wollte davon natürlich nichts hören. Er wedelte mit den Händen und schüttelte den Kopf. »Es war mir ein Vergnügen. Ihr erlaubt doch, heute bezahlt keiner, okay?« Aber er ließ mit seinen Augen nicht ab von mir, während er das sagte. ›Außer mir‹, dachte ich. ›Ich werde indirekt bezahlen.‹ Nicht, daß mir das etwas ausmachte, überhaupt nicht. Ich dachte sogar, daß dies nett wäre, sehr nett. Und das war ja schon viel. Und überhaupt: Ich hatte nie zuvor einen Mann mit Goldzähnen gehabt.

»Sag mir, André, verhält es sich mit deinen Vorderzähnen wie mit den Sternen?«

Er stutzte. »Mit den Sternen?«

»Ja. Kommen sie nachts heraus oder sind sie einzementiert?«

Er warf den Kopf in den Nacken und brüllte vor Lachen.

»Ich frag ja nur. Ich finde das überhaupt nicht komisch.«

Doch er lachte noch immer, schüttelte sich vor Gelächter. »Magst du sie?« stammelte er. »Ja?«

»O ja, ich finde sie bildschön.«

»Ah«, er erhob sich. »Einen Augenblick.«

Ich nahm die Chance wahr und wechselte die Sitzgelegenheit. Über dem Klosett hockend, suchte ich die Dinge ruhig zu überdenken. Wäre ich Premierminister oder hätte ich den Thron inne, würde ich von einem solchen Orte aus das Land regieren. Von meinem Privatkabinett aus. Nichts ging über einen engumgrenzten Raum, in dem man sich den Kopf erleichtern, die Situation abklären, sich auf das Wesentliche konzentrieren konnte. Nur, daß das hier gar nicht so leicht war, man mußte zuviel Mühe darauf verwenden, sich nicht die Hosen einzunässen. Es handelte sich nämlich um ein Loch in dem gefliesten Boden, in den außerdem zwei Tritte für die Füße eingelassen waren. Nachher würde ich mit André ein Wörtchen reden, um zu erfahren, ob er nicht für eine sanitäre Modernisierung zu gewinnen war. Solche Unbequemlichkeit war schließlich eines Staatsoberhauptes unwürdig.

Damson war das Haar in der Suppe. Ich wußte mittlerweile, daß ich nichts mehr mit ihr zu tun haben wollte. Nicht in der Weise, in der wir einander einst verbunden waren. Zuviel Wasser war den Bach hinabgeflossen. Mit ihr zu arbeiten, das war großartig, doch daß sie in mein Leben stolperte und das Kommando darüber übernahm, alles wußte, was vor sich ging, die Entscheidungen für mich traf – das war ein ander Ding. Ich würde die Nacht mit André verbringen, das würde die Dinge klären, die Lage deutlich machen, um es anders zu fassen. Und morgen, bevor ich nach London abflog, würde ich es ihr stecken, daß es nicht praktisch für sie sei, bei mir zu wohnen. Babette würde darüber erfreut sein, die arme Kreatur.

Als ich aus der Toilette trat, war sie da. Sie machte sich vor dem Spiegel zurecht. Sie beobachtete mich, während ich mir die Hände wusch. »Hallo«, lächelte ich. Sie ging nicht darauf ein. »Nun«, dachte ich, »sie ist halb übergeschnappt.« Das war sie wirklich. Das hatte Damson auf dem Gewissen. Na, bei mir war es in gewisser Weise nicht anders gewesen, in dem Jahr, als sie fortging. Verloren war ich gewesen. Von Selbsthaß zerfleischt, von irrationalen Ängsten und dem schier übermächtigen Wunsch des Besitzens bedrängt. Oder ist das immer so, wenn man liebt? War es bei Paul nicht das gleiche gewesen? Aber es ist dennoch eine ungleiche Liebe, wenn man mehr gibt als der andere und weniger bekommt als dieser. Eine bessere Balance, das ist es, was zählt. Da kann auf der einen Waagschale nur Zucker und auf der anderen können Gewichte aus Edelstahl liegen – wenn die Proportionen stimmen, sind die Dinge im Lot. Das kann man den Leuten indes nicht klarmachen. Als Kiebitz hat man kein Mitspracherecht.

Ich packte den Stier bei den Hörnern. Dieses Bild liebe ich – als ob dies jemals jemand im wörtlichen Sinne täte! Man stelle sich vor: Weiße Riesennüstern kommen einem schnaubend entgegen gleich Eisenbahndampfkesseln! Und hervorquellende Augen, rot, wie reife Erdbeeren, nehmen einen an! Da müßte man selber schon ganz schön wild sein. Ich tat es trotzdem.

»Babette«, begann ich. Sie war mit ihrem Gesicht fertig und feilte mittlerweile ihre Fingernägel. Mir waren ihre Nägel zuvor bereits aufgefallen, sie hatten mich an Moo erinnert, sie besaßen die gleiche Form wie die ihren, waren lang und schmal, verliefen zu einer feinen Spitze. Tödliche Waffen. Ich wich einen Schritt zurück.

»Babette.« Sie sah nicht auf. »Sie haben keinen Grund, sich wegen mir zu grämen. Überhaupt nicht. Nicht, was Damson und mich betrifft, meine ich.« Das hatte ich reichlich unverblümt gesagt, dabei darauf achtend, daß sie mein Englisch verstand.

Sie hielt die Nagelfeile so, wie man einen Dartpfeil auf die Schießscheibe richtet. Wenn sie sie geworfen hätte, wäre sie mir geradewegs in die Kehle gedrungen. Als sie zu sprechen begann, klang es so, als stieße sie einen Fluch hervor. Sie bleckte dabei die Zähne wie ein angreifendes Tier. »Françoise ist Ihr Mädchen!«

Ich lachte, spürte indes, wie ein ungutes Gefühl mich durchlief, der Wunsch zu fliehen. Warum hatte ich mich nicht einfach von dannen geschlichen? Was immer ich auch sagen würde, da war ich mir inzwischen sicher, sie würde sich nicht davon überzeugen lassen. Vom Restaurant her erschallte Damsons kraft- und klangvolle Stimme, gleichsam im Echo dazu kam Ruperts zarterer Tonfall, indes Andrés kräftiges, beruhigendes Organ alles zu verklammern schien. Ich wollte, ich wäre bei ihnen, zurück im Warmen. Doch Babette war flink. Rascher, als ich dies für möglich gehalten hätte, schlüpfte sie hinter mich und verriegelte die Tür. Gegen diese stand sie jetzt mit dem Rücken gelehnt. Ich fühlte einen Stich in der Rippengegend. Wäre sie näher an mir dran gewesen, hätte ich gesagt, es handle sich um ihre Nagelfeile. Nur kam der Schmerz nicht von außen, sondern war in mir drinnen. Und jetzt dröhnte mir mein Herzschlag in den Ohren wider. Es hat mich immer verblüfft, wie schrecklich müde die Angst macht. Echte Angst.

Harriet war einmal, als sie noch sehr klein war, über die Straße gerannt. Ich hatte sie einen Augenblick lang aus den Augen gelassen, und da war es bereits geschehen – Leute schrien und liefen zusammen, Autos kamen mit kreischenden Bremsen zum Stehen. Auf der anderen Straßenseite nahm ein Fremder sie auf den Arm. »Wo ist die Mutter?« riefen die Leute, doch ich war nicht fähig, mich zu rühren; aus schierer Erschöpfung vermochte ich keinen Schritt zu tun. Das einzige, was ich fertigbrachte, war, mich genau da, wo ich mich befand, auf das kalte Pflaster sinken zu lassen.

Ein hübscher kleiner Hocker, Tränengas oder ein Kaltwasserschlauch wären jetzt angebracht gewesen. Irgend etwas, um sie aus dem Weg zu kriegen. Doch irgendwo in mir meldete sich die Stimme der Vernunft. Babette wirkte wirr, als stehe sie kurz vor einem Zusammenbruch, als würden bald all ihre Sicherungen durchbrennen.

»Was sind Sie für ein hübsches Mädchen, Babette«, sagte ich. Für den Bruchteil einer Sekunde flackerten ihre Augen. »Françise erzählt meinen Kindern immer davon und daß Sie Modell bei Dior sind. Sie ist mein Au-pair-Mädchen. Nächste Woche können Sie sie wiedersehen, sie kommt die Ferien über nach Hause. Morgen, wenn ich in London zurück bin, werde ich ihr sagen, daß wir uns kennengelernt haben.«

Ihre Hände fielen zur Seite, die Nagelfeile klirrte zu Boden. Ich tat einen leichten Schritt auf die Tür zu, doch es war noch nicht ausgestanden. Das hätte ich an ihrem angespannten Gesicht ablesen können. Sie sprach langsam, mit einer gefährlich gezwungenen – überkontrollierten Stimme: »Es wäre mir ein Vergnügen, Sie umzubringen. Sie sind eine hassenswerte Person. Wie eine Artischocke geben Sie jedem nur etwas von sich. Ich habe das beobachtet...«

»O ja, Babette. Ich hab gesehen, wie Sie an der Tür spioniert haben...«

Plötzlich hielt sie inne. Dann warf sie ihren Kopf zurück wie ein Pony, schürzte den Mund und spie mir ins Gesicht. Ich spürte, wie mir die Spucke übers Gesicht lief. Ich hob den rechten Arm und wischte sie mir mit dem Ärmel weg. Dann langte ich hinter sie und öffnete die Tür. Als ich zum Tisch zurückging, hörte ich sie hysterisch schluchzen. »Deine Freundin ist ein wenig durcheinander, Damson. Wenn du so freundlich wärest, nach ihr zu sehen«, sagte ich und setzte mich.

Gut im Bett, das waren viele gewesen, die ich gekannt hatte, ohne Zweifel. Gut *darin*. Ich habe etwas übrig für technisches Wissen, dafür, daß man sich auskennt, sein Handwerkszeug zu benutzen versteht. Und dennoch kann man sich schlußendlich irgendwie mau fühlen. Schwer zu sagen, warum. Womöglich liegt es daran, daß, wenn alles gelaufen ist, es doch auf ein Gespräch hinausgeht und darauf, die Dinge nicht zu ernst zu nehmen. Aber man kann sie auch sehr ernst nehmen – auch das. Wie etwa André.

»Ein Kerl, der sein Geschäft versteht, glaube mir, der bringt es fertig, daß du an den Fußsohlen die Gänsehaut kriegst!« Wer hatte das gesagt? Nicht Shakespeare. Sondern Mavis.

Marvis und Lottie, die beiden aus der Bar des alten Pilsky unter dem Pier. Aber hätten sie das auch vertreten, wenn sie dafür zum Optiker gemußt hätten? »Mir kommt es so vor, als bräuchte ich plötzlich eine Brille. Da bin ich in Paris und habe mit einem Male merkwürdige Schleier über meinen Augäpfeln!«

Verschattet vom ersten Augenblick an. »Ein kleines Geschenk von mir«, sagte er. »Für dich. Ich war dabei, es zu holen, als du deine kleine Szene mit pauvre Babette hattest.«

»O ja. Wie süß. Was ist es?«

Er überreichte mir eine kleine, weiße Kunststoffschatulle. »Mit allen guten Wünschen von mir, Myopia. Damit du mich niemals vergißt. Die mußt du um den Hals tragen.«

»Oh, André. Schmuck. Das hätte nicht sein müssen.«

Seine Augen blinkerten schelmisch. »Mach die Schatulle auf.«

Drinnen lagen zwei Goldzähne, die an einem feinen Draht befestigt waren, der das Oval eines Gaumens erkennen ließ und an beiden Enden in Schlaufen mündete. Ich blickte darauf voller Erstaunen. Dann sah ich ihn an. Er lächelte. »O nein, nicht, was du denkst, die, die du hast, das sind meine Ersatzzähne. Mein Zähne sind tatsächlich wie die Sterne. Nur, daß ich sie nicht unbedingt bei Nacht herausnehme, wie du sehen wirst.« Dann küßte er mich und hielt dabei meinen Kopf zart mit seinen Händen umfangen, als sei dieser ein Vögelchen und gehöre gar nicht meinem Körper. Mittendrin brach ich in Gelächter aus, weil ich an die falschen Zähne denken mußte und daran, wie sie mir vom Halse baumelten. Statt böse zu sein, stimmte er in mein Lachen ein. Er mußte meine Gedanken erraten haben, denn er sagte: »Du mußt selbstverständlich erst den Draht entfernen.« Das gefiel mir.

Sein Apartment befand sich über dem Restaurant. Ich schnupperte, als wir es betraten, um zu riechen, ob die Küchendünste bis hier herauf drangen. Er bemerkte es. »Nein«, sagte er, »man riecht nichts.«

Ich nickte, es war in Ordnung. Es handelte sich um eine riesengroße Wohnung, die über zwei Stockwerke ging. Ringsum waren die Wände mit Büchern und Gemälden überladen. »Wie viele Gemälde du besitzt.«

Er zuckte mit den Achseln. »Eine Leidenschaft von mir. Ich sammle Bilder, seit ich fünfzehn bin. Dahinein stecke ich mein ganzes Geld. Es ist, als hätte man einen Virus im Blut.«

»Ist das deine größte Leidenschaft?«

»Das und schöne Frauen, natürlich.«

»Natürlich«, sagte ich, spürte indes, wie Kälte mich überlief. Er schien es zu spüren. Er drehte meinen Kopf – abermals sehr sanft –, so daß ich ihm in die Augen blicken konnte.

»Myopia«, bemerkte er, »du bist ein Kindskopf, wenn du glaubst, in meinem Alter hätte es zuvor keine anderen Frauen gegeben. Was ist mit dir? Bist du Jungfrau?«

Ich riß die Augen auf. »Ich? Nein, natürlich nicht. Du liebe Zeit, ich habe zwei Kinder.«

»Ah«, machte er ernst. »Dann hast du es zumindest zweimal gemacht.«

»Oh, André, das ist einer mit Bart.«

Er nickte. »Wie ich ist er viel herumgekommen.«

»Nun, ich bin auch viel herumgekommen, aber eine Frau kann sich nicht erlauben, dergleichen zu äußern, nicht wahr? Wobei ich nie ganz begriffen habe, warum eigentlich nicht. Man sagt von einem Mann nicht, er sei leicht zu haben, oder? Und auch von männlicher Nymphomanie spricht man nicht, wenn ich richtig unterrichtet bin. Man nennt das Don-Juan-Komplex. Was mehr nach einem Kompliment denn nach einem Fluch klingt.«

Ich hielt inne. »Mute ich dir zuviel zu?« Sam hätte dies bejaht.

»Himmel, wenn ich mich in ein Traktatheft über die Sexualpsychologie der Geschlechter vertiefen möchte, gehe ich in irgendeinen verdammten Buchladen und kaufe mir eins. Jetzt schweig stille, Weib, und fang an, deine Pflicht zu tun.«

»Ich werde mich jetzt ausziehen, wenn es dir recht ist, André.«

Er nahm indes meine Hand und zuckte lächelnd die Achseln. »Meine Myopia. Es ist keine Eile geboten. Wir haben bis zum Morgen Zeit.«

Ich sah auf meine Uhr. »Nun, es ist schließlich...«

Er bedeckte das Uhrenglas mit seinen Fingern. »Pst, pst – wir haben noch viele Stunden vor uns. Doch zunächst müssen wir Vorbereitungen treffen.«

Ich muß gestehen, daß mir das Herz ein bißchen sank. Mir hatte vorgeschwebt, ins Bett zu hüpfen, sich ein wenig aneinander zu kuscheln, ein bißchen herumzuwühlen und dann zusammen einzuschlafen. Keine große Prozedur, wie er dies im Sinn zu haben schien.

»Nun«, wandte ich ein, »es war ein langer Tag, und ich habe ein wenig Kopfschmerzen.« Das erschien mir bereits im Aussprechen einen Schimmer zu hausbacken. Es bedurfte eigentlich nur noch des Satzes. »Hast du den Wecker aufgezogen, Liebling? Ich möchte morgen in aller Herrgottsfrühe mit dem Frühjahrsputz beginnen.«

»Tut mir leid«, lachte ich laut auf. »Jetzt klinge ich schon wie eine professionelle Jungfrau.«

Er antwortete jedoch nicht. Begab sich statt dessen nach draußen und kam mit einem kleinen Glas, in dem sich eine sirupartige Flüssigkeit befand, zurück. So ungefähr ein Teelöffel voll. »Trinke das, Liebling.«

»Was ist es?«

»Trink es einfach aus.«

»Nicht, bis ich nicht weiß, was es ist. Das könnte ja sonstwas sein.«

Er seufzte. »Du meinst, ich könnte vorhaben, dich zu druggen? Und welchen Nutzen sollte das haben?«

»Welchen Nutzen? Was für eine schreckliche Formulierung. Ich brauche nicht hierzubleiben, mußt du wissen. Ich habe genug Geld, um mich in einem Hotel einzumieten.« Meine Stimme hatte sich höher und höher geschraubt, wobei ich ihr mit distanziertem Amüsement lauschte. Es war Jahre her, seit ich diese Masche abgezogen hatte. Aber sie versetzte mich stets in Aufregung.

André hingegen stand da und sah gelassen auf mich herab, er

wirkte vollkommen unberührt. Er hielt das Glas empor. »Dies stellt einen Teil unserer Vorbereitungen dar. Der andere Teil befindet sich im Schlafzimmer. Und nun trink.«

»Warum?«

»Es handelt sich um ein natürliches, aber sofort wirkendes Laxativ.«

»Ein Laxativ?«

»Damit du dich entspannst, dein Kopfweh weggeht und du auf die besondere Art unseres Beieinanderseins vorbereitet bist. Ein notwendiger Schritt, wie du späterhin begreifen wirst.«

Ich trank das Glas in einem Zuge leer. »Wenn wir schon darüber reden, ich bin etwas verstopft. Meine Eingeweide sind nach einer Reise nie ganz das, was sie sein sollten.« Was für Koseworte! Welch zärtliches Geschnäbel! Wir lächelten einander an.

»Braves Mädchen! Und jetzt laß ich dir ein warmes Bad ein.«

Das erwünschte Resultat wurde schneller erzielt als erwartet. *Speedy Gonzales*. Nach diesem Lied hatten wir früher getanzt. Glücklicherweise war die Toilette vom Badezimmer getrennt. Mit Bidet. Mir war, als wüte ein Wirbelsturm in meinen Eingeweiden. Als ob ich ein Klistier verabreicht bekommen hätte. André klopfte an die Tür. Ein weniger sensitiver Mann wäre stracks hereinmarschiert. Ich sah, wie die Klinke sich bewegte. »Komm nicht herein, ich bin noch nicht fertig.« Doch er trat ein, lächelnd und eine Tasse mit Kaffee in der Hand haltend.

»Also«, stellte ich mit schwacher Stimme fest, »viel Intimsphäre gibt es ja hier nicht gerade.«

Er hob meinen Kopf an und hielt die Tasse leicht geneigt an meine Lippen. »Damit du wieder zu Kräften kommst.«

»Der läuft directement durch.«

»Um so besser. Nur mit freigemachter Passage wird die Wonne vollkommen sein. Später wirst du mir deine Dankbarkeit bezeugen.«

»Später vielleicht«, ächzte ich. »Aber im Augenblick bin ich anderweitig beschäftigt.«

Ich hatte es nie gemocht, um es gelinde auszudrücken. Tatsächlich hatte ich es die meisten Male empört verweigert. Es war Ewigkeiten her, seit ich erstmals davon hörte. Von einem Mädchen, mit dem ich zusammen arbeitete. Wir sprachen über Sex. »Naja, ich bin noch Jungfrau«, erklärte sie mir. Ich sah sie zweifelnd an. Sie war so um die vierundzwanzig herum, und das Telefon auf ihrem Schreibtisch klingelte pausenlos, weil Männer anriefen, die mit ihr ein Rendezvous verabreden wollten. »Ich heb mir's auf, bis ich verheiratet bin. Hab's meinem Vater versprochen.«

»O ja«, machte ich. »Jeder nach seiner Façon. Es scheint aber gut zu funktionieren mit der Keuschheit. Sie umschwirren dich wie die Fliegen. Alles Gute weiterhin.«

»Sie umschwirren meinen Po.«

»Wie bitte?«

»Meinen Allerwertesten umschwirren sie.«

»Du liebe Zeit.« Ich verschluckte mich an meinem Schokoladenbiskuit.

»Naja, also mein Vater hat, was meine Kehrseite betrifft, nie etwas gesagt. Ein Junge in der Volksschule, der hat mir das zuerst vorgeschlagen, und seitdem halte ich es so. Es ist prima, du solltest es versuchen.«

»Nein, danke vielmals. Dafür kann ich mich nicht erwärmen.«

Wenige Monate später heiratete sie – in Weiß. Am nächsten Tag starb ihr Vater. Ein glücklicher Mann. Es hatte mich immer verblüfft, wie viele Männer scharf darauf waren.

Klar, sie müssen einem nicht ins Gesicht gucken, was vielen bereits eine Menge an Verlegenheit erspart. Romantisch ist dieser Vorgang wohl kaum zu nennen. Davon abgesehen. Es tut weh. Es tut höllisch weh. So hatte ich es zumindest bislang empfunden.

Nachdem ich mein Bad genommen hatte, geleitete mich André zur Lagerstatt – einem Himmelbett. »Wie hübsch«, sagte ich, »ich hab noch nie in einem Himmelbett geschlafen.«

»Es befindet sich seit Generationen im Besitz meiner Familie.«

»Wie hast du es bloß die Treppe heraufgeschafft?«

»Oh«, lachte er, »wir mußten es zerlegen und dann die Stücke wieder zusammensetzen.«

»Tatsächlich?« Ich räkelte mich. »Nun, ich glaube, die Anstrengung hat sich gelohnt.«

»Nicht so, Myopia.«

»Was?«

»Dreh dich bitte um.«

›O Gott‹, dachte ich, ›da wären wir also wieder so weit.‹

»Ich bin darauf nicht sehr versessen, André. Macht es dir etwas aus?«

»Sprich nicht.« Seine Stimme war streng. Ich seufzte und drehte mich auf den Bauch. Das Bett war hoch, überraschend hart, eine gute Arbeitsgrundlage, wie ich mutmaßte. Als ich den Kopf zur

Seite wandte, sah ich mich mit seiner unteren Partie konfrontiert, er stand immer noch neben dem Bett.

»Du liebe Güte«, keuchte ich. »Du bist vielleicht massiv gebaut. Das kann ich niemals alles aufnehmen.« Ich streckte meine Hand aus, um ihn zu berühren.

Er schlug meine Hand leicht weg. »Jetzt erheb dich auf alle viere und sie nach, was unter dem Kissen liegt.«

Ich tat nicht, wie mir befohlen, ich drehte mich um, zog ihn zu mir aufs Bett und flüsterte ihm ins Ohr:

»Ich kann's nicht, André. Du hast dir ein hoffnungslos altmodisches Mädchen ausgesucht...«

André sah mich starr an, sehr lange und sehr starr. Dann fing er zu lächeln an, zuerst nur ein wenig und dann immer mehr.

»Bist du wenigstens sonst für mich bereit, Myopia?«

»Ja«, murmelte ich. »Für fast alles.« Kein Laut war zu hören, außer dem Ticken der Uhr und meinem eigenen heftigen Keuchen. Er wälzte mich behutsam auf meine Seite des Bettes, hob meine Knie an und öffnete meine Beine. Dann glitt er in mich hinein. Ich hätte nicht sagen können, wohin. Ich wand mich um ihn, küßte ihn auf dem Höhepunkt, während ich mir wünschte, dies möge weitergehen bis in die Dämmerung hinein. Was denn auch geschah, dreimal waren wir zusammen. Dann drehte er mich herum, bis wir – lächelnd und einander umschlungen haltend – einschliefen, wobei uns die Straßengeräusche eines frühen Pariser Morgens umhüllten.

Ich erinnerte mich nur vage des Weges zurück zu Damsons Wohnung, zumal bei Tage alles anders aussah. »Ich komme mit dir«, hatte André gesagt. »Ich komme mit und fahre dich dann gleich zum Flughafen.«

»Nein, mach das nicht! Bitte. Mir ist es lieber, wir verabschieden uns hier, ohne die anderen.«

Er erhob keine Einwände. »Du kehrst nach Paris zurück.« Das war nicht als Frage gemeint, weswegen es auch keiner Antwort bedurfte. Ich hielt seine Zähne in der Hand.

»Das nächste Mal, wenn du sie wiedersiehst, werden sie mir vom Halse baumeln.«

Ich kaufte ein Päckchen Gauloises und schlenderte rauchend die Straße entlang. Boulevard St. Germain. Wie aufgeregt waren wir gewesen, als wir hier zum erstenmal eintrafen – Jean und ich. Wäre mein Leben anders verlaufen, hätte ich André auf dieser Reise getroffen? Ich bog um die Ecke bei ›Les Deux Magots‹ und verlangsamte aus einem Impuls heraus meine Schritte, ließ mich an einem der Straßentische nieder und bestellte einen Pernod. Ich lächelte zum Himmel hinauf. Sonntag. Ein Sonntag im Frühling. Und ich, zum Zerbersten von Leben erfüllt, genug zumindest, um auf die Tische zu klimmen und einen Steptanz hinzulegen. Den Gästen alles zu bieten, wonach ihr Herz verlangte. Ich hätte ganz Paris umarmen können. Wäre das ein Film, so ging es mir durch den Sinn, würde ich jetzt zu trällern anfangen, und die Streicher würden ihre Geigen schluchzen lassen. Fred Astaire oder Gene Kelly würde aus dem Nirgendwo auftauchen, um mich mitten auf der Straße herumzuwirbeln, wir würden wie entfesselt tanzen und den Verkehr zum Erliegen bringen. Und alle Fenster würden sich öffnen, Blumen auf uns herniederrieseln, indes sämtliche Zuschauer in den Refrain zu *I love Paris in the Springtim. I love Paris in the Fall* einfallen würden, der da lautete: *I love Paris, why, oh why do I love Paris – because my – because my...*

»Myopia!« Dieser Ausruf kam just im richtigen Moment. Ich hätte es ums Leben nicht herausgebracht. Wie hieß doch die verdammte letzte Zeile?

Ich lächelte empor. »Hallo, Rupert.«

»Was machst du hier, um alles in der Welt?«

»Ich singe, bin aber gerade in diesem Augenblick stehengeblieben. Wie heißt doch der Schluß von *I love Paris? Why, oh why do I love Paris because my –*? Was kommt danach? *Because my –?*«

Er setzte sich. »Was trinkst du?«

»Einen Pernod. Was kommt danach? Das macht mich verrückt.« Ich sang es leise vor, falls er die Melodie vergessen haben sollte.

»Schön.« Er fiel ein. Die Leute fingen an, vom Nachbartisch herüberzuschauen. Sie lächelten. Vielleicht wußten sie es.

»Ich hab's«, sagte Rupert. »*Because my love is there*. Richtig?«

Ich blickte ihn an. »Das ist nicht richtig. Es reimt sich nicht.«

»Ich weiß, daß es das nicht tut, aber so endet es.«

»Bist du sicher? Ich bin es mir nicht. Ich werd das abklären, wenn ich nach Hause komme. Ich hab's mit Maurice Chevalier irgendwo, wenn ich die Schallplatte finden kann.«

Wir sahen einander an und brachen in Gelächter aus.

»Nun«, machte ich. »Das Ganze von vorn, bitte. Du kommst auf meinen Tisch zu. Los schon, steh auf und komm auf den Tisch zu. Ich sitze hier und nippe an meinem Drink, und diesmal, das verspreche ich dir, werde ich nicht singen.«

»Du bist heute morgen nicht richtig bei Trost, muß ich dir sagen. Ausgeklinkt. Meschugge.«

Dennoch erhob er sich, begab sich den Weg zurück und tatsächlich spielten wir das Ganze noch einmal durch.

»Myopia!«

Ich lächelte empor. »Hallo, Rupert.«

»Was machst du hier, um alles in der Welt?«

»Ich sitze hier, schlürfe einen Pernod, aale mich in der Sonne und verbreite Liebenswürdigkeit. Wie findest du das?«

»Wir haben uns Sorgen um dich gemacht. Ich war bereits bei Damson. Wir haben André angerufen, der uns sagte, daß du bei ihm nicht mehr seist. Ich hatte schon Angst, du könntest verlorengegangen sein.«

»Ich fühlte mich wie in einem Tagtraum, das war alles. Ich hab dich hoffentlich nicht in schlechte Laune versetzt? Wo ist Jean-Paul? Wie liefen die Dinge heute nacht – gut?«

Er ließ sich wieder auf dem Stuhl nieder, lehnte sich zurück und verlangte einen Pernod. »Möchtest du noch einen?«

»Lieber nicht.«

Er bestellte einen zweiten dazu. »Davon trinkt jeder von uns die Hälfte. Also, wo waren wir stehengeblieben? Bei der letzten Nacht? Oh, Damson war nicht eben erfreut. Du hättest sie hören sollen. Es war schrecklich...«

Ich rutschte gespannt auf meinem Stuhl nach vorn. »Nicht eben erfreut, was mich anbelangt? Du meinst, weil ich...«

Er blickte verblüfft drein. »Dich anbelangt? Weil du bei André geblieben bist? Ich möchte annehmen, daß sie darüber entzückt war.«

»Entzückt?« Ich fühlte einen leichten Schmerz in meinem Innern, so, wie man ihn verspürt, wenn man eine Eintagsliebe dabei beobachtet, wie diese sich bei jemand anderem unterhakt.

»Unter den gegebenen Umständen war es das Beste, was passieren konnte. Babette wurde unkontrollierbar. Damson mußte ihren Arzt rufen. Sie wäre beinahe aus dem Fenster gesprungen.«

»Vom oberen Stockwerk aus?«

»Wärest du noch dagewesen, hätte sie dich bestimmt mitgerissen.«

»Daran zweifle ich nicht.«

»Na, wie dem auch sei, der Arzt rief den Krankenwagen, und man hat sie fortgebracht.«

»Armes Ding«, sagte ich. »Man hat sie fortgebracht!« Ja, meine Mutter hatte das immer gesagt. »Sie haben sie fortgebracht.« Schließlich erschienen sie und holten sie ab. Sie kamen nicht einmal bis zur ersten Verkehrsampel mit ihr, da hatte sie bereits das Zeitliche gesegnet. Sie hätten sie also geradesogut dalassen können, wo sie war. »Wart ihr dabei, du und Jean-Paul?«

»Es ging nicht anders. Damson hätte das allein nicht geschafft. Wohin bist du verschwunden?«

»Es tut mir leid. André meinte, ich solle nach oben gehen, während Damson in der Toilette bei Babette war. Ich hielt es ebenfalls für das beste, daß sie mich nicht noch einmal zu Gesicht bekam. Mir war, als sei ich an dem Ganzen schuld.«

»Du hättest wenigstens Gute Nacht sagen können.«

»Ich wollte kein großes Aufheben machen, weißt du. Na, wie dem auch sei, wie war's? Hattet ihr trotz der Aufregung eine angenehme Nacht? Ich meine – danach?«

Sein Gesicht begann zu strahlen wie ein Honigkuchenpferd. Es war hübsch, das zu sehen. Er ähnelte einer Katze, die sich über den Rahm hergemacht hat und mit sich und der Welt zufrieden ist. Wie ein folgsamer Engel wirkte er, der Nachturlaub erhalten und diesen höchst nichtsnutzig genutzt hat.

Mein Lächeln brachte Sympathie zum Ausdruck. »Damit dürfte sich der Trip nach Paris gelohnt haben.«

Er seufzte. »Was?«

Ich seufzte gleichfalls. »Mir ergeht es nicht anders.«

Er lehnte sich zurück, kippelte mit dem Stuhl, wobei er die Hände über dem Bauch gefaltet hielt, als habe er eine zufriedenstellende Mahlzeit hinter sich. »Aber ich bin verliebt, Myopia.«

Bangigkeit wehte mich an. »Herr des Himmels! Ist das wahr? Du bist in Jean-Paul verliebt? Und er?«

»Er ist, ich bin. Wir beide sind es. Ist es nicht wunderbar?«

»Ja«, sagte ich lahm.

Er ließ seinen Stuhl nach vorn fallen und sah mich mit großen Augen an. »Ach, wir verdanken das alles dir. Wirklich. Ja, Jean-Paul hat es mir erzählt«, er wedelte das gleichsam mit dem Finger vom Tisch, »was zwischen dir und ihm war. Das hat seine Entscheidung bewirkt. Er hatte es nie mit einer wirklich schönen Frau versucht. Und er sagte mir, wenn es nicht einmal mit jemandem wie dir klappt, dann – dann wäre es besser, seinen natürlichen Neigungen zu folgen.«

»So«, ich fing zu lachen an. »So...« und hielt inne. »Oh, du liebe Güte, du liebe Güte«, keuchte ich, um schließlich wieder zu Atem zu kommen. »So«, gurgelte ich, »ich hab ihn endgültig von den Mädchen abgebracht.« Ich nahm seine Hand. »Ach, Rupert, es freut mich für dich.«

Er sah verlegen drein. »Ja also, es war als Kompliment gedacht, Myopia. Er ist der Meinung, du seist die Größte.«

»Ich weiß. Und ich bin außerordentlich stolz darauf, daß ich zu Diensten sein konnte. Wo ist übrigens Jean-Paul?«

Ruperts Augen glänzten, wie er da in fernste Fernen blickte. Seine Stimme klang leise und sanft. »Ich hab ihn verlassen, als er noch im Bett war. Er fühlte sich erschöpft.«

Hm. Da hatte ich André auch gelassen. Beide saßen wir und starrten ins All, bis ich unruhig auf meinem Stuhl herumzurutschen begann. »Diese Stühle sind sehr hart, nicht wahr? Wie wär's, wenn wir aufbrächen?« Wir gingen Arm in Arm zurück, wobei wir die Schaufenster an unserem Wege betrachteten. Was hätte altmodischer und zugleich angenehm altmodischer sein können? Ich paßte meinen Schritt dem seinen an. »Oh, Rupert«, sagte ich, »schau, du bist auf eine Pflasterritze getreten. Der Witz ist der, das nicht zu tun, andernfalls...«

»Andernfalls hat man Pech, ich weiß.«

»Nun, versuche das Glück nicht, vor allem dann nicht, wenn die Dinge so gut laufen.« Ich hielt im Gehen inne. »Weißt du, was ich gestern gedacht habe?«

»Was?«

»Ich hab gedacht, wenn die Fotos so einschlagen, wie wir uns das vorstellen, dann wird Moo Moffat-Paw dir einen Job anbieten.«

»Ach, Myopia, hab ich dir das nicht gesagt? Jean-Paul hat mich gebeten, nächste Woche mit ihm eine Sache für die französische Ausgabe von *Mode* zu machen.«

»Nein!«

»Doch. Sie planen ein Feature über britische Mode und haben ihn bereits gefragt, ob er nicht einen guten Mann in London wüßte, der die Garderobe zusammenbringt. Nun, ich kenne die ganzen Designer, die dafür in Frage kommen. Das mach ich mit Überschlag rückwärts. He...«, er verhielt seinen Schritt und blickte mich aufgeregt an. »Wie wär's, Myopia, hast du Zeit?«

»Zu was? Den Überschlag rückwärts zu üben? Sei nicht albern.«

»Modell zu stehen. Die Kleider vorzuführen. Das kommt mir erst jetzt. Laß uns Jean-Paul anrufen. Laß uns ihn sofort anrufen und fragen, was er davon hält.«

»Können wir das nicht von Damson aus machen? Sie wartet auf uns, nicht wahr?«

»Nein. Nein, das tut sie nicht. Sie arbeitet. Sie entwickelt die ›Schneesirenen‹-Fotos, um zu sehen, wie sie herauskommen. Wir sollten auf keinen Fall von ihr aus anrufen. Ich bin sicher, sie wurde von den *Mode*-Leuten nicht aufgefordert, die Fotos zu schießen. Wahrscheinlich wirst du mit jemand ganz anderem zusammenarbeiten. Wer immer das auch sein wird, nach Damson wird dir das wie ein Spaziergang vorkommen.«

»So schlimm war es auch wieder nicht«, verwahrte ich mich. »Ich arbeite zehnmal lieber mit ihr zusammen als mit jemandem, der Stroh im Kopf hat.«

Er kniff mich in den Arm. »Reg dich wieder ab. Ich empfinde das nicht anders. So ist das bei Damson – ihre Freunde sind ihr gegenüber loyal. Man sollte sich jedoch klar darüber sein«, er legte eine Pause ein, »daß sie in umgekehrter Weise nicht daran denkt, sich so zu verhalten. Sie lebt völlig aus dem Augenblick heraus. Was heute ist, ist morgen vergessen. Du weißt, was ich meine?«

»Ja. Ja, ich weiß, was du meinst.«

Ich wartete vor der Telefonzelle und beobachtete Rupert dabei, wie er sprach. Er wandte sich um, winkte und nickte mir durch die Glasscheibe hindurch zu. Ich mußte lachen. Ich hatte ihn so glücklich noch nie gesehen. Ich kreuzte Zeige- und Mittelfinger und schickte ein stilles Gebet zum Himmel, es möge zwischen ihm und Jean-Paul alles so bleiben, wie es war. Zumindest schien sich dabei die Möglichkeit aufzutun, Streatham Hill Adieu zu sagen. Rupert mußte auf meine Hände geblickt haben, denn er hob ebenfalls zwei übereinandergeschlagene Finger empor. Bedeutete das, daß die Dinge hinfällig waren? Mir hätte nichts mehr egal sein können. Ich hatte meinen Beitrag zum Modelling geleistet. Dennoch, es wäre hübsch, noch einen Schluck aus der Pulle zu tun, mir mein eigenes Geld zu verdienen. Warum eigentlich nicht? Unabhängig sein. Unabhängig von Paul. Nicht der Notwendigkeit unterworfen, heiraten zu müssen. Frei, zu lieben, wen man wollte. Irgendwo nach eigener Wahl zu wohnen. Meine Kinder nach meinen Vorstellungen aufzuziehen. Das war schließlich alles nicht schlecht. »Donnerwetter, das ist es nicht, nein!« rief ich laut aus. Ein kleines Mädchen mit Zöpfen, das an einem übergroßen Lollipop lutschte, blieb stehen, um mich anzugucken.

»Donnerwetter, nein«, machte ich zu ihm. *»Qu'est-ce que vous dites, ma petite?«*

»Oui, Madame«, sie nickte ernst und ging stracks ihres Weges.

Rupert trat aufgeregt zu mir. »Es ist unter Dach und Fach, Myopia.«

»Nein!«

»Wirklich. Ein Freund von ihm – Serge oder wie – ist der Fotograf, er hat bereits heute morgen mit ihm gesprochen. Jean-Paul hat ihm erzählt, er hätte ein neues Super-Gesicht entdeckt, und Serge meinte, wenn sie schon in London lebt, warum nicht mit ihr?«

»Oh, Rupert.«

»Sie werden uns morgen anrufen und fliegen wahrscheinlich am Donnerstag hinüber. Was hältst du davon?«

»Donnerstag. Das wäre in Ordnung, wenn ich alles erledigen kann.«

»Du kannst gleich mit mir zu den verschiedenen Leuten gehen. Da können wir an Ort und Stelle aussuchen, was wir nehmen wollen.«

»Die kommende Woche, he...«, sagte ich langsam, »wollten wir nicht in der kommenden Woche verreisen? Irgendwo am Strand sitzen und unsere Zukunft bereden?«

Er ließ seinen Arm in den meinen gleiten und fiel mühelos in meinen Schritt. »Nun«, erwiderte er würdevoll, »dazu besteht nicht die Notwendigkeit, oder? Unsere Zukunft ist bereits entschieden.«

Damson hatte sich dazu entschlossen, nicht nach London zu reisen. Sie sah verbraucht und sehr gereizt aus, als wir bei ihr anlangten. »Ich hab auf euch gewartet«, bemerkte sie vorwurfsvoll. »Wo, zum Teufel, wart ihr?« Dann wandte sie sich ab. »Man hat vom Krankenhaus angerufen. Ich muß hin. Babette fragt nach mir. Sie sagen, sie verweigere das Essen und Trinken.«

»Du liebe Güte, armes Ding.«

Sie schnob. »Armes Ding! Eine verdammte Plage ist sie! Es ist, als habe man einen Hund um sich herum, eine heiße Hündin!«

»Damson!«

»Was ist los?«

»Das, was du sagst, klingt reichlich drastisch. Schließlich mußt du ihr ja Hoffnungen gemacht haben.«

Sie drehte sich mir mit einem verächtlichen Gesichtsausdruck zu. »Oh, halt den Mund und geh zur Hölle.«

Rupert und ich packten schweigend. Damson begab sich in ihre Dunkelkammer. Ich klammerte mich an die Erinnerungen der vergangenen Nacht, daran, wie lieb André gewesen war, und an all das, was wir zusammen gemacht hatten. Sich solcherweise den Gedanken hinzugeben war indes nicht gut, die Dinge verflüchtigten sich. Ich trat zum Fenster und sah hinab in der Hoffnung, noch einmal jene Sorglosigkeit der frühen Stunden zurückzugewinnen, doch alles, was ich unten sah, waren ein kalter, verlassener Innenhof und die düsteren Mauern, die ihn umgaben. Was für ein Anblick! Das Sonnenlicht, das auf die gegenüberliegende Hauswand fiel, sah aus wie ein schäbiger Überzieher – fadenscheinig, dünn, von schlechter Qualität. Ein schwacher Abglanz jener Sonne, die in diesem Augenblick auf dem Boulevard St. Germain schien. Ich erschauerte, meine Stimmung fiel, ein harter, kummervoller Knoten saß mir in der Brust. Mir waren Streitigkeiten verhaßt, jegliche Art von Groll, der in der Luft hing, bedrückte mich. Ich mochte es, wenn die Dinge – nun, sagen wir – behaglich waren. Wie warmes Badewasser oder saubere Bettlaken oder sanfter, grüner Rasen. Behaglich wie der Fünfuhrtee, ein weiches Herz, das Gefühl, die angefallene Post erledigt und in den Briefkasten gesteckt zu haben. Jeder läßt jeden leben.

Ruperts Blick traf den meinen, und er zog ein Gesicht. Ich zog ebenfalls eins. Er ließ die Kofferschlösser zuschnappen.

»Sind wir fertig?« raunte ich. Er nickte. Ich ging auf Zehenspitzen zur Dunkelkammertür und klopfte an. Keine Antwort. Ich räusperte mich, klopfte abermals. »Damson?«

Bevor ich überhaupt denken konnte, traf es mich wie ein Schlag ins Gesicht: »Haut ab!« Sogar Rupert blickte erschrocken drein. Mir zitterten die Knie, ums Haar hätte ich zu weinen begonnen. Lächerlich. Rupert kam zu mir und legte seinen Arm um mich.

»Sie ist unmöglich, wenn sie ihre Launen hat«, flüsterte er. »Hast du alles beisammen? Ja, schön. Nimm deine Sachen und warte unten auf mich. Ich muß noch die Fotos und Filme von ihr bekommen, dafür trage ich die Verantwortung, nicht du. Überlaß das alles mir. Geh jetzt.« Er versetzte mir einen leichten Rippenstoß.

Was? Ohne überhaupt auf Wiedersehen zu sagen! Gewiß nicht! Wo so vieles ungesagt geblieben war! »Aber Rupert«, wisperte ich. »Ich muß...«

Er öffnete die Wohnungstür. »Hinaus mit dir.«

Ich nahm unsicher meinen Koffer auf und tat einen zögernden Schritt. »Sollte ich ihr nicht wenigstens ein paar Worte hinterlassen, was meinst du?«

Er hob den Zeigefinger und wies stumm nach unten. Sodann ging er, um an ihre Tür zu klopfen.

Sogar vom Treppenhaus aus vermochte ich ihre Flüche zu hören. Danach war alles still. Er hatte sie beruhigt, wo ich versagt hatte. Ich schleppte den schweren Koffer Stufe um Stufe hinunter. Abwärts schien es noch schlechter zu gehen als treppauf. An just demselben Fleck ließ ich mich nieder, um eine Zigarette zu rauchen. Nun, zumindest hatte diese Reise einen Geist gebannt. Wessen Geist? Den von Jean. Damson hatte dies mühelos ohne mein Zutun bewerkstelligt. Nur, indem sie zu gierig nach allem war. Meine Zigarette war erloschen. Ich fummelte in meiner Tasche nach meinem Feuerzeug, als meine Finger einen feinen Metalldraht berührten. Andrés Zähne. Ich holte sie heraus und betrachtete sie. Führte sie sodann behutsam in meinen Mund ein, befestigte sie über meinen oberen Schneidezähnen. Hoch über mir schlug eine Tür ins Schloß, und die Schleifgeräusche eines schweren Koffers drangen zu mir herab. Ich hörte Rupert pfeifen. Woher er die Luft dazu nahm, war mir schleierhaft. Während er näherkam, hob ich meine Oberlippe an, so daß nur die beiden Goldzähne sichtbar waren. Als er hinter mir war, fuhr ich herum. »Hallo, Rupert«, machte ich, »was hältst du davon? Wie stehen sie mir?«

Unser Taxifahrer verstand Englisch. Er war ein hübscher, raubtierhafter Bursche, so ein bißchen in der Art von Yves Montand. Ausgesprochen frech und sehr sexy. Ich betrachtete ihn, als wir in das Auto stiegen, ohne ein Wort zu sagen. Doch sobald Rupert mit seinem makellosen Französisch zu Ende gekommen war und sich zurücksetzte, äußerte ich: »Ist er nicht riesig? Ein Schlitzohr, wie es im Buche steht.« Rupert kräuselte die Stirn und legte den Finger an die Lippen. »Pst.« Ich starrte aus dem Fenster. Mir wäre nie der Gedanke gekommen, daß der Fahrer das wortwörtlich verstanden haben könne.

Wir hatten ein ziemliches Tempo drauf, durchfuhren die Ampeln kurz, bevor diese auf ›Rot‹ schalteten, überholten, schnitten Ecken, als ob wir um den Preis unseres Lebens ein bestimmtes Flugzeug erreichen müßten. Paris wirkte wie ausgestorben, trostlos, keine Menschenseele war zu sehen, jetzt, da wir das Zentrum zu verlassen begannen. Alle Welt schien ausgeflogen, überall waren die Rolläden herabgelassen. Die Geschäfte waren verriegelt und verrammelt.

»Das ist das Schlimmste an Sonntagen, daß die Läden zu sind, meinst du nicht auch?« bemerkte ich zu Rupert.

»Na, wenigstens können wir unser Geld nicht ausgeben. Wir haben es praktisch nicht angerührt.«

»Ich wünschte mir nur, ein Geschäft hätte offen. Ich hätte gern Geschenke für die Mädchen gekauft, muß auf dem Flughafen was erstehen. Ich hab für jede an ›Chanel No. 5‹ gedacht und zwei Feuerzeuge in verschiedenen Farben.«

»Was, in ihrem Alter Feuerzeuge? Myopia!«

»Nun, die Flammen sind hübsch. Kinder mögen das, so ein bißchen Magie.«

Das Taxi fuhr jetzt mit normaler Geschwindigkeit, der Fahrer scherte aus und hielt an. In sehr gutem Englisch äußerte er: »Sie wollen Ihr Geld ausgeben?« Ich starrte ihn an, das Blut stieg mir ins Gesicht. Sein Lächeln hob sich. Sardonisch, so nannte man das. Rupert antwortete: »Nun ja, wir hätten gern einige kleine Geschenke gekauft. Wüßten Sie zufällig eine Möglichkeit?«

Er hob die Schultern. »Aber sicher. Den Flohmarkt.«

»Oh«, ich hatte mich so weit erholt, daß ich die Worte zu formen vermochte. »Hat der sonntags geöffnet?«

»An Sonntagen gehen sie dort alle hin. Das ist der große Tag dort. Ich kann Sie hinfahren und warten.«

Ich wandte mich an Rupert. »Das klingt verheißungsvoll. Ich war noch nie auf dem Flohmarkt. Wie wär's?«

»Ja also«, Rupert blickte zweifelnd drein. »Wir müssen irgendwann ein Flugzeug erreichen, wenn ich dich daran erinnern darf.«

»Ja, aber wir haben doch nicht für ein bestimmtes gebucht, oder? Und der Flohmarkt wird uns nicht mehr als eine Stunde kosten – höchstens. Na, komm schon.«

»Schön. Du hast mich überzeugt. Aber dreh mir dort nicht durch. Nur rein und wieder raus!«

»Ich verspreche es dir.«

Der Fahrer wendete und schoß abermals von dannen, die seitlich geparkten Fahrzeuge nonchalant mißachtend. Wir konnten von Glück sagen, wenn wir wohlbehalten am Flughafen landen würden und nicht im Himmel. »Wie ging es Damson zum Schluß?« Ich fühlte mich sicherer, wenn ich nicht nach den anderen Autos hinblickte. Der Fahrer war doch nicht etwas betrunken? Rupert saß da und hielt einen großen, wattierten Briefumschlag auf dem Schoß. »Nun, es ist mir gelungen, alles von ihr zu kriegen. Die ganzen Filme und Farbdias sind da drin. Oh, wenn wir gerade dabei sind, ich hab da Kontaktabzüge von ›Schneesirene‹, sie sind superb. Möchtest du sie sehen?«

Ich schüttelte den Kopf. »Nein, ich glaube nicht. Nicht jetzt zumindest. Wir schauen sie im Flugzeug an. Soll ich das Kuvert in meine Tasche nehmen? Es paßt noch rein.«

»Von mir aus. Wenn das geht. Aber um Himmels willen verlier es nicht. Darin befindet sich schließlich das Wertvollste, was wir mit uns führen.«

Ich steckte den Umschlag in meine rote Ledertasche, die mehr einer Akten- denn einer Handtasche glich. »Da ist die Sache sicher. Ich laß die Tasche nicht aus den Augen. Schließlich hab ich meinen Paß und mein ganzes Geld darin verstaut. War sie in Ordnung, als du sie verlassen hast? Ich meine, ich hätte mich von ihr verabschieden sollen.«

»Nein, das war sie nicht wirklich. Sie war ziemlich ordinär, was dich betraf, das muß ich schon sagen.«

»Was mich betrifft?«

Rupert blickte weg. Ich konnte mir vorstellen, was sie ihm erzählt hatte. »Ihr muß das mit André mißfallen haben.«

»Nun«, sagte ich mit Bedacht, »wir standen einander einstens sehr nahe...«

»Das habe ich dem entnommen, was sie sagte.«

»Du hättest das sonst nicht vermutet, oder?«

»Nicht in einer Million Jahren hätte ich das angenommen.«

»Nun, es ist jetzt vorbei. Laß es uns unter jugendlicher Unerfahrenheit abhaken. Ich wußte, daß es nicht mehr dasselbe sein würde, in der Sekunde, als ich sie sah. Zuviel an ihr hatte sich verändert, nicht nur ihre Erscheinung und ihr Name...«

»Sie ist der Meinung, du habest sie vorsätzlich verletzt, um es ihr heimzuzahlen.«

»Ich sie verletzt? Das meinte sie?« Ich lachte. »Nein, ich glaube nicht, daß ich das vorhatte, und doch, vielleicht – in diesem Falle wäre die Rechnung allerdings beglichen.« Ich gähnte. »Ich öde mich selber an.« Ich gähnte abermals, und Rupert ließ sich davon anstecken. »Puh«, machte ich, als wir wieder zu Atem gekommen waren, »nicht schwierig festzustellen, daß wir unser volles Schlafkontingent nicht erreicht haben. Eine Mütze voll Schlaf wäre jetzt nicht zu verachten, was meinst du?«

Das Taxi fuhr langsamer. »Das würde ich nicht empfehlen«, meinte Rupert. »Wir sind offensichtlich gleich da.«

Es wurde niemals ganz geklärt, wessen Entscheidung es war, die Koffer im Wagen zu lassen. Sie waren indes einfach zu schwer, als daß wir sie hätten mitschleppen können. »Ich warte hier an dieser Ecke«, hatte der Fahrer uns beschieden. Irgend etwas in meinem Hinterkopf hatte mich träge zur Vorsicht gemahnt. Ich hätte das beachten sollen, schließlich hatte ich auf dem Flughafen genug Tamtam um die Koffer gemacht. Ich fragte Rupert lediglich: »Werden sie sicher sein?« Doch dies auch erst, nachdem wir uns bereits in Marsch gesetzt hatten. Soviel ist wahr.

»Nun, wir werden nicht so lange weg sein, nicht wahr? Und ich hab es ihm auf die Seele gebunden, sie nicht allein im Wagen zu lassen. Nicht eine Sekunde, vor allem hier in dieser Gegend nicht.«

»Ja, es ist ziemlich gemischt hier«, stimmte ich ihm zu. Doch während ich es noch aussprach, sah ich jene arglistigen, mokanten Augen und dieses sardonische Lachen vor mir. Ich wandte mich hastig um, aber der Taxifahrer saß in seinem Wagen, der noch immer am selben Fleck stand, und sah hinter uns drein. Er hob die Hand zum spöttischen Gruße. »Dem würde ich kein Geld anvertrauen...«

»Myopia!«

»Nein, dem nicht.«

Rupert nahm mich ungeduldig beim Arm. »Nun, das haben wir ja schließlich nicht getan, oder? Laß uns sehen, daß wir weiterkommen. Wir haben schließlich nicht den ganzen Tag zur Verfügung.«

Ein ganzer Tag wäre angebrachter gewesen, wie ich nach den ersten fünf Minuten feststellte. Ein ganzer Tag und eine Kreditkarte bei der Bank of England. Der Markt war hinreißend, eine Mischung aus Portobello Road und Petticoat Lane – Petticoat Lane, wie sie früher gewesen war, bevor feste Gebäude errichtet worden waren. Man kann Atmosphäre töten, indem man sie unter ein Dach zwängt. Hier war man noch unter freiem Himmel, kleine Gäßchen und Sträßchen verliefen zwischen den Ständen. Man konnte einfach alles kaufen – von Ritterrüstungen über Silberlöffel, Brillen aus den zwanziger Jahren, Federboas, breitrandige Pelzhüte, chinesische Holzsandalen bis hin zu kandierten Ameisen, Kunststoffbooten und Schiffen in der Flasche. »Meine Mädchen würden sich nicht wieder kriegen«, sagte ich. »Nun, was sollen wir ihnen kaufen?«

Rupert nahm eine rosafarbene Schachtel in Herzform auf, die spitzenbesetzte Taschentücher enthielt, und zwar war in jedes der Name eines Wochentages gestickt. »Die sind entzückend.«

»Was? Taschentücher? Wie entsetzlich. Du könntest ein klein wenig mehr Fantasie walten lassen, Rupert. Kinder besitzen keine Taschentücher mehr, nicht, seit wir Kleenex haben. Heutzutage heißt es: schneuzen und ex und hopp.«

»Ein Grund mehr, sie zu kaufen. Sie haben womöglich noch nie ein richtiges Schnupftuch in deinem Hause zu Gesicht bekommen, was?«

»Nein, wenn ich so darüber nachdenke. Aber wer wird sie waschen und bügeln? Ich nicht!«

Rupert hielt zwei Schachteln in der Hand, eine rosafarbene und eine blaue.

»Das tun sie schon. Das machen sie selber. Das wird ihnen gefallen, das ist so, als spielten sie Hausfrau. Komm, die kaufe ich. Wetten, daß sie ein großer Erfolg werden?«

Danach überließ ich mich seiner Führung.

»Viele kleine Dinge, das ist wichtig bei Kindern.«

»Woher weißt du das?«

»Weil es mir selber so ging und noch immer so geht«, fügte er hinzu.

Eine halbe Stunde hatten wir uns gegönnt. Eine halbe Stunde, hatten wir dem Fahrer gesagt, würden wir wegbleiben. »Diese nicht ausgegebenen Francs brennen mir ein Loch in meine Tasche«, bemerkte ich. »Mir ist nie wohl, bevor ich nicht die ganze Kriegskasse verplempert habe.«

»Du kannst sie in englische Währung zurücktauschen, wenn wir wieder in London sind. Nun, wo ist das Taxi?«

Meine rote Tasche war zum Bersten gefüllt, der kostbare Umschlag indes darin wohlverstaut. Ich kämpfte mit dem Reißverschluß, den Kopf über die Tasche gebeugt. »Dieses verdammte Ding geht nicht zu.«

»Myopia!« Irgend etwas in Ruperts Stimme ließ mich herumfahren. Ein Unterton von Panik.

»Was ist los?«

»Er ist nicht mehr da. Der Taxifahrer. Auch sein Taxi nicht. Sie sind weg.«

Und sie, die Kleider, ebenfalls. An der Ecke tummelte sich noch ein Junge auf einem Fahrrad, eine alte Frau hielt geröstete Kastanien feil. »Das ist doch die Ecke, oder?«

Rupert war auf achtzig. »Um Himmels willen! Klar ist sie das.«

»Nun«, sagte ich gelassen, »vielleicht sind wir zu früh dran? Er könnte weitergefahren sein. Halteverbot. Womöglich dreht er seine Runden um den Block.«

Unter den Bäumen in der Nähe stand eine Bank. Wir setzten uns und warteten.

»Wie kannst du nur so kühl bleiben?«

»Hättest du gern Röstkastanien?« fragte ich ihn.

Er seufzte. Auf seiner Oberlippe schimmerten Schweißtropfen. Ich konnte sehen, daß seine Hände zitterten.

»Rupert, bleib ruhig. Es handelt sich schließlich bloß um Kleider. Er wird in einer Minute hier auftauchen. Vielleicht hat er sich auf eine Tasse Kaffe fortgestohlen.«

Doch Rupert war den Tränen nahe. »Bloß um Kleider! Ein Wert von Tausenden von Pfund, die Accessoires nicht mitgerechnet.

Moo Moffat-Paw schnappt über, von Joe Garibaldi gar nicht zu reden.«

»Warum?« entgegnete ich. »Warum sollten sie? Alles ist versichert, nicht wahr? Dies nur für den Fall, das Schlimmste würde tatsächlich eintreten und dieser Bursche nicht mehr aufkreuzen.«

Er starrte mich an. »Was, um alles in der Welt, sagst du da?«

»Was ich damit sagen will, ist, mein kleines Herz, daß deine Reaktion jegliche Dimension vermissen läßt. Sollte der Krempel wirklich gestohlen sein, ist dies keineswegs die Tragödie, als die du sie siehst.«

Er legte den Kopf in seine Hände. Für den Moment gab ich auf.

»Ich will mal schön die Augen offenhalten. Er wird zurückkommen, davon bin ich felsenfest überzeugt.«

Ich warf einen Blick auf meine Uhr – es war 11.30 Uhr. Zehn Minuten später – 11.40 – war noch immer nichts zu sehen. Ich konzentrierte mich auf winzige Objekte in der Ferne. Wenn die und die Person den dritten Laternenpfahl von der Ecke aus gerechnet erreichte, würde unser Wagen aus einer Seitenstraße biegen. Nichts. Wenn der blaue Volkswagen an der leeren Reklametafel vorbeiführe, würde unser Mann ihn überholen. Von wegen! Wenn ich meinen Blick fünf Minuten lang ununterbrochen auf meine Uhr richtete, würden die Räder des Taxis die Bordkante streifen. Na und wie. Der arme Rupert schien nicht einmal imstande, den Kopf zu heben. Ein- oder zweimal spürte ich, wie seine Schultern zuckten. Ihr lieben Herrgötter, steigt von eurem Sockel herab und findet mir das Taxi! Begebt euch hinter die nächste Straßenecke und macht ihm Dampf, daß er hier vorfährt!

Wir saßen eine geschlagene Stunde da. Schließlich rüttelte ich Rupert an der Schulter. Mit erstickter Stimme fragte er: »Was Neues?«

»Nein«, erwiderte ich brüsk. »Ich glaube, wir haben die Tatsache zu akzeptieren, daß der Gauner sich aus dem Staub gemacht hat. Also denn!« fügte ich hinzu, »so schlimm ist das wirklich nicht. Wir haben beide unseren Paß und genug Geld, um zum Flughafen zu kommen. Du hast die Tickets, und die Fotos sind heil und sicher verwahrt. Laß mich dich ansehen – na, es könnte schlimmer sein. Komm. Das ist nichts weiter als Pech. Laß uns den Vorfall vergessen und nach London zurückkehren.«

»Ich gehe nicht, Myopia.«

»Werd nicht albern.«

»Ich rühr mich nicht von der Stelle. Ich bleibe hier.«

Ich schüttelte ihn sanft. Sein Kopf fiel wie eine gebrochene Blüte auf meine Schulter. Passanten sahen sich neugierig nach uns um.

»Alle gucken...«

»Ist mir egal.«

»Rupert.« Angst befiel mich. »Was ist los? Hast du einen Nervenzusammenbruch, oder was?« Wir hatten nicht genug Geld, uns einen solchen Luxus leisten zu können. Hätte er nicht warten können, bis das auf Kosten von National Health ging?

Er fing leise zu stöhnen an, sprach mit sich selbst. »Mein erster Job! Ich bin erledigt. Mein allererster Job. Absolut unzuverlässig. Aus.«

Ich saß da und wiegte ihn hilflos in meinen Armen. Schließlich waren es ja meine Kleider. Und sie hatten ihren Zweck erfüllt. So sah ich die Sache. Wir hatten Aufnahmen davon. In späteren Jahren würde ich imstande sein, mir jene Ausgabe von *Chic* herauszugreifen und zu sagen: »Das bin ich. Gefällt dir das, was ich trag?« Was unendlich befriedigender wäre, als wenn die Leute sich im Restaurant nach einem umdrehten oder auf dem kurzen Stück vom Theaterausgang zum Taxistand. Taxistand!

»Rupert, wo haben wir das Taxi aufgegabelt?«

»Was?« murmelte er.

»Wo genau haben wir das Taxi angehalten? Ich weiß, es war vor Damsons Haus, aber du hast es herbeigewinkt. Hielt es an einem Taxistand?«

Er schüttelte benommen den Kopf. »Nein.«

»Aber es gab doch dort einen Taxistand, ein bißchen mehr straßenaufwärts. Ich erinnere mich, daß da...«

»Ja.« Rupert hob ein wenig den Kopf. »Aber das, was wir benutzt haben, fuhr gerade vorbei und nahm uns auf. Hast du nicht bemerkt, daß die ganzen parkenden Taxis gehupt haben?«

Ich überschlug das Gesagte rasch. »Sie müssen ihn kennen. Zumindest einer von den Taxifahrern kennt ihn.«

Ich erhob mich. »Paß auf die Tasche auf – nein, bleib hier sitzen, Rupert, rühr dich nicht vom Fleck! Du rührst dich nicht von der Stelle, hast du gehört? Ich werde André anrufen. Wenn jemand uns helfen kann, dann er.«

Einer von Andrés Kellnern war am Apparat. »Monsieur André? Un moment.« Ich konnte das Stimmengewirr und Geschirrklappern im Restaurant hören. Das Geschäft war jetzt wohl in vollem Gange. Zwanzig vor eins. Es dauerte Ewigkeiten. Was, um alles in der Welt, hielt ihn ab?

»*Oui. C'est moi, André.*«

Erleichterung durchflutete mich von Kopf bis Zeh, als ob mir jemand eine heiße Kraftbrühe eingeflößt hätte.

»Ach, André«, entrang es sich mir schwach.

»Myopia!« Seine Stimme drang so kraftvoll und freudig durch die Leitung, so voller Lust und echtem Entzücken, daß ich für eine flüchtige Sekunde zurückversetzt wurde. Zurück in sein hohes, hartes Bett, in mein erstes, halbohnmächtiges Außeratemsein, das gefolgt wurde von neuerlichen, geschickt provozierten Erregungen. Wir wechselten einige Liebesworte, dann berichtete ich ihm von unserem Mißgeschick. Für einen Augenblick schwieg er. Kein unverständiges oder spöttisches Wort ob unserer Dämlichkeit fiel, keine Anprangerung unserer Sorglosigkeit. Was hatte ich für einen Freund gefunden. Ich konnte förmlich hören, wie er nachdachte.

»Also«, sagte ich, »wir haben zwar die Nummer des Taxis nicht, aber ich kann dir eine Beschreibung des Fahrers geben. »Schlaue Augen« (ich hätte sagen können, sexy Augen, aber es war kaum der Augenblick für solche Unsensibilitäten), »so eine Art füchsisches Lächeln, ein sardonisches Lächeln, besser. Hochgewachsen, würde ich sagen, obschon wir ihn nicht in voller Größe gesehen haben...«

André unterbrach mich. »Myopia...«

Ich hörte nicht darauf.

»Wenn ich dir mal was sagen soll, André, er sah Yves Montand wie aus dem Gesicht geschnitten ähnlich.«

»Yves Montand!« Ich hörte, wie er scharf den Atem einsog. »Ah, ich hab's.«

»Oh!« machte ich. »Kennst du ihn?«

Er sprach jetzt rasch, mit großer Autorität. »Myopia, wo seid ihr im Augenblick? Was genau hat er mitgenommen? Beschreibe mir die Koffer exakt. Wie lange ist alles her? Eine Stunde? Du hast gut daran getan, mich anzurufen. Habt ihr Geld, damit ihr zum Flughafen fahren könnt? Bist du sicher, daß du heute abfliegen mußt?« Das sprach er sehr sanft aus. »Ja? Na, dann! Ich werde euch am Flughafen treffen – ihr fliegt mit BA? Sehr schön, ich werde euch am BA-Desk treffen. Es ist jetzt Viertel vor eins, sagen wir um zwei. Bis dann, ma chérie...«

Bevor er einhing, rief ich hastig und verzweifelt: »Aber André, was ist mit unseren Koffern?«

Ich hörte, wie er gluckste, sah das Aufblitzen seiner Goldzähne förmlich vor mir. »Die werde ich dabei haben.« Damit war die Leitung tot. Die nächste Stunde sollte die schlimmste werden. Rupert war einfach nicht zu trösten. Im Flughafenrestaurant bestellte ich ihm ein Omelett. »Du mußt essen«, befahl ich. »Das hält Leib und

Seele zusammen.« Er zerbröselte ein ganzes Brötchen, während wir warteten. Als dann das Omelett kam, gab er vor, nichts essen zu können. Ich versuchte es mit Schelten. »Jetzt, schau, was du getan hast. Die ganze Tischdecke mit Brotkrumen übersät. Los schon, iß was, du kannst den Koch nicht kränken und die Kellnerin auch nicht.«

Ich setzte ein weiteres Mittel ein, ihn aufzuheitern. »Warum rufst du nicht Jean-Paul an? Der wird das gelassen nehmen. Und wie dem auch sei, André schien gleich zu wissen, von wem ich sprach. Dieser Fahrer war vielleicht gar kein richtiger Taxichauffeur, eher womöglich ein Ganove. Sein Englisch war zu gut, um wahr zu sein, das fiel mir sofort auf. Das kann jedem passieren, daß er einem Halunken aufsitzt.«

Er hob sein gequältes Gesicht, das er über die Gabel gesenkt gehalten hatte. »Jean-Paul anrufen?« sprach er entsetzt. »Er würde niemals mehr mit mir zusammenarbeiten. Man muß sich in der Branche nur einmal als unzuverlässig erweisen, schon geht das um.«

Ich seufzte. »Diese Branche, diese Branche. Es geht darin nicht anders zu als in anderen Berufen. Überall konzediert man den Menschen, daß sie einmal Pech haben können, ganz gewiß.«

»Aber es war ausschließlich meine Schuld.« Das war das einzige, auf was es hinauslief. Er wiederholte es wieder und wieder. Zum Schluß gab ich auf.

Sie hatten für den Dreiuhr-Flug noch Plätze frei. Ich nahm Rupert das Ticket aus den kraftlosen Fingern und buchte für uns beide. »Was, wenn André den Koffer nicht bis zwei Uhr herbeischaffen kann?« fragte er.

»Dann kommt er auf alle Fälle, und um drei Uhr fliegen wir, nachdem wir ihm für seine Bemühungen gedankt haben. Das ist alles.«

Doch als es schließlich fünf vor zwei war, hatte sich die Spannung auf mich übertragen. »Gepäck?« hatten sie mich am BA-Schalter gefragt. »Es ist auf dem Weg hierher«, hatte ich erwidert. »Wird bald da sein.« *Mein Wort in Gottes Ohr.*

Schlag zwei Uhr wandte ich mich Rupert zu. »Kopf hoch, mein Bester, und schau ein bißchen weniger hoffnungslos drein.«

»Warum?« Er sank nur noch mehr in sich zusammen.

»Nun, ich weiß nicht, aber es sieht so nach Mangel an Vertrauen aus, wenn André hereinkommt und uns beide sieht und...« Ich konnte den Satz nicht zu Ende bringen. André eilte auf uns zu, grinsend, mit blinkenden Zähnen, die Arme wie Dreschflegel schwingend. In seinem feinen, hellen Kamelhaarmantel sah er aus wie ein zu Wohlstand gekommener Gangster. Er hob die Arme, wie um mir zu signalisieren, daß er mich zu umarmen wünsche – leere Arme.

Rupert war der erste, der sprach. »Und wo sind unsere Koffer?« Doch mir war das mittlerweile gleichgültig. Ich wollte etwas Solides umarmen. Ich rannte auf André zu und warf meine Arme um seinen Hals. Über seine Schulter hinweg erblickte ich genau in jenem Bruchteil der Sekunde, da ich die Augen schloß, den Kofferträger, der an jeder Hand einen schweren Koffer wuchtete. Klar, daß André sie wieder herbeischaffen würde! Wer hatte daran zu zweifeln gewagt? Wer, in Dreiteufelsnamen?

Rupert weinte. Weinte echt. Tränen der schieren Erleichterung. Sie tropften geradewegs in sein Champagnerglas. André und ich küßten uns, taten so, als sähen wir es nicht. Und dann toasteten wir einander abermals zu.

André wollte keine Erklärung abgeben. »Erzähle«, baten wir ihn. »Was geschah? Wie hast du sie gefunden?« Doch er zuckte lediglich mit den Achseln und goß jedem von uns ein weiteres Glas ein. Ich trank und himmelte ihn an. Macht ist ein ziemlich potentes Aphrodisiakum. Ich wollte nicht gehen, als unser Flug aufgerufen wurde. Er drückte sehr fest meine Hand. »In der letzten Minute laß mich ein Geständnis ablegen. Ich hab das mit dem Taxi arrangiert: Der Fahrer sollte euch, wenn es sich machen ließe, zum Flohmarkt bringen, sodann mit den beiden Koffern verschwinden – nur damit du mich anrufst und ich dich noch einmal sehen konnte.«

Ich hielt ihn fest an mich gedrückt, sah ihm in die Augen. Er zwinkerte mir zu. »Und um mich mit deiner Cleverness zu beeindrucken«, sagte ich.

»Gewiß doch.«

»Aber, wie konntest du annehmen, daß ich dich anrufen würde?«

Er zog mich in eine letzte, lange Umarmung und flüsterte mir weich ins Ohr: »Weil ich, Myopia, meine Myopia, dein erster französischer Geliebter bin. Dein wirklicher Geliebter. Und als solcher dein Freund fürs Leben. Solltest du einmal in Schwierigkeiten stecken, ruf mich an, darauf hoffe ich.«

»Ja, ja. Ach, mein Gott, ich muß ihnen doch mitteilen, wann ich zurückkomme. Hier ist meine Telefonnummer, bestell ihnen, ich flöge mit der Dreiuhr-Maschine.«

Du liebe Güte! Wie kann man einem Mann zum Abschied winken, wenn einem das Mascara in den Mund rinnt? Ich versuchte es trotzdem, aber ich sah, daß er feinfühligerweise gegangen war. Rupert legte seinen Arm um mich, vollständig erholt. Er sollte sich in der Folge als eine wahre Stütze erweisen.

»Er ist unglaublich, dieser Mann«, schluchzte ich. »Absolut unglaublich, dieser André. Was der anpackt, das hat Hand und Fuß.«

Rupert hatte eine ernste, beruhigende Miene aufgesetzt, als sei er ein städtischer Beamter, der die Bürgersprechstunde betreut. »Ja«, nickte er.

Ich verspürte den hysterischen Drang zu lachen. »Hand und Fuß«, tat ich einen weiteren Schluchzer.

London wirkte bezaubernd, wie es da unter uns lag, getaucht in den verhangenen Glanz eines Spätnachmittages. Der Fluß wand sich wie ein Seidenband um Maidenhead, Flecken von Grün waren hier und da eingesprenkelt, als handle es sich um ausrangierte Billardtische. Wir glitten in Schräglage darüber hin, sodann stabilisierte der Flugkapitän das Flugzeug, um zur Landung anzusetzen.

»Freust du dich, zurück zu sein?« rief mir Rupert über das Lärmen der Motoren hinweg zu. Dann kam die Maschine jäh zum Stillstand.

Ich verdrehte die Augen. »Puh, bin ich froh, daß es wieder mal vorüber ist. Was hast du im übrigen gefragt, ob ich mich freue, zurück zu sein? Nein, wenn du schon so fragst. Nein. Nein, ich glaube, ich bin überhaupt nicht froh darüber. Zu viele Komplikationen warten auf mich.«

»Wirklich?«

»Ja, Verwirrungen des Herzens. Derlei dürfte dir ja nicht fremd sein.«

»Ich vermag nur an Jean-Paul zu denken und daran, wie ich die Zeit bis Donnerstag überstehe.«

Ich seufzte. »Nun, da bin ich allein auf weiter Flur, um so einfacher.«

Wir hatten seit Paris nicht viel miteinander gesprochen, die meiste Zeit vielmehr in kameradschaftlichem Schweigen verbracht, beide von unseren eigenen Gedanken in Anspruch genommen. Die meinigen hüpften wie ein Bockspringer von Sam zu Charles, dann weiter zu Paul, der morgen heiraten würde. Doch stetig gingen sie zurück zu André. Ihn hätte ich fragen können, was ich mit den übrigen tun solle. Er hätte mir das nicht verübelt, da war ich sicher. Auch hätte ich ihm von meiner wöchentlichen Reise nach Brighton erzählen können. Ja, all das hätte ich mit ihm zu bereden vermocht, jedes Detail. Das konnte ich mit niemandem sonst auf der ganzen weiten Welt tun. Paul hatte nie alles gewußt, von den ganzen Scharmützeln nichts, und wir waren schließlich verheiratet gewesen. Aber schließlich ist es ja ein offenes Geheimnis, daß die Frauen sehr viel mehr vor ihren Ehemännern verbergen als vor ihren Liebhabern oder sogar ihrem Friseur.

Rupert öffnete seinen Sitzgurt. »Wer genau sind die anderen? Du hast mir von ihnen noch nicht erzählt. Sam, den kenn ich. Aber wer ist der, den du in Brighton besuchst?«

»In Brighton?« Ich lachte. »Ach, der stellt kein Problem dar.«

»Na, wer ist er?«

»Er ist...«, ich zögerte. »Er ist ein unglücklicher, einsamer Pensionär.«

»Myopia, es bricht mir das Herz«, neckte er. Ich gab keine Antwort. ›Ja, mir bricht es auch bisweilen das Herz‹, dachte ich. »Nun, und wer ist da noch? Jener, mit dem du zuerst nach Paris fliegen wolltest.«

Ich wandte mich ab. »Ist es nicht prima, daß ich es nicht getan habe? Himmel! Ich hätte André niemals kennengelernt.«

»Wer ist er, und warum konnte er in letzter Minute nicht?«

»Seine Frau starb«, sagte ich schroff. »Durch eine Art selbstmörderischer Torheit. Sie hob sich selbst aus dem Sattel. Zumindest behauptet Charles das.«

»Ein Reitunfall? Die Tochter des Earls! Davon habe ich gelesen. Lady Deirdre! Ja, darüber habe ich in den Zeitungen gelesen.«

»Kurz, bevor wir abflogen.«

»Charles Glossops Frau. Er ist es also?«

»Ja.«

»Oh, Myopia.«

»Er hat mir, als wir in Paris waren, über Telefon einen Heiratsantrag gemacht. Das ist das Unangenehme. Die Sache lief Ewigkeiten vor Sam, aber ich habe niemals damit gerechnet, daß es so weit kommen würde.«

»Aber, Darling, er könnte Premierminister werden, damit wärest du die First Lady.«

»Wäre ich das? Nach der Königin. Ja, ich glaube, das stimmt. Es sei denn, die Heirat mit einer Geschiedenen ruiniert seine Karriere. Obschon, so wie ich Charles kenne, hat er in dieser Hinsicht bereits Erkundigungen eingezogen.«

»Ich könnte nach Nummer zehn zum Tee kommen.«

Wir lachten. »Nur, wenn ich den Antrag annehme, Rupert.«

Er seufzte verträumt. »Entscheidungen sind das. Entscheidungen. Was für eine Auswahl! Auf der einen Seite ein brillanter Politiker, auf der anderen ein veritabler Millionär. Oh, was gäbe ich um diese Chancen!« Ich erhob mich, bürstete mein Kleid aus und zupfte meine Fransen zurecht. »Es sind nur Männer, Rupert. Und keiner von ihnen ist eine Offenbarung im Bett, um dies zu sagen.« Ich lächelte. »Nicht wie André. Oder auch, was das anbelangt, nicht einmal wie Paul.«

»Du schläfst doch nicht mehr mit ihm?« Er wirkte entsetzt.

Beiläufig hob ich meine Tasche an. »Doch, neulich. Es war recht nett.«

Er blickte verwirrt drein. »Warum gibst du dich mit all diesen Männern ab, Myopia? Kommt es dir nie in den Sinn, einmal ›nein‹ zu sagen?«

»Nein? Ja, natürlich, das kommt mir bisweilen in den Sinn, aber ich bring's nicht fertig.«

Ich trat in die Gangway und drehte mich lächelnd um. »Ich liebe sie alle, mußt du wissen.«

Die Stewardeß verabschiedete uns, als wir hinaustraten. »Auf Wiedersehen. Ich hoffe, Sie hatten einen guten Flug.« Verbindlich, das war der richtige Ausdruck. Da blieb einem nichts weiter, als ebenfalls verbindlich zu sein. »Hervorragend war er«, versicherte ich ihr. Eine Gruppe von Flugzeugmechanikern in weißen Overalls wartete am Fuße der Treppe und besah sich die Beine der Damen. Da mußten meine langen Hosen ja eine Enttäuschung sein. Schande über mich.

Rupert und ich, wir schritten einen langen, mit Plexiglas überdachten Gang entlang, reihten uns in die Schlange ein, um unsere Pässe vorzuweisen. »Wie sehen deine Pläne für nachher aus – fährst du sofort nach Streatham Hill? Oder darf ich dich zum Tee bei mir einladen? Die Mädchen werden da sein, wir können ihnen ihre Geschenke überreichen.«

Er blickte angenehm überrascht. »Gern«, sagte er. »Es ist eine zu große Umstellung, plötzlich die Leere.«

Fünf Minuten später hätte ich sonstwas drum gegeben, in die bloße Leere zurückzukehren. Alle waren sie da! Es war unglaublich, aber da standen sie. Ausnahmslos. Paul und die Mädchen vorneweg. Sam irgendwo links davon, und weiter hinten, einsam auf weiter Flur, Charles. Ich entdeckte sie, bevor uns die Menschenmenge durch die Schwingtüren spülte. Gottlob hatte mich noch niemand erspäht. Ich gab einen Klagelaut von mir. »Rupert, oh, mein Gott!« Den Koffer in der Hand, machte ich kehrt und hastete in Panik dahin zurück, woher wir kamen.

»Myopia! Was ist los? Wo fehlt's? Sprich...«

Ich ließ mich auf einer Bank an der Wand nieder. Unfähig, ein Wort hervorzubringen. Gelähmt. Was sollte ich tun? Einfach hierbleiben? Mich hier niederlassen? Für ständig? Ja. »Drei Mahlzeiten pro Tag, bitteschön, auf einem Tablett serviert. Wenn Sie es bitte einfach auf den Boden stellen würden, sehr schön.« Mich nach draußen begeben? Und sie alle ignorieren, an ihnen vorbeirauschen, als ob ich keinen von ihnen kannte? Aber das konnte ich doch den Mädchen nicht antun. Ja, was war mit den Mädchen? Himmel!

»Himmel«, ächzte ich.

»Wie bitte?«

Ich wies mit zitternder Hand auf die Tür. »Sie sind alle da draußen. Die ganze Mischpoke.«

»*Wer*?«

»Die, von denen ich dir erzählt habe. Charles, Sam, Paul samt den Mädchen.«

»Zusammen? Kennen sie sich denn?«

»Werd nicht albern«, giftete ich. »Jeder für sich.«

Sein Gesicht verschattete sich.

»Oh, Rupert, es tut mir leid. Aber, was soll ich tun?«

Ich wimmerte wie ein Tier. »Mich die ganze Nacht auf ›Ladies‹ setzen? Du könntest mich abholen, wenn die Luft rein ist.«

Er ließ sich neben mir nieder. »Wie, zum Teufel, haben sie erfahren, daß du in dem Flugzeug bist?«

»Das weiß der liebe Herrgott allein. Aber, was soll's? Sie sind jedenfalls alle da.«

Rupert fing zu lachen an.

»Sei nicht so widerlich. Komm, tu etwas...«

Er fuhr fort zu lachen. »Was da zu tun ist? Du schreitest einfach hinaus. Begrüßt sie alle als Dame von Welt, die ihrem Publikum die Ehre widerfahren läßt. Das könnte die Lösung darstellen, Darling. Zumindest werden sich die Schafe von den Böcken scheiden.«

»Wie meinst du das?«

»Nun, erwachsene Männer geben im Angesicht des Rivalen nicht auf. Das befeuert sie. Laß sie sich gegenseitig in die Haare kriegen. Wie Hunde über einem Knochen.«

»Ich danke schön.«

»Alles, was du zu tun hast, ist, dich im Hintergrund zu halten und den Dingen ihren Lauf zu lassen. Aber für die Rolle bedarf es der Kostümierung. Bei allem gebotenen Respekt, Myopia, doch im Moment siehst du fürchterlich aus.«

»Ich fühl mich wie durch den Fleischwolf gedreht.«

»Geh und schlüpf in ›Schneesirene‹. Die zerknittert nicht, wie wir gesehen haben. Das wird das erstemal sein, daß du sie in der Öffentlichkeit trägst. Sie werden so verdutzt sein von deiner Erscheinung, daß sie einander gar nicht zur Kenntnis nehmen. Los, mach schon.«

Mein Auftritt war dem eines internationalen Filmstars würdig. Rupert, von der Last unserer sämtlichen Gepäckstücke zu Boden gezogen, hielt sich gleich einem Kammerdiener an meiner Seite. Die Leute wiesen mit den Fingern auf uns, starrten uns an, ein Blitzlichtgewitter zuckte. Und ich lächelte, posierte für einen Augenblick auf der Schwelle.

Die Kinder waren es, die den Bann brachen. Sie rannten auf mich zu. »Mami, Mami!«

»Meine Herzensschätzchen«, stammelte ich und beugte mich zu ihnen hinab, um sie zu küssen. Harriet wischte mit ihrem Handrücken über ihren Mund. »Du hast mich mit Lippenstift vollgeschmiert!« Fanny kicherte und deutete auf meine Beine. »Warum trägst du deine Schlafanzughosen?«

Paul trat steif auf mich zu. Irgend etwas war passiert, ich konnte es in seinem Gesicht lesen. Die Heirat war geplatzt! Ich bot ihm meine Wange zum Kuß in theatralischer Manier, dann tat ich so, als sähe ich erst jetzt Sam. Und Charles.

»Sam!« rief ich, als träfe ich einen lange verlorengeglaubten Schulkumpel wieder. »Charles!« Diesem Ausruf gab ich eine leichte Schwingung bei, eine Note von Vertraulichkeit und Suggestivität. Ich traf jenen Ton, den man sich für den Hausarzt aufhebt. *Wie gut, daß Sie gekommen sind.*

Ich hielt die beiden Mädchen eng an mich gedrückt. Meine Chaperonniéren. Alle drei Männer standen da wie angewurzelt, starrten mich an, jeder auf seine eigene Weise vor den Kopf geschlagen.

Ein teuflisches Flämmchen züngelte in mir hoch. Ich wandte mich um, unternahm gar nicht erst den Versuch, sie einander vorzustellen. »Oh, ich glaube, die Gentlemen kennen Rupert noch nicht, oder? Nun«, ich sah diesen an, und meine Augen lachten, »das ist mein Kollege Rupert. Wir haben das ganze Wochenende über in Paris zusammengearbeitet, und jetzt sind wir so erschöpft, daß wir daran gedacht haben, irgendwo, wo es hübsch und ruhig ist, den Tee einzunehmen. Gibt es diesbezüglich irgendwelche Vorschläge?«

Später rief Rupert an, um mir zu sagen, daß das Ganze absolut unerträglich gewesen sei. Ich sah nicht ein, warum; auf eine boshafte Art hatte ich es sogar genossen. »Du hättest bleiben und es durchstehen sollen, Rupert, anstatt einfach das Hasenpanier zu ergreifen! Sie zogen es alle vor zu verschwinden, aus dem Tee wurde nichts! Ich mußte alleine nach Hause fahren. Jetzt lungere ich hier herum.«

»Alleine? Fühlst du dich schlecht? Ich komme zu dir, wenn du möchtest.«

»Ob ich mich schlecht fühle? Warum sollte ich mich schlecht fühlen? Ich mag's so. Ich schwelge auf meinen Pfühlen und gucke in den Fernseher. Ich hab mir eine Gesichtsmaske aufgelegt, die, warte einen Moment, was enthält sie doch noch gleich, ah ja, sie enthält ›ein hochwertiges Gegenmittel gegen unsichtbare Hautschäden, große Poren, Mitesser‹. Na bitte. Das vollbringt sie alles in diesen Augenblicken. Ich werde den Hörer näher ranhalten, vielleicht kannst du es hören.«

»Aber, Myopia, wo sind die Mädchen?«

»Weg! Sie sind mit ihrem Vater nach Griechenland geflogen. Die Heirat ist abgeblasen. Er hat sie sitzenlassen. Ist das nicht grausam? Es würde ihm recht geschehen, wenn sie ihn wegen Bruchs des Eheversprechens verklagen würde. Das hab ich ihm auch erklärt. Er machte geltend, er habe meinethalben passen müssen. Ich hätte die Flamme seiner ursprünglichen Leidenschaft neu entfacht, indem ich mit ihm neulich ins Bett gegangen sei. Wenn ich das vorher gewußt hätte, wäre es nicht dazu gekommen. Ich bin dabei, meinen Verehrerkreis abzubauen, nicht aufzustocken. Er bat mich, mit ihm und den Mädchen stante pede nach Griechenland zu fliegen, *ihr* Ticket zu benützen. Sehr geschmackvoll, das muß man doch sagen, was? ›Nein‹, habe ich ihm gesagt, ›ich bin jetzt eine berufstätige Frau, ich kann nicht mehr in der Welt herumgondeln wann immer mir das in den Sinn kommt. Ich bin für diese Woche Verpflichtungen eingegangen, die ich unmöglich brechen kann.‹ Das war doch richtig, oder Rupert? Er kann nicht erwarten, in mein Leben zurückkriechen zu dürfen, was?« Ich zündete mir eine Zigarette an. »Er muß lernen, Schlange zu stehen wie die anderen auch.«

»Was ist mit den übrigen? Wie haben sie reagiert, Sam und Charles?«

»Sam stürmte davon, wie dies nicht anders zu erwarten war. Sagte, das letzte, was ihm vorschwebe, sei ein Hausfreund-Picknick mit meinen verhuschten Bälgern, und wenn er sich durch eine Flasche Brandy hindurchgeschafft habe, würde er mich anrufen, falls er dazu dann noch imstande sei. Er hat bis jetzt nichts von sich hören lassen, woraus ich schließe, daß er es nicht ist.«

»Und Charles?«

»Charles meisterte alles mit großer Würde, rettete die Ehre der britischen Nation. Er bemerkte, er habe zu viele Jahre in Diplomatenkreisen verkehrt, um eine unlösbare Krise nicht dann zu erkennen, wenn diese eingetreten sei, und fragte, ob ich ihm die Ehre geben würde, demnächst mit ihm zu Abend zu speisen. Sodann empfahl er sich taktvoll. Den Mädchen habe ich ihre Taschentücher überreicht, die im übrigen ein großer Erfolg waren. Dann wartete ich, bis ihr Flugzeug ging, und fuhr nach Hause! Françoise war ausgeflogen. Paul hatte ihr einen Tag eher freigegeben. Unsere Flugwege müssen sich gekreuzt haben. Ist das nicht ulkig? Sie wird inzwischen ebenfalls dort sein. Ich frage mich, ob sie es auf sich nimmt und Babette besucht.«

»Babette. All das scheint Welten zurückzuliegen, ist es nicht so?«

»Nein, das ist nicht so! Ich kann es noch nicht glauben, wieder zurück zu sein. Ich bin durch die Räume gewandert, habe die Schränke geöffnet und in Schubladen hineingesehen, nur, um nachzugucken, ob alles noch an Ort und Stelle ist. Ich hab Messer und Gabeln gezählt und im Ausguß ein Ei zerbrochen, bloß um sicherzugehen, daß ich nicht träume. Verrückt! Na, wie dem auch sei, wie geht's in Stratham Hill?«

»Es ist noch immer das betriebsame, weitläufige Zentrum von Südlondon. Meine Mutter ist verreist, sie ist bei ihrer Schwester in Eastbourne. Deshalb dachte ich daran, später am Tage ums Unterhaus zu streichen. An Sonntagen ist da immer schwer was los. Da sind massenhaft Geistliche unterwegs.«

»Rupert! Du wirst doch nicht in Betracht ziehen, Jean-Paul untreu zu werden?«

»Nur physisch. Das gilt nicht.«

»Na, sieh dich vor, daß du dir nichts einfängst.« Ich begann plötzlich zu gähnen. »Du meine Güte, tut mir leid. Ich fang zu gähnen an. Es ist meine Schlafenszeit.«

»Nun, Myopia, morgen wirst du ja nach Brighton fahren. Wirst du dem alten Knaben eine Kinderklapper mitbringen?«

»Sei nicht gemein. Ich bring ihm einen Topf mit Melasse mit. Die mag er sehr. Vielleicht wäre das auch etwas für Moo Moffat-Paw. Du erklärst ihr, das sei in Paris das Allerneueste.«

Er lachte. »Drück die Daumen, daß sie mit den Fotos einverstanden ist.«

Ich erwachte sehr viel später als gewöhnlich – keine Kinder, die hereingetollt kamen, das war der Grund dafür. Hätte das Telefon nicht geklingelt, hätte ich wahrscheinlich noch länger geschlafen. Es war Sam.

»Du schläfst wohl noch, was? Seit Stunden laß ich es schellen, du Schlampe.«

»Oh, tatsächlich? Ich war im Bad. Da konnte ich das Klingeln nicht hören. Wie geht's deinem Kopf?«

»Welchem Kopf? Ich habe keinen Kopf. Ich bin Besitzer eines Käfigs voller Frettchen, die Nagelschuhe an den Füßen tragen. Aber einen Kopf habe ich nicht. Ich halte das Telefon auf Armeslänge von mir. Kannst du mich hören?«

»Ausgezeichnet.«

»Dann schrei gefälligst nicht so? Und jetzt erklär mir mal genau, was diese Szene gestern sollte. Du hast mich niemals darüber aufgeklärt, daß du Filmstar werden willst. Bist du darauf aus? Ein Chargenröllchen, meine Teuerste! Ich muß dir nämlich sagen, daß du eine lausige Vorstellung abgeliefert hast...«

Ich fing zu lachen an. »Oh, Sam, wie traurig. Ich habe mich für recht professionell gehalten. Da muß ich mir doch wohl einen anderen Produzenten suchen.«

»Den Teufel wirst du, du Fratz! Ich habe sämtliche Optionen auf deine Entschlüsse. Laß uns das mal gleich klarlegen.«

Ich blickte durchs Fenster und sah, daß meine Narzissen am Verblühen waren, das erste ungestüme Gelb wurde an den Rändern braun wie verbrannte Butter. Was war doch Damson für eine überraschend gute Köchin. In diesem Sommer würde ich die Blumenkästen im Fenster mit scharlachfarbenen Geranien bepflanzen und für jedes der Mädchen einen Kanarienvogel kaufen, hellgelb, in der Farbe von Schlüsselblumen.

»Kanarienvögel sprechen doch nicht, oder Sam?«

»Billig! Billig!«

»Ja, dachte ich mir's doch. Sie tschilpen bloß.«

Er brüllte, daß es fast den Hörer zerriß. »Von was, zum Teufel, sprichst du überhaupt? Ich habe ›billig‹ gesagt. Es ist ein billiger Trick, das Thema zu wechseln...«

»Oh, von was sprachen wir noch? Ich hab's vergessen. Naja, ich kann sowieso nicht den ganzen Tag quasseln. Ich muß nach Brighton fahren. Es ist Montag, du weißt.«

Seine Stimme nahm einen anderen Klang an. Wurde nahezu flehend. »Herzchen. Was soll das? Willst du den Preis in die Höhe treiben? Mich zappeln lassen? An der Nase herumführen?«

»Bestimmt nicht, Sam.« Das sagte ich freundlich. »Ich hab mir's jedoch überlegt, was du zum Thema Ehe geäußert hast, und das hat mich in ziemliche Panik versetzt, um dir die Wahrheit zu sagen. Ich habe zwei Kinder, ob du sie nun magst oder nicht, und wenn ich davon ausgehe, wie du sie benennst, dann muß ich...«

»Herrje! Was haben die Bälger mit uns zu tun?«

»Unterbrich mich nicht. Mir ist durch den Sinn gegangen, daß du nicht eben der geeignetste Stiefvater wärest...«

»Stiefvater! Heiliger Bimbam! Könnte man sie nicht in eine Anstalt stecken, ich meine, sie auf ein Internat oder sowas geben? Du bist tatsächlich davon überzeugt, daß ich mich um sie kümmern muß?« Es hörte sich so verschreckt an, daß ich lachte. »So ist es, das müßtest du tun. Deshalb: könnten wir nicht die Dinge belassen, wie sie sind? Wäre das nicht das beste, zumindest bis sie größer sind?«

»Aber, Herzchen. Ich bekomme auf diese Weise nicht genug von dir. Ich möchte mehr, du Flederwisch. Mehr und alles für mich alleine.«

»Nun, Sam.« Ich blickte auf meine Uhr. »Du mußt mit dem zufrieden sein, was du bekommst. Und jetzt muß ich gehen.«

Seine Stimme wechselte abermals den Tonfall. »Sag, Kindchen. Bist du dieses Wochenende abkömmlich! Wir könnten hinreisen, wohin du willst. Wie wär's, wenn ich ein kleines Flugzeug charterte und wir flögen weg? Um in der Sonne zu sitzen? Zu segeln? Was meinst du dazu?«

»Nun, Sam, das klingt schon besser. So, wie die Dinge zufällig liegen, kann ich. Die Mädchen sind verreist, und ich würde auch gern woanders sein. Solche Dinge können wir häufiger zusammen unternehmen. Macht das nicht mehr Spaß, als einfach nur verheiratet zu sein?«

Ich hatte gerade die Haustür geschlossen, als das Telefon abermals bimmelte. Ich verhielt zögernd auf der Eingangsstufe, mir halb und halb darüber im klaren, wer anrief. *Charles*. Ich tat einen tiefen Atemzug und ging ins Haus zurück, um abzuheben. Ich konnte das geradesogut in einem Aufwasch hinter mich bringen. Überraschenderweise war es bei ihm leichter als bei Sam.

»Meine Liebe, ich verstehe präzise deine Ansichten hinsichtlich des Ehestandes. Es handelt sich um eine ernste Entscheidung, in die man sich nicht leichtfertig einlassen sollte. Wir beide haben bereits törichte Irrtümer begangen. Fehler, die keiner von uns zu wiederholen wünscht. Wie ich indes die Angelegenheit sehe, ist eine Wiederheirat zum gegenwärtigen Zeitpunkt ohnehin nicht aktuell. Ich habe, unter dem Siegel strengster Verschwiegenheit, versteht sich, einen absolut vertrauenswürdigen Kollegen dazu gesprochen, der der Meinung ist, daß eine Wiederverheiratung unter zwei Jahren den politischen Selbstmord bedeuten würde. Ferner käme der heikle Umstand hinzu, daß du geschieden bist, wenn auch unschuldig –«

»Ja, das solltest du bedenken, Charles. Das könnte dich schon einmal die Hälfte deiner Kirchgängerstimmen kosten.«

Er tönte fort und fort. In seinem lieben, monotonen, langweiligen Tonfall. Er hätte bestimmt meine Stimme gekriegt, wäre er dafür ruhig gewesen. Ich unterbrach ihn. »Es tut mir leid, ich muß jetzt weg. Ich muß zum Zug, Charles.«

Er klang, als sei er aus dem Konzept gebracht, als er rasch sagte: »Heute abend neun Uhr.«

»Was? Oh, entschuldige! Wo?« Sprach er von unserem Abendessen?

»In BBC-2. Schau dir's an. Ich glaube, du wirst das interessant finden. Wir diskutieren über die Weltwirtschaft und das Individuum. Ich bedauere zutiefst, unser Dinner zu zweit zurückstellen zu müssen. Aber wie wäre es mit Dienstag abend?«

»Ja«, sagte ich rasch. »Was, das übliche Arrangement? Hier, meinst du? Oh, wie ich mich freue, Charles.«

»Eine Flasche Dom Perignon, was hältst du davon? Wir können auf unsere inoffizielle Verlobung anstoßen, mein Liebling. Zwei Jahre stellen eine lange Zeit dar, ich weiß, ferner kommt der Umstand hinzu, daß wir uns in der gewohnt heimlichen Weise treffen müssen. Indes...«

»Ich glaube, das ist perfekt, Charles«, sagte ich. »Perfekt«, um scheu hinzuzufügen, »schließlich war es das doch in der Vergangenheit immer.«

Ich pfiff auf dem ganzen Weg zum Bahnhof vor mich hin, fand ohne Mühe eine Parklücke, wechselte die Sachen auf der Damentoilette und deponierte die, die ich ausgezogen hatte, im Schließfach. Diesen Teil der Sache liebte ich. Nie hatte jemand zu Hause je meine Brighton-Kleidung zu Gesicht bekommen – ein stumpfgrünes Barett, Rock und Bluse in derselben Farbe, einer Schuluniform gleich. Solide Strümpfe, flache Schuhe, ein vernünftiger Regenmantel. Sogar die Handtasche wurde gewechselt. »Eine geheimnisvolle Unbekannte wurde dabei gesehen, wie sie den Zug 12.25 nach Brighton bestieg!« Ich kaufte mir eine Zeitung und sah voll Schrecken, daß meine Fingernägel noch immer weiß gelackt waren. Bleichschimmernde Perlen aus Paris. Du meine Güte, das würde er nicht mögen. Ich mußte mir in der Parfümerie Nagellackentferner und Watte kaufen. Ich warf einen Blick auf die Uhr, noch zehn Minuten Zeit.

Ich bestieg den letzten Wagen und fing damit an, meine Nägel zu säubern. Als wir die Victoria Station verließen, waren sie wieder nackt, ihrem natürlichen Zustand überantwortet. Der Nagellackentferner roch nach Birnendrops. Angenehm. Alles war erledigt, ich erhob mich und ging den Korridor entlang zum Speisewagen. Was würde ich heute nehmen? Eine Tasse Tee? Oder etwas Stärkeres? Der Paris-Besuch hatte mir das Trinken schmackhaft gemacht, das war sicher. Ich mußte auf mich achten. Meine Tante Doris war eine große Trinkerin vor dem Herrn gewesen. Das erzählte man sich immer bei uns zu Hause. Meine Mutter zumindest tat es. »Die Flasche und die Männer! Die Männer und die Flasche! Doris kann davon nicht genug kriegen.« Womöglich schlug ich ihr nach.

»Einen Gintonic, bitte«, sagte ich. Andererseits, das würde er riechen. »Nein, warten Sie. Was riecht nicht?«

Hinter der Bar stand ein Neuer. Die anderen kannte ich nämlich alle. »Oh«, machte ich, »Sie sind neu, nicht wahr?«

Er zwinkerte mir zu – keck, jung, so an die achtzehn Lenze. Als er antwortete, geschah dies mit einem auffälligen irischen Akzent. *Frisch von den Grünen Inseln.* »Bin den ersten Tag da, Lady.«

Das mochte ich nicht – das ›Lady‹. Dies markierte zu sehr die Distanz der Jahre und des Scheckbuches.

»Sie sind sehr jung für diesen Job, hm?«

Seine Augenbrauen schossen spöttisch in die Höhe. »Sehr jung? Sehr jung, sagen Sie? Ich bin fünfundzwanzig.«

»Das sind Sie nie. Keine fünfundzwanzig. Da bin ich mir sicher. Eher achtzehn, würde ich sagen.«

Er war gebaut wie ein Kleiderschrank, wie auch immer sein Alter sein mochte. Besaß breite Handgelenke und einen starken, ebenmäßigen Nacken. Sein Haar wies die Farbe von Karamelbonbons auf, die Locken schmiegten sich eng an seinen Schädel. Seine Augenbrauen hingegen waren schwarz, paßten zu den schwarzen, gebogenen Wimpern. Und seine Augen leuchteten in einem herrlichen Blau. Wirklich wunderschön waren sie, auffallend, mit einem Lächeln darin. Ein Ire, wie er leibte und lebte. Ein Iren-Elf. Es würde angenehm sein, mit ihm jeden Montag zu reisen.

Er lachte, weil ich ihn so ausgiebig musterte. Nun, er mußte mittlerweile daran gewöhnt sein. Und es war durchaus nicht so, als ob er seinerseits mich nicht auch fixiert hatte. Hatte es sich gelohnt?

»Sie haben mir noch nicht geantwortet«, sagte ich. »Was riecht nicht?«

»Äh. Äh nun...« Er tat alles mit einem animalischen Ungestüm. Glücklich darüber, am Leben zu sein. Mir erging es nicht anders, nebenbei gesagt: »Rum, Cola mit Rum. Hinterläßt keinerlei Spuren. Sie könnten ebensogut an der Mutterbrust getrunken haben. Keiner würde den Unterschied feststellen können.«

Mir tat es leid, als wir an Ort und Stelle angekommen waren. Wirklich. Ich hatte selten eine Bahnreise so genossen, nicht – seit, nun, eigentlich noch nie. Wir hatten eine Verabredung getroffen. O ja. Um sieben Uhr am Hammersmith Palais. Er wollte mir Tanzschritte zeigen und außerdem seine außerordentliche Trinkfestigkeit demonstrieren. Ich freute mich darauf. Warum denn auch nicht?

Ich verließ vor mich hinsummend den Bahnhof. Verfiel bei Gelegenheit in einen beschwingten Paso Doble. Sechs Tage ununterbrochen Sonne, und in Brighton würde im Hinblick auf eine gute kommende Saison emsige Betriebsamkeit herrschen. *Ozon*.

Als ich die Nachbarschaft erreicht hatte, hielt ich an der Ecke inne, um Melasse zu kaufen. »Das große Glas, bitte. Und ein Päckchen Osbornes, wenn Sie schon dabei sind. Oh, und einen kleinen Laib Gerstenbrot sowie eine Büchse mit Pfirsichen und eine kleine Kondensmilch.« Wer kann, der kann. Er konnte nicht genug davon kriegen. Gab sich alles zusammen aus den Büchsen gleich auf den Löffel.

»Das übliche Festmahl«, sagte die Ladenbesitzerin. »Wie geht's dem alten Knaben so?«

»Gut. Ich bin gerade auf dem Weg, ihn zu besuchen, wie Sie wohl schon gemerkt haben.«

»Hab ihn letzte Woche gesehen. Er fällt zusammen.«

Ich verstaute das Wechselgeld und wandte mich zum Gehen. »Er wird im nächsten Monat zweiundsiebzig, wir werden alle nicht jünger.«

Aber er ist noch immer scharf darauf, der alte Teufel. Ich erreichte die Gartentür. Er stand am Fenster und erwartete mich. Hatte es wieder einmal eilig. Ich lachte unbeschwert. Was sollte es, zum Kuckuck? Es war harmlos. Er öffnete die Tür, zog mich herein.

Es war wie immer. Nichts hatte sich in den sieben Tagen verändert. Seine Zähne lagen auf dem Kaminsims, die Hosen hatte er abgestreift. Ein Greis mit Schildkrötennacken, Knien wie Steckrüben. Der bei weitem älteste meiner Männer, doch der, der meiner am meisten bedurfte, mehr als die anderen zusammen. Ich sah ihn an, Zärtlichkeit, Liebe, Mitleid und die heftige Empfindung, ihn beschützen zu müssen, durchfluteten mich.

»Hallo, Alterchen«, sagte ich fröhlich. »Hattest du eine gute Woche?«

Xaviera Hollander
Stunden mit Felix

Für Felix Freitag,
ohne den dieses Buch
nicht zustande gekommen wäre.

1

Die Begegnung mit Felix beruht, wie so vieles in meinem Leben, auf purem Zufall. Ich befand mich am Beginn einer Promotion-Tour durch die deutschsprachigen Länder, die mein Verleger in München aus Anlaß des Erscheinens der deutschen Ausgabe von ›Reisen in die Sinnlichkeit‹ arrangiert hatte. Erste Station sollte Hamburg sein. Dort waren auch die üblichen Interviews mit den Vertretern der örtlichen Zeitungen, mit den Rundfunk- und Fernsehjournalisten und mit den Mitarbeitern von Zeitschriften angesetzt worden. Auf einen Termin wies mich meine Münchener Agentin besonders nachdrücklich hin, als sie mit mir wegen all dieser Verabredungen noch einmal telefonierte Es war ein Mittagessen mit einem Journalisten, der mich für eine überregionale große deutsche Zeitung interviewen sollte – ›ein wahnsinnig netter und vor allem auch intelligenter Kerl‹, wie sie sagte. Sie kannte ihn seit vielen Jahren, hatte ab und zu mit ihm zusammen gearbeitet und verriet mir, daß er nicht nur ein Top-Journalist sei, sondern selber schon etliche Bücher geschrieben habe.

Ansonsten sei dieser Felix Freitag ein Globetrotter, der nur schwer zu fassen und zu dem festgesetzten Zeitpunkt auch nur mehr oder weniger zufällig in Hamburg sei, obwohl er dort ein kleines Büro unterhielt. Meist sei er, jedenfalls während der schlechten Jahreszeit, auf Korfu, des öfteren auch auf ausgedehnten Reisen durch Südostasien. Seine Verpflichtungen in Deutschland jagten ihn zwischen München, Baden-Baden und Norddeutschland hin und her, wenn er es nicht vorzog, sich in seinem kleinen Haus in Bayern, seinem Haus an der Ostsee oder auf dem Schloß eines seiner Freunde südlich von Würzburg von seiner Arbeit und seinen Reisen zu erholen.

Ich war erstaunt, wie viel meine Münchener Agentin über diesen Mann wußte, und wurde schon ein wenig neugierig. Hinzu kam, daß ich bisher noch nicht allzu viele deutsche Männer kennengelernt hatte, die mich wirklich menschlich und erotisch reizen konnten. Sollte es hier vielleicht anders sein?

Als ich mit der Abendmaschine aus Amsterdam in Hamburg-Fuhlsbüttel landete, wurde ich von einem alten Freund abgeholt, den ich aus meiner PENTHOUSE-Tätigkeit kannte. Sofort fragte ich ihn, ob er vielleicht einen deutschen Journalisten namens Felix Freitag kenne.

Sven mußte so lachen, daß die Spitzen seines gewaltigen rotblonden Schnauzbartes zitterten.

»Felix!« rief er aus. »Wie kommst du denn auf den? Na, warte nur ab, bis du ihn im Bett hast! Ich will dir jetzt nicht schon alles verraten.«

Klar, daß ich darauf bestand, mehr über diesen seltsamen Felix zu erfahren. War er pervers? Oder war er impotent?

Ich mußte auf der Stelle mehr wissen.

Sven ließ sich erweichen. »Weißt du, Xaviera, die Sache ist ganz einfach. Ich kenne deinen Felix schon seit mehr als zehn Jaren. Zum erstenmal sah ich ihn Anfang 1970 in Berlin. Schon damals hatte er den Ruf eines hemmungslosen Verführers, vor dem nichts sicher war, was nur einigermaßen nach Frau aussah. Er hatte sich damals schon jahrelang im Jet-set zwischen Athen und Deauville, zwischen Wien und Monte Carlo herumgetrieben und kannte so ziemlich alle wichtigen Boudoirs und fast alle eleganten Bordelle. Ich kann mir nicht vorstellen, daß ihm irgend etwas Menschliches fremd ist. Mir hat er einmal verraten, daß er schon im zarten Alter von zwölfeinhalb Jahren von einer üppigen neunzehnjährigen Blondine defloriert worden sei. Seitdem hat er eine Vorliebe für kleine, dunkelhaarige Frauen mit Madonnenscheitel – so eine Mischung zwischen balinesischer Tempeltänzerin und einer Gefährtin von Curd Jürgens. Leider verlieben sich aber auch heute noch fast ständig üppige Blondinen in ihn.«

Na, das waren ja Aussichten!

»Was weißt du sonst noch über ihn?« fragte ich meinen Freund Sven. »Ach, noch 'ne ganze Menge«, gab er zu. »Aber laß dich doch wirklich überraschen!«

Ich mußte einfach mehr erfahren!

Sven war jedoch nur noch zu einem Satz bereit: »Es gab einmal eine Zeit, da arbeiteten wir beide zusammen in der Redaktion einer großen deutschen Wochenzeitung und sahen uns fast täglich. Klar, daß wir uns arrangieren mußten. Die Sekretärinnen auf der linken Gangseite im Büro waren für mich reserviert, die auf der rechten Gangseite für ihn, damit wir uns nicht ins Gehege kamen.«

Ich mußte lachen. Das war wieder mal so typisch deutsch – alles fair und pedantisch zu regeln, selbst wenn es nur darum ging, daß zwei offenbar vitale Platzhirsche ihr erotisches Revier gegeneinander abgrenzen wollten.

»Irgendwie«, fügte Sven abschließend hinzu, »ist dieser Felix schon ein merkwürdiger Mensch. Vor gar nicht so lnger Zeit feierte er das silberne Jubiläum seiner ›Entjungferung‹ – gleich zweimal und auf seine ganz spezielle Art. Das eine Mal mit einem Riesenfest in einem der schönsten Bordelle Deutschlands, in der ›Weißen Villa‹ in München. Das andere Mal lud er eben jene Frau, die ihn vor einem Vierteljahrhundert verführt hatte, zu einem ganz intimen Diner à deux in sein Haus an der Ostsee ein. Ob er noch einmal mit ihr geschlafen hat, weiß ich nicht. Immerhin mußte die Gute ja schon Mitte vierzig sein und war vielleicht nicht mehr so ganz nach seinem Geschmack. Aber du siehst, welche beiden Seelen in der Brust von Felix wohnen.« Kaum waren wir in meinem Hamburger Hotel angekommen, bat ich Sven um die Telefonnummer von Felix. Ich mußte ihn noch am gleichen Abend sehen – ich wollte nicht bis morgen mittag warten.

Zu meinem Erstaunen war er sofort am Apparat und zeigte auch keine Spur von Überraschung.

»Wie schön, Sie zu hören!« sagte er mit einer angenehm tiefen und warmen Stimme. »Und noch schöner, Sie bald zu sehen!«

»Das sollten wir eigentlich nicht erst morgen tun«, erwiderte ich. »Hätten Sie denn Lust, mit mir zu Abend zu essen?«

Natürlich war er sofort mit diesem Vorschlag einverstanden. Er fragte nach Ort und Zeit. Leider übernahm in diesem Augenblick mein zuweilen arg dominanter Freund Sven die Regie und verkündete, er hätte da schon etwas arrangiert: ein Abendessen mit seinen Hamburger Freunden in seinem Lieblingslokal, einem renommierten türkischen Restaurant mit Namen ›At Nali‹, was soviel bedeuten sollte wie ›Das Hufeisen‹.

Ein glückliches Omen?

Felix war mit Svens Vorschlag einverstanden. Er kannte und schätzte eben dieses Restaurant seit langem und war mit seinem Inhaber, einem türkischen Journalisten, seit vielen Jahren befreundet. In einer Stunde, sagte ich, könnten wir uns dort sehen.

Svens ›Freunde‹, die wenig später mit zwei Mercedes-Limousinen anrollten, waren freilich nicht so ganz nach meinem Geschmack. Der eine war sehr teuer, doch reichlich geschmacklos angezogen, hatte ein durchschnittliches Gesicht und protzte mit schweren goldenen Siegelringen, Brillanten und der unvermeidlichen goldenen Rolex am Handgelenk; ganz unverkennbar ein ›Herr‹, der seinen Lebensunterhalt vorwiegend aus den Einkünften des in Hamburg ja besonders weit verbreiteten horizontalen Gewerbes bezog. Der andere war klein, bebrillt und unscheinbar, sah ein wenig jüdisch aus und entpuppte sich als erfolgreicher Geschäftsmann, der seine Finger in allen möglichen lukrativen Unternehmungen stecken hatte.

Keiner der beiden konnte mich auch nur im geringsten reizen. Auch die beiden Mädchen, die dabei waren, entsprachen nicht meinem Geschmack.

Dodo war eine Frau von Anfang dreißig, mit eigentlich recht hübschen Gesichtszügen, doch einem geradezu überdimensionalen Busen, der nur mit Mühe zu verhüllen war und den sie wohl auch gar nicht unbedingt verhüllen wollte. Sven flüsterte mir zu, sie sei eine weit über die Grenzen Hamburgs hinaus bekannte Kurtisane mit vorwiegend dominanten Neigungen und habe bereits eine Reihe von Schriftstellern und Malern zu allerlei künstlerischen Ergüssen inspiriert. Doch irgend etwas an dieser ›Muse‹, die ihr lackschwarzes Haar in der Mitte gescheitelt trug und in einem strengen Knoten gebändigt hatte, wollte mir nicht gefallen. War es ihr kalter Blick? Waren es ihre gierigen Hände?

Die andere, an deren Namen ich mich schon gar nicht mehr erinnern kann, war klein, blond, sah ganz niedlich aus, schien jedoch strohdumm zu sein. Ihrem Outfit – zu dem natürlich auch die unvermeidliche kleine goldene ›Nuttex‹ gehörte, wie man in Hamburg die Rolex-Sportuhr im Damenformat nannte – war ebenfalls sofort anzusehen, daß sie zum ›Rennstall‹ des oben erwähnten ›feinen‹ Herrn gehörte.

Eine reizende Gesellschaft! Was hatte sich Sven eigentlich dabei gedacht, als er sie einlud? Wollte er mir einen repräsentativen Querschnitt von Hamburgs ›erster und bester Gesellschaft‹ offerieren?

Meine Stimmung gefror bis zum Nullpunkt. Offenbar hatte Sven immer noch nicht begriffen, daß die Halbwelt niemals mein Milieu gewesen war. Am liebsten wäre ich im Hotel geblieben. Doch da gab es ja jenen Felix, mit dem ich mich verabredet hatte. Ihn wollte ich sehen. Vielleicht konnte er den Abend noch retten.

Wir kamen erst gegen halb zehn im ›At Nali‹ an. Der Wirt, ein gemütlicher dicker Türke mit lustigen Augen, führte uns zu einem reservierten Ecktisch, an dem er dann auch selber Platz nahm. Man sah ihm die Freude an, Sven wiederzusehen.

Um uns her schwirrte ein halbes Dutzend ›At Nali‹-Kellner, junge, gutgebaute, glutäugige Türken in schwarzen, engen Hosen und weißen, offenen Hemden, die ihren dicken Brustpelz entblößten. Nicht unbedingt mein Fall, doch auch nicht von der Hand zu weisen. Doch diese Typen hatte ich ja – in der spanischen Version freilich – zur Genüge in Marbella vor Augen.

Und dann stand er plötzlich da: Felix. Er mußte es sein, ganz ohne Zweifel. Ich wußte es von der ersten Sekunde an. Die abwartende, leicht reservierte Haltung, das überlegene, ironische, fast spöttische Lächeln, mit dem er die hektische Betriebsamkeit der ›At Nali‹-Crew registrierte und gleichzeitig kommentierte, der kühle, scharf beobachtende Blick, mit dem er die Tischrunde musterte – all dies verriet zugleich den professionellen Journalisten und den welterfahrenen, souveränen, ausgeprägten und durchgeformten Menschen.

Sein Blick traf sich mit dem meinigen, glitt für den Bruchteil einer Sekunde über meine Gestalt und saugte sich dann wieder an meinen Augen fest – suggestiv, fordernd und zärtlich. Sein Lächeln verlor schlagartig jede Spur von Ironie und Spott, wurde warm und gewinnend. Fast unmerklich neigte er den Kopf, um mich zu begrüßen. Es war ein Augenblick, der uns beiden ganz allein gehörte. Solche Augenblicke erlebten wir später noch so oft, wenn wir uns – inmitten einer ausgelassenen, fröhlichen Gesellschaft oder anderer lärmender Menschenansammlungen – durch einen raschen, festen Händedruck oder einen kurzen Blick bestätigten, daß wir zueinander gehörten.

Mein Freund Sven brach auf die ihm eigene geräuschvolle Art den Zauber dieser Sekunden.

»Gestattest du, daß ich dir Felix Freitag vorstelle, meinen alten Freund und Mitstreiter in so mancher stürmischen Situation«, dröhnte er.

Felix streckte mir eine schlanke, braune Hand mit gepflegten, etwas zu langen Fingernägeln hin und führte meine Hand zart an seine Lippen. Die Geste paßte zu seiner ganzen Erscheinung, die mir fast ein wenig altfränkisch vorkam, mit der farblich gut aufeinander abgestimmten Garderobe, bei der die englische Seidenkrawatte mit dem blauen Maßhemd und dem sportlich-eleganten Kaschmir-Sakko hervorragend harmonierte.

Ich lernte jedoch sehr rasch, daß diese Aufmachung bei Felix nicht aufgesetzt oder gekünstelt wirkte, sondern zu seinem konservativen Wesen paßte, zu seinem guten Elternhaus nicht minder wie zu seiner hervorragenden (und kostspieligen) Erziehung, ja daß seine äußere Erscheinung und sein Wesen seine Einheit bildeten, die in einem eklatanten Gegensatz zu den meisten seiner Altersgenossen stand – von der jüngeren Generation ganz zu schweigen.

Später genoß ich seinen ›Old Vienna Style‹, wie ich ihn im stillen bezeichnete, und betrachtete ihn als angenehmen Kontrast zu dem nicht selten etwas verwahrlosten Äußeren der bärtigen Jeans- und T-Shirt-Typen, die mir von Amsterdam oder von den meisten anderen Stationen meines unruhigen Lebens her so vertraut waren.

Im übrigen kam Felix mit seiner ruhigen, beherrschten, distinguierten Art bei all meinen Freunden hervorragend an, auch wenn es ihnen zunächst einmal befremdlich vorkommen mochte, daß ich, dieser lockere, unkonventionelle Tramp, mit einemmal einen rassereinen Gentleman als sogenannten ›ständigen Begleiter‹ ausersehen hatte.

Doch zurück ins Hamburger ›At Nali‹. Felix hatte die übrigen Anwesenden eher flüchtig begrüßt, mit Ausnahme des kleinen, jüdisch aussehenden Geschäftsmannes, den er duzte und offenbar seit geraumer Zeit kannte. Mit Sven wechselte er ein paar belanglose, oberflächliche Nettigkeiten in einem fast burschikosen Ton, der sich zwischen den beiden äußerlich sowie innerlich extremen Journalistentypen schon seit Jahren eingebürgert haben mochte, sozusagen als Kommunikationsebene für die wenigen Gemeinsamkeiten, die die beiden wohl hatten.

Denn dies war mir sehr rasch klargeworden: Mehr als nur die gemeinsame ›Jagd‹ auf weibliche Wesen und allenfalls noch das gemeinsame Streben nach beruflichem Erfolg und journalistischer Anerkennung konnte diese beiden männlichen Wesen nie verbunden haben – den rotblonden, schnauzbärtigen, geräuschvollen und massigen Wikingertyp Sven und den schlanken, höchstens mittelgroßen, dunkelhaarigen und olivhäutigen ›Levantiner‹ Felix. Wie mochten sie sich wohl bei ihren wilden Orgien und Swing-Partys nebeneinander ausgenommen haben?

Ohne viel zu fragen, hatte Felix an meiner Seite Platz genommen. Schließlich wollte er mich ja interviewen. Mit Wohlgefallen spürte ich die geschmeidige Weichheit des Kaschmirs auf der Haut meines nackten Unterarms, als er mit einer mir fast schon selbstverständlich erscheinenden Vertrautheit seine gepflegte, zarte und doch kräftige Hand auf die meine legte, eine Hand, an deren kleinem Finger ein Ring mit einem schön gravierten Familienwappen blitzte.

»Sie haben wunderschöne Hände«, sagte er spontan. »Hände, die so schön sind, daß sie eigentlich gar keines Schmuckes bedürfen.«

»Deswegen trage ich auch selten Ringe«, erwiderte ich. »Höchstens kleine, unauffällige. Ich glaube, ich habe sehr schönen Schmuck zu Hause, aber meistens vergesse ich ganz einfach, ihn anzulegen. Armreifen trage ich eigentlich fast nie, aber ab und zu ganz gerne mal eine Halskette. Doch auch da mache ich kaum einen Unterschied zwischen sündhaft teurem Geschmeide von Bulgari oder einfachem griechischen oder spanischen Modeschmuck. Hauptsache, er gefällt mir und paßt zu meinem Typ und meiner jeweiligen Stimmung.«

»Ich liebe Schmuck«, gab er zu, »so wie ich alle schönen Dinge des Lebens liebe. Leider verbietet es uns Männern die Konvention und unsere ganze verdammte ›männliche‹ Erziehung, selber Schmuck zu tragen – wenn man mal von Manschettenknöpfen absieht. Aber ich denke gerne an eine Zeit zurück – zwei Jahrzehnte mag's jetzt wohl her sein –, da habe ich zu jeder Krawatte den farblich passenden Ring getragen. Eine Extravaganz, die zum Glück meistens unbemerkt geblieben ist. Heute leiste ich mir eigentlich nur noch dies.« Er schob die Manschette seines linken Ärmels zurück und ließ ein breites, schweres goldenes Armband aufblitzen. »Das ist für die spießigen, konventionellen Hamburger schon mehr als genug. Aber zum Glück bin ich kein Hamburger und hatte auch nie den Ehrgeiz, einer zu sein, auch wenn ich schon zehn Jahre lang einen Stützpunkt in diesem gottverlassenen, verregneten und kalten Norden mit seinen endlosen Wintern unterhalten muß. Ich bin und bleibe ein ›Maghrebiner‹. Ich liebe die Sonne und die Wärme, den Wein des Südens auf einer Marmorterrasse unter funkelnden Sternen am samtblauen Himmel, Gespräche mit Freunden bei Bouzouki-Musik oder zu Flamenco-Gitarren, ich liebe gutes Essen und schöne Frauen, ich liebe Menschen und Länder und werde wohl immer ein Zigeuner bleiben, der es nie länger als sechs Wochen auf ein und demselben Fleck aushält.«

Ich hatte erstaunt zugehört. War dies seine Art, Interviews zu führen? War es seine Art, eine Frau ›ins Bett zu reden‹? Oder beides? Mir war, als säßen wir beide ganz allein an diesem Tisch, als seien alle anderen Gespräche neben uns banal und nebensächlich, als gäbe es nur noch uns beide. Und ich hatte das Gefühl, als ginge es Felix ebenso, als hätte er die Gabe, Zeit und Raum aufzuheben und sich mit seinem Gsprächspartner von einer Sekunde zur anderen auf die berühmte einsame Insel zu versetzen, eine Art Glasglocke zwischen sich und der Umwelt aufzubauen, in der er ungestört und unstörbar seinen Gedanken und seinen Gesprächen nachgehen konnte.

Das sollte ich später noch oft an ihm beobachten können. Er hatte wirklich die Gabe, sich inmitten großer Gesellschaften total zu absentieren, sich nahezu versenken zu können, ein Gespräch zu führen oder auch ganz allein seinen Gedanken nachhängen zu können, ohne daß ihn die Gegenwart anderer auch nur im mindesten stören konnte. Eine Eigenschaft, die zuweilen dicht an Unhöflichkeit grenzte, weil er oftmals nicht einmal mehr wahrnahm, wenn ein anderer das Wort an ihn richtete.

Ein merkwürdiger, ein bemerkenswerter Mensch, ganz ohne Zweifel. Mir war nach wenigen Minuten, als würde ich ihn seit Jahren kennen, als sei er mir seit langem vertraut. Schon lange hatte ich nicht mehr das Gefühl gehabt, einem anderen Menschen so nahe zu sein, schon lange hatte ich nicht mehr eine solche Übereinstimmung an Empfindungen, eine solche Kongruenz seelischer Schwingungen erlebt wie in diesem Augenblick. Denn mit dem, was er sagte, und mehr noch mit dem, was zunächst noch zwischen uns unausgesprochen blieb, hatte er bei mir buchstäblich offene Türen eingerannt. Ich konnte spüren, welche Wärme von ihm ausging, ich konnte ahnen, welches hohe Maß an Zärtlichkeit er zu geben – und zu empfangen – imstande war, wenn er jenen konventionellen Panzer abstreifte, den er als Selbstschutz, als fast unentbehrliches Berufswerkzeug mit sich herumtrug; wenn er nur merkte, daß ihm, dem großen Romantiker, eine romantische und zärtliche Frau entgegentrat. Und ich wußte, daß ich diesen Mann wiedersehen würde, weil ich es wollte. Und weil er es wollte.

Ganz von selber war unser Gespräch auf mein neues Buch ›Reisen in die Sinnlichkeit‹ gekommen, ein Buch, das einen dokumentarischen Report meiner Suche nach Zärtlichkeit darstellt, eine Summe zwischenmenschlicher Begegnungen in fast allen Erdteilen, bei denen die Sensualität eine wichtigere Rolle spielte als die bloße Sexualität. Sicher, ich hatte diese Sinnlichkeit nicht selten auf dem Umweg über die ›Magic Mushrooms‹, meine Zauberpilze, erlebt und erfahren. Doch bei Felix wußte ich, daß es vermutlich keiner Zauberpilze bedurfte, um mit ihm das zu erleben, was beim gemeinsamen Erleben zweier Menschen schön und wichtig ist.

Wir hatten unsere Unterhaltung zunächst in deutscher Sprache geführt, doch wie immer, wenn das Gespräch auf schwierigere Themen kam, wechselte ich auch diesmal in das mir geläufigere Englisch, die Sprache, in der ich denke und schreibe. Für Felix war dies natürlich keine Schwierigkeit; fast unmerklich wechselte er mit mir in die andere Sprache über, und auch als ich gelegentlich ein paar Sätze in französisch formulierte, antwortete er, beinahe ohne nachzudenken, in derselben Sprache. Ein weiterer Pluspunkt, konstatierte ich insgeheim, denn nichts empfinde ich bei meiner Vielsprachigkeit als unangenehmer als die Unfähigkeit eines Gesprächspartners, meinen jeweiligen Gedankengängen und Diskussionsbeiträgen folgen zu können.

Als ich zwischendurch feststellte, daß Felix die Kellner im ›At Nali‹ auf türkisch herumkommandierte, hakte ich ein.

»Wie viele Sprachen beherrschen Sie eigentlich?« wollte ich von ihm wissen.

Er lächelte. »Mit den Sprachen ist es wie mit den Frauen. Beherrschen können wird man sie niemals. Denn selbst wenn man glaubt, sie zu kennen, dann offenbaren sie doch stets und ständig neue Geheimnisse und neue Wunder. Gelernt habe ich außer Deutsch und Latein nur Englisch, Französisch und Italienisch. Doch die Höflichkeit meinen Gastländern gegenüber hat mich immer wieder dazu veranlaßt, in der jeweiligen Landessprache wenigstens die notwendigsten Formeln und Wendungen zu erlernen, ganz gleich, ob es sich nun um Dänisch oder Ungarisch, um Tschechisch oder Griechisch, um Türkisch oder Singhalesisch, um Serbokroatisch oder Indonesisch handelt. Er erleichtert das Leben in solchen Ländern ungemein, wenn man Kellnern oder Taxifahrern begreiflich machen kann, was man wünscht.«

»Aber würden Sie sich nicht wünschen, eine Sprache wirklich perfekt zu können?«

»Dazu, glaube ich, muß man sehr lange in dem betreffenden Lande leben. Jahre wahrscheinlich. Dann würde ich wohl auch in einer Fremdsprache denken, vielleicht sogar träumen können. Doch dazu hatte ich nie die Zeit und Gelegenheit, auch nicht die Lust. Ich sagte ja schon, daß ich ein Zigeuner bin.«

»Der es nie länger als sechs Wochen an einem Ort aushält. Ich weiß.«

»Aber doch manchmal länger als sechs Wochen mit ein und derselben Frau.«

»Wirklich?« Ich tat erstaunt. »Da habe ich mir aber ganz andere Geschichten über Sie erzählen lassen.«

»Das kann nur der gute Sven gewesen sein.« Felix lächelte. »Der kennt freilich nur ein paar Facetten meines Charakters. Wissen Sie, Xaviera, ich habe es immer so gehalten, daß ich Beruf und Privatleben streng voneinander getrennt habe. Meine Kollegen, selbst die, die ich als eine Art Freunde betrachten konnte, wußten stets sehr wenig von dem, was ich nach Redaktionsschluß tat. Und die meisten Menschen, mit denen ich tagsüber beruflich zu tun habe, will ich nicht auch noch am Abend oder am Wochenende sehen. Das bedeutet geistige Inzucht, denn es wird ja doch immer wieder dasselbe geredet: über den Beruf, über Frauen. Und was soll das alles? Viel lieber gehe ich mit einem Partner, der mir viel bedeutet, an der Ostsee spazieren oder – wenn es mal keinen solchen Partner gibt oder er keine Zeit hat – hole mir eine gute Flasche Rotwein aus dem Keller, lese ein Buch oder schreibe ein Gedicht oder eine Kurzgeschichte. Auf jeden Fall habe ich mich in meinem Leben noch niemals gelangweilt – wenn ich nur ein Blatt Papier und einen Bleistift bei mir habe. Ich kann sehr gut allein sein – und bin jedenfalls lieber mit meinen Gedanken und Träumen allein als mit Menschen zusammen, die mir nichts oder nicht viel bedeuten.«

»Aber sind nicht eigentlich alle Menschen irgendwie interessant?«

»Nein.« Das kam schnell und entschieden. »Sicher, ich bin vor vielen Jahren Journalist geworden, weil mich der Mensch interessiert – was er denkt, was er fühlt, aus welchen Motiven heraus er handelt. Und auch als Historiker – das ist ein weiterer Beruf, den ich erlernt habe und der für mich mehr eine Berufung bedeutet, auch wenn er mir zu keinem Broterwerb verhilft – habe ich mich immer mit der Stellung des Menschen in den geschichtlichen Abläufen beschäftigt, mit Menschen, die Geschichte gemacht, oder mit Menschen, die unter geschichtlichen Abläufen zu leiden hatten. Für mich ist der Mensch nicht unbedingt die Krone der Schöpfung, aber doch immerhin der Angelpunkt alles Geschehens, und an einem Philosophen oder Staatsmann, an einem Künstler oder Wissenschaftler interessiert mich zuweilen nicht so sehr, was er geschaffen, erfunden oder bewirkt hat, sondern warum er es tat. Und da kommt man auf die kuriosesten Dinge. Weltgeschichte ist nicht selten das Resultat gekränkter Eitelkeit, mangelnder Körpergröße oder schlechter Verdauung.«

Ich mußte lachen, und Felix stimmte mit ein.

»Wir kommen hier wirklich vom Hundertsten ins Tausendste und sogar noch zum Philosophieren.« Er schmunzelte und trank bedächtig einen Schluck Rotwein.

Ich hatte mit Wohlgefallen bemerkt, daß er dem Alkohol nur sehr mäßig zusprach, während ich mich, wie üblich, mit einem Glas Eiswasser zufriedengab.

»Wir sind wirklich vom Thema abgekommen«, nahm ich den

Faden des Gesprächs wieder auf. »Wollten Sie mir nicht erzählen, mit welchen Frauen Sie länger als sechs Wochen zusammen waren?«

»Oh, da gibt es ein paar charakteristische Beispiele. Ich denke da etwa an Diane – eine wundervolle Frau. Schwarzhaarig, elegant, sehr weiblich und doch erfolgreich in ihrem Beruf, aus guter Familie, streng katholisch erzogen und doch ungeheuer tolerant.

Sie war, wie die meisten Frauen in meinem Leben, die mir wirklich etwas bedeutet haben, älter als ich, sogar ein Dutzend Jahre, ein Achteljahrhundert, wie ich zum Spaß zu sagen pflegte. Ich war damals noch sehr jung, mitten im Studium und gleichzeitig schon aktiv in der Journalistik tätig. Ich kümmerte mich um Kultur und Gesellschaft in der Lokalredaktion einer großen süddeutschen Tageszeitung. Ihre Familie gehörte seit Generationen zum sogenannten Patriziat der kleinen Provinzstadt in der Nähe von München, wo jeder jeden kannte und natürlich nichts verborgen blieb.

Sie können sich vorstellen, liebe Xaviera, daß unsere Beziehung – die Beziehung einer vollerblühten, umschwärmten Mittdreißigerin zu einem jungen Journalisten und angehenden Historiker – sehr rasch zum Tagesgespräch in bestimmten Gesellschaftsschichten dieser Kleinstadt wurde und daß jeder Auftritt in der sogenannten Öffentlichkeit beinahe einem Spießrutenlauf glich. Das hatte mich freilich nie gestört. Im Gegenteil. Es erhöhte für mich sogar den Reiz unserer Beziehung, daß diese schöne, elegante Frau mir gehörte und sich allen damals noch sehr starken Tabus zum Trotz offen und ohne Scheu zu unserer Beziehung bekannte. Es war sehr mutig von ihr, denn sie hatte ganz ohne Zweifel wesentlich mehr zu verlieren als ich. Was uns verband, war neben der erotischen Komponente, die natürlich eine ganz wichtige Rolle spielte, eine Vielzahl gemeinsamer Interessen. Wir fuhren sehr oft nach München ins Theater, besuchten Konzerte und Ausstellungen, genossen den Münchener Fasching und waren fast jedes Wochenende unterwegs, denn damals schon liebte ich es, zu reisen, auch wenn es nur eine Tagestour nach Salzburg oder an den Bodensee war. Von München aus gibt es ja eine solche Vielzahl von Möglichkeiten, in kurzer Zeit die reizvollsten Landschaften zu erreichen. Ich weiß noch, wie stolz ich war, als ich mir von meinem ersten Gehalt als frischgebackener Universitätsassistent einen uralten gebrauchten Volkswagen gekauft hatte, mit dem wir dann wirklich ungebunden waren, denn Diane hatte – leider – keinen Führerschein, war aber auch nicht zu stolz, um neben mir in diesem Pseudo-Oldtimer zu sitzen. Noch wie heute weiß ich –

obwohl es mehr als eineinhalb Jahrzehnte zurückliegt –, wie schwer es uns manchmal fiel, unsere Begierde zu zügeln. Eines Abends hatten wir wieder einmal eine Theatervorstellung in München besucht – in der ›Kleinen Komödie‹, soweit ich mich erinnere – und danach in einem unserer beiden Lieblingslokale – in der ›Schwabinger Weinschatulle‹ – genußvoll ein spätes Dinner eingenommen. Auf der Rückfahrt in unser Provinzstädtchen steuerte ich mein Gefährt ausschließlich mit der linken Hand. Die rechte brauchte ich dazu, Dianes erogene Zonen unablässig zu liebkosen, eine Prozedur, die uns beide so erregte, daß wir einfach nicht warten konnten, bis wir in meiner kleinen Junggesellenwohnung angekommen waren. Auf halber Strecke hielten wir auf einem Parkplatz an der Bundesstraße und liebten uns auf dem unbequemen Beifahrersitz mit einer Leidenschaft, wie ich sie heute kaum noch in einem breiten französischen Bett an den Tag zu legen vermag. Und Diane, die stolze, spröde, elegante Frau, entwickelte in dieser unkonventionellen Situation ein Temperament, das ich später nur noch selten bei einer Frau erleben durfte.«

Felix hielt kurz inne, um einen Schluck Wein zu trinken. Dann fuhr er fort.

»Ich habe sehr oft darüber nachgedacht, woran es wohl liegen mag, daß viele Menschen in Extremsituationen einen besonders starken, nachhaltigen erotischen Genuß empfinden. Ist es nur die Lust am Ausbrechen aus den bis zum Überdruß exerzierten ›Normalsituationen‹, so wie schon ein bloßes Hotelzimmer manchmal eine Beziehung auffrischt, weil es ganz einfach ein anderes Bett ist als das tagtäglich vertraute? Jeder Psychologe wird bestätigen können, daß ein Tapetenwechsel oft ungemein stimulieren und sogar eine Ehe retten kann. Ich selber habe die Betten meiner Freundinnen stets sehr viel mehr geschätzt als meine eigenen, wobei es sicherlich nicht nur der zarte Duft nach Frau ist, der mich dort erregte. Es ist ganz einfach das veränderte Ambiente, das Eindringen in eine andere menschliche Intimsphäre, was die Sinne schärft, sie aufnahmebereiter macht für das Geschehen. Oder vielleicht liegt es auch daran, daß ich mich gerne verführen lasse. Was bedeutet: daß ich einem anderen Menschen, der Frau, dem weiblichen Partner also, die Regie überlasse, schon wegen des Überraschungseffektes, der mich ebenfalls stimuliert.«

»Da sind wir wieder beim Stichwort«, warf ich ein. »Der Überraschungseffekt macht den Reiz einer Begegnung, einer erotischen Beziehung, einer sexuellen Vereinigung aus. Oft ist es auch das Moment der latenten Gefahr, das uns erregt. Ich habe dafür ein Stichwort gefunden – ›Periculomania‹ – und werde darüber in diesem Sommer einen Vortrag halten, auf dem Weltkongreß der Sexualwissenschaft in Jerusalem.«

»Oh, wie interessant!« erwiderte Felix. »Dahin würde ich Sie gerne begleiten. Ich finde den Begriff, den Sie geprägt haben, faszinierend. Er trifft genau den Punkt. In uns allen steckt doch ein hohes Maß sowohl an Voyeurismus als auch an Exhibitionismus. Es ist vielleicht nicht notwendig, daß wir wissen, daß uns jemand dabei zuschaut, aber daß wir damit rechnen, daß jeden Augenblick jemand zuschauen könnte. Für mich wäre die Krönung meiner diesbezüglichen Erlebnisse, wenn ich auf irgendeinem Interkontinentalflug, in dreißigtausend Fuß Höhe, in der kleinen Bordküche einer Boeing 707 oder einer DC-10, nur durch den zugezogenen Vorhang von den anderen Passagieren getrennt, die hübscheste Stewardeß der Crew verführen könnte, während ihre Kolleginnen draußen den Kaffee servieren.«

»Ist Ihnen das etwa noch nicht gelungen?« warf ich ein. »Wie schade! Sie sollten einmal in meinen Büchern nachlesen, wie schön die Liebe im Flugzeug sein kann. Aber was nicht ist, kann ja noch werden. Doch erzählen Sie, was für ähnliche Situationen Ihnen widerfahren sind!« ermunterte ich ihn.

Felix schmunzelte. »Ach, da gibt es die bezaubernde Geschichte von jenem kleinen, exklusiven Five o'clock tea in einer entzückend altmodischen Vorstadtvilla im Süden von München. Die Villa gehörte einer sehr betagten schwedischen Aristokratin. Ich kann's ruhig erzählen, denn die alte Dame ist ja – leider! – schon lange nicht mehr unter den Lebenden, die ganze Sache liegt wohl mehr als ein Jahrzehnt zurück. Seinerzeit pflegte sie sonntagnachmittags den engsten Familienkreis zu empfangen, zu dem ihre noch sehr hübsche, freilich auch nicht mehr ganz junge Tochter Netty mit ihrem damaligen Verehrer, einem etwas verkalkten baltischen Grafen, gehörte, ferner Nettys jüngste Tochter Paulinchen, eine süße Achtzehnjährige, die wesentlich unschuldiger aussah als sie – wie ich einigermaßen genau wußte – war. Und dann gab es noch Nettys ältere Tochter Franziska, eine üppige Blondine von etwa fünfundzwanzig Jahren, die ungeachtet ihrer Jugend bereits eine gescheiterte Ehe mit einem reichlich trottelhaften Aristokraten aus alter preußischer Familie hinter sich gebracht hatte. Über Franziska könnte ich abendfüllend erzählen. Sie war ganz einfach eine Sehenswürdigkeit in München und besaß die beharrliche Sinnlichkeit einer rossigen hannoveranischen Zuchtstute. Wie ich sie kennengelernt hatte, gehört jetzt nicht hierher, es ist eine Geschichte für sich, die ich bestimmt noch einmal erzählen werde.«

Felix hielt inne. Ganz offenbar in Erinnerung an jene mir noch vorenthaltene Episode produzierte er ein befriedigtes Lächeln.

Ich sah ihn belustigt an und legte dann jene Spur von Sinnlichkeit in meine Stimme, von deren hundertprozentiger Wirkung ich mich schon so oft hatte überzeugen können. »Davon bin ich überzeugt, daß du mir diese Geschichte bald erzählen wirst.«

Ohne mit der Wimper zu zucken, akzeptierte Felix das derart formlos angebotene Du und ging sofort darauf ein.

»Was wollte ich dir erzählen? Ach ja, diesen merkwürdigen Five o'clock tea mit Franziska. Nun gut. Die Beziehung zwischen Franziska und mir war damals noch einigermaßen frisch, sechs oder acht Wochen alt, vielleicht, und doch zählte ich schon zur sogenannten ›Familie‹, die mich sofort akzeptiert und mit offenen Armen aufgenommen hatte. Denn natürlich suchte Netty einen halbwegs adäquaten Ehemann für ihre bereits einmal schiffbrüchig gewordene Tochter. Damals galt es in jenen Kreisen noch fast als Schande, als eine ›Geschiedene‹ – noch dazu schuldig! – in der Gegend herumzulaufen.

Jener denkwürdige Sonntagnachmittag im Spätherbst brachte es nun fatalerweise mit sich, daß die Teegesellschaft nur aus der Gastgeberin, aus Netty, Paulinchen und Franziska bestand. Alle Herren waren verhindert. Ich war der einzige anwesende Mann und natürlich Hahn im Korb. Der nahezu penetrant in mich verliebten Franziska war es binnen kurzem jedoch ein Dorn im Auge, daß ich mit ihrer immer noch wunderhübsch aussehenden Mutter flirtete, die in meinen Augen noch jede Sünde wert war, und sie fing an, mit auffälliger Unauffälligkeit zu gähnen.

Dann blickte sie mich mit großen Schlafzimmeraugen an und meinte: ›Mäuschen‹ – zu meinem Ärger nannte sie mich von Anfang an ›Mäuschen‹, was ich nun leider gar nicht ausstehen konnte –, ›Mäuschen, was hältst du von einem kleinen Nachmittagsschlaf?‹

Ich war reichlich überrascht und bekam um ein Haar einen roten Kopf, was mir in den letzten zwei Jahrzehnten mit einiger Sicherheit nicht oft passiert war. Leicht verlegen blickte ich in die Damenrunde. Die steinalte Gastgeberin lächelte mit gütigen Greisenaugen und hatte offenbar gar nichts begriffen; Netty, die ihre Tochter zur Genüge kannte, zwinkerte mir flink und listig zu, und das sinnliche Paulinchen, das mir ohnehin in unerwiderter Liebe zugetan war, schlug die Backfisch-Augen nieder.

Ich räusperte mich kurz und sagte nur: ›Wenn du meinst und die Damen entschuldigen...‹

Und schon hatte Franziska meine Hand ergriffen und zog mich vom Teetisch weg zur Tür. Nicht etwa ins Obergeschoß, in eines der Schlafzimmer, sondern zu meinem Erstaunen nahm sie den Weg in den Nebenraum, einen geräumigen Wintergarten, der mit einem breiten Kanapee ausgestattet war und vom Teesalon lediglich durch eine schwere Portiere getrennt war. In Windeseile hatte sie es sich auf dem Kanapee bequem gemacht, mich zu sich niedergezogen und – ›wegen der Bügelfalten‹, wie sie bemerkte – mich von meinen Beinkleidern befreit und eine kuschelige Decke über uns gebreitet. Da lag ich nun, sprach- und hosenlos, während das so schnöde verlassene Damenkleeblatt die unterbrochene Teekonversation wieder aufnahm.

Natürlich geschah, was geschehen mußte, und Franziska zog alle Register ihrer eruptiven Leidenschaft. Immerhin liebten wir uns mit einer derart gespenstischen Lautlosigkeit, als hätte man bei unserem höchst privaten Sexfilm ganz plötzlich den Ton abgedreht: Es war, so glaube ich, der stummste Orgasmus meiner gesamten Laufbahn. Und der Kitzel dabei war, daß jeden Augenblick eine der Damen an unser Kanapee hätte treten können, um nachzusehen, ob die beiden Kinder auch schön schliefen. Doch – leider – geschah nichts dergleichen. Die lebenserfahrene Netty mußte wohl heimlich auf die Uhr gesehen haben, denn erst als Franziska und ich ermattet nebeneinander ausgestreckt unter der großmütterlichen Decke lagen, trat Netty an das Liebeslager und strich uns beiden sanft übers Haar. Wie gerne hätte sie wohl zugesehen oder gar ein wenig mitgewirkt. Ach, Netty!« seufzte Felix und verdrehte genußvoll die Augen. »Wie gerne hätte ich seinerzeit auch sie... Doch dazu ist es leider nicht mehr gekommen. Und heute wäre sie mir nun wirklich schon ein bißchen zu alt. Überhaupt ist es mir oft so ergangen», wandte er sich wieder mir zu, »daß mich meine potentiellen Schwiegermütter mehr gereizt haben als ihre nicht minder willigen Töchter. Erst jüngst ist es mir wieder so ergangen. Ich dinierte irgendwo mit einer wunderhübschen geschiedenen Enddreißigerin und ihrer noch nicht ganz volljährigen Tochter, mit der mich ein intensiver Flirt verband. Es wurde spät. Ich hatte schon ein wenig dem Rotwein zugesprochen und eigentlich gar keine Lust mehr, noch am selben Abend nach Hause zu fahren. Beide Frauen registrierten dies, doch die Tochter, die das Dekorum wahren wollte, schnitt das heikle Thema nicht an.

Es war die Mutter, die schließlich sagte: ›Der Felix könnte doch eigentlich bei uns überachten.‹

›Und wo?‹ erkundigte ich mich, wohl wissend, daß die kleine Wohnung der beiden kein Fremdenzimmer enthielt.

›Bei mir natürlich‹, erwiderte die Mutter und sah die Tochter herausfordernd an. ›In meinem Ehebett ist doch genügend Platz.‹

Da fuhr das Töchterchen hoch wie eine Furie. ›Untersteh' dich!‹ schrie sie ihre Mutter an. ›Wenn du das tust, dann renne ich euch beiden ein Messer in den Bauch!‹

Ich war so erschrocken über diese so unvermittelt über mich hereingebrochene Gefahr für Leib und Leben, daß ich es in jener Nacht doch lieber vorzog, die beiden attraktiven weiblichen Wesen lediglich bis an die Haustür zu begleiten und dann klugerweise ins Auto zu steigen.«

»Life is like a cup of tea«, murmelte ich und dachte dabei an einen Lieblingswitz meines englischen Freundes David.

Ich war den buchstäblich ohne Punkt und Komma hervorgesprudelten Erzählungen von Felix so aufmerksam gefolgt, seine lebendige, ungezwungene und ehrliche Art hatte mich derart gefesselt, daß ich – wie er auch – die Gesellschaft an unserem Tisch vollkommen vergessen hatte.

»Findest du nicht, daß wir ein bißchen unhöflich sind?« erkundigte ich mich bei Felix.

Der schüttelte unwirsch den Kopf. »Du siehst doch, wie gut sie sich ebenfalls unterhalten. Sie brauchen uns nicht, und wir brauchen sie nicht. Schließlich wollten wir beide ja sowieso ganz allein zu Abend essen. Was kann ich dafür, daß Sven meinte, seinen Hofstaat mitbringen zu müssen? Sicher wollte er mit dir nur renommieren.«

»Da hast du auch wieder recht«, gab ich zu. »Aber eigentlich sollten wir jetzt doch etwas essen. Was hältst du davon?«

»Keine schlechte Idee.« Er lächelte. »Allah erhalte uns unser Knoblauchland Maghrebinien.«

Tatsächlich hatte der gute Kaya auffahren lassen, was Küche und Keller seines Restaurants zu bieten hatten. Schüsseln mit duftendem Cacik standen da, jener herrlichen Kaltschale aus Joghurt, Gurken und Knoblauch, große Platten mit türkischem Bauernsalat, Teller mit käsegefüllen Köfte, raffiniert zusammengestelltn Kebabs, in Folie geschmorter Wurst oder delikaten Weinblättern – kurz: alles, was die an Variationsmöglichkeiten im allgemeinen nicht sehr reiche osmanische Küche an Herrlichkeiten vorzuweisen hatte.

Wie mir Sven zuvor mitgeteilt hatte, war Kaya der Autor des einzigen in deutscher Sprache erhältlichen türkischen Kochbuchs und überdies Chevalier – oder gar Kommandeur – eines internationalen Feinschmecker-Ordens.

Er hatte also einen Ruf zu verlieren, und es wäre mehr als unhöflich gewesen, all die Köstlichkeiten nicht wenigstens einmal durchzuprobieren. Im Eifer meiner Unterhaltung mit Felix hatte ich außerdem gar nicht registriert, daß der Wirt unterdessen dicht neben mir Platz genommen hatte und aus seinen großen dunklen Kirschenaugen nicht selten begehrliche Blicke auf meine Brust warf, die sich – wie immer frei und ungehemmt – unter meiner dünnen Seidenbluse abzeichnete.

Ich warf einen Seitenblick auf Felix.

»Soll ich?« fragte ich ihn.

Er zuckte die Schultern. Offenbar hatte er keine Ahnung, was ich meinte. Sekunden später wußte er mehr. Mit einem raschen Griff hatte ich meine beiden Freunde aus ihrer Umhüllung befreit und reiche die linke Kaya, die rechte Felix.

Die beiden zögerten keinen Augenblick und erwiesen sich als gelehrige Säuglinge. Ein wollüstiger Schauer lief mir das Rückgrat entlang, als die etwas rauhe, doch sehr kundige Zunge von Felix erst den Nippel umkreiste und er dann behutsam daran knabberte.

Der Rest der Tischgesellschaft folgte dem Schauspiel amüsiert, doch keineswegs verwundert, während dem einen der gutgebauten türkischen Kellner leichte Schweißtropfen auf die Stirn traten.

»Mulatschag!!!« röhrte Sven.

Während sein kleiner, bebrillter Freund nur trocken meinte: »Ende des offiziellen Teils.«

Als Felix meine rechte Brust wieder freigegeben hatte und zärtlich mit dem Handrücken seiner Linken gleichsam abschiednehmend, darüberstrich, erkundigte er sich mit leichtem Lächeln: »Vorspeise oder schon Dessert?«

Der gute Kaya sagte kein Wort, als er sich schnaufend wieder aufgerichtet hatte, sondern rollte nur glückstrahlend seine Augen. Dann schnalzte er mit den Fingern.

Einer der Kellner, ein untersetzter Kurde mit einer gutmütigen, offenen Miene, flitzte um die Ecke und kam mit einem Musikinstrument, einer Art Laute oder Mandoline, zurück. Mit Inbrunst begann er ein altes türkisches Liebeslied zu intonieren, bei dessen monotonem, doch aufreizendem Refrain wir alle mitklatschten. Angefeuert durch unseren Beifall, spielte der kleine Seladdin –

oder Süleiman oder Mustafa, was weiß ich? – sein gesamtes, nicht übermäßig großes Repertoire vor und zurück, bis er förmlich in Ekstase geriet und der Schweiß in Strömen von seiner Stirn über den Hals bis in den dichten Haarpelz seiner Brust lief.

Ein Hauch tierischer Männlichkeit wehte von ihm herüber und versetzte mich in Erregung. Nicht daß ich mit diesem türkischen Kellner hätte schlafen wollen – ganz und gar nicht; doch der Geruch eine verschwitzten, brünstigen Männerkörpers machte mich immer wild, und wenn es Männer waren, die ich liebte, dann um so besser.

Obwohl es in dem kleinen türkischen Restaurant zu dieser späten Stunde reichlich heiß war, bemerkte ich an Felix zu meinem Bedauern keinerlei Anzeichen dieses Schweißgeruchs. Tadellos und gentlemanlike saß er neben mir, lediglich der Duft seines teuren Eau de Toilette war zu riechen. Ich tippte auf Yardley Black Label und fragte ihn unumwunden danach. Er bejahte nach kurzem Nachdenken.

»Ich bin mir nie ganz sicher«, fügte er hinzu. »Bei mir zu Hause steht eine kleine Batterie von derlei Flakons im Bad, und ich nehme irgendeines davon, eigentlich ohne nachzudenken, eher unbewußt.«

Vermutlich die einzigen Male in seinem Leben, in denen er etwas Unbewußtes tut, dachte ich im stillen.

Da wir keine große Lust hatten, den Liederschatz unseres türkischen Barden ein drittes – oder gar viertes – Mal anzuhören, machte sich Aufbruchstimmung breit, obwohl der Tisch kaum zur Hälfte abgegessen war und Kaya gerade begonnen hatte, eine neue Runde Raki aufzufahren.

»Was machen wir jetzt?« fragte ich in die Runde.

Felix schaute Sven an, der schaute ernst zurück. Dann mußten beide lachen.

»Natürlich gehen wir jetzt alle in die ›Amphore‹«, bestimmte Sven in seiner üblichen autoritären Art. »Du wolltest doch sicher ein kleines bißchen Hamburger Nachtleben mitbekommen, nicht wahr?«

Richtig. Das war ja sozusagen ein absolutes Muß für einen Hamburg-Neuling wie mich. Diese Stadt zu besuchen, ohne die Reeperbahn zu sehen, wäre ja beinahe ein Sakrileg. So stimmte ich zu, und rasch brach die ganze Tischgesellschaft auf. Auch Kaya, unser Gastgeber, ging ebenfalls nach Hause, nachdem er dem Geschäftsführer seines Restaurants noch einige Anordnungen erteilt hatte.

Ein wenig bedauernd blickte ich zu unserem noch immer reich gedeckten Tisch zurück, den die Kellnerschar bereits eilfertig abzuräumen begann. Schade, dachte ich, eigentlich hätte ich doch ganz gerne noch ein bißchen mehr gegessen.

Hätte ich geahnt, was mich gleich anschließend erwarten würde – mein Bedauern wäre noch erheblich größer gewesen.

2

Es war eine naßkalte, neblige Januarnacht, in die wir hinaustraten. Mich fröstelte. Auch nicht besser als Amsterdam, dieses Hamburg, dachte ich, während ich mich wärmesuchend an Felix kuschelte, der fürsorglich einen Arm um meine Schultern gelegt hatte.

Die schweren Mercedes-Limousinen unserer Tafelrunde waren hinter dem ›At Nali‹ in einem kleinen Hof geparkt, der aus den weitgeöffneten Küchenfenstern sein spärliches Licht bezog. In der Küche des um diese Zeit noch ausgezeichnet besuchten Restaurants herrschte um diese Stunde, lange nach Mitternacht, noch geschäftiges Treiben. Deckel klapperten, Teller klirrten, Köche und Kellner scherzten miteinander. Wenn die Katze aus dem Haus ist..., dachte ich, und blickte mich nach Kaya um, der in einem dicken Lammfellmantel an Svens Seite lief und sich mit diesem eifrig unterhielt. Ich konnte mir jedoch nicht vorstellen, daß dieser grundgütige Patron in seinem Hause ein sehr strenges Regiment führte.

Wie auf Grund einer geheimen Absprache spalteten wir uns in zwei Gruppen auf. Felix, der seinen Wagen zu Hause gelassen hatte und mit dem Taxi gekommen war, steuerte mich auf den dunklen 350 SE des kleinen, bebrillten Sven-Freundes zu, der, wenn ich es richtig verstanden hatte, Günter hieß. Mit souveräner Selbstverständlichkeit nahm Felix im Fond des Wagens neben mir Platz, während Günter sich ans Steuer setzte. Der Beifahrersitz blieb leer. Alle anderen drängten sich in den zweiten Wagen, ein silbermetallicfarbenes Mercedes-Coupé.

Gute Regie, dachte ich, während Günter behutsam durch die enge Hofeinfahrt steuerte und wir in gemächlichem Tempo durch die noch hellerleuchteten Sraßen der City glitten, an Bahnhöfen vorbei, über Brücken und durch Tunnels.

Günter sprach kein Wort. Am liebsten hätte ich ihm gesagt:

Komm, fahr mich zu meinem Hotel! Ich möchte jetzt allein sein. Oder vielleicht mit Felix zusammen?

Andererseits wollte ich aber auch kein Spielverderber sein, obwohl mir überhaupt nicht nach Night-Clubs und Striptease, nach Gruppensex und schlechtem Champagner, den ich ja sowieso nicht trank, zumute war.

»Erzähl' mir doch noch mal ein bißchen was über die ›Amphore‹!« forderte ich Felix auf, der längst damit begonnen hatte, behutsam und zärtlich meinen Nacken zu streicheln, dicht unterhalb des Haaransatzes.

Er lachte. »Ach weißt du, so etwas Besonderes ist die ›Amphore‹ nun auch nicht. Sie hat vielleicht einen Vorzug: Ich bin – oder besser ich war – dort fast einmal zu Hause. Doch das ist beinahe zehn Jahre her. Da war dies einer der ersten – oder vielleicht überhaupt der erste – Club in Hamburg, in dem auf der Bühne wirklich echt gebumst wurde, und zwar nicht so künstlerisch anspruchsvoll und choreographisch ausgefeilt wie in René Durands ›Salambo‹, sondern fast ohne jeden künstlerischen Anspruch. Richtig gemütlich und familiär. Beinahe wie nach dem Motto: ›Tolerantes Ehepaar sucht gleichgesinntes‹. Das war vielleicht der Charme dieses Etablissements, daß es keinen kommerziellen Beigeschmack hatte. Nicht der knallharte Kietz wie überall sonst auf der Reeperbahn. Kein Nepp, auch wenn die Preise schon damals gepfeffert waren. Doch für dein Geld bekamst du echtes Amüsement. Die Mädels waren fast alle keine Profis, sondern junge Hausfrauen, die sich etwas dazuverdienen wollten, vielleicht um ein neues Auto abzubezahlen oder eine neue Couchgarnitur. Eine, so erinnere ich mich, bezahlte damit die Schulden ihres Mannes, die andere sparte auf eine Eigentumswohnung an der Ostsee. Sie hatten alle keine Zuhälter. Das war bei dem strengen Regiment, das der Boß dort führte, auch gar nicht nötig. Es ging ungeheuer straff und diszipliniert zu. Und es wurde jeden Morgen, nach Schluß der Veranstaltung, streng, aber gerecht geteilt, und ich habe nie erlebt, daß es Streit um Prozente gegeben hätte.

Die ganze Belegschaft kam mir wirklich wie eine große Familie vor, und ich habe oft gehört, daß der harte Kern der Damen, die oft jahrelang zum Stammpersonal gehörten, mit Fredi, dem Boß, und seiner jugoslawischen Lebensgefährtin Ljuba an den freien Wochenenden Ausflüge nach Sylt oder Timmendorf unternahmen.«

»Finde ich großartig«, sagte ich. »Und die Gäste?«

»Das war meistens auch Stammpublikum, wenig Laufkundschaft. Hing wohl auch mit dem sehr genau gehandhabten Clubkarten-Prinzip zusammen. Geschäftsleute, Vertreter, Künstler aus der Popszene, Hamburger Reedersöhne und so weiter. Man kannte sich, bei aller Diskretion, vom Sehen. Trotzdem war es mir nicht sehr angenehm, als ich eines Tages den Anzeigenleiter einer großen Zeitung dort entdeckte. Nicht, weil er ausgezogen so abscheulich ausgesehen hätte – er war, glaube ich, körperlich ganz guter Durchschnitt. Aber ich konnte den Kerl schon tagsüber in seinem üblichen grauen Flanell und mit all seiner hanseatischen Arroganz nicht ausstehen. Nach solchen Begegnungen habe ich mich dann immer eine Zeitlang rar gemacht.«

»Muß man sich denn dort sofort ausziehen?« erkundigte ich mich.

»Ach was!« entgegnete Felix. »Wenn du willst, kannst du sogar deinen Pelz anbehalten. Aber ich würde es dir nicht raten, denn es ist aus naheliegenden Gründen immer sehr gut geheizt. Die Mädels sollen sich schließlich keinen Schnupfen holen.«

»Also sind die nackt?« fragte ich ein wenig naiv.

»Natürlich.« Felix lachte. »Bis auf die Schuhe, einen Tropfen Eau de malheur und vielleicht eine Haarschleife. Das ist ja eben der besondere Kitzel, daß man dort so tadellos korrekt im grauen Zwirn oder in Nadelstreifen seinen Schampus schlürfen kann, während einem so ein niedliches Ding splitternackt auf den Knien hockt und nicht einmal an deinem Hosenschlitz herumfummelt, wenn du es nicht ausdrücklich gestattest.«

Felix hielt einen Augenblick inne und schmunzelte. Ich sah ihn fragend an.

Mit einem kleinen Seufzer fuhr er fort. »Wenn ich das jetzt erzähle, brechen die Erinnerungen natürlich wieder haufenweise über mich herein. Diesen Kontrast zwischen Angezogensein und totaler Nacktheit habe ich nie so deutlich erlebt wie an irgendeinem traumhaft schönen Augustnachmittag auf Sylt. Buhne sechzehn, glaube ich – also der seinerzeitige Nacktstrand der Prominenz von Berthold Beitz bis Gunter Sachs. Es war Anfang der siebziger Jahre, als Sylt noch halbwegs exklusiv und längst nicht so überlaufen war wie heute. Ich verbrachte dort ein Wochenende mit einer zauberhaften Frau, die auch eine längere Geschichte wert wäre. Doch davon vielleicht später. Sie nannte sich Esther Sowieso und bezeichnete dies als ihren Künstlernamen. Immerhin war sie Tänzerin. Schönheitstänzerin, genauer gesagt, und im weitesten Sinne hatte sie natürlich auch etwas mit dem Hamburger Kietz zu tun, obwohl sie bei Gott nicht auf den Strich ging. Ihre Herrenbekanntschaften waren ohne Zweifel zahlreich, doch mich, glaube ich, hat sie seinerzeit wirklich geliebt. Mindestens so sehr wie ihre beiden Katzen.«

»Sei erstens nicht so bescheiden und komm zweitens zur Sache!« ermahnte ich Felix.

»Richtig«, nahm Felix den Faden seines Berichtes wieder auf, »ich wollte dir ja von jenem Nachmittag auf Sylt erzählen. Da geschah natürlich eine ganze Menge, obwohl wir es längst nicht so troll trieben wie ein paar Wochen später in einem Hotel in Würzburg, wo buchstäblich das Bett unter uns beiden zusammenkrachte – zum großen Amüsement der Chefin des Hauses, die ich schon seit meiner bewegten Studienzeit kannte. Nein, die Sylter Nächte waren nicht so eindrucksvoll. Trotz des Reizklimas haben sie sich mir nicht so tief ins Gedächtnis eingegraben wie jener strahlend schöne Nachmittag, an dem ich vollkommen korrekt angezogen, mit cremefarbenem Tropenanzug inklusive Weste und Krawatte, den Strand von Buhne sechzehn entlangschlenderte, an einem Arm die splitternackte Esther, die mit ihren wundervollen Beinen und den großen, doch sehr festen Brüsten eine Augenweide darstellte – von ihrer kastanienfarbenen wilden Mähne einmal ganz abgesehen. Am anderen Arm hatte ich die ebenfalls total unbekleidete Sylvia, die zierliche, sommersprossige, honigblonde Frau eines Münchener Freundes, der dort gerade seinen Urlaub verbrachte. Es war eine Szene wie aus einem Film von Visconti oder Schlöndorff, und den dort versammelten Hamburger Playboys und Ruhrpott-Industriellen blieb buchstäblich die Luft weg. Ich muß gestehen, auch ich konnte mich einer leichten Erektion nicht erwehren. Es geht eben nichts über eine gute Show. Ab und zu wenigstens.«

Felix als Playboy-Verschnitt. Wie gut konnte ich ihn mir vorstellen. Ich sah sein Lächeln und den Besitzerstolz auf seinem Gesicht und in seiner ganzen Haltung deutlich vor mir.

»Doch kehren wir zum Thema ›Amphore‹ zurück«, fuhr er fort. »Ich rate all meinen Freunden, die ich dorthin mitbringe und die dann meistens öfter den Weg dorthin zurück finden, als ich es kann und will, sich doch ziemlich rasch eine gewisse ›Marscherleichterung‹ zu verschaffen und die störende Oberbekleidung weitgehend zu entfernen. Im übrigen ist der Laden so hundertprozentig ehrlich, daß du eine goldene Uhr und eine gefüllte Brieftasche zusammen mit den Klamotten in irgendeine Ecke werfen kannst, und du findest sie nach ein paar Stunden unter Garantie wieder.«

»Und du glaubst, das ist heute noch so?« wollte ich wissen.

»Nun, verbürgern will ich mich dafür natürlich nicht, denn die Zeiten haben sich, wie überall, auch dort geändert. Doch da immer noch das gleiche Team die Geschäfte führt, ist das Stammpersonal auch immer noch sorgsam ausgesucht. Sicher, ab und zu sind jetzt natürlich echte Profis darunter – ein paar Thai-Mädchen, die übliche Renommiernegerin oder eine kleine französische Nutte –, aber die müssen sich sehr rasch den dortigen Sitten anpassen, sonst sind sie gleich wieder draußen.

Ich werde nie vergessen, was kurz nach der Renovierung geschah – denn natürlich wurde irgendwannn einmal auch die ›Amphore‹ erweitert, mit noch mehr Plüsch und Spiegeln ausgestattet sowie mit ein paar komfortablen Separées und – vor allem – mit einer großen Marmorbadewanne, die sich hervorragend für feuchtfröhlichen Gruppensex eignete.

Ich glaube, Sven war dabei, als ich seinerzeit die neuen Räume mit einweihen half. Fredi hatte aus diesem Anlaß auch die Belegschaft erweitert und meinte, für eine glückliche ›Blutauffrischung‹ gesorgt zu haben. Doch leider gab es da eine sehr kesse Rothaarige, ein echter Profi aus Paris, der zum erstenmal in Deutschland arbeitete. Das Mädel – ihren Namen habe ich vergessen – kümmerte sich sehr eingehend um mich, vielleicht weil ich zu den ganz wenigen Gästen gehörte, die sich mit ihr ein bißchen in ihrer Muttersprache unterhalten konnten. Zu viert oder zu sechst stiegen wir schließlich in das große Marmorbassin, um uns dort zu vergnügen, und natürlich wurde auch dabei der obligate Schampus serviert. Als ich jedoch bemerkte, daß die kleine Französin eine halbe Flasche – heimlich, wie sie meinte – ins Badewasser goß, um den Umsatz zu steigern und sich selber den Magen nicht zu verderben, war ich sauer. Ich ließ mir Fredi kommen und hielt ihm vor, daß in seinem Etablissement nunmehr echte Neppgewohnheiten eingekehrt seien. Er knöpfte sich die Delinquentin postwendend vor. Sie wurde sofort ausgetauscht und mußte wenig später nach Paris zurück. So streng waren eben damals noch die Bräuche.«

Wir hatten unterdessen die Reeperbahn erreicht, und Günter fuhr, um mir einen kleinen Eindruck zu vermitteln, ganz langsam diese angeblich ›sündigste Meile‹ Europas entlang, wendete dann und fuhr in entgegengesetzter Richtung zurück. Sicher, die Lichtreklamen der Clubs und Cabarets, der Nachtcafés und Eroscenter mochten so manchen sexhungrigen Matrosen oder unternehmungslustigen Provinzler beeindrucken – mich ließen sie kalt. Ich hatte schon zu viele Amüsierviertel auf der ganzen Welt gesehen, die Reeperbahn war für mich bestimmt nicht das Nonplusultra des Nachtlebens.

Gespannt sah ich trotzdem aus dem Wagenfenster, ob ich irgendwo schon das Aushängeschild der ›Amphore‹ erblicken konnte. Zu meiner Überraschung bog Günter jedoch nach rechts von der Reeperbahn ab, fuhr die Davidstraße entlang, wo ich blutjunge Bordsteinschwalben frierend an den Hauswänden aufgereiht sah, und lenkte sein Gefährt bergab in Richtung auf den Hafen zu.

Vor einem schmalbrüstigen, etwas verwahrlost wirkenden Haus, das sich einsam zwischen zwei ehemaligen Trümmergrundstücken erhob, stellte er den Wagen ab. Grünes Neonlicht erleuchtete eine Art Schaufenster, in dem das Emblem der ›Amphore‹ prangte: eine der klassischen griechischen Vasen mit den wohlbekannten erotischen Darstellungen.

Ein fröstelnder Türhüter eilte herbei und riß die Wagentür auf. Eine schmale Tür öffnete sich wie von Zauberhand, ohne daß Felix oder Günter zuvor die Klingel betätigt hatten. Auch das übliche Guckfensterchen blieb unbenutzt. Die Herren waren eben bekannte und beliebte Stammgäste, deren Ankunft von Sven und seiner Crew wohl schon angekündigt worden war.

Felix und Günter zückten, der Ordnung halber, ihre noch gültigen Mitgliedskarten. Ich deponierte meinen Pelz in der kleinen, unangenehm hell erleuchteten Garderobe. Dann öffnete sich eine weitere Tür, die in den spärlich erleuchteten, plüschigen Sex-Tempel führte.

Felix hatte nicht übertrieben: Es war in der Tat ›puffwarm‹. Zwischen Bar und Bühne erkannte ich die Silhouetten von einem dreiviertel Dutzend splitternackter Mädchen.

Eine schlanke, nicht mehr ganz junge Schwarzhaarige mit immer noch fester, spitzer Brust schlängelte sich an Felix heran und fiel ihm mit einem kleinen Jubelruf um den Hals. Es war Ljuba, die Geschäftsführerin, die mit ihrer Wiedersehensfreude gleich einen kleinen Vorwurf verband.

»Du Treuloser!« Stirnrunzelnd gab sie ihm einen kleinen Stoß in die Seite. »Du hast dich wirklich rar gemacht in der letzten Zeit. Was ist los mit dir?«

»Tut mir leid, Ljuba«, entgegnete er, »aber du weißt ja, wie das so ist. Viel unterwegs, viel im Ausland und leider auch viel am Schreibtisch. Wo bleibt da die Zeit für die Liebe?«

»Schon verziehen«, meinte sie und fügte mit beinahe mütterlicher Sorge hinzu: »Setzt euch gleich dort drüben an die Bühne! Da habt ihr den besten Platz. Das Programm geht sofort wieder los.«

Ich konnte Ljubas Eifer verstehen. Trotz der vorgerückten Stunde – es mochte wohl halb zwei geworden sein – war nicht viel los in der ›Amphore‹. Nur ein paar Tische waren besetzt. Viele der Mädels lungerten gelangweilt an der Bar herum oder standen in den Ecken, mit neugierigen Blicken uns Neuankömmlinge musternd.

Felix bemerkte meine Enttäuschung. Als wir, dicht an der halbkreisförmigen, kleinen Bühne, in bequemen Sesseln Platz genommen hatten, sagte er beinahe entschuldigend: »Vielleicht ist es doch noch ein bißchen zu früh. Ich erinnere mich, daß es früher auch erst nach drei Uhr so richtig gemütlich wurde. Da hatten die Mädels alle schon einen in der Krone und zudem ihre Prozente schon mit der Laufkundschaft verdient, mit den Tagungs- und Kongreßteilnehmern, den Geschäftsreisenden und Provinzlern, die alle relativ früh wieder ins Bett wollen oder müssen. Danach ist die Stunde der Stammkunden. Da müssen keine großen, teuren Flaschen mehr bestellt werden. Da geht's auch mal preiswerter. Und die Nummern auf der Bühne sind auch munterer.«

»Hast du schon mal auf der Bühne mitgemacht?« wollte ich wissen.

Felix grinste. »Sicher. Aber nur ein einziges Mal, um zu wissen, wie es ist. So wie man überhaupt alles im Leben einmal mitgemacht haben muß, um Erfahrungen zu sammeln und wirklich mitreden zu können. Ich wäre nie Theaterkritiker geworden, hätte ich nicht selber mal auf einer Bühne gestanden. Ich meine natürlich nicht diese hier«, fügte er schnell hinzu, als er mein amüsiertes Gesicht sah. »Nein, eine richtige Bühne natürlich. Du wirst es nicht glauben, aber ich habe in meiner Jugend Maienblüte auch einmal geschauspielert. Zum Glück sah ich jedoch meine Talentlosigkeit beizeiten ein, so daß nicht einmal meine Familie etwas von dieser Verirrung erfuhr. Doch das ist schon wieder eine ganz andere Geschichte. Hier« – er zeigte auf die Bühne – »sind nun wirklich nicht die Bretter, die die Welt bedeuten. Die Halbwelt höchstens, aber zuweilen eine ganz amüsante. Die Bänder zu den Strip- und Fickszenen bespricht glaube ich immer noch Dieter Rothstein, ein echter Profi in der Branche, der die Clubs zwischen Flensburg und Freilassing mit seinen Tondokumenten beliefert. Gegen sein Gestöhne kommt nicht einmal Jane Birkin an. Am schönsten aber ist es doch, wenn es den Mädels gelingt, jemanden aus dem Publikum auf die Bühne zu holen. Ich habe mir schon manchmal den Bauch gehalten vor Lachen, wenn irgend so ein alter Daddy da oben stand und langsam, aber sicher seiner Brille, seiner Hosenträger, seiner Sockenhalter und seiner langen Unterhosen beraubt wurde. Und was dann meistens zum Vorschein kam... Du meine Güte! Das sind echte Sternstunden in der ›Amphore‹ gewesen. Die armen Mädels – sie konnten nicht mehr, so haben sie sich amüsiert. Schadenfreude ist eben doch eine der ausgeprägtesten menschlichen Eigenschaften.«

»Und wer hat sich amüsiert, als du da oben auf der Bühne standest?« warf ich ein. »Sicherlich auch das ganze Etablissement, oder?«

»Kann schon sein«, gab Felix zu. »Aber erstens war es damals schon sehr spät – oder besser frühmorgens –, und wir waren fast unter uns. Zweitens habe ich natürlich nicht auf der Bühne gebumst, sondern mich lediglich ausziehen lassen.«

»Und als die letzte Hülle gefallen war, bist du mit einem Satz in irgendeinem Separée verschwunden. War's nicht so?«

»Erraten. Ich werde doch meine schöne Erektion nicht auf einer lächerlichen Bühne einschrumpfen lassen. Außerdem kann es für die Zuschauer ganz schön gefährlich werden, besonders für die, die so dicht an der Bühne sitzen, wie wir beide jetzt.«

»Wieso?«

»Ganz einfach. Nur ein Beispiel: Es gab eine Zeit, da verdienten sich ein paar Studenten aus Ghana hier ein bißchen was zu ihrem Bafög, oder was immer sie auch erhielten, hinzu. Baumlange, nette und in jeder Beziehung hervorragend gebaute Burschen. Einer von ihnen hatte es besonders auf die vorhin erwähnte blonde Elisabeth abgesehen und wollte seine Fickschau immer nur mit ihr absolvieren, was der Kleinen, wie sie mir bei Gelegenheit verriet, ganz schön auf die Nerven ging. In diesem Job gilt eine Regel ganz besonders: Nur keine persönlichen Beziehungen im Dienst, und schon ja keine Liebelei mit Kollegen. So vermeiden es die meisten Mädchen auch ängstlich, einen Orgasmus zubekommen. Der bleibt einzig und allein ihrem ›Mann‹, das heißt ihrem ständigen Begleiter vorbehalten. Auf diese Weise reden sie sich auch ein, sie würden ihm treu bleiben, ihn nicht betrügen.

Kurz und gut: So wie die Mädels sich nicht engagieren wollen, so wollen, sollen und können die männlichen Partner der Shows auch nicht zur Ejakulation kommen. Mach das Nacht für Nacht ein halbes dutzendmal auf der Bühne, vor Publikum und mit Spotlight auf dem Penis, da kriegst du keinen mehr hoch, geschweige denn einen Orgasmus. Allerdings waren die Bimbos aus

Ghana blutige Anfänger in diesem Geschäft, hundertprozentige Amateure, und sie hatten an ihrem nächtlichen Gewerbe auch noch echten Spaß. Kurz, als der eine sich auf der Bühne mal wieder seine heimliche Angebetete, die kleine Elisabeth, hernahm, war es plötzlich soweit. Er spürte, daß er jede Sekunde kommen würde. Und da ihm Elisabeth streng verboten hatte, zu ejakulieren, zog er in höchster Not sein Rohr zurück, und die geballte Ladung schoß mit Hochdruck, wie ein Schrapnell, ins Publikum – einer sehr dicht an der Bühne sitzenden, sorgsam geschminken Lady voll ins rechte Auge. Das Gezeter hättest du erleben sollen. Ich glaube, die ging, wenn überhaupt, nie mehr ohne Sonnenbrille in die ›Amphore‹.«

Felix hielt inne, lehnte sich in seinem Sessel zurück und sah sich in dem spärlich beleuchteten, etwas unübersichtlichen Zuschauerraum um. Eine gewisse Unruhe war ausgebrochen, man hörte Gewisper und Getuschel an der Bar. Schließlich löste sich ein Schatten aus dem Hintergrund und kam auf uns zu. Es war Ljuba, die als einzige unter den Damen ein knappes Höschen trug, sozusagen ihre Geschäftsführer-Uniform. Ein gewisser Abstand zum übrigen Personal mußte ja schließlich sein.

»Ich habe jetzt erst erfahren, daß du hier bist, Xaviera. Entschuldige, daß ich dich vorhin am Eingang nicht gleich erkannt habe, aber die Freude, den Felix wiederzusehen... Na, du weißt ja. Ich find's aber großartig, daß du hier bist, und ich hoffe sehr, daß es dir bei uns gefällt. Was möchtest du trinken? Ein Fläschchen Champagner?«

»Vielen Dank, aber ich trinke nie Alkohol. Wenn du mir einen Orangensaft bringen läßt... Felix, und du?«

»Mir ist eigentlich auch nicht sehr nach eurem Schampus. Macht's dir was aus, wenn ich mich auf Orange-Juice beschränke?«

»I wo«, meinte Ljuba. »Übrigens, Xaviera, die Mädels und ich haben fast alle deine Bücher gelesen. Ist ja fantastisch, dein Leben. Und wie du es geschafft hast, so nach oben zu kommen. Imponiert uns mächtig. Hättest du was dagegen, uns ein Autogramm zu geben?«

»Geht in Ordnung. Aber jetzt nicht. Später dann. Erst möchte ich mal ein bißchen was von eurem Programm sehen. Wann geht's denn weiter? Ich habe keine Lust, ewig eure Filmchen anzuschauen.«

»Okay. Ich geb' sofort Bescheid«, versicherte Ljuba rasch und zog sich zurück.

In der Tat hatte man die Pause zwischen den Vorführungen mit allerlei Kurzfilmen ausgefüllt, zum Teil ganz geschickt gezeichneten Comics, die auf drastische Art und Weise deutsche Märchen persiflierten und entsprechende Titel trugen: ›Dornmöschen‹, oder ›Schneeflittchen‹ oder ›Schwänzel und Gretel‹. Auch mir hatte das alles schon zu lange gedauert. Seit unserem Eintreten war mit Sicherheit eine knappe Viertelstunde vergangen, und es hatte sich nichts Nennenswertes ereignet.

Die anderen schien das nicht zu stören. Sven und sein Hofstaat hatten sich zwei oder drei Tische weiter im Hintergrund niedergelassen. Auch Günter hatte sich zu ihnen gesellt. Sie hatten rasch begriffen, daß Felix und ich allein sein und in Ruhe miteinander reden wollten. Ich war sehr froh darüber.

Plötzlich brach die Hintergrundmusik ab. Ein neues Band wurde aufgelegt, der Vorhang der kleinen Bühne öffnete sich.

Im klassischen Habit einer Karmeliterin schritt eine der Amphore-Damen auf und ab, eine langbeinige Rothaarige mit einem reichlich leeren, nichtssagenden Gesicht, zunächst mit mühsam einstudierter Würde, dann, von Dieter Rothsteins heiserer Bordellstimme aufgepeitscht, immer rascher, immer sinnlicher. Mit professioneller Obszönität entledigte sich das Wesen dann der klösterlichen Tracht; die übliche Reizwäsche kam zum Vorschein und schließlich eine schwere, doch offenbar noch feste Brust und ein dicht bewachsener, appetitlicher Venusberg. Dann fiel der Vorhang. Noch einmal erklang Rothsteins rauchige Stimme vom Band und forderte Applaus für die ›Nonne von Monza‹. Er tröpfelte spärlich und desinteressiert; weder Felix noch ich rührten eine Hand. Mein Gott, was für eine traurige Nummer! dachte ich.

Irgendwie hatte ich das Gefühl: Nun reicht's. Nichts wie raus aus dieser Bude! Auch Felix lächelte ein wenig mühsam. Ich merkte, daß er sich unbehaglich fühlte. Entweder hatten wir einen schlechten Abend erwischt, oder die ›Amphore‹ war eben auch nicht mehr das, was sie einmal gewesen war. Schade!

Ich wollte schon aufstehen, als auf einmal eine stattliche Blondine auf Felix zutrat und dem Überraschten von hinten um den Hals fiel, daß er schier zu ersticken drohte.

Während das langhaarige Wesen das Gesicht des Armen mit einer Unzahl kleiner, schmatzender Küsse bedeckte, konnte ich ihre bis auf die hochhackigen Pumps total unbekleidete Gestalt eingehend studieren. Sie war das, was man in Deutschland ›ein zentnerschweres Weib‹ nannte. Ich selber bin nicht gerade schlank zu nennen, doch diese Dame übertraf mich ohne Zweifel noch um eine beachtliche Zahl von Kilos. Ihre Hinterbacken glichen denen eines schlachtreifen Hausschweins, die Brüste schlugen Felix wie Bleigewichte um die Ohren.

Mein Gott! dachte ich. Das darf doch alles gar nicht wahr sein! Ob Felix jemals mit diesem Riesenweib... Der Gedanke allein war schon komisch genug.

Dann streckte mir das Wesen eine überaus kräftige Hand entgegen, lächelte über ihr ganzes breitflächiges, rotes Gesicht, ließ ein makelloses Gebiß blitzen und sagte: »Guten Abend! Ich bin die Angela. Ihr wolltet doch nicht etwa schon gehen? Jetzt, wo meine Nummer kommt...«

Auch das noch! Mir blieb aber schon gar nichts erspart.

Mit einem letzten Rest von Höflichkeit schüttelte ich nur schwach den Kopf und dementierte meine Absicht. »Nein, nein, wir bleiben schon noch ein bißchen. Schließlich haben wir noch nicht allzuviel vom Programm gesehen.«

Angela entschwand mit einem Schwenken ihrer gigantischen Hüften, das sie vermutlich für kokett hielt, und ich drehte mich wieder zu Felix um, eine unausgesprochene Frage auf den Lippen.

Er schaltete sofort. »Ich weiß schon, was du wissen willst. Ja, sicher hatte ich mal was mit Angela. Sven hat dir ja wohl schon erzählt, welche Anziehungskraft ich auf große, dicke blonde Frauen ausübe. Aber die Geschichte mit Angela liegt mehr als sechs Jahre zurück. Auch damals konnte man sie schon nicht mehr auf Händen tragen, doch ich war jetzt selbst erschrocken... Ich hatte sie ewig nicht mehr gesehen. Ich erzähl' dir später mehr über sie«, schloß er rasch.

Denn schon wieder hatte sich der Vorhang gehoben, und tatsächlich stand das Riesenbaby Angela auf der Bühne, umhüllt von einem neckischen schwarzen Negligé, das zu ihrer wuchtigen Figur etwa so paßte wie eine Cartier-Uhr zu der Pranke eines Metzgergesellen.

Nachdem Angela ein paar Sekunden lang auf der Bühne posiert hatte, winkte sie ins Publikum hinab, zum Tisch von Sven. Ich traute meinen Augen kaum, als ich auf einmal die gute Dodo, die vollbusige Mutter der neun Musen, auf die Bühne klettern sah. Was nun geschah, war der Beginn einer tragikomischen Lesbennummer, einer wahren Elefantenhochzeit, bei der ich zunächst befürchtete, die Bühne würde unter diesen Doppelzentnern zusammenbrechen. Dodo sah grotesk aus, denn ihr wahrhaft überproportionierter Oberkörper stand in keinem Verhältnis zu ihren relativ schmalen Hüften und den beinahe dünn zu nennenden Beinen. Und nun winkten die beiden Riesinnen auch noch auffordernd zu, ich sollte doch auf die Bühne kommen und mitmachen.

Auch von Svens Tisch hörte ich Rufe. »Los, Xaviera! Auf geht's! Wir wollen etwas sehen. Keine Müdigkeit, bitte!«

Das war wieder typisch Sven: sich auf Kosten anderer zu amüsieren. Ich kannte ihn gut genug, um zu wissen, was er vorhatte: seiner geliebten ›Amphore‹ die berühmte Ex-Nutte und Sex-Bestie Xaviera Hollander in voller Lebensgröße und totaler Nacktheit zu präsentieren, sozusagen als Attraktion des Abends. Vielleicht rechnete er sich eine kostenlose Pulle Schampus für diesen ›Freundschaftsdienst‹ aus.

Aber nicht mit mir! Und nicht auf diese Tour. Ich schwankte zwischen Empörung und einer abgrundtiefen Traurigkeit. Empörung über die nur zu deutlich spürbare Absicht, mich wieder einmal als Mittel zu irgendeinem Zweck zu benutzen, und Trauer über die ganze Situation: über die beklemmende Atmosphäre in diesem verkrampften Sex-Tempel, wo irgendwelche Spießer sich für teures Geld die Illusion erkauften, Weltmänner zu sein, tolle Hechte und Potenzprotze. Trauer aber auch über den Umstand, daß da oben auf der Bühne zwei erwachsene Frauen von Mitte dreißig ihre längst deformierten Körper zur Schau stellten – Körper, die man kaum an einem Nacktstrand ertragen würde, geschweige denn mit so firlefanzigen Textilien behängt. Frauen, die sich vielleicht gar nicht im klaren darüber waren, wie sehr sie sich selber erniedrigten, sich demütigten. Die eine aus Geldgier, die andere aus purem Exhibitionismus, in der Meinung, ihren Begleitern den Eindruck eines ›tollen Weibes‹ vermitteln zu können.

Ohne daß ich es hätte verhindern könnnen, stiegen mir plötzlich Tränen in die Augen. Das war mir schon sehr lange nicht mehr passiert. In einem Schuppen wie der ›Amphore‹ weinen! Das war die Sache nun wirklich nicht wert. Rasch beugte ich mich nach unten, um diese momentane Schwäche zu verbergen.

Doch Felix hatte meine Tränen schon – als einziger vermutlich – bemerkt. Auf einmal war er sehr ernst. Mit einer beinahe rührenden Geste ergriff er meine linke Hand und streichelte sie sanft. Er sprach kein Wort, sah mich nur lange mit seinen klugen grauen Augen an. Dann stand er entschlossen auf.

»Komm, wir gehen«, sagte er nur.

Ich war ihm sehr dankbar für seine Initiative. Bevor sich Sven oder Günter von ihrer Verblüffung erholen und zu uns treten konnten, hatten wir ihnen schon kurz zugewinkt und steuerten auf den Ausgang zu. Die beiden Freunde starrten uns mit offenen Mündern hinterher.

Am Eingang bemühte man sich, uns ein Taxi zu beschaffen. Während wir auf den Wagen warten mußten, pirschte sich Ljuba an uns heran und wollte wissen, ob irgend etwas vorgefallen sei. Ich erklärte den Aufbruch mit meiner Müdigkeit; ich hätte einen anstrengenden Tag samt Flugreise hinter mir und müßte mich noch auf meine Interviews am nächsten Morgen vorbereiten.

Ein paar Mädels baten mich noch um Autogramme. Ich weiß nicht mehr, was ich ihnen auf ihre Papierfetzen, Notizbücher oder die Rückseiten der Getränkekarten kritzelte; ich hoffe nur, es war etwas Nettes. Immerhin handelte es sich ja um meine treuen Leserinnen.

Als wir endlich im Wagen saßen und den Fahrer beauftragt hatten, uns zu meinem Hotel an der Alster zu bringen, hatte ich das Gefühl, von einem Alptraum erlöst zu sein. Lange sagte ich kein Wort, sondern ließ nur die Lichter des Hafens und der Werften auf mich einwirken.

Dann sagte ich zu Felix: »Du wolltest mir etwas über diese Angela erzählen.«

Auch er war tief in Gedanken gewesen und schreckte hoch. »Ach ja – richtig. Ja, da gibt es sehr viel und im Grunde doch recht wenig zu erzählen. Ich weiß nicht, ob ich dir schon gesagt habe, daß ich seit jeher ein tiefes, beinahe akademisches, zumindest doch journalistisches Interesse an dieser Sparte der sogenannten Unterwelt – oder besser gesagt Halbwelt – hege. Das mag vielerlei Ursachen haben. Vielleicht liegt eine der Ursachen darin, daß ich eine für heutige Verhältnisse viel zu anständige Erziehung genossen habe, aus viel zu ordentlichen Verhältnissen, das heißt aus einer absolut heilen Welt komme. Als ich dann, als knapp Neunzehnjähriger, mit dem Studium begann und endlich mein eigenes Leben führen konnte, nur noch mir selbst verantwortlich war, hatte ich natürlich einen riesigen Nachholbedarf. Und ich kann dir versichern: Ich habe rasch aufgeholt! Heute bin ich soweit, daß mir eigentlich nichts Menschliches mehr fremd ist, daß ich die Höhen und die Tiefen menschlicher Existenz ausgelotet habe – zum Glück ohne selber an Leib und Seele Schaden erlitten zu haben.

Gut. Dazu gehört also auch mein Interesse an allen Spielarten der sogenannten käuflichen Liebe. Und auch da habe ich so ziemlich alle Möglichkeiten ausgekostet – von der kleinen Autonutte für zwanzig Mark bis hin zur großen Hetäre mit allen Raffinessen, vom ›englischen Kabinett‹ bis hin zur blinden Masseuse in irgendeinem gottverlassenen Hotel im tiefen Süden Taiwans, von den zauberhaft schönen Transvestiten aus der Bugis Street in Singapur bis hin zum Schnellfick in einem zugigen Hausflur in Kopenhagen. Wie viele Geschichten könnte ich dir erzählen – und werde es vielleicht noch tun.

Du könntest natürlich fragen, warum mein ›akademisches‹ mein ›journalistisches‹ Interesse an diesen Dingen auch immer gleich zur praktischen Konsequenz führen mußte. Nun, ich bin nicht an halbe Sachen gewöhnt. Was ich mache, mache ich richtig und ganz und bis zum Ende. Ich habe noch niemals einen Film oder ein Theaterstück vor der letzten Szene verlassen, noch niemals ein Buch nur zur Hälfte gelesen und weggelegt. Ich will immer wissen, wie etwas ist und wie etwas endet – auch bei meinen Beziehungen.

Und so will ich mit den Nutten, mit denen ich rede, auch schlafen. Umgekehrt ist es ebenso. Ich kann nicht mit einem Menschen ins Bett gehen, ohne mit ihm geredet zu haben, ohne irgend etwas Wesentliches über seine Persönlichkeit erfahren zu haben. Eine meiner vornehmsten – und journalistisch wichtigsten – Eigenschaften ist meine unstillbare Neugierde.

Das hat dazu geführt, daß ich wahre Berge von sogenannten ›Nuttengesprächen‹ aus dem Gedächtnis heraus protokolliert habe. Ich habe es stets bedauert, bei solchen Gelegenheiten kein Bandgerät benutzen zu können. Das ginge sowieso nur unbemerkt. Keine Nutte würde dir auf Band so viel erzählen, wie sie das sonst gegebenenfalls zu tun bereit ist.

Ich habe mir oft überlegt, ob ich nicht einmal einen Band solcher ›Nuttengespräche‹ veröffentlichen soll. Gut, da gibt es die klassischen Vorbilder. Lukians ›Hetärengespräche‹ etwa. Oder Pietro Aretinos ›Kurtisanengespräche‹. Doch auch in jüngster Zeit hat es leider über dieses Thema mehr als genügend Reportagen und Veröffentlichungen gegeben, von Ben Witters Protokollen über ›Deutsche Ganoven‹, in denen auch aus dem erotischen Milieu sehr viel Authentisches zu finden ist, bis hin zu Hubert Fichtes ›Interviews aus dem Palais d' Amour‹. Also, was kann ich da noch viel anderes bringen als einen dritten oder vierten Aufguß? Denn im wesentlichen wiederholt sich doch alles. Diese Menschen haben unterm Strich immer die gleichen Probleme. Kennst du zehn oder fünfzehn, dann kennst du hundert oder tausend. Da ich in meiner Branche als eine Art Spezialist für dieses Milieu bekannt bin, wurde ich vor etwa eineinhalb Jahren von einem großen deutschen

Zeitungsverlag ausgeschickt, die nobelsten, anspruchsvollsten und elegantesten Etablissements der Bundesrepublik auszukundschaften und zu testen. Wochenlang bin ich zwischen Flensburg und dem Bodensee, zwischen Ostfriesland und dem Bayerischen Wald kreuz und quer durch die Gegend gereist, um diesen bei Gott anstrengenden Auftrag auszuführen. Ich glaube ich habe dreißig oder vierzig dieser ›maisons de plaisir‹ auf Herz und Nieren geprüft – inklusive der Belegschaft, versteht sich. Wenn ich mich recht erinnere, habe ich in dieser Zeit runde zehntausend Mark verbumst – zum Glück auf Spesen. Aber ich schwöre dir, ich konnte hinterher für lange Zeit kein solches Haus mehr von innen sehen und betrachte mich heutzutage als eine Art vereidigter Puff-Prüfer und diplomierter Sachverständiger für das horizontale Gewerbe.

Doch verzeih mir – ich bin schon wieder vom eigentlichen Thema abgekommen. Also, dieses stets von mir an den Tag gelegte menschliche Interesse und tiefe Verständnis für die Probleme ›meiner‹ Nutten ruft natürlich ab und zu Komplikationen hervor. Denn da ich alle diese Mädels, wenn sie nur ein Gramm Herz und einen Funken Verstand haben – und das ist gerade in diesem Metier, wie du weißt, gar nicht so selten –, als Menschen behandle und als Damen respektiere, kann es mir passieren, daß ich plötzlich zur Bezugsperson werde. Vor allem für Mädels aus sogenannten guten Häusern, die keinen Zuhälter haben, weil sie dank hinreichend geregelter Lebensverhältnisse und eines guten Betriebsklimas auch gar keinen brauchen. Aber etwas Warmes braucht der Mensch, und wenn es ein warmes Herz ist.

Wo diese armen Wesen in ihrem an Wärme ja leider so armen Dasein ein bißchen Menschlichkeit spüren, ein tieferes Interesse wittern, da klammern sie sich fest – um so mehr, wenn sie dazu noch keinerlei finanzielle Interessen feststellen können. Denn das ist ein Punkt, in dem ich sehr empfindlich bin. Trotz meiner vermeintlichen Leichtlebigkeit, trotzdem ich viel zu oft in meinem Leben Hansdampf in allen Gassen war, verfüge ich doch über eine sehr strengen Ehrenkodex, der vielleicht in meiner Vergangenheit als Corpsstudent und Reserveoffizier begründet liegt. Es gibt Dinge, die wären nur über meine Leiche möglich, und dazu gehört eben auch das, was man landläufig als ›Zuhälterei‹ bezeichnet.

Mein Gott, wenn ich all diese Mädels, die mir ihr Vertrauen und sogar ihre Liebe geschenkt haben, in diesem Punkt ausgenützt htte – ich wäre heute vielleicht Millionär. Aber so war ich in vielen Fällen nichts weiter als ein uneigennütziger Helfer in allen Lebenslagen, eine Mischung aus Beichtvater und Anlageberater, und habe mich riesig gefreut, wenn die Kinder ihr wahrhaftig schwer verdientes Geld nicht wieder für Kinkerlitzchen aus dem Fenster geworfen haben, für Lackstiefel und Kosmetika, oder gar im Spielkasino verjubelten, sondern sich dafür reelle Sachwerte angeschafft haben: guten Schmuck, eigenes Auto, anständige Pelze oder gar eine Eigentumswohnung.

So ein Fall war, zum Beispiel, Angela. Ich habe sie natürlich in der ›Amphore‹ kennengelernt, wo sie seinerzeit, vor fast sieben Jahren, gerade ihren Dienst angetreten hatte. Heute gehört sie wirklich beinahe zum Inventar. Ein Zeichen dafür, wie beliebt sie – trotz ihrer etwas aus dem Leim geratenen Figur bei den Stammgästen immer noch sein muß. Sie ist aber wirklich ein Schatz, eine Seele von Mensch. Nie würde sie einen Gast neppen, nie ihm die große Zuneigung vorgaukeln, wenn er ihr nicht wirklich sympathisch ist. Das eben ist ja auch das Gute an der ›Amphore‹: Die Mädels müssen nicht mit den Gästen ins Bett, wenn sie nicht wollen. In erster Linie sind sie Gesellschafterinnen und Quasi-Künstlerinnen – wenn man an die sogenannten Darbietungen auf der Bühne denkt –, aber sie sind keine Nutten in des Wortes eigentlicher Bedeutung.

Das gilt voll und ganz für Angela. Sie war damals frisch verwitwet. Ihr Mann, ein Ingenieur, war tödlich verunglückt und hatte sie ohne eine hinreichende Versorgung zurückgelassen. Zudem hatte sie sich auch noch um eine kleine Tochter zu kümmern. Und da sie vermutlich nichts Richtiges gelernt hatte, aber doch recht proper aussah, war sie sich halt für den Beruf einer Putzfrau oder angelernten Verkäuferin zu schade und zog es vor, bei Fredi ein paar tausend Mark im Monat auf relativ angenehme Weise zu verdienen. Ich mochte ihre ehrliche, unkomplizierte und offene Art auf Anhieb und unterhielt mich schon am ersten Abend prächtig mit ihr. Und obwohl es natürlich nicht gern gesehen wird, wenn man sich mit der Belegschaft außerhalb der Dienstzeit privat trifft, lud ich Angela für einen der nächsten Tage zum Essen ein, und es blieb nicht aus, daß wir uns hinterher in ihrer kleinen, gemütlichen und sehr geschmackvoll eingerichteten Wohnung im Bett wiederfanden. Das wurde dann zur lieben Gewohnheit, und da ich seinerzeit gerade ohne feste Bindung war, entstand eine mehrere Monate dauernde kuriose Beziehung, während der wir wenigstens ihre freien Wochenenden miteinander verbrachten und ich sie nicht selten sogar abends zum Dienst fuhr, ganz wie ein richtiger Lude.

Doch abgesehen davon, daß Angela hervorragend kochte – ich brach eigens eine Weihnachtsreise vorzeitig ab, um bei ihr den Abend des zweiten Feiertages zu verbringen, weil sie mir eine Canard à l'orange versprochen hatte, die dann auch exzellent schmeckte – und wir ab und zu ihre Ferienwohnung an der Ostsee zum Ausspannen benutzten, hatte ich wenig Profit bei dieser Beziehung. Als sie mir andeutete, sie würde mir zum Weihnachtsfest irgendeine Kostbarkeit schenken, suchte ich als Gegengeschenk eine Orientbrücke aus, die den Wert ihres Geschenkes weit überstieg. Du merkst, worauf ich hinauswill, oder? Ich möchte mich niemals in irgendeiner Form verpflichtet fühlen. Ich will immer mehr geben als nehmen. Nur dann fühle ich mich so frei und ungebunden, wie ich es auch bleiben möchte. Und das war's wohl auch, was diese Beziehung dann enden ließ. Ich hatte das Gefühl, die Gute würde nach Ablauf des Trauerjahres gerne wieder heiraten wollen, und diesen Gefallen konnte ich ihr nun leider aus mannigfachen Gründen nicht tun.

Nun bin ich ein Mensch, der eine Beziehung niemals mit Gewalt und großen Auseinandersetzungen beendet, sondern sie stets recht behutsam ausklingen läßt. Ich mache mich rar, lasse mich seltener sehen, rufe auch weniger an. All dies fällt mir nicht schwer, weil ich es immer mit meinen vielen Reisen und den sonstigen beruflichen Verpflichtungen begründen und entschuldigen kann. Dadurch lief alles bisher auf ein Decrescendo hinaus, ohne Szenen und Eklats, und somit kann ich eigentlich alle meine Ex-Geliebten heute immer noch um einen großen Tisch versammeln und sie sämtlich mit gleicher Herzlichkeit begrüßen, denn nie gab es Bitterkeit oder gar Haß. Ich habe mich in allen Fällen sehr behutsam aus dem Leben meiner Freundinnen wieder hinausgemogelt, einfach weil ich mir meine Freiheit bewahren wollte.

Diese Wiedersehensfreude, die du vorhin in der ›Amphore‹ erleben konntest, hat natürlich auch ihre Schattenseiten. Kurz nachdem ich die Verbindung mit Angela behutsam gelöst hatte, verliebte ich mich Hals über Kopf in eine persische Prinzessin, die – in Europa geboren und in London erzogen – nicht mehr viel Orientalisches an sich hatte, sondern eine sehr lebenstüchtige Person war und ihre profunde Intelligenz dazu benutzt hatte, sich in Deutschland eine glänzende Existenz aufzubauen. Doch sie war auf Grund ihres asiatischen Blutes – ihr Großvater war der letzte Khan von Isfahan unter der Kadjaren-Herrschaft gewesen – von ebenso leidenschaftlicher Sinnlichkeit wie bodenloser Eifersucht beherrscht. Solange wir eng befreundet waren, durfte ich eine andere Frau in ihrer Gegenwart nicht einmal anschauen, geschweige denn mit ihr flirten.

Nun verbrachte ich mit dieser außerordentlich faszinierenden, ebenso begehrens- wie liebenswerten Frau eines meiner damals noch üblichen Wochenenden auf Sylt und sah, wie gewöhnlich, vor dem Schlafengehen noch auf einen Nightcup bei ›Karlchen‹ herein. Gemütlich plaudernd saßen wir vor unseren Drinks und amüsierten uns über die oberflächliche Geltungssucht der Sylter Snobokratie, als sich plötzlich die Tür öffnete und drei Damen hereintraten, denen auch ein naiveres Gemüt die Herkunft vom Hamburger Kietz auf mehrere Meilen gegen den Wind angesehen hätte. Es handelte sich – höre und staune! – um unsere Freundin Ljuba, Angela und ein weiteres Mitglied der Stammbelegschaft der ›Amphore‹, die ich nicht minder gut kannte.

Eine Zehntelsekunde zu spät drehte ich meinen Kopf zur Seite. Schon hatte mich das muntere Kleeblatt erspäht und stürzte jubelnd auf mich zu.

›Felix, wie schön, dich zu sehen! Du hast dich ja so rar gemacht in letzter Zeit. Warum kommst du denn gar nicht mehr?‹

So tönte es gleichzeitig aus drei viel zu stark geschminkten Mündern, und schon sausten mir die Begrüßungsküsse um die Ohren. Daß ich mich in Begleitung einer Dame befand, hatten die drei munteren Vögel gar nicht registriert – oder es war ihnen egal. Mir freilich war es in diesem Augenblick alles andere als egal, denn ich spürte, wie Madame la Princesse zu Eis erstarrte. Derlei eindeutige Verbrüderungsszenen gingen ihr komplett gegen den Strich. Dafür hatte sie nun überhaupt kein Verständnis. Meine drei Grazien begriffen dann freilich, was sie angerichtet hatten, doch da war es schon zu spät. Der Abend war für mich gelaufen. Nie werde ich den mitleidigen Blick vergessen, den mir Karlchen zuwarf. Er hatte die Katastrophe in ihrem vollen Umfang mitgekriegt und ahnte, welche Szene mir bevorstand. Nicht im Lokal und auch nicht auf der Straße, versteht sich. Dafür war Madame la Princesse zu wohlerzogen. Aber zu Hause, im Hotelzimmer. Mir läuft heute noch eine Gänsehaut über den Rücken, wenn ich daran denke!

Du siehst also, wie einen das sogenannte Doppelleben immer wieder einholt. Das ist mir etliche Male in meinem Leben passiert. Ich erinnere mich an meine Gymnasialzeit in einer sehr kleinen und sehr moralischen Stadt in Bayern, in der es seinerzeit, in den fünfziger Jahren, eine einzige Kneipe gab, die über die normale Sperrstunde hinaus geöffnet und recht übel beleumundet war.

Selbstverständlich war dieses Lokal für uns Gymnasiasten absolut tabu. Man durfte nicht einmal dort in der Nähe gesehen werden. Doch da mich mein ganzes Leben lang schon immer alles gereizt hatte, was meiner Ansicht nach ohne Grund verboten war, verkehrte ich nun erst recht dort, um ab und zu ein spätes Bier zu trinken und mit dem Inhaber, einem sehr halbseiden aussehenden Zigeunertypen, zu plaudern.

Der Wirt, der den nur zu bezeichnenden Spitznamen ›Fack‹ führte, obwohl sein Etablissement ein eher bescheidener, geheimer und entsprechend lausiger Puff war, entpuppte sich als witziger Erzähler und begeisterter Kartenspieler, der sich natürlich höchst geehrt fühlte, daß einer der Herren Primaner bei ihm verkehrte und ab und zu sogar einen Skat mit ihm klopfte.

Eines schönen Nachmittags wandelte ich nun mit meinem Lateinpauker, der noch dazu stellvertretender Direktor des Gymnasiums war und zugleich ein Moralist von hohen Ansprüchen, durch die engen Straßen der Altstadt, um mit ihm irgendein Problem der Schülermitverwaltung zu besprechen. Entgegen kam uns der ›Fack‹, wie immer durch modische Kleidung bis zur Unkenntlichkeit entstellt, in Hawaiihemd und eierschalenfarbenen, seitlich geschlitzten Röhrenhosen, das schwarze Haupthaar sorgsam eingeölt und das Menjou-Bärtchen scharf ausrasiert. Es half nichts, daß ich ihn geflissentlich übersah und die Unterhaltung mit meinem Lateinlehrer blitzartig intensivierte. Bei ›Fack‹ war die Wiedersehensfreude riesengroß.

Aus vollem Halse röhrte er: ›Na, wie geht's denn, mein lieber Freitag? Schon lange nicht mehr gesehen. Schauen Sie doch mal wieder auf ein Bier bei mir rein!‹

Das sprichwörtliche Mauseloch, in das ich in jenem Augenblick hätte kriechen wollen, war natürlich weit und breit nicht vorhanden, und an meiner zinnoberroten Bombe hättest du dir eine Zigarette anzünden können. Mich wundert es heute noch, daß diese Begegnung für mich keinerlei schuldisziplinarische Konsequenzen hatte. Eine solche Situation kann man sich heute nach mehr als zwanzig Jahren, beim derzeitigen antiautoritäten Schulsystem, überhaupt nicht mehr vorstellen.«

Felix hielt inne. Es war ihm wohl zum Bewußtsein gekommen, daß er in den vergangenen zehn Minuten wieder einmal ohne Punkt und Komma geredet, ohne daß ich auch nur einmal den Mund aufgemacht hatte. Mir war dies aber ganz recht. Zum einen war ich zu müde zum Reden, zum anderen verstand er es wirklich, einen mit seinen Erzählungen zu fesseln. Er brachte es fertig, seine Perlenschnur von Anekdoten, Analysen und Reflexionen so geschickt aufzufädeln, daß man sich nie langweilte.

Unterdessen waren wir vor dem zu dieser Stunde noch hellerleuchteten Eingang des großen Hotels angekommen. Ein Türhüter im grauen Zylinder riß den Schlag auf. Als Felix den Taxifahrer entlohnt hatte, war mir klar, daß wir beide jetzt dasselbe wollten: Allein sein, noch ein wenig reden und dann nur noch zärtlich sein dürfen.

Ich ergriff seine Hand, sah ihm tief in die Augen und sagte: »So, und jetzt machen wir unser Interview. Jetzt hast du lange genug geredet. Jetzt rede ich.«

3

Wir haben freilich nicht mehr viel geredet in dieser ersten Nacht in Hamburg. Kaum hatten wir die Tür meiner Suite im dritten Stock des weitläufigen Hotels hinter uns geschlossen, da rissen wir uns auch schon die Kleider vom Leib, die wir viel zu lange angehabt hatten, sprangen – noch nacheinander, nicht gemeinsam, wie später so oft – unter die Dusche und fielen ins Bett.

Das erste, was mir an Felix auffiel, war sein fabelhafter Körper: knabenhaft, fast unbehaart, mit olivfarbener, sehr glatter und sehr zarter Haut und einem wunderhübsch gerundeten, festen, kleinen Popo. Sein unbeschnittener Penis war selbst im halbsteifen Zustand von erstaunlicher Größe.

Felix schnurrte wohlig wie ein Kater, als ich ihm eine Mundbehandlung angedeihen ließ. Ich merkte gleich, daß er diese Art des Verkehrs besonders schätzte.

Seine eigene Zungentechnik ließ jedoch noch zu wünschen übrig. Mag sein, daß es mit seiner Müdigkeit zusammenhing, mag sein, daß er den Cunnilingus zu wenig praktizierte. Ich nahm mir aber fest vor, ihm alle diese Feinheiten noch beizubringen, denn daß ich ihn schon sehr bald wiedersehen wollte, das war mir in jenen Stunden, die wir bisher zusammen verbringen durften, bereits klargeworden.

Was wir sonst noch alles trieben in jener ersten Nacht im Apartment Nr. 372 jenes Hamburger Hotels – ich weiß es nicht mehr. Ich weiß nur noch, daß es schön, gemütlich und nicht allzu aufregend war. Felix war ein guter, doch beileibe kein perfekter Liebhaber – für meine Ansprüche, versteht sich. Später gestand er mir einmal, daß er es sehr aufregend gefunden habe, mit Xaviera Hollander zu schlafen, bis er mit mir im Bett war. Dann, so sagte er, hätte er sehr rasch herausgefunden, daß ich gar nicht die männerfressende Sex-Maschine, die gnadenlose Orgasmusjägerin war, für die man mich auf Grund meiner Bücher und meiner vielen Erlebnisse halten mußte. Im Gegenteil: ich sei eine überaus zärtliche, weibliche, sinnliche und anschmiegsame Frau, mit der man nicht nur zusammen (ein)schlafen, sondern auch aufwachen und gemütlich frühstücken könne.

Leider blieb zu diesem gemütlichen Frühstück am anderen Morgen nicht allzuviel Zeit. Der erste Pressetermin war schon für zehn Uhr angesetzt worden, und ich hatte das Bedürfnis, mir vorher noch die Haare zu waschen und mich so schön zu machen, daß ich vor den kritischen Augen der gnadenlosen Hamburger Journaille bestehen konnte. Währenddessen plauderte ich mit Felix, dem ich immerhin die Benutzung meiner Zahnbürste gestattet hatte (einen Rasierapparat führte ich leider nicht mit mir – so weit ging mein Service für die Herren der Schöpfung schließlich doch nicht), über das Buch, das der Anlaß zu dieser Reise war. Erstaunt stellte ich fest, daß er offenbar zu der ganz kleinen Zahl von Journalisten gehörte, die Bücher, über die sie schreiben müssen, vorher auch wirklich gelesen haben. Felix konfrontierte mich mit Einzelheiten des Buches, die ich selber schon fast wieder vergessen hatte, und er hatte mit sicherem Instinkt begriffen, worum es mir bei den ›Reisen in die Sinnlichkeit‹ wirklich ging: nämlich um die Suche nach Zärtlichkeit und menschlicher Wärme.

Felix war mit mir einer Meinung, daß brillante Sexualtechnik allein noch keine menschliche Beziehung herstellen kann, sondern daß die wahre Erfüllung in einer Partnerschaft nur über die Harmonie und gleiche Bewertung von Seele und Körper zu finden war.

Ich hatte ihn schon in der ersten Viertelstunde unserer Begegnung mit der Forderung provoziert: »If you can't fuck my mind you can't fuck my body« – frei übersetzt: Wenn du meine Seele nicht befriedigen kannst, dann gelingt dir dies auch nicht mit meinem Körper.

Dem stimmte er in dieser Morgenstunde uneingeschränkt zu.

»Das geht bei mir so weit«, sagte er, »daß ich nicht einmal mit einer Nutte ins Bett steigen kann, ohne mit ihr zuvor intensiv geredet zu haben. Ich muß eine Beziehung zu ihr gewinnen. Sie muß mich nicht nur als Körper interessieren, sondern mir auch als Mensch sympathisch sein. Und nicht selten ist es mir passiert, daß wir uns zuvor so intensiv in ein Gespräch, in eine Diskussion verbissen hatten, daß ich mir buchstäblich meine Erektion zerredet habe, daß meine Libido sich in der Unterhaltung sublimierte und ich den Akt hinterher fast nur noch aus Pflichtgefühl vollzog. Hinzu kommt – und das weißt du selber am besten –, daß man unter Nutten nicht nur erstaunlich lebenskluge, welterfahrene und naturgemäß tolerante Frauen findet, sondern nicht selten auch unerhört gebildete. Ich habe mich zuweilen stundenlang über Literatur unterhalten können, nicht etwa nur über Simmel und Konsalik oder andere Trivial-Schreiber, sondern sogar über Philosophen. Nie werde ich die Diskussion vergessen, die ich mit einer blonden Münchnerin – die übrigens in ihrer Freizeit auch begeisterte Bergsteigerin war – über Erich Fromms ›Kunst des Liebens‹ führte. Da konnte ich kaum mithalten. Hätte ich jemals das Bedürfnis gehabt, zu heiraten, ich weiß nicht, ob ich nicht einer solchen Frau einen spontanen Antrag gemacht hätte. Abgesehen davon, daß ja Nutten bekanntlich die besten und treuesten Ehefrauen werden – wenn sie es nicht schon sind.

Da fällt mir übrigens schon wieder eine Geschichte ein, die ich allerdings nicht selbst erlebt habe, sondern die mir ein guter Freund in München – du wirst ihn noch kennenlernen – vor Jahren berichtet hat. Er war eingeladen zu der pompös und ganz im aufwendigen Stil der Münchener Schickeria zelebrierten Hochzeit eines bekannten Fernseh-Regisseurs. Als er der Braut, die er vorher noch nicht zu Gesicht bekommen hatte, vorgestellt wurde, verschlug es ihm für Sekunden die Sprache. Die Dame war ihm wohl vertraut – und zwar von ihrer früheren Tätigkeit am Wiener Westbahnhof her. Er hatte mit ihr einige Male das Vergnügen gehabt und es nicht bereuen müssen. Auch sie hatte ihn wiedererkannt, faßte sich aber ebenso rasch und zwinkerte ihm mit Verschwörermiene zu. Er zwinkerte zurück, und damit war die Sache erledigt. Keiner der Anwesenden hatte von dieser Szene etwas mitbekommen, und mein Freund ist loyal genug, die Namen der Beteiligten für sich zu behalten. Auch ich weiß bis heute nicht mit letzter Sicherheit, um wen es sich handelt, habe aber keinen Grund, an seiner Erzählung zu zweifeln.«

Felix hielt inne und beschäftigte sich wieder mit seinem Frühstücksei. Ich beobachtete, mit welchem Geschick und welcher Eleganz sich seine schlanken, braunen Hände bewegten. Ich bewunderte die Souveränität, die innere Ruhe, mit der er – total unausgeschlafen, wie ich wußte – mir an diesem Morgen gegenübersaß. Ein bißchen zerknautscht und natürlich unrasiert, doch mit der Würde und Ausstrahlung, die man nur an Menschen findet, die mit sich selbst und der Welt in Einklang sind.

Er hatte seine Krawatte noch nicht wieder angezogen; im Ausschnitt seines blauen Maßhemdes, zu dem er entzückend altmodische Manschettenknöpfe trug – Amethyste, in Perlmutt und Silber gefaßt –, blitzte eine Halskette mit einem halben Dutzend schwergoldener Amulette und Medaillen.

»Meine Nahkampfspange«, hatte er gestern nacht lächelnd gesagt. »Alles Erinnerungen.«

Und als ich ein wenig maliziös erwiderte, er müßte aber sehr spendable Freundinnen gehabt haben, da hatte er nur den Kopf geschüttelt und erwidert: »Völlig falsch, mein Kind. Doch das kannst du ja noch nicht wissen. Ein Felix Freitag läßt sich nicht gerne etwas schenken. Er schenkt selber. Von jedem dieser Stücke gibt es noch eine zweite Ausfertigung, die, wie ich hoffe, noch immer an irgendeinem schönen, schlanken Frauenhals hängt. Ich habe stets zwei Exemplare erworben oder anfertigen lassen und das eine Stück verschenkt, das andere selbst getragen. Was hier an meinem Hals hängt, das ist sozusagen nur eine Auswahl. Es sind die vielleicht schönsten und kostbarsten Erinnerungen.«

Obwohl ich Erinnerungen dieser und anderer Art immer respektiere, hatte ich mir doch gestattet, Felix zu bitten, das Geschmeide abzulegen und auf dem Nachttisch zu deponieren. Es störte mich nämlich furchtbar in meiner Konzentration, klingelte mir entweder im Gesicht herum oder lag kalt und schwer auf meinem Bauch, je nachdem.

Unwillkürlich mußte ich lachen, und auch Felix lächelte mir zu, obwohl er nicht wissen konnte, woran ich in diesem Augenblick dachte. Seine klugen grauen Augen strahlten. Ich ahnte, daß er die restlichen paar Stunden der Nacht kaum ein Auge geschlossen hatte. Denn ich hatte ihn nämlich, als wir beschlossen hatten, nun endlich zu ruhen, resolut in die ›Löffelchen‹-Stellung kommandiert, in der ich am besten einschlafen kann – Bauch an Popo und so eng wie möglich. Felix hatte mich gewarnt: Er sei womöglich ein unruhiger Schläfer und würde mich durch Schnarchen oder Hin- und Herwälzen stören. Doch nichts von alledem war geschehen. Ruhig und leicht atmend lag er in meinen Armen, doch ich wußte, daß er nicht sehr tief schlafen konnte, sondern im Unterbewußtsein sein Hang zur Disziplin wach blieb, um meinen Schlaf nicht zu beeinträchtigen. Und bei einer solchen Nervenanspannung kann man in drei oder vier Stunden einfach nicht ausgeruht sein. Wieder fiel mir auf, wie unregelmäßig seine Zähne standen, besonders im Unterkiefer.

»Sag mal«, erkundigte ich mich unvermittelt, »warum hast du dir eigentlich nie deine Zähne richten lassen?«

Er war über die Frage nicht überrascht. »Warum sollte ich? Ich bin weder Schauspieler noch Sänger. Im Gegensatz zu meinem Gehirn gehören meine Zähne nicht zu meinem Handwerkszeug, und solange sie noch im Bestzustand sind, sehe ich keinen Grund, daran herumbasteln zu lassen. Ich verfüge noch über alle zweiunddreißig Zähne und hoffe, davon so viel wie möglich mit ins Grab nehmen zu können – so wie ich überhaupt dagegen bin, einen dieser medizinischen Quacksalber an meinem Körper herumfummeln zu lassen. Fazit: Ich besitze noch meinen Blinddarm und meine Mandeln, bin, wie du ja unterdessen weißt, auch nicht beschnitten, denn ich hänge selbst an diesen paar Quadratzentimetern Haut und bin der Meinung, daß ein unbeschnittener Penis – vorausgesetzt, er wird peinlich sauber gehalten – wesentlich sensibler ist als ein beschnittener. Und außerdem ist er ein hübscheres Spielzeug, oder? Da fällt mir nun leider schon wieder ein Kalauer ein. Also hör zu: In all den vielen tausend Jahren seit Adam und Eva haben die Frauen immer wieder versucht, den Mann abzuhäuten. Und in all diesen Tausenden von Jahren ist es ihnen nicht gelungen, ihm das Fell über die Ohren zu ziehen – sie haben erst diese wenigen Zentimeter geschafft.«

Wieder mußte ich lachen.

Ein paar Monate später, als ich mich in Jerusalem mit einer bildhübschen israelischen Journalistin unterhielt, wurde mir diese Ansicht übrigens auch von der Seite der Frau bestätigt. Sie fände es aufregend, nach all den beschnittenen Penissen ihrer Heimat zwischendurch einmal mit einem unbeschnittenen sich beschäftigen zu können. Felix, der bei diesem Gespräch zugegen war, lächelte mir nur vielsagend zu.

»Und was hältst du von Schönheitsoperationen, vom Liften?« versuchte ich ihn zu provozieren.

»Nur wenn es wirklich unvermeidlich ist, also nach einem schweren Unfall etwa, bei dem häßliche Narben oder üble Brandwunden zurückgeblieben sind. Oder wenn ein Mensch sich wirklich wegen seiner abstehenden Ohren oder seiner großen Nase so häßlich vorkommt, daß er Komplexe hat und sich kaum noch unter Menschen traut. Doch dann rate ich auch eher zu einem guten Psychotherapeuten als zum Schönheitschirurgen. Männer sollten ihr Erscheinungsbild sowieso mit Würde tragen, und nach einiger

Zeit gehört es dann einfach zum Typ. Schau dir doch die Karnikkelohren unseres Außenministers Genscher an! Was täten die Karikaturisten ohne dieses besondere Kennzeichen? Oder bist du der Meinung, daß die Segelfliegerohren des englischen Thronfolgers seinem Sexappeal auch nur den geringsten Abbruch tun? Ich glaube kaum, wenn du den entsprechenden Enthüllungen der Skandalpresse Vertrauen schenkst. Und bei Schauspielern – ich denke etwa an Belmondo oder den Salzburger Herbert Fux, in der Branche aus gutem Grund auch ›der Nasen-Fux‹ genannt – gehört die Häßlichkeit einfach zum Image. Sie wird zum Verkaufsargument und bietet sich für bestimmte Rollen geradezu an. Also, ich glaube, über die ›Schönheit‹ der Männer sind wir uns einig...«

»Und bei den Frauen?« warf ich ein.

»Wie ich vorhin schon sagte: Nur, wenn es unbedingt nötig und für die Ausübung eines bestimmten Berufes unerläßlich ist. Eine Sängerin mit Zahnlücken, ein Kosmetikerin mit Pickeln im Gesicht, eine Schönheitstänzerin mit einer Kaiserschnitt-Narbe oder eine jugendliche Liebhaberin auf der Bühne mit der Nase eines Lämmergeiers sind auch für mich ein Ding der Unmöglichkeit. Doch bei der Nase fängt's schon an, kritisch zu werden. Frauen wie die Knef oder die Sängerin Katja Ebstein haben durch ihre Nasenoperationen gleichzeitig ihren Typ verändert, wobei ich nicht sagen kann, daß sie ihn unbedingt verbessert hätten. Ich habe dir gestern von meiner persischen Freundin erzählt, die – als Erbe ihrer Vorfahren – auch über eine verhältnismäßig stark ausgeprägte Nase verfügt, unter der sie zu leiden vorgibt und die sie seit jeher operativ verändern lassen wollte. Seitdem ich sie kannte, habe ich ihr dies erfolgreich ausgeredet, ganz einfach, weil ich neben vielem anderen an diesem Menschen auch die Nase liebte, die für mich zu einem unveräußerlichen Bestandteil ihres Typs geworden war. Mit einer anderen Nase wäre sie für mich ein anderer Mensch gewesen. Und was das Liften betrifft – Gott, schau dir nur Marlene Dietrich oder Brigitte Horney an, die sich kaum zu lachen trauen, weil sie befürchten, daß irgendwo eine Narbe platzt! Wenn es erst einmal soweit ist, daß der Nabel als Grübchen am Kinn sitzt, dann ist es mit der übrigen Attraktivität auch nicht mehr weit her, dann sollte man sich überlegen, ob es nicht besser gewesen wäre, mit Würde zu altern.

Ich erinnere mich an eine deutsche Schauspielerin der zweiten oder gar dritten Garnitur, mit der ich vor gut zehn Jahren befreundet war, als sie gerade damit begann, außer in etwas merkwürdigen Sex-Filmen, wie etwa dem ›sagenhaften Liebesleben der Nibelungen‹, oder erotischen Hexenfilmen auch noch etwas ernsthaftere Rollen zu spielen. Ein hübsches Kind, in der Tat – von weitem. So jung sie damals war, es war nichts Echtes mehr an ihr – außer ihr goldenes Herz vielleicht. Sie sah aus wie Schneewittchen, doch bei näherer Betrachtung stellte ich fest, daß die Haare gefärbt und die Brauen gezupft, die Zähne aus Porzellan und die Wangen emailliert waren. Und als ich zum erstenmal damit begann, mich mit ihrer herrlichen Brust zu beschäftigen, stellt ich fest, daß die Silikon-Einlagen darin sich wie Götterspeise verschieben ließen. Zum Glück war sie so vernünftig, kurze Zeit später einen steinreichen Pferdezüchter aus Irland zu heiraten, und wenn sie nicht gestorben ist, dann lebt sie noch heute nach Gutsherrenart im County of Tipperary.

Nein, alles was recht ist, aber dann schon lieber einen guten Transvestiten. Doch auf das Thema kommen wir sicher noch ausführlicher zu sprechen.«

Felix hatte sich wieder einmal in Eifer geredet. Er unterbrach sich, um einen Schluck Kaffee zu trinken, und ich benutzte die Gelegenheit, um eine weitere Frage an ihn zu richten.

»Was hältst du dann von Toupets?« wollte ich nun wissen.

Er lachte. »Da fällt mir immer mein verstorbener Onkel ein, der auch im Alter von dreiundachtzig Jahren noch eine herrliche silbergraue Haarmähne zur Schau trug. Er war der Meinung, es sei ausgesprochen unanständig, mit nacktem Kopf auf die Straße zu gehen. Man möge sich doch, um Himmels willen, bevor man soweit sei, daß man sich mit dem Waschlappen frisieren könne, ein anständiges Toupet leisten. Sicher, es gibt Köpfe, die im unbehaarten Zustand einfach abscheulich aussehen und denen eine Perücke nur guttun würde. Andererseits stelle ich nicht in Abrede, daß eine schöne Glatze ein gehöriges Maß an Sexappeal hat. Würde ein Yul Brynner mit blondem Haar nicht wie ein Bäckergeselle aussehen? Genauso scheußlich wie Heino ohne sein Toupet – mit dem Unterschied, daß der nun wirklich ein Bäckergeselle war, bevor er anfing, deutsche Heimatlieder zu singen.

Schau dir Telly Savalas an! Als Schauspieler mittelmäßig, doch als Kojak ganz einfach eine Erscheinung! Auch Leute wie Hans-Joachim Kulenkampff und unser Tagesschau-Sprecher Köpcke sollten sich endlich einmal entschließen, ihre Toupets im Schrank zu lassen, so wie Curd Jürgens, der auch mit reichlich schütterem Haar über einen hervorragend schönen Kopf verfügt. Ein Mann wie der Schauspieler und Regisseur Kurt Meisel weiß sehr wohl, wie dämonisch sein kahler Kopf in bestimmten Rollen wirken kann – und wie erregend er im Privatleben ist.

In diesem Zusammenhang fällt mir ein Roman des Amerikaners James Jones ein, dessen deutscher Titel ›Mai in Paris‹ lautet. Er beschäftigt sich mit den politischen Ereignissen des Frühjahrs 1968 in Paris, die er auf sehr geschickte Art reportiert und mit menschlichen Verstrickungen garniert. Doch von alledem ist mir nur die Figur der Negerin Samantha im Gedächtnis geblieben, die nur dann zum Orgasmus kommen konnte, wenn sie einen total unbehaarten, möglichst sonnengebräunten Männerkopf zwischen ihren Beinen spürte. Auf die Zungentechnik kam es ihr dabei nicht so sehr an wie auf das optische Erlebnis. Ich glaube, ich bin viel zu sehr in volles schönes Haar verliebt, als daß ich mir einen kahlrasierten Frauenkopf zwischen meinen Schenkeln vorstellen möchte. Aber vielleicht liegt's nur daran, daß ich nicht Billard spiele. Immerhin regen mich männliche Kahlköpfe zu mancherlei Spielchen an. Ich weiß noch, wie ich auf einem kleinen Sommerfest im Haus einer Freundin am Schliersee – auch das ist schon viele Jahre her – zu sehr vorgerückter Stunde, als die ganze Sache zwangsläufig in die übliche Orgie zu münden begann, einem schon sehr betrunkenen Freund des Hauses allerlei obszöne Malereien auf die Glatze praktizierte. Mit Lippenstift natürlich, also sehr leicht wieder zu entfernen.

Beim nächsten oder übernächsten Male war ich um einige Gläser voraus, und die Dame des Hauses konnte sich nichts Hübscheres vorstellen, als meinen Penis und die angrenzenden Regionen mit violettem Nagellack anzustreichen. Nicht, daß es nicht originell ausgesehen hätte – doch irgendwann mußte ich mich leider damit beschäftigen, das Zeug mit sehr viel Mühe und noch mehr Azeton wieder abzukriegen. Es brannte höllisch. Aber wie heißt es doch so schön in der Bibel? ›Mein ist die Rache!‹«

Ich war gerade dabei, mir diese Szene bildlich vorzustellen, da läutete das Telefon. Der Empfang meldete mir die Ankunft der ersten Journalisten. Felix erhob sich und griff zu seiner Krawatte. Als er Anstalten machte, sich zu entfernen, hielt ich ihn zurück.

»Bleib hier!« bat ich ihn. »Wenn es dir nichts ausmacht, kannst du mir bei den Interviews behilflich sein. Ich weiß nicht, ob mein Deutsch immer ausreicht. Und dann steht hinterher wieder etwas gänzlich Verkehrtes in den Zeitungen – wie so oft.«

Felix fuhr sich mit der Hand über die knisternden Bartstoppeln und zögerte eine Sekunde. Dann nickte er. »Du hast recht. Ich wäre zwar lieber schnell mal in meine Wohnung gefahren, um mir etwas anderes anzuziehen, aber was soll's? Meine Herren Kollegen kennen mich alle und sind von mir allerlei gewöhnt. Außerdem wirst *du* ja fotografiert, nicht ich.«

»Und außerdem hast *du* dein Interview mit mir ja auch noch nicht gemacht«, fügte ich hinzu.

Felix grinste verschmitzt. »Ich weiß über dich schon viel mehr als die anderen Journalisten«, gab er zurück.

Und damit lag er schließlich gar nicht so falsch. Und was er noch nicht wußte, das erfuhr er mit tödlicher Sicherheit, als er in den folgenden Stunden die teils intelligenten, teils törichten Fragen eines halben Dutzend seiner sogenannten ›Kollegen‹ mitanhören mußte – Vertreter von in Hamburg ansässigen Tages- und Boulevardzeitungen, des Rundfunks und des Fernsehens. Er saß, meistens schweigend, im Hintergrund, lächelte still in sich hinein, machte sich gelegentlich die eine oder andere Notiz in seiner kleinen, eleganten Handschrift auf winzige Zettel, griff aber dann und wann auch hilfreich in das Gespräch ein, wenn ich nach einem Wort suchte oder mir eine Formulierung nicht auf Anhieb gelingen wollte.

Als sehr angenehm empfand ich, daß er, der Profi, spontan sein Veto einlegte, wenn einer der Fotografen mich in einer gar zu eindeutigen Pose, aus einer gar zu ungünstigen Perspektive abzulichten gedachte. Dann wechselten wir schnell Blicke eines nach so kurzer Zeit bereits sehr tiefen Einverständnisses, und ich fühlte mich ihm nahe wie schon lange vorher keinem männlichen Wesen mehr.

Irgendwann in den paar freien Minuten, die mir zwischen den Interviews, dem Mittagessen und dem Kofferpacken noch blieben, ergriff ich das Exemplar von ›Reisen in die Sinnlichkeit‹, das Felix bei sich gehabt hatte, und schrieb ihm ein paar Zeilen hinein – ein ganz spontaner Ausdruck dessen, was ich in diesem Augenblick für ihn empfand.

Felix, mein lieber neuer Freund, schrieb ich, *es ist erstaunlich, wie rasch unsere Gefühle sich zu einem derart hohen Grad an Innigkeit und Vertrautheit entwickelt haben. Und obwohl wir durch Raum und Zeit getrennt sein werden, werde ich mich Dir doch immer nahe fühlen.*
Je t'embrasse – Xaviera.

Seit zwanzig Stunden waren wir keine Sekunde lang getrennt gewesen – und keine einzige dieser Sekunden hatte ich Felix und seine angenehme, unaufdringliche Gegenwart als überflüssig, geschweige denn als lästig empfunden. Mir war, als würden wir uns seit vielen Jahren kennen. Als wir am späten Nachmittag noch auf einen Sprung den Stammtisch einer Hamburger Klatschtante – oder besser: Gesellschaftskolumnistin – in der Hotelbar besuchten, erschienen wir Arm in Arm, und Felix – in Hamburg ja bei Gott kein Unbekannter – ertrug das Blitzlichtgewitter der Fotografen mit Gelassenheit und Humor. Dann brachte er mich zum Flughafen. Im Taxi, da sein großer Sechszylinder in der Inspektion war und er mir, wie er sagte, seinen kleinen Stadtwagen nicht zumuten wollte.

Ich hasse Flughäfen, so wie ich Bahnhöfe hasse und das Abschiednehmen überhaupt. ›Partir, c'est toujours un peu mourir.‹ In diesem Satz liegt sehr viel Wahrheit. So ging ich schneller durch die Kontrollen, als ich eigentlich wollte. Mir war danach, ein wenig über meine Begegnung mit Felix nachzudenken, und sein trauriges Gesicht machte mir das Abschiednehmen auch nicht leichter.

Ich flog nach Luxemburg. Kaum war ich im Sheraton-Hotel angekommen und hatte es mir bequem gemacht, da läutete auch schon das Telefon. Es war Felix, der sich erkundigen wollte, wie der Flug verlaufen und ob ich nicht gar zu müde sei.

Mit einem merkwürdigen Glücksgefühl schlief ich nach diesem Gespräch ein, ganz gegen meine Gewohnheit schon kurz nach Mitternacht.

Mein Luxemburger Interviewpartner war der in Deutschland vom Bildschirm her sehr bekannte Journalist Rainer Holbe. Über meinen Besuch im Sender schrieb er später einen Artikel, in dem mir einige Passagen sehr gut gefielen.

Hauptthema unserer Unterhaltung, so schrieb er, *war das uns zugedachte Maß an Freude in der Welt: Poesie statt Pornographie, Sinnlichkeit statt Sex. Xaviera liebt Musik, Malerei, Strandfeste bei Mondschein und den Duft einer Frau ebenso wie den etwas herberen Geschmack eines Mannes. Wenn sie heute etwas verkauft, dann nicht mehr ihren Körper, sondern die Manuskripte für ihre Bücher. Unterhalten will sie ihre Leser, frivol animieren, die Sinne aktivieren, damit sie nicht im schnöden, langweiligen Alltag ersticken. Lieben macht selbstbewußt, sagt sie. Frauen sollten begehrt werden wie die Venus von Milo, allerdings zu einer Zeit, als sie noch nicht aus Marmor war.*

Von Luxemburg flog ich weiter nach München, zu anstrengenden Stunden und Tagen mit Journalisten, Fotografen und Verlegern.

Ein Abstecher ins winterliche Kitzbühl verlief kurz und enttäuschend – so enttäuschend, daß ich hier nichts weiter darüber berichten will.

Dann war ich endlich wieder zu Hause. Mein holländischer Freund Lenny empfing mich mit gespannter Erwartung, nagendem Mißtrauen und quälender Eifersucht. Natürlich erzählte ich ihm – wir hatten niemals Geheimnisse voreinander – von Felix. Er war außer sich.

»Hast du mit ihm geschlafen?« wollte er wissen.

»Du hast mir gesagt, daß du so etwas niemals wissen wolltest«, erwiderte ich. »Erinnerst du dich noch deutlich daran?«

»Schon gut. Erzähl mir ganz einfach, ob er mit dir Liebe gemacht hat.«

»Wenn du darauf bestehst: Ja, das hat er.«

Es entstand eine Pause. Dann erkundigte er sich nervös: »Schön. Wie ist es gewesen?«

»Warum fragst du danach? Du hast mir gesagt, daß du keine derartigen Details wissen möchtest.«

Wieder entstand eine Pause. Dann kam seine nächste Frage: »Hattest du einen Orgasmus?«

»O ja, natürlich. Einige Orgasmen sogar. Und weil es dich so sehr interessiert: Er hat mit mir all das gemacht, was Menschen, die einander lieben, eben so miteinander machen. Er küßte mich, er leckte meine Muschi, er biß mich zärtlich in den Hals und in den Rücken... Möchtest du noch mehr wissen?«

»Hatte er einen großen Schwanz?«

»Er war größer als deiner, aber nicht beschnitten.«

Das war zuviel für Lenny. Er schwieg verbittert und beschäftigte sich während der nächsten Stunden mit seinem unausrottbaren Minderwertigkeitskomplex.

Doch in dieser Nacht liebte er mich mit einer Leidenschaft, wie sie nur aus der Verzweiflung heraus entstehen kann. Es war ein waghalsiger Versuch, mich von neuem zu erobern, mich wieder zu ihm zurückzubringen. Und als er völlig erschöpft neben mir lag, gestand er mir, daß er mich mehr als je zuvor lieben würde. Sein Defätismus war wie weggeblasen, und er war wieder ganz Herr seiner selbst – bis zum nächsten Zwischenfall dieser Art.

Doch es gab nicht viele weitere Gelegenheiten für Lenny. Denn seit dieser Nacht spürte ich, daß meine Gefühle für ihn sich verändert hatten. Während er mit mir schlief, dachte ich an Felix. Und nicht lange danach war auch das Kapitel Lenny für mich abgeschlossen. Doch das steht in einem anderen meiner Bücher.

Ich telefonierte viel mit Felix in den folgenden Wochen. Immer hatten wir uns etwas zu erzählen, und manchmal war es so aufregend, daß ich mit der einen Hand den Telefonhörer hielt und mit der anderen Hand masturbierte. Ich wollte immer ganz genau wissen, wo er sich gerade aufhielt, und ich wollte natürlich auch wissen, mit wem er gerade geschlafen hatte. Denn daß er es tun würde, das stand bei einem Frauentyp wie Felix ganz außer Diskussion. Nur berichten sollte er mir darüber, auch wenn ich es nicht vermeiden konnte, dabei ein klein wenig Eifersucht zu verspüren.

Eines Nachts, ich wußte, daß er wieder in Hamburg sein würde, hatte ich immer wieder versucht, ihn telefonisch zu erreichen. Und immer wieder Fehlanzeige. Wo konnte er nur stecken? Natürlich bei einem Weib. Doch bei welchem? Wenn er bei einer seiner Nutten war, dann konnte mir das egal sein. Doch eine neue Freundin wollte ich ihm nicht gönnen. Verlieben durfte er sich nicht in eine andere.

Spät am anderen Nachmittag hatte ich ihn endlich am Telefon. Er klang erschöpft und unausgeschlafen.

»Na, du Herumtreiber«, erkundigte ich mich, »mit wem hast du diesmal geschlafen? Mit einer Neuerwerbung?«

»I wo.« Er lachte. »Mit einer uralten Freundin. Einer Malerin. Verena heißt sie. Die meiste Zeit des Jahres verbringt sie in ihrem Haus auf irgendeiner kleinen Insel in der Karibik. Auf Santa Lucia, glaube ich. Sie hat mich schon einige Male eingeladen, sie dort zu besuchen, aber ich hatte bisher weder Lust noch Zeit. Ich weiß ja, daß sie jedes Jahr für ein paar Wochen nach Hamburg kommt, wo sie immer noch eine kleine, völlig meschugge eingerichtete Wohnung unterhält. Man weiß bei diesem verrückten Zugvogel bloß nie, wann er wieder ins heimatliche Nest zurückkehrt. Ab und zu wähle ich eben, ganz auf Verdacht, ihre Telefonnummer, und du wirst es nicht glauben – gestern abend hatte ich Glück. Sie war wenige Stunden zuvor angekommen und freute sich riesig, von mir zu hören. Immerhin hatten wir uns, glaube ich, fast zwei Jahre nicht mehr gesehen, und so beschlossen wir ganz spontan, zusammen essen zu gehen. Als ich Verena abholte, kam es mir so vor, als hätten wir uns eine Woche vorher erst verabschiedet, so vertraut war sie mir wieder. Nichts hatte sich verändert. Vielleicht hatte sie ein paar Fältchen mehr um ihre Augen bekommen – du weißt, wie mörderisch die Tropensonne sein kann –, doch wir fielen uns in die Arme und wären am liebsten sofort ins Bett gesprungen. Das wäre auch vernünftiger gewesen, denn erstens regnete es in Strömen, und zweitens wählte ich ihr zuliebe ein neues Restaurant aus, das wir beide noch nicht erprobt hatten und das sich als totaler Fehlschlag erwies – steril, langweilig, teuer und mit nicht überragendem Essen. Dafür war es hinterher um so schöner.«

Natürlich wollte ich mehr wissen.

Ich spürte, wie Felix am anderen Ende der Leitung sekundenlang zögerte, so als ob er bei der Erinnerung an die vergangene Nacht in sich hineinschmunzeln würde.

»Weißt du«, begann er, »es war so unkompliziert und selbstverständlich wie immer. Verenas Wohnung ist so kalt, so schlecht zu beheizen, daß man sich einfach nur ganz blitzartig ausziehen und dann sofort in den Federn verschwinden kann. Ich liebe es, sie zu fühlen. Sie hat eine wunderbar zarte Haut, weich und honigfarben, und einen üppigen, doch festen Leib mit herrlichen großen Brüsten. Und einen Hintern wie ein Vollmond!«

Felix hielt inne und stöhnte ein wenig vor Lust bei der Erinnerung an die zurückliegende Nacht.

Dann fuhr er fort: »Sie hat diese herrliche Laszivität, die Sinnlichkeit und Trägheit einer weißen Frau, die lange in den Tropen gelebt hat und weiß, daß sie nur in die Hände zu klatschen braucht, und irgendeiner ihrer schwarzen Boys steht ihr sofort zu Diensten – mit einem eiskalten Drink in der Hand, mit einem Palmwedelfächer oder vielleicht nur mit seinem ebenholzschwarzen Körper und einem stets dienstbereiten, mächtigen schwarzen Glied.

Liebe machen ist für Verena so selbstverständlich wie Essen und Trinken, wie der Sonnenuntergang oder die rhythmische Musik einer Steel-Band. Sie genießt den Akt mit geschlossenen Augen, schnurrend wie eine Tigerin, bis sie beim Orgasmus einen gewaltigen Urschrei ausstößt. Den bekommt sie allerdings nur bei einer recht komplizierten Stellung: von hinten, mit ineinanderverschraubten Beinen, während sie mit den Händen ihre großen, schweren Brüste liebkost. Fellatio macht sie geschickt, doch nicht immer, und wenn, dann für mich einfach zu kurz. Doch egoistisch wie sie nun einmal ist in ihrer urgewaltigen Sinnlichkeit und Gier, will sie so rasch wie möglich einen Schwanz in sich spüren – so tief und so groß wie nur möglich.

Ich habe mehrfach versucht, sie zum Cunnilingus zu überreden, leider immer vergeblich. Sie ist in dieser Region so empfindlich, daß sie bei der ersten Berührung mit einer Zunge sofort ihren Orgasmus bekäme – und den will sie nun einmal ›richtig‹ genießen.

»Und was redet ihr so vorher oder nachher?« wollte ich von Felix wissen.

»Über Gott und die Welt«, entgegnete er. »Verena ist trotz ihrer fünfunddreißig Lebensjahre ein großes, etwas naives Menschenkind geblieben, das sich freuen kann über einen Sonnenaufgang oder das Trommeln der Regentropfen an die Scheiben ihrer kleinen Wohnung. Sie hat zu schreiben versucht und zeigte mir ein paar ihrer Novellen, wie sie diese Versuche nennt. Es sind zart hingetuschte, gut beobachtete und liebevoll geschilderte Situationen, Begegnungen mit Menschen und Tieren, Beobachtungen aus ihrer Umwelt, die Zeugnis ablegen von der unendlich großen Naturverbundenheit, die diese Frau besitzt. Keine Meisterwerke der Literatur, gewiß nicht, doch mit so viel Gefühl, mit so viel Empfindsamkeit geschrieben, eben aus dem Bauch heraus, nicht aus dem Kopf, daß man sie für diese kleinen Schreibversuche schon lieben müßte.

Verena ist ein Mensch, der mit sich und seiner Umwelt völlig eins ist, der in einer tiefen inneren Harmonie lebt, ohne dafür jemals einen Psychotherapeuten oder gar einen Guru gebraucht zu haben. Sie nimmt mit einer Selbstverständlichkeit das, was die Natur, die Umwelt oder einer ihrer Mitmenschen ihr bietet, und gibt ebenso selbstverständlich alles, was sie besitzt, wenn es einem anderen Freude machen könnte.

Ich muß gestehen, daß mich eine solche Nacht, ein solches Zusammensein immer sehr stark beglückt. Es geht nicht um das selbstverständliche ›faire l'amour‹, sondern um das Bewußtsein, ein paar Stunden mit einem Menschen verbracht zu haben, der zu einer langsam, aber sicher aussterbenden Gattung gehört. Abgesehen davon ist es amüsant, ihr zuzuhören oder sie bei den kleinen menschlichen Bedürfnissen zu beobachten. Sie schläft nie ohne ein Glas eiskalter Milch neben dem Bett ein, und nachts hört man sie dann mit langen, gierigen Zügen trinken – wie eine Verdurstende. Merkt sie, daß der Partner davon wach geworden ist, reicht sie mit einer fast mütterlichen Geste das Glas herüber, doch nicht ohne die Mahnung: ›Nicht alles austrinken! Nur einen großen Schluck!‹

Nie werde ich vergessen, wie sie einmal sagte: ›Ach, am liebsten hätte ich immer eine Kuh unter dem Bett!‹ Und ein andermal: ›Weißt du, ich glaube, ich werde doch mal nach Neuseeland auswandern. Dort ist nämlich die Milch am besten.‹ Siehst du, das ist Verena.«

»Und wie, sagtest du, bekommt sie nur ihren Orgasmus?« wollte ich wissen. »Von hinten?«

»Sagte ich doch«, bestätigte Felix. »Das ist sogar ziemlich kompliziert, weil ich bei der von ihr gewünschten Stellung mit den Beinen halbwegs in der Luft hänge und mich nach Kräften betätigen muß, ohne mich dabei richtig abfedern zu können. Ich bin hinterher immer ziemlich geschafft, schließlich bin ich ja keiner von den Parterre-Akrobaten, wie man sie in jedem halbwegs guten Zirkus vorgeführt bekommt. Daß ich mir dabei noch keine Bandscheiben beschädigt habe... Na, egal. Ich habe normalerweise gar nichts gegen die Stellung, vor allem dann nicht, wenn meine Partnerin einen schönen Popo hat und ordentliche Brüste, an denen man sich dabei festhalten kann. Manche Frauen sind nun einmal so gebaut, daß sie in dieser Stellung eben am meisten spüren – andere wiederum haben im Reitsitz den größten Genuß, wieder andere wollen in der guten alten ›Missionarsstellung‹ bearbeitet und so hart gefickt werden wie nur irgend möglich, richtig brutal, daß man glaubt, man zertrümmert ihnen jeden einzelnen Lendenwirbel – nur dann können sie kommen. Alles schon erlebt. Und mir ist's auch egal. Ich habe in jeder Position meinen Spaß. Doch bei so einem richtigen Vollmondhintern à la Rubens ist es natürlich herrlich von hinten.

Gern erinnere ich mich, wie ich in einer schwülen Juninacht eine wundervolle, üppige und doch wohlproportionierte Frau in meiner damaligen Penthouse-Wohnung zu Gast hatte. Als sie dann in meinem Bett lag und mir ihr wundervolles Hinterteil präsentierte, da konnte ich nicht anders: Ich schleppte sie nackt, wie Gott sie geschaffen hatte, auf die mondhelle Terrasse, lehnte sie an die Brüstung, befahl ihr, sich gut festzuhalten, und dann bumste ich sie von hinten, daß ihr Hören und Sehen verging und ihr Kopf immer wieder im Rhythmus meiner Stöße gegen die Terrassenmauer schlug.

In dieser Nacht schienen mir zwei Monde – einmal der Vollmond mir zu Häupten, zum anderen dieser herrliche milchweiße Weibermond, der zum Objekt meiner Lust geworden war. Die schönste Form des Mondsüchtigseins, die du dir vorstellen kannst.«

Beinahe erschöpft von seiner begeisterten Erzählung, hielt Felix inne, während ich mir diese herrliche Szene vorzustellen versuchte und darüber in schallendes Gelächter ausbrach. Noch bevor ich Felix fragen konnte, ob denn sein armes Opfer diese Behandlung ohne einen Bluterguß an der Stirn überstanden hatte, fuhr er schon fort:

»Es gibt übrigens eine Situation, in der ich es für besonders angenehm halte, mit einer Frau von hinten zu schlafen: Das ist ganz früh am Morgen, gleich nach dem Erwachen, wenn die Körper noch bettwarm und schlaftrunken sind und man die übliche Morgenerektion gleich ausnützen möchte, um den Abstand zwischen sich und der geliebten Frau auf minus achtzehn bis zwanzig Zentimeter zu verkürzen.

So ein somnambuler Morgenkoitus in der ›Löffelchen‹-Stellung ist etwas Wunderbares und bringt den Kreislauf gleich in Schwung, ist jedenfalls besser und wirksamer als ein halber Liter Kaffee auf nüchternen Magen. Und weißt du, daß diese Position für den Mann noch einen besonderen Vorteil hat: Er braucht seiner Partnerin nicht gleich das unrasierte Gesicht mit den ungeputzten Zähnen entgegenzuhalten.

Ich hatte vor ein paar Jahren eine liebe Freundin in München. Eine herrliche Frau! Blond, ebenfalls überall schön griffig und doch hervorragend proportioniert. Sie war Journalistin – ist es heute wieder, obwohl sie zwischendurch mal den Beruf gewechselt hatte – und dazu eine der besten Fellationistinnen, die ich in meiner langen Laufbahn je erleben durfte. Wer ihr das beigebracht hatte? Ich weiß es nicht. Vermutlich war sie ein Naturtalent, und überdies war sie mit einem sehr scharfen jüdischen Geschäftsmann befreundet, der ganz bestimmt nicht leicht zufriedenzustellen war. Als der betreffende Herr wegen Steuerhinterziehung in Untersuchungshaft saß, wurde ich sein ›Stellvertreter‹, wenigstens was seine zauberhafte blonde Mätresse anbetraf. Wenn der arme Kerl in seinem Knast geahnt hätte, daß ich in seinem eigenen, breiten, mit kostbarem Fell überzogenen Bett es mit seiner Geliebten trieb, während er in der Zelle auf Handbetrieb angewiesen war – ich glaube, er wäre geplatzt. Zum Glück hat er nie etwas davon erfahren, auch nicht davon, daß ich in demselben breiten Luxusbett ein paar Wochen später mit der achtzehnjährigen Tochter des betreffenden Herrn schlief – einer üppigen, nicht sehr intelligenten, doch auf bestimmten Gebieten recht talentierten Kindfrau, die es kurz danach zum Unteroffizier in der israelischen Armee brachte und heute halbwegs glücklich verheiratet in Tel Aviv lebt.

Schade, daß mir nicht der Hattrick gelungen ist. Wenig später kam nämlich die Ex-Gattin des besagten Untersuchungshäftlings nach Deutschland, um von den Geschäften zu retten, was noch zu retten war. Doch leider war ich zu der Zeit nicht im Lande. Ich hätte mir alle Mühe gegeben, auch noch diese herrliche reife Frau in dem gleichen Bett zu verführen – oder mich von ihr verführen zu lassen. Aber du siehst, mein Schatz, daß selbst einem Felix Freitag nicht jeder Wunsch im Leben in Erfüllung geht oder jeder Coup gelingt.

Doch wie kam ich darauf?« fragte Felix zwischendrein. »Ach ja, es ging ja um die blonde Geliebte jenes Herrn. Nicht nur, daß sie mit ihrer wahrhaft goldenen Zunge mir ein schier unermeßliches Vergnügen bereiten konnte – sie liebte ebenfalls diese angenehme, gemütliche Morgenposition. Und die wurde zum unumstößlichen Ritual, sooft ich in ihrer kleinen hübschen Wohnung in Bogenhausen oder im Luxusdomizil ihres leider ›verhinderten‹ Liebhabers nächtigte. Sie bildete übrigens den südlichen Endpunkt meiner ›Muschi-Straße‹.«

»Deiner was?« unterbrach ich Felix neugierig.

»Entschuldige, das muß ich dir natürlich erklären. Weißt du, ich bin ja unter anderem Historiker. In der Geschichte gibt es viele alte Handelsstraßen – die Salzstraße und die Bernsteinstraße, die Seidenstraße und andere Karawanenwege, auf denen die Handelsgüter früherer Jahrhunderte von Land zu Land transportiert worden sind. Heute kennen wir die Romantische Straße und die Weinstraße, die Burgenstraße und ich weiß nicht was noch für fremdenverkehrswirksame, klangvolle Bezeichnungen für Reisewege, an denen die Landschaft besonders schön ist und die Wirtshäuser besonders empfehlenswert sind.

Nun, wie du weißt, bin ich ja in Deutschland auf Grund meiner verschiedenen Domizile besonders oft in Nord-Süd-Richtung unterwegs. Und so wie man in alter Zeit Karawansereien hatte, so habe ich, aufgefädelt wie die Perlen an einer Schnur, längs des Weges in brauchbaren Abständen stets eine offene Tür und eine charmante Gastgeberin, die den müden Wanderer beziehungsweise Automobilisten, erquickt. Und alle diese Damen zeichnen sich dadurch aus, daß sie etwas besitzen, was ich besonders schätze: eine schwarze, dicht behaarte ›Muschi‹. So ein seidenweicher Wildwuchs kann mich zum Orgasmus bringen, wenn ich nur mit der Handfläche drüberfahre. Aber ich glaube, ich werde jetzt mal Schluß machen mit meinen Erzählungen, sonst masturbierst du gar noch am Telefon. Außerdem wird das Gespräch ein Vermögen kosten.«

»Nein, nein!« rief ich aufgeregt. »Erzähl mir von dieser ›Muschi-Straße‹! Ich will das jetzt ganz genau wissen.«

Felix zögerte eine Sekunde.

»Na gut«, fuhr er fort. »Aber ich werde nur auswahlweise davon berichten, weil ich nicht gar zu indiskret sein will. Außerdem sind die Damen zum Teil verheiratet und zum Teil in ziemlich exponierter gesellschaftlicher Stellung. Die eine ist die Nichte eines sehr prominenten norddeutschen Bankiers, die andere die Schwester eines nicht minder bekannten Verlegers aus Mainfranken, und wiederum eine andere ist die Ehefrau des Syndikus einer großen internationalen Firma. Erzählen könnte ich dir von der Ex-Ehefrau eines Geschäftsmannes aus München und von der ebenfalls geschiedenen Frau eines Fernsehgewaltigen in Baden-Baden. Doch da ist nicht gar so viel Interessantes zu berichten – außer, daß es halt jedesmal ein Vergnügen ist, die Damen wiederzusehen. Besonderen Spaß machte es mir immer mit der ungeheuer heißblütigen Frau eines Bootsmanns der Bundesmarine, die in irgendeinem gottverlassenen Nest an der Ostsee wohnt und durch die längeren Kommandos ihres Mannes auf irgendwelchen schwimmenden Einheiten sich natürlich besonders vernachlässigt fühlt. Leider hatte sie für meinen Geschmack ein wenig zu dicke Beine. Doch dort, wo die Beine aufhörten, oder sich vereinigten, dort befand sich das große Wunder. Das seidenweichste, saftigste, wohlriechendste und wohlschmeckendste primäre weibliche Geschlechtsmerkmal von ganz Schleswig-Holstein. Ach, ich darf gar nicht daran denken!« Felix schluckte ein paarmal trocken. Die Erinnerung schien ihn reichlich erregt zu haben.

»Nun onanier bloß nicht!« warnte ich ihn amüsiert.

Doch er konterte vergnügt: »Gar nicht daran zu denken. Habe mich heute nacht viel zu sehr verausgabt. Bin ich denn der Löwe – oder August der Starke?«

»Wer weiß? Vielleicht beflügelt dich das Erzählen deiner Erinnerungen zu neuen ungeahnten Leistungen? Doch vergiß bitte nicht, daß in der Erinnerung vieles anders aussieht, schöner ist, weniger kritisch betrachtet wird als beim unmittelbaren Erleben!«

»Wem sagst du das! Und trotzdem wird die Erinnerung manchmal von der Wirklichkeit übertroffen. Ein Beispiel dafür, das auch mit meiner ›Muschi-Straße‹ zusammenhängt, beziehungsweise sie um eine kostbare Station bereichert hat.

Vor vielen, vielen Jahren, als ich im ersten oder zweiten Semester studierte, lernte ich in der kleinen, romantischen Universitätsstadt, in der ich damals lebte, eine Medizinstudentin kennen. Ein nettes Mädchen, sehr gemütvoll, offen und ehrlich, eine Frohnatur, die noch dazu – ich glaube, sie war die Tochter eines Oberförsters – ungeheuer naturverbunden war. Sie war ein paar Jahre älter als ich, doch für eine Medizinerin noch reichlich unerfahren – zwar keine Jungfrau mehr, Gott bewahre, doch recht einfach gestrickt. Mit einem Wort: ohne jedes Fünkchen von Raffinesse. Immerhin war sie ein lieber Kerl, und ich mochte sie recht gerne. Geliebt habe ich sie, glaube ich, jedoch bestimmt nicht.

Als ich die Universität wechselte, war sie todtraurig, konnte die Trennung gar nicht begreifen und begann mich mit Briefen und Karten zu bombardieren. Das legte sich zwar irgendwann, und schließlich berichtete sie mir, daß sie nun einen festen Freund hätte und an Verlobung und Hochzeit dächte. Einige Zeit später besuchte sie mich in meinem neuen Domizil, und im Verlauf des Gesprächs kam heraus, daß dieser sogenannte Verlobte ein ziemlich mieser Zeitgenosse sein mußte, der das arme Ding ausnützte, quälte und in jeder Beziehung schlecht behandelte. Nachdem sie mir ihr Herz ausgeschüttet hatte, gab ich ihr den Rat, sich von diesem Menschen zu trennen – einen Rat, den sie auch bald befolgte.

Doch ich ahnte nicht, was ich mit diesem gutgemeinten Rat angerichtet hatte. Denn nunmehr war sie wieder voll und ganz auf mich fixiert, obwohl ich während dieses Treffens nicht mit ihr geschlafen hatte, ganz bewußt nicht.

Es dauerte nicht lange, da stand sie schon wieder auf der Matte, was mir schon deswegen nicht paßte, weil ich zu jener Zeit gerade Hals über Kopf in eine zauberhafte Frau verschossen war, die ihr eigenes Kapitel wert wäre. Doch davon vielleicht später. Kurz und gut, mir war recht unbehaglich in meiner Haut. Ich verabredete mich mit meiner medizinischen Ex-Geliebten denn auch ganz bewußt nicht in meiner Wohnung, sondern an einem neutralen Ort. Wir aßen in einem von mir ebenso bewußt ausgewählten schlechten und ungemütlichen Restaurant zu Abend, doch als ich das liebe Kind dann zu seinem Hotel fuhr und mich dort verabschieden wollte, bekam es das heulende Elend, fiel mir um den Hals, klammerte sich an mich und wollte mich um alles in der Welt nicht nach Hause fahren lassen.

Da hatte ich nun den Salat. Es dauerte eine schier endlose Zeit und beanspruchte alle meine Überredungskünste, bis ich das Mädchen abgewimmelt hatte. Soweit ich mich erinnere – mein Gott, es ist über fünfzehn Jahre her –, mußte ich sogar beinahe handgreiflich werden. Ich warf sie buchstäblich aus meinem Auto.

Seit diesem Abend hatte ich sie nicht wiedergesehen. Zunächst war sie, begreiflicherweise, recht beleidigt und ließ nichts mehr von sich hören. Doch schließlich kamen ihre Kartengrüße aus dem Urlaub und ihre Glückwünsche zum Geburtstag oder Weihnachten so regelmäßig wie vorher. So wußte ich stets getreulich über die Stationen ihres beruflichen Werdegangs und ihre jeweiligen Adressen und Telefonnummern Bescheid. Ihr sonstiges Privatleben verriet sie mir jedoch nur soweit, daß ich wußte, daß sie nicht verheiratet oder sonstwie gebunden war. Vermutlich, so dachte ich, hat sie nun die Nase endgültig voll von allen Männern und ist entweder lesbisch geworden oder lebt in klösterlicher Zurückgezogenheit.

Kurz und gut – vor ein paar Jahren jedenfalls ritt mich der Teufel. Ich wußte, daß sie eine Stellung an einer großen Klinik in einem Kurort im Harz hatte, in einem Ort, der nicht allzu weit abgelegen war von meiner üblichen Nord-Süd-Strecke. Eines Nachts, ich kam aus München und hatte eigentlich vor, nonstop nach Hamburg zu fahren, überkam mich zwischen Kassel und Göttingen die große Müdigkeit. Ich wunderte mich keine Sekunde. Schließlich hatte ich anstrengende Tage mit reichlich kurzen Nächten hinter mich gebracht. Da ich keine Lust hatte, in einer Autobahnraststätte zu übernachten, bog ich auf eine Bundesstraße ab, in der Hoffnung, irgendwo ein kleines, gemütliches Hotel zu finden, das um diese Zeit noch Gäste aufnahm. Plötzlich sah ich im Scheinwerferlicht einen Wegweiser, der mir mitteilte, daß jener Kurort, in dem meine alte Freundin ihr Domizil hatte, nur noch sieben Kilometer entfernt lag.

Alsdann! dachte ich vergnügt, auf geht's! Und ich fuhr in die Richtung, die der Wegweiser anzeigte.

Das erste, was mir in dem verschlafenen Städtchen in die Augen stach, war nicht etwa ein Hotelschild, sondern eine Telefonzelle. Ich stoppte, fand auch glücklich zwei Groschen und wählte auf gut Glück die Nummer von Gertrud Kleinjung – so hieß das Kind. Oder hatte ich den Namen schon erwähnt? Na, egal. Jedenfalls meldete sich eine verschlafene Stimme, die sofort hellwach wurde, als ich meinen Namen nannte.

›Wie geht's dir denn? Wie schön, dich mal zu hören!‹ vernahm ich zu meiner Überraschung, hatte ich doch eher eine ärgerliche Reaktion ob dieser späten Störung erwartet. Und zu alledem klang die Stimme, die ich so lange nicht mehr vernommen hatte, noch ausgesprochen sexy. Lag es daran, daß Gertrud aus tiefem Schlaf oder erotischen Träumen erwacht war? Wie dem auch sei, ich spürte eine leichte Erektion, trotz meiner Müdigkeit, und sagte erwartungsvoll: ›Rate mal, wo ich bin!‹

Ein Jubelruf erklang. ›Bist du etwa hier? Ist es wahr?‹

Ich sah mich nach einem Straßenschild um und meldete meinen Standort.

›Da kannst du in drei Minuten bei mir sein‹, sagte sie mit erstaunlicher Selbstverständlichkeit, und daraufhin wurde mir der Weg genauestens beschrieben.

Tatsächlich stand ich nach genau drei Minuten vor dem großen Apartmenthaus, in dem sich Gertruds Wohnung befand. Der Türöffner summte, der Lift trug mich in den fünften Stock, und da stand sie in der Tür, angetan mit einem verführerischen Negligé, das mehr enthüllte als verbarg. Und siehe da – sie hatte sich zu einer Vollblutfrau entwickelt: weiblich-sportlich, ein modischer Haarschnitt und trotz der späten Stunde ein rasch hingezaubertes leichtes Make-up.

Wir fielen uns in die Arme. Alles andere war selbstverständlich. Ich riß mir die Kleider vom Leib. Gertrud holte eine Flasche Champagner aus dem Kühlschrank, und ehe der Pfropfen knallte, hatte ich sie schon im Stehen genommen, so wie sie das früher schon gerne gehabt hatte. Und kurz darauf wälzten wir uns voller Lust auf ihrem zottigen, weißen Berberteppich, ineinander verschlungen und auf einen Schlag all das nachholend, was wir fünfzehn Jahre lang versäumt hatten.

Du siehst, mein Schatz, wie manchmal die Jahre von einem abfallen wie Blütenblätter, wie man sich nach langer, langer Zeit auf Anhieb wieder verstehen kann, mehr noch: wie man überrascht werden kann von der positiven Entwicklung eines Menschen, der einem vor Jahren gar nicht so viel zu sagen vermochte.

Um es kurz zu machen: Sooft ich es einrichten kann, gehört dieser kleine Kurort im Harz seitdem zu meinen Lieblingsstationen an meiner ›Muschi-Straße‹. Und ich habe es bisher noch kein einziges Mal bereut. Schon deshalb nicht, weil mein so erfreulich herangereiftes Fräulein Doktor mit keiner Silbe mehr ihre früheren Heiratspläne aufgewärmt hat, sondern ihr freies, ungebundenes, in jeder Hinsicht emanzipiertes Dasein genießt und aller Voraussicht nach auch nicht mehr gegen ein Dasein als ›Ehekrüppel‹ einzutauschen gedenkt. Und da liegt sie ja mit meinen Ansichten total auf einer Linie.

Ich könnte dir jetzt noch eine andere Geschichte erzählen, die davon handelt, wie ich nach vielen Jahren der Trennung einer Frau wiederbegegnete, mit der es mindestens genauso schön war wie damals, als ich sie kennenlernte – oder eigentlich noch viel schöner. Doch das wäre jetzt am Telefon nun wirklich zu lang. Genug für heute. Ich will wirklich nicht schuld daran sein, wenn deine Telefonrechnung sich zu vierstelligen Beträgen auswächst.

Mach's gut! Ich schick' dir morgen einen Artikel, in dem einiges darüber geschrieben steht, wie ich jene Dame kennengelernt habe. Einer meiner Journalistenfreunde – du wirst ihn kennenlernen – hat vor ein paar Jahren meine Methode recherchiert, wie man ›Damen der Gesellschaft verführt‹, und daraus eine Story für ein deutsches Herrenmagazin gemacht. Ich warne dich allerdings: Glaub nicht jedes Wort, das in diesem Artikel steht! Der Autor hat eine blühende Fantasie, die mehr als einmal mit ihm durchgegangen ist, und der ›Felix‹ dieses Artikels ist mir nur noch in ganz großen Zügen ähnlich. Doch ich bin sicher, die Story wird dich amüsieren. Viel Spaß damit!«

Und damit hängte er ein, bevor ich ihm noch etwas Liebes sagen konnte.

Manchmal ist er schon reichlich komisch, mein Felix!

4

Drei Tage nach diesem ebenso ausgiebigen wie amüsanten Telefongespräch fand ich in meiner Post wirklich eine Kopie jenes Artikels, den Felix mir versprochen hatte. Es war eine lange Geschichte, die sich unter der Überschrift ›Eine Lady ist auch nur eine Frau‹ mit den Methoden jenes – teils sehr lebendigen, teils höchst fiktiven – jungen Mannes namens Felix beschäftigte, der am laufenden Band Damen der Gesellschaft verführte. In so manchem der darin abgeschilderten Wesenszüge erkannte ich meinen Freund Felix wieder, und einige der Passagen sind es wert, hier noch einmal angeführt zu werden.

Der Mann, der am laufenden Band Damen der Gesellschaft verführt, lächelt verlegen, wenn er nach dem Geheimnis seines Erfolgs gefragt wird. Ihn sich neben einem Finanzkoloß wie Onassis als Rivalen vorzustellen, gar als Scheidungsgrund vor Gericht, ist schlechterdings nicht möglich. Darum schweigt der unscheinbare Verführer auch. Er hat die Kunst des Zuhörens zu ebenso großer Perfektion entwickelt wie die Intellektuellen ihr geistreiches Geschwätz. Er hält das für sein Zaubermittel Nummer eins, denn er hat früh schon herausgefunden, daß Erfolgreiche immerzu von ihren Erfolgen reden müssen. Da sie den Trieb nicht unterdrücken können, sich an anderen Erfolgreichen zu messen, laden sie sich ständig gegenseitig ein, verkehren am liebsten nur untereinander und schwadronieren lauthals, was für tüchtige Burschen sie sind. Aber das beeindruckt in diesen Kreisen niemanden mehr, weil sie alle ihre Millionen machen. Fazit: ohrenbetäubende Langeweile.

Und Felix sitzt dabei und schleckt, wie die Katze, den Rahm vom Erfolg der Erfolgreichen, indem er nichts tut, als bewundernd zuzuhören und ab und zu ganz fassungslos den Kopf zu schütteln. So manches Mal hat er auch schon fasziniert, wie er von dem Ehemann war – die Hand der Dame des Hauses gehalten; und der erfolgreiche Gemahl war so beschäftigt mit der Schilderung seiner Transaktionen gewesen, daß ihm diese Intimität gar nicht aufgefallen war.

»Ein nettes Kerlchen«, sagen diese Herren, wenn Felix sich artig verabschiedet. »Den kannst du ruhig mal wieder einladen.«

Als ob es dazu noch einer besonderen Aufforderung bedürfte! Denn die Damen dieser Erfolgsmenschen sind meistens allein. Trotz ihrer vielen Verabredungen und gesellschaftlichen Verpflichtungen fühlen sie sich erbärmlich einsam. Niemand hört ihnen richtig zu bei all den Cocktailpartys, die sie wahrnehmen müssen, so wie auch sie selbstverständlich niemandem zuhören.

Und am schlimmsten sind die Freundinnen, die von Liebeskummer geplagten, die stundenlang beraten werden wollen und mit denen man, ehrlich gesagt, kein Mitleid haben kann; denn Freundinnen, bei denen die Gefühle wenigstens noch schäumen, sind einfach zu beneiden, weiter nichts; und während sie so tun, als bedauerten sie die unglückliche Freundin, regen sie sich bereits auf über ›diese Kuh, die sich eingebildet hat, ein Liebhaber wie X. würde sich nach einer Nacht mit ihr noch einmal melden.

Felix weiß, daß Damen der Gesellschaft, die hemmungslos über das Liebesleben ihrer Freundinnen plaudern, selber reif zum Pflücken sind. Schlechte Nachrede über andere ist wie eine grünleuchtende Verkehrsampel. Manchmal provoziert er die ›freie Fahrt‹ sogar, indem er mit seiner angenehm leisen Stimme fragt, ob es wahr sein könne, daß er Frau Generaldirektor M. jüngst in Begleitung eines gutaussehenden Herrn bei der Eröffnung einer Ausstellung in der Galerie Soundso gesehen habe.

»Einer mit so langen Koteletten? Hach, mit dem läuft sie jetzt schon zwei Monate rum. Angeblich ein Franzose, aber in Wirklichkeit nur ein Ungar, der sie von hinten bis vorne betrügt. Und die dumme Liese finanziert ihm auch noch das Studium. Aber fragen Sie nicht, in welchem Semester er ist!«

Bei solch einer Antwort richtet Felix sich getrost auf die Nacht ein. Der Fall ist klar.

Er macht – entsprechend seinem Äußeren – die leise Tour, spricht zögernd von den inneren Werten, auf die allein es ankomme, beschreibt errötend seine Schwierigkeiten mit Frauen, die nur Sex im Kopf hätten, während er ohne Liebe – ein Wort, das ihm nur stockend über die Lippen will – einfach keine Beziehung zu einer Dame haben könne.

An diesem Punkt fängt seine Gönnerin an, schwerer zu atmen und verspürt einen Kloß im zarten Hals. Felix weiß, wo ihre Probleme liegen, und hat noch nie an ›sexbesessene grüne Witwen‹ geglaubt, nicht in der Hochfinanz (Unterabteilung Versicherungswesen) oder in der Schwerindustrie – die er als seine bevorzugten Jagdgründe bezeichnen würde.

Es handelt sich bei seinen Eroberungen stets um besonders schöne und kluge Frauen – nicht um das Gegenteil, wie der oberflächliche Leser anzunehmen geneigt sein könnte. Felix ist in der Lage, das mit einer Serie von tadellosen Fotos in teurem Silberrahmen plus zärtlichen Widmungen zu beweisen.

Zwischen attraktiven Frauen und Männern in Machtpositionen besteht zweifellos eine starke natürliche Affinität, doch es ist auch wahr, daß diese Männer im weiteren Verlauf der Dinge ein gräßliches Talent entwickeln, das Selbstbewußtsein ihrer ansehnlichen Frauen auf besonders subtile Art zu unterminieren. Am Anfang huldigten sie ihrer Schönheit, aber dann passiert, was auch in bescheideneren Ehen gang und gäbe ist: Die Herren gewöhnen sich daran, rechnen die Dame, wie eine verläßliche Mercedes-Aktie, beruhigt zu ihrem Besitz und spekulieren mit neuen und aufregenden Schönheiten. Den Rest ihrer Tage verbringen die Ehefrauen damit, nicht zu altern, stets topfit zu sein, wenn der Gebieter sie zum Repräsentieren braucht, um sich jede Konkurrenz energisch vom Leib zu halten.

Ein anstrengendes Dasein, dieses Leben in Reichtum und Angst.

Wem das eine zu pauschale These ist, der frage Felix. Felix lebt von ihrer Richtigkeit. Wo Ehemänner lachen, daß die Scheiben klirren, wenn die Dame des Hauses über eine Migräne klagt, da weiß Felix eine ganze Reihe von Rezepten, praktisch für jedes Gemüt eines. Aber alle werden von einer Nackenmassage gekrönt, auf die er sich spezialisiert hat. Keiner besitzt so sanfte Hände wie Felix, keiner muß sich häufiger ermuntern lassen, doch zuzugreifen, und keiner faßt zärtlicher hinein ins exklusive Weiberfleisch als er.

Die Damen ›schwimmen einfach weg‹, wie sie ihm versichern. Ihr Kreislauf kommt derartig auf Touren, daß auch die ärgsten Kopfschmerzen sich schließlich in Ekstasen verwandeln.

»Felix?« sagte die Gattin eines Düsseldorfer Aufsichtsratsvorsitzenden, als ihr Mann sie kürzlich fragte, warum sie immer diesen ›Nobody‹ um sich habe. »Felix?« wiederholt sie wie alle Frauen, die eine Frage wiederholen, wenn sie etwas verschleiern wollen. »Felix entspannt so schön. Er strengt so überhaupt nicht an. Außerdem ist er unterhaltend.«

Der Aufstieg dieses jungen Mannes geht Hand in Hand mit dem Abstieg der Damen in die Emanzipation – eine Formulierung von Felix. Er findet, daß die sogenannte Befreiung der Frau von hergebrachten Konventionen nichts anderes zur Folge hat als eine zunehmende Rücksichtslosigkeit der Männer.

»Gleichberechtigung wollt ihr haben? Bitte sehr!«

Anstatt eine Frau zu trösten, wenn sie weint, reagieren Ehemänner – speziell die der besten Gesellschaft – mit Türengeknalle. Andererseits wagen es die Männer nicht mehr, sich von ihren emanzipierten Frauen trösten zu lassen.

Felix glaubt, da eine echte Marktlücke entdeckt zu haben, in der er ungestört wildern kann.

Und dann folgten Beispiele über Beispiele, wie sich der Felix dieses Artikels – der ja irgendwie auch ›mein‹ Felix war – mit den Damen des Jet-set in der Ägäis oder in der Karibik, an der Côte d'Azur, in London, Rom oder Paris tummelte. Eine beachtliche Leistung, wenn man sich vergegenwärtigte, daß dieser Artikel schon vor Jahren verfaßt worden war und unterdesen ja noch einiges an derlei Erlebnissen hinzugekommen sein mochte.

Mich plagte die Neugierde. Ich wählte die Nummer von Felix, und zu meiner Überraschung war er auch sofort am Apparat.

»Na«, sagte ich munter, »alter Gauner, wie geht's? Erzähl mir doch mal genau, wie die Geschichte damals in Lagonissi lief! Du weißt schon, die Sache mit den drei lesbischen Baroninnen, die dann doch nicht lesbisch waren.«

»Ach du meine Güte!« entfuhr es Felix. »Ich sehe schon, du hast den Artikel nicht nur bekommen, sondern auch schon gelesen. Hab' ich dir nicht vor drei Tagen gesagt, daß du nur ein Drittel davon glauben darfst? Dem Autor, der, wie du weißt, ein uralter guter Freund von mir ist und der sich deswegen eingebildet hat, mich porträtieren zu können, sind natürlich beim Schreiben die Gäule durchgegangen. Abgesehen von dem psychologischen Background der Story und den biografischen Fakten, die er aber ganz gut verschlüsselt hat, sind die einzelnen Episoden maßlos übertrieben. Natürlich ist in jeder ein Körnchen Wahrheit, doch was der Dichterfürst darum herumgewoben hat, sind nichts als Märchen aus Tausendundeiner Nacht.

Nehmen wir, zum Beispiel, den Fall Lagonissi. Du kennst dieses schöne Seebad an der attischen Riviera, auf dem Weg zum Kap Sunion, eine halbe Autostunde von Athen entfernt, doch sicher? Sag mal, hast du eigentlich Zeit? Entschuldige, aber ich denke an unser jüngstes Gespräch zurück, das dich ein halbes Vermögen gekostet haben muß.«

»Macht nichts«, versicherte ich. »Ich will das jetzt wissen. Wir sehen uns doch erst nächste Woche wieder. Also, nun schieß mal los. Erzähl mir ein weiteres Kapitel aus deiner düsteren Vergangenheit!«

»So düster ist dieses Kapitel gar nicht. Im Gegenteil: Es war sogar ein ausgesprochen leuchtendes Kapitel.

Es ist, glaube ich, ein Dutzend Jahre her, und ich war wieder einmal – wie so oft – zum griechischen Osterfest nach Korfu geflogen, wo sich alljährlich ein ganz bestimmter Freundeskreis zu treffen pflegte. Nun ist das Osterfest auf Korfu auch für die Griechen selbst ein ganz besonderes Erlebnis, so wie für uns eine Christmette in Ettal oder in der Wieskirche. Deshalb reisen sie in Scharen vom Festland und von den übrigen Inseln an, um die Osternacht dort zu erleben. Auf dem riesigen Platz zwischen der Stadt und der alten Festung versammeln sich Zigtausende von Gläubigen, und gegen Mitternacht zieht der Metropolit von Korfu in feierlicher Prozession aus der Kirche des Inselheiligen Spiridion hinaus auf diesen Platz, um unter freiem Himmel die Osternachtsmesse zu zelebrieren. Schlag Mitternacht ertönt dann der Ruf: ›Christ ist erstanden!‹ Und in dieser Minute entzündet jeder unten auf dem Platz die Osterkerze, die er in den Händen trägt. Mit einemmal ist der ganze Platz hell erleuchtet, und an den Hängen der Zitadelle wird ein Feuerwerk abgebrannt.

Der Besitzer eines kleinen, doch sehr eleganten Hotels, das in einem der hohen, schmalen, vom venezianischen Einfluß geprägten Palazzi an der Esplanade eingerichtet worden ist, ein Graf Soundso aus altem Inseladel italienischer Herkunft, pflegte alljährlich auf der Dachterrasse seines Hauses eine Osternachtsparty zu veranstalten – allein schon deswegen, weil man von dort oben einen wundervollen Blick über den ganzen Platz und auf das Geschehen, das sich dort abspielte, hat. Mein gesamter Freundeskreis, hauptsächlich Aristokraten aus dem süddeutsch-österreichischen Raum, war eingeladen.

Die Gesellschaft war, wie immer in der Levante, bunt gemischt und mit herrlichen Frauen geschmückt. Ich war, wie damals meistens, ohne Begleitung auf die Insel geflogen, weil ich genau wußte, daß ich nicht lange allein sein würde. Und so fühlte sich mein alter Freund Baron R., der damalige Präsident des Spielkasinos, auch an jenem Abend bemüßigt, für mein erotisches Wohl zu sorgen, und stellte mich einigen der schönsten Frauen vor. Namen wurden gemurmelt, griechische, italienische, ein paar englische, die ich – wie auf solchen Parties üblich – rasch wieder vergaß.

Eine der Frauen erregte jedoch meine besondere Aufmerksamkeit – vielleicht wegen des geradezu klassisch schönen fleißenden Gewandes aus kanariengelber Seide, das sie trug.

Ich hatte das Gefühl, daß sie allein auf dieses Fest gekommen war – und mein Gefühl sollte mich nicht trügen. Hin und wieder suchte ich im Gewühl der Gäste ihren Blick, um festzustellen, daß sich unsere Blicke kreuzten. Auch sie hatte nach mir Ausschau gehalten. Eine Anstandsfrist verstrich – dann stand sie plötzlich neben mir an der Brüstung der Dachterrasse. Ihre Hand berührte leicht meinen linken Arm.

›Wie gefällt es Ihnen hier?‹ erkundigte sie sich auf französisch.

Ich versicherte, daß ich begeistert, ja tief beeindruckt sei von diesem Erlebnis der Osternacht, ohne jedoch zu verraten, daß ich nicht zum erstenmal das Osterfest auf der Insel verbrachte.

Ob ich ein Freund des Conte oder des ›Baronos‹ sei, wollte sie wissen.

Ich verriet, daß ich seit vielen Jahren mit dem ›Baronos‹ befreundet war und vor allem seinetwegen so oft und gerne auf dieser Insel weilen würde.

›Dann sehen wir uns sicher heute nacht noch im Kasino‹, versprach sie mit einem kleinen, siegessicheren Lächeln, sah mir noch einmal tief in die Augen und verschwand so rasch und leichtfüßig, wie sie neben mich getreten war.

Natürlich erkundigte ich mich sofort bei meinem Freund R., wer diese schöne Fremde denn war.

›Hähä!‹ meckerte er und strich mit seiner gepflegten Hand genießerisch über sein langes Alec-Guinness-Kinn. ›Hähä, der Kanarienvogel! Glaube, die Dame lebt in Athen. Ist erheblich lukrativ verheiratet. Kommt aber sehr oft herüber zum Spielen. Name? Moment mal! Muß ich nachdenken. Ach ja – Madame Papaspirou, richtig. Und wenn ich mich nicht sehr täusche, ist sie eine weitläufige Nichte des früheren Premierministers Venizelos. Na denn! Waidmannsheil, lieber Freund!‹

Das konnte ich gebrauchen. Wenn sie mit Venizelos verwandt war, mußte sie eine Kreterin sein. Und stammten nicht die schönsten Frauen Griechenlands von dieser herrlichen Insel?

Ich konnte kaum den Zeitpunkt erwarten, daß unsere Gesellschaft sich auflöste und der harte Kern wieder hinauf in die Berge fuhr, dort, wo sich an einem der schönsten Punkte Korfus das Achilleion erhebt, jenes von Kaiserin Elisabeth von Österreich erbaute Schloß, das seit etlichen Jahren eines der elegantesten Spielkasinos des Mittelmeerraumes beherbergt.

Das Getümmel war groß in jener Osternacht. In Dreier- und Viererreihen umlagerten die Spielwütigen und die Zuschauer jeden der Roulett-Tische. Die Einsätze überschlugen sich, und ich hatte förmlich Mitleid mit den schweißgebadeten Groupiers, die trotz aller Flinkheit kaum die Übersicht behielten.

Da ich wenig spiele – und an solchen Abenden schon gar nicht –, verfügte ich mich an die Bar, um die wogende Menge der Levantiner einigermaßen im Auge behalten zu können. Kaum hatte ich meinen Campari-Orange vor mir stehen, da durchzuckte es mich wie ein elektrischer Schlag: Im Eingang des Spielsaals erschien, an der Seite eines hochgewachsenen, schlanken Herrn mit den obligatorischen grauen Schläfen und dem nicht minder obligatorischen Nadelstreifenanzug, mein ›Kanarienvogel‹.

Ihr suchender Blick überflog den Raum, streifte die Bar, traf mich. Ein Aufleuchten in ihren Augen, eine kaum merkliche Verbeugung von mir, dann hatte ihr Begleiter sie schon zu einem der Rouletts geführt. Ich brauchte nicht lange zu warten, bis sie an der Bar erschien. Während ich ihr einen Drink bestellte, flüsterte sie mir mit vor Aufregung fast heiserer Stimme zu: Es wäre ihr Mann, mit dem sie hier erschienen war; eigentlich wäre es gar nicht vorgesehen gewesen, daß er noch ins Kasino gehen würde; vorhin wäre er zu müde gewesen, um an der Gesellschaft beim Conte teilzunehmen, doch nun – leider... Und dabei verschleierten sich ihre dunklen, schönen Augen vor mühsam unterdrückter Wut und Enttäuschung.

Auch ich war wütend, beschloß jedoch, nichts zu provozieren – kannte ich doch die maßlose Eifersucht griechischer Ehemänner aus eigener leidvoller Erfahrung.

Nervös nippte meine schöne Nachbarin an ihrem Drink, kramte dann in ihrem Abendtäschchen herum, zog eine Visitenkarte hervor und kritzelte mit einem kleinen goldenen Bleistift eine Telefonnummer auf die Rückseite. Dann schob sie mir die Karte unauffällig in die Rocktasche und zischelte mir zu: ›Bitte, rufen Sie mich doch in den nächsten Tagen in Athen an!‹

Im nächsten Moment war sie wie eine Schlange vom Barhocker geglitten, um an den Roulett-Tisch zurückzukehren. Wie eine Schlange. Und eine kleine goldene Schlange mit blitzenden Rubinaugen hatte sie auch am kleinen Finger ihrer rechten Hand getragen. Ein Ring von Ilias Lalaounis, hatte ich sogleich registriert, von einem der exklusivsten Juweliere der Levante. Na bitte!

Verstohlen fischte ich die kleine Karte aus der Tasche und warf einen schnellen Blick darauf. Ein Name in feingestochener Schrift, natürlich in griechisch, doch hatte ich ihn rasch entziffert. Eine Besonderheit fiel mir auf: Nach dem Vornamen war, in kleinen Anführungszeichen, der Kosename eingesetzt. Eine liebenswerte Kaprice dieser – ohne Zweifel – ebenso verwöhnten wie verspielten Frau.

Angelika – ›Lela‹ – Papaspirou, las ich, und ließ den Kosenamen ›Lela‹ buchstäblich auf der Zunge zergehen. Kosta, mein alter Barkeeper, grinste verstohlen in sich hinein. Natürlich hatte er die ganze Angelegenheit mit seinen ständig wachen Augen und Ohren mitbekommen, doch auf seine Diskretion hatte ich mich schon immer verlassen können.

Ich träumte ein wenig vor mich hin, und als ich aufblickte, um wieder einmal das Geschehen im Saal in mich aufzunehmen, war mein ›Kanarienvogel‹ verschwunden. Plötzlich war ein Schatten über diese Osternacht gefallen. Das Treiben im Saal und das ganze Aufgebot schöner Frauen konnten auf einmal meine Sinne nicht mehr reizen, bereiteten mir kein Vergnügen mehr. Ich beschloß – Ostern hin oder her –, mich langsam vollaufen zu lassen, und bestellte mit düsterer Stirn einen Dimple on the rocks – ein Getränk, von dem ich mit Sicherheit wußte, daß es mir rasch angenehme Bettschwere bescherte.

Daß ich am anderen Morgen noch zwei weitere Visitenkarten in meinen Taschen fand, amüsierte mich, denn die Erinnerung an weitere Flirts war wie weggeblasen. Mit einiger Mühe lichtete sich der Nebel, und ich erinnerte mich, daß ich beim vierten oder fünften Dimple in ein sehr angeregtes Gespräch mit zwei bildschönen – und unverheirateten – Athenerinnen gekommen war. Maria hießen sie beide – Maria Alexiou die eine, Maria Kitsi die andere. Doch wer war welche? Das war mir völlig gleichgültig. Ich hatte rasch begriffen, daß diese beiden Damen nicht unbedingt Anspruch auf die Bezeichnung ›Dame‹ erheben konnten, sondern mehr oder weniger des Amüsements wegen nach Korfu gekommen waren, mit der leisen Hoffnung, irgendein Mäzen würde ihnen die Auslagen schon vergüten.

Mein nächster Gedanke galt Lela. Ob sie schon wieder nach Athen zurückgeflogen war? Zu allem Unglück war die mit Bleistift geschriebene Telefonnummer auf der kleinen Visitenkarte verwischt und weitgehend unleserlich geworden. Eine Anschrift befand sich nicht unter dem Namen.

Entschlossen ließ ich mir das dickleibige Athener Telefonbuch kommen und quälte mich mühsam durch die zahllosen Papaspirous. Endlich fand ich eine Nummer, die der auf der Karte zu gleichen schien. *Miltiades Papaspirou,* las ich nicht ohne Vergnügen. Wer so elegant levantinisch aussieht wie dieser Niarchos-Verschnitt in Nadelstreifen von gestern nacht, der durfte auch Miltiades heißen.

Es dauerte lange, bis die Verbindung nach Athen hergestellt war. Das griechische Telefonnetz! Mit dem sollte ich auch in späteren Jahren immer wieder Ärger bekommen. Als endlich das Rufzeichen ertönte, dauerte es eine Ewigkeit, bis der Hörer abgenommen wurde und eine verschlafene Frauenstimme sich in kaum verständlichem Griechisch meldete. Natürlich verstand ich vor Aufregung überhaupt kein Wort, trotz meiner immerhin vorhandenen Griechischkenntnisse.

›Milate gallikä?‹ Sprechen Sie Französisch?, erkundigte ich mich ungeduldig.

›Ochi.‹ Nein, war die verdrießliche Antwort.

›Milate anglikä?‹ probierte ich erneut.

Mit Englisch klappte die Verständigung halbwegs, und der dienstbare Geist versuchte mir radebrechend zu erklären, daß die Herrschaft erst heute abend oder gar erst morgen nach Athen zurückkäme.

Ein weiterer Tag des Wartens! Am Ostermontag versuchte ich in den Nachmittagsstunden erneut mein Glück im Hause Papaspirou. Die Hausangestellte wirkte diesmal erheblich weniger verschlafen. Ein gutes Zeichen. Als ich mich erkundigte, ob Madame Papaspirou zu sprechen wäre, erklang ein eilfertiges: ›Malista, parakaló!‹

Wenig später hatte ich Lelas rauchige Stimme im Ohr.

Bevor ich überhaupt noch irgendeine Höflichkeitsfloskel hatte hervorwürgen können, überraschte mich ihre direkte Frage: ›Wann kommen Sie?‹

Ich schluckte mehrmals, dann erwiderte ich mit einiger Fassung: ›Ich hoffe, daß ich so rasch wie möglich einen Flug bekommen. Sie wissen doch, daß nach Ostern meistens alle Plätze ausgebucht sind.‹

›Das lassen Sie nur meine Sorge sein‹, kam es selbstsicher zurück. ›Wollen Sie, bitte, ein paar Minuten in der Leitung bleiben?‹

Ohne meine Antwort abzuwarten, unterbrach sie das Gespräch, um offenbar von einer anderen Leitung aus zu telefonieren.

Danach erfuhr ich: ›Ich habe soeben mit Olympic gesprochen. Für Sie ist ein Platz in der Frühmaschine reserviert. Ich werde Sie am Domestic Airport erwarten. Ich freue mich sehr.‹

Klick. Eingehängt.

Da stand ich nun und schüttelte erst mal voller Verwunderung den Kopf. Felix, Felix! dachte ich, so wirst du geliebt. Na, sei's drum. Mal sehen, was dich in Athen erwartet. Und da sage einer noch, die Griechinnen seien alles andere als emanzipiert.

Beschwingt und neugierig auf das, was geschehen würde, packte ich ein Handköfferchen mit dem Notwendigsten – für eine Nacht, wie ich glaubte – und verkündete an der gemeinsamen Abendtafel im nahegelegenen Restaurant ›Bellavista‹, daß ich am anderen Morgen nach Athen zu fliegen gedächte.

Baron R. mußte so grinsen, daß sein Nußknackergesicht noch länger wurde als sonst. Aufgeregt strich er abwechselnd über sein Kinn und seine Glatze und meckerte: ›Na, mein lieber Freitag, dann sagen Sie mal dem Kanarienvogel einen schönen Gruß von mir!‹

Mit unschuldigem Blick sah ich meinen alten Freund an und bemerkte: ›Woher wollen Sie denn wissen, daß es sich ausgerechnet um den Kanarienvogel handelt?‹.

›Das kann doch ein Blinder mit dem Stock fühlen‹, entgegnete er verschmitzt. ›So 'ne Wucht von einer Frau hätte ich mir in Ihrem Alter schließlich auch nicht entgehen lassen. Aber passen Sie man auf, daß der olle Papaspirou Sie nicht erwischt! Der hat, glaube ich, schon ganz andere Kaliber als Sie von seinen Bodyguards vermöbeln lassen.‹

Das waren ja schöne Aussichten. Aber wer mich kennt, der weiß, daß ich für eine schöne Frau noch einiges mehr riskiere als nur ein blaues Auge oder ein paar gebrochene Rippen.

Unausgeschlafen, doch pünktlich fand ich mich am anderen Morgen in dem damals noch winzig kleinen Flughafengebäude von Korfu ein. Als ich am Counter meinen Namen nannte, schenkte mir die Hosteß der Olympic Airways ihr schönstes Lächeln.

›Mr. Freitag! Herzlich willkommen! Madame Papaspirou hat ein Ticket für Sie hinterlegen lassen. Dürfen wir Sie in die Lounge bitten?‹

Die ›Lounge‹ war ein eher armseliges Kabuff mit ein paar Sesseln und einem kleinen Kühlschrank. Aber immerhin... Als ich mich bei der hübschen Hosteß erkundigte, ob ich bei ihr das Ticket bezahlen könnte, wehrte sie mit einem erneuten Lächeln ab.

›Das ist von Madame Papaspirou bereits erledigt worden.‹

Das war mir nun gar nicht recht, weil ich mir ein paar Prinzipien stets bewahrt hatte, doch ließ sich im Augenblick leider nichts daran ändern.

Die Maschine, eine uralte Turboprop, war bis auf den letzten

Platz besetzt, sogar die ›Erste Klasse‹, in der mir ein Fensterplatz angewiesen wurde. Trotzdem startete sie pünktlich, kletterte mit einiger Mühe an den dunklen Bergen des Epirus hoch und landete mit nur unwesentlicher Verspätung auf dem Domestic Airport von Athen.

Da ich von einem innergriechischen Flughafen kam, waren keinerlei Paß- und Zollformalitäten zu erledigen, und so befand ich mich rasch am Ausgang. Suchend blickte ich in die Runde. Keine Spur von Lela zu sehen. Verdammt! Worauf hatte ich mich da eingelassen? War das auch eine ihrer Launen, mich warten zu lassen – oder mich etwa gar nicht abzuholen?

Verdrießlich suchte ich nach einer Telefonzelle und kramte in meinen Taschen nach den notwendigen Drachmen, geblendet vom hellen Licht der Morgensonne Athens. So kam es, daß ich die schlanke Gestalt im großblumigen Sommerkleid gar nicht bemerkte, die von der Seite auf mich zuschritt und mir plötzlich die Arme um den Hals schlang. Es war Lela.

Ich war so überrascht, daß mir die Worte fehlten.

Doch sie ergriff meine Hand und und sagte nur: ›Komm, schnell! Wir wollen weiter. Ich habe nämlich keinen Parkplatz gefunden und stehe mitten auf der Straße.‹

Bevor ich mir vergegenwärtigte, daß sie mich ungeniert duzte, waren wir auch schon an einer großen cremefarbenen Limousine mit roten Lederpolstern angekommen. Lela öffnete die Beifahrertür, warf meinen Koffer auf den Rücksitz und saß schon hinter dem Steuer, bevor ich überhaupt wußte, wie mir geschah. Und plötzlich befanden wir uns auch schon auf der großen Küstenstraße in Richtung Sunion.

In Fokea, einem kleinen Fischerort zwischen Glyfada und Lagonissi, hielt Lela vor einer Taverne an.

›Laß uns erst mal etwas frühstücken! Du bist sicher ganz früh aufgestanden – und ich bin auch viel früher aus dem Bett gestiegen als sonst. Deinetwegen natürlich.‹ Dabei sah sie mir wieder tief in die Augen und berührte mit der Spitze ihres Zeigefingers leicht meine Lippen.

Wir frühstückten mit Weißbrot, Käse und griechischem Salat. Dazu gab es in Öl gebackene Sardinen und einen leichten, trockenen Weißwein.

Danach sagte Lela entschlossen: ›Ich hätte Lust, zu schwimmen. Wie steht's mit dir?«

Ich zögerte und druckste ein wenig herum, da ich die strengen griechischen Gsetze kannte.

›Leider habe ich vergessen, meine Badehose einzupacken‹, gestand ich.

›Macht nichts‹, erwiderte Lela, ›ich leihe dir eines von meinen Bikinihöschen. Das wird dir schon passen.‹

Dabei sah sie prüfend an mir herunter und bemerkte nicht ohne Wohlgefallen, wie sich unter der Hose meines leichten, weißen Leinenanzugs eine nicht zu übersehende Erektion abzeichnete.

Mir kamen Bedenken. Wie sollte es mir gelingen, dies alles in einem knappen Bikinihöschen zu verstauen?

Doch schon hatte mich Lela wieder an der Hand genommen und zog mich zum nahegelegenen Strand, der zu dieser Vormittagsstunde noch nahezu menschenleer war. Schnell war sie aus dem Kleid geschlüpft, unter dem sie einen einteiligen, sehr knapp geschnittenen, dunkelbraunen Badeanzug trug, der ihre erstklassige Figur aufs vorteilhafteste zur Geltung brachte. Aus einer großen Badetasche zauberte sie das erwähnte Bikinihöschen, in das ich mich mit einigen Verrenkungen glücklich hineinzwängte, immer in Sorge, es könnten größere Teile meiner Männlichkeit einen unerlaubten Fluchtversuch unternehmen.

Geschwommen wurde nicht viel an diesem Tag. Wir lagen im immer heißer werdenden Sand, ein bißchen müde vom Wein, und genossen den Anblick unserer Körper. Ganz zart begann ich, Lela zu liebkosen, und stellte fest, daß sie eine wunderbare Haut hatte – ein Farbton irgendwo zwischen Oliv und altem Elfenbein, zart und weich und makellos. Ich konnte kaum erwarten, daß mehr zwischen uns beiden geschah. Doch das war an diesem öffentlichen Strand unmöglich. Meine Sehnsucht und Ungeduld wurden immer größer, und ich spürte, daß es Lela nicht anders ging als mir. Doch was konnte ich tun? Ein Hotel war unmöglich, vor allem für sie als Mitglied einer der ersten Familien des Landes. Wenn man sie erkannt hätte – der Skandal wäre unvermeidlich gewesen. Und im Auto? Nicht bei dieser Frau!

So mußte ich abwarten, bis sie die Initiative ergriff – so wie sie bisher ja auch in allen Dingen bereits die Initiative ergriffen hatte. Vielleicht wollte sie mich wirklich nur auf die Probe stellen. Vielleicht wollte sie aber auch nur eine Art Anstandsfrist abwarten, damit ich nicht glauben konnte, ihre Leidenschaft wäre stärker als ihre gute Erziehung oder ihr Stolz.

Es war schon Nachmittag, als sie aufstand und sich entschlossen den Sand von ihrem ölglänzenden Körper abrieb. Ich tat desgleichen und schlüpfte samt Lelas Bikinihöschen in meinen Anzug.

Als wir wieder im Wagen saßen und ich nun erwartete, daß sie wenden und nach Athen zurückfahren würde, sagte sie nur: ›Laß uns zum Kap Sunion fahren. Du weißt, dort ist der Sonnenuntergang so schön.‹

Am Ortseingang von Lagonissi erhob sich rechterhand die weiße Sommervilla des damaligen griechischen Ministerpräsidenten Papadopoulos, und ein paar hundert Meter später deutete sie auf ein weitläufiges Grundstück, das sich zwischen der Küstenstraße und dem Meer ausbreitete.

›Dort ist mein Haus!‹

Doch vergeblich erwartete ich, sie würde nun in die Einfahrt zum Grundstück einbiegen. Zu meiner maßlosen Enttäuschung fuhren wir weiter. Ich hatte an jenem Nachmittag kaum einen Blick für den wirklich traumhaften Sonnenuntergang, den man von der Höhe der Tempelanlage aus mit einem weiten Rundblick über die Ägäis genießt. Ich hatte nur Augen für Lela, die mit hohen Stöckelschuhen und im schwingenden Seidenkleid über die Marmorplatten des Tempels wanderte und mir dabei versuchte, die Dörfer und Berge der Umgebung zu erklären.

Es dunkelte, als sie plötzlich auf die Uhr sah und sagte: ›Laß uns fahren.‹

Na endlich! dachte ich im stillen und war sehr gespannt auf den weitern Verlauf der Dinge.

Lela hatte gutgelaunt eine Blüte gepflückt und mir ins Revers gesteckt. Sie summte ein griechisches Volkslied und legte mir während der Fahrt ab und zu ihre schöne schmale Hand auf einen Oberschenkel, was bewirkte, daß der Platz in dem ohnehin verteufelt engen Bikinihöschen immer enger wurde.

In Lagonissi bogen wir nun tatsächlich in die Einfahrt zu Lelas Grundstück ein. Das Haus entpuppte sich als ein weitläufiges, im maurischen Stil errichtetes Gebäude, das pompejanisch rot gestrichen und von allerlei Schlingpflanzen umrankt war. Ich hatte das Gefühl, es war halb in die Erde gebaut, und als ich Lela danach befragte, lachte sie und erklärte, daß dies ein ehemals deutscher Unterstand aus der Zeit des Zweiten Weltkriegs gewesen wäre, ein kleines Fort mit dicken Wänden aus Beton, das sie sich ausgebaut hätte, weil es im Sommer dort herrlich kühl war.

Dann entschuldigte sie sich für einen Augenblick. Sie mußte dringend telefonieren. Ihren schnellen griechischen Worten entnahm ich immerhin, daß sie von der Hausangestellten erfahren konnte, daß ihr Mann am Nachmittag nun doch auf eine mehrtägige Geschäftsreise in die Schweiz gefahren war.

Das also war der Grund des Zögerns. Nun begriff ich alles. Als Lela den Hörer aufgelegt hatte und auf mich zutrat, war sie wie erlöst. Mit einer Leidenschaft schlang sie ihre Arme um mich und suchte meinen Mund mit dem ihren.

Erspar' mir, was dann folgte! Du kannst es dir sowieso denken. Ich weiß nur noch, daß es ungeheuerlich war und wir für volle drei Tage das Grundstück nicht mehr verließen, ja kaum das Haus. Um es kurz zu machen: Bei jener Athen-Reise bekam ich von Athen selbst – außer dem Flughafen – überhaupt nichts zu sehen, um so mehr dafür aber von Lela Papaspirou.

Selten ist mir ein Abschied so schwergefallen wie jener, als ich am Freitag die Nachmittagsmaschine nach Korfu bestieg – wußte ich doch, daß nun lange Wochen, wenn nicht gar Monate der Trennung zwischen uns Wirklichkeit werden würden. Zum Glück war ich so ausgelaugt und ausgepumpt von diesen Tagen der beinahe unablässigen Leidenschaft – so wie es mir später nur noch auf Capri und – jetzt darfst du lachen – in Hannover ergangen ist –, daß ich kaum über diese Trennung nachdenken konnte. Bleich, erschöpft und glücklich stieg ich in Korfu aus der Maschine und lief gleich am Flughafen dem alten Baron R. in die Arme, der ein paar seiner Münchener Verwandten verabschiedet hatt. Seine wasserblauen Äuglein funkelten vor Vergnügen und Spott.

›Na, mein Lieber, was sehe ich denn da? Sie kommen mir so vor, als hätten Sie tagelang keine Sonne mehr gesehen. Muß schon ein anstrengender Job sein, Vogelfutter zu spielen für einen Kanarienvogel, nicht wahr?‹

Ich ließ ihm seinen Spaß und gab mich, als ich in seinem Wagen zum Achilleion zurückfuhr, ganz meinen Erinnerungen hin.

»Lela Papaspirou – eine der schönsten Frauen meines Lebens...«

Felix, der bisher buchstäblich ohne Punkt und Komma geredet hatte, hielt zum erstenmal einen Augenblick inne. Ich benutzte die Gelegenheit, um schnell eine Frage anzubringen. »Hast du Lela denn wiedergesehen?«

Er seufzte. »Sicher. Doch leider nicht allzuoft. Und einmal lagen sogar Jahre dazwischen. Das ist auch eine sehr kuriose Geschichte, die ich dir irgendwann einmal erzählen werde. Heute bestimmt nicht mehr. Hast du denn mal auf die Uhr gesehen? Dies ist schon das zweite Vermögen, das ich dich am Telefon koste.«

»Macht nichts.« Ich lachte. »Deine Geschichte ist mir die Kosten schon wert. Und den Rest erzählst du mir, wenn wir uns nächste Woche in Hamburg sehen. Du weißt ja, ich fliege deinetwegen nicht direkt nach Bremen zu dieser komischen Talkshow, und außerdem versuche ich, schon einen Tag vorher zu kommen, damit wir ein bißchen Zeit füreinander haben. Weißt du denn schon, was wir unternehmen werden?«

»Natürlich«, versicherte Felix. »Aber eines kann ich dir jetzt schon versprechen: In die ›Amphore‹ werde ich dich bestimmt nicht schleppen – dann schon lieber in ein Transvestiten-Kabarett.«

Und nach diesen Worten hatte er, wie es seine Art war, auch schon wieder den Hörer aufgelegt.

5

Ich war müde und schlecht gelaunt, als ich mit der Abendmaschine der KLM eine knappe Woche später in Fuhlsbüttel landete. Hinter mir lagen anstrengende Tage mit viel Arbeit, allerlei Partys, die privaten Probleme mit meinem Freund Lenny, ein schwerer Autounfall und eine nicht minder schwere Erkältung. Und dabei war es mein erstes Wiedersehen mit Felix nach mehr als drei Wochen! Egal, dachte ich, soll er ruhig mal sehen, wie ich aussehe, wenn ich so richtig kaputt bin und ungeschminkt, in saloppem Pulli und Cordhosen noch dazu.

Mag sein, daß er eine Sekunde lang betroffen war, als er mich an der Sperre abholte und meinen schweren Koffer zu seinem Wagen trug. Wagen? So konnte man den kleinen, leicht angerosteten Fiat 127 mit dem Provinzkennzeichen, der da auf uns wartete, nun wirklich nicht nennen. Aber immerhin. Er fuhr und war in der Stadt ja wirklich besser zu gebrauchen als ein großer Sechszylinder.

Der war, wie mir Felix entschuldigend versicherte, schon wieder mal in Reparatur. Auf einer seiner Reisen quer durch Deutschland hatte es ihm den Motor zerrissen, und nun stand das Vehikel in einer Werkstatt in der Nähe von Kassel und wartete auf die Austauschmaschine.

Mir lag eine Sekunde lang die Frage auf der Zunge: Existiert dieser sagenhafte Sechszylinder überhaupt, und bekomme ich ihn mal zu sehen? Doch ich verkniff mir jeglichen boshaften Kommentar, um meiner mäßigen Stimmung nicht auch noch eine Übellaunigkeit auf seiner Seite hinzuzufügen. Denn von schlechter Laune war bei Felix nichts zu merken. Er freute sich sichtlich, mich zu sehen, und verlor auch kein Wort über mein wirklich abgespanntes Aussehen, was ich ihm insgeheim hoch anrechnete. Außerdem fuhr er mit der allergrößten Selbstverständlichkeit von der Welt in seiner winzigen ›Rostlaube‹ vor dem Hamburger Luxushotel vor, in dem für mich ein Quartier bestellt war, und erledigte die Formalitäten mit der Grandezza eines Weltmannes.

Es war selbstverständlich, daß wir beide dort übernachten würden, obwohl Felix ja sein Apartment auf der anderen Seite der Alster hatte, und so war ich wütend, daß der Raum wieder einmal die für Hotels amerikanischen Zuschnitts obligatorischen zwei getrennten Betten hatte. Wütend telefonierte ich mit der Rezeption und bat um ein Zimmer mit einem ›anständigen‹, einem großen, breiten Bett – was dann auch prompt zur Verfügung gestellt wurde. Das unverschämte Grinsen des arabischen Hotelboys, der diese Verhandlungen mit anhören mußte, werde ich so schnell nicht vergessen.

Merkwürdigerweise war mir noch nicht danach, mit Felix zu schlafen. Ich mußte erst einmal entspannen. So wechelte ich nur die Kleidung, legte – endlich! – mein gewohntes Make-up auf, und dann verließen wir das Hotel, um irgendwo in der Stadt zu Abend zu essen. Genauso wenig wie ich liebte es auch Felix, in den Hotels zu essen, in denen er abstieg; und leider sind ja auch die Hotelrestaurants in Deutschland – mit wenigen Ausnahmen – eher von bescheidener Qualität.

Um mich auf meine bevorstehende Reise nach Wien einzustimmen, schlug Felix das ›Wiener Beisel‹ vor, ein, wie er versicherte, gemütliches Heurigen-Restaurant mit einem echten Klavierspieler. Ich freute mich darauf und war ein wenig enttäuscht, als wir nach mühsamer Parkplatzsuche vor verschlossener Tür standen. Ruhetag! So entschieden wir uns für einen Italiener, bummelten auf dem Wege dahin ein wenig durchs Schickeria-Viertel Pöseldorf, das ich noch nicht kannte, und aßen dann bei ›Mario‹ in der Milchstraße ganz ausgezeichnet.

Natürlich wollte ich, nun endlich ein wenig weg vom Streß, von Felix wissen, was er in den vergangenen Tagen so getrieben hatte. Er grinste in sich hinein und spannte mich erst ein wenig auf die Folter, indem er sich genüßlich eine Zigarette anzündete und dann den Rauch in kunstvollen Ringen von sich blies.

»Ja, leider ist ja Verena wieder auf ihre Insel abgereist«, begann er. »Und da ich, wie du weißt, ab und zu mal Lust auf eine ›uralte‹ Freundin habe, rief ich vor ein paar Tagen eine süße Frau an, die zwar gar nicht mehr so jung ist, aber immer noch einen sehr schönen Körper hat, genau wie ich ihn ab und zu brauche: schlank und rank, doch mit großen, vollen Brüsten. Ich habe vor vielen Jahren mit dieser Frau – sie heißt Sophia – wundervolle Wochen auf Capri verbracht und fast ebenso schöne Tage auf Sylt. Sie las mir damals jeden Wunsch von den Augen ab. Ich brauchte nur ein Wort zu sagen, und schon trug sie ein Tablett mit Kaviar und Champagner ans Bett – obwohl ich mir aus derlei Dingen ja eigentlich gar nichts mache. Viel lieber waren mir der capresische Rotwein und dazu ein frischer Mozzarella.

Ich habe irgendwann die Beziehungen zu ihr ein bißchen eingefroren – einmal, weil ich es nur eine begrenzte Zeit ertragen kann, immerzu auf ein Podest gestellt und als der Herrlichste von allen behandelt zu werden, zum anderen hatte ich einen ganz heißen Flirt mit einer ostpreußischen Generalstochter, die dann später wegen Kleptomanie verurteilt wurde. Doch das ist leider schon wieder eine andere Geschichte. Nun, Sophia hat mir immer wieder verziehen, so ergeben war sie mir. Sie ging so weit, mir sogar ihr Haus auf Sylt zur Verfügung zu stellen, als ich mit einer anderen lieben Freundin, einer Industriellengattin aus Essen-Bredeney, ein paar ungestörte Ferientage verbringen wollte. Und ein andermal, es war ebenfalls auf der Insel, schlich ich mich nachts heimlich aus ihrem Schlafzimmer, bestieg den Wagen und fuhr ein paar Kilometer weiter, von Kampen nach Keitum, wo ich eine dringende Verabredung mit einer anderen Zauberfrau hatte.

Leider wurde mir in jener Nacht – und das ist ja immer die gerechte Strafe für solche Eskapaden – so furchtbar schlecht, daß ich die ganze Zeit auf einem gewissen Örtchen zubringen mußte und das Rendezvous ein rein platonisches blieb. Wenigstens war die Toilette vollgehängt mit erstklassigen Lithographien von Hundertwasser, und es war das einzige Mal in meinem Leben, daß ich mir die Zeit nahm, diesen von mir gar nicht sehr geschätzten Künstler etwas eingehender zu studieren. Du siehst: Kunstinteresse trotz höchster Leibesnot und -qual!«

Das muntere Geplauder von Felix tat mir direkt körperlich wohl. Ich spürte ein angenehmes Gefühl, vor allem zwischen den Beinen, und begann mich bereits auf das Hotelbett zu freuen.

Um ihn zum Weitererzählen zu bewegen, erkundigte ich mich: »Hat nun deine Sophia in jener Nacht etwas von deinem Ausflug bemerkt?«

»Natürlich! Glaubst du, eine Frau merkt nicht, wenn sich ein Mann von ihrer Seite schleicht? Es sei denn, sie ist total betrunken. Und das habe ich tatsächlich ein einziges Mal in meinem durchaus bewegten Leben mitgemacht. Du wirst mir die Geschichte, die ich dir jetzt erzähle, nicht glauben, aber sie hat sich in der Tat so abgespielt und ist beinahe Stoff für eine Filmkomödie. Also, paß gut auf!« empfahl er mir und trank genußvoll einen Schluck von seinem Orvieto Classico. »Es war in meiner bewegten Journalistenzeit in der ersten Hälfte der siebziger Jahre, hier in Hamburg. Eines schönen Abends kam ich, später wie immer, aus der Redaktion und wollte mir die nötige Bettschwere durch ein schönes Bier in meiner Stammkneipe holen. Nichts Böses ahnend, betrete ich das Lokal und will mich an meinen gewohnten Tisch setzen, entdecke jedoch ein paar Tische weiter eine fröhliche, mir jedoch reichlich unbekannte Runde deren einzig bekanntes Gesicht einer Illustriertenredakteurin gehört, mit der ich einmal – rein dienstlich – zu tun hatte. Ich nickte freundlich hinüber. Sie stand auf und bat mich, doch an den Tisch zu kommen. Vielleicht nur deswegen, weil die Damenwelt dort in der Überzahl war.

Zwei der weiblichen Wesen fielen mir besonders auf. Die eine war groß, schlank, mit sehr sensiblen Händen und einem höchst interessanten Kopf mit ganz kurz geschnittenen Haaren. Wahrscheinlich lesbisch, konstatierte ich im stillen. Die andere hingegen hatte ein Schneewittchen-Gesicht – von schweren dunklen Haaren umrahmt –, große, blaue, etwas tränenfeuchte Augen und sprach mit unverkennbarem Akzent. Sie entpuppte sich als eine in Kanada aufgewachsene polnische Jüdin, die zur Zeit in Deutschland ihre Gesangsausbildung vervollkommnen wollte und in Hamburg bei einer alten Freundin wohnte. Die andere, die Blonde mit den sensiblen Händen und einem ungewöhnlich ausdrucksvollen Mund, war Kollegin: freie Mitarbeiterin von Zeitschriften, Fernsehen und Rundfunk und ebenfalls erst kürzlich nach Hamburg übersiedelt.

Ich plauderte, trank gemütlich meine Bierchen und stellte fest, daß die Gesellschaft, zu der noch ein männliches Wesen gehörte, schon ganz erheblich dem Alkohol zugesprochen hatte. Die Zeit verflog, Sperrstunde wurde geboten, schnell noch eine letzte Runde bestellt und dann eine allerletzte. Beim Aufbruch ergab sich bei der Autoverteilung, daß die nicht motorisierte ›kanadische Sängerin‹, wie ich sie insgeheim nannte, an meinem Nachhauseweg wohnte, und so bat ich sie, in meinem Wagen Platz zu nehmen. Die Blonde hingegen, die einige Mühe hatte, ihren reichlich betrunkenen Bruder – um den handelte es sich bei dem außer mir einzigen männlichen Wesen unserer fröhlichen Gemeinschaft – nach Hause zu bringen, raunte mir schnell noch ihre Adresse und

Telefonnummer ins Ohr, natürlich nur für den Fall, daß ich mal in beruflicher Hinsicht auf sie zurückgreifen wollte. Arme freie Journalisten!

Vor dem Hause angekommen, in dem die kanadische Sängerin ihr vorübergehendes Domizil aufgeschlagen hatte, parkte ich nur provisorisch, öffnete die Beifahrertür und hob die schon leicht angeschlagene Schönheit sorgsam aus dem Wagen.

Als ich ihr behilflich war, mit der Flamme meines Feuerzeugs erst das Schlüsselbund und dann auch noch das Schlüsselloch zu finden, sah sie mir plötzlich voll in die Augen und verkündete mit ihrer tiefen, wohltönenden Stimme kategorisch: ›Du kommst doch jetzt mit!‹

Ach du liebe Zeit! Das paßte mir nun gar nicht in den Kram. Zum einen war sie nicht unbedingt mein Typ, zum anderen kannte ich das Haus von früheren Besuchen her sehr genau und wußte, daß es keinen Lift gab und die betreffende Wohnung, die es zu erklimmen galt, sich im fünften Stock befand. Außerdem kannte ich die Wohnung und sogar die Wohnungsinhaberin.

So erkundigte ich mich vorsichtig: ›Ist denn die Katinka nicht zu Hause?‹

›Nein, sie ist für ein paar Tage verreist‹, kam es im kanadisch-polnischen Bariton zurück. ›Wir sind ganz ungestört.‹

Was tun? Einer Dame einen Wunsch abzuschlagen, halte ich auch heute noch für ausgesprochen unhöflich. Ich kann, wie du weißt, in manchen Fällen leider sehr schlecht nein sagen. Also ergab ich mich in mein Schicksal und stieg neben meiner leicht schwankenden Gastgeberin in spe behutsam die zahllosen Stufen hoch. Endlich oben angekommen, begab sich die junge Dame schnurstracks in das ihr zugewiesene Gästezimmer und entledigte sich dort umgehend ihrer sowieso nicht sehr umfangreichen Oberbekleidung. Es war ja eine laue Juninacht in einem der damals noch wirklich schönen, heißen Hamburger Sommer.

Dann legte sie sich ins Bett und sah mich erwartungsvoll aus großen Augen an. Da ich nicht mitgekommen war, um ihr die Beichte abzunehmen, stieg ich halt, leise seufzend, ebenfalls aus den Hosen und legte mich daneben. Doch bevor ich die erstaunlich hübschen Sachen in die Hand nehmen und mich ans Werk, besser gesagt, an die Pflichtübung machen konnte, hörte ich zu meinem größten Befremden erst einmal regelmäßige, kräftige Atemzüge und dann ein gar nicht damenhaftes Schnarchen.

Eine Zeitlang hörte ich dieser jungen Dame an meiner Seite interessiert zu. Es war ganz unverkennbar der Schlaf des Gerechten, und da es eine wahre Sünde gewesen wäre, diesen Schlaf zu stören, stahl ich mich leise von jenem lustlosen Lager weg, schlüpfte in meine Textilien und warf noch einen letzten Blick auf die schlafende Schönheit. Dabei streifte mein Blick den Nachttisch und fiel auf das dort deponierte Schlüsselbund. Da ich nicht wußte, ob nicht ein sorgsamer Hausbewohner die Tür unterdessen abgeriegelt hatte, nahm ich die Schlüssel an mich und verließ auf Zehenspitzen die Wohnung.

In der Tat – die Haustür war abgesperrt, und somit war die ›Leihgabe‹ gerechtfertigt.

Ein Blick auf die Uhr: Es war erst gegen zwei, und ich war noch ziemlich munter. Da fiel mir die Adresse ein, die mir die schlanke Blondine beim Abschied ins Ohr geraunt hatte. Ich kannte die Straße. Sie lag zwar nicht in Winterhude, sondern ein ganzes Ende weiter, in Sankt Georg, nicht weit vom Hauptbahnhof, doch mit dem Auto war das nur eine Sache von zehn Minuten.

Gedacht – getan: Nach ziemlich genau zehn Minuten läutete ich an der besagten Wohnungstür. Die Frau Kollegin öffnete – und zu meiner eigenen großen Überraschung war sie gar nicht sonderlich überrascht über diesen reichlich späten Gast. Im Gegenteil. Fast schien sie diesen Besuch erwartet zu haben.

Die Wohnung entpuppte sich als ein einziger sehr großer und mit allerlei verspieltem Kitsch eingerichteter Raum, von dem die Küche durch eine Art Verschlag abgetrennt war. Mit Wohlgefallen fiel mein Auge auf ein Bett von wahrhaft riesigen Ausmaßen – ein Format, das ich überaus schätze. Doch leider, wer lag dort, quer über die ganze Breite ausgestreckt und lediglich der Schuhe entledigt, schnarchend wie meine kanadische Sängerin? Der Herr Bruder!

Meine blonde Schönheit erklärte mir kurz die Situation: Sie sei absolut nicht inzestuös veranlagt, sondern der in Süddeutschland lebende Bruder sei für ein paar Tage zu Besuch gekommen und habe sich aus Sparsamkeit bei der lieben Schwester einquartiert.

Was tun? Zunächst einmal wurde eine Flasche Wein geöffnet. Wir plauderten mit gedämpfter Stimme zunächst über Berufliches, dann über Politik und schließlich über zunehmend privatere Themen und fanden rasch Gefallen aneinander.

Bei jedem stärkeren Schnarchen des Bruders blickten wir beide ängstlich und neiderfüllt auf das Riesenbett und stießen ein kleines Stoßgebet aus, daß der junge Mann nur ja nicht erwachen möge, denn aufgrund dessen, was man unter Kennern ›heavy petting‹ nennt, waren wir beide durchaus nicht mehr sehr salonfähig gekleidet.

Binnen kurzem wurde die Not zu groß. Meine Gastgeberin erhob sich, ergriff meine Hand – warum ist es mein Schicksal, von Frauen immer bei der Hand genommen zu werden? – und steuerte mit mir wortlos in den kleinen Küchenverschlag. Dort hatten wir uns in Sekundenschnelle die verbliebenen Kleidungsstücke gegenseitig vom Leibe gerissen und begannen, zunächst im Stehen, mit der Arbeit, die rasch so heftig ausartete, daß ich mit meinem beweglichen Hinterteil aufgrund der beengten Raumverhältnisse beinahe den wackeligen Küchenschrank zum Einsturz gebracht hätte.

Kurz entschlossen setzte ich meine Partnerin halb auf den altmodischen emaillierten Küchenausguß und bearbeitete sie in dieser für sie vermutlich höchst unbequemen Stellung nach allen Regeln der Kunst – so heftig, daß ich hinterher vermutete, der Rand dieser Küchenspüle hätte sich für alle Zeiten in ihr hübsches Gesäß eingefräst.

Als wir erschöpft und – trotz allem – befriedigt innehielten, war es draußen schon wieder taghell geworden. Allerlei Vögel schrien ihre morgendlichen Beleidigungen in den Sommerhimmel, und mir war auf einmal sehr nach einem Bett. So stieg ich wieder einmal in meine Hosen, empfahl mich rasch, doch zärtlich, überließ die temperamentvolle Kollegin der Gesellschaft ihres schnarchenden Bruders und verfügte mich zu meinem Auto. Genau zehn Minuten später war ich zurück in Winterhude, parkte diesmal sorgfältiger vor dem bewußten Hause, stieg gemächlich die fünf Treppen hoch, sperrte leise die Tür auf, entledigte mich noch leiser meiner Textilien und lag bald darauf erneut neben meiner kanadischen Sängerin, die immer noch laut und melodisch vor sich hinschnarchte.

Ich schlief herrlich während dieses kurzen Restes der lauen Juninacht, und beinahe gleichzeitig mit mir erwachte, spät am Morgen, die kanadische Sängerin.

Als sie mich an ihrer Seite entdeckte, trat ein fast überirdisches Leuchten in ihre großen, feuchten Augen, und überwältigt von der Fülle ihres zärtlichen Gefühls erkundigte sie sich mit leiser, lockender Stimme: ›War's schön heute nacht – auch für dich, meine ich?‹

Und während ich ihr nicht minder zärtlich in die Augen sah und ihr dabei liebevoll übers Haar strich, erwiderte ich im Brustton der Überzeugung: ›Wunderschön war's!‹

Und das war ja schließlich nicht einmal geschwindelt.«

»Und hast du sie nun anschließend doch noch gebumst, deine kanadische Sängerin?« wollte ich wissen.

Felix schüttelte lächelnd den Kopf. »Nein, natürlich nicht. Ich war froh, daß der Kelch an mir vorübergegangen war. Denn erstens war sie nicht mein Typ, und zweitens war ich zu jener Zeit ganz heftig mit einer süßen, kleinen und sehr geilen Apothekerstochter aus Blankenese befreundet, die nur den einen Fehler hatte, mich unbedingt heiraten zu wollen. Und weil ihr das nun einmal nicht gelang, ging sie ein halbes Jahr später vor Wut und Enttäuschung auf eine Weltreise, lernte in Colombo einen tamilischen Rechtsanwalt kennen, heiratete ihn kurz darauf wild entschlossen und lebt heute in New York.«

»Auch eine Karriere«, kommentierte ich trocken. »Aber eigentlich hast du ja damit angefangen, mir von deiner uralten Freundin Sophia zu erzählen. Wie hast du eigentlich die kennengelernt?«

»Auch so eine verrückte Geschichte, die man eigentlich keinem erzählen kann, weil sie ja doch keiner glaubt«, begann Felix von neuem. »Aber bitte sehr, wenn du sie hören willst...«

Und damit lehnte er sich bequem in seinem Stuhl zurück und genehmigte sich einen großen Schluck.

»Es ist beinahe eine Ewigkeit her«, fuhr er fort. »Es war in den ersten Monaten meiner Hamburger Tätigkeit. Zuvor hatte ich fast ein Jahrzehnt in München gelebt und danach geraume Zeit in Berlin, in Städten also, die ich sehr liebe, und war nun beinahe über Nacht nach Hamburg versetzt worden, in eine Stadt, in der man, besonders als Süddeutscher, sehr lange Zeit braucht, um sich wirklich behaglich zu fühlen. Ich wollte natürlich so bald wie möglich wieder weg von Hamburg, am liebsten zurück nach München, und hatte mir daher in der Hansestadt keine eigene Wohnung gemietet, sondern lebte in einem Hotel-Apartment. Unpersönlicher kann man kaum leben, doch mir kam dies nicht so sehr zum Bewußtsein, weil ich die wenige Freizeit, die mir mein anstrengender Beruf ließ, fast immer auf Sylt oder in meinem Haus an der Ostsee verbrachte. Dennoch gab es manchmal Abende, an denen mir die Decke meines Hotel-Apartments buchstäblich auf den Kopf fiel. Und so benutzte ich jede Gelegenheit, außer Haus zu sein, und wo immer eine Party oder eine Geburtstagsfete stattfand, wurde ich eingeladen und ging natürlich auch hin.

In jenen Monaten war ich kurzfristig mit einer nicht mehr ganz jungen, doch noch recht knackigen Kollegin liiert, die neben manchen anderen Vorzügen – sie hatte, zum Beispiel, einen festen, runden Popo – auch den hatte, daß sie aus einer alteingesessenen, doch glücklicherweise jüdisch versippten Hamburger Familie stammte und dadurch in einem recht interessanten Gesellschaftskreis verkehrte.

Durch sie fand ich Zugang zu einer verschworenen Clique, die sich durch Lebenslust, Liebe zu Alkohol und schnellen Wagen, durch offenbar nie versiegende Geldmittel und eine ebenso unaufhörliche Geilheit auszeichnete. Es war die hohe Zeit der ›Promiskuität‹. Jeder hatte seinen Kolle oder Kinsey gelesen und meinte nun, alles darin Enthaltene auch selbst einmal ausprobieren zu müssen. ›Tolerante Paare‹ fanden überall Eingang, und Gruppensex war auf manchen Partys beinahe eine Pflichtübung.

Nun bin ich kein geborener Swinger, vor allem dann nicht, wenn mir die Frau an meiner Seite mehr bedeutet als nur ein reines Lustobjekt. Im Gegenteil – dann bin ich, was dieses Gebiet betrifft, sogar außerordentlich ›ungesellig‹ und verbringe die schönsten Stunden des Lebens am liebsten unter vier Augen.

Nun, bei meiner damaligen ›ständigen Begleiterin‹ – nennen wir sie einmal Babs – hatte ich diese Einwände nicht. Wir bumsten zwar wie die Weltmeister in allen Lagen, doch im Grunde war sie mir einfach ein wenig zu dumm, um mehr für mich zu sein als nur ein strammer, gepflegter und allzeit bereiter Körper an meiner Seite.

Eines Tages machte mir Babs die etwas geheimnisvolle Andeutung, wir seien bei einem ›sehr netten‹ Ehepaar zu einem kleinen Abendessen ›im engsten Kreise‹ eingeladen. Ich konnte mir schon denken, was das bedeutete, und steckte mir vorsichtshalber noch eine frische Unterhose in die Manteltasche. Man konnte ja nie wissen, wie lange so ein ›kleines Abendessen‹ dauerte.

Babs lotste mich – es war ein dunkler Novemberabend – durch das Villenlabyrinth in den Hamburger Elbvororten, bis wir vor einem etwas düsteren, weitläufigen Hause hielten, das von mächtigen Laubbäumen umgeben war. Das dezente Messingschild an der Haustür wies einen Doktortitel vor dem Namen auf. Aha, wieder so ein versauter Akademiker, dachte ich mir, und sollte auch recht behalten.

Die Hausfrau – es war Sophia – öffnete selbst die Tür. Das Personal, sofern vorhanden, hatte man offenbar weggeschickt. Sie trug ein weiches, fließendes, beinahe durchsichtiges Seidengewand und, wie ich im Gegenlicht des Hausflurs sofort bemerkte, fast nichts darunter.

Babs und Sophia begrüßten sich herzlich; sie schienen schon lange miteinander befreundet zu sein. Ich wurde einfach als ›Felix‹ vorgestellt, mehr war wohl nicht notwendig.

Der Hausherr, ich schätzte ihn auf über Fünfzig, erhob sich aus seinem Fauteuil und kam mit ausgebreiteten Armen auf Babs zu. Er war ebenfalls schon recht ›zweckdienlich‹ gekleidet, ohne Weste und Krawatte; das offene Hemd enthüllte eine magere, spärlich behaarte Brust. Der ganze Kerl gefiel mir nicht sonderlich, mit seinem scharfgeschnittenen, raubvogelartigen Gesicht, dem farblosen, sorgsam gescheitelten Haar und den schmalen, verkniffenen Lippen.

Nach dem Begrüßungszeremoniell und einem Drink ließen wir uns an einem reich besetzten Tisch nieder, der sich nahezu bog unter der Last der Delikatessen aus dem Hause Michelsen oder Kruizenga.

Während ich mich um die Artischockenböden und den Waldorf-Salat kümmerte, hatte ich Muße, die Hausfrau zu studieren. Sie mußte etwa Ende der Dreißig sein, konstatierte ich, hatte helle Katzenaugen, einen vollen, sinnlichen und fast etwas gierigen Mund und ein gemmenartiges Profil mit einer leicht geschwungenen Nase. Ihre schöne, fast schon zu volle Brust spannte die dünne Seide ihres Hauskleides und ließ harte, steil aufgerichtete, dunkle Brustwarzen erkennen.

Eine Frau, die Freude am Leben, an schönen Dingen und ganz gewiß auch an der Liebe hatte, die jedoch, so schien es mir, durch die Gegenwart ihres Ehemannes etwas gehemmt schien. Ich nahm an, daß er sehr stark dominierte, ja sie beinahe tyrannisierte und daß in diesem Hause nur sein Wort galt und alles nach seiner Pfeife zu tanzen hatte.

Damit sollte ich, wie ich bald merkte, durchaus richtig liegen.

Unterdessen hatte der Hausherr ›meine‹ Babs, die er offenbar auch schon seit geraumer Zeit kannte, buchstäblich mit den Blikken verschlungen. Er konnte seine Gier nach ihrem Körper kaum noch zügeln, während ich mit Sophie nur ab und zu einen verständnisinnigen Blick wechselte. Es war ja klar, was nun bald zu geschehen hatte.

Unvermittelt erhob sich der Hausherr, ergriff Babs am Arm und führte sie nach draußen. Ihre Schritte verhallten auf einer Treppe, die ins Souterrain des Hauses führte.

Auch Sophie erhob sich.

›Wollen wir es uns ein wenig gemütlich machen?‹ fragte sie. Ich lächelte in mich hinein, doch ich hatte mich getäuscht. Mit einer graziösen Handbewegung wies sie mir einen bequemen Sessel an und erkundigte sich, welche Musik ich hören möchte.

›Irgend etwas Zärtliches. Vielleicht eine süditalienische Canzone‹, erwiderte ich.

›Kennen Sie Egisto Sarnelli, den neapolitanischen Sänger?‹ fragte sie zurück.

Ich verneinte. Ich hatte seinen Namen noch nie gehört, bat jedoch darum, diese Platte aufzulegen.

Eine ungemein männliche, doch ebenso zärtliche Stimme erklang, die in den unvergleichlichen weichen Tönen des Mezzogiorno teils eigene, teils alte süditalienische Weisen sang.

Ich schloß die Augen und versetzte mich in Gedanken in den sonnigen Süden – weit weg von dieser dunklen Hamburger Novembernacht.

Auch Sophia schwieg lange. Beide hingen wir unseren Gedanken nach. Als die Musik abbrach, sah sie auf.

›Sie wissen, was wir jetzt eigentlich tun sollten?‹ wandte sie sich an mich.

Ich lächelte ein wenig schmerzlich.

›Muß es gleich sein?‹ fragte ich sie. ›Oder können wir die andere Seite der Platte noch hören?‹

›Natürlich‹, entgegnete sie mit leiser Stimme. ›Das ist mir im Augenblick auch lieber.‹

Als sie die Platte auf der Stereoanlage gewendet hatte und wieder auf dem Sofa Platz nahm, setzte ich mich neben sie und legte einen Arm um ihre ein wenig bebenden Schultern. Unvermittelt standen Tränen in ihren Augen.

›Ach, Felix!‹ seufzte sie. ›Sie glauben gar nicht, wie egal mir das ist, was mein Mann so treibt. Wir sind lange genug verheiratet, und ich gönne ihm seinen Spaß. Aber warum muß er immer mich mit einbeziehen? Warum begreift er nicht, daß meine Interessen ganz woanders liegen? Daß ich einen Menschen brauche, der mit mir zusammen schweigen und Musik hören und zärtlich sein kann. Ach, es ist so traurig.‹

Ich streichelte behutsam Sophias Schultern und ab und zu auch ihre vollen Brüste und schwieg.

In diesem Augenblick betrat der Hausherr den Salon, lediglich mit einem weinroten Morgenmantel bekleidet, der auch noch offenstand und seinen etwas kümmerlichen Penis enthüllte.

›Wo bleibt ihr denn?‹ mahnte er ärgerlich. ›Was braucht ihr denn so lange?‹

Ich winkte verärgert mit der Hand ab.

›Gleich, gleich‹, knurrte ich und war froh, als er umkehrte und sich wieder ins Souterrain verfügte.

Hastig stand Sophia auf.

›Komm‹, sagte sie und faßte mich an der Hand. Wieder einmal, wie so oft in meinem Leben, wurde ich geführt – verführt. Sie zog mich in ein angrenzendes Gemach und riegelte die Tür hinter sich ab. Es war ganz augenscheinlich ihr Schlafzimmer – kühl, weiß, mit zierlichen Möbeln und erotischen Grafiken von Dali an den Wänden. Das nicht übermäßig breite französische Bett war mit einem altrosa Überwurf bedeckt. Stapel von Büchern lagen auf dem Nachttisch und dem Fußboden.

Mit einer geschickten Drehung war Sophia aus ihrem Hauskleid geschlüpft und stand nun, lediglich mit einem winzigen Slip bekleidet, vor mir. Ihre schweren Brüste reckten sich mir auffordernd entgegen.

Ich wog sie zärtlich in den Händen, während Sophia sich am Reißverschluß meiner Hose zu schaffen machte.

Sekunden später waren wir beide splitternackt und umarmten uns mit einer Leidenschaft, die mehr war als nur sexuelle Gier. Stöhnend sanken wir beide auf ihr Bett und vergaßen alles um uns herum. In diesen Augenblicken gab es nur noch uns beide auf dieser Welt.

Dachten wir. Doch das war ein Irrtum. Als ich mich mit langen, heftigen Stößen auf meinen Orgasmus zubewegte, wurde draußen heftig an der Tür gerüttelt.

›Was ist denn hier los?‹ keifte der Hausherr. ›Warum sperrt ihr euch ein? Was soll das alles? Wollt ihr nicht nach unten kommen?‹

Sophia stöhnte so unter meiner Behandlung, daß sie nicht zu antworten vermochte.

Ich preßte zwischen den Zähnen hervor: ›Ja, ja, ist ja schon gut. Wir kommen, wenn wir hier fertig sind.‹

Wütend rüttelte der Hausherr noch einmal an der Klinke und entfernte sich dann wieder.

Ich hatte mich durch diese Unterbrechung nicht stören lassen und verschaffte Sophia, die sich unter mir vor Lust wand, einen Orgasmus nach dem anderen.

Endlich hielten wir erschöpft und beinahe in Schweiß gebadet inne. Ein paar Minuten lang ruhten wir, nebeneinander ausgestreckt, von unserer anstrengenden Tätigkeit aus – Minuten, in denen ich zärtlich Sophias Brüste, ihren Bauch und ihre Schenkel streichelte, so wie man ein nervöses Pferd nach einem langen Ritt beruhigt. Ihre Lippen zuckten, ihre schönen schlanken Beine bebten, eine Nachwirkung der ungeheuren Erregung, in die sie sich versetzt hatte.

Selten hatte ich bisher eine Frau erlebt, die sich so total der Lust hingeben konnte, ohne dabei einen einzigen Schrei auszustoßen.

Splitternackt begaben wir uns dann ins Souterrain, das vom Hausherrn zu einem komfortablen Partykeller – oder besser gesagt: Lustkeller – ausgebaut worden war. Verdrießlich hockte er auf der Bettkante, immer noch umhüllt von seinem halb geöffneten weinroten Morgenmantel, während meine Freundin Babs auf dem breiten Bett lag und gelangweilt eine Zigarette rauchte. Ganz offensichtlich hatte unser Gastgeber sein bißchen Pulver schon verschossen.

Binnen kurzem hatten Babs und ich wieder unsere Kleider an und verabschiedeten uns auf durchaus verschiedene Weise von unseren ungleichen Gastgebern.

Anderntags rief mich Sophia an und versuchte mir zu erklären, warum sich ihr Mann so merkwürdig verhalten hätte. Ich lachte nur und bestätigte, daß ich ihn genau so eingeschätzt hatte und ihm sein mehr als sonderbares Benehmen nicht weiter verübeln würde. Von nun an war ich freilich ein häufiger Gast in jener weitläufigen Villa in Flottbek – doch immer nur dann, wenn sich der Hausherr gerade mal wieder auf einer seiner zahlreichen Geschäftsreisen befand.

Über Jahre hinweg war mir Sophia eine vertraute und zärtliche Geliebte, die ich zwar nicht allzuoft, aber doch ziemlich regelmäßig sah. Ab und zu besuchte sie mich auch mit ihrem kleinen Alfa-Romeo-Sportwagen in meinem Hotel-Apartment, und während der schönen Jahreszeit waren wir sehr oft in ihrem Haus auf Sylt. Dann zog es sie nach dem Süden. Sie erwarb ein traumhaft schön gelegenes Haus auf Capri mit Blick auf die Marina Piccola und die Faraglioni. Die Aufenthalte dort gehörten mit zu den schönsten, glücklichsten und entspannendsten Erlebnissen des letzten Jahrzehnts. Sie allein wären ein eigenes Kapitel wert. Doch will ich dich jetzt nicht überfordern.«

Felix, der wieder einmal ohne Punkt und Komma geredet hatte, hielt inne, trank einen langen Schluck aus seinem Weinglas und blickte mit träumerischem Gesichtsausdruck in eine unendliche Ferne.

Das gab mir die Gelegenheit zu einem Einwurf. »Und wie kommt es, daß ihr euch immer noch seht und trefft?«

»Das hängt eben mit meiner Gewohnheit zusammen, uralte Freundschaften zuweilen auf ganz spontane Art wieder aufleben zu lassen, wenn mir danach ist. Und da ich mit all den vielen Frauen meines Lebens stets in einem friedlichen Decrescendo auseinandergegangen bin, steht einem Wiedersehen – selbst nach Jahren und vielen zwischendurch gesammelten anderen Eindrücken – eigentlich nichts im Wege.

Bei Sophia war das so: Im März 1975 begann eine der ganz großen Liebesaffären meines Lebens, die mich voll und ganz beanspruchte, sowohl körperlich als auch seelisch-geistig. Ich möchte hier an dieser Stelle nichts weiter davon erzählen. Die Trennung ist eigentlich noch zu frisch und von mir noch nicht ganz überwunden. Du siehst aber daraus, daß ich über Jahre hinweg einer Frau treu sein kann, treu in meinem Sinne natürlich. Das heißt, daß sie für mich stets an allererster Stelle steht, und wann immer ich mich in Athen oder Rom, in London oder Wien amüsiere, beeinträchtigt dies meine Beziehungen zu einer solchen ›Hauptfrau‹ in keiner Weise. Im Gegenteil. Gerade die Vergleiche, die ich dann anstelle, fallen immer zugunsten der jeweiligen Favoritin aus.

Da auch die neue ›Hauptfrau‹ in Hamburg lebte, schlief die Beziehung zu Sophia ein – und obwohl sie, glaube ich, sehr darunter litt, hatte sie doch volles Verständnis für meine konsequente Haltung. Irgendwann machte ich auch die ›Neue‹ mit Sophia bekannt, und die beiden mochten sich auf Anhieb, was mir sehr gefiel, da man sich in diesem Dorf namens Hamburg doch immer wieder auf Festen und Vernissagen, auf Partys oder Restauranteröffnungen in die Arme läuft. Ansonsten war ich viel auf Reisen und hatte auch gar nicht die Zeit, mich um mehr als um die eine, ›große‹ Hamburger Beziehung zu kümmern.

Als diese Beziehung, aus welchen Gründen auch immer, sexuell abzukühlen begann – ohne daß unsere Freundschaft darunter gelitten hätte –, rief ich eines Tages bei Sophia an. Oder rief sie bei mir an, um sich nach meinem Ergehen zu erkundigen? Ich weiß es nicht mehr. Unterdessen hatte sie sich von ihrem Mann getrennt und eine eigene kleine Wohnung bezogen, die übrigens ganz hier in der Nähe, in Pöseldorf, liegt.

Schon der Klang ihrer Stimme erregte mich, jener sanften, weichen und zärtlichen Stimme, die immer so klingt, als horche Sophia dem Schall ihrer eigenen Worte nach. Wir verabredeten uns zum Essen in einem unserer früheren Lieblingsrestaurants, das unterdessen zwar den Besitzer gewechselt hatte, aber immer noch erstklassig war. So war eine Grundlage für die richtige Stimmung hergestellt, und der Abend endete folgerichtig damit, daß ich Sophias kleine, elegante Wohnung ›besichtigte‹ und bei dieser Gelegenheit mich – selbstredend – davon überzeugen konnte, daß ihr Körper in all den Jahren immer noch wunderschön geblieben war. Und wie gierig war sie doch auf mich.«

»Und nun hast du Sophia wiedergesehen?« wollte ich wissen.

»Natürlich«, bestätigte Felix. »Es war schön wie immer, inmitten von Büchern, Bijoux und allerlei Bric-à-brac diese herrliche Frau zu lieben – mit einem Glas kalter Milch hinterher, vor dem Einschlafen, und Champagner und schönem Beluga zum Frühstück. Aber jetzt laß uns gehen, sonst komme ich noch in Versuchung, bei Sophia zu läuten. Ich bin sicher, sie hätte – mir zuliebe – nicht einmal etwas gegen eine Ménage à trois.«

Auf dem Weg ins ›Pulverfaß‹, Hamburgs bekanntestes und gepflegtestes Transvestiten-Kabarett, wollte ich natürlich von Felix wissen, ob er selber schon einmal mit einem Transvestiten...

Er lachte. »Weißt du, ich bin kein allzugroßer Freund davon. Mit einem Wort: Transvestit reicht mir nicht. Es sollte schon ein echter Transsexueller sein, am besten nicht nur einer, der sich der üblichen Hormonbehandlung bloß soweit unterzogen hat, daß der Bart fast verschwunden und die Brüste ein bißchen gewachsen sind. Scheußlich finde ich jene schlecht geschminkten, schlecht gepuderten Transvestiten, die sich nur mühsam auf ihren meist zu hohen Absätzen fortbewegen und meistens auch noch ausgestopfte Büstenhalter auf ihrer behaarten und womöglich noch ganz flachen Brust balancieren. Da ich weiß, wie riskant, teuer und irreparabel eine Totaloperation ist, für die ja beinahe jeder Transsexuelle spart und auf den Strich geht, um sich endgültig in ein Weibchen verwandeln zu lassen, bin ich gar nicht böse, wenn da unten noch ein Zipfelchen hängt und möglicherweise sogar ein bißchen zum Stehen kommt. Da ich nicht schwul bin, lege ich aber keinen gesteigerten Wert auf einen solchen Wurmfortsatz.

Schön und in den Bewegungen auch oft sehr elegant sind die ganz mädchenhaften Transsexuellen, bei denen man zweimal hinsehen muß, um zu ahnen – nicht zu wissen! –, daß es sich dabei um einen Herrn der Schöpfung handeln könnte. Aber bitte möglichst keine Silikon-Einlagen in den Brüsten, schon wegen der häßlichen Schnitte, die ich leider nicht zu übersehen vermag.

Wie gesagt – schwul bin ich nicht, masturbieren kann ich selber, ein guter Bläser kann meinetwegen auch ein balinesischer Fischerknabe sein, und den Analverkehr mag ich in unseren Breiten schon deswegen nicht, weil sich die Erfindung des Bidets bislang noch kaum zu allen sechzig Millionen Deutschen herumgesprochen hat.

So sind meine Erlebnisse mit Transvestiten, mit Ausnahme jener aus der Bugis Street in Singapore, die ja beinahe eine Pflichtübung für jeden erotisch interessierten Asienreisenden sind, nur sehr rar und beruhen meistens auf einem Irrtum.

Ein Beispiel nur: Berlin, irgendwann um die Mitte der siebziger Jahre. Ich hatte einen angenehmen Abend mit Freunden hinter mir, der bei Heini Holl in der Damaschkestraße endete. Es war Frühsommer und schon ziemlich hell, als ich in meinen Wagen stieg und noch ein paarmal den Kudamm rauf und runter fuhr, einmal, weil ich noch nicht müde war – in Berlin brauche ich nur halb soviel Schlaf wie in Hamburg oder München! –, zum anderen, um zu sehen, was da noch läuft. Und es lief, wie immer in Berlin, noch allerlei – vor allem innerhalb der großen Gilde des horizontalen Gewerbes.

Auf einmal durchzuckte es mich wie ein Blitz. Nicht weit vom Olivaer Platz lief ein weibliches Wesen, das in Figur, Haarfarbe und Haarschnitt, ja selbst in Gang und Profil meiner griechischen Freundin Lela zum Verwechseln ähnlich sah. Ich war im höchsten Grade erregt. Ein solches Doppelgängertum war mir schon lange nicht mehr begegnet. Es war frappierend. Später sollte ich noch einmal einer derartigen optischen Täuschung erliegen, doch das war in München, in der ›Weißen Villa‹, jenem wohl elegantesten Sauna-Bordell der bayerischen Landeshauptstadt. Erinnere mich, daß ich dir auch diese Geschichte bei Gelegenheit erzähle!

In dieser frühen Morgenstunde in Berlin rollte ich nun mit weit heruntergekurbelten Scheiben neben diesem Wesen her, das zunächst einmal gänzlich unbeeindruckt von meinem Interesse auf extrem hohen Hacken in Richtung Gedächtniskirche stöckelte. Ich hatte also Muße, alle Einzelheiten – vom Haaransatz bis zur schlanken Fessel – genauestens zu studieren. Wie Lela, dachte ich immer wieder – genau wie Lela. Sicherlich nicht so elegant, eher sportlich gekleidet und ohne Zweifel auch noch ein ganzes Ende jünger, obwohl viele kleine Lust- und Liebesfältchen in den Augenwinkeln von einer durchaus bewegten Vergangenheit kündeten.

Natürlich war es eine Horizontale, denn wer sonst würde um diese Zeit mutterseelenallein den Kudamm entlangstöckeln? Also fuhr ich ein Stückchen vor, hielt am Bordstein und öffnete einladend die Beifahrertür. Das war unmißverständlich. Das Wesen steckte den Kopf zu mir in den Wagen herein, entblößte ein makelloses Gebiß und nannte ohne die geringste Scheu den Tarif, der sich durchaus im Rahmen des Üblichen bewegte. Ich wies auf den Sitz neben mir, und das Wesen nahm Platz.

Im Anfahren erkundigte ich mich: ›Wohin soll's denn gehen?‹
Die Antwort war vage. ›Och, das ist mir ganz egal.‹
›Also gut‹, erwiderte ich, ›dann in mein Hotel.‹
Ich wohnte in einem der großen Luxushotels des Tiergartenviertels, in dem ich schon viele Male abgestiegen war und damit zu den Stammgästen gehörte, die sich einige Freiheiten herausnehmen können. So war es kein Problem, das Wesen mitzunehmen. Im Gegenteil – der alte Nachtportier zwinkerte mir sogar noch anerkennend zu, als er mir den Schlüssel zu meinem Apartment über den Tresen reichte.
Oben angekommen, befragte ich meinen Gast nach etwaigen Getränkewünschen.
›Haste Schampus da?‹ berlinerte er plötzlich so ungeniert, daß meine griechischen Erinnerungen wie Seifenschaum in sich zusammenfielen.
In der Mini-Bar befand sich zum Glück eine halbe Flasche Mumm Cordon Rouge, doch bei meinem späten Gast hätte es wohl auch ein Henkell Trocken oder gar ein Deinhard Lila sein können.
Ich füllte zwei Gläser und trank ihr zu.
›Wie heißt du eigentlich?‹ wollte ich wissen.
›Ich bin die Uschi!‹ verkündete sie vergnügt.
Na, wenigstens nicht Angelika oder gar Lela.
Nach dem ersten Glas begann Mademoiselle Uschi damit, ihre Strümpfe sorgsam herunterzurollen. Dann schlüpfte sie aus Rock und Bluse, hielt aber plötzlich erschrocken inne.
›Sag mal‹, fragte sie etwas verlegen, ›ist dir klar, daß ich...?‹
Sie stockte. Doch ein einziger Blick auf den seltsam ausgebeulten Slip des ›Fräuleins‹ hatte mir schon genügt. Die ›Dame‹ war ein Herr – oder besser ein sorgsam zurechtgemachter, doch unverkennbarer junger Mann.
Nun hatte ich den Salat. Mir blieb nichts übrig, als ›Herrn Uschi‹ wegzuschicken.«
Felix hielt inne. Unterdessen waren wir in der Nähe des ›Pulverfaß‹-Kabaretts angekommen, und er hatte Mühe, in der schmalen Straße einen Parkplatz zu finden.
Das Lokal – es war ein Donnerstag – war nur zur Hälfte besetzt. Die meisten der Zuschauer waren vermutlich sensationslüsterne Touristen oder Provinzler, die einmal in die Welt der perversen Sünde hinabtauchen wollten. So war auch das Programm, bis auf ein paar komische Nummern, die in Berlin sicherlich noch besser ausgefallen wären, ein wenig lustlos.

Fasziniert war ich jedoch von den südamerikanischen Tänzer(inne)n.

Aufgeregt ergriff ich den Arm von Felix und flüsterte ihm zu: »Sind diese Burschen nicht großartig? Schau dir den an! Würdest du je glauben, daß er keine Frau ist?«

Felix schmunzelte und ließ die Eiswürfel in seinem Drink leise aneinanderklirren.

Dann gab er zurück: »Wovon habe ich denn vorhin die ganze Zeit geredet? So ein Wesen wäre mir schon auch eine Sünde wert. Schau dir nur diese herrliche Haut, diesen strammen kleinen Popo an! Und diese biegsamen Arme, diese langen, schlanken Finger! Da kann natürlich so ein armes Ding wie die Uschi vom Kudamm nicht mithalten.«

Als ob der mittlere der Tänzer unser Gespräch mitangehört hätte, ließ er in diesem Augenblick auch noch die letzte Hülle fallen, drehte sich mit herausforderndem Lachen uns zu und präsentierte einen kleinen, dunklen, wohlgeformten und nicht einmal beschnittenen Penis.

»Na, wäre das nichts für uns beide?« fragte ich Felix.

Der grinste breit und meinte gelassen: »Glaube ich nicht. Dir wird das Schwänzchen zu klein sein, und für meinen Geschmack hat er zu wenig Brust.«

Dabei strich er mir mit dem Zeigefinger sachte über meine ohnehin schon vor Geilheit angeschwollene linke Brustwarze, daß ich leise stöhnte.

Nun hatte ich auch genug von aller Theorie.

»Komm, laß uns zahlen!« wandte ich mich an Felix. »Es wird höchste Zeit, daß wir ins Hotel kommen, sonst vernasche ich dich noch hier auf der Bühne.«

6

Es war eine schöne, doch wie immer leider nur sehr kurze Nacht in jenem Apartment im neunzehnten Stock des zwar komfortablen, doch leider auch recht unpersönlichen Hamburger Luxushotels. Kaum waren wir von unserem Nachtbummel zurückgekommen, stiegen wir gemeinsam in die große Badewanne, um uns zu entspannen und zugleich aufzureizen. Für mich ist das Badezimmer einer der wichtigsten Räume überhaupt. Wäre ich Architekt, würde ich Bäder bauen, die so groß sind wie Wohnzimmer. Ich würde eine Bade- und Wohnlandschaft entwerfen, mit Palmen, Postern und Spiegeln sowie mit den raffiniertesten hygienischen Einrichtungen, angefangen von der beheizten Klobrille – bis hin zur nadelspitz strahlenden Intimdusche. Oh, wie oft habe ich mich in der Badewanne oder unter der Dusche schon masturbiert!

Auch Felix, das merkte ich sofort, genoß unser Bad zu zweit. Er knurrte behaglich wie ein alter Kater und ließ sich von mir mit Seifenschaum, den Händen und dem Mund seinen großen, stramm erigierten Penis bearbeiten.

Nachdem wir uns gegenseitig abfrottiert hatten, stiegen wir ins Bett. Ich fand es an der Zeit, meinem Felix endlich einmal die kleine Lektion in Sachen Zärtlichkeit zu erteilen, die ich für notwendig hielt, damit er auch noch die letzte Stufe zum Meister der Erotik erreichte.

Ich hatte damals gerade einen Artikel geschrieben, der in der Mai-Nummer der Zeitschrift ›Forum‹ veröffentlicht werden sollte und den Titel trug ›Advice to Men on How to make Love to a Woman‹. Ein paar von diesen Regeln, die ich in jenem Artikel zusammengestellt hatte, flüsterte ich jetzt Felix zu. Ich lenkte seine zärtlichen, doch kräftigen Hände zu all jenen Stellen meines Körpers, an denen ich Lust und Erregung verspüren konnte und wollte. Ich unterwies seine gelehrige Zunge in der Kunst, alle Höhlungen und Hautfältchen meiner Muschi zu erregen. Und schließlich brachte ich ihm auch noch bei, mir kleine Bisse im Nacken und der Rückenpartie zu versetzen, nicht zu zart und nicht zu kräftig, doch so, daß es mir höchsten Lustgewinn verschaffte.

Anfangs war er noch sehr zurückhaltend darin; er fürchtete, mich zu verletzen, und ich merkte, daß er keinerlei sado-masochistische Neigungen hatte.

Felix versuchte mir dies zu erklären. »Für mich ist ein schöner Körper etwas Anbetungswürdiges. Ich bin viel zu sehr Ästhet, als daß ich eine zarte, glatte Haut verletzen möchte – weder durch Schläge noch durch Bisse, noch durch Kratzer mit den Fingernägeln. Und genausowenig möchte ich, als kleiner Narziß, daß mir so etwas widerfährt. Ich habe in meinem Leben nur dreimal eine Frau geohrfeigt. Einmal war der Grund, daß sie in der Ekstase es nicht lassen konnte, mir mit ihren langen, rotlackierten Krallen große Striemen in den Rücken zu reißen, obwohl ich sie ein paarmal davor gewarnt hatte, es zu tun.«

Na, nun wußte ich ja Bescheid. Sicher hätte ich Felix niemals peitschen wollen, doch so ein bißchen Beißen und Kratzen... Trotzdem wurde diese zweite Nacht, die wir zusammen verbrachten, sehr schön und brachte uns beiden erheblich mehr Genuß als die erste, von der Stimmung her etwas verunglückte drei Wochen zuvor.

Anderntags unternahmen wir – nach einem ausgiebigen Hotelfrühstück auf dem Zimmer – einen ausgedehnten Bummel durch Hamburgs City. Die Sonne schien, die Menschen waren fröhlich, und die Stimmung war absolut unhamburgisch. Nachdem wir ein paar Kleinigkeiten besorgt hatten, fuhren wir kurz in die Wohnung von Felix, die im obersten Stock eines modernen Apartmenthauses direkt an der Alster liegt. Der Blick von dort oben über das Wasser und auf die Türme der Hansestadt war beinahe überwältigend schön, und so verstand ich ihn gut, als er mir erklärte, warum er noch nicht ausgezogen, obwohl ihm die Wohnung unterdessen viel zu klein geworden war.

In der Tat! Es türmten sich Berge von Akten und Manuskripten auf dem Sideboard, stapelweise lagen ungelesene und halbgelesene Bücher auf dem Tisch, selbst die Sitzmöbel waren mit Aktenkoffern und Zeitschriftenstößen belegt. Bestimmt nicht die Wohnung eines Playboys, sondern eher die eines Wissenschaftlers, eines Intellektuellen, eines Publizisten.

Als ich ihn auf diese Diskrepanz aufmerksam machte, lächelte er zustimmend. »Du hast recht, Xaviera. Das sind eben die beiden Seelen in meiner Brust. Auf der einen Seite Globetrotter, Genußmensch, Verehrer schöner Frauen – auf der anderen Seite doch immer noch ambitionierter Historiker und engagierter Publizist. Daß ich diese beiden Seiten vereinbaren kann, daß ich alle zwei Jahre ein Buch schreibe, das auch bei meinen Fachkollegen Anerkennung findet, und daß ich trotzdem die Zeit für mein ausgedehntes Privatleben finde, das liegt eben daran, daß ich unabhängig und ungebunden bin, mich nicht um die Versorgung von Weib und Kindern kümmern muß und so alle meine Kräfte auf das jeweilige Objekt konzentrieren kann – sei es nun eine intensive Liebesaffäre mit einer Frau oder die nicht minder intensive Beschäftigung mit meiner Schreibmaschine. Und was ich tue, das tue ich ganz. Da gibt es keine Kompromisse. Wenn es um Pflichten und Termine geht, gilt für mich der alte preußische Leitspruch: Der Tag hat vierundzwanzig Stunden, und wenn die nicht reichen, dann nehmen wir eben die Nacht noch dazu.

Außerdem bin ich in vieler Hinsicht kompromißlos. Ein paar Beispiele: Vor Jahren war ich mit einer sehr hübschen, aber etwas kapriziösen Lufthansa-Stewardeß sehr eng befreundet. Sie war ursprünglich Tänzerin gewesen, hatte dann aber diesen Beruf wegen ihres Rückenleidens aufgeben müssen, doch hatte sie sich ihre wundervoll proportionierte, geschmeidige Figur erhalten. Sie hatte die weiße, zarte Haut der Rothaarigen, war also eigentlich nicht mein Typ, doch war sie eine ausgesprochene Spezialistin in Sachen Fellatio, was ich nun einmal besonders schätze. Vielleicht lag der Grund für diese Vervollkommnung in der Tatsache, daß sie vor mir längere Zeit ein kurioses Liebesverhältnis zu einem bekannten norddeutschen Schauspieler unterhielt, der ursprünglich bisexuell gewesen war, sich aber dann immer mehr zur Homosexualität hin entwickelte.

Meine erste Liebesnacht mit ihr war mehr als kurios. Ich stand vor meiner Versetzung nach Hamburg und hatte meine Sekretärin gebeten, mir dort ein Domizil zu mieten. Dies war dann eben das Hotel-Apartment, in dem ich einige Jahre hauste. Ich kannte zwar die Adresse und hatte sogar den Schlüssel zu der Wohnung bereits zugeschickt erhalten, war jedoch selbst noch nicht dort gewesen.

Eines Tages flog ich von Berlin nach Hamburg und wollte eigentlich mit einer späten Maschine zurück, doch wie es sich so ergibt – ich traf in Hamburg am Nachmittag eine mir befreundete Schauspielerin, die an diesem Abend im Ernst-Deutsch-Theater eine Premiere hatte und mich bat, hinzukommen. Natürlich ließ ich mich überreden. Ich bereute es auch nicht, das Stück war gut und die anschließende Premierenfeier mehr als feuchtfröhlich. Dabei lernte ich nun jene Ex-Tänzerin und nunmehrige Stewardeß kennen, die sich Hals über Kopf in mich verliebte und mir nicht mehr von der Seite wich. Als sich die Gesellschaft zu reichlich später Stunde aufzulösen begann, erhob sich die große Frage: Was tun? Meine neue Freundin, nennen wir sie einmal Gloria, hatte natürlich nicht vor, sich mit mir in die Wohnung ihres Schauspielergeliebten zu begeben, die sie benutzte, wenn sie in Hamburg einen Stop-over hatte. Und ich hatte weder einen Koffer noch einen Rasierapparat, ja nicht einmal eine Zahnbürste mit, weil eine Übernachtung in Hamburg ja von mir nicht vorgesehen gewesen war. Zum Glück fiel mir ein, daß ich den Schlüssel für das Hotel-Apartment mit mir führte. Also ließen wir uns im Taxi dorthin fahren. Ich sperrte das Haus auf, das – wie alle Apartment-Hotels – natürlich keinen Nachtportier hatte, und suchte mein Domizil. Doch welche Nummer hatte meine Wohnung? Aus dem Schlüsselanhänger war dies nicht zu ersehen. Also durchkämmten wir kurzentschlossen mehrere Hotelkorridore und probierten an jeder Tür, ob der Schlüssel paßte.

Ich kam mir reichlich dämlich vor bei dieser Sucherei, fast wie ein drittklassiger Hoteldieb. Außerdem war ich müde, etwas betrunken und reichlich lüstern. Ich weiß nicht, wie viele Türschlösser ich ausprobierte, bis sich endlich eine Tür öffnen ließ. Es schien sich in der Tat um mein Apartment zu handeln, denn es war leer bis auf die Grundausstattung. Kein Bettzeug, keine Handtücher im Bad, nichts weiter als leere Matratzen und unbezogene Decken auf dem Bett. Aber wenigstens hatten wir ein Dach über dem Kopf, denn ich hatte nun wirklich keine Lust – trotz der angenehmen Sommernacht – im Freien zu kampieren.

Auch meine kleine Stewardeß fand die ganze Situation eher zum Lachen. Sie hatte sich im Nu die Kleider vom Leib gerissen, und als ich ihren herrlichen Körper sah, gab es natürlich auch für mich kein Halten mehr. Es war die merkwürdigste ›Wohnungseinweihung‹, die ich je erlebte. Wir liebten uns auf den nackten Matratzen mit einer Leidenschaft, die unbeschreiblich war – fast bis zur totalen Erschöpfung –, und fielen dann in einen tiefen, traumlosen Schlaf, zugedeckt mit Glorias schwarzem Samt-Cape.

Irgendwann am anderen Morgen klopfte es mehrmals an die Tür. Es war die Inhaberin des Hotels, die meine Ankunft bemerkt hatte und mich mit den notwendigsten Textilien für Bad und Bett versehen wollte. Ich bat um einen Augenblick Geduld, schlüpfte nackt, wie ich war, in Glorias Cape, zog mir zu allem Überfluß auch noch die Samtkapuze über den Kopf und öffnete die Tür einen Spalt, gerade so weit, daß ich mir die Sachen hereinreichen lassen konnte. Als die Hotelbesitzerin Anstalten machte, das Apartment zu betreten, um mir beim Bettenbeziehen zu helfen, hielt ich sie zurück. Denn schließlich lag ja meine neue Gespielin, schlaftrunken und nackt, wie Gott sie geschaffen hatte, auf dem unbezogenen Bett.

Mit beschwörender Stimme flüsterte ich, während ich das schwarze Samt-Cape enger um meinen Körper zog: ›Sie können jetzt nicht hereinkommen. Ich feiere nämlich gerade eine Schwarze Messe.‹

Und damit schlug ich ihr die Tür vor der Nase zu.

Ich weiß nicht, was die arme Frau sich in diesem Augenblick gedacht haben mag. Wahrscheinlich hatte sie einen sehr seltsamen Eindruck von ihrem neuen Gast gewonnen, denn fortan betrachtete sie mich stets mit ebenso neugierigen wie ehrfurchtsvoll-ängstlichen Blicken. Immerhin habe ich mehr als vier Jahre in diesem Apartment gewohnt.«

Felix hielt inne und schmunzelte in der Erinnerung an diese Episode.

Ich warf ein: »Das ist es aber eigentlich nicht, was du mir erzählen wolltest. Ich glaube, du bist schon wieder ein Opfer deiner bewegten Lebensgeschichte geworden.«

»Richtig«, gab er zu. »Es ging ja um eine meiner Eigenschaften – die Kompromißlosigkeit. Nun gut. Mit besagter Stewardeß flog ich ein paar Monate später auf eine ausgedehnte Fernost-Reise. Wir waren in Indien und Thailand, in Singapore und Indonesien, natürlich auch auf Bali. Und bei dieser Gelegenheit mußte ich, ich weiß nicht zum wievielten Male, feststellen, daß man Menschen, und seien sie einem auch noch so vertraut, erst dann richtig kennenlernt, wenn man mit ihnen eine längere Reise, möglichst in exotische Gegenden, unternimmt. Von einer Stewardeß sollte man ja ein bißchen Sicherheit und Weltläufigkeit erwarten, doch besagte Gloria war der Gipfel der Enttäuschung. Ich habe selten jemanden erlebt, der hilfloser, ungeschickter, ängstlicher und dämlicher gewesen wäre.

Doch Schwamm drüber. Ich will mich gar nicht daran erinnern, sonst ärgere ich mich heute noch. Mir wurde diese Reise jedenfalls gründlich verdorben, und ich glaube, ich habe auf dem ganzen langen Rückflug von Djakarta nach Frankfurt keine zehn Sätze mehr mit ihr gewechselt. Als wir endlich am Frankfurter Flughafen die Maschine verlassen und unser Gepäck in Empfang genommen hatten, verabschiedete ich mich mit einem flüchtigen Händedruck von ihr, ohne Gruß und Kuß, und begab mich zur Anschlußmaschine nach Hamburg. Seither habe ich sie niemals mehr gesehen. Es gab kein Telefonat und auch keinen Brief mehr zwischen uns. Das Maß war voll. Wir hatten uns nichts mehr zu sagen.«

»Gibt es für ein solches Verhalten noch andere Beispiele in deinem Leben?« wollte ich wissen.

»Ähnlich gelagerte, gewiß. Ich habe einen sechsten Sinn oder ein untrügliches Gefühl dafür, wenn eine Affäre für mich beendet ist – und zwar so beendet, daß sich nichts mehr reparieren, nichts mehr geradebiegen, nichts mehr kitten läßt. Zum Glück ist so etwas nur in ein paar ganz besonderen Fällen geschehen, und da hat sich die Sache schließlich dann doch wieder auf der Basis einer freundschaftlichen, absolut unerotischen Beziehung eingependelt.

Ich habe dir bei unserem ersten Beisammensein von einer Frau erzählt, mit der ich immerhin über sechs Jahre meines Lebens wenigstens die schönen Stunden des Daseins geteilt habe – Reisen, Theater, Bälle, Restaurantbesuche. Wir waren beide autark. Jeder hatte seine eigene Wohnung, seinen eigenen Freundeskreis. Und ich muß sagen, daß die ersten beiden Jahre wunderschön, die beiden nächsten sehr schön, und erst die beiden letzten Jahre unserer Beziehung nicht mehr ganz so harmonisch waren. Das hatte berufliche und geographische Gründe. Sie wollte Karriere machen und nahm ihre Tätigkeit zeitweise sehr viel wichtiger als ihr Privatleben. Ich war viel auf Reisen und pendelte zwischen meinen Wohnsitzen in Deutschland hin und her. Kurz: Es war eine Art Decrescendo. Doch wir trafen einander noch in unregelmäßigen Abständen, und ich richtete es so ein, daß wir immer noch allerlei Gemeinsames unternehmen konnten.

Eines Tages war ich auf der Durchreise von Wien nach dem Norden. Ich hatte mich telefonisch bei ihr angekündigt und meine Zeit so eingeteilt, daß ich wenigstens den Samstagnachmittagstee in ihrer Wohnung trinken konnte. Die Begrüßung war herzlich wie immer. Wir plauderten über Vergangenes, Gegenwärtiges und Zukünftiges, über gemeinsame Bekannte, über berufliche und private Vorhaben. Ich weiß nicht, ob ich sie zu diesem Zeitpunkt noch begehrte. Die Frage stand aus Zeitmangel sowieso nicht zur Diskussion. Als ich mich nach knapp zwei Stunden verabschiedete, um weiterzufahren, erkundigte sie sich, wann ich denn wieder in der Gegend wäre. Ich erwiderte, ich sei wohl in zehn oder zwölf Tagen wieder im Lande – und während ich diese Worte sprach, war mir plötzlich, als sähe ich diese Frau, mit der ich doch zahllose Tage und Nächte meines Lebens verbracht hatte, durch ein umgedrehtes Fernglas. Sie erschien mir auf einmal so winzig klein, so unbedeutend, so unwichtig, so fremd. Es war fast gespenstisch. Ich mußte mich zusammennehmen, um mir mein Erschrecken nicht anmerken zu lassen, sagte rasch Adieu und stieg in meinen Wagen. Ich habe diese Frau nie wieder besucht – und sie hatte es auch begriffen, daß die Beziehung unwiderruflich zu Ende gegangen war.

Monate späte – es hatte in der Zwischenzeit keinen Brief, kein Telefonat von ihr gegeben; sie klammerte sich zum Glück nicht, wie andere verlassene Frauen, an den verlorenen Partner, versuchte nicht, mich zurückzugewinnen –, Monate später traf ich sie per Zufall auf der Straße. Wir begrüßten einander wie gute alte Bekannte, trugen uns gegenseitig Grüße auf an gemeinsame Freunde, redeten ein paar belanglose Sätze, und das war's denn auch. Aus, vorbei, vorüber.

Und dabei gab es zu dem Zeitpunkt, als ich beschloß, sie nie wiederzusehen, gar keine andere wichtige Frau in meinem Leben, die etwa der Anlaß zu einem solchen Bruch hätte sein können. Nein, es war das untrügliche Gefühl, daß ein Kapitel meines Lebens abgeschlossen war. Und sie war klug genug, das Schöne, das wir gemeinsam erleben durften, nicht durch irgendwelche Szenen, durch Vorhaltungen oder Bitterkeit zu zerstören.

Mit ihrer Nachfolgerin erging es mir übrigens ganz ähnlich. Diese neue ›Hauptfrau‹ meines Lebens war, wie so oft, das ganze Gegenteil der Vorgängerin. Nicht schwarzhaarig, grazil und damenhaft, sondern blond, stämmig und burschikos. Keine Bayerin, sondern eine dralle schleswig-holsteinische Zuchtstute, eine naturverbundene Gutsbesitzerstochter von der Ostseeküste. Und dazu auch noch siebzehn Jahre jünger! Also wirklich der Antityp, wie er im Buch stand. Doch auch mit ihr unternahm ich Reisen, schrieb für sie Gedichte... Jawohl! Hör auf zu grinsen! Auch das habe ich getan. Und zwar mit sehr viel Romantik und Zartgefühl. Sie liebte meinen Hund – genau wie ihre Vorgängerin – und war bei meinen Freunden und Bekannten nicht minder beliebt. Seltsam...

Aber auch hier das gleiche Phänomen: Nicht erst nach sechs Jahren, nein, schon nach knapp sechs Monaten erwachte ich eines Nachts neben ihr. Es war in ihrer winzigen Wohnung in München, die wir fast regelmäßig benutzten, weil sie sich in ihren eigenen vier Wänden am wohlsten fühlte. Sie lag da, mit zerzaustem Blondhaar, das Gesicht vom Schlaf gerötet, und atmete tief und regelmäßig mit halbgeöffnetem Mund. Ich beobachtete sie lange und spürte, wie fremd sie mir geworden war. Wie kommst du eigentlich hierher? Was hast du neben diesem Menschen verloren? So fragte ich mich in diesen Minuten. Warum erträgst du Idiot die Launen dieses Mädchens, ihre Eifersucht, die Tatsache, daß sie dir bereits vorschreibt, welche alten Feunde du noch sehen darfst und welche nicht? Wieso verbringst du deine Nächte in der Studentenbude hier? Und zu Hause steht deine bequeme Wohnung leer, wird nur noch zum Rasieren und zum Wechseln der Kleidung benutzt. Wie kommst du dazu, mit schmerzendem Rükken auf diesem engen Bett zu liegen, das nur für eine Person gedacht ist und so unbequem, daß du es nachts heimlich von der Wand wegschiebst, damit du wenigstens ein Bein herunterhängen lassen kannst und dadurch ein bißchen Platz gewinnst? Welcher Teufel hat dich geritten, eine so enge Beziehung einzugehen, daß du bereits anfängst, dich selbst und deine liebgewordenen

Gewohnheiten aufzugeben? Es waren Minuten der Wahrheit. Ich forschte in diesem fremden Mädchengesicht nach einem einzigen vertrauten Zug – und konnte keinen entdecken. Wieder einmal war ich meilenweit entfernt, wieder einmal war jedes Gefühl erloschen. Und wieder einmal zog ich rasch die Konsequenzen aus dieser plötzlichen Erkenntnis. Ich verließ am anderen Morgen die Wohnung und kehrte nicht mehr zurück. Es fiel mir um so leichter, als ich dort nichts weiter deponiert hatte als eine Zahnbürste. Damit hatte sich wieder einmal eines meiner Prinzipien bewährt, das Prinzip des ›Living apart together‹, des Zusammenlebens ohne Abhängigkeit. Nie im Leben hatte ich in der Wohnung einer Frau Dinge von mir, an denen mein Herz hing. Immer war ich unabhängig geblieben, hatte mein eigenes Domizil behalten, vier oder mehr Wände, in denen ich der eigene Herr war und blieb.

Denn nichts ist schließlich peinlicher, als wenn man nach einer solchen Trennung noch einmal an die Tür klopfen und mit einem Handköfferchen oder einem Möbelwagen, je nachdem, seine Habseligkeiten abholen muß, falls sie von der verlassenen Geliebten nicht schon längst zum Fenster hinausgeworfen oder in die Mülltonne befördert waren. Und dieses Mädchen wäre in all ihrer gekränkten Eitelkeit durchaus zu einer solchen Handlung fähig gewesen. Sie hat meinen Schritt weder begreifen noch verzeihen können – hatte sie mich doch, wie ich später erfuhr, in ihrem gesamten Bekanntenkreis schon als ihren Zukünftigen präsentiert, und nun hatte ich ihr kurzerhand einen Strich durch die kleine, feine Rechnung gemacht.

Zum Glück gelang es ihr, sich wenig später ›standesgemäß‹ zu verheiraten. Sie ehelichte einen etwas zerzausten, magenkranken, talentlosen Grafiker, der aber wenigstens die Vorzüge hatte, aus dem Kleinadel zu stammen und der Neffe eines Botschafters zu sein. Und wenn sie nicht gestorben sind, dann leben sie noch heute und sind hoffentlich glücklich.«

Felix hielt inne und sah gedankenverloren durch das riesige Panoramafenster seiner Wohnung hinaus auf die im Sonnenlicht flimmernde Außenalster.

»Ja, so ist das mit der Konsequenz«, fuhr er gedankenverloren fort. »Wenn ich etwas beenden will, weil ich der Meinung bin, daß es beendet werden muß, so geschieht dies auch unverzüglich und endgültig. Komm, laß uns fahren!« setzte er hinzu. »Wir wollen nicht zu spät in Bremen sein, damit du dich vor der Talkshow noch ein bißchen ausruhen kannst.«

Richtig. Daran hatte ich bei all seinen Erzählungen kaum noch gedacht, daß ich am Abend in der Sendung ›Drei nach neun‹ interviewt werden sollte. Ich war ja nur Felix zuliebe schon einen Tag früher von Amsterdam abgeflogen und hatte den Umweg über Hamburg gewählt, um etwas länger mit ihm zusammensein zu können.

Ich sah auf die Uhr. Es war halb zwei. Mit seinem kleinen Wagen brauchten wir sicher mindestens eineinhalb Stunden, bis wir das Parkhotel in Bremen erreicht hatten, und ich wollte mich nicht nur ausruhen, sondern in Gesprächen mit Felix auch auf das Interview vorbereiten, das sicherlich kein einfaches sein würde.

Felix kannte den Moderator, der mich interviewen sollte, seit vielen Jahren, und hatte mich darauf hingewiesen, daß er sich durch Sarkasmus, Arroganz und womöglich durchaus unfaire Fragen auch diesmal wieder ins rechte Licht setzen würde – auf Kosten seines Interviewpartners natürlich. Ich war froh, daß ich Felix an meiner Seite haben würde. Er gab mir ein Gefühl der Sicherheit und das Bewußtsein, daß schon alles gut ablaufen würde.

Bei strahlender Sonne und guter Laune rollten wir in dem kleinen roten Fiat 127 über die Elbbrücken und dann über die Autobahn in Richtung Bremen. Wir sprachen nicht viel während der Fahrt. Jeder hing seinen Gedanken nach, und ich genoß die Schönheit der herben, flachen norddeutschen Landschaft, die den Winter abgeschüttelt hatte. Außerdem dachte ich an meinen alten Freund und Verehrer Friedrich Warendorf, meinen zugleich treuesten Fan und lästigsten Anbeter. Ich wußte, daß er von meinem Auftritt in der Talkshow erfahren hatte; und da sein Zuhause im Ruhrgebiet nicht übermäßig weit von Bremen entfernt war, hatte sich in mir die Überzeugung festgesetzt, daß ich ihm heute abend begegnen würde.

Und so war es dann auch. Felix hatte sein Vehikel mit elegantem Schwung vor die Freitreppe des noblen Parkhotels gesteuert und war ihm mit der Selbstsicherheit eines spanischen Granden entstiegen. Und kaum hatten wir uns aufatmend in unser geräumiges, doch etwas altmodisches Apartment zurückgezogen, da hatte ich auch schon die Gewißheit: Friedrich war in Bremen. Beweis war sein obligatorischer Blumenstrauß nebst beigefügter Karte, auf deren Rückseite ich die Worte las: *Herzlich willkommen in Bremen! Viel Glück bei der Sendung! Friedrich.*

Doch noch etwas fand ich in dem Kuvert, in dem die Visitenkarte steckte – einen schlichten Zettel aus kariertem Schreibpapier, auf den Friedrich mit seiner etwas kindlichen Schrift die folgenden Zeilen geschrieben hatte:

Liebe Xaviera, Du brauchst wirklich nicht zu befürchten, daß ich mich Dir heute abend aufdränge oder Dich belästige. Auch möchte ich Dich nicht in Deiner Konzentration stören. Ich halte mich zurück und überlasse es Dir, ob Du mich kennen willst oder nicht. Daß Du Dich ja vielleicht meiner – meines Alters wegen – schämst, möchte ich Dich nicht in Verlegenheit bringen.

Es ist sehr traurig, daß Du mein Verhalten vollkommen mißverstehst und Du dadurch eine völlig falsche Meinung von mir hast. Du müßtest doch sehr viel Menschenkenntnis haben. Mir ist es deshalb völlig unbegreiflich, daß ausgerechnet Du mich so falsch beurteilst.

Aber damit möchte ich Dich heute nicht belasten. Viel Glück und alles Gute für die Sendung! Herzlichst Friedrich.

Amüsiert, doch ohne jedes weitere Wort reichte ich Felix den Zettel über den Tisch.

Er las ihn schweigend und runzelte die Stirn.

»Das muß ja ein sonderbarer Heiliger sein, dein Friedrich«, sagte er dann. »Erzähl mir doch ein bißchen von ihm! Woher kennst du ihn? Seit wann läuft er dir nach? Was ist er für ein Mensch?«

»Na, siehst du, endlich komme ich auch einmal zu Wort, mein lieber Felix«, erwiderte ich. »Das ist eine lange Geschichte, aber sie ist auch nicht länger als eine von denen, die du mir bisher erzählt hast. Aber weißt du, was? Erst gehen wir unter die Dusche, dann ins Bett, und dann erzähle ich dir ein bißchen was über den alten Friedrich. Und dann...«

Das Bett war riesengroß, bequem und altmodisch. Es knarrte ein wenig, als wir uns beide mit einem Satz hineinwarfen.

Dann schlang ich einen Arm um den Nacken von Felix und begann: »Die Sache fing damit an, daß ich über Monate hinweg Briefe bekam, die ihr in Deutschland als ›Verehrerpost‹ bezeichnet. Sie waren alle in Düsseldorf abgeschickt, sorgfältig mit der Maschine geschrieben, und enthielten eine Fülle von Fragen über mein Leben, meinen Alltag, meine Pläne und meine Gedanken. Der Absender war ganz offensichtlich ein begeisterter Fan von Xaviera Hollander und hatte meine sämtlichen Bücher gelesen, sowohl im englischen Original als auch in der deutschen Fassung. Sein Name war Friedrich Warendorf.

Oft zitierte er in seinen Briefen seitenlange Passagen aus meinen Büchern mit genauer Angabe von Buchtitel und Seitenzahl, und gleichzeitig erlaubte er sich, in mancher Hinsicht an meinem Lebensstil Kritik zu üben. Andererseits lobte er mich aber auch über den grünen Klee, wenn ihm etwas aus meinen ja stets autobiografischen Büchern gut gefallen hatte.

Zuerst nahm ich all diese Briefe mit Humor zur Kenntnis, dann aber fingen sie an, mich zu langweilen, weil sich ihr Inhalt nicht selten wiederholte. Da er meine Anschrift nicht kannte, hatte er alle Briefe an meinen Verleger geschickt, der sie an mich weiterleitete. Da dieser Friedrich Warendorf ein gebildeter und wohlerzogener Mann zu sein schien, entschloß ich mich nach einem halben Dutzend seiner Briefe, ihm einmal persönlich zu antworten und ihm auch meine Anschrift mitzuteilen, damit er künftig direkt und ohne Umweg an mich schreiben könnte. Gleichzeitig schrieb ich ihm jedoch auch, daß ich zwar alle meine Fan-Post sehr genau lesen würde, doch selten oder nie zu beantworten pflegte, einfach deshalb, weil ich viel zuviel damit beschäftigt war, in der Welt umherzureisen und meine Bücher zu schreiben. Andererseits würde ich mich aber über jeden Brief eines Verehrers sehr freuen.

So schickte er weiter seine Briefe, und ich muß gestehen, daß ich sie oft nach der zweiten Seite weglegte, nachdem ich sie kurz überflogen hatte und feststellte, daß sie sich immer und ewig wiederholten. Ein guter Briefschreiber sollte wissen, daß ein Brief knapp und klar zu sein hat – nicht weitschweifig, umständlich und endlos sein darf. Mit Büchern geht es mir übrigens ganz genauso. Bei jedem Buch mit mehr als dreihundert Seiten weiß ich ziemlich genau, daß ich es nie zu Ende lesen werde.

Ich hatte Friedrich eigentlich schon fast vergessen, denn schließlich war er nicht der einzige meiner Verehrer, der mir regelmäßig Briefe schrieb, da klingelte es plötzlich im vergangenen Frühjahr bei mir an der Tür. Ich sah aus dem Fenster und erblickte nichts weiter als einen Rosenstrauß von wahrhaft gigantischen Ausmaßen, der vor meiner Tür in die Höhe gehoben wurde. Es war kaum zu erkennen, daß sich auch noch ein Mensch dahinter befand.

Da ich neugierig war, wer wohl zu dieser frühen Morgenstunde bei mir läuten mochte, öffnete ich die Tür. Und wer verbarg sich hinter diesem gewaltigen Rosenbusch? Es war Friedrich Warendorf in höchst eigener Person.

Er entpuppte sich als ein kleiner, beinahe kahlköpfiger Mann in grauem Flanell, mit Weste und außerordentlich höflichen Manieren. Im übrigen schien er mir schon stark auf die Siebzig zuzugehen. Mit beinahe feierlicher Geste überreichte er mir seine Rosen und begrüßte mich mit einem formvollendeten Handkuß.

Ich bat ihn, im Wohnzimmer auf der Couch Platz zu nehmen,

während ich in die Küche ging, um ihm eine Tasse Kaffee anzubieten. Doch wie ein junger Hund folgte er mir auf Schritt und Tritt, wo immer ich auch hinging – in die Küche, sogar in den Garten, wo ich gerade damit beschäftigt war, mein Fahrrad zu putzen, das ich gelegentlich für Besorgungen benutze. ›Kann ich Ihnen irgendwie behilflich sein?‹ erkundigte er sich in seinem etwas umständlichen und gestelzten Hochdeutsch.

›Nein, nein‹, erwiderte ich. ›Setzen Sie sich, bitte, ruhig hin und lassen Sie mich hier meine Arbeit beenden!‹

Irgendwie fühlte ich mich unbehaglich mit diesem kleinen alten Herrn. Schließlich mußte er ein bißchen beleidigt sein, angesichts der Tatsache, daß ich ihm lediglich auf einen einzigen seiner Briefe geantwortet hatte. Und wenn er erst erfuhr, daß ich die anderen fast alle ungelesen zur Seite gelegt hatte...

Er sah jedoch ganz so aus, als wäre er ziemlich hartnäckig und ausdauernd, ganz und gar nicht wie einer, der rasch aufgeben würde, wenn er sich etwas in den Kopf gesetzt hatte.

Ich hatte jedoch auch Grund, sauer auf ihn zu sein. Schließlich war er unangemeldet in mein Haus gekommen, und ich schätze es überhaupt nicht, wenn irgend jemand in mein Privatleben eindringt und auf derartige Weise meinen Frieden stört, ohne daß ich in irgendeiner Form vorbereitet oder vorgewarnt bin.

Ich bin mit einer großen Zahl von Menschen befreundet und freue mich, wenn ich jeden Tag mit ein paar Dutzend Leuten auf der ganzen Welt telefonieren kann. Doch ansonsten ist es mir – wenigstens tagsüber – lieber, wenn ich meine Zeit allein verbringen und mich ausschließlich auf das konzentrieren kann, was ich an diesem Tag erledigen will. Nachts ist meine Zeit, in der ich mich mit meinen Freunden treffe und mich mit ihnen amüsiere. Dann heißt es für mich immer: ›Je mehr Leute um mich herum sind, desto lustiger ist es.‹

Ich umgebe mich gerne mit Menschen, doch nur zu den Stunden, in denen ich es will. Das mag vielleicht sehr arrogant klingen, aber es ist nun einmal so. Vielleicht habe ich mich auch aus diesem Grunde entschlossen, in einem Haus zu leben, das ziemlich weit entfernt von dem ganzen Trubel der City liegt.

Und nun hatte sich dieser kleine Kerl auf einmal mitten in mein Privatleben geschlichen.

Er schien dies zu merken, denn plötzlich sagte er: ›Ja, haben Sie denn meinen Brief nicht gelesen, Xaviera? Ich schrieb Ihnen doch, daß ich heute vorbeikommen würde.‹

Natürlich hatte ich diesen Brief nicht gelesen.

Auf einmal erhob er sich und sprang auf mich zu – mit einer Geschwindigkeit, wie ich sie mir bei einem so alten Mann gar nicht hatte vorstellen können. Vergebens versuchte ich dem Griff seiner dünnen, doch erstaunlich starken Arme zu entkommen. Ich merkte sehr rasch, daß er wesentlich stärker war als ich. Er preßte mich an seinen mageren Körper und versuchte mich mit seinen blutleeren Lippen auf die Wangen zu küssen. Seine blauen Augen funkelten vor Erregung. Er machte auf mich einen beinahe hysterischen Eindruck.

Ich ekelte mich vor seiner alten, faltigen Haut. Denn ich kann es nun einmal nicht ertragen, wenn ich von einem solchen Menschen angefaßt werde. Während ich noch versuchte, ihn wegzustoßen, fing er an, mir mit aufgeregten Worten zu erklären, daß er, um Himmels willen, nicht die Absicht hatte, mich zu vergewaltigen oder etwas ähnlich Schreckliches zu tun. Nein, er würde mich nur aus meinen Büchern in- und auswendig kennen und wollte nichts weiter, als mich einmal in seinen Armen halten. Seit Jahren hätten sich seine ganzen Geanken um mich gedreht. Ich wäre das einzige, was er auf dieser Welt hätte. Er wäre niemals verheiratet gewesen und wäre ganz allein meinetwegen den weiten Weg von Düsseldorf hierher gekommen. Er hätte sich sogar einen Tag Urlaub genommen...

›Urlaub?‹ fragte ich überrascht. ›Sind Sie denn noch nicht in Pension?‹

›Ach was!‹ entgegnete er. ›Ich bin ja erst dreiundsechzig Jahre alt und stark wie ein Pferd. Ein Leben ohne Arbeit kann ich mir einfach nicht vorstellen.‹

›Was tun Sie denn so?‹ erkundigte ich mich.

›Ich arbeite bei BMW und reise sehr viel ins Ausland.‹

›Oh – BMW‹, sagte ich interessiert. ›Das ist wirklich eines der besten Autos, die ich kenne. Ich habe selber einen BMW 730i vor der Tür stehen.‹

Das Eis zwischen uns begann zu schmelzen. Ich bin ein Auto-Narr, und wann immer das Gespräch auf starke, schnelle Wagen kommt, lobe ich meinen BMW in den höchsten Tönen. Seit Jahren bin ich ein treuer BMW-Fahrer, obwohl ich zugeben muß, daß diese Marke auf längeren Strecken ganz schön Benzin säuft.

So fachsimpelten wir eine ganze Zeit über die verschiedenen Automarken – über Alfa Romeo und Mercedes, über Rolls-Royce und Jaguar. Ich verriet ihm, daß ich demnächst nun doch meinen BMW gegen einen Audi 200 Turbo eintauschen würde, einfach weil er schneller sei und dabei weniger Benzin verbrauchen würde als mein derzeitiger BMW. Außerdem sehe er hübscher aus und sei etwas handlicher, was besonders in Holland mit seinen schmalen Straßen und den schlechten Parkmöglichkeiten in Amsterdam ein ganz wesentlicher Gesichtspunkt für mich sei.

Als das Thema Auto allmählich erschöpft war, startete der alte Friedrich eine neuerliche Attacke. Er wollte über meinen Vater mit mir sprechen, verkündete er. Ein unangenehmes Thema für mich, denn mein Vater ist seit vielen Jahren tot und war für mich der liebste Mensch auf der Welt. Ich hatte nun wirklich keine Lust, mit einem mir völlig Fremden über ihn zu reden.

Friedrich Warendorf machte einen Rückzieher. Ich möge ihn doch einfach als ›Vetter Friedrich‹ ansehen. Schließlich wisse er doch aus meinen Büchern alles über mich und meine Eltern, so daß er sich schon fast als ein Teil der Familie fühle. Er erkundigte sich sogar nach dem Befinden meiner Mutter und wollte wissen, wie sie denn nach dem Tode meines Vaters so zurechtkäme.

Das brachte mich auf eine Idee. Ich griff zum Telefonhörer.

Doch da fragte er nervös: ›Was machen Sie denn? Wen wollen Sie denn anrufen?‹

›Keine Bange!‹ beruhigte ich ihn. ›Ich rufe nur meine Mutter an. Sie werden sich freuen, sie kennenzulernen.‹

Mit raschen Worten informierte ich meine Mutter auf holländisch über die Situation und bat sie um Hilfe. Ich sei so entnervt über den Besuch dieses reichlich sonderbaren Verehrers, daß sie doch schnell kommen möge und mir dabei helfen, ihn wieder aus meinem Haus zu bugsieren. Ich fand, Friedrich Warendorf sollte uns beide zum Essen einladen. Bei der Rückkehr würden wir ihn dann an der Haustür höflich, aber bestimmt verabschieden.

Glücklicherweise wohnt meine Mutter nur eine knappe Viertelstunde von meinem Haus entfernt. Außerdem spricht sie, weil sie in Köln aufgewachsen ist, immer noch fließend Deutsch.

So stand sie bald darauf vor uns und sah blendend aus – wie immer. Sie war gerade von einem längeren Urlaub aus Marbella zurückgekommen. Mama überragte den kleinen Mann aus Düsseldorf, der neben ihrer eleganten Erscheinung noch mehr zusammenschrumpfte, um Haupteslänge. Auf der Straße hätte man ihn glatt übersehen können.

Friedrich Warendorf war hell begeistert, daß er nun auch noch meine Mutter kennenlernen durfte, und war mit meinem Vorschlag, zusammen essen zu gehen, sofort einverstanden. Ich schlug ein hübsches Restaurant an der Amstel vor, von dem aus man einen sehr schönen Blick auf Amsterdam hat, und da er noch niemals zuvor in Amsterdam gewesen war, begeisterte ihn natürlich die Idee, an solch einem malerischen Platz zu essen und zugleich mit uns beiden plaudern zu können.

Mein Magen fing an zu knurren, denn es war unterdessen fast ein Uhr mittags geworden. So fuhren wir alle drei in eines der elegantesten Restaurants, und ich muß sagen, Friedrichs Manieren waren tadellos. Im übrigen hörte er nicht auf, über mich zu reden, und stellte meiner Mutter und mir alle erdenklichen Fragen über unser Privatleben.

Ich lehnte mich zurück und betrachtete die beiden nicht mehr so ganz jungen Leutchen, wie sie miteinander plauderten – höflich, konventionell und natürlich strikt per Sie.

Als Friedrich sich schließlich entschuldigte, um seine volle Blase zu erleichtern, wandte sich meine Mutter mir lachend zu. ›Mein Gott! Ein höflicher kleiner Bursche, nicht wahr? Aber er ist natürlich absolut verrückt nach dir. Was hast du eigentlich als nächstes mit ihm vor?‹

›Möchtest du ihn nicht als deinen Liebhaber, Mama?‹ erkundigte ich mich gutgelaunt.

›Sei nicht närrisch!‹ sagte meine Mutter mit vollem Nachdruck. ›Er ist viel zu alt für mich. Vergiß es! Kein Mann kann außerdem mit deinem Vater konkurrieren, der zwar fünfzehn Jahre älter war als ich, aber der charmanteste und intelligenteste Mann, den ich je kennengelernt habe. Und so jugendlich in seiner Erscheinung! Die Leute haben den Altersunterschied zwischen uns beiden nie bemerkt, da ich immer ein wenig ernst war für mein Alter, und er hatte ja indonesisches und jüdisches Blut, das ihm irgendwie ein orientalisches Aussehen gab.‹

›Aber was machen wir nun mit Friedrich, wenn du ihn auch nicht haben willst?‹ unterbrach ich ihre Reminiszenzen an meinen Vater. ›Ich kann ihn schließlich auch nicht gebrauchen.‹

›Na gut. Dann machen wir es eben so, wie wir es am Telefon besprochen haben. Er soll uns nach Hause fahren, und dann verabschieden wir uns rasch. Du behauptest einfach, du hättest irgendwo eine unaufschiebbare Verabredung, zu der er nun wirklich nicht mitkommen könnte.‹

Und so geschah es auch. Friedrich, der es vor den Augen meiner Mutter nicht wagte, aufsässig zu sein, verabschiedete sich artig an meiner Haustür und fuhr davon. Wir bedankten uns bei ihm für die freundliche Einladung zum Essen. Damit, so bildete ich mir ein, war die ganze Angelegenheit ein für allemal beendet.

Aber weit gefehlt. Woche für Woche kam ein Brief nach dem anderen. Außerdem hatte er sich heimlich meine Telefonnummer aufgeschrieben und offenbar auch meine Mutter dazu überredet, ihm ihre Nummer zu verraten.

Von nun an bekam ich also nicht nur seine Briefe, sondern auch zu den unmöglichsten Tages- und Nachtstunden Anrufe – und meine Mutter auch.

›Sie sagten mir doch, daß Sie so eine Nachteule seien‹, behauptete er einmal morgens um drei Uhr, als ich gerade ausgiebig Sex-Gymnastik mit einem Liebhaber betrieb. Da verlor ich die Geduld.

›Bitte, Friedrich, laß mich in Ruhe!‹ schrie ich ins Telefon. ›Ich bin jetzt mit einem wesentlich jüngeren Mann beschäftigt. Du bist mir wirklich viel zu alt! Sogar für meine Mutter bist du zu alt. Bitte, laß mich in Ruhe und ruf nicht mehr an!‹

Und damit warf ich den Hörer auf die Gabel.

Am nächsten Tag rief er mit seiner unerträglichen Hartnäckigkeit schon wieder an und tat so, als sei in der Nacht vorher überhaupt nichts geschehen. Nur ein Resultat zeitigte meine heftige Reaktion: Von nun an duzte er mich.

Doch irgendwie tat er mir auch leid in seiner Harmlosigkeit und Unschuld. Er mußte der einsamste Mensch in Düsseldorf sein – so ausdauernd wie er in seiner Bewunderung für einen Menschen war der seine Gefühle niemals erwidern würde, sondern im Gegenteil von Mal zu Mal wütender auf ihn wurde. Obwohl ich wußte, daß er teure Ferngespräche führte, legte ich nicht selten einfach den Hörer neben den Apparat, sobald ich seine weinerliche Stimme erkannt hatte.

Doch je mehr ich ihn mit meiner Nichtachtung quälte, desto mehr Briefe schrieb er mir, bis ich mir nicht mehr anders zu helfen wußte und sie einfach alle ungelesen in den Papierkorb warf.

Eines Tages erlebte ich indessen eine weitere Überraschung. Es war ein heißer Sommertag. Ich hatte die Vordertür meines Hauses offengelassen, um ein bißchen Durchzug zu bekommen, was mir an meinem Schreibtisch, an dem ich gerade einen kurzen Artikel fertigstellte, recht guttat. Da stand plötzlich – wie aus heiterem Himmel – der alte Friedrich in meinem Wohnzimmer.

Diesmal hatte er keinen Blumenstrauß mitgebracht, sondern präsentierte sich nur mit einem wahrhaft diabolischen Siegerlächeln im sonnenverbrannten Gesicht. Wahrscheinlich war er im Süden auf Urlaub gewesen, dachte ich in dieser Schrecksekunde. Hatte er ein Glas zuviel getrunken? Oder war er krank im Kopf? Seine gewaltige Nase funkelte wie eine reife Erdbeere in seinem sonst recht schmalen Gesicht, und die Haare schienen noch eine Idee weißer geworden zu sein – oder vielmehr das, was auf seinem ansonsten reichlich kahlen Schädel an Haaren übrig war.

Er kam mit raschen Schritten auf mich zu, zerrte mich von der Schreibmaschine weg und fing an, mich wie ein Rasender zu verprügeln, während er mich mit seiner kräftigen linken Hand festhielt. Offenbar hatte er keine Ahnung davon, daß ich etwas masochistische Züge habe und gar nicht böse bin, wenn man mich ab und zu einmal richtig verdrischt. Es kommt jedoch natürlich auf den Zeitpunkt an – und auf die Person, die das tut – und tun darf.

Seine Prügelei hatte nur das eine Ergebnis: Ich wurde so wütend wie noch nie zuvor in meinem Leben. Und diese Wut verlieh mir ungeahnte Kräfte, die ich wohl von meinem Vater geerbt haben mag und die bei Menschen, in deren Adern orientalisches Blut fließ, gar nicht selten ist. Man nennt dieses Phänomen ›Mataglap‹. Es verschafft der winzigsten Person die Stärke eines Löwen, wenn nur der richtige Grad von Wut erreicht wird.

Ich hätte den kleinen Kerl in diesem Augenblick umbringen können, doch ich beherrschte mich und schleppte ihn einfach nur zur Haustür. Dann versetzte ich ihm einen Tritt in den Hintern und schlug die Tür hinter ihm zu, die ihm auch noch ins Gesicht knallte, weil er sich in diesem Augenblick nach mir umgedreht hatte.

Voller Wut zeterte er vor der verschlossenen Haustür. ›Das habe ich nur gemacht, weil du mich beleidigt hast. Das gleiche hätte auch dein Vater mit dir gemacht.‹

Natürlich hatte er keine Ahnung davon, daß mein Vater mich nur ein einziges Mal verhauen hatte. Allerdings war ich da schon siebzehn gewesen und hatte ein Baby-Doll-Hemdchen angehabt. Meine Mutter hatte mein Tagebuch gelesen, in dem ich ziemlich genau beschrieb, wie ich meine Unschuld an meinen damaligen Freund, mit dem ich seit mehr als zwei Jahren ging, verloren hatte. Und meine Mutter war der Ansicht, dafür hätte ich eine Tracht Prügel verdient.

Und so geschah es, daß mein gutaussehender Vater, mit nichts weiter bekleidet als mit einem seidenen japanischen Morgenrock, der mit goldenen Drachen bestickt war, mich übers Knie legte und, auf Teufel komm raus, verprügelte.

Während dieser Prozedur stand meine Mutter, der das alles schon längst wieder leid tat, in einer Ecke des Zimmers und schrie immer nur: ›Genug! Genug! Hör auf! Es reicht jetzt!‹

Sie hatte natürlich keine Ahnung davon, welches Vergnügen es mir bereitete, über dem Knie meines Vater zu liegen und mich möglichst dicht an seinen Körper zu drängen, während er mich verdrosch. Und je mehr ich vor Schmerzen aufschrie, desto mehr genoß ich die Wärme seines Körpers unter mir und den Schmerz, den seine bloße Hand auf meinem brennenden Hintern verursachte.

All diese Erinnrungen schossen mir in jenem Augenblick wieder durch den Kopf. Natürlich hatte ich unbewußt einen Vaterkomplex. Er verfolgte mich über viele Jahre hinweg. Immer wieder suchte ich unter meinen vielen Verehrern und Liebhabern nach einem Mann seines Formats, seiner Begabung und von seiner Persönlichkeit. Doch ganz bestimmt war es nicht ein solcher Gartenzwerg wie Friedrich, der mich nun wirklich aufs unerträglichste zu langweilen begann.

So ließ ich denn meinen ungebetenen Gast Friedrich Warendorf an diesem Sommertag davontrotten, ohne ein weiteres Wort mit ihm zu wechseln, und kehrte an meine Arbeit zurück. Monatelang hatte ich danach Ruhe vor ihm, da ich nach Spanien abreiste – und die Nummer meiner dortigen Wohnung hatte er nun glücklicherweise wirklich nicht. Über meinen Verleger in München bekam er dann jedoch heraus, daß in Kürze ein neues deutsches Buch von mir erscheinen würde, eben die ›Reisen in die Sinnlichkeit‹. Und natürlich hatte er sich auch eine Übersicht über meine Promotion-Termine in Deutschland verschafft und wußte auch über meinen Auftritt in der Talk-Show ›Drei nach neun‹ Bescheid, für die er sich, wie wir vorhin gesehen haben, sogar noch eine Eintrittskarte besorgen konnte. Doch schon vor meinem Abflug nach Hamburg rief er mich in Amsterdam an und teilte mir schadenfroh mit, bevor ich noch einhängen konnte, daß er dann und dann in Bremen sein würde und ich ihm an jenem Abend nicht so leicht entkommen könnte.

Ich flehte ihn förmlich an, mich am heutigen Abend nicht zu stören und auch nicht verrückt zu machen, weil ich sonst möglicherweise den ganzen Fernsehauftritt schmeißen würde. Außerdem, so sagte ich ihm klipp und klar, hätte er überhaupt keine Chance, mit mir allein sein zu können, denn ich würde schließlich von Felix begleitet, meinem neuen Freund und Dauergefährten.

Siehst du, mein lieber Felix, nun entwickelst du dich, ohne es vorher gewußt zu haben, auch noch zu einer Art Bodyguard für mich. Was sagst du nun?«

Felix, der die ganze Zeit aufmerksam und amüsiert gelauscht

hatte, schmunzelte. »Wenn dein Friedrich so kräftig ist, daß er dich beinahe vergewaltigen kann, dann habe ich auch keine großen Chancen. Aber ich werde ihn sicher mit finsteren Blicken und mit meiner Arroganz auf Abstand halten können. Im übrigen glaube ich, hat er dir nur ein bißchen gedroht. Sein Brief, den wir vorhin gelesen haben, zeigt ja, daß er dir nichts Böses will. Er ist dir eben nur verfallen, einfach hörig. Er liest in seiner einsamen Junggesellenwohnung deine Bücher, aus denen er nun wirklich über deine Intimsphäre alles erfahren kann. Dadurch kennt er dich in- und auswendig und hat dich somit zu einem Bestandteil seines kümmerlichen Daseins gemacht. Laß ihn weiter über deinen Büchern onanieren, und sei heute abend ein bißchen nett zu ihm, damit es keinen Skandal gibt. Wir werden ihn schon abwimmeln.«

Und richtig, als wir nach einer schier endlos langen Taxifahrt im Fernsehstudio angekommen waren – wer lungerte da schon am Eingang herum, mit einem traurigen Hundegesicht, in unscheinbares Grau gekleidet, wie die Verkörperung unerfüllter Wünsche oder bitteren Leides? Der alte Friedrich Warendorf. Doch bevor er überhaupt etwas sagen konnte, hatte ich ihn schon beiseite geschoben und schnell gesagt: Wir sehen uns nach der Sendung. Und damit war ich in meine Garderobe verschwunden.

Während ich für die Sendung geschminkt wurde, fragte ich Felix, der sich stets an meiner Seite befand: »Hast du dir den alten Friedrich so vorgestellt?«

»Nein, weiß Gott nicht! Der übertrifft ja in Wirklichkeit alle meine schlimmsten Befürchtungen. Ein solcher Kümmerling ist mir wirklich noch nicht begegnet. Den solltest du eigentlich nach seiner Pensionierung anheuern und dir als Gartenzwerg zwischen deine Rosenstauden setzen.«

Die Talkshow war – wie immer bei dieser Sendung des ›roten‹ Senders Bremen – bunt gemischt: Ein Minister, eine Gruppe von Hausbesetzern aus Göttingen, ein Städteplaner aus Berlin, ein Stadtstreicher-Pärchen – kurz, es war amüsant und ein wenig provokativ. Mein Gesprächspartner ritt natürlich, wie bei solchen Anlässen immer, auf meiner kurzfristigen New Yorker Vergangenheit als ›Happy Hooker‹ herum und wollte nicht begreifen, daß dies alles schon länger als ein Jahrzehnt zurückliegt und ich in der Zwischenzeit ein Dutzend Bücher mit Millionenauflagen in aller Welt geschrieben habe.

Da ich an derartige Interviews jedoch gewöhnt war, gab es für mich keinen direkten Grund, darüber ärgerlich zu sein, und ich glaube, mir gelangen sogar ein paar recht witzige und schlagfertige Antworten. Jedenfalls brachte ich meinen Interviewer kurzfristig aus der Fassung – und das will bei einem Mann wie Wolfgang Menge (nun sei endlich der Name dieses Journalisten verraten) schon etwas heißen. Er war kaltschnäuzig und abgebrüht, wie es sein Beruf nun einmal von ihm forderte.

Felix, der sich zunächst im Hintergrund gehalten hatte, war sehr zufrieden. Ich holte ihn dann an meine Seite, und wir verfolgten interessiert den Fortgang der Sendung, die sich in der Hauptsache um die aktuelle Hausbesetzer- oder Instandbesetzer-Szene drehte. Probleme, die wir in Amsterdam mit den ›Krakers‹ zur Genüge haben.

Das anschließende ›gemütliche Beisammensein‹ in der leider sehr ungemütlichen und zugigen Kantine bei Bier, Wein und belegten Broten war zum Glück kurz, doch auch recht amüsant.

Während Felix mit einem Berliner Verleger plauderte, den er seit vielen Jahren kannte und der seine außerordentlich hübsche Tochter mitgebracht hatte, freundete ich mich mit ein paar im Punker-Look erschienen Hausbesetzern aus Göttingen an, die unter ihrer schmuddeligen Aufmachung und ihrem provokativen Verhalten doch sehr viel Unsicherheit und Zukunftsangst – und natürlich auch Kontaktarmut – erkennen ließen und sich beinahe kindlich freuten, daß ich sie und ihre Probleme ein wenig ernst nahm.

Der alte Friedrich, der mir natürlich wieder auf den Gängen nachgeschlichen war, sich jedoch – dank Felix – in respektvoller Entfernung aufhielt, wurde von mir aufgefordert, sich ebenfalls am kalten Büfett zu delektieren. Ich kümmerte mich aber weiter nicht um ihn und sah nur aus den Augenwinkeln, wie Felix ein paar Worte mit ihm wechselte und sich offenbar Mühe gab, nett zu ihm zu sein.

Als wir aufbrachen, tat er mir dann doch ein wenig leid.

»Wie kommst du denn jetzt in die Stadt zurück, Friedrich?« erkundigte ich mich, als wir uns verabschieden wollten.

»Ich werde mir wohl ein Taxi kommen lassen«, murmelte er.

Ich fragte ihn nach seinem Hotel, und er nannte ein Haus im Zentrum, das nicht weit vom Parkhotel entfernt lag. Meine Gutmütigkeit siegte über den Ärger, den mir Friedrichs Aufdringlichkeit und Hartnäckigkeit seit langem bereiteten.

»Dann komm doch einfach mit uns!« forderte ich ihn auf. »Oder hast du etwas dagegen?« wandte ich mich an Felix.

Der schüttelte den Kopf.

»Aber nein doch. Warum soll der arme Kerl jetzt ein teures Taxi bis ins Zentrum bezahlen, wo wir doch den gleichen Weg haben«, sagte er laut und ein wenig provozierend.

Auf der Fahrt zurück in die Stadt mußte ich mir Mühe geben, nicht vor lauter Geilheit die Hose von Felix aufzuknöpfen. Aber ich fummelte an ihm herum und zeigte deutlich, wie sehr ich in ihn – den augenblicklichen ›Mann meines Lebens‹ – verliebt war, so daß der alte Friedrich immer unruhiger wurde. Es machte mir Spaß, ihn zu quälen, ihm zu zeigen, daß andere von mir leichten Herzens bekamen, was ich ihm, meinem ausdauerndsten, treuesten und ergebensten Verehrer, stets verweigert hatte.

Vor dem Parkhotel erkundigte ich mich beim Taxifahrer, wie weit es denn noch bis zu Friedrichs Hotel sei und was dies ungefähr kosten würde. Dann bezahlte ich auch dieses kurze Stück noch im voraus.

»Damit die Reise nach Bremen für dich nicht noch teurer wird«, sagte ich abschiednehmend zu Friedrich und stieg engumschlungen mit Felix und mit wiegenden Hüften die Freitreppe zum Hotel hinauf.

Nun kann er in seinem Hotelzimmer ja onanieren, dachte ich schadenfroh. Wenn er das überhaupt noch fertigbringt.

7

Die anschließende Nacht mit Felix war schön. Es wurde eigentlich immer schöner, je länger und besser wir uns kannten, je mehr wir einander erzählten, je eingehender wir den Körper und die Reaktionen des anderen erforschten. Das Zusammensein zweier Menschen wird ja erst dann so richtig harmonisch und bringt erst den größten Lustgewinn und die beste Befriedigung, wenn es keine Tabus mehr gibt, wenn man einander mitgeteilt hat, auf welche Art und Weise man Liebe machen möchte. Felix verabscheute es, zu kratzen, zu beißen oder jemandem irgendwelche Verletzungen beizubringen. Ich wiederum bin kein Freund des Analverkehrs, sondern habe es besonders gerne, wenn meine Liebhaber eine einfühlsame und eifrige Zunge haben.

Nach einem langen gemeinsamen Bad ölten wir uns diesmal unsere Körper gegenseitig ein und liebkosten uns schon dabei. Wir erfreuten uns an der glatten, glänzenden Haut und genossen das erregende Gefühl, unsere Leiber aufeinanderzupressen und ineinander zu verschlingen.

Nach einem ausgiebigen Frühstück fuhren wir bei strahlender Sonne am anderen Vormittag gemütlich mit dem kleinen Auto nach Hamburg zurück. Zu meiner Überraschung fuhr Felix jedoch nicht den Weg über die Elbbrücken und in die Innenstadt, sondern durch den Elbtunnel und nahm dann die Ausfahrt nach Othmarschen.

»Wo fahren wir hin?« wollte ich wissen.

»Wir haben doch noch Zeit«, erwiderte er. »Deine Maschine geht doch erst gegen sechzehn Uhr, nicht wahr?«

»Ja – und?«

»Laß dich überraschen.«

Felix fuhr langsam durch die westlichen Elbvororte, durch die schöne Villengegend von Othmarschen, Flottbek, Blankenese und Rissen.

Irgendwann, ich hatte die Orientierung schon völlig verloren, hielt er in einer baumbestandenen Seitenstraße vor der Einfahrt zu einer großen, weißen Villa, die inmitten eines gepflegten Grundstücks stand.

»Steig aus! Wir sind da«, forderte er mich auf.

»Nanu? Wohin bringst du mich?« wollte ich wissen.

Felix schwieg, nahm meinen Arm und führte mich zum Portal des Hauses, wo er einen bronzenen Türklopfer betätigte.

Ein Hund bellte, dann öffnete sich die Tür, und eine mittelgroße, nicht mehr ganz junge, doch recht interessant aussehende Frau in Hosen und Pullover fiel meinem Felix um den Hals.

Was soll das? dachte ich ein wenig verwundert. Will er jetzt am hellen Mittag etwa einen flotten Dreier machen? Dazu hatte ich im Augenblick nun wirklich keine Lust.

Doch das Rätsel löste sich auf der Stelle.

»Darf ich dich mit Xaviera Hollander bekannt machen?« fragte er augenzwinkernd und förmlich. Dann wandte er sich mir zu, deutete mit einer beinahe feierlichen Handbewegung auf die dunkelblonde Frau und sagte: »Meine Schwester.«

Ich war verblüfft. Davon hatte er mir bis zu dieser Minute noch kein Sterbenswörtchen gesagt. Eine Schwester, und noch dazu in Hamburg!

Sie bemerkte meine Überraschung und sagte lächelnd: »Machen Sie sich nichts draus! Felix liebt solche Scherzchen. Ich bin aber tatsächlich seine Schwester. Nur sehen wir uns, seit er in Hamburg lebt, noch seltener als früher. Es ist wirklich ein Wunder, daß er heute mal den Weg nach hier draußen gefunden hat, aber das hat einen Grund. Er hat mich nämlich gebeten, die gestrige Sendung auf Video aufzunehmen. Und jetzt wollen wir sie uns ansehen. Doch zunächst gibt's etwas zu essen.«

An der hübsch gedeckten Mittagstafel saß außer uns dreien nur noch ein hochaufgeschossener, dunkelgelockter Jüngling mit sinnlichen, aufgeworfenen Lippen. Es war der Neffe von Felix, ›der kleinere‹, wie er lachend sagte, obwohl er meinen Felix beinahe um Haupteslänge überragte. Er war knapp neunzehn, stand kurz vor dem Abitur, war ein begeisterter Musikfan und schien mir ein ziemlich patenter Junge zu sein. Natürlich duzte ich ihn sofort, was ihn nicht weiter zu überraschen schien, denn das ist ja bei jungen Leuten heutzutage gang und gäbe. Und ungeniert duzte er natürlich auch mich gleich zurück.

Ich erkundigte mich, was er denn nach dem Abitur so anfangen wolle.

»Erst mal ein bißchen die Welt ansehen«, sagte er lachend. »Der Ernst des Lebens kommt noch früh genug.«

»Na«, erwiderte ich, »dann fang mal deine Weltreise in Amsterdam an.«

Ich gab ihm meine Telefonnummer und Adresse, während Felix unseren kleinen Flirt mit amüsiertem Gesicht verfolgte.

Mein gestriges Interview und die Sendung fand ich so gelungen, daß ich mir das Videoband ausbat und es natürlich sofort erhielt. Dann wurde es Zeit zum Aufbruch. Ich verabschiedete mich herzlich von der wirklich netten Schwester meines Freundes und faßte dem ›kleinen‹, großen Neffen noch einmal heimlich an die Hose. Ganz ordentlich, stellte ich fest. Soll er mal nach Amsterdam kommen. Dann werden wir schon weitersehen.

Felix fuhr mich auf direktem Weg zum Flughafen. Der Abschied war kurz und herzlich, ohne Sentimentalitäten, so wie ich es liebe. Und dann war ich wieder im heimatlichen Amsterdam.

Eine Woche später flog ich nach Wien zu einer Talkshow, diesmal beim österreichischen Fernsehen. Da ich mich in der Donaumetropole nicht sehr gut auskannte, rief ich natürlich vorher bei Felix an, um mir ein paar Informationen zu holen. Schließlich war er ja oft genug in dieser herrlichen Stadt gewesen und hatte dort eine Menge Freunde und Bekannte.

»Ach, weißt du«, meinte er, »in Wien bist du nicht lange allein. Die Menschen dort sind gastfreundlich und herzlich. Manchmal ein bißchen zu charmant, als daß man alles gleich glauben möchte. Es ist der Restbestand der Donaumonarchie, den du dort findest, und selbst der Kreisky glaubt langsam schon, daß er ein illegitimer Habsburger sei.

Um dir über Wien etwas zu erzählen, dazu müßten wir ein paar Abende beieinander sitzen, so viel Geschichte, Kultur und Tradition hat diese Stadt, und so viele Anekdoten gibt es über die Originale, die dort gelebt und gewirkt haben. Es ist schade, daß zwei meiner Freunde nicht mehr leben. Der eine war Alexander Lernet-Holenia, der seine Wohnung in der Hofburg hatte und ein paar der schönsten und geschliffensten Romane, die ich kenne, geschrieben hat. Wir mochten uns sehr gerne, waren Duzfreunde, und ich habe ihn oft in Wien oder in seinem Landhaus am Wolfgangsee besucht. Der andere, der letzte aus der Garde der großen Wiener Literaten jüdischer Provenienz, Friedrich Torberg, ist leider auch im November 1979 gestorben. Der hätte dir vieles erzählen können über Wien und die Wiener. Aber kauf dir doch einfach seine ›Tante Jolesch‹, dann hast du Wien mit seinen Käuzen und Originalen, wie du es selber nie erleben würdest.

Und für den Notfall – falls du wirklich nicht auf Anhieb einen charmanten Österreicher als Kavalier für ein oder zwei Abende finden solltest – gebe ich dir die Telefonnummer eines guten Freundes und Kollegen, der Kolumnist bei einer großen Wiener Tageszeitung ist. Ihn kannst du von mir grüßen, und er wird sich bestimmt beide Beine ausreißen, um dir behilflich zu sein. Er ist ein ganz Lieber.«

Ich bedankte mich bei Felix für die Schützenhilfe, war aber noch nicht ganz zufrieden mit seiner Auskunft. Gar zu gerne wollte ich wissen, wie und wo er sich denn in Wien immer amüsiert hatte.

»Amüsiert?« Er tat verwundert. »Weißt du, Xaviera, eigentlich ist ganz Wien eine Stadt der Lebensfreude. Ob du Musik liebst oder Architektur, ob du historische Traditionen schätzt oder gutes Essen, aggressives Kabarett oder bissige Zeitungsfeuilletons – du wirst in Wien immer auf deine Kosten kommen. Und was das Erotische betrifft? Zu diesem Punkt kann ich dir natürlich nur meinen einseitigen männlichen Aspekt liefern. Ich weiß nicht, ob die Österreicher wirklich so gute Liebhaber sind, wie sie immer tun. Hunde, die viel bellen, haben gewöhnlich keine Zähne mehr, um noch richtig beißen zu können. Aber die Wiener ›Katzen‹ – entschuldige, ich meine natürlich die schönen Wienerinnen, die sind schon eine Sünde wert. Und da ist es eigentlich egal, ob es ein Comtesserl ist oder eine Nutte von der Kärntnerstraße oder vom Westbahnhof. Es ist immer etwas fürs Herz, und urgemütlich ist's dazu.

Ich habe zauberhafte Frauen in Wien kennengelernt. Eine davon, sie war Direktrice in einem großen Modesalon am Graben, hatte eine Figur wie eine balinesische Tempeltänzerin: zierlich, schlank und biegsam. Sie war so grazil, daß ich sie, als sie mich einmal in München besuchte, in meinem Büro in einem riesigen Klubsessel bumsen konnte, ohne daß sie mit irgendeiner Extremität auf den Boden geriet. Was mag wohl aus ihr geworden sein?

Aber eine andere Geschichte muß ich dir noch erzählen. Natürlich werden die Telefonnummern der Spitzenfrauen von den Hotelportiers ebenso gehandelt wie von den eingesessenen lebensfrohen Geschäftsleuten. In Österreich muß man mindestens zwei Berufe haben, um über die Runden zu kommen. Ein Lektor eines großen Wiener Verlags geht, zum Beispiel, abends mit wehenden Frackschößen los, um als Primgeiger in einem Kammerquartett bei allen möglichen Festivitäten aufzuspielen. Und im Verlag heißt es: Na, für einen Primgeiger ist er ein ganz guter Lektor und für einen Lektor ein halbwegs brauchbarer Primgeiger. Kurz und gut, da man in Wien ganz besonders, weil alles immer teurer wird, zwei oder mehrere Berufe haben muß, geht eben so ein kleines Ladenmädel nach Dienstschluß gerne noch ein bisserl auf den Strich. Nicht gewerbsmäßig, o nein, eher so zum Spaß und allenfalls ein bisserl ›nebenerwerbsmäßig‹, für eine Theaterkarte uund ein gutes Abendessen, für ein paar Schoppen Heurigen und für ein paar Schillinge ›Taxigeld‹ für die Heimfahrt. Natürlich fährt sie dann mit der Trambahn nach Hause.

Na, egal. Jedenfalls war ich, von München aus, wieder einmal mit einem guten Freund und Autorenkollegen im Auto nach Wien gefahren, wo wir uns mit einem Filmproduzenten trafen, den wir seit ewigen Zeiten kannten und der auch kein Kind von Traurigkeit war. Wir hatten unsere geschäftlichen Besprechungen rasch erledigt, und fürs Nachtleben war es eigentlich noch zu früh. Außerdem waren wir noch zu einem späten Abendessen in Grinzing verabredet. Doch wie die paar Stunden zwischen Nachmittag und Abend ausfüllen?

Unser Wiener Freund wußte Rat. Er drehte rasch eine Telefonnummer und fragte: ›Christine, hast a Stünderl Zeit? Da sind zwei sehr nette Freinderln von mir aus München, waaßt, und bringst halt noch die Mausi mit. Wos? Die Mausi is net in Wean? Gibt's doch net. Alsdann, – nachert kommst halt allein her. Dös wird sich schon alles regeln.‹

Auf unsere neugierigen Fragen hin versicherte er uns, daß es sich bei der Christine und der Mausi um die ›zwei besten Bläserinnen von Wien‹ handeln würde. Nur schade, daß jetzt halt nur eine davon zur Verfügung stehe.

Alsbald kam die ›Katz‹ ins Büro. Sie sah wirklich zum Anbeißen aus – blond, knackig, eine Dirndlfigur mit echt viel Holz vor der Hütten und einem Mund... Ach, mein Gott, mir stand er schon vom Hinschauen, wie sie da mit ihrer goldenen Zunge lüstern ihre Lippen beleckte.

Es dämmerte schon, als wir zu viert im Wagen aus der Stadt hinaus auf den Kobenzl fuhren. Der Blick von dort oben auf das lichterstrahlende Wien ist immer wieder schön und beeindrukkend.

Während unser Wiener Freund und ich den Wagen verließen, erst einmal die Aussicht bewunderten und uns dann ins Kobenzl-Restaurant auf einen ›großen Braunen‹ verfügten, betätigten sich die beiden ›Hinterbliebenen‹ auf dem dämmerigen Parkplatz im großen Sechs-Liter-Mercedes meines Freundes. Längst hatten wir beiden unseren Kaffee ausgetrunken und überlegten uns, ob wir vielleicht zu etwas Stärkerem übergehen sollten, um die Wartezeit abzukürzen, da kam mein Münchner Freund an den Tisch – mit strahlenden Augen, ein paar Schweißtropfen auf der Stirn und etwas unsicherem Gang.

›Kinder, Kinder!‹ schnaufte er und wischte sich die vor Begeisterung beschlagenen Brillengläser. ›Die Katz' ist ja eine Wucht! Die hat mich so hochgebracht, daß sie mir gleich zweimal hintereinander einen ablutschen konnte. So etwas habe ich schon lange nicht mehr erlebt.‹

Siehst du, mein Schatz, so sind die echten Wiener ›Katzen‹. Nun drücke ich dir sämtliche Daumen, daß du während deines Wiener Aufenthaltes etwas Ähnliches unter den Männern findest. Ruf mich an, wenn's schön war! Ansonsten sehen wir uns nach deiner Rückkehr in Amsterdam.«

Damit hatte er wiederum, wie es seine Eigenart war, rasch und ohne einen zeremoniellen Abschied das Gespräch beendet.

Die Talkshow in Wien war nicht der Rede wert. Die Tage in Wien waren hektisch und angefüllt mit Interviews. Ansonsten kümmerte sich ein alter Freund in rührender Weise um mich, den ich seit drei Jahren nicht mehr gesehen hatte. Doch nichts ereignete sich, was wert gewesen wäre, Felix darüber Bericht zu erstatten. Der war unterdessen sowieso wieder auf eine seiner vielen Reisen gegangen. Er hatte, wie er mir kurz berichtete, einen Kongreß in Süddeutschland, wo er wieder einmal in den Vorstand irgendeiner exklusiven Gesellschaft gewählt worden war und mit Professoren und königlichen Hoheiten Bankette feierte. Anschließend sauste er zum Empfang irgendwelcher nationalchinesischer Autoren zurück nach Hamburg, flog dann zu einem Interview nach Berlin und verkündete von irgendwoher atemlos, daß er nun doch erst ein paar Tage später als vorgesehen zu mir nach Amsterdam kommen könnte.

Es war ein scheußlicher, regnerischer Märztag, für den er sich bei mir angekündigt hatte. Und er hatte beschlossen, den Wagen zu nehmen, weil er anschließend für einige Wochen an den Oberrhein fahren wollte, um dort in Ruhe ein Theaterstück zu schreiben. Warum er das nicht in Hamburg oder in München tun konnte, war nicht zu erfahren. Vermutlich wußte er es selber nicht. Aber warum soll ich eigentlich die einzige Verrückte auf dieser Welt sein?

Ich wußte, er würde von Hamburg zwischen vier und fünf Stunden Fahrzeit brauchen, und hatte mich mit dem Abendessen entsprechend eingerichtet. Außerdem hatte ich meinen Hausgenossen David weggeschickt. Er sollte in dieser Nacht bei seiner englischen Freundin schlafen. Ich wollte mit Felix allein sein in dieser ersten gemeinsamen Nacht in meinem Haus.

Ich wartete und wartete, sah alle zehn Minuten auf die Uhr – doch Felix kam nicht. Daußen regnete es noch immer in Strömen, und ich machte mir langsam Sorgen. Halb sieben, sieben, Viertel nach sieben – und immer noch kein Felix! Wenn er um die Mittagszeit in Hamburg losgefahren war, mußte er doch längst hier sein.

Es war kurz vor halb acht, als es an der Tür läutete. Draußen stand mein Felix – naß wie eine Katze, müde und ärgerlich.

»Was war los mit dir?« wollte ich wissen. »Bist du über Antwerpen gefahren?«

»Erraten!« knurrte er grimmig. »So war's beinahe. Du hattest mir zwar den Weg von der Autobahn aus ganz gut beschrieben, doch bin ich hier in dieser verdammten Gegend über eine dreiviertel Stunde herumgekurvt und fand die verdammte Straße nicht. Kein Mensch konnte mir eine richtige Auskunft geben. Jeder erzählte mir etwas anderes, abgesehen davon, daß bei diesem Sauwetter sowieso kaum ein Mensch auf der Straße ist. Und bis heute hatte ich geglaubt, ganz gut Holländisch zu verstehen, aber das war offenbar auch nur eine Einbildung. Sag mal, sehen denn die Häuser hier alle gleich aus?«

Damit hatte er ja nun leider recht. Ich wohne in einem Vorort, besser gesagt, in einer modernen Trabantenstadt von Amsterdam, und sowohl die Wohnblocks als auch die Reihenhäuser sehen sich alle zum Verwechseln ähnlich. In der Dunkelheit und bei strömendem Regen kann man in der Tat lange suchen und mehrmals im Kreis fahren, bis man eine bestimmte Hausnummer gefunden hat.

»Nun setz dich erst mal hin und trink was!« forderte ich ihn auf. »Was kann ich dir anbieten?«

Felix bat um ein Glas Rotwein, den er rasch hinunterstürzte. Dann begann seine Miene sich zu entspannen, und er sah sich interessiert in meinen vier Wänden um, die vollgestopft sind mit Büchern und Manuskripten, Schallplatten und Tonbändern, mit Fotografien und Bildern.

Da ich vermeiden wollte, daß er einen Schnupfen bekam, wollte ich ihn erst einmal in die heiße Badewanne stecken.

»Zieh dich aus!« sagte ich unvermittelt.

Erstaunt sah er mich an. »Jetzt schon?« fragte er ungläubig.

»Idiot!« erwiderte ich. »Ab in die Wanne! Danach geht's dir besser. Bei mir kann man auch ohne Schlips und Kragen zu Abend essen.«

Natürlich ließ ich es mir nicht nehmen, ihm den Rücken und einiges andere abzuseifen, und trotz seiner Müdigkeit und der anstrengenden stundenlangen Autofahrt reagierte er sofort erstaunlich. Natürlich wußte ich dies zu nutzen.

Felix knurrte behaglich, hatte aber auch keine Einwände, als ich sagte: »Schluß jetzt! Den Rest heben wir uns für später auf.«

Nach einem ausgiebigen Abendessen, bei dem wir von Vergangenem und Zukünftigem plauderten, vor allem über gemeinsame Pläne und gemeinsame Reisen, die wir in den nächsten Wochen und Monaten unternehmen wollten, erhob ich mich.

»Jetzt habe ich eine Überraschung für dich«, sagte ich. »Du hast doch meine ›Reisen in die Sinnlichkeit‹ gelesen und weißt also, welche Erfahrungen ich mit den ›Magic Mushrooms‹, mit den mexikanischen Zauberpilzen, habe. Die wollen wir beide heute nacht gemeinsam essen – als ein Zeichen unserer Verbundenheit.«

»Hm«, sagte Felix nach einigem Zögern. »Du weißt doch, daß ich von Reiz- und Rauschmitteln nicht sehr viel halte. Ein Glas Wein und eine gute Pfeife Tabak, okay. Aber alles andere sagt mir nicht viel. Ich brauche es nicht. Ich bin mein eigener Guru, und meine Bewußtseinserweiterungen erzeuge ich durch Nachdenken oder schlichte Meditation auf buddhistische Art. Kannst du mir versichern, daß dieses Zeug keine nachteiligen Wirkungen auf mein Bewußtsein und mein körperliches Wohlbefinden hat, daß ich weder verblöde noch mir einbilde, plötzlich fliegen zu können?«

»Schau mich an!« entgegnete ich. »Ich lebe noch, und mir hat es bisher nicht geschadet. Außerdem nimmst du eben nur eine ganz schwache Dosis. Und einmal ist keinmal. Sicher haben die Pilze eine ähnliche, wenn auch viel schwächere Wirkung als LSD, aber selbst wenn du fliegen wolltest, kann dir nichts passieren, weil wir hier im Erdgeschoß bleiben.«

»Gut«, gab Felix nach. »Was immer auch passieren wird – ich verspreche dir jetzt schon eines: Das Zeug kann vielleicht meinen Körper außer Gefecht setzen, aber nicht meinen Geist. Ich habe einen sehr starken Willen, der auch durch Hypnose nicht zu beeinflussen ist. Das ist schon etliche Male ausprobiert worden. Aber mich interessiert die Reaktion meines Körpers aus rein wissenschaftlichem Interesse. Normalerweise würde ich ein solches Experiment nur unter ärztlicher Aufsicht unternehmen, aber ich verlasse mich auf deine Erfahrung. Außerdem bitte ich dich, während der Dauer des Experiments ein Tonbandgerät laufen zu lasen.«

Das versprach ich ihm um so lieber, als ich es selbst vorgehabt hatte. Ich finde es unheimlich interessant, während solcher Extremsituationen – es hätte genausogut eine heiße Liebesnacht oder eine sado-masochistische Orgie sein können – ein Tonband laufen zu lassen, um sich selber und den jeweiligen Partner, wenn Rausch und Ekstase verflogen sind, in aller Ruhe analysieren zu können.

Die Vorbereitungen waren einfach. Ich nahm die getrockneten Zauberpilze aus der luftdicht verschlossenen Dose, in der ich sie – eigens für diesen Anlaß – aufbewahrt hatte, beschmierte zwei dicke Scheiben eines leckeren Rosinenkuchens mit etwas Butter, breitete die Pilze darauf aus und gab Felix die Scheibe, auf der ich eine etwas kleinere Menge von Pilzen deponiert hatte, in die Hand. »So, nun iß! Alles andere kommt von selbst.«

»Pfui Teufel!« meinte er. »Nie in meinem Leben habe ich mir etwas aus Pilzen gemacht. Na ja, auf deine Verantwortung hin...«

Er trug nach dem Bad nur noch seinen Morgenmantel. Auch ich hatte nichts weiter am Körper als ein weites, seidenes Hauskleid. Wir setzten uns in meine bequemen Ledersessel, einander gegenüber, so daß jeder mit seinen ausgestreckten Zehen die Oberschenkel des anderen berühren konnte. Eine Position, die ich gemütlich und aufregend zugleich finde, besonders dann, wenn man sich viel zu erzählen hat.

Es war ungefähr halb zwölf Uhr abends. Draußen klatschten immer noch schwere Regentropfen an die Scheiben. Außer uns beiden war ausnahmsweise einmal kein anderer Mensch im Haus – eine Stimmung, wie man sie oft am Anfang von englischen Kriminalfilmen findet. Ich sah Felix erwartungsvoll an.

»Nun erzähl mal etwas!« forderte ich ihn auf.

»Ach – weißt du«, entgegnete er. »Ich habe dir in den vergangenen Wochen schon so viele Geschichten aus meinem Leben erzählt, daß ich finde, heute bist du mal dran. Erzähl mir mal etwas, was in deinen vielen Büchern noch nicht aufgezeichnet ist! Zum Beispiel die Geschichte des Bildes, das da oben auf deinem Schallplattenschrank steht. Wer ist der kleine Junge auf dem Foto? Hast du den etwa auch irgendwann einmal verführt?«

Seine Hand wies auf das Bild, und ich brauchte mich gar nicht umzudrehen, um zu wissen, wen er meinte.

»Nein, den nun wirklich nicht«, versicherte ich. »Das ist eine ganz besondere Geschichte, und eine recht lange dazu. Ich weiß nicht, ob du sie hören willst. Aber wir haben ja eigentlich genug Zeit.«

Ich lehnte mich zurück und begann. »Im Mai 1975 war es, als ich in Toronto die Einladung erhielt, mich dem dortigen MENSA-Club anzuschließen. Du weißt, worum es sich dabei handelt. Es ist eine Vereinigung von Menschen beiderlei Geschlechts, die über nichts weiter als über einen überdurchschnittlichen Intelligenzquotienten verfügen müssen. Ich unterzog mich einigen psychologischen Tests, und eines Tages teilte mir die Präsidentin des MENSA-Clubs von Toronto mit, daß ich als neues Mitglied aufgenommen worden sei. Die regelmäßigen Treffen fanden stets in Privathäusern statt, meistens im Hause der Club-Präsidentin, und dort sah ich zu meinem Erstaunen, daß beileibe nicht nur sogenannte Intellektuelle unter den MENSA-Mitgliedern zu finden waren, sondern Leute aller sozialen Schichten, vom Taxifahrer bis hin zum Gastwirt! Intellekt, wie man sieht, hat eben unglücklicherweise nicht unbedingt etwas mit der sozialen Stellung zu tun, die man sich im Leben erringt. Ich habe MENSA-Mitglieder erlebt, die längere Zeit arbeitslos waren und von der Fürsorge leben mußten.

Zu dieser Kategorie gehörte auch eine der ungewöhnlichsten Frauen, denen ich je begegnet bin. Es handelte sich um eine extrovertierte, große Brünette mit einem wohl gerundeten Körper, sowohl was die Brust als auch den weit ausladenden Popo betraf. Ihr Hüftschwung war beinahe filmreif, und in ihren Augen entdeckte ich mehr Hunger nach Sex als nach Intellekt.

Als wir miteinander bekannt gemacht wurden, seufzte sie: ›Ach, endlich eine Frau mit Sex-Appeal in dieser Schar von ausgetrockneten Menschen! Mit Ihnen kann ich hoffentlich vernünftig reden. Ich bin Beth Shulman, arbeite gelegentlich als Journalistin, schreibe ab und zu auch mal eine Kurzgeschichte doch meistens bin ich arbeitslos. Zur Zeit mal wieder. Ich liebe die Männer, so viele wie möglich, aber glauben Sie, unter diesen Leuten hier wäre einer, mit dem man etwas anfangen könnte?‹

Ich erwiderte nichts auf diesen Gefühlsausbruch. Immerhin war ich nicht zu dem MENSA-Treffen gekommen, um Männer aufzureißen, sondern weil ich glaubte, es würde über allerhand interessante Themen diskutiert. Mir ging es darum, ein paar intelligente Köpfe ›aufzureißen‹, doch Beth war da offenbar ganz anderer Ansicht.

Irgendwie fühlten wir uns indessen doch zueinander hingezogen. Vielleicht lag es daran, daß wir beide attraktive Männer zu schätzen wußten – von Zeit zu Zeit wenigstens. Doch war ich damals vollauf mit dem zufrieden, der gerade mein Ehemann geworden war. Paul und ich waren zwar schon ein paar Jahre zusammen, hatten uns aber soeben erst entschlossen, unsere Verbindung zu legalisieren. Ich war sehr zufrieden und glücklich mit ihm, und obwohl ich einem gelegentlichen Flirt oder gar einer ernsteren Affäre sicher nicht aus dem Weg gegangen wäre, hielt ich doch keineswegs so verzweifelt nach irgendeinem passablen Mann Ausschau wie jene Beth.

Eines war sicher: Sie war ein Vollweib vom Scheitel bis zur Sohle, ausgekocht, raffiniert und auch ein bißchen hysterisch, wenn sie auf eines ihrer Opfer losging. Und in jedem Falle war sie entschlossen, das zu bekommen, was sie wünschte.

Da unser Geschmack, was Männer anbetraf, meilenweit auseinanderging, war ich auch keinerlei Konkurrenz für sie. Bald betrachtete sie mich sogar als eine Art Vertraute in all ihren Männerproblemen. Zunächst einmal besprachen wir ihre Probleme während der regulären MENSA-Treffen, doch dann hielt sie es für besser, wenn wir uns auf ›neutralem Boden‹ trafen, wo sie wesentlich offener mit mir reden konnte.

Schließlich lud sie mich zu sich nach Hause ein, nicht ohne mich vorher zu warnen, daß sie in sehr bescheidenen Verhältnissen lebte, da sie arm wäre wie eine Kirchenmaus. Immerhin schien sie gerne zu kochen, denn es standen ein paar Dutzend Kochbücher mit Rezepten aus aller Welt bei ihr herum, und da sie herausgefunden hatte, daß ich die indonesische Küche besonders schätze, brachte sie es sogar fertig, mir eine kleine ›Reistafel‹ hinzuzaubern, obwohl dies vermutlich eines der schwierigsten und zeitraubendsten Essen war, die man herstellen konnte.

Als ich ihre Wohnung betrat, war ich überwältigt von den Gerüchen der indonesichen Gewürze, die ich seit meinen Jahren in Holland so schmerzlich vermißt hatte. In Kanada ist es gar nicht so einfach, ein indonesisches Restaurant zu finden. Es gibt fast nur chinesische und japanische.

Die Wohnung von Beth war freilich jenseits aller Beschreibung, und obwohl sie mich gewarnt hatte, bekam ich doch fast einen Schreck, als ich sie zum erstenmal betrat. Ich stolperte über zerbrochenes Kinderspielzeug, schob schmutzige Windeln und benutzte Handtücher mit dem Fuß zur Seite und fand schließlich den Weg in die Wohnküche.

Ansonsten bestand das Apartment aus einem kleinen Wohnzimmer, das so schmutzig und vollgestopft war, daß man nicht einen einzigen Stuhl gefunden hätte, der nicht kaputt oder mit allerlei Kram belegt war. Daneben gab es noch zwei winzige Schlafzimmer.

›Leben Sie allein hier?‹ fragte ich Beth.

›Nein‹, antwortete sie. ›Ich bin vor kurzem geschieden worden, und obwohl mein Ex-Mann der größe Bastard ist, den man sich vorstellen kann, liebe ich den Kerl noch immer. Er ist mit irgendeiner jungen Bardame auf und davon.‹

›Haben Sie Kinder? Es sieht so aus – wegen des Spielzeugs...‹

›Natürlich! Ich muß für drei Kinder sorgen, ohne daß ich einen einzigen Pfennig Unterhalt bekäme, weil mein Ex-Mann selber keinen Job hat und von der Fürsorge lebt.‹

Es war acht Uhr abends, als ich sie besuchte. Offenbar hatte sie die Kinder schon zu Bett gebracht, bis auf die älteste Tochter, ein neunjähriges Mädchen, das der Mutter außerordentlich ähnlich sah. Das Kind wirkte bereits genauso einladend, hatte Sex – wie eine Lolita –, den ein neugieriger Jüngling sofort zum Ausbruch bringen konnte. Für ihr Alter war sie ziemlich groß. Sie hatte auch noch ein bißchen Babyspeck ums Hinterteil herum, doch soweit ich sehen konnte, würde sie sich bald zu einer richtigen Frau entwickeln.

Dann gab es noch den vierjährigen David, ihren einzigen Sohn, und das Nesthäkchen, ein kleines Mädchen von neun Monaten. Wenn ich Beth richtig verstanden hatte, dann schliefen alle drei im selben Zimmer, da Beth das andere Schlafzimmer für sich und ihre gelegentlichen Liebhaber reserviert hatte. Im Kinderzimmer lagen neben dem Bett zwei Matratzen auf dem Fußboden, das war alles. In diesem winzigen Raum hatte nicht einmal ein Tischchen mehr Platz. Alles in allem schien mir das wirklich kein Zustand für drei Kinder zu sein, von denen das älteste bald in die Pubertät kommen würde. Doch wie konnte man schon, ohne das nötige Geld, in einer so teuren Stadt wie Toronto eine größere Wohnung mieten?

Während mir Beth vor dem Essen ein paar Familienfotos zeigte, kam ihre älteste Tochter erst vom Spielen nach Hause, hungrig und aufs äußerste überrascht, einmal einen weiblichen Besucher bei ihrer Mutter vorzufinden.

Als ich gegen Mitternacht die Wohnung verlassen wollte, sah ich, wie sich auf einmal die Tür des Kinderschlafzimmers öffnete und der kleine David herauskam, weinend und sich die Augen reibend. Seine Schwester hatte ihn wohl im Schlaf geschubst und aufgeweckt. Vielleicht hatte er aber auch nur schwer geträumt. Jedenfalls weinte er leise vor sich hin. Doch als er mich sah, streckte er seine Ärmchen aus und kam auf mich zugelaufen.

Ich hob ihn auf und drückte ihn an mich, während ich seinen zerstrubbelten Lockenkopf streichelte, um ihn zu beruhigen. Dabei sah ich, daß sein Haar vollkommen verdreckt war und er eine Menge Schuppen hatte, falls es sich nicht sogar um ein Ekzem oder Schlimmeres handelte.

Abgesehen davon, daß er mir seine Arme entgegengestreckt hatte, sprach er kein Wort mit mir, doch als er sich bei seiner Mutter über seine Schwester beschwerte, bemerkte ich, daß er sehr langsam redete und dabei auch noch stotterte. Auch ich sagte kein Wort zu ihm, selbst als Beth und ich ihn wieder zu Bett brachten, doch ich beschloß auf der Stelle, mich um diesen Jungen zu kümmern. Ich hatte ihn beim ersten Anblick liebgewonnen, weil er ein niedlicher kleiner Kerl war und, genau wie seine Mutter, jenem dunklen jüdischen Typ angehörte, der mich immer so interessiert.

Als ich ins Bad ging, um mir noch einmal die Hände zu waschen, sah ich, wie schmutzig die Handtücher waren.

Als ich Beth um ein sauberes bat, sagte sie nur: ›Tut mir leid, meine Liebe, aber das sind alle, die ich habe. Ich müßte sie halt einmal waschen.‹

Anstelle des Toilettenpapiers gab es lediglich alte Zeitungen, der Boden war vollkommen verdreckt, und auch die Kloschüssel hätte eine Säuberung dringend nötig gehabt. Im übrigen entdeckte ich kein einziges Stück Seife, keine Zahnpasta und kein Shampoo im Badezimmer und schwor mir in diesem Augenblick, in diesem Haus einiges zu ändern, und dies schon anläßlich meines nächsten Besuches.

Natürlich berichtete mir Beth mit großer Regelmäßigkeit über ihre jeweiligen Liebhaber, doch binnen einer Woche war jeder von ihnen zum Ex-Liebhaber geworden, weil dann eben schon wieder ein neuer Mann in ihr Leben gekommen war. Und alle diese Typen waren richtige Kerle mit einer Mordsfigur und gut bei Kräften, denn Bhet mit ihrer Amazonenfigur brauchte natürlich ab und zu einen ordentlichen Schlag auf den Hintern und eine kräftige Umarmung. Mit mickrigen Intellektuellen, die ihr Gedichte schrieben oder Rosen schickten, konnte sie nun einmal nichts anfangen.

›Ich brauche einen richtigen Lastwagenfahrer, und das Tag und Nacht‹, war ihre Lieblingsredensart, und so verliebte sie sich auch meistens in irgendwelche Trucker oder Bauarbeiter, mit möglichst viel Muskeln und möglichst wenig Gehirn.

Dabei war sie eine absolut intelligente Frau, sehr belesen und durchaus in der Lage, sich über Gott und die Welt zu unterhalten. Dennoch war und blieb ihr Lieblingsthema Sex.

Im Verlauf eines unserer Gespräche sagte sie mir einmal: ›Wissen Sie, in meiner Ehe war das schon komisch, weil mein Mann einen wirklich kleinen Penis hatte. Das war nicht so schlimm, solange wir richtig verliebt ineinander waren und uns allerlei andere Möglichkeiten einfielen, um ordentlich geil zu werden. Als ich jedoch die Kinder bekommen hatte, fing er an, sich zu beschweren, daß ich viel zu ausgeleiert wäre, und ich warf ihm dann natürlich vor, wie klein er gebaut sei. Dann, als ich mein drittes Kind geboren hatte, war es ganz aus. Ich konnte seinen Penis überhaupt nicht mehr spüren. Und obwohl unsere Ehe sowieso schon nicht mehr funktionierte und es mir hätte egal sein können, wußte ich doch, daß es nach ihm noch eine ganze Reihe von Liebhabern geben würde. So ging ich eines Tages zum Gynäkologen, und der empfahl mir schlicht und einfach, mich enger machen zu lassen.‹

›Enger machen?‹ fragte ich erstaunt. ›Was, zum Teufel, soll das heißen?‹

›Nun‹ – Beth fing zu lachen an –, ›das bedeutet genau das, was ich sage. Es heißt eben, daß der Arzt die Pussy enger macht.‹

›Oh, Sie meinen also, er näht sie zu, damit sie enger wird?‹

›Richtig, meine Liebe. Genauso ist es. So ging ich also eines Tages hin und ließ mir die Pussy zunähen, und das Ende vom Lied war, daß mein Mann kaum noch hineinkommen konnte. Und er war nun wirklich kein Riese, wie ich schon sagte. Jedesmal, wenn er es probierte, hatte ich fürchterliche Schmerzen und fing sogar ein paarmal zu bluten an, beinahe wie eine Jungfrau.‹

›Wie kam das denn?‹ fragte ich neugierig.

›Weil sie mich ganz offensichtlich zu weit zugenäht hatten, und der Doktor es nicht wieder auftrennen wollte. Er sagte mir einfach, das sei wie bei zu engen Schuhen – mit der Zeit und bei regelmäßiger Benutzung würde sich meine Pussy schon ausweiten.‹

Wir lachten beide hell, so daß die übrigen MENSA-Mitglieder erschrocken zusammenzuckten, denn dieses amüsante Gespräch fand schließlich im Hause der Präsidentin statt. ›Und nun?‹ wollte ich nach einiger Zeit wissen. ›Hat sie sich nun ausgeweitet?‹

›Ach was! Reden wir nicht mehr davon! Sie tut mir immer noch weh – und meine sämtlichen Liebhaber sind mindestens doppelt so stark gebaut wie mein Ex-Mann.‹

Nun, diese Art von Gesprächen war dann eben der Anlaß für sie gewesen, mich doch besser zu sich nach Hause einzuladen, wo es keine neugierigen MENSA-Ohren mehr gab. Knapp zwei Wochen nach meinem ersten Abend bei Beth Shulman rief ich sie an, um ihr mitzuteilen, daß ich sie wieder besuchen wolle, diesmal jedoch schon am Nachmittag, um alle drei Kinder um mich zu haben. Außerdem versprach ich, aus einem chinesischen Restaurant in der Nähe meiner Wohnung das Essen für uns alle mitzubringen. Was ich Beth natürlich nicht verriet, war der Hauptgrund meines Besuches: Ich wollte vor allem den kleinen David wiedersehen.

Am Morgen vor meinem Besuch bei den Shulmans ging ich erst einmal ins nächste Kaufhaus und erstand eine Menge Geschenke für die Kinder: Spielsachen, ein kleines Auto für David, einen Strampelanzug für das Baby, eine Handtasche für die älteste Tochter und noch allerlei Spiele. Außerdem kaufte ich ein Dutzend Handtücher und die gleiche Anzahl Badetücher in allen möglichen Farben, auch eine ganze Menge von Toilettenartikeln, angefangen von Seife und Shampoo bis hin zu Zahnpasta, Haarbürsten, Waschlappen und Zahnbürsten.

Derart mit Geschenken beladen, kam ich bei Beth an. Ihre Tochter half mir beim Auspacken, und sämtliche Kinder sprangen vor Freude in die Höhe, als ich ihnen die Sachen in den Schoß legte. David sah einfach zum Anbeißen aus, wach wie er diesmal war, obwohl ihm sein Overall viel zu klein geworden war und er kaum noch die Hose richtig zumachen konnte. Natürlich war sein Gesicht wieder völlig verschmiert, und so schleppte ich ihn erst mal ins Bad, wusch ihn und putzte ihm die Nase mit dem Klopapier, das ich ebenfalls gekauft hatte. Erst dann gab ich ihm einen Kuß auf die nun strahlend sauberen Wangen.

Er sprach erstaunlich wenig, und wiederum bemerkte ich, daß alles, was er zu sagen versuchte, mit großen Schwierigkeiten aus ihm herauskam und er die ganze Zeit stotterte. Aber wenn auch seine Worte nur wenig ausdrückten, um so mehr verrieten doch seine Augen und seine Bewegungen.

Gerade als wir alle unser chinesisches Essen auf dem Schoß hatten, inmitten all des Durcheinanders, in dem wir nur mit Mühe einen Platz zum Sitzen gefunden hatten, klingelte es an der Tür, und herein stapfte ein Hüne von Mann, der uns alle um Hauptеslänge überragte, streng nach Schweiß roch und riesige, ölverschmierte Hände hatte.

Er ging schnurstracks auf Beth zu und sagte kein Wort, sondern klopfte ihr nur kräftig auf den Hintern. Ich sah, wie David zusammenzuckte, als seine Mutter so merkwürdig begrüßt wurde, doch er traute sich kein Wort zu sagen. In seinen Augen bemerkte ich einen furchtsamen Ausdruck, der erst verschwand, als der Mann das Apartment wieder verlassen hatte. Mich sah er fragend an, als ob er wissen wollte, was ich denn von diesem fremden Menschen hielt, der da hereingeplatzt war und sich benahm, als sei er hier zu Hause.

Beth, die offensichtlich in diesen Typ verknallt war, hatte ihn flüchtig als Fred vorgestellt, einen Automechaniker aus der Nachbarschaft, den sie wahrscheinlich kennengelernt hatte, als sie das Fahrrad ihrer ältesten Tochter reparieren ließ. Er hatte sich wie selbstverständlich hingesetzt und mit seinen ungewaschenen Fingern in das chinesische Essen gelangt, so daß mir vom Zusehen allein schon schlecht wurde. Zu allem Überfluß hatte auch die neunjährige Tochter von Beth auf dem Schoß des Kerls Platz genommen und sich in ihrer lolitahaften Art an seine Brust gekuschelt.

Zum Glück war Fred in Eile. Er war nur vorbeigekommen, um Beth mitzuteilen, daß aus einer Verabredung mit ihr am Abend nichts werden könnte. Doch dafür hielt er sich gleich schadlos. Kaum hatten die beiden zu essen aufgehört, da packte er sie und schleppte sie ins Schlafzimmer auf eine schnelle halbe Stunde. Und natürlich hörten wir draußen jedes Wort.

Um die Kinder abzulenken, suchte ich eines von den mitgebrachten Spielen heraus. Vor allem beschäftigte ich mich mit dem kleinen David, der sich wie ein Schneekönig freute, daß sich endlich einmal jemand um ihn kümmerte. Das Kleinste spazierte unterdessen splitternackt in der Wohnung herum und pinkelte in aller Seelenruhe im Hausflur in eine Ecke, ohne daß die ältere Schwester davon Notiz genommen hätte.

Die ganze Wohnung war wirklich ein einziger Schweinestall, und ich konnte mir einfach nicht vorstellen, warum Leute wie Beth überhaupt Kinder haben wollten. Sie schien sie freilich zu lieben, jedes einzelne davon, doch schien ihr die Mühe, die mit Kindern nun einmal verbunden war, ganz einfach zuviel zu sein. Und obwohl sie doch die meiste Zeit arbeitslos war, schien sie doch keine Zeit dafür zu haben, wenigstens einmal ihre Wohnung gründlich aufzuräumen.

Ich hatte Paul davon erzählt, daß ich diesen süßen kleinen Jungen kennengelernt hatte, ein Kind, wie ich es – so niedlich – möglicherweise selber niemals bekommen würde, und dabei erwähnt, daß die Kinder von Beth in einer Weise aufwuchsen, wie ich sie absolut für unrichtig hielt. Allerdings hatte ich Paul noch nichts von der Sprachbehinderung des kleinen David erzählt.

›Paul‹, sagte ich eines Abends, nachdem ich Beth und die Kinder noch einige Male besucht hatte, ›Paul, würde es dir etwas ausmachen – ich meine, wenn ich von Beth die Erlaubnis bekäme –, wenn ich David mal für eine Woche hierherbringen würde?‹

›Um Himmels willen, warum denn das?‹ fragte Paul erschrocken. ›Du hast doch gerade das ganze Haus mit Tieren besiedelt! Denk an deine beiden Fische, die sich in kürzester Zeit so unheimlich vermehrt haben, daß wir ständig neue Aquarien kaufen mußten. Und dann das verdammte Meerschweinchen, das überall hingepinkelt und hingekackt hat, weil du es um nichts in der Welt in einen Käfig sperren wolltest. Erinnerst du dich, daß ich dir sagte, du könntest zwischen dem Meerschweinchen und mir wählen?‹

Paul begriff einfach nicht, daß mir etwas fehlte, von dem Männer normalerweise keine Ahnung haben – so etwas wie Nestwärme. Ich sehnte mich so verzweifelt nach einem Kind, daß es das mindeste war, was wir tun konnten, David für eine Woche zu uns zu nehmen. In dieser Zeit konnte man dann wenigstens spüren, wie es war, ein Kind im Haus zu haben – und vielleicht eines Tages sogar ein eigenes...

Als ich Paul dies erklärte, nahm er mich in seine Arme und erklärte sich einverstanden mit meiner Idee.

›Solange du *mich* dabei nicht vernachlässigst‹, fügte er hinzu, selbstsüchtig wie die meisten Ehemänner und Väter kleiner Kinder nun einmal sein können.

Und so stieg David dann eines Tages – mit dem Einverständnis seiner Mutter und ein paar alten Kleidungsstücken und zerbrochenen Spielsachen – stolz wie ein kleiner König in meinen Wagen. Bisher hatte er kaum jemals die Gelegenheit gehabt, mit dem Auto zu fahren.

Beth war sichtlich erleichtert, wenigstens für eines ihrer drei Kinder zeitweise keine Verantwortung mehr tragen zu müssen, obwohl ich ihr hoch und heilig versprechen mußte, sie jeden Tag anzurufen, um ihr zu berichten, wie es David denn gehe, womit er sich beschäftige, ob er sich bei mir auch wohl fühle und genügend esse...

›Wissen Sie‹, sagte sie beim Abschied, als David schon in meinem Wagen saß, ›er ist nämlich beinahe ein Problemkind. Er ist so außerordentlich sensibel und leidet, glaube ich, ein wenig unter dem Leben, das ich führe. Aber was soll ich machen? Ich muß nun mal in dieser kleinen Wohnung leben, und die Wände sind hellhörig. Und da wird er halt eifersüchtig. Er würde ja so gerne schon eine Art Vaterrolle spielen, aber er ist doch noch ein so kleiner Kerl.‹

›Aber ein sehr gescheiter‹, sagte ich, da ich mit der Art und Weise, wie Beth ihre freizügige Sexualität offen vor den Augen ihrer kleinen Kinder praktizierte, absolut nicht einverstanden war.

Ich könnte dir jetzt noch erzählen, wie aufregend und wie schön diese ersten Tage mit dem kleinen David verliefen, wie er sich bei Paul und mir eingewöhnte, wie wir uns über ihn freuten und wie er doch unser ganzes Eheleben durcheinanderbrachte. Die Geschichte ist noch lange nicht zu Ende, aber sie ist zum Schluß so traurig, daß ich sie jetzt nicht weitererzählen möchte. Ein andermal vielleicht. Der kleine Junge da oben auf dem Bild, das ist eben dieser David Shulman, mein kleiner David. Jetzt ist er ungefähr zehn.«

Ich mußte aufhören, weil mir beinahe die Stimme versagte. Die Erinnerung an dieses Kind und das, was mit ihm noch geschah, war zu stark, um so mehr, als ich unterdessen wußte, daß ich nie mehr ein eigenes Kind haben würde. Außerdem spürte ich, wie die Zauberpilze zu wirken begannen.

»Wie geht es dir?« erkundigte ich mich bei Felix. »Spürst du schon etwas?«

Er schüttelte den Kopf. »Absolut nichts. Außer, daß ich mich im Augenblick sehr wohl und behaglich fühle. Aber das hängt ja wohl mehr mit deiner Gegenwart als mit den verdammten Pilzen zusammen.«

»Gut. Dann erzähl du mal wieder etwas! Ich möchte jetzt nur noch zuhören und dich dabei ansehen.«

Felix fuhr mit seinem nackten Fuß an der Innenseite meiner

Oberschenkel entlang und räkelte sich behaglich in seinem bequemen Sessel.

»Ich denke ein bißchen nach über diese Beth Shulman«, begann er. »Man hätte dieses sexbesessene Frauenzimmer damals wirklich ganz zunähen sollen, bis auf ein winziges Nadelöhr, so wie das ja manche afrikanischen Stämme mit den unverheirateten Töchtern machen, damit nur ja nichts passieren kann. Aber für solche Fälle hat ein Gentleman eben immer ein scharfes Messer in der Hose.

Doch Scherz beiseite, ich erinnere mich, wie schmerzhaft es für eine Frau sein kann, wenn sie wirklich zu eng gebaut ist. Ich habe es selbst erlebt mit einer sehr zierlichen Frau, die die Figur einer balinesischen Tempeltänzerin hatte und seit Jahren schon von ihrem Mann getrennt lebte. In dieser Zeit hatte sie, wie ich erfuhr, nur eine einzige Affäre gehabt, und auch die lag schon Jahre zurück, als ich sie kennenlernte. Es war bei ihr buchstäblich alles wieder zugewachsen, was wir beide in der ersten Ekstase gar nicht wahrhaben wollten.

Das Resultat war freilich katastrophal. Ich konnte sie in der nächsten Zeit nur noch mit außerordentlicher Behutsamkeit benutzen. Da wir sehr ineinander verliebt waren, wollten wir während des leider notwendigen Heilungsprozesses natürlich nicht auf jeden Sex verzichten und retteten uns in eine Art von ›heavy petting‹ mit allerlei Zungenspielen. Doch wie froh war ich, als ich dann doch wieder – ganz behutsam natürlich – in sie eindringen konnte, sozusagen mit ›halber Kraft voraus‹, wie es in der Seefahrt heißt. Viele Wochen jedoch blieb in ihr eine empfindliche Stelle, die wir liebevoll ihren ›wunden Punkt‹ nannten und einer Spezialbehandlung unterzogen. Sie strich mit ihren schlanken Fingern einen Klecks Heilsalbe auf meine Penisspitze, und ich führte dann das Gerät ganz vorsichtig ein und versuchte, die Salbe genau auf den ›wunden Punkt‹ zu übertragen. Damals entstand das geflügelte Wort von der Salbentherapie, und noch heute frage ich ab und zu: ›Wie wäre es mit einer Behandlung?‹ Obwohl der ›wunde Punkt‹ unterdessen längst abgeheilt ist und sich die doch ganz flexible Innenausstattung dieser zauberhaften Frau meinen Dimensionen recht gut angepaßt hat.

Gibt's da nicht übrigens das alte deutsche Studentenlied von dem ›Pater mit dem Medikamentenstab‹, der damit kranke Nonnen gelabt hat? Du kannst das nicht wissen, aber ich glaube, das haben wir bei uns im Corps-Haus sehr oft gesungen, allerdings erst beim sogenannten ›inoffiziellen Teil‹ des Abends.«

»Hattest du in deinem bewegten Leben je eine Jungfrau?« wollte ich von Felix wissen.

»Nein«, erwiderte er. »Und ich bin eigentlich gar nicht böse darum. Das hat mehrere Gründe. Zum einen muß man, wie du dir denken kannst, ungeheuer behutsam vorgehen, denn ich brauche keiner Frau zu sagen, wie entscheidend das erste Erlebnis für das weitere Sexualleben ist. Wie viele Frauen haben einen Schock davongetragen, den sie nie wieder losgeworden sind. Wie viele sind auf Grund eines solchen Erst-Erlebnisses absolute Lesbierinnen geworden. Übrigens gibt es dieses Phänomen auch auf männlicher Seite.

Ich erinnere mich an einen sehr charmanten und gutaussehenden französischen Diplomaten, den ich in den sechziger Jahren in München kennengelernt habe und der mir mit geradezu entwaffnender Offenheit nach dem vierten oder fünften Glas Wein gestand, daß er stockschwul wäre und zu den ganz wenigen Homoeroten gehöre, die mit Frauen überhaupt nichts mehr anzufangen wüßten. Nach den Untersuchungen von Kinsey oder Masters – es kann aber auch Giese gewesen sein – sind dies ja lediglich vier Prozent. Alle anderen sind in irgendeiner Form doch noch bisexuell. Als ich ihn interessiert befragte, ob er denn genau wüßte, worauf diese Antipathie zurückzuführen wäre, bejahte er dies sofort und erzählte, er sei als kleiner Junge, noch vor Beginn der Pubertät, in seinem Elternhaus von einem bretonischen Dienstmädchen verführt, ja direkt vergewaltigt worden, weil das geile Kind seine sexuelle Not nicht anders abzureagieren wußte. Und dieses traumatische Erlebnis und die Erinnerung an eine geile Frauenmöse hätte ihn derart angewidert und geschockt, daß er niemals wieder eine Frau hätte berühren können, auch niemals das Bedürfnis dazu verspürt hatte.

Doch wir waren ja eigentlich bei den Jungfrauen und dem möglicherweise schockierenden Erst-Erlebnis. Auch wenn dieses besondes schön war, wirkt es nachhaltig, und es kann dem Deflorator natürlich passieren, daß ihm ein frisch entjungfertes Mädchen nachläuft wie ein junger Hund, und er Mühe hat, sich seiner zu erwehren. Und du kannst dir vorstellen, daß das Anlernen eines solchen Neulings eine vielleicht reizvolle, aber doch recht mühsame Aufgabe sein kann.«

Felix hielt inne und sah mich verschmitzt an. »Ich halte es lieber mit den reifen, den erfahrenen Frauen, denen ich keine Kommandos oder gar Hilfestellungen zu geben brauche, sondern die ganz genau wissen, was ich will – und was sie wollen.«

»Siehst du, deswegen bist du ja heute auch hier«, kommentierte ich verständnisvoll. »Aber erzähl weiter!«

»Ein paarmal ist der Kelch an mir vorübergegangen«, fuhr Felix fort. »Ich denke an meine Beziehung zu einer sehr eleganten, sehr liebeshungrigen und sehr üppigen Frau, mit der ich längere Zeit eng befreundet war. Sie hatte eine hübsche Tochter, die sich noch ein wenig eckig bewegte und sich ihres Körpers durchaus noch nicht bewußt war.

Es war in der Großstadt jedoch fast ein Wunder, daß dieses Mädchen – ich glaube, es hieß Esther – immer noch Jungfrau war. Die besorgte Mutter hatte natürlich die Bedenken, die ich vorhin ausgesprochen habe: Sie wünschte sich für ihre Tochter ein zärtliches, harmonisches, romantisches und in jeder Hinsicht schönes Erst-Erlebnis.

›Würdest du so nett sein, lieber Felix‹, fragte sie mich eines Tages unverhohlen, als wir darüber sprachen, ›das zu übernehmen? Ich wüßte mir für meine Tochter keinen besseren ersten Mann als dich.‹

Hm. Nett wie ich bin, habe ich natürlich nicht nein gesagt, obwohl mir durchaus nicht danach war. Aber das Glück war mit mir. Eines Tages kam die schöne Mutter ein bißchen aufgeregt zu mir und verkündete, meine Hilfestellung wäre nun nicht mehr nötig, die Tochter hätte sich woandes ›bedient‹ und offenbar keinen Schock davongetragen.

Unsere Jugend ist eben doch härter im Nehmen, als wir glauben, und verschafft sich ihre Erlebnisse und Erfahrungen ohne elterliche Nachhilfe.

Gut. Also mit der sicher recht niedlichen Esther war es nun nichts geworden. Auch ein anderes Mal sollte mir das zweifelhafte Vergnügen zum Glück erspart bleiben. Ich bin, wie du weißt, kein Freund allzu junger Mädchen. Dafür bin ich selber noch zu jung. Vielleicht werde ich in zehn oder fünfzehn Jahren auch mit Bonbontüten vor den Schulhöfen lauern und auf Kinderspielplätzen den Exhibitionistenmantel aufschlagen. Ich weiß es nicht, aber es sieht zum Glück nicht so aus. Doch ab und zu wird man von dem Zauber eines noch unschuldigen Mädchens schon ein wenig verwirrt. Auch der alte Goethe hatte schließlich seine Ulrike von Levetzow.

Es war vor etwa zehn Jahren. Ich lebte damals in Berlin, fuhr aber fast jedes Wochenende in mein Haus an der Ostsee, wenn ich nicht in München zu tun hatte. Eines strahlend schönen Sommertages fuhr ich die Strandpromenade entlang und bemerkte ein

Mädchen, das da mutterseelenallein, die Badetasche umgehängt, einherspazierte. Ihre Figur war zart, doch schon gut entwickelt, das aschblonde Haar leicht gelockt, die Nase keck, und die großen grauen Augen standen eine Spur zu weit auseinander. Ein Gesicht, das mich faszinierte. Die breiten Backenknochen deuteten auf slawische Herkunft. Auch das schätze ich sehr.

Langsam fuhr ich neben ihr her, um sie zu beobachten, bis sie davon Notiz nahm und mich neugierig betrachtete, ohne eine Spur von Unsicherheit oder Verlegenheit. Durch das offene Seitenfenster fragte ich sie, ob ich sie vielleicht nach Hause fahren dürfte. Sie nickte eifrig und stieg ohne Zögern in meinen Wagen. Ich hatte Zeit und gedachte, das kleine Abenteuer noch ein wenig auszudehnen. Daher fragte ich sie, ob sie Lust hätte, mit mir noch irgendwo ein Eis zu essen oder einen Kaffee zu trinken. Auch damit war sie einverstanden. Überhaupt schien sie recht munter und unternehmungslustig zu sein.

Auf dem Weg in die Konditorei – ich hatte natürlich nicht die gewählt, in der ich seit Jahren Stammgast war – erzählte sie beinahe unaufgefordert über sich selbst. Sie hieße Ursula, wohnte in einem kleinen Dorf am Rande der Stadt, ihre Mutter wäre von hier, ihr Vater jedoch ein Lette, der als Kriegsgefangener hier in der Gegend hängengeblieben wäre, und außerdem ginge sie noch zur Schule. Als ich mich vorsichtig nach ihrem Alter erkundigte, blinzelte sie mich an und sagte: Sechzehn – oder besser sechzehneinhalb.

Damit war für mich die Sache fürs erste gelaufen. Immerhin gefiel mir die Kleine doch so gut, daß ich abwarten wollte, bis sie ihren achtzehnten Geburtstag gefeiert hatte. In der Zwischenzeit – wir hatten natürlich Adressen und Telefonnummern ausgetauscht – spielte ich ein Zwischending zwischen großem Bruder und gutem Onkel, meldete mich gelegentlich, wenn ich im Lande war, holte sie zu Spazierfahrten ab, ging mit ihr Kuchen essen und ließ mir danach auch ganz gerne ein dankbares, unschuldiges Küßchen verpassen, wenn ich sie brav zu Hause wieder absetzte.

Im Laufe der folgenden Monate begann sie sich zu einer wirklich entzückenden kleinen Person zu entwickeln, die über ungeheuer viel natürlichen Charme verfügte und mir ab und zu auch zauberhafte Briefchen schrieb. Du kannst dir denken, liebe Xaviera, daß ich alter Bock – ich war damals übrigens noch nicht einmal dreißig – unterdessen förmlich darauf lauerte, daß dieses Mädchen achtzehn wurde, denn entgegen meinen vielfach geschilderten Vorlieben für das Reife und Erfahrene bin ich zu Ausnahmen bereit, wenn die menschliche Seite stimmt. Und an dieses kleine Wesen, an diese Kindfrau war ich einfach schon gewöhnt.

Wie es der Zufall so will, meine Verpflichtungen führten mich wieder einmal auf eine längere Auslandsreise – ich glaube, nach Südostasien –, so daß ich nicht, wie geplant, unmittelbar nach Ursulas achtzehntem Geburtstag an die Ostsee fahren konnte. Außerdem war es Winter, die Straßen waren schlecht zu befahren, auch noch nach meiner Rückkehr aus Asien, und so ging fast ein Vierteljahr ins Land, bis ich mein Haus wieder betrat und mich um das nun herangereifte Kind kümmern konnte.

Kaum zu Hause, rief ich sie an und bat sie, zu kommen, um sich bei mir ihr Geburtstagsgeschenk abzuholen. Eine halbe Stunde später klingelte es an der Tür. Es war Ursula. Sie war mit dem Fahrrad gekommen und ein wenig zerzaust, hatte sich aber hübsch angezogen und sogar ein wenig Lippenstift aufgelegt. Eine richtige kleine Lolita, eine Kindfrau, wie man sie sich nur wünschen konnte.

Ich umarmte sie, diesmal gar nicht brüderlich und onkelhaft, und zog sie fest an mich. Ihr biegsamer Körper gab nach, folgte willenlos meinen Händen. Kein Zögern, kein jungfräulich-schamhaftes Sträuben, als ich sie behutsam entkleidete. Ich war erstaunt. So problemlos hatte ich mir meine Eroberung nun wirklich nicht vorgestellt. Fast war ich ein wenig enttäuscht, und die Enttäuschung wurde komplett, als ich behutsam in sie eindrang und auch da keinerlei Widerstand spürte.

Fräulein Ursula war keine Jungfrau mehr. Felix Freitag war, wieder einmal, zu spät gekommen.

Ich weiß nicht, ob meine Erleichterung über diesen Umstand die Enttäuschung nicht doch rasch übertraf. Wieder einmal war ich der Verantwortung des ›Erstbesteigers‹ enthoben worden. Es sollte mein Schicksal werden. Und ich schwor mir, auch keinen diesbezüglichen Versuch mehr zu unternehmen.

Neugierig war ich aber doch. Schließlich hatte ich, als monatelanger ›Beschützer‹ dieser Unschuld, beinahe ein Recht darauf, zu erfahren, an wen sie sie denn nun verloren hatte. Auf mein Befragen hin gestand Ursula mit leichtem Erröten, es sei passiert, als unlängst ein Freund ihrer Mutter zu Besuch gekommen war und auf die Mutter, die sich verspätet hatte, zu lange hätte warten müssen.

Wie bequem sind doch schöne Mütter mit heranwachsenden Töchtern! Es gibt sogar Männer, die das ganz bewußt planen. Ich erinnere mich an einen im journalistischen Bereich tätigen Grafiker, der eine Frau mit sehr hübscher, unehelich geborener Tochter geheiratet hatte, sich dann aber, als seine Stieftochter zu einem wunderschönen achtzehnjährigen Mädchen herangewachsen war, von seiner nun nicht mehr so attraktiven Frau scheiden ließ und kurzerhand die Tochter heiratete. Ob die Ex-Gattin als Haushälterin der Familie erhalten blieb, kann ich leider nicht sagen. Auch einer meiner Freunde, ein holländischer Grafiker – komisch, daß dies immer bei Grafikern vorzukommen scheint –, heiratete eine geschiedene Frau, die ihre damals zwölfjährige und schon recht ansehnliche Tochter mit in die Ehe brachte. Als ich ihm gratulierte, warnte ich ihn davor, seinem deutschen Kollegen nachzueifern. Er würde sein ganzes Gewerbe in Mißkredit bringen, weil jeder nur noch von den lüsternen Grafikern reden würde.

Um jedoch auf die kleine Ursula zurückzukommen: Irgendwie hatte mich die ganze Geschichte ein bißchen geärgert, und seit jener Offenbarung zog ich mich langsam, aber unaufhaltsam von ihr zurück und ließ immer seltener von mir hören. Ich bin sicher, daß sie den Weg ihrer lebenslustigen Mutter gegangen ist. Wer weiß, ob ich sie heute noch so schön fände, wenn ich ihr wieder begegnete.

Etwas ähnliches ist mir übrigens vor kurzem passiert, als ich in Bayern war und meine Mutter besuchte, die dort allein in unserem Haus lebt. Es ist der Ort, in dem ich – kurz vor meiner Gymnasialzeit – noch ein paar Monate lang die Volksschule besuchte und in dieser Zeit freundschaftliche Beziehungen zu drei oder vier Mitschülerinnen aufnahm – in aller Unschuld natürlich, doch ich habe schon als Neunjähriger einen starken Hang zur Weiblichkeit gehabt. Als ich jetzt, nach drei Jahrzehnten, durch die Ortschaft fuhr und mir eines dieser Mädchen – es hieß Elke, soweit ich mich erinnere – über den Weg lief, war ich doch sehr erschrokken. Eine üppige Matrone war aus diesem grazilen Wesen geworden. Die früher so schönen, klaren Gesichtszüge waren verquollen, das Haar war ungepflegt, die Kleidung vernachlässigt.

Mein Gott, wie sehr soll man sich doch vor Sandkastenfreundschaften hüten und sie, um Himmels willen, nicht zu einer Dauerbeziehung werden lassen! Man kann sein blaues Wunder erleben. Dabei hätte meine Mutter mich so gerne mit einer meiner Schulfreundinnen verheiratet – mit irgend so einer wohlerzogenen, ein bißchen dämlichen Arzt- oder Apothekerstochter, die nichts Eiligeres zu tun gehabt hätte, als mit mir ein halbes Dutzend Kinder in die Welt zu setzen, um mich, den ewigen Zigeuner, nur möglichst eng an die nestwarme Häuslichkeit zu binden.«

Während Felix seine Mutter erwähnte, die ich natürlich nicht kannte, obwohl ich ein paarmal mit ihr telefoniert hatte, um zu erfahren, wo ihr Sohn denn nun gerade wieder stecke, hatte ich plötzlich eine Vision. Die Gesichtszüge von Felix veränderten sich, seine Haut schrumpfte, wurde faltig, die Nase trat noch schärfer hervor, die Haare lagen in weißgrauen Wellen um seinen Kopf. Plötzlich sah er aus wie eine uralte Frau, vielleicht wie seine Mutter, die ja schon weit über Siebzig war.

Ich wußte, die Pilze begannen zu wirken, und brach in lautes, unmotiviertes Gelächter aus.

Felix sah mich erstaunt an, dann begriff er. Seinerseits zeigte er jedoch noch keinerlei Wirkung; seine Sprache war klar, seine Bewegungen waren koordiniert und kontrolliert wie immer. Er war wirklich ein Phänomen. Ich hatte noch keinen anderen Mann erlebt, bei dem die Wirkung der Zauberpilze so wenig zu spüren war. Er mußte wirklich einen außerordentlich starken Willen haben.

Auch während der nächsten Stunden bemerkte ich nur eine einzige Veränderung. Er ließ sich von meinem Lachen anstecken und brach während der vielen Episoden, die wir uns noch erzählten, genauso wie ich von Zeit zu Zeit in schallendes Gelächter aus.

Irgendwann holte ich eine Kiwi-Frucht aus der Küche und dazu ein langes, scharfes Messer, mit dem ich sorgfältig die Schale von der Frucht zu lösen begann. Als Felix dies sah, wickelte er sich fester in seinen Morgenmantel ein und hielt schützend beide Hände vor seine Geschlechtswerkzeuge.

»Sei bloß vorichtig!« warnte er. »Ich weiß ja, daß du normalerweise schon zu allem fähig bist – und jetzt möglicherweise erst recht. Wenn ich sehe, mit welchem Genuß du diese Kiwi-Frucht schälst, dann kann ich mir vorstellen, mit welchem Vergnügen du mit diesem Messer an meinen beiden geweihten Muskatnüssen da unten herumarbeiten würdest. Ich habe vor ziemlich wenig Dingen Angst, doch vor einer Frau mit einem scharfen Messer immer. Es sind schon viel zuviel schlimme Dinge passiert. Ich möchte nicht so gerne als unfreiwilliger Kastrat durch mein zukünftiges Leben wandeln, um so weniger, als es kaum noch anständige Harems gibt, zu deren Bewachung man mich dann engagieren könnte.«

Diese Kastrationsangst war nun wieder ein typisch männliches Syndrom. Allein schon der Gedanke an den Verlust ihrer herrlichen Männlichkeit treibt den Vertretern des anderen Geschlechtes den Schweiß auf die Stirn und verursacht ihnen Alpträume. Aber wenn ich es mir so recht überlegte, dann wäre es gerade bei Felix wirklich schade um die sogenannte Männlichkeit gewesen, mit der ich noch so manchen Spaß zu haben gedachte.

Ein wenig knieweich waren wir schon, als wir nach dieser langen Zauberpilz-Nacht die Treppe hinauf in mein Schlafzimmer stiegen. Ich hatte versucht, Felix ein wenig von meinen Visionen, den Farben und Lichtblitzen, die ich dank der Wirkung der Pilze wahrnahm, und von der Musik, die ich stellenweise mit ungeheuerlicher Intensität hörte, mitzuteilen.

Er hörte sich alles interessiert an und kommentierte nur trocken: »Kann ich dir leider nicht mit dienen. Ich hatte für eine kurze Zeit lang nur das Gefühl einer körperlichen Schwäche, einer ungeheuren Gewichtslosigkeit und Leere, so als ob alles Blut aus meinen Adern zum Herzen geströmt wäre. Ich hätte in diesen Minuten nicht stehen oder gar laufen können und war froh, daß ich lag. Es war wirklich beinahe ein Gefühl der Schwerelosigkeit. Aber in keiner Sekunde wäre ich auf die Idee gekommen, daß ich nun fliegen könnte.«

Er ist eben wirklich total immun gegen alle meine Zaubereien – soweit es solche Rauschmittel betrifft. Daß er gegen meine anderen Reize durchaus nicht immun geworden war, das erfuhr ich sogar nach dieser langen und ein bißchen erschöpfenden Zauberpilz-Séance.

8

Zwei Tage nach unserer Zauberpilz-Nacht fuhr Felix schon wieder nach Deutschland zurück – in seinem silbergrauen Sechszylinder, den ich nun tatsächlich zum erstenmal gesehen hatte. Ich hatte kaum noch daran geglaubt, daß er wirklich existierte, doch bei den Kilometern, die Felix quer durch Europa zurückzulegen pflegte, wunderte mich nicht, daß es ihm ab und zu den Motor zerriß. Und ich weiß, wie schwierig es sein kann, wenn man Ersatzteile für einen etwas außergewöhnlichen Wagen braucht. Schon aus diesem Grunde fahre ich ja, wie ich dem alten Friedrich Warendorf bereits erzählt hatte keine Jaguar oder Ferrari.

Natürlich hatten wir in der kurzen Zeit nicht nur im Bett gelegen, so sehr mir auch danach war, mich möglichst oft und dicht an seine weiche, stets leicht gebräunte Haut zu kuscheln. Wir bummelten bei schönstem Frühlingswetter durch Amsterdam, kauften Blumen, aßen grüne Heringe auf dem Markt und unternahmen dann auf seinen Wunsch hin sogar eine Grachtenrundfahrt. Felix kannte Amsterdam von früheren Besuchen und Reisen her recht gut, doch pflegte er, wie er mir verriet, fast jedesmal, wenn er nach längerer Zeit wieder hierher kam, sich die Stadt erst einmal von der Wasserseite her anzusehen.

»Vom Schiff aus offenbart sie ihren ganzen Zauber. Es ist dann so wie früher, als die Welt noch in Ordnung war und noch keine Hippies im Vondel-Park herumlungerten und keine Rauschgiftsüchtigen über den Rembrandt-Plein wankten. Wenn ich die alten Giebel sehe, die Brücken und die Hausboote, dann denke ich immer, die Zeit ist stehengeblieben«, sagte er träumerisch.

Er mochte die Touristenviertel der Stadt nicht besonders, schon gar nicht die engen Gassen der Hurengegend und die übervollen Kneipen rund um den Leidseplein, mit den bärtigen Jeans-Typen.

Recht gut gefiel ihm jedoch die Atmosphäre des ›Kring‹, meines exklusiven Clubs, in dem er zwar durch seine korrekte Kleidung und sein tadelloses Benehmen sofort auffiel, aber durchaus nicht unangenehm. Im Gegenteil. Meine Freundinnen waren alle außerordentlich neugierig, welchen seltenen Vogel ich denn diesmal mitgeschleppt hatte, und er fühlte sich als Hahn im Korb und flirtete mit einigen mehr, als mir lieb war.

Kurz bevor er abreiste, fragte ich ihn, wo ich ihn denn in der nächsten Zeit erreichen könnte.

Er lächelte. »Du kennst mich doch, Xaviera. Ich bin ein Zigeuner. Eines weiß ich genau – nämlich, daß ich heute abend auf der Geburtstagsfeier einer uralten Freundin in Karlsruhe erscheinen werde. Sie weiß zwar noch nichts von ihrem Glück, aber ich bin sicher, sie wird sich über die Überraschung mehr freuen als über einen riesigen Blumenstrauß per Fleurop.«

Ich sah kurz auf die Uhr. Es war fünf Uhr nachmittags, und bis Karlsruhe ist es von Amsterdam aus eine ganz ordentliche Strekke.

Felix bemerkte meinen Blick und tätschelte liebevoll die Kühlerhaube seiner gewaltigen Limousine.

»Da ist eine Ferrari-Maschine drunter«, sagte er. »Der Wagen sieht zwar nicht danach aus, aber das ist mein übliches Understatement. Nur nicht zu sehr auffallen, wenigstens nicht mit Statussymbolen. Aber daß ich mit dem Schlitten schnell vorankomme, das kannst du dir ja denken.«

Ich wußte, er mußte in den kommenden Tagen wie ein Tier arbeiten. Sein Bühnenverleger hatte ein neues Theaterstück bei ihm bestellt, das schon Anfang Mai, also in knapp zwei Monaten, uraufgeführt werden sollte.

»Nur eine Boulevard-Komödie«, hatte Felix bagatellisierend gesagt. »Und außerdem nur ein Vier-Personen-Stück. Das schreibe ich mit links, wenn ich nur Ruhe habe. Doch die habe ich weder in meinen Häusern noch in meinen Wohnungen, weil da dauernd das Telefon geht und ich mich einfach nicht konzentrieren kann. Am besten schreibe ich – und das habe ich immer wieder ausprobiert – in einem Hotelzimmer. Natürlich muß es ein gutes Hotel sein, mit erstklassigem Etagen-Service, wo man mich schon kennt und wo ich weiß, daß mir jede Störung vom Leib gehalten wird, und ich alle Mahlzeiten auf dem Zimmer einnehmen kann. Und da ich nun schon mal in Karlsruhe bin, wirst du mich in der nächsten Zeit entweder im ›Erbprinz‹ in Ettlingen antreffen oder im ›Palmengarten‹ in Offenburg. Aber keine Sorge! Ich ruf' schon mal durch. Doch erst, wenn das Stück fertig ist.«

Er hatte mir erzählt, daß der Regisseur das Stück bereits besetzt hatte und nun sehnlichst auf das Stück selber wartete, da er mit den Proben beginnen wollte. Aber so wie ich meinen Felix kannte, wußte ich, daß er nur unter solchem Druck schnell und gut zu arbeiten vermochte. Nur wenn die Termine ihn bedrängten, setzte er sich wirklich an die Schreibmaschine. Ansonsten hatte er das Leben und die Liebe viel zu gern.

Es dauerte noch nicht einmal eine Woch, bis er mich anrief und mit triumphierender Stimme verkündete: »Stück ist fertig und schon beim Regisseur. Übermorgen beginnen die Proben.«

Ich gratulierte ihm herzlich und nahm ihm das Versprechen ab, mich zur Premiere einzuladen, was er mir lachend zugestand.

»Und sonst? Kaum aus dem Hotelzimmer gekommen?« wollte ich wissen. »Wie steht's mit der Liebe?«

»Mäßig«, gab er zu. »Ich habe in Baden-Baden schnell mal den einen Eckpfeiler meiner ›Muschi-Straße‹ gebumst. Du erinnerst dich doch? Diese Fernsehfritzen-Frau. Aber ich war gar nicht sehr glücklich. Sie ist in der letzten Zeit fürchterlich aus dem Leim gegangen, trägt neuerdings sogar ein Korsett, und als diese wohltätige Hülle gefallen war, fiel auch bei mir um ein Haar alles in sich zusammen. Ich habe gute Miene zum bösen Spiel und sehr schnell das Licht ausgemacht. Und morgens war ich früh aus dem Haus, bevor es hell wurde. Ich wollte sie nicht noch einmal bei Tageslicht sehen.«

»Das geschieht dir ganz recht«, spottete ich. »Was brauchst du andere fette Weiber? Schließlich habe ich auch ein paar Pfunde anzubieten, und die sind bestimmt appetitlicher als dieses welke, müde Weiberfleisch, in dem du da herumgestochert hast.«

»Apropos Tageslicht«, fuhr Felix fort. »Da ist mir noch eine sonderbare Geschichte passiert, die beinahe aus einem schlechten Hollywood-Film stammen könnte. Also, hör zu! Ich muß leider, trotz meiner knappen Zeit, noch einen Abend opfern. Du weißt doch, daß ich auch in Baden-Baden noch eines von diesen zeitraubenden, aber zuweilen ganz amüsanten Ehrenämtern bekleide. Ich bin Generalsekretär eines Zirkels, der sich mit gesamteuropäischem Kulturaustausch beschäftigt. Und da war nun gerade im ›Europäischen Hof‹ eine Vernissage, an der ich mich nicht vorbeidrücken konnte, da ich nun schon mal in der Gegend war. Die Sache war auch recht nett, mit einem kleinen, sehr exklusiven Abendessen, an dem ein paar Botschafter und ein exotischer Prinz teilnahmen. Anschließend zogen wir alle noch in ›Sigi's Bar‹, um den Abend bei einigen Drinks zu beschließen.

Wie es der Zufall so wollte, fand ich an der Bar einen Platz neben einer sehr aparten Frau unbestimmten Alters, die mich in der schummrigen Beleuchtung ein wenig an Lilli Palmer erinnerte – vom Typ her natürlich, nicht vom Alter. Ich schätzte sie auf Mitte der Vierzig, und das ist für mich ja ein absolut dankbares und daher interessantes Alter. Wir kamen rasch ins Gespräch, plauderten über Kunst und Wissenschaft, Politik und fremde Länder und über was man eben alles so redet, wenn der Abend noch frisch und die Stimmung gut ist. Sie war mir in ihrer sehr weiblichen und zugleich sehr damenhaften Art auf Anhieb sympathisch. Außerdem hatte sie wunderschöne schlanke Hände, an denen sie keinerlei Schmuck trug. Künstlerhände, konstatierte ich. Und es stellte sich in der Tat heraus, daß sie Malerin war, sogar eine Klasse an der Akademie unterrichtete und von Zeit zu Zeit im südwestdeutschen Raum Ausstellungen machte.

Und mit eben diesen schönen schlanken Künstlerhänden, die trotz der etwas überheizten Luft in der kleinen Bar angenehm kühl waren, berührte sie zuweilen meine Rechte, die ich – wie unabsichtlich – mit dem Sektkelch spielen ließ.

Es war der berühmte elektrische Funke, der da übersprang, und als sie mit ihrer leisen, angenehmen Stimme dann auch noch erzählte, daß sie seit einigen Jahren Witwe sei – ihr Mann, ein Wissenschaftler von Rang, war an Krebs gestorben –, war die Richtung, in die dieser Kontakt steuerte, schon ziemlich klar.

Doch so klar nun auch wieder nicht. Irgendwann, es war noch längst nicht Mitternacht, erhob sie sich und verkündete, sie fahre jetzt nach Hause. Es sei für sie schon reichlich spät. Als ich sie zur Tür und zu ihrem Wagen begleiten wollte, wehrte sie ab. Ich dürfte mich meinen Freunden und Bekannten, die ich durch das Gespräch mit ihr arg vernachlässigt hätte, nicht länger entziehen.

Ich blieb dann auch nicht mehr lange in der kleinen Bar in Baden-Baden, sondern fuhr, tief in Gedanken, nach Offenburg zurück. Die Begegnung mit dieser immer noch schönen Frau hatte mich mehr beeindruckt, als ich zunächst glauben wollte.

Ich brauchte nicht lange zu warten. Am anderen Vormittag, kurz nach elf, läutete das Telefon neben meinem Bett.

›Herr Freitag? Ein Anruf für Sie. Einen Moment, ich verbinde‹, erklang die höfliche Stimme des Portiers.

Und dann die andere Stimme. Ihre klare Stimme. Wie Schmetterlingsflügel, die über Blütenkelchen schwirrten.

›Felix, ich weiß, die Einladung kommt reichlich spät, aber hätten Sie denn Lust, mit mir zu Mittag zu essen?... Wo? Ach, bei mir natürlich. Es würde mir Freude machen. Und es ist auch schon alles vorbereitet... Sie sehen, ich war meiner Sache ziemlich sicher. Ich wußte, Sie würden Zeit für mich haben... Wie Sie mich finden? Ach Gott, das könnte ich Ihnen jetzt genau beschreiben, dann bleibt es aber trotzdem noch schwierig. Ich wohne ziemlich außerhalb, in Richtung Bühlerhöhe. Wissen Sie was? Das beste wird sein, ich hole Sie im Hotel ab. Wir können ja im Konvoi fahren, wenn Ihnen das bequemer ist. Also, abgemacht?... In einer halben Stunde dann, ja?‹

Na, das kam plötzlich und unerwartet! Aber wo, um Himmels willen, bekam ich so schnell noch Blumen her? Ach ja, der Portier konnte sicher helfen.

Und während ich dem stets hilfsbereiten guten Geist mein Problem erklärte, überprüfte ich schon mit einiger Nervosität meine Rasur und zerrte ein nagelneues Hemd aus der Verpackung.

Ich war gerade fertig mit meiner Toilette – schließlich ist es ein Unterschied, ob man an der Schreibmaschine oder an der intimen Mittagstafel einer schönen Frau sitzt –, da meldete der Portier auch schon: ›Sie werden in der Halle erwartet!‹

Beschwingt und gutgelaunt eilte ich die Treppe hinunter und bog rasch bei der Rezeption ab, wo mir der Portier unauffällig den großen Rosenstrauß, den er schnell beschafft hatte, in die Hand drückte.

Maya Todoroff saß mit dem Rücken zu mir in einem der Sessel

und sah verträumt in den kleinen Park hinaus, der die Hoteleinfahrt säumte und in dem es schon zart zu grünen begann. Ihr aschblondes Haar war frisch frisiert, und die grazile Gestalt war in einen fast zu üppigen Rotfuchsmantel gehüllt.

Als meine Schritte sich näherten, wandte sie den Kopf um, doch so, daß ich ihr feingeschnittenes Profil mit der schmalen Nase und dem ein bißchen wehmütigen Mund von der ›besseren‹ Seite bewundern konnte. Das helle Tageslicht enthüllte mir freilich eine größere Menge von Fältchen als gestern die dämmerige Beleuchtung der Bar. Aber schließlich hatte sie mir ja auch von ihren erwachsenen Kindern erzählt.

Ihre großen, grauen Augen strahlten mich an. ›Wie schön, Sie so rasch wiederzusehen, Felix! Sie werden etwas Gutes bei mir zu essen bekommen.‹

›Davon bin ich überzeugt, Maya‹, erwiderte ich. ›Doch viel wichtiger ist mir, daß wir unser schönes Gespräch von gestern schon nach so wenigen Stunden fortsetzen können.‹

Es waren zwei Dutzend lachsfarbener Rosen, die ich ihr überreichte, und ich sah, wie sie sich darüber freute.

›Gehen wir?‹ fragte sie dann und bot mir mit einer selbstverständlichen Geste ihren Arm.

Draußen stand ein cremefarbener Jaguar Mark II mit roten Lederpolstern. Kein taufrisches Modell mehr, doch in erstklassigem Zustand. Wie seine Besitzerin, dachte ich amüsiert.

›Nehmen Sie Ihren eigenen Wagen mit?‹ erkundigte sie sich.

Ich nickte. Ich bin lieber unabhängig – und dies gilt für die meisten Situationen.

›Gut. Dann werde ich also vorausfahren‹, sagte sie überflüssigerweise.

Ich setzte mit leichtem Lächeln hinzu: ›Und ich werde Ihnen so unauffällig wie möglich folgen.‹

Sie fuhr für eine Frau ihrer Generation sehr gut. Schnell und sicher schlängelte sie sich durch den Stadtverkehr und fuhr dann nicht die Autobahn, sondern die Landstraße nach Baden-Baden. Schon bei Ottenweier bogen wir nach rechts ab, in Richtung auf die Schwarzwaldhochstraße. Der helle Jaguar nahm die Kurven erstaunlich flott, und in den Dörfern war von peinlicher Einhaltung der Fünfzig-Kilometer-Geschwindigkeit auch keineswegs die Rede.

Eine Frau mit Temperament, dachte ich mit stiller Freude, während ich brav in Sichtweite blieb. Oder hat sie es wirklich so eilig, mich in ihr Haus zu locken?

Plötzlich bog sie so rasch in die Einfahrt zu einem weitläufigen Grundstück ein, daß ich fast an dem hohen schmiedeeisernen Tor, das die Lücke zwischen dichten Hecken schloß, vorbeigesaust wäre. Der Kies spritzte unter den Reifen, als ich die Kurve ein wenig zu schnell nahm. Dann brachte ich meinen Wagen dicht hinter dem ihren in der Auffahrt zum Stehen.

Die im klassizistischen Stil erbaute Villa war zweistöckig, nicht übermäßig groß, von Weinlaub umrankt und mit erlesenem Geschmack eingerichtet. Kostbare Teppiche, alte süddeutsche Madonnen und andere Heiligenfiguren, und an den Wänden, wo ich eigentlich ihre Bilder erwartet hätte, ein paar flämische Landschaften und englische Romantiker.

Als ich sie darauf ansprach, sagte sie: ›Nein. Die hängen nur in meinem Atelier, im Rückgebäude. Ich bin nicht der Ansicht, daß man sich mit seinen eigenen Werken umgeben soll.‹

Ich nickte zustimmend. ›Da bin ich ganz Ihrer Meinung, Maya. Ich kenne mindestens zwei Schriftsteller – Erfolgsautoren natürlich –, die ganze Wände mit den verschiedenen Ausgaben und Übersetzungen ihrer eigenen Werke gefüllt haben. Aber ein Snob schreibt eben die Bücher, die er liest, sich selber.‹

Maya Todoroff lachte verständnisvoll. ›Ach, wenn das die einzige Art von Snobismus wäre, wollte ich noch gar nichts sagen. Aber Sie wissen ja ...‹

Mit einer graziösen Handbewegung bat sie mich eine geschwungene Treppe nach oben. Sämtliche Türen der Räume standen halb offen. Ich sah ein entzückend eingerichtetes Boudoir, ganz in Altrosa.

Sie kommentierte mit einem halben Satz: ›Mein Schlafzimmer ...‹

Der Raum daneben war entschieden maskuliner ausgestattet und in kräftigen Brauntönen gehalten, desgleichen das dazugehörige Bad.

Als ich weitergehen wollte, hielt sie mich mit einem fast verlegenen Griff zurück.

›Ich möchte, daß Sie das nächste Mal, wenn Sie wieder hier in der Gegend zu tun haben, in diesem Zimmer wohnen. Sie sagten mir doch gestern, daß Sie hierher gefahren seien, um in Ruhe an Ihrem Theaterstück zu arbeiten. Wäre das nicht eine bequemere und bessere Lösung als das Hotel?‹

Ich war zwar innerlich auf eine solche oder ähnliche Eröffnung vorbereitet gewesen, doch dies war nun wirklich eine mehr als unverblümte Aufforderung. Was sollte ich darauf entgegnen? Ein kleiner Ausflug in die von ihr angesteuerte Richtung konnte nicht schaden.

›Einverstanden‹, sagte ich. ›Doch nur, wenn ich hier in der Gegend bin, ohne ein Theaterstück schreiben zu müssen. Schließlich habe ich die Einsamkeit meines Hotelzimmers gewählt, um meine Ruhe zu haben und mich ganz auf die Arbeit konzentrieren zu können und nicht andere wichtige Dinge wichtiger zu nehmen.‹

Sie hielt meinem Blick stand, ohne zu erröten. Mehr noch. Ihre Entgegnung ließ nichts zu wünschen übrig.

›Dann hoffe ich sehr, daß Sie nicht so bald wieder ein Theaterstück schreiben müssen, sondern einmal nur zum Vergnügen hierher kommen. Doch nun wollen wir essen‹, schloß sie rasch.

Es schien, als sei sie plötzlich zu der Erkenntnis gekommen, vielleicht doch einen Schritt zu weit gegangen zu sein.

Das Essen war vorzüglich. Eine ältere Hausangestellte, von deren Vorhandensein ich bislang nichts bemerkt hatte, servierte mit großer Perfektion. Die Weine waren von erlesener Provenienz und vortrefflich temperiert. Trotz allem blieben wir zunächst beide schweigsam. Sorgsam zerteilte Maya Todoroff ihre Tournedos à la Rossini, trank kleine Schlucke vom St. Emilion, spießte die Haricots verts einzeln auf die Gabel, drehte spielerisch den Stiel ihres Weinglases mit ihren schönen schlanken Fingern und zog das Muster der Damast-Tischdecke mit dem Daumennagel nach.

Plötzlich räusperte sie sich ein wenig, betupfte die Unterlippe mit der Serviette und sah mir voll in die Augen. ›Felix, können Sie begreifen, daß ich manchmal sehr allein bin in diesem Haus? Vielleicht wäre es besser, hinunter in die Stadt zu ziehen und eine kleine Wohnung zu nehmen, um mehr unter Menschen sein zu können. Bisher haben mir meine Schüler gereicht, hat mich meine Arbeit befriedigt. Und ich will auch dieses Haus hier oben nicht aufgeben. Es sind zu viele Erinnerungen damit verbunden.‹

Ich sagte nichts, sondern sah sie nur auffordernd an. Ich wollte mehr von dieser Frau wissen, und jetzt schien mir der geeignete Augenblick dafür gekommen zu sein. Tatsächlich begann sie nach ein paar Sekunden des Schweigens von neuem. Sie suchte nach Worten.

›Es hat nach dem Tode meines Mannes noch einen Mann in meinem Leben gegeben. Er war jünger als ich, viel jünger sogar. Vielleicht so alt wie Sie, Felix. Fast zwei Jahre haben wir zusammen verbracht. Auf Reisen und hier, in diesem Hause. Er hatte zum Glück einen Beruf, der ihn nicht an einen bestimmten Arbeitsplatz gebunden hat. Genau wie Sie, Felix.

Doch dann mußte ich mich eines Tages einer schweren Operation unterziehen. Es war die einzige Chance für mich, weiterleben zu können. Doch es war eine Operation, die für jede Frau entsetzlich ist, weil sie verstümmelt. Sie verstehen – die Brust...‹

Maya Todoroff schwieg. Ich sah, wie ihr die Worte im Mund verdorrten, wie ihr die Stimme versagte.

Lange Zeit redeten wir wiederum kein Wort. Schweigend servierte die Hausangestellte das Dessert. Erst beim Kaffee ergriff Maya mit der mir nun schon vertrauten Geste die Serviette, betupfte ihre Lippen und brach das lastende Schweigen.

›Mein Freund ist mit dieser Situation nicht fertig geworden. Eines Tages, ich gab schon wieder Unterricht in meiner Malklasse, kam ich nach Hause und fand nur noch einen Brief. Er brauche Zeit zum Nachdenken, hieß es darin. Doch diese Zeit des Nachdenkens dauert nun schon so lange, daß ich weiß, ich werde ihn nicht mehr sehen. Und ich kann ihn sogar verstehen. Eine Frau meines Alters sollte, um überhaupt noch mit ihren jüngeren Geschlechtsgenossinnen konkurrieren zu können, wenigstens komplett sein.‹

Ich sah auf die Uhr. ›Liebe Maya, die Zeit ist viel zu schnell vergangen. Sie wissen, daß mein Ablieferungstermin immer näher rückt. Ich muß leider wieder an meine Schreibmaschine zurück. Ich danke Ihnen für die Stunden Ihrer Gesellschaft.‹

Damit erhob ich mich. Sie brachte mich zur Tür.

›Werden wir uns noch einmal sehen?‹ fragte sie mit leiser Stimme.

Ich räusperte mich, bevor ich antwortete, und dabei versuchte ich meiner Stimme einen fröhlichen, einen zuversichtlichen Klang zu geben. ›Ich glaube doch. Ganz sicher sogar. Aber ich werde in der nächsten Zeit sehr viel auf Reisen sein. Ich werde Sie anrufen.‹

Ich beugte mich über ihre Hand, um sie zum Abschied zu küssen, und zog Maya Todoroff zart und behutsam an mich. Während dieser ersten und zugleich letzten Umarmung mußte ich daran denken, daß die beiden Wölbungen unter ihrem schokoladenfarbenen Wollkleid nur noch Attrappen waren.

Ihre Augen hatten einen verdächtig feuchten Schimmer, als ich mich von ihr löste und in meinen Wagen stieg, und als ich noch einmal zurücksah, hatte sie noch immer die Hand leicht, wie zum Winken, erhoben.«

Felix schwieg. Die Geschichte war zu Ende; in doppelter Hinsicht sogar, so wie ich ihn kannte. War er doch ein solcher Ästhet, ein solcher Liebhaber schöner Körper, daß er sich mit einer derartigen Verstümmelung nicht abfinden konnte, darüber nicht hinwegzusehen vermochte.

»Und nun? Wie geht's nun weiter?« fragte ich durchs Telefon.

Eine Sekunde lang war er verwirrt. »Mit Maya Todoroff? Überhaupt nicht. Ich werde sie nicht mehr sehen, um sie nicht unnötig leiden zu lassen. Schlafen kann ich sowieso nicht mit ihr. Und von einer Dauerfreundschaft kann schon gar keine Rede sein. Schade eigentlich. Eine derart zauberhafte Frau.«

»Ach, deine Frauen sind doch bisher alle zauberhaft gewesen. Schau doch bloß mich an!« neckte ich ihn. »Nein, ich meine, wie's mit dir weitergeht? Was machst du als nächstes? Wohin führt dich das Automobil oder der Jet?«

»Zunächst mal muß ich jetzt unbedingt nach Hamburg zurück und mich um die Proben kümmern. Schließlich soll ja mein gutes Stück auch ein Erfolg werden, und ich will nicht, daß zuviel gestrichen wird von meinen Gags und Pointen. Von dort aus fliege ich schnell für eine Woche nach Athen und Korfu. Ich muß mich um meine Gesellschaft kümmern und mal sehen, ob der Gärtner das Grundstück so bepflanzt hat, wie ich es angegeben habe. Du weißt doch, daß man sich heutzutage auf keinen Menschen mehr verlassen kann.«

»Und wann sehen wir uns wieder?« wollte ich wissen. »Nur eine Frage, aber man will ja mal klarer sehen.«

»Na, spätestens in Zürich, auf der großen Party auf Schloß Lenzburg«, erwiderte er mit Nachdruck. »Und dann wollten wir doch zusammen nach Paris. Und vergiß nicht, daß du anschließend Termine in München hast. Da werde ich es sicherlich so einrichten können, daß ich zur gleichen Zeit unten bin. Schließlich muß meine Wohnung dort mal wieder gelüftet werden. Und dann kommt doch der Kongreß in Israel, den ich mit dir gemeinsam besuchen wollte. Und hatten wir nicht vor, ein paar gemeinsame Wochen in Marbella zu verbringen? Ach, beinahe hätte ich's vergessen. Vorher ist ja auch noch die Hamburger Premiere meines Theaterstücks. Du siehst, wir werden noch viel Zeit für uns haben und uns auch noch so manche schöne und interessante Geschichte erzählen können.«

»Schreib mir doch mal eine Ansichtskarte aus Griechenland!« bat ich ihn. »Du weißt doch, wie gerne ich Post bekomme.«

»Als ob dir deine Verehrer aus aller Welt nicht oft genug schreiben würden.« Er lachte. »Aber das hat diesmal gar keinen Zweck. Ich bin nicht lange genug unten. So wie ich die griechische Post kenne, wird die Karte erst dann bei dir eintreffen, wenn ich dir persönlich schon alles über meine Erlebnisse dort berichtet habe. Aber ich weiß etwas viel Besseres: Ich schicke dir von Hamburg aus eine kleine Geschichte. Ich habe sie im letzten Sommer auf Korfu erlebt – so ähnlich wenigstens – und gleich an Ort und Stelle, noch ganz unter dem Eindruck der Begegnung, niedergeschrieben. Sie wird dir übrigens mehr von der Atmosphäre und vom Zauber meiner Lieblingsinsel verraten als jede noch so bunte Ansichtskarte. Und dabei ist es eigentlich eine traurige kleine Geschichte.«

Felix dachte einen Augenblick nach.

»Weißt du was?« fuhr er fort. »Wenn dir diese Geschichte gefällt, dann überlasse ich sie dir für dein nächstes Buch. Denn so wie ich dich kenne, wird es nicht lange dauern, und deine Gespräche mit Felix werden zu einem neuen Buch verarbeitet. Stimmt's? Außerdem wäre es fast eine Sünde, es nicht zu tun – bei all dem, was wir beide allein oder gemeinsam erlebt haben und mit Sicherheit noch erleben werden.«

»Eine gute Idee«, stimmte ich zu. »Aber so wie ich uns beide und unsere Beziehung mittlerweile kenne, wird *ein* Buch dazu bestimmt nicht ausreichen. Das werden mindestens zwei.«

»Fang erst mal mit einem an!« empfahl mir Felix lachend. »Viel Spaß dabei!«

Und damit hatte er auch schon wieder eingehängt, wie es so seine Art war. Ein unverbesserlicher Kerl.

Drei Tage später war tatsächlich die kleine Geschichte, die er mir versprochen hatte, in meiner Post.

Ich las sie erst sehr schnell, weil mich der Ausgang interessierte, und dann las ich sie noch einmal sehr langsam und genau, Satz für Satz.

Die Insel Korfu, die ich bisher noch nie besucht hatte wurde auf einmal für mich lebendig und entfaltete ihren nächtlichen Zauber. Und in dem Felix, der diese kleine Geschichte erleben mußte, erkannte ich – trotz aller dichterischen Freiheit – jenen Felix wieder, der sie beschreiben, der sie wiedergeben durfte – meinen seltsamen, unvergleichlichen, rastlosen, erlebnishungrigen, schnodderigen und doch so romantischen Felix, der bei all seinen sonderbaren Abenteuern doch immer auf der Suche nach Zärtlichkeit und Liebe ist.

Und darum stelle ich diese kleine Geschichte an den Schluß dieses Buches. Sie heißt:

Mit zwei Fingerspitzen seiner linken Hand massierte Felix die schmerzende Schläfe. Es war immer die gleiche Stelle, die ihm signalisierte, daß er zuviel geraucht, zuviel getrunken oder zuwenig geschlafen hatte. Um diese Stunde hatte er freilich keine Lust mehr darüber nachzugrübeln, welche der drei Ursachen diesmal schuld war.

Mit einer fahrigen Bewegung fegte er das kleine Häufchen von Spielmarken, das vor ihm auf dem grünen Tuch des Roulett-Tisches lag, zusammen und schob es in eine Außentasche seines weißen Leinenanzugs. Etwas unwirsch schüttelte er die dunkle Haarsträhne, die ihm über die rechte Braue fiel, aus der Stirn. Dann erhob er sich vom Spieltisch. Einer der Croupiers, ein blonder Hannoveraner, nickte ihm zu, um sich gleich wieder auf das Geschehen rund um die weiße Kugel zu konzentrieren.

Erstaunlich, dachte Felix, daß die Jungs überhaupt noch den Überblick behalten.

Der Tisch war dicht umlagert. Felix mußte sich seinen Weg durch eine Dreierreihe von Spielern bahnen. Sein Stuhl war im gleichen Augenblick, da er ihn geräumt, von einer weiblichen Person unbestimmten Alters eingenommen worden. Eine Levantinerin, wie die meisten Frauen hier im Saal. Künstlich blondiertes, an den Wurzeln längst schon wieder dunkel nachwachsendes Haar. Die krallenartigen Hände mit den blutrot lackierten, spitz zugefeilten Nägeln waren mit bizarr geformten Ringen geschmückt, die mit den grellbunten Farben der Jetons wetteiferten.

Rien ne va plus – nichts geht heute mehr, nahm sich Felix vor. Er war ein sehr besonnener Spieler, der im stillen immer damit rechnete, zu verlieren, der wußte, daß nur die Bank immer gewann. So hatte er auch heute nur fünftausend Drachmen in Jetons umgetauscht und bis auf ein paar grün-rote Hundert-Drachmen-Spielmarken verloren.

Das griechische Bargeld, das er noch bei sich trug, brauchte ohnedies nur bis zum anderen Morgen zu reichen. Um neun Uhr startete die Maschine, die ihn zurück nach München bringen sollte.

Der letzte Abend auf Korfu. Traditionsgemäß verbrachte ihn Felix im ›Achilleion‹ hoch oben über der Bucht von Benitses, dem wohl schönsten Spiel-Kasino rund um das Mittelmeer. Er liebte dieses ehemalige Sommerschloß der Kaiserin Elisabeth von Österreich mit all seinem neoklassizistischen Prunk, seitdem er Korfu, vor vielen Jahren, zum erstenmal betreten hatte. Deutsche Freunde hatten ihn – der vordem lediglich in Athen oder in Saloniki beruflich zu tun gehabt hatte – zu einem Kurzurlaub auf dieser grünsten und schönsten der Ionischen Inseln überredet. Sie hatten ihn erstmals über die damals noch ungeteerten, holprigen und kurvenreichen Wege hinauf nach Gastouri gefahren, in jenes verschlafene Bergdörfchen, an dessen nördlichem Ausgang sich der weitläufige Park des ›Achilleion‹ mit all seinen Nebengebäuden befand.

In dieser heißen Augustnacht waren alle Türen des geräumigen Spielsaals im zweiten Stockwerk des ›Achilleion‹ weit geöffnet. Doch nur gelegentlich kam ein leiser Windhauch von der Küste des Epirus herüber und bewegte die schweren, roten Vorhänge. Was von draußen hereinflutete, waren das Licht und der Lärm von einem halben Dutzend weiterer Spieltische, die unter kleinen Baldachinen auf der nach Osten gelegenen Terrasse aufgebaut waren. Auch sie waren dicht von Spielern und Neugierigen umlagert, die keinen Blick aufbrachten für die schmale Sichel des zunehmenden Mondes über den Bergen von Albanien, für die funkelnde Pacht des griechischen Sternenhimmels, über den alle paar Augenblicke eine Sternschnuppe ihre leuchtende Spur zog. Im Gegenteil. Sie alle hatten nur Augen für die kleine Elfenbeinkugel, von deren Lauf so vieles abhing.

Das Kasino – das einzige übrigens, in dem unter freiem Himmel gespielt wurde – hatte Hochsaison. Wenige Tage zuvor, am 11. August, hatte die Insel das Fest ihres Lokalpatrons, des heiligen Spiridion, gefeiert – prunkvoll wie immer, und wie immer waren auch diesmal Zehntausende von Griechen aus Theassalien und dem Epirus, aus Mazedonien und aus der Hauptstadt nach Korfu gekommen, um hier die feierliche Prozession mitzuerleben und ein paar Urlaubstage anzuhängen. Denn vier Tage später folgte ein Hochfest der Christenheit: Mariä Himmelfahrt, das in diesem Jahr auf einen Freitag gefallen war und somit zu einem weiteren Ansturm von Kurzurlaubern, vor allem aus Süditalien, geführt hatte. Hinzu kamen die ›ganz normalen‹ Touristen aus Frankreich und England, aus Skandinavien und Deutschland, die sich während der Sommerferien nur zu gerne unter den schattigen Olivenbäumen der Insel erholten und immer mehr und immer aufwendigere Hotelbauten in riesigen Scharen heimsuchten.

Felix war über diese Entwicklung des Tourismus nicht sehr glücklich. Er fühlte sich auf Korfu, auf ›seiner‹ Insel, ganz als Grieche, sprach die paar Dutzend Worte der schwierigen Landessprache, die er unterdessen gelernt hatte, fast akzentfrei und betrachtete die Heuschreckenschwärme aus Mitteleuropa mit dem Mißtrauen und der Reserviertheit eines Einheimischen, der die ›Saison‹ als notwendiges Übel und angenehme Existenzgrundlage betrachtet, dann aber erleichtert aufatmet, wenn Ende September das Land wieder fast gänzlich den Ortsansässigen gehört.

Mit seinen dunklen Haaren, der fast olivfarbenen Haut sowie der südländisch-eleganten Art, sich zu kleiden, hätte Felix ohne weiteres für den wohlhabenden Junior-Chef eines Athener Unternehmens gehalten werden können, der hier im eigenen Sommerhaus seine Wochenenden verbringt, um dann am Montagmorgen mit der Frühmaschine in die Hauptstadt und an seinen Schreibtisch zurückzukehren.

Und das mit der Frühmaschine stimmte ja tatsächlich. Nur war sein Ziel ein anderes. Und Korfu würde ihn nicht schon am kommenden Wochenende, sondern erst in ein paar Monaten wiedersehen.

Währenddessen hatte sich Felix zwischen den Spieltischen hindurch an die Terrassenbrüstung vorgearbeitet und genoß es, ein paar Meter Freiraum um sich zu wissen. Aus den Tavernen an der Uferstraße tief unter ihm wehten Musikfetzen durch den düsteren Zypressenhain zu ihm herauf.

Er schob die Manschette seines dunkelblauen Maßhemdes zurück und sah auf die Rolex. Fast Mitternacht, konstatierte er. Zeit für einen Drink. Den letzten auf Korfu.

An der kleinen Terrassenbar war gerade ein Hocker frei geworden. Felix setzte sich und bestellte bei Spiro, dem Barkeeper, einen Campari-Orange. Fast alle Korfioten heißen Spiro, nach ihrem Inselheiligen, und wenn sich Eltern etwas Besonderes einfallen lassen, dann nennen sie ihre Söhne Kosta oder Jannis, nach zwei weiteren in Griechenland sehr populären Heiligen, Konstantin und dem Evangelisten Johannes. Aber mit Spiro liegt man eigentlich immer richtig – so wie in Bayern oder Österreich mit Sepp, dachte Felix belustigt. Na – egal.

Er schob Spiro eine Hundert-Drachmen Note über die Theke und ließ sich für eine seiner langen Zigarren Feuer reichen. Dann trank er genußvoll einen ersten Schluck.

»Qu'est-ce que vous buvez là« – »Was trinken Sie denn da?« zwitscherte jemand hinter ihm.

Überrascht vollzog Felix eine halbe Drehung auf seinem Barhokker.

Eine zierliche Blondine war neben ihn getreten und deutete auf sein Glas. Ihre gekräuselten Locken fielen über nackte Schultern, die über und über mit Sommersprossen bedeckt waren, und auf ein offenherziges Dekolleté, das der türkisfarbene Hosenanzug bis fast zu den Brustspitzen entblößte. Auch diese Partie war mit Sommersprossen übersät; nicht minder waren es die nackten Arme und das feingemeißelte Gesicht mit der eine Spur zu großen, schmalsatteligen und unternehmungslustigen Nase, über der muntere grüne Augen funkelten.

Felix war fasziniert von dieser noch niemals zuvor gesehenen Anhäufung von Sommersprossen und ließ seinen Blick rasch an der Figur seiner neuen Gesprächspartnerin hinabgleiten, bevor er den Mund zu einer Antwort öffnete. Tatsächlich – auch die schlanken Fesseln und die kleinen Füße in den Riemchensandaletten waren von Sommersprossen verziert, so daß das schmale Goldkettchen am rechten Knöchel beinahe überflüssig wirkte.

Ob sie wohl überall... dachte Felix und schmunzelte bei dem Gedanken an mögliche Entdeckungsreisen entlang dieses zierlichen und dabei so eigenartigen Körpers.

In seinem langsamen, doch korrekten Französisch erläuterte Felix die Zusammensetzung des Drinks und erhielt die Genehmigung, einen weiteren zu bestellen. Der flinke Spiro in seiner weinroten Kasino-Uniform erledigte die auf Griechisch vorgebrachte Bestellung im Handumdrehen und fügte ein landesübliches Scherzwort hinzu, das Felix lachend kommentierte.

Ein wenig verständnislos verfolgte die Kleine den Dialog, so daß Felix sich entschuldigend erkundigte, ob sie denn kein Griechisch verstünde.

Sie hob bedauernd die Schultern. Bisher leider nicht, gab sie zu. Nur ein paar Worte – parakaló, bitte, etwa, oder kaliméra, guten Tag. Zu mehr habe es noch nicht gereicht. Sie sei Französin, plauderte sie unbefangen weiter, und seit ein paar Tagen auf der Insel, zum erstenmal übrigens. Und wohnen würde sie im Club Mediterranée, oben, an der Bucht von Dassia, nördlich der Hauptstadt. Da sei zwar im Augenblick ein fürchterlicher Betrieb, so wie in den meisten Strandhotels, aber es sei eigentlich ganz lustig dort – und vor allem noch einigermaßen preiswert. Und das sei natürlich sehr wichtig für eine kleine Studentin.

In drei Minuten hatte Felix dank der Redseligkeit seiner Gesprächspartnerin mehr erfahren, als er sich erhofft hatte. Wenn das in diesem Tempo weiterging...

Überrascht bemerkte er, daß seine Müdigkeit wie weggeblasen war. Auch die Schläfe schmerzte nicht mehr. Vielleicht würde sich der melancholische Abschiedsdrink zu einem hübschen kleinen Flirt oder gar zu einem handfesten Abenteuer entwickeln. Nichts gegen einen solchen Schlußakkord!

Irgendwie war Felix von der Unbefangenheit der kleinen Französin angetan. Die abertausend Sommersprossen schienen bei ihr keinerlei Komplexe erzeugt zu haben, und wenn, dann konnte sie dies gut verbergen. Ein wenig erinnerte sie ihn an Celia. Celia mit den lustigen Augen und dem munteren Geplauder. Celia, die genauso vorbehaltlos auf Menschen und Situationen zuging wie diese Kleine hier. Wie mochte sie eigentlich heißen?

Mit einer ihm selbst beinahe fremden impulsiven Geste berührte er ihren linken Arm, um den Redefluß abzustoppen. Sie sah erstaunt zu ihm hoch.

»Wie heißen Sie eigentlich?« erkundigte er sich direkt.

Für den Bruchteil einer Sekunde schlug sie kokett die Lider nieder.

»Géneviève«, sagte sie dann. »Und Sie?«

Felix zögerte einen Augenblick. Sein Rufname kam ihm in dieser Minute eine Spur zu kitschig vor. Er wußte, wie es in solcher Situation weitergehen würde. Felix – der Glückliche, würde jede einigermaßen gebildete junge Dame dann ausrufen – um in den meisten Fällen hinzuzufügen: Das paßt zu Ihnen.

An diesem Abend hatte er keine Lust, das bis zum Überdruß bekannte Spielchen erneut zu inszenieren. Rechtzeitig genug fiel ihm ein, daß er einer baltischen Urgroßmutter einen weiteren Vornamen verdankte, der ebensogut russisch wie griechisch sein konnte. Den würde er heute mal verwenden. Und so stellte er sich mit einer beinahe entschuldigenden Handbewegung vor, wobei er sich halb von seinem Barhocker erhob und leicht, nicht ohne eine Spur von Grandezza, verbeugte. »Ich heiße Dimitri.«

»Ah! C'est mignon!« Das ist aber hübsch – begeisterte sich die kleine Französin.

Sie legte nun ihrerseits eine zierliche, sommersprossige Hand auf seinen rechten Arm, um unmittelbar darauf diesen Namen buchstäblich auf der Zunge zergehen zu lassen.

»Dimitri ...«

Er schien Erinnerungen zu wecken oder ihre Fantasie zu beflügeln. Ihr Redefluß war auf einmal versiegt. Schweigend blickte sie dem Fremden an ihrer Seite in die Augen. Erwartungsvoll? Verheißend?

Auch Felix ließ sich vom Zauber dieses Augenblicks gefangennehmen. Doch die Entrücktheit währte nur Sekunden. Dann drangen das Stimmengewirr der Spieltische und das Gedudel der Musikboxen in den Tavernen unten an der Küste wieder zu ihnen durch.

Fast unwillig erhob er sich.

»Gehen wir?« fragte er in einem Ton, der keinen Widerspruch zuließ.

Géneviève nickte.

Entschlossen nahm Felix ihre Hand und pflügte sich einen Weg durch die Menge. Sie drängten zurück in den Spielsaal und vorbei an den livrierten Kasino-Dienern ins purpurne und goldene Treppenhaus des ›Achilleion‹. Er schlug nicht den Weg zum Fahrstuhl ein, sondern genoß bewußt die beinahe feierliche Prozedur des Treppensteigens, während sein und seiner Begleiterin Bild von großen Wandspiegeln reflektiert wurde.

Am Portal der prunkvollen Eingangshalle drückte er dem Türhüter, der ihn seit Jahren kannte, zum Abschied die Hand – nicht ohne einen größeren Geldschein darin verschwinden zu lassen, den Kosta (ausnahmsweise hieß dieser Korfiote einmal nicht Spiro!) mit breitem Grinsen in der Uniformtasche versenkte. Dann steuerte Felix auf dem überfüllten Parkplatz auf seinen Wagen zu, einen Leihwagen mit korfiotischer Nummer, den er morgen früh am Flughafen seinem Eigentümer von der Firma ›Holiday Cars‹ wieder übergeben würde.

Schweigend öffnete Felix die unversperrte Beifahrertür. Ebenso schweigend nahm Géneviève im Wagen Platz. Mit abgeblendeten Scheinwerfern lenkte er das Gefährt durch das riesige schmiedeeiserne Parktor und fuhr die abschüssige, kurvenreiche Straße hinunter, durch Gastouri und in Richtung Korfu-Stadt. Während er mit Geschick die engen Serpentinen meisterte, lag Génevièves schmale Hand wie absichtslos auf seinem rechten Oberschenkel – eine Geste, die ihn beim Fahren leicht irritierte, die er aber dennoch als durchaus angenehm empfand.

Sechs Kilometer weiter bog Felix von der Hauptstraße links ab und nahm einen schmalen, doch asphaltierten Weg in Richtung Alepou, der bald auf eine Ausfallstraße zum Nordwesten der Insel führte.

Es war Viertel vor eins, als er am Supermarkt ›Koskinas‹ vorbeifuhr. Das Geschäft war hell erleuchtet. Noch immer standen dort die Autos einiger Kunden, die in dem beinahe rund um die Uhr geöffneten Laden ihre späten Besorgungen tätigten.

Ob ich wohl schnell noch etwas zum Essen mitnehmen soll? überlegte Felix, der wußte, daß in seinem Kühlschrank wegen der bevorstehenden Abreise bereits gähnende Leere herrschte. Doch rasch verwarf er diesen Gedanken wieder. Er wollte die schmale, kühle Hand auf seinem Oberschenkel nicht mutwillig abschütteln, er wollte den Zauber dieser schweigsamen Fahrt durch die sternklare Augustnacht nicht vorzeitig zerstören.

Zehn Minuten später verließ er die Straße, die nach Paläokastritsa weiterführte. Er bog rechts in eine asphaltierte Privatstraße ein, die in mehreren Serpentinen den Hang hinaufkroch. Nach dreihundert Metern hielt er vor einem weißen, zweistöckigen Gebäude, dessen marmorne Terrassen und Balkone sich scharf gegen den dunklen Himmel abzeichneten. Über dem Portal brannte einladend eine Lampe.

»Voilà, nous sommes là«, sagte er nur, während er die Tür aufschloß.

Géneviève trippelte an ihm vorbei in die geräumige Halle. Felix faßte sie um die Schultern und lenkte ihre Schritte auf die nachtdunkle Terrasse, die ein eindrucksvolles Panorama preisgab. Wie der versteinerte Rücken eines gigantischen Sauriers erhob sich vor ihnen das Bergmassiv des Agios Georgios, das umrahmt war von den Buchten von Glyfada und Ermones und gekrönt wurde von dem winzigen Kloster des heiligen Theotokos Myrtidion. Rechts zu ihren Füßen befand sich das baumbestandene Rechteck des Golfplatzes, eingesäumt von den fruchtbaren Äckern und Weiden des Ropa-Tales. Im Norden begrenzten die Berge von Arakli und Troumpeta den Blick, im Süden war das Massiv von Agii Deka gerade noch erkennbar.

Géneviève schwieg überwältigt. Dann schlang sie ihre sommersprossigen Arme um den Hals von Felix und küßte ihn auf den Mund. Erst sehr zart, behutsam, tastend, dann immer leidenschaftlicher, während er seine kundigen Hände über ihren Körper wandern ließ.

Fast atemlos löste sie sich von ihm.

»Est-ce que tu veux quelque chose à boire?« – Möchtest du etwas trinken? – fragte er sie dann.

Sie nickte eifrig.

»Einen Campari-Orange«, bat sie mit einem winzigen Augenzwinkern. Glücklicherweise hatte Felix die Getränkevorräte in dem von ihm auf Korfu stets gemieteten Haus, das griechischen Freunden gehörte, noch nicht gänzlich dezimiert. Behutsam ließ er drei Eiswürfel in ein hohes Glas gleiten, gab reichlich Campari dazu und füllte mit Orangensaft aus einer frisch geöffneten Dose auf. Sich selbst mischte er einen Dimple mit klarem Loutraki-Wasser. Dann ließ er sich mit Géneviève auf der Terrasse nieder.

Eine Zeitlang schwiegen beide und sahen hinüber auf die Bucht von Ermones, über der soeben die Mondsichel stand. Plötzlich vernahm Felix ein leises Geräusch, das sich wie das Aufbegehren eines arg vernachlässigten Magens anhörte. Es kam von Géneviève, die daraufhin verschämt kicherte.

»Hast du Hunger?« fragte er.

»Naturellement«, erwiderte sie schlicht. »J'pai pas mangée ce soir« – natürlich, ich habe heute abend noch nichts gegessen.

Felix war erschrocken. Die kleine Studentin hatte sich das Abendessen gespart. Vielleicht hatte sie, wie so viele ihres Alters, auf die Einladung irgendeines spendablen Gesellschafters gewartet, vielleicht hatte sie aber auch vor lauter neuen Eindrücken auf dieser zauberhaften Insel einfach vergessen, an ihr leibliches Wohl zu denken. Mit leerem Magen schläft sich's schlecht, wußte Felix aus Erfahrung. Doch was tun?

Insgeheim verfluchte er sich, daß er vorhin seine Idee, bei Koskinas noch ein paar Kleinigkeiten einzukaufen, nicht ausgeführt hatte. Er hätte eine Melone, eine von den süßen, gelben, und ein wenig Schinken kaufen können. Oder eine Dose mit Krebsschwänzen und etwas Weißbrot. Nichts, aber auch gar nichts war mehr im Hause, denn er selbst pflegte selten zu frühstücken und hatte sich auf die Verpflegung in der Maschine nach Deutschland verlassen.

Doch sicherlich hatte ›Michaili‹, seine Kneipe, noch geöffnet. Die lag nur einen Kilometer weiter an der Straße nach Paläokastritsa in einem winzigen Dorf, das seinen Namen von den Wiesen im Ropa-Tal bekommen hatte: Livadi Ropa. Eine lustige Kneipe, gewiß, in der die Dorfgendarmen und der Pope ihren Ouzo zu trinken pflegten und in der an manchen Abenden griechische Großfamilien lautstarke Festlichkeiten abhielten.

Michaili hatte einen weiteren Vorzug: Er hatte ein Dutzend Jahre als Gastarbeiter in Deutschland verbracht und von dort nicht nur brauchbare Sprachkenntnisse, sondern auch reichhaltige Erfahrung in süddeutscher Küche nach Griechenland importiert. Besonders stolz war er auf seine knusprigen Schweinshaxen, die er schwitzend in seinem verräucherten Grillhäuschen briet.

Michaili sperrte seine Kneipe nie vor zwei Uhr nachts zu. Dort wäre für die Kleine auf jeden Fall noch etwas Eßbares zu bekommen; und wenn sie mit der griechischen Küche noch nicht so vertraut war, dann sogar etwas Mitteleuropäisches. Also gut. Auf zu

Michaili, damit ihm das zierliche Persönchen nicht noch unter den Händen verhungerte!

Géneviève war sofort einverstanden, und Minuten später steuerte er den Wagen die Serpentinen hinab und auf die Hauptstraße.

Bei Michaili war das ländliche Nachtleben noch in vollem Gange. Freudig überrascht wischte der untersetzte Wirt mit dem unübersehbaren Bauchansatz seine stets fettigen Hände an der glänzenden Arbeitshose ab und stürzte auf den späten Gast zu, den er eigentlich erst in ein paar Monaten wiederzusehen geglaubt hatte.

»Ich denke, du gehst morgen wieder zurück nach Deutschland?« sagte er in seinem abgehackten Deutsch.

»Stimmt auch«, entgegnete Felix, »aber jetzt brauchen wir erst noch mal was zu essen.«

»Kriegst du noch«, versicherte Michaili und wandte sich dann der kleinen Französin zu. »Sie müssen nämlich wissen, er ist mein Freund aus Deutschland und bekommt von mir immer extra gute Sachen.«

Géneviève stand wie erstarrt vor den beiden – sprachlos. Dann brach es aus ihr heraus.

»Vous êtes Allemand?« keuchte sie und war plötzlich wieder beim förmlichen Sie. Ihr Gesicht war jetzt schneeweiß, so daß sich jede einzelne Sommersprosse wie ein gespenstisches Muttermal auf der Haut abzeichnete. »Oh, les Boches!« stieß sie hervor. »Ils ont tués mon grandpère, ma grandmère et toute la famille de mon père!«

Dabei schlug sie sich mit der kleinen Faust vor die Brust, an der ein massiver, kunstvoll gearbeiteter Davidstern hing, den Felix zwar registriert, über den er bisher jedoch nicht näher nachgedacht hatte.

Géneviève geriet immer mehr außer sich, während Felix und Michaili teils fassungs-, teils verständnislos diesem Gefühlsausbruch beiwohnten.

»Jamais je ne veux faire l'amour avec un Boche!« schrie sie und lief unvermittelt zurück auf die Straße, auf der sich gerade ein langsam fahrendes unbesetztes Taxi näherte. Heftig winkend, stoppte Géneviève das Fahrzeug und war schon darin verschwunden, bevor Felix sich von seiner Überraschung erholt hatte und ihr nachlaufen konnte.

Resigniert verhielt er den Schritt, während die Rücklichter des Taxis langsam verglommen.

Dann wandte er sich Michaili zu. »Jetzt ist mir der Appetit vergangen. Aber gib mir schnell einen doppelten Kognak! Das ist dann wirklich der allerletzte Drink auf Korfu.«